广东戏剧文库

优秀剧作选

1949-2019

潮剧卷

GUANGDONG XIJU WENKU
YOUXIU JUZUO XUAN
CHAOJUJUAN

（第1册）

广东省艺术研究所
主编

中国戏剧出版社
CHINA THEATRE PRESS

图书在版编目（CIP）数据

广东戏剧文库. 优秀剧作选. 潮剧卷：1949-2019 /
广东省艺术研究所主编. — 北京：中国戏剧出版社,
2019.10
ISBN 978-7-104-04819-0

Ⅰ. ①广… Ⅱ. ①广… Ⅲ. ①潮剧－地方戏剧本－作
品集－广东－当代 Ⅳ. ①I236.65

中国版本图书馆CIP数据核字（2019）第133411号

广东戏剧文库·优秀剧作选·潮剧卷（1949—2019）

责任编辑：肖　楠　齐　钰
责任印制：冯志强
校　　对：张爱华

出版发行：中国戏剧出版社
出 版 人：樊国宾
社　　址：北京市西城区天宁寺前街2号国家音乐产业基地L座
邮　　编：100055
网　　址：www.theatrebook.cn
电　　话：010－63381560（发行部）　010－63385980（总编室）
传　　真：010－63383910（发行部）

读者服务：010－63387810
邮购地址：北京市西城区天宁寺前街2号国家音乐产业基地L座

印　　刷：保定市铭泰达印刷有限公司
开　　本：787mm×1092mm　1 / 16
印　　张：76
字　　数：1340千字
版　　次：2019年10月　北京第1版第1次印刷
书　　号：ISBN 978-7-104-04819-0
定　　价：398.00元（全4册）

编委会名单

序　言

为全面贯彻党的十九大和习近平总书记重要讲话精神，坚持以习近平新时代中国特色社会主义思想为指导，充分发挥广东戏剧在广东文化大省建设中的作用，促进广东戏剧观念、戏剧实践的发展，繁荣广东戏剧事业，推动广东戏剧事业走在全国前列，值中华人民共和国成立七十周年之际，在广东省文化和旅游厅的领导下，广东省艺术研究所自2018年开始启动《广东戏剧文库·优秀剧作选（1949—2019）》丛书出版工程，将广东戏剧70年来（1949—2019年）的剧目进行梳理、总结，现结集出版。

《广东戏剧文库·优秀剧作选（1949—2019）》由广东省文化和旅游厅策划，广东省艺术研究所承担组织编选工作。按照广东省文化和旅游厅的统一部署，由全省各演出院团报送剧本，我们聘请省内的戏剧专家、学者30余人，按照艺术质量与社会影响双重标准，将1949—2019年70年间历届省级以上戏剧赛事获得剧本奖的剧目、在市场演出中经久不衰的剧目、名家演出的代表性剧目、经专家推荐论证在现当代较有价值和意义的剧目甄选出来。自2018年开始，历时两年，我们从征集到的近2000个剧本中挑选出200多个，交由中国戏剧出版社出版。

《广东戏剧文库·优秀剧作选（1949—2019）》分8卷共25册，包括粤剧卷（8册）、潮剧卷（4册）、广东汉剧卷（2册）、雷剧卷（2册）、稀有剧种卷（含正字戏、白字戏、西秦戏、花朝戏4个剧种，3册）、客家山歌剧卷（2册）、韶关戏曲卷（含粤北采茶戏和乐昌花鼓戏2个剧种，1册）、话剧卷（3册）。

该剧作选所选录的剧本，就戏曲部分而言，既有经过整理的传统戏，如粤剧《白蛇传》《秦香莲》《审死官》，潮剧《荔镜记》《苏六娘》《告亲夫》，广东汉剧《齐王求将》，正字戏《张飞闯辕门》，白字戏《白罗衣》，西秦戏《辕门罪子》等；又有现当代新编写的历史剧，如粤剧《关汉卿》《昭君公主》《袁崇焕》，潮剧《辞郎洲》《陈太爷选婿》《东吴郡主》，广东汉剧《白门柳》，西秦戏《留取丹心照汗青》等；更有全新创作的现代戏，如粤剧《土缘》《驼哥的旗》《刑场上的婚礼》，潮剧《老兵回乡》《赠梅记》，广东汉剧《热嫁冷婚》，雷剧《抓阄村长》，梅县山歌剧《漂流的新娘花》《等郎妹》，粤北采茶戏《人生路》等。除戏曲剧目外，我们也留了3册的篇幅，用来收录广东70年来的优秀话剧剧本。所选剧本基本上比较真实地反映了广东戏剧70年来的剧目生产概况，比较完整地呈现了广东戏剧人在党的文艺方针指引下持续努力的轨迹，这对于今后的研究和创作而言，无疑是一份珍贵的参考资料，意义颇大。

鉴于时间跨度长、资料浩繁，编辑经验有限，书中错漏在所难免，祈请读者、方家批评指正。

《广东戏剧文库·优秀剧作选（1949-2019）》编委会

2019年3月

总目录

(1)

(2)

(3)

(4)

目录

·潮剧卷·

荔镜记

（《陈三五娘》）

整理：谢　吟

第一场 看 灯

[打击乐“双咬鹅”声中幕启，陈三上场。

[后台男女声：“仁和境的花灯，到下市头了呀！”

合 唱 哎呀咪！

元宵花灯人争看，

听风马头锣，

望一望，

一对灯笼摆头前。

（插白）雅呀！好呀！

（接唱） 活灯看了看纱灯，

头屏董卓凤仪亭，

貂蝉和他假戏耍，

吕布气到手搥胸。

（插白）嘻哈哈。

陈 三 （唱） 潮州八景好胜地，

大街上，

雕栏画栋真美丽，

又逢着，

春宵月圆好佳节，

一处处张灯结彩不夜天。

为因哥哥调任广南，故从家乡护送嫂嫂前往哥哥任所，路过潮州，欣逢元宵佳节，四处张灯结彩，真是一片好风光也！（下）

[五娘、益春二人欢乐地上。

五 娘 （唱） 进了安定门，

来到名贤境，
人物往来如流水，
家家结彩挂灯屏，
火树银花锦绣珠玑……

益　春（唱）　红男绿女，你欢我笑，
一个个喜乐洋洋，
叫阿娘弯入府前街，
转出府巷口，
漫步到了四狮亭边，

五　娘
益　春（合唱）　今夜灯明月团圆，
琴弦笙箫，
真个是闹满街市。

［二人边行边看灯，李姐上场。

李　姐　好花好月人人爱，上街游赏心花开。（见五娘，趋前）原来黄家五娘，阿娘万福！

五　娘　（不甚理睬）原来是李姐。

李　姐　（笑脸逢迎）娘啊，你一向少出闺门，道路生疏，大街上人马混杂，还是由我伴你去赏灯！（五娘犹豫）娘啊，我说给你们听：

（扣）　俺转入察院衙，
直落下东堤；
行向开元前，
转过西街；
看看七丛松，
再到清水宫；
游赏蓬莱境，
出了大街。
我做引路师。

（接唱） 包你各社花灯都能看。

益　春 （觉得有理）阿娘，李姐路熟，有她相伴也好。

五　娘 也好。头前。

李　姐 娘啊，随我来！（后台喝彩声：荡秋千呀！雅呀！好呀！）

三　人 （唱） 看那大街小巷，

百般花灯巧剪裁，

千门万户一片光彩，

赏灯人群相倚相挨，

摩肩接踵前去后来，

人人打扮共梳妆，

真是丰姿艳态。（台内白：荡秋千呀！好呀！）

（后台合唱）

上元境好风光，

灯如花月如镜，

人人欢唱太平歌，

高打秋千好快乐。

荡呀荡荡着李婆！

李　姐 荡呀荡，荡着你祖婆！

（后台）李婆！李婆！

李　姐 啐！（五娘与益春示意，不悦）

五　娘 （唱） 对此良辰美景，

恰似置身蓬莱。

李　姐
益　春 （唱） 俺随阿娘游赏畅怀。

陈　三 （唱） 笙歌解人意，

灯映柳枝斜，

月色花影里，

我停步儿觅新词，

题此春宵百丽……（陈三与五娘打个照面）

陈　三　啊！元宵好花灯，灯下好人物……这一盏人物灯，十分好看。

李　姐　阿娘，这一屏花灯，是什么故事？

五　娘　是嫦娥奔月。

李　姐　月在天上，嫦娥怎能奔得上去？

五　娘　这是故事，嫦娥偷食仙药，故能上月宫。

陈　三　（自语）天上广寒宫冷，嫦娥应悔清寂，碧海青天，何如人间？

李　姐　阿娘你看，这一屏，又是什么故事？

五　娘　是“相如鼓琴”。

李　姐　是什么，“姑姨舅妗”？

益　春　李姐，你耳花了，相如是人名，在那筵上鼓琴，你听到哪里去？

五　娘　（解释地）汉，司马相如，既擅作赋又能鼓琴，是一位才子。

陈　三　昔日相如，筵上鼓琴，卓文君在屏后窃听，知音惜才，终于夤夜同奔。

李　姐　嘻！这位后生阿兄，为什么自言自语自得意？（向五娘）阿娘，他在说什么？（五娘、益春不理，只顾看灯）

陈　三　这位小娘子，精通许多典故，看来必是广读诗书的才女，难得！难得！（无意坠扇，下）

李　姐　（抢着拾起）哎哟，是把金笺扇，这是老身福气！阿娘你看。阿娘你看！

五　娘　（接过展开）啊！扇上还题有诗。

益　春　有诗请阿娘一念。

五　娘　（念）　海天漠漠水云横，
　　　　　　　　斗酒诗篇万里情。
　　　　　　　　尘世纷争名与利，
　　　　　　　　何如仗剑客中行。
　　　　　　　　温陵陈伯卿题。

益　春　温陵在何处？

五　娘　就是泉州。

李　姐　（发觉地）阿娘那边有人来。

五　娘　李姐，扇拿去。

[李姐把扇接过。陈三上。

李　姐　阿娘，我们往别处去看灯。

陈　三　请问一声。

李　姐　请问什么？

陈　三　刚才小生在此看灯，失落一把扇，列位可曾见到？

李　姐　你失落什么扇？阿娘俺们无看见？

五　娘　李姐，扇是人家失落的，送还他吧！待回家去，另取一把给你。

李　姐　也罢，这是阿娘要还他，与我李姐无干。（向陈三）来！我来问你，你扇上有诗还是无字，有字呀还是无诗？你说。

陈　三　扇上题有我伯卿名字。

李　姐　嗯，谁人认得你的好名字！实话对你说，若非黄家五娘说情，就由你一夜找到天明。（将扇递交）认清楚呀！

陈　三　（接扇）是是，这正是小生的扇，多承多感！

李　姐　嗯，阿承，阿感！快快拿了去，少说闲话。

陈　三　（向益春五娘）二位小娘子，多承多感！若非二位为我说情，焉得讨回此扇。二位小娘子，请了，请了！（转身，边行边念）这位黄家五娘，真是可爱！（科下）

五　娘　泉州山川灵秀，出有此等风雅人物！

李　姐　阿娘，俺往别处看灯。（三人下）

[林大、卓二上场科。

林　大　（唱）　官家子弟乐逍遥，

卓　二　（唱）　乐呀乐逍遥。

林　大　（唱）　只望金屋藏阿娇，

卓　二　（唱）　藏呀藏阿娇。

林　大　（唱）　寻花问柳风流事。

卓　二　（唱）　风呀风流事。

林　大　（唱）　穿插花丛闹元宵，

卓　二　（唱）　　闹元宵。

林　大　哈哈哈，在下林大。

卓　二　嘻嘻，我叫卓二。

林　大　家居城南，世代为官，论田地鸟飞不过，论豪势潮州第一；更加皇恩浩荡，前年得中武举，真是锦上添花！

卓　二　花上添锦！

林　大　锦上添花！

二　人　哈！哈！

卓　二　林兄，今夜元宵，一来看人，二来看灯，如有美女，不可错过！

林　大　哈！老卓高见，正合我意，一同来走！

二　人　（唱）　　俺大街上，

看灯看佳丽，

相随相伴笑嘻嘻！

城中财势称第一，

不怕天来不怕地。

［五娘、益春、李姐上，与林大相遇。

林　大　李姐！

李　姐　原来是林大爷！

林　大　啊！李姐，你要到哪里？

李　姐　我们要去看灯。

林　大　李姐，你背后二位娘子，是何处人氏？

李　姐　这一位是城西黄九郎的千金五娘，俺潮州第一美人；那一位是她的侍婢益春。

益　春　（不满地）李姐，俺往别处去！

林　大　（同时地）果然名不虚传！

卓　二　传不虚名！

林　大　陌路相逢，如何下手？

卓　二　林兄，邀她答歌，有针就可引线。

林　大　好计！追！（二人赶上）李姐，俺潮州风俗，元宵看灯，男女相遇应该答歌。

李　姐　要答歌？待我问过。（向五娘）阿娘，城南林举人邀俺答歌。

五　娘　此人举止粗俗，谁要与他答歌！

李　姐　阿娘不要便罢，但风俗如此，不然就由我同益春与他答几句吧！

五　娘　既然如此，益春，你同李姐去答几句，我在那边看灯。（益春点头）

李　姐　林大爷，要答歌就来呀！

林　大　来了，来了！

李　姐　林大爷，今夜是元宵，家家户户都点灯，先与你约定，答歌要灯字起，如无灯字就算输。

林　大　好，答应你。

益　春　慢，再与你约定，我画此线为界，谁的脚越界也算输。

林　大　我也答应，请先开头。

李　姐　林大爷，请你开头。

林　大　你先。

李　姐　你先。

卓　二　她既尊让，俺就先开头。

林　大　李姐呀，来来来！（科）

林　大
卓　二　（唱）　灯光月色照彩楼，
俺来答歌意兴高，

卓　二　（唱）　才子自有佳人配，

林　大
卓　二　（唱）　要请娘子来接歌头。

李　姐　林大爷，来呀！
（唱）　灯光月色照四方，

益　春　（唱）　看你不是答歌人。

李　姐　（唱）　自来蝴蝶怜花草，

益　春　（唱）　可笑你恰似柳絮随风狂。

李　姐　林大爷，来呀！

林　大　好！来呀！（林大脚越界科）

益　春　啊！脚越界了！

林　大　哎哟，忘记了，莫怪，莫怪！

李　姐　林大爷，不怪你。

林　大　好，再来！

李　姐　好，来！

林　大　（唱）　灯光低来月光高，

卓　二　（唱）　照你二人好粉头。

林　大　（唱）　你孤单来我无伴，

卓　二　（唱）　十倍价钱讨你来偕老。

李　姐　林大爷，来呀！

益　春　（唱）　灯呀灯，

灯下有只金苍蝇，

头戴红缨一肚屎。

好似城南林举人。

林　大　（唱）　泼呀泼，泼姿娘。

益　春　停！

林　大　为什么？

益　春　与你约定，答歌要从灯字起，你无灯字就算输，羞啊！

五　娘　益春，这不像答歌，俺快回去。

益　春　是！

林　大　李姐，五娘岂曾许人？

益　春　李姐，闲话莫说，快走。

[五娘，益春下。李姐与林大示意，说五娘未许人，下。

卓　二　林兄，此等美人，你中意吗？

林　大　中意是中意，你岂有妙计？

卓　二　李姐做媒为生，常在黄家来往，平日又十分爱钱，林兄可用钱银收买，叫她去黄家求亲，以林兄财势，婚姻自无不成之理。

林　大　老卓高见，正合我意，一同回家饮酒吧！

卓　二　好，回家饮酒！

二　人　（念）　　元宵灯下遇美人，

二八娇娘乱我神，

卓　二　（念）　　尽情畅饮宵夜酒，

二　人　（念）　　预庆花烛洞房春。

［幕闭。

第二场　下　聘

［幕启：帘外鸟语花香，一片春色。

五　娘　（唱）　　帘外春风，

桃花满树红，

早莺噪园中，

元宵灯火如梦。

［益春提一束鲜花上，换去瓶中残花。

五　娘　（题诗笺上，自吟咏）

兰闺回梦碧烟横，

千里月明千里晴。

此地荔丹能醉客，

何须风雨天涯行。

益　春　阿娘，你吟此诗，小婢似曾听过。

五　娘　此诗我方吟就，你从何处听过？

益　春　阿娘不信，待我念来："海天漠漠水云横，斗酒诗篇万里晴。……"阿娘，岂对？

五　娘　胡说，这与我吟的不同。

益　春　有何不同？

五　娘　你念的是别人扇上题的诗。

益　春　（俏皮地）哟！我明白了，小姐是在和伊人扇上的诗。

五　娘　贱婢，也不怕隔墙有耳！

益　春　（学陈三，天真地）多承多感！请，请了！

［五娘作欲打科，益春嬉笑走避。这时，一阵鼓乐声响，二人闻声骇异，趋向窗口探望。

五　娘　益春，外面为何鼓乐喧天，你出去看看。

益　春　是！（益春欲下，恰巧李姐上）

李　姐　（手托首饰盒，得意地）荣华富贵皆由命，金珠财宝结良缘！（向五娘）阿娘，恭喜呀——恭喜！

五　娘　（惊异地望着李姐）……

益　春　李姐，喜从何来？

李　姐　（逢迎地嘻笑着）娘呀——

［五娘见状，已猜几分，担心地听。

李　姐　（唱）　阿娘听说起，

我把喜事从头提，

只因为，林大爷，

元宵灯下见玉貌，

一心渴望结连理，

门当户对员外已应允，

今朝吉日下聘仪。

五　娘　（惊）原来你是为林家到来下聘？

李　姐　聘礼就在厅上，员外已经收下。

五　娘　爹娘将聘礼收下……

李　姐　员外安人，都欢喜万分呀！

益　春　阿娘，安定！

五　娘　苦呀！

（唱）　晴空霹雳，

使人心悲，
爹爹你为何错主意，
不顾女儿一生受亏，
那林大，他是个轻狂子，
叫碧琚，何甘与他配对。（搜科）

李　姐　娘啊，这是林家下聘的金钗，待我与你插在头上。

五　娘　你难道不知林大是何等样人，故意要来做亲，是何道理？

李　姐　娘啊！（扣板）提起林大爷，身为武举好名声，潮州豪富称第一，谅必阿娘你也知。今日与他来结亲，正是门当户对，女貌男才；过门之后，夫荣妻贵，阿娘你因何不要？

益　春　（发怒地）呸！
（唱）　骂一声，老狐狸，
出言无状惹人气，
你为贪小利，
搬弄口舌。
人家生死你不管，
还敢在阿娘面前乱说非是，
你就乱说非是。

五　娘　（唱）　今日来送聘，
屈害我一生一世，
恨爹爹，
轻信你的花言巧语，
欠思忖，
全不顾念亲生女儿。（搜科）

李　姐　吁，娘啊！今日这门亲事，是你两家情愿，与我李姐无干呀！

益　春　媒人婆，满口花言巧语，还说与你无干？

李　姐　什么花言巧语！俗话说父母有命，儿女着听，阿娘若不顺从此亲就是忤逆不孝。

五　娘　益春，把她赶出去！

益　春　（推李姐）听见么？快些去！出去！出去！

李　姐　（声张）打人，打人呀！

九　郎　（上）益春不得无礼！快些下去！（春下）媒姨，小婢无礼，多多得罪，看在老夫面上，勿与计较。

李　姐　员外，这个不敢。

欧　氏　媒姨，请到厅上用酒饭。

李　姐　不用，时候不早，李姐告辞了。

九　郎　如此不敢强留，亲家面前好话多说。

李　姐　员外，这个自然。（下）

五　娘　爹娘万福。

欧　氏　我儿免礼。

九　郎　你乃名门千金，就应该晓得礼仪，何故赶逐媒姨，亲家面前如何说得过去！

欧　氏　女儿呀，今日送聘是你大喜之日，为何愁眉不展？

五　娘　母亲，可恨李姐无礼，胡言乱语，惹女儿生气。

九　郎　李姐为何惹我女儿生气？

五　娘　爹爹，女儿不喜欢她来提亲。

九　郎　这是何故？

五　娘　爹娘容禀。

（唱）　念爹娘无男儿，
碧琚无兄弟，
双亲年迈叫谁奉侍，
因此上，
儿不忍来分离，
愿随膝下奉甘旨。

九　郎　啫啫啫，你难道是痴呆？自古男大当婚，女大当嫁，哪有儿女终身奉侍父母之理？！且喜今日攀上这门好姻亲，选着这样好女婿，儿你有此孝心，日后也可福荫父母。

五　娘　爹爹若是疼爱儿，就千万不要做这门亲事。

九　郎　啊！

欧　氏　儿呀，做父母者，都是为你打算。

五　娘　爹娘呀！

（唱）　拜上爹娘听儿说起，
想女儿年轻，
订婚之事，
还是暂慢几时，

九　郎　（唱）　叫女儿你莫执意，
待为父说你知机，
林大身为武举，
况又生为相门后裔，
好门风，
兼上家财巨富田千顷，
那容缓许失了良机。

欧　氏　女儿，你还是……

五　娘　母亲！林家子弟，为人粗鄙……

九　郎　胡说，深闺女儿，不得胡言！

五　娘　……（奔进房）

欧　氏　女儿，女儿！员外，女儿说道林大为人粗鄙，此言可真？

九　郎　都是你平时家教不严，才养出这样的好女儿。（下）

欧　氏　员外，员外！

［幕闭。

第三场　投　荔

［二幕前，陈三骑马与奉夫上。

陈　三　（内唱）　叫奉夫带马，往城西。

奉　夫　（白）知道了。（牵马上科）

陈　三　（唱）　元宵灯前丽影萦系，

广南繁华无心栖迟。

别了哥嫂，

急急回转潮州城，

有谁知，

景物依旧丽人不见。

因念灯下娘子，一到广南即辞别哥嫂，匆匆回到潮州，遍游全城，未知何处得再见娘子一面，真好闷煞人也。奉夫，闻得城西风景幽雅，你可带路前去。

奉　夫　是！（同下）

[二道幕开，五娘益春在楼上。

五　娘　（微微地叹一口气）唉！

益　春　阿娘，还望宽怀才是。阿娘你看。

益　春　（唱）　你看那，

六月西湖好景致，

绿槐成荫柳拂堤。

路上游人熙来攘往，

畅怀消夏剥荔枝。

五　娘　（唱）　恨爹娘，

把赤绳错系，

教我泪添西湖水，

愁长似柳丝。

[益春见五娘这样，感到十分难过，只有再亲切劝慰。

益　春　（唱）　劝阿娘莫生愁烦，

忧能伤心，

凋了朱颜。

五　娘　（白）唉！

（唱）　万端愁绪理还乱，

只恨赏灯人去难再见，
倚栏张望青山共绿水，
人如黄鹤影依稀。

益　春　阿娘，事已如此，还是慢慢设法解围才是。（随手摘了一苞荔枝）阿娘！你看这苞并蒂荔枝，多么可爱呀！

五　娘　（触景伤情，更加凄楚，失声而泣）啊，并蒂荔枝……

益　春　（见反引起她的伤感，焦急，连摇着五娘的肩膀，代为拭泪）阿娘，切莫如此，你一伤心，使我心内万分难过。（五娘勉强收泪）

益　春　（发觉有人行向楼前，又想引五娘心思他转）阿娘，有一位少年书生，身骑白马，向俺楼西而来。

益　春　（唱）　他骑白马身穿罗衣，
顾盼风生行乐趁少年。

五　娘　陌生人来，把珠帘放下。

益　春　是。（放了一半，忽见来人有些面熟，自语地）
（唱）　看伊人好生面善，
似曾相逢在何地，
因何一时记不起。

五　娘　管他是谁，把珠帘放下。

益　春　是。（益春放下珠帘，陈三与奉夫上。）

陈　三　（唱）　绿荫深处六月凉，
南风吹送满路香。

奉　夫　禀三爷，此地就是城西。

陈　三　我要在此游览一番，你可在树下纳凉等候。

奉　夫　是。（牵马下）

陈　三　此地果然好风光呀！……啊！好一座绣楼呀！（发现楼上有女子）
（唱）　高楼有女凭栏相倚，
珠帘风动玉影依稀。

［益春探头出望，陈三于匆忙中虽看不清，但突然紧张起来。

益　春　（急把头缩回，紧张地）阿娘，看那楼下之人，好像就是灯下郎君。

［五娘闻言之下，也突然紧张起来，要掀帘窥看，但又不敢，反而手足无措，想跑下楼，被益春拉住，她只得小心翼翼地窥看。

益　春　（突于五娘窥看时，从后把珠帘拉开）阿娘你认一下，你仔细认清。（五娘满脸通红，回身又要走下，益春又拉住）阿娘，果真是灯下郎君呀！

陈　三　（一见之下，狂喜）啊！

（唱）　楼上娘子，

正是灯下佳丽，

朝思暮想不得见，

有谁料却在这城西，

只可恨，

身无彩凤双飞翼，

飞向楼台诉相思。

［这时五娘精神恍惚，手捧荔枝手帕，含羞痴立。

益　春　阿娘，你今如何主意？

五　娘　唉！

（唱）　恨相见得晚，

恨相会得迟，

今朝月被乌云盖，

万般心事从何说起。

（无意中发觉手中荔枝，慢慢将手帕包住，想将荔枝假装失手投下）

千言万语，

但凭这荔枝寄情意。

［五娘欲投又止，益春揣知其意，捉肘代为投下，五娘惶羞奔下。

陈　三　啊！楼上投下何物？（拾荔枝）却是荔枝手帕！帕上绣有黄碧琚三字。（捧住荔枝手帕，想想之下，喜极）啊！我明白了！

（唱）　海底捞得绣花针，

真教伯卿喜欲狂。

谁料到娘子又把荔枝手帕来相赠，

天高地厚情难忘。（欣然起舞，举头一望）

啊！娘子已下楼去了。（细想有何接近之策，突然叫）奉夫！

奉　夫　（上科）奉夫在。

陈　三　奉夫，你有无乡亲，在此潮州居住？

奉　夫　禀三爷，有一位李公，住在仙街头，磨镜为生。

陈　三　如此，你速引我，前去探访。

奉　夫　是。（急牵出马来）请三爷上马。

［陈三急翻身上马，狂奔下；五娘与益春又出楼。

五　娘　（唱）　心脉脉如在梦里，

细思量无限羞意，

益　春　（欢喜地）

（唱）　有缘哪怕隔千里，

手帕与荔枝，

阿娘亲掷与伊人为表记。

五　娘　（娇嗔地）益春！

（唱）　只是一苞荔枝，

你切莫乱猜我的心意。

益　春　嗯，小姐的心意，真是令人难猜呀！

［幕闭。

第四场　磨　镜

［幕启：黄家的后门。

陈　三　（内声）磨镜！磨镜呀！（扮磨镜匠上）

（唱）　楼上偶见意中人，

投我荔枝寄深情。

只为她，
宅院深似海，
欲会不能，
我只得，
仙街头学磨镜，
乔装企望再会娇英。
出了安定门，
来到七圣宫，
转了弯就是黄家门庭。

李公说道，他每来磨镜，都在后院，为免通传，以铁板为号，先二声，后八声，二八佳人就出厅，待我来！（敲铁板）

益　春　（内声）来了！（上）
（唱）　忽听见外面铁板声响，
步出厅边看端详。
只见一位少年磨镜匠，
似那马上郎君一般样。（益春疑惑地注视着陈三）

陈　三　（认出益春，心喜）小娘子，小人有礼！

益　春　免仔细。

陈　三　小娘子，听说府上有镜要磨，我特地前来。

益　春　嗯，消息这样灵通！（向陈）我家倒是有一个镜要磨，只是要留与一位老师傅。

陈　三　是哪位老师傅？

益　春　就是恁泉州人，住在仙街头那位李公。

陈　三　啊，那李公便是我师傅。

益　春　（失笑）嘻！看不出呀，李公何时收了一个这样的徒弟？

陈　三　小娘子，请勿取笑，既是有镜要磨，就请取来。

益　春　这个，须着待我去问问小姐。

陈　三　好，有劳，有劳。

益　春　小姐上来呀！（拉五娘上）

五　娘　贱婢你，为何这样疯疯癫癫？

益　春　阿娘有所不知，外面来了一个磨镜师傅，自称李公徒弟，生得少年清秀呀！

五　娘　贱婢，管人家少年清秀做甚！

益　春　（拉住）他生得像一个人，阿娘快出去看。

［益春拉五娘出门口，相见一怔。

益　春　阿娘，你看此人好似灯下郎君！

五　娘　（唱）　前日伊人骑马过楼西，

金鞭玉鞍何等气概，

到今朝，

为什么变做了磨镜匠，

真是使人费疑猜。

（白）益春呀！

（接唱）　想他因何来磨镜？

人有相似，

益春你欲仔细认清，

么益春哙，

你须欲仔细来认清。

益　春　待我去问他。（欲行）

五　娘　（阻止）益春不可。

益　春　问一问，为何不可？

五　娘　人有相似，不可造次。

益　春　怎生主意？

五　娘　他既是李公徒弟，手艺想必不差，镜就拿给他磨。

益　春　晓得。（与五娘同下）

［陈三理工具，益春捧镜上，见状，故意把镜藏背后。

益　春　吓嗄！师傅，你在做什么？

陈　三　我在预备磨镜家俬。

益　春　嗯！还不知镜岂要给你磨，就在预备。

陈　三　这个……全仗小娘子来成全。

益　春　真好口才！也罢，镜给你磨。（给镜）

陈　三　好一面宝镜！（操作起来）

五　娘　益春，外头炎热，你可叫那位磨镜师傅，进来院内操作。

益　春　晓得。（向陈三）师傅，我阿娘请你进入院内工作。

陈　三　（雀跃地）遵命。（愉快地挑担入内，五娘含羞下）

益　春　师傅，李公每来磨镜就唱歌，你岂会？

陈　三　会是会，只是恐怕无知音。

益　春　你若唱得好，哪怕无知音。

陈　三　如此，我就来唱。

［这时，益春要入报五娘，而五娘已在窗前。

陈　三　（唱）　七尺丈夫莫漫猜，
　　青梅有约故人来，
　　殷勤为谢深情意，
　　愿下温峤玉镜台。

益　春　（捧茶上）师傅，请茶。

陈　三　啊！有茶，那就更好！（接过）小娘子，这杯茶是谁叫你端来的？

益　春　你这个人呀！过渡就过渡，何必问到渡船有几块板。

陈　三　岂不闻，饮水要思源，何况有此好茶，更当道谢。

益　春　是阮阿娘命我端来的。

陈　三　呵！那就请代我道谢！

益　春　（故意试探地）多承多感！（一揖）师傅，茶冷了，请饮吧！

陈　三　（也故示前语）多承多感，请，请！（饮后还杯）有劳小娘子了！

益　春　免仔细呀！（欲下，又转身）师傅，功夫要细致呀！

陈　三　这个自然。（看益春下后）宝镜呀——宝镜！

（唱）　我羡你艳福无比，
　　与佳人形影不离，
　　恨不得将身化宝镜，

在闺中朝夕长相依。(狂欢地起舞，不觉宝镜失手坠地，失惊)哎哟！坏了！坏了！(忙拾起，合不拢来)

益　春　(上)师傅，宝镜磨好了么？

[陈三无奈以破镜出现，益春一见大惊。

益　春　啊！被……被你打碎了，坏了，坏了！……阿娘过来呀！

五　娘　(上)益春，慌忙何事？

益　春　禀阿娘得知，俺家宝镜，被那……磨镜师傅，打破去了！

五　娘　宝镜打破了？

益　春　正是。

陈　三　(急上前)禀阿娘，损物赔偿，理所当然，我当赔偿就是。

益　春　(焦急地)呐！你这个人呀，你全不知影迹，此镜非比寻常，恐怕就将你个人卖来赔，也还难以抵偿呀！(转向五娘)阿娘，你今如何主意？

五　娘　益春，这事我爹可曾知道？

益　春　员外尚未知晓。

五　娘　不知还好，且莫声张，速想办法掩盖。

[九郎突上，五娘急避。

九　郎　(见陈三)益春，为何放进外人，来在此吵闹？

益　春　是磨镜的。

九　郎　(见到镜担，知是磨镜的)嗯！既是磨镜的，镜若磨好，就还钱叫他出去。

益　春　是！

陈　三　(旁白)且住，方才小娘子一言，倒把我提醒。我今何不乘此机缘，如此，如此。待我来——(转向九郎)禀员外，你家玉镜，被我一时失手，打碎去了！

九　郎　(一惊)唔？打碎……打碎哪一个？(益春无奈，只得从背后取出破镜，九郎一见大怒)哎呀！可恼，可恼呀……

(唱)　见破镜发恼气，

贼畜生你无道理，

这宝镜价值百金，

你全不小心在意，

到如今，

决难放过你这畜生儿。（转向益春）

益春，此事有我做主，你可下去。（益春下）

（九郎转向陈三）哼，畜生，杀人偿命，损物赔钱，你今有何言讲？

陈　三　（装得非常可怜）唉！员外呀员外，念我乃是外方人氏，到此做工，除此镜担，身外别无长物，望员外开恩，我愿将此镜担赔偿就是！

九　郎　哼！畜生！你真不自量，我要此镜担何用？（向内）小七过来！

小　七　（上）员外何事？

九　郎　将这磨镜畜生，与我捆缚起来！

小　七　是！（欲捆）

[这时五娘益春，隐在窗内焦急，五娘与益春耳语。

益　春　（急上）员外且慢！婢奉阿娘之命，有言上禀：今日宝镜打破，实是师傅不慎失手，并非故意，望员外息恼，从宽处理。

九　郎　谁叫你来此多言，下去！来，捆！

小　七　是。

陈　三　慢！如此说来，员外决然不肯放过，定要我赔偿么？

九　郎　或则赔偿，或则送官，任你自择，你须好自思量，及早为计，及早为计了！

陈　三　（装作无可奈何地）唉，罢了！……禀员外，念我一贫如洗，纵然把我送官，也是无益，我今情愿入府为佣，做工抵镜就是了。

九　郎　嗯？看伊块形，文不文，武不武，有什么用处！

陈　三　我会做工，又会识字，扫厅浇花，理数写信，都能信任。

小　七　员外听伊说来，倒也不错呀。

九　郎　（考虑之后）只好如此了。咪！你叫何名字？

陈　三　我姓陈……名三。

九　郎　陈三论此宝镜，价值百两，如今就算三十两。你留在我府，每年工资十两，须做三年，方准回家。

陈　三　（正中下怀）小人情愿。

九　郎　我家乃是名门，里里外外，男女有别，你在我府做工，须当循规蹈矩，不得乱我家规。

陈　三　是！

小　七　来！（取过扫帚）拿去！

[众下，陈三愉快地下。

[幕闭。

第五场　逼　娶

[时间：越年二月。

[地点：五娘绣厅。

[陈三在二幕前扫地科。

陈　三　（唱）　为着荔枝深情意，
身受苦役无托辞。
只恨咫尺就如天涯远，
相见既难话更稀，
树枝黄叶扫不尽，
这场相思无穷期。

（白）唉！阿娘，阿娘，入府至今，想不到遭受这样的波折，如今一年将尽，我心内的艰苦，你岂会知？

（唱）　若说阿娘你无意，
又何必高楼投荔枝。
你爹娘把你配林大，
我也知，
你费尽忧虑，无计可辞。
唉娘么娘呀，
我挑水扫厅，也是为着你，

你在深闺知不知。

[陈三下。二幕启，益春在煎药。

益　春　荔枝虽有深情意，怎奈林家势如天！（向内）有请阿娘。

五　娘　（内声）就来！（病装上场）

（唱）　旧恨难移，

又病又愁，无意出厅边，

喜鹊声催，闷人心焦，

奴只恨，

冤家林大紧相缠。

益　春　阿娘，药快赶热服下。（五娘将药泼地）阿娘身上有病，还再如此多愁，岂不损坏身体？

五　娘　益春，苦命人，死何足道，只是累及陈三，破镜入府，受尽苦劳，未知近日怎生样了？

益　春　（乘机）阿娘，那陈三也是终日愁闷，茶饭不思，看来实在凄凉！

五　娘　唉！

欧　氏　（上）　林家催亲紧又紧，

势得进房探病情。

女儿，你为何在此呆坐？

五　娘　母亲，儿因久困病床。忧郁难堪。

欧　氏　林家几次催亲，你又病魔久缠，这将如何是好？

五　娘　母亲，莫非林家又再来逼娶么？

欧　氏　女儿，林家今天，叫李姐与卓二同来，说道就是有病，亦要迎娶，过门之后，再行延医诊治。

五　娘　怎说，林家竟然不容病愈，硬要逼娶么？

欧　氏　他说若再拖延，便要动起官司，这真使我二老难以应付了。

五　娘　（唱）　听言来恨又哀，

这般迫人理何在，

人病还要来逼娶，

明实是逼我丧泉台。

望母亲作我主，

免女儿痛伤哀。(搜科)

欧　氏　女儿，你身上有病，为母实亦不甘放你出阁，无奈林家催逼太紧，你爹娘都难以再延了。

五　娘　如此，爹娘就是，要将女儿，置于死地!

欧　氏　呵!我二老只生女儿一人，爱你如命，哪甘害儿你，只是催亲多次，延至无言可答呀?

五　娘　(唱)　爹娘既然无主张，

儿也不敢来忤逆，

只恐去到林家丧了命，

一别无命见爹娘。

欧　氏　这如何是好?

益　春　安人，你看阿娘，病至如此模样，除非不管她生死，就好答应林家迎娶。

欧　氏　呵好，女儿你不要伤心，为母一定不准林家迎娶，叫他候你病愈，再择吉日就是。

五　娘　倒不如死了更干净呀!

欧　氏　逆女你，怎可咒身骂命，为母做主，安心静养才是。益春，你阿娘性情不似往时，员外怪我，教训不严，疑东疑西，你日夜在她身边，须小心照顾呀!

益　春　小婢知道。

欧　氏　女儿，为母就去回复林家。(下)

益　春　阿娘，安人已做你主了，还请宽怀，待我去端水给你洗脸。(下)

五　娘　(唱)　这场愿望，

深恐落空事难成。

我此心险似那，

漏船在江心，

深夜遇着狂风共暴雨，

进不得来退又不能，

越思越想，

方寸迷乱不安宁。

[五娘退坐椅中，益春端水上。

益　春　二人两地同心苦，只有益春知此情。

陈　三　（上）益春！

益　春　啊，原来是三兄。

陈　三　就是我。益春，你端盆水要往哪里？

益　春　与阿娘洗脸。

陈　三　我与你端进去。

益　春　三兄，阿娘的绣厅你怎好进去？

陈　三　益春，我入府至今，为着何事，谅你也会知，如今全无停妥，要见一面也难，你试代我想想啊！

益　春　这个我也会知，只是员外安人近来更加疑云疑雨，若被觉知，那还了得？

陈　三　我见了阿娘，谈谈几句就走，难道就被发觉？

益　春　如此，你就端进去，我在外面打望。

陈　三　感谢贤妹了！（益春下）

（唱）　捧盆水上绣花厅，

心中半喜又半惊，

今日有幸得一见，

但见阿娘不作声。

请阿娘来洗面。（五娘突然惊觉）

五　娘　陈三……

陈　三　阿娘……

五　娘　家有内外，你为何到此，赶快出去。

陈　三　（懊丧，要出）唉！

五　娘　（心又不忍）盆水既然端来，你就放下。

[陈三故意将水放在地上。

五　娘　你为何放在地上？

陈　三　高则不可，望阿娘俯就。

[五娘自将盆水端上盆架，俯首无言。

陈　三　水善照物，为何至今，美丑善未辨别？

五　娘　水静则明，动则乱，若要辨别美丑，不如宝镜分明。

陈　三　说到宝镜……我若非磨镜，想也无缘，得见阿娘。

[五娘似有万般心事要说，突然一阵鸟语。

五　娘　益春，益春！

益　春　（上）阿娘，婢子在此。

五　娘　（无言可说，试水）益春，洗面水为何这样冷？

益　春　这时端来，还会烫物，是你左右踌躇，似要洗又不要洗，叫它怎不冷呢？

陈　三　阿娘，今日见面，这般冷言冷语。怎不令人寒心！

五　娘　（正要吐一心事）陈三……

[忽然内面小七高声叫喊。

小　七　（内声）陈三，陈三呀，员外唤你！

五　娘　益春，快些引他出去。

益　春　三兄，快些来去吧！

陈　三　（无可奈何地）唉！（随益春急下）

五　娘　（伤痛地）碧琚，你的命怎么这样苦！

[幕急闭。

第六场　留　伞

[时间：同年三月。

[地点：黄家后花园。

[幕启：五娘与益春上场。

五　娘　（唱）　暮春三月，

莺飞草长，

正是江南好风光，
怎奈病后体难支。
处处花红柳绿，
都含愁意。

益　春　（白）阿娘，你久病新愈，还需珍重，你看，这春景芳菲，百鸟声喧，多么可爱呀！

五　娘　（唱）　虽有好景致，
越添我愁如丝。
谁人留得春不去，
可来伴我碧琚过一世。

益　春　（想想）阿娘，你看那丝垂柳，东倚西斜，是何缘故？

五　娘　只因柳枝无力，因此随风摇曳。

益　春　嗄，柳枝无力，就会随风摇曳，人若是无主意，就只好任人摆布。（五娘低头沉思）阿娘，你看那蝴蝶成双成对，自由自在，你看有多好哪！

五　娘　（悲痛地）益春，人怎能与蝴蝶相比？将它——赶掉！

益　春　阿娘，看这蝴蝶，成双成对，怎甘赶掉它呢？

五　娘　叫你赶，你就赶，还在言东说西！

益　春　好，阿娘叫我赶，我就来赶！蝴蝶呀！你去别处，勿来这里惹阮阿娘生气，去，去，去呀！（科）你这蝴蝶，全然不晓人意，来在惹我益春生气，待我觅支竹竿来打！

五　娘　（止住她）益春！

益　春　呵，阿娘却是，嘴与心不一致，嘴说赶，心里欲留。

五　娘　益春！

益　春　阿娘还是这般把不定主意，那就亏呀！

五　娘　亏什么？

益　春　就亏那三兄！

五　娘　你又要乱说！

益　春　话不可乱说，当初的荔枝，也就不该乱投！

五　娘　益春!

益　春　阿娘

五　娘　(唱)　唉!益春,

你言中有意我也知晓,

苦命碧琚苦谁知,

陈三为我受尽苦,

我也为他费尽心机,

终难得好主意。

益　春　(唱)　似你这般迟疑,

只恐这相思无了期,

终局是害了陈三,

又耽误阿娘你自己。

况今朝,

病好转,

那林大,

再催亲,

那时有何言语再托辞。

劝阿娘,

还须及早定主意,

莫像那柳枝无力,

随风摇曳。

五　娘　(唱)　苦命碧琚,

哪无这般心意。

只因为,

爹娘防范日日紧,

况又那林大势大如天,

我纵一死不足惜,

怕只怕是,

累及陈三受罪戾。

益　春（唱）　娘你既无好主意，

就该与三兄细相议，

何不把将几句知心话，

交代益春去对三兄提。

免得两头无消息苦相思。

五　娘　那陈三现在何处？

益　春　就在前厅。

五　娘　我爹出外会客，可曾回来？

益　春　尚未回归。

五　娘　如此，你就悄悄叫他到来商量。

益　春　（不待言毕，急即欲下）那就更好，待小婢前去。

五　娘　益春！

益　春　阿娘（益春止步）

五　娘（唱）　益春，

这桩事要小心在意，

须防隔窗人有耳，泄风声，

爹娘若知机，

许时节，

一旦风波从地起。

益　春　晓得。（科下）

［五娘闻声惊，急即避下。

九　郎　（满脸怒容上）小七这奴才，跑到哪里去了？

［这时陈三在前，益春随后上。益春见九郎，急避下；而陈三已为九郎看见，闪避不及，不得已向九郎施礼。

陈　三　员外。

九　郎　陈三，你来此何事？

陈　三　我……我是来巡视园中花木。

九　郎　哼！你近来精神恍惚，终日东撞西拼，难道不知我黄府的家规么？（把眼向陈三一盯，科下）

陈　三　（莫名地）啊！……益春说道阿娘叫我，原来是……（想想）哼！误她真情，却是故意将我播弄，我错呀！（急下）

[背伞、包袱复上科。

（唱）　认她荔枝是有意，
哪知是我枉心痴，
看来姻缘难成就，
势得无奈归故里。

益　春　（内声，陈三不理，朝外走了）三兄呀，你且等，等一下。（赶上，抓住陈三伞）

（唱）　看你的心肠硬似铁，
因何要走不告辞，
究竟要向何处去，
该着说明我知机。

陈　三　我要回返家乡。

益　春　你要回去，员外安人岂会知？

陈　三　这个……

益　春　不让员外安人得知，倒也罢，也该向我阿娘告知一声。

陈　三　你家阿娘？……与她说也无益。

益　春　三兄，难道我益春，一向至诚相待，也不值得告知一声？

陈　三　贤妹，为兄一时归心似箭，未能面辞，莫怪，莫怪！

益　春　三兄，你这样急急欲回家乡，是何缘故？

陈　三　贤妹请听。

（唱）　咫尺间就如天涯云山隔，
并无半言慰情意，
空见荔枝成双对，
天上月圆人不圆。

三年五载我不怕，
怕的是伊人无情义，
枉费我屈身为奴空等待，
倒不如束装归故里，
深深一揖与妹相辞。

[陈三揖别欲走，益春挽住其伞。

（白）贤妹，你为何苦苦挽留？

益　春　三兄。

（唱）　三兄你何必归心似箭，
好姻缘非在这一时，
有心打石石成砖，
无心开井井难圆，
三兄你今日回家去，
岂不负了阿娘一片情痴。

陈　三　非我无心，实是阿娘伊无意。

益　春　三兄，你要明白阿娘苦心，伊实在是有意呀！

陈　三　从何见得阿娘，伊是有心意？

益　春　三兄呀！……

（唱）　劝你不用心性紧，
事到如今欲说明。
你前日打破宝镜，
试问是何人为你求情？
为妹晨昏问寒又问暖，
这都是我阿娘伊有命。
再说那……
六月楼上若是无心，
荔枝为何落在你身，
我阿娘为你日夜多苦痛。

只可恨，

家法严紧，好事难成。

你今日若是回归泉州去，

就是三兄你错施行。

陈　三（沉吟片刻）家法严谨，我也会知，只是阿娘既有真意，为何早间，还要将我骗到后园播弄？让员外失辱？

益　春（恍然大悟）呵，你却是为着此事？

陈　三不错，若有真心，为何如此？

益　春（唱）　这分明是你心性紧，

教阿娘一片真心误作歹意，

伊早间，明是有意约你来商量，

怎知员外突然到边，

三兄你切莫生误会，

不辨黑白乱起猜疑。

陈　三怎说，阿娘真是有意约我？

益　春哪有骗你！

陈　三啊，陈伯卿却是错怪阿娘了！（想）贤妹，我一时性急，险些误了大事，不如待我修书一封，由你带交阿娘，如何，如何？

益　春倒也做得。

陈　三有劳贤妹了。

益　春快些去写吧。来，拿去。（把雨伞交还陈三）

[幕闭。

第七场　定　约

[时间：留伞翌日。

[地点：五娘绣房。

[幕启：五娘上，望望窗外。

五　娘（唱）　辗转经年意白痴，
杻思量难得好计施，
眼望白云随风飘飘去，
碧琚就如彩凤锁在樊笼里。
他一片真心为着我，
我如何酬他情义。

益　春（包妆盒上，放在床上）请阿娘来梳妆！

五　娘（走进妆床要坐，犹叹一口气）万般心事藏胸内，临妆都是惰画眉。

益　春（双关地）阿娘，好事就要来了，愁它做甚！

[益春说着，推五娘坐下，帮她梳妆，少顷，从怀中取出信，在五娘背后，对镜一照。

五　娘（发觉）益春，你手拿的是何物？

益　春（故意顽皮）阿娘，没什么！

五　娘　贱婢呀，我分明在镜中见你手拿一封书信，还说没有！

益　春　我想这信是陈三叫我拿来的，恐怕阿娘看了要生气。

五　娘（惊喜，但强作若无其事）你若怕我生气，就不该代他拿来；既然拿来了，就该送我一观。

益　春　既然阿娘要看，待小婢取来。阿娘，书信在此。

五　娘（接信，拆观）"六月楼西，丹荔情深；黄叶阶前，书生拥帚。孰料入府经年，了无消息。楼近人远，咫尺天涯，欲问无从，垂命有日。倘或风雨骤至，抱恨如何？花能解语，开宜及时。不尽欲言，珍重珍重！"真是一纸相思字，果然一心为着我……

益　春　嗄，三兄当然是为着你！

五　娘（自语）陈三，你岂知我，一心却为何人……

益　春　你也是为着伊！

五　娘　益春，那陈三，现在何处？

益　春　阿娘呀！

（唱）　告阿娘，听说起，

陈三伊在房中心倦神疲。

一心指望阿娘你，

望阿娘早表明心意。

五　娘　（白）伊人到底还对你说些什么？

益　春　阿娘！

（唱）　伊叫小婢向阿娘你提起，

莫再三心共二意。

五　娘　益春，你就悄悄叫他进来，我有话要问他。

益　春　晓得！（喜出望外地下）

五　娘　（取出信复看）“一日相思一日深，几番惆怅几沉吟。荔枝若有坠楼恨，拼向瑶阶碎玉琴。”咳，看这书信真是意切情深！……

（唱）　看他书中情意深，

不由碧琚更难忍，

多亏他，在此为佣受委屈，

书中句句，

惹得我肠肝寸裂。

唉爹娘啊，

世上有此多情人，

何以将儿与林家结亲，

害得我与伊，

绵绵不尽相思苦，

如今必须向他表明我真心。

告苍天，望苍天，

庇佑我这心愿，

早早遂意，

庇佑三兄与我，

早早结连理。

[五娘对天祷祝时陈三上，五娘不觉。

陈　三　（听后进言）感谢娘仔一片真心了！

五　娘　（猝不及防，娇羞）

（唱）　惹得我羞愧无容地，

这事爹娘若是闻知机，

那时岂不罪难辞，

罪难辞来定该就死。

陈　三　我千里而来，愿受劳苦，也是为着娘你，阿娘若死，我也活不成了！

五　娘　三兄！

陈　三　贤妹！

五　娘　（接唱）　三兄说出此言语，

我碧琚怎当得起，

此心今日来相许，

望君百年永相依。

陈　三　陈伯卿耿耿此心，天地共鉴！

五　娘　三兄，你何须指天指地！（相对无言，略停）

陈　三　娘仔，自到你府而来，还未尝与贤妹谈叙过……

五　娘　三兄，你家住在泉州城内还是城外？

陈　三　在泉州城外，朋山岭后人氏。

五　娘　至亲有几人？

陈　三　至亲有……七人。

五　娘　是哪七位，请为道明。

陈　三　家父。

五　娘　令尊。

陈　三　家母。

五　娘　令堂。

陈　三　家兄。

五　娘　令兄。

陈　三　家嫂。

五　娘　令嫂。

陈　三　小姑。

五　娘　（诧异）小姑是谁？

陈　三　就是小妹。

五　娘　还有何人？

陈　三　还有我。

五　娘　（屈指算）只有六人，哪有七人？

陈　三　连同贤妹你，就是七人。

五　娘　你这个人呀！人还未尝过门，就连我也算在内。（娇羞）

陈　三　从投荔枝那天，我就将贤妹算在内了。

五　娘　会打算呀！

陈　三　娘子贤妹呀，俺着来订约。

五　娘　三兄呀！

陈　三　娘子！

五　娘　（唱）　与君订约，
与三兄来订约，
永结百年好姻缘。

陈　三　（唱）　感谢娘子真心意，
为你受尽磨苦也欢喜。

五　娘　（唱）　明知你，
乔装磨镜为着我，
明知你，
情意深长兼有义，
远离郎君，
都只为瓜李避人嫌疑，
望君勿怨，此心有天知。

陈　三　（唱）　听你一言，
如拨云雾见青天。

五　娘（唱）　恨煞林大，
又怨我爹娘狠心机，
苦苦陷儿落深渊，
催儿逼嫁不顾人生死。

陈　三（唱）　如今拨开云雾见天日，
阿娘莫再忧烦在心里。

五　娘（唱）　我怎忍三兄在此再受苦，
我怎忍令你冷落凄凄。

陈　三　娘仔，今有何物，与我作为表记？

五　娘　荔枝、手帕，早就与你为记了。

陈　三　嗄！荔枝、手帕，我时刻放在身边。（取出手帕）

五　娘　三兄！

陈　三　娘仔！

五　娘
陈　三（合唱）　并蒂荔枝为定仪，

陈　三（唱）　香罗手帕作表记，

五　娘
陈　三（合唱）　上天愿为比翼鸟，
落地结成连理枝。

益　春　（奔上）阿娘，三兄，大事不好了呀！

二　人　益春贤妹，何事慌张？

益　春　方才卓二到来，说道林大几次催亲无效，如今动起官府，员外许他，本月十八日前来迎娶了！

五　娘　唔？十八就要迎娶？

益　春　嗄！婚期算来，只有四天，小姐，如何是好？

五　娘　爹娘如此不念女儿，真是使我，心慌意乱了！

陈　三　娘子，事急了，你还是随我同归故里。

五　娘　我身既已许君，到何处就随你到何处吧！

陈　三　如此，就在今夜，三更时候，俺三人备好行装，一同起身！

五　娘
益　春　是一同起身！

[幕闭。

第八场　出　奔

[时间：是场的夜晚（十四日）。

[地点：潮州城外路上。

[幕启：陈三、五娘、益春相随上。

陈　三　（内声）娘子，妹妹快快来走呀！

五　娘
益　春　（内声）三兄，前面带路！（三人上科）

五　娘
陈　三　（唱）　三月十四三更时，
益　春　　　　　月明风静好天气，
　　　　　　　　初夏夜凉人入梦，
　　　　　　　　一路而来无人知。

益　春　（急行扶起五娘）阿娘，你从小不曾出门，这路高低不平，须着小心！

陈　三　娘子，把将罗裙提起，走路才方便。

五　娘　（唱）　提起罗裙，
　　　　　　　　卷起绣罗衣，
　　　　　　　　兜紧绣鞋，
　　　　　　　　步步紧移。（三人圆场奔跑）

五　娘　什么声响？

陈　三　是风吹树叶响，娘子，莫得惊慌，快些赶路。

益　春　阿娘，现在已是四更，天将亮了，赶快赶路。

五　娘（唱）　一心随君归故里，
　　　　　　　路途艰险也不避。

陈　三（唱）　山虽高纵也难与天齐。

五　娘（唱）　脚虽痛，有君同伴免挂意（三人走下山）

陈　三　好了！娘子，贤妹，前面那条路，就是通往福建的大道！

五　娘
益　春　啊，前面那条路，就是往福建的大道，真正好呀！（东方日出，光芒万丈）

五　娘
陈　三（合唱）　走出潮州界，
益　春　　　　　不怕关山重险阻，
　　　　　　　　俺三人脱身来心花开，
　　　　　　　　仰望天空乌云散，
　　　　　　　　五色彩霞放光彩，
　　　　　　　　一轮红日上天来！

[幕徐闭。

[剧终。

（剧本版本：《谢吟剧作选》）

苏六娘

编剧：张华云（执笔） 谢 吟

人　物　表

进　伯　　渡伯杨福进
桃　花　　六娘侍婢
苏六娘
郭继春　　六娘表兄
苏老四　　员外，六娘父
苏族长
郭　氏　　安人，六娘母
杨子良　　饶平秀才
乳　母　　子良乳母
仆人二人
婢女二人

第一场

[京北渡。

[进伯摇船上。

进　伯（唱）　银河隔绝无通路，
双星相对泪涔涔。
渡船撑来又撑去，
好教才子会佳人。

老汉杨福进，撑船几十年，如今须眉遍白，人人叫我老渡伯。哈哈！老是老，倒还强健。（看天）天才亮，未有人过渡，待我撑到柳树下，养神一番吧！（泊船打盹）

[桃花背包袱雨伞上。

桃　花（唱）　一年三百六十日，
　　西泸、荔浦去来频。
　　安人有命召闺女，
　　但恐小姐无心叙天伦，
　　她与表兄恩情深似海，
　　利刀割水也难分。

（白）咦呀，到此京北渡头，为何不见渡伯？（一望）呵！原来还在睡觉，待我来。（拾石子投水，水喷渡伯面。）

进　伯（捋面）哇！原来是阿桃花，你这鬼子。鸡母还未啼，就来搭渡。

桃　花　我有要事，撑我过溪。

进　伯　什么事这样紧！

桃　花　哎！你撑渡管溪河，勿管到暹罗共猪槽。快快撑过来。

进　伯（划船近岸）水在浮，船靠不着岸。桃花，鞋仔脱掉，行几步下来。

桃　花　好！伯呀！来接包袱雨伞。

进　伯　好！包袱先来。

桃　花　阿伯，接！（掷包袱）

进　伯　雨伞再来。

桃　花　好！阿伯，接呀！

进　伯　且慢！

桃　花　做什么？

进　伯　雨伞摆横才好接。你这样直射，岂不被你射倒。

桃　花　好！摆横。伯呀，接！（伪作投伞状，反藏背后）

进　伯（接不到伞）哇！这小鬼，没看准，如今伞给水流去了。

桃　花（俏皮地把伞一扬）伯呀！在这里。

进　伯　哈！你明知我老人目花，却来戏弄我。

桃　花　伯呀！来接！（急掷去）

进　伯　（急接）咳，都是你的把戏，你家员外安人把你宠坏了。快快下船吧！

桃　花　好！（急跳下船）阿伯，你今只管开船，待我给你煮饭。

进　伯　不用，不用。等下我老伴就送饭来。桃花，你如果真有心，就唱歌给我听。

桃　花　伯呀！你也是老歌手，要吗就来斗歌。

进　伯　斗歌，要就来。你勿看我年老孬唱歌，我的歌子一大箩，来！我边划船边唱。（净喉）（唱）

正月百花香，
百花开来蜂蝶狂，
昨夜园门无上锁，
桃花偷走来渡江，
嚟呀嚟，来渡江。

桃　花　（唱）　二月木棉花，
红色开了开白花，
白花飞落你身上，
唇边额角好安家。
嚟呀嚟，好安家。

进　伯　你诮笑老人，日后无老人做。
（唱）　三月燕双飞，
双飞燕子两头家。
你比燕子不成对，
西泸荔浦去又回。
嚟呀嚟，去又回。

桃　花　（唱）　四月雨绵绵，
鹭鹚赶水上揭阳，
你比鹭鹚多支桨，
一年四季守江边。

嚟呀嚟，守江边。

进　伯（唱）　五月扒龙船，

红男绿女如行云。

那个郎君合你意，

阿伯做媒来订婚。

嚟呀嚟，来订婚。

桃　花（唱）　六月暑天时，

五娘楼上掷荔枝，

阮有荔枝自己掷，

免用别人费心机。

嚟呀嚟，费心机。

进　伯（要唱又唱不出）七月……七月……

桃　花　嘻！七月做什么？唱呀！

进　伯（念）　七月七，

牛郎溪边抬头望，

织女河旁唤哥哥。

喜鹊好心架天桥，

架给双星会银河。

我撑船，恁搭渡，

载弥娘仔西泸会表哥，

渡伯呱呱叫，

喜鹊叫呱呱，

若无我老人哩，

你就着䆓呀䆓叫歌。

桃　花（念）　八月半！

绿满溪水黄满山，

渡伯划船靠支桨，

好比老牛拖车靠四脚，

撑渡不撑渡，
管人五娘会陈三。
好在阮主婢来来去去，
你的渡船免挂沙，
你正会呀会斗歌！

进　伯（念）　九月九，是重阳，
满山男女游兴浓，
桃花呀！
心中有人早收聘，
须当提防你员外，
他有财无丁心不安，
如今风水做着了，
岂不想娶尔去做小老婆？
到那时，
你就坔呀坔叫歌！

桃　花（念）　十月人收冬，
家家户户无闲人。
我理内又理外，
安人做靠山，
员外敢妄想，
我就打断他的脚。
他就坔呀坔叫歌！
我就会呀会叫歌。

进　伯（念）　十一月，是冬节。
鸡仔饲大敬老爷，
桃花饲大做赤脚，
退兵不容易，
安人如冰山。

时日一到，
你就枩呀枩叫歌！

桃　花（念）十二月，过年时，
北风吹来冷凄凄，
富人好酒好肉丝棉被，
渡伯孤星冷火守江边，
你勿管我孤单不孤单，
若不力力讨赚，
就着枩呀枩叫歌。

进　伯　十三月……

桃　花　嘻！一年十二个月，哪有十三月，你输了！

进　伯　你哓！逢闰就十三个月，

桃　花　好，十三月，念来！

进　伯　十三月，十……三……（*忽然灵机一动*）哎呀，只顾斗歌，无想到水在涨。不对，只船险些浮到双溪咀。

桃　花　当真？

进　伯　你看，这边南潮，对面西栅。

桃　花　啊！伯呀！快划回来！

进　伯　好，我来划。

桃　花　伯呀！你明天早些来渡头待我娘子。

进　伯　好！
（唱）我老人也从后生来，
后生心事我都知。

桃　花（唱）人到老来须服老，
管人闲事也不该。
（下）
［幕落。

第二场

[郭家花园。

苏六娘 （内唱） 春风践约到园林。

[苏六娘上。

苏六娘 （唱） 小立花前独沉吟。
表兄邀我为何因？
转过了东篱花圃，
来到杨柳荫。
但见亭榭寂寂，
什缘由，有约不来临。

咦呀！继春表兄锦笺约会，因何亭榭静寂，人尚不见？

郭继春 （内声）行上。

苏六娘 哎呀，表兄来了（隐于亭旁）

[郭继春上。

郭继春 （念）想结同心结，几度开口难。春风有约后园中，这一次，再莫错过良缘。

郭继春 呵！妹妹还未来。（六娘摘了一朵绣球花抛向继春。）呵！绣球花！（见六娘）绣球抛给吕蒙正，真是佳兆佳兆。

苏六娘 （闻言失笑）嘻！

郭继春 （也笑）嘻！原来是妹妹先来。妹妹，这花掷得好，可惜不在彩楼前。

苏六娘 表兄休要乱讲。

郭继春 承教了。

苏六娘 表兄相邀，有何教言？

郭继春 妹妹，只因科期将至，为兄必须上京赴试，你我只好暂别了。

苏六娘 这等？

郭继春 正是。妹也年已及笄，恐怕不能久住西泸，一别之后，再会何期？

苏六娘 表兄，祝你一举成名。

郭继春 谢谢妹妹。但是……

[继春自觉难入话题，低首自思。六娘聆言察状，颇知继春之意，也在凝思。继春忽见地上玉坠，拾起。

郭继春 妹妹，这白玉坠，是你掉下的么？

苏六娘 呵！正是。

郭继春 妹妹，此玉坠好像是我儿时赠给你的，为何失落于此？

苏六娘 这白玉坠正是表兄所赠，妹时刻带在身边，不知为何掉下在此。

郭继春 （行至花荫）表妹，你岂记得，儿时你爱鸣蝉，我便攀上这树去捉，险些跌下来。

苏六娘 哎哟！记得，记得。表兄呀！（唱）

知蝉声几度，
物换星移。

郭继春 （唱） 任星移物换，
俺俩心相爱无尽期。

苏六娘 表兄你看……（唱）

尝记那时间，
柳荫下，同垂钓。

郭继春 （唱） 钓丝动出水鳞鳊。

苏六娘 （唱） 闲时在这塘边捉迷藏，
看荷花亭亭玉立可人怜。

郭继春 （唱） 那时间……你爱莲花我摘赠，
赠你一支并蒂莲。

苏六娘 是呀！我还把它插在玉花瓶。

郭继春 （唱） 花开并蒂可人怜，
好比俺兄妹双双勤读在芸窗前。

苏六娘 （见蝴蝶）唉哟！表兄你看！

部继春 看什么？

[桃花暗上，在一旁窥视。

苏六娘 （唱） 那边厢……穿花蝴蝶双双舞，

郭继春 （唱） 俺这里……扑蝶人儿舞双双。

苏六娘 （唱） 蝴蝶年年花间舞，

郭继春 （唱） 愿扑蝶人儿永成双。

桃　花 （突然而出）不错，对呀！

（唱） 蝴蝶自应双双舞，

扑蝶人儿也该早订良缘。

苏六娘 （作娇羞态）贱婢，你鬼头鬼脑，吓得人心惊胆跳呀！

郭继春 桃花，你何时来？

桃　花 表少爷，我方才到府，老夫人说道：娘仔在后花园游玩，故而前来寻她。

苏六娘 桃花，你不在家奉侍安人，来此何事？

桃　花 只因员外来书说道，不日回家，因此安人命婢接你回去。安人说道：明天吉日，就须起程。

郭继春 妹妹，你明日回家，为兄不久又要上京赴试，从此一别，后会何期？

苏六娘 唉！（唱）

江南江北一溪水，

别时容易见时难。

郭继春 （唱） 妹归荔浦兄赴试，

一别再别愁更长。

桃　花 （唱） 欲偿万顷相思债，

还须及早订良缘。

[六娘闻言，含羞低头。

桃　花 表少爷呵！（唱）

我劝你，花开堪折还须折，

莫待无花空折枝。

人事匆匆多变化，

早托良媒把亲提。

苏六娘 桃花，休得乱讲（含羞地）

郭继春 桃花之言甚是，只是家教森严，难以启齿哩。

桃　花 （唱）　老祖母可比那天波府佘太君，

姑母她不比陆游的亲娘。

（白）表少爷，何不恳求老夫人、安人做主？

[二人闻言羞涩。

苏六娘 死丫头你！（轻轻拍桃花肩一下，不好意思地走到假山边）桃花过来！（取下金钗，交桃花并向桃花耳语后匆匆下）

桃　花 （转向继春）表少爷呀，好了！娘仔有定情之物赠你。

郭继春 呵！何处？拿来！

桃　花 哎！秀才好无道理，娘仔情深义重，桃花充当媒妁，也无一言道谢！

郭继春 （喜笑地）呵！谢谢桃花姐成全，小生这厢有礼！（深深一揖）

[桃花失笑地把钗交与继春。

桃　花 （唱）　有道是良禽择佳木，

金石喻情坚，

此中有深意，

永远莫相忘。

郭继春 谢谢妹妹了。（向桃花一揖）

桃　花 啐！（下）

郭继春 桃花……

[幕落。

第三场

[苏老四与族长上。

苏老四 （念）仗官亲连审连胜，得风地千子万孙。

族　长 （念）烧赤壁全仗诸葛亮，走衙门还须族长爷。

苏老四 是是！打赢官司，得了风尾地风水，还再与杨家联婚，都是叔公之力。

族　长　哈哈！这是族内事，也是我分内事。老四！看见荔浦寨墙了，快些回去。

苏老四　来走！

[二人下。

[苏员外家的大厅。

[郭氏上，侍婢跟上。

郭　氏　（念）且喜争讼已了结，移向堂上待夫君。（就坐）老身郭氏，配对苏门，膝下单生一女，自幼寄居西泸，随我父亲攻书，因此按照舅家排行，称为六娘。唉！若勿潮州例俗，女儿不好走母路，就把女儿配与侄儿继春，亲上加亲，将来二老百年之后，这份家财，也免旁落，这就多好。莫奈中表联婚，居多不祥，这个念头，只好作罢。侍婢，桃花为何不见？

侍　婢　禀安人，桃花在房中陪伴娘仔缝衣。

郭　氏　这孩子，昨天才从西泸回来，就忙着缝衣。

[仆人上。

仆　人　禀安人，员外、族长到了。

郭　氏　呵！到了！（起身准备迎接）

[苏老四、族长上。

郭　氏　叔公、员外，恁回来了，一路辛苦呀！

族　长　哈哈哈！四嫂，过山有轿，逢水乘船，莫得什么辛苦！

苏老四　叔公，请坐，请坐。

族　长　好，坐、坐。

苏老四　（望望，不见六娘）安人，女儿岂曾回家？

郭　氏　女儿昨天从西泸回来了。

苏老四　好，回来就好。

族　长　四嫂，侄女的喜事来了，以后不要给她再去西泸吧！

郭　氏　叔公，我女喜从何来？

族　长　此次我与四兄上城打官司，不单官司打赢，还给你择个乘龙佳婿。

[苏老四也满意地点点头。

郭　氏　（也觉欢喜）叔公，未知女婿是谁？

族　长　哈哈，就是那府衙内师爷之子杨子良秀才，嘴尖笔利，远近皆知，正是一个快婿。

郭　氏　呵！谢谢叔公了。

族　长　哈哈！谢我是不错的，若无我为媒撮合，哪能得此官亲。恁老夫妻请坐，我告 辞了。

郭　氏　叔公，你与员外，远道回来，今晚请来喝杯薄酒。

族　长　打赢官司，得了快婿，双喜临门，正该请我来坐东一位，畅饮一番。哈哈哈！（下）

郭　氏　员外，杨家女婿，你岂曾见过？

苏老四　谢宴之上，亲面见过，相貌倒还过得去。

郭　氏　如此，我就安心。他是哪里人？

苏老四　他籍贯饶平。

郭　氏　呵！饶平！员外，你真太无打算了呀！

苏老四　杨家门第，女婿功名，正是一门体面官亲，为何说我无打算？

郭　氏　哎哟！俺只有此女，怎忍把她远嫁？

苏老四　哎！门风相对，虽远何妨！

郭　氏　吁！俗道无男靠女，远嫁饶平，如何使得？

苏老四　这……（挑动隐忧）如今木已成舟，使不得也要使得了！

郭　氏　（无可奈何地）呵！这，这如何是好？

［苏老四觉郭氏之言有理，但无能更改，因此二人闷坐自思。静场。

［苏六娘兴奋地上、桃花随上。

苏六娘　（唱）　闻道爹爹归来，
抛下了针线忙向前。
猛然间，只见爹娘春山锁，
什情由，使人费疑猜。

爹娘万福！

苏老四
郭　氏　我仔，一旁坐下。

苏六娘 是。（坐）爹爹回家，女儿请安来迟，还望恕罪。

苏老四 女儿，为父不怪你。

苏六娘 谢过爹爹。

郭　氏 （起身把六娘拉到一边）我仔，你父此次上城，将你终身，许配饶平杨师爷之子杨子良秀才了。

苏六娘 （大吃一惊）怎说，爹爹将女儿许人了么？

苏老四 正是。

苏六娘 唉咦！（晕倒）

桃　花 （同时自语）这还了得！

苏老四 （莫名其妙地）呵……

郭　氏 （惊骇，急扶住六娘）儿呀，仔细。

苏六娘 （唱）　实指望表兄早下玉镜台，

怎知道爹爹先把鸳谱错安排。

平地风波骤起，

此情难挨。

苏老四 （惊慌地问）女儿，为何如此？

苏六娘 爹爹，女儿不嫁，女儿不愿嫁呀！

苏老四 （意外地）呵！男大须婚，女大当嫁，怎么好说不嫁？

苏六娘 （很觉难言）这……这……唉！

（唱）　为儿自幼学诗礼，

也知婚姻须由爹主裁。

怎奈我满腹……（又不敢说出）

苏老四 你满腹什么？

郭　氏 女儿，怎么又不说了？

苏六娘 （沉痛地）满怀心事，唉！

（唱）　询问桃花事便知

[六娘拂袖下，桃花跟下。

郭　氏 （想欲挽住，已来不及）呵好……

苏老四 哎哟！书越读越不像样，竟敢在我面前，口口声声，说道不嫁，这真岂有此理！

郭　氏 员外休恼，女儿说道，桃花知她心事，俺可叫桃花出来，问问一番。

苏老四 定是桃花贱婢教坏了，哪能不问。（向内）桃花，快快上来！

桃　花 （内声）就来。

（唱）　堂上叫声高。

[桃花上。

桃　花 （唱）　顿教小鹿撞心头，

我这里，待欲设词推托，

员外他，又哪能疑云全消？

倘若是把私情和盘托出，

又恐怕从今后断了鹊桥，

教我怎把话来招……

苏老四 贱婢，还不快来，还不快来呀！

桃　花 是了。

（唱）　硬着头皮向前去，

看他来势再推敲，

（白）婢子叩见员外安人。

苏老四 桃花！

桃　花 婢子在。

苏老四 娘仔拒婚不嫁，到底所为何因？

桃　花 禀员外安人，这是娘仔终身大事，嫁与不嫁，她自有主意，小婢何从得知。

苏老四 住说，你朝夕跟随娘仔，她一举一动，定然知晓。何况她亲口说道，心事唯有你知。你须好好实说，方免受责，受责了呀！

桃　花 唉咦……员外呀，安人，娘仔心事，婢子实是不知，还求宽恕，还求宽恕呵！

苏老四 贱婢，如此狡赖，岂能相容！来，跪下！（向婢）取家法上来！

桃　花 唉！员外呀安人，事到如今，婢子瞒亦不得，只是厅堂之上，言之不便。

郭　氏　梅香退下!

[侍婢下。

苏老四　快说!快说!

桃　花　员外安人容禀。

（唱）　婚姻大事谁能免,
父母主婚自古而皆然。
娘仔于今敢抗命,
自有缘由在其中。

郭　氏　她自幼寄读舅家,知书达理,长大谨守闺阁,未曾逾规荡检,哪有什么缘由?

桃　花　安人,就是这个读书舅家,才有这场风波哩。

郭　氏　我兄家规严肃,谁敢惹是生非!

桃　花　（唱）　郭府门庭深似海,
谁知风流韵事,竟在萧墙之中。
舅老爷治家严内外,
偏老夫人惜孙内外一般同,
何况俺家娘仔与表少爷……

苏老四　（急得不待言毕）他两人做什么?

[郭氏想欲止住桃花,已来不及。

桃　花　（唱）　他两人自幼同窗共砚,
这数月朝夕相依傍。
又使桃花传书递简,
递简传书千百遍。

郭　氏　（暗自惊骇地）哎哟!这还了得!

苏老四　可恼,可恼呀!

（唱）　恨逆女如此朦胧,
招蜂引蝶败家风。
看起来……都是你……

牵针引线乱闺阁，
为淫媒，传书递简把情通。
气将起来将你打！（取家法打桃花）

桃　花　哎哟，哎哟！

苏老四　贱婢你呀！（打）

桃　花　哎唅！（痛得扑地，唱）
痛楚难挨，
鞭笞点点点点如雨来。
唉！员外呵！
桃花身为一侍婢，
娘仔有命怎推开。
明是恁，身为父母无远见，
一念之差错安排。
全不思，女子无才便是德，
西泸寄读为何来。

郭　氏　随侍外祖父读书，算是家学，有何不可？

桃　花（唱）　梁祝化蝶……梁祝化蝶因共砚，
中表同窗也不该。
这事是您错主意，
怪责桃花理何来？

苏老四（觉得桃花言之成理，反责郭氏）唉！都是你慈母败儿，纵容她西泸游学。

郭　氏　当时你也愿意，如今竟全推在老身身上来！

苏老四（唱）　古道慈母败儿，
恨你教子无方。
只道郭家诗礼门第，
奈何变成了濮上桑间。

郭　氏（唱）　自古严父出孝子，
都怪你管教不严。

女儿亲事自主张，

到今朝进也不得退也难。

苏老四 （唱） 越思越想越恼气，

定欲查究此事端。

郭　氏 （又气又急）你这死老狗！俗话说：“狗屎愈揭愈臭。”事已至此，还想彰扬，难道就不怕辱了门风么？

苏老四 试问杨家一旦来娶，如何是好？（又急又气）

郭　氏 （又觉有理）呵好！这真进退两难了呀！

桃　花 员外安人，请听小婢一言，（唱）

苏家无子空有财，

亲上加亲理正该。

中表联婚自古有，

怎把姻缘强拆开。

郭　氏 我非无此念头，只是女儿不好走母路，况且如今婚又定了。

桃　花 （唱） 田螺尚且为仔死，

骨肉恩爱何忍刈开？

女儿嫁到千里外，

大江东去难再来。

郭　氏 是呀！都是你这老不是，好打官司，将一个亲生女儿，嫁到千里外，你难道忍心得去。况且日后这万贯家财，叫谁承受，叫谁承受？

苏老四 （无言可答，归咎族长）唉！千怨万怨，都怨族长这个老浑蛋，偏偏促成此婚！

桃　花 员外呀安人！（唱）

含苞待放枝头蕊，

哪堪狂风暴雨来。

万一玉容憔悴损，

恁二老，萧条暮景情可哀。

郭　氏 （酸心地埋怨）倘若女儿有一差二错，我就不肯与你甘休呀！

苏老四 哼！真是捧虱上头爬了！

桃　花 （唱）　事到头来须当有主裁，

站稳脚跟理应该。

须知道……须知道官威族势交相迫，

艰免平地起祸灾。

苏老四
郭　氏 （束手无策）哎哟！这如何了得，如何了得！

（合唱）　听此言，心如箭穿，

怎能求得策两全。

苏老四 （唱）　若欲退却此婚事，

官威族势难抵挡。

郭　氏 （唱）　若不退却此婚事，

名花难耐东风狂。

苏老四
郭　氏 （合唱）　到此刻，灯盏无油把心煎，如麻乱……

［二人焦思愁想不尽。

桃　花 唉，员外呀安人！娘仔与表少爷，因同窗共砚，日久生爱，这是人之常情，恁今强夺她志，许配杨家，叫她如何听从？

郭　氏 （向苏老四）桃花说得有理，何不把杨家亲事退了？

苏老四 唉！（唱）

虎死留皮人留名，

许婚退婚败家声。

况又族长为媒妁，

虎须难拔计难行。（重句）

桃　花 （感叹地）唉！员外既无主意，娘仔又是执性，这就难免弄出祸来呵！

郭　氏 哎哟！二老只有这一块肉，果如桃花之言，将来你我所靠何人、所靠何人？

苏老四 唉！骑虎难下，只好小心观防，再想良策罢了。

郭　氏 桃花，你须小心服侍娘仔。

桃　花　婢子从命。（下）

苏老四　唉！一场官司才了结，

郭　氏　半天横祸又飞来！

[幕落。

第四场

[潮州城内外。

杨子良　（内声）阿妮行起！

乳　母　（内声）行起！

[杨子良、乳母同上。

杨子良　（唱）　东华楼上订婚姻，

三推四托拒成亲。

阿妮唥！

乳　母　秀才唥！

杨子良
乳　母　（合唱）　俺今速到荔浦去，

看他内中何原因。（重句）

杨子良　哎哟！自从东华楼定亲，屡次去信催娶，苏家总是拖三延四，我愈待愈急。因此禀过父亲，带了乳娘，亲到揭阳，来去找苏族长！催促过门，猛猛合婚。阿妮，快些行起！

乳　母　（唱）　好，欲行就来行。

杨子良　（唱）　不觉来到潮州城。（停住）

乳　母　秀才……秀才呵！吁，怎么不走，秀才呀！

杨子良　哎哟！妙呵！（唱）

阿妮唥！你来看……

那边一群小娘仔，

脚尖手幼薄面皮，
湘子桥下洗白纱。
头上梳大鬓，十指如姜芽。
轻声细语，艳若桃花。

乳　母　秀才，如今欲去揭阳讨亲了，学斯文些，勿咀一块，目一块。

杨子良　（唱）　三妻四妾自古有，
家花摘了摘野花。
回头买个洗纱女，
称心快意过一生。

乳　母　秀才，俺是出门人，勿惹事。走，走！看看风景好。

杨子良　好，来看风景。（行）

乳　母　秀才，这个山，叫作什么山？

杨子良　韩山。

乳　母　山下那座大厝，是什么厝？

杨子良　韩祠。

乳　母　山脚那条溪呢？

杨子良　（不耐烦地）韩江！韩江！

乳　母　（怪异地）咦，怎么通通是韩？

杨子良　阿妮，你有所不知（唱）
韩文公被贬到潮阳，
从此潮州出豪贤。
后世潮人感盛德，
遂把江山改姓韩。

乳　母　呵！秀才，这样说，我就想起一件事来。

杨子良　阿妮，你想起何事？

乳　母　你与老爷是不是韩文公的门生？

杨子良　不是，他是唐朝人，离目前几百年了。

乳　母　呵，不然呀是读过他的书？

杨子良 读过。阿妮，你为何问起这事？

乳 母 我是看你与老爷的本领和韩文公一样。

杨子良 （听到称赞，微笑地）呵，从何见得？

乳 母 韩文公来潮州做官，将江、山、祠堂都管正了，你与老爷管正人家的田、厝、风水、物业也都不少，岂不是本领与他一样。

杨子良 （生气）喳！休要乱讲！行！

乳 母 （不明所以）啊！称赞着反生气！（随行）

杨子良 （唱） 韩江滚滚东南流，

韩湘子显圣把桥修。

十八梭船廿四洲，

二只铣牛一只溜。

乳 母 呵！这是湘子桥。秀才，那边是什么？

杨子良 那是凤凰台。（唱）

凤凰台也是仙家造，

水到台前东西流。

林鉴成存心破风水，

涸溪建塔败潮州。

乳 母 哎哟！真是大地方，好风景！（站着四顾）

杨子良 阿妮！我哩讨亲心急，你哩顾着看风景，还是一面行一面看，才免耽误时间。

乳 母 好，一面行一面看。（行。忽见石牌坊）哎哟！这些物要说是门哩无厝，要说是雨亭哩不好避雨。

杨子良 哎吓，又来，又来！是亭，这个是节妇亭。

乳 母 节妇？（想）

杨子良 夫死不嫁称节妇，官府为她立牌坊。阿妮，你是我乳娘，守节半生，等我将来做大官，就与你建个节妇亭。

乳 母 （有所感触，啜泣）嘘……

杨子良 （莫名其妙）呵！怎么哭起来了？

乳 母 你……问你爹就知。

杨子良 （一想）吁！行，行，行！

[乳母只顾哭，忽见子良去远，忙赶上。

杨子良 （唱） 行过东门头，

直落春城楼。

街上石亭算不尽，

那边开元古寺起唐朝。

葫芦山，竹竿山，山山有灵气，

八景算是西湖娇。

眼前景色看不尽，

行行不觉到南郊。

乳　母 哎唷！（停住）

杨子良 阿妮，为何不走？

乳　母 哎唷，阮缠脚缚爪，怎比得你男子汉。

杨子良 哇！真是急伤风，偏遇着你这缓郎中，勿驳，快走！

（唱） 欲食好鱼白腹鲳，

欲娶娇妻苏六娘。

心中欢喜不觉远，

盘山过岭上揭阳

[二人急走下。

[幕落。

第五场

[苏家的大厅。

[苏老四愁眉苦脸地上。

苏老四 唉！鸡脚缠麻丝，衫裾衲著刺，拼哩拼不开，走哩走不离。如今杨家来讨娶，官威加上族势，教我脚忙手乱，无了主意。

[郭氏，桃花暗上，苏老四不觉。

苏老四 恨只恨那老娼无好教示，任那逆女引蜂惹蝶，生非生是。

郭　氏 老狗说话无道理，怨天怨地也不怨自己。你一日食饱无事故，专门打官司！为了逢迎官府，不顾亲生女儿。如今祸事临头，看你怎样死！

苏老四 哎哟！老娼还来火上加油！

郭　氏 老狗，谁叫你乱吠！

苏老四 哇！这个好耐呀！（作欲打架状）

桃　花 （急忙劝阻）员外，安人，休欲斗气。如今族长、秀才就要到来，还须设法应付才是。

苏老四 应付，应付！他已催亲多次，被我拖延过。如今亲自登门，叫我如何应付？

郭　氏 怎么不可应付，就叫他退亲。

苏老四 退亲？说得这样容易。况且族长为媒，关系家声族誉，如何说得出口？

郭　氏 家声？什么绝种家声，亡户家声？女儿都保不住，还顾什么家声？

桃　花 员外安人，此时吵闹，无益于事。若无良策应付，诚恐娘仔，被迫无奈，只有死路一条了。

郭　氏 我惨呀！我仔，我肉呀！（泣）

苏老四 唉！

桃　花 安人，休欲伤心！

郭　氏 桃花，你今有何妙计？

桃　花 事到如今，只好观风看势，可延则延，可退则退，避过风头，再作计较就是了。

苏老四 只好如此。

[仆人上。

仆　人 禀员外安人，族长和杨姑爷来了。

苏老四 （吃了一惊）呵！来了？

仆　人 是。

苏老四 （仓皇失措地）迎接、迎接！

[族长、杨子良上。

族　长　维护伦常我有责。管教才女归才郎。

杨子良　西天佛不如土地伯，还须族长作主张。

苏老四　（急迎上去）叔公，秀才，失迎，失迎！

[同揖进。

族　长　杨秀才，岳父你见过了，这是你岳母。

杨子良　岳父岳母在上，小婿有礼！

[郭氏不作答。

苏老四　（很难作答，勉强地）免礼免礼，请坐请坐。秀才亲临寒舍，有何贵干？

杨子良　（自语）啊！开口秀才，闭口秀才，假痴诈呆，问我有何贵干，哼！来，来！（转向苏老四）岳父，当日东华楼席上定亲，是你亲口答应，两家情愿，并有苏族长为媒。为何推三延四，不让迎娶？今日小婿登门，便是欲来迎亲。

苏老四　这个……

族　长　四兄，我与你说过几次了，你总是说：“候择吉日。”如今秀才是登门来讨亲的。

苏老四　叔公，你有所不知，只因阮二老单生此女，年纪尚幼，不放心让她远嫁，故而请求延慢……

郭　氏　是呀，我女儿年纪尚幼，况且妆奁未备。秀才为何如此急切？

杨子良　哎！令爱年已及笄，况订婚已久，怎说年纪尚幼，妆奁未备？岳父岳母说话须欲近理些些。

郭　氏　嗄！富贵人家，婚姻大事，须讲排场，虽是订婚，但筹备未周，就来三催四迫，成甚样子！

杨子良　呀！岳母，讨亲也是人情之常，怎可说是“催迫”！

郭　氏　迫也好，不迫也好！阮二老只有此女，爱如掌上珠，目前未甘让她出阁，你如迫不及待，就请去另寻淑女……

杨子良　（怒气勃发，打断郭氏的话头）此话怎讲？（唱）

闻言语，气冲天，
出乎反乎何道理？
原来恁屡次相推托，

是蓄意悔婚把人欺！

族　长　秀才，妇道人家，不晓世务，莫怪莫怪。苏氏强宗盛族，哪有许婚退婚之理。（故以目视苏老四）

杨子良　哼！真真岂有此理！

苏老四　叔公呀，秀才！（唱）

阮二老行年过半百，
膝下唯有此女儿。
指甲离肉心头痛，
骨肉相连难刈离。

杨子良　（唱）　你愈说愈不成话，
我愈听心头愈气！
回头来……回头来，问一声：
媒人公，今日之事你怎主意？

族　长　（转向苏老四、郭氏）四兄、四嫂，女儿都着嫁出，哪可为着爱女，致令亲家变成冤家！亲既定了，就该让人迎娶呀！

[苏老四话难出口，转望着郭氏。

郭　氏　（会意地，向族长婉求）族长公……

族　长　何事、何事？

郭　氏　（唱）　冬瓜虽大还是菜，
小女年幼尚无知。
还请叔公来做主，
把婚期延慢待来年。

苏老四　是呀！待来年才来迎娶吧！

杨子良　哎！想你们这般设尽诡计，也是枉费心机。老实说，牛角不尖不敢过岭。我今日登门，即欲迎娶，若再拒婚，就请公堂相见，公堂相见了！（言时声色俱厉）

桃　花　（冷笑地自语）吁，今日堂上接姑爷，恰似争讼上官厅！

杨子良　（怒视桃花）呸！你这个丫头，自言自语，说些什么？

桃　花　我说姑爷你……

杨子良　姑爷怎呢？

桃　花　（唱）　姑爷今日一进门，
　　　　　　　　　声声说欲告公堂。
　　　　　　　　　亲家未成冤家先做，
　　　　　　　　　甜酒未饮先变酸。

杨子良　胡说！主人待客，婢女敢来多言！真是全无家教！

桃　花　（唱）　姑爷既是读书晓礼仪，
　　　　　　　　　当知人伦之道长幼尊卑。
　　　　　　　　　天在上须欲仰头望，
　　　　　　　　　地在下要看把头低。
　　　　　　　　　岳亲当前须执仔婿礼，
　　　　　　　　　怎可声声句句打官司。

杨子良　呸！呸！呸！你这死丫头，敢来教示我！明是你们三推四托，有意悔婚，难怪我要公堂相见！

桃　花　（唱）　亲子自有恩爱，
　　　　　　　　　王法不伤人情。
　　　　　　　　　声声公堂相见，
　　　　　　　　　说是悔婚有何凭。

杨子良　呸！看你这样所为，内中定有情弊！

桃　花　请问有何情弊？

杨子良　（唱）　莫非是一女许二婿，
　　　　　　　　　莫非是我妻与人有私情。

桃　花　哎！姑爷呀，秀才！枉你读书明理，今日竟说出此话。你自己捧屎涂面，倘若娘仔闻知，怎肯与你甘休、与你甘休么？

杨子良　（恼羞成怒）住口，住口！你是个下贱丫头，敢来与我斗嘴！我想不想呀……

［族长拉住杨子良，暗示不可动粗。

桃　花　姑爷哙，勿气，勿气！桃花人贱理不贱，想我生为奴婢，都是任人出气。只是姑爷，过门是客，不可失礼，以后两家才好做亲。还望姑爷，三思恕罪呀恕罪。

杨子良　（无言可答）可恼呀！

族　长　桃花！糟糠好出头，你是奴仆，主人待客，何用你多言！

桃　花　族长公，婢子不敢。

族　长　还不快快退下！

［桃花未即退下。

苏老四　族长公叫你下去，你就下去。

族　长　（见子良难以下台）哎呀，丈人仔婿，嚷了不成样。秀才你暂回我家，此事候我与四兄缓缓商议。

杨子良　（正中其意）好，由他打算！（下）（桃花无奈下。）

族　长　四兄，你也太无果断了呀！女儿婚姻，既已应许，就该让他迎娶，为何推三延四？

苏老四　（频频摇首）唉！哑子吃黄连，有苦说不出。

族　长　（奇怪地自语）呵！这是何故？（转向苏老四）老四，到底有什么难言之事呀？

苏老四　叔公……

族　长　说呀！

郭　氏　（暗示苏老四）叔公是族内人，说也无妨。

苏老四　自从回家之后，安人嫌我错了主意。不愿把女儿远嫁饶平……

郭　氏　叔公，阮二老只有这一块肉，嫁到远地，实在不甘。

族　长　（把气强抑）不甘？不甘难道欲退婚？

苏老四　我妻倒是有此想法……

族　长　你呢？

苏老四　我被她一说，也想求叔公做主。

族　长　求我做主？

苏老四　是，求叔公代向杨家说情，退了此婚。

族　长　（把苏老四手一拉）老四！

苏老四　叔公！

族　长　这婚岂是你亲口答应？

苏老四　是是，是我亲口答应。

族　长　何人为媒？

苏老四　自然是叔公你。

族　长　可知道！家长主婚，族长为媒，今日竟敢提出退婚二字，苏氏盛族，体面何存，这……这体面何存么？

郭　氏　叔公，言之虽是，只是我女，也不愿意，倘有差错，如何是好，如何是好？

苏老四　（搔首顿足自语）唉！进也不是，退也不是，左右为难。教我如何主意呵！

族　长　（旁白）莫非内中……对嘎。（急向郭氏）四嫂，火岂容纸包，内中情弊，还须明言才是。

郭　氏　叔公！家门不幸，那逆女与我侄儿继春……

族　长　六娘与继春，难怪难怪！哼！（唱）

父母昏庸女不肖，
败坏宗族辱门风。
难怪恁三推四延，
却原来纵女谣乱与人私通。
辱没了苏氏宗族，
乡规王法不相容。
我定欲开龛门正族法，
把将你女沉江中！

苏老四　（唱）　叔公且息怒，
容我再进言，
逆女不肖当严责，
万望海涵莫声张。

郭　氏　（唱）　弱息衰亲相为命，
白头人难舍黑头人。

还请叔公开恩德，

感恩戴德不敢忘。

族　长（唱）　我一言，泰山重，

驷马难追回。

恁败宗风背乡法，

自作自受自惹祸灾！

（装模作样地）我即时前去通知杨秀才，依法控诉。并叫众后生到来，缚入沉江。定教你家破人亡家破人亡了！

苏老四
郭　氏　哎哟，那还了得，叔公呀！（合唱）

哀求叔公相容情，

须还念及同族至亲。

怜我唯有此脉，

宽恕我女全生命，

苍天尚有好生德

休认真处别认真。

哀求叔公抬贵手，

犬马图报不忘情。

族　长　住口！老四呀，老四！我荔浦苏氏世代清白，谁知你治家不严，教女无方，做出这般败祖辱宗之事，定欲执行族规，将你女缚去沉江。

郭　氏　做情，做情。

族　长　罢了，若欲保全你女生命，须依我言。

苏老四
郭　氏　请叔公示明。

族　长　百句五十双，若是答应杨家迎娶，便可除前不究，倘有半声不字，那时休怪小老，休怪小老了。

苏老四　族长公吩咐，为侄自当遵命。只是逆女执意难改，倘若一差二错，如何是好？

族　长　这个倒也不难，如今可设下一计，断绝你女痴想。

苏老四
郭　氏 叔公有何妙计？

族　长 候我令人来你家报喜，说是西泸郭家舅舅已为继春聘定名门，绝了六娘对继春痴情，那时她自然愿嫁杨家了。

郭　氏 这……（望着苏老四）

苏老四 （决然地）咳！叔公，事到如今，听从你就是。

族　长 听从就好。我即去通知杨秀才，后天前来迎娶。

郭　氏 哎哟！怎可这样快？

族　长 哎，夜长梦多，从速为妙。我回去了。（急下）

郭　氏 （急欲叫住）叔公，叔公！

[幕急落。

第六场

桃　花 （内声）走上。

[桃花上。

桃　花 （唱）　杨家凶恶如狼虎，

族长如虎把翼添。

二老虽然爱弱女，

淫威之下难商量。

杨家迫亲，择定明天过门。传说舅老爷已与表少爷另定姻亲。员外、安人命我前去西泸报喜，娘仔暗中嘱我打探消息，并且赠我金环一只，说道若无妙计挽回，就可远走高飞，不必再回荔浦。唉！苦呀！（唱）

杨家花轿已临门，

又传郭府定姻亲。

速去西泸探消息，

共商妙计救玉人。（下）

[初更鼓。

[苏六娘闺房。幕启时，六娘闷坐。

苏六娘 （闷闷地摇首愁叹）噢！（唱）

愁恨满怀，愁恨满怀，
问苍天，天无言。
西泸旧梦已阑珊，
不堪回首金玉缘。
从来好事多磨折，
自古薄命是红颜。
杨家催迫甚星火，
族长枭恶似虎狼。
嗳，爹娘何忍心，
忍心舍女陷牢笼。
桃花西泸来回返，
真教我愁肠百结泪阑干。

[侍婢二人手托衣饰等物，偕同乳娘上。

侍　婢 禀娘仔，员外命阮给娘仔取来衣饰，准备明早出阁修装。

苏六娘 放下。此是何人？

侍　婢 这是杨家乳娘，姑爷命她来做伴房的。

乳　母 是呀，阮是来伴房的，（见案头书籍）秀才娘你也会读书？哎哟，恁读书人，真是天顶有星，俺秀才也是读书人，人家来请秀才写状，他就画龙画虎，掠人印印指头模，这钱多多就赚入来。（重句）秀才娘，俺家在饶平势头真好使，要人家的田厝，免用钱买的，秀才写支牌仔插下去，物件就是俺个。哇！秀才娘，你又雅又贤，来配阮秀才，真是一对好鸳鸯。

苏六娘 梅香，带乳娘回房去安睡吧！

侍　婢 是。乳娘来去。（下）

乳　母 好，秀才娘，你也着睡了。嘎着，秀才娘，修容择在寅时，簪花择在卯时，时到我再来替你修妆。唉！雅哉，雅哉！（自言自语地下）

苏六娘　（望着乳娘后影，憎恨悲愤地）这样狼窝狗窠，我就死也不嫁过去呀！唉！

（唱）　妖魔鬼怪逼杀侬，

我宁死也不嫁到狼窝中。

到如今，鬼门关头已在望，

救星渺渺，乌云漫空。

见此首饰悲又愤，

天教六娘含恨终！

[郭氏上。六娘误为桃花来，上前呼唤。

苏六娘　桃花……（见是母亲）呵！母亲！（跪泣）

郭　氏　（急扶起）女儿，有话但说，休要伤心。（也泣）

苏六娘　（无限伤心地）母亲，你真的忍心将儿嫁到杨家么？

郭　氏　（悲伤，愧无以对）呵！……

苏六娘　（唱）　儿是母亲心头肉，

朝夕不离随娘身。

燕子筑巢为爱子，

母亲你怎忍下绝情。

从今后，儿好比风筝断了线，

又好比，失舵扁舟沧海任飘零。

郭　氏　（唱）　我明知儿比莲子心更苦，

你怎知母比青梅泪更酸。

为退婚，亲向族长苦哀告，

怎奈乡规族法，迫得人进退不能，

到如今，木已成舟米成饭，

但愿恁夫妻恩爱，

夫妻恩爱安富尊荣。

苏六娘　呵，母亲！桃花前去西泸，因何至今未回？

郭　氏　吉日如此急迫，舅家事前不知，外祖母一向又疼爱于你，不免办些礼物送嫁，恐怕桃花非到天亮不能回来了。

苏六娘 （内心焦急，强加忍住）呵！

郭　氏 桃花未回，为娘在此与你做伴。

苏六娘 不用，请母亲回房安睡。

郭　氏 明天吉期，儿你也应早些安睡。

苏六娘 女儿遵命。

郭　氏 （出门）唉！（下）

［二更鼓。

苏六娘 （望着母去）呵……（唱）

二更鼓，响叮咚，
声声敲得人心痛。
蜡烛有心还惜别，
青鸟无情信难通。
桃花呵！
是佳音，
是噩耗，
早送闺中。

嫁期已迫，五内无主。时已二更，桃花还不见来，莫非果如母亲之言！（一想）不是、不是，桃花决无误我大事。……（凝思，又焦急起来）唉！（唱）

莫不是……表兄他会文联咏人不在，
正致她不能及时回转。
莫不是，表兄姻缘已另定，
亲命难逆回天无力，他出走异乡。
奴这里，越思越想越焦急，
芳心无主泪阑干。（重句）

桃花临行，我曾嘱她，倘或表兄姻缘另定，就可不必回来。此时渺无音信，想必订婚之事是实。……唉！桃花呀爱婢，从今后，再会无期，再会无期了。

［三更鼓。

哎哟！三更，三更了！（唱）

木梭绞索步步紧，
更鼓催命响叮咚。
桃花音信已无望，
教六娘何去何从？

（踏步寻思，焦急万状。有所决定地）呵！是了！（唱）

浓云密布风雨来，
一俟天明难逃灾，
铜墙铁壁已无路，
此情此景实难挨，
拚将一死酬知己，
江波深处魂长埋，魂长埋！

且住，三更已过，事已急迫，不能再待，人生到此，更有何求，不如自尽。（痛极）唉！前日渡亭定约，土地为媒，如今永别，还须一望西泸。不免留下遗书，投榕江去吧！（磨墨润笔）爹娘、双亲！哎呀……（唱）

纸未沾墨先沾泪，
佳期未到到死期。
蒲姿弱质命如丝。
东风狂暴难支持，
高堂年迈难奉侍，
言念及此不胜悲。（重句）

罢！（决然地写书。再看一遍，压放桌上）爹娘，双亲！哎呀……

[四更鼓。

苏六娘 （蹑足到门边，把门开了，伸头一望见无人，急跳出门）走……（急下）

[静场片刻。乳母上。

乳　母 有事在心眠不得，不如进房去催妆。这时想必起身了。吁！果然房门开了。（进房）呵！房中无人，这就奇了。（一想）不免请出亲翁，问个明白，才免日晏，误了行程。（向外）亲家爷哙！

[苏老四、郭氏同急上。

苏老四
郭　氏　乳娘，何事？

乳　母　老身这时，欲来与秀才娘梳妆，只见房中无人……

苏老四
郭　母　啊，房中无人？看来，桌上有一封书。

苏老四　（看书）哎哟，坏了，坏了！

郭　氏　何事？

苏老四　此是女儿绝命书……

郭　氏　怎说？此是女儿绝命书？

苏老四　正是。

郭　氏　惨了呀！

乳　母　吁，惨呵，秀才娘去寻死，我猛猛来去报告秀才了呀！（急下）

苏老四　家人上来呀！

[二仆、二婢上。

仆　人
侍　婢　员外何事？

苏老四　娘仔失踪，恁可先在府中查看。

仆　人
侍　婢　阮知。（下）

郭　氏　都是你这老狗，与她做了这门好亲，若寻有在，就不待说；若寻不见，我定与你拼个生死，拼个生死呀！

苏老四　老娼，我心如火烧，你还来多话！

[仆、婢同上。

仆　人　禀员外安人，娘仔不见，后园门洞开。

苏老四　这等？

仆　人
侍　婢　正是。

苏老四
郭　氏 呵好！女儿，我仔，哎呀！

郭　氏 （唱）　伤心泪滴，
可怜儿你，可怜儿你不明生死。

苏老四 （唱）　咽喉喊破儿不应，
只落得风前残烛悲摇曳。

郭　氏 （唱）　只恨老狗错主意，
我顿足捶胸惟呼天。

苏老四 如今相怨，有何了局。后园门既是洞开，女儿必是奔向江边。还是快些追寻。家人，速备火把追寻呀！

仆　人
侍　婢 阮知。

郭　氏 唉！女儿呀！……

[幕落。

第七场

[杨子良、族长、乳母、一仆提灯上。

族　长 （边上边说）怪事，怪事！

杨子良 （唱）　闻报说，惊又疑，
夤夜失踪，定有蹊跷。

族　长 （唱）　叫声秀才休耽搁，
速速追寻到江边。（重句）

杨子良 好，快些，快些！

[众下。

[榕江边。

苏六娘 （内唱）　急急忙忙赴中流！

［苏六娘仓皇地上，跌倒。

苏六娘　哎哙！（立起）唉！想我六娘，在生不能纱灯花轿嫁郭府，死后愿托江波到西泸……（唱）

今生不为郭家妇，
一望西泸死无尤。（前行）
且住，到此便是京北渡头……唉！
想那日渡亭惜别依依，
两情脉脉却似柳丝垂。
千言万语嘱咐，
一句句在心头谨记。
实指望……
实指望成就了如花美眷，
有谁知未到佳期先到死期。
唉！表兄哙！
我与你，今生不做比翼鸟，
来世愿为连理枝。
爹娘！双亲！哎呀……（比不尽）

［这时渡伯划船载桃花、继春上。继春、桃花上岸，进伯下。

苏六娘　罢！

［苏六娘跳江，与桃花、继春碰头，各一惊。

<table><tr><td>郭继春
桃　花</td><td>呵！</td><td>表妹
娘仔</td><td>你，你……</td></tr></table>

苏六娘　哎哟！你等为何这时才到？

郭继春　表妹……（唱）

别后相思一病深，
欲践鸳盟费沉吟。
忽传凶讯惊欲绝，
寻思踵府表寸心。

莫奈何，家教森严行不得，

因此上，夤夜私奔此来临。

桃　花（唱）　娘仔因何也到此？……

苏六娘（唱）　只因为……桃花一去无消息，

数尽更筹断尽肠。

想必是，兄你姻缘已另定，

忍令为妹在苦海颠连。

不甘嫁作杨家妇，

因此上，留遗书，离闺阁，

拼将一死蹈榕江。

桃　花　哎哟！若非此刻相遇，岂不误了大事！

郭继春　贤妹，你何必如此轻生，为兄岂是不守信义之人！

苏六娘　表兄，为妹并不怪你。只是如今，虽得相逢，要往何处？

桃　花　表少爷，如今娘仔已经逃离家门，就应乘势远走高飞。岂可灯蛾扑火，自寻死路？

苏六娘　桃花主意虽是，只是如此危急关头，何处可以藏身？

桃　花　渡公进伯，生性豪爽，待我引恁到他船上，求他带恁到他家中暂住，避过风头，再作计较。

郭继春
苏六娘　倘若被他出露风声，岂不是更为不妙。

桃　花　渡公为人仗义，渡亭盟誓，他早已知道，甚表同情，绝无出破之理。

郭继春　事急了，只好如此。桃花，你就与他商量吧！

桃　花（向江中）进伯，进伯呀！

［进伯划船上。

进　伯（上岸）桃花，何事呀？

桃　花　伯呀！你来！（附伯耳细谈）

进　伯　好是好，只是一来万一风声走漏，叫我如何担当得起干系；二来，日后如何出脱呢？

桃　花　（扣板）进伯免惊疑，想此刻更阑夜静，谁人知机？如今科期在即，叫他夫妻双双赴试。倘若得中高第，何怕杨家有势；就是落第回来，到那时生米已成熟饭，况且路头捎起堵着天，只欲员外多出钱，族长的嘴就合倉，到那时就锣静鼓歇，全个无戏！

进　伯　哈哈！你这个心事桶！快些叫他来！

桃　花　我知。少爷、娘仔，快快下船。

郭继春
苏六娘　是。（急急下船）感谢伯伯救命大恩。

进　伯　好，免用，免用！

苏老四　（内声，远远地）六娘，我仔！

桃　花　人声喧嚷，定是追寻到来，快些开船。

进　伯　我来开！（欲开船）

进　伯　你岂是欲同走？

桃　花　不是。娘仔既是留下绝命书，就须装得肖。可把绣鞋脱下，待我摆在江边。

进　伯　哎哟！一套过一套，全是你的把戏！

［六娘脱鞋给桃花，桃花随便把鞋放下。

苏六娘　桃花，事情如何？你须来报。

桃　花　这个自然。（摇手示开船）

［进伯划船，苏六娘、郭继春乘船同下。

苏六娘　正是：山穷水尽疑无路，
　　　　柳暗花明又一村。

苏老四
郭　氏　（内声）女儿，女儿呀！

桃　花　呵！员外安人寻来了，快迎上前去。（走半圆场）

［苏老四、郭氏、仆、婢同上。

苏老四　呵！桃花，你怎么这时才回来，岂曾看见娘仔？

桃　花　员外安人，我是乘夜赶回来送娘仔出嫁的，如今为何反问起娘仔来？

苏老四　娘仔留下绝命书，偷开后园门出来自尽了！

桃　花　怎说！果有此事？

苏老四
郭　氏　正是。你一路而来，岂有见她？

桃　花　哪里有个魂影？一定是死了。唉！娘仔呀！……

郭　氏　你这老狗，你迫死女儿，我誓不与你干休！

苏老四　老娼，你教女无方，反来怨我？

［郭氏向苏老四撞去，苏老四也准备打架。

族　长　（内声）老四唅，老四呀！

苏老四　（闻声惊慌）叔公！我在此呀！

［族长与子良凶狠地上，仆人手执灯笼，乳母随上。

族　长　老四！事情怎样了？

苏老四　叔公，贤婿，小女寻遍无踪，这是她的绝命书。（说时取书在手）

杨子良　拿来我看！（即从苏老四手中取过，命仆人以灯笼照明，看书念）"窃女蒲姿弱质，命薄如丝，东风狂暴，难以自持。门衰祚薄，高堂谁恃？言念及此，悲不自已。恨彼强徒，恃权与势，迫我弱女，喂彼鱼鳖。魂如有灵，必严惩之。薄命女六娘绝笔。"（自语）哎哟！书中说我迫死她身，不免将它藏了，以免留下祸根。（将书藏起）

苏老四　呵……贤婿，为何将书藏起？

杨子良　这个……我来问你！

苏老四　何事？何事？

杨子良　我看此书，内中必有蹊跷。请问你女平日有无与人私情，为何这般轻生？

苏老四　哎哟！贤婿不可乱说。荔浦苏氏是个大宗族，况且老汉家规谨严，我女一向行为端正，全乡人人知道的。

杨子良　既是行为端正，为何临嫁寻死？

郭　氏　她是对这婚姻不满，才萌短见的。

杨子良　哎，岳父岳母！古道女子在家从父，婚姻须听父母之命，媒妁之言。恁二老自想悔婚，教女不力，致起祸变，恁确是难辞其咎、难辞其咎了！

桃　花　哎，姑爷呀秀才！明是你，讨亲迫堂，致起此祸。娘仔绝命书，明明说你把她迫死，你为何藏书灭证，反而含血喷人么？

乳　母　是呀！这张绝命书是我交给苏亲家哩。

杨子良　（气，把乳母一挥）站开！

乳　母　（一颠）哎哟！出气放我块？

杨子良　哎，单凭一封绝命书，物证不足，既无尸证，又无人证，安知内中，无有奸弊。恁如无充足证据，就是假书藏女，定欲恁将女献出，献出了！

族　长　（半信疑地）不用争论，遗书既说是投江自尽，就须去江边看个究竟。（行近苏老四暗示地）老四！会死不会死，看你的家势！

杨子良　不错，若是查无实据，就不与你甘休了！

苏老四　（向婢、仆）来！快到江边去！

[众提灯行半圆场。

苏老四　众家人，快些查看。

仆　人
侍　婢　从命。（分头在江边查看，一婢拾得绣鞋一双）

侍　婢　禀员外安人，江边有娘仔绣鞋一双。

苏老四
郭　氏　（各接鞋一只）呵好，女儿！我仔！哎哟！……

乳　母　（自语）哎哟！这下人娶无，着娶做个鬼！

桃　花　杨秀才，如今有了充足物证，还有何说？

杨子良　江边绣鞋，虽可为证，但是无人见她投江，还恐有弊！

苏老四　秀才，你好刁讼呀！如今我女被你迫死，害我二老，无依无靠，誓不与你甘休了！

[进伯悠闲地撑船上。

郭　氏　（不错）害死我女，岂肯与你甘休！我定欲与你拼命呀！

[郭氏欲撞杨子良，族长阻止。

进　伯　（故意地）喂！你等众人岂是欲搭渡？

族　长　来！撑渡的，早间岂有人在此前后投江自尽？

进　伯　投江？啊！原来真的是投江？

杨子良　岂有？为何不说？

进　伯　四更时分，我在船上打睡，忽听水声扑通一响，好像有人投水。只因再无声响，没去理他。说将起来，却真是有人投江自尽了！

苏老四
郭　氏　哎哟，真的死了，真的死了！

族　长　（自语）人命关天，干系就不小了呀！

桃　花　哎，如今人证物证俱全，请问还有何说？员外安人，单生此女，如今被你迫死。娘仔一向在西泸长大，老夫人爱如掌上明珠，舅老爷也曾在朝为官，朝中官亲官友甚多，闻知此事，岂肯与你甘休！好了，请恁准备公堂相见吧！

苏老四　不错，阮二老单靠这女儿，如今被迫不明死，我家财产纵然全破尽，也欲与恁拼到底！

郭　氏　即时便到西泸去，请求我兄做主意，亲生骨肉被迫死，万贯家财有何奇。

杨子良　婚姻凭媒妁，族长自主持，是恁族内事，与我无关系。

［杨子良欲走，苏老四拉住。

族　长　做亲两家愿，好歹恁自理，媒人只有牵人圆，我理生不理死。

桃　花　人命关天，岂同儿戏，定欲与恁，公堂相见！

苏老四
郭　氏　把老命，拼生死，拼生死呀！……

［苏老四撞子良，郭氏撞族长，众激面。

乳　母　哎呀！顾惨都不迭呀，还来吵闹！

族　长　（推开安人）喂喂喂，生也是恁丈人仔婿，死也是恁丈人仔婿，我这媒人不过点点头，说说合。告到官去，也是与我无干，我先返先返！（欲走）

郭　氏　（阻住）且末！

杨子良　不错，且未去来去。无针哪能引得线，事在恁乡里发生，就是恁族内事，恁自己去理，我路远欲先行。妮呀，返！返！返！

乳　母　秀才，人死么着娶神主！

杨子良　（把乳母一拉）哎哟！行！

[众拉拉扯扯下。

[桃花在最后与进伯示意，互相暗笑，桃花下。

进　伯　（故意向内）喂！欲叫人捞尸吗？哈哈！啊，十三月，我想着了。（划船，边划边念）

十三月，翘楚姑爷来上厅，
秀才败给走鬼仔，
诸葛亮扇仔三下三下，
退了曹操八十万兵。
桃花姐，会呀会叫歌，
族长爷、秀才爹，你좋呀좋叫歌。

[剧终。

（剧本版本：《张华云喜剧集》）

·潮剧卷·

辞郎洲

编剧：林　澜　魏启光　连裕斌

人　物　表

陈璧娘	张　义
张　达	孟　昭
许大娘	孟　妻
雷　俊	张弘范
蕊　珠	钦　差

男女义兵若干人

元将、元兵若干人

第一场

[“牌子”。元兵趟马，狼奔豕突过场。

[张弘范率元将、汉兵上。

张弘范　（念）　顺天应变投新主，

依旧汉人统汉军。

百粤挥兵灭宋祚，

管它青史论纷纷。

咱，大元汉军都元帅张弘范，奉元主之命，进兵闽粤，生擒文天祥，血洗潮州城，杀得那宋帝昺走投无路，看来灭宋就在眼前了！

元将甲乙　元帅，宋将张世杰，手下尚有兵将十万，未可轻视。

张弘范　号称十万，俱是残兵败将，何足道哉！

报　子　（上）禀元帅，宋兵下海南逃。

张弘范　哈哈哈！河山尽弃，落海称帝，岂有不亡之理！哈！传令三军，与我穷追猛赶，我要把宋室君臣，连同十万兵将，困死海中。

众　人　喳！

[张弘范率众呼啸下。

[暗转。

[凤凰山一角，松荫月色，篝火熊熊，远处芦笙声起。

[在音乐声中蕊珠率众畲女摆设供品。

[许大娘上。

许大娘　（念）　战乱纷纭几度秋，
　　　　　　　　畲汉相亲赋同仇。

蕊　珠　叩见母亲！

众　女　见过大娘！

许大娘　免。珠儿，明月东升，为何还未见张将军与璧娘夫人到来。

蕊　珠　母亲，畲家踏瑶盛会，一年一度，张将军年年此日，风雨无阻。今日又是俊哥亲往迎接，想必时间就到。

[雷俊上。

雷　俊　叩见伯母。

许大娘　啊，俊侄回来了！

雷　俊　是，伯母。张将军和璧娘夫人已上山来啦！

许大娘　上山来了，迎接！

[张达偕陈璧娘上。

众　人　迎接将军、夫人！

许大娘　将军、夫人！

蕊　珠　叩见叔婶！

张　达
璧　娘　侄儿免礼！

张　达　大娘，雷俊、蕊珠，天生一对，未知何时请我吃喜酒？

许大娘 还须二位做大媒。

陈璧娘 这个自然。

蕊　珠 母亲，林间月上，吉时已到。

许大娘 待我祭拜盘古，鼓乐伺候！

众　人 是。

雷　俊
蕊　珠 鼓乐伺候。

[音乐声起，大娘祭酒，众随祭拜。

许大娘 请将军、夫人入座。（张、陈入座）二位请酒。

众 请！

[芦笙声起，畲族男、女青年踏舞而过。

张　达 四海烟迷，九州鼎沸，真难得有此一刻安静。

许大娘 将军，此地虽不是蓬莱境，也可权作武陵源了。

陈璧娘 大娘，山野也难避乱世，国危何处有桃源！

许大娘 夫人，我畲家兵骁勇善战，凤凰山固若金汤，你可放心。

陈璧娘 这……大娘，近来雷俊、蕊珠，才艺日进，今日盛会，何不烦他们歌舞一曲，以舒胸怀。

许大娘 对，对，日来俊侄珠儿，深得夫人教诲，我也正想考考他们哩！来，俊儿、珠儿，快与你叔婶歌舞一番。

雷　俊
蕊　珠 遵命！

[起舞，歌声转为悲壮。

[歌声：

年年踏瑶唱好逑，
歌声壅断韩江流。
今年踏瑶恨似海，
腥风血雨满潮州。

许大娘 （举杯）将军、夫人请！

张　达
璧　娘　（举杯）请！（不饮）

蕊　珠　（唱）　泪眼望韩山，
月圆不忍看。

雷　俊　（唱）　英雄莫弹亡国泪，
妻女不使睡胡毡。

张　达　（义愤填膺，掷杯而起）好个英雄莫弹亡国泪，妻女不使睡胡毡！

许大娘　（念）　恨朝廷昏庸误国，
害百姓罹难遭殃。

张　达　（念）　我孤忠报国遭奸忌，
解甲归田恨满腔。

陈璧娘　（念）　壮士有恨民有怨，
胡儿不灭恨更长。

[一畲女上。

畲　女　禀大娘，捉来一个官贼。

许大娘　什么？官便官，贼便贼，何谓官贼？

畲　女　此人官样打扮，贼头鼠脑，似官又似贼。

许大娘　押上来！

畲　女　是。（向内）押上来！

[二男兵押钦差上，钦差傲慢地整冠。

[许大娘向雷俊示意。

雷　俊　呔！何方奸细，闯入我凤凰山，意欲何为？

钦　差　什么奸细？我乃朝廷命官。村野无知，嗤嗤！你家首领是谁？（大摇大摆）

许大娘　（拍案）住口！

[钦差冷不防，一震，跌坐，纱帽遮住眉目。

许大娘　你是哪一家朝廷命官？

钦　差　大宋皇朝，钦差大人王从是也。

张　达　哼！元兵来时你丢盔跑，百姓面前你把威风抖，可恨，可杀！

钦　差　哎呀呀，下官实是无意冲撞，休怪！（五体投地）

许大娘　哈哈哈！我畲家寨，素与官府不相来往，你到此何为？快快从实招来，如其不然呀，有如此乌。（弹丸射鸟，一只乌鸦落在钦差面前）

钦　差　唉！勤王勤王，未勤下官先完！

雷　俊　还不快讲！来呀，把他捆起来！

男　众　喳！（欲抓钦差）

钦　差　饶命！

陈璧娘　且慢。大娘，他既是朝廷钦差，此来必有缘由，就让他说个明白。

许大娘　也罢。看在张将军和夫人面上，饶你免死，有话快讲！

钦　差　张将军、夫人，哎呀！谢天谢地！（急趋前）夫人呀！大娘，下官正是奉旨来寻张达将军的。

张　达　什么？张达乃一介武夫，既不容于朝堂，找我何来？

钦　差　啊，张将军、夫人、大娘呀！

（唱）　宋室江山踹胡骑，
朝野无人不震惊。
如今是，
文丞相兵败五坡岭，
马知州殉难潮州城，
张弘范倾巢南来……

许大娘　哈哈哈！你看我饶平，背山面海，万众一心，元兵如敢来犯，管教他片甲不留。张将军，不要管他，饮酒！

钦　差　啊，将军，将军！

（接唱）　恳求将军抗元辅宋快出兵！

张　达　潮州百姓，浴血抗元，至今三载，难道皇上还不知道？！

钦　差　呃……（转为奉迎）是是是，将军忠义无双，只是如今圣上颠连海上，危在旦夕，因此特命下官带来战袍一袭，请将军收下，还望将军火速起兵勤王。

张　达　率众抗元，张达有责。勤王一事，恕难应命！

钦　差　（向陈璧娘求援）夫人，陆丞相再三致意，感赞夫人乃女中豪杰，如今张将军不愿出兵勤王，下官难以复旨，伏望夫人鼎力相劝。

陈璧娘 大娘，将军！

（唱） 匹夫匹妇关兴亡，

岂可坐视国破民殃？

丈夫应显凌云志，

青史垂名万古扬！

张　达 夫人，张达空怀壮志，报国无门，如今既已退隐林下，这勤王之事，不提也罢！

陈璧娘 却是为何？

张　达 咳，夫人呀！

（唱） 岂不闻杨家将七子救驾一子归，

落得个佘太君老泪空垂。

岳武穆精忠报国扶危宋，

风波亭上父子成冤鬼。

李刚七十贬琼州，

只见奸谗显赫忠臣危。

无数英雄为赵宋舍身流血，到头来终难免枉屈而死！

陈璧娘 将军！

（唱） 杨家满门忠烈为家国，

世代传颂天波名。

岳武穆虽然遭冤丧，

西子湖畔万民吊英灵。

将军呀！

疾风知劲草，

临危见忠贞。

若无英雄洒碧血，

哪来樵哥渔父唱升平。

虽则是朝堂佞臣皆误国，

千秋功罪青史自分明。

张　达 夫人大义相劝，张达敬佩，只是……

（唱）　十载转战北复南，
三次勤王遭奸谗。
非是张达忘君国，
提起勤王我心胆寒。

陈璧娘 将军一生为国，三次勤王，难道如今义旗便不能再举了么？

张　达 这……

陈璧娘 胡骑到处，百姓遭难，跑马划地，掠夺猖狂，奸淫烧杀，血染韩江，难道将军对此就不心寒么？

张　达 这……咳！

陈璧娘 将军呀大娘！

（唱）　有道是君轻民为贵，
起义师岂只为赵家朝廷！
如今是，
大好河山已破碎，
万民翘首望太平。
愿将军为国舒展平生志，
勤王抗元救苍生！

张　达
许大娘 这……

陈璧娘 （转向大娘）大娘，你也曾兵出泉州，平了叛贼蒲寿庚，相助朝廷。如今为顾全大局，还须消除旧怨，共襄义举才是。

许大娘 夫人言之有理，只是……

陈璧娘 大娘！

（唱）　江山局势今非昔比，
剩水残山国运艰难。
倘若元凶灭赵宋，
饶平一隅难苟安。

覆巢之下无完卵，

畲兵虽勇也枉然。

许大娘 嗄好，夫人，将军！

（唱） 你我义重如山，

有何危难共分担。

今日畲山点响三声炮，

老妇愿随将军出兵同抗元。

张　达 （唱） 怕的是朝廷无心抗顽敌，

壮士阵前空徒劳。

钦　差 （唱） 陆丞相真诚为国，

张元帅忠义贤豪。

张　达 （唱） 还恐奸佞再作梗，

事未竟成受阻挠。

钦　差 （唱） 陈宜中弃职已出走，

杨淑妃礼贤下士亲临朝。

张　达 （唱） 饶平海洲谁来守？

陈璧娘 （唱） 自有璧娘一身当。

雷　俊 （唱） 侄愿为叔打先锋，

蕊　珠 （唱） 我也助婶保家乡。

钦　差 请将军快把战袍接，同赴崖西辅宋皇。

张　达 嗄好！

（唱） 接战袍，整弓刀，

（念） 阵前待举擎天手，

帐里运筹数六韬。

俊侄！

雷　俊 叔叔。

张　达 （唱） 叔叔命你为先行，

明日中午誓师勤王。

雷　俊　谢过叔叔！

陈璧娘　将军，我观崖门乃非久守之地，望与张元帅商议，务必火速整师登陆，北出肇庆、苍梧，再图进军中原。

张　达　夫人所见极是。（对钦差）钦差大人，你速往崖门复旨，待张达兵到之日，请张元帅率师登陆，前后策应，水陆夹攻，不可有误！

钦　差　下官知道。将军、夫人、大娘请！（下）

张　达　夫人，为夫先走了！

陈璧娘　将军请！

张　达　大娘请！

许大娘　将军请！

［张达下。

许大娘　（对璧娘）夫人，明日我带畲家兵随将军出征，珠儿年幼，亟须教诲，老身想令她拜你为母，未知岂肯俯允？

陈璧娘　璧娘何德何能，怎敢受此重托！

许大娘　珠儿，快快拜见义亲！

蕊　珠　拜见义亲！

陈璧娘　儿！

［幕闭。

第二场

［海洲一角。面临大海，马鸣海啸。

张　义　（内唱）　勤王战鼓声声敲，（上）

敲得张义心头焦。

重整戎装沙场去，

不灭元凶恨不消。

老汉张义，少壮入军伍，三次跟随张达将军起兵勤王，如今听说张将军义旗再举，我赶快前去报名从军。

孟　昭　（内声）前面岂是张义老弟，且待一下。

张　义　原来是孟昭老哥。

[孟昭夫妇上。

孟　昭　（喘气）张义老弟！

张　义　孟昭老哥！

孟　昭　嗨，你呀！你一早匆匆要往哪里？

张　义　呵哈哈！你看看这海滩前站的——

孟　昭　八千义师军威壮，

张　义　你听听这是什么声音？

孟　妻　金鼓声声震海天！

张　义　这就是了，我张义就是要去干我的本行！

孟　昭　怎么，老弟是要去入伍勤王的？像你这把年纪！

张　义　哎，国难当头，还分什么老少！

孟　妻　叔叔真不减当年英雄本色！

张　义　过奖，过奖，你们老夫妻要往哪里？

孟　昭　我等是送忠儿入伍杀敌的。

张　义　什么，忠儿这么小小年纪……

孟　妻　哎，国难当头，还分什么老少！

张　义　（感动地，一把抓紧孟昭的手）好呀！

孟　昭　（手疼痛）哎哟，你这只铁骨手，我怎能经得起这一扭！

三　人　哈哈哈！

张　义　日色不早，我等一同前往吧。（同下）

孟　昭　好！

陈璧娘　（内声）将军行上。

[张达与璧娘相随上。

陈璧娘　（唱）　　马蹄儿似未见这般匆忙，

海洲前似未见如此风光。

万斛豪情寄画戟，

一抹长虹当长鞭。

幕　内（唱）　出征人正在话别声中。

张　达（唱）　北望临安胡尘里，

西眺崖门烟水苍茫。

卫国不怕征途远，

纵天涯海角也平常。

陈璧娘（唱）　虽不愁叹千里奔波，

切莫疏漫了征途坎坷。

鞍马秋风多珍重，

为国珍重，

珍重此身卫山河！

张　达　多谢夫人锦注。夫人，张达即将起程，就此一别！

陈璧娘　将军，妾有一诗，以壮行色。

张　达　谢夫人！（作礼）

陈璧娘（唱）　八千子弟远勤王，

别我去者海茫茫。

后有奸宄妾抵挡，

试看风霜飞剑铓。

张　达　夫人大义，张达钦佩！

陈璧娘（唱）　郎兹行，勿回顾，

北风萧萧虎门树。

传檄早定潮州路，

恢复中原驰露布。

张　义　张达此去，决不辜负夫人期望。

[张义、孟昭、孟妻、雷俊、蕊珠及义军、群众上。

众　人　叩见将军、夫人！

陈璧娘　诸位免礼！

张　达　（走向张义）张义老哥，为何你也来了？

张　义　将军每次出征，鞍前马后，岂曾缺少一个老兵张义么！

张　达　这……年老怎比当年勇！

张　义　黄忠虽老，宝刀未老。

张　达　此番要以一当百，

张　义　强将手下无弱兵。

张　达　军中难得常饮酒啊！

张　义　阵中叱咤强似醉，沙场酣卧胜茸毡。

张　达　好个沙场酣卧胜茸毡，哈……（相视而笑）

陈璧娘　（向孟昭夫妇）孟伯伯、伯母，你等也到来？

孟　昭
孟　妻　我等是送忠儿前来入伍勤王。

张　达　二位深明大义，真不愧是一对老英雄！

孟　昭
孟　妻　将军、夫人过奖了！

［战鼓咚咚。

张　义　将军，一通鼓响了！

陈璧娘　将军今日出师，妾备有薄酒，为将军与义师饯行。酒来！张伯伯，众位叔伯兄弟！

众　人　夫人！

陈璧娘　请受妾薄酒一杯！

（唱）　举杯敬祝众英豪，
金戈指处敌弃刀。
海洲牛羊瓜果常年旺，
定教壮士归来长醉饱。

张　义　（接酒）感谢夫人！

众　人　多谢夫人！

蕊　珠　（擎杯向雷俊）俊哥！

雷　俊　珠妹！

蕊　珠　（唱）　男儿志气贯斗牛，
干戈丛里斩敌酋。
但愿功成归来早，
笙歌唱随到白头！

雷　俊　珠妹！
（唱）　勤王只为报国仇，
哥今从军妹莫忧。
万里云山长相忆，
心随明月到海洲。

蕊　珠　俊哥！

雷　俊　珠妹！
[战鼓声催。

张　义　将军，二通鼓响了呀！
（唱）　震天战鼓响如雷，
一声声打得山岳摧。
将军不嫌满头雪，
扛戈引马永相随。

雷　俊　（唱）　刀光剑影映日辉，
一声勤王万从随。

张　达　（唱）　喜看八千子弟猛如虎，
谁说今日无岳飞！
俊侄，弓来！

雷　俊　是。

张　达　（念）　壮志犹如箭离弦，
直奔前程不回视。
国仇不报不回返，
胜利归来同取箭。

（开弓射箭，箭中树上）

陈璧娘 （唱） 将军发出誓师箭，
倒教璧娘喜又悲。
箭离弓弦壮志决，
与国存亡共生死。
只是箭发哪有回头转，
莫不是军前一别无会期！
（念） 怎不教人泪潸下……（暗擦眼泪）
（唱） 莫把珠泪沾征衣。

张 达 夫人！

陈璧娘 将军，这一箭发得好，妾也有一物相赠。
（唱） 我这里，
转身拔下青锋剑，
抛下离愁割青丝。（割下头发一绺）

张 达 夫人！

陈璧娘 （唱） 结发本有千秋义，
割发为表报国志。
青丝赠郎随军去，
如妾随军不分离。
愿君得胜班师早，
牛酒满樽庆功成。
倘若天不作美贼难退，
妾为你沙场请长缨。

张 达 多谢夫人！

内 声 报，许大娘率畲家兵到。

张 达 有请！

［许大娘率畲家兵上。

许大娘 将军，夫人！

张　达
陈璧娘　大娘！

许大娘　禀将军，畲家兵待命出发。

张　达　大娘，我与夫人之意，你我兵分二路，直奔新会崖西，策应帝舟兵马上岸，然后北上，进军中原。

许大娘　将军、夫人所见极是。

［战鼓雷鸣。

张　义　将军，三通鼓响了！

张　达　张义，把义旗高高举起！

张　义　得令！（擎旗出，众肃然）

张　达　斟酒祭旗！

（念）　八千子弟举义师，
愿为家国抛头颅。
皇天后土共鉴证，
同心同德灭凶胡。

来，鸣炮出师！

张　义　鸣炮出师！

［炮响。

众义军　（唱）　奋臂昂扬长驱去，
虎啸长风龙卷云。
仗三尺长剑，
扫胡尘千丈。
凭丹心一片，
力挽山河回春！

［张达、许大娘率义师、畲家兵下，众欢送。

后台歌　波光闪闪舞沙鸥，
送郎长征为国仇。
欢情暂为忠义别，

海洲今作辞郎洲。

蕊　珠　母亲！

[幕闭。

第三场

[海边险隘之处，危峰陡峭。

[张弘范率众上。

张弘范　（念）　扼住崖门咽喉路，

灭宋已在旦夕间。

元　将　（念）　只待火攻传捷报，

元帅丰功第一人。

张弘范　啊，第一人？

元　将　第一人！

张弘范　呵哈哈！

报　子　（上）报，潮州都统张达，冲杀而来！

张弘范　怎讲，张达冲杀而来么？

报　子　正是。来将骁勇，我军前营已失。

张弘范　哎咋，稍待！前营既失，宋舟如果趁机登岸，与张达会师，我军反遭夹攻，岂不前功尽废！（咬牙切齿）

元　将　元帅，待本将前往迎敌，定取张达首级来见。

张弘范　将军有所不知，张达文韬武略，骁勇善战，手下又多敢死之士，不能轻敌。（号叫）来呀，传令各路水师，严阵固守。

报　子　得令！（下）

张弘范　传令众兵将，随本帅前往迎敌！

众　人　喳！

[张达与张弘范相遇，一枪刺去，弘范招架。

张弘范 原来是张都统到来，将军请了。

张　达 前面站的，莫非就是国贼张弘范？

张弘范 正是大元汉军都元帅。将军，你我同宗共姓，今日相逢，真是三生有幸。

张　达 国贼败祖辱宗，甘心事敌，还认什么宗姓。看杀！

张弘范 呵哈哈！

张　达 国贼死到临头，还敢哈哈大笑！

张弘范 （念）　笑你枉读诗书少见识，
出师扶宋理不该。
众寡悬殊难为战，
螳臂当车不自知。

张　达 （念）　你一叶障目妄自大，
怎晓得，
义师海啸山摇动地来。
出师勤王复国土，
为民请缨除大害！

张弘范 慢！将军休得无礼！须知道——
（唱）　南宋已是风前烛，
天意昭彰归大元。
你既有心救黎庶，
就该顺天应变求万全。
与我一同辅元主，
烽烟立息万民安。

张　达 呸！
（唱）　你父子两代卖国贼，
背宋投金又降元。
引狼入室贪富贵，
助纣为虐逞凶残。
千万生灵遭涂炭，

祸国殃民罪滔天。

传令兵将与我杀，

千剐万割恶豺狼！

［两军开打、对峙，远处号角齐鸣，杀声震天。

［张弘范一怔，慌乱。

报　子　（上）禀元帅，有一老妇，十分英勇，率领一支神兵，捣毁我帅营！

张弘范　哎咋，这还了得！众兵将，后退十里，伺机反扑。

［率众下。

［许大娘冲上，与张达会师。

大　娘　将军。

张　达　大娘，畲家兵真的杀出威风来了！

许大娘　且喜义师旗开得胜。

张　义　将军正如下山虎，大娘犹似过江龙，这一仗，打得好呀！

报　子　（上）禀将军，张弘范兵退十里。

张　达　传令各路兵马，就地安营，严阵以待！

［天色渐变，风萧萧，雾漫漫。张达沉思。

许大娘　将军，元兵已退，为何还未见帝舟来人？

张　达　大娘，我早已派人下海报讯，我军袭击弘范帅营，今日王师应即接应登岸，为何至今，尚无动静？

许大娘　将军，他们如不登岸，我们也照样抗元，将军连日征战，十分辛苦，理该回营歇息一下。

张　达　多谢大娘！张义、雷俊，你等到各营巡视一番。

义、俊　遵命！

张　达　大娘，你也该回营歇息。

许大娘　将军！（率众下）

［风声越紧，张达望海兴叹。

张　达　但闻惊涛响，不见王师来！

（唱）　　远望崖门雾未开，

心似潮涌独徘徊。
但闻惊涛声呼啸，
不见王师登岸来。
崖门之围义军解，
急待会师扫阴霾。
但只见，
海上风云多变幻，
帝舟将相意难猜……

[张达踱步沉思。

[许大娘，张义匆匆上。

大　娘　将军！

张　义　将军，帝舟来人啦！

张　义　（振奋）啊！好哇，迎接！

张　义　是。哈，迎接钦差大人！

[吹鼓。钦差兴高采烈带圣旨上，后有随从。

[雷俊等上。

[张达、许大娘迎上前去。

张　达
许大娘　钦差大人！

钦　差　哎呀！张将军、许大娘，你等此遭为保皇朝，奋勇杀敌，崖门之围已解，圣上龙心大悦，厚礼赏封，下官也沾光不浅，实是可喜可贺。

张　达　钦差大人，当务之急，是乘胜歼敌。王师此时，早已登岸？

钦　差　登岸？哈哈！下官奉谕前来，是要请将军、大娘下海！

张　达　怎讲？

钦　差　太妃、圣上之意，请将军、大娘下帝舟，一是述功请封；二是共商安邦定国大计。

张　达　（一盆冷水当头淋）哎喳……！（怒潮汹涌）

许大娘　（抢白）胡说！我大娘素与朝廷无来往，只知杀敌不想邀功！

张　达　帝舟颠连海上，百姓陷于水火，安在哪里？国在何方？请问此时，太妃皇上……

钦　差　太妃顿解忧国愁，陆丞相苦劝皇上读《春秋》。

张　达　哎咋！那张元帅呢？

钦　差　张元帅大摆庆功筵，帝舟宰马犒义军。

张　达　（一震）你怎讲？！哎呀，太妃呀元帅，大宋江山丧在你等之手呀！

张　义　将军
雷　俊　叔叔　仔细！

钦　差　将军这一战，使帝舟转危为安，满朝文武，莫不额手称庆，我王从连年随侍帝侧，东奔西走，随波逐流，惶惶终日，也难得有此片刻安宁。将军功高德厚，就请下海受封。

张　达　住口！当初抗金，战胜求和，如今抗元，下海苟安，似此朝廷，哪有不灭之理？

钦　差　将军息怒，此乃太妃、皇上旨意。

许大娘　住了！我等只知头上是天，脚站是地，管你什么太妃、皇帝！将军，事到如今，他宰他的马，我杀我的贼，不要管他。（对钦差、随从）快与我滚！滚滚滚！

钦　差　（又向张达乞怜）将军，这叫下官如何去复旨？

张　达　（想了一下）罢了？你即回去，告知陆丞相、张元帅，（一字一句地）就说我张达，即下帝舟！

钦　差　（如获至宝）那好，下官就先回去复旨。（急下）

许大娘　（误解）怎么？将军你，你你你，要下帝舟？！

张　达　是，我要下帝舟！

许大娘　好，人各有志，请了！（欲下）

张　达　慢，大娘呀！

张　义
雷　俊　将军！

张　达　（唱）

陆丞相海上空谈定乾坤，
张元帅帝舟宰马犒三军。
宰马绝了登岸意，

宋室江山难回春。
眼看战机一失大势去，
生灵涂炭到处皆血痕。
难道俺，
忍吞家国恨，
看神州沉沦？
兴亡大计急需当朝奏，
张达愿力挽狂澜下帝船。

许大娘 如此说来，将军你是……

张　达 张达一不述功，二不请封，三不赴宴，四不盲从，沥血陈言，劝王师登岸，协力扫灭元凶！

许大娘 （肃然起敬）将军……！

张　达 大娘，你留在岸上联络各山蛮峒，等待王师上岸，以便接应。

许大娘 是。

张　达 张义、雷俊，选精壮五百，随我下帝舟。

张　义
雷　俊 是。

张　达 大娘请！（深深一揖）

大　娘 将军……将军保重！

张　达 谢大娘！

［幕徐闭。

第四场

［景同二场。

［月明如水，陈璧娘戎装佩剑，立于滩头，远眺大海。

［蕊珠、渔女等上。

蕊　珠
渔　女　叩见 母亲 / 夫人！

陈璧娘　免礼！

蕊　珠
渔　女　是！

蕊　珠　母亲，夜已深了，为何还未见回房安睡？

陈璧娘　（念）　心忧家国难成寐，
　　　　　　眉锁春山恨正长。

蕊　珠　义师远征崖门，于今鱼沉雁杳，真是使人担心啊！

璧　娘　珠儿。

渔　女　夫人，你看，有雁来了。

陈璧娘　（念）　寒冬未过，北雁南飞。
　　　　　　崖西纵有信，也难寄雁回。

蕊　珠　是呀！这些死雁，都是自北而来，未见一只从西来，真是把人气死呀！

渔　女　哎呀，夫人你看，雁儿飞到头上来了，它还绕俺而飞呢。

蕊　珠　咦，这些死雁，怎么又掉头飞去了！

陈璧娘　（念）　西风不解离人意，
　　　　　　偏教孤雁惹愁思。

蕊　珠　雁呀雁，你既不会递书，就不该惹我母亲生气。哼，待我张弓搭箭，射你一个两足朝天！

陈璧娘　珠儿，鸿雁递书，并非真有其事，还是不要伤害它，你等巡逻去吧！

蕊　珠
渔　女　是！（下）

陈璧娘　（唱）　漫空烽烟密布，
　　　　　　征人有信也难通雁路。
　　　　　　对明月心事向谁诉？
　　　　　　崖西海洲团圆应共有，
　　　　　　却难把两地愁郁舒。

（念）　义师出征勤王去，

转眼之间岁已暮。

数尽归帆无捷报，

回肠百转绕心绪。

（唱）　耳边厢，猛听得波涛澎湃，

似千军万马正怒呼。

又似那阵中砍杀声喧阗，

浴血啸歌御强虏。

可惜我，未能随军沙场去，

挥戈击鼓为君辅。

辜负了青锋剑，

望断了崖西路。

铁衣权当寒夜褥，

枕戈且效闻鸡舞。

渔　女　（上）夫人，张伯伯回来了。

陈璧娘　呵，在哪里？

[众人拥张义上。

蕊　珠　张伯伯回来了呀！

张　义　叩见夫人。

陈璧娘　伯伯免礼。

孟　妻　张伯伯，忠儿可平安？

众　人　将军、大娘、众人岂好？

张　义　大家都好，人人平安！义军初到，将军与大娘，分兵两路，首尾夹攻，打得张弘范好似丧家狗，丢盔弃甲落荒跑！

众　人　（欢跃）哈哈哈！

陈璧娘　张伯伯，王师现在何处？

张　义　仍在崖门海面。

陈璧娘　哎咋！哪义军呢？

张　义　夫人呀夫人，义军初到便获大捷，朝廷本该上岸策应，谁料钦差阵前传旨，要将军上船护驾，将军无奈下海，大娘拒不见驾，我来之时，未得大娘消息。

陈璧娘　大军结营海面，断后援而临大敌，粮水难筹，进退无路，当此寒冬腊月，敌军若用火攻，帝舟危矣！大娘孤军作战，怎保无虞？

张　义　一切均不出夫人所料，将军有书在此，请夫人观看。

陈璧娘　（拆读）“义军初到，便获大捷，孰料朝廷无意登陆，苦谏不听，如今张弘范水陆连锁崖山，帝舟受困，营房粮空，海水难以解渴，宰马权且充饥，达虽曾几次强攻敌阵，皆因孤军无援，策划难成……”

众　人　哎喳，这还了得？

陈璧娘　（唱）　见鱼书十万火急，
顿教人惊心动魄。
帝舟势急非一日，
死守孤桅令人莫测。
莫非是风雨满江韬略乱，
可怜江山垂危在旦夕！
如今是形势迫人箭上弦，
璧娘不出谁解厄？！

众位乡亲！

众　人　夫人！

陈璧娘　如今崖门告急，璧娘决意统率义师亲往救援，只是八千精壮崖西去，这将如何去得，如何去得么？

众　人　（唱）　风来浪去渔家女，
久征海洋不可欺。

孟　昭　（唱）　老汉当年在沙场上，
也曾斩将共搴旗。
下船落水相格斗，
老黄忠还须让我一着棋。

众　人　夫人呀！只要将军众人能脱险，

（唱） 崖山虽险万死不辞！

陈璧娘 好，海洲再响聚将鼓，西出崖门救王师。张义伯伯，请你饱餐之后，立即渡海，先去帝舟送信，请将军接应。

张 义 遵命！

陈璧娘 其余各人，分头整装，不得有误。

众 人 得令！

陈璧娘 孟伯伯，与我打动聚将鼓。

孟 昭 得令！打动聚将鼓！

[幕闭。

第五场

[海上。

后台合唱 波涛怒吼，

海潮呼啸。

七百渔船风满帆，

东风吹度伶仃洋。

[陈璧娘率众上。

陈璧娘 （唱） 风云紧，月无光，

望崖山一片苍茫。

船行数日，为何未见帝舟？孟伯伯，莫非方向有错？

孟 昭 我人虽老，眼未花，手还稳，心比罗盘准，一定无错。

陈璧娘 既然无错，加速前进！

众 人 是！

（唱） 千舟扬帆，

乘风破浪，

心似海涌高千丈，

不辞劳苦奔崖山。

孟　昭　咦呀，海面有个黑影浮动？

众　人　在哪里？

陈璧娘　众人须要小心。

众　人　是！

张　义　（内唱）　鱼汛有约呵，到崖西呀，

渔家岂是呵！海洲来呀？

陈璧娘　孟伯伯，这歌声分明是家乡歌调，莫非将军命人前来接应？

孟　昭　待老汉搭他一歌。

（唱）　风送渔船呵，到南海呀，

打渔人儿呵，海洲来呀！

蕊　珠　呔，来者何人，停船看箭！

张　义　（内声）慢，我仍海洲渔民。

孟　昭　哎呀，来者莫非张义老弟？

张　义　（内）船上可是璧娘夫人？

陈璧娘　果是张义伯伯，快快引他上船。

张　义　（上）叩见夫人。

孟　昭　老弟，为何这般模样？

蕊　珠　岂是将军命你前来接应？

张　义　唉！夫人呀！

（唱）　前天傍晚潮退匆匆，

帝舟搁浅难移动。

敌人又用火攻，

火如山烟蔽空。

眼见帝舟断三截，

两截沉入烈火蒙雾中。

陈璧娘　圣驾今在何处？

张　义　至今下落不明。

蕊　珠　可曾见将军？

张　义　（唱）　将军浴血奋战上北岸，

孟　昭　忠儿、雷俊呢？

张　义　（唱）　忠儿、雷俊俱失踪。

陈璧娘　哎喳，帝舟被焚，难道宋室就此完了么？

张　义　闻说张世杰元帅，率小舟冲出重围，出海扬帆而去。

陈璧娘　呵……

孟　昭　夫人呀夫人，如今帝舟已没，将军等生死未卜，俺等何去何从？

陈璧娘　王师虽没义师在，报国何愁无战场！

众　对，我等生要报仇，死则殉国，誓不与元番甘休！

张　义　只是贼兵势大，何以为敌？

陈璧娘　我料张弘范此番崖门得胜，必定兵骄将怠，疏于防备，我等正可乘机夜袭，以解救将军与众人。

张　义　对呀！若救不得众人，也要找张弘范剁他三刀。请问夫人，计将安出？

陈璧娘　未知元兵何处结营？

张　义　崖山山前，东西两岸，离此不远。

陈璧娘　岂知许大娘兵在何处？

张　义　当日大娘与将军分手，率兵潜伏西面岭后，流动不定。

陈璧娘　嗄好，张伯伯，请你立即渡海，寻得许大娘约定今晚三更，如此如此，共袭元营。

张　义　得令。

陈璧娘　传令各船转舵东北登陆，随我直扑元营。

众　人　得令！

陈璧娘　开船！

众　人　是！（下）

［二道幕前，风声呼啸，更梆三响，元兵甲、乙带醉意上。

元兵甲、乙　巡更呀！

元兵甲　（念）　　敲更来巡营，
　　　　　　　　　　横尸遍海坪。

元兵乙　（念）　　风吹共海啸，
　　　　　　　　　　疑鬼又疑兵！

元兵甲　（打了一个寒战）老弟，我怎么鸡母皮浮浮，脚心骨软软，个心扑扑跳、扑扑跳！

元兵乙　勿惊，勿惊！宋室已经完蛋，今夜大摆庆功筵，此时夜静更阑，你就免用惊慌，你为何脚心骨软软，泪水汪汪，一定是酒吃得太少了。今晚我偷了一瓶上上好酒，你我放心，俺只管来斟。

元兵甲　（笑逐颜开）哈哈，老弟，你这一句听着就合耳。

元兵乙　啫啫啫……（同甲下）

［二道幕开，元营附近。

［陈璧娘一众，在沉沉的音乐声中悄悄上。

后　台　（唱）　　夜沉沉山川叹息，
　　　　　　　　　　风飕飕海啸潮鸣。

陈璧娘　（唱）　　三千义士刀出鞘，
　　　　　　　　　　十万忠魂拥旗旌。
　　　　　　　　　　嗳，将军呀！
　　　　　　　　　　千门万户家国恨，
　　　　　　　　　　一众忠义扑元营……（下）

［喊杀声起，火光熊熊。

［元兵呼爹叫娘，混乱不堪，自相残杀。

元将甲　（一刀向元将乙砍去）看杀！

元将乙　（架住）哎呀！原来是你，潮州陈璧娘到来劫营，元帅有令，火速重整兵马，活捉陈璧娘！

元将甲　好！分头迎敌。（同下）

［陈璧娘等上。

［蕊珠等护着雷俊等被俘义军上。

众　人　夫人！

蕊　珠　禀母亲，众义军已救出，俊哥负伤，不见义父。

雷　俊　夫人，混战之中，将军与我，中伏被擒，分禁两处，必在附近贼营。（举步欲行，伤口作痛。）

陈璧娘　（对渔女等）你等先撤往海边。

渔女甲乙　是！（护雷俊等下）

陈璧娘　来，继续搜寻！

蕊珠等　是！

[元将甲、乙等整队出。

元将甲　啊，原来夫人到来，我等奉元帅之命，到来迎接！

陈璧娘　狂贼休得放肆，看杀！

元将甲乙　慢，夫人不必动怒，末将有言相告。（对士兵）来，与我暂退一旁。

陈璧娘　呸，狂贼死到临头，还有何言可说？

元兵甲乙　只因张达将军已归顺大元，特命我等前来迎候夫人，请夫人一同进营相见。

张　义　呸，将军精忠报国，安有降贼之理？

孟　昭　我等堂堂大宋义民，哪能与贼甘休！

元将甲　夫人若是不信，今有王大人在此。来，有请王大人。

元将乙　有请王大人。

钦　差　（上）来了！

众　人　哎呀，原来又是这个钦差！

钦　差　拜见夫人。

陈璧娘　你到此何故？

钦　差　我为接夫人而来。

（唱）　皇上、丞相蹈海亡，

宋将投降宋军散。

将军力竭伤沉重，
痛苦呻吟在床第间。
夫人若不进营相调护，
将军伤重挽救难。

陈璧娘 胡说，就是将军伤重，绝无投降之理，若敢胡言乱语，须知我宝剑无情！

钦　差 哎哟，下官焉敢胡言，实是将军伤重，才有叫下官代接夫人。夫人呀！

（唱）　你我为宋堪称是鞠躬尽瘁，
宋室已亡臣节可谓无亏。
生死荣辱应顺天命，
既不可为莫再为。
你看那，
这一家的张元帅——
识时务功高权重；
那一家的张元帅——
无远见兵败魂归。
剩下来你一家的张将军——
唉！
他如今身不由主命垂危。
张氏三家三个样，
这家贵，那家悲，
只有这后一位，
祸福悲喜尚未定局，
盼夫人一举定安危。
此时节，都元帅帐前备乐迎贵客，
望夫人权变择机而为。
但愿将军熊躯早康健，
与夫人同享太平乐唱随。

陈璧娘 狗官，原来你是到来劝降，好个无耻叛贼呀！

（唱）　　骂狗官丧心昧良，

　　　　　辱没了汉土皇天。

　　　　　当初是你传诏将军把兵出，

　　　　　今日是你诱降在阵前。

　　　　　你不思国破山河千秋在，

　　　　　万民哀哀待解倒悬。

　　　　　说什么宋室已亡臣节尽，

　　　　　你贪生怕死摇尾乞怜。

　　　　　说什么将军伤重降敌去，

　　　　　璧娘知郎心如日月义薄云天。

狗官你看，

　　　　　我这里钗裾白发俱忠义，

　　　　　气壮山河志不移。

　　　　　只有你枉受国恩千钟粟，

　　　　　投敌叛国无廉耻。

　　　　　怒气千丈难制抑，

　　　　　不斩叛贼待何时！

来，把狗官斩了！

元将甲乙　慢！夫人，元帅器重于你，才有不惜口舌，相劝归顺，若敢斩我差官，将军性命就难保了！

钦　差　夫人呀夫人，想王某劫后余生，蒙都元帅不咎既往，怜才录用，有何不可？此刻下官，确是奉将军之命而来，将军恐你不信，还付有信物为证，请夫人详察。来，快快呈上将军信物。

元　兵　请夫人收信物。

蕊　珠　是母亲赠予义父的青丝！

陈璧娘　（唱）　　见青丝心生疑，

　　　　　这夫妻信物，

为何落在叛贼手里？
莫不是我夫烈火临身熬不过？
——将军他顶天立地威武不移！
莫不是为讵强胡定巧计？
——巧计哪能污青丝！
我见青丝回肠转……

钦　差　夫人莫再迟疑，将军说道，你若不肯一同归顺，夫妻难以团圆了。

陈璧娘　（唱）　璧娘不是深闺女儿，
将军一生忠义。
策马送舟言犹在，
箭飞苍松有信誓。
欢情暂为忠义别，
与国存亡共生死。
如今国仇未报志未现，
还发安能在此时？
将军呀！

众　人　夫人！

陈璧娘　（唱）　将军舍身殉国已无疑！

钦　差　夫人，事已至此，不再相瞒，张将军已经成仁，都元帅慕夫人才德，命王某阵前接驾，共事元主，化干戈为玉帛，你若妄想动武，嘿嘿，不但这一众难以脱险，只怕都元帅一怒之下，兵发饶平，那时节，只怕海洲片瓦难留，寸草难存了！

陈璧娘　（咬牙切齿）叛贼你，你你你！
（唱）　你心比蛇蝎狡如狸，
奈何我亿万义民立地顶天，
陈璧娘即使流尽三江泪，
为国为民至死不把气节移！
呔，把狗官斩了！（孟昭等斩了钦差）

[后台一片喊杀之声，张义引许大娘等上，打退元将。

众　人　夫人!

陈璧娘　大娘，张伯伯，多谢你等来得及时，助我一臂之力!

许大娘　血战之中，怪我不该让将军下帝舟……

陈璧娘　(噙住眼泪，念)

　　辞郎何曾盼郎归，

　　还发但悲山河碎!

[喊杀声起。

陈璧娘　来，我等冲出元营，撤往海洲，以图再举!

众　人　是!（冲下）

[张弘范带元将等上。

元　将　元帅，陈璧娘夺舟下海而逃!

张弘范　哎咋!传令三军，分水陆两路，追赶陈璧娘，直捣饶平，包围海洲，以潮州为例，把它杀、杀、杀，杀个鸡犬不留!

众　人　喳!

[幕闭。

第六场

[海洲，景同二场。

[陈璧娘、许大娘等一众白衣素服，面临大海，一渔女手拿魂幡，上写“抗元殉国英雄千古”；另一渔女手托木盘，上放有酒瓶杯盏。人们望海凭吊殉国将士。

[幕在悲壮寂寞的歌声中启。

(后台歌)风凄凄，

　　雾茫茫，

　　卫国忠魂归何处，

海边壮士泣断肠！

[陈璧娘把盏斟酒，向大海下跪。

众　人　（接唱）　英灵有知应无憾，

一代英风万古扬，

后继自有义师在，

抗元圣火遍地燃。

渔　女　（上）夫人，敌人围攻正紧，海洲四面被困，西寨危急。

陈璧娘　请大娘严阵固守！

渔　女　是！（下）

孟　昭
孟　妻　夫人呀夫人，敌人围攻正紧，请夫人早做定夺啊！

义　兵　（上）报！夫人，东寨已失。

陈璧娘　张伯伯呢？

义　兵　张伯伯身负重伤！

陈璧娘　哎咋！

[炮声隆隆。

张　义　（内声）痛煞我也！

（内唱）　心长力短无奈何……

[张义负伤上。

陈璧娘　哎呀，张伯伯，你……（上前扶住）

张　义　（接唱）　伤重乏力难持刀。

恨我不能生砍卖国贼，

死也要活捉弘范斩千刀！

众　人　张伯伯仔细！

张　义　唉，夫人呀夫人，你好自保重，张义再也不能跟随夫人，与夫人共襄义举了……

众　人　张伯伯……

张　义　（仰天长呼）将军呀——

请将军英灵暂停步，
张义死了，
也要随你策马执戟卫山河！（倒地气绝）

陈璧娘
众　人　（痛泣）张伯伯！

[渔女抬张义下。

许大娘　（上）夫人，情况十分危急，张弘范又射来箭书一封，请夫人观看。

陈璧娘　（拆信）“大元帅张急谕，令海洲人等，明早缚陈璧娘来献，若敢故延，大军一到，鸡犬不留……”

雷　俊　张弘范呀国贼，你好狠毒呀！

众　人　我等虽粉身碎骨，也要与夫人同生共死！

孟　昭　若有异心，有如此箭！（折箭）

陈璧娘　（念）　众义民赤胆忠心，
教璧娘焦灼沉吟，
事急安得万全计，
（唱）　搜肠索腹费思寻……

许大娘　夫人，事到如今，火速与敌决一死战，幸而得胜，乘胜突围；不幸而败，大家一起殉国吧！众乡亲随我来！

[众刀剑出鞘随许大娘欲冲下。

陈璧娘　慢！大娘呀众乡亲，敌众我寡，如此硬拼，无异抱薪投火，同归于尽。

众　人　这……

陈璧娘　（旁白）是了，我想张弘范口口声声要将我生擒，我若能如此如此，不错！万事临头须一决，千斤担子我独挑！（对蕊珠）珠儿，你速代我急书一封，发往元营，约张弘范明早辰时在此决战！

蕊　珠　遵命！（下）

陈璧娘　你等分头传令下去，令各营义军，听我击鼓为号，火速上山待命，不得有误，传令之后，即速来见。

众　人　遵命！（分头下）

陈璧娘　孟伯伯与伯母。

孟　昭
孟　妻　夫人有何吩咐？

陈璧娘　倘有不幸，为国捐躯，老人家可舍得？

孟　昭　夫人，你言差了，亡国匹夫，若能以身许国，乃是万幸呀！

孟　妻　是呀！但待夫人令下，老夫妇万死不辞！

陈璧娘　嗄好！二位，请你们准备金鼓，在此伺候。

孟　昭
孟　妻　得令！（下）

陈璧娘　（唱）　崖山遗恨恨无涯，
家国罹难万民哀。
当初劝郎身许国，
今旦呼郎待妾来。
送郎辞郎郎永诀，
殉国殉郎妾应该。

众　人　（上）禀夫人，各事都已齐备。

陈璧娘　嗄好，孟伯伯与伯母，只待号令下，你等便击鼓鸣锣！

孟　昭
孟　妻　是！

陈璧娘　雷俊、蕊珠与各领队听令！

众　人　得令！

陈璧娘　只因事急燃眉，为续抗元圣火，你等一听金鼓齐鸣，即率领众兵将，护住海洲老少，火速冲出元营，随许大娘直奔凤凰山！

众　人　得令！

雷　俊　夫人你呢？

蕊　珠　母亲你呢？

陈璧娘　我与孟家伯伯，伯母断后。你等放心前往，速速就道。

雷　俊　　夫人
　　　唉，　大敌当前，后无援兵，你怎可置此大险，自行断后么？
蕊　珠　　母亲

众　人　是呀！我等誓与夫人同生共死，夫人千万不要独自留下啊！

陈璧娘　众乡亲！

众　人　夫人！

陈璧娘　（唱）　令下如山莫再违！
　　　　　　　　速到凤凰会合众义兵。

孟　昭　（唱）　这条军令我不听，
　　　　　　　　夫人千万莫留下。

众　人　（唱）　这条军令我不听，
　　　　　　　　夫人千万莫留下。

许大娘　夫人！
　　　　（唱）　胡儿凶残灭宋室，
　　　　　　　　难灭抗元亿万民。
　　　　　　　　夫人你德高望重，
　　　　　　　　振臂一呼万众临。
　　　　　　　　断后自有老妇在，
　　　　　　　　请你率众速起身。

陈璧娘　大娘，伯伯，众乡亲！
　　　　（唱）　贼弘范狠如蛇蝎，
　　　　　　　　不得璧娘不甘心。
　　　　　　　　望乡亲权衡利弊，
　　　　　　　　大局为重情为轻。

许大娘　夫人！
　　　　（唱）　崖门一战泣鬼神，
　　　　　　　　碎了山河碎了心。
　　　　　　　　痛失将军我有责，
　　　　　　　　负疚愧对贤夫人。

到今朝，畲家军未损一将，
老妇何惜献此身！
夫人！（跪下）
念老身两鬓白发，
求夫人火速起身！

众　人　（也跪下）
（唱）　求夫人火速就道，
莫辜负大家一片心。

陈璧娘　哎呀！大娘、众乡亲请起，这就折煞璧娘了！（也跪下）
（唱）　陈璧娘意切心长，
望乡亲细听言章。
事急当思解危局，
保存义旅卫家乡。
数千乡亲能脱险，
何妨死了陈璧娘！
倘若是来日有幸能相见，
重整旌旗海洲前。
大家如不听相劝，
同归于尽我罪万千。
为谢诸位深情意，
璧娘我，
只有自刎乡亲前！（拔剑）

众　人　且慢！唉，夫人，我等遵命就是……

陈璧娘　（扶起大娘）大娘！
（唱）　踏瑶会决计远征，
血海狂波度一程。
从今后险途万里，
端赖你义旗高擎。

许大娘 （唱） 听叮咛老泪垂胸，

待何日海晏河清？

夫人！

铁尖担只对胡儿打，

不死沙场目不瞑！

陈璧娘 （念） 转身拔下张郎箭，

俊侄珠儿听分明：

望恁继承将军志，

挥戈跃马步不停！

雷　俊
蕊　珠 （唱） 接羽箭热血沸腾，

谢夫人！

母亲临别叮咛。

永记海洲誓师日，

日日抗元抗终生！

陈璧娘 （唱） 国仇家恨须谨记，

众　人 （唱） 训诲金言记在胸。

陈璧娘 吠，金鼓齐鸣。

孟　昭
孟　妻 得令！

陈璧娘 速速就道！

[众依依不舍，慢慢地下。

雷　俊 夫人！

蕊　珠 母亲！

[二人难过地下。

陈璧娘 （唱） 韩江滚滚东南流，

难洗英雄今古仇。

山河助我千斤力，

愿洒碧血写春秋。

[杀声四起。张弘范带兵上。

张弘范 呔，女寇休走，本帅来也！大胆女寇，时至今日，尚敢负隅顽抗，还不快快束手就缚！

陈璧娘 呸！我一剑报国仇，二剑报夫仇，三剑我陈璧娘代那千万忠魂处决你这不忠不义的狗奴才！

[开打。

张弘范 呔，把她乱箭射死！（带兵下）

[璧娘中箭，妇扶；妇中箭，夫扶中箭；璧娘扶二老，又中箭，挣扎上石，屹然昂首。

陈璧娘 （念）誓未现，志未酬，

立尸抱剑镇海洲。

[张弘范带兵上，忽然霹雳一声，火光四起，火光中陈璧娘抱剑立尸，栩栩如生。张弘范与元兵大惊，翻身下马，匍匐隐下。

（后台唱《辞郎洲颂》）

日月长照辞郎洲，

万古传颂辞郎吟。

风怒吼兮海啸，

凝碧血兮丹心。

巾帼英雄陈璧娘，

流芳后世永千秋。

[幕闭。

[剧终。

（剧本版本：《魏启光剧作选》）

火烧临江楼

编剧：林劭贤　周艾黎

人　物　表

王双福　　书生

张翠锦　　相府千金

秋　英　　张翠锦之贴身婢女

张　刚　　吏部尚书，翠锦之兄

家　院　　张府老仆，秋英之父

张　妻　　张刚之妻

王　婆　　双福之姑母

陈崇德　　国舅

艄翁，婢女，家仆，轿夫各若干人

第一场　观龙舟

[临江楼下江边。

[幕启：王双福引艄翁上。

王双福　（唱）　终年寒窗苦用工，

春去夏来又端阳。

水满波平景色好，

画舫轻漂西复东。

艄　翁　（唱）　五月闹端阳，

男男女女满江边，

红衫绿裙是阮妐，

粉脸蛾眉是阮娘。

众　人（唱）　五月闹端阳，

龙船锣鼓响连天。

青龙呀，

船尾掀起千层浪；

红龙呀，

十双铁臂挽狂澜，

看谁夺得锦标奏凯旋。

[张翠锦、张妻姑嫂及秋英上。

张　妻　姑娘你看，那边画舫满江，真是好看，快随我来。

张翠锦　谢谢嫂嫂。我不喜欢那嘈杂之声。

张　妻　临江楼头，难得一年一度如此热闹，怎可错过。

张翠锦　言之虽是，霎时景换物移，犹如过眼云烟，不如在此寻求片刻安静。

张　妻　亦可，那为嫂就失陪了。

张翠锦　嫂嫂请便。

秋　英　小姐往年最爱看赛龙舟，今天怎不高兴？

张翠锦　往年……秋英，今非昔比。

（唱）　最是令人嗟叹，

韶光如水去不还。

无计留得春常住，

怕看落花结残红。

秋　英　小姐正当春光焕发年华，何必就兴起了落花之叹呢？

张翠锦（唱）　只恐过了端阳节，

陈家花轿出京关。

秋　英　这是小姐终身喜事呀。

张翠锦（唱）　提起这婚事，

教人越添愁烦。

圣上为媒把我配予国舅陈崇德，

说道是金玉良缘。
虽然未见他真面目，
却闻他败德丧行昧天良。
叹生不逢时命乖蹇，
良缘未结结孽缘。

秋　英　此是传闻，难信其言，小姐不必愁挂，及时行乐才是呀。

张翠锦　秋英，我想作诗遣闷，你可取纸笔上来。

秋　英　是。

艄　翁　（唱）　五月斗龙船，
男男女女闹纷纷。
择个好郎来匹配，
择个好娘来伴君。

秀才，至此已是临江楼下。

王双福　好好，就此歇息些时。

（唱）　万顷江波一小舟，
极目骋怀任去留。
天南地北堪吟咏，
不是骚人也风流。

秋　英　小姐，纸笔取到。小姐，看那楼下书生，倒也长得清秀。

张翠锦　死丫头，观他做乜？

王双福　（唱）　依旧江山岁月新，
抚今追昔恨频频。
自古蛾眉多遭妒，
郁悒嘘唏叹斯人。
壮志难酬楚天黑，
大好河山起狼烟，
端阳佳节汨罗恨，
南国民风慰屈卿。

（念） 幽兰碧荔自芳香，

一片丹心在遗章。

渺渺江波清婉绝，

可怜无女耀九天。

张翠锦 啊！

（唱） 听书生楼下自吟唱，

口吐珠玑不同凡响。

胸藏丘壑无俗韵，

像出水蛟龙定非久困深渊。

此等玉人罕曾见，

才貌双全可人怜。

相国女，情难禁，

持起笔儿和一章。

惜才美事多多有，

愿寄知音不避嫌。

意区区怎生表达，

轻脱金环赠予他罗帕一方。

王双福 艄翁。

艄　翁 来了，秀才有何吩咐？

王双福 日已近午，速速摇船回去吧。

艄　翁 是。

众　人 （唱） 一年一度赛龙舟，

红男绿女江上游，

看了龙舟夺了婿，

夺个女婿结白头。

[幕闭。

第二场　相　思

［王双福家。

［幕启：王双福上。

王双福　（念）　清波绿影水飘香，
　　　　　　　　自有知音和一章。
　　　　　　　　十二栏杆已拍遍，
　　　　　　　　湘君渺渺水连天。

此时情意脉脉，因何只见一面，不可再求！

（唱）　端阳一去已三朝，
　　　　怀念佳人在通宵。
　　　　数次催舟楼前去，
　　　　却只见楼空人渺。
　　　　分明是一往深情透丝绢，
　　　　非比那空谷无风树乱摇。
　　　　好教我万缕愁丝理还绕，
　　　　此情此景费推敲。

［王婆上。

王双福　姑母。

王　婆　这罗帕是哪里来的？

王双福　我正为此事，欲请姑母助我一臂之力。

王　婆　此是何说？

王双福　姑母啊！

（唱）　细说原因，
　　　　只因端阳观龙舟。
　　　　临江楼下独吟咏，
　　　　惊动了楼上小姐，

赠我金环手帕诗一首。
诗步原韵有深意，
教为侄心猿意马情难收。

王　婆　原来这等，没怪侄儿连日情思恍惚哩！

王双福　（唱）　伏望姑母多宽宥，
没责我轻浮学风流。
人非草木岂无情，
怎禁得鸟鸣嘤嘤一声声。
敬求姑母做我主，
牵红线来玉成。

王　婆　侄儿，你可知临江楼上所住何人？

王双福　姑母常登临江楼卖花，不是曾经说过，楼上住的是张相爷千金张翠锦小姐么？

王　婆　既知是相府千金，门第悬殊，怎能高攀！

王双福　姑母，非是侄儿痴念，莫奈小姐实在多情，如今情苗已种，此相思欲断难能。

王　婆　（唱）　叫侄儿莫得作茧自缚，
此亲难提门户不当。
天下淑女多多有，
待为姑予你再行物色配成双。

王双福　（唱）　红颜女子多多有，
欲求知音难上难。
此亲若是不成就，
我就削发为僧落寺庵。

王　婆　痴儿你呀！
（唱）　王门三代存你这一脉，
承先启后全靠你一人。
我艰难刻苦十六载，
方正喜你如今长大成人。

怎可说出断头语，

为痴情把前程断送。

岂可负了你九泉双亲，

枉费为姑一片苦工。

王双福 （唱） 爹娘生我之恩忘不了，

姑母养我之功不敢忘。

为着侄儿终身计，

方求姑母来成全。

唉！姑母一向爱侄如命，如今只求与小姐一通款曲，求得一言明示，为侄死亦瞑目。

王　婆 啊！

（唱） 观痴儿一往情深，

张小姐实亦多情。

欲待不依他所请，

又恐他痴情难断饮恨终身。

罢罢罢，

为解侄儿相思苦，

我只得再往卖花走一程。

侄儿，事已至此，只得待为姑前往试探一番，然后再做计较。

王双福 呵！有劳姑母费心了！

王　婆 唉！

[幕闭。

第三场　卖　花

[临江楼闺房。

[幕启：张翠锦上。

张翠锦 （唱） 重重心事难排遣，
怨只怨身生相府，
皇上错作伐，
订下了陈门冤孽缘。
对此事侬已心灰意冷，
任凭它由命听天。
怎料到端阳佳节，
遇书生到楼前。
但见他风流潇洒，
满腹诗骚出眉眼。
惹得我，
似止水芳心又澎湃，
明知琴瑟之缘难缔结，
怎禁得欲舍不能情尤牵。
想我若为民家女，
何愁鸾凤不成双。
到如今只落得好事难求徒嗟叹。

秋　英 （上）小姐，茶来了。

张翠锦 秋英，这数日来，你为何把茶烹得又苦又涩？

秋　英 都与往日一样烹的，莫非小姐变了口味？

张翠锦 口味怎样会变。

秋　英 既是口味未变，那就是苦在心头，涩在舌头。

张翠锦 此话从何说起？

秋　英 小姐啊！
（唱） 只为欲诉知心话，
却难寻得知心人。
万缕愁思萦胸际，
方觉岩茶不生香。

张翠锦 休得乱讲。

王　婆 （上）小姐清福。

张翠锦 啊！王婆。

秋　英 王婆，为何这数日久不见来？有什么好花头，快取出与小姐一看。

张翠锦 王婆，我这数日意绪不佳，无心装扮，不看也罢。

王　婆 小姐绿鬓红颜，怎可无花伴插。我今日带的是好花色，你看这朵牡丹——

（唱）　牡丹花开艳艳红，
牡丹花开称花王。
插起牡丹引彩凤，
插起牡丹结良缘。

张翠锦 （唱）　牡丹花开空富贵，
凤兮凤兮在何方。
可怜凤鸟未曾见，
山鸡已占一枝攀。

王　婆 牡丹小姐不合意，请看这朵月季花——

（唱）　月季开花八月天，
八月中秋月团圆。
插起月季彩头好，
中秋月圆人亦圆。

张翠锦 （唱）　虽有团圆中秋月，
临江楼台冷凄凄。

王　婆 （唱）　不合另取这一枝。
小姐这是莲花。
莲花飘香到端阳，
人面如花到楼边。
只叹相逢不相识，
老妇有心做媒姨。

秋　英 王婆呀！

（唱） 看你不是卖花意，
为何满口胡乱啼。

王 婆 啊！秋英姐，老身因见小姐这也不合，那也不合，故此将花比人，说说笑笑，只作取悦小姐的。这些花小姐不合意，我这里另有花谱一册，请小姐自己选择吧。老身照样做来。

张翠锦 王婆，你送此花谱是何用意？

王 婆 这手帕……

张翠锦 呵！这手帕，王婆，这手帕究竟从何而来？

王 婆 这么……莫非小姐见过这手帕，今欲道此手帕从何而来？

张翠锦 王婆，你这是何用意？

王 婆 小姐。

（唱） 请小姐解疑胸，
容老妇细禀明。
端阳节你一人赏景，
岂记得舟中书生？

张翠锦 书生又怎样？

王 婆 （唱） 那书生便是我侄儿王双福，
因赋诗荡舟楼前停。
岂料他得小姐垂青眼，
罗帕题诗表心情。
又得金环相惠赠，
令小侄感戴莫名。

张翠锦 区区微意，何足道哉。

王 婆 （唱） 他虽未解小姐真心意，
对小姐却是至爱至诚。
曾驾小舟楼前求相会，
恨不能一见慰多情。
因此他终日里茶饭不思，

却夜来愁对孤灯。
恐怕他遭逢不幸，
此时我方把楼登。

张翠锦 啊！这如何是好？

秋　英 王婆，当日小姐为着爱才怜贫，方有赠环送帕，意在勉励他奋发勤读，别无他意。

王　婆 这个老身知道，莫奈我侄痴想过度，若有一差二错，香丁断送，岂不令人可伤。

秋　英 你就好好劝释他。

王　婆 都已劝释无效哩。

秋　英 如今意欲何为？

王　婆 欲请小姐……

秋　英 呵！为何不说？

王　婆 欲请小姐劝他回心转意。

张翠锦 这……做不得。

王　婆 小姐呀！

（唱）　小姐须念我贫孀，
一十六载尽辛勤。
意望他勤读书史求上进，
谁知为你抛了书卷。
如今只求小姐劝他回心转意，
老妇自当结草衔环报深恩。

张翠锦 哦！

（唱）　闻言语肝肠寸断，
难得有此多情人。
他苦求吹箫引凤，
我又何曾不动心肠。
只可恨孽缘早订，

又痛妾身属相门。

真叫我进退两难难主意……

秋　英（唱）看起来孽债已结，

解铃还须系铃人。

当日罗帕可相赠，

如今约他一会谅也无妨。

张翠锦 这么……

王　婆 小姐……

张翠锦 也罢！令侄分明误解我意，但事已至此，你可叫他前来，待我劝释他就是。

王　婆 谢谢小姐，谢谢小姐。只是……临江楼门禁森严，如何是好？

张翠锦 这么……

秋　英 小姐……（耳语）

张翠锦 事到如今，也只好如此了！

秋　英 王婆，附耳过来……（对王婆耳语）

王　婆 这个老身晓得。

[幕闭。

第四场　园　会

[中幕前。王双福扮女装与王婆上。

王双福（唱）情切切心慌意乱，

意迷迷步履艰难。

为佳人乔装打扮，

避耳目急步内院中。

王　婆（唱）侄儿切莫心慌乱，

有情无情勿轻狂。

小姐约会后花园去，

言谈一刻便回还。

入门，就到了后花园。

[张妻上。

王　婆　啊！夫人万福。

张　妻　不必多礼，这位姑娘是……

王　婆　此是小女，刚从乡间来城，随我出门卖花，女儿快上前去与夫人请安。

王双福　夫人。

张　妻　如有彩花可即送来我处一观。

王　婆　夫人吩咐，老妇谨记在心。

[众分头下。

[中幕开，景现花园。翠锦上。

张翠锦　（唱）　云淡风轻好晴天，

群花怒放为谁妍？

枝头双燕呢喃语，

影只人单暗自怜。

流水落花同归去，

旧梦断，新梦长。

春心馥馥花间舞，

满园红艳待嘉宾。

[秋英引双福、王婆上。

秋　英　你等在此小待，待我报知小姐。小姐，王婆来了。

张翠锦　在何处？

秋　英　就在那边。

王　婆　小姐，我与你送花来了。……小姐，我侄日后有为，全仗小姐，老身感恩不尽。

张翠锦　这……

王　婆　老身与夫人送花去，留下小侄聆听教言。

秋　英　王婆，待我伴你回去。

张翠锦 秋英。

秋　英 我去左右看看，时间就来。（偕王婆下）

王双福 （念） 未曾相见言语多，

一旦见面半句无。

（唱） 相思话儿从何来说起，

好比小鹿撞心窝。

但见她俯首沉吟，

手弄罗衫羞还颦。

此时一刻值千金，

我这厢整饰仪容，

定下心儿将她叫。

小姐，小生有礼了。

张翠锦 有礼相陪。

王双福 小姐，小生特来致谢的。

张翠锦 谢我何来。

王双福 谢小姐赠环送帕情意深。小姐！

（唱） 那日里，

我观罢龙舟吟小诗，

临江楼前与娘相见。

多蒙赠我环帕步韵赋诗，

念小姐多情，

小生怎可无义。

几次催舟求再遇，

奈楼台寂寂徒令人依依。

今日园中遇小姐，

但愿赐一言明示。

张翠锦 （唱） 尊声王相公，

侬赠环帕有何奇。

为怜贫把金环赠，
又因惜才而和诗。
别无他意，
怎敢托环帕作红丝。

王双福 （唱） 环帕分明是古记，
无深情哪有赋此诗。
我一片丹心早属你，
为环帕我诗书懒理。
数日来食不知味，
辗转通宵损了腰肢。

张翠锦 来日方长，须欲保重身体才是啊。

王双福 （唱） 但求小姐说出真心话，
切莫得口是心非错过佳期。

张翠锦 相公……

王双福 莫非小姐嫌我出身寒微，才貌粗俗，难与小姐匹配么？

张翠锦 呵！

（唱） 一句话说得我有口难言，
口食黄连苦在心中。
侬可剖心自表，
张翠锦绝非无情无义之人。

王双福 呵！难道小姐有何难言之痛么？

张翠锦 （唱） 只因爹爹乃当朝宰相，
讲的是礼教伦常，
怎容我放荡自专。
张翠锦受责无怨，
连累了相公罪过弥天。

王双福 （唱） 为情哪怕受磨难，
哪怕地裂与山崩。

春蚕到死丝方尽，
蜡炬成灰泪始干。
若得小姐相怜爱，
赴汤蹈火心也甘。

张翠锦 呵！
（唱） 观伊人情义深长，
铁石心肝也断肠。
似这等如意郎君怎忍割舍，
怎奈是……

王双福 双福耿耿此心，对天可表。

张翠锦 相公，非我相执意，实是……相公，侬的终身已经许配。

王双福 小姐终身已经许配了？

张翠锦 相公！
（唱） 侬终身已配国舅陈崇德，
当今皇上作冰人。

王双福 原来这等！

张翠锦 （唱） 那崇德是国戚皇亲，
圣上为媒事非轻。
我爹爹只图攀附，
那顾得女儿终身。
大山压顶难挣扎，
相公呵！
弱质红颜身不由已皆由人。

王双福 小姐，刚才小生不知底细，错怪小姐，望祈恕罪。

张翠锦 唉！相公！
（唱） 陈崇德原是奸狡之辈，
彩凤乌鸦怎匹配。
自从端阳见君面，

此心属君难挽回。
只恨礼教缄规如锁链，
今生今世难得与君比翼双飞。

王双福 （唱） 小姐喂，
终身大事须当自主决，
礼教缄规难缚有心人。
盼小姐还须自珍重，
这青春年华莫错过，
把定心儿自做媒。

张翠锦 呵！

王双福 小姐，因何不说呢？小姐……

张翠锦 罢，罢，罢！
（唱） 鲤鱼难舍西江水，
蝴蝶难舍桂花丛。
相公喂！
但愿白发长厮守，
殷殷相爱同苦甘。

王双福 小姐！
（唱） 你看那红花绿叶似锦章，
鸳鸯成对蝶成双。

张翠锦 （唱） 你看这出水莲花红相映，

王双福 （唱） 人面如花相映红。

张翠锦 （唱） 有情人儿成眷属，

王双福 （唱） 牛郎织女下人间。

两　人 （唱） 四季花开四季香，
郎心侬意两相坚。
朝朝夕夕共唱和，

只羡鸳鸯不羡仙。

[幕闭。

第五场 训 女

[二道幕前，张刚上。

张 刚 （念） 连夜催马赶路程，

为妹亲事回乡行。

金殿之上受恩宠，

张陈两家联婚姻。

下官张刚，身居吏部之职。奉了皇上旨意，严亲之命，回府与妹张罗出阁事宜。昨日回到府中，即闻吾妻说道，近日有花妇引来一个陌生女子，生得眉粗如刀，常与吾妹谈叙，秋英也时常外出，而且避前让后，内中或有蹊跷。下官闻言，直地上楼访察，可是难明真相，真教下官为难了！

张 妻 老爷回来了。

张 刚 回来了。

张 妻 老爷岂曾将婚期说与姑娘知道？

张 刚 自然说与吾妹知道。

张 妻 姑娘意下如何？

张 刚 看来并不十分欢喜。

张 妻 我早已感到事有蹊跷。

张 刚 夫人，我妹知书达理，休要胡思乱想才是。

张 妻 既是如此，为何闻得婚期心中不喜？

张 刚 女儿家含羞怕耻也是常情。

张 妻 如此说来，难道是我无事生非么？

张 刚 夫人，不可着急，此事关系重大，若是走漏风声，那时方为不妙。

张 妻 我亦如此想法，故而着急。

张　刚　以后千万谨慎为是。家院。

家　院　（内声）在。（上）老爷有何吩咐？

张　刚　如今小姐婚期已近，门户须当格外小心，严禁陌生人进入。如有发觉，速速报知。

家　院　是。

［张刚，张妻下。

家　院　老爷此言必有所因，须寻女儿探询一番才是。女儿，秋英！（圆场）

［中幕开，景现张府廊庑。秋英上。

秋　英　爹爹何事慌张？

家　院　女儿，为父跟随老爷多年，熟知他身素性，今日面带怒气，再三吩咐小心门户。绝非无因。为父怕你年幼无知，招引灾祸，我女如有疑难，尽可明言，为父或可为你解脱。

秋　英　爹爹何出此言？

家　院　你还不快快说来！

秋　英　小姐与那王相公……

家　院　是乜相公？

秋　英　就是那卖花王婆之侄王双福，爹爹以前不是曾向他买画见过面？

家　院　哦……

秋　英　小姐与王相公，端阳相遇，一见钟情，二人誓同生死，共订白头。

家　院　哎呀！果然不出老汉所料，这……这还了得！

秋　英　爹爹，王相公秉性温良淳厚，与小姐正是璧人一对，堪称天作佳偶！

家　院　……

秋　英　爹爹，为何沉吟不语？

家　院　唉，女儿恁真是初生牛仔唔识虎，全无想到小姐姻缘早订，那陈国舅是何等样人？竟敢在老虎嘴边捻须，太岁头上动土？

秋　英　爹爹既知国舅为人，就该代小姐设法解围才是！

家　院　唉，女儿……

（唱）　　小姐命运多乖蹇，

错配姻缘实堪怜。
莫奈此事关系如天大，
皇上为媒岂等闲。
那崇德一家权势把天盖，
四海之内谁人不知？
如今他已经首途来迎娶，
成礼就在这数天内。
此事难免有败露，
俺身为下人怎能担待？
你是小姐得心婢，
此事干系难推开。
覆巢之下无完卵，
须当速避此祸灾。
我明日就设法送你舅家去，
今后之事再想良策来安排。

秋　英　爹爹……
（唱）　你方才答允助一臂，
到如今出尔反尔理何来？
小姐待我如姐妹，
当今事急燃眉，
我怎能独善其身自走开。

家　院（唱）　小姐待俺情义重，
为父心内非不知。
只怕我女有差错，
教为父老迈靠谁来？

秋　英（唱）　欲使女儿免遭害，
设法解围理正该。

家　院（唱）　以卵击石徒伤损，

螳臂当车怎能耐。

此事不能等闲视，

万全之计还是及早回头免招祸灾。

秋　英（唱）　爹爹既是无义勇，

方才又何必多管闲事问东西！

家　院　蠢女，你抱起鱼缸要往哪里？

秋　英　将水倒去。

家　院　将水倒去，鱼儿怎能得活？

秋　英　爹爹如此恤爱鱼儿不恤人，分明轻重倒置，假仁假义。

家　院　此话从何说起？

秋　英　古道，成人之美真君子，见义勇为方丈夫。爹爹若果真有仁心，何以眼睁睁看着小姐永沉苦海，受屈终身？

家　院　这个……

秋　英　爹爹！

（唱）　你慈心仁意及一物，

不恤人命是何因？

金鱼美丽固堪爱，

美满良缘更当促成。

小姐与相公情似海，

岂忍坐令遭折翼。

你怎不思，

若令小姐陈家去，

料想她命定活不成。

小姐若果为情死，

女儿欲活亦难能。

爹爹喂！

人比枯鱼命更惨，

爹爹怎不三思明。

家　院　唉！

（唱）　听她言一字字中我心坎，

难得她情长义重。

我本亦非胆小如鼠无义辈，

只怕是画虎不成反闯祸，

连累自己又累了人。

回头来，

叫一声，

秋英女，

此事还须细斟酌，

切莫轻举妄动惹祸殃。

你且速速回楼去，

同与小姐细商量。

深谋远虑方成事，

须防隔窗有耳莫张扬。

秋　英　如此说来，爹爹已答应帮助小姐了。

家　院　唉！都是我前世有修，生着个好女儿，比我更欲闯祸，真是无法啊！

秋　英　我就去报知小姐。（下）

[幕闭。

第六场　点　妆

[二道幕前，张妻匆匆上。

张　妻　哎呀，这如何得了！老爷快来，老爷快来呀！

张　刚　（上）夫人，慌忙何事？

张　妻　适才梅香报道，有一书生闯入后园，登临江楼去了！

张　刚　哎呀！此事当真？

张　妻　那还有假！

张　刚　坏了，坏了！

张　妻　事到如今，老爷你当前去查个明白。

张　刚　老夫即刻前往！唉！（下）

张　妻　唉！（下）

[二道幕开：临江楼绣阁，翠锦焦灼不安等待着。

张翠锦　（唱）　一声霹雳惊春梦，
半天横祸顿飞来。
皇天降下无情剑，
任教鸳鸯各东西。
（白）老天你为何这般捉弄我呵！
（唱）　老天生我亦何为，
凄风苦雨频相催。
苦恨春宵何其短，
平地起了一声雷。
崇德犹如那催命鬼，
似影附身步步紧追随。
迫得我方寸缭乱心似绞，
急待王郎来谋为。
多蒙院公仗义代我带书去，
为何至今未曾返回归？
切莫半途出差漏，
我身一死无怨，
累及了王郎怎生施为。

秋　英　小姐，我爹已把王相公带来了。（下）

张翠锦　啊！

王双福　（上）娘子。

张翠锦　王郎，事情难为了。

王双福 方才老院公已经全与我说知，娘子无须惊惶，事到如今，只有四海为家远走高飞了。

张翠锦 远走高飞，这……如何了得？

秋　英 （急上）哎呀，坏了，坏了！相公小姐，大老爷朝临江楼匆匆而来！

王双福 哎咋！

秋　英 小姐，如今王相公已经不能下楼，必须妥为安藏片刻，避过风头才是。

张翠锦 不错，快快藏起。

［张刚上，翠锦上前施礼。

张翠锦 哥哥万福！

张　刚 妹妹免礼。

张翠锦 哥哥请坐。

张　刚 妹妹同坐。

张翠锦 秋英，茶来。

张　刚 妹妹，只因母亲不幸早丧，爹爹与我又在朝中事君，家中留下你姑嫂二人，未知相处如何？

张翠锦 相处融洽，并无他故。

张　刚 如此甚好。

秋　英 老爷请茶。

张　刚 妹妹，陈家迎亲在即，为兄欲将嫁妆各物，查点一番，若有不够，可速添置。

张翠锦 好，秋英，请老爷查点。

秋　英 是。请老爷查点。

张　刚 秋英，打开橱门与老爷一观。

秋　英 遵命！

张　刚 嗯！

张翠锦 秋英……

张　刚 妹妹，各物尚称齐备，为兄这就安心了。

张翠锦 感谢哥哥关怀。

张　刚 妹妹，还有首饰未曾见过，可取出来为兄一观。

张翠锦 首饰也已备齐，请哥哥放心。

张　刚 虽是齐备，也该一观。

张翠锦 是。

张　刚 妹妹为何这样迟疑不决，待为兄看来。

张翠锦 哥哥揭开为妹纱帐，恐怕有失体统。

张　刚 自己兄妹又有何妨，待我来。

张翠锦 哥哥揭不得！

张　刚 揭得。

张翠锦 揭不得。

张　刚 揭得，揭得。（王双福出现）呀呸！

张翠锦 哥哥不可，哥哥谅情，谅情！

张　刚 呀呸！无耻贱婢，私通狂汉。你这歹徒色胆包天，这般所为，该当何罪，该当何罪？

王双福 大人！

张翠锦 哥哥。

张　刚 呀呸！

张翠锦 （唱）　跪尘埃，
求哥哥息恼气，
听为妹一言诉起。
叹萱庭早丧，
为妹弱龄失依恃。
谨守楼台十八载，
芳心淑淑自遣赋诗。
天赐良缘在佳节，
王郎遣兴吟唱到楼边。
妹因怜才而生爱，
愿托终身到百年。
如此才德郎君堪匹配，

望兄千万包涵勿过是。

张　刚　住口！你这贱婢，私通禽兽，败坏纲常，还不知耻？

张翠锦　（唱）　阮两人并非苟且，

相爱如宾相待以礼。

如此佳偶实难觅，

望哥哥详察相扶持。

张　刚　贱婢你呀！

（唱）　枉你是个千金女，

不守闺训辱门风。

私婚野合狗男女，

家规国法岂能相容。

不思你身已属陈国舅，

圣上为媒君命如山重。

如今做出这等事，

相府家声父兄前程为你一扫空。

王双福　大人呀！

（唱）　望大人宽心胸，

怪小姐有何用？

君子好逑因殊遇，

淑女怀春人之常情。

到如今木已成舟鸳鸯已成对，

乞大人还须体念儿女衷情。

张　刚　住口！

（唱）　可恨无耻狂汉，

还敢来我面前口出蜚言。

我张家门风遭你丧，

教我有何面目见得了人，

恨将起来取你命……

看打！

张翠锦 且慢！哥哥呀——！

（唱） 哥哥须念兄妹情，

手足同根莫太迫。

错过姻缘堪悔恨，

怎不三思细察情。

陈家虽然荣华富贵，

崇德却是奸恶满胸。

为结权势迫我陈家去，

岂不害我断送此一生。

张　刚 （唱） 门风相对宜连理，

君恩国法难改移。

你身生死配崇德，

违叛礼教死罪难辞。

张翠锦 （唱） 若是苦苦迫我嫁，

我愿一死不愿生。

张　刚 叛先训，抗圣命，你既愿死，死无可惜，死也干净！

王双福 大人呀大人！礼法既是如此无情，阮等一死无怨，试问人死之后，陈府来讨人，大人将何以向陈府交代？

张　刚 哎咋！

王双福 大人！礼法难改变，人情厚薄好较量，伏望大人细思忖，择取正道求万全。

张　刚 哎咋！

（唱） 听狂生之言，

好教我五内俱崩。

家门不幸出逆女，

伤风败俗情难堪。

本欲将她来处死，

只怕陈府威势，

欺君之罪难承担。

要待放走狗男女，

又恐走漏风声难包藏。

左右寻思束手无策，

难坏了我这吏部张刚！

王双福 大人！

张　刚 哎咋！

家　院 （上）老爷。

张　刚 家院，慌忙何事？

家　院 禀老爷，陈国舅前来迎亲，遣人先来报知，国舅随后就到。夫人命我禀知老爷。

张　刚 怎说，国舅来了？

家　院 正是。

张　刚 好，下去，说道老爷就来。

家　院 遵命。

张　刚 慢，不准多言。

家　院 是。

张翠锦 哥哥呀哥哥，陈崇德既到，为妹对不住你身，请赐一死。

张　刚 哎咋！贱婢呀贱婢，你欲死容易，就不怕欺君罔上，株连九族？呸！（下）

[切光，幕闭。

第七场　烧　楼

[二道幕前，张妻，家院从两侧上。

家　院 禀夫人，老爷说道就来。

张　妻 如此，你先下去。

家　院 是。（隐下）

张　妻　老爷，事情如何？

张　刚　贱婢果然私通奸夫，真把人气煞。

张　妻　如今国舅将到，如何是好？

张　刚　将两个处死，只恐无法与崇德交代；让她改嫁，又恐事情败露，殃及门庭。真叫我进退两难了！

张　妻　如此怎生是好？

张　刚　是了。事到如今亦顾不得什么兄妹之情了，今晚三更，纵火烧楼，让他等同归于尽，永灭祸根！

张　妻　倒是一个万全之策。只是……

张　刚　哎！我到路上迎接崇德，此事交你一手办理，脚手放干净一点。

张　妻　是。（分头下）

家　院　（上）哎咋！骨肉之间，居然下此毒手，真好狠心呀！快快报知小姐。

[傧相、轿夫抬轿引陈崇德骑马上。

陈崇德　哈……

（唱）　今朝来娶亲，
昼夜赶路程。
父母生我这条龙，
灵精眉目出聪明。
多蒙我姐来福荫，
父掌朝纲我高升。
春风得意闯天下，
人人钦羡人人敬。
如今娶个相国女，
锦上添花喜盈盈。
想起明朝良辰美景，
教我心中怎不高兴！

众家丁，张家就在前面，灯笼举高，锣鼓敲响，脚步放快些！

家　丁　遵命呀！

［圆场。张府奴仆持灯引张刚上。

张　刚　张刚在此迎接国舅爷！

陈崇德　（下马）姻兄！

张　刚　姻弟！

两　人　呵，哈哈……

陈崇德　张陈联婚乃天作之合，如今你我两家亲上加亲，莫怪朝臣刮目，同声钦羡了，哈哈……

张　刚　此乃皇上隆恩，姻弟厚爱，如今还仗鼎力牵成。

陈崇德　好说了，彼此彼此。

内　声　临江楼失火呀！

家　院　（上）禀老爷，临江楼骤然失火，一时火焰冲天！

张　刚　怎说，临江楼失火？快快看来呀！

陈崇德　快，快去救我老婆呀！

［中幕开：火光冲天。

［临江楼在烈焰中燃烧。

［众家丁拿着各种灭火工具来回奔走，乱成一团。

［仆人拥陈崇德上。

陈崇德　火，火，火！夫人，老婆，娇妻！哎咋！（昏倒）

众　人　国舅爷！国舅爷！

张　刚　临江楼台亲手起，如今亲手毁平地！唉！

［切光。

尾　声

［黎明，野外。

［艄翁摇船载张翠锦、王双福上。

张翠锦　（唱）　　鸟儿冲出铁牢笼，

王双福 （唱） 双双飞舞黎明中。

张翠锦 （唱） 万丈曙光迎远走，

王双福 （唱） 朵朵彩霞伴高翔。

（合） 箴规礼法无情火，

难烧天下有情人。

艄　翁 （唱） 才子佳人遂夙愿，

凤凰比翼天地宽。

[幕闭。

[剧终。

（剧本版本：《林劭贤·洪潮剧作选》）

·潮剧卷·

彩楼记

整理：王　菲

人　物　表

刘月娥	刘懋之女。
吕蒙正	秀才。
刘　懋	致仕宰相。
刘夫人	刘懋之妻。
梅　香	刘府婢女。
梅　素	刘府婢女。
老家院	刘府管家。
院　子	状元府家人。

第一场　赴彩楼

[北宋初某年间，汴京。

[幕启：彩楼前张灯结彩。

[老家院上。

老家院　（念）　堂堂尚书府，
　　　　巍巍宰相家。
　　　　蓝田堪种玉，
　　　　污池不栽花。

老汉乃刘府家院，我家老相爷，致仕家居，今日高搭彩楼，与小姐自选佳婿。今已收拾停妥，不免请小姐登楼。传下，外班伺候，请小姐登楼。

四家人　（内应）知了，请小姐登楼。

四侍婢 （内应）晓得，请小姐登楼。

刘月娥 （内声）来!

[四家人、四侍婢上，分列两旁，梅香手执彩鞭，引刘月娥上。

刘月娥 （唱） 良辰美景，

吉日佳期，

看今朝红叶题诗。

奉亲命，

向彩楼，

仗彩鞭，

定亲谊。

梅　香 （唱） 蓝桥路已近，

乘龙影依稀。

刘月娥 （接唱） 愿得真才士，

比翼效于飞。

四家人 禀小姐，到此彩楼。

刘月娥 住轿。

四家人 住轿。

刘月娥 四侍婢，随我登楼。

四侍婢 是。

[众登楼，四家人暗下。

老家院 叩见小姐。

刘月娥 不用。院公，你可在楼下等候，若有求彩者到来，报我知道。

老家院 老奴从命。

[梅香、众侍婢引刘月娥暗下。

[吕蒙正上。

吕蒙正 （唱） 胸中豪气化虹霓，

笔下文章璨珠玑。

运未通时甘守困，

箪瓢陋巷自怡怡。

一朝鱼跃春雷起，

管教身到凤凰池！

吕蒙正 学生吕蒙正，洛阳人氏。只因家境贫困，虽有班马之才，也难遂青云之志。可叹，可叹！早间与书友会文已毕，今欲回归寒窑，故此行上。（行，见彩楼）啊！此处高搭彩楼，不知何故？（见老家院）待我问来。（上前施礼）老管家请了。

老家院 请了。

吕蒙正 请问老管家，此处高搭彩楼，为了何事？

老家院 这是刘府老相爷，与小姐选择佳婿，

吕蒙正 这等？

老家院 正是。

吕蒙正 啊！

（唱） 忽闻相府选佳婿，

千载良机在一时。

（转念，夹白）差矣！

（唱） 侯门深似海，

自来择配论门第。

满城中，

多少王孙公子，

官宦后裔。

我蒙正贫无立锥，

怎敢相比？（拟却步）

众相公 （内声）走呀，快去赴彩楼呀！

吕蒙正 啊！

（唱） 浪蝶狂蜂争追逐，

且看何人赴佳期？

[三相公上。

众相公 （唱） 风流俊俏（多呀）多华丽，
多呀多华丽，
又值此青春年纪。
彩楼高搭候多时，
待俺来做个风流佳婿。

[二商贾结伴上。

二商贾 （唱） 日日贩卖在街市，
今日无本来求利。
若是绣球来抛中，
半空赚个美娇妻！

[二人欣喜急行。

[众人穿插串场，与吕蒙正相遇。

吕蒙正 列位，请见一礼。

众相公 （不屑多语，勉强地）也有一礼。

吕蒙正 诸位要往何处？

文才相公 （摇头摆脑）关关雎鸠，在河之洲，窈窕淑女，君子好逑。

吕蒙正 啊，原来是要去望“好逑”。

文才相公 然也！

家财相公 弟也要去求姻亲。

吕蒙正 兄台，你呢？

人材相公 弟不同路。

吕蒙正 怎么不同路？

人材相公 弟要去赴佳期。

吕蒙正 望好逑、求姻亲、赴佳期，都是一样。

众相公 这等？

吕蒙正 不知列位前去求彩，凭什么打动小姐？

文才相公 弟凭文才打动小姐。

家财相公 弟凭家财打动小姐。

人材相公 弟也无文才，也无家财，就凭我这一表人材，打动小姐。

吕蒙正 哈哈！列位兄台，各有一才，刘府此番彩鞭定亲，定在这三才之内。

众相公 这等呀？

吕蒙正 是。

商　贾 喂喂喂！还有我，还有我！

吕蒙正 苍天不负有心人，列位个个都是相府佳婿。

商　贾
众相公 对对对，吕相公有眼力！

吕蒙正 可惜老相爷只有一女，不然岂不美哉！

商　贾
众相公 （不悦）嘿……

众相公 不要多言，快快来走！

[三人前行，吕蒙正暗笑随后。

人材相公 （发现吕蒙正随来）呀，你这穷鬼，随我等到来何事？

吕蒙正 啊，我么？欲去赴彩楼。

人材相公 啊，你……（暗笑）“人往高处走，水向低处流”，师公和尚不同道，你也敢跟人来赴彩楼？真真不自量！

吕蒙正 我怎么不自量？

人材相公 你看我等来求彩，文才的文才，家财的家财，我通城无比，这人材的人材，你三才无半才，也敢跟人来！

吕蒙正 我是三才之外，别有一才。

众相公 什么？

吕蒙正 秀才。

众相公 啊秀……（笑）小姐配寒儒，正如鲜花插在牛屎堆！

家财相公 难道随你这穷鬼，去破窑中食风配（喝）水！

吕蒙正 列位，不见高山，哪见平地，我若不去，怎见高低？

文才相公 通哉！不见高山（指自己），哪见平地（指众人）。嗯，列位，念他是个黉门子弟，容他一遭。

人材/家财相公 怎说，兄要为他讲情？

文才相公 不错，这才见我等君子风度。

人材相公 罢了，穷鬼，既是文才兄讲情，容你一遭。

家财相公 只是在彩楼之下，你不可与我等混杂。

吕蒙正 薰莸有别，我绝不和你等混在一起。

人材相公 不混就好，大家向前。

众　人 来去，来去做个风流佳婿。

人材相公 佳婿，佳婿……（见老家院）岳父大人在上，小婿来拜。

［众人笑。

老家院 呀？

家财相公 人材兄，你怎么见着人就拜？

人材相公 是刘丞相，我的岳父，怎可不拜？

家财相公 不对呀，他是刘丞相的管家。

人材相公 啊……！是个老奴才！

家财相公 是呀！男儿膝下有黄金，你无故下跪太粗心！

人材相公 古云："礼不下庶人"，岂可不慎乎？

吕蒙正 无妨！俗道"礼多人不怪"，何妨多多拜几拜！

人材相公 呸！无彩！无彩！

［梅香、侍婢引刘月娥上。

众　人 老院公，我等到来求彩，有劳回上小姐。

老家院 待我回上。梅香，回上小姐，列位相公到来求彩。

［刘月娥窥视众人，三相公争先恐后，吕蒙正被挤在一旁。

刘月娥 梅香。（耳语）

梅　香 （点首）院公，小姐出有诗句在此，请列位续就送上，若中小姐之意，才可抛给彩鞭。

老家院 我知。列位，小姐出有诗句在此，请列位续就送上，若中小姐之意，才可抛给彩鞭。

二商贾 乜个也？要先考诗？（示意，悄悄溜走。）

文才相公 好，好，好！（接诗句）

（念） 一树奇花傍绿荫，

狂蜂浪蝶不能侵。

[吕蒙正暗惊其才，人材相公大窘。

文才相公 列位请题。

家财相公 该是文才兄先题。

文才相公 这续诗之事，小弟最是内行，有僭了！（沾沾自喜，写诗）大家看来！

（念） 群蝶恋花花无意，

[停笔、吟哦、重复、高念，十分得意。

（续念） 黄蜂一刺中花心。

人材家财相公 蜂、蝶、花，三山齐。高才，高才！

文才相公 好说了，二位仁兄请题。

家财相公 人材兄请题。

人材相公 （急窘）你先，你先。

家财相公 弟有僭了。（写诗）大家看来！

（念） 蜜蜂采去当糖食，

粉蝶将来作点心。

人材相公 好福气，好头彩，有糖食，有点心。通！通！通！

家财相公 人材兄请题。

人材相公 啊！我？（无奈提笔）请了！（咬笔苦思，自言自语）娶老婆还要对诗，真是新起例。

文才家财相公 （催促）人材兄请题。

人材相公 好，好，好，我来题，我来题。（苦思不得，咬错笔头，刘月娥见状暗笑，人材刚好一见，大喜）对了！（写诗）大家看来！

（念） 楼头花儿面笑笑，

蜂蜂蝶蝶都动心。

文才相公 人材兄，你怎写上这么多的蜂蜂蝶蝶？

人材相公 写多两只，好让小姐挑选。

家财相公 不错，不错！

人材相公 不错，姑爷就稳做！大家题好，请小姐观看。

吕蒙正 列位，该弟来题。

人材相公 喂喂，题在后面，不可混杂。

吕蒙正 我知。（看诗，摇头）

人材相公 穷鬼，你摇头是何意？

吕蒙正 好哉！（提笔）

（唱） 满纸胡言不堪提，

庸人俗子心太痴。

彩楼女，

凭诗选婿有见识，

怎奈是，

语意骄矜把人欺。

提笔续诗寄深意，（题诗、续唱）

方知陋巷有英奇。

（白）大家来看。（故意高诵）

（念） 问谁堪作护花使，

自有蟾宫折桂人。

[刘月娥暗惊奇。

三相公 不通，不通！

吕蒙正 通也罢，不通也罢，就此请了！

老家院 慢！相公留步，待我呈上小姐发落。

吕蒙正 这么……？也好，就看小姐如何发落。

老家院 梅香，回上小姐，列位相公题就诗句在此，请小姐观看。

梅　香 小姐，列位相公题就诗句在此，请小姐观看。

刘月娥 （看诗）啊！

（唱） 一见英才早留意，

彩鞭待付与知己。

看他才高班马，

是我百年姻契。

梅香！（耳语）

梅　香 是。院公，前几首诗不好，单留后一首“蟾宫折桂人”的。

老家院 我知，列位，头一首，是哪一位相公的？

众相公 （相争）是我的，是我的。

人材相公
家财相公 勿相争，是文才兄的。

老家院 是相公你的么？

文才相公 然也！

老家院 相公请便。

文才相公 请便？哼！见贤才而不识，不也愚乎！（一旁气愤不已）

人材相公 一个去了。

老家院 第二首，是哪一位的？

家财相公 是我的。

老家院 二山相叠。

家财相公 怎说？

老家院 请出。

家材相公 （悻然）出就出！（与文才示意，愤恨）

人材相公 二个去了，姑爷是我无疑。

老家院 第三首，是哪一位的？

人材相公 就是姑爷的。

老家院 你要做姑爷么？

人材相公 小姐招我，我就是姑爷。

老家院 小姐招你么？

人材相公 招我不错，文才、家财，怎比我的人材？

老家院 你这人材，实在“出众”，也是一个“出”字。（请出）

人材相公 出就出，这三才你不要，要招哪个？

[三人皆愤恨不已。

家财相公 人材兄，小姐肉眼无珠……

文才相公 这三才他不要……

人材相公 定是要招这穷鬼……

家财相公 随他去破窑食风配（喝）水！

文才相公 你道气不气……？

人材相公 恼不恼？

三相公 （同激面）哎咦……！

（同唱） 为赴佳期，

不惮迢迢到这里。

谁想她，

人材相公 （唱） 不选相貌，

文才相公 （唱） 屈杀文才，

家财相公 （唱） 豪富何益？

三相公 （同唱） 一场春梦空欢喜！

[三人悻悻同下。

老家院 （对吕蒙正）恭喜相公，小姐相留。

吕蒙正 怎说，小姐相留么？（忧喜交集）

[月娥对梅香耳语。

梅　香 院公，请秀才稍待，小姐尚有数言相问。

老院公 我知。秀才稍待，小姐有言奉问。

吕蒙正 但望见教。

[刘月娥对梅香耳语。

梅　香 秀才请听：

（念） 蟾宫折桂朝阳开，

书生凭甚上玉阶？

吕蒙正 （念） 青衿一袭无长物，

唯有胸中七步才。

[刘月娥暗喜点头，对梅香耳语。

梅　香 秀才再听：

（念） 不忧文齐福不齐，

如何赋得关雎诗？

吕蒙正 （念） 功名恩爱两不薄，

愿效梁孟乐齐眉。

[刘月娥对梅香点头示意。

梅　香 院公，请秀才向前接彩鞭。

吕蒙正 啊！（一时茫然，不知所从）

[梅香递彩鞭给月娥，月娥抛给蒙正，蒙正只好接住。刘月娥等下楼，四家人暗上。

吕蒙正 小姐见我文才，就将这彩鞭，抛掷与我。唉，小姐，你能识我秀才，哪知我的家财！不免向前说个明白，日后才无怨恨之心。

梅　香 请姑爷同回相府。

吕蒙正 唉！

（唱） 承小姐美意，

吕蒙正满心欢喜。

只是我，

一介寒儒贫如洗，

怎敢高攀相府谐连理？

伏望收回彩鞭另择亲谊。

刘月娥 （唱） 秀才莫推辞，

此事奴家有主意。

择亲只求鸾凤配，

哪论门户高与低？

劝秀才莫犹疑，

同拜高堂定佳期。

刘月娥 吩咐，摆轿回府！

老家院 传下，摆轿回府！

四家人 遵命！

众　人 （合唱）　彩楼选婿，

佳话联诗；

彩鞭为定，

会合佳期。

珠翠列两行，

笙歌拥入兰房里。

[众反复欢唱，载歌载舞拥刘月娥、吕蒙正下。

[幕徐徐下。

第二场　大迫堂

[紧接上场，相府。

[幕启：堂上红烛高烧，帷幕低垂。

刘　懋 （念）　画堂烛影红，

宝鼎香飘动。

刘夫人 （念）　门庭添喜庆，

佳期选乘龙。

[老家院上。

老家院 （念）　华堂映日风光好，

彩楼招婿乐事浓。

相爷、夫人在此，老奴叩头。

刘夫人 不用。

刘　懋 家院，彩楼之事如何？

老家院 小姐亲自选中白衣秀士，双双回府。

刘　懋 如此，先请小姐上堂。

老家院 遵命，有请小姐上堂。

[吹打乐起，四侍婢拥月娥、蒙正上。月娥示意请蒙正稍候，蒙正点首暗下。刘月娥上堂。

刘月娥 叩见双亲。

刘夫人 我儿不用多礼，彩楼之事如何？

刘月娥 女儿先试诗句，后掷彩鞭，选中白衣秀士。

刘　懋 诗在哪里，呈与为父一观。

刘月娥 （送诗）请爹爹观看。

刘　懋 （看诗）

（念）　一树奇花傍绿荫，
　　　　狂蜂浪蝶不能侵。
　　　　群蝶恋花花无意，
　　　　黄蜂一刺中花心。（摇头，再看）

（念）　蜜蜂采去当糖食，
　　　　粉蝶将来作点心。（仍摇头，再看）

（念）　楼头花儿面笑笑……（不屑再看）

刘月娥 爹爹，后面还有。

刘　懋 啊！（翻过后面）

（念）　问谁堪作护花使，
　　　　自有蟾宫折桂人！

嗯，我儿可是选中这一首？

刘月娥 正是选中这一首。

刘　懋 不错，真真有眼力，梅素过来。

梅　素 （应声上）来了！

（念）　有福之人人服侍，

无福之人服侍人。

相爷在上，梅素呀……来叩头。

刘　懋
夫　人　免了。

刘　懋　梅素，速与小姐换上花冠彩衣，准备拜堂。

梅　素　我知，恭喜小姐，贺喜小姐。

刘月娥　休得啰唆，随我进去。（下）

梅　素　晓得。（急随下）

刘　懋　家院，笙箫鼓乐，迎接姑爷进府。

老家院　吩咐！笙箫鼓乐，迎接姑爷进府。

[鼓乐，吕蒙正上，整衣冠进门。老家院示意上面是相爷、夫人。

刘　懋　（假咳）哼哼！

吕蒙正　叩见岳父、岳母大人。

刘　懋　（骤见蒙正，大吃一惊）哎咋！你是？

吕蒙正　小婿吕蒙正，字圣功，乃洛阳人氏，先祖……

刘　懋　住口！来，与我赶出去！

[众人愕然。

刘夫人　老爷，为何如此？

刘　懋　夫人，若招的是别人，犹之则可，偏偏招这京师闻名穷酸不堪的吕蒙正，岂不可恼！

刘夫人　这等？

刘　懋　是。

刘夫人　哎咋！家院，命你随小姐往彩楼招亲，为何招此穷酸秀才！

老家院　老奴楼下迎宾客，彩楼之上有梅香。

刘夫人　梅香，命你随小姐往彩楼招亲，为何招此穷酸秀才？

梅　香　此事非干梅香过，都是小姐自主张。

刘　懋　罢罢罢，家院，你去问那秀才，姻亲之事，若有不谐，如何主意？

老家院　是。秀才，我家相爷问你，姻亲之事，若有不谐，如何主意？

吕蒙正 姻亲之事么，（已知相爷之意）可进则进，应退则退。

刘 懋 嗯，晓得进退，才是读书人的口气。家院，取白金十两，彩缎二匹，一来赎回彩鞭；二来赠他攻书之用。

老家院 是。（取白金、彩缎上）秀才，我家相爷与你白金十两，彩缎二匹，一来赎回彩鞭；二来赠你攻书之用。

吕蒙正 老院公，姻亲不谐，自当告退，非图金帛而来。彩鞭乃小姐相赠，烦你禀知相爷，请小姐出来，当面交还。

老家院 相爷，秀才说道：姻亲不谐，自当告退，非图金帛而来。彩鞭乃小姐相赠，还要小姐出来，当面交还。

刘 懋 不识抬举，收起。（家院收金帛下）梅香，请小姐出堂。

梅 香 晓得。有请小姐出堂。

刘月娥 来。（换花冠彩衣上）爹娘何事？

刘 懋 我儿，为父命你往彩楼招亲，须招门户相当的，为何招此穷酸秀才？

刘月娥 禀告爹娘，姻亲之事，只论才学，论不得门楣。

刘 懋 门不当，户不对，怎成百年佳偶？不如赎回彩鞭，另择佳婿。

刘月娥 爹爹之言差矣，彩鞭既掷，终身已定，哪有收回之理？

刘 懋 逆女不从严命，可恼！

刘月娥 非是女儿不从命，乃是爹爹悖理不该。

刘 懋 呸！我怎么悖理不该，悖理不该哦？

刘夫人 老爷息恼，此事还须从长计议。

刘 懋 哎呀，夫人！

（唱）　彩鞭原望配凤凰，
逆女偏要选穷酸！
你看此人寒碜相，
怎好相府做东床？

刘月娥 唉！

（唱）　爹娘！
孩儿在彩楼之上，

看他诗成逸响，
韵凑佳联。
胸藏星斗，
口吐珠玑，
他定有满腹文章。

刘　懋　文章赛不过孔孟，学术压不过苏张。

刘月娥　他有志！

刘　懋　（唱）　有志就该登金榜，
为何落魄在他乡？

刘月娥　（唱）　英才未遂凌云志，
正如猛虎落平阳。

刘　懋　（唱）　任你费尽莲花舌，
相府难招白衣郎！（气愤旁生）

[刘夫人左右为难，与刘月娥低语。梅香、梅素、老家院各有反应，凑在一起议论，吕蒙正见状有感。

吕蒙正　（唱）　相对无语费思量，（思索）
书生有幸遇娇娘。
谁料相府起波浪，
不如退还彩鞭，
跳出是非场。

[吕捧彩鞭向月娥，刘懋、梅素暗喜。老家院示意不可，月娥示意彩鞭既掷，绝不收回。

吕蒙正　啊！
（唱）　我怎忍，
辜负小姐情意长？
怎奈是，
相国不见谅，
这场好事怎收场？！

刘月娥 （唱） 君家休彷徨，

姻亲大事奴主张。

任他无情棒，

也难打散……

刘　懋 哼！

刘月娥 （唱） 好、好……

刘　懋 哼哼！

刘月娥 （唱） 好鸳鸯！

也难打散好鸳鸯！

刘　懋 哎咋……！（气极跌坐，梅香、梅素扶住）

梅　素 （自作聪明）待我来！（拉刘月娥）小姐，你看秀才，“身穿百补衣，行路把头低；三步一摆首，好似雨淋鸡”。真真不好呀！

老家院 （忍不住）小姐，你看秀才“出口便成诗，满腹尽珠玑；有日春雷动，青衿换紫衣”。真真不错呀！

梅　素 啐！我与小姐讲话，怎用你来掺嘴？！

老家院 我与小姐禀事，岂容你来饶舌！

[二人各掉头不理。

吕蒙正 这丑丫头出口欺人，待我来！

（念） 羽毛虽淋湿，

凤冠不染尘。

五更能报晓，

惊醒世间人！

[满堂一惊。

老家院 对哪，秀才，你有满腹才学，何不向前，与相爷说理，或能使他回心转意，也未可知。

刘月娥 不错，明珠不露，谁知是宝？你在彩楼之下，对答如流。如今在我爹爹面前，为何半言不发？

吕蒙正 小姐，看令尊大人，怒气勃勃，不容分诉，我纵有满腹经纶，也不知从何说起。

刘月娥 我爹爹并非狼虎，怎么如此怕他？

吕蒙正 （指刘懋，讽刺地）你看，他傲坐堂上，须眉怒张，虽非狼虎，却有虎狼之威。

刘月娥 难道他能把你生吞活咽？！不如上前申说几句，聊以明志。纵然双双被逐，也是光彩。

吕蒙正 小姐说得是。待我上前，说说几句。（上前）岳父大人在上，小婿拜揖。

刘　懋 寒儒无须多礼！

吕蒙正 大人，树以花果为荣，人以礼义为先，大人口口声声，道学生是寒儒，难道大人，天生就是宰相不成？！

刘　懋 这……

吕蒙正 有道“素富贵行乎富贵，素贫贱行乎贫贱”，大人高搭彩楼，与小姐自选佳婿，不论富贵贫贱，取以才学，方为正理。如今大人，口口声声，说要门风相对，阀阅相当。既然如此，当初何不亲自选上一个王孙公子，把小姐许配于他，不就是了。又何必高搭彩楼，借虚名以欺天下人？！

刘　懋 卑地腐桐，非鸾凤所栖；冲天乔木，岂藤蔓可缠？！婚姻须对阀阅门楣，方不为愧！

吕蒙正 学生乃黉门秀才，焉知异日，不是廊庙公卿？那时门也相当，户也相对，又有何愧？

刘　懋 卑陋寒儒，休得摇唇鼓舌！

吕蒙正 宽洪宰相，何须发怒生嗔？

刘　懋 大言不惭，谁见你家声奕世？

吕蒙正 鹏程未展，怎知我壮志凌云？！

刘　懋 吕蒙正，你志在哪里？

吕蒙正 大人！

（念）　休将虎势压朝班，
　　　威风凛凛透胆寒。
　　　蒙正有日登金榜，
　　　朝班相见有何难？！

刘　懋　（旁白）想他如此狂妄，若不使他当场出乖露丑，怎肯口服心服……（对吕蒙正）也罢，你既自恃才高，老夫有一对子，岂敢即时应对？

吕蒙正　愿闻。

刘　懋　（念）　　香馥馥一枝丹桂，谁敢高攀？

吕蒙正　（念）　　浪滔滔三级龙门，我当独跳！

刘　懋　再听一对。

吕蒙正　愿再闻。

刘　懋　（念）　　鸣凤在朝阳，凡鸟怎敢比翼？

吕蒙正　（念）　　蛟龙得云雨，污池岂可栖身！

刘　懋　堂皇相府，何说是污池？

吕蒙正　昂昂秀士，怎比作凡鸟？

刘　懋　再对！

吕蒙正　再讲！

刘　懋　这个……

吕蒙正　哪个……

刘　懋　咦，放肆！

刘夫人　老爷，你看书生出口成章，才华过人，不如成全他二人吧！

刘　懋　胡说，要我招赘吕蒙正，万万不能！

刘月娥　爹爹，女儿自己选中，死而无怨！

刘　懋　哎呀！月娥呀逆女！为父曾为宰相，权冠群僚。你若招了吕穷，满朝文武闻知，为父体面何存，体面何存么？！

刘月娥　爹爹，今日彩楼招婿，乃是上承亲命，选中吕郎，满城尽知。爹爹若是反悔，难道不怕世人耻笑于你么？

刘　懋　为父是为你打算啊！

刘月娥　儿志已定，爹爹何须多虑！

刘　懋　逆女，你当真要嫁吕穷？

刘月娥　彩鞭既掷，决不更改！

刘　懋　吕蒙正，你当真要娶我女么？

吕蒙正 小姐志决，学生更有何言？

刘　懋 哎咋！（激面寻思）罢罢罢！既然如此，就将逆女花冠彩衣剥下，双双逐出相府！

刘夫人 且慢，老爷，女儿既是心坚志决，秀才又是饱学之士，不如暂留府中攻书，候他得中之后，方才成亲，这有何不可？

刘　懋 胡说，都是你娇生惯养，逆女今日才敢违抗父命。

刘夫人 住了！都是你悖理绝情，才惹来一场烦恼！

刘　懋 是你不教！

刘夫人 是你不仁！

刘　懋 哎呀！今日连夫人也来责怪老夫，若不将他二人逐出，怎能整饬纲常。呔！速速离开府门，离开府门呀！

刘月娥
吕蒙正 哎呀！（二人交换眼色）

刘月娥 罢！梅香，与小姐脱去花冠彩衣。

梅　香 小姐，不可呀！

刘夫人 女儿，不可呀！

[刘月娥拂袖而下，梅香、刘夫人随下。

刘　懋 家院，晓喻庵堂寺观，亲戚人等，不许收留他二人，若敢收留者，送交府衙治罪！

老家院 相爷，还是手下留情，日后才可相见。

刘　懋 多言，还不快去！

老家院 是。（摇头出门）唉！（下）

[刘月娥捧彩衣上，刘夫人追上。

刘月娥 （念）　爹爹嫌贫太不该！

吕蒙正 （念）　苍天未必负贤才！

刘月娥 （念）　脱下花冠彩衣去，

[把彩衣掷下，梅素急接。

吕蒙正 （念）　自有凤冠霞帔来！

刘夫人 （念） 老爷何须结冤仇？

刘　懋 （念） 我命既出决难收！

刘月娥 （念） 儿孙自有儿孙福！

刘　懋 （念） 不为你等当马牛！

刘月娥 （念） 骨肉之情一旦休！

吕蒙正 （念） 大江东去不回头！

刘月娥 （念） 荆钗早已传佳话！

吕蒙正 （念） 布衣今又傲王侯！

刘　懋 还敢大言不惭，真真气煞我也！与我赶出去！

刘月娥 吕郎来走！

［刘、吕携手出门，刘夫人挽月娥。

刘夫人 月娥，儿呀……

［月娥忍泪挣脱，与吕同下。

刘　懋 来，将大门关了！

梅　香
梅　素 是。

［刘懋挽夫人下。

［梅香、梅素关门。

梅　素 （关门科，念）

闭门推出窗前月，

梅　香 （念） 一任梅花自主张。

［幕落。

第三场　双回窑

［紧接上场。

［汴京通洛阳途中。

[幕启：野外小道，梧桐落叶时节。

刘月娥 （内唱） 严亲相迫离兰闺……

[吕蒙正、刘月娥二人相扶上。

刘月娥 （续唱） 骨肉从此各分飞。

纵是饥寒相交迫，

一出朱门誓不归！

转身来，

劝郎君，

莫忧虑，

从今后夫唱妇随。

吕蒙正 （唱） 提起这夫唱妇随，

好教我赧颜自愧！

蒙娘子不嫌我青衣破履，

不弃我家道贫微。

今朝权相屈，

但待来日高及第，

凤冠霞帔谢恩惠。（施礼）

[刘月娥回礼，二人前行片刻，刘回首瞻望。

刘月娥 （唱） 再回首，

望家园，

家园从此怅睽违！

吕蒙正 娘子，难道念那家园么？

刘月娥 啊！

（唱） 家园何足恋，

我只念堂上慈帏。

好马不吃回头草，

好女不穿陪嫁衣。

郎君呀！

来效那梁鸿孟光，

举案齐眉长相随。

[二人前行，刘月娥见小桥。

刘月娥 （唱） 独木小桥临河上，

桥高流急心自危！（停步）

吕蒙正 娘子，待我扶你过去。

刘月娥 有劳郎君！

（唱） 战战兢兢过桥去，（二人过桥，月娥拭汗）

惊魂未定泪暗垂。

吕蒙正 娘子，莫非有后悔之意？

刘月娥 （急拭泪）不是。郎君，此处乃是过往大道，这小桥朽旧不堪，为何不修？

吕蒙正 唉，此处虽是大道，来往皆是小民，叫谁来修？！

刘月娥 郎君，日后若是得志，不可忘了此桥。

吕蒙正 是。娘子，再向前。

刘月娥 前面可还有这等小桥？

吕蒙正 没有了。

刘月娥 没有就好，郎君引路。

[二人行进荒径，步履艰难。

刘月娥 唉！

（唱） 荒郊崎岖步难举……（月娥一不小心抓到了荆棘）

吕蒙正 娘子仔细！

刘月娥 （唱） 荆棘刺人如针锥。

郎君，你住居荒郊野地，岂不寂寞凄凉？

吕蒙正 不会不会，那洛阳城地界，山明水秀，鸟语花香，学生的破窑……（失口）

刘月娥 怎么，破窑？

吕蒙正 娘子，虽是破窑，却有许多好景致。

刘月娥 啊！破窑有什么好景致？

吕蒙正 有的是“风扫地、月点灯，挂壁仓、不动床”。

刘月娥 何说是“风扫地”？

吕蒙正 娘子听道：

（念） 窑门两边开，

旋风刮进来。

半点不费力，

遍地无尘埃。

这便是“风扫地”。

刘月娥 （笑）郎君，这样说来，那“月点灯”，奴家也已猜透几分了。

吕蒙正 就请娘子猜一猜。

刘月娥 郎君听道：

（念） 玉轮照四方，

遍地白如霜。

迎风窗自启，

洞府一片光。

这便是“月点灯”。

吕蒙正 正是，正是。难怪娘子彩楼选婿，慧眼过人！

刘月娥 只可惜那“挂壁仓，不动床”，奴家却无从猜起了。

吕蒙正 这个……回窑自能知道。

刘月娥 不知还有多少路程？

吕蒙正 不远，上了堤围，便可望见。

刘月娥 如此，快快来走！

吕蒙正 娘子，随我来！

[二人同上堤围。

刘月娥 （唱） 双双携手上堤围，

有如平步登云梯。

[同登堤，雁啼声。

刘月娥 （唱） 雁啼鹤唳惊秋色，

吕蒙正 （唱） 年华一逝永不回。

刘月娥 （唱） 愿君奋发早得志，

吕蒙正 （唱） 高车驷马荣耀归。

［二人得意，快步前行。

吕蒙正 啊，到了。

刘月娥 啊，哪里？

吕蒙正 （指前方）看！

（唱） 荒村破窑已在望，

吕蒙正
刘月娥 （同唱） 并肩携手紧相随。

［二人急步同下。

［幕落。

第四场 祭灶神

［当年冬天，洛阳。

［幕启，二幕前。

［老家院挑米，梅香负包袱上。

梅　香 （唱） 夫人爱女痛别离，

送银送米度寒饥。

老家院 （唱） 小姐志坚堪钦敬，

我不怕风雪急奔驰。

［二人圆场。

梅　香 院公，窑在哪里？

老家院 就在前面，紧行几步便到。

梅　香 是。

（唱） 云雾不知天早晚，

老家院 （唱） 雪深难料路高低。

梅　香
老家院 （唱）　一步一颠向前去，
见了小姐慰苦凄。

[二人急下。

[二幕启：破窑内外。窑外冰天雪地，只有远处山崖一株青松，屹立于风雪之中。窑里四壁萧然，仅有一破水缸，旁有一碎石和泥土砌成的土灶，灶上置一砂锅。刘月娥独坐补衣。

刘月娥 （唱）　北风凛冽雪纷纷，
寒窑独坐待郎君。
自从华堂遭逐后，
心宁志坚誓不回家门。
只恨衣单粮又断，
未曾一日饱与温。
今当腊月岁将暮，
家家户户祭灶君。
卸下耳环换祭品，
薄礼聊表心意敦。
世人只敬锦衣客，
惟望天公重斯文。

[凝思片刻，继续补衣，不觉神疲而寐。

[风雪之声大作。

吕蒙正 （内唱）　寒云密布朔风吼，

[手提猪肉冒风雪急上。

（续唱）　天寒地冻受煎熬。
为敬灶神备祭礼，
只得委屈这一遭。

灶神呀，灶神，年终岁暮，本该厚礼恭献，莫奈蒙正家贫如洗，只得有屈了！有日我蒙正得志，那时……（猛然想起月娥）啊！

（续唱） 妻在寒窑久盼待，

急步归去莫唠叨。

[进窑，扫身上雪。

妻呀，猪肉买来了！

[见月娥沉睡，不忍叫醒她。

（续唱） 只见娇妻睡朦胧，

满面愁云锁眉峰。

本待将她唤，

又恐惊醒香梦浓！

吕蒙正 （对着月娥，自言自语）唉，妻呀，妻！只是亏了你，千金小姐，为我寒窑受尽苦楚！（一揖）啊，小姐，娘子，贤妻！你且看明春啊……

（续唱）蒙正明春便攀龙！（风声紧，蒙正觉寒冷，从幻想中回到现实）

唉，只是眼前饥寒交迫，岂能挨到明春？唉！一时饥饿难耐，满腹诗文有何用呀！（顿脚，惊醒月娥）

刘月娥 啊，吕郎回来了！

吕蒙正 回来了。（提猪肉）你看！

刘月娥 啊，一只耳环，只换得这片猪肉？

吕蒙正 是呀！那屠户说道，要换猪肉，再难换米，若要换米，难再换肉。为夫思考再三，敬神为主，充饥次之，故而只换这猪肉一片。

刘月娥 （摇头）罢了！

吕蒙正 俺可收拾起来。

刘月娥 是。（收拾祭品）

吕蒙正 （背手吟哦）

十载寒窑运不来，

金环无计济燃眉。

素手难为灶君祭，

贫贱夫妻百事哀……

嗯，大丈夫虽贫而不贱，虽苦而不哀……，这一句……贱，哀，哀……（肚饿）哎呀！

刘月娥 啊，尚欠香烛。

吕蒙正 这……炉火正旺，就将柴火，权作香烛吧！

刘月娥 是。

[二人安石为案，取柴火为香烛，盛好猪肉，摆在桌上。

吕蒙正 娘子来拜。

刘月娥 吕郎同拜。

[二人同拜灶神。

吕蒙正 灶神爷呀！

（唱） 一片真诚，

祷告神明：

灶神爷呵哙，

请把吕蒙正心曲，

上达天庭。

看瑞雪纷飞，

银装素裹洛阳城，

刘月娥 （接唱） 多少富豪大户，

备下果品香茗，

酒醴三牲奉敬神明。

吕蒙正 （唱） 奈我蒙正夫妻贫如洗，

刘月娥 （唱） 只有薄礼香烛表心馨。

吕蒙正 （唱） 神如知我意，

刘月娥 （唱） 为郎鸣不平！

吕蒙正 （唱） 十载寒窗苦，

刘月娥 （唱） 依然一衿青！

吕蒙正 （唱） 文章如敝屣，

刘月娥 （唱） 千金弃榛荆！

吕蒙正 （唱） 神如昧良知，

刘月娥 （唱） 何谓有通灵？

吕蒙正 （唱） 望你显灵应，

刘月娥 （唱） 把阮夫妻贫与苦，

吕蒙正 （唱） 一桩桩，一件件，

刘月娥 （唱） 件件桩桩，桩桩件件，

吕蒙正
刘月娥 （同唱） 奏上灵霄九重！

[*屠户匆匆上。*

屠　户 （念） 人穷金也假，

退回秀才家！（敲门）

开门，开门！

吕蒙正 是谁？

屠　户 是我，快开快开！

[*吕蒙正开窑门。*

吕蒙正 原来是大哥，到来何事？

屠　户 何事、何事，猪肉可曾食去？

吕蒙正 正在祭拜灶神。

屠　户 好好好，灶神食唔落。（从盘中拿走猪肉，取出金耳环）你这只假耳环，想要换我的真猪肉！（丢还耳环）拿回去！（欲下）

吕蒙正 （拉住屠户）慢来慢来！有话尽管说，这是祭礼，莫得亵渎神明！

刘月娥 大哥，这耳环是金的，怎说是假？

吕蒙正 难道我吕秀才，还欺骗你不成？

屠　户 哎！

（唱） 你是秀才有名气，

一肚尽是蜘蛛丝。

只可惜，

一孬当饭食，二孬买新衣。

只好用这假耳环，

换我猪肉骗神祇！

吕蒙正　嗨！

（唱）　蒙正虽贫困，

未到山穷水尽时。

我妻乃是相国女，

耳环是金何足奇？

屠　户　（唱）　薄技在身饿不死，

金山坐食有尽期。

你妻在相府，

好似天上一仙姬。

如今居破窑，

不如路中一摊泥！

若有金耳环，

何用日日寺中求布施？

刘月娥　大哥！

（唱）　耳环实非假，

望你勿猜疑。

吕蒙正　（唱）　秀才遵古礼，

哪有将你欺！

屠　户　（唱）　秀才虽无假，

耳环有跷蹊！

刘月娥　（唱）　真金不怕火，

一试见高低。

吕蒙正　（唱）　若有昧心事，

灶神有先知。

屠　户　（唱）　任恁出口成诗句，

不如猪肉可充饥！

［屠户不顾一切，提了猪肉欲下，吕蒙正一夺、二拦、三拉，拉不住，屠户

夺门而出，下。

吕蒙正 哎咋！可气，可气呀！

（唱） 真正是，

时运不济金成铁，

蝇利当前神可欺！

灶神爷呀，

你枉为神明主万户，

忍看世道多岖崎！

我待要告之于天！

刘月娥 （唱） 天眼望高不望低。

吕蒙正 （唱） 我待要诉之于地，

刘月娥 （唱） 地厚千尺怎能知？

吕蒙正 （唱） 我待要哭之于人，

刘月娥 （唱） 人心叵测谁同悲？

吕蒙正 （唱） 我待要求之于神，

刘月娥 （唱） 神在太空不可期！

吕蒙正 （唱） 似这般虚无缥缈，何须叩祭？！

吕蒙正
刘月娥 （同唱） 看起来，浮光掠影都属无稽！

吕蒙正 不祭了，不祭了！

刘月娥 不祭就罢了，吕郎呀！

（唱） 劝夫休埋怨，

还须勤读书诗。

但待春闱至，

吕蒙正
刘月娥 （同唱） 一举成名天下知！

［家院与梅香上。

梅　香 院公，窑在哪里？

老家院 就在这里。

梅　香 这是雪堆。

老家院 这是破窑被雪掩盖。你看，这里是窑门。

梅　香 哦……（敲门）小姐，开门开门！

刘月娥 （闻声惊异）是谁？（开门）

家　院
梅　香 （进窑）叩见小姐……（骤见吕蒙正）姑爷……

吕蒙正 啊，不敢消受。

刘月娥 院公，梅香，到来何事？

老家院 奉老夫人之命，送来银米，望小姐收下。

梅　香 夫人终日思念小姐，还请小姐回去一叙。

刘月娥 啊！

（唱）　回去一事难相从，
望夫人体谅女儿有苦衷。
银米还请带回府，
不求恩宠宁守穷。

老家院 小姐呀！

（唱）　你有志守贫堪敬重，
还须念——
夫人爱女情意浓。

吕蒙正 院公！

（唱）　夫人虽有骨肉爱，
只怕相国不相容！

梅　香 小姐、姑爷！

（唱）　院公年迈不辞苦，
踏雪挑米到窑中。
难道恁——
忍心看他再负重，

往返风雪劳无功？

刘月娥 这么……（为难）

[老家院对吕蒙正示意。

吕蒙正 夫人，圣人尚有从权之时，既是老夫人意愿，就权且收下吧。

家　院
梅　香 是。

刘月娥 恁两人回去，多多劝劝老夫人，请老夫人勿以月娥为念，保重玉体为是啊！

家　院
梅　香 是。小姐、姑爷保重，老奴
婢子告辞了。（出窖）

吕蒙正 （取银看，感慨地）银子呀，奴才！想我双亲在日，你是常来常往，称兄道弟；自从双亲去世，你就一去不返，视蒙正若陌路之人。这等趋炎附势，岂能相容呀……！来，将这奴才，重打四十，与我打，打，打！

刘月娥 （笑）吕郎，银子无知，饶了它吧！

吕蒙正 哦，娘子讲情，饶你一遭。（藏银）

刘月娥 吕郎，如今有银有米，明春就可收拾行装，上京应试。

吕蒙正 是！

（唱） 桃花浪里卧龙起，

岂甘久困被人欺！

刘月娥 （唱） 愿君此去攀丹桂，

龙虎榜上名高题。

[窖外雪晴风止。

吕蒙正
刘月娥 （同唱） 喜见满天风雪霁，

患难夫妻甘如饴！

[幕落。

第五场　双报喜

[二月后，洛阳。

[幕开，二幕前。

[京城院子，丫鬟带四军士捧喜报上。

院　子　（唱）　笙歌声里笑语浓，

丫　鬟　（唱）　香车宝马御春风。

院　子　（唱）　状元不忘糟糠妇，

丫　鬟　（唱）　宫花捷报到府中。

军　士　禀总管，到此洛阳城南地界，不知状元府第在哪里？

院　子　向左近人家打听。

军　士　领命。（前望有所见）禀总管，左近没有人家，只见远处有一大姐，向此处而来。

院　子　上前探问。

军　士　是。

[众圆场。

梅　素　（内声）走呀！（上）

（唱）　急匆匆，

奉命报喜到窑中。

幸喜小姐身荣贵，

彩楼佳婿步蟾宫。

[院子示意丫鬟上前探问。

丫　鬟　大姐，来请了。

梅　素　请了，何来？

丫　鬟　我等奉状元爷之命，要来迎接夫人上京，不知状元府第在哪里？

梅　素　啊，你等是要来迎接夫人？

丫　鬟　正是。

梅　素　夫人就在这里……

丫　鬟　你就是夫人？夫人在上，小婢叩头。

梅　素　大姐请起，我也是梅香。

丫　鬟　你也是梅香！呃，一时心慌张，梅香跪梅香。

梅　素　这也不要紧……

丫　鬟　礼数不相当！

梅　素　见笑，见笑，实不相瞒，夫人便是我家小姐，我家小姐便是夫人，待我引你前往。

丫　鬟　有劳了。

梅　素　说哪里话，随我来。（前行）

[二幕开，寒窑，窑内虽然破碎，但井井有条。窑外一片青葱，充满生气。

[月娥由外上。

刘月娥　（唱）　望长空，
盼归篷，
紫陌花开又春风。
莺声燕语空相送，
离人常系梦魂中。
清晨踏露采苦菜，
黄昏对月做女红。
挨饥忍冻，
只望夫婿登金榜，
平地春雷步蟾宫。

[梅素引一众上。

梅　素　院哥、大姐，此便是状元府。

丫　鬟　呀，这座土堆，怎说是状元府？！

院　子　不是土堆，是破窑。

梅　素　呃，有人做官，窑也叫作府。二位稍待，待我禀上夫人。

丫　鬟
院　子 是。

[梅素进窑。

梅　素 小姐，好了呀！

刘月娥 （诧异）何事？

梅　素 姑爷在京得中榜首，老爷命我前来报喜。

刘月娥 这事当真？

梅　素 怎敢欺骗！姑爷差有院子、梅香，带了人马，到来迎接小姐，上京同享荣华。

刘月娥 啊！人在哪里？

梅　素 就在窑外。

刘月娥 快叫他等进来。

梅　素 是。（一想）禀小姐，人马众多，不能进得。

刘月娥 叫院子、梅香进来答话，余人一旁侍候。

梅　素 晓得！（出窑）二位，夫人有命下来，院哥大姐进去答话，余人一旁侍候。

院　子 是。（对军士）一旁侍候。

四军士 领命！（下）

[梅素引丫鬟、院子进窑。

丫　鬟
院　子 夫人在上，奴婢/小人叩头。

刘月娥 免礼。

丫　鬟
院　子 谢夫人，禀上夫人，吕状元命奴婢/小人到来迎接夫人上京。

刘月娥 可有书信么？

丫　鬟
院　子 容禀：

院　子 （唱）　琼林赴宴去匆匆，

丫　鬟 （唱）　无暇修书报玉容。

家　院 （唱）　夫人若要问书信，

丫　鬟　（唱）　　宫花权作紫泥封。（跪下）

　　　　（白）宫花报捷！

院　子　（跪下）封诰呈上。

刘月娥　（接宫花）起来！

　　　　（唱）　　他那里无暇修书报玉容，

　　　　　　　　宫花权作紫泥封。

　　　　　　　　不负当初彩楼选佳婿，

　　　　　　　　奴把彩鞭付乘龙。

梅　素　恭喜小姐，早为相府千金，今为状元夫人，可喜，可贺！

刘月娥　哈哈！

　　　　（唱）　　何劳你这般奖奉，

　　　　　　　　我自有喜上眉峰。

　　　　　　　　想当初华堂之上，

　　　　　　　　你无故狂言嘲讽。

　　　　　　　　把他比作雨淋鸡，

　　　　　　　　那寒鸡，

　　　　　　　　今成了朝阳鸣凤！

梅　素　（唱）　　小姐鸾睛与凤眼，

　　　　　　　　风雪中，

　　　　　　　　选出寒士化乘龙。

　　　　　　　　今朝捷报喜来到，

　　　　　　　　越教奴婢羞无穷。

　　　　　　　　小姐你福大量大，

　　　　　　　　望恕我当初朦胧。（跪下）

刘月娥　罢了，小姐不与你一般见识。

梅　素　谢过小姐。

丫　鬟　请小姐穿戴凤冠霞帔，上轿登程。

刘月娥　（接过凤冠霞帔）院子，你等可先行回京，禀报状元爷，说夫人随后就到。

院　子　遵谕！

[众扶送刘月娥下，丫鬟随下，梅素阻之，抢先随月娥下。

院　子　（向外）人马侍候！

[四军士应声上。

院　子　小心服侍夫人，不可怠慢。

四军士　知了。

[院子乘马下，丫鬟拂扫轿子。

[刘月娥穿戴上，梅素随上，出窑。月娥返身锁窑。

四军士　上轿啊！

刘月娥　慢！尚未辞窑。（一想）啊，并无香礼。

丫　鬟　香礼不便，请夫人撮土为香。

刘月娥　说得是。（撮土而拜）寒窑呀！

（唱）　几年困守破窑中，
今朝别你去匆匆。
休怪我夫妻情分薄，
富贵迫人上九重。
莫道荒野无人识，
留取他日世传颂。

四军士　上轿啊！

刘月娥　（欲上轿，猛然想起）梅香，这里出村，乃是荆棘小径，还有那河上独木桥，这许多人马，如何过得？

丫　鬟　禀夫人，吕状元已命人役，铺平道路，修好石桥，以迎夫人车驾。

刘月娥　啊！状元果然不忘昔日之言。

（唱）　昔是荒径多荆棘，
今是大道通九重。
昔是小桥步难举，
今是绿水飞长虹！

四军士　上轿啊！（刘月娥上轿）

刘月娥 打道状元府。

四军士 领命。

梅　素 慢！禀小姐，先往刘相府。

丫　鬟 先往状元府。

梅　素 小姐……

刘月娥 梅素，听我吩咐。

梅　素 小姐，有何吩咐？

刘月娥 （唱）　你与我多多拜上老相公，

（白）你道我，

（唱）　喜的是雪中送炭，

何劳他锦上添花？

寒门难承朱门宠，

他那里金屋，

我这里茅檐。

咫尺之间隔万重！

梅　素 是，是。

丫　鬟 登程！

四军士 啊！

[众扬长而去，梅素万分无奈。

梅　素 羞啊！正是：

（念）　当初轻视贫穷汉，

今日换来满面羞！

小姐已往状元府，不免回归相府，禀知相爷吧！（下）

[幕急下。

第六场　京城会

［紧接上场。京城。

［幕启：状元府后堂，张灯结彩，喜气盈盈。

［吕蒙正上。

吕蒙正　（唱）　喜得今日身荣贵，
　　　　　　　　金花斜插在帽檐！
　　　　（念）　簇簇桃花浪，
　　　　　　　　纷纷举子忙。
　　　　　　　　七篇文共策，
　　　　　　　　一举名声香！

自别贤妻到京，幸喜得中榜首，已差院子、丫鬟前往迎接夫人来京，为何至今未到？

［院子上。

院　子　叩见状元爷。

吕蒙正　院子，命你前往迎接刘氏夫人，可曾到来？

院　子　禀状元爷，刘氏夫人随后就到。

吕蒙正　嗯。

内　声　报，刘府家人求见。

院　子　知了，禀状元爷，刘府家人求见。

吕蒙正　传他进来。

院　子　是。刘府家人进见。

老家院　（内声）来！（上）状元爷在上，老奴叩头。

吕蒙正　不用，你便是当初彩楼下，传话的老管家么？

老家院　不敢，就是老奴。

吕蒙正　老人家能识好人，本官钦佩。

老家院　状元爷过奖。

吕蒙正 老管家，你到来何事？

老家院 老奴奉了相爷之命，有名帖到来，请老爷、夫人过府。

吕蒙正 （接帖）嗯，有劳回禀相爷，说我回帖不及，原帖拜上。过府之事，须候夫人到来，再作计议。

老家院 状元爷说得是，老奴即去回复。

吕蒙正 老管家请！

[老家院出门。

老家院 （旁白）我想小姐到来，必然不肯过府，不免回去禀告老夫人，请那相爷到来，就是这个主意。（下）

内　声 报，刘氏夫人到！

吕蒙正 动乐侍候！

院　子 领命！来，动乐侍候！

[院子出门，丫鬟引刘月娥上。

吕蒙正 夫人到来，有礼相迎。

刘月娥 有劳相公。

吕蒙正 夫人请进。

刘月娥 相公同进。（同进门）

吕蒙正 夫人请坐。

刘月娥 相公同坐。

[刘欲居下座，吕让上座，刘不肯，吕按刘在上座坐下。

[丫鬟捧茶，刘、吕同饮。

刘月娥 恭喜相公，脱绿挂紫，得中状元，可喜可贺！

吕蒙正 此乃夫人福庇。

刘月娥 好说了，还是相公多才。

吕蒙正 唉！夫人呀夫人，不提多才二字，犹之则可，若提起啊……

刘月娥 如何？

吕蒙正 蒙正虽有才，难换柴和米，十载蒙风霜，今日春雷起。（无限感慨）夫人啊！（寄白）金榜挂名字，

（唱） 喜得身荣中高第。

青云平步，

这正是我手攀丹桂，

鹤衣挂体吐虹霓，

顿有凌云志！

夫人请上，受下官一拜。（对拜）

刘月娥 相公，此礼何来？

吕蒙正 夫人！

（唱） 感夫人旧日恩情，

不负了彩楼佳婿。

刘月娥 （唱） 思前我爹爹弃奴时，

岂知今日身荣贵。

反辱为荣，

好教人心喜！

相公请上，容妻一拜。（对拜）

吕蒙正 夫人，此礼又从何来？

刘月娥 相公！

（唱） 感相公得中高第，衣锦荣归，

与奴家争口气。

画堂中两行珠翠，

白屋里顿生光辉。

内　声 报，刘府侍婢求见。

院　子
丫　鬟 知了。禀状元夫人，刘府侍婢求见。

吕蒙正 传见。

院　子
丫　鬟 领命。刘府侍婢进见。

四侍婢 （内声）来！（同上）禀状元、夫人，相爷派四十名人役，二乘连环大轿，迎接状元、夫人过府。

吕蒙正 一旁。

四侍婢 是。

吕蒙正 夫人，相爷二次相请，欲去还是不去?

刘月娥 妾身昔日有言，说道“一出朱门誓不归”，今日决然不去。

吕蒙正 既是夫人不去，待下官打发人役回去。（对侍婢）来，你等回去，说道夫人初到京城，未暇过府，改日登门拜见。

四侍婢 是。

[老家院匆上。

老家院 报，相爷、夫人驾到呀!

院　子
丫　鬟 禀状元、夫人，相爷、夫人驾到!

吕蒙正
刘月娥 啊!（相视而笑）

吕蒙正 鼓乐侍候，迎接相爷、夫人。

院　子
丫　鬟 领命。来，鼓乐侍候，迎接相爷、夫人。

[吹鼓。

[吕、刘同出门，众随出。

[刘夫人、梅香上，夫人回首不见刘懋，回步拉刘懋出。

老家院 相爷今日既要上门相见，当初何不手下留情!

刘　懋 多话!

老家院 是。

吕蒙正 相爷、夫人到来，请进。

[众同进。

吕蒙正 相爷、夫人请坐。

刘　懋 这……贤婿、女儿同坐。

[刘夫人促刘懋开言。

刘　懋　恭喜贤婿得中高第，可喜、可贺。

吕蒙正　全仗岳父福庇。

刘　懋　（刺耳）啊，好说了，哈哈哈！（转念）女儿，今日夫荣妻贵，不枉昔日受苦一场，也该心满意足了。

刘月娥　哪里！爹爹，女儿招了个穷酸秀才，玷辱了堂堂相府，今日理该上门谢罪，何劳爹爹称赞？

刘　懋　哎呀！（转请夫人从中周旋，夫人不理）

吕蒙正　夫人，今日京城聚会，理当一家欢乐，莫得出言冒犯尊长。

刘月娥　如此说来，相公倒也晓得进退。

老家院　晓得进退，才是读书人的口气。

刘　懋　多话！（无奈）贤婿、女儿，如今贤婿高中，紫袍加身，昔日之事，一笔勾销吧！

吕蒙正　啊……（无限感慨地）紫袍呀、紫袍！你真是我的大恩人了！

（唱）　正是紫袍才加身，
路人也相亲。
凡鸟成彩凤，
寒儒变贵人。

刘月娥　（唱）　堪笑人情，
昔日何薄今何亲？
当初将儿赶出，
冷落荒村独守清贫。
苏秦还是旧苏秦，
寒门敢把朱门认？！

刘　懋　哎！

（唱）　父母劬劳，
为儿女苦心尽操。
你不念功恩罔报，
才得荣华气便高！

休要龙争虎斗，
言来语去絮叨叨，
又不比陌路人来到。

刘夫人 （唱） 说什么苦心尽操，
怨什么龙争虎斗？
想当初，华堂上，
你将他一味奚落，
怎教人旧恨便消？

老家院 状元爷！
（唱） 常言道，
宰相肚里好撑船，
你量比东海大十分。
若不是相爷命女选佳婿，
何来这夫荣妻贵满堂春？
若不是相爷迫女受寒馁，
何来这苦尽甘来聚天伦？！

梅　香 小姐！
（唱） 你当念生身之本，
怎舍得骨肉深恩！
不看僧面看佛面，
当念夫人情意殷。

刘　懋 哎咋！
（唱） 闻言语，心如刀刺，
想起来，面泛红云。
悔当初，未识贤才便相弃，
只重衣衫不重文。
（夹白）贤婿，女儿！
（唱） 你今日得偿素志，

我这里欣慰万分。
冬寒方知一枝秀，
春暖才见满园春。
世上人情多冷暖，
利禄当前理智昏。
明珠常埋没，
英才遭沉沦。
疾风知劲草，
危难见明君。
甘苦辛酸自结果，
望把前事付烟云！

吕蒙正 岳父！

刘月娥 爹爹！

刘　懋 （喜极泪下）贤婿，女儿！

老家院 啊！哈哈哈哈！哈哈哈哈！

众　人 （合唱）喜见今日庆团圆，
悲欢往事留人间。
相国逐女终后悔，
书生有志竟冲天。
千金守贫最堪敬，
彩楼佳话入词篇！

[众载歌载舞，幕徐徐下。

[剧终。

（剧本版本：《王菲剧作选》）

续荔镜记

（《陈三五娘》下集）

整理创作：何　苦　魏启光　谢　吟　李志浦

人　物　表

陈　三	黄五娘
益　春	陈伯贤
伯贤夫人	黄九郎
林　大	县　令
知　府	小　七
刘亚兴	

第一场

[潮州城内大街，幕在马头锣声中徐启。

[一阵迎亲鼓乐喧声，林大与卓二兴冲冲上。

[后台合唱：

城南林府有财势，
唢呐鼓手嘟哒的。
新郎林大头前走，
后尾随个阿卓二。
喜得五娘做娇妻，
称心摆头又摆耳。

卓　二　（唱）　大爷你今日小登科，

林　大　（唱）　我林大乐盈颐。
老卓呀，

喜事全仗你排比。

卓　二　（唱）　我卓二，

喜酒多多无推辞。

李　姐　（内声）大爷，大爷哙——（上）大爷，好了呀！

（唱）　恁慢欢喜来慢欢喜！

林　大　媒姨，慌张做呢？

李　姐　（唱）　说出来，大爷你着激激死。

卓　二　李姐，你面乌嘴紫，到底何事？

林　大　快讲！

李　姐　唉，新娘私奔，大爷你花轿白扛……

林　大　你，你是怎说？

李　姐　那黄家五娘，与家奴陈三出走。

卓　二　这还了得，快命家丁，四出追寻……

林　大　慢！贱婢既已私奔，寻之何用……

卓　二　难道就白白罢休不成？

林　大　休！（奸笑）哈哈，老卓，你快到县衙告案追捕。

（念）　我要他一女偿万金，

黄府灯笼换姓林！

李　姐　（悟）二爷，媒人钱呀！

卓　二　呸！

李　姐　钱，钱！（下）

[暗转，

[落花山上胭脂水，一片春阳照杜鹃，流莺声啭，曲水潺湲。

[陈三、五娘，益春携手相随，紧步上。

五　娘
益　春　（唱）　餐风宿露畏人知，

陈　三　（唱）　荒村野店莫栖迟；

五　娘　（唱）　山高水长恩爱永，

三　人（唱）　任它险阻路岖崎！

五　娘（唱）　脱樊笼，趁春光，
下山径，沿溪涧，
好一江春水正涨，
把满怀惶恐尽付潺湲。
回首遍青山，
啼红了杜鹃。

[三人到溪边，晨风吹动了青丝，五娘以手掠发，鬓上插的花朵掉了下来。

五　娘（深吸一口气）真好一片风光呀！

益　春（扶五娘就近水边石砧坐下）阿娘，你鬓上插的三丹花都掉下来了！（替她理发挽髻）

陈　三（俯身拾起花朵）娘子，你看这花儿，随你连日奔波，却仍嫣红依旧，令人喜爱。

五　娘（不禁喟然）唉！连日来……（对着溪水照脸，无限幽思地）
（唱）　云鬓不整胭脂褪，
钗斜花落艳依然。
花若有情逢春发，
留与青山伴杜鹃。

[恰好益春方解罗帕，误脱胭脂落水。

益　春　唷，阿娘，你带来的胭脂，被我一时失慎，都落在江里去了！

陈　三　哈哈，贤妹，你把胭脂丢得好呀！

益　春　丢了胭脂，好从何来？

陈　三　你看娘子如此多情，既把三丹花留与青山，就该将胭脂粉赠予绿水，这正是：落花山上添秀色，胭脂溪里水流香！

益　春　哇！三兄你真会说话呀！

陈　三　实是如此，你想，（指着溪水）若非娘子多情，怎招得那凌波仙子捧明镜，清辉照脸好梳妆！

益　春　哎呀，三句不离本行，真是磨镜师傅本色呀！三兄，若是仙子的镜要请你磨，你须小心在意，免得失手打破，又要典身三年，岂不误了阿娘青春！

陈　三　贤妹，须知路中说话，草中有人。

益　春　呼，走到这里，还怕什么？纵有风云骤起，青山倒影依然。

五　娘　（沉思地）是呀，若似青山稳，哪怕碧波扬！（一时勾起心事来）三兄！

（唱）　你看那，
红花满眼青山醉，
应念当日，
杜鹃啼血情惨凄。
俺今似，
白云流水相伴去，
须经岁月辗转苦相思。
哎君哙，
绣阁会心盟誓君须记，
莫忘捧水扫厅私语时。
荔镜良缘非易得，
愿俺白首长相依。

陈　三　（唱）　谢娘子，深情意，
为伯卿，受奔驰。
纵令天荒地老，
难忘俺山盟海誓。

五　娘　（唱）　喜三兄，重恩义，
有情人终成眷属，
千里姻缘一线系。
哎君哙，
青山绿水情万顷。

陈　三　（唱）　不及娘子恩和义！

陈　三
五　娘　（合唱）　俺今长空比翼同归去，

天长地久不分离！（科）

益　春　（深为他俩爱情永笃而感慰，但故意戏谑）

（唱）　看阿娘，

你怎呢全无倦意？

我益春哩，

站到脚酸死！

陈　三
五　娘　啊，此时果然脚酸了！

益　春　嗯，阿娘，你怎呢此时脚才酸，我哩——自从昨夜脚就酸了！（故作态）哎哈，委行了呀！（科）

陈　三　贤妹，还请忍耐几步，待过渡之后，寻店歇息吧！

益　春　（一颠一颠地）啊……

陈　三　贤妹，你与娘子慢慢前行，雨伞包袱让我来拿。（上前接包袱）

益　春　且慢，三兄，提起雨伞包袱，我就想起一事来了。

陈　三　是哪一事？

益　春　数日前，阿娘约你花园相会，你却误认阿娘负心，呼哎哈，执雨伞，背包袱，不辞而去，若非益春来留住，安得今日花开并蒂！

陈　三　事已过去，贤妹提它作甚？今雨伞包袱拿来。（科）

益　春　嗄，提它作甚，只是这把雨伞呀，险些抢折去哩！阿娘，你看呀……（夺回雨伞，学陈三当日负气离府时，“留伞”之状）

（唱）　错认荔枝有情意，

哪知是我枉心痴。

看来姻缘难成就，

只得束装归故里。

陈　三　哎呀，贤妹你……

益　春　嗄！

（唱）　三年五载我不怕，

怕的是伊人无情义！

[陈三不好意思，五娘也暗发笑。

陈　三　贤妹，你又何必旧事重提？

益　春　可累得我寸步难移哩！

五　娘　（娇羞地）

（唱）　益春，

脚酸也是无奈何，

速速登程勿耽搁。

益　春　哦，是无奈何！脚呀脚，阿娘说道，脚酸无奈何，（揉着双腿）你今着来克苦行。阿娘行起呀！（三人同行科，益春抿嘴笑）哎哟……

五　娘　唉！

益　春　（唱）　为着恩情受苦楚，

脚酸也是无奈何。

但愿溪州平安渡，

风平浪静水无波。

陈　三　娘子，贤妹，到此渡口，待我叫船。渡伯，船划过来……

内　声　来了！

[突然一阵笑声，迎面站着海阳县捕快，手执捕牌。锁链，两眼凶盯陈三等。陈三愕然失措，护住五娘退转右边，又碰上另一捕快——刘亚兴。

刘亚兴　（对捕快）一男二女，谅必无错？

捕　快　（端详着三人，操官腔）不错。一、二、三，两女一男。（指点着）定是益春、五娘跟陈三。

刘亚兴　你这臭弟，抓人不抓人，无谓在打官腔唱外江。

捕　快　嘿！当官差，讲官话，声欲粗，面欲乌，心横手门硬，一声喝掠伊就走无路！

刘亚兴　勿骗人，我刘亚兴当几十年官差，都免使官话，若是无错，锁了快行！

捕　快　哈——！

陈　三　哎，无缘无故，锁我何来？

捕　快　（把牌一扬）看，海阳县火牌，追缉拐犯陈三！

刘亚兴　林大告你拐逃他妻，大爷要抓你去凌迟！

陈　三　谁是陈三，你休胡说！

捕　快　呸！本差爷目观八面，岂容你狡赖调皮！哈！（锁科）

三　人　哎呀！不……不好了！

三　人（唱）　猛然间，

天乌地暗风云骤起！

五　娘
益　春（唱）　欲监欲斩在一处，

（白）千万缚我莫缚伊！

刘亚兴（旁白）唉哟，你们就是喜欢在一起，才会惹祸，现在还要在一起！

五　娘
益　春（唱）　任它刀斧临头，

生生死死不分离！

捕　快　哈！快走，快走！

[幕急闭。

第二场

[接上场，黄昏时候。

[海阳县花厅。

[幕启。县官得意地上。

县　官（念）　官场角逐多载，

趋吉避凶称奇才。

审案看“情礼”，

一支朱笔两头开。（科）

林家有势，黄家有钱，老卓已来疏通，九郎这条利路定不落空。我就一面做墙二面光，哈哈哈！备好箱囊装白银。

刘亚兴（上）禀太爷，黄九郎到来求见。

县 官 哦，来得好，来得好。有请！

刘亚兴 是，太爷有请！

[九郎上，刘亚兴自下。

黄九郎 县尊大人！

县 官 员外到来，椅中请坐。（科）

黄九郎 谢坐。唉，九郎家门不幸，错养贱奴，实是愧对县尊了。

县 官 岂不闻，僮仆勿用俊美，员外未免自取其祸了呀！

黄九郎 是是是，老朽虽有疏忽之过，但贱奴陈三实是罪该万死。

县 官 （加重其词）骗财背婚，纵女淫奔，犯法纪而伤风化，这当然难以免罪。

黄九郎 哎喳！（一怔）县尊大人，此事实是冤枉，冤枉呀！

县 官 黄员外何必着急，本县所念乃是林举人的状词。

黄九郎 啊！是林大的状词。（明白其意）老汉虽有治家不严，蠢女也是年幼无知，此祸该由恶奴所起，伏望大人详察。

县 官 依你之见，此案怎生了断？

黄九郎 何不就判一个奴拐主女？

县 官 哦，奴拐主女？

黄九郎 是，奴拐主女。

县 官 哈哈哈！倒也推得干净，只恐林举人不肯干休。

黄九郎 这……这这这！

县 官 哼，分明你女与陈三同逃，欲叫下官单判陈三之罪，实是“情理”不足呀！

黄九郎 啊！（领会）太爷，“情理”我有……（以手暗示五百）

县 官 哦……嗯！可是林举人的“情理”也与你一样长呀！

黄九郎 啊，林大他……

县 官 五子登科，五子登科！

黄九郎 是了，太爷！老朽的“情理”比他加倍，十仙庆寿。

县 官 哦，十仙庆寿？

黄九郎 是，十仙庆寿。

县 官 也罢，占“理”不占亲，既是员外“情理”十足，本县自当依理而判，依理而判。

黄九郎 如此，望太爷成全。（科）小七过来！

小　七 （上）来了！员外有何吩咐？

黄九郎 回去禀知安人，即备足银子一千，前来领你小姐回府。

小　七 遵命。（下）

刘亚兴 （上）禀，林举人求见。

黄九郎 大人……

县　官 有请！

黄九郎 大人……我……

县　官 员外暂避。

（林大，卓二已上）

黄九郎 是。

林　大 父台，晚生冒渎了！

黄九郎 （欲避不及）啊！

县　官 （随机应变地）来得好，来得好，个个坐下。

林　大 老卓，你……

卓　二 哦……太爷，早间你……（比送礼“五子登科”）

县　官 哎哎哎，状词收到，状词收到。（暗示银包已收下）

林　大 哈哈哈！既状词收到，就请父台明断。

县　官 这个……少待，少待呀！

（旁唱）　林家五子已及第，

黄府十仙未到家，

此时若是亏了黄员外，

岂不惊退招财爷。

如今红仕堵头须先舍马，

再左右夹攻双车齐下。

（白）是了！（入案写条科）

（接唱）　管教他两人官司一闹，

利市全归我老爹！

林　大　父台为何迟迟不决？

县　官　非是本县迟未决，（取字条与林大，故作态）棋局未明子难下。

林　大　（接过暗念）“若要姻缘再合，冤家依旧亲家。”胡说！老卓，你是怎样交代呀？

卓　二　（望着字条，低声向林）早间银子五百现过，要买黄府荡产倾家。

林　大　对！（卓取笔，林接笔，书于原字条上）“贱妇不可妻，奸奴须处死，着他倾家荡产，赔我林某婚礼！”

（交还县官）

县　官　（一看）哈哈，林举人既愿退婚，本县当即照办。（故意放桌上，让九郎偷看）

黄九郎　哎呀，这还了得。太爷，我刚才所言……

县　官　（低声暗示）有此亲笔退婚字据，正好领人回去。（科）来，将陈三带进花厅审问。

内　声　领命。（亚兴与衙役带陈三上）

陈　三　（念）情似青山稳，哪怕碧波扬！（科）

刘亚兴　禀，犯人陈三带到。

县　官　啊，你就是陈三？

陈　三　小人正是陈三。

县　官　何处人氏？

陈　三　泉州人氏。

县　官　岂有亲属在此潮州？

陈　三　并无。

县　官　啊，你并无亲属在此潮州？

陈　三　是，并无。

县　官　（喜）妙哉！妙哉！（科）陈三！

陈　三　太爷！

县　官　住口！你敢不守为奴本分，奸拐主女，罪该万死！

陈　三　太爷详察，陈三实非奸拐主女。

县　官　既非奸拐主女，黄五娘为何与你同逃？

陈　三　太爷呀太爷！

（念）　我两人相慕情意长，

山盟海誓订鸳鸯。

郎欢娘悦离绣阁，

指作奸拐理倒颠。

黄九郎　（抢着）胡说！

（念）　我女自来守闺训，

闾里无人不称羡。

若非贱奴相勾引，

哪有背亲离门墙？！

林　大　（忍不住地）

（念）　狐狸不知尾后臭，

教女无方败纲常。

反把罪咎想委卸，

激得我怒气三千丈！

太爷，黄家之罪难赦免！

县　官　自然，自然，林举人莫急，且听本县判断。

林　大　好，父台必须依“理”而判啊！

县　官　知啦！

黄九郎　太爷，我刚才所言，“情理”十足呀！

县　官　都有，都有。（科）陈三，你快快招供，方免受刑。

陈　三　非奸非拐，怎能屈认。

县　官　住口，住口！贱奴狡猾，不打不招。众衙役，将贱奴重打四十！

差　役　领命！呔！（科）

陈　三　哎嗜！

（唱）　四十板，

打得人七窍冒烟，

县　令　贱奴，你招还是不招？

陈　三　（唱）　又听他，

声声贱奴把人伤。（科）唉！

他花厅私审弊可见，

滥施刑责无法无天！

念陈三本是官家子，

我兄广南运使威名显。

岂容瘟官肆虐拆鸳鸯。（白）哼！

不如将身世来说出，（白）不可，不可！

哥哥他，

势必责我辱门墙。（白）罢！

为情哪怕受磨苦，

自己做事自己当。

县　官　陈三，你今要招还是不招？

陈　三　你要我招什么？

县　官　奴拐主女。

陈　三　哼！奴……

县　官　对，奴拐主女，你敢不服？

林　大　慢！县尊呀父台，分明是黄家骗财背婚，纵女淫奔！

［县官正要回答，而九郎又争辩起来，以致县官左右应付不得。

黄九郎　胡说，明是陈三，奴拐主女，你休含血喷人！

林　大　是纵女淫奔！

黄九郎　是奴拐主女！

县　官　哎哎，你们两家都有情理，（把脸一沉）就该静候本县判处。

黄九郎
林　大　哎喳！

县　官　（把案一拍）来呀，贱奴不招，与我再打，打，打！

众公差　哈！

陈　三　慢来！

县　官　岂是愿招？

陈　三　唉！

（唱）　听堂上争吵闹不休，

分明是县官双得贿。

他仗刑迫供势难免，

叫我身如何能消受？！（白）罢了！

今朝矮檐把头低，

他日重续鸳鸯俦。

为免娘子遭追究，

伯卿何妨自认罪尤。

取纸笔来。

刘亚兴　（取给）先些么就肉免痛！

[陈三供毕，掷笔。

刘亚兴　（取呈）请太爷观看。

县　官　（接念）"荔枝罗帕为媒证，镜作红丝系两情。"（科）哼！既非父母之命，又无媒妁之言，这算什么！"县宰判为拐主女，难以分辩自招供。"（科）哈哈哈！判得好，怕你不招！陈三！

陈　三　在此。

县　官　奴拐主女，其罪非小，今将你发配崖州。（科）刘亚兴，即时将他起解。

刘亚兴　太爷，日快暗了，案未详断……

县　官　住口！就因日晏，才有命你即时递解出境。

刘亚兴　这押解文书叫谁签发？

县　官　自有本县签发，不许多言！

刘亚兴　一句就住口，焉敢多言。（科）走！

（押陈三下）

小　七　（上）禀员外，小人已将小姐保释出狱了。

（众闻言各有反应）

黄九郎 （急起身）叩谢县尊大人，九郎告退。

林　大 慢走！（阻）

县　官 （把林大一拉）林举人。（九郎乘机溜下）

小　七 （接近县官低语）禀太爷，小人带了“十仙”，已交县太太库房了。

县　官 胡说。

小　七 是！（回身碰卓二，两人藐视，小七胜利地“哼”一声下）

林　大 呀，县尊呀父台，今日此案，你真断得糊涂了！

县　官 怎说是糊涂？

林　大 晚生命卓二送来厚礼，为的是什么？

县　官 对呀，正因为送来厚礼，本县才有将陈三远配崖州，叫他永难生还。

林　大 黄家呢？

县　官 黄家你难道想不通？

卓　二 （机灵地）哈哈哈！林大爷，县尊把一盘棋分成三步走。

林　大 三步走？

卓　二 先挂炮，起马……

县　官 （顺水推舟地）再出车！

林　大 （省悟）哈哈哈！不错不错，父台果然断案如神！

卓　二 （旁白）是财神！

县　官 哈哈哈，岂敢！岂敢！同进后堂饮酒。（拉林大手）来！来！

三　人 哈哈哈！……

[幕闭。

第三场

[潮州城外，高归岭上。

[幕启，刘亚兴内声：陈三，快走吧！

陈　三 （内唱）　极目崖州烟雾迷，

（陈三披枷带锁随刘亚兴踉跄上）

（唱） 回首凤城乱云低。
俺这里停停待待，
盼待伊人人不至。

刘亚兴 （焦急地）陈三，唉！
（唱） 你今行三又停四，
岂不耽误行程误了限期。
须念我，
老犯送新犯，
脚皮欠路债，
此苦有谁知。（科白：唉！）

陈　三 你是差爷，怎说是老犯送新犯？

刘亚兴 嘎，差爷，差爷，差爷也得爷来差，终年解犯走脚皮，此去崖州路途远，我须来回走，要比你犯人苦加倍。

陈　三 （仍回顾）啊，娘子伊……

刘亚兴 哎呀，陈三呀！（既怜且劝）
（唱） 你后生人，
情欲真，心勿痴，
须知人心如天，
气候万变。
还是听我相劝，
勿去想伊！

陈　三 我娘子不是这等样人！

刘亚兴 （唱） 是不是我不知，
那黄员外，
怎肯让伊来相见？
顶多是，
一担挑鸡两头啼。

陈　三　这……这就难了。

刘亚兴　所以——

（唱）　就勿枉费心机，

误了限期。

你看山尾发蒙天欲雨，

还是速速来行起。

陈　三　（唱）　娘子忘情犹则可，

怕的是她为我苦相思。

内女声　（唱）　郎盼娘来娘岂知，

娘心已碎郎心痴。

千言万语无处诉，

一担挑鸡两头啼。（雷声）

［陈三随刘亚兴下。

［风雨大作，益春撑伞护五娘上，小七顶笠随后，三人在风雨中急步赶路。

五　娘
益　春　（唱）　满天风雨路茫茫，

为情哪怕天作难！

驿道崎岖泥又滑，

俺主婢相将步踉跄。（寒蛩科）

五　娘　（唱）　哎益春哙我的益春，

你看那烟雨迷眼无着处，

不见伊人心彷徨。

益　春　（唱）　劝阿娘莫心慌，

你听鸟声喧。

天晴青山现，

何愁三兄不相见。

五　娘　（唱）　俺此刻，

是一头不知两头事，

风筝线断无主张。

益　春（唱）　一人无计商，

赶上三兄细参详。

小姐，你看，雨停了。

五　娘　啊！

（唱）　道天无情却有情，

雨晴让君路边等，（读停）

益　春（唱）　等等等，

等到娘郎相会面。

五　娘（唱）　怎奈我（白）唉！

两足酸痛步难行。

益　春　小姐仔细。

小　七　唉，半夜三更，冒雨出门，莫说小姐，就是我小七也是肚饿脚酸。唉，小姐呀小姐，此时雨晴天光，路上行人渐多，倘被林大耳目发觉，这如何是好？

五　娘　这么……

小　七　何况员外安人是命小人送小姐往揭阳舅爷家躲避，小姐苦苦欲追三兄，倘若不幸出事，教小人如何担待？

益　春　哇，啰哩啰唆，原来是为怕担待，你若畏事哩就返，莫惹小姐伤心。

五　娘　苦呀！

（唱）　想起来悲愤填膺，

这狂风暴雨几惯经。

恨只恨，

林大恃强相迫。

苦只苦，

我那爹娘凄凉暮景。

哎益春哙，

可怜三兄，

为我发配崖州去，

又带累你，
挨骂受打我心不宁。
待将一死酬知己，
岂不终身抱恨冤难平。

益　春　是呀！
（唱）　劝阿娘，
应效寒梅傲霜放，
莫似梨花带雨零。

五　娘　（唱）　早自当初投荔日，
已订今朝生死盟。

益　春　（唱）　莫道柳枝娇无力，
风雨飘摇不断情。
小七，走吧！

小　七　是，来——走！

五　娘　（唱）　不管人言是与非，
行云流水自相随。

益　春　（唱）　愿君行宽娘行紧，
免得两头无施为。

（三人下，刘亚兴拖着木棍带陈三上）

刘亚兴　（唱）　当差老实无人畏，
果然多情又多累。

陈　三　（唱）　今生无缘相耽搁，
云山缥缈雁孤飞。

刘亚兴　（唱）　有道是，
水上鸳鸯交颈睡，
风浪来时各自飞。
你今被发配走这崖州路，
她仍是黄府小姐千金贵。

这单思病无药医，

切莫牵挂自憔悴。

陈　三　（唱）　高归岭上心已碎，

此去天涯知何归？！

内　声　三兄哙！三兄呀！（陈三一震）

陈　三　（干唱）　这四围山色静，

是何来喊声（寄白）叫阿谁？

刘亚兴　哎呀！四处静静，哪有什么人声，你勿心惶惘影，想了着无命。

小　七　三兄慢走，（冲上）三兄慢走呀！

陈　三　是小七。

小　七　（上气不接下气）三兄，你……你害死人！

陈　三　你……你是怎讲？

小　七　小姐她……

陈　三　她……她怎样？

小　七　她与益春在后面追来了。

刘亚兴　哦！

陈　三　她！她真的来了？

刘亚兴　（惊佩地）你是说黄家五娘来了？

小　七　是的。

刘亚兴　在哪里？

小　七　你看！

［陈三、刘亚兴随小七所指处望去。

刘亚兴　无错呀，果然情深义重，令人敬服。

五　娘　（内声）三兄！

陈　三　娘子！（悲喜交集迎上前去，益春扶五娘上，扑向陈三）

五　娘　三兄……（与陈三抱头无语，凄然泪下，静场）

刘亚兴　（偷偷抹去眼泪，向小七挥手示意）喂，喂……

小　七　（不解其意）哦……我是……我是……

刘亚兴 什么我是你是，后生人怎么不晓礼，来啦，勿站久脚酸，随我到大石后敲熟烟。（拉小七下）

后台女声 （唱） 未见面时望眼穿，
盼望相逢心更酸。
原只望，
鸟脱樊笼双飞去，
却不料，
高归岭上双断肠。

陈　三 （唱） 哎娘子哙！

五　娘 （唱） 三兄我的官人！

陈　三 （唱） 可怜你，
风雨奔波受苦楚。

五　娘 （唱） 可怜你，
披枷带锁遭颠连。

陈　三
五　娘 （唱） 本有千言万语待卿/君诉，
怎奈是，
语到唇边和泪咽。

益　春 小姐，三兄，事到如今，悲也枉然，还须快快共商妙策，共商妙策才是呀！

陈　三 唉，娘子呀娘子！
（韵白） 愿你保重千金体，
莫因伯卿苦断肠。
我此去广南见兄面，
自有佳音慰娘胸。

五　娘
益　春 广南？

益　春 （想起）小姐，三兄就是送他哥嫂往广南做官，才有在潮州遇着小姐……

五　娘 就是三兄说的广南运使？

陈　三　是呀，此去崖州过广南，便往求我兄嫂做主，这场官司何难解脱。

五　娘　唉，三兄呀！

（唱）　如今事急燃眉间，
这远水怎救得近火么
我的官人？
只恐待得广南佳音到，
哎三兄哙，
碧琚噩耗已早传。

陈　三　（唱）　娘子莫说断肠话，
我三月半载定回还。

五　娘　（唱）　官司如风火，
恶俗披猖势难当。
漫说三月或半载，
慢走一刻命遭殃。

陈　三　（一惊）呵，难道你爹……

五　娘　（唱）　狼虎虽恶不伤子，
我爹虽狠也是人心肝。

益　春　（唱）　只有林大狠又毒，
谋迫员外缚女去沉江。

陈　三　哎咋！

益　春　（唱）　因此上，
连夜出走来到此，
阿娘苦楚难尽言。

五　娘　（唱）　三兄哙，
俺今有家归不得，
又哪甘，
你孤身受熬煎？！
不如随君广南去，

共求你哥嫂相怜援。

陈　三　千里路途，山高路险，娘子去不得，去不得！

五　娘（唱）　生死相依志已决，

山高路远情更长。

益　春（唱）　我也愿随阿娘去，

风雨同路好相将。

[一阵马蹄声驰到，内驿马高喊声：“哈，站开呀……”

[小七、亚兴急上。

刘亚兴　马来，快避开，快避开呀！

（忙推三人闪避）

驿　马（驰上）哈，站开呀！

[亚兴避已不及，被摔倒在地，驿马扬长欲去，亚兴爬起生气，赶上阻住，驿马只得下马。

刘亚兴
驿　马　（各不服气）臭阿弟！（竟是相识）

刘亚兴
驿　马　原来是你！

刘亚兴　你这好“脚数”。不怕撞倒人命！

驿　马　刘大哥，对唔住，我是紧急公务，喂！（认真地低声）今日都堂大人要到潮阳县下马。

刘亚兴（冷冷地）暗，都堂下马，怎用你如着风火？

驿　马　哎，此次都堂奉旨查勘吏治……喂，（向刘耳语）故此小弟飞马前去报知府尊。

刘亚兴　哦，原来如此！你岂知都堂叫何名字？

驿　马　陈伯贤。

陈　三　呀！（惊喜）陈伯贤？

驿　马　呸，大胆犯人，敢将大人名讳乱叫！

陈　三　不敢，不敢！敢问都堂大人，岂是前任广南运使？

驿　马　是倒是，与你犯人何干？呸！（跳身上马）刘大哥请了！（驰马下）

刘亚兴　好，请请请！

陈　三　好了呀，娘子，贤妹，我哥哥来到潮阳了。

五　娘
益　春　哦，这就好了呀！

刘亚兴　（莫名其妙）好好叫，别到欢面喜笑，既是两家满意，就来行起……（摇头）我哩代你们凄惨，你们却全无惨意，走，走。

陈　三　哦，原来大哥有所不知，那新任都堂陈伯贤乃是我兄……

刘亚兴　唔，你说都堂是你……

陈　三　是我兄长。

刘亚兴　哎呀！陈三呀，他是都堂，你是奴才，怎可信口乱开，你阿兄定是与都堂大人拾马屎。

陈　三　大哥，勿疑，事因如此如此，我身才有入府为奴。

刘亚兴　哦，此事当真？

陈　三　无假。

刘亚兴　（对五娘）无假？

五　娘　是真。

刘亚兴　好，是真就好，这回有戏可看。

小　七　哎呀！三兄为什么不早说？

刘亚兴　哎，他既奴才愿做，自然不错。（拍小七肩）弟呀，这叫作"欲妅就着克苦。"（回头向陈三）恭喜，恭喜！快些来行起。

五　娘
益　春　是，来走！

陈　三　且慢，娘子，今日俺虽免受千里跋涉之苦，只恐广南运使可见，这新任都堂难求。

众　人　这是何意？

陈　三　我兄为人拘谨，护纲纪，遵礼法，况他今日身为都御史，查察吏治，雷厉风行之际，若是我这般模样，势必碍难相见。

五　娘
益　春　啊！这将如何是好……

小　七　哎，都堂是你亲兄弟，有情理可见街市。三兄你怎用迟疑？

刘亚兴　是呀！

（唱）　有道是，
王法不伤人情，
有仁有义便有理。
都堂既然顾礼法，
就该循人情全恩义。
何况你，
与他是同胞亲兄弟。

陈　三　话虽如此，只是做官之人，为了官威体面，总有个避忌碍难之处。

刘亚兴　（唱）　难道做官之人，
就枭情绝义勿兄勿弟？
看起来，
你枷还着担路还着行，
欲认什么都堂兄？！

小　七　岂有此理！

陈　三　啊，是了，此去潮阳，若先求得我嫂嫂相容，请她从中斡旋，岂不是好！

五　娘
益　春　未知如何去得？

陈　三　若欲见我嫂嫂，除非伯卿前去，可惜……路中不便，先到潮阳投宿之后，再仔细商议。

刘亚兴　到潮阳投宿……？好，事不宜迟，即速来走。

五　娘　小七，你先回去禀报员外安人，免他二老挂心。

小　七　好，我就返去。三兄，小姐请！（下）

刘亚兴　请请！……阿兄不找要找阿嫂，原来是个畏妐哥。哈，就来走。

（唱）　闻道都堂好厉害，

原来老实无人知。

此去夫人若做主，

你欢我笑解愁眉。

来走，哈哈哈！

[幕闭。

第四场

[二幕前。

[四龙套，中军，侍婢，伯贤夫妻等上。

陈伯贤 （接引）文章博金紫，

宦海振名声。

忠心正直清如镜，

替天巡检鬼神惊！

下官陈伯贤，原任广南运使，蒙皇恩敕升都御史，替朝廷查勘诸州官吏，钦赐剑印，便宜行事。夫人，你看俺一路而来，好不威风！

夫　人 相公沾沐皇恩，德被万民，实乃祖宗之幸。只是三叔自广南一别，至今下落不明。俺此遭顺道省亲，将何言以对爹妈，真教人愁挂啊！

陈伯贤 这……我已命人四处寻访，吉人天相，夫人不必担忧。

内　声 报！潮阳县文武官员，迎接都堂大人。

中　军 禀大人，当地文武官员到来迎接。

陈伯贤 传话下去，一律免见，待老夫行辕下马之后，再来叙话。

中　军 是。（传话）哈！都堂大人谕下，众官一律免见，待行辕下马之后，再来叙话。

内　声 遵谕！

陈伯贤 正是：奉旨观风查吏治，断决刑名意无私。来，开道！

众　人 领命！

［圆场下。

［二幕启。都堂行辕的花厅。门差手执拜帖上。

门　差　（念）　都堂到此下马，

　　　　　　　忙煞行辕听差。

唉！连日传呼递禀，弄得头昏目眩。适才都堂大人往双忠庙行香，我难得一时安静，却又来了个什么至亲，说道大人不在，要见夫人，只好与他禀上。（科）有请夫人！

夫　人　（内声）来！（侍婢随上）门官何事？

门　差　禀夫人得知，外面有主仆二人求见。

夫　人　难道你不知都堂行香未回么？

门　差　这个小人已经说过，他自称是都堂至亲，有拜帖在此，要见夫人。

［侍婢接拜帖呈夫人科。

夫　人　（念帖）泉州陈伯卿，泉州陈伯卿。（喜甚）啊，原来三叔到来，这就谢天谢地了呀！来，快请三爷。

门　差　是是是。（科）唉唫，新来"治宫"（庙祝）唔知"老爷"（神像）几身，险险去得罪着伊，我快快来去请、请、请！（科）有请三爷！

五娘　（内声）来！（与益春扮男装上）

门　差　禀夫人，三爷到。

［五娘与益春互相示意科。

夫　人　啊，三叔哪里？

五　娘　　　嫂嫂
　　　　拜见　　！
益　春　　　夫人

夫　人　（愕然）哎呀，你……你是何人？

五　娘　（一时难以应答）我……我是伯卿之……

夫　人　之什么？胆敢冒充三爷！（对门差）你……

门　差　（心虚，误解，急跪下）小人焉敢冒渎三爷，望夫人恕罪。

夫　人　胡说，还不与我带下去！（背身不顾）

门　差　（糊涂起来）夫人，你……你是命小人……

益 春 （急智地）命你下去。（厉声迫差）退下去！

门 差 是是……（科下）

夫 人 （急转过身来）全带下去，待都堂回来再说。

[但门差已下，益春急打岔。

益 春 唉，夫人既不相容也罢。（对五娘）可惜误了三爷大事呀！

夫 人 （一怔，旁白）且住，看他两人，吞吞吐吐，莫非知道三叔消息……

益 春 相公呀！

（唱） 此情景夫人尚且不容，
都堂哪能存情？

五 娘 （唱） 冷水浇心难消受，
怕的是
误了三兄陈伯卿。

夫 人 （唱） 你等口口声声为三叔，
究竟内中是何因？
责人须以理，
你不该把名字冒认。

五 娘 若不如此，这都堂行辕，怎生得进，又怎生得见夫人之面？（一揖）

夫 人 啐，说将起来，都该我不是了？！

益 春 唉，夫人呀夫人！

（韵白） 油麻无枝鸟不歇，
闲人怎敢冒官亲？！
若与三兄无瓜葛，
哪有冒昧到此行？！

五 娘 （唱） 闻道夫人
你贤惠大度，
为何未问情由，
先下逐客令？
可怜三兄

披枷带锁冤难明，
眼睁睁
望嫂求哥救残生。

夫　人　怎说，三叔披枷带锁，究犯何罪？还请二位明告。

五　娘　这罪么……（眼望侍婢，碍难启齿）

夫　人　（对众婢）来，恁等退下。

侍　婢　是。（下）

五　娘　唉！

（唱）　待将冤情从头说，
话至舌尖羞难提。（想科）

（白）啊，是了！（女态半露，故叹一声）
唉，益春！

益　春　（突如其来，不禁习惯地）阿娘！

（夫人见状疑惑起来）

夫　人　（唱）　见此形神好跷蹊，
这书生举止，
怎么娇羞带媚？

益　春　（唱）　夫人莫猜媚？
她是阿娘奴是婢。

夫　人　哎，你说他是……

益　春　（唱）　她女扮男装，
黄碧琚是娘名字。
与三兄恩深义重，
结连理横遭攀折。

五　娘　（唱）　因此不辞奔波苦，
抛头露脸求扶持。

夫　人　哎！

（唱）　耳边厢燕啭莺啼，

眼儿里扑朔迷离，

只道你书生莽撞，

却原来，

是个多情美佳丽。

五　娘　（跪拜）嫂娘……

夫　人　哎呀！（扶科）

（唱）　她一声嫂娘多亲切，

令人惊又喜。

如今三叔在何处？

细将冤情说我知。

五　娘　啊！

益　春　阿娘，怎么不说？

五　娘　唉！

（唱）　面热难启齿，

心急欲语迟。（暗扯益春低语）

叫益春，

你代娘道因由。

益　春　呼！看阿娘你呀！

（念）　夫人见喜，

你羞怩怎呢？

且陪夫人端坐，（科）

听婢话说“西厢记”。

五　娘　益春你……夫人面前，休得放肆！

夫　人　（感兴趣地）这个无妨，由她说吧。

益　春　夫人呀！

（唱）　去年元夜时，

娘郎灯下巧相见。

灯市更阑人散后，

春去夏来两相思。

夫　人　（夹白）哎呀！（故看五娘一眼）灯下调情，三叔实在不该，只是陌路相逢，你娘子也未免太多情了！

益　春　（唱）　多情自有天作美，
奇逢虽暂情丝系。
夫人哙，
这姻缘就在六月六，
三兄骑马过楼西，
阿娘楼上掷荔枝，
荔枝手帕，
掷与三兄为表记。

夫　人　哦！（与五娘打趣）好个荔枝手帕呀！
（唱）　原来是董永遇仙姬，
这就难怪伊，
无意青云攀丹桂，
却痴心潮州恋荔枝。
（向五娘白）这后来如何？

五　娘　这后来么……（羞涩地）
（唱）　恩深爱也深，
多情又多义。
亏伊人为情屈己，
磨镜入府做奴婢。
捧水扫厅受尽苦，
磨折经年，

益　春　（接唱）　才得与娘倾心意。

夫　人　哎唷！
（唱）　似这般风流孽债，
亏三叔一片心痴。

益　春（唱）　　无奈我家员外贪财势，

　　　　　　　　　把亲事许了林大鼻。

夫　人（一怔）住，既是亲事已许，就不该高楼掷荔枝。

益　春　唉，夫人呀！

　　　　（唱）　　那林大仗财逞势贪杯好色，

　　　　　　　　　阿娘若嫁伊，

　　　　　　　　　岂不彩凤随鸦误了一世？！

五　娘（唱）　　碧琚一死何足惜，

　　　　　　　　　叹的是，

　　　　　　　　　辜负三兄真情义。

　　　　　　　　　恐他相思何日了，

　　　　　　　　　此恨绵绵无尽期。

夫　人　哎呀，这还了得！

益　春（唱）　　势迫无奈同出走，

　　　　　　　　　溪州渡口追兵至。

　　　　　　　　　三兄被拿发配崖州去，

　　　　　　　　　员外倾家难护亲女儿。

五　娘（唱）　　冒昧乔装来到此，

　　　　　　　　　伏望嫂娘代主意。

夫　人　唉，都堂为人固执，三叔今又弄出大祸，叫我怎生主意，怎生主意么？

五　娘　啊，嫂娘呀！

　　　　（唱）　　临别三兄细吩咐，

　　　　　　　　　此来求嫂先容伊。

　　　　　　　　　他道哥哥似严父，

　　　　　　　　　嫂如慈娘重情义。

　　　　　　　　　嫂贤惠，全手足，

　　　　　　　　　哥若反目嫂护持。

　　　　　　　　　临风寄意意难尽，

乞圆荔镜感恩义。

夫　人　这……

（唱）　她句句话儿动我心弦，

怎奈为官之人顾官体。

嫂虽有心相助力，

只恐都堂不容弟。

门　差　（上）禀夫人，都堂回来了。

夫　人　（紧张地）怎说，回来了？

门　差　嗄嗄，都堂行香回来，一见号簿，心中大喜，即命小人来请三爷。

三　人　（一时都紧张起来）这将如何打算，如何打算么？（科）

夫　人　（唱）　一时慌张无主意。

也罢，（对差）就说三爷有要事前来，夫人请都堂内厅相见。

门　差　是是。（下）

五　娘　（急）益春，你看我一身打扮……

益　春　（暗示）自有夫人做主，还请“相公”放心。

夫　人　（紧张地）都堂倘有责怪，还须忍了才是。

陈伯贤　（内声）哈哈哈！（上）

夫　人　老爷回来，妾身有礼。

陈伯贤　夫人不用。三……啊，三弟何在？这位是……

夫　人　（急）这乃……

［益春暗撞五娘，五娘会意趋前一拜。

五　娘　学生潮州黄……黄梁拜见大人。（益春随同揖拜）

陈伯贤　哦哦，不，不用。（暗问夫人）想是与俺三弟同来的？

夫　人　她……她与三叔乃是……

五　娘　学生与伯卿三兄原有金兰之契……

夫　人　他因三叔蒙冤，特为求援而来。

陈伯贤　（一震）怎说，我弟有甚冤情？

夫　人
五　娘　这……这冤情呀……（相顾难言）

陈伯贤　足下为何不说？

五　娘　只因路中相遇，未便细问详情。

陈伯贤　既无细问，怎知冤枉？

五　娘　道路纷纷议论，知县受贿逼供。

陈伯贤　我弟今押何处？

五　娘　被判发配崖州，今已起解登程。

陈伯贤　（急问）是谁问案发配？

五　娘　潮州海阳县令。

陈伯贤　难道上司不问？

五　娘　可见冤情重重。

陈伯贤　何以见得？

五　娘　花厅私审，严刑逼供，越权发配，连夜登程，其中情弊，不问自明。

陈伯贤　哎呀！大胆海阳县，老夫替天巡检，岂容你枉法胡行！哈，中军何在？

中　军　来！（执令旗上）小人候命。

陈伯贤　传令飞马潮州，着海阳县即提陈伯卿一宗案卷人犯来见！

中　军　领命！

五　娘　慢，三兄已被起解，路上多亏解差照顾，现就在潮阳城外，可命家人益春带路前去。

陈伯贤　嗄好，速提令牌，随小哥前往，不得有误。

中　军　是。

五　娘　益春仔细……（暗示意将情况告知陈三。科）

益　春　相公放心……（也暗示其大胆周旋。科）

中　军　小哥请。

益　春　请。（与中军同下）

陈伯贤　适才思弟心切，有失宾主之谊，尚望见谅。

五　娘　大人言重了！我与三兄，虽非同根，情逾连理，解难分忧，自应义不容辞。

夫　人　（见两人互答，又急又好笑）哎呀，我看你与我三叔，真是有恩义，堪称为……

五　娘　（脸一红，急打岔）患难知己！

陈伯贤　哈哈，好一个患难知己！夫人，吩咐摆酒与黄兄洗尘。

五　娘　且慢，三兄尚在缧绁之中，这闷酒学生不敢奉陪。

夫　人　是呀，三叔冤情未明，哪还有心饮酒？

陈伯贤　嘿，老夫奉旨检勘吏治，难道不能替自家兄弟平冤？夫人，何必多虑。来，吩咐摆酒！

［内侍婢应声上，摆酒科。

夫　人　但愿相公以手足之情为重……

陈伯贤　（不耐烦）哎，下官岂是贪杯忘义之人，夫人呀！

（唱）　这平冤之事不为难，
手足团聚顷刻间。
杯酒为弟谢知己，
我要与
黄兄煮酒把心谈。

五　娘　啊！

陈伯贤　黄兄请坐。

五　娘　告……告坐。

陈伯贤　（唱）　自家兄嫂休见外，
夫人你便同坐又何妨。

夫　人　是哩，既是三叔相好，妾身理应奉陪。

陈伯贤　来来，（举杯）黄兄请！

黄五娘　（也举杯）大人，夫人请！

三　人　（亮杯）啊哈哈！

陈伯贤　今日难得幸会，未知黄兄与舍弟缘何相识，敢请道其详。

五　娘　这……

（唱）　他笑脸相迎问根底，

夫　人（唱）　难对他表明心中意。

五　娘（唱）　若将实情来说出，

恐他变脸事难圆。

夫　人（唱）　劈柴看柴势，

还须从旁应变随机。

五　娘（向伯贤）大人呀！

（唱）　若问二人遇何时，

应在去年元宵灯市。

夫　人（插白）正是三叔送相公广南赴任之时。

陈伯贤　啊，一时路过潮州，怎生便成知己？

五　娘（唱）　岂不闻，

相逢何必曾相识，

我与三兄，

赏灯解画两心知。

陈伯贤　哈哈哈，却原来是……

夫　人（抢说）是一见钟情！

陈伯贤（纠正地）哎，是一见如故！

夫　人　嗳呀，我的相公呀！

（唱）　俺三叔与伊，

若非一见钟情，

怎得萍水相逢成知己？

有道是情至恩自生，

他两人，

情似胶漆胜连理。

五　娘（着急）夫人你……

陈伯贤（也着急）哎呀，夫人，你怎的越说越糊涂了，这一见钟情，乃男女相悦之意，君子之交，该称一见如故才是。黄兄休怪，休怪。

夫　人　若如相公言，这朋友之情又将何解？

陈伯贤 这朋友之情么……小人甜似蜜，君子淡如水；所以君子之交，以礼节情。未知黄兄以为然否？

五　娘 不错，君子之交，其情似水，则明如镜，故作肝胆相照，而成生死莫逆，不过……

陈伯贤 不过什么？

五　娘 不过这恐非以礼节情者所能及之。

夫　人 对呀，你看那文君司马，钟情一曲；梁祝化蝶，死后双飞，千古传为佳话，此又岂能以礼节之？

陈伯贤 哎，非礼勿言，此乃男女私情，圣人不齿。

夫　人 既是非礼勿言，相公你焚香操琴之时，却为何称赞文君知音识人，是个女中丈夫呢？

陈伯贤 （无以自解）这……

五　娘 （代解）这个是圣人以礼节情，并非绝情。

陈伯贤 （乘机解嘲）哈哈，黄兄高论傥见，才识过人。当浮一大白。来，干了此杯！

五　娘 （故作奉承）哈哈，大人真是多情又多礼了。请！

陈伯贤 （自得意）大凡治事对人，能止于礼而顺人情，便可免于迂执而坠腐儒之套。

夫　人 总之不管是起于礼还是止于礼，都是我说的一见钟情，总归无错。（笑对五娘）你看岂是？

五　娘 （急岔）哪里，哪里，还是都堂大人高见，足以折服天下腐儒。

陈伯贤 （得意大笑）哈哈哈！黄兄真知已也。（拍五娘肩，五娘避）

五　娘 大人见重，学生倍觉惶恐！（一揖）

陈伯贤 哎，礼多反而见外。（端详五娘，越看越喜科）好呀！

五　娘
夫　人 啊……（以为露出破绽，科）

陈伯贤 （旁白）看他少年英俊，才识过人，我家妹妹终身若得付托于他，岂不……哈哈哈！（暗扯夫人过一旁）夫人，你看他……

夫　人 看他怎呢？

陈伯贤 （唱）　　你看他，

眉清眼秀，

对答如流，

这姻缘何处寻，

是天差奇遇在潮州。

夫　人　嗄，怎看出他是……

陈伯贤　（唱）　他才貌双全，

潇洒风流。

夫　人　（惊喜地）你怎么会知道啦？

陈伯贤　（自得地）

（唱）　我久经宦海，

慧眼识英秀。

他有恩有义，

堪配俺家凤凰俦。

夫　人　（喜甚）哎呀，相公你是说……

陈伯贤　我意欲将小妹许配于他……

夫　人　（一惊，不待说完）哎，你，你怎说呀？！

陈伯贤　将俺小妹终身付托……

夫　人　（着急）哎呀，我早就知你……你看……

陈伯贤　（紧接）是呀，老夫早就看中了，哈哈！黄兄……

夫　人　（急止之）呼，慢呀！

陈伯贤　慢，莫非黄兄亲事已定？

夫　人　人家姻亲之事，早就与俺三叔……（望五娘，又不敢说）

五　娘　（着急）夫人……哎呀，这……（暗摇手示意她莫说）

陈伯贤　（误会）哦！（豁然大笑）哈哈哈，原来三弟与黄兄论及我妹亲事了！

五　娘　（急）哪里，哪里！

夫　人　（同时）坏了，坏了！

陈伯贤　这也无妨，三弟未与老夫磋商，自作主意，虽则于理有亏，眼力倒也不错。

夫　人　（苦笑）唉，三叔眼力哪里会错，只是相公你……

陈伯贤　我也不差呀！

夫　人　差不差，三叔到来，你不要生气就好！

陈伯贤　哎，我已说过，礼虽未足，其情可嘉，还生的什么气？黄兄，你看她把老夫当成不近人情之流了。哈哈哈！

五　娘　（尴尬不堪）大人休得取笑。

［中军与益春匆匆上。

中　军　禀大人，差犯俱已提到。

陈伯贤　起去。

［益春急趋向五娘示意相慰。

夫　人　（向中军）来，快请三……

陈伯贤　（急阻止）中军。

中　军　在。

陈伯贤　可将犯人及发配文书交小哥带来查问，你与解差廊下听传。

中　军　是。（与益春下）

陈伯贤　夫人，这官场之事，还是老夫在行些。（向内）添一副杯箸上来。

［内婢应声“来”！上添杯箸科，暗下。

［益春手执公文，偕陈三上，陈三扑向哥嫂。

陈　三　哥哥！嫂嫂！

陈伯贤　贤弟
夫　人　三叔
！（扶住他）你想煞为兄/嫂了！

五　娘　三兄！

陈　三　（情不自禁地）啊，娘……

五　娘　（急接住）黄梁有礼了！（暗示）

陈　三　啊，啊，梁兄，多亏你了。

五　娘　（忍泪）三兄，快把冤情……（转过身来，低头自语）唉，教他又怎生诉说么？

陈　三　（难过）梁兄，事已至此，幸得一见哥嫂之面，生死但求哥嫂做主。你……

夫　人　哎，三叔有什么冤情，也该先饮杯压惊酒，然后再说未迟。

陈伯贤 不错，有什么冤情，自有为兄做主，贤弟休要难过。

陈　三 哎哥嫂呀！

（唱）　含羞负屈求哥嫂，

怨弟罪衣辱门庭。

料知兄长重手足，

应怜阶下陈伯卿。（跪拜科）

陈伯贤 啊！（扶起他）贤弟有冤但说，何用如此？！

夫　人 是哩，你哥哥岂是俗人之流？

陈　三 多谢哥嫂。为弟……（回身向益春取公文科）

（唱）　纵令这发配文书冷似铁，（呈伯贤）

难摧我袄庙烈火锻真情！

陈伯贤 （接过一看，念）“泉州人陈三，磨镜为奴怀不测，仆拐主女起奸情……”哎咋。“仆拐主女，发配崖州”。这这这仆拐主女呀……（一把抓住陈三之手）来，海阳县问审之时，你可有道我名字？

陈　三 未曾沾及兄长威名。

陈伯贤 （稍松气）嗯哼，倒还乖巧。（甩开陈三）

陈　三 哎呀！（有些悻然）小弟虽愚，也不致有碍都堂名声，莫说是兄长威名，就是我自己伯卿名字，也都早就丢了。

陈伯贤 住口！

（唱）　你枉读诗书理不明，

甘作浪子误前程。

陈家三代皆官荫，

岂容你败行辱门庭！

从此你走你的崖州路，

免得我，

赔了乌纱丢前程！

众　人 （激面介）哎咦！

（唱）　闻言心惊瞬时间，

乌云盖顶发雷霆。

陈　三　唉，嫂嫂呀！

（唱）　兄虽重乌纱忘手足，

弟也唔敢碍兄前程。

此去崖州有不测，

望代慰爹娘感恩情。（跪嫂科）

夫　人　（怜疼）唉啊！起来，起来！

（唱）　三叔莫说断头语，

阿嫂心酸不忍听。

（向伯贤）相公你，

须念兄弟是至亲，

该容情时请容情。

陈伯贤　（唱）　只怪他自己不长进，

莫怪我伯贤不近情。

陈　三　（唱）　哎罢了我的兄长，（伯贤：呸！）

我不怨兄来不怨嫂，

为情哪怕丢前程。

陈伯贤　住口！

（唱）　你逾闲荡检罪应得，

还敢狂言自骄矜。

不思当初广南临别，

我何等嘱咐叮咛？

谁知你，

羁縻潮州恋女色，

磨镜为奴丧品行。

你不学黄兄，

白雪才华青云志，

却效那浪子，

朱窗弄月吟风情。

陈　三　啊，你教我学阿娘……梁兄……（视五娘而笑）

夫　人　（暗示陈三）

（唱）　　三叔你莫语含谑，

求得雨霁天自晴。

陈　三　啊……

夫　人　（转向伯贤）相公……

五　娘　煮豆燃萁犹不忍，怎甘手足断了情！

陈伯贤　他乃败德丧行之徒，黄兄睬他作甚！

陈　三　难道都堂也一字不问，便可横加罪责？

陈伯贤　岂但你罪有应得，就是那贱婢五娘，若犯在老夫案下，也少不得治她个淫奔之罪！

陈　三　（悻然）五娘情高义重，你休出口伤人！

陈伯贤　呸！贱婢临嫁私奔，廉耻丧尽。

五　娘　（冲口而出）这个大人未免言之过激了。

陈伯贤　呀，（出乎意料）莫非黄兄也赏识了她？

五　娘　若论意气相投，与她倒也难分彼此。

陈伯贤　黄兄，你这就糊涂了呀，岂不闻婚姻大事，须父母之命，媒妁之言。五娘逆亲命，毁婚约，黄夜私奔，怎可说与她意气相投？

五　娘　有道是乱命不遵，强媒不纳。那林大仗财买色，岂宜家室之好？难道大人也忍教五娘遵乱命，纳强聘，终身坠于火炕么我的都堂大人？

陈伯贤　哎呀！（激面）

陈　三　是呀！都堂替天巡检，就该正吏治，除恶俗，顺人情，重恩义，岂能纵容枉法逞凶之徒，而置无辜于死地么我的兄长大人！

陈伯贤　呸！贪官要严办，风化不可乱，须知法严三尺，谁敢以身试法！

五　娘　（情不自禁）义之所至，纵罪犯天条又何妨！

陈伯贤　黄兄你……你疯了么？！

夫　人　（急）哎呀！越闹越僵，如何是好？

五　娘　哈哈，大人呀！

（唱）　　你道是天条不可乱，

怎有那七姐下凡间？

仙姬送子还董永，

皇都市上美名传。

王母无情心似铁，

犹怜织女牵牛郎，

年年七夕双星会，

天条难把鹊桥断。

人间更有多情种，

倩女离魂见情专。

红拂慧眼识李靖，

梁祝化蝶永成双。

大人你，

既属意文君奔司马，

为何偏责五娘归陈三！

陈伯贤　劣弟并非司马，五娘怎可比得文君？

五　娘　（紧问）学生比那五娘如何？

陈伯贤　呀，黄兄这一比，未免不伦不类，有辱斯文。

五　娘　恐怕世上斯文未必知恩义。

陈伯贤　黄兄你！

夫　人　你……你……，你叫伊做乜个？

陈伯贤　夫人……

夫　人　夫人已定了，观音现金身，还顾什么官威体面。相公，早间你二人煮酒谈心，许为知己，适才又教三叔，学她白雪才华青云志。

陈伯贤　什么青云志？堂堂男子汉，怎可与五娘相比。

夫　人　相公呀！

（唱）　　那五娘恩爱情深，

相公岂无手足之情。

请相公，

张慧眼，细观视，

相公慧眼看看黄兄，

可是淫奔野贱婢！

[一气呵成，沉着有力，越说越快，至“看黄兄……”把五娘头上冠巾揭去，露出本来面目，亮住。

[刹那间，众为之动。这时除陈伯贤“哎呀！”一声之外，众人皆围上前去。

陈　三　娘子
益　春　阿娘　，你……（静场片刻）

陈伯贤　真是斯文扫地，岂有此理！岂有此理！

夫　人　呼！看就兴呀！“一见如故”酒都干了半壶还说岂有此理。（打趣，解恙）相公你呀，真是久经宦海，慧眼识英秀，（指五娘）你看她眉眼清秀，对答如流，这姻缘何处觅，真是天差奇遇在潮州。

陈伯贤　（面虽愧色，仍放不下架子）胡说，女扮男装，成何体统！

夫　人　情出无奈，又有何妨？

陈伯贤　你只知何妨，何妨，怎晓得官场世故？

夫　人　难道偏容官场作恶，世故全不近情？

陈伯贤　只怪他两人逆亲背婚，无媒苟合，倘若传扬起来，教本院体面何存？

益　春　（挺身而出）哎，有我益春为媒妁，荔枝宝镜结良缘。小婢身为奴囡，尚知仗义相帮。（脱帽女装）老爷你是亲兄长，冷眼相待心何甘？

陈伯贤　哎咋……这这……（激面科）真是荒唐至极。

夫　人　相公早间既说，大凡治事对人，能止于礼而顺人情，便可免坠腐儒之套，怎的就忘了？

陈伯贤　这……

夫　人　相公呀！

（唱）　三叔若遭不幸，

相公你罪难辞。

只恐爹妈闻知，
骂你枭情绝义。
那时节，
有何颜，归乡里？
孝子仁心不伤亲意，
你枉自为官好做呢？

陈伯贤 堂堂都御史，哪有这无耻顽弟！

夫　人（唱）　道不过好事传千里，
盖也盖唔密。
（夹白）若张扬出去，也是你都堂令弟！

益　春（唱）　只恐尾来落得个
不孝不悌人讥议！

陈伯贤 哎呀，夫人一言道破，越添我心头怒气！
（唱）这这这，这教我，
左右为难怎主意？（思索科）
罢，要顾官威体面，须得两全计施。（把脸一沉）哈，来人，把陈三锁了！
［内中军应声上，锁陈三，众愕然失措。

陈　三
五　娘 嫂嫂……

益　春（同时）夫人……

陈伯贤（厉声）押下去！吩咐备轿，带齐人犯，即赴潮州。

中　军 是。（科）哈！（推陈三下）

夫　人（心一急，扯住伯贤）相公你……你千万不能呀！

陈伯贤 呸！（甩开夫人）若不训责一番，岂不便宜了伊！（拂袖下）

夫　人 哦，我明白了。

五　娘（情急）嫂娘呀……

夫　人 弟妇莫急。（科）我猜他……
（念）　旱天打雷无雨意，

不负多情两心痴。

五　娘　全仗嫂娘做主！（跪下）

夫　人　（急扶起）哎呀，起来，起来！

（念）　　但逢潮州六月六，

　　　　　莫忘请阿嫂——

（干唱）　啖荔枝。

[幕闭。

第五场

[都堂御史驻潮州行辕大堂。

[幕启。空场。

中　军　（内声）二位大人这里来。

知　府
县　令　有劳引见。（各执请柬一纸，随中军上）

知　府　（念）　　受宠若惊心颤忧。

县　令　（念）　　七分高兴三分愁。

中　军　贵府请坐，待我与你禀告都堂。

知　府
县　令　（鞠躬）劳驾，劳驾！（中军傲然下）

知　府　贵县同坐。

县　令　（滑头）府尊大人面前，哪有卑职座位！

知　府　哎，你我此时，皆是都堂座上客，何必拘礼论高低，请坐！

县　令　（得意）嘿嘿，都堂见重，府尊赏脸，卑职是恭敬不如从命了。（坐下）

知　府　都堂见重？！（不以为然）老夫看来，恐未必然。

县　令　（一怔，站起来）啊，难道有什么把柄落在……（自知失口，急转）哎，府尊德高望重，都堂敬老尊贤，是理所当然呀！

知　府　（回顾之后）然则然矣，心实忧之……

县　令　何以见得？

知　府　前日都堂方在潮阳下马，为何突然移住潮州，岂非令人费解呀？！

县　令　（心怀鬼胎）哎呀！（旁白）坏事，坏事！若果如这知府老头子所言，那还了得！孬要，孬要，我细看定一下！（看柬暗念）"……闻得潮州烹茶雅洁，特备武夷正岩奇种，煮西湖山芙蓉之泉，独饮有负佳茗，请贵县过衙共品……"（细味其意）这"独饮有负佳茗，请贵县过衙共品。"分明是都堂见重，不然哪有请我共品佳茗之理？！

知　府　（也对请柬细研）要说是佳茗共品，就该花厅接见，为何却在大堂待客？

县　令　啊，这……（旁白）老头子虑得也是，看来这杯茶不是一千便是五百……也罢，羊毛出在羊身上，何怕之有？（笑向知府）哈哈，府尊，帖中既是请字出头，你老人家何必多虑？

知　府　唉，小心行天下，老夫是平生谨慎。

中　军　（内声）哈哈哈，都堂到！

知　府
县　令　（吃惊）哎呀，都堂来了。（急整衣冠）

[中军随伯贤上。

陈伯贤　有劳二位久待，勿怪，勿怪！

知　府
县　令　（急趋前参拜）卑职参见来迟，都堂恕罪。

陈伯贤　好说，本院初到，人地生疏，还须二位指教。

知　府　岂敢，岂敢，潮州地灵人杰，物华天宝，有道是："到广不到潮，枉自走一遭"。都堂今日降临，卑职当尽地主之谊。

县　令　对对对！（语有得意）都堂大人若肯赏脸，卑职愿效犬马之劳。

陈伯贤　啊，贵县愿效犬马之劳？

县　令　是，愿效犬马之劳！

陈伯贤　好呀！本院昨在潮阳，即闻贵县办事能干，今日初会，（脸有正色）果然名不虚传！

县　令　哪里，哪里！（不自然）卑职是全……全仗大人提拔。

陈伯贤　是倚重贵县，哈哈哈！（向中军）来，吩咐茶僮，烹茶侍候。

中　军　是。（向内）哈，烹茶侍候！（端过茶几科，暗下）

益　春　（内声）待来。

陈伯贤　二位请坐。

知　府
县　令　谢坐。

益　春　（内唱，上）

都堂妙策巧安排，
手捧岩茶出厅来。
这工夫茶我未曾学，
阿娘教我，
欲烫盅热罐高冲低筛。
不由益春暗发笑，
好笑好笑真好笑，
冲茶也须专门才。
这茶叶，
好比愁知府，
不冲不泡色不开。
这盅罐，
就如瘟县令，
欲烫欲热才爽快。
今日里这杯茶，
管教他，
赔了夫人折兵回。（将茶置于几上）

益　春　请诸位大人品茶！（一旁站立）

陈伯贤　二位请饮！

知　府
县　令　都堂先请！（各举杯既饮且嗅，津津有味）

三　人　好茶，好茶呀！（相顾）哈哈！（把杯放下）

县　令　（仍擎杯嗅吸）哎呀，此非三冬奇种，无此香头，莫说是饮，就是这只空杯，余香扑鼻，沁人心脾，一嗅通神明，再嗅两腋习习清风生，开口则齿颊飘香，此乃潮州工夫茶之所以神乎其妙也哉！

知　府　（厌其卖弄故嘲）哈哈，小哥你冲得好茶，县尊才饮得一杯，便飘飘欲仙，文思勃发，设使当年赴考，有此佳茗通窍，岂不青云直上，独占鳌头。

益　春　可惜茶虽奇种，尚非三冬，不然呀，真个要一饮“五子登科”，再饮便“十仙庆寿”了！

县　令　啊这……（鬼脸一动）

陈伯贤　哈哈，贵县真是悟彻茶中三昧，自然两腋生风！

县　令　见笑，见笑！（探问）听茶僮口音，好似当地人氏？

[伯贤微笑，眼望益春。

益　春　正是太爷治下子民。

县　令　啊，你……（眼盯伯贤，不安地）嗄嗄……难……难怪他冲得一手好茶……

陈伯贤　（捋须微笑）岂但是一手冲茶功夫，还有一颗代主鸣冤义胆。

县　令　（一惊）呃……（急镇定）代主鸣冤……？（暗白）害，话中有意，看来我今日这七分高兴三分愁，要变成一半棺材一半眠床了！

知　府　（紧张，认真）都堂代天巡检，谁敢枉法，不知冤案辖地所在？

陈伯贤　就在本院驻潮阳行辕时告案。

知　府
县　令　潮阳？

县　令　（暗自揣测）既在潮阳出案，又是代主鸣冤……与我海阳县完全无关。（自拍胸脯）何怕之有！（话中带刺向知府）哎呀，府尊生平谨慎，潮阳离此不外百里，哪有这惊动都堂冤案？而府尊大人却无所知闻，岂不怪哉？！

知　府　（望伯贤惶恐万分）唉唉，人心叵测，卑职罪不容辞，未知是何等冤案，望都堂明告。

陈伯贤　（望县令冷笑）嘿嘿，若问起此案，果是人心叵测，莫说是贵府，就是本院若非亲见，也不敢相信，好吧！（向益春）难得二位大人赏识，你就把冤情当

面陈诉，请府尊与你解脱便了，（暗科）

益　春　这么……

县　令　哎，既是都堂为你做主，你只管说来，府尊是……（望着知府微笑）

知　府　（不得已）是责无旁贷。（与县令发出不同笑声）哈哈！

益　春　事因我家小姐她……

县　令　你家小姐何事？放胆直说，休得惊怕。

益　春　唉！

（唱）　本城有只金苍蝇，
　　　　盯住小姐求姻亲。
　　　　我家员外慕财势，
　　　　金银为重女儿轻。
　　　　利欲熏心乱许配，
　　　　不顾小姐误终身。

陈伯贤　哼！真是岂有此理！

知　府　（摇头叹息，随声附和）是呀，婚姻论财，夷虏之道。你家员外重财轻女，实是有乖人伦之义了。

县　令　（争相附和）就是这只金苍蝇，仗财谋婚，也是个见色起淫心的歹徒。

益　春　（唱）　自古佳人配才子，
　　　　苍蝇哪堪系赤绳。
　　　　因此上被迫出走，

县　令　出走？

知　府　走往哪里？

益　春　（接唱）　阿娘自有意中人。

县　令　咦，红杏出墙！

知　府　私奔有伤风化。

陈伯贤　被迫出走，此非红杏可比。

县　令　（观风察色）对对对，既是父不父，自然是可以子不子，被迫出走，情有可原。

知　府　（不识时务，犹自摇头嗟叹）唉，子曰：非礼勿言，非礼勿动，这私奔密约，总有非礼之嫌。

县　令　哎，男女之慕，人之常情，所以毛诗三百，首重关雎，可见孔夫子也主张“窈窕淑女，君子好逑”呀！

知　府　难道孔夫子主张私情密约？

县　令　岂但私情密约，他老人家还提倡“窈窕淑女”要“寤寐求之”，若是“求之不得”，便睡在床上“辗转反侧”，一直想到“琴瑟友之，钟鼓乐之”……卑职此解，未知然否？

知　府　这个……

陈伯贤　哈哈，贵县论诗，可谓神乎其妙了。

知　府　（势得附和）然哉，然哉，贵县妙人妙解，不落迂腐之套。

县　令　（得意忘形）过奖，过奖！

益　春　唉，可惜呀可惜！

县　令　啊，可惜什么？既有府尊担待，你何怕之有？快说！

益　春　（念）　可惜当时未遇府尊悬明镜，
偏偏遇个贪财受贿的瘟县令。
他不分皂白，严刑拷逼，
花厅私审，屈断奸情。
问配崖州，陷入绝境。
存心讹诈，枝节横生。
夜来又传官书至，员外破财难解厄。
凶差带笑迫门庭，还要他，迫女丧残生。

知　府
县　令　哎呀……（各有心事）

知　府　（唱）　真个是苛政猛于虎，
恶吏不除难安民命。

县　令　（唱）　个事听来怪熟悉，
胸中忐忑不安宁。

海阳潮阳差百里，

哪有两案一般情？

看来是凶多吉少，

纱帽迟早摇曳颤兢。

知　府　嘿！

陈伯贤　哈哈哈！

县　令　（接唱）　我看风头顺水势，

莫自慌张露了形。

陈伯贤　贵府辖下，竟有这等贪官害民！

知　府　情实未知，望都堂恕罪。

陈伯贤　难道犯人问配，不经贵府批示？

知　府　这个……

陈伯贤　（冷笑）嘿，府尊若不点头，知县焉敢越例？

知　府　哎呀，卑职是唯天可表，伏望都堂明鉴。

陈伯贤　如今案已告发，贵府将何处理？

知　府　少不得三拷六问，以儆贪官污吏

陈伯贤　哈哈，其中情弊昭然，何用三拷六问，贵府未免老实有余了！（知府随着伯贤眼睛望向知县科）

知　府　是，是！若依都堂之见……

陈伯贤　官吏受贿枉法，该当何罪？

知　府　按其情节轻重，罚俸降职。

陈伯贤　若是越权罔上，讹诈虐民？

知　府　就该追赃问革，杖责收监。

陈伯贤　（故问）还有那被迫出走者，律犯何条？

知　府　（一时不通）被迫本该无罪，出走情属私奔，依律理该……

陈伯贤　嗯……哼……

知　府　（急转）嗄嗄！（推向县令）贵县，这一条，似乎律中无载呀……？

县　令　（心慌意乱）啊这……（急镇定）哎，岂不闻这律中所无，情中所有。

陈伯贤 哈哈哈，好个律中所无，情中所有！

知　府 （豁然）哎呀，通哉，通哉！

陈伯贤 无错，到底还是贵县能干，就请贵府陪审，由贵县代为了结此案吧！

县　令 （着急）哎呀呀，都堂行辕，府尊面前，哪有卑职问案之地？！还该府尊坐堂才是。

知　府 哎，上命不可逆，既是都堂见重，贵县何须客气！

陈伯贤 好吧！（把脸一沉）来人呀！

内　声 喳！

陈伯贤 传齐案犯有关人等，升堂侍候！

内　声 喳！

县　令 （一怔）哎喳！（暗白）嗜，这下马入中宫，忢死着凶！

陈伯贤 二位大人请！

知　府
县　令 都堂请！

［随伯贤下，益春随下。

［吹套，中军与龙套上，知府随伯贤上，科。伯贤示意知府分坐两旁。县令提心吊胆上，参拜，升堂。

县　令 （念）　七品县官坐察院，
车中马角步难移。

［堂威。

内　声 喳！

县　令 本县奉都堂钧谕，问审行贿枉法逼婚出走一案有关人等，可曾到齐？

中　军 都已到齐。

县　令 既是到齐，报名提审。

中　军 哈，传长解上堂答话。

刘亚兴 来了，（上）自家太爷升堂，我来先行情礼，后报家门。（科）小人刘亚兴，叩见老大爷。

县　令 哎喳！（惊慌失措）你，你是刘……

衙　役　喳!

刘亚兴　嗄嗄，小人刘亚兴。

县　令　这，这还了得呀!（出案科）

（唱）　一见亚兴这老解差，

吓得下官眼昏花。

又见那两廊下，（寄白：九郎，林大）

他两人……（寄白：个一千来个五百）

怎抵得都堂府尊，

一个责来一个骂。

“五子登科”，“十仙庆寿”。

落得个，

追赃问革收监杖责。

（白）哎呀呀，

难得保我头上乌纱。

知　府　哎，贵县传而不问，莫非有何为难之处?

县　令　哎呀……

陈伯贤　哈哈……只要贵县内情明白，不问也罢。

县　令　这么……?

（唱）　都堂笑里藏刀，

府尊要腔诈吓。

听笑声似无恶意，

看威严难测真假。

莫非那陈三与他……

都堂姓陈，他也姓陈，两人都是泉州人……

（想科）面貌也好些相似……哎呀，对呀!

（接唱）　看起来，他两人，

若非至亲便一脉，

只碍着他都堂名望，

难把面皮扯。
若不然，这小小风流案，
他何难一手支撑。
凭他官威显赫，
怎用摆这迷局，
请我来品工夫茶？！

无错，无错，他若翻脸将我治罪，须防投鼠忌器……罢！

（接唱） 他为顾面子不认账，
我硬着头皮保乌纱。
但看都堂眼色，
何怕府尊追查。
这骑虎难下终须下，
顺水推舟且招架，且招架。

（定了定神）哈，传黄九郎、林大上堂听审。

内　声　喳！

［“呼呵”声。

刘亚兴　大老爷，我呢？

县　令　下去！

衙　役　喳！

刘亚兴　是，是！（科下）

［县令入案科。

中　军　哈！传黄九郎与林大上堂听审。

黄九郎
林　大　（内声）来。（上）

黄九郎　（念） 因祸得福羞又喜，

林　大　（念） 行辕问案我心惊疑。

黄九郎
林　大　叩见大人。

中　军　一旁听判。

黄九郎
林　大　是。（一旁垂立）

县　令　（执笔拟判词，暗白）呼，慢慢慢，若不设下机轨，怎把府尊拉下水？……嗯哼，（向知府）嘿嘿，请教府尊，这婚姻论财……？

知　府　乃夷虏之道。

县　令　那见色欺心呢！

知　府　见色欺心，荡子之行。

县　令　对对对，（边念边写）"婚姻论财，夷虏之道；见色欺心，荡子之行。黄九郎重财轻女，林大仗财迫婚，岂宜家室之好？本该依罪论处，姑念悔改从宽。林大弃婚，轇轕已断。五娘出走，巧避孽缘。陈三情笃，宜同白首。当堂结案，不得生端。"（向中军）来，交与九郎、林大画押。

黄九郎　谢大人明断。（画押科）

林　大　哎，晚生是明媒正聘。怎说是仗财买色？

县　令　呸，你前日告案，已自愿弃婚，还有什么明媒正聘之份！

林　大　晚生弃婚，无非为维风化，其中"情理十足"，难道大人忘记了么？！

县　令　住口，住口！什么"情理十足"，本县依情酌理，按律论处。

陈伯贤　不错。若非县尊依情酌理，只恐你还要加上个行贿买法谋财迫命之罪。

县　令　（同时一怔）哎咋！

知　府　对，先将林大重责四十，问明其中是何情何理？从实招来！

衙　役　喳！

林　大　（大惊，跌坐）好好好，勿打，勿打，我甘愿具结。

陈伯贤　算了，既甘具结，不问也罢。

林　大　是是！（急爬起，画押科）

县　令　（乘机呵责）哈，把他赶出衙去。（众应声）

知　府　慢，禀都堂大人，林大既是行贿买法，便应严究，以清吏弊。

陈伯贤　这个……（望县令一眼）

县　令　（急智横生）哎，全案未结，安知有弊？

陈伯贤 （微笑）说来也是，就依贵县之见。

县　令 遵谕。来，黄九郎。

黄九郎 在。

县　令 黄林两家行贿之款，本该没收入库，兹念陈三无辜受罪，将款赏赐于他。你可回去，具条至县衙领取，连同妆奁送女完婚。

黄九郎 谢大人恩典。（下）

衙　役 （举法棍赶林大）哈，还不快滚！

林　大 （丧气下堂）

（念）　官有两口能万变，

我丢了老婆赔了钱。唉！（下）

陈伯贤 哈哈，贵县此案果然结得好。

知　府 （不满）倒也结得妙，可惜尚有一事未结。

县　令 一事？（装呆）对呀，还有这风流韵事未结。

知　府 （急）老夫是要问你为何擅自发配……

县　令 （急打岔）擅自发配？哎呀，卑职怎敢自专，这陈三五娘婚事，尚望府尊主配。

知　府 胡说！

陈伯贤 （急解围）罢了，府尊何须再问，他请府尊代主婚事，也算是千古美谈。

知　府 啊，这……（有些茫然）

陈伯贤 来呀，陈三五娘上堂拜谢府尊大人。

陈　三
五　娘 来了！

［益春已复女装与亚兴各端着茶，随陈三、五娘上。

陈　三 （打趣）（念）本是老犯送新犯，

刘亚兴 （念）　如今是青郎伴新郎。

益　春 （念）　烫盅热罐工夫好，

五　娘 （念）　苦尽甘来赋流香。

陈　三
五　娘　叩谢府尊大人！（拜）

知　府　（不知所措）哎呀，免了免了！还该叩谢都堂。

陈　三
五　娘　叩谢哥哥/伯伯，（伯贤扶起他俩科）

县　令　（暗自）哎呀，原来是都堂兄弟，幸得本县灵通，才免纱帽落空。险呀！

益　春　小婢代小姐谢县太爷明断。

县　令　（擎杯，诧然）哎，是你……？

益　春　正是益春，太爷早间一饮“五子登科”！

刘亚兴　（一旁插诨）五百全飞，嘟……（科）

益　春　如今再饮，便是“十仙庆寿”了！

刘亚兴　（插诨）“十仙庆寿”，王母全收！

县　令　（啼笑皆非，饮茶嗅杯）啊好，好茶，好茶！这下卑职是两袖清风了！

（众相顾哈哈大笑）

[幕在歌声中徐闭。

后　台　（齐唱）　花重开，月再圆，
人间喜续荔镜篇。
多情哪怕千山隔，
潮泉会合美姻缘。

[剧终。

（剧本版本：《魏启光剧作选》）

告亲夫

编剧：林劭贤　郑文风　王江流　马　飞

人　物　表

文淑贞
颜秋容
若　云
盖良才
盖纪纲
盖　诚
盖　虎
县　令
众宾客、婢、仆、衙役等。

第一场

[中秋。

[颜秋容绣阁。

[幕启：颜秋容临窗远眺，无限惆怅。

颜秋容　（唱）　心脉脉长盼待，
多日未见盖郎来。
个中甚缘由，
令人费疑猜。

奴，颜秋容，母亲早丧，爹爹乃一郡鸿儒，执教他乡。今岁早春，偶于后园得遇吴江盖郎良才，月下花前，两情缱绻，订下白头之约。盖郎言已曾修书上禀高堂，迄今还无消息……数日来又未见盖郎到来，委实放心不下，已命若云前去看个究竟，因何尚未回来，好不教人愁挂也！

若　云　（上）小姐，小姐！

颜秋容　若云，可曾见到盖郎？

若　云　见是见了，幸得早到一步，不然他……

颜秋容　他……？

盖良才　（急上）娘子。

颜秋容　啊，盖郎，多日不见，令人望眼欲穿呀！

盖良才　小生日来有事在身，因此来迹稍疏，望娘子勿怪。

若　云　公子今日动身，为何不告我家小姐一声？

颜秋容　此话怎讲？

盖良才　（支吾地）啊，啊，我正想料理行装之后，即来面辞，并非有意不告而别呀。

颜秋容　郎君将欲何往？

盖良才　昨夜老家人盖诚到来，带来严亲手谕，欲我即回吴江。

颜秋容　啊，因何事故，如此急骤？

盖良才　呃……（言不由衷）因为我爹，卧病在床，故此催归甚切。

颜秋容　这……老严亲此次来书，岂有提及俺等婚事？

盖良才　尚未提及。小生此次回里，正好当面禀求，岂不甚好？

颜秋容　这……

盖良才　小生实不愿远离娘子，莫奈为人子者，理当克尽孝道，望娘子谅察！

颜秋容　夫妻之情，情深似海，父子之恩，恩比天高。公爹有恙，郎君理宜回归，亲侍汤药，妾怎敢因私情而妨大义……

盖良才　娘子真太贤惠了……

颜秋容　只是……

盖良才　娘子……

颜秋容　（唱）　才喜良缘巧合，
　　　　　　　孰料劳燕分飞。
　　　　　　　骊歌一曲君归去，

两地相思会何期！

盖良才 一俟我爹病愈，小生当即言旋，欢会非遥，娘子宽怀才是。

颜秋容 盖郎！

（唱） 念秋容慈娘早丧，
冷落寒门少亲人。
巧相逢，感君情深千丈，
忧的是，私订终身未禀高堂，
红丝虽结意不安。
怕只怕，好事不成把终身误，
因此上，焦灼苦彷徨。

盖良才 这个，娘子不必忧虑，小生此遭回去，正好当面禀明，那时纳吉成礼，前来迎接娘子，岂不是有情人终成眷属，巧姻缘千古美谈呀！

颜秋容 （唱） 愿如君所言，
得遂奴素志。
匆匆将离去，
一事告君知……

盖良才 请讲。

颜秋容 （唱） 月圆几度欢虽短，
珠……

盖良才 娘子为何欲言又止？

颜秋容 （唱） 珠胎暗结已三月期！

盖良才 （意外）哎呀！娘子真个……（焦急）这，这将如何是好？

颜秋容 （唱） 望君速来迎婚娶，
莫使红杏露春枝。（悲不自胜）

盖良才 娘子真是想得周到，家君膝下，只我一脉，一经禀明，定能从我之愿，娘子尽可放心。

（念） 放眼且看花似锦，
鱼水同心岁月长。

若　云　公子！

（唱）　今夕一诺千金重，

头上明鉴有青天。

切莫扬鞭一去无归日，

冷却梅花一树香。

盖良才　若云言重了。小生岂是忘恩负义之人。（跪下发誓）天上明月作证，我盖良才若有负心，愿……

颜秋容　（急扶起）郎君何必如此！若云休得造次。

盖良才　（取出手帕）临别匆匆无物相赠，就以此定情之物，题诗志念。（伏案作书）

（念）　一擢吴江怅独归，

楼前别语两依依。

风雨不忘三生约，

衾穴相期矢不违。

颜秋容　多谢盖郎。妾有青铜宝镜一面，赠予君家，愿君见物如见其人。

盖良才　谢娘子！

颜秋容　盖郎，但不知佳音何时到来？

盖良才　时约一月，自有喜讯传来。啊，说话之间，天已朗朗，娘子，就此一别。

颜秋容　一刻也不能停留么？

盖良才　只恐船家等得心焦，辜负这满天好风。

颜秋容　如此，若云，酒来。（若云下）盖郎，恕我不宜长亭送别，谨将薄酒与君饯行。（若云捧酒上，秋容接杯）盖郎！

（唱）　别时泪眼两心酸，

殷勤举盏敬君前。

须记黄金有价情无价，

莫教银河断泮梁。

盖良才　谢过娘子。（接杯）

（唱）　感不尽送别语千般，

两情缱绻永难忘。

静待鸿雁报喜讯，

终教织女会牛郎。（一饮而尽）

颜秋容 若云，送公子。

若　云 是。公子请。

［若云送盖良才下。颜秋容剔烛痴立凝思。

［后台女声伴唱：

烛炬泪阑干，

愁人泪千行。

目断飞雁杳，

江风阵阵寒。

［若云匆匆上。

若　云 小姐，小姐！

颜秋容 若云，何事匆忙？

若　云 小姐，不好了！

颜秋容 （急问）莫非盖郎他……

若　云 小婢刚送走公子，恰遇九叔从俺家老爷那边回来，说道老爷已将小姐配与当地王员外之子，择定秋后成礼，嘱小姐先作准备，等老爷回家，亲带小姐前去完婚。

颜秋容 当真？

若　云 书信在此，请小姐观看。（呈信）

颜秋容 （看信）快去追盖公子回来。

若　云 他已去远了。

颜秋容 哎咋！

若　云 小姐，小姐！

颜秋容 （唱）　意乱心慌，

真教我有口难言！

老爹爹，不知儿终身已托盖家子，

骤与王家把亲攀。

哎盖郎啊，

你今已离南昌境，

我满怀心事告谁人？

船到江心悲失舵，

风雨飘摇烟水茫茫！

若　云　小姐，你今怎生主意？

颜秋容　方寸已乱，教我怎生主意么天——！

若　云　小姐，何不写下书信，托一心腹之人，带往吴江，请盖公子从速安为，方免临急周章！

颜秋容　你可请九叔前来，问个详细，然后再作计较。

若　云　晓得。（匆匆下）

颜秋容　苦呀！（伏案痛泣）

［切光，幕闭。

第二场

［二幕前。

［鼓乐喧天，家仆婢女端着红披彩礼穿场而过。

后台合唱　结彩悬灯奏笙歌，

今朝织女渡银河。

佳妇配个风流婿，

一堂喜气笑语多。

［二幕开：盖府厅堂，热闹非常，众家仆婢女忙着披红结彩。“诗礼传家”匾额显眼。

［盖良才喜形于色上。

盖良才　（念）　天赐良缘夸艳福，

春梦做完今又续。

[众家仆、婢女逐一向盖良才揖礼后下。

盖良才 （见婚礼排场，喜甚）虽非大登科金榜题名，却也是小登科洞房花烛，怎不令人乐哉！快哉！哈哈！

（唱）　鼓乐喧阗响华堂，
　　　　神女仙郎入洞房。
　　　　秋云散过旧梦尽，
　　　　红烛今又照新人。

（忘乎所以，手舞足蹈）

[盖纪纲上。

盖良才 （装一本正经）叩见父亲大人！

盖纪纲 今日乃新婚吉日，纲常重典，理当端庄稳重，不得轻狂放纵！

盖良才 孩儿一向谨遵父训。

盖纪纲 好了。据闻你寄读南昌，不事诗书，学业废弛，却与人有暧昧情事。

盖良才 嗳呀呀，道路风闻，显非实据。父亲呀，孩儿岂是纨绔轻佻之辈。（跪下发誓）苍天，我盖良才若有非为不轨，愿……

盖纪纲 够了，大喜之日，谁教你指天咒地。今有家室之好，休再东游西荡，拈花惹草。

盖良才 孩儿不敢。

盖　诚 （上）禀老爷，王县尊及列位大人到来贺喜。

盖纪纲 动乐！

盖　诚 是！动乐！

[王县令及众宾客上。盖纪纲、盖良才接迎。

宾　客 大人！

盖纪纲 列位光临，真是荣幸！

王县令 好说，大人德高望重，荣任苏州，今日又是令郎新婚燕尔，正是双喜临门，我等理当恭贺。

盖纪纲 皇恩浩荡，过蒙拔擢，实觉汗颜，尚望多多赐教。

宾　客 大人过谦了。

宾客甲 闻得文小姐，德容兼备，令郎才智过人，真是男才女貌，佳儿佳妇，堪称双璧。

盖纪纲 多承过奖，文家亲翁，生性不阿，其女幼承熏陶，正所谓有其父必有其女，小儿得此内助，尚可望其成器。良才，还不快叩谢诸位大人。

盖良才 叫谢诸位大人。（行礼）

王县令 免了。世兄豪迈倜傥，才华过人，指日可飞黄腾达。

众宾客 鹏程万里，未可限量。

盖纪纲 尚望多请教益，冀日后有成。列位，花厅待茶。

众宾客 请。（众下）

[鼓乐声喧。

盖良才 （念） 人生得意须行乐，

何必忧天惹愁烦！

盖　诚 （上）公子，有一南昌来的老汉，说是受人重托，带来一书，要面交公子。（递书信）

盖良才 啊？（接信拆念）“方送郎归，忽得噩讯，家君字妾王家，定于秋后成婚。妾已许郎，至死靡它，惟事迫在眉睫……”盖诚，带书人现在何处？

盖　诚 就在门外等候。

盖良才 你把此书退回。（盖诚欲下）慢，你就说公子日前上京去了。

盖　诚 公子，今日是你大喜之日，怎能说是上京，他哪能相信。

盖良才 呃……那就把书留下，取银二两，打发他回去。

盖　诚 是。（欲下）

盖良才 慢，此事不可声张。

盖　诚 是。（下）

盖良才 大喜之日，偏来这烦恼事，真是晦气！

[内声：“文府花轿到！”

[盖纪纲与众宾客上。

盖纪纲 吩咐鼓乐齐鸣，遵礼拜堂！

[内声：“动乐！”

[幕闭。

第三场

[距上场三个月。

[盖良才书房。书架上尽是褪色的卷帙，案上插于花瓶的玫瑰特别显眼。

[幕启：盖诚在拂扫书架上的灰尘。

盖　诚　唉！公子行为有跷蹊，说是要勤奋书史，可这书橱尽是蜘蛛丝。老爷已赴任苏州，少夫人过门才三月，如何能使他回心转意……唉！新春科期将至，我看终归大费气！

[文淑贞上。

文淑贞　（唱）　步入书房心仓皇，
未见盖郎苦用工。
脂粉香花常亲近，
学问书史早疏荒。
岁月催人科期近，
郎不立志我心怎安？

盖　诚　少夫人。

文淑贞　公子不在书房？

盖　诚　说是与友会文去了。

文淑贞　一连三日还未回？

盖　诚　是。

文淑贞　真是会文去了么？

盖　诚　说是会文，我看是……

文淑贞　是什么？

盖　诚　近日吴江，新添一名妓，未知少夫人岂有所闻？

文淑贞　尚未听过。

盖　诚　据闻生得如花似玉，且精通音律，既善歌舞，又有一手好琵琶，公子可能是与学友申君，学评琵琶去了。

文淑贞 原来如此！

盖　诚 恕老奴多言，老爷赴任苏州，对公子未能亲自教训。如今科期已近，全仗少夫人多加劝勉。

文淑贞 老管家一片至诚，淑贞不胜感激！

[盖良才上。

盖良才 （唱）　野花偏多姿，

蜂蝶不辞忙。

算人生，逢场作戏最是乐，

情随物变尽皆然。

盖　诚 公子。

文淑贞 官人。

盖良才 啊，贤妻不在香闺，来此作甚？

文淑贞 只因官人数日未归，为妻甚为不安，故而前来。

盖良才 小生日来与友会文，少伴娘子，致使深闺孤寂，恕罪，恕罪！

文淑贞 淑贞并非为此。近闻君人与学友申君，潜心研读琵琶词，岂可读些与妾见识见识？

盖良才 这个……纯属讹传，小生并不精通此道，那些言情遣兴的诗词，弄月吟风的勾当，从不沾手。小生埋首书史，只望来年赴试，雁塔题名。

文淑贞 官人，公爹临行嘱咐，但愿郎君寸阴是惜，明春开科得中。

盖良才 哈哈！论取功名，非是小生夸海口，以某之才，金榜题名，如同拾芥，娘子尽可放心。

[文淑贞于桌上顺手取一书本，翻开观阅。

文淑贞 官人，此二语妾身不解，请问做何解释？

盖良才 （取阅，念）业精于勤荒于嬉，行成于思毁于随。娘子才智过人，此二句焉有不解之理！

文淑贞 解是解得，但行之确是不易呀！

盖良才 贤妻说之有理。

文淑贞 官人！

（唱） 念淑贞，
方庆喜得侍箕帚，
结缡三月，
不由隐为君忧。

盖良才 燕尔新婚，其乐融融，这忧从何来？

文淑贞 （唱） 忧吾郎，嘲风弄月，
惜君家，书史不修。
韶华似水流，
君须念前程锦绣，
莫视人生如蜉蝣。

盖良才 娘子，岂不闻君子见机而作，何须担忧！

文淑贞 （唱） 恕妻喋喋语不休，
皆因为，人无远虑，必有近忧。
望君勿忘公爹临行叮咛语，
常省思，勤书史，
争一个凌烟阁上芳名留。

盖良才 （厌烦地）这个小生自己理会得，毋劳关注。

文淑贞 咳！

盖　诚 （复上）禀公子，有主仆二人，说是远道而来，有事求见公子一面。

盖良才 远道而来……你可回说，公子并不在家。

盖　诚 我已说道，公子就在书房，叫他稍待。

文淑贞 官人，有友来访，为何不晤？

盖良才 必是那帮穷途潦倒之人，前来求助，嘿！不求自立，屡来相扰，实是讨厌！

文淑贞 济急扶危，仁者之道，官人理宜乐而助之。

盖良才 贤妻之言，倒也有理。盖诚，就请客人到书房一会。

盖　诚 是。（下）

文淑贞 官人，有客到来，妾当回避。

盖良才 娘子稍待，小生取来斗篷，与你御寒。（下）

文淑贞 （随手拿起书本，发现书信，念）“自送郎归，忽已半载。妾经多次修书奉郎，犹如石沉大海，杳无音讯。妾身已许郎，至死靡它，君不念奴，也须念及腹中血脉……南昌颜秋容百拜”。哎呀！（昏然欲倒，书信落地）

玉　儿 （急上）小姐，小姐！

文淑贞 （痛苦万分）玉儿扶我回房。

玉　儿 小姐仔细。（扶文淑贞下）

盖良才 （取斗篷上）娘子！为何不告而去？（见地上书信）缘何此信落于地上？（拾起）莫非……

盖　诚 （上）公子，客人到。

盖良才 （恼羞成怒）不见了！（拂袖欲下）

［若云扶颜秋容乔装上。

若　云 人已来了，怎能不见？

盖良才 你……

若　云 难道公子，竟忘了南昌故人么？

盖良才 （对盖诚）下去！

盖　诚 是。（欲下）

盖良才 慢！非我有命，谁都不准进来。

盖　诚 遵命。（自言自语）那就怪！（下）

［颜秋容、若云卸去男装。

颜秋容 盖郎！

盖良才 哎呀，你等怎可贸然乔装至此？

颜秋容 急欲面见郎君。

盖良才 可知诗礼之家重地？

颜秋容 事急出于无奈！

盖良才 这……（如芒刺在背）

颜秋容 盖郎自离南昌，已过半载，妾曾多次修书，命家人带与郎君，却未得回音，只好女扮男装，亲来探望实讯啊！

盖良才 呵，这倒是错怪娘子了！但仓促而来，实有诸多不便！

颜秋容 盖郎!

（唱） 忆绣阁话别两情依依，
临行劝君须谨记。
莫误佳期结良缘，
日夕翘首盼君至。
谁知鱼沉雁杳，
会晤无期。
践前盟不辞关山跋涉苦，
为见夫君忍冻受饥。
今日喜得夫妻会，
秋容此身全赖君扶持。

盖良才 （唱） 恋恋惜别回吴江，
两意缠绵情难忘。
原以为，婚事高堂定应允，
有谁知，责我行为太孟浪。
说什么，无媒苟合悖礼法，
只落得，身受重责囚书房。
命我埋头攻书史，
闭门思过重做人。
父命难违逆，
天涯人远欲会难。
我为你，梦魂常绕吴江水，
我为你，愁肠一日九回结，
相思泪下一行行。（抹泪）

颜秋容 这……害苦盖郎你了。

盖良才 唉！皆因家规严谨，父命难违，才落得两地受苦。

若　云 公子之情，既然如此真挚，为何我家小姐多次修书，却杳无回音?

盖良才 被禁书房，音讯难通，并非负义。

若　云　如今我家小姐亲自前来，你将作何打算？

盖良才　小姐只好暂且回归，等待明春开科赴试，金榜题名，家父当会回心转意，届时重聚何难。

若　云　小姐腹中胎儿，已经八月，怎能等至明春！

盖良才　这腹中胎儿么……唉！早知如此，何必当初。

若　云　公子莫非有反悔之意？

盖良才　哎哟！小生早已与小姐当天盟誓，缘订三生，哪有反悔之理。只为来日重聚，你等宜速回归，待我另筹良策。

玉　儿　（上）公子，少夫人命我端茶敬客。

盖良才　（将茶打落于地）噜苏，还不下去！

玉　儿　是。（下）

颜秋容
若　云　少夫人！

［颜秋容欲倒，若云扶住。

若　云　小姐，盖公子原来已另婚娶了！

盖良才　事已至此，只好明言，小生已娶名门文氏小姐。唉，你我当初结缘太早，如今相会太迟了！

颜秋容　哎咦！

（唱）　旱雷起晴天，

你，你难道忘情悖义？

若　云　小姐！

（唱）　怪不得相见如冰冷，

却原来忘了前约情别移！

颜秋容　（唱）　哎……冤家！

你今抛却旧日恩情，

重婚再娶，

欲置妾于何地？

盖良才　（唱）　这都是亲命难逆不得已，

前情且作罢，
待来生你我再续旧弦。

若　云　（唱）　骂书生无义！
道什么海誓山盟，
却原来花唇巧舌。
道什么天长地久，
却原来始乱终弃。
我小姐，为你甘冒指责人讥议，
弃家千里苦奔驰。
她错寄痴情把终身误，
白面书生忘恩负义。
你，你不怕头上有青天？！

盖良才　（唱）　道什么头上青天，
遵圣训，顺亲命，乃属正理。
我不能为了情而忘了孝，
为私婚而受人讥议。
旧缘只算巧合，
也属逢场作戏！

颜秋容　（唱）　你败德丧行，
与禽兽何异！

盖良才　住口！
（唱）　你全为自己，
不为我良才细思。
一来门风不相称，
哪能偕老百年？
二来无媒苟合，
名不顺，悖礼教，我前途尽弃。
三来家君爵禄有妨碍，

事若张扬惹罪戾。
宦门岂容不节妇，
华堂难植闲花枝。
姑念当日情，
白金三百送你归。
趁早自安为，
莫再痴缠！

颜秋容 （唱） 此情向谁诉？
肠肝寸寸裂！
耻看旧时物，
越增今日悲。
情爱原如此，
留此有何奇！（要撕碎信物）

若　云 慢！小姐，禽兽所为如此，难道就此罢休？

盖良才 难道尚欲何为？

若　云 （唱） 留得此物告奸宄，
不信世无包青天！
小姐走吧！

盖良才 意欲何往？

若　云 四海之大，岂无容身之地！

盖良才 诗帕拿来，去留随便。

若　云 食言犹灭证，你休妄想！小姐，走吧！

盖良才 慢走！日落西山，途程艰险！

若　云 各自为之，何劳关注！

盖良才 嘿嘿！旧弦难续，人情未忘，留宿一宵，于心乃安。（出门）盖虎上来！

盖　虎 （上）公子何事？

盖良才 客人在此，小心伺候。（耳语）

盖　虎 遵命！

盖良才 （锁门）速去办理，自有重赏！（下）

盖　虎 （喃喃自语）准备干柴硫硝……（下）

盖　诚 （上）客人未出大门，书房又上锁，却是为何？

若　云 （猛推房门）贼子，你不怕天诛！

盖　诚 哎呀，不好！两位客人，乔装至此，泪痕满面，岂无跷蹊……莫非公子，心怀不测，快快报知少夫人，走呀！（急下）

若　云 小姐！

颜秋容 爱婢！

[两人抱头啜泣。

[切光，幕闭。

第四场

[当夜，安更后。盖府书房。

[幕启：盖诚引文淑贞上。

文淑贞 （唱）　忍悲泪，步踉跄……（圆场）
强振精神急把书房闯。
冤家悬崖偏纵马，
见死不救心难安。

[至门口。

盖　诚 少夫人，到此已是书房。

文淑贞 （踌躇）
（唱）　不由淑贞心作难……

盖　诚 少夫人，为何踌躇不前？

文淑贞 （唱）　秋容主婢能脱险，
我夫妻反目何以堪？
堂上诫子无尊长，

闺中劝夫力已殚！（犹豫）

[二更鼓。

盖　诚　少夫人，时已二更，救人要紧。

文淑贞　（唱）　二更鼓，声声催，

三更将到命垂危。

盖府顿变杀人所，

昧良夫婿成罪魁。

到那时落得个夫妄为妻不义，

丈夫妄为妻子不义，

罪及公爹，满门遭累。

颜秋容　（内声）苦呀！

文淑贞　（唱）　事到两难莫犹豫，

择善而为！

（对盖诚）伯伯，你可上前把门开了。

盖　诚　是。

[文淑贞、盖诚摸进书房。颜秋容、若云出。

若　云　是谁？

盖　诚　我是这里老管家盖诚。

颜秋容
若　云　啊，老伯救命！

盖　诚　二位岂是从南昌来的？

若　云　婢子若云，这是我家颜小姐。

文淑贞　（上前）颜小姐！

颜秋容　你是……？

盖　诚　就是我家贤惠的文淑贞小姐。

若　云　少夫人，为何深夜至此？

文淑贞　淑贞幼秉庭训，略晓仁义之道，因而不揣冒昧，深夜至此，特来搭救二位……

颜秋容
若　云 此话怎讲?

文淑贞 妾已看过小姐来信，早间细询此事，冤家他酒后失言，竟想……

颜秋容 怎样?

文淑贞 他竟想下毒手，今晚三更，就要火烧书房了!

颜秋容
若　云 此言当真?

盖　诚 那恶将盖虎已准备点火来了。

颜秋容 哎呀!（昏厥）

若　云 小姐，小姐!

颜秋容（唱） 闻言魂飞升，
恨良才狼心狗行!
忘却了绣楼三月恩和爱，
忘却了园亭话别海誓山盟。
悖约弃义倒也罢，
还思杀人灭口下绝情!
恨我错托痴情将身误，
竟惹今朝死不明。
良才既安杀妻计，
秋容何惜了残生!

文淑贞 小姐，事已危急，望火速逃离虎口，才免死于非命，死于非命啊!

颜秋容 人世如此，夫复何言!良才既已绝情，秋容何必蒙垢偷生!

文淑贞 小姐，来日方长，怎能轻生，望听妾身相劝，从速逃走，迟则惨遭毒手、惨遭毒手啊!

若　云 文小姐说得有理，小姐，速速走吧!

颜秋容 良才狼心狗肺，我等纵然逃脱，诚恐累及你身!

文淑贞 只要姐姐得救，妾纵获罪冤家，问心也安。（解下良才给她的斗篷，披于秋容身上）

盖　诚　府门紧闭，待我打开后园门，让你等逃走吧！

颜秋容　二位再造之恩，不知何日得报，请上受我一拜！

文淑贞　（急扶起）不必如此，快速走吧！

盖　诚　少夫人，你呢？

文淑贞　我自留此，时间那冤家到来，方可对付。

颜秋容　秋容愿与小姐，在此同生共死！

文淑贞　你怎忍腹中婴儿，同归于尽？姐姐，你若不走，淑贞只好下跪恳求了！（跪下）

颜秋容
若　云　（也同跪）小姐！

文淑贞　（扶起秋容）去吧！

[颜秋容、若云与盖诚掩面而出。

[盖虎与另一恶仆执火炬同盖良才上。

盖　虎　（见书房门洞开）禀公子，书房门开着！

盖良才　（入门，见淑贞，一怔）啊，原来却是娘子，娘子身体不适，就该房中安心静养，深夜至此何事？

文淑贞　为使你不陷绝境，不得不冒死至此！

盖良才　哼！（对仆）搜来！

盖　虎　是。（进内搜查，复出）禀公子，房中无人！

盖良才　往外寻来！

文淑贞　（阻住良才）且慢！

盖良才　（对盖虎）快与我四处搜查！

盖　虎　是！（与另一仆下）

文淑贞　郎君！

（唱）　夫妻好比同林鸟，
当至诚相待，沥胆披肝。
妾良言劝尽君不闻，
易心变态迫红颜。

秋容失足恨未已，

你何忍反恩为仇纵火逞奸？

盖良才 休得胡说！

文淑贞 （唱） 哎冤家，

一错再错罪深大，

船到江心补漏难。

急水尚有回头浪，

你为何履薄临深不思还？

淑贞苦心为了你，

劝郎迁善莫造祸端。

盖良才 良才欲除秋容，实为维护门风，也为你我夫妻百年之计，你为何偏偏阻梗？

文淑贞 郎君！

（唱） 淑贞虽求夫妻百年同欢乐，

却怎忍秋容主婢无辜丧生！

杀人灭口天理难宽恕，

忘恩负义万古留臭名。

生死荣辱系一念，

望君体谅淑贞一片至诚。

盖良才 事已泄露，秋容怎肯甘休，若被告发，那时罪证昭然，大祸难了。吓好，你既然纵凶留祸，以后你走你的阳关道，我行我的独木桥，请了！

文淑贞 慢！冤家呀冤家，杀人偿命，律有明条，难道你愿以身试法，甘作千古罪人么？

盖良才 这……

文淑贞 妾幼遵庭训，事亲惟孝，助夫有责，怎忍夫你非法妄为，招来不仁不义之讥！

盖良才 哎呀，这……这如何主意么？（想科）

盖　虎 （上）禀公子，府内四处，搜寻无踪。

盖良才 怎说，搜寻无踪？文氏，你今将人藏于何处，从实说来，不然，休怪我……

文淑贞　你便怎样？

盖良才　休怪我无情了！

文淑贞　淑贞早已把生死置之度外，要我说出，恕难承命！

盖良才　这个好耐！（一脚将文淑贞踢倒，转对盖虎）贱人必是逃脱无疑，此时料她走也不远，快与我追赶。

盖　虎　是。（下）

[文淑贞拉住盖良才不放，再被盖良才踢开。

[盖良才匆匆下。

[文淑贞挣扎站起，紧跟下。

[幕闭。

第五场

[午夜过后。

[荒郊江边，北风呼啸，四野凄迷。

[颜秋容、若云内唱：

寒月无光举步难……

颜秋容
若　云　（上，续唱）四野凄迷风呼啸。

[内声：“追呀！”

颜秋容
若　云　（唱）　又闻后面虎狼嚎，

怎能逃过这一遭？（相依为命，摸黑而逃）

若　云　小姐，大道难走，俺可绕小路而逃。

[颜秋容、若云下。

[盖良才与恶仆紧追上。

盖　虎　禀公子，追到这里，并无人影。

盖良才 （见地面足迹）家人，循此足迹，与我追来！

众恶仆 领命！（众下）

[颜秋容、若云上。

颜秋容 （唱） 慌不择径走忙忙，

前去无路，只见浩瀚大江！

（夹白）莫非苍天欲绝我……

（唱） 滔滔东流水，

寄我弱女身。

今朝仇和恨，

留告未来人……（纵身欲跳江）

若　云 （挽住）小姐，冤未申，仇未报，怎能如此轻生！

颜秋容 若云，看这四野茫茫，呼天不应，哪能逃出贼子之手？

若　云 啊，这如何是好么？（想科）是了，待我把包袱丢在江边，瞒过贼子，然后择径逃走，或能绝处逢生。（丢下包袱）

[若云扶颜秋容从江边小径逃走。

[盖良才等上，盖虎发现地上包袱。

盖　虎 公子，地上包袱，看来是无路可走，投江而死。

盖良才 嘿嘿，颜秋容，你既自寻死路，也怨我不得了。

盖　虎 公子，回了吧？

盖良才 慢，天寒水浅，诚恐贱婢不死，你可下去看看。

盖　虎 是。（正想下去）

文淑贞 （内唱） 一步步，恨悠悠……（上）

盖　虎 哎呀，公子，少夫人追来了！

盖良才 贱人，你到来作甚？

文淑贞 （唱） 你难道，纵马悬崖不回头！

盖良才 贱人，劝你少管闲事！

文淑贞 人命关天，妾身安能不管！

盖良才 你也管不了，你看，她自作孽，投江自尽了！

文淑贞 哎呀！

（唱） 迫害红颜下毒手，

冤家你行同禽兽！（扑向江边）

颜小姐——！

盖良才 啊，不想这话，竟出自你口。有话回家再说！来人皆回。

众　仆 是！（下）

盖良才 （对文淑贞）随我回家去吧！

文淑贞 清浊之水不同流！

盖良才 你意欲何为？

文淑贞 人各有志。

盖良才 明人快语，你就说。

文淑贞 秋容遭陷，我既管不得，淑贞意向，你也无须过问。

盖良才 （旁白）想我谋害秋容之事，贱人尽知，若被张扬，怎生了得！（兽性大作，一把抓住文淑贞）贱人，既不与我同流，就与颜秋容同归，去吧！（推文淑贞）

[文淑贞呼救、挣扎，最后被推下江中。

盖良才 且住，文氏一死，难免爹爹查问，怎生应付么？……是了，不如暂离吴江到爹任所，诓称文氏病亡，就是这个主意。正是：

（念） 吴江风浪急，

苏州求安全！

[狂风呼啸。盖良才踉跄逃下。

[幕闭。

第六场

[黎明前，风萧萧，雾漫漫。

[幕启：三圣母庙。

颜秋容 （内唱） 漫天迷漾步难移……

若　云 （扶颜秋容上）小姐仔细！

颜秋容 （唱） 周身乏力体难支。

若　云 小姐仔细！

颜秋容 若云，我今周身无力，寸步难行了！

若　云 这将如何是好！

颜秋容 （唱） 谁怜恤，
颜秋容冤惨无天！

若　云 （见不远处古庙）小姐，前面有一古庙，待小婢扶你进去歇息一时。（扶秋容进庙，寻找歇息之地）

颜秋容 若云，我一时腹痛如绞，心跳口干，诚恐……哎哟！

若　云 莫非……这将如何是好！小姐，待我到江边取水，与你止渴。（苦无物可盛，见供桌上香炉）暂借神前香炉一用。小姐，你且忍耐片刻，小婢即去即回。

颜秋容 难为爱婢了。

若　云 小姐保重！（出门，下）

颜秋容 （见圣母像，挣扎跪下趋前）正直神明啊！

（唱） 请把慧眼睁开！
弱质良家女，
遭陷苦悲哀。
极目无生路，
遗恨恨无涯。
前日甜言诓弱女，
今朝顿弃旧情爱。
前言白发同偕老，
今日烈火把奴害。
一腔怨恨长万丈，
满腹冤仇深似海。
神应为奴申冤苦，

惩戒那害人贼子盖子良！（悲愤吐血，拿出手帕）

红罗犹如催命索，

悔教当初情错栽。（愤抛地上，复拿起时，帕已血渍斑斑）

（念）　血渍斑斑掩黑字——（呈神前）

（唱）　山盟海誓今何在？（腹痛难忍）

哎哟！

（唱）　一阵阵疼痛难耐，

汗泪如珠命难捱。

只可怜，

腹中婴儿随母同受害，

哎神明呵！

你为何见死不救口不开？

难道是，这被休受罪，无辜遭陷，

哭干泪眼、呕心沥血理应该？

我一死难消千般恨……

撕下罗裙，

沥血控告人面兽心的盖良才！（写血书）

罗裙点点洒血痕，

血写冤状告苍穹。

自古冤情有千万，

莫若秋容冤万重……（书未竟，倒地气绝）

[风声呼啸，灯暗。

[若云扶文淑贞上。

若　云　文小姐，到此便是。（进门，见秋容倒地）小姐，小姐！

文淑贞　姐姐！

颜秋容　（苏醒）你是……

若　云　是文小姐，事因如此如此，竟被盖良才推下江中，幸得渔翁相救，才能死里逃生。

颜秋容 小姐，是我害了你啊！

文淑贞 姐姐何须言此，保重为要。

颜秋容 （唱） 情尽愿成灰，

遭陷苦同悲。

死者悠悠去，

留血告罪魁……（倒于淑贞怀里死去）

文淑贞 啊，姐姐，姐姐！哎咦！（抱尸痛哭）

若　云 啊，小姐，小姐！哎咦！（抱尸痛哭）

若　云 （唱） 苦命的小姐啊！

你冤恨海样深，

你苦情如天大。

你气未伸来冤未白，

何遽撒手归泉台！

这一尸二命，

苍天为何眼不开！

文淑贞 （捡起罗裙）

（唱） 是泪、是血、是恨、是仇，

你泪血织成仇和恨，

冤状告那人面兽心的盖良才！（见圣母像）

哎！

圣母圣母三圣母，

你毁天条私临凡界，

为刘郎华山受苦苦难捱。

秋容姐她比你苦债重，

误将终身托狼豺。

刘郎为妻子愿抛心头肉，

良才他灭绝人性把妻子残害。

宝莲灯下你夫妻母子欢聚首，

秋容姐她母子二命丧泉台。
这陈尸冤命，
这血渎神台，
你应知这杀人凶犯应惩戒！（拿起血状，颠扑）

若　云　小姐呀小姐，可怜你身死异地，冤情万状，盖良才罪恶滔天，天理岂容！（要出门）

文淑贞　若云，哪里去？

若　云　（唱）　我为小姐报仇雪恨，
吴江县衙告狼豺！（若癫若狂）

文淑贞　他父身居府尹，吴江县怎肯受案。

若　云　啊！难道这天大冤仇，无处申诉么？小姐！

文淑贞　（从若云手中接过罗裙）
（唱）　秋容姐，血书未竟含恨死，
文淑贞，无辜受戕同遭害。
若云她，仗义执言无难色，
我愿上刀山蹈火海。
头顶冤状肩挑恨，
苏州堂上告爷台！

若　云　他们情属父子，哪能告得？

文淑贞　（唱）　我告亲夫，他罪亲子，
黄堂哪能徇私？

若　云　若是告不准呢？

文淑贞　（唱）　若是告不准，
文淑贞沥血上金阶！

若　云　若云代我家小姐，叩拜复仇之恩！

文淑贞　（续写血状）
（唱）　咬破指头，续写血状诉冤案，

公公台前告狼豺！

[幕闭。

第七场

[接上场。

[苏州府衙。

[内鸣鼓喊冤声。

盖纪纲 （内声）升堂伺候！

衙　役 （内声）喳！

[盖纪纲上，衙役随上。

盖纪纲 （念）　供职苏州称能吏，

执法无私万民钦。

传击鼓人。

衙　役 领命！击鼓人进见！

文淑贞
若　云 （内声）来！（上）

文淑贞 （唱）　含恨鸣冤，

头顶血状告公堂！

[衙役叫堂。

衙　役 禀，喊冤人带到。

盖纪纲 你等有何冤情，从实诉来。

文淑贞 有口难诉，只有血状。

盖纪纲 呈上来。

衙　役 领命。（呈血状）

盖纪纲 （念状）具呈人颜秋容，抱告人文淑贞……哎呀！你是……

文淑贞 含冤抱告的文淑贞。

盖纪纲 告的是……？

文淑贞 告的是盖良才迫妻害命。

盖纪纲 你是怎讲？

文淑贞 告的是人面兽心的盖良才！

盖纪纲 你是妻告……

文淑贞 是妻告亲夫！

盖纪纲 住口！岂不闻天下有三不告？

文淑贞 哪三不告？

盖纪纲 民不告官，子不告父，妻不告夫。你今竟敢控告亲夫，按律应责四十大板。

文淑贞 这律有明条么，冤妇愿受杖责；这亲夫呀却要告得！

盖纪纲 哎咋！（沉吟）棍棒无情，恐你经受不起啊！

文淑贞 只求冤情能申雪，哪怕骨肉受苦刑！

盖纪纲 吓好，吩咐，与我打了。

若　云 慢！大人呀大人，我小姐含冤待诉，哪能受此重刑，小女愿代杖责，伏望大人俯察冤情！

盖纪纲 罢了，暂且寄下这四十大板。只是案属吴江辖下，应由吴江县受理。退堂！

文淑贞 且慢！大人呀大人，似此奇冤重案，非大人断难昭雪，大人忍令死者沉冤千古，生者含冤莫白么？

盖纪纲 哎呀！

若　云 大人素称苏州青天，万民景仰，为何不受此案？莫非因盖良才是……

盖纪纲 住口！……也罢，两班暂退。

衙　役 领命。（退下）

盖纪纲 文氏。

文淑贞 冤妇在。

盖纪纲 （指若云）你是何人？

若　云 小婢若云。

盖纪纲 你可暂退。

若　云 是。（下）

盖纪纲 媳妇，你可起来。

文淑贞 公公，明镜高悬！

盖纪纲 闻说媳妇不幸病故，为何能死里重生？

文淑贞 天怜念遭害命未丧，留得此身告狼豺。

盖纪纲 告的都是实情么？

文淑贞 无良所作所为，神人共怒，公公明察秋毫，定能洞悉此冤。

盖纪纲 只是颜秋容，无媒苟合，实属辱名失节，礼法有亏。

文淑贞 盖良才淫乱闺阁，始乱终弃，更图杀人灭口，岂非豺狼成性，恣意妄为？

盖纪纲 你是名门千金，官家娇媳，理应恪守妇道，不该公堂露脸，轻离深闺。

文淑贞 媳妇谨守庭训，妇道无亏，皆因冤惨万状，不得已血告罪魁。

盖纪纲 良才有不法，你夫妻情重，若能苦口相劝，何致罪上加罪？

文淑贞 古道知子莫若父，公公半世为官，奉称贤吏，却为何治家无方，养子犯法，实是食禄有愧！

盖纪纲 哎咋！

（唱） 言出如山，
激得我满面羞惭！
有道是，
勤政爱民报君国，
却落得个，
治家不严教子无方。
媳妇她哀词剀切，
说得我哑口无言。
只是呵……
这法堂罪子难又难！

媳妇，凡事须从长计议啊！

文淑贞 公公呀！

（唱） 计议从长，
王法总难执偏，

公公呀！
修身齐家而后谈治国，
家道不齐居官也枉然。
食民之禄，保民有责，
望公公，为生者雪恨、死者复仇，扶纲植常。

盖纪纲 （唱） 义正词严，
我有口难辩。
论理，法网难开一面，
论情，安忍骨肉遭殃！
狼虎虽恶不伤子，
却为何，偏偏奇案血状到案前！
回头来，叫一声贤媳妇，
逆子一死不足惜，
只是你今后——
为公……为公实不忍言。

文淑贞 （唱） 哎公公，我的老公公！
媳非不为终身想，
媳为此再三思量。
古及今，
谁不想夫妻谐百岁，
谁不想一家和顺乐团圆。
谁愿教庙堂宗祀断香烛，
谁忍令青灯独守悲凄凉！
莫奈冤家自作孽，
迫妻害命狠心肠。
秋容她千里投靠，
偏遇豺狼命丧异乡。
文淑贞良口苦谏，

反遭迫害推落吴江。

似这般昧心害理十恶辈，

哪堪厮守百年！

盖纪纲 （唱） 恨逆子不法，

祸及爹娘。

执王法，盖门一脉从此断，

我桑榆暮景悲残年。

文淑贞 （唱） 公公！

遇人不淑我挥泪，

养子不肖你断肠。

为正义，岂容我庇护邪恶，

执王法，公公你怎能护子存偏！

若说儿媳忤逆有不孝，

媳愿斧钺加身上刑场。

盖纪纲 哎呀！

（唱） 难道说，

我身为民吏，不及儿媳之见，

为了骨肉情，竟敢枉法欺天？

自来清官难断家内事，

却偏是父审亲子，妻告亲夫，

家务、公断、国法、私情，

左右为难费思量！

文淑贞 （唱） 青天我的老大人！

盖纪纲 （唱） 势成骑虎罢不得，

叫出畜生细问端详。

衙役！

衙　役 有！

盖纪纲 速到内衙叫……请公子出来。

衙　役　领命！

盖纪纲　媳妇，你可暂退一旁。

文淑贞　但求公公明镜。（下）

盖良才　（上）叩见爹爹！

盖纪纲　免了！

盖良才　谢过爹爹。不知爹爹叫儿出来，有何教诲？

盖纪纲　只因为今早，接得一桩奇案，甚难解决，故而叫你前来质疑。

盖良才　未知是何奇案？

盖纪纲　是妻告亲夫。

盖良才　奇哉，奇哉！未知告他何来？

盖纪纲　告他狼心狗肺，负义忘情，杀妻灭口，火起三更！

盖良才　哎呀，孩儿并无……并无想到世上竟有这等样人，真是猪狗禽兽。但不知这妇人叫何名字？

盖纪纲　恰与儿媳同名。

盖良才　什么？

盖纪纲　文氏淑贞！

盖良才　告的是谁？

盖纪纲　告的是你这禽兽！（一巴掌）

盖良才　哎哟，爹爹，天下同名共姓者甚多，文氏已暴病身亡，哪里又来一个文淑贞，怕是有人将儿诬告啊！

盖纪纲　有人诬告？你看看，这是什么？（掷血状）

盖良才　血迹模糊，又无真人实证，望爹爹不要认真。

盖纪纲　好，我就给你看看真人实证！（对内）文淑贞上来。

文淑贞　（上）叩见公公！

盖纪纲　畜生，你看这是何人！

盖良才　吓好！事已至此，只好明言。哎爹爹呀爹爹，贱人私通奸夫，双双逃走，儿为护门风，骗说暴病身亡，实为掩盖家丑。贱人今晚既自投罗网，望爹爹严刑究治，以戒后人。

盖纪纲 畜生你呀！

文淑贞 禽兽你呀！

（唱） 你含血喷天，

你构陷反噬。

我奸夫是谁，

我奸情在哪里？

颜秋容被你亲迫死，

圣母殿前二命一尸！

我良言苦谏，

竟推我下江几至死。

罄竹难书你千万罪，

望公公按律绳法定罪戾！

盖纪纲 畜生，还有何言可辩？

盖良才 颜秋容是谁，与我素昧平生，说我迫死，有何凭证？

若　云 （冲出）若云就是铁证！（示帕）罗帕赋诗，题名题姓，这是谁笔迹？这是谁血泪？（向盖纪纲）大人呀大人，你乃一府之尊，万民所仰，况又事出盖门，若不秉公执法，怎能惩暴安良，万望大人明察！

盖纪纲 （一手拿血状，一手拿罗帕）

（唱） 激得我怒发冲冠！

这边是香罗帕泪痕点点，

这边是白罗裙血渍斑斑。

这冤情似海，

这铁证如山！

若　云 （唱） 死者冤莫白……

文淑贞 （唱） 生者怎能安？

盖良才 爹爹！

盖纪纲 呸！

（唱） 畜生你罪孽浩大，

律法无情难赦开！

骨肉之情一朝断——

盖良才 爹爹……

文淑贞
若　云 大人！

盖纪纲 （唱）　吩咐升堂审狼豺！

[升堂。

盖纪纲 畜生，还有何话说？

盖良才 只求爹爹宽容赦罪！

盖纪纲 叫他招供画押！

衙　役 领命。

[盖良才画押。

盖纪纲 吩咐，把畜生锁了！

衙　役 领命！

盖纪纲 （唱）　为正义妻告亲夫，

申国法父判亲儿。

（白）公私，生死——

（唱）　公私生死朱笔无情，

全在一字，

论罪罪该……

文淑贞
若　云 论罪罪该斩！

盖纪纲 （唱）　论情……

盖良才 论情情该赦！

盖纪纲 （唱）　这朱笔千斤重……

文淑贞
若　云 （唱）　青天——！

盖纪纲 罢！

（唱） 执法如山难改移！

凶手盖良才，罪该问斩！

[盖良才昏倒。

[文淑贞摇摇欲坠，若云扶住，终于挣扎站起。

后台唱 良禽自应择佳木，

遇人不淑痛殊深。

父锄奸宄无反顾，

留得芳名万人钦！

[歌声中幕徐闭。

[剧终。

（剧本版本：《林劭贤·洪潮剧作选》）

广东戏剧文库
优秀剧作选

1949-2019
潮剧卷

GUANGDONG XIJU WENKU
YOUXIU JUZUO XUAN
CHAOJUJUAN

（第2册）

广东省艺术研究所
主编

中国戏剧出版社
CHINA THEATRE PRESS

目录

江　姐

（根据罗广斌、杨益言小说《红岩》改编）

编剧：王菲　郑文风　谢吟　何苦

人　物　表

江雪琴　　重庆沙磁区区委书记。
华　为　　地下工作者。
甫志高　　重庆沙磁区委委员（后叛变）。
孙明霞　　地下工作者。
双枪老太婆　　华蓥山纵队司令员。
小　云　　老太婆保卫员。
李　刚　　游击支队队长。
李青竹　　地下工作者。
徐鹏飞　　伪西南特区长官公署侦防处处长。
朱　介　　军统特务。
游击队员、地下工作者、特务等群众演员若干人。

第一场

[一九四九年春。

[重庆，朝天门码头。

[黎明前。

[幕在序曲中徐启。

后台歌　（合唱）　雾锁嘉陵江，
风急浪更狂。
多少仇恨多少怨啊，

斑斑碧血染红杜鹃。

但看逆水飞舟闯巴峡，

驱风扫雾迎朝阳。

[一队国民党匪兵押送着一列衣衫破碎的壮丁过场。

[一队国民党匪兵巡逻过场。

[码头上人马纷杂，华为叫卖报纸上。

华　为　卖报，卖报！《重庆日报》《蜀光日报》，大减价，五万元一张。

[特务甲上。

华　为　特新消息，“中共中央毛泽东主席关于时局的声明”，卖报呀，（对特务）先生，岂要买报？《中央日报》。

[特务不睬，孙明霞上。

明　霞　买报！

[华为拿一份《重庆日报》给她。

明　霞　江姐来了吗？

华　为　没有。卖报！——（下）

[孙明霞下。

[朱介上，扫视周围，特务凑上。

朱　介　近来共产党活动频繁，已与华蓥山区里应外合。据可靠情报，今晚八时，有重要人物要离开重庆。

特务甲　谁？

朱　介　江雪琴。

特　务　江雪琴。

朱　介　（点头）中共重庆沙磁区区委书记，曾化名江萍、江启芬、江雪清……

特务甲　你说她的装束与特征。

朱　介　年约三十，农村妇女打扮，身穿蓝布衣服，手提印花布包。

特务甲　嗯，记得，记得。

朱　介　等下徐处座要亲自出马，恁要千万小心。

特务甲　是，是，包无一失。

[内枪声。

内 声 壮丁逃跑了!

朱 介 妈的!(跑下)

[挑夫上,寻找顾客。

[一中年妇女,身穿蓝布衣服,手提印花布包、雨伞上。

特务甲 哪里去?

妇 女 先生,我要到六号码头。

特 务 六号码头?

妇 女 乘八时的“华泰”轮。

特务甲 八时?(打量妇女)哈哈!走!到那边去!

妇 女 先生,做什么?

特务甲 检查!(把手枪一亮,威胁妇女下)

[华为凑上,与挑夫背身耳语。

华 为 江姐来啦,小心掩护。

挑 夫 是。

[二人分头下。

江雪琴 (内唱) 看长江波浪层层,
望山城浓雾迷茫。

[迎着江风,出现在石堤上。

(续唱) 犹闻战鼓耳边响,
喜见红旗漫江南。
告别雾重庆,
心潮逐浪翻!
今朝上征途,
来日下巴山。
拯救战友出牢狱,
配合大军解放大西南。

[一阵江风吹来,江姐把绒线外衣扣好,凝望远方,如有所待。华为边喊边上。

华　为　卖报！卖报！小姐，可要买报？

江雪琴　孙明霞来了吗？（边说边给纸币，接报）

华　为　来了。江姐，今早码头戒卫森严，可疑的人甚多，要加倍小心。

江雪琴　（点头）

华　为　卖报！卖报！（一旁警戒）

［孙明霞上。

孙明霞　姐姐。

江雪琴　明霞！

孙明霞　姐姐，天有不测风云，妈妈叫我为你送把雨伞来。

（低声）集中营地图藏在伞柄中。

［江姐接过雨伞。

孙明霞　还有，刚才市委紧急通知……

江雪琴　紧急通知？

孙明霞　“华泰”轮遇风难走，要你改乘小渡，提前到二号码头上船。那边已有同志接应。

江雪琴　改乘小渡……（看表）哎呀，快七点半了，甫志高还没把箱子送来！

孙明霞　这个人呀，就是缺乏政治警惕性，我已通知他七点半前到达码头。

江雪琴　箱子是按照我说的那样安放吗？

孙明霞　是。江姐，你还有什么话要交代吗？

江雪琴　没有什么，孩子就托付给你和李大姐了。

孙明霞　你放心吧，见到了彭松涛同志，不，见到了姐夫，替我问好，说孩子我们会照顾得好好的。

江雪琴　好，只是孩子别太娇惯他。

孙明霞　是。江姐呀！

（唱）　祝你一帆破万浪，
冲开浓雾迎太阳。
巴山蜀水要解放，
明霞愿随你上战场！

江雪琴 明霞，在不同岗位上，都是同样为革命，同样地战斗。你们的担子可不轻呀，要多多帮助甫志高同志。

孙明霞 他呀，老怨组织不重视他的才能。这两天，沙坪书店又吸收个新店员，说是个贫苦大学生。

江雪琴 什么？沙坪书店是备用联络站，他吸收店员为何没告诉我？（警惕起来）

孙明霞 我看那个人的面目很不清楚。

江雪琴 （猛然）不好！明霞，你立刻报告市委，进行调查，为防万一，就把联络站撤销了，并通知有关同志转移。

孙明霞 是。我该走了，小船在那边等你。

江雪琴 再见！

[孙明霞下。

江雪琴 快八点了，甫志高为什么还没来呀？

[甫志高西装革履，肩背皮箱上，特务暗跟上。

甫志高 表姐，表姐！

江雪琴 啊！表弟，你来了。

[甫志高把箱子放下，拍去身上尘土，摸出手帕擦汗。

甫志高 （小声地）表姐，“华泰”轮八时才开行，你为何急急忙忙？（更低声）表姐，锁匙。箱里有药品和子弹，都按照你……

江雪琴 （急止住）明霞已告诉我啦，看你，怎不寻个挑夫呢？

甫志高 哦！皮箱并不重，何必寻挑夫呢？艰苦一点是应该的，而且自己带也比较安全些。

江雷琴 安全？你看，来往旅客，哪有穿西装皮鞋而自己背着皮箱的？

甫志高 哎呀！我却没想到这一点。嗨，做了几年地下工作，这点小事也出毛病。

江雪琴 问题往往是出在“小事”上。

甫志高 是，是，批评得对。

江雪琴 志高同志，听说书店增多一个新店员？

甫志高 是，是，叫郑克昌，重庆大学学生，已进店两天了，我正想向你请示。

江雪琴 已经进店，还向我请示？

甫志高 哦，这，是有点不符合组织原则，可是他思想进步，追求真理，据我观察，多次和他谈话……

江雪琴 停！（急问）今天你来这里可有告诉他？

甫志高 我只说过今天要为一位亲戚送行。

江雪琴 哎咋！志高同志！

（唱） 你麻痹轻敌后患堪忧。

书店本是备用联络站，

吸收店员须经党批准，

严格查来由。

组织原则不能忘，

保密纪律哪能丢？！

怕得是，

多月经营功全费，

箭若离弦难再收。

甫志高 江姐，书店尚未暴露，你何必如此紧张？

江雪琴 你还以为书店没有暴露？！

甫志高 这……

江雪琴 一个来历不明的人，长期靠近党的组织，不出危险，也毫无用处。好啦，我已报告市委，你也应立即转移。

甫志高 这……

[华为奔上。

华　为 卖报！卖报！《重庆日报》！

甫志高 哎呀！那边有人检查，我把皮箱拿走。

[特务甲上。

特务甲 喂，检查。

甫志高 （递烟）来一支。

特务甲 公事公办。

江雪琴 （扔下锁匙）把皮箱打开。

[甫志高打开皮箱。

特务甲 （搜出一封信）西南军政长官公署副官处刘……哎呀!

江雪琴 公事公办……

特务甲 呃，误会，误会。

甫志高 表姐，我送你上船。（把皮箱锁好）

江雪琴 不用了，大哥在家等你呢。

甫志高 好，我不送了，代问舅妈好！（下）

江雪琴 （向挑夫招手）挑夫，上“华泰”轮。

[挑夫上前挑起皮箱，特务乙上。

特务乙 站住!

特务甲 喂！（与乙耳语）自己人，（对江姐）小姐，请。

[江姐扬长下。

特务甲 （对乙）勿惹着虎头蜂！（发现什么，与乙同时立正）

[朱介陪徐鹏飞上。

徐鹏飞 （干唱） 长天红云阵阵起，
半壁西南苦撑持。

特务甲、乙 报告!

特务甲 报告处座，捉到一个江雪琴，已送往二处。

徐鹏飞 你说的是刚才那个……

特务甲 身穿蓝布衣服，手提印花布包，年约三十……

徐鹏飞 废物!

特务甲 标志是朱长官说的。

朱　介 混蛋！（一掌耳光）

徐鹏飞 可有一贵家小姐?

特务甲 有，是长官公署副官处的家眷，已上“华泰”轮。

徐鹏飞 饭桶！快追!

特务甲 是!

徐鹏飞 还有一送行的？！

特务甲 刚走不久。（指甫志高去的方向）

徐鹏飞 一网打尽！

特务甲、乙 是！（分头跑步下）

[徐鹏飞步至码头。

[汽笛声响。

[幕闭。

第二场

[离上场十多天后。

[往川北古城的一条路上。连绵不断的山脉，遮住了半边天。奔腾起伏的峰峦，苍苍郁郁——这就是气派雄伟的华蓥山脉。

[江雪琴手提衣包雨伞上。

江雪琴 （念） 昨别嘉陵江，
今登华蓥山。
以身许革命，
哪怕蜀道难。

[华为提皮箱跟上。

华　为 姐姐，你走路比我还快。

江雪琴 弟弟，到古城还有多远？

华　为 （向前一指）看，前面就是。

江雪琴 啊！

华　为 姐姐，你看，那便是华蓥山。（乐起）

江雪琴 （为远景所迷住）华蓥山，好一派雄伟壮丽的山脉！

[华为在乐声中载歌载舞。

华　为　那飞瀑千丈、古木参天的便是青松岗。

江雪琴　青松岗!

华　为　密林深处那个红点，就是东海寺。我妈妈和彭政委就在这山上闹革命。(对革命根据地无限向往)

(念)　高高华蓥山，

巍巍青松岗。

峰接丛峦多天险，

千里绵延莽苍苍。

还有那，

奔腾起伏大巴山!

[二人凝望着华蓥山，无限遐思。

后台歌　奔腾起伏大巴山，

林深好把天兵藏。

嘉陵江水滔滔浪，浪滔滔，

正是游击健儿饮马泉。

华　为　(唱)　松荫底下妈妈在召唤。

(白)姐姐呀，你看——

合　唱　彭政委跨上红鬃烈马，

翻山越岭前来接亲人。

江雪琴　(唱)　盼亲人，

谁不想相见在眼前?

松涛他一载未见，

想必是映日红枫颜如火，

想必是经霜青松志益坚。

我和他风雨同舟冒险浪，

我和他虎穴刀丛勇并肩。

他为党为民甘劳瘁，

他时时对我教诲语千遍。

雾锁渝州方壮别，
春雨如烟已一年。
革命伴侣多离合，
如今又相见在战场。

华　为　姐姐，你在笑了，你一定想到姐夫……

江雪琴　乱讲!

华　为　还不？你怕山上冷，特买了一条围巾来给他。还为小琴拍了一张照片，说给琴儿爸爸看。

江雪琴　调皮鬼!

华　为　说实话，我还没见过这位英雄的姐夫呢，他和我妈妈在一起，敌人一听到华蓥山纵队政委彭松涛的名字，莫不丧魂落魄。姐姐，你给我谈谈姐夫，好吗?

江雪琴　他还不是和千千万万的共产党员一样，有什么可谈的呢?

[一声闷雷。

江雪琴　啊，天要下雨了，快快走吧，太晚了怕进不了城。

华　为　是。

[圆场。

[天下着雨。江姐、华为踏着泥泞的路前进。

（后台合唱）

雨蒙蒙，
雾茫茫。
冲破古城封锁线，
展翅飞向华蓥山。

[二人同行已近古城。华为瞥见城门人群拥挤。

华　为　姐姐，你看城门口，不知在看什么，还有几只白狗，我去看个明白。

江雪琴　（急喊）慢去！还是我去，这里靠近解放区，敌人更是戒备森严，你携皮箱，容易惹人注意。

华　为　啊!

江雪琴 你先到那边茶店避一避，倘有情况，可先行转移，设法掩蔽。

华 为 好，你须要小心。

江雪琴 我知，去吧。

[华为提皮箱冒雨下。又是一阵锣声。

伪 军 （内声）喂，你们听了，谁敢参加共产党，煽动暴乱，抗粮抗丁者，就以城楼上人头为戒！

伪 军 （内声）警察局长命令，为防游击队破坏，提早关闭城门。

内 声 关闭城门呀！

[景现古城，城楼上挂着个装人头的木笼，城墙上贴着布告。

江雪琴 哎咋！

（唱） 猛听得，匪徒叱喝语声声，

却原来又是一次血腥暴行。

只见那，城楼上木笼高悬，

分明是烈士头颅血犹热。

为党为民英雄洒碧血，

革命史上千古留英名。

我这里默哀致敬，

腥风血雨吊英灵。（扯下头巾）

安息吧，同志！

（续唱） 记住古城门前血，

强忍悲愤上征程。（转身急走，但没几步又渐渐缓下来）

（后台唱）英雄业绩千古流芳，

江雪琴呀，

烈士的名字要报告党。

江雪琴 对，我应把烈士的姓名，牺牲的经过，报告给党，让同志们永远纪念他！（透过雨雾，辨认看城墙上那张布告，突然一震）

（念）“华蓥山纵队政委彭……彭松涛……”

（乐起）不，不，不可能……是他，这怎么可能是他！

[江姐擦去额上混着雨水的冷汗，仔细再看，映进眼帘的，仍是那几个使她周身冰冷的大字。

（唱）　难道是我，
　　　　此刻在梦中……

（白）不可能是他，这，这怎么可能是他？！

（唱）　我仰望城楼仔细看，

（艰辛地，想看又不敢看，不看又想看，忍不住）

（唱）　这这这，
　　　　这正是革命战友党的同志我的丈夫，
　　　　松涛松涛我的亲人！

（后台唱）松涛我的亲人！

江雪琴　（白）松涛！

（唱）　昨宵才闻你驰骋江南传捷报，
　　　　如今却是一腔热血洒疆场。
　　　　多少年朝夕相处同患难，
　　　　誓为革命共苦甘。
　　　　你约我春风吹绿江南岸，
　　　　并肩战斗迎曙光。
　　　　你曾说凯歌声里进重庆，
　　　　高举红旗解放大西南。
　　　　你说道紧跟领袖毛主席，
　　　　永远革命不迷航。
　　　　原指望川北相会励壮志，
　　　　谁知你壮志未酬身先亡。
　　　　如今一别成永诀，
　　　　句句赠语成遗言。
　　　　哎松涛呀！
　　　　城楼上你凛然正气颜不变，

古城下我挥泪吊君君无言。

[风声、锣声，江姐警觉。

江雪琴　江雪琴，我怎么了，这是什么地方，什么时候？（一种自责的情绪突然涌上悲痛的心头。接唱）

怒火烧干眼中泪，

革命到底志如钢。

血债要用血来偿，

革命的重担我承担！

[华为上。

华　为　姐姐！

江雪琴　（惊觉）啊！（坚定地）走吧！

华　为　姐姐，你在哭了！（回首城楼）我上前去看看。

江雪琴　别再看了，我，我已经看清楚了！

华　为　烈士！（哭）

江雪琴　为弟，别难过，毛主席教导我们："揩干净身上的血迹，掩埋好同志的尸首，继续战斗。"走吧！

华　为　城门关了。

江雪琴　转至白塔镇。

[幕闭。

第三场

[距离上场两三天后的一个晚上。

[东海寺后院，群山环抱，苍松参天，近处竹林成片。舞台摆设桌椅。

[幕启：双枪老太婆在低沉愤慨的音乐声中健步上。

老太婆　（念）　枪伤有药治创痛，

慰藉无言对雪琴！

[小云上。

小　云　司令员，饭菜已准备好了，彭政委留给江姐的遗物，也拿来了。

老太婆　好吧！拿到里面去。转来，江姐来时，不能乱说。

小　云　知道了。（下）

[二支队队长李刚及游击队员冲上。

李　刚　（唱）　钢刀能断不能弯，

血债要用血来还！

李　刚
队　员　（唱）　为报深仇请战令，

哪怕血染华蓥山！

李　刚　司令员！

队　员　司令员！

李　刚　司令员，彭政委牺牲，同志们心都炸啦！大家都要下山报仇，我再也劝不住啦！

老太婆　因此你就带领他们前来……

李　刚　请求你下战令！

队　员　请司令员下战令！

老太婆　同志们！

（唱）　滔滔血海卷巨澜，

怒火燃烧在胸膛！

面对古城斑斑血，

哪一个不想报仇冤？！

李　刚　好，走。（率众欲下）

老太婆　站住！李刚呀！

（唱）　暴躁莽撞有何用？

李　刚　（唱）　仇不报来心不甘！

老太婆　（唱）　猛虎无谋入陷阱，

队　员　（唱）　纵死沙场也情愿！

老太婆　同志们，我问你们，要是彭政委在，他会同意我们这样去硬拼硬闯吗？

李　刚　彭政委他……

老太婆　他会同意我们这样轻举妄动吗？

李　刚　他，他……牺牲了呀！

老太婆　不！他永远活在我们心上。同志们，我们不能因复仇心切而轻举妄动，我们要看到整个战局，我们不光要看到华蓥山，还要看到全国的形势呀！

［小云上。

小　云　司令员，重庆的人来啦！

老太婆　来啦！

李　刚　谁？

小　云　江姐！

李　刚
队　员　江姐！

老太婆　同志们，江姐千里风尘，一路辛苦，来到这里，我们应很好地体谅她的心情。关于彭政委牺牲的事……你们先回去，回去。

队　员　是。（下）

老太婆　老李，你留下。

［李刚止步。

［华为引江姐上。

华　为　妈妈，你看我把谁带来了？

老太婆　江姐！（爱抚）

［江姐知道眼前的人，正是日夕思念的老英雄，迅步上前。

江雪琴　司令员！

老太婆　早就听说你要来了，早上盼，晚上盼，天天盼，这回总算是把你盼来了，孩子没带来吗？

江雪琴　不方便，没带来，寄在李大姐家。

李　刚　江姐，请坐吧。

老太婆　（介绍）他叫李刚，是我们纵队二支队队长。

江雪琴 李同志。

老太婆 孩子，让我好好看看你一下。华为在路上没有把你照顾好吧？

华　为 没有照顾好，我怎样来向你司令员妈妈交令？！

老太婆 司令员妈妈，嘿！江姐坐吧。

江雪琴 谢谢司令员。

老太婆 不，人家叫我老太婆。（一笑）

江雪琴 让我和华为一样，叫你做妈妈。

老太婆 好，那就千万不要叫司令员妈妈！坐下吧。小云，茶来。

［小云拿茶壶上。

小　云 江姐！（忍不住流泪，急转身）

老太婆 她名小云，人倒聪明勇敢，就是太孩子气，有时笑，有时哭，弄得我也没办法。（对小云）去，快到里面洗洗脸，才可以招待客人。江姐，请！

［小云下。

华　为 妈妈，彭政委在哪里？李大叔，你带我去找彭政委。

老太婆

江雪琴 （同时）华为……

李　刚

［华为被三人这猛然一叱，不禁愕然，呆望着李刚。

李　刚 （像挨了一拳，猛回过头去）彭政委他……

老太婆 （紧接）他！（对江姐）哎呀，江姐，你来得不凑巧。老彭呀，昨天刚好出去检查工作，过几天才能回来。

华　为 嗯，真不凑巧。

江雪琴 妈妈，（递过雨伞）地图和文件都藏在伞柄中。

老太婆 （接过一看，揣在怀里）这太好了，我们正为集中营里革命同志的生命而担忧。

江雪琴 我把情况汇报一下。

老太婆 别忙，先吃饭，歇息一下，然后才详谈。老李，你带华为下去，先安顿安顿，叫小云把饭菜端上来。

李　刚　好，华为，走吧！

华　为　是呀，这时是吃饭第一，我去帮忙。（下）

［华为与小云端出饭菜，看得出这是早就预备好了的。

［老太婆为江姐装饭，夹红烧肉给江姐。

老太婆　这是四川名菜“回锅肉”，城里恐怕吃不到这些。

江雪琴　谢谢妈妈！

华　为　芋头！姐姐，这是你喜欢吃的芋头。（复下）

老太婆　喜欢就多吃几口，这芋头还是老彭在山上自己种的，江姐，吃吧！

江雪琴　（听到又一次提起老彭，痛苦地放下碗箸）

（唱）　一次次提起他名字，
教我雪琴五内崩裂。
古城腥风起，
愁云压天低。
妈妈她，
却为何不把凶耗提？
莫非是，
云山雾重锁噩讯，
咫尺天涯事未知？

老太婆　哎咋！

（唱）　她为何举止跷蹊，
顿教我心中惊疑！
莫非松涛之事有传闻，
她初来乍到怎能知？

江雪琴　（唱）　我这里，
细端详，
老英雄，
眉宇间有隐忧，
莫非是强将不幸藏心底？

怕我难经六月雪，
豪情壮语掩深悲。

老太婆 （唱） 热肠强吞千滴泪，
儿心莫添一点悲！
我只得勉作欢颜忙托词。
（白）华为，摆酒！

华 为 是。（拿酒上）妈妈，酒到。

老太婆 江姐，我代表华蓥山区军民，也代表老彭，敬你一杯酒。
（唱） 这杯酒，敬意深，
我为松涛接亲人。
莫道远征人不在，
此地长留一片心！
（白）江姐，你就干了吧！

江雪琴 （唱） 双手接得深情意，
酒未沾唇泪沾襟！
我本该饮这深情酒，
怎奈举杯难下咽。
若是不饮这杯酒，
又怕伤了老慈亲。
深情厚谊难推却，
强笑举杯和泪饮。
（白）妈妈，我已干了！

老太婆 （发觉江姐神色有异）江姐，你怎样了？

江雪琴 我有点不适。

老太婆 华为，你们在路上看见了些什么？

华 为 姐姐她……

老太婆 她怎样？

华 为 她和我心里都很难受，我们经过古城……看见城门上木笼，盛着烈士的头颅。

老太婆　啊！烈士的名字？

华　为　姐姐她都记下了。

［老太婆脸色一变，直视江姐。

老太婆　江姐……

江雪琴　妈妈，我全都知道了。

老太婆　江姐！

江雪琴　妈妈！

老太婆　（一连串泪水在年迈人痛楚的脸上涌流着，紧抱江姐）孩子，我怕你难受，怕你痛苦，因此不得不瞒着你，请原谅我老年人的一片心吧！

［小云啜泣不成声。

华　为　姐姐，一路上我不知道，我……（哭着冲出门去）

老太婆　我懂得你的心……，别憋在心内，在亲人面前，就放声痛哭吧！战士的眼泪，不是懦弱的表现，它代表坚贞的心，向革命宣誓。孩子，你就痛快地哭吧！

江雪琴　妈妈，我知道同志们怕我难受，我知道你……

老太婆　孩子！

（念）　我和你，
发不同青恨同深，
我们有相同的不幸。
十五年前，
华为他爹身罹难，
丢下华为仅三龄。
过了刀山又蹈火海，
枪林闯阵我护乳婴。
国民党悬红缉拿我母子两条命。
岂知我，
孤儿寡妇同样闹革命！

（唱）　一心一德跟党走，

历尽崎岖路万程。

白发添霜心犹壮，

烽火连天我手执长缨！

江姐呀！

（念） 山上苍松岁岁绿，

饱经风霜见忠贞。

为真理，

杀头好比风吹帽，

革命哪能不牺牲！

当前敌人垂死犹挣扎，

但乌云遮不住天上月，

狂风哪能吹下满天星！

（唱） 哭罢松涛抬头望，

雄师已薄渝州城！

江雪琴 （唱） 妈妈她，

她壮怀激烈，

万丈豪情。

我雪琴，

怎可英雄面前暗悲声？！

妈妈呀，

雪琴记住你教诲，

心埋仇恨千万重。

对革命，

我赴汤蹈火无难色，

对松涛，

我永记遗志上征程！

［李刚、华为及众游击队员上。

老太婆 老李，把彭政委的遗物拿来。

李　刚　是。（下）

老太婆　那天，双河场开群众大会，老彭临时决定去参加，还没进场口，就发现会场被匪军围了。为了拯救群众，老彭即时开枪鸣警，掩护群众撤退……就这样，为了数千群众的生命，老彭他……

李　刚　（拿遗物上）司令员……

老太婆　（接过）这是老彭的遗物，红旗染上了他的鲜血，这个炮弹壳做的长生锁，是做给孩子戴的。（递给江姐）

江雪琴　（唱）　我虔诚接过烈士遗物，

烈士的精神万古常青！

（白）松涛呀！

（唱）　你为革命献出崇高的生命，

你为后代留下了血红旗旌。

英风长存旗永在，

流水不断山常青。

为求红旗插遍全中国，

万里长征不计程！

（白）老彭呀，

（唱）　且待雄师渡江日，

纷纷捷报慰英灵！

（白）妈妈，把我派到松涛工作过的地方去吧！

老太婆　孩子，前仆后继，应该这样！

[幕闭。

第四场

[距离上场三个多月。

[某县城外的地下联络站。

[幕启：李大爷焦急地盼待着。

李大爷 （唱） 群众情绪如火旺，
抗粮抗丁搞武装。
今天袭击警察局，
我这里静待江姐归回还。

[小云手提花篮匆匆入门，几个游击队员背着枪支弹药随后跟进。

小　云 李大爷。

李大爷 哎呀，是小云。

众队员 李大爷，李大爷。

李大爷 哎，情况怎样？

小　云 今日呀，缴了几十条枪，还抓到一名伪巡官，已由李队长押送司令部。

队员甲 可惜那个伪局长给跑了。

李大爷 哎，今天先给他挂个户头，以后才来大交易。

小　云 今日呀，还是江姐指挥得好，一枪不响，就把警察局砸碎了！

李大爷 是呀，那一回谢家湾抗粮抗丁，上个月大闹余家场，劫走壮丁，都是江姐亲自出马。现在呀，敌人一听到一支队江队长的名字，头就痛啦，到处悬红捉拿。

小　云 捉拿？他们连江队长是什么模样还不知道，有的说，江队长就是老太婆，老太婆就是江队长，反正都是能文能武，惯使双枪。

众　人 哈哈哈！

[江姐穿花布上衣蓝布裤上。

江雪琴 李大爷。

众　人 江姐！

江雪琴 同志们，俺今日的行动，惊动了城内的敌人，为防万一，这个联络站暂时撤销。

小　云 是。

队　员

江雪琴 小云，你和大家先走一步，我随后就到。

小　云　是。

[小云等下。

李大爷　江姐，今天不是几个联络点的同志，要到这里来向你汇报工作吗？

江雪琴　李大爷，你立即通知大家不要来了，以后碰头地点，另候通知。

李大爷　是。（要下）

江雪琴　华为回来了吗？我叫他到一号联络站去接孙明霞。

李大爷　还没有。

江雪琴　大爷，你顺便打探一点消息，回来时注意窗口的信号。（指窗口红辣椒）

李大爷　是。（下）

[江姐迅速进入室内。

[华为扮卖菜者，肩挑菜筐上。

华　为　（内声）卖菜呀！（上）

（念）　步匆匆，心急忙，

肩挑菜担闯敌关。

重重险阻巧度过，

会得江姐把情报传！

卖菜呀！（见红辣椒）警号还摆在这里。（进门）李大爷，给你送青菜来了。李大爷……人呢？

[江姐已换上蓝布长衣衫从内上。

华　为　江姐。

江雪琴　华为，你回来了。为什么这时才来？电台运到了吗？

华　为　没有，重庆出了问题，说是有叛徒出卖同志，孙明霞和李大姐等都被捕了。

江雪琴　孙明霞被捕？

华　为　情况紧急，一号联络站还报告说这里已发现便衣特务，正在加紧活动。

江雪琴　这一定和重庆出事有关。华为，我到里面把东西收拾一下，马上转移。

华　为　姐姐，我去。

江雪琴　（一想）好。（从墙上取出文件）华为，这包绝密文件，带在身上。（把红旗装在包袱里）注意撤退地方。

华　为　我知。（转身趋下）

［江姐收拾停妥，正想跨出门去，突然一个熟悉的声音在耳边响起。

［甫志高上。

甫志高　江姐！（把江姐拦住，跨进门来）

江雪琴　（一怔，退几步）哦，志高，你为什么到这里来？

甫志高　重庆派我护送电台来，请你马上去卸货。

江雪琴　那不是叫孙明霞押送吗？

甫志高　孙明霞病了，市委派我亲自送来。

江雪琴　孙明霞病了？

甫志高　是，她已进医院了，还没脱离危险期。

江雪琴　市委有信给我吗？

甫志高　怕路上不安全，不便写信，叫我口头汇报。江姐，现在就请你去检查一下，同来的人已等得心焦。

江雪琴　那你怎么知道我住在这里？

甫志高　当然是组织告诉我的。

江雪琴　（自语）地下组织并不知道这个新的联络点呀！

甫志高　江姐，听说老太婆也经常来这里，我多么想见见这位众所敬仰的革命母亲、老英雄、老前辈，她今天来不来？

江雪琴　这个我也不清楚。你想见，不久便可以见到她。

甫志高　是，是。江姐，现在就请你去检查。

江雪琴　（旁唱）　他说话为何吞吞吐吐？

他模样为何慌慌张张？

明霞分明已被捕，

却为何说她病危未脱险？

运送电台事重大，

组织岂无只字片章？

他为何声声欲我去检查？

看来有许多可疑迹象……

我这里须镇静，

细把真伪辨。

甫志高 江姐，快点去呀！

江雪琴 好吧，我先写一张介绍信给你。（走到窗边，拿出纸笔写信，有意地把窗上红辣椒推下）这是张介绍信，你可带上山去找老太婆，马上派人来交电台。

甫志高 不，不，山路我不熟。再说，我是外地人，容易被人注意。

[华为闻声上。

华　为 姐姐。（见甫志高）啊，老甫！

甫志高 哎呀呀，华为，你也在这里，那太凑巧了！

江雪琴 是，太凑巧了。等一下我和华为一道去吧。

华　为 去哪里？

甫志高 华为，我护送电台来了。

华　为 电台，那重庆……

江雪琴 是。甫志高亲自送电台来。你快到厨下，弄点饭菜来，吃完了和他一同去取电台。

甫志高 （急阻）不，江姐，我不饿，工作要紧。

江雪琴 哪能不饿，你平日是最经不起饿的。（对华为，指窗）还不快去，你看日头下山了。

华　为 （已领会意思）姐姐，你去煮饭，我陪老甫。

江雪琴 哎，还是你去，我还要和他谈谈重庆的工作呢。下去！（低声）你身上……（强推华为下）越快越好！

甫志高 华为，我去帮忙。

江雪琴 （强拉他坐下）不用，坐下。重庆最近情况如何？有没有人被捕？

甫志高 没，没有，没有。你从哪里听到这个奇怪的消息？重庆各方面的工作变化很大，群众运动热火朝天！

江雪琴 啊，那你这次到了川北，有何感想？

甫志高 感想？对我这感情丰富的人来说，那是太多了！

（唱）　　川北处处热腾腾，

烧桥炸碉堡，

抗粮又抗丁。

我甫志高这一番经历，

才算是真正革命。

[江姐假装拿出镜子梳头。

江雪琴 （旁唱） 是真革命还是假革命？

我这里面对镜子细心看分明。（发现门外朱介和特务）

哎咋！

（唱） 门外果然有尾巴，

人影走动面目狰狞。

甫志高 （旁唱） 她对镜梳妆是何意？

我小心应付不露破绽。

江雪琴 （旁唱） 心头千丈火，

胸中恨万重！

甫志高 （唱） 领赏一千万，

平步可高升。

江雪琴 （唱） 个人安危何足惧，

看你狐狸现原形！

甫志高 （唱） 套住她步步紧迫问军情。

江雪琴 （唱） 拖住他好让华为离险境。

甫志高 （白）江姐呀！

（唱） 你是我的好领导，

我是你的战友和学生。

江雪琴 战友，学生？

甫志高 是呀，江姐……

江雪琴 老实说，你到底来干什么？

甫志高 运送电台前来，为革命稍尽微力。

江雪琴 和谁同来？

甫志高　仅我一人。

江雪琴　那门外的是何人？

甫志高　不，不知道。

江雪琴　不知道！这个连重庆地下党都不知的地方，你却知道！

甫志高　江姐，你怎可怀疑起一个忠诚为党工作的同志来呢？

江雪琴　你这——无耻的特务、叛徒！

（唱）　你这毒蛇，

你这畜生！

甫志高　你……（陡然变色）来人！

[门外朱介和几个便衣特务闯进。

朱　介　检查！

甫志高　（叱特务）快到里面抓华为！

[特务进入室内。

甫志高　（拔出手枪，对江姐，掀开自己的衣襟）看！今天我已是中校专员了，哈……

特　务　（上）里面抓不到人，看来是已经逃走了。

甫志高　逃走了？漏网了！

江雪琴　哈哈！

甫志高　哼！算你聪明，可你自己却逃不了！

江雪琴　（怒不可遏）呸！

（唱）　你灵魂卑鄙，

你面目狰狞！

屠刀之下甘屈膝，

出卖同志求高升！

我江雪琴，

何妨头颅轻掷，

照顾你这奴才命运，

成就你的锦绣前程。

今日让你三声笑，

看明朝人民面前宣判你死刑！

甫志高 住口，举起手来！

江雪琴 叫我举手，开枪吧，叛徒！（逼上前去，甫志高仓皇后退，“叭叭叭”三声清脆耳光，甫志高摔了一跤）

朱　介 带走！（掀起门帘）

[特务举枪狂吼。

特　务 走！走！

[江姐安详地坐下，对着镜子，理理头发，然后慢慢站起，披上围巾，拿起包袱。

[一抹夕阳，照在她凛然的脸上。

[幕闭。

第五场

[距上场十几天后，雨后初晴的下午。

[从余家场进城必经的龙须店，离城仅十里，傍嘉陵江边。这里也是华蓥山通往重庆的要道。公路从这里经过，一座大石桥，连通着公路。桥边一间小茶店，不远处是个哨卡。

[幕启：两个乡丁毫无表情地在放哨，检查过往行人。

老太婆 （内唱）　心似江潮千万重！

[华为、李刚打着雨伞上。

华　为
李　刚 禀老太太，前面是龙须店，有哨卡。

老太婆 （内声）住轿！

[老太婆扮有钱太太上，小云扮婢女跟着，游击队员各具装束，簇拥着老太婆上。

老太婆 （接唱）　眼前是，

雨过天晴，
四野宁静。
为江姐，
身陷牢狱，
心难安宁！
多日来，
几番劫救未得手，
敌人狡黠，
囚车樊笼屡变更。
昨晚获情报，
我乔装急骑奔征程。
心焦急，
虑重重，
枪林弹雨我不怕，
怕得是白匪再把毒计生。
雪琴如有三长共二短，
我如何对得起党，
对得起烈士英灵！

乡丁甲、乙　喂，喂！从哪里来？

小　云　余家场。

乡丁乙　到哪里去？

小　云　一条大路，不进城要到哪里？

乡丁甲　别啰唆，检查检查！

老太婆　（满不在乎地迎上前去）要检查，好吧，行李都在轿上，请便。（把手一挥，露出手上金饰）

乡丁乙　（见老太婆满身华丽，忙赔笑脸）嘻嘻，老太太，这是公事公办，勿生气。嘻嘻，天气热啦，歇息一下，歇息一下。

乡丁甲 （也威风顿敛）嘻嘻，这里有茶店，喝杯茶再赶路。

老太婆 （对华为、李刚等示意）走了半日，大家也累了，喝些茶水，顺便歇歇脚。

小 云 是。

[一行走近茶店，乡丁甲、乙走在前头。

福 嫂 （出来招呼）老太太，这边坐。老太太，用什么点心？

小 云 泡碗茶来。

乡丁乙 给老太太多添一盘烧饼，二碟膀糟糕，三碗绿豆沙，四味白锦汤。

乡丁甲 阮陪老太太喝茶，老太太好客，真是盛情难却，盛情难却。

福 嫂 （不服气地）哼！“厕缸人影”——臭像。

老太婆 阿嫂，就多添些点心来，我请客。

福 嫂 是。（拿出茶点，摆好）

[乡丁甲、乙自顾吃喝。

老太婆 阿嫂，为何县城边也这样紧张？

福 嫂 哎呀！老太太，你还不知，听说共产党欲来攻城，当官的，个个惊到屎流尿滴，叫这班阎王簿上无名的在这里“堵水”。

乡丁乙 乱讲！

老太婆 果有此事？

福 嫂 完全无假。

乡丁乙 老太太，你从余家场来，那里可有共产党？

小 云 若无共产党，我们怎会来到这里？

老太婆 是哩，县里又不派兵去，所以我们就来了。

福 嫂 唉！老太太，这里还出赏格，说是要缉拿一个红军头目叫双枪老太婆的，悬红一万大洋。

乡丁乙 通缉个屁，人家是纵队司令，一下山起码是百条“连珠”和四只“老鸡母”（机枪）保驾。

乡丁甲 这也难说，几个月前，一个共产党政委，不是给县警察局配合清剿指挥部抓到吗？后来押到古城枭首示众。

福 嫂 哼！你呀，罪过，罪过！

乡丁甲 什么罪过，冤有头，债有主，吆进吆退都是王屎桶，与我们无干。

小 云 （问乡丁乙）是哪个王屎桶？

乡丁乙 就是警察局王局长，官名王西统，外号给人叫作王屎桶。

老太婆 啊，原来是这个畜生，前年他抓丁派粮，还给我骂过哩。

乡丁甲 该骂，该骂，十几天前，共产党和游击队把警察局给端了，幸他躲在厕缸里，才侥幸逃命。

乡丁乙 为了将功补过，这几天他四处抓丁派粮，弄得鸡飞狗跳，四乡不宁。

福 嫂 说曹操，曹操就到。王局长来了。（指前面）

老太婆 哦！（对乡丁甲、乙）叫那畜生过来。

乡丁甲、乙 哎呀！原来却是局长的老太太。

［这时，福嫂为老太婆泡茶，伪警察局长神气十足地上，后跟着几名伪警兵。

乡丁甲、乙 立正！（乱七八糟地行礼）

王西统 不在岗哨，来这里干什么？

乡丁甲、乙 （惊慌失措，脱口而出）报告局长，您家老太太在里面喝茶等你。

王西统 混蛋！我妈早就死了。还不快去，跑了共产党，提头来见！

乡丁甲、乙 是，局长，提头来见！

福 嫂 局长，喝杯茶吧！（摆座）

［王西统大模大样坐下。华为悄悄靠近他身旁，李刚等也监视几名警察。

王西统 （大发脾气）你是谁？别靠太近。

老太婆 是家里佣人，不懂规矩。

王西统 （这时才发现对座的老太婆）啊，啊，（对福嫂）这位是……

小 云 （抢说）是我家老太太。

福 嫂 这位老太太是从余家场来的，要进城去。

王西统 啊，从余家场来的？

老太婆 是呀，想进城看看女儿，没想到这里也很紧张，到处要检查。

王西统 这是上头命令，不过以老太太身份，是用不着怕的。

老太婆 局长未免太放心了。

王西统 哪里，哪里！富户人家和党国是一条心，老太太府上贵姓？

老太婆 夫家姓洪。

王西统 洪，啊，盛族，盛族。老太太，现在是兵荒马乱，百姓造反之秋，出门须当小心。

老太婆 谢谢关心。只是局长日夜对付老百姓，真太辛苦了。

王西统 过奖，过奖。

福　嫂 嗯！局长不单对付老百姓，还在追缉双枪老太婆，烦恼得不长肉，不肖人形呀！

王西统 效忠党国，军人天职。

老太婆 啊，原来局长为着那老太婆，以致终日担惊受怕，哎呀，真是此人不除，后患无穷！

王西统 老太太。

（唱）　别人志气不可长，

自己威风不可无。

共产党，

虽然一时得势，

怎能胜过国军飞机大炮美式装备好！

何况盟国多帮助，

美国顾问计谋多。

双枪太婆虽厉害，

算来不外是个妇道人家老太婆。

今日四处悬红严缉拿，

她若是识时务，

看风势，

（就该）顺水行舟急转舵！

老太婆　局长，你说她“顺水行舟急转舵”，我就怕她愈闹愈啰唆，害得你愈活愈烦恼。

王西统　老太太，你只知其一，不知其二。

老太婆　此是何说？

王西统　（唱）　三年前，

双枪老太婆，

她越狱在逃，

从古城，

潜逃到这里，

是我派兵将，

捉拿下囚牢。

她原是我手下一败将，

你何必杯弓蛇影顾虑多！

小　云　哼！不怕开嘴咬着舌，双枪老太婆被你拿住，为何还要四处悬红捉拿？

王西统　（唱）　话未吔清楚，

你你你，你就来啰唆！

那次本欲将她拿，

莫奈夜深雨急难捉摸。

算来是她运气好，

神通广大又潜逃。

如今悬红银一万，

包管她，

走投无路落网啰。

老太婆　局长，你看我值不值那么多银圆？

王西统　哈哈！老太太惯会说笑话。

老太婆　这也不算笑话，单凭这一手，（伸出戒指金镯）就不止一万！

王西统　啊啊，这，这一手……

老太婆　是呀，你我两家有了多年交情，我可助一臂之力，包管局长马上高升。

王西统 多年交情……怎么一时就记不起来？

老太婆 局长真是贵人多忘，三年前，风雨之夜，你不是派人护送我几十里路吗？

王西统 （如梦初醒）啊，你，你……老……

老太婆 老什么？你们这班满身血腥的刽子手，已到结束的时候了！（抖开绸衣，露出双枪）

王西统 （跪下）老……老英雄饶命！

老太婆 （指挥众人）把他留下，其余带走！

众　人 是。（押几名伪警下）

老太婆 （对王西统）你来干什么？

王西统 报告你老……老人家，重庆二处来人，抓住一名女共产党。

老太婆 什么名字？

王西统 呃，呃，呃，叫江雪琴。

老太婆 今在何处？

王西统 今天专车押送重庆，要从这里经过。

老太婆 岂是实情？

王西统 实情，实情。这是徐处长亲自指挥，我只是奉命到此巡查护路。

老太婆 （自语）江姐，今日算是能见到你了！

［一个狙击队员匆匆上。

队　员 报告，一辆汽车，已接近桥头。

［这时华为也伪装警察上。

老太婆 （指王西统）好，汽车来时，叫它停车。

王西统 我求活命！

老太婆 （对众）按计划散开！

［华为带王西统上前，汽车声由远而近。

华　为 （催王西统）汽车来了，快说！

王西统 （大声）停……停车检查！

［汽车被迫刹住，马达还在轰鸣。

甫志高 （内声）长官公署的军车，谁敢检查？！

王西统 这……这……（回顾华为）

华　为 （代答）管你娘的什么军车，不受检查，就要开枪！（朝天开了一枪）

[甫志高气势汹汹地上。

甫志高 混蛋！你们是瞎了眼睛！不知道我是中校专员……

华　为 （看清楚）军统特务甫志高！

甫志高 （大惊）你……？！

华　为 （把伪装一掀）我就是我，认出来了吧？中校专员。

老太婆 甫志高！

甫志高 老……老英雄……

一队员 （冲上）报告，车上仅一司机，江姐不见！

老太婆 怎么？江姐不见……甫志高，江姐呢？

甫志高 她，她……

老太婆 讲！

甫志高 昨天深夜，徐鹏飞突然改变计划，来电通知，把江姐用船秘密……押送重庆……

老太婆 什么？！押送重庆！（怒不可遏）叛徒！

（唱）　你出卖组织害江姐，

　　　　千条狗命偿不清！

（白）今日我以革命的名义——

（唱）　将你这叛徒宣判死刑！

[此时王西统乘人不备，逃下。

[甫志高推开队员，逃下。

小　云 甫志高跑了……

老太婆 跑不了！（掣出双枪，连发二响）

众　人 倒下江去了！

老太婆 （一字万钧）沿——嘉——陵——江，追救江——姐！

众　人 追！（各举枪作势奔下）

[幕闭。

第六场

［距离上场一个多月后。

［重庆中美合作所渣滓洞集中营刑审室。

［幕启：朱介陪徐鹏飞上。

朱　介　处座……

徐鹏飞　朱介，江雪琴押来重庆已一个多月，为何至今一无所得？堂堂中美合作所，难道对付不了一个女共产党？

朱　介　处座，看来又是遇上一个劲敌。

徐鹏飞　自从江雪琴押来重庆，连续审讯，不仅毫无所得，相反，狱里却越闹越凶。保密局已多次来电，在江雪琴口里若再搞不出共产党地下活动情况，恐怕在美国顾问面前便难以交代了。

朱　介　属下当尽力而为，今晚不说，便搬出美国最新的……

徐鹏飞　老用这一套，对付江雪琴，恐难奏效。

朱　介　是，是，今晚有处座亲自出马，保管……

徐鹏飞　书云“攻心为上，攻城次之”！

朱　介　处座高明！

徐鹏飞　开始吧。（闪进屏风后面）

朱　介　（向特务）带江雪琴！

特　务　喳！带江雪琴！

［内镣铐之声。

江雪琴　（内唱）　身陷牢狱恨不休，（上）

（唱）　无限血债无限仇。

个人生死何足论，

万钧压顶不低头。

朱　介　江雪琴，你想得怎样了？

［江雪琴不理。

朱 介 你须知，到了这里，就是铁打罗汉，钢铸金刚，天上神仙，地狱小鬼，也要剥皮抽筋！

江雪琴 何必虚张声势。

朱 介 你知道你现在是在什么地方？

江雪琴 无论什么地方，我的回答都一样。

朱 介 你可知道你面前站的是什么人？

江雪琴 知道，完全知道，我面前站的是死心塌地、反动透顶、血债累累、罪恶滔天、阴谋毒辣的阶级敌人！

朱 介 住口、住口！今日我定要你将全部秘密说出，不然…… 来人！

特 务 喳！

江雪琴 （鄙视地念）

疾风知劲草，
松柏傲霜寒。
革命不怕死，
敢在火里炼金刚！

开始吧！（江姐走向火牢）

朱 介 慢！江雪琴，你难道真的不怕美国刑法四十八套？

江雪琴 嘿嘿，八十四套也无损共产党员一根毫毛！

朱 介 （咆哮如雷）马上行刑！

特 务 喳！

徐鹏飞 （从屏风后闪出）哈哈哈！江书记胆识过人，真是令人佩服。来来来，我们来认识认识。

江雪琴 （鄙视地）早就认识了。

徐鹏飞 未必吧，我们还算第一次见面，江书记怎能认识我徐鹏飞？

江雪琴 在战犯的名单上，在屠杀人民的血账上，早已把你记住了。（坐下）

徐鹏飞 哦，这……（无可奈何）请坐，请坐。江书记，你不说我们也知道你过去的历史。（掏出一张放大相片）看，六年前，你到曾家岩五十号周公馆，我们也为你留下一张照片。

江雪琴 照的是侧面的吧？

徐鹏飞 （一惊）你怎么知道？

江雪琴 怎么不知道！那时在周公馆对面二楼，你们专设监视，企图谋杀周副主席和共产党人的特务，在收发室对面，偷拍一张照片，也不足为奇。

徐鹏飞 现在我们更知道你的活动情况，你们的甫志高“同志”，已供给了你的全部材料。江书记，你为何还这样顽固呢？

江雪琴 既有全部材料，那又何必对我有这样特殊的兴趣？

徐鹏飞 对，对，我们对江书记，还想多费点精神。

江雪琴 遗憾得很，可惜我江雪琴只能给你平添无穷的烦恼。

徐鹏飞 江书记，你要冷静，冷静点，根据你们的规定，从你被捕那天起，已经脱党了，为何言辞还要如此激烈呢？

江雪琴 不，真正的共产党人永远和党在一起！

徐鹏飞 不管如何，你我关系，已经不是两党之间的关系，而是你个人和政府之间的关系。

江雪琴 不！我，是革命者，你，是反革命。我们之间，是革命与反革命的关系，是你死我活的阶级斗争关系！

徐鹏飞 开口阶级斗争，闭口阶级斗争，你们那一套阶级斗争学说早已过时了，马克思死了多少年，列宁死了多少年？！

江雪琴 斯大林还活着，毛主席正在领导中国革命走向胜利。听到他们的名字你们就会浑身发抖，胆战心惊！无产阶级的革命学说与天地共存，万古长青！毛主席领导下的中国人民，必然消灭一切反动派，包括你们这群特务。

朱　介 你说什么？

江雪琴 消灭一切反动派，包括你们这群美帝国主义豢养的走狗！

朱　介 你——

徐鹏飞 （阻止）哎，江书记，兵戈相见，大可不必，大可不必。你还是细思为人之道吧！

（唱）　蝼蚁尚知贪生求存，

人生在世有多少青春？

谁不愿终生享富贵，

谁愿做枉死城里一孤魂？！

你遭不幸失丈夫，

身世飘零如浮云。

如今纵不为自己多打算，

也该念遗下孤儿怎生存？

若能把秘密早交出，

岂不是母子团圆，

前程似锦直上青云。

江雪琴 呸！徐鹏飞！

（唱） 你比豺狼还凶狠，

你比笨猪还愚蠢。

你怎能理解共产党人纯洁的灵魂？！

我丈夫为革命洒热血，

换来人间万家春。

江雪琴继遗志学先烈，

丹心一片教儿孙。

任凭你搬弄花招千百套，

（白）想叫我说一字——

（唱） 除非是你梦中发昏。

徐鹏飞 （暴跳） 你真个是不到黄河心不死！

江雪琴 刀落头断志不移！

徐鹏飞 嘿嘿，江雪琴，你岂知今日是落在我徐鹏飞手里？

江雪琴 那你又是落在谁的手里？

徐鹏飞 我……

江雪琴 对，你们早已落在人民包围之中。

徐鹏飞 胡说！

江雪琴 （念） 你们屠杀人民千千万，

你们挑起内战肆疯狂！

你们独裁专制逞凶暴，
你们投靠美帝出卖祖国大好河山！
（唱） 如今是毛主席已发出向全国进军令，
百万雄师过大江！
熊熊烈火四方起，
人民布下了天罗地网。
你们的王朝末日已来到，
落日残照泣西风。
（白）你们逃不脱毁灭的命运，
（唱） 你们逃不了历史的审判！

徐鹏飞 住口！住口！行刑室马上准备！

内　声 喳！

徐鹏飞 江雪琴，不给你点厉害，你不知我徐鹏飞手段如何！（按电钮）

［行刑室铁门洞开，炉火熊熊，刑具高悬，特务狰狞，传来行刑之声。

徐鹏飞 看，人的生命只有一次，再给你三分钟时间，好好考虑！（挥手与朱介退下）

江雪琴 （唱） 这威迫利诱、硬攻软套，
怎能动摇我对党一片忠贞。
陷刀丛挺身迎风暴，
党教导句句记得清。
为了共产主义的理想，
多少人慷慨高歌就义，
多少人甘对冷月伴铁窗；
多少人饱经折磨受拷刑，
多少人愿洒碧血染旗旌！
渣滓洞里埋下了多少深仇大恨，
无数先烈血写遗书笔迹纵横。
先烈们留下了英勇榜样，
革命史一页页用血写成。

江雪琴出身贫苦，
是党哺育我长成。
我本是涓涓一滴水，
汇流大海便能汹涌奔腾。
一生革命，
革命程途是党指引，
回首往事涌豪情！
听大江南北进军号角声声响，
看风雨黎明红光万道照山城。
好教我江雪琴，
满怀热血荡激情！

[徐鹏飞与朱介上。

徐鹏飞 还有一分钟！

江雪琴 太浪费了！

徐鹏飞 好，来人！

[行刑室门大开，刽子手上。

徐鹏飞 用竹签，把这十指给我钉，钉，钉！

[江姐挺立，徐步走进行刑室。一道红光照在她身上。猛然回身，徐鹏飞颓然倒于椅上。

[幕闭。

第七场

[一九四九年十一月（重庆解放前夕）。

[渣滓洞集中营女牢。

[幕启：江姐刚受刑回来，昏迷不醒，李青竹抱着江姐，孙明霞拿着铁罐倒水给江姐喝，花母手中抱着婴儿坐在墙角。第一场被特务误抓的刘大嫂，帮助

明霞叫唤。

[梆子声响，敌人凶残地进行大屠杀，几个男女共产党员被提出，脚镣声叮当地响着，女牢里的同志都涌向牢门。

难　友　同志们，永别了！

特　务　走！

难　友　中国共产党万岁！

[枪声。

男女声　（合唱）　壮烈呼声震夜空，
愤慨切齿众心同。
英雄为党洒碧血，
从容就义气如虹！

[一阵枪声，众肃立。

内　声　提204号！

[猩猩、狗熊开铁门进。

猩　猩　（对花母）走！

[小儿哭，花母走向江姐，见江姐昏迷，转向李青竹。

花　母　大姐，我先走一步，孩子就交给你们，江姐醒来，代我向她问好……（吻孩子）这孩子是生是死，就请江姐替她起个名字吧！

李青竹　好同志，我们一定代你抚养下一代。

花　母　别因她是我的孩子而溺爱她，娇惯她，革命的后代，应该粗衣淡饭，从小就过惯艰苦生活，让她在风里雨里长大，大姐，这些你都清楚的。

李青竹　放心吧，同志！

刘大嫂　同志，你叫什么名字？我们以后也可告诉孩子。

花　母　（走向牢门，回过头来，平静地）一个共产党员。

李青竹
孙明霞　一个共产党员！

[猩猩推花母下，后台响起枪声，江姐惊醒。

孙明霞　大姐，江姐醒来了！

李青竹　啊，江姐！江姐！

孙明霞　（走向牢门，向男牢）同志们，江姐醒来了！江姐，同志们都向你问好。

江雪琴　（见青竹手里婴孩，伸手欲抱，婴孩哭）孩子，孩子的母亲呢？

孙明霞　江姐，敌人进行屠杀了！

江雪琴　（紧抱孩子）孩子！（眼泪夺眶而出）

李青竹　可敬的同志，就义时仍不透露真姓名。

刘大嫂　她说是一个共产党员！

江雪琴　（念）　一个共产党员！

崇高的名字，

高贵的人，

生能舍己，

死不留名。

安息吧，同志！

抚育后代我有责，

让革命的种子快长成。

李青竹　江姐，今晚敌人已进行疯狂大屠杀了！

[外面炮声隐约。

江雪琴　啊！

（唱）　听铁窗外阵阵枪声，

见烈士血染集中营，

莫非是，

长夜将逝，

曙光在前，

我军已临渝州境？

（白）只是，十日来，外线中断……

（唱）　越狱的计划盼指示，

急水行舟失明灯。

欲待率众越牢狱，

又恐力孤难抗衡。

这千钧一发怎能救……

[炮声隐约。

孙明霞 江姐，你听这炮声，好像愈来愈近。

[看守十号（第一场的挑夫）突然上。

十　号 喂！不准谈话，睡觉，睡觉！

孙明霞 睡觉便睡觉，何必装腔作势。

[看守十号索性打开牢门。

十　号 （对孙明霞）还敢反抗！（举起手中皮鞭）你叫什么名字？

孙明霞 站不改姓，坐不改名，孙明霞。

十　号 看老子手中的皮鞭厉害不厉害！

江雪琴 （走上前挽住皮鞭）不准打人！

十　号 把污桶拿去倒了。

孙明霞 （不理睬）哼！

李青竹 明霞，我们去。

[二人抬桶下。

[十号走近江姐。

十　号 江姐！

江雪琴 你……

十　号 挑夫，家里平安。

江雪琴 现在几点了？

十　号 黎明。

江雪琴 （上前紧握他的手）同志，为什么十天来的联络中断了？

十　号 通信员已被捕，市委有紧急指示，组织今日不得不冒险调我进来。

江雪琴 啊！

十　号 （从皮鞭里拿出纸条，递给江姐）计划同意，准时行动。这是文件。

江雪琴 （看文件，面有喜色）知道了。报告上级，我们按指示执行。

十　号 敌人今晚戒备特别森严，要提高警惕。

江雪琴　知道。现在是什么时候？

十　号　零时三十分，离行动还有三个半钟头。

[孙明霞与李青竹进。

十　号　哼！不准谈话，睡觉！睡觉！（出门急下）

江雪琴　大姐，霞妹，我们与地下党已联系上了，市委已同意越狱计划，这里有文件。

李青竹　在哪里？

[江姐正想把文件拿出，突然狗熊和众特务打开牢门进来，江姐急忙把文件藏在婴儿身上。

狗　熊　给我搜查！

[特务搜过明霞与青竹，又把江姐手中的婴儿抛在地上，婴儿大哭，明霞上前抱起，特务搜江姐身上无所获。

特　务　报告，没有搜到什么。

狗　熊　滚！

[狗熊带众特务下。

李青竹　（见敌人已去）江姐，文件呢？

江雪琴　（从孩子身上取出文件）在这里。

孙明霞　姐姐快念。

江雪琴　（念）“中国人民解放军进军大西南，华蓥山纵队司令双枪老太婆已率领先遣队挺进山城，配合集中营同志越狱，明日四时听到炮响，全体按指示行动，里应外合。”

孙明霞　（兴奋若狂）好呀，解放了呀！

江雪琴　还有更重要消息。

李青竹　江姐快念！

江雪琴　（念）“一九四九年十月一日，毛泽东主席在北京天安门向全世界宣告，中华人民共和国成立了”！

孙明霞　啊，姐姐，（抱江姐又抱青竹）我们的国家成立了！

全　体　毛主席万岁！中国共产党万岁！中华人民共和国万岁！

江雪琴　（续念）“全世界人民欢欣鼓舞，新中国屹立在世界的东方！中华人民共和国国旗五星红旗飘扬在天安门上！”

众　人　五星红旗！

江雪琴　霞妹，快把消息转告特支，并通知同志们做好准备。

孙明霞　是。（走向墙角传递消息）

李青竹　江姐，孩子的母亲，叫你替孩子起个名字，在这胜利的前夕，你就命名吧！

江雪琴　好！我们就把孩子叫作“监狱之花”。

李青竹　（高举孩子）好名字，既新鲜，又有意思。

［孙明霞从墙角拿过从男牢传来的字条。

孙明霞　江姐，男牢的同志知道了消息，说叫我们绣一面红旗，迎接解放。

江雪琴　红旗！（从包袱里取出红旗）这是老彭留下的。

李青竹　好，我们立刻动手。

［孙明霞拿出针线，三人在歌声中飞针走线。

后台歌　　黑牢里阵阵歌声，
绣一面红旗迎黎明。
战友们心心连着线，
绣出了灿灿五颗金星。

江雪琴　（唱）　见红旗弹痕累累，
思潮汹涌忆重重。
为革命，
无数先烈洒热血，
染红的战旗更鲜明。
革命之花结了果，
手抚红旗情倍增！

李青竹　（唱）　一针针绣不尽对祖国的热爱，

孙明霞
刘大嫂　（唱）　一线线绣不尽对革命的忠诚。

江雪琴　（唱）　这时间，
天安门上伟大领袖挥巨手；

这时间，

天安门前万众欢呼荡回声！

巧手绣出一片爱，

众 人 （唱） 红心绣出万种情。

江雪琴 （唱） 高举红旗心头亮，

众 人 （唱） 黑牢之内放光明！

[大家沉浸在欢乐、希望的气氛之中。突然，一片竹梆声，划破沉寂的深夜。接着，一阵汽车声由远而近，猩猩、狗熊上。

猩 猩 江雪琴，收拾行李，立即转移。

李青竹 转移？什么地方？

猩 猩 到了就知道。

刘大嫂 避开，人家要换衣服。

猩 猩 快些！（与狗熊下）

孙明霞 转移？

江雪琴 （把孩子交给李青竹）霞妹，把梳给我。（明霞递梳，江姐安详地梳头发）霞妹，你看我头上还有乱发吗？

孙明霞 （忍着泪）没有，一点没有。

李青竹 （上前帮江姐扯衣服）雪琴同志，你真以为是转移？

江雪琴 大姐……

孙明霞 姐姐，这是你随身换洗的衣服。（递包袱）

江雪琴 这些衣服，我不需要了。

孙明霞 （一松手，衣服掉在地上）姐姐！（哭倒在江姐怀里）

江雪琴 妹妹，如果需要为共产主义的理想而牺牲，我们每一个人都应该，也可以做到脸不变色、心不跳。

李青竹 雪琴同志，我向党提出要求，我们要抢在敌人行动前头，这里领导斗争，不可没有你，胜利后党更需要你。我提议提前越狱！

孙明霞 对，我马上通知特支，马上行动！

江雪琴 不，不能这样！大姐，霞妹、大嫂，我的战友！

（念） 个人生死何足论，
党的决定重如山。
越狱计划是党批准，
擅自变动我们无权。
（唱） 阶级之情我深深记，
党的教诲更要记得清。
江雪琴，回首平生无憾事，
恨未亲身共把任务去完成。
（白）大姐呀！
（唱） 一人倒下万人起，
这千斤重担你担承！
（白）霞妹呀！
（唱） 不能轻抛眼中泪，
翘首窗外看黎明。
（白）大嫂！
（唱） 临别依依话不尽，
望你并肩作战上征程！（抱过婴儿）
（念） 这长生锁，
留给孩子当纪念，
告诉她，
她是苦里长来血里生；
告诉她，
别把这战斗的岁月轻忘掉。
接好革命班，
革命步不停！
等明天全国解放红日高照，
若是见到毛主席，
就代我祝他老人家，

万寿无疆福体永康宁!

[狗熊、猩猩、朱介随徐鹏飞上。

徐鹏飞 江书记!

江雪琴 (把孩子交给李青竹)徐鹏飞,你还没有逃跑?

徐鹏飞 不错,我们是在准备善后事宜。不过,临行之前,特来告别,并报告江书记一个好消息。现在共军已分两路入川,按照你们的说法,重庆很快就要解放了,你听了一定很高兴吧?

江雪琴 当然高兴,这是历史发展的必然规律。

徐鹏飞 可是历史的进程也不是平静无波。我还要把另一消息奉告,一旦共军进城,必将和这山城同归于尽,繁华的重庆将在黎明前消失,你又很难高兴吧?

江雪琴 我毫不担心!在黎明前消失的不是山城,而是你们这些见不得阳光的鬼魅。雨过天晴,重庆永远是人民的。

徐鹏飞 这……嘿嘿……即使是这样,可是遗憾得很,江书记却无能看到这个胜利,不知此时此地,江书记是何等心情?

江雪琴 可以奉告!

(念) 看到你们的末日我快乐,
看到人民的胜利我高兴。
胜利大局既已定,
江雪琴,
能为党献身无上光荣。
可是你——
人民的审判你无法逃避,
历史的结论你无法变更。

[外面炮声响。

江雪琴 听!

(念) 解放的炮声春雷动,
我军已挥戈进山城!
你敢说脚不软、手不抖、

胆不颤、心不惊？
此时此地，
你又是何等心情？

徐鹏飞 （念） 我一口气还在，
定要干到底。
枪杆在我手，
你休想活命！

江雪琴 （念） 长江后浪赶前浪，
革命自有人继承。
杀了我，
共产主义事业同样能完成！

徐鹏飞 （挥手）歌乐山前，立即行刑！

江雪琴 走，前面带路！（回转身）

[灯光暗转。

[炮声隆隆。孙明霞高呼："我们的炮声响了，同志们，越狱！冲呀——"！

[众难友："冲呀——"！

[解放军炮击集中营外围堡垒。

[李刚率游击队配合解放军冲进牢狱。

[孙明霞、李青竹撑红旗率众难友击毙朱介，活捉徐鹏飞，越狱成功与纵队会师。

[灯光复明，红岩巍峨，青松挺拔，蜡梅竞放。

李青竹
孙明霞 同志们，我们胜利了！

李　刚 敌人被我们消灭了！

李青竹 可是我们的江姐，在胜利之前，被敌人杀害了！

华　为 （内声）李队长——（上）同志们，江姐，已被司令员救出来了。（指红岩）看！司令员、江姐来了。

[苍松翠柏，红岩上站着老太婆、江姐两位巨人。

众　人　（奔上前，高呼）司令员！江姐！（人群欢动）

［武装队伍在前进，红旗飘动。

［红日东升，霞彩满天。

后台歌　（合唱）　红日光照迷雾开，

雪梅艳艳放异彩。

赞歌一曲红岩志，

不尽洪流滚滚来！

［幕徐闭。

［剧终。

（剧本版本：《王菲剧作选》）

·潮剧卷·

张春郎削发

整理：李志浦

人　物　表

张春郎	张崇礼之独生子
双娇公主	当今皇帝之独生女
张崇礼	老相国
法　聪	青云寺住持
半　空	青云寺小沙弥，张春郎的好友
皇　帝	
皇　后	
鲁国公	开国元勋
乳　娘	张春郎的乳娘
小　红	双娇公主的贴身宫女
阿　童	张春郎的书童

太监、武士、兵丁、宫女若干人

第一场　削　发

[古代某年春天。

[京郊青云寺，大殿巍峨，佛像庄严。

[幕启：现景。

（后台合唱）

炉香乍爇，法界蒙熏，

诸佛海会悉遥闻，

到处结祥云。

（南无阿弥陀佛）

[半空上，清净台儿。

半　空（念）　半空，半空，

未出家时名颠咚，

双亲早早西天去，

并无亲戚共手足。

只有学友张春郎，

好歹相知性相同。

道相同，又不同，

他读书如蚕叶叶食，

我作文似竹节节銮通。

幸得法聪长老说我有善根，

度我出家来这青云寺中。

春郎他，

四方游学时时来看我，

我要看他却是难寻影和踪。

法　聪（内声）阿弥陀佛！

半　空　呵！（向内作礼恭候）师父！

法　聪（上，念）修身养性求真谛，送往迎来结善缘！半空，昨日皇上下旨，双娇公主今日莅寺行香，此乃庄严法事，命你净寺净坛，务须小心在意。

半　空　师父放心。俺这青云寺，近在京畿，皇帝公卿来行香礼佛，是老戏出，徒儿不敢疏忽。师父若不过意，请到各处巡视。

法　聪　嗯哼……看来！

[半空陪法聪入内。

[张春郎策马上，阿僮挑书箱随上。

春　郎（唱）　跨白马，伴青衾，

高山流水任登临。

琴剑书箱存余乐，
金章玉绶未挂心。
已经曲径通幽处，
前来古刹会知音。

阿　童　公子，到此已是青云寺。

春　郎　我先进去。你安顿行李马匹，随后就来。

阿　童　我知。（带马下）

春　郎　（入山门，观赏佛殿）嗯，青云寺远近知名，香火甚旺，今日却为何如此清静？

半　空　（边说边上）寺内净到冷空空，除了和尚无半人。

春　郎　半空师父！

半　空　啊，是春郎弟！

春　郎　颠咚哥！

半　空　弟啊弟……呼！我孬叫你做阿弟。

春　郎　此是何意？

半　空　俺虽自幼同窗，又有感情，可如今你是堂堂相府的贵公子，我是一身布袄的小沙弥，还叫你阿弟，就欠礼仪。

春　郎　若论礼仪，俗人不可扰渎佛地，我该告辞。请了！

半　空　好好，我在说要笑，你勿嘟嘟叫。老兄老弟，今晚一起睡，谈到鸡啼。（两人相视大笑）

法　聪　（上）是谁还未走？

半　空　是……

春　郎　参见长老！

法　聪　啊，是张公子！

半　空　师父，春郎弟远道刚到，怎能让他就走？

法　聪　这个……

春　郎　未知所为何故？

法　聪　公子有所不知，只因圣旨到来，公主即将莅寺行香，闲杂人等，都应回避。

春　郎　呵，公主要来行香？长老，你说的是哪位公主？

法　聪　是当今圣上的独生女儿，双娇公主。

春　郎　双娇公主？

法　聪　正是。公子可暂避开，待公主礼毕回宫，公子再来。

半　空　真不凑巧！

春　郎　（顿生好奇心）真是凑巧！（自白）且住！我这番游学洛阳，忽接爹爹手谕，说道蒙鲁国公推荐，圣上眷念我爹是开国元勋，爱我才藻，恩准将双娇公主招我为驸马，婚期在即。我骤蒙恩宠，心底茫然。今日回京，正为看个究竟，不想公主竟然到来，何不乘此机缘，先看一番。待我来！（向法聪欲言又止）慢！不可孟浪直言。（向法聪）长老，小生有一事相求，来知岂能俯允？

法　聪　公子有事，但说无妨。

春　郎　是……

半　空　春郎弟，尽管说出来，师父是慈悲为怀。

春　郎　长老呀！

（唱）　念小生懒坐家园，
偏喜那游学四方，
秀水明山收眼底，
奇书雅画养心田。
也曾赏月移花影西厢下，
也曾见绝代佳丽在东墙。
只有这人间金枝玉叶贵，
却与小生了无缘。
今日参访临宝刹，
巧逢公主莅此间。
皇家气派未曾见，
公主尊贵在何方？
与那民间女，
究有何不同？

稀奇心，想瞻仰，
伏望长老来成全。

半 空 看一下，不会怎么样。

法 聪 阿弥陀佛！
（唱） 老衲平素敬公子，
怀才不傲落落大方。
今听言谈出意表，
方惊公子疏且狂。
公主行香严护卫，
岂容旁人扰佛堂？
公子此求殊不当，
我佛慈悲亦不敢苟同。

半 空 （唱） 公主也是人，
春郎要看也是大大方方。
只要师父肯方便，
色即是空两不妨。

法 聪 嘟！
（唱） 六根未清净，
此事莫妄谈！

半 空 （自白）一下就责怪，须另想办法。

春 郎 （唱） 游目无他念，
只为眼界宽。
若有差错我自负，
长老方便莫为难。

法 聪 （唱） 令尊相国家风多雅范，
望公子勿再多言。

[内传来喊道之声。

[春郎不愿离去，目视半空，半空想计。

内　声　公主驾到！

法　聪　（对春郎作礼）奉送！

半　空　（心中已有数，故作惊慌）糟了，糟了，走也走不及，快随我禅房躲避！（急拉春郎入内）

法　聪　（欲阻不及）……（无奈）迎接公主！

[四武士执金瓜斧钺，小红、四宫女，二太监罗伞、日月扇拥双娇公主上。

[法聪带四小和尚上一旁恭迎。

小　红　法聪长老，寺中岂已清净？

法　聪　清……清净。

小　红　请公主进寺。

公　主　摆驾！

[众进寺，小和尚合十念佛。

法　聪　请公主拈香。

公　主　（献香祷祝，唱）

瑞霭凝香界，
诚心祷莲台。
念双娇，
玉叶金枝只独秀，
父王母后未展眉。
今喜红鸾照凤阙，
待将东阁迎春开。
闻称道，新驸马，
张春郎风流潇洒，
乐了双娇乐圣怀。（间有小和尚念佛之声）
未睹丰姿心难遣，
昨宵春梦几萦回。
求我佛，发慈悲，巧安排，
顺心桥连天架起，

多情种客地归来。
自古佳人配才子，
但愿他是天上金童来投胎。
祝愿他，
像粉妆玉琢潘安貌，
绣口锦心子建才。
他能诗，
赞双娇玉树临风高贵格；
他擅画，
描双娇驰马张弓英雄气概。
出列朝班人称羡，
入伴深宫我开怀。
我武能安邦，他文能治国，
共作天朝栋梁材。

（祝毕礼佛）

法　聪　公主请坐！

[小红、宫女扶公主坐。

法　聪　（向内）半空献茶！

春　郎　（内声）来！

[张春郎小和尚装扮捧茶上，自顾形容，不禁失笑。

春　郎　（唱）手捧香茶佛殿行，
假和尚无心念真经。
只为一睹公主面，
腼腆人前也诗情。
只是这大庭广众，教我如何看么？

（科）

后台女声　（伴唱）要把茶盘捧当胸，
众目睽睽早看清，

要从左厢斜里看，
宫娥太监看分明。
要从右厢斜里看，
众武士虎视眈眈目不转睛。

（想计科）

公主居高位，
我是一小僧，
如此暗中看饱眼，
又可瞒人不知情。

春　郎　妙妙，妙！待我来！（捧茶上前）

［法聪见是春郎，要阻止又不敢开声，春郎只顾向前。

［武士喊威，春郎战兢惊退，继而壮胆向前。

春　郎　茶到！（顶茶盘跪于公主面前，偷看公主）

［法聪见状，万分紧张。

法　聪　啊，啊，阿弥陀佛！公主请茶！

公　主　请！（捧茶，饮茶毕还杯，春郎看得出神，忘记接杯，公主发现春郎在偷看她）哎咋！呸！（把杯一甩，打下春郎的和尚帽，露出原形，武士喊威，刀斧临头）

［法聪、春郎、小和尚俱大惊战栗。

小　红　大胆狂徒，假装和尚，偷看公主，该当何罪！

公　主　斩了！

［武士喝威，要把春郎拖下。

法　聪　（急阻）且慢！公主息怒，且容老衲分诉，他……他……他并非狂徒，乃是……

公　主　乃是什么？

法　聪　（不敢实说，从权设词）他是寺中一小僧。

公　主　啊？！（止住武士）既是寺中小僧，何来满头俗发？

法　聪　……新来徒儿未削发，求公主，高抬贵手让他超生吧！

小　红　公主今日行香礼佛，不宜擅开杀戒。

公　主　这……

小　红　赦他死罪，也是行善积德。

公　主　也罢！

（念）　身为和尚须清净，

不容一头俗发乱众僧！

法　聪　容老衲择吉日为他削发。

公　主　本宫行香礼佛，正是吉日，就请长老，当殿为他削发。

春　郎　怎讲！你……

小　红　大胆！

半　空　（匆上）不……不可，公……公主，他，他是，是……

公　主　是什么？

春　郎　（示意半空不可直说）师兄，休得多言！

公　主　（威严地）长老！

法　聪　（无可奈何）清水、金刀伺候！

半　空　（要再说明，又被春郎、法聪所阻，不得已地）唉！（入内）

［武士放开春郎，按其跪下。

［半空捧清水、剃刀上。

半　空　（边行边战栗）唉！剃刀一落，他家就着绝！如今怎生是好……

法　聪　（接过剃刀念）金刀剃下娘生发，法缘座下又添孙。

［法聪为春郎削发毕；春郎露出光头。

公　主　（见状，不禁好笑）哈哈哈！哈哈哈！摆驾回宫！

法　聪　奉送公主！

［法聪、半空、小和尚等送公主一众下。

春　郎　哎呀……

（唱）　霎时间似幻犹真，

纷至沓来乱了神。

她宜嗔宜喜春风面，

犹健犹矫燕子身。
惊初见，似天人，
细评点，应可亲。
正喜天缘得巧合，
不枉此番仆仆风尘。
谁料她，
一抖雌风如猛虎，
虎口张开欲噬人。
皇室威严殊可畏，
书生傲骨岂可轻？
只为一开稀奇眼，
不惜膝下有黄金。
竟然当众遭迫勒……
（夹白）身体发肤，受之父母，不敢毁伤！
（接唱）面对青丝我愤恨在心。
难道我，
愿献年华遍求学，
匡时素志化云烟？
难道我，
剔透银缸勤书史，
诗笺文稿作柴薪？
从今后，空教青春流逝，
古刹隔断六亲。
清磬红盘消永昼，
青灯黄卷伴终身！（越想越气）

[法聪、半空、小和尚等上，入门。

半　空　春郎弟，你怎么？

春　郎　我……我气！

半　空　勿气，勿气！你可记得杜诗之意？天上浮云如白衣，须臾变幻为苍狗。人生多变，你刚才还是一位贵公子，刹那间便变成像我一样的小沙弥，说不定明天还会变，又要把你捧上那极乐世界九重天！

法　聪　（对半空）这都是你造的孽！

半　空　师父呀！弟子有不是，世事实也奇，公主竟把驸马的头来剃！

法　聪　（惊奇）你说什么？

半　空　哎呀！师父呀师父，你全不知内情，公主是春郎的阿旦，春郎是公主的小生。他此番回京，就欲完其花烛！

法　聪　公子，早间为何不说？

春　郎　早说无非图沾光，适才想说又不愿。公主如此逞强，难道要我当面向她求赦么？

半　空　对！我也不要求老婆。（自白）咦！开嘴咬着舌，我怎有老婆。

[家童匆匆上。

阿　童　长老，颠咚师，我公子呢？

半　空　你家公子？（指春郎，并把头发示僮）事因如此如此，你家公子在此。

阿　童　哎咋！公子呀公子，你三代单丁，今日变成这个“五行”（形象），岂不是着绝种。今快快回府，禀知相爷，来走！（拉春郎要走）

春　郎　不可！

阿　童　来走！

春　郎　不可！

阿　童　哎呀！公子呀公子，你不回家，难道要诚心在此食斋？

春　郎　不错，你可回去禀知相爷，说道蒙公主恩赐，我已在青云寺削发为僧了。

阿　童　（着急）妻未娶，子未生，怎好就出家。

半　空　你公子注定要食几日斋！哈哈哈！（拉春郎下）

阿　童　长老，你千万孬收留他。

法　聪　看来公子与我佛还是无缘。速速回报相爷，懂吗？

阿　童　懂？

法　聪　你若知之，则便行之！

阿　童　我行……（出门）

[法聪入内，二幕闭。

阿　童　我懂？我懂什么？我只知公子一同回家，便可交差。如今伊去念弥陀，我拿回这撮头毛，欲如何是好？（一想触悟）哎，法聪长老是有道高僧，莫非有意点明，叫我禀知相爷，好讨救兵？有理有理！赶快来走！（圆场）

[灯光暗转，阿僮在赶路科。

第二场　报　发

[隔天拂晓。

[相府。

[二道幕前。

阿　童　（唱）　月媭亮，星无光，

一路微雨掺北风。

遍身寒冷心似火，

边行边烧到家中。

[二道幕开，现景，阿童入门高喊“乳娘”！

乳　娘　（上）啊，是阿童！

阿　童　相爷呢？

乳　娘　正欲上朝。

阿　童　夫人呢？

乳　娘　媭起床，甭吃饭。

阿　童　死？

乳　娘　是病！

阿　童　幸得我说不对，才免雷打兼火烧。

乳　娘　阿童，你怎么单人回来？公子呢？

阿　童　哎，乳娘，大事不好了呀！

乳　娘　（急止之）住！勿惊动夫人和相爷，细细声，说来听。（阿童与乳娘耳语，越说越快，乳娘越听越急，不禁哭出声来）哎哟，这就惨！

[张崇礼内声：“嗯哼！”

乳　娘　（忙收泪）要知相爷的脾癖，说好听好听。（阿童点头会意，两人迎候）

崇　礼　（上，念）天恩浩荡家余庆，
　　　　春郎未归心挂牵。

乳　娘
阿　童　相爷！

崇　礼　啊，阿僮，回来了！

阿　童　回……回来了。

崇　礼　这就好了！圣上娘娘日日催询，老夫夜夜盼望，你终于回来了。阿童即叫公子盛装，随老夫上朝见驾。

阿　童　相爷，公子他……

崇　礼　他怎么？

阿　童　他不能……

崇　礼　什么不能？（阿童欲说不敢，目望乳娘）

乳　娘　（忍不住哭起来）哎……哎……春郎我奴我肉……（疼爱之意）

崇　礼　（恐慌）春郎怎么了？快说，快讲！

阿　童　哎，相爷呀！
　　　　（唱）　公子他，
　　　　　　　　回京要来做驸马，
　　　　　　　　怎知半途遇凶星。

崇　礼　（更急）啊？！（僮惊）

乳　娘　（唱）　如今有家归不得……

崇　礼　哪里去了？

乳　娘　（接唱）青云寺中去食斋！

崇　礼　越说越糊涂！（抓阿童）出了什么事？

阿　童　哎，相爷，你听！（吹唢呐代语）

崇　礼　此事当真？

阿　童　无假，公子头发这一把！（交头发）

崇　礼　哎咋！

（唱）　闻此情，

我好似九重之上坠深坑。

原道仰沐皇恩添喜庆，

谁料到，

盼落日，数晨星，

却把逆子头发盼回家。

稀世良缘毁一举，

不由老夫骂一声

春郎你这小畜生！

乳　娘　糟糟糟！（对阿僮）天顶要游雷公（相爷要发脾气），快快去请鲁国公！

[阿童出门下。

乳　娘　相爷，勿气，勿气！

（唱）　公子是你亲血脉，

三年乳哺，

我的苦劳也有一些些。

夫人爱他如珠宝，

闻知此情怎安生？

公子削发人未晓，

何不偷偷接回家？

崇　礼　不能，不能！（丢发于地）

（唱）　圣训昭昭早严明，

非礼勿视非礼勿听。

逆子他，

忘却我耳提面命，

行得是背道离经。

放荡不羁逛山水，
斯文扫地交野僧。
偷窥公主已不赦，
辜负天恩罪万重。
削发既是公主命，
谁敢抗命再胡行！
佛门也有严礼法，
怎能接他回门庭。

乳　娘　难道相爷三代单丁，不怕绝种？

崇　礼　哎咋！

乳　娘　哎……（拾起头发）春郎呀我奴我肉，你安心在青云寺念经，乳娘闲时就去与你谈世情……（把头发放桌上，哭）

崇　礼　（旁唱）　听乳娘哭声声，
更教老夫心不宁。
她身为乳娘有情谊，
难道我竟无父子情？
逆子他，自作自受无可恕，
只可叹，张门从此断香灯。

（夹白）不孝有三，无后为大，

（接唱）　怎对得列祖先圣在天之灵！（思索）

［阿童引鲁国公上，童向鲁国公表示要求大力相助，国公示意放心。

国　公　（念）老弟为人太四方，还须先骂后帮忙！（与阿童入门）

国　公　相国大人！

崇　礼　啊，鲁国公！

国　公　张年弟！

崇　礼　鲁年兄，请！

国　公　请！（两人就座）

乳　娘　（拉童低语）底细可有交清楚？

阿　童　放心，这出戏由他去做。（两人入内）

崇　礼　鲁年兄，愚弟正想相请，你……你来得正好，逆子春郎他……

国　公　老夫已经尽知。

崇　礼　唉！难道愚弟就此断了香灯？

国　公　（故作紧张）什么断香灯，只恐满门……

崇　礼　满门怎么？（惊慌）

国　公　哎呀，老年弟，恕老夫直言，如今你……你罪大如天了！

崇　礼　（大惊）你……你是怎讲？

国　公　你有三大罪！

崇　礼　哪……哪三大罪？

国　公　哎呀，弟哙！

（唱）　第一罪，

皇上赐婚非等闲，

满朝欢庆悦龙颜。

佳期已近生变故，

你误皇婚、欺圣君，

恼了龙颜罪难宽！

崇　礼　这……这第二罪？

鲁　公　（唱）　第二罪，

你位居宰辅显赫朝堂，

为民表率赖及万方。

诗礼传家有雅望，

开口闭口礼为先。

竟然养子不教悖礼犯上，

这一罪，

恐你相国的纱帽难保全。

崇　礼　（唱）　教子无方父之过，

罪有应得愿承担。

请问这第三罪？

国　公（唱）　第三罪，

害公主，守活寡，

误青春，损红颜。

这一罪，

恐你满门老少倒倒颠颠！

崇　礼（唱）　三大罪犹如万重山，

压得我身苦难言。

唉！老年兄呀！

逆子出家香灯断，

祸及全家心惶惶。

逆子今已不能返，

我怎还她一个驸马郎？

念你我三代知交情谊长，

同窗同朝又同乡。

同僚称你是智囊，

求你一筹良策解倒悬。

国　公（唱）　哎呀，老弟莫笑谈！

别事可相帮，

此遭实为难。

我荐春郎当驸马，

误婚之罪受株连，

降罪知何日，

如今我是泥菩萨在过江！

崇　礼　这……这……

国　公（唱）　老年弟呀！

你莫哀叹，且开颜，

我有一樽“状元红”。（从袖中取出酒）

各来一杯双活祭，

胜似待奠在九泉。（要让张饮，张推开）

崇　礼（唱）　我心如火煎……

国　公（唱）　饮之会清凉。

崇　礼（唱）　玉液琼浆难下咽。（思索）

国　公（自白）那是没福气。（鲁自己饮酒，张又气又急）

崇　礼（唱）　罢罢罢！

你自身难保，

我举家难全。

整冠肃带同出府……

国　公　意欲何往？

崇　礼（接唱）　双双请罪上金銮。

国　公　嗯，要去你自己去。

崇　礼　难道你免请罪？

国　公　这一请罪，便要罪上加罪！

崇　礼　此是何说？

国　公（唱）　驸马削发事悄悄，

你一请罪便张扬。

朝野闻知生讥议，

龙颜震怒将何堪？

老年弟，你的头啊……！

崇　礼　那又将如何是好？（乞怜似的向鲁求计）

国　公　也罢！

（唱）　要求消灾消难，

不能冠冕堂皇。

你宜悄悄到偏殿，

把将情由密奏君王。

崇　礼　言之有理！

国　公　事不宜迟！

崇　礼　你呢？

国　公　各行其是。

崇　礼　也罢！（向内）备轿！

[内声："备轿呀！"

崇　礼　（将春郎头发取藏袖中）请！

国　公　请！

[两人出门下。

[阿童匆上。

阿　童　（见无人）呀！（向内）乳娘！

乳　娘　（应声上）阿童！

阿　童　相爷、国公出府去了。

乳　娘　匆匆出府，必有缘故。阿童，我在内侍候夫人，等候相爷，你到鲁国公府中打听，一有风声，就去告知公子。

阿　童　这么说，青云寺这条山路还得走？

乳　娘　得走！

阿　童　哎哟……（抱肚）

乳　娘　肚痛？

阿　童　肚饿。

乳　娘　事关全家性命，肚饿也要刻苦行。饭包给你。（交给雨伞和饭包）

阿　童　好，我来行。（站起出门）

[乳娘入内。二道幕闭。

阿　童　唉！

（念）　老相爷四四方方，

俺公子轻轻松松。

鲁国公古古怪怪，

老乳娘目眶红红。

这桩事有头无尾，

我阿童就得脚酸肚又空!

照乳娘吩咐，先去鲁国公府中打听风声，然后去告知公子爷，行!

[灯光渐暗。

第三场　闹　发

[当日。

[公主宫中。

[二道幕前。灯光渐亮。

[小红和四宫女各捧鲜花上，欢跃而舞。

小　红（唱）　乐事逢春喜洋洋，

众宫女（唱）　处处香飘百花妍。

宫女甲（唱）　江南娇红杏，

宫女乙（唱）　北国玉海棠。

宫女丙（唱）　洛阳牡丹艳，

宫女丁（唱）　孤山蜡梅香。

小　红（唱）　天下群芳放御苑，

众宫女（唱）　采来公主伴晨妆。

[二道幕开，现景，富丽堂皇。

众　人（入门向来）有请公主!

公　主（内声）来——!

[众宫女恭候，小红将花插于几上妆镜旁的花瓶中。

公　主（内唱）　春风得意正怀人，（上）

[小红等捧妆镜，伺候公主照影，添插花钿。

[众宫女下。

公　主（接唱）　行香归来思转频。

深宫未闻鹦鹉语，

御苑空余柳色新，
已知驸马品貌双贵格，
更难禁停云望月数星辰。
小红呀！
春郎他，
游踪今日知谁寄，
烟水苍茫何处寻？

小　红（唱）公主啊！
奴看你恩深爱深，
总为驸马出了神。
天作之合何用急，
自有青鸟传佳音。
鲁国公诚心做月老，
曾说道——

公　主（接唱）驸马是当今文坛一奇人！

小　红（唱）行踪如萍梗，
喜爱自随心。

公　主（唱）莫不是，
黄鹤楼头遣诗兴，
放歌饮马汉水滨。
莫不是，
流连赤壁慕英杰，
大江东去洗胸襟。

小　红（唱）襟怀磊落精神爽，
骏马欢腾四蹄轻。

公　主（唱）归程渐短京师近，
英姿焕发待叩紫宸？

小　红（唱）此时间，可想见，

穿曲径，践轻尘，

来到公主面前笑吟吟！

（仿春郎动作）公主，小生来也！

公　主　（心花怒放）啐！剑来！

[小红从壁间抽出双剑，二人对舞，多彩多姿，

[内声："娘娘驾到！"

公　主　迎接！（小红收起剑）

[四宫女捧大红彩幅拥皇后上，公主、小红接入。

公　主　参见母后！

小　红　叩见娘娘！

皇　后　免礼！（扶双娇）你父王为了皇婚大典，着工部王尚书督办的江南织锦，今已送来，你看看可合意。（示意宫女展开彩幅，众观赏）

公　主　"跨凤乘龙"！跨凤乘龙……织得倒也不错，只是比喻有些不当。

皇　后　有何不当呢？

公　主　萧史多才，又善吹箫，堪作乘龙之客，驸马是能比得；那弄玉是列国中一个国君之女，怎能比得臣儿？

皇　后　说来也是。你父王一统河山，你是天子娇儿，那弄玉比不得。

公　主　还有……

皇　后　还有什么？

小　红　（见公主不好意思明说，有意玩笑）弄玉哪有公主如此美貌，也无公主文武全才！

公　主　啐！

皇　后　哈哈！如此说来，弄玉跨凤，皇儿就该……

小　红　就该比驸马高一级。驸马乘龙，公主就……

公　主　小红你……

皇　后　真是笑谈。且收起，待问王尚书，可改则改。

（宫女卷起彩幅）

[内声："圣驾到！"

皇　后　你父王驾到，必有喜讯，快接。

[皇后与公主、小红出门迎接。

[二太监拥皇帝上。

皇　帝　（念）　欲迎佳期临凤阙，

偏逢怪事降龙庭！

皇　后　参见万岁！

公　主　叩见父王！

小　红　叩见万岁！

皇　帝　平身！

三　人　万岁！

[皇帝示意太监下，入门坐下。

皇　后　万岁，驸马张春郎，已否到来？

皇　帝　到……到来了。

皇　后　（大喜）何时？

皇　帝　今早。

皇　后　皇儿，这就好了呀！

（唱）　昨夜龙灯凤烛双结彩，

今朝果然驸马到京来。

喜气盈盈收望眼，

春风阵阵开老怀。

双娇如愿得娇婿，

应谢月老巧安排。

万岁啊！

皇婚大典万事备，

速传圣旨，恩召驸马进宫来。

皇　帝　无须传旨，驸马已随寡人进宫来了。

皇　后
公　主　在哪里？（四处张望不见人）

皇　帝　（突示春郎头发）在这里!

公　主　（警觉）啊?！

皇　后　万岁，此是何意?

皇　帝　可问皇儿!

皇　后　皇儿……

公　主　请问父王，此青丝来自哪里?

皇　帝　青云寺!

公　主　（紧张）难道昨天在青云寺，被臣儿勒令当殿削发的小和尚，竟是驸马张春郎?！

皇　帝　正是!

公　主　（唱）　哎——天!

你奈何将人欺!
偏教双娇自作孽，
此情怎补，此恨谁知?
恨只恨，
钦天监枉食俸禄，
胡说昨天是吉期。
銮舆不识人意愿，
降临也不早一时。
春郎的马更可恶，
跑得不疾也不迟。
也不中途迷路向，
相逢偏在青云寺。
和尚不为春郎道名姓，
害他佛殿断青丝。
佛祖奈何不灵应，
眼睁睁看双娇
强迫亲夫念阿弥。

[双娇手抚青丝，摇摇欲坠，小红急上扶之坐下。

小　红　公主仔细！

皇　后　（又慌又急）皇儿！（对皇帝唱）唉，万岁啊！

有道是“出家容易归家难”。
普天之下人共知。
春郎削发当和尚？
欲再还俗无可期。
皇儿招他为驸马，
赤绳系定不改移。
万岁无男只靠女，
原望承欢龙座慰天年。
有谁知，
如今突来生婚变，
误俺皇家误皇儿。
青春何堪守活寡，
哎万岁啊！
事到如今怎计施？

皇　帝　（唱）　你道春郎削发当和尚，
欲再还俗无可期？

皇　后　是！

皇　帝　（唱）　你道皇儿招他为驸马，
赤绳系定不改移？

皇　后　是！

皇　帝　（唱）　既已斟情酌理，
何须再问计施。

皇　后　（急）哎呀，哀家是要万岁出个主意。

皇　帝　寡人是要御妻出个主意。

皇　后　（更急）哇……难道万岁你不顾皇儿？

皇　帝　难道御妻你不顾皇儿？

皇　后　你？！

皇　帝　你？！

公　主　（见状更急）唉！

（唱）　母后有心无计，

父王莫衷一是。

春郎他身难还俗，

教儿今生何所依？

皇　后　（唱）　皇儿保重千金体！

皇　帝　（旁唱）　此事寡人有主意。

公　主　罢！

（唱）　春郎今日不回返……（见桌上红彩幅，一把夺过来）

儿把这“跨凤乘龙”扯成碎丝！（要撕）

皇　后　皇儿！（阻止）不可，不可呀！

小　红　公主。

[公主又要撕，终被小红保护起来。

公　主　（唱）　春郎明日不回返，

儿便削发去为尼！

皇　后　（惊急，对皇帝）可有听见，皇儿要去当尼姑了！

皇　帝　有心也可试一试……

皇　后
公　主　（意外地）啊？！

皇　后　让她出家为尼？

皇　帝　是她自己出的主意。

公　主　（唱）　父王不为臣儿计，

倒不如三尺青锋求一死！

[公主拔剑在皇帝面前要自刎，皇后、小红急阻。

小　红　（夺住剑，唱）

劝公主，息怒气，
忍了悲，住了啼，
龙泉宝剑休儿戏。
天下哪个父母不爱子，
何况你是皇上独生娇儿。
怎甘让你守活寡，
哪有让你去为尼。
世上岳亲多爱婿。
何况驸马青春年少，才貌盖世。
年轻人举止难免欠稳妥，
万岁爷定能谅他尚无知。
辅助朝纲望新秀，
怎容他身念阿弥？
万岁爷英明无比，日理万机，
这桩事，如弹丸，
轻轻一吹滚滚圆……（边说边把公主的剑收起，扶她安然坐下）

皇 帝 （威严地）嗯哼！

小 红 （慌忙跪下）奴婢无知。

皇 帝 哈哈哈！

（唱） 皇儿娇惯能自持，
不愧是玉叶金枝。
只是逢事多稚气，
不及小红有见地。

[皇后示意小红起来。

皇 帝 （唱） 御妻枉垂慈母泪，
未解寡人试娇儿。

（夹白） 须知佛门也归皇门管，
佛法也随王法可方圆。

（接唱） 只要寡人轻轻一道旨，
海可涸，山可移，
张春郎何难去僧还俗，
乖乖回京畿！
举止疏狂该责诫，
命他后宫习礼仪。
皇婚大典无变故，
御妻皇儿休挂意。

公 主 （破涕为笑）叩谢父王！

皇 帝 你呀！

［太监上。

太 监 启奏万岁，鲁国公求见圣驾。

皇 帝 传见。

太 监 领旨。（下）

鲁国公 （上，入门）叩见万岁、娘娘！

皇 帝
皇 后 鲁卿平身。

鲁国公 谢万岁、娘娘！（向公主）参见公主！

公 主 （回礼）国公免礼！

鲁国公 （指公主，旁白）在煮糰（流泪）！

皇 帝 鲁卿，何事见朕？

鲁国公 只为驸马张春郎……

皇 帝 你可知罪？（鲁忙跪下）

鲁国公 万岁，微臣何罪之有？

皇 帝 还说无罪？朕要的是千里良驹，你荐的却是一匹放荡不羁的野马！

鲁国公 伯乐只弃驽骀，不嫌野马。马野主英明，胜似虎跃龙腾！

皇 帝 啊！（欲责无言）

皇 后 鲁卿，可知他已被削发……

鲁国公 哈哈哈！微臣正为这风流韵事，来向万岁、娘娘、公主，道喜千万，贺喜万千！

皇 帝
皇 后 啊，这竟是风流韵事，值得贺喜？

鲁国公 哈哈哈！

（唱） 春郎自幼蒙圣宠，
长成不愧一奇男。
昨日奇缘青云寺，
一举赢得三称赞。

皇 帝 哇！朕要教诫，卿偏赞扬，看来是先下手为强？

国 公 微臣怎敢！

皇 帝 其一？

国 公 （唱） 一称赞，
贵公子甘扮小和尚，
不拘一格更不凡。
双眼只看娇妻貌，
礼不悖来情也专。

皇 帝 竟是礼不悖？

鲁国公 情也专！哈哈哈！

皇 帝 二呢？

国 公 （唱） 二称赞，
明知尊贵难触犯，
独具胆识敢向前。

皇 帝 真的有胆识？

鲁国公 举止实非凡！

皇 帝 三呢？

国 公 （唱） 三称赞，
形露心不慌，

宁死不求人。
气壮才高自脱俗，
正是家国好栋梁！
贤才出现该称贺，
贺万岁，贺娘娘，贺公主，
得个称心如意郎！

公　主　（高兴极，唱）
鲲鹏展翅九万里，
沧溟霄汉任翱翔。
他有此豪情与志趣，
正是本宫意中人。
今听国公三称赞，
惜昨天未曾多看一眼！

皇　帝　哈哈哈！
（唱）　鲁卿妙手善装扮，春郎风采更宜人。
只是他，得罪公主被削发，
卿是月老事有关。
本该治他越礼罪，
如今谅情且容宽。
朕今命卿带旨青云寺，
召他习礼回朝中。

鲁国公　怎说，万岁要下旨，召春郎回朝？

皇　帝　正是，后宫习礼三月……

皇　后　也可让其蓄发……

皇　帝　（止之）哎，命其父张卿严加教诫！

鲁国公　万岁、娘娘，微臣以为万岁此旨，千万不可下。

皇　帝
皇　后　此是为何？

鲁国公 春郎受招为驸马，满朝皆知，公主令春郎削发为僧，少人晓得。万岁若下旨召回春郎，无异向人宣扬，和尚当驸马，易惹笑谈，而对皇家威严有损，于公主脸上无光！

皇　后 哎呀！多亏鲁卿提起。

皇　帝 依卿之见呢？

鲁国公 这么……万岁可另下旨，谕青云寺僧众，对此事秘而不宣。

皇　帝 言之有理，朕即传旨。

皇　后 那春郎如何回来呢？

鲁国公 （故意地）这……这就难！难、难、难了！

小　红 国公，再难，也要来相帮！

鲁国公 啊，再难也要相帮？

小　红 不错！

鲁国公 这……啊，有了！欲得春郎能回返，（目视公主）解铃还须系铃人！

小　红 国公，你是要公主去向驸马赔礼？

公　主 休提！

鲁国公 呃……不是赔礼，是夫妻重会青云寺！

小　红 （与公主旁语）公主，事到如今，何不……（耳语）

公　主 （大喜）哎呀呀！妙！妙！妙！父王母后呀！

（唱）　皇家威严能矜持，
　　　　国公免再费愁思。
　　　　稳操胜算破闷局，
　　　　妙手自有一着棋！（骄气地拉着小红匆匆下）

[皇帝、皇后、鲁国公莫名其妙，面面相觑。幕闭。

第四场　寺　会

[接上场。

[青云寺客堂。

［二道幕前。半空手捧纸卷上。

半　空　（唱）　春郎食斋已三天，

京城音讯尚杳然。

不知是凶还是吉，

半空日夜心挂牵。

挂着春郎受委屈，

这桩大事怎收场？

他今用心勤苦读，

三日读经成百篇。

说什么，要从经书求真解，

只恐他，心情郁结成书癫。

可惜我身无法力，

未能助他解愁烦。

买来纸张供书写，

好教字画开笑颜。

［二道幕开，现景。春郎在案前看经书。

［内面传来隐隐的佛号钟声。

半　空　春郎弟！和尚做了三日三夜，个肚岂会斋？（胃肠叽咕）

春　郎　呵，饿了体肤，却开了心窍。师兄，（示经册）你看，佛说，严戒妄语……

半　空　哎呀，戒妄语只是我和你。终日读经，不灵不精。我专买来这撮纸，给你画龟画蛇！

法　聪　（内声）阿弥陀佛！（上）

半　空　（忙参见）师父！

春　郎　参见长老！

法　聪　你虽须发皆除，持斋事佛，只是俗缘未了。老衲还该称声——公子！

春　郎　长老休再如此称呼，小徒从此万事无心……

法　聪　哈哈！白云出岫，本也无心。

春　郎　徒儿已下决心，三日来研读经纶，寻求人生奥秘。

法　聪　只是京城强风，已经吹来。

春　郎　呵，阿僮来了？

法　聪　不是，是圣旨到来。

半　空　圣旨？（自白）又是什么把戏？

春　郎　旨谕何事？

法　聪　晓谕众僧，公子削发之事，严禁宣扬，违者杀无赦！

春　郎　此事何故？

法　聪　老衲难得其详。

春　郎　（翻经示之）敢问长老，佛戒妄语作何解？

法　聪　遵旨徇法应从权。

春　郎　如此说来，出家人也须顺时势？

法　聪　公子须知，青云寺下是皇土，上是皇天！

春　郎　哎咋！

法　聪　阿弥陀佛！此中奥妙，愿再与公子同参。

春　郎　多谢长老指迷！

法　聪　半空，你平时喜欢多言，此事切须守口。

半　空　人家没问，我也就没讲。

法　聪　同去晓谕各处，此事不得外传。

半　空　（自白）此事真荒唐，我弟竟变成保密人。（随法聪下）

春　郎　（怅惘地把经册掷于案上）

（唱）　长老一语破禅关，
不由我意马心猿。
青云寺下是皇土，
难怪皇风所及众凛然。
数日来，
僧衣一变旧时态，
法规难改少年狂。
也曾思佛号钟声忘过去，

却有亲情戚谊挂胸间。
欲听竹韵松涛涤俗虑，
却有弦歌诗酒荡回肠。
欲寄砚池消块垒，
犹是春愁凝笔端。
如今削发之情禁传闻，
威严频施来眼前。
此生荣辱我不计，
难道还须卑躬屈膝赎罪愆？

（移身近案，奋笔疾书）

[半空背阿童上。

[公主扮作游方僧、小红扮作侠士随上。

小　红（念）射虎救童巧作引，

公　主（念）青云寺中来解铃！
阿弥陀佛！

春　郎（发现）阿童！阿童！

半　空　阿童遇虎，险些丧命，幸亏大师义士飞箭搭救。

春　郎　如此，多谢救命之恩！

公　主
小　红　大师无须多礼。

公　主　小哥惊魂未定，快让他将息。

半　空　是。（扶阿童入内）

春　郎　大师、义士请坐！

公　主
小　红　请！

公　主（要就坐时，发现案上对联）呵……（和小红把对联取起细加欣赏，念）“处事须凭肝胆，立身莫负须眉。”好对！好字！（向春郎）未知出自何人手笔？

春　郎　出自……

半　空　（上，见状）出自我弟张春郎！

春　郎　随意涂鸦，贻笑大方！

公　主　（忘情地赞赏）哪里！哪里！真是“笔下龙蛇字”……

半　空　（紧接）“胸中锦绣文”！

小　红　（惊奇地）大师出口成对，更是奇才！

半　空　惭愧哉（“小理苑”）！比我师弟无半厘！

春　郎　师兄，休得……

公　主　（有意再试）如此看来，二位大师真可谓：（顺手在案上铺笺挥毫，以示春郎，念）“二衲生辉，合称难兄难弟！”

春　郎　（亦即挥毫，写后示公主念）“一弓救命，应谢大侠大师！”（作礼）

公　主　“本是一家莫执礼！”（回礼）

春　郎　“由来两地总关情！”

公　主　妙对！妙对！（旁唱）

果然是，

咳唾随风珠玉生……

春　郎　（旁唱）　原以为，

识得翰墨堪自矜……

公　主　（旁唱）　我不枉跋涉此一行。（痴情专注）

春　郎　（旁唱）　他文武双全更难能。（顿生爱慕）

半　空　（旁唱）　一僧一侠非凡俗，

来自何方，有此才情？

小　红　（旁唱）　公主她竟然情如许，

（拉公主低唱）哎呀呀，莫忘此来为解铃！

[公主猛醒含羞失笑。

春　郎　（对公主、小红诚敬地。

（唱）　大师高才诚可敬，

义士豪气匹群英。

法缘有分得邂逅，

敝寺增光喜不胜。

请赐教，

宝刹何方？仙乡何处？

大师法号？义士尊称？

公 主 这……

小 红 （乖觉地接唱）

大师见爱问根底，

俺与他僧俗虽别是良朋。

大师号独秀，

小弟名大青。

半 空 （意味地、旁白）独秀……大青……

公 主 （旁白）亏她倒会胡编，把名字反转过来。

小 红 （接唱） 虽有名号无呼唤，

公 主 （接唱） 大师义士常相称。

小 红 （接唱） 久住京都少闲趣。

公 主 （接唱） 同游此地有深情。

半 空 （旁白）他的和尚命怎这么好，可到处游玩？！

春 郎 （兴奋地唱）

志趣相投情可贵，

得一知己慰平生。

敬请大驾留敝寺，

小生……

公 主
小 红 （相顾失笑）小生？

春 郎 （转口接唱）

小僧略尽东主情。

半 空 对！二位且在此住，好答谢你们的人情。春郎弟，你陪大师。（对小红）义士，我陪你！（亲切地拉小红）

小　红　（忙退避）多……多谢……

半　空　怎用谢，行，来觅食！

春　郎　（也亲切地邀公主）大师请！

公　主　请……

小　红　（提醒地）请问！

公　主　对！请……请问……

春　郎　大师有何见教？

公　主　这么……（含情脉脉地）

（唱）　看你眉端眼角聚精英，

知书达礼更多情。

举止非凡年方少，

应有如花似锦美前程。

半　空　（奇怪地旁白）呀，件件能，竟会相“五行”（看相算命）！

公　主　（接唱）　却为何，埋没才华丢名姓，

抛家弃舍背亲朋！

辜负春光无限好，

甘愿削发来为僧？

春　郎　（唱）　感蒙大师相关切，

心潮泛起久难平。

曾是翔天鸿鹄来有志，

怎甘流水年华去无声。

背亲事佛知谁是，

此中能有一段情。

小　红　（唱）　大师似有难言处？

春　郎　这……

半　空　（唱）　问我半空自分明。

公　主
小　红　大师请讲！

半　空　（一想着惊，自白）呼！此事严禁宣扬，违旨者，杀无赦，说出来就没命……（思索）

小　红　原来大师也是难言？

半　空　他难言，我难言，全个不相同。便然，二位好心救人命，我不顾性命说您听，千万孬泄露风声……

春　郎　今日初获知交，正宜开怀畅叙，师兄休提此事，免扰清兴。

公　主　此事大师不说，贫僧也知一二。

春　郎
半　空　你知什么？

公　主　（唱）　这不是暮鼓晨钟，

却便是花红柳绿、舞燕啼莺，

传来春消息。

闻道是相府公子，饱学多情；

受招驸马，越礼而行；

小　红　（接唱）　偷窥公主，险些丧命；

公　主
小　红　（同唱）　长老求保，削发为僧……

春　郎
半　空　你怎会知？

小　红　（掩饰地，接唱）

有道是好事传千里，

公　主　（接唱）　此间邻里尽知情。

半　空　此事朝廷严禁宣扬，大师千万不可乱讲。

公　主　（笑吟吟地）此间又无外人，说说何妨。

半　空　（旁白）消息怎这么灵？呀！

小　红　未知那位双娇公主，究是如何？

春　郎　这么……大师、义士呀！

（唱）　萍水相逢成知己，

敢对尊前诉心声。
双娇她，好似那
出水芙蕖玉立亭亭，
春郎平生未曾见，
应数群芳第一名。
况又能文善武，
人非草木，孰能无情？

公　主　（心花怒放，唱）
听春郎，赞双娇，情倾胸臆，
似清风，一阵阵，吹响银铃。

春　郎　（接唱）　只可叹，
娇姿虽可爱，
行为实可憎。
莫提起，
一提起不由我怒火冲升！

半　空　（唱）　她自恃皇家威权在，
佛殿之上下绝情。
更可恨，春郎削发她耻笑，
一声令下——
（唱）　“摆驾回宫！”（学公主口吻）
人家生死她不管，
自已宫中去闲情。

小　红　他偷看公主就是不对！

半　空　为甚不能看？公主生来那么雅（娇美），专留在宫内照镜？

公　主　（忍不住气）你……你好大胆！

半　空　无胆怎敢吅！这时公主若有来，我还要请佛祖掠伊来摆彩！

公　主　放肆！

半　空　（发觉公主怒气）你怎么？

小　红　（忙掩饰）没什么，没什么，大师是说你管太多事。春郎与公主虽有怨气，一朝言和，你要如何收煞？

半　空　（心服，自白）这个兄仔，说来竟是有理。

公　主　（向春郎）大师呀！

（唱）　既蒙相知倾肺腑，

敢献片言表至诚。

春　郎　愿聆法教！

公　主　（唱）　细听此桩风流案，

已觉眼前柳暗花明。

须知道，

你假扮和尚悖礼法，

公主不杀有恩情。

你是驸马她未晓，

才致削发来为僧。

双娇既有可人处，

你何须屈居萧寺受凄清？

理宜脱下僧衣壮起胆，

改过谢恩回帝京。

双娇面前——

小　红　（接唱）　轻声细语赔一礼……

春　郎　你说什么？

半　空　（自白）岂有此理！

公　主　（接唱）　管教你愁眉解，笑语生，

宝鉴开处，人月双清！

半　空　（旁白）说得称心如意，甚过公主就是伊！

春　郎　哎！

（唱）　二位有心相指引，

言辞偏颇理不明。

若言春郎须赔礼，
早在殿上道姓名。

半　空　我弟大名鼎鼎，咀出来就是驸马爷！

小　红　当时为何不说？

春　郎　（唱）　只为公主太骄矜，
不屑与她露真情。
倘若春郎非驸马，
就该俯首受欺凌？

公　主　（唱）　好事多磨难逆料，
大丈夫，一束发，
何必芥蒂在胸？

春　郎　（唱）　莫看小小一束发，
记下春郎不平鸣。
公主轻轻一声令，
毁人青春与前程。
只知纵权欺弱小，
毫无慈悲憨众生。
双亲所生物所养，
同是此身何不平！
若言春郎该受罚，
愿在此间永为僧。
若言屈膝当驸马，
刀斧临头也不能。
纵然双娇来赔礼，
也落得青云寺中枉泪零！

公　主　哎咋！
（旁唱）　他恃才傲物太乖张，
激得双娇怒火燃。

狂野之心不拘锁，
款接回宫怎相安？
（向春郎）你不该目空一切出狂言，
桀骜不驯招罪愆。
须知道，
当今天子主万物，
万民生息须顺天。
皇家既然宠爱你，
岂容逆旨毁良缘。
若非双娇施恻隐，
你早做冤鬼见阎王。
我劝你，须猛省，莫执偏，
回头是岸星月光。
自有慈航将你渡，
做一个无上尊贵的驸马郎。

春　郎（唱）此理何在，
此情何堪？
早日冤死万事罢，
一息尚存志自坚。
放荡不羁已成性，
难学得恭顺温良。
不愿金瓯缄我口，
而许畅所欲言。
不愿丝绳系我足，
而教任意飞翔。
不愿膏粱将我养，
身似金雀关玉笼。
愿为迎风承露高山草，

不做深宫玉儿艳牡丹。

嗟米之食我不羡，

寺中自有菜根香。

公　主（唱）　只怕你，

触犯天威心惶恐，

菜根虽便难下咽。

得罪皇家累亲眷，

身栖古寺难安然。

春　郎（唱）　料知有此厄，

待罪已三天。

你多一句话，

添我一分烦。

两情隔霄壤，

但请休再言。（拂袖）

公　主（又气又急，扑向小红）哎，小红……！（小红扶住）

半　空（疑惑地自白）他名大青，怎呢叫作小红？

春　郎（冷静下来自觉失礼）哎呀，一时忘情，直言冲撞，还望大师见谅！（和小红扶公主坐下，自己入内去）

半　空（越看越疑，自白）嗯，不对，不对！看他两人，似侠非侠，似僧非僧，所说尽是公主话，莫非是乔装巧扮至此行……（再细看）

春　郎（捧茶上）大师，小弟赔礼来了！

公　主（感动地）春郎……（小红拍公主之肩，提醒她，公主忙转口）大师！

半　空（旁白）越看越是，我来试一试！（拉春郎）弟呀，甭跟他客气！

春　郎　不可失礼！

半　空　大师义士呀！

（唱）　你道春郎上京去赔礼，

可与公主来团圆？

小　红（唱）　须劝你弟消消气……

半　空（接唱）　您想的全是天外天！

公　主
小　红　（不服地）你何以见得？

半　空　（唱）　想公主有权有势，
未必就有情和义。
随心所爱一招手，
千万驸马到身边。
作威作福享富贵，
岂愿再作和尚妻！

公　主　你……你无礼！

小　红　该死！

半　空　出家人，生死无相干。总之弟你勿痴呆，公主永世不来。

小　红　如果有来？

半　空　我愿……愿让她宰！

春　郎　师兄，你这是为何？

半　空　你时间就知。

小　红　你说定？

半　空　定！

公　主　（忍无可忍）罢！（要入内）

半　空　（已解其意）呼，勿勿勿，公主有来，还算可爱，我劝春郎，与她和谐。

小　红　你说定？

半　空　定！这回定到定定！

小　红　你倒还是乖！

公　主　（现露女态）小红，为本宫摆座！

小　红　遵谕！（搬椅）公主请坐！

半　空　哈哈哈！自己做谜自己猜。

春　郎　唔？你……你就是双娇公主？！

公　主　正是！

春　郎　你就是要招我为驸马的双娇公主？！

公　主　正是。

春　郎　要把我斩首的就是你？！

公　主　该谢本宫不杀之恩！

春　郎　还该感公主削发之情？！

公　主　皆因你逾越礼防，才招致削发之举！

春　郎　削发已断情和义，今日潜来是何由？

公　主　不是冤家不聚首，重来为谐凤凰俦。即随本宫回朝吧！

春　郎　呸！双娇呀双娇，你有公主之贵，而无公主之德；纵骄恃势，我气难平；改装潜来，骗我心声；如此行径，可恨可憎！

半　空　对！我弟看你，已受你惩，今日骗人，也同此情！剃人头者人也剃其头！（向内）清水、金刀伺候！

小　红　你敢？！（双方僵持）

法　聪　（内声）万岁、娘娘驾到！

公　主　哎咋！

[小红急扶公主入内。半空溜下。

[法聪引导，武士、太监、宫女拥皇帝、皇后上。

[春郎避之不及。

法　聪　张公子，快快叩见圣驾！

春　郎　叩见万岁、娘娘！

皇　后　春郎小卿，快快平身！

皇　帝　（示威）嗯哼……！（春郎欲起身又跪下）抬起头来！（春郎抬头）你就是春郎小卿？

春　郎　正是春郎小僧。

皇　帝　你可知罪？

春　郎　小僧不知。

皇　后　你在此出家，可知苦味？

春　郎　小僧不知。

皇　帝　哼！

（唱） 你学书史枉费工，
先贤训诲耳边风。
全不思，
天恩赐你全家福，
东床驸马有殊荣。
已是皇家显贵戚，
何堪悖礼胡行佛寺中。
罪责在身不悔改，
辜负圣朝负朕躬。
姑念你爹忠心扶社稷，
你年少初犯且宽容。
宜须感恩细思忖，
今日此身将何从？

春　郎 今日此身将何从……？启奏万岁，小僧不知。
（皇帝不悦，暗示皇后解围）

皇　后 春郎呀小卿！
（唱） 皇婚已定宜自爱，
应谢万岁恩泽隆。
拜辞佛祖登宝辇，
即随哀家回宫中。

春　郎 哎咋……！
（唱） 可恨我，枉有此身难自主。
眼前怎择辱和荣？
（激烈思索）罢！（向皇帝，皇后接唱）
万岁娘娘垂圣宠，
小僧时刻铭五中。
只是既蒙公主恩赐来事佛，
宁愿今生从此终。

皇　帝　（意外地）唔？你愿长此为僧？

春　郎　正是。求万岁恩准，请长老为徒儿受戒。

法　聪　阿弥陀佛！

皇　帝　（怒而失措）你——去吧！

春　郎　领旨！（与法聪退下）

皇　后　（焦急地）万岁……

［公主、小红女装急上。

公　主　参见父王、母后！

小　红　叩见万岁、娘娘！

皇　后　皇儿，你怎可擅自出宫？

公　主　父王、母后请谅。驸马呢？

皇　帝　他受戒去了。

公　主　（震惊）受戒？春郎……！（急追下）

小　红　公主……（也追下）

皇　后　皇儿……（急追下，小红随下）

皇　帝　（焦急失措）摆驾！

［众拥皇帝追下。

［二道幕闭。

第五场　追　殿

［紧接上场。

［青云寺内。

［二道幕前。号头站。

春　郎　（内唱）　无端大祸紧相随……（走上）

（接唱）　低首下心事不为。

到如今，愿做一竿参天竹，

风敲雨打宁折不摧！

[二道幕开。现景。春郎快步前走。

公　主　（内声）春郎慢走！春郎慢走呀！

（追上）

[春郎快走，公主紧追，多种步法，互相交替。

[春郎走下，公主追下。

[张崇礼急步上。

崇　礼　（唱）　逆子胡行犯天威，

惊动圣驾臣职有亏。

我只得，紧跟来请罪……

（走圆场科）

鲁国公　（内声）张年弟慢走呀！（匆上）

（接唱）　拖着老皮来解围……

老弟慢走，等你老兄呀！

[崇礼前走，国公后跟，各种步法，迅速紧张。

[崇礼走下，国公跟下。

[武士、太监、宫女拥皇帝、皇后乘銮舆匆上。

皇　帝　（唱）　銮舆随风快如飞，

皇　后　（唱）　如今难顾尊与卑。

皇　帝　（唱）　可恨两个小冤家，

害得寡人受劳累。

皇　后　（唱）　但愿从此心相顺，

双娇、春郎成双对！

[皇帝一众追下。

[半空内声："追呀！"（匆上）

半　空　（唱）　重重叠叠来包围，

青云寺中欲响雷。

七颠八倒我不管，

只恐春郎食大亏。

追！（紧追下）

[二道幕闭。

第六场　结　发

[紧接上场。

[青云寺中禅房内外。

[春郎走上，二道幕开。春郎急进禅房，将门紧闭。公主追上，推门不开。

公　主　（又气又急）张春郎，你……你好狠心呀……！

春　郎　双娇公主，你……你休再纠缠了！

公　主　哎——！

[崇礼、小红追上。

小　红　（扶住公主）公主仔细！

崇　礼　公主息怒，待老夫叫逆子出来！

[小红扶公主一旁。

崇　礼　（向门内）春郎！春郎！

春　郎　啊，是爹爹到来！（向门外）爹爹！（欲开门又止，向门外跪下）爹爹，孩儿有礼！

崇　礼　谁人看见？！

春　郎　啊！（起身）爹爹请坐！

崇　礼　门口空无一物，要坐于何处？

春　郎　这……（要搬蒲团又止）

崇　礼　开门！

春　郎　爹爹……

崇　礼　快出来见我！

春　郎　爹爹，恕孩儿不肖……

崇　礼　逆子你呀！

（唱） 你削发出家咎自取，
欺君犯上惹祸灾。
全不思，公主重来有情义，
圣驾亲临多垂爱。
鲁国公为你苦奔走，
老夫为你添愁怀。
竟然有过不思改，
目无礼法妄恃才。
圣恩亲命你弃背，
公主情义你抛开。
如今龙颜已震怒，
臣子礼法不能乖。
及早去请罪，
速把禅房开。

春　郎 请罪，请罪！春郎被削发为僧，备受凌辱，到头来还是春郎不对，还要请罪！爹爹呀爹爹，恕儿不肖，难遵爹爹之训，难领公主之情，难招全家之福，难慰双亲之心……

崇　礼 你……你意欲何为？

春　郎 孩儿今日紧闭禅房，专候长老为儿受戒。

崇　礼 怎说？你真的要受戒，永断红尘？！

春　郎 形驱势迫，圣上也已恩准。

崇　礼 唔？圣上准你受戒？！

春　郎 是。恕儿从此不能侍奉膝下了。

崇　礼 哎咋！

（唱） 逆子年轻太骄妄，
地厚天高全不知。
出家居然得恩准，
断宗绝代实可哀。

[崇礼又气又急，摇摇欲坠，公主、小红见状，急扶住。

公 主 老相国，仔细！

崇 礼 逆子悖礼，老夫代为请罪！（作礼）

公 主 老相国言重了！小红，扶老相国厅上歇息。

小 红 遵命！老相国仔细。（扶崇礼下）

公 主 （向门内）张公子！

春 郎 这里并无张公子，只有春郎小僧。

公 主 你，你休欺人太甚！

春 郎 欺人太甚的是你！

（唱） 就因你欺人恃天骄，
适才客堂又使刁。
骗取心声迫就范，
强命随你同回朝。
春郎反复遭侵扰，
身困禅房气难消。

公 主 哎，春郎呀冤家……

春 郎 阿弥陀佛！（坐下，闭目不理）

公 主 （唱） 恩怨已随前尘去，
痴情又是将我招。
追从回廊绕佛殿，
一路同来心细敲，
我与你，应是三生石上有旧债，
才致青云寺中犯天条。
一错铸成深宫恨，
何堪重翻孽海潮？

春 郎 （唱） 感谢公主多厚爱，
追来禅房情相招。
感谢公主肯恩赐，

削发为僧得逍遥。

公　主（唱）　难道你，愿蒲团坐破天边月，
侧耳唯听风萧萧？
不念堂上双亲年老迈，
倚门倚闾夜迢迢？！

春　郎（唱）　绝俗寡情非得已，
背离双亲心更焦。
形驱势迫嗟命薄，
布衣蔬食自清标。

公　主（唱）　难道你，愿一串念珠伴冷席，
不求无价明珠慰寂寥？

春　郎（唱）　明珠无价难鉴赏，
公主尊贵请自娇。

公　主（唱）　忆昔年，乐昌也曾分破镜，
韵事风流至今朝。
今旦乖离只因一束发，
难道从此琴瑟永不调？

春　郎（唱）　春郎鲁且狂，
惹是生非知多少！
朝悔改来晚请罪，
龙庭凤阙何时了？
身如木石冰样冷，
请公主把孽债一笔勾销。

公　主　哎咋！（气急）

小　红　（急上，扶住公主）公主，他既如此固执，何必在此受气，不如暂回去吧！

公　主　哎，小红……！

（唱）　是爱是恨紧相缠，
欲舍欲求不由人。

这时间，甜酸苦辣已不辨，

好教我，进也难来退也难。

小　红　（不禁失笑）哪里还着大艰苦！（小红思索得计，向公主耳语，然后故意大声地）公主，回去吧！

（示意公主回答）

公　主　小红，走吧！

（春郎以为公主走了，开门探看。

[小红突要闯入，春郎急关门，小红的脚被夹痛。

小　红　哎唷……！（公主扶她一旁）

公　主　（无可奈何地向春郎）

（唱）　哎，冤家呀！

诚知你，

鸿鹄之志喜翱翔，

诗酒豪情洒江天。

只愿随心定行止，

不因风雨任西东。

放逸不凡我偏爱，

国公也曾多称赞。

父王有心赏野马，

母后为你开慈颜。

惜英才，我一片痴情来相会，

偏遭奚落痛又伤。

曾思恩爱从此断，

又因你，一盏香茗动柔肠。

你道身如木石冰样冷，

你知原是多情人。

多情人心似一团火，

能把木石化云烟。

我柔肠百结今初解，
烦恼皆因各恃强。
双娇殿上太任性，
自把良缘变孽缘。
悔恨交加无释处，
忘情紧追至禅房。
却又遭你拒门外，
难得照面诉衷肠。
思念及此情难抑，
珠泪滴滴为君弹。

春　郎（唱）　听她一番深情语，
好似带刺蔷薇透芬芳。
她已知利刺伤人手，
也叹名花枉娇妍。
好教我一时难安然……

[半空匆上。

半　空　春郎！春郎！

春　郎　师兄！

半　空　大事不好了！

春　郎（紧张地问）何事？

（公主、小红也紧张）

半　空　唉！

（唱）　圣上知你闭禅房，
大发雷霆在殿中。
鲁国公密语来进奏，
一场大祸从空降。

春　郎

公　主（不约而同）什么大祸？

小　红

半　空（唱）　长老有心成好事，

合十殿前谒圣颜。

万岁责他是祸首，

纵你假扮和尚惹事端。

一时不容分辩，

欲掠长老来问斩！

春　郎　这，这，这，这天理何在！（开门冲出，拉半空）走！

[鲁国公迎面而上，一把拉住春郎。

鲁国公　春郎贤侄，要往哪里？

春　郎　鲁年伯！

（念）　闻道殿上怒龙颜，

欲杀长老太不堪。

郎春情愿去请死，

自作自受不负人！（要走）

公　主　春郎慢走！

[春郎拨开公主欲下。

公　主　慢走！

春　郎　阻我何来？！

公　主（念）　你去恐难保长老，

本宫殿上看一番。

鲁国公　哈哈哈！都免去，都免去！

鲁国公（对春郎）

（念）　长老慈悲谁不晓，

老夫心事你不详。

因你躲藏不肯出，

欲待见面难上难。

我欲叫门声太细，

故借钢刀撬禅房。

半　空　（旁白）哇！原来老阿官，是在经暗盘！

春　郎　（仍焦急）如今长老呢？

鲁国公　安然无恙。哈哈哈！我的驸马爷呀！（亲切地拉春郎到一旁）

（唱）　你看万岁亲临佛寺中，

娘娘相随急忙忙。

你爹年迈苦跋涉，

我这月老无端冒风寒。

劳师动众累车马，

济济一堂为哪桩？

皆因你，一点书生气，

惹来众人烦。

想人间哪有十全美，

世上能有几情专？

公主既然深爱你，

自可成就美姻缘。

你对公主原也爱，

才有捧茶窥芳颜。

今日寺中重相会，

更该及早来回旋。

春　郎　这……

小　红　（唱）　驸马爷自来心境宽，

小红斗胆进一言。

若言你偷窥公主纯爱意，

请问公主改装潜来意岂同？

好事多磨终归好，

古古今今大有人。

公主她似八宝追夫婿，

愿你不是三休三请的薛丁山。
两情相谅两心相向，
就如那明镜照月双团圆。

春　郎　哎呀……！

（唱）　小红一番玲珑语，
年伯他，一副菩萨心肠，
不由春郎感百端……
多蒙倾心相教诫，
春郎也非薄情人。
莫奈皇天脸色多变幻，
余悸在心总难安。

半　空　（唱）　弟呀弟，
潮涨潮落平常事，
不敢过海也枉然。
今日细看此情景，
顺风顺水可扬帆。
思前想后，四面八方，
着来做个通情人。

阿　童　（匆上）　公子！公子！

（唱）　老乳娘亲口寄我言；
老夫人如今卧床中；
张家唯这一血脉，
盼望你身能回还，
我看公主心肠好，
早早和合理正当。

春　郎　（旁唱）　师兄也赠通情语，
母亲急盼我回还。

老年伯呀！

纵然今朝可蓄发，
能知何日重削光？！

鲁国公　（拉春郎一旁）
（唱）　公主也该自省识，
此事老夫有主张。（暗示春郎静下来，赔笑向公主）
（接唱）　老夫一事来请教，
礼尚往来可应当？

公　主　（唱）　古往今来皆如此，
还请国公多教言。

鲁国公　（唱）　跨凤乘龙传佳话，
公主驸马缔良缘。
因有一点恩怨在，
还须一物来释嫌。

公　主　（唱）　白璧明珠任意选，

鲁国公　（唱）　投桃报李见情长。

公　主　（唱）　投桃报李是何意，
好教双娇费思量……（思索）

半　空　（示意地接唱）
体念人家何所失，
将心比心自了然！

公　主　（一看触悟，旁唱）
春郎被迫丢头发，
须赔青丝补情缘。
吩咐小红取金剪……

小　红　（唱）　哎呀呀，
匆促成行未预料，
怎有剪刀随身旁？！

鲁国公　（接唱）　哈哈哈！老夫倒是有准备……（从袖中取出剪刀）

小　红
半　空 （同唱） 国公真是有心人！（小红接剪刀交公主）
阿　童

公　主 （剪下一绺青丝交国公）
（接唱） 青丝一绺表情意……（向国公又似向春郎赔礼）

春　郎 （为之感动接唱）
情意牵动我春郎！
（向国公又似向公主还礼）

鲁国公 （唱） 人生难得和为贵，
老夫喜您心相连。（从袖中取出春郎头发）
这是春郎被削发……（把头发和公主的青丝结在一起）
（接唱） 结发夫妻偕老百年！

[内声："万岁、娘娘驾到！"众恭迎。

[太监、宫女拥皇帝、皇后上。崇礼、法聪随上。二宫女捧"跨凤乘龙"彩幅上，亮开，众欢笑。

皇　帝 摆驾回朝！

法　聪
半　空 阿弥陀佛！（率小和尚合十恭送）

[在欢乐的音乐声中幕徐闭。

[剧终。

（剧本版本：《南粤剧作》1983年第1期）

袁崇焕

（参考吴有恒小说《罗浮山外史》撰写）

编剧：陈英飞（执笔） 杨秀雁

人物表

袁崇焕	40岁左右。
叶夫人	30多岁，袁崇焕之妻。
朱由检	18岁，崇祯皇帝。
罗大灼	40多岁，袁崇焕部将。
罗苏女	18岁，罗大灼之女。
祖大寿	20多岁，袁崇焕部下主将。
祖老太	60多岁，祖大寿之母。
道　士	50多岁。
小道童	10多岁。
钱龙锡	60多岁，首辅。
梁成栋	40多岁，兵部尚书。
张皇后	熹宗皇帝朱由校之皇后。
杨　秋	40多岁，太监。
王之仁	50多岁，太监。
知　府	50多岁，后为差臣。
赵　武	30多岁，兵曹。
张老通	60多岁，狱卒。
李小顺	20多岁，狱卒。
皇太极	30多岁，清太宗。
努尔哈赤	50多岁，皇太极之父。
喇嘛僧	建州佛僧。

老太监、宫女若干人、侍卫若干人、锦衣卫士若干人、兵将若干人、女兵若干人、建州兵将若干人、报子。

序　幕

［时间：明天启七年六月。

［地点：关外宁远城郊。

［幕启：在连天烽火中，皇太极带领兵将上。

皇太极　哎咋！袁崇焕呀袁蛮子，孤家不雪此耻，难消我恨啊！……

［报子急上。

报　子　禀，大事不好了！

皇太极　何事？

报　子　郎主被红夷大炮击伤，阵前坠马！

皇太极　看来！（迎上）

［努尔哈赤拐着脚，被二兵将扶上。一兵卒举着白龙旗随上。

皇太极　（扶住努尔哈赤）父王仔细！

努尔哈赤　可恼！念我带兵二十五年，攻城略地，战无不胜。如今拿不下这宁远孤城，竟败于袁崇焕之手，真是气杀我也！

皇太极　父王且息恼怒，孩儿誓报此仇！

［突然一声炮响，轰碎了白龙旗。

［袁崇焕带祖大寿、罗大灼、罗苏女等杀上。

［混战中，罗大灼身中流箭，他大喝一声，拔箭投向敌将。敌将惊叫而走。

［建州兵不敌，慌乱败退。

袁崇焕　罗大哥！

罗苏女　（同时扶住罗大灼）爹爹！

罗大灼　伤势无妨，追呀！

袁崇焕　苏女，扶你爹入城养伤。祖大寿！

祖大寿　在。

袁崇焕　全军马不停蹄，飞骑前进，杀他个落花流水，片甲不留！

祖大寿 得令！杀！

众兵将 啊！

[内声：“报，圣旨到！”王之仁骑马匆匆上。

王之仁 圣旨到，跪！

[众兵将跪下。

王之仁 （读诏）“奉天承运，皇帝诏曰：宁远总兵袁崇焕，徒守荒外孤城，玩视君国大局，违抗军令，不听调制，着即削职罢官！所率部属，委由内监王之仁统领！钦此。”

袁崇焕 （愕然）……

王之仁 （偷视袁崇焕神情，连连催迫）钦此，……钦此！

袁崇焕 （起立，悲愤地向天握拳）谢——恩！

<table><tr><td>祖大寿
罗苏女</td><td>（抱住袁崇焕两足）</td><td>袁将军
叔叔</td><td>！</td></tr></table>

众兵将 袁将军！

[幕急落。

第一场

[时间：崇祯元年四月。

[地点：罗浮山冲虚观。

[幕启：远处重峦叠嶂，花木葱翠，云绕雾缠，东方欲晓。

[台中设道坛，楹顶挂着“冲虚观”匾额。匾下悬挂吕纯阳祖师绣像，并两条幅：“丹田有宝休寻道，胸臆无尘可问仙”。台左置石桌石凳，古朴清雅。

[小道童手执鹅毛扇上，频望山门。

小道童 茶炉烧了一篮炭，怎么客人还不来？（瞧见有人）啊！来了，来了。我快快去烹茶。（下）

[百鸟交鸣。袁崇焕偕叶夫人徐步上。

袁崇焕 （念） 青山不墨皆似画，
难得而今可闲吟。

叶夫人 （念） 落花满径殷勤意，
犹闻枝头唱好音。

袁崇焕 夫人，你看层峦叠翠，细泉流幽，这地方该不错吧！

叶夫人 果然名不虚传。这罗浮山，真乃是栖身胜地。

[小道童捧茶上。

小道童 客官请茶！

袁崇焕 小道童，我已不是官了。

小道童 噢，客人请茶。

袁崇焕 哈哈！你道长呢？

小道童 踏露采药，日出便回。（望山前）哎，他来了！（高喊）道长呀，客人来了呀！

[内声：“贫道来也！”道士腰挂葫芦、背着药筐急上。

道　士 噢，袁居士果然应约而来！

[小道童接过药筐下。

袁崇焕
叶夫人 前言来此筑室而居，敢不践约。

道　士 来得好呀！
（唱） 古有桃源可避秦，
今有罗浮好安身。
自来高士多厌世，
不羡荣华弃俗尘。
袁居士呀，
愿你忘却胸中不平事，
静养清闲自在身。

叶夫人 （唱） 静养清闲自在身，

罗浮胜地实难寻。
人世奔波何了局，
报国无门空有心！
官人呀！
从此林泉息老影，
清风明月是知音。

袁崇焕 （唱） 崇焕原有山水癖，
今识罗浮爱尤深。
我恋北国雄关千里雪，
亦贪岭南景物四时新。
夫人呀！
山前翠竹千竿立，
涧底流泉万古琴。
此身真合此地老，
哪堪宦海再浮沉！
只是国家多事身无事，
徒作寄世浮生人！

道　士 哎呀，这并非浮生，乃求长生！

袁崇焕 道长，这长生如何求得？

道　士 清静无为，返璞归真。

袁崇焕 噢！敢问道长，长生有何乐处？

道　士 哎呀！那是神仙的生活了！身离尘俗，无荣无辱；不食五谷，饮露餐风；逍遥自在，来去无踪；神游万物，其乐无穷！

叶夫人 真能如此？但愿求之能得！

袁崇焕 哈哈！谁曾见过神仙？道长，依我想来，纵能求得一己长生，却无顾天下苍生，长生有何用处？！

道　士 不不不，亦可济世利人！昔年葛洪祖师，身为东晋丞相，也决然辞官，来此炼丹采药，腰挂葫芦，行医济世。愿袁居士追效前贤，求仙得道！

袁崇焕 如此说来，从今以后，袁某这双手，只好采药了！

道　士 对呀！操杀人之剑，不如采利人之药！

袁崇焕 杀人？利人？（无奈地）罢！夫人，俺就在此结茅为家，踏山采药吧！

叶夫人 夫唱妇随，乐天知命。

袁崇焕 夫唱妇随，乐天知命！（苦笑）哈哈哈！

道　士 （高兴地）善哉！善哉！

[小道童上。

小道童 道长，山门来了一个白鼻阿官，走得气喘喘的。

道　士 他到此何为？

小道童 自称是广州知府，要找袁将军。

叶夫人 官人，又来催你就任了！

袁崇焕 辞之再三，还来做甚？

道　士 请居士暂避内堂，不见也罢！

袁崇焕 明人不做暗事。他既前来，见之也无大碍。

道　士 （对小道童）有请！

小道童 是。（对台内，高声）有请！（下）

[知府上。

知　府 袁将军，四处寻访，跑得下官好苦啊！

袁崇焕 未知大人又有何明教？

知　府 袁将军呀！

（唱）　皇命急如风火雷，
连降三旨把我催，
要我催你上任去，
督师辽东再振国威！
将军呀！
望你整装急就道，
不然哪，
朝廷欲将我“竹槌规”。

袁崇焕 大人早已明白，袁某无意复出，不敢拜命。

知　府 将军之意，料想皇上也很明白，此番降旨殊优封赠，追加兵部尚书之职。袁将军呀……

袁崇焕 加兵部尚书？

知　府 是啊！天顶丢落帽，别人要还无呢！

袁崇焕
叶夫人 （大笑）哈哈哈！

袁崇焕 念我在边庭九死一生，却落得来谤来疑，罢官去职。如今又……实已心灰意冷了！

知　府 袁将军呀！今年番薯不比旧年芋。当今天子，虽是少年，却是英明之帝。一坐上龙椅，就把那魏忠贤杀死。应天顺人，真是大快人心，个个欢喜。

叶夫人 唉！自来君命如山。回思前日，只需阉党几句谗言，一道圣旨，便如泰山压顶，怎不教人寒心！

知　府 唉呀！只因先帝爱做木工，朝中的事，全相信太监，致小人得志，好人受气！如今崇祯皇帝，日理万机，事事自己主持，君臣之间，定能合弦！

袁崇焕 合弦！

知　府 是，合弦！

袁崇焕 哈哈！莫非府尊通晓星占之术，未卜先知？

知　府 呃，呃，呃，身负皇命，敢尽欲言！

袁崇焕 噢！摇唇鼓舌，无非……

知　府 实不相瞒，无非……是怕“竹槌规”！

袁崇焕
叶夫人 哈哈哈！
道　士

袁崇焕 余生愿随江湖老，宝剑藏锋不出鞘。敢烦大人，代我多多拜谢朝廷吧！

知　府 唉哟，那我么……（摸屁股）

袁崇焕 这便是当官之难！

知　府 是，难，难，难！（懊丧地下）

道　士　哈哈！居士如此坚辞，真乃胸难容尘，得道未远了！

袁崇焕　但愿如此！

[一阵急骤的马蹄声。罗苏女内声：“叔叔——！”急上。

罗苏女　叔叔！婶婶！（跪哭）

袁崇焕
叶夫人　啊！苏女，为何如此？！（扶起）

罗苏女　侄女是投奔来的！

袁崇焕
叶夫人　怎说，你是投奔来的？！

罗苏女　正是投奔来的！

（唱）　自从叔叔离辽东，
边事日坏痛难言。
主将无能只图私饱，
东胡无恐又逞凶残！
卷土重来，攻城又夺地，
敌骑到处，抢掠又杀人！
叔叔呀！婶婶呀！
大明国门血浸地，
山海关外尽腥风！

袁崇焕　哎咋！难道领兵者不能抵挡？

罗苏女　那王之仁平日不治军务，不恤兵将，却一味专横，克扣军饷，未战先逃，是个怕死贪生之辈。

袁崇焕　军中不乏猛士良将，勇如你爹，难道能容敌骑踹营踏阵？！

罗苏女　他，他……已阵亡了！

袁崇焕
叶夫人　怎说？你爹阵亡了！

罗苏女　是。我爹不忍退撤，寡不敌众，战死在医无闾山！

袁崇焕　（对天祝祷）大灼兄弟，你，你，你为国捐躯了，愿你死而无憾！孤苦的苏女，就留在我身边吧！

罗苏女 叔叔，如今苏女，已成逃犯啊！

袁崇焕
叶夫人 啊！此话怎讲！

罗苏女 哎！

（念） 那刁宦专横似狼豺，
我爹战死反招灾，
一道告示营中挂：
“违抗军令须制裁，
擅战丧帅自讨死，
抄斩全家儆将来！”

袁崇焕 如此骄横枉法，真真可恨呀！苏女休怕，有我在，便有你在啊！

叶夫人 苏女，你表哥祖大寿呢？

罗苏女 大寿哥哥，忠勇有余，却受制于人，独力难支。叔叔，他托我带来书信一封啊！（拿出一封信）

袁崇焕 （接信，念）

宁远城前血凝雪，
无间山下狼骑奔。
昔年军威今安在，
血性男儿辱难吞。
扫尽胡尘待何日，
连天烽火独思君！

哎咋！

（唱） 一纸重千钧，
战士意拳拳。
耳畔犹闻哭，
边民泪纷纷。
妖星照东土，

胡骑踹国门。
弟兄新战死，
我身愧独存。
国耻臣心在，
胸间涌风云。

夫人，道长，当此国家多难之秋，袖手赋闲，实是于心难安！

叶夫人 难道官人，又想重蹈水火？

袁崇焕 夫人，辽东百姓，正在水深火热之中！

道　士 哎呀！世事纷纷，宜静拭冷眼，毋轻动刚肠！

罗苏女 前方兵将，闻说朝廷欲起用叔叔，无不欢呼踊跃，跷首而待啊！

叶夫人 伴君如伴虎，只恐人心难料，有志难伸！（不觉垂泪）

道　士 对。道经有言："国家昏乱有忠臣。"自古忠臣难做呀！

罗苏女 叔叔，你？

袁崇焕 为天下苍生，袁某愿不辞其难！夫人，你……

叶夫人 （拭泪）唉！夫唱妇随，军前效命！

袁崇焕 好！（拉罗苏女）即速就道！

道　士 唉！袁将军，你又欲杀生了！

袁崇焕 哈哈！（指吕纯阳像）吕纯阳祖师不是佩着剑么？

道　士 这……

袁崇焕 请！（拉罗苏女、叶夫人急下）

道　士 （自言自语）天晴不肯走，甘冒雨淋头。真个是痴汉啊！

[幕徐落。

第二场

[时间：崇祯元年七月。

[地点：明皇宫偏殿。

[在凄清的乐声中幕徐启：舞台一侧是熹宗皇帝的灵案。素幔高披，帐前显眼

地吊着一把刨刀；案上设有灵牌、香炉等物，案旁置两座椅。气氛肃穆而又空灵。

[四宫女肃然环立。张皇后正在案前拈香。

张皇后 （唱） 飒飒秋风又一年，
凄凄泣泪献瓣香。
骑龙西去帝魂渺，
应恨无嗣即登仙。
赖有皇弟承大统，
愿祈圣德庇兴昌。
独见风神刨刀在，
长留遗爱在人间。
（后台唱）一代天子终日做木匠，
长留笑话在人间！

[朱由检内声：“摆驾！”

[众内声：“回避！”

[众侍卫执戈过场。朱由检与杨秋及一老太监上。

朱由检 （念） 天命承国祚，
阉党一剪除。
代有中兴主，
德者方能居！（进殿）

张皇后 拜见叔皇！

朱由检 嫂后重孝在身，且免烦礼！

张皇后 谢过叔皇！叔皇万事躬亲，焉敢劳动圣驾。

朱由检 兄友弟恭，朕当尽孝悌之敬！（命宫女）来，拈香。

一宫女 遵旨。（预备香火）

朱由检 （望见刨刀）咦！嫂后，这庄严灵殿，挂此刨刀，岂不……

张皇后 唉！生平所爱，为慰九泉之心！

朱由检 唉！（接过宫女递来的香，感慨地唱）

徘徊灵前神黯伤，
睹物思人泪泫然。
只悲皇兄生奇癖，
玩物丧志专弄闲。
万政不问托魏党，
一局残棋费周章。
应时应运朕登基，
治国治民朕擎天。
誓作朱明好儿辈，
且看我重振家邦奋志自强。
皇兄呀！
愿你魂兮含笑去，
告慰列祖于黄泉！

张皇后 （伤心地）唉！斯人已去，叔皇何须语多嫌摘？

朱由检 朕意非在此。只是人各有志，寄哀思而抒壮怀，为的是告慰先人！

张皇后 但愿一如所言，国运昌隆！

朱由检 哈哈，欲昌国运，不当用刨刀吧！

张皇后 那该用什么？

朱由检 朕喜欢用剑！

张皇后 用剑！

朱由检 对，太祖开基创业，正是用剑，削除天下荆棘！

张皇后 削除天下荆棘？那袁崇焕桀骜不驯，叔皇何故又起用了他？

朱由检 当今之际，起用往日重臣，尤有好处。只需驾驭有方，天下哪有难驯之马！嘿嘿……

杨　秋 启奏陛下，奴才得到密报，袁崇焕已就道来京。一帮名士在广州为他饯行，席间酬诗赠和，语多乖张。

朱由检 真的么？

杨　秋 （呈密报）请陛下一观。

朱由检 （看阅）噢！“天山自昔凭三箭，辽左于今仗一夫。”这……

杨　秋 “辽左于今仗一夫”，言下之意，非他不可。真是目中无人，妄自尊大！

张皇后 （冷笑）哼哼！不然，先皇何以将他罢官！

朱由检 （不悦，但只好对杨秋发泄）哎，袁崇焕制辽有功，过誉之词，也或有之。

杨　秋 呃呃呃……

朱由检 杨秋，凡事须看在眼里，明在心里。朕自会体察，休妄加评说。

杨　秋 是，陛下圣明！

朱由检 嫂后，皇兄临崩之时，嘱朕善事中宫，望你一心安享清福，朝中之事，无须……

张皇后 哀家愿遵宫闱之规。

朱由检 这就是了。

［钱龙锡、梁成栋上。

钱龙锡 （念）　喜有平辽好方略，
尤欣新主重老臣。

梁成栋 （念）　袁某拔地升三尺，
又多争权夺宠人！

钱龙锡
梁成栋 （俯伏）臣钱龙锡/梁成栋见驾，吾主万岁，万万岁！

朱由检 平身！

钱龙锡
梁成栋 谢万岁！

朱由检 今日不是常朝，二卿何事来此？

钱龙锡 袁崇焕现已到京，未及安宿，即呈平辽方略，欲请御览。（呈表）

朱由检 噢！拿来，拿来！（欣喜展阅）“恢复之计，宜以辽人守辽土，以辽土养辽人。……守为正著，战为奇著……”甚妙，甚妙，正合朕意！（又看）“倘上下一心，内外协济，五年则辽事可平。”（有疑）唔呀，东胡势成养虎，贻祸日深，五年可平，谈何容易？！

钱龙锡 陛下宽心。臣闻非常之世，必降非常之才。袁崇焕乃天下奇才也！陛下起用了他，真乃社稷之福。

杨　秋　是陛下圣明！

梁成栋　对！是陛下圣明！嘿嘿……

杨　秋　啊啊……

张皇后　哼哼……

钱龙锡　哈哈……

［内声："报！袁崇焕求见。"

朱由检　（喜悦地）噢！来了，来了！杨秋，带他来见。

杨　秋　领旨。（下又复上）陛下，袁崇焕身上挂孝，岂可引见？

张皇后　身上挂孝？

朱由检　必是知朕在此吊祭，如此曲尽臣心，实也步步过人！即宣！

杨　秋　（对内）来，即宣袁崇焕见驾！

［袁崇焕内声："遵旨！"昂然急上。

袁崇焕　（俯伏）臣袁崇焕参拜陛下。

朱由检　（离座，搀起）袁卿平身，平身！（照面）噢！

（唱）　久思得卿今见卿，

不由朕欢喜莫名。

素闻袁卿重臣义，

朗朗丹心向皇廷。

果然是深沐皇恩未忘本，

一心无怨别具赤诚。

袁崇焕　敢问陛下，何以见得？

朱由检　哈哈！（自信地唱）

谁道人心不可料，

世间何事难看清。

袁卿你，

若未忘怀昔日事，

哪有挂孝来吊灵？

袁崇焕 哎咋！

（旁唱） 我意君错解，

我心君未明。

万岁！（跪下）

（唱） 崇焕不敢欺君上，

秉忠直言达天听。

臣心虽不记旧怨，

挂孝也非吊皇灵！

众　人 （一震）啊！

朱由检 你，你却为谁挂孝？

袁崇焕 （昂然站起，响亮地）为我兄弟罗大灼，为辽东新死之战士！（动情地拱手叩天）

朱由检 哎咋！
张皇后 哼！
原来如此！

朱由检 （旁唱） 一言见心性，

此人好骄矜。

不知进退顺人意，

看来可用又难用。

罢罢罢！

昔日浅山难养虎，

且蓄深水育蛟龙！

卿家不敢欺罔，足见赤直。照你说来，你身在京都，却已心驰辽东了？

袁崇焕 臣冒昧求见，原想陈奏之后，即奔边庭。

朱由检 卿之方略，朕皆准了。但期能五年平辽，以慰朕望！

袁崇焕 五年平辽，本非容易。陛下既委臣以重任，臣当不避其难。

朱由检 但有难处，可从实奏来。

袁崇焕 五年之内，户部转军饷，工部给器械，兵部调兵选将，须内外事事相应，方克有济。

朱由检 这个自然。钱、梁二卿！

钱龙锡
梁成栋 臣在。

朱由检 朕谕知你等，此后俱照袁卿所奏办理，休误君国大事！

钱龙锡
梁成栋 谨遵圣谕。

朱由检 袁卿，如何呀，朕皆依你了！

袁崇焕 臣还有奏闻。

朱由检 （不悦）唔呀！（忽一转）好吧，功成之日，朕当不吝封侯之赏。

袁崇焕 这个……陛下爱臣用臣，还望知臣啊！

（唱）　数载披坚历戎行，
为守大明好河山，
此中艰苦几人识，
心有所危不敢不言！

朱由检 何危之有？

袁崇焕 （唱）　边臣不与廷臣同，
边事常有惊雨疑风！
一出都门便成万里，
肩负既重却多怨言。
胜时招谤败致罪，
身后暗箭更难防。
往日微臣遭疑忌，
于今犹恐死于谗言！

朱由检 朕知你信你，何用多虑。

袁崇焕 （猛地跪下）还望信而不贰，用而勿疑，臣死而无憾！

朱由检 信而不贰，用而勿疑？（沉吟，忽见灵牌）寒潭留影，难怪雁过惊心！哈哈！今非昔比，朕愿容天下难容之物，信他人难信之人，卿可无忧！来，取尚方剑上来！

老太监 领旨。（下，旋捧尚方剑上）

朱由检 袁卿，朕特赐尚方剑，军中一切，许你便宜行事。接剑！

袁崇焕 （感奋地接过）圣恩如此崇隆，教臣不胜感激涕零了！

朱由检 钱卿，代朕设宴正阳门，以壮行色！

钱龙锡 领旨！（偕袁崇焕下）

梁成栋 万岁，袁崇焕胆敢讨价还价，言多冲撞，其心太高，其气太盛！

张皇后 （冷冷地）其忠可疑，其人可虑。唉，多嘴了！

杨　秋 梁大人，凡事看在眼里，明在心里吧！

朱由检 （阴沉地）杨秋！

杨　秋 奴才在。

朱由检 命你为监军中使，即赴蓟辽视事！

杨　秋 领旨！

朱由检 回宫。

老太监 领旨。（随朱由检下）

［张皇后与众宫女下。

梁成栋 杨公公，袁某此去，势必断你财源，于你不利啊！

杨　秋 他功成之日，必也争你之权，碍你前程！

梁成栋 只怨魏公，除恶未尽。

杨　秋 好在老兄，术能制人！

梁成栋
杨　秋 （奸笑）哼哼！嘿嘿嘿……

［幕落。

第三场

［时间：崇祯二年九月。

［地点：关外边界。

［幕启：晨曦初透，霜气未消。远处群山蜿蜒，山峦间的烽火台隐约可见。近处大山高耸，上有飞流直泻；木叶萧疏，只见枫红如醉。舞台一侧，斜出一方巨石，上刻“医无闾山”四个大字。另一侧顶端，飘着一面“袁”字旗。

［祖大寿带赵武与众兵上。

祖大寿 （唱） 披霜踏露步如风，
缘藤攀壁走险峰。
连日边地多疑迹，
欲寻根底觅狼踪。

近日此间，又有形迹可疑之人出没，务必严加警戒，以防……（环顾左右）

赵　武 闻说袁督师要来巡边，那王秃驴如坐针毡，惊得半死！

祖大寿 这阉贼为非作歹已久，诡计多端，连日举止异常，此中必有奸谋。督师此来，正是逼蛇出洞！

赵　武 哼！这等人，皇上还升他做前沿提调使。在他手下，真是暗无天日，欺俺太甚了！

祖大寿 他所作所为，督师已有觉察，此来必能代俺出气！

赵　武 出气！哈哈，弟兄们，决不容这丑类败坏俺袁家军名声！

众　兵 是。只盼督师早来！

赵　武 哈哈！你们看，（遥指“袁”字旗）看见这面“袁”字旗，心里就欢喜。听说督师要来，就更开心了！（高兴地扬起腰间酒葫芦）

祖大寿 啊！赵武，出营怎能带酒？

赵　武 不是不是，督师来时，要做个见面礼！

祖大寿 好，即刻到前面巡查！

众　兵 是。

［祖大寿率众兵下。

［王之仁鬼鬼祟祟上，见无人，向台内作暗号。喇嘛僧悄悄上。

喇嘛僧 幸喜不被撞见，阿弥陀佛！

王之仁 喇嘛，咱家比你更慈悲吧，冒着风险，一送就送到这边境来。怎样，这次交易，价钱还须减些。

喇嘛僧 还要减些？往时也是这个价钱呀！

王之仁 唉！如今生意难做了。自袁崇焕又来挂帅，我得小心了！

喇嘛僧 嗯，知你也有难处。哎，请问王公公，两邦财货往来，倘被袁某察觉……

王之仁 自当留神，但也免惊。此地离袁某大营，尚有二百余里，纵然被他察觉，还有……

喇嘛僧 有杨监军做你的后台！

王之仁 对！（耳语）杨公公抢在袁某之先，来到这里，过问生意，又面授机宜。这时，他正带人在左近哨望，暗中保护你。

喇嘛僧 这样呀！这里玉璧一双，就孝敬杨公公。另有珍珠百颗，请你笑纳。

王之仁 （接下，掏出布包）这袋金元宝，权作酬谢。请在你邦郎主面前，多多周旋。

喇嘛僧 （接过，高兴地）噢！把生意成全，哈哈哈！

王之仁 （急掩其口）此地不能久留，快走吧！

喇嘛僧 （背上元宝，忽发现有人）啊！（急溜）

[祖大寿内喊：“站住！”祖大寿率赵武与众兵冲上。

[赵武一个箭步，擒住喇嘛僧。

祖大寿 王之仁，你做的好事！

王之仁 本提调使面前，休得无礼！

祖大寿 哼！叛贼！

王之仁 你血口喷人，意欲何为？

祖大寿 何为？（气愤地扯出王之仁怀中布包）看你所为！拿了！

众　兵 喳！（捉住王之仁）

[杨秋率领众侍卫上。

杨　秋 何事鼓噪？

祖大寿 监军，这狗才资敌叛国，被我撞见！

杨　秋 噢！祖将军，诬陷朝廷钦使，该问欺君重罪啊！

祖大寿 哼，看是谁人欺君？！（扯下喇嘛僧褡裢）这大明国库元宝，从何而来？讲！

喇嘛僧 是我化……化缘来的。

祖大寿 （踢倒喇嘛僧）如不实说，宰你狗命！

喇嘛僧 将军饶命，饶命！

祖大寿 快讲！

喇嘛僧 我奉皇太极之命，欲把我邦人参、貂皮，来换金银、布匹，以应军需。

祖大寿 来找何人？

喇嘛僧 来找……

王之仁 （拔剑，直指喇嘛僧）岂是姓祖的？

喇嘛僧 是，来找……祖将军！

杨　秋 哼！原来贼喊捉贼，左右，把他拿了！

众侍卫 喳！（围捉祖大寿）

赵　武 （跪求杨秋）监军，冤枉呀！

杨　秋 休得多言！

赵　武 （气愤地）哼！（走下）

杨　秋 （对喇嘛僧）不干你事，还不走开！

［喇嘛僧下。

祖大寿 （对众兵）休让他逃走！

［众兵欲追。

杨　秋 站住！

［众兵被呵，无可奈何地站住。

祖大寿 杨秋，你这阴阳人呀！

杨　秋 住口！死到临头，还敢辱骂咱家！来，将他正法！

众侍卫 喳！（推着祖大寿）

［祖老太内声："刀下留人！"她由赵武搀着，急步而上。

祖老太 （护住祖大寿，质问杨秋）何故欲杀我儿？

杨　秋 资敌叛国，反诬人罪！

王之仁 他胆敢辱骂监军！

祖老太 做出这事，实是无廉无耻之辈，可是我儿绝非这等样人！

（唱）　儿生自母怀，

儿心母尽知。

大寿他，
是直肠直肚刚直汉，
无弯无曲心无尘埃。
老身我，
久随军旅经风雨，
是人是鬼能识能知。
是谁资敌谁叛国，
纸徒包火终难遮盖。
纵然我儿犯重罪，
督师来时自能主裁。
却为何，
不审不问便欲斩，
试问你，
居心何在理从何来？

杨　秋　哈哈……

（唱）　皇上派我监军来，
军中之事自可主裁，
我叫掠来就着掠，
我叱宰来就着宰。
我一言便可决生死，
何用等待督师来！

王之仁　杨公公，事不宜迟，休容她纠缠！

杨　秋　对，斩了！

祖老太　（护住祖大寿）谁敢动手，我这条老命，就与你们拼了！（拔下头上银针，准备一搏）

杨　秋　哇！老乞婆，真真可恶！来，也与我拿了！

［二侍卫上前，被祖老太几下拳脚，打翻在地。但众寡不敌，祖老太终被捉住。

祖大寿 （惊呼）母亲！娘——

祖老太 大寿，莫要悲伤，这帮阉贼，终无好日！

杨　秋 （气极）哇！把这老乞婆，也斩了。斩，斩！

众侍卫 喳！（推祖大寿母子欲下）

[罗苏女内声："住手！"她手执尚方剑冲上。

罗苏女 谁敢杀人！老太，大寿哥！

祖老太
祖大寿 苏女！

王之仁 你这逃犯，还敢前来！

罗苏女 （昂然地）自然敢来！你们看，是谁来了！

[众人回望台内，袁崇焕阔步而上。

祖老太
祖大寿 袁主帅！
众　兵

袁崇焕 老太，大寿！（亲为祖大寿解绑）

[罗苏女也急为祖老太松绳。

杨　秋 慢！袁督师，怎么随意放人？

袁崇焕 （边解绑边闲缓地答）杨监军，怎么随意杀人？！

杨　秋 祖大寿资敌叛国！

袁崇焕 资敌叛国，自有其人，监军幸勿糊涂！

杨　秋 啊？此话怎讲？

袁崇焕 哈哈，这个须问问王提调使！

王之仁 （慌张地）我……

袁崇焕 （向台内）来，把路上擒获的奸细带上来！

[兵士押喇嘛僧上。

杨　秋
王之仁 啊？！

袁崇焕 王之仁，他已交代得一清二楚，你还有何话说？

王之仁 哇，这妖僧，分明是找祖大寿来的，却乱攀好人！（夺剑）我宰了你——

[王之仁欲杀喇嘛僧，被祖大寿捉住手。

袁崇焕 哈哈，狗急跳墙。来，绑了！

众　兵 喳！

[众兵与赵武急捆王之仁。

王之仁 （求救）杨公公——

杨　秋 督师，休恃官高权大，王之仁乃皇上钦派，你乱绑乱缚，理从何来？！

袁崇焕 军法无情，王法无私。他买内通外，为非作歹。整饬边务，务必清奸除害！来，押下斩了！

杨　秋 （拦住）慢，他乃内宫太监，皇上奴才，未有君命，谁敢乱杀！

袁崇焕 哎咋！

（旁唱）　未奉君王命，
欲斩朝中使，
若逆天子意，
必然降罪来。
须明轻与重，
心中难主裁……

祖老太
祖大寿 督师？！
罗苏女

赵　武
众　兵 主帅？！

袁崇焕 （忽见罗苏女所捧之尚方剑）着呀！岂容狐鼠乱边备，怒为君国斩狼豺！（拿过尚方剑，直举头顶）尚方剑在此，谁敢多言，立斩不饶！来，把王之仁并这奸细，枭首营门！

众　兵 喳！

[赵武与一兵士押王之仁、喇嘛僧下。

[号角长鸣，苍凉悲凄。

杨　秋　（气急败坏地）好！你目中无人，擅杀钦使。我，我要告上金銮！（欲走）

袁崇焕　望监军善自珍重，好自为之！

杨　秋　哼！（悻悻地下）

［号声戛止。台内一声喊："杀！"

众　人　（欢腾高呼）主帅！

祖大寿　（猛跪）主帅！

（唱）　再造之恩深似海，
此情此德记心怀。
漠漠边地又春日，
滚滚炸雷压狂飚！

众　人　（唱）　漠漠边地又春日，
滚滚炸雷压狂飚！

赵　武　（激动地把酒葫芦举上额顶）主帅，这是你一个老兵的心意，请尝一尝吧！

袁崇焕　噢？好！（接过，又向台内招手）把御酒抬上来！

［众兵士抬上两坛御酒。

袁崇焕　皇上体恤辽东将士，钦赐御酒，我特带来与前沿将士共饮！

祖大寿　主帅，此地兵士数万，如何饮得？

袁崇焕　这个？……（把葫芦中的酒分倒在坛中）赵武，把酒抬于飞瀑之上，随流倒下……

祖大寿　（不解）主帅，却是为何呀？

袁崇焕　哈哈！临流取饮，共沐天恩！

众　人　万岁，万万岁！

（唱）　香醇天上来，
一滴恩无涯。
边士甘赴死，
横戈逐狼豺！

［幕落。

第四场

[时间：崇祯二年初冬。

[幕启：二幕前。

[皇太极率领兵将上。

皇太极 （念） 父王驾崩传孤家，
统率八旗十万骑。
袁崇焕守辽如坚壁，
我绕道西进跨长城。

孤家，金汗皇太极是也。父皇不幸，中炮致死。可恨袁蛮子重整边备，使我难夺辽东。如今乘隙西进，一路势如破竹，真是快哉，乐哉！哈，哈，哈！

金将甲 启奏郎主，我邦根本只在建州，国力单薄，千里远征，宜速战速决！

皇太极 言之有理。就怕那袁蛮子驰师来援，使我腹背受敌！

[一金兵急上。

一金兵 禀，山道之上，捉了一个太监。

皇太极 押上来！

[金兵押杨秋上。

皇太极 你是何人？

杨　秋 呃，是个无用之人。

金将甲 哈哈！皮嫩肉厚，正可下酒，杀了！（拔刀直逼杨秋）

杨　秋 （失色）我，我乃辽东监军。

金将乙 哇！却是蛮子军头目，更是该杀！（欲杀杨秋）

皇太极 慢，留他一命。

金将甲、乙 仇敌见面，留他作甚？

皇太极 孤家自有道理。（与二将耳语）

金将甲乙 妙，妙，妙！哈，哈，哈！

皇太极 吩咐听令，马不停蹄，直捣燕京！

众兵将 喳！

[皇太极率众下。

[二幕开。

[明宫内殿，朱柱盘龙，黄幔高披。画梁上挂崇祯御书“九思”金匾。台侧设御案，后有屏风。案上的玉雕香炉烟气袅袅上升，案侧摆着高脚白鹤烛台，烛光昏黄，在白昼里枉自燃烧。

[钟鼓齐鸣，笙歌悠扬，四宫女翩然起舞。

（伴唱） 玉烟紫气绕帝城，
瑞霭祥云映龙庭。
金笙巧引九天乐，
柳腰轻舞百媚生。
今日人间蟠桃会，
祝愿圣寿无疆永康宁！

[歌舞将歇时，朱由检偕老太监悄上。

朱由检 （见状不悦）罢了！

[四宫女惊惶退走。张皇后急上。

张皇后 清音悦耳，叔皇何故生怒？

朱由检 朕早已明谕，宫中尽废声色之乐，又何来这颓靡之音！

张皇后 噢，今乃圣诞之日，哀家为解叔皇宵旰之忧，欲献庆寿之舞呀！

朱由检 哎呀！胡兵绕道而来，兵分三路，破关而入，锐不可当，前锋已逼近京畿了！

张皇后 啊？那还了得！

朱由检 （厌烦地）朕政事繁忙，你何苦……

张皇后 （自觉没趣）唉！（下）

[梁成栋急上。

梁成栋 臣梁成栋拜见陛下！

朱由检 梁卿，何事匆忙？

梁成栋 京……京都被围了！

朱由检 啊？！城外之师呢？

梁成栋 一战即溃！

朱由检 哎咋！梁卿，速传朕谕，召天下援兵，火速到京！

梁成栋 领旨（下）

[钱龙锡急上。

钱龙锡 启奏万岁，京都可保了！

朱由检 此是何说？

钱龙锡 袁督师亲率轻骑，日夜兼程，救帝京来了。

朱由检 （高兴地）噢，袁崇焕来了！

钱龙锡 是，是保卫京都来了。前锋已在广渠门外驻扎。

朱由检 如此迅速，袁督师真是善于用兵。

钱龙锡 闻他一路截击，三战三捷，以少胜多，实是用兵如神。

朱由检 诚如所言，朕则无忧了！

[几声炮响，梁成栋惊慌地上。

梁成栋 （俯伏）万岁，不……不好了！胡兵铺天盖地，烟尘滚滚，杀声冲天，外城岌岌可危！

朱由检 袁崇焕不是驰师来了么？

梁成栋 来是来了，却是按兵不动！

朱由检 唔？却是为何？……钱卿，即传朕谕，催督袁师，浴血死战，奋力解救京都！

钱龙锡 领旨！（下）

梁成栋 （突然叩跪）万岁，事到如今，臣愿冒死陈奏！

朱由检 唔？因何如此？

梁成栋 （急起）京外忽传烽火，帝都恐有莫测风云。袁崇焕此来，大有可疑！

朱由检 此话怎讲？

梁成栋 外间传闻纷纷，道袁崇焕暗结城下之盟，引狼入室！

朱由检 住口！事关重大，岂可只凭道路之言哪？

梁成栋 臣非不晓，只因事系社稷安危，才敢剖心献疑。

朱由检 你有何疑？

梁成栋 一可疑者：勤王之诏未下，袁兵却不召自来；二可疑者：胡兵前行，袁军即尾其后；三可疑者：既说他一路三战三捷，却放胡兵围困京师。如此举动，岂不可疑可惊！

朱由检 啊！难道他……？

梁成栋 臣还密得袁崇焕诗草一束，敢呈御览。（呈诗）

朱由检 （念诗）“策杖只因图雪耻，
横戈原不为封侯。”
只图雪耻，不为封侯？！……

梁成栋 弃而复用，耻怨存心，不为封侯，岂不是望高摘月，心蓄异念！

朱由检 哦？（疑虑地）文人将兵，也许是诗酒忘情，一时失言。

梁成栋 此非一时失言，逆心早已显露。袁崇焕非鲁莽之辈，却把皇上派去之人……

朱由检 （自语）王之仁被杀，杨秋被逼走，致身陷敌营……

梁成栋 陛下呀陛下，袁崇焕如此擅专，岂非欺君罔上，岂非早有图谋，早有图谋啊！

朱由检 哎咋！
（旁唱）听奏陈、疑重重，
疑重重又惊重重。
朕本知烈驹难为驭，
又怕是驽马不能事战征。
情急只得召回袁崇焕，
谁知他，
一出都门便独断专行！
对呀！
（唱）罔者之心必存逆，

如此险臣留之何用！

来，传朕旨谕！

梁成栋 何旨？

朱由检 慢！

（旁唱） 自来蛾眉多猜妒，

朝中有党常暗争。

梁成栋可信又难信，

为何出口皆谤声？

这时间，

黑云压城风正紧，

雾锁心灯似暗似明。

倘若崇焕暗通敌，

内外策应危局即成。

又只恐，

一朝错杀忠良将，

岂不是，

正中敌怀自毁长城？！

左思右想难决断……

梁成栋 臣恭候圣谕。

朱由检 （唱） 罢罢罢！

还待仔细察真情！

［杨秋慌忙上。

杨　秋 （伏地）皇上，皇上呀！

朱由检 如此狼狈，从何而来？

杨　秋 奴才是……是九死一生来的！

朱由检 闻你已被胡兵掠去？

杨　秋 是，奴才设法逃跑回来。

朱由检 身为监军，却成人囚，还有面目见朕！杀了！

杨　秋　万岁呀，饶命，饶命！奴才有天大的事禀奏。

朱由检　讲！

杨　秋　奴才身陷敌营，夜间听得胡将谈话，道袁崇焕与皇太极密约，内外策应，欲夺大明江山！

朱由检　此话当真？

杨　秋　全无虚言！

朱由检　哎咋！

杨　秋　如若不信，奴才愿以死明心！

［杨秋以头触柱见血。梁成栋与老太监急扶。

杨　秋　（不断哭喊）皇上，皇上呀！……

朱由检　（心绪烦乱，猛喝）下去！

［老太监扶杨秋下。

梁成栋　陛下呀陛下，事急燃眉，伏望三思，三思啊！

［忽闻张皇后哭喊之声："先帝，先帝呀！……"

朱由检　这这这……

［张皇后急从屏风后闪出。

张皇后　哀家听得明明白白，不得不言！社稷存亡，决于一念，望陛下勿负先皇，当机立断，当机立断啊！

朱由检　哎咋！

（唱）　大明基业千秋重，
　　　　臣子性命一羽轻。
　　　　防人防心防不测，
　　　　不谋不断大错即铸成。

着呀！

（唱）　若是中他险毒计，
　　　　朕怎为一代圣明！

来，梁卿，即带锦衣卫，把袁崇焕拘捕归案！

梁成栋　遵旨！（欲行）

［钱龙锡急上。

钱龙锡 万岁，袁崇焕求见圣驾！

众　人 （一怔）啊？！

朱由检 来得正好！即宣上殿。

钱龙锡 （对内）皇上有旨，袁崇焕上殿。

［袁崇焕内声："领旨！"上，他臂上负伤。

袁崇焕 臣袁崇焕拜见陛下。

朱由检 （冷漠地）不在郊外杀敌，进城何故？

袁崇焕 乞请入城休兵！

朱由检 （一怔）哎咋！入城休兵？（转缓）却是为何？

袁崇焕 各路王师，尚未到京，众寡悬殊，战之不利！

朱由检 真的如此？

袁崇焕 臣率九千疲惫之师，挡十万虎狼之敌，疾行千里，恶战经旬，实是难再苦撑！

钱龙锡 臣见军人，人成血人，马成血马……

朱由检 （喝住）老不懂事，休得多言！

钱龙锡 这……（惶然退立）

朱由检 袁崇焕，此时此刻，入城休兵，却是何意？

袁崇焕 只待祖大寿大军赶到，臣即出城杀敌，内外策应！

朱由检 内外策应！（苦笑）嘿嘿嘿！你莫枉费心机！（凶相毕露）来，拿了！

［众锦衣卫士闪出，缚住袁崇焕。

袁崇焕 （急跪）万岁？……

朱由检 （顿然失色乏力）朕岂可欺？！……（瘫倒在龙椅上）

张皇后
梁成栋 （狰笑）哈哈哈！

钱龙锡 （号哭）袁大将军……

［幕急落。

第五场

［时间：距上场旬日后。

［地点：锦衣卫牢狱。

［幕启：室外天寒地冻，大雪纷飞；狱中气氛阴森，烛影昏暗。

［身戴铁镣的袁崇焕侧耳狱门，凝神谛听。时有沉沉炮声传来。

袁崇焕 炮声！炮声！

（唱） 凭谁问消息，
炮声报敌情。
城外方酣战，
烽火逼帝京。
可恨夺我屠龙剑，
厩马闻风空嘶鸣。
苍天呀！
我本当慷慨阵前死，
却为何，
欲死不得战不能！
无来由，
一副铁镣锁手足，
千里驰援反成罪名！
真是天意难测高难问，
风云突变雷霆乍惊。
眼见内外交危祸即至，
陡教人，
满腔悲愤恨难平！

我恨，我恨呀！（悲愤交加，猛力摇撼铁栏）

［张老通和李小顺守在狱门外，同被惊动，推门进来。

张老通
李小顺 哎呀！袁将军，你又何必如此。

袁崇焕 唉！（长叹一声，颓然坐下）

张老通 伤口还未好，不能动气呀！

李小顺 气了要流血，叫人看了心难过。

袁崇焕 嘿嘿，谁会为我伤心，谁会为我难过！

张老通 有呀！袁将军，你可惦念家人？

袁崇焕 （觉语中有因）老通，此言何意？

张老通 辽东来人了。

袁崇焕 （急问）谁人来了？

张老通 这……

袁崇焕 讲吧，讲吧！

张老通 将军呀！两日前，你夫人已被解押来京了！

袁崇焕 （顿惊）啊！现在何处？

张老通 就在这锦衣卫女监。

袁崇焕 （镇静地）来了，果然来了！

李小顺 （痛切地）夫人十分焦急，探问将军消息啊！

袁崇焕 这么？二位，能否设法让我与夫人一见？

张老通 （拉开李小顺）弟呀！做人无恩义……

李小顺 子孙代代做禁子！

张老通 念俺辽东老家，若无袁将军威德荫庇，父母兄弟，早就被胡兵杀死。如今这点人情……

李小顺 可以做得！

张老通 此时夜深……

李小顺 我去带引。（下）

张老通 将军，你且稍待吧！

[李小顺带叶夫人上，随即与张老通同下。

叶夫人 官人！

袁崇焕 夫人！

[夫妻相对而泣。

叶夫人 （唱） 见官人，肝胆摧，

不由我，

滚珠抛豆泪双垂。

你驰师勤王救国难，

何期敌围未解身先危！

半月来，

妾身长对边庭月，

此心遥逐征尘飞。

祈祝军中早奏凯，

马到功成展雄威。

谁料到，

两地未传平安语，

忽惊破梦一声雷。

官人呀！

相逢竟在牢狱里，

不见征袍见囚衣！

袁崇焕 （唱） 囚衣加身未明罪，

眼见疑云满天飞。

诬我通敌图谋国，

人言可畏人心可危！

金殿里藏刀伏斧，

朝廊中鬼蜮奸回。

心存正道无可惧，

夫人呀！

还望抑泪且忍悲，

叶夫人 （唱） 泪难抑，难忍悲，

天地同哭雪霏霏。

谁识男儿多壮志，

官人呀！

你舍命忘家究为谁？

袁崇焕 为谁？为谁？！念我十余年来，浴血边庭，父死不能奔丧，母在不能尽孝，妻孥随军受惊，兄弟阵中丧命，忘交游，远朋友，余何人哉？！唉！夫人，就把我当作大明国里，一个亡命之徒罢了！

叶夫人 大明国里，一个亡命之徒！啊——

（唱） 听君吐苦语，

教人心欲碎。

恨无一词相慰藉，

哪堪凄言更添悲！

哎，夫君呀！

但愿覆盆冤能雪，

重见青天日月辉。

趁得晚晴复归去，

人影双清乐唱随！

袁崇焕 好夫人，你想得真好！

叶夫人 夫君！（激动地挽袁崇焕之臂，触到痛处）

袁崇焕 哎咋！（扶臂）

叶夫人 噢，受伤了？！

袁崇焕 阵前中箭！

叶夫人 祖老太闻知夫君下狱，托我带来金疮妙药，以解刑罚之苦。（于怀中取出一小包）

袁崇焕 （接过）祖老太！

叶夫人 惊闻凶讯，辽东军民，哭声动地，祖老太更是悲号欲绝！

袁崇焕 啊！累她老人家伤心了！

叶夫人 官人，快些敷来。

袁崇焕 痛已减轻，留给苏女吧！

叶夫人 苏女？

袁崇焕 那日她也遭拘捕，如今囚于女牢之中。

叶夫人 啊！

[钱龙锡上。

钱龙锡 袁东莞！叶夫人！

袁崇焕
叶夫人 钱大人！

钱龙锡 二位受苦了！

袁崇焕 敌围未解，大人身为首辅，尚有空暇顾及狱中之人么？

钱龙锡 看望来迟，心已存愧；临急叩门，更觉赧颜！

袁崇焕 此是何说？

钱龙锡 唉！

（唱） 国事纷繁难尽言，
京畿飘摇风雨中。
敌势汹汹围正紧，
人心惶惶乱如蜂。
各路勤王师尽败，
眼见覆巢旦夕间。

袁崇焕 怎说，局势如此危殆，东胡如此猖獗么？

钱龙锡 正是，晋冀诸路兵马，俱皆溃败，豫皖各省之师，难济近火；守城只赖京营之旅，弱不能战。胡骑纵横，京都已被围得水泄不通了！

袁崇焕 啊！祖大寿带来辽东十万之兵呢？

钱龙锡 哎呀！走了，走了！

袁崇焕
叶夫人 啊！走了？！

钱龙锡 是呀！

（唱） 辽东兵到势如山，

敌骑未敢乱动弹。
方冀掩土可制水，
谁料逆势难挽还。
临战惊知已夺帅，
将军你，
锒铛下狱蒙奇冤。
屯兵三日哭三夜，
三军洒泪涌三江。
朝廷寡恩激成变，
祖大寿愤带兵马奔出关！

袁崇焕
叶夫人 啊！祖将军兵奔出关！

钱龙锡 正是。

袁崇焕 哎咋！
（唱） 闻斯言痛彻心肝，
众将士情重如山。
自来军心不易撼，
匹夫之志不可降。
到如今，
掉旗东走伤大局，
岂可因我误国邦！
大人呀！
难道朝廷不下诏，
唤取人心到辽东？

钱龙锡 （唱） 追诏军前不受诏，
滚滚奔流唤不还。

袁崇焕 那还了得！
（唱） 待我披甲上阵去，

领兵带将保江山。

皇天后土可明鉴，

战死沙场心才甘！（欲冲出）

叶夫人 （拉住）官人，你，你忘了……

袁崇焕 （顿悟）噢，真的忘了。我，我乃是罪犯！我太痴了！痴——了！

钱龙锡 唉！日前老夫也曾哭求皇上，且释将军出狱，领兵一战，以战明志，以功释疑。

叶夫人 皇上如何言答？

钱龙锡 始而沉思默默，继又笑我愚不可及！

袁崇焕 嘿嘿，皇上岂能轻信“叛臣”，容我领兵？老大人也太痴了！

钱龙锡 老夫之意，同僚多有赞同。只是皇上宸聪独断，群臣未敢多言。

袁崇焕 难道朝中别无他策？

钱龙锡 不是摇头，便是叹气。还是皇上，别有圣机。

袁崇焕
叶夫人 敢问有何妙策？

钱龙锡 退兵之策，唯在将军身上。

袁崇焕
叶夫人 （一怔）啊！此话怎讲？

钱龙锡 皇上欲我劝你写书，召回辽东之师。

袁崇焕
叶夫人 这……

钱龙锡 谅必将军，可以书得？（于怀中取出纸笔）

袁崇焕 （仰天大笑）哈哈哈！写不得，写不得！（推开纸笔）

钱龙锡 （一怔）啊！却是为何？（置纸笔于桌上）

袁崇焕 难道皇上忘了，袁某已非军中主帅，而是阶下之囚，怎能调动兵马，招之能来？

钱龙锡 谁不知袁家军上下同心，生死共命！当今之势，只有将军一人，呼之能来！

袁崇焕 托叛臣召王师，岂不紊乱纲纪，背悖理法？若无圣诏明谕，何能写得？

钱龙锡 哎呀！难道将军不明，皇上若降诏于谋叛之臣，岂不笑柄贻人，岂不反咎于己，有损天威？

袁崇焕 为护天威，老大人竟甘冒风雪而来？

钱龙锡 嘿嘿，皇上知我老而可用，无妨深夜叩门。

袁崇焕 哈哈哈！倒也十分辛苦。只是此来无异杀我。

叶夫人 （一震）啊？！

钱龙锡 何以见得？

袁崇焕 这个大人明白。军中不受圣诏而受袁某之书，大兵奔命而来，岂不更招皇上疑忌，反置我于必死之地？

钱龙锡 这个，已有所料！

叶夫人 怎说，你已有所料？

钱龙锡 是。不得不来！

叶夫人 啊？！既有所料，何太忍心！老大人，你，你呀！

（唱） 你来意不善，
你暗伏机关。
你良心何在？
你肚肠几弯？
昔日里，
是你朝堂频荐举，
催他拜命重出山。
才致又遭牢笼劫，
锒铛声里苦难当！
人老心慈方是福，
你怎不积德荫后人？！
难道说，
天子不有春风面，
宰相心头也结严霜！
难道说，

治国须用大手段，
别人生命小如蚁虫？
笔是催命笔，
纸乃招魂幡，（愤激地撕纸折笔）
此地不容无常物，
掷送幽幽鬼门关！

（抛纸笔于纷纷的风雪中，然后伏案哭泣）

钱龙锡
袁崇焕 （同时大笑）哈哈哈！

钱龙锡 夫人，你骂得好，赶得好！

袁崇焕 夫人骂错了！钱公是个苦人，也是个好人。

叶夫人（不解）好人？好在他会害人！

袁崇焕 他既害人，也甘害己啊！

叶夫人 啊？

袁崇焕 钱公于我，昔有荐举之恩，今有劝书之谊，若师到围解，必瓜蔓牵连，招来疑谤。钱公实也可虞啊！

钱龙锡 哈哈！老命一条，心中有数！

叶夫人 （悟）啊！明知如此，老大人何必苦于奔走啊？

钱龙锡 （无限感慨）唉——夫人！

（唱） 不生不死莫做人，
怕凶怕吉莫做官。
为答皇家千钟禄，
愿效犬马苦奔忙。
为理万民忧乐事，
荣枯得失俱可忘。
非我痴愚不可及，
老眼颇能识忠奸。
将军他，

胸怀万姓存忠赤，
半生戎马为江山。
当此国难临头日，
舍生忍死决无难。
将军呀！
知你劝你见肝胆，
夫人呀！
知我罪我骂何妨！

叶夫人 （既感动又担心）哎呀！老大人，你，你莫再讲了！

袁崇焕 （感奋地）老大人！

（唱） 肝胆两相照，
春风撩胸间。
夫人呀！
莫道此生无相识，
钱公便是知音人。
士为知己可舍命，
我为江山死何憾！
罢！
待写一书辽东去，
召唤雄师挽狂澜！

叶夫人 怎说？官人，你，你真的欲写书么？

袁崇焕 是，欲写！

叶夫人 写不得，写不得呀！

（唱） 朝廷既然绝恩义，
国事何必再挂牵！
忠而见疑苦已甚，
你怎甘听人摆布，任人敲直作弯？！
夫君呀，明知一纸飞去更招祸，

难再忍你一命付笔端！

袁崇焕 啊！昔年贬我，今又拘我，家因我而散，妻因我而囚。我何负于朝廷，而朝廷竟这般负我！我岂无怨，我岂能一忍再忍，肉伤心伤！（抚伤，苦笑）嘿嘿，幸得夫人提醒呀！嘿嘿嘿……

钱龙锡 袁东莞，你？……

叶夫人 （急阻）哎呀，你！……（转缓）夜深了，请自便吧！（示意送客）

［台内忽响炮声。

袁崇焕

钱龙锡 哎咋，炮声！炮声！

叶夫人

袁崇焕 （冲近狱门）近了！更近了！

（唱） 都门硝烟漫，

热血涌胸膛！

辽东兵不到，

大明必沦亡。

事势燃眉急，

耻作观火人！

写来！写来！

叶夫人 慢！

（唱） 朝堂多衣冠，

退敌待他人。

当初罗浮劝不得，

只求今朝听我言！（扯住恳求）

袁崇焕 哎呀夫人，听不得，听不得呀！

叶夫人 听得，听得！

袁崇焕 我意已决，望勿阻拦，望勿阻拦啊！

（唱） 心碎不忍河山碎，

一身甘负万重冤。

男儿当为天下死，
何妨洒血卫家邦。
万望夫人能全我，
怜你身边痴情人！（凄然下跪）

叶夫人 折煞我了！（忙跪）

袁崇焕 （沉痛地）夫人，你我恩爱多年，受尽崇焕苦累。我既不能报偿，反害你身陷囹圄，实是于心难安。如今尚望夫人谅我初衷，完我夙愿。请受我一拜吧！

叶夫人 （感动地扶起）啊！——夫唱妇随，生死同心！

钱龙锡 匹夫匹妇，日月同辉！

叶夫人 罢！夫君写来！（走近桌边，发觉纸笔已被自己抛掉）噢！

钱龙锡 待我再把纸笔拿来。（欲走出狱门）

袁崇焕 （阻止）慢，为表赤诚，待我咬指写书！（咬指）

叶夫人 （撕裙）罗裙一幅，快些写来！

[钱龙锡急跪。

袁崇焕
叶夫人 为何如此？

钱龙锡 为报君国，就在老朽身上写吧！

袁崇焕 好！

[钱龙锡夺过罗裙，披在自己背上。袁崇焕上前蘸血疾书。

[幕徐落。

第六场

[时间：距上场两天。

[地点：关外营地。

[幕启：远景同三场，只是冬雪笼盖，大地茫茫铺白。台侧是营房大帐，帐中设木案及虎皮椅，帐顶挂着“袁”字大旗。

[赵武背着衣包，腰插大刀上。

（后台合唱）

可恨胡兵太残暴，

妻儿被杀家被烧。

此仇不报非男子，

手中空有杀敌刀！

赵　武　离开袁家军，真是不忍啊！（猛然向“袁”字旗下跪）袁主帅，饶恕我吧！（起身欲走）

[内声：“站住！”

[士兵甲、乙持戟急上。

兵　甲乙　你胆敢跑！

赵　武　我就要跑！（又欲走）

兵　甲乙　（上前截住）不准你跑！

[祖大寿暗上，一旁细听。

赵　武　兄弟，让开些些，我赵武非是逃差，我要杀回去报仇！

兵　甲　祖将军有令，谁要杀回京城，概以军法从事！

赵　武　非是不晓军令，只是……唉！

兵　乙　（对兵甲）看他报仇心切，放他走吧！

兵　甲　军纪森严，使不得！

赵　武　（对兵甲）你真无良心！（欲走）

兵　甲　（拉住）不能走！

赵　武　（挣脱）放开！（急奔）

祖大寿　（猛喝）转来！

赵　武　（刹住脚步）祖将军！（膝行近前）

祖大寿　（气愤地）你，你，你呀！

（唱）　你枉为兵曹，

你胆敢私跑，

你违抗军令，

你难逃此遭！

搅乱军心罪难赦，（拔出赵武腰刀）

帅旗之下自砍头！（抛刀于赵武面前）

赵　武　（捧起刀，痛切地）祖将军，容我杀回京城，砍下百个贼首，再割我头吧！

祖大寿　还提杀回京城！

赵　武　我家在京郊，妻儿被胡兵杀死，难道将军不容我报仇！（痛哭）

祖大寿　要报仇就在此报仇！你岂想过，袁主帅为救京师，竟致获罪，我表妹苏女，也无辜遭禁，俺岂能再为朝廷卖命？！

赵　武　将军可曾想过，俺袁家军志在杀敌，如今临战撤兵，岂不……

祖大寿　住口！身犯重罪，还敢多言，来，军法从事！（转身）

赵　武　实求捐躯阵前，怎愿空死营中？还望将军鉴我苦心！

兵　乙　（代求情）祖将军！……

祖大寿　（回头对兵乙）哼！

[兵乙缩退。

[祖大寿上前拿过刀，反复看着。

祖大寿　令行禁止，岂容搅乱军心！（沉痛地递过刀）赵武，还是自己处置去吧！（转身挥泪）

赵　武　啊！（接过刀，沉痛地）事到如今，愿从军法！（突向“袁”字旗叩头）愿主帅平安！（起身欲走）

祖大寿　转来。你，你有何后事吩咐？

赵　武　家室全空，还有什么后事？只求将军，见到主帅之时，说我跟随他多年，无负他之教诲……

祖大寿　哎咋！（心绪烦乱，紧张地思索着，终于上前夺过刀）暂把他带下！

兵甲乙　领命。（押赵武下）

祖大寿　（对着钢刀，唱）

钢刀映雪闪青锋，

军士豪气贯长虹。
望帅旗，悲难控，
恨结心头烈火攻。
痛主帅，念苏女，
无辜身陷囹圄中。
自毁长城君王何不德，
临危夺帅究是何奸谋？
逼得人，
手中有刀难对敌，
脚下有地难立足。
泪洒风前天无语，
彷徨雪野叹何从！

（对着帅旗）主帅呀，非是俺袁家军不忠，实是他朝廷不义！（狠将钢刀劈入案角）

[报子上。

报　子　禀将军，营外又来了一个钦差。

祖大寿　啊？又来了！传他进来。

报　子　领命。

祖大寿　慢，升帐伺候！

报　子　呔，升帐！

[台内齐声：“啊！”

[众将士持刀执戟涌上。

祖大寿　（念）　赤心报国反招疑，
岂容人舌再售欺！
枪刀本是无情物，
天送人头祭帅旗！

众将士　啊！

祖大寿　吩咐听令！

众将士 何令?

祖大寿 少时朝臣到来，叫绑即绑，叫杀即杀，不得违令!

众将士 啊!

祖大寿 营前列戟，传他报门而进!

报　子 呔! 来者报门而进!

众将士 威啊!

[差臣——即知府，惶恐地上。

差　臣 哎哟! ……

(唱)　　昔日传诏罗浮山，
糊里糊涂升做朝官。
非我口有三寸舌，
实是皇上双目沾着沙!
如今又派苦差事，
追马传旨把兵搬。(进门)
哎呀呀!
怎呢官大胆越小，
脚颤手抖通身麻!

众将士 威啊!

差　臣 (小心翼翼) 报——，告进——!

众将士 (大吼一声) 啊!

差　臣 (吓得顿坐) 天呀!

祖大寿 来者何人?

差　臣 朝廷钦差。

祖大寿 到来何事?

差　臣 传诏搬兵。

祖大寿 住口! 前日也曾来了两个狗差，都被砍断马足，赶出营门，难道你不晓得?

差　臣 非我不晓，实因圣命难辞，不然，就要被皇上处死。我知将军高义，不会任意处置!

祖大寿 哼！算你善用口舌，只是我对朝廷讲了，不还我主帅，决不回师！

差　臣 这……

祖大寿 此诏岂能依我所求？

差　臣 皇上虽未应允，此诏比起先前二诏，却有大异，将军一听，定然顺耳！

祖大寿 讲！

差　臣 皇上下大本钱，对将军大力提携，特授你为巡抚之职，袁崇焕辖下兵马，俱归你调制。将军呀，恭喜恭喜！

祖大寿 呸！（离座，气愤地踢倒差臣）

（唱）　你卖官到此地，

果然来售欺。

满朝小人辈，

狗眼看人低。

谁道君心似明烛，

恩宠岂能买忠义？

任他翻云覆雨无定变，

且看我，

军门长飘“袁”字旗！

呔，把他绑了！

差　臣 哎哟！将军呀，请你客气些些，念我与袁督师尚有一份人情。

祖大寿 讲！

差　臣 昔日是我三顾茅庐，爬上罗浮，劝伊出山，出来做大官。

祖大寿 哇！是你做的好事！

众将士 （齐吼）割掉狗舌！砍下狗头！

祖大寿 砍头祭旗！

众将士 啊！

[兵甲、乙拉差臣欲下。

[一女兵急上。

女　兵 报！太夫人到。

[祖老太上。

祖大寿 为何喧喧嚷嚷？

差　臣 （忙跪下）哎呀，老夫人，要砍我的头呀！

祖大寿 你是何人？

差　臣 朝廷钦差。

祖大寿 啊，是钦差？

差　臣 是哩，有诏书为证。（掏出圣旨牌）唉！未读圣旨牌，就要抓我去杀。

祖大寿 （上前夺过）拿来！（欲撕碎）

祖老太 慢！（一手夺过）嗯？

差　臣 老夫人救命呀！

祖老太 请大人后营待茶。（示意众将士退下）

[众将士退下。

[兵甲、乙押差臣下。

祖老太 大寿，你怎能这般鲁莽？！

祖大寿 怒火烧心，不杀不足以解恨！

祖老太 当此生死存亡之秋，哪能义气用事！

祖大寿 将士人人摩拳，个个喊杀！

祖老太 生为大明臣民，岂能辱杀朝廷命官？

祖大寿 朝廷既已断恩，岂能报以忠义！

祖老太 你擅自撤兵，已铸成大错，若砍杀钦差，必定道路全绝！

祖大寿 天不容人，儿愿一死！

祖老太 哎呀！胡骑深入，国家多难，主帅、苏女蒙受深冤；你重担在身，岂能一死了事？！

祖大寿 这……唉！

[四女兵抬昏迷的罗苏女上。

祖老太
祖大寿 （顿惊）苏女！

一女兵 她狂奔而来，晕倒营门！

祖老太
祖大寿 （扶起急叫）苏女！苏女！

罗苏女 啊！——（苏醒）祖老太，大寿哥！

［众女兵退下。

祖老太
祖大寿 为何如此？

罗苏女 （唱） 突围而来险重重，
一路驰驱急如风。
主帅命我带书至，
千言万语尽在其中。（递上血书）

祖老太 （命祖大寿）快些念来！

祖大寿 （念） “京都遍地燃战云，
万民翘首袁家军。
直待急水回头浪，
连天烽火独思君！”

祖老太
祖大寿 哎咋！

（唱） 千里烽烟传书至，
数行血泪见深悲。
“直待急水回头浪”，
却为提师救京徽！

祖大寿 苏女，此书真的是主帅所写？

罗苏女 正是主帅所写。

祖大寿 莫非身披刑械，事不由己？

罗苏女 主帅咬指写书，赤诚可见！

祖老太 这半幅绢帛？

罗苏女 为表心志，夫人撕了罗衣！

祖大寿 （唱） 夫人何其愚！

主帅何其痴！
已是囚身三尺地，
安念狱外万里天！
问什么回浪急水，
愁什么都门帝基！
苏女呀！
若待回师解危后，
主帅岂能避一死？

罗苏女 问过夫人，伤心无言。

祖老太 主帅呢？

罗苏女 主帅言道，自己不知。

祖大寿 哎呀！如此看来，必无生理。我，我怎能回师！

祖大寿
罗苏女 怎说，你不回师么？

祖大寿 正是，不能救得主帅，枉流战士鲜血！

祖老太 哎呀，大寿，你好糊涂呀！

（唱） 枉你七尺男儿，
空负我教诲多年。
奈何遇事不小忍，
奈何立身不明大义？！
你不思，
昔日是谁救你命，
再造之恩大如天！
今日里，
主帅蒙冤负苦罪，
死固可料生尚可期。
宜当抵死图一战，
立功求赎一线生机。

纵然人事做尽天不予，

也不负这千古高标“袁”字旗！……

祖大寿 （抬头一望）“袁”字旗！……

罗苏女 （唱） “袁”字旗，“袁”字旗，

抬泪眼，影依稀。（转对祖大寿）

想昔日，

是你投书罗浮去，

主帅他，

才投袂再起义无辞。

今又是，

苏女衔命传书至，

拼将血泪召义师。

大寿哥呀！

若不跃马急奔命，

岂不负他耿耿丹心烈烈忠义？！

祖老太 岂止负他忠义之心，更陷他于必死之地！

祖大寿 此话怎讲？

祖老太 朝廷本疑其逆，如今若不回师，岂不是其兵其将，逆迹显明？岂不是授人口实，死之必然？

祖大寿 哎咋！

祖老太 大寿呀！

（唱） 你莫负恩帅莫负国，

你休彷徨误戎机。

袁家军里无败类，

俺祖家不养忤逆儿！

祖大寿 （跪下）娘！

（唱） 母亲言重如九鼎，

主帅志节高如天。

进退得失我能晓，

且忍心头无限悲！

罢罢罢！

不为朝廷为百姓，

迎风重抖“袁”字旗！

祖老太 （扶起）起来！

祖大寿 （对台内）众将士听令！

[众将士急上。

祖大寿 （唱） 急水回浪翻江去，

十万兵甲救京畿！

众将士 啊！

[一士兵摇着“袁”字旗上。

祖大寿 苏女，擎旗开路！（递旗与罗苏女）

罗苏女 领命！（摇旗）

赵　武 （急上）祖将军，我？……

祖大寿 （拔出案角钢刀）赵武！……（将刀掷给赵武）

赵　武 （挥刀大喊）杀呀！……（冲下）

[众随着冲下，祖老太挥手相送。

[幕急落。

第七场

[时间：崇祯三年中秋节。

[地点：锦衣卫大堂。

[幕启：皓月当空，万顷澄碧。厅堂上案台高踞，案后的画屏上苍鹰兀立，眼凶爪利，狰狞可怖。满室气氛森冷灰暗，与晴朗的夜空显得极不调和。

[四宫女捧着酒具、珍肴奔忙来去，上而复下。

[梁成栋上。

梁成栋 （唱） 审叛臣圣驾亲临，
还赐宴却为何因？

[杨秋持酒瓶上。

杨　秋 （唱） 袁崇焕难逃一死，
张皇后送酒一瓶！（进堂）

梁成栋 杨公公，皇上今晚亲自提审，却又赐宴，你看袁崇焕是杀还是放？

杨　秋 咱家也难看透。还是张皇后卓识过人，命我送来……你看！（显出酒瓶）

梁成栋 鸩酒？！如此说来，她料袁崇焕必死！

杨　秋 必死无疑！

梁成栋 哈哈！赦不了袁崇焕，你我就……

杨　秋 平平安安。哈哈哈……

梁成栋 （同笑）哈哈哈……好，请入后堂歇息。（偕杨秋下）

[朱由检内声："摆驾！"

[举着斧钺的四锦衣卫士及老太监等拥着朱由检上。

朱由检 （唱） 月到中秋分外娇，
踏影而来心暗焦。
已报胡兵遁塞外，
却有烦恼费推敲！
仓皇间捉了袁崇焕，
这事端欲了苦难了。
虽则是，
朕能一手操生死，
犹恐人间骂未消！
聊借杯酒试座客，
看他是拒还是招！（进堂）

[梁成栋急上。

梁成栋 微臣候驾，吾主万岁，万万岁！（俯伏）

朱由检 嗯哼！命你安排酒宴，可曾停妥？

梁成栋 都已齐备。

朱由检 梁成栋！

梁成栋 （惶恐地）臣在。

朱由检 今晚朕亲来提审，欲叫袁崇焕低头服罪，你猜事势如何？

梁成栋 臣乃庸才，难知高深。杨公公于此似有所料。

朱由检 杨秋还敢说长道短！

梁成栋 他正有事候见。

朱由检 （愠怒）杨秋上来！

［杨秋持酒瓶上。

杨　秋 万岁！

朱由检 你来做甚？

杨　秋 张皇后命奴才送来这个，（亮酒瓶）让皇上赐予袁崇焕。

朱由检 酒？

杨　秋 是。此乃先帝所储，常赐予不能明杀之人。

朱由检 不能明杀？

杨　秋 张皇后说道：让他不明不白死去，总是好些。

朱由检 此是何意？

杨　秋 缚虎容易纵虎难！

朱由检 缚虎容易纵虎难！哎咋！（旁白）妄猜朕之心事，自用聪明，真个可恼可恨！杨秋！

杨　秋 奴才在。

朱由检 这酒就赐给你吧！

杨　秋 （惊跪）皇上饶命，饶命！念奴才是……是陛下一只走狗啊！

朱由检 （决意）那就了结你的狗命！

杨　秋 哎呀！皇上！……

朱由检 （烦躁地）梁成栋，把他押走！

梁成栋 领旨。（转对杨秋）走！

[梁成栋与二锦衣卫士强押杨秋下。

杨　秋　（边走边呼救）皇上，皇上呀……（下）

[梁成栋与二锦衣卫士上。

梁成栋　（惶恐地）启奏陛下，狗……狗已毒死了！

朱由检　哼哼！还有你这条狗！

梁成栋　（瘫倒）皇上饶命，饶命！

朱由检　哼！幻造形影，迷惑朕心，致袁崇焕一案，群议纷纷，真教朕难堪！

梁成栋　臣已知罪，知罪！（频频叩首）

朱由检　宫中尚多鸩酒，谗者当戒！容你闭门思过，暂留狗命！

梁成栋　谢陛下深思！（溜下）

朱由检　传袁崇焕上堂！

祖老太　呔，袁崇焕上堂！

[内声："袁崇焕上堂！"

[张老通带袁崇焕上堂，即下。

袁崇焕　（唱）　万顷如银秋月朗，

步出狱门天地宽。

已熄京都连天火，

待迎面前急来风！（俯伏）

拜见陛下。

朱由检　平身！平身！那边坐下。

袁崇焕　罪臣不敢！

朱由检　朕愿施恩于人，坐下无妨！

袁崇焕　（坐下，见案上酒物）敢问皇上，这是何意？

朱由检　月夜对酌，饮之谈之。

袁崇焕　倒也别有境界！

朱由检　嘿嘿，朕喜欢静月清光，不爱烈日猛炎！来！（举杯邀饮）

（唱）　莫叹奈何戴锁镣，

且把愁烦抛九霄，

但愿金樽共醉笑，

换得白刃可相饶！

饮吧！

袁崇焕 噢？！（举杯，凝视杯中物影）杯中既盛月光，又映刀影！

朱由检 真的么？嘿嘿，也太巧了。莫非天公示兆于人？

袁崇焕 看来更属人意！

朱由检 倒也聪明。…… 昔年太祖审讯叛臣之时，也曾赐以金杯，座后列剑！

袁崇焕 审讯叛臣？哈哈，袁某却罪非在叛。

朱由检 既非在叛，却何言罪？

袁崇焕 袁某实不容诛，犯了三不该大罪！

朱由检 啊？

袁崇焕 请听——

（唱） 一不该，

本已罗浮寻闲去，

却又忧天人世来。

二不该，

追风逐云回旌至，

一路恶战斗狼豺；

三不该，

飞檄辽东招旧部，

保了皇都消弭兵灾！

这都是，

晚蚕作茧苦自缚，

飞蛾投死扑火来！

朱由检 非也非也！这都是实心体国，报效皇家，何谓投死，何至罪不容诛！

袁崇焕 袁某前曾奏求：信而不贰，用而勿疑。而袁某所为，却使皇上不疑不可！

朱由检 何以见得？

袁崇焕 容奏！

（唱） 辽东兵奔去，
三诏追不回。
罪臣书一纸，
十万旌旗一呼即来。
岂不是
我言更比圣命重，
事势可惊，必招疑猜！

朱由检 哎咋！那……那你何以还肯写书？

袁崇焕 袁某以天下为心，顾不得自家安危！

朱由检 嘿嘿，如此赤诚，却也可信。只是事到如今，你以为朕会开赦于你么？

袁崇焕 开赦？哈哈！……罪臣料是：京师解围之日，就是我丧命之期！

朱由检 这……却是为何？

袁崇焕 岂不闻，缚虎容易纵虎难！

朱由检 哎咋！

（旁唱） 缚虎容易纵虎难，
朕之心事被看穿。
天生此人太厉害，
智高于我威逼人。
非常人必做非常事……

袁崇焕 （旁唱） 硬直汉敢说硬直言！

朱由检 （旁唱） 不驯不顺即异己，

袁崇焕 （旁唱） 不疑不妒非君王。

朱由检 （旁唱） 敌退围已解，

袁崇焕 （旁唱） 鸟尽良弓藏。

朱由检 （旁唱） 去留决一念，

袁崇焕 （旁唱） 死在须臾间！

（苦笑）哈哈哈！

朱由检 这……（转念）唉！人生几何，今夕何夕？你莫过于悲凉凄怆。来，饮吧，

朕还未尽言。（饮酒）

袁崇焕 （举杯欲饮，忽停杯）阶下之囚，实无意兴！唉！又是违逆君心了！

朱由检 你再细听，当觉如饮甘醇！

（唱） 此生此夜不长有，

明月明年何处看？

莫辞盏酒十分劝，

但愿兴来俱尽欢。

昔日失察冤了你，

朕愿了结这事端。

望你将差就错苦认罪，

自可开赦赐恩还。

袁崇焕 啊！欲我认罪？

朱由检 只需轻描淡写，也就是了！

袁崇焕 有何好处？

朱由检 护我圣德天威。

袁崇焕 哦，这圣德天威，靠的是涂污他人，欺瞒人心？

朱由检 朕乃至尊，何物不随我方圆？

袁崇焕 倘若我不认呢？

朱由检 （正色地）你心中明白！

袁崇焕 哈哈哈！陛下圣明，却太不知人了！

（唱） 罪臣不是风前柳，

好剑宁折不愿弯。

岂不闻：

人无气则死，

山无气则崩。

我只知，

直道直行报君国，

安能巧扮颜色媚君王？！

朱由检 （愠怒）嗯？！良辰美景，难道你无存生之念？

袁崇焕 生理已尽，唯求死理！

朱由检 真个敬酒不吃吃罚酒？

袁崇焕 哈哈，苦酒乱心，半滴也难沾唇！（倾酒于地）

朱由检 （恼羞成怒）啊？！你，你，你太狂逆了！（阴沉地）好，朕就成全你，月落之时送你归天！

袁崇焕 月落之时？……让我在月圆之时走吧！（颤声苦笑）嘿嘿嘿……（返身原座，闭眼呆坐）

朱由检 唉，事势如此，未免过于凄凉！

袁崇焕 睁眼做，合眼受，俯仰无愧，但觉心境坦然！

朱由检 既云坦然，就不该怨恨朕了！

袁崇焕 （冷静地）知己者不恨人，知时者不怨天，袁某只悔当初，不听罗浮道长之言。

朱由检 哦，那道士如何言说？

袁崇焕 （昂然地）“国家昏乱有忠臣，忠臣难做！”

朱由检 哼哼！讪谤朝廷，真是胡言乱道！

[一锦衣卫士急上。

卫　士 启奏皇上，大街之上，捉得一人，到处散发冤单，为袁崇焕呼冤。

朱由检 啊？押上来！

卫　士 遵旨。（下，押腰挂葫芦的罗浮道士上）

袁崇焕 啊，是你！

道　士 袁……袁大人！

朱由检 你这妖道，胆敢为罪臣喊冤！

道　士 我来为他喊冤，也来点化于你！

朱由检 点化于我？

道　士 对！你身为皇帝，却残害忠良，如此所为，亡国不远啊！

朱由检 住口！无法无天，朕即杀你！

道　士 杀我？哈哈哈！我若怕死，就不会万里而来。贫道是来与他同死的！

朱由检 来与他同死？

道　士 对！袁大人乃至仁至勇之奇男子，贫道能伴他于黄泉碧落，实有余荣！

袁崇焕 道长，你乃出家之人，何必苦惹是非？

道　士 袁大人啊！你真如天心皓月，心地光明。你教我晓得：做人当做于世有用之人，我再难清静无为了！我苦心学道，如今才大彻大悟啊！

朱由检 住口！住口！妖人妖语，须知朕有斩妖之剑！

道　士 善哉，善哉！你只晓得杀人，须知人间正气是斩不绝、杀不尽的！哈哈哈！……

朱由检 （气急败坏地）把这疯子斩了！

道　士 慢！（摘下腰间葫芦）多谢你送我得道归天，无以为报，愿奉赠仙灵之药！

朱由检 （惊疑）这……

道　士 此乃罗浮百草丹，人若昏了，一服即醒！（递近前）

朱由检 （勃怒）呸！（踢掉葫芦）碎尸万段！

众卫士 喳！（推走道士）

道　士 （边走边笑）善哉，善哉！哈哈哈！……（下）

袁崇焕 （抢上前）道长——

[罗苏女内声：“冤枉，冤枉呀！”冲上。

罗苏女 冤枉呀！

[众锦衣卫士拔刀挡住，被罗苏女架开，直冲进来。

袁崇焕 苏女！

罗苏女 叔叔！（伏在袁崇焕怀里痛哭）

朱由检 何方野女，胆敢闯进大堂里来？

罗苏女 （气鼓鼓地）我，我是辽东将士派来的。你看！（取出诉冤书，扔在案台上）

朱由检 （取看）诉冤书！

罗苏女 全军将士，为袁督师鸣冤！

朱由检 放肆！聚众谋乱，你等莫非反了？！

罗苏女 反了？哼！亏你说得出口呀！

（唱）　　枉你身为皇帝，

却无半点恩义。
若不是，
我冒死带书辽东去，
怎能保全你巍巍帝畿！
若不是，
袁家军洒血京郊驱强寇，
你早已死在胡人手里！
你不容好人，
你只信自己。
你是个昏君，
你是个无良心的皇帝！

朱由检 （怒不可遏）住口，住口！欺君犯上，杀——了！

[众锦衣卫士捉住罗苏女，欲架走。

袁崇焕 （伏地叩头）皇上开恩，杀不得，杀不得啊！

朱由检 她是你的心腹？

袁崇焕 她，她她她是辽东战士之精英，是御侮抗敌的火种！

朱由检 是作乱的孽种！不杀难解我恨！来，斩！斩！斩！

众卫士 喳！（推着罗苏女）

袁崇焕 慢！（挡住）皇上真的不想开恩？

朱由检 此恩难开！

袁崇焕 已定死罪之人，伏望皇上允我最后之求，开释她吧！

罗苏女 （闻言吃惊）啊？……

朱由检 莫白费口舌！

袁崇焕 难道皇上甘愿亡国？！

朱由检 杀了一个女子，便致亡国？！休得危言耸听！

袁崇焕 （痛切地）皇上呀，陛下，辽东兵将，派她叩疏皇廷，若忍杀来人，将致军心绝望，激成汹汹之变。倘若他等会同胡兵杀来，谁能抵敌？！岂不是亡国可待，亡国可待啊！

朱由检 （心虚地）真的如此？

袁崇焕 势所难免，伏望三思，三思啊！（频频叩头）

朱由检 哎咋！

（旁唱） 听听听，

听他言，心胆俱寒。

猛然间，

似见铁骑挟风至，

似见刀枪映血红。

有道是，

猛兽易擒伏，

人心却难降。

对呀！

小心须防未燃火，

莫因小失大误江山！

（矫情地）好吧，谅她是个无知女子，朕法外施恩，放了！

[锦衣卫士放手。

罗苏女 （猛然跪向袁崇焕）叔叔！……

袁崇焕 苏女，天上明月正圆，喜你我能再见一面，莫伤心了……

罗苏女 叔叔，侄女此来，救不得你啊！

袁崇焕 一人事小，江山事大，救国要紧！

罗苏女 救国？叔叔，你还顾着救他的国？

袁崇焕 苏女！

（唱） 江山不属谁己有，

国乃万姓之家邦。

寄语严疆诸将士，

英雄总属执戈人！

只需大明不亡国，

崇焕冤死有何妨！

罗苏女 （唱） 闻言泪难干，
泪干难尽言。
毕生报国英雄志，
叔叔呀！
你心上长留一寸丹！
只可叹，
大树飘零将军死，
狂虏未灭边士心已寒！

袁崇焕 啊？如此，我难以放心走了！

罗苏女 （痛切地）叔叔，你放心，放——心！

袁崇焕 苏女，我大去之后，还要与军中兄弟，一起抵敌，守卫邦国啊！

罗苏女 一起抵敌，守卫邦国！叔叔你？……

袁崇焕 我要枕戈于国门，眠月于医无闾山。
（唱） 寸丹难消尽，
毅魄应不寒。
魂飞国门去，
相与卫河山。
磷磷岭头火，
长剑闪豪光。
吼吼松涛响，
杀声震苍茫！

罗苏女 （感动地）啊！叔叔，你真是生死不渝，一心爱国、一心救国的痴汉啊！（恸哭起来）

[袁崇焕凝视秋空，神驰天外，呆呆地站立着，沉浸在一片痴情之中。罗苏女感动得抱住袁崇焕之膝头，伤心地恸哭着。

[钱龙锡颤悠悠地上。

钱龙锡 启奏皇上，众官伏阙上书，百姓宫门鼓噪，为督师鸣冤，乞求陛下开赦！

朱由检 哎咋！那还了得！（转念）钱卿！

钱龙锡 臣在。

朱由检 你老而可信，即到宫外，代朕宣谕：袁崇焕谋叛有凭，罪在不赦，将众人劝走！

钱龙锡 臣老而无能，乞准告退还乡！（摘冠）

朱由检 啊！这是何意？

钱龙锡 （愤激地）志士解体，仁人灰心，如此时势，微臣实难立于朝廊！（置冠于案上）

朱由检 住口！也想兴风作浪，哪有如此便宜！来，收监！

众卫士 喳！（捉住钱龙锡）

钱龙锡 哈哈哈！

袁崇焕 钱大人！

钱龙锡 唉！袁东莞，你夫人……

袁崇焕
罗苏女 她怎样？

钱龙锡 七尺白绫，牢中自裁了！

罗苏女 （惨叫）婶婶！

袁崇焕 好夫人！……哈哈哈！（仰天大笑）

[笑声中，朱由检丧魂落魄，他感到孤独，感到黯淡。

[灯渐暗。

尾　声

[灯复明。一轮皓月照临关外的原野，隐约的长城蜿蜒于山峦之间。

[舞台一侧飘着“袁”字大旗；另一侧巨崖之上，袁崇焕腰挂长剑，巍然屹立。

（内唱）“魂冉冉，气英英，

自古英雄多痴情。
剪风裁云谱新调，
唱与时人细细听！”

[幕落。

[剧终。

（剧本版本：《陈英飞剧作选》）

·潮剧卷·

丁日昌

编剧：陈鸿辉　陈作宏

人　物　表

丁日昌　　42 岁，苏淞太兵备道。

丁夫人　　40 岁，丁日昌之妻。

赵　川　　40 岁，留美归国学生，耶鲁大学学士。

金　娴　　38 岁，赵川之妻，旅美归侨。

莹　莹　　18 岁，赵川之女。

鲁　龙　　25 岁，丁日昌贴身卫士。

罗　伦　　50 岁，丁日昌幕僚。

唐　母　　60 岁，唐国光之母，虎门参将唐某遗孀。

唐国光　　27 岁，上海海关通事。

陆升祥　　30 岁，上海租界工部局工头。

巴夏里　　36 岁，大英帝国驻上海领事。

路　禄　　60 岁，江苏布政使。

冯　欣　　50 岁，上海县令。

衙卫、舞女、侍者、流氓、华商、巡捕、
男女青工、乘客若干人。

序　幕　苍茫独立

[清同治三年秋。

[上海吴淞口码头。

[大海波涛汹涌。码头上有巨轮抛锚的大铁链斜跨向侧幕。海面上有抛锚的外

国轮船，竖着英、美、法、日等国旗。

[乐起：压抑、沉重、波澜起伏。

幕前歌 （唱） 莽莽神州黯无光，

洋场十里剑影寒。

鸦片国仇痛未雪，

列强肆虐天欲倾。

[幕启：一船民敲锣上。

船 民 （凄厉地叫喊）同胞们，红毛军舰，撞沉我松江盐船，三船民沉海毙命呀！同胞们，红毛军舰，撞沉我松江盐船，三船民沉海毙命呀！

[众码头工人，船民，群众从四面八方涌上。

[丁日昌手拿血衣，从海滩上。卫士鲁龙随上。死难者家属：一老妪，一中年妇女，一孩童哭哭啼啼跟着上。

众 人 丁道台！（齐跪下）为民做主，为民做主呀！

丁日昌 （扶起众人，强抑悲愤）众位父老，丁某已电告英领事巴夏里，着其即到码头，当面交涉。

[内声："报，江苏布政使路大人到！英国领事巴夏里先生到！"

[路禄、巴夏里上，两英兵随上。

丁日昌 路大人！

[路禄不理。

众 人 （怒吼）红毛，偿还血债，交出凶手！

路 禄 安静！（对巴）刁民无知，祈勿见怪！

丁日昌 领事先生，英舰暴行，（亮血衣）罪证昭彰，不知先生，作何处治？

巴夏里 贵国船民，遭此不幸，本人深感遗憾！

丁日昌 我大清国，要求英国当局，公开道歉，严惩凶手，赔偿损失！

巴夏里 No，No，No！丁道台岂曾记得，英中条约，明文规定，上海乃通商口岸，英舰享有权利，于内海内河自由航行。

丁日昌 领事先生休要健忘，中英条约，概无允许撞船伤人条款！

路 禄 （低声训斥）丁日昌，我朝道光、咸丰，两度惨败，祸在林则徐之流，得罪洋人，致招边衅。难道你，又想重蹈覆辙吗？

丁日昌　大人，沉船毙命，民心不可欺呀！

路　禄　别说啦！

丁日昌　大人！

巴夏里　（盛气凌人地）我大英帝国，船坚炮利，盐船不避，咎由自取！

丁日昌　怎么讲？！

巴夏里　（傲慢地）丁道台，你懂吗？盐船不避，咎由自取！哈！

众　人　（怒不可遏）打！打死这个魔鬼！打！

（冲上前欲打巴夏里）

［巴夏里大惊，急躲于英兵背后。英兵朝天开枪弹压。

［众惊愕，定格。

［丁日昌痛楚无言，苍茫独立。

台内歌　　啊……

国难当头民颠连，

苍茫独立对长天……

［天幕上出现《丁日昌》剧名。

［幕闭。

第一场　海隅求贤

［两天后，夜。

［赵川家。简陋的木屋中置有书架、酒柜，桌上置酒具、水壶，一门通内室。

［乐：压抑、沉重，波澜起伏。

［幕启：海天昏蒙，海涛哗哗夹杂着军舰马达声。

［金娴坐在灯下缝补衣衫。

［赵川心绪烦躁，筛酒，一饮而尽。又筛。

金　娴　赵川，酒，你就别喝啦！（抢过酒杯）

[一阵排枪声，震荡海隅。

[赵川、金娴一震，冲向窗口，惊望海面。

赵　川　洋鬼又在作孽，又有人遭害了！

（气极颤抖，掩脸怆然落泪）

金　娴　赵川！

[乐愤激、凄怆。

赵　川　（唱）　斑斑血，潸潸泪，

我哭罢国人哭大清！

数千年文明古国，

为什么，落得个，

割地赔款，受尽欺凌？

神州出路在何处？

问天不应问地无声……

（苦笑捶胸）嚯，嚯，嚯……丁日昌，你身为上海道台，不为民做主，你，你良心何在！（将酒瓶、酒杯一扫落地）

[莹莹闻声自内室上，手拿着诗笺。

莹　莹　母亲，爹爹写反诗！

金　娴　（一震）反诗？

莹　莹　骂丁日昌，还骂朝廷！

金　娴　（更震）啊？！

莹　莹　爹爹，听说丁道台是个好官，你骂错人了！

赵　川　好官？（夺过诗稿）哼！是好官，能忍见洋舰横行、百姓受难？

莹　莹　爹爹！

赵　川　你懂什么？（烦躁地挥手）去去去！

[莹莹不服地一噘嘴下。

金　娴　莹莹！（心烦意乱地夺过赵川手中的诗稿，展读）

神州破碎夜凄寒，

雨剑风刀袭浦江。

地割款赔备受辱，

船沉人毙频遭冤。

号称同治邦难治，

自命天朝愧对天。

罹难国民唯一哭，

齐声斥问丁日昌！

大清国民赵川。

（越读越惊，痛楚地）赵川！这，这可是杀头之祸啊！

赵　川　我愿掷一头以惊天下！

金　娴　（痛苦万端）赵川，你，你，你啊！

（一阵昏眩，跌坐椅上）

赵　川　金娴！（紧张地端水，喂水）

[罗伦提灯笼，引披风衣的丁日昌、鲁龙上。

丁日昌　（念）　云压浦江心惶乱，

寒夜察问寄诗人！

罗　伦　丁大人，到此赵川家。

丁日昌　嗯哼！（示意敲门）

罗　伦　是。（上前叩门）

金　娴　（一惊）谁？

罗　伦　丁道台到！

金　娴　（大震）啊！（惊惶万状地）赵川，快，快从后门逃，逃走！

赵　川　（早已料到，无所畏地）不！

金　娴　赵川，我求你，快走，快走！（强推）

鲁　龙　开门，快开门！

[赵川甩开金娴，上前开门。

[罗伦、丁日昌、鲁龙入内。

丁日昌　（对赵川）你就是赵川？

赵　川　不错！

罗　伦　（近前对赵川）还不快快叩见丁大人！

赵　川　（近前，轻蔑地）你就是丁日昌？

罗　伦
鲁　龙　（一震）休得无理！

赵　川　哈！赵川手无寸铁，一介寒士，只会写几句歪诗，何必如临大敌！是英雄好汉，到租界对付洋鬼去！

罗　伦
鲁　龙　大胆！

赵　川　胆小就不敢写反诗！

丁日昌　放肆！

赵　川　（厉声）丁日昌！

罗　伦　放肆！放肆！

赵　川　（唱）　你身为道台镇上海，
忍看洋舰害苍生。
船民冤死不做主，
番鬼面前惧抗争！

金　娴　（制止地）赵川！

赵　川　（唱）　我道你，你你你，
耻戴花翎共顶戴，
枉食民禄负大清！

罗　伦
鲁　龙　住口！住口！

赵　川　哼！

金　娴　赵川，我求你，你给我住口！（欲掩赵口）

赵　川　（推开金娴）站开！
（唱）　放声怒骂拼一死，
唤醒同胞警生灵！
到如今，任你锁来任你杀，

我义无反顾赴刑庭！

丁日昌 鲁卫士！

鲁　龙 在！

丁日昌 与我绑了！

鲁　龙 喳！（绑赵川）

金　娴 （凄楚地）丁大人——（霍然跪地，跪行至丁身边）

（唱） 求大人，息恼怒，

容民妇，倾吐苦楚泣陈情……

丁日昌 讲！

金　娴 （唱） 我夫祖籍香山县，

弱冠异域苦飘零。

耶鲁大学攻书史，

苦读经年学有成。

美商重金相聘用，

他婉言辞谢踏归程。

一心只望报华夏，

岂料到，十年辗转，

报国无门，一事无成。

忧国揪心撕肝胆，

长向酒杯诉衷情。

醉赋反诗铸大错，

酒后失言，语无伦次，

冲撞大人罪重重。

千错万错我担受，

妾愿代夫去受刑！

丁日昌 啊！（对赵川）你曾留学美国？

金　娴 耶鲁大学理工学士！

丁日昌 理工学士！你归国十年，未受重用？

赵　川　（苦笑）嚯，文明古国，不需要科学！（痛切）不需要……科学！

丁日昌　啊！

（唱）　却原来，留学异邦一精英，
归国游子万缕情。
难怪他，痛骂朝廷斥颓败，
壮怀激烈恨难平。
丁日昌多年抬望眼，
寻觅人才救大清。
今夜里，反诗引来真金子，
心头云开，春意盈胸！

（真挚动情地）赵川，赵先生，丁某委屈你了！

（上前亲为赵川松绑）

金　娴　（喜出望外）赵川，还不快谢丁大人！

赵　川　哼！

罗　伦　赵川，你写反诗，犯了罪，丁大人宽赦于你，休要不识举！

赵　川　赵川说句真话，犯什么罪？真正对国人犯罪的，是你们！

罗　伦　（厉声）你！

丁日昌　（用手制止罗伦，痛楚地）不错，面对列强猖獗，无力为百姓解难，有负国人的，是我们！是我丁日昌！

赵　川
金　娴　（惊诧）啊？！……

丁日昌　赵先生！

（唱）　日昌出身贫寒，
阅尽了人间凄楚世道坷坎。
长思那，鸦片风云卷赤县，
屈辱条约血斑斑。
又亲见，洋舰横行民遭丧，

（从衣袖里取出带血的背心）

这血衣，碎我心肝断我肠！

[赵川接过血衣，震动，递与金娴。

丁日昌 （接唱） 小道台抗争闯租界，

堪嗟叹……

国弱力微，难施大勇，

事与愿违难主裁……

赵　川 啊！

（唱） 只道是，天下官僚皆昏聩，

未料他，忧国忧民一寸丹！

丁道台呀，

只恨赵川知情少，

错怪了大人心不安！（霍然跪地）

丁日昌 赵先生，请起，请起！

[乐激越。丁日昌与赵川激动挽臂。

丁日昌 这真叫不打不相识！

丁日昌
赵　川 （相视，同笑）啊，哈——

[丁、赵交臂、并行、同坐。

丁日昌 赵先生，你留学美国，见多识广，肚里有话，无须讳忌，尽管倾倒出来，本道洗耳恭听！

赵　川 丁大人，恕赵川直言，目下列强，横行赤县，得寸进尺，我大清贫弱衰败，江河日下，长此下去……

丁日昌 （沉痛地）长此下去，有朝一日，将要灭族亡国！

赵　川 （凄楚地）难道数千年炎黄基业，将毁在我们这一代？！

丁日昌 （霍然站起）不！我辈须卧薪尝胆，奋起振作，谋求自强！

赵　川
金　娴 自强！

丁日昌 江苏巡抚李鸿章大人，已允我创办江南机器制造总局。

罗　伦 大人！何不将你的筹划，说出来请教赵先生！

丁日昌 嗄好！赵先生！

（吟） 我拟筹银十万两，

购买铁厂作基地。

选派贤人赴美国，

聘请洋匠买机器。

一举创办机器局，

制炮造舰制西夷。

赵　川 啊！师夷制夷！

丁日昌 不错！

赵　川 丁大人，赵川拜服了！

（唱） 你暗夜点火宏图展，

金　娴 （唱） 前景锦绣天地宽！

赵　川
金　娴 （同唱） 阮赵家大小虽笨拙，

愿投驾下效家邦！

丁日昌 多谢，多谢了！

赵　川 （唱） 若果大人堪信任，

赵川赴美不辞难！

丁日昌 好，请先生赴美，一言为定！（拿风衣）

（唱） 风衣赠君渡远海，

择日起程扬征帆！

赵　川 决不辜负使命！

[幕闭。

第二场　洋场鬼影

[数日后。江边花坛。

[唐国光坐在石凳上，把玩着一只玉手环。

[陆升祥上。悄悄近前，伸手夺过玉手环。

唐国光 （一怔）啊……

陆升祥 丁日昌已命上海县令，清查关税，来势汹汹，不可小看。各事务须小心，以免露馅。

唐国光 （紧张）他要查税？！那……

陆升祥 这两年向华商索取，还有造假账得到的白银，都交我保管。

唐国光 （意外地）这……

陆升祥 陆某在租界供职，后台硬，人马多，丁日昌没奈我何！

唐国光 那我？……

[陆升祥白了唐国光一眼，兀自走开，吹着口哨把玩着玉手环。

唐国光 （对着陆升祥背影，悻悻地）呸！流氓！（无可奈何地下）

[莹莹上。

[陆升祥发现莹莹，急切上前。

陆升祥 莹莹！

莹　莹 升祥哥！

陆升祥 莹莹，你可来了，你要是不来呀，我，我的心就要碎了！

莹　莹 升祥哥……我……

陆升祥 莹莹，这两天你不来租界，害得我好苦呀！

莹　莹 今后我不来租界找你了！

陆升祥 为什么？你不跟我好了？

莹　莹 （难过地点头）……

陆升祥 哎呀！莹莹呀！

（唱）　旧梦依稀忆当年，
儿时情景美如诗。
那时节，俺同侨居美国地，
我翩翩年少，你正当孩提。
林间扑蝶相嬉戏，
海滩拾贝紧相依。

到后来，我为生计闯四海，
长夜床上苦相思。
有幸浦江重相会，
只见你，亭亭玉立如花枝。
莹莹呀，
怜我痴情请俯就，
莫负青春少年时。

莹　莹　升祥哥！
（唱）　儿时旧梦美如诗，
莹莹何曾不神往心驰。
那时节，你曾教我学写字，
沙滩画读 ABC。

陆升祥　对！

莹　莹　（唱）　曾同登山望远海，
遥指唐山乡邦地。
相约长大驾云返，
为国争光竞高低！

陆升祥　如今我不是回来了？

莹　莹　回来了，可是你——
（唱）　你却投身英租界，
做了洋官领洋钱！

陆升祥　啊！做洋官有何不可？我身在租界，心想祖国呀！

莹　莹　升祥哥，你不能改行么？

陆升祥　改行？（先是茫然，继而一笑，摇头）

莹　莹　（难过地）你不改行，我就不能和你好了……

陆升祥　为什么？

莹　莹　我爹最恨洋鬼，欺侮大清，迫害百姓，你，偏偏当了假洋鬼！

陆升祥　哈——你爹失业日久，心理变态！

莹　莹　（生气地）你！我不准你说我爹的坏话！

陆升祥　啊，对对对，你爹是好人，好人！可惜呀，你爹空有抱负，连职业也找不到！

莹　莹　你别看衰人！我爹他，将要干一番惊天动地的大事业了！

陆升祥　啊！此话怎讲？

莹　莹　你听！

（唱）　池中蛟龙归大海，
　　　　焕彩明珠出土来，
　　　　家严如今受器重，
　　　　慧眼要算丁道台。

陆升祥　丁日昌让你爹去当官？

莹　莹　不！

（唱）　荐爹赴美购机械，
　　　　延聘洋匠传艺来。
　　　　欲创机器制造局，
　　　　制炮造舰巧安排。
　　　　相约同心效邦国，
　　　　共把自强果树栽。
　　　　看明日，神州强盛驱洋鬼，
　　　　国人昂首乐开怀！

陆升祥　啊……

莹　莹　升祥哥，为了你我的大事，你就离开租界，跟我爹干吧！

陆升祥　（若有所思，贼眼一转）你爹何时启程？

莹　莹　明天！

陆升祥　明天……莹莹，让我想想。时间不早，你该回去了。

莹　莹　（还要说什么）……（一想，下）

陆升祥　且住！

（念）　小小道台搞自强，
　　　　事非小可莫等闲。

我何去何从细思忖……（想，下狠心）

巴领事面前报细详！

[巴夏里上。

巴夏里 陆先生，一个人跳什么舞呀？

[陆上前，向夏耳语。

巴夏里 （悻悻地）哼！丁日昌，你处处争主权，与我大英帝国对抗。驱英兵出城的是你，不让我架设电缆的是你，索回吴淞口炮台地基的是你，查索海关税务的是你，拒拨码头费的是你，强要我赔偿沉船损失的也是你，如今又要搞什么自强……（越想越恨）大清能制造军舰，这东方古国，哪还有我立足之地！

陆升祥 赵川明日，就要起程。

巴夏里 决不能让丁日昌驶顺风船！（对陆）陆先生，你立功的机会来了！

陆升祥 哦……怎么办？

巴夏里 （狡黠地）不是说，十里洋场，是冒险家的乐园吗？怎么干，就看你的啦！

陆升祥 这……不！（惊恐地摇手，退，跌坐）

巴夏里 （阴险地）赵川不是老阻挠你追求他的千金么？

陆升祥 他是莹莹的父亲，我怎下得了手？

巴夏里 哎，让那玫瑰帮兄弟，去发挥点作用嘛！

[巴夏里揽陆升祥，背身密议。

[幕徐闭。

第三场　浦江惊变

[翌日，夜。

[黄浦江码头。

[大海扬波，海轮停泊海面，灯影点点。

[幕启：气氛阴沉。陆升祥带流氓甲乙上，窥视，授枪，示意，齐下。

丁日昌 （内唱）　喜送赵君赴征程……

[四衙卫提灯引丁日昌、赵川、金娴、鲁龙、莹莹上。鲁龙提着皮箱。

丁日昌 （接唱） 海涛激荡动心胸。

赵　川 （唱） 滔滔东海深千尺，

不及道台送我情！

台内外 （同唱） 滔滔东海深千尺，

不及道台送我情！

丁日昌 赵先生，我去找船长，你与夫人，且在此候船。

赵　川 是！

[丁日昌示意众人暂退，让赵夫妻话别。众会意，分别下。

金　娴 （唱） 抬眼海天共一色，

无限情思细叮咛。

赵川！

赵　川 金娴！

金　娴 （唱） 此去异邦迢迢路，

迢迢万里浪翻腾。

身边再无金娴在，

切莫饮酒任性行！

赵　川 （唱） 悔往日，苦酒浇愁常浮躁，

对你粗暴缺温情。

别时顿觉负疚重，

待归来，还你朝夕欢笑声！

金　娴 （唱） 船抵彼岸找家姐，

姐夫自然相牵承。

赵　川 （唱） 异邦师友多挚爱，

你宽心息虑保康宁！

金　娴 （唱） 购完机器请洋匠，

早日乘风踏归程。

赵　川 （唱） 道台寄望知任重，

万里去来功遂成！

金　娴　（唱）　盼君满载回归日，

共赏明月在院庭。

赵　川
金　娴　（同唱）　到那时，解却愁眉换笑脸，

全家合力振大清！

［一声汽笛长鸣。丁日昌、鲁龙、莹莹上。

［乘客纷纷上船。

丁日昌　赵先生！

赵　川　丁道台！

丁日昌　（念）　汽笛声声催征帆，

日昌默祷祝顺风。

赵　川　（念）　道台叮嘱心谨记，

请待我指日奏凯旋。

众　人　（同念）　风送归帆奏凯日，

欢声笑语播浦江！

赵　川　请了！

众　人　一路珍重！

赵　川　请！

［鲁龙将皮箱交与赵川。赵川接箱登上码头台阶，挥手与众告别。

［一声枪响，赵川中弹，摇晃坠江。

［哨声四起，乘客惊逃。

金　娴　（穿云裂石一声呼唤）赵川——

莹　莹　（惊呼）爹爹——

丁日昌　抓凶手！

［数兵丁上，鲁龙挥手领众人下。丁日昌等向江面遥呼——

金　娴　赵川——

莹　莹　爹爹——

丁日昌 赵川君——

[台内无字拉腔：啊……

[暗转：江河滔滔，风高浪急。

[数水手空翻上。水中寻人，过场下。

[丁日昌、金娴、莹莹乘小舟，鲁龙划桨上，一路遥呼。

[二水手划小舟（一划桨，一拿风衣）上。

一水手 禀大人，水深流急，不见赵先生踪影，只捞到风衣一件。

（跳过小舟，跪捧风衣）

众　人 （大震）啊！

丁日昌 （接过风衣）再与我沿江寻找！

水　手 领命！（跳过原舟，划下）

金　娴 （接过风衣，大恸）赵川！

莹　莹 爹爹！

金　娴 （唱）　晴空霹雳横祸骤降，

罪恶枪弹，无情刀剑，断君生命，

碎我肝肠，泪血斑斑……

夫呀……我的夫君……

十载彷徨苦辗转，

才喜舒志展翅膀。

可怜你征帆未鼓含冤去，

空留遗恨在人间！

抛下我孤儿寡妇，

此情此景惨绝人寰……

莹　莹 母亲……

[母女抱头悲泣。

丁日昌 （悲愤万端，摘下顶戴）赵川君——（凄然跪下）日昌知道，这子弹，是对着我来的。是我害了你，是我害了你呀！赵川君——

（唱）　千里逆风卷恶浪，

致命冷枪不胜防！
才慰自强曦光闪，
明星陨落转瞬间。
天呀天，
你奈何无情不悯我，
忍加苦难肆相残！

[台后无声拉腔：啊……

[八位白衣少女执白花上，伴舞祭江。

丁日昌 （唱） 哭赵君，肠肝断，
出师未捷身先亡。
一代英才魂归去，
补天热血付大江！

众 人 （唱） 啊……啊……

丁日昌 （唱） 哀赵君，泪潸潸，
知己一去不复还。
自强大业失臂膀，
同忧共愤有谁人！

众 人 （唱） 啊……啊……

丁日昌 （唱） 悼赵君，心凄怆，
抬眼水天两茫茫。
问你浦江滔滔浪，
神州希望在何方？

众 人 （唱） 在何方？在何方……？

[暗转：众白衣少女隐去。景回复码头。

[鲁龙匆上。

鲁 龙 禀道台，凶手已被暗算，倒毙海滩。

丁日昌 杀人灭口！（怒极）我丁日昌，不斩元凶祭赵君，誓不为人！（一阵昏眩，欲倒）

众　人　（一惊）丁大人，丁大人——

［鲁龙、莹莹扶丁日昌坐下。

金　娴　（怅望丁日昌，动情地）啊……

（旁唱）　暗观道台泪盈腮，
倍觉他爱国又怜才。
知遇之恩犹未报，
怎忍他，悲怆过度、心力交瘁，
一腔希望化尘埃。
强吞悲愤千滴泪，
我当振作慰相知。

丁道台，我夫惨丧，痛死金娴，今有数言，求大人允纳。

丁日昌　夫人请讲。

金　娴　大人呀！

（唱）　我一恳求，求大人，
我夫遗体帮寻找，
临风面水葬芳丘。
坟前亲笔镌碑石，
身殉自强芳名留。

丁日昌　当然，当然！

金　娴　（唱）　我再恳求，
小女莹莹年方少，
如今失舵一小舟。

莹　莹　母亲……（跪下抱母膝）

金　娴　（唱）　求大人赠爱相牵携，
休教洋场随浊流。

丁日昌　日昌责无旁贷！

金　娴　（唱）　我三恳求，三恳求……

丁日昌　夫人，有话尽管说来。

金　娴　（唱）　求大人，恩准金娴继夫志，

替夫启程赴美洲！

众　人　（一震）啊？！

丁日昌　你愿替赵先生登程赴美？

金　娴　正是！

莹　莹　母亲！

（唱）　爹爹此刻遭不幸，

如天倒塌惨重重，

你怎忍心离爹去，

弱质之身怎飘零？！

金　娴　莹莹，你不懂，你不懂呀！

（唱）　你不懂你爹平生志，

平生志在振大清。

为娘我，此刻若不替他去，

他魂难归天眼难瞑！

莹　莹
丁日昌　啊……

金　娴　（唱）　嗳，大人呀，

金娴彼岸多师友，

不辱使命功能成！（跪下请缨）

丁日昌　（急扶起金娴）夫人义薄云天，不才日昌，稽首万谢！（施大礼）

金　娴　（忙扶住丁日昌）大人！

丁日昌　夫人，一路珍重！

莹　莹　（奉上风衣）母亲！

金　娴　（接过风衣，情思奔涌）赵川，你未竟之事，金娴替你接下了……请恕为妻，无能为你，披麻送葬，守灵烧香……你，瞑目九泉，安心去吧。他日为妻归来，再到坟前，倾诉衷肠！

莹　莹　母亲——

[金蜩毅然披上风衣，奔上轮船，挥手作别。

[众挥手垂泪目送。

[幕徐闭。

第四场　道衙泪雨

[距前场一月后。

[苏淞太兵备道衙门花厅。

[屏风上绘着苍鹰兀立崖头的雄姿，两旁挂着林则徐所撰、何绍基所书的对联：“海纳百川有容乃大，壁立千仞无欲则刚”。案头摆着文房四宝。

[沉郁的音乐，夹着凄凄风声。

[幕启：一婢女陪着丁夫人上。一阵秋风吹来，丁夫人瑟缩不安。

丁夫人 啊……

婢　女 夫人仔细！

丁夫人 （唱）　飒飒秋风摧庭柳，
梧桐叶落怨深秋。
无边阴雾遮曙色，
勾起人千重愁绪万重忧。
姚氏我，早岁随夫旅宦海，
潮州女，寄足浦江头。
人道官眷福无尽，
谁知我，日夜担惊倚绣楼。
世乱时艰宦路险，
老爷他，
才届不惑鬓已秋。
码头变故添忧愤，
竟成沉疴恨悠悠。

药石难治夫心病，

触景伤情泪双流。

[莹莹自内室上。

莹　莹　丁夫人。

丁夫人　莹莹！

莹　莹　夫人，大人药刚服下，又埋头案牍，小女苦劝无效。

丁夫人　（一怔，强抑愁绪）难怪啊，你爹遭害案情未白，海关税务百乱如麻，奏章上京迟迟未复，购买铁厂款项难筹，老爷他，怎能安睡病榻……

莹　莹　啊……长此下去，何日康复……

[内声："报——圣旨到！"

丁夫人
莹　莹　圣旨到……

丁夫人　好了呀！莹莹，快快入内，禀报老爷！

莹　莹　是！

[夫人、莹莹、婢女匆下。

丁日昌　（内唱）　忽听一声圣旨到……

[夫人、莹莹随丁日昌上。

丁日昌　（接唱）　扶病出迎阮虑抛！（踉跄）

丁夫人
莹　莹　（急扶）老爷/大人仔细！

丁日昌　你等回避退下。

丁夫人
莹　莹　是！（下）

丁日昌　（接唱）　旱天盼得春雨降，

三分喜气上眉梢。

料太后圣明允拨款，

自强于今有奔头！

[路禄执圣旨上。

路　禄　圣旨到，丁日昌跪接。

丁日昌　臣丁日昌，跪接圣旨。（跪下）

路　禄　（读旨）“奉天承运，皇帝诏曰：丁日昌奏请拨款购买铁厂之事，甚好！鉴于上海，乃堆金积玉之地，着尽力自筹。钦此。”

丁日昌　（一震）啊！（急起身夺过圣旨，阅）路大人，卑职斗胆，请教一事。

路　禄　讲！

丁日昌　朝廷不是赞同自强么！为何分文不拨？

路　禄　如此说来，你还蒙在鼓里。

丁日昌　此话怎讲？

路　禄　太后谕旨，着全力扩建颐和园，现今国库亏空，哪里还有闲钱！

丁日昌　闲钱？（抑不住怒火）筹办机器局，事关大清，生死存亡。这天大之事，难道比不上，建个颐和园？！

路　禄　（厉声制止）丁日昌！

　　[丁日昌强抑怒火，浑身抖颤。

路　禄　老弟呀！

（唱）　路某为官数十载，
仕途奥秘我深知。
顺风驶船升迁易，
逆水行舟招祸灾。
林则徐，当年气太盛，
到头来，身败名裂实可哀。
封疆大吏尚如此，
何况你，官卑职小一道台！
有识之士趋时势，
平步青云，指日可待。
你精明干练前程美，
顶风冒险不应该！

丁日昌　这……

路　禄　我大清泱泱大国，八股文章，少林武技，天下无双。洋人造舰制炮，不过是奇巧淫技！你要创机器局，购洋人机器，学洋人淫技，不怕人骂你，忘了祖宗，丢了气节么？

丁日昌　啊！（火气又上来）这是路大人的高见？！

路　禄　啊，这……（忍气）路某几次上朝，目睹一帮文武公卿、勋戚重臣，对你之所为，议论纷纷，愤慨万千。日昌呀，你是聪明人，当知人言可畏，众怒难犯，作为老上司，我担心你，任性孤行，致落泥坑，好言相劝，良药苦口……

丁日昌　升降沉浮，荣辱生死，丁日昌早已置之度外！

路　禄　你不为自己前程着想，也得考虑，不要连累你的上司！

丁日昌　（冷笑）哈，说到底，大人是怕日昌连累于你！

路　禄　（抢白）你……好啦！听与不听，悉由尊便。我走啦！（拂袖下）

丁日昌　（愤怒难抑）腐吏误国，腐吏误国！（心绪烦乱，踱步）看起来，希望只有寄托在海关税款了！（对内）鲁龙上来！

鲁　龙　（上）大人有何吩咐？

丁日昌　速传冯知县来见！

鲁　龙　喳！（下）

［罗伦匆上。

罗　伦　丁大人！

丁日昌　何事？

罗　伦　铁厂老板说道：倘若大人，近期无力交款，铁厂将要转卖他国。请大人定夺！

丁日昌　哎喳……回告铁厂老板，本道正在设法。

罗　伦　是！（下）

［冯欣上。

冯　欣　叩见丁大人！

丁日昌　冯大人，本道命你清查海关税务，事情如何？

冯　欣　禀大人，海关税务，业已查清，通事唐国光，贪污税款，勒索华商，银两巨达数万，现海关几被蛀空，无款上交。

丁日昌 （一震）怎说？海关几被蛀空，无款上交？

冯　欣 正是！案卷在此，请大人审阅。

丁日昌 （接案卷一阅）哎喳！（暴发）冯大人！

冯　欣 在！

丁日昌 即将唐国光锁捕归案！

冯　欣 这……大人，唐府门风，上下皆知，唐国光的母亲唐老太太，威压上海，万不可惹啊！

丁日昌 （一震）啊！唐国光，是唐老太太的儿子？

冯　欣 正是！

丁日昌 唐家不是住在广东么？

冯　欣 唐参将死后，唐家就搬到上海来定居。

丁日昌 啊……（一想）好！顺告唐老太太，就说丁某请她，来衙一起议案！

冯　欣 喳！（下）

［丁日昌咳嗽，昏眩。

丁夫人
莹　莹 （匆上）老爷
大人！（急扶日昌坐下，为其捶背）

丁夫人 老爷！

莹　莹 大人！

［丁日昌以手示意，夫人及莹莹垂泪缓下。丁夫人突然转回头。

丁夫人 （感情爆发地）老爷——

（唱）　君家为国苦撑持，
妾身心痛泪如丝。
刻下漫天风与雨，
哪是自强振兴时。
你病体奄奄犹磨折，
累死官衙人笑痴。
求老爷辞官归故里，
揭阳府第乐享天年。

丁日昌 辞官！……

丁夫人 （唱） 嗳，老爷呀，

卸下这，恼人折寿万钧担，

夫妻双双归门间。

到那时，榕江泛舟舒心境，

岐山踏青啖荔枝。

进贤门亭听更鼓，

百兰山馆读书诗。

求得个，心宽体健人长寿，

夫妻偕老到百年。

丁日昌 （陷入深思，无言）……

丁夫人 老爷——

丁日昌 啊，夫人，下去，下去吧！

丁夫人 ……咳！（痛苦地下）

[乐激越冲动，丁日昌强撑站起。

丁日昌 （干唱） 暗箭、蒺藜、无情旨，

（唱） 酸涩苦辣入心脾！

奢怀自强回天志，

到头来，不过是蜃楼海市！

（苦笑）哈……蜃楼海市，海市蜃楼，哈……哈……

（痛苦，咳嗽，坐下）

（接唱） 细思夫人言有理，

怕见妻荆泪淋漓。

待欲辞官拂袖去，

愧见天地心悲凄。

待欲呕心撑局势，

朝廷无援，税款难筹怎主施？！

倒不如上书告病假，

延医治疾暂归故里……

罢！（磨墨，握笔，欲书，几番下笔艰难，终于下狠心疾书，掷笔。昏昏然举步蹒跚，坐下，以手支头，倦极闭眼）

[鲁龙引唐母及婢女上。

鲁　龙　（近前悄声）大人！（见丁未觉）大人，唐老太太来了！

丁日昌　（醒）啊！（急整衣，近前）唐老太太，大驾光临，丁某迎接来迟，海涵海涵！

唐　母　（忍住怒火，苦笑）哈！不知我老太婆前生修了什么德，今日两鬓苍苍，行将就木，还有幸接到大道台的传票！

丁日昌　老太太，你……

唐　母　老不中用了！国光他爹在生之时，我老太婆常在他面前，夸奖那个姓丁的潮州仔，嘱他尽力关心提携。想不到呀！想不到我有眼无珠，惜错了人……

丁日昌　老太太，你听我细说，听我细说！

唐　母　（翻脸）住了！丁日昌，你好狠心呀！

丁日昌　老夫人！

唐　母　哼！

（唱）　好一个道台真威风，

欺辱我唐门孤寡，算什么好汉英雄！

全不思，他爹当年任参将，

虎门血战建奇功。

我王氏未敢仗夫势，

忍痛育儿望成龙。

未料到，唐门余悲未消尽，

你丁日昌，

竟向我，忠臣后裔扬剑锋！

丁日昌　老夫人息恼！息恼！

唐　母　我问你，我儿身犯何罪？

丁日昌　老夫人，你儿唐国光，倚借海关通事职务，勒索华商，贪污税款，银两巨达数万，致如今，本道无钱购买铁厂，自强大计半途受挫！

唐　母　证据？

丁日昌　（急转身拿起案卷）昭昭案卷，请老夫人过目！

唐　母　（接过，翻阅，一惊）啊！……

（旁唱）　一见案卷心战兢，

白纸黑字写分明。

看起来，唐门果然出谬种，

贪污勒索是实情！

丁日昌　老太太，唐参将提携之恩，你老人家关爱之情，日昌铭刻在心！只是国光，如此所为，实难宽赦。唐参将若果英灵有知，定然怒发冲冠，支持丁某，严惩逆子！

唐　母　（沉痛地）丁道台，把逆子绑上来！

丁日昌　是！（对鲁龙）来，带唐国光！

鲁　龙　喳！（下，带唐国光上）

唐国光　（抬头，见唐母，惊喜）母亲！母亲——（跪行抱唐母之腿）救救孩儿，救救孩儿呀——

唐　母　（气得浑身发抖，狠击国光一杖）呸！

唐国光　（震惊）母亲！

唐　母　逆子你呀！

（唱）　骂声逆子胡为不肖，

你，伤透我慈母心，惭煞我白发人！……

想当初，你爹战死你遗腹，

为娘我，灵前产儿泪汪汪。

哭罢英魂吞悲愤，

替儿取名唐国光。

一匙稀饭一滴泪，

儿长一寸娘开颜。

意望你长大承父志，

为国争光慰先人。

没想到你长大成人违母训，

欺天犯案罪万桩。

忠烈家风尽辱没，

唐门家法怎容宽！

逆子看打！（挽袖，冲上前又要打）

唐国光 （惊愧，跪避）母亲，母亲！

丁日昌 （近前劝阻）老夫人，有话慢慢说，休要气坏身子！

唐　母 说！你如何勒索华商，贪污税款，桩桩件件，从实招来！

唐国光 这……母亲！

唐　母 快讲！

唐国光 我……

丁日昌 唐国光，你娘言之极是。如今国衰民弱，饱受洋人欺凌，你也感同身受，本道欲将海关税款用于强国大计，望你速速招认，退出赃款，揭发内幕，将功赎罪！

唐　母 （恸心地）儿呀儿，唐门唯你一脉，为娘他日咽气升天，全靠你扶柩守孝……你说吧，说吧！亏心之事，不义之财，当着丁大人之面，说个明白，交个干净，指望丁大人，从轻发落……

唐国光 母亲！

唐　母 孩儿！

唐国光 丁大人，国光有罪，愿招，愿认！只是连年所得赃款，如今不在我手！

丁日昌 不在你手，却落在谁人手中？

唐国光 这……

［莹莹端茶上。

丁日昌 快说！

唐国光 在……

唐　母 快讲！

唐国光 在，在陆升祥手中！

众　人　（一震）啊！

莹　莹　（茶杯落地，抢步上前，抓住唐国光之手）你怎讲？

唐国光　勒索，贪污，皆是陆升祥主使！

莹　莹　（更震惊）啊！

唐国光　上回杀害你爹，也是陆升祥指使玫瑰帮所为！

莹　莹　（惊愕）……

丁日昌　好个陆升祥呀！

莹　莹　（痛楚，凄厉地）爹爹——（掩面奔下）

丁日昌　莹莹！莹莹！（对鲁龙）带下国光，并扶老太太后堂歇息。

鲁　龙　喳！（引国光、唐夫人下）

丁日昌　（踉跄颠近案几，拿起适才所写奏章，自责自嘲地）丁日昌呀丁日昌！

（唱）　烽火漫天你告什么假，

躺下养病太荒唐！

三寸气在休折戟，

拼死一战上海滩！（撕碎奏章，狠狠一掷）

细思那陆升祥穷凶极恶，

赃款偏落他手中。

这恶魔背靠洋人住租界，

脚手众多擒拿难。

待如何，伏魔降妖获赃款……

莹　莹　丁大人……（上，凄楚地跪倒在丁日昌脚下，饮泣）

丁日昌　莹莹！

莹　莹　（唱）　倾盆泪，难洗我，满腹恨和怨！……

丁日昌　莹莹！

莹　莹　（唱）　我不该，江边贸然失了口，

将爹行踪对他言！

丁日昌　你将你爹赴美的日期，透露给陆升祥？！

莹　莹　（唱）　我不该，错将恶魔当知己，

害了爹爹罪难宽！

嗳！大人呀……

腥风醒我糊涂梦，

报仇烈火燃胸膛。

请让莹莹租界去，

不斩陆贼不为人。（欲下）

丁日昌 且慢！莹莹！

（唱） 国仇更比家恨重，

诸多大案一线牵。

有志报仇休莽撞……（略思，决断）

且听我，细授机宜制虎狼！

莹　莹 是！

[乐。丁日昌示意莹莹同坐，面授良策。

[幕闭。

第五场　租界擒魔

[翌夜。

[英租界内酒楼。

[大厅彩灯闪烁变幻。两套洋式餐桌，一摆左前，一摆右后。可通过变换灯光明暗，轮流演戏。

[幕启：左前景灯光透亮，陆升祥焦灼地独酌，似在等谁。

[鲁龙化装成阔少爷，带着两个花枝招展的女人上，在灯光幽暗的右后桌落座。侍者摆酒。

[四舞女上，跳舞。舞罢，陆升祥给舞女打赏。

莹　莹 （内唱） 受命行计上酒楼……（上）

（接唱） 花枝招展不顾羞！

［莹莹警惕地四下一望，走近右后桌。鲁龙摘下黑色眼镜，与莹莹用眼色交流会意。莹莹又走近左前桌，见陆升祥，恼恨顿生。

莹　莹　（唱）　猛见仇人我牙咬碎，

恨不能亲刃贼子报深仇！

强吞仇恨装笑脸，

且与豺狼巧应酬！

（走近餐桌）

陆升祥　（忽发现莹莹，一怔）莹莹！来，坐，坐！

［莹莹坐下。

陆升祥　莹莹，你今日约我到此……

莹　莹　（装难过）有话说呀！

陆升祥　啊！莹莹，升祥随时听候吩咐！（举杯）来，饮！

［莹莹端起酒杯，一饮而尽。

陆升祥　（旁唱）莹莹约我酒楼来，

此中缘由难测难猜。

莫不是，闻出码头枪声火药味，

找我算账来？！

（暗窥莹莹神态，一想）不！

那事情，神不知来鬼不觉，

分明是，她父死失依傍，

更需求我做后台。

这朵娇花惹人爱，

风雨中正好随心采！

莹莹，我知道，你这两天，心情不好。

莹　莹　我，我好恨呀！

陆升祥　（一怔）你，你恨什么？

莹　莹　我恨世上两个人！

陆升祥　谁？

莹　莹　我一恨那丁日昌！

陆升祥　（松了口气）啊！

莹　莹　不是他，请我爹出门，我爹何致身死码头！

陆升祥　不错！那丁日昌该恨，该恨！

莹　莹　我二恨——

陆升祥　恨谁？……

莹　莹　恨你陆升祥！

陆升祥　（一震）我……莹莹，你，恨我何来？

莹　莹　哼！你声声句句对我好，好什么？我爹被人杀死，你也不帮助出头！

陆升祥　啊！（舒了一口气，旋即装模作样地）莹莹，冤枉，冤枉呀！那天凶耗传来，我悲痛，我愤恨，钻在被里，整整哭了一夜呀……（擦泪）可惜不知谁是凶手，要是知道呀，我陆升祥，定杀他为年伯报仇！

莹　莹　啊……升祥哥，那今日我就拜托你，为我找到杀父仇人！

陆升祥　莹莹，我陆升祥愿为你上刀山，下火海！

莹　莹　（愤恨，强抑）凭你这份情，我莹莹就该敬你酒三杯！

（筛酒，举杯）升祥哥！

陆升祥　啊！

莹　莹　（唱）　一杯酒，敬你“良心在”，

旅美旧情不忘怀。

陆升祥　客气，客气！（接杯，一饮而尽）

莹　莹　（唱）　二杯酒，谢你悼亡父，

痛心疾首泪满腮。

陆升祥　愧领！愧领！（接杯，又一饮而尽）

莹　莹　（唱）　三杯酒，望你多牵携，

护卫弱女少祸灾。

陆升祥　一定，一定！（接杯，又一饮而尽，癫狂地）莹莹，来，坐下！（要动手）

莹　莹　（避开）升祥哥，我的心苦死呀！

陆升祥　还苦怎呢？

莹　莹　如今爹爹去世，母亲又生病，往后日子，不知要怎么过！

陆升祥　莹莹，你烦恼怎呢？有我呢！

莹　莹　你？

陆升祥　莹莹！

（唱）　谁人不知陆升祥，
贯来惜玉又怜香。
多少回，银圆相赠你不受，
你甘贫淡我心伤。
如今你家门出变故，
更使我日夜生爱怜。
只要你肯下嫁我，
陆升祥，保你终生日子甜。

莹　莹　保我终生日子甜？（轻蔑冷笑）哈——

陆升祥　你笑什么？

莹　莹　哼！

（唱）　笑你男人会演戏，
夸起海口不知羞。
闯荡江湖一条命，
你何来金钱应我求？！

陆升祥　这……（自尊心受刺激，狂笑）哈——（癫狂地举杯狂饮）莹莹，这一回，我要笑你了！（再饮）哈——

（唱）　你有眼不识泰山大，
未知时令春与秋。
升祥财富无穷尽，
千金万贯能应酬！

莹　莹　我不信！

陆升祥　不信？！

莹　莹　不信，不信！

陆升祥 哈——（悄声）莹莹，说出来你别吓一跳。告诉你，我手中握有白银……

莹　莹 多少？

陆升祥 （以手比八）唔！

莹　莹 （故意鄙薄）八两？

陆升祥 哎！

莹　莹 八十两？

陆升祥 哼！（自负、神秘地附耳悄声）八万四千两。

莹　莹 （有意提高声调，把信息传给鲁龙）八万四千两！

陆升祥 （一惊，急以手指掩嘴制止）嘘……（警觉四顾）

莹　莹 你骗我！

陆升祥 骗你！（自尊心又受刺激）咳！我可以起誓！（突跪下）骗你的死父！

莹　莹 这么多的白银何处可藏？

陆升祥 这……

莹　莹 这不是骗我么？（卖弄色相，以肘轻碰升祥）唔？

陆升祥 （神魂飘荡，紧拉住莹莹之手）莹莹，你答应我……明天教堂，举行婚礼。

莹　莹 （装作生气甩开升祥）看来，不是我不信任你，是你不信任我呀，拜拜！（欲下）

陆升祥 （急阻）莹莹！（左右四顾，近前悄声）那白银，就藏在浦东二里弄七十二号地下。

莹　莹 （放大声音）浦东二里弄七十二号地下。

陆升祥 （一惊，急捂莹莹之口）哎呀，你！（紧张四望，踉跄颠近右后桌，察看是些什么人）

鲁　龙 小姐，干，干！

众　人 干！哈！

［四对男女跳交谊舞上。

莹　莹 （拉住陆升祥，娇声地）升祥哥呀——

陆升祥 啊，莹莹，你听着高兴么？

莹　莹 高兴，高兴呀！

（唱） 莹莹此刻心放下，

霓虹灯下定终身。

陆升祥 （醉意蒙眬，舌头结硬）你，你答应了？

莹　莹 答应了！

陆升祥 好，好，哈——莹莹！（扑上前）

莹　莹 （唱） 美酒敬君千杯少，（灌酒）

陆升祥 啊！少，少……

莹　莹 （唱） 祝俺夫妻恩爱深！（灌酒）

陆升祥 好，深，深……（不能自持，跌坐椅上，伏案）

莹　莹 升祥哥！升祥哥！（向鲁龙示意）

［鲁龙示意众男女下手，众一拥上前。

鲁　龙 （发现什么）注意，巡捕来了！

［莹莹急中生智，搂住陆升祥，跳起双人舞。

［一巡捕上。

众　人 （簇拥莹莹及升祥，起哄）好！够味，够味！哈——

鲁　龙 （端酒杯上前）巡捕先生，辛苦了！来，饮一杯！

巡　捕 Thank you（谢谢）！

［混乱中，众挟持陆升祥下。

［巡捕发现情况有异，掷杯，急追。鲁龙向巡捕头上猛击一拳，巡捕倒地，鲁龙匆下。

［切光。幕闭。

第六场　公堂正气

［紧接上场。

［苏淞太兵备道公堂。

［中挂横匾“浩然正气”，旁置一桌，可作记录。

[乐接前场紧推不断。

[内声：“丁大人有命，升堂伺候——”

[内声：“嗬——”

[升堂乐。

[幕启：丁日昌端坐正堂，四衙卫执刑杖威严站立，冯欣、罗伦旁坐。

丁日昌 来，把案犯陆升祥绑上来！

衙　卫 喳！

[一衙卫下，拉陆升祥上。

陆升祥 （念）　背靠洋人无顾忌，

看你丁氏奈我何！

衙　卫 （推陆升祥）走！

[陆升祥踉跄进堂，傲气十足地站着。

丁日昌 陆升祥，见了本道，敢不下跪？

陆升祥 哼哼，丁日昌，你目无大英帝国，绑架我英租界工头！我抗议！抗议！

丁日昌 （拍惊堂木）放肆！本道森森公堂，就要惩处你这大清败类！左右！

衙　卫 （喊威）喳！

[衙役强按陆升祥跪下。

丁日昌 陆升祥，你如何密谋策划，刺杀赵川，又如何与唐国光勾结，贪污税款，桩桩罪行，从实招来！

陆升祥 休得诬陷！

丁日昌 哼哼！老祖宗刑法的味道，你大概忘了！吩咐左右！

衙　卫 啊！

丁日昌 与我刑！刑！刑！

衙　卫 喳！呔——

陆升祥 哎喳！

[众衙卫一拥而上，用刑。

陆升祥 （痛极）哎哟！（旁白）英雄不吃眼前亏，招就招吧！巴领事会来救我的！

丁日昌 讲！

陆升祥 赵川是我命人杀的！

丁日昌 嗯哼！画押！

罗　伦 是！（送下录案及笔）来，画押！

陆升祥 （看也不看，提笔就画）丁道台，我陆升祥罪也认了，押也画了，满意了吧？（要下）

丁日昌 慢！陆升祥，你贪污多少关税，赃银藏于何处，尚未招供！

陆升祥 哈——道台大人，我知道，你想制造战舰大炮，可惜朝廷不拨款，手头又无钱，如今想在我陆升祥身上榨油水！告诉你，你丁日昌想举臂撑天，无异痴人做梦，趁早收起自强的破旗吧！

丁日昌 住口！

陆升祥 你能把我怎么样？！哈——

［鲁龙内声："报——"匆上。

鲁　龙 禀大人，卑职受命带领衙卫，已从浦东二里弄七十二号地下，搜出赃银八万四千两，现已尽数入库封存！

丁日昌 哈——

陆升祥 （大惊）哎喳！完了，完了！（瘫坐）

丁日昌 查案犯陆升祥，贪污巨款，杀害人命，罪大恶极，依法判斩！左右！

衙　卫 啊！

陆升祥 哼哼！老子乃大英帝国臣属，谁敢动我一根毫毛！

丁日昌 拉下去！

衙　卫 喳！（强推陆升祥下，鲁龙跟下）

冯　欣
罗　伦 （紧追上前）且慢用刑！

丁日昌 啊？……

冯　欣
罗　伦 卑职请求大人制怒！

丁日昌 却是为何？

冯　欣
罗　伦　大人，此举风险太大，万请从长计议！

丁日昌　冯大人，你怕了？

冯　欣　启禀丁大人，陆犯一案，未报朝廷，大人私判斩刑，倘若朝廷怪罪下来，诚恐……

丁日昌　冯大人谅必知道，案犯背靠洋人，倚仗洋势，若报朝廷，定难斩得。本道先斩后奏，有祸一人独当！

冯　欣　这……

罗　伦　卑职以为，此案干系重大，事关大人安危，急躁冲动不得，还望三思而后行！

丁日昌　当断不断，贻误杀机，我意已决，不必多言。

[内声："报！江苏布政使路大人到——"

众　人　啊！（皆一震，各怀心思）

[丁日昌出堂，冯欣、罗伦跟出。路禄匆上。

丁日昌
冯　欣　（恭迎）叩见路大人！
罗　伦

[路禄不理，拂袖，径自进堂。丁日昌等跟进。

路　禄　丁大人！

丁日昌　卑职在。

路　禄　闻说你绑架英租界工头陆升祥？

丁日昌　路大人！（欲往下说）

路　禄　（抢白）丁大人！（抑怒）咳，日昌呀！

（唱）　我大清乃礼仪之邦，
千古文明成美谈。
凡与洋人打交道，
谦谦风度第一桩。
你无端命人进租界，

绑架工头太轻狂！
大英帝国巴领事，
暴跳如雷你岂知端！

丁日昌 大人容禀！

路　禄 不必多言，快将陆升祥放了！

丁日昌 大人，那陆升祥作恶犯案，罪大如山！

路　禄 犯案？何罪？

丁日昌 （唱） 勒索贪污吞巨款，
穷凶极恶刺杀人！
我奉命筹办机器局，
他明枪暗箭肆猖狂！

路　禄 （唱） 既然工头犯了案，
移交领事责任完。

丁日昌 （唱） 案犯移交领事馆，
无异放虎回深山！

路　禄 如此说来，你拒不放人了？

丁日昌 大人，卑职还要看一看，幕后操纵者究是何人？

路　禄 丁日昌！难怪曾国藩大人说你治政太苛，求功太急！本藩司命你，即刻放人！得罪洋人，惹起祸端，当心你的顶戴花翎，当心你的一家老少！

丁日昌 大人！

路　禄 呸！（拂袖而下）

［乐悲愤，丁日昌痛极跪地。

台内歌 （唱） 啊……啊……
行路难啊，行路难，
难于上青天！
仰天长叹息，
吞恨泪涓涓……

［莹莹内呼："丁大人——"奔上。

丁日昌 （悲恸地）莹莹……

冯　欣 （怕极，可怜巴巴地）丁大人，你生命妻儿皆不要，我却不愿随你举家赴难……（脱下顶戴）我辞职归田，此事与我冯欣无关……（颤巍巍下）

[丁日昌恼怒，欲斥冯欣，强忍。

[鲁龙上。

鲁　龙 禀大人，巴夏里带着卫兵，强欲进入道衙！

[丁日昌眼喷怒火，抉择着。

莹　莹 （痛切相求）大人！

（念）　倘若放虎归山去，

我爹何日雪沉冤？

鲁　龙 （恳切进言）大人！

（念）　不除陆贼自强毁，

神州陆沉指日间！

丁日昌 罗先生……你呢？

罗　伦 （受到感奋，激动地念）

愿履艰险效驾下，

追随大人共存亡！

丁日昌 嗄好！来，将陆升祥，高吊起来！

鲁　龙 （向内）呔，将陆升祥押上，高高吊起！

内　众 喳！

[四衙役推陆升祥上，高高吊起。

丁日昌 升堂伺候！

众　人 嗬！

[升堂乐。众威严列开。丁日昌升堂。

丁日昌 （念）　一身正气对天地，

发愤自强扫魅魉！

来，请巴夏里！

中　军 丁大人有命，请巴夏里！

[巴夏里上。

巴夏里 请问丁道台，布政使答应放人，为何迟迟不放？

丁日昌 领事先生是指陆升祥么？

巴夏里 Yes（是的）！

丁日昌 非常遗憾，陆犯升祥，罪大恶极，本道已依法判斩！

巴夏里 （大震）啊！

陆升祥 领事先生救命，救命啊！

巴夏里 我抗议！抗议！

丁日昌 领事先生，抗议何来？

巴夏里 （彩白） 租界工头，乃大英臣属，
你小小道台，胆敢判斩！

丁日昌 （彩白） 大清败类，杀人凶犯，
森森国法，决不容宽！

巴夏里 （彩白） 当知英国，船坚炮利，
劝你休要，惹出事端！

丁日昌 （彩白） 中英条约，本道遵守，
倘得寸进尺，咎在你方！

巴夏里 （彩白） 你拒不放人，当食苦果！

丁日昌 （大笑）哈——
（彩白） 涉足仕途，已尝遍苦甘！
吩咐左右！

衙　卫 喳！

丁日昌 将陆升祥押下，斩！斩！斩！

莹　莹 且慢！

[莹莹飞奔上前，拔出鲁龙佩剑，咬牙颤剑，大转身，手刃陆升祥。

巴夏里 （吼叫）丁日昌，我要上朝廷把你告，你等着瞧吧！等着瞧吧！

丁日昌 哈——

众　人 （开怀大笑）哈——

[巴夏里悻悻下。

[一衙卫匆上。

衙　卫　禀大人，赵夫人已凯旋归来！

众　人　（振奋地）啊！

丁日昌　（大喜）好呀！赵夫人果然不负重托！莹莹，一同前往码头，为你母亲接风！

莹　莹　遵命！

金　娴　（内呼）丁大人——（喜盈盈奔上）

丁日昌　赵夫人！

莹　莹　母亲！

金　娴　大人，机器全数买回，洋技师也请来了！

丁日昌　（激动地与金娴握手）多谢，多谢了！

众　人　哈——

[切光，幕闭。

尾　声　凯歌声碎

[距前场一个多月后。

[原旗记铁厂。现为江南机器制造总局。大海之滨，厂房上铁架、烟囱林立，龙旗飘扬。大红横帔“江南机器制造总局开业典礼”横跨舞台。

（后台歌）雨后彩虹泛艳光，

浦江十里展笑颜。

神州娇耸机器厂，

凯歌响彻上海滩！

[幕启：金娴、莹莹、罗伦及众百姓拥着丁日昌上。

丁日昌　鲁龙听令！

鲁　龙　大人！

丁日昌　鸣炮开业！

鲁　龙　遵命！鸣炮——

［内声：“报，圣旨到——”

［众顿静。

［路禄执旨上。

路　禄　丁日昌接旨！

丁日昌　臣丁日昌跪接圣旨！（跪下）

路　禄　“奉天承运，皇帝诏曰：丁日昌调任两淮盐运使，着即日离沪赴任。钦此。”

丁日昌　（一震）啊？！臣领旨！（站起，接旨，愤怒失望，自语）大业初奠，调我离任……调我离任！天呀，你混沌如斯，吾复何言！

路　禄　丁大人，当初若肯听路某之言，何致今日仰天长叹呀！

丁日昌　我走了，可是，华夏同胞，总有一天会明白，自强，是拯救国家民族唯一之路，儿孙辈一定会接着干下去的！

路　禄　丁大人，皇命在身，不得延误，即速回衙，打点上路！（下）

众　人　丁大人——

丁日昌　列位！

（唱）　浪遏中流心惆怅，

丁日昌无语对苍天！

众　人　大人！

丁日昌　（接唱）　后继诸君长记取，

血浇自强鲜花香。

任它荆天与棘地，

也要奋起苦扬鞭。

休教这机器局烟消旗倒，

聊慰飘蓬丁日昌！

日昌拜托了！

众　人　大人保重！

台内外　（合唱）　怕别离，终别离！

挥泪送别情依依。

留得自强雄风在，

千山万壑树丰碑！

[众深情送别丁日昌。

[幕徐闭。

[剧终。

（剧本版本：《陈鸿辉剧作选》）

·潮剧卷·

两县令

编剧：李英群

人　物　表

朱县令　　揭阳县令

洪县令　　海阳县令

郁天盛　　揭阳盛记绸庄老板

郁　氏　　郁天盛胞姐

巧　英　　郁氏义女

洪夫人　　洪县令夫人

老　耿　　揭阳县令管家

阿　彤　　揭阳县令书童

姜二喜、马阿伙　　海阳县衙役

住　持　　潮州开元寺和尚

知客僧　　潮州开元寺和尚

乡绅、衙役、家丁、丫鬟等

时间：明末。

地点：潮州府揭阳县、海阳县。

第一场

[秋日。揭阳县进贤门前。

[幕启：郁天盛与三乡绅上。

乡绅甲　（念）　　摆酒进贤门，

乡绅乙 （念） 迎接新县尊；

乡绅丙 （念） 县令如父母，

郁天盛 （念） 不尊也得尊。

家丁甲 （上）禀大爷，新任县太爷官轿，已到马牙渡口。

郁天盛 来人！

［二家丁应声上。

郁天盛 新太爷已到马牙渡口，你等速去迎接，把官轿扛来进贤门。

二家丁 是！（随家丁甲下）

郁天盛 诸位乡贤，俺先上进贤门楼恭候！

三乡绅 请！（下）

郁天盛 来呀，贺仪礼品，快快扛上来！

［家仆抬礼品上。郁清点，指挥抬上门楼。家仆下。郁下。

［便装的朱县令与老耿上。

［郁氏与巧英从另侧上。

朱县令 进贤门。久闻揭阳有个进贤门，果然气势不凡。老耿，这进贤门是只进贤人的门，还是进去就成贤人的门啊？

老　耿 老爷——

朱县令 嗯哼……

老　耿 啊！员外，这个老奴不懂。

朱县令 门楼上熙熙攘攘，想必是百姓娱乐之所，上去看看如何？

老　耿 遵命。

［家丁甲内喊："大爷——"上。

［郁天盛上。

家丁甲 禀大爷，新太爷官轿，过渡来了。

郁天盛 吓好！闲杂人等回避。（下）

老　耿 （对朱）原来是迎接老爷你的。

家丁甲 呔，闲人回避。（推朱）站开！

［家丁乙丙上，见郁氏坐石凳上。

家丁乙丙 哇，又是你们两个，来此怎呢？

郁　氏 哦，又是你们两个？你还不知我母女来此怎呢，来讨钱！

家丁丙 老乞婆好无道理，说我家大爷欠你的钱，不怕街市人笑死！滚开！快滚！（把郁氏推倒在地）

巧　英 母亲——（上前扶起。对家丁）贼子，无端行凶，是何道理？

家丁乙 今日我家大爷和四乡士绅，在此迎接新县令，你还敢多嘴多舌！

郁　氏 我也要来迎接新县令！（坐下）

家丁乙丙 哇，怎可耐呀！（强拖郁氏下）

巧　英 母亲，母亲——（追下）

［朱县令见状摇头。见郁天盛上，朱故意坐到石凳上。

郁天盛 喂，这位仁兄，你可有带耳朵？走，要坐去别处坐。

老　耿 这里大街大路，又不是你家屋里，怎不能坐？

［家丁见状上前。

家丁乙 今日不比往日，乡绅要接县令。

朱县令 适才妇人说得有理，乡绅要迎接县令，百姓也好来迎接县令呀！

家丁丙 县令轮不到你来接。快快起来走开，别惹肉痛。

老　耿 放肆！你敢怎呢？

家丁丙 （推老耿）去你娘的！

郁天盛 喂，老阿哥，可有听清楚？

朱县令 清清楚楚。兄台，大宋丞相陈尧佐，写诗称贵府为“海滨邹鲁”。适才所作所为，敢问尊驾，你们到底是“海滨邹鲁”还是“海滨粗鲁”啊？

家丁乙 邹鲁粗鲁，与你何干？

朱县令 看你二位举止，委实有辱斯文，只怕新太爷闻知，会不高兴！

郁天盛 开门书橱就漏风，想必是个读书人。不过你还稚鸟（幼稚），官场的事你不晓。

朱县令 未必未必。你未摸清新太爷脾气，就准备大批贺仪。要是碰上个清官，你岂不输彻底！

郁天盛 什么呀？清官，当官还有清的？！

朱县令 怎么没有啊，包拯包青天，海瑞海大人，不都是清官么？

郁天盛 哈哈哈。那是在戏棚顶。老兄，你岂知个官字怎么写！

（唱） 一个官字两个口，
一个在上头一个在下头。
上食皇粮下食百姓，
福妻荫子乐淘淘。
可笑那帮秀才脯，
三顿食粥自清高。
编了一出出清官戏，
骗百姓感动得目汁流。
老兄呀，清水衙门谁愿去，
我看你书读愈多愈不贤。

朱县令 如此说来，世无清官？

郁天盛 有、有、有，在戏棚顶！

[内喊：“新太爷官轿到。”

家丁乙、丙 站开站开！（推朱、耿下）

郁天盛 动乐迎接！

[鼓乐大作。乡绅、家仆上。

[家丁抬官轿上。衙役随上。

众　人 （跪下）揭阳四乡百姓，敬迎父母官大人。

[好久不见动静。郁天盛示意。

众　人 （再拜）敬迎青天大老爷。

[有顷。阿彤在轿内发话。

阿　彤 诸位乡贤请起。县令一路车马劳顿，有事改日请到衙门。

郁天盛 太爷初来乍到，乡亲派我等为太爷接风洗尘，设宴进贤门——

三乡绅 望太爷屈尊。

[阿彤掀帘下轿。

郁天盛 啊，你是？……

阿　彤 我是揭阳新任县令——

[众人呼一声抬起阿彤、转圈。

众　人 迎接大人，迎接大人！

阿　彤 我不是，我不是！

众　人 你不是？（放下，疑惑）

郁天盛 那你刚才说你是。

阿　彤 我说我是揭阳新任县令——

郁天盛 这不就是嘛。你老人家辛苦了。

[众人又拥上抬起。

阿　彤 唉唉，我脚痛，我脚痛死啦！

[众人急放下阿彤。

阿　彤 你们听清楚。我不是县令，我是新任县令——的书童！

众　人 啊，是书童？！莫怪是个奴仔弟。

郁天盛 那新太爷呢？

阿　彤 太爷步行，早已入城。

郁天盛 书童小哥，这官轿你怎好乱坐！

阿　彤 我是半路扭伤了脚，老爷让我坐轿。我说我头上无乌纱，这官轿我不能坐。老爷就让我，护送这顶乌纱帽！（从轿中取出帽）

三乡绅 唉，太爷接无，接做顶帽！

郁天盛 帽就是官，官就是帽，来，快拜，快拜，拜乌纱帽。

众　人 （跪）拜见乌纱帽。

郁天盛 诸位，将官帽接上楼，开席饮宴。

阿　彤 使不得，使不得！

郁天盛 使得使得。敬帽就是敬官，太爷一定会喜欢！

[巧英内喊“冤枉呀”，扶郁氏上。

郁　氏
巧　英　（头顶状词跪下）民妇/女冤枉，求太爷申冤！

郁天盛　呵，何方刁妇野女，来此作乱，给我赶了！

阿　彤　慢，当街告状，必有奇冤。

郁天盛　纵有奇冤，也甭你管。还是上楼喝酒吧。（对家丁）还不动手！

众家丁　嘀！（上前抓住郁氏、巧英）

阿　彤　住手！（一手高举乌纱帽）

众衙役　喳！

［众家丁一怔，撒手后退。

郁天盛　小哥，纵然要管，这接状断案，也得等县官。

阿　彤　嘿嘿，你不是说帽就是官么？

老　耿　（上）新任县太爷驾到。

［朱县令上。

阿　彤
众衙役　见过老爷！（为朱戴上乌纱帽）

三乡绅　拜见县尊大人。

郁天盛　（怔住，急跪）拜见太爷。

家丁乙　（旁）害事，今日无头彩。

家丁丙　（旁）大爷知知着蛀屎（挨批评）！

朱县令　（念）当官誓为民做主，大街审案平民冤。妇人，你状告何人？

郁　氏　民妇郁氏，状告郁天盛欠钱赖账，状词在此。

［阿彤接状词呈上。

朱县令　（接状词，看）欠钱赖账，小事一桩。郁氏，你可坐下。本县问你，既是十年之前，你将三千两银子，借与郁天盛经商，为何迟至今日，才来催讨？

郁　氏　老爷容禀——

（唱）　只因民妇家遭灾，
田园厝屋土中埋。
夫君儿女被淹死，

我无家可归苦难挨。
受灾之前家殷实，
故无催讨上门来。
今日来讨他不认，
反诬民妇诈骗钱财。
纵容恶奴将我赶，
几次推我倒尘埃。

朱县令 郁天盛与你是何关系，为何轻易借与他三千银两？

郁　氏 郁天盛乃是民妇胞弟。

朱县令 胞弟？真真可恶！来，传郁天盛！

郁天盛 （跪下）郁天盛叩见老爷。

朱县令 啊，原来你就是郁天盛。

郁天盛 是。

朱县令 本县不单来得早，也来得巧。今日倒要你见识见识：清官是不是只在戏棚顶！呔，你如何借钱经商，如何赖账不还，如何纵仆行凶，老老实实，给我招来！

郁天盛 老爷，我冤枉，冤枉啊！

朱县令 你也叫冤？哼，打别人哭自己！

郁天盛 唉，我的青天大老爷——

（唱）　天盛我自幼父母双亡，
是姐夫将我养成人。
好男儿就该自己创家业，
依赖姐夫我心不安。
十年前辞别姐夫闯天下，
白手起家步步艰难。
赶车马，当船工，
风吹日晒为三餐。
几年积得些银两，

走福建，上苏杭。
经商全靠我自己，
节衣缩食历尽艰难。
姐夫他，养育之恩我谨记，
姐有难，为弟救济理应当。
无端说我欠银三千两，
老爷你说我冤不冤？

朱县令 如此说来，你是白手起家？

郁天盛 一言无假。

郁　氏 老爷，他是借钱起本。

郁天盛 不，我是白手起家。

郁　氏 你恩将仇报！

郁天盛 你血口喷人！

朱县令 住口，有理不在声高。郁氏，你可有人证？

郁　氏 人证么，可怜他们一个也不在人世了。（抽泣）

朱县令 啊，勿哭勿哭。我再问你，今日告状，可有将借据带来？

郁　氏 老爷哙，自家姐弟，哪有想到写下借据。就是当初有据，一场台风海潮，也难保住了。

朱县令 这这这，这就难了！

（唱）　无人证无物证，口说无凭，
你说有他说无，如何分清？
是非我心中虽有谱，
要断此案却不能。
《大明律》，是王法，
律法条条不讲人情。
想不到，一心要为民做主，
早头早市（一开始）就碰钉！

郁天盛，你纵容家奴，推倒你姐，是本县亲眼所见，先罚你银子十两，买药治伤。

郁天盛 小人遵命！（递钱交阿彤）

朱县令 下去！

郁天盛 谢老爷！老爷英明！哈哈哈！（下）

[三乡绅与家仆下。

郁　氏 老爷，这么不明不白，就放他走了么？

朱县令 郁氏，本县断案重凭证，此案无据，叫本县如何判断？下去吧！

巧　英 哼！

（唱）　　枉你头上是青天，

问案办案是非倒颠。

恶人逍遥好人受气，

不知你安的何心肠？

朱县令 放肆！

众衙役 喳！

巧　英（唱）　　不用喊来不能嚷。

喊破喉咙也喊不出个包青天！

朱县令 来呀，给我打——道回衙！

[众衙役抬轿欲下。

郁　氏（拉轿）老爷，老爷。

朱县令 郁氏，不是本县无情，是你无凭。输了这场官司，换回个聪明。

[众抬轿下。

巧　英（跺脚）嘿！

郁　氏 巧英女儿，俗话说："斗官穷，斗鬼死。"气也无用，认命就是。俺还是回地都老家去吧。

巧　英 返回地都？白白认输？

郁　氏 不认输又有何法？

巧　英 我不认输，我不信天下做官都糊涂。我要告到潮州府！

[亮相。

[切光。

第二场

[几天后。潮州城内开元寺。

[幕启：雅净的方丈室。

[巧英偕郁氏上。

郁　氏（唱）　揭阳告状冤未伸，
弱妇孤女举目无亲。
开元寺中来求佛，
幸遇长老菩萨心。
劝我去见海阳令，
说道他断案如神。
几次求见不得见，
只因我不是海阳乡民。
长老他帮人帮到底，
今日里，请太爷夫人拜观音。
约我前去方丈室，
太爷面前把冤陈。
天下当官都一样，
只怕此番又空费心。

巧　英　母亲，人人都说海阳县断案如神，今日若能见到太爷，定能申冤，你就放心吧！

[母女进方丈室。

[知客僧上。

知客僧　啊，二位施主到来了，小僧有礼。

郁　氏
巧　英　见过小师父。

郁　氏　小师父，长老约我母女今日前来，劳小师父通报一声。

知客僧 我师父正在大雄宝殿陪太爷夫人进香。师父吩咐，施主到来，暂到禅房待茶。

郁　氏 多谢小师父。

[三人同下。

[住持引洪县令及夫人、丫鬟上。

住　持 老爷夫人，请到堂上待茶。

洪县令 谢师父。请。（入座）

住　持 备茶伺候。

郁　氏 （捧茶上）请太爷用茶。

洪县令 啊？！师父，开元寺中，何来妇人？

郁　氏 老爷，民妇冤枉啊。

洪县令 师父，佛门净地，却有民妇喊冤，此是何故？

住　持 阿弥陀佛。太爷，这一妇人，有满腹冤情，要见太爷鸣冤。

洪县令 既有冤情，就该到县衙告状。须知这里是佛门，不是衙门。

郁　氏 太爷，海阳县衙门，民妇进不得。

洪县令 岂有此理。本县辖治，令行禁止。百姓告状，谁敢阻止。你这妇人，明日就到县衙告状，本县一定受理。

住　持 太爷，贫僧请罪了。这一妇人，并非海阳人氏。

洪县令 既非本县人氏，焉能越境告状，本县又焉能受理。长老，这就是你的不是了。妇人，你何方人氏？

郁　氏 民妇揭阳地都人氏。

洪县令 揭阳新任县令，乃是本县同窗。为官清正廉明，你可到揭阳告状，朱老爷自会为你申冤。师父请了。

郁　氏 哎，苦呀——

住　持 太爷，贫僧稽首了。这民妇已在揭阳告状。揭阳县尊，无法断案，民妇有冤难申，闻知太爷断案如神，特来求助。贫僧佛门弟子，慈悲为怀，还望太爷，救苦救难，为民申冤。

洪县令 荒唐荒唐。律有明条，焉可僭越？本县越俎代庖，王法与友情，都不相容啊。

郁　氏 长老，民妇一介小民，纵有天大冤情，焉敢累及两位太爷友情。就让民妇，

冤沉大海吧。长老大恩大德，民妇今生难报，只有来世了。（悲伤欲下）

洪夫人 且慢。老爷，有道是普天之下，莫非王土；举国之中，皆万岁子民。她既有冤情，老爷何妨一听。

洪县令 夫人意欲下官受理此案？

洪夫人 为官之道，解民倒悬。为友情故，也当助朱年叔一臂之力。

郁　氏 夫人贤德，民妇有礼了。

洪夫人 （扶起）恻隐之心，人皆有之。不用多礼。

洪县令 也罢！

住　持 阿弥陀佛，善哉善哉。

洪县令 妇人，你姓甚名谁，有何冤情，就一一诉来吧！

郁　氏 谢太爷。民妇有状词一纸，请太爷一观。（呈状）

[洪县令接看。

郁　氏 （唱）　民妇揭阳去告状，

朱老爷有心平民冤。

只因人证已死又无字据，

无法断案他空作有心人。

洪县令 哼。好个郁天盛！

（唱）　世上竟有这等负心人，

辱没了海滨邹鲁岭海名邦。

虽则是仅为银子三千两，

事关民风不容小看。

韩文公当年治潮日，

重的是改良民风兴学育人。

赢得世代人敬仰，

遂令山水改姓韩。

下县海阳当县令，

自当为民来申冤。

这无凭无据怎断案？……（徘徊，思索）

对，诱使天盛吐真言！

郁氏，你岂知郁天盛，平日最敬畏的是谁？

郁　氏　老爷！

（唱）　天盛他，手下杂役一大帮，

欺行霸市耍横蛮。

揭阳无人“得伊畏”（使他怕），

师爷见了也把腰弯。

他贩绸常到杭州去，

有个拜盟兄弟曹老三。

据称杭州属首富，

他敬畏就只有这一人。

洪县令　那好，你可在潮州暂且住下。此案是真是假，三天之内可见分晓。

洪夫人　三天？

洪县令　三天！衙役上来！

[二衙役应声上。

洪县令　姜二喜、马阿伙，打道回衙，本县有事吩咐。

二衙役　遵命！（下）

洪县令　长老，本县告辞。

住　持
郁　氏　送老爷夫人。

[洪县令、洪夫人、丫鬟下。

巧　英　（冲上，扑向郁氏）母亲，申冤有望了。

住　持　阿弥陀佛。

[切光。

第三场

[两天后。郁德园客厅，挂“寿”字。

[幕启：郁天盛家仆忙着布置祝寿上上下下。

[郁天盛踌躇满志地上。

郁天盛 （扣）　郁天盛我郁天盛，
父母生我人精灵。
三十而立是古话，
我未到三十家业兴。
今日三十过生日，
举家忙碌待亲朋。

家丁甲 （上）大爷，有几位乡绅，带了厚礼，为大爷祝寿来了。

郁天盛 有请！

[三乡绅提礼物上。

三乡绅 喜逢郁大爷三十大寿：我等特备薄礼、祝大爷福如东海寿比南山。

郁天盛 托福托福，愧领愧领。（接礼物交家丁）诸位请到后堂饮杯薄酒。

三乡绅 请，请！（齐下）

[姜二喜衣冠楚楚提礼物上。

姜二喜 门上何人在？

家丁甲 （上）客官有何贵干？

姜二喜 请问郁天盛大老板住这里么？

家丁甲 是、是。客官何处来的？

姜二喜 杭州来的。

家丁甲 杭州的，贵客，贵客。请进。有请大爷！

郁天盛 （上）啊，尊驾是？……

姜二喜 你就是郁老板？杭州曹三爷你可认得？

郁天盛 曹老三爷，西湖绸庄的？认得认得，是我拜盟兄长。

姜二喜 三爷是小弟姐夫。

郁天盛 啊，幸会幸会。坐坐。

姜二喜 小弟贩货南来，姻兄再三嘱咐，如到揭阳，定要登门代他问安。

郁天盛 岂敢岂敢。

姜二喜 街上闻知兄台寿诞，略备薄礼，不成敬意，望兄笑纳。

郁天盛 哇，如此厚礼，受之有愧。来人，快请诸位乡贤来见贵客。

家丁甲 是。有请诸位绅士爷。

[三乡绅上。

郁天盛 诸位，这位是杭州来的——贵姓？

姜二喜 敝姓姜。

郁天盛 姜老板是我那曹老三兄的内弟。

众乡绅 啊，失敬失敬。

姜二喜 幸会幸会。

郁天盛 备茶。

乡绅甲 姜老板，久闻杭州山明水秀，人杰地灵。比我潮州，未知如何？

姜二喜 杭州么？列位贤达！

（唱） 杭州山水天下秀，
山外青山楼外楼。
西湖日夜宴歌舞，
箫笙弦管乐悠悠。
才子佳人成双对，
好比鸳鸯结伴游。
歌馆妓院处处是，
青楼女子最风流。
诸位若到杭州去，
见了杭州忘潮州。

乡绅甲 此生若能到杭州一游，愿也足矣。

姜二喜 这有何难？诸位若不弃嫌，可乘小弟商船同往，弟当尽地主之谊。

众乡绅 姜老板真豁达。

姜二喜 有道是在家靠父母，出外靠朋友嘛。对朋友还须两肋插刀哩。

郁天盛 是是，友情为重，我听来合耳。姜老板，愚兄今日诞辰，请来一班戏仔，来唱一段潮州歌仔，以助雅兴，你看如何？

姜二喜 甚好甚好。

郁天盛 （对家丁甲）来段《桃花过渡》。

［两演员上场演《桃花过渡》。

［马阿伙小偷装扮，慌张上，四处乱闯，钻入桌底下。

郁天盛 是何人乱闯？

［捕快与二公差上。

郁天盛 差爷，有何贵干？

捕　快 我等乃海阳县衙捕快……

众　人 海阳县的。

捕　快 一路追捕逃犯，刚才他躲了进来。

郁天盛 原来是个逃犯！出来！（拉马出）

捕　快 绑了！（二公差绑马阿伙）

捕　快 诸位，打扰了！

郁天盛 不用客气。捕拿恶人，官民都有责任。差爷辛苦了，请茶。

捕　快 多谢多谢。（对公差）喂，兄弟，来一杯。

［捕快上前饮茶。姜二喜躲闪。

捕　快 你？哈哈阿喜，你原来藏在这里？真是踏破铁鞋无觅处，得来全不费工夫。来，拿了！

郁天盛 差爷，你认错人了，他是我朋友。

捕　快 他是你朋友？

郁天盛 那，那你说他是什么人？

捕　快 他呀，是三年前越狱逃跑，我海阳县搜捕多时的盗贼！

姜二喜 差爷，本人乃是杭州商人，受人所托，前来拜访郁大爷的。

捕　快 不必多言，公堂再说。

姜二喜 郁兄台，此是何说？

郁天盛 真真岂有此理，上公堂就上公堂！

姜二喜 小弟人生地疏，你可要去做证啊！

郁天盛 要我作证？……

乡绅甲 理该理该。差爷，姜老板实在是郁大爷的朋友啊！

乡绅乙 还可说是亲戚。差爷你看，他是郁老板义兄的内弟，带这么多礼物来贺寿。

捕　快 不必再说，是真是假，公堂上见。

乡绅丙 为朋友两肋插刀，大爷，去！

捕　快 郁老板，人既在你家拿到，你理该到海阳县一行。

郁天盛 要是差爷错拿了良民，海阳太爷面前，我看你如何交代。备轿！

二捕快 （推姜二喜、马阿伙）走！

[切光。

第四场

[次日。海阳县正堂。

[洪县令上。

洪县令 （唱）　身为七品小县令，
常把三更当天明。
当官为民为社稷，
不惮案牍之劳形。
愿得海阳县治民风好，
风调雨顺乐升平。（阅卷）

洪夫人 （上，唱）随夫赴任来潮州，
不觉已过三春秋。
韩文公政绩传百代，
海阳境，山水风流人风流。

老爷他总以包公为明镜，
日夜操劳解民忧。
昨夜三更鼓响人惊醒，
定有愁闷结心头。
老爷。

洪县令 夫人到来，请坐。

洪夫人 老爷，昨夜又错把三更当五鼓，莫非心中又有未解之结？

洪县令 下官有晨读习惯，夫人多心了。

洪夫人 只恐不是妾多心，是老爷忧心。郁氏一案未明，三日期限已到，老爷你能安心睡觉么？

洪县令 真是知夫莫若妻。夫人，三日期限，尚有半天。

洪夫人 辛时酉时，捕快再不回来，老爷你就要失信于民了。

洪县令 （唱） 失信于民当自愧，
自当引咎辞官归。
携同夫人回故里，
躬耕陇亩何乐而不为？
那时节，你牵牛、我扶犁，
妇来唱、夫来随，你平地、
我下种，你插秧、我施肥，
日双夜双早出晚归。
学那陶令乐山水，
莫管人间是与非。

洪夫人 老爷若能不管人间是非，也就不用三更半夜起来读书阅卷。

洪县令 此案乃夫人所嘱，焉敢掉以轻心。

[内声：“报，揭阳县朱老爷驾到。”

洪夫人 为何是朱年叔到来？

洪县令 是我请他来的。夫人，他一来，下官就不用下台。来，动乐迎接。

[鼓乐。阿彤引朱县令上。

[相见科。入座。

洪夫人 朱年叔，这海阳潮州，山明水秀，名胜甚多，为何不带同夫人到来？

朱县令 唉，嫂夫人，愚弟刚一上任，就碰到麻烦，哪有心思游玩。

洪县令 有何麻烦，理当告诉愚兄，也好助你一臂之力呀！

朱县令 力嘛，愚弟有。此番是老娼打拳不就势，我有力难出尽受气！

洪县令 哈哈哈，俗话说：一物对一药，跳蚤无涎抓不着。你不能单方独味，硬来硬去啊！

朱县令 要是落在你头上，你也睡不着。别提了！怎么还不冲工夫茶啊？

捕　快 （上）禀老爷，人都带到。

洪县令 吓好。朱贤弟，愚兄尚有案务，少陪了。夫人，陪年叔花厅待茶。

洪夫人 年叔请。（与朱县令、阿彤下）

洪县令 升堂——

[衙役上。升堂科。

洪县令 （念）　明镜高悬耀日月，

　　王法昭昭照人妖！

带人犯！

[衙役推姜、马上。二人跪。

捕　快 禀老爷，小人捕拿人犯之时。有一位郁天盛老板，说道小人捕错了人，声言人犯是他朋友，他愿公堂对证。

洪县令 如此，传他上堂。

[传。郁天盛上。

郁天盛 在下郁天盛，见过太爷。

洪县令 郁老板，你说他是你朋友？

郁天盛 是。

洪县令 你虽非本县人氏，但律法一视同仁。时间对证，可要句句是实。

郁天盛 是。

洪县令 来，给郁老板看座。呔，下跪何人？

马阿伙 小人马阿伙！

姜二喜 小人姜二喜！

洪县令 马阿伙、姜二喜，你两人胆大包天，竟敢盗取官库金银，被捕后又越狱逃走，你可知罪？

马、姜 小人知罪。

洪县令 既然知罪，所盗银两，藏于何处，从实一一招来，可免一死，如其不然哪——王法无情！

衙　役 喳！

马阿伙 小人愿招。小人分得赃银两千两，三年来花去一千，尚有一千埋在老家墙根下。

姜二喜 老爷，小人分得两千两，三年前交与揭阳郁天盛老板经商……

郁天盛 （惊愕、大怒）怎么说呀？！

洪县令 嗯哼……

郁天盛 太爷，这贼子无中生有……

洪县令 让他说完。姜二喜，所招可是实情？

姜二喜 不敢有假。

洪县令 郁老板，你看呢？

郁天盛 假的，他说的全是假话。

洪县令 我看也是假的。姜二喜，招不招？

姜二喜 老爷，小人已如实招供。

洪县令 住口，郁老板说你是假，他是你的朋友，难道他不知你的老底。

郁天盛 老爷老爷，我不是他朋友！

洪县令 啊，此话怎讲？！

[郁天盛跪下欲说。

洪县令 起来起来。郁老板，你是本县的座上宾，不是阶下囚。有话坐下慢慢说。

郁天盛 青天大老爷！

（唱）　这个小狗才，

今早初到我家来。

自称我那义兄他内弟，

花猫白舌（说谎骗人）我何能知？
怨我耳轻受他骗，
怪我贪心看重他钱财。
太爷你清如水来明如镜，
我冒认朋友实不该。

洪县令 如此说来，你们不是朋友？

郁天盛 不是不是，全无关系。

洪县令 没有拿他的钱？

郁天盛 一分一文都无。

洪县令 姜二喜，郁老板没拿你一文钱，你所盗银两，藏在哪里？

姜二喜 老爷，小人所招，全是实情！

洪县令 住口！堂堂郁老板，乃揭阳第一富贵，哪有与你这隔县强盗勾结之理。看来不施重刑，你是不会招供。吠，重责四十！

[洪示意轻打。衙役押姜下。

洪县令 来，给郁老板待茶。

郁天盛 太爷，小人不敢。

洪县令 你是揭阳来的客人，本县还要请你帮我破案。来，饮。（二人饮茶）

[姜二喜被拖上。

洪县令 哼哼，姜二喜，你招还是不招？

姜二喜 太爷，小人所盗银两，实是三年之前，交与郁老板经商。

郁天盛 姜二喜你这死父仔，我郁某与你无冤无仇，隔县隔乡隔里，你欲害我怎呢？

姜二喜 老爷，小人既已认罪，怎还敢花猫白舌，招了假供，岂不罪加一等，望太爷明察。

洪县令 郁老板，他说他是真，你说你无假，本县还要细细盘查。据本县所知，你本是一个孤儿，公祖只有二亩薄地。如今富甲揭阳，做的并非小本生意，本钱从何而来？

郁天盛 （脱口而出）开始是借的。

洪县令 借的？郁老板，本县看你非海阳人氏，敬你为宾，你可不要乱提假证，搞乱案情啊！

郁天盛 老爷，我是借的，我可对天发誓。

洪县令 住口！你做丝绸生意，不是借三两五钱，而是成百上千，谁愿意借，谁借得起？难道敬酒不食食罚酒，也要本县动大刑么？

众衙役 喳！

郁天盛 （扑通跪下）哎呀老太爷，上有天、下有地，我郁天盛不敢虚言，经商本钱，都是向我家姐借的。

洪县令 你家姐？不，本县不信，天下哪有这么好的家姐。

郁天盛 太爷，我家姐真是世上少有啊！

（唱） 小人自幼父母双亡，

是姐姐将我养大成人。

长大我想做生意，

姐姐就解囊来相帮。

借我银子三千两……

洪县令 三千两？你又想诓人！

郁天盛 （唱） 太爷呀，若有说假、愿受重刑，

雷来劈、火来烧，打入地狱十八层。

洪县令 若果如此，你姐真是个大好人。

郁天盛 若无家姐，哪有我郁天盛今天。想不到这贼二喜，平白无故，拉我落水。太爷，你千万别信他。

洪县令 郁老板，本县哪会信一个贼。只是他死硬到底，拒不实招，欲要判刑，还得有凭。你也得帮本县一臂之力啊。

郁天盛 太爷尽管吩咐。

洪县令 你只需写下一张凭据，本县就可将姜二喜重重治罪。来，纸笔伺候。

[郁天盛写字据，盖手印。

洪县令 来，暂把姜、马二人押下。

[衙役押姜、马下。

洪县令 （接过字据，念）“本人经商本钱三千两，系向家姐借用。”（点头）

郁天盛 太爷英明，小人无事了吧？

洪县令 临别之时，本县有言相赠。

郁天盛 太爷赐教。

洪县令 （唱） 常言道，害人之心不可有，

防人之心不可无。

天道人道最公道，

世上自有正理在。

害人终局害自己，

善恶到头总有报。

做人要做厚道人，

忠仁信义须记牢。

郁天盛 太爷金玉良言，小人谨记。

洪县令 谨记就好。来，传郁氏母女。

[照传。郁氏、巧英上。

洪县令 郁天盛，这就是你世上少有的姐姐么？

郁天盛 （目瞪口呆）啊……呃……嗯……

洪县令 哈哈哈，郁氏，三千两银子借据在此，你姐弟都是揭阳人氏，如何了结此案，本县无权受理。来，有请朱老爷。

[朱县令上。

洪县令 朱老爷，本县审处一案，不想牵出贵县一宗小小官司。人证物证俱在，请升堂受理。

朱县令 适才花厅饮茶，听得一清二楚。拜服拜服。

洪县令 以假治假，惭愧惭愧！（下）

朱县令 （升堂入座）郁天盛还有何话说？

郁天盛 望太爷谅情。

朱县令 你呀！

（唱） 你聪明反被聪明误，

你生路不行行死路。

你恩将仇报欺善良，
你乌了心肝糜屎肚。
你以为得计逃法网，
你今日撞着包龙图。

来，静听宣判：查郁天盛十年之前，借得其姐郁氏银两三千，开办盛记绸庄，聚资盈万。郁氏家遭不测，上门索讨，天盛赖账不还，品德恶劣。今判郁天盛所有财产，尽数归郁氏使用，不准再诉。（把判书交郁氏）好了，都下堂去。

郁天盛 太爷太爷，三千两银子小人归还。其余家产是小人赚的，望太爷笔下留情。

朱县令 住口，没有你姐三千银两，你条命不知岂在，还赚什么家产。你赖账伤人，欺骗天子命官，就要重判。休得多言。给我轰下去！

衙　役 喳！（推郁天盛出）

郁天盛 （旁）哼哼，来海阳骗我上当，回揭阳我要骗人！（下）

郁　氏 老爷，民妇只求讨回三千银两，他的家产，民妇不要。

朱县令 我说郁氏哪郁氏，你就是太好心肠了。本县断案，到此为止。财产归你郁氏，要圆要扁，由你去排比。但愿你不用再觅我打官司，本县就谢天谢地。下堂去吧！

[众人下。

洪县令 （上）积案判明，愚兄为你道喜。

朱县令 惭愧惭愧。洪年兄！

（唱）　昔年十载曾同窗，
如今同是当县令。
两人同断一难案，
为何我断不清你断清？
年兄呀，这个县官如何做，
请你教弟学聪明。

洪县令 （唱）　当官要有为民心，
尚须本领道行深。

真克假，我何妨假攻假，
法护正，当官要以法治民。
从来正气能压邪，
勤读多思常记在心。

朱县令 金玉良言，金玉良言。阿彤，纸笔伺候。

阿　彤 （急上，指桌上）老爷，文房四宝在此。

朱县令 （奋笔疾书，毕）阿彤，带回县衙，贴上墙去。

阿　彤 （展读）“真克假何妨假攻假，法护正终归正压邪。”横联：“勤读多思。”妙！

［两县令相视而笑。

［切光。

第五场

［清明节前。郁德园。

［幕启：窗外春雨漾漾。郁氏坐在客厅做针线活。

郁　氏 （唱）　细雨纷纷近清明，
天不清来心也不清。
别人上山祭祖去，
我却无处悼亡灵。
夫君啊你死无坟茔我生无屋，
住在郁德园我不安宁。
两县县令巧断案，
银两讨回案已明。
这房子不该归属我，
只恨天盛为人太绝情。

巧　英 （挎菜篮归来，上）母亲，啊哟母亲，你怎么又做针线了？

郁　氏 为娘生来骨头贱，闲不住呀。

巧　英　闲不住，就让女儿伴你上街散散心。母亲，你岂知女儿在街上听到什么？

郁　氏　你听到什么了？

巧　英　人人夸赞朱县令，耻笑郁天盛。母亲，天盛兴旺之日，天天宾客盈门。现在无人理睬，听说饿存一条魂。唉，真是世态炎凉。

郁　氏　他是自作自受。巧英，住在这郁德园，我的心总不安稳，夜夜梦见，回到地都老家。

巧　英　母亲，你又伤心了。

郁　氏　几百人的乡村，一场台风海潮，就存无三成人。你我两家，仅存二人，叫人怎不伤心。

巧　英　（唱）　娘你莫伤怀，

人死不能转来。

俺患难之中结成伴，

从今不分开。

巧英就是你亲生女，

你就是我亲生媛（娘）。

母亲——

郁　氏　好女儿——（相抱依偎）

（台内歌）患难相交成一家，

不是亲生胜亲生。

天盛虽是亲骨肉，

以亲为仇万人骂。

［郁天盛衣衫褴褛，上。

郁天盛　（念）运咸人衰疲，事事不吉利。打官司、输官司，赌钱输了钱。老婆跟人走，奴仔改姓氏。昔日铁哥们，反目来相欺。唉，身无半文钱，着来学衰疲。姐弟终究是姐弟，到此便是。（入）阿姐。

郁　氏
巧　英　（一吓站起）你，你是何人？

郁天盛　我是你那狼心狗肺的臭阿弟！

郁　氏　你是天盛？！

巧　英　你来怎呢？

郁天盛　（扑通跪下）我来认罪哩！

巧　英　你快出去，这里不是你的家！

郁天盛　是，我知，这不是我的家，是我亲姐姐、好姐姐的家。阿姐不知岂肯听我这个无良心的阿弟两句话？

巧　英　姐弟情让你做绝，你还有脸来见。

郁天盛　是是，我恩将仇报，我情尽义绝，我如今举目无亲，里外不是人。我即时就走，只求阿姐，听我两句话。

巧　英　你现在才来说，太迟了，走！

郁　氏　巧英，一两句话，就让他说吧。

郁天盛　多谢阿姐。我的老阿姐啊！

（唱）　未曾开口满面羞，
一声阿姐泪双流。
我是郁门不肖子，
我是衣冠一禽兽。
明天是一年一度清明节，
想往年，总去为双亲把坟修。
如今身无分文买香烛，
有何面目去看那一冢荒丘？
四处乞讨朋友皆反目，
人情冷暖我自作自受。
可怜爹娘九泉之下难安息，
我只想一死无他求。
爹娘呀，为儿生未尽孝道，
死了也是恨悠悠。

爹娘——（装昏倒）

郁　氏（唱）　爹娘呀我的老双亲，

你可知女儿此刻苦多深？
你只知生有一双亲儿女，
怎知姐弟于今是仇人。
想当初，爹娘早丧弟年幼，
我既当姐姐又当娘亲。
好饭好菜让他吃，
新衣新裤穿他身。
寒热病痛我提心吊胆，
日夜看顾我费尽了心。
长大劝他读书史，

郁天盛 （唱） 姐你夜夜为我挑灯芯。

郁　氏 （唱） 怕你念书喉干渴，

郁天盛 （唱） 姐你为我把茶斟。

郁　氏 （唱） 谁知你无心读书爱浪荡，

郁天盛 （唱） 姐你为我伤了神。

郁　氏 （唱） 你要从商我把银借，

郁天盛 （唱） 我不该拒不认账黑了心。

姐姐，为弟告辞了。

郁　氏 且慢，你要往哪里去？

郁天盛 为弟无面目再活在世上了。（欲下）

郁　氏 回来，难道你今日到此，就只为说这两句话么？

郁天盛 我本想求借几文钱，去买三炷清香，两杯水酒。明日清明，前去双亲坟前，祭奠亡灵。

郁　氏 为双亲买祭品，何用言借。巧英，你去厨房煮碗米饭，让他充饥。

巧　英 是。（下）

郁天盛 不用不用。姐，为弟不敢。

郁　氏 俗话说：浪子回头金不换。只要你改恶从善，为姐就不计前嫌。除去三千两银，这郁德园一应财产，尽数归还于你。

郁天盛 不可不可，为弟遵从太爷明断。

郁　氏 太爷说过，财产处理由我主意。我已认下巧英这个义女，决心回地都去，重建家园。只望你痛改前非，为姐别无他求。

郁天盛 好姐姐，你若还认我这个弟弟，就收留我在家。我当牛做马？伺候你一生。

巧　英 （上）母亲，饭菜备好了。

郁　氏 天盛，自己厨房，你去用餐吧！

[郁天盛下。

郁　氏 巧英，我想将这郁德园，交还天盛，明天俺就搬回地都去。

巧　英 明天就去么？

郁　氏 明天是清明节，俺也好备点祭品，去到海边，祭奠亲人。

巧　英 女儿遵命。（望厨房方向）母亲你看他今日，好像在做戏。

郁　氏 唉，但愿他不是做戏。这郁德园不是俺的财产，我住着总不安心。巧英，俺有三千两银子，建个自己的家，俭俭也够度一生。

巧　英 母亲，太爷说你太好心了，我只怕你又要受骗。

郁　氏 有你这乖巧女儿，娘还会受骗么？

郁天盛 （边擦嘴边上）阿姐，有什么事你就吩咐吧！

郁　氏 你上街去，请位有文墨的先生，代俺立个字据，做中人。

郁天盛 立什么字据？

郁　氏 这郁德园交还你，要有个字据。

郁天盛 这怎么好？太爷断案，尽人皆知。我搬进来，街市人会怎么说？

郁　氏 我意已决，别管街市人。你不去，就让巧英去。

郁天盛 既然如此，为弟只好遵命。阿姐你有兴趣，以后尽管来住。（下）

郁　氏 巧英，俺母女也要立个字据：我百年之后，财产都归于你。

巧　英 母亲，你怎么说这些话？

郁　氏 要说。为娘近日，胸口时时疼痛，若有个三长两短，无凭无据，又招惹官司。

巧　英 母亲，打了一场官司，你好当县太爷了。

郁　氏 你这嘴呀！再说，娘可要生气了！

巧　英 娘——（扑向郁氏怀，亲热依偎）

[切光。

第六场

［除夕前夜。地都郁氏家中。

［幕启：巧英在场上扇小炭炉炖人参汤。郁氏卧病在床。

巧　英　（唱）　点起炭炉炉火红，

炉火熊熊拒风寒。

母亲不幸身染病，

年老体弱怕寒冬。

我为母亲炖参水，

愿她早日得安康。

［传来郁氏咳嗽声。巧英上前为郁氏拢被，又倒出参水捧至床前。

巧　英　母亲，这碗参汤，你先喝下。

郁　氏　为娘胸口发闷，你先放着。（咳嗽）

巧　英　母亲，待女儿到镇上请郎中再开二剂止咳药。

郁　氏　天乌地暗，须欲小心。

巧　英　女儿晓得。

［在台内歌声中，巧英将炉火扇旺，移炉近床。悄悄出门掩门下。

（台内歌）夜朦胧，人朦胧，

小炉炭火热烘烘。

寒夜小屋三春暖，

温暖自在人心中。

［郁天盛与二家丁上。

郁天盛　（扣）　老姐官司打出名，

我天盛名色臭通城。

生意无人跟我做，

赌钱赌无一次赢。

如今又欠一身债，

铺被封，厝被估，郁大爷，
变成一个出世仔。
想起来，灾祸都是老姐起，
害得我，今日有脚无路行。
听说老姐生大病，
不日去见阎王爷。
我今夜持刀探病牛，
若是老姐脚踢直（死去），

二家丁 （扣） 财产就全归你郁大爷！

郁天盛 哈哈哈，这叫天无绝人之路。老姐，你要死就快一些！

[上前敲门，推门进，四处看看走近床前。

郁天盛 老阿姐，阿姐。睡得像个死人。

[二家丁见桌上人参汤，争喝。

郁天盛 什么？（夺过）参汤，混蛋！

[把碗砸去，桌上灯被砸灭。

郁 氏 （被惊醒）谁人？贼！（下床，被床边火炉绊倒）掠贼呀！

郁天盛 老姐，是我。

郁 氏 （爬起）掠贼呀！（又跌倒，正好扑在火炉上）哎哟！

[二家丁想上前扶，天盛阻止。

郁天盛 出，快退出！（三人下）

郁 氏 巧英，掠……掠贼……哎哟，痛煞我也！（爬起旋转又跌倒，死去）

[郁天盛与家丁上，四处搜，家丁甲从枕头下搜出一纸。

家丁甲 大爷，你看。

郁天盛 （接看）契约，是认巧英为义女的契约。妙！

[闻有人来，三人急退出。

巧 英 （提药上）啊，怎么门开着，又无灯无火？母亲！（急点灯）母亲！（脚碰到郁氏，欲扶扶不起，见郁氏已断气，惊退又扑上）母亲——

（唱） 见母亲跌倒在尘埃，

不由巧英泪盈腮。
娘你为何这般苦，
横祸重重朝你来。
刚逢水灾兼人祸，
避过人祸又火灾。
都是女儿失检点，
留下你一人太不该。
母亲呀，止咳药剂已买到，
娘你岂知，娘你岂知？……

[伏尸痛哭。郁天盛与家丁上。

郁天盛 啊！出了什么事？巧英，怎么啦？

巧　英 我母亲她……

郁天盛 阿姐，阿姐！烧死了？巧英，到底是怎么回事？

巧　英 我为娘买药，回来就见她……

郁天盛 啊，老阿姐，我苦命的老姐姐，可怜你死得惨。你如今这样撒手而去，放下我这个亲阿弟，叫我怎不悲伤……

二家丁 大爷，人死不能复生，还是节哀为要。

郁天盛 老阿姐，你就放心去吧。你的后事，自有阿弟料理。唉，可怜你无儿无女……

巧　英 （忽有所悟）站开！谁说我娘无儿无女？你是怎么来的，深夜来此干什么？

郁天盛 你站开！哼，我正想问你何时到来，来做什么！我姐是怎样死的？

二家丁 我家大爷，是郁老太正牌的亲阿弟，怎用你外姓人问“多的”（问这问那）。跟你说，这丧事大爷会理，这财产大爷来继！

巧　英 啊，原来如此！郁天盛，你听着，我巧英是伊女儿，这丧事，免你理，马上出去！

郁天盛 呵哈！我郁天盛，何时飞来个外甥女？告诉你，我姐夫我外甥，都在去年水灾中丧生。你看想我姐财产，冒充我姐女儿！做梦！

巧　英 我冒充女儿？（从身上取出契约）你看，这是什么东西？哼，母亲认我为义女，立下这张契约，就是防备日后，再跟你打官司。郁天盛，你不要自作多情！

郁天盛 （旁）还有一张，差点误事。你真有契约，拿来一观。

巧　英 想欲一观，跟我上公堂！

[天盛上前抢，二家丁抓住巧英，契约被天盛抢去。

巧　英 郁天盛，恶贼你呀！（挣脱）

郁天盛 （喊）抓住她！（二家丁抓住巧英）嘿嘿，巧英姑娘。

（唱）　你莫气，你莫骂，

你勿急来你勿争。

乖乖听我大爷说，

听我为你来“拍坪”（安排）。

大爷前段运气歹，

老婆已经去改嫁。

我看你生来姿色美，

今日有缘系红纱。

嫁与大爷做少奶，

这个家就是你的家。

二碗合做一，你看怎生样？

[上前摸巧英下巴，巧英一咬。

郁天盛 （痛叫）哇哇哇！（向巧英一脚踢去，巧英捂胸口，家丁松手，巧英跌倒）哼，且忍你。丧事欲理你去理，公堂上我也不怕你。这位朱老爷，断案重凭据。娘子，学生告辞了！

[郁天盛举契约，与家丁扬长下。

巧　英 （起身急去翻枕头，不见另一张契约）母亲——（伏尸痛哭）

[切光。

第七场

[次日，除夕夜。揭阳县正堂。

[布景：墙上挂字幅：“真克假何妨假攻假，法护正终归正压邪”，“勤读多思”。

[幕启：朱县令在写对联。

[阿彤、老耿上。

阿　彤　老爷，鞭炮买来了！

朱县令　好，明天就是新年，你一早就到大门口去放，大吉利市。还有，老爷我写了一副春联，明日也贴到大门口去。

阿　彤　（念）县衙时时向外开，日开夜开；百姓人人好进来，男来女来。

朱县令　如何？

阿　彤　字写得雅，内容太白整（浅淡）。

朱县令　春联白整无关系，酒不白整就好。老耿，怎么静静？米酒狗肉呢？

老　耿　老爷，这公堂之上怎好食狗肉？

朱县令　无相干，除夕夜肯定无人告状。再说我在公堂，夫人以为我在阅案卷，俺就食能安稳。

[老耿摸出酒和狗肉，朱县令从案下取出三个杯，亲自斟酒。

朱县令　来，请！

老　耿
阿　彤　老爷，小人不敢。

朱县令　不敢？嫌酒太辣还是狗肉太腥？

老　耿
阿　彤　不是，小人不敢在公堂上与老爷同饮。

朱县令　唉，老爷老爷。当年我来做官，俺三人常常一起食。都是这顶乌纱帽，害得我老友亲热变生疏。在家可与我同饮，在公堂上就不敢同饮？（把帽脱下）来，这回无帽，平起平坐，二位朋友哥。饮！（饮科）

（唱） 米酒醇，狗肉香，

一杯落肚热衷肠。

三杯饮下脚浮浮，

半醒半醉赛神仙。

来，揭阳狗肉，天下无敌。请！

老　耿（唱） 你一杯，我一杯，

三杯落肚“三中花”（微醉状）。

脚轻轻，目朦胧，

你个头我看作大西瓜。

［老耿抚摸阿彤的头。

阿　彤 不对，是老爷的头才像大西瓜。

朱县令 啊，我的头才像西瓜？你别看轻这西瓜头，学了海阳洪年兄，我越来越贤！来，饮。

阿　彤（唱） 美酒一杯又一杯，

送旧迎新心开花。

两个县令好兄弟。

同心断案人人夸！

朱县令 人人夸？

阿　彤 是哩，三街六巷、男妇老幼，都说朱老爷你。（竖拇指）

朱县令 哈哈，比起洪年兄，我至多是这个。（竖小指）

老　耿 至少是这个。（举中指）

朱县令 啊？哈哈哈。来，饮！

［内击鼓声。

阿　彤 啊，有人击鼓！

朱县令 是潮州人过年打大锣鼓。

阿　彤 不，是惊堂鼓！

［老耿下复上。

老　耿 老爷，是巧英姑娘，击鼓喊冤。

阿　彤　又是巧英。

朱县令　除夕夜击鼓，必有奇冤。阿彤，杯筷收起。老耿，切勿惊动衙役，把巧英带到后堂。

[老耿下。朱戴帽，戴反了。

阿　彤　老爷，你顶帽戴反了。（为其摆正）

朱县令　这酒厉害！（醉态下）

阿　彤　（唱）　自从头上戴乌纱，
老爷他顾了公务忘了家。
睡不对时食不对顿，
初一忙到二九夜。
当清官，真辛苦，
当贪官，万人骂。
世人都道做官好，
我看做官是担枷。
幸我生来无官相，
纵有官做我也不去争。

[老耿提火签自内上。

阿　彤　老耿伯，何事这样匆忙？

老　耿　老爷要班头传郁天盛到衙。（下）

阿　彤　郁天盛又吃官司，真是狗食糯米——不会变！

[阿彤边摇头边下，与边摇头边上的朱县令碰在一起。

阿　彤　（扶住朱）老爷，又要升堂，岂着来碗醒酒汤？

朱县令　免！（迈步差点儿跌倒，阿彤急扶住）免扶，老爷我是个醉青天……

[阿彤迟疑，下。

朱县令　（唱）　江山易改本性难移，
郁天盛你的心肝被财迷。
本县今夜定要治住你，
当作份礼物贺新年。

班　头　（上）禀老爷，郁天盛与家丁带到！

朱县令　先把郁天盛带来。

郁天盛　（上）叩见老爷。

朱县令　郁天盛，昨天夜里，你去哪里？

郁天盛　小人去过地都。

朱县令　去做什么，如实说来。

郁天盛　太爷啊——

（唱）　提起昨夜我泪双流，
　　可怜我姐久病不治一命休。
　　她膝下无儿又无女，
　　尸骨差点儿无人收。
　　我是她在世亲骨肉，
　　要去为伊料理丧事把坟修。

朱县令　你姐并非无儿无女，她已收巧英为螟蛉。劝你别装糊涂。

郁天盛　太爷，实在并无此事。

朱县令　传巧英上堂。

巧　英　（上）拜见老爷。（欲跪）

朱县令　免了免了，你被人踢伤，这见面礼就免了吧。天盛说你不是他姐螟蛉，你可当堂对证。

巧　英　老爷，母亲收我为义女，请人立有契约。

朱县令　有契约为凭，你这回就聪明。来，呈上来。

巧　英　太爷，契约昨夜被天盛抢去了。

朱县令　怎么说呀，契约被抢！郁天盛你！

郁天盛　太爷，这真是天大的冤枉呀！

（唱）　我昨夜带有两家丁，
　　可叫伊二人来证明。
　　我若有抢她契约，
　　阎王来掠我去受刑。

太爷呀我天盛过去是浪子，
财迷心窍绝义枭情。
自从二位太爷教诲我，
我规规矩矩学正经。
浪子回头金不换，
太爷你做官上英明。

巧　英　你这恶贼，抢我契约，将我踢昏，还想抵赖么？

郁天盛　没有就是没有，你怎好诬告？

巧　英　有就是有。太爷，你要为民女做主啊！（胸口痛，捂着）

郁天盛　太爷。小人昨夜将伊误伤，确是实情。只因我姐不幸，我悲痛欲绝。巧英本是外人，还来纠缠遗产之事。小人一时气昏，才有将她误伤。太爷，我有的说有，无的不能说有啊！请太爷做主。

巧　英　太爷为民女做主。

朱县令　一人说无，一人说有，口说无凭，叫我如何作主！郁天盛，你既踢伤巧英，先罚你十两银子，为她治伤。

郁天盛　太爷英明，小人服判。（呈银两）

朱县令　此案未结，你要随传随到。

郁天盛　小人知道。

朱县令　下去。

郁天盛　谢太爷！（下）

巧　英　天哪——（昏倒）

朱县令　快快扶进后堂，请医治伤。

［阿彤扶巧英下。阿彤复上。

朱县令　唉，粗涩，真真粗涩（棘手）。

阿　彤　老爷，郁天盛带有二家丁，何不唤他们来审问？

朱县令　他的家丁，还不是早被收买统一了口供，能问出什么！（徘徊，见堂上字幅，念）“真克假何妨假攻假，法护正终归正压邪”。

（唱）　洪年兄你以假攻假求得真，

我今又逢假伤透神。

巧英契约被强抢，

公堂上，真却成假假成真。

事到临头酒惊醒，

我如何，学法护正治恶人？

（抬头，念）“勤读多思！”阿彤，把《大明律》《韩非子》给老爷我搬出来！

[阿彤搬书上。朱坐下急翻。

[三更鼓响。台内合唱：

三更鼓响夜已深，

一字一句细细寻。

只因民间有冤案，

难坏县令一颗心。

老　耿　（捧茶上）老爷，喝茶提神。

朱县令　阿彤，将《包公案例》《晏子春秋》《刑法制》都搬出来，

[阿彤进出几次搬书置桌上。

朱县令　（急急翻）阿彤，帮老爷翻。

[四更鼓响。台内合唱：

更鼓声声敲，

太爷心头焦，

金科玉律读万卷，

破案用哪条？

朱县令　（唱）　包公包公老包公，

你是县官老祖宗。

你疑案断了千千万，

你世世代代人称颂。

你岂知弟子我今夜晚，

遇到难案一大宗。

明知天盛人奸诈，

又无办法可变通。

洪年兄呀，

你要我勤读多思用法治人，

我为何越读越思头越痛！

老　耿　（急上）老爷老爷，巧英姑娘在后堂。呼天喊地，说老爷无法为伊申冤，伊不如一死！

朱县令　死？她想寻死？

老　耿　她还说，揭阳怎出无个洪县令。

朱县令　哎咋……

阿　彤　老爷，人命关天，何不再到海阳一行，求教洪太爷。

朱县令　老耿、阿彤，同是县太爷，我有案若断不下，就去请伊，你看我这顶乌纱帽，还要不要戴？（呆坐有顷）老耿，你去告诉巧英姑娘，老爷我一定为她申冤。申冤不了，老爷我这乌纱帽，就交还朝廷！

老　耿　是。（下）

阿　彤　唉，这顶乌纱帽真真难戴啊！

朱县令　（唱）　同是七品乌纱帽，

年兄啊，你戴我戴差得多，

你无据能使他有据，

我无凭只好叹奈何。

真克假，法护正，勤读多思……

（唱）　读的同是此律法，

本县枉戴这乌纱帽！（脱帽在手）

老　耿　（急上）老爷老爷，夫人再三劝息，巧英姑娘，口喊青天，还是拼欲寻死！

朱县令　哎咋……

（唱）　死、死、死，

巧英一心想寻死，

要死还声声喊青天。

老爷我想到“半讨死”（差点儿死），

如今是无法相助心急死。
县官为民管生死，
有生有死不足奇。
老死病死是正常死，
冤死屈死死了目难闭。
巧英呀，你想要死我不甘你死，
这般死法不值钱。
你有冤未申想要死，
我此案未断烦恼死。
死死死，死死活活，活活死死，置之死地而后生，生门死路在哪里？

（苦思，念字幅）真克假，假攻假，法护正，正压邪，真和假，正与邪，生而死，死而生……以死求生，以假求真？哈哈，有了有了！

（唱） 真是天无绝人路，置之死地而后生。（把帽戴上）
老耿，吩咐班头，将郁天盛掠来！

老　耿 掠来？好！（下）

朱县令 阿彤，你去后堂，如此如此。（耳语）

阿　彤 遵命！（下）

朱县令 郁天盛，看来这个年，你是不易过了。（喝桌上凉茶）到这时，才食出点茶味来。

班　头 （上）禀老爷，郁天盛带到。

朱县令 带上来。

[郁天盛上，四衙役随上。

朱县令 郁天盛，本县传你到堂，想将本案了结，大家称称心心过个欢乐年，你可要一一如实交代。

郁天盛 小人知道。

朱县令 你说巧英并非你姐螟蛉？

郁天盛 一字无假。

朱县令 既然如此，你姐死后，一应家财，名正言顺，尽归于你。

郁天盛 请太爷明断。

朱县令 本县断案重凭证。为防日后再生纠纷，对巧英并非螟蛉一事，你要当堂立字为据。

郁天盛 小人遵命。（签字画押）

阿　彤 （慌张上）老爷老爷，大事不好了！

朱县令 何事慌张？

阿　彤 巧英医治无效，气绝身亡了。

朱县令 怎说，巧英姑娘，气绝身亡了？

阿　彤 正是。

朱县令 郎中可有说她，死于何病症？

阿　彤 郎中说她胸有瘀血，堵塞喉咙，乃是外伤所致。

朱县令 来呀，把郁天盛给我绑了。

衙　役 喳！（绑郁天盛）

郁天盛 老爷饶命，老爷饶命！

朱县令 本县今日，无法救你了。你看洪武爷这部《大明律》，明条规定：杀人者偿命。巧英被你踢伤致死，你也别想活了。

郁天盛 太爷，小人是误伤啊！

朱县令 人今已死，本县按律执法，爱莫能助啊！

郁天盛 太爷你菩萨心肠，望你从轻发落，留下小人一条狗命吧。

朱县令 本县以法量刑，洪武爷这部《大明律》，从头到尾，都说杀人者得偿命。只有一条，如果是同一家人，长辈教训晚辈，误伤生命，律法并无定罪。可惜巧英，不是你的外甥女……

郁天盛 （挣脱、跪下）太爷太爷，小人该死。巧英是我外甥女，是我……

朱县令 你真是猪狗不如，为了活命，出尔反尔，又来反口供。

郁天盛 小人是猪狗不如，早间全是假口供。巧英是我外甥女，有契约为凭。（掏出契约）两张都在啊！

朱县令 （看契约）是真的假的？

郁天盛 真的真的，一张在家姐枕头下搜的，一张在巧英手中抢的。巧英啊巧英，你要是活在人世，就好出来证明。我的好外甥女……

朱县令 是呀是呀，真真可惜。阿彤，为了这个案，为了郁老板这条命，你就请郎中，尽力抢救吧！说不定好人命大，会出奇迹。

阿　彤 啊，奇迹，真出奇迹，巧英来了！

[巧英上，郁天盛一见瘫倒。

巧　英 拜见老爷。

朱县令 巧英，这契约你领回去。

巧　英 谢太爷。（下）

朱县令 免。来，将郁天盛暂押南监，来年惩办。

[衙役拖郁天盛下。五更鼓响。

众　人 哇，天光啦，春节到哇。

朱县令 阿彤，你去贴春联，放鞭炮。老耿，你去准备贺年礼物。大年初一，跟老爷去海阳县。一为洪年兄拜年；二向洪年兄讨教。这三呀，好好游一次潮州。快去准备，老爷我先来睏一睏。（欲伏案）

阿　彤 老爷，这书我搬开。

朱县令 不用不用。放着要读方便。

阿　彤 你要睏，这乌纱暂且拿起。

朱县令 啊，不行不行。这顶乌纱帽，我可得时时戴着。若无这帽，像郁天盛这类恶人，我还治伊不住！去去去，去放鞭炮吧！（埋头书堆中睡了）

[阿彤、老耿等悄悄下。

[鞭炮声大作，锣鼓喧天。

[聚光灯射在乌纱帽上。

[大幕徐徐闭。

[全剧终。

（剧本版本：《南粤剧作》1990 年第 1 期）

广东戏剧文库

优秀剧作选

1949-2019

潮剧卷

GUANGDONG XIJU WENKU
YOUXIU JUZUO XUAN
CHAOJUJUAN

（第3册）

广东省艺术研究所
主编

中国戏剧出版社
CHINA THEATRE PRESS

目录

陈太爷选婿

编剧：李志浦

人　物　表

陈仕颖　　潮阳县知县。

郑佐龙　　潮阳金乡浦男青年。

陈夫人　　陈仕颖之妻。

陈小凤　　陈仕颖之女。

彩　鸾　　陈小凤贴身婢女。

郑　母　　郑佐龙之母。

龙　妹　　郑佐龙之妹。

郑连双　　潮阳县盐务巡司。

白怀文　　白家公子。

白时通　　白怀文之叔，师爷。

如夫人　　潮州知府之妾。

乌　脚　　白家雇员，假海盗。

衙役、家丁、群众、婢女等若干人。

第一场　三击鼓

[南宋理宗端平三年，端阳节。

[潮阳后溪古渡头。榴花红似火，江水绿如蓝。潮阳城中的千佛塔（文光塔）高耸云天。

[幕启。在轻松活跃的音乐声中，白怀文、白时通满怀兴致地上。

白怀文　（唱）　外州人插居潮阳城，

白时通 （唱） 高高门楼正向南海坪。

白怀文 （唱） 白员外，是我爹，

白时通 （唱） 白怀文，公子名。

白怀文 （唱） 白时通——

白时通 （唱） 是小老，

是你叔父兼师爷。

白怀文 （唱） 经营珠宝装门面，

白时通 （唱） 暗中一门生意孬开声。

白怀文 （唱） 本公子——

步步生风摆胚好，

白时通 （唱） 缺门有势好亲戚。

白怀文 （唱） 今日里——

欲用珍珠来开路，

白时通 （唱） 牵条红线接官厅。

白怀文 叔呀，此遭有潮州府太爷的如夫人出面牵红绳，包成陈家这门亲，这我相信。你说陈太爷欲来后溪看龙船，要看我展道行，今工课欲怎呢出？

白时通 划龙船你就倚龙“脖”（读音作“规”），先来个耀武扬威，随后直上陈家门，再来个一表斯文，包管你百日之内可完婚。

白怀文 百日？死父死母才做百日！

白时通 顺顺勿说混！百日便做新人爹，白家擎支凉伞好来遮。

［两人相视，得意大笑。

［热烈的潮阳笛套锣鼓伴着雄壮的歌声：

“练江水满竞东流，

后溪古渡赛龙舟……”

［一队精壮的男青年雄赳赳地划龙舟上。

众青年 （招呼着）白公子，倚龙“脖”（读作“规”）呀！

白时通 快去，我在前面老妈宫待你。

白怀文 来喽！（打扎装扮，抖擞精神，一跃下船，煞有介事地指点着龙舟有节奏地

划进）

［歌声又起：

“击水健儿夺标去，

天真少女戏龙湫！”

［众青年下。四少女手提小水桶欢跃地上。

众少女 姐妹们，来去舀龙湫水呀！（唱）

龙湫水，

美中美，

冲茶茶添香，

浇花花早开。

老人洗身筋骨壮，

后生洗面面皮脆！

（欢跃下）

［四衙役、郑连双拥陈仕颖上。

郑连双 禀太爷，到此后溪古渡头。

陈仕颖 啊！（满面春风，骋怀四望）哈哈哈！（唱）

巍巍宝塔灿文光，

榴花似火稻谷香。

东山含笑同倒影，

锦绣画图浮练江。

后溪古渡留胜迹，

忆当年，韩文公入潮泊此间。

兴学爱民留雅范，

教诲我陈仕颖勤治潮阳……

郑连双 太爷，来知贵乡福建莆田，每年端阳佳节，可也有划龙船、食米粽？

陈仕颖 千江有水千江渡，神州处处吊屈原。

郑连双 是呀，不忘先贤，县治有方。太爷，你来潮阳未曾一年，你看，烟囱簇簇，山野青青。龙船到，猪母生，乌仔豆，带上棚……

陈仕颖 连双，休得满口称赞。潮阳面海，利在渔盐，你这个盐务巡司倒要相助老夫，革除弊端，谋求开发，才能真正有利民生。

郑连双 是！是！

［龙舟锣鼓声渐近。

陈仕颖 龙舟来了，请太爷入座。

［众人的喝彩声、欢笑声融汇在一起。

陈仕颖 （指问郑连双）那个倚龙"脖"的是谁？

郑连双 是城内白记珠宝行的公子白怀文。

陈仕颖 真是威风！

［鼓声又起。

［郑佐龙内唱："学得龙舟金鼓鸣——"划船击鼓上。

郑佐龙 （接唱）　心似江潮久不平。

后溪渡口来倾诉——

（乘小舟靠岸，登岸，向陈仕颖座前跪下）

衙　役 何方狂徒，胆敢闯座！

［众人惊动。观龙舟的群众纷纷退下。

郑佐龙 今日端阳佳节，太爷与民同乐，潮阳金浦乡小民郑佐龙……

陈仕颖 郑佐龙？

郑佐龙 （接唱）　明镜一面诉衷情！

（呈上一面镜子）

郑连双 （接镜，呈上）老爷！

陈仕颖 献镜诉衷情，莫非说本县为官有不明？

郑佐龙 不是，不是！

陈仕颖 那是何意？

郑佐龙 小民工余求学，曾读到杜甫《江上》一诗，其中有句："勋业频看镜"。

陈仕颖 啊，下一句是"行藏独倚楼"。说的是凡人成大业、做大事，都要多看、多思。是不是？

郑佐龙 是……谢太爷教谕。

陈仕颖 如此，此镜本县就该珍藏，引以为鉴。（藏镜入袖）只是，你今日到此，究为何事？

郑佐龙 太爷容禀！（唱）

浩浩练江绕棉城，
滋润田园益民生。
金浦乡依山临海，
也算上水秀山明。
我家原有书香气，
爹爹他穷愁潦倒早丧生。
可惜佐龙才不济，
只落得，端阳节，
船鼓不响冤鼓鸣！

陈仕颖 你是击鼓鸣冤，有何冤情？

郑佐龙 （唱） 叔父大薯无配偶，
自幼与小民同家庭。
见人发财心向慕，
家穷更思图侥幸。
农闲时节营私利，
挑卖私盐来度生。
昨日城郊逢捕快，
拘至县衙待审刑……

陈仕颖 （气怒）该拘，该拘！挑卖私盐，罪有应得！

[龙船鼓声又响起来。

衙役甲、乙 你个盄勿乱吹，太爷要看龙船，快快滚！（动手要赶郑佐龙）

郑佐龙 太爷息怒，再容小民一言！

陈仕颖 讲！

郑佐龙 （唱） 贩私盐该拘也该刑，
此点小民不求情。

原因叔父卖盐我指使，

私盐自我手中生。

陈仕颖 你的盐从何而来？

郑佐龙 （唱） 家住乡东地近海，

自砌小灶小盐亭。

海水煮盐已有素，

奉上台前请察明。

（从身上取出一小包盐，呈上）

陈仕颖 （接看）此盐是你自己煮的？

郑连双 （低语）他原是书香世家，后因家贫母病，煮盐为生。

郑佐龙 此盐与众不同，我叔父卖的就是此盐。

陈仕颖 （品盐）洁白干爽。

郑连双 可列上等。

陈仕颖 嗯……（有所思地，藏盐包入袖中）

郑佐龙 （唱） 叔代私售虽有错，

咎归原主我应担承。

故因此，求谅情，

念我叔，老病身，

解拘禁，赦回程。

挑卖私盐犯律法，

小民愿代受罪刑。

陈仕颖 什么代刑？卖私盐，犯法纪，律有明条，哪能要代便代！休得胡来，回去！

众衙役 回去！

郑佐龙 太爷，小民不回。

陈仕颖 （愠色）唔？

郑连双 佐龙！（低语）你……还是回去好。

郑佐龙 哈哈哈……

陈仕颖 你笑什么？

郑佐龙 笑小民太无能，甘愿代罪遭不肯；笑明镜不明，照不清处处老世情！

陈仕颖 哎咋！你，你说什么？

郑佐龙 太爷呀太爷！（念）

且恕小民言无状，

贩卖私盐非一桩。

县衙所捉尽是小小辈，

大大盐枭乘风凉。

理所当然相庇护，

平民敢怒不敢言。

原望太爷悬明镜，

谁知世袭代代尽相同！

陈仕颖 你……大大盐枭何所指？

郑佐龙 可询城内白记珠宝行。

陈仕颖 哎咋！（旁唱）

他初生牛犊不怕虎，

竟然当众敢直言。

此中弊端我亦晓，

未能革除忌声张。

此小子，献来白盐献明镜，

看来才识非一般。

我求才之心久悬挂。

何不来个暗加细察明责轻狂！

对！（严肃地）来！你这小子，口出狂言，冲撞官长，目无法纪，乱生事端！吩咐左右，将郑佐龙押起来！

众衙役 领命！

郑佐龙 （一震）啊？

郑连双 （意外地）这下凄惨了！弟呀，都是你太多言！

陈仕颖 来，回衙！

众衙役 领命！（欲起行）

［龙妹内喊：“太爷留步！太爷留步呀！”手执小鼓，边敲边匆匆上。

众衙役 （挡住）呔！你是何人？

郑佐龙 龙妹！

龙　妹 哥哥！

陈仕颖 啊！（对郑佐龙）她是你妹，闯道何事？

郑佐龙 她……哎，龙妹，你就回去！

龙　妹 我不回去！太爷呀——（唱）

哥哥代叔来受刑，
龙妹冒死诉衷情。
我兄文能纸上写，
武能海中腾。
人穷志不短，
煮盐技艺苦钻研。
一家四口无生计，
全靠他劳碌谋生养家庭。
老病母亲疼儿子，
儿有差池母难安生。
求太爷，放回我兄养老母，
龙妹愿代我叔来受刑。

陈仕颖 你……你说什么？

龙　妹 我兄养老母，龙妹代坐监。

陈仕颖
郑连双 （惊奇地）又是一个欲代刑！

［郑母内唱：“叫一声，陈太爷——”击着小鼓奔上。

郑　母 （至陈仕颖面前，突然跪下，接唱）

我的青天老大人！（作礼）

陈仕颖 起来！起来！

郑　母（接唱）　闻道龙儿、龙女相争来坐监，

急得我忘却岸边路狭步踉跄。

小鼓当堂鼓，（击鼓，唱）

求太爷莫听儿女言！

陈仕颖（又感意外）啊？莫听他等之言，要听谁人？

郑　母（唱）　儿女孝心我深晓，

相争都为我老人。

老身有处可安置，

他等或能脱贫寒。

龙儿勤劳又好学，

有人提携前景宽。

龙女倔强甘耐苦，

长大可望能如人。

贫妇心已无牵挂，

身代家叔更应当。

求太爷，

监狱中空出一小角，

收容我这老弱病残无路人！

[母子三人同击小鼓以求情。

陈仕颖（心潮激动）哎呀！

衙役甲、乙（互相低语）越出越奇！

衙役丙、丁（互相低语）相争来食免钱米，

郑连双（旁白）听着眼泪欲滴！

陈仕颖（旁唱）　有其母，有其子，有其女，

我仕颖，出仕于今初见一家人，

亲情相济罪责争担。

人出金浦光在潮阳，
不由仕颖心欢畅。
似此家风能远播，
何难处处物阜民安？
他挑卖私盐原为求生计，
法当禁教使境治晏然。
私运盐枭更该杀，
利生经济才能开源。
知子莫若母，
老人家评子谅无偏。
郑仕龙，看似习蹄小壮马，
待养待驯待加鞭！

郑　母
郑佐龙　（不约而同地期待、恳求）太爷！
龙　妹

陈仕颖　（旁唱）　面对三人争代罪，
教本县如何断一言？（思索）
罢！你母女暂且回去！

郑　母　（同声）佐龙呢？
龙　妹　（同声）我兄呢？

陈仕颖　来！带郑佐龙，打道回衙！

众衙役　领命啊！（押郑佐龙，拥陈仕颖、郑连双下）

郑　母
龙　妹　（惊愕）太爷！

［灯急暗。

第二场　三主意

[灯亮。

[潮阳县衙内。淡雅的内厅挂着一幅《骏马图》和一副对联，对联上书：“欲求健足万千里，还鼓长鞭三四声。”

[陈仕颖内唱：“心花怒放后堂行——”上。

陈仕颖　（向内）有请夫人。

[陈夫人内应：“来了！”上。

陈夫人　啊，老爷回来了！

陈仕颖　回来了，夫人，老夫告诉你一桩奇事。

陈夫人　啊，你有奇，我有喜，今日真是好日子。

陈仕颖　夫人！（唱）

早间后溪观赛龙，
一桩奇事眼前生。
金浦乡母子三人三击鼓，
“如此如此”细陈情。
至情至义两母女，
有胆有识小后生。

陈夫人　那小后生叫何名字？

陈仕颖　郑佐龙。

陈夫人　今在哪里？

陈仕颖　被老夫押起来了。

陈夫人　哎，你既赞他有胆有识，押他何来？

陈仕颖　哈哈哈，夫人有所不知！他直言易惹是生非，所述情由须查明。

陈夫人　老爷如此教人，与众不同。未知那郑佐龙家境如何？

陈仕颖　原是书香，如今贫寒。他当盐工，送来一面明镜，可以鉴人；一包白盐，洁白爽亮。（取出镜放桌上，取出白盐拆示陈夫人）

陈夫人　一包白盐有甚稀奇，怎比得俺家中天大之喜。

陈仕颖　天大之喜？喜从何来？

陈夫人　老爷在后溪看龙船，俺家中喜事就临门。老爷，你且坐。听妾身慢慢道来。

［灯渐暗。

［灯复亮。吹鼓声中，白时通、白怀文上。

白怀文　学生白怀文
白时通　小老白时通　拜见大人！（作礼）

陈夫人　（忙还礼）不敢当，不敢当！未知公子、师爷有何见教？

白时通
白怀文　不敢，不敢！

［白时通暗示白怀文抓紧时机。

白怀文　禀夫人，学生此来是因太爷、夫人惠政爱民，我家老少，感戴在心，今日端阳佳节，家父特命送来薄礼……

白时通　顺祝太爷、夫人健康、称心！（向内）呈上礼品。

［众家丁抬礼品上。

陈夫人　哎呀，不敢当受，不敢当受！

［白时通打开花篮，白怀文取出珍珠。

白时通　夫人，这是白员外特请名师编织的花篮。

陈夫人　啊，手艺倒也精巧。

白怀文　夫人，这是珍珠！（揭开珠盒，珠光四射）家父命学生呈上，略表一点心意。

陈夫人　（被照得眼生雾障，频频拭目）这个不能收受，不能收受！

白时通　夫人，这不过是初次见面礼，望勿嫌弃。（将礼品放桌上，示意白怀文开口）

白怀文　家父尚有一事相求……

陈夫人　啊？有何所求？

白时通　哈哈哈！年轻人，说到这事面就红；夫人，蒙潮州府太爷如夫人推荐，我家员外特来求亲。

陈夫人　啊，是如夫人推荐，未知求什么亲？

白时通　舍侄白怀文，求聘贵千金。

陈夫人　啊！（不由端详起白怀文来）

白时通 夫人！（唱）

闻道仙女来下凡，

专择莆田陈家好门风。

今随太爷、夫人来滨海，

娇花艳蕊待字在闺中。

陈夫人 （心花怒放）师爷真会说话，我家女儿小凤怎能比得仙女？

白时通 比得，比得。（唱）

仙女该配如意郎，

舍侄怀文正相当。

今请夫人来过目——

（推白怀文上前，让陈夫人细看，接唱）

材、财、才，

三个字勾点撇捺俱齐全。

陈夫人 材、财、才？

白时通 第一个材是人材，五官端正、肥白大个。

陈夫人 公子真是一表人材。

白时通 第二个财是家财……

陈夫人 这个不用说，全城人人会知。

白时通 第三个才是文才……

陈夫人 这个才我家老爷最爱。公子平日爱读……

白怀文 （文质彬彬地吟诵）"云淡风轻近午天，傍花随柳过前川……"夫人，这首唐朝李白的诗，学生越读越有味。

陈夫人 哎呀！（旁白）财气兼文气，真是可喜！

白时通 夫人呀！（唱）

玉麒麟得配金凤凰，

天上一对地下一双。

只因陈家门庭多荣耀，

白氏久仰来敢高攀。

如若夫人今日牵红线，

敢求夫人赐良缘。

陈夫人 师爷言重了！白家乃外州望族、我邑名门，怎能说是高攀？何况又有如夫人出面，姻亲若能成就，乃是天赐良缘。

白时通 （逢迎地）是是是！是天赐良缘，天赐良缘。小老回去禀告家兄，择吉送来聘礼。

陈夫人 此事还须与老爷商量。

白时通 此事全靠夫人，我等专候佳音。怀文，拜谢夫人。

白怀文 拜谢夫人。（作礼）

陈夫人 奉送！珍珠你等带回去！（取珍珠）

白时通 （拦阻）这怎么行！夫人留步、留步！

[灯渐暗。白时通、白怀文隐去。

[灯复亮。

陈夫人 你看！（将珍珠示陈仕颖）这就是白家送来的珍珠。

陈仕颖 哈哈哈！与珍珠一比，白盐实在不稀奇。

陈夫人 当然喽！老爷，想俺儿梦龙四兄弟各有大志，免俺挂意，唯有小凤女儿，尚未成亲。男儿成婚爹主意，女儿出嫁娘操心。白家这门亲事，有如夫人推荐，妾身也会合意，就看老爷之意。

陈仕颖 哎呀……（心中暗暗一震，转念一想，故作轻松地）哈哈哈！这叫老夫如何主意？哎呀，日已过午，口渴腹饥。夫人，此事饭后再议。

陈夫人 是。今日端阳佳节，妾要亲自下厨。

陈仕颖 夫人下厨，老夫相陪。你炊粽球，益母草交我煮羹汤。

（偕陈夫人入内）

[彩鸾陪伴陈小凤喜盈盈地上。

陈小凤 （唱） 朵朵榴花映妆楼，

红透衣裳——

彩　鸾 （接唱） 香满头！（为陈小凤整头饰）

陈小凤 （唱） 耳闻练江龙舟鼓，

不由小凤——

彩　鸾　（接唱）　乐陶陶！

陈小凤　啐！

彩　鸾　小姐啐我干什么？

陈小凤　（唱）　悔不该，深闺中，

读经刺绣伴帘钩。

未曾吊屈子——

未把米粽江心投！

彩　鸾　嗯，小姐有心看龙船，就该早些说，老爷、夫人定会叫彩鸾伴你出门。

陈小凤　鬼丫头，你最贤！

［两人嬉戏。

［陈仕颖已换便服，手捧羹汤，偕陈夫人手持粽球上。

陈小凤　（见之忙收敛）双亲万福！

彩　鸾　叩见老爷、夫人！

陈夫人
陈仕颖　小凤女儿，快来用餐！

陈小凤　双亲请上座。

陈仕颖　彩鸾也来。

彩　鸾　谢老爷、夫人。

陈夫人　难得你爹今日有暇，亲自下厨。潮阳的益母草汤，真是清香可口，女儿快来尝尝。

陈小凤　双亲亲自下厨，足见雅兴。女儿也亲烹一道家乡名菜，专诚奉敬。

陈仕颖
陈夫人　什么名菜？

陈小凤　佛跳墙。

陈仕颖
陈夫人　家乡名菜佛跳墙，甚好，甚好！

［陈小凤招呼彩鸾入内。

［陈仕颖夫妇望着女儿背影，心花怒放。

陈夫人 老爷请。

陈仕颖 夫人请。

陈夫人 （尝了一口汤）呀？怎么白淡无味？

陈仕颖 白淡无味？啊，是老夫忘记下盐。这里有，这里有。（取桌上白盐投入）夫人，你再试试。

陈夫人 （一想触悟）我明白了。免试，免试。（生气地）

陈仕颖 夫人这是为何？

陈夫人 问你就知！

陈仕颖 老夫知的什么？

陈夫人 你知什么？哼！（唱）

你一包白盐藏个谜，
哪有制谜之人不自知？
好一个明察秋毫民父母，
却借淡淡羹汤教为妻！
珍珠不入眼，
白盐有滋味！

你……你分明是江边奇遇着了迷！

陈仕颖 哈哈哈！（唱）

谁不知珍珠高贵世间稀，
见之爱之理亦宜。
老夫不敢印眼底，
只缘来路有跷蹊。

陈夫人 （唱）

前跷蹊，后跷蹊，
老爷未免太多疑。
曾记得，初到任，
白员外，来送礼，
亦被老爷一口辞！

陈仕颖 （明知故问）啊，当时他送的什么，老夫倒忘记了。

陈夫人 他送来一对大鱼翅，老爷说怕食后刺着喉咙。

陈仕颖 哈哈哈！鱼翅（刺）会刺着喉咙，有理，有理。

陈夫人 还说有理！（唱）

全不思，

白公子人材出众文采好，

白家求亲重礼仪。

陈仕颖 哈哈哈！（唱）

小凤论婚虽其时，

该配谁家须细思。

白家公子文采好，

江中见之亦有威仪。

但听夫人细诉说，

他朗诵诗中可探奇。

陈夫人 哎呀！有什么好探？奇在哪里？

陈仕颖 夫人说他高声朗诵唐朝李白的诗“云淡风轻近午天，傍花随柳过前川”？

陈夫人 是呀，他还说越读越有味。

陈仕颖 奇就奇在这首诗不是李白的。

陈夫人 白公子如数家珍，断然无错！

陈仕颖 恰恰是错。这首诗是本朝程颢先生的。

陈夫人 这……哎呀！（唱）

姓李姓程代代有，

唐诗宋诗都是诗，

白公子能吟能诵才学足，

老爷何须咬文嚼字！

陈仕颖 （唱） 常言道赋诗可言志，

读诗亦有各所宜。

白公子傍花随柳常挂口，

诗家时代未切记。

可鉴情怀，
可测根底，

陈夫人 （唱） 看老爷挑三剔四，
可见心中另有所迷。
你道那郑佐龙有胆有识，
莫非选中这个穷家儿？

陈仕颖 （唱） 夫人休乱牵扯，
老夫尚无此意。
郑佐龙江边初见面，
知之犹浅未作深思。
只因从他身上看盐业，
引起老夫兴与痴。
郑佐龙可否为婿且不说，
小凤儿，论婚配，
该是这类好男儿。

陈夫人 （恼火地，唱）你、你一语道破天机，
须知道，论家世，
白公子高出几层天。

陈仕颖 （唱） 贫富不同志趣各异，
白公子，郑佐龙，一时还难比高低。

陈夫人 （唱） 好花插在牛粪堆，
定然惹来人讥议。
不说小凤失检点，
便是拐脚歪嘴又塌鼻。
不然呀，
县太爷的千金，
怎用嫁给穷家儿？

陈仕颖 （唱） 夫人你越思越有趣，

越出语越奇。

俺小凤，

秀外慧中谁不知。

仕颖当年也是穷家汉，

你怎与我结成好夫妻！

陈夫人 （唱） 今与昔，怎相比，

当初为着情和义。

淡泊生涯妾甘愿，

寒窗下伴你三支毛笔一沓诗。

今日你身为县宰，

总望儿女得安怡。

妾今实言讲，

舍命护娇儿。

只能让她添上珍珠光，

不能沾来咸酸味。

（越说越气）

陈仕颖 哎呀夫人，勿气勿气，此事从长计议。（扶陈夫人坐下）

［彩鸾匆匆上。

彩　鸾 老爷、夫人，大事不好了！

陈仕颖
陈夫人 彩鸾，何事？

彩　鸾 唉！（唱）

老爷、夫人堂上争主意，

小姐她在厨下油盐酱醋洒满地！

陈仕颖
陈夫人 （急）那是为何？

彩　鸾 （唱） 议亲之事听明白，

只见她，

菜不能煮，手不能提，
长吁短气，眼泪如丝，
说道佛未跳墙她着先跳池！

陈仕颖
陈夫人 那还了得！（急向内）小凤女儿！小凤女儿！

[陈小凤以袖掩面上，偷看彩鸾。两人暗笑。

陈仕颖
陈夫人 女儿，勿哭勿哭，是谁惹你伤心？

陈小凤 是……（越发装哭）女儿不便启齿！

陈夫人 有何不便呢？

陈小凤 有失礼仪。

陈夫人 家无常礼，家无常礼！

陈小凤 唯恐双亲恼气……

陈夫人 哎呀，你是为娘掌上明珠，只有惜（疼爱）哪有气？

陈小凤 母亲真的不气？

陈夫人 真的不气。

陈小凤 爹爹呢？

陈仕颖 当然不气。哈哈哈，女儿，是在做什么文章？

陈小凤 （撒娇，亲昵地）双亲呀！（唱）

谢爹娘爱宠意，
恕女儿欠礼仪。
文章就在珍珠、白盐相争持！

陈仕颖
陈夫人 此是何意？

陈小凤 （接唱） 慈怀既挂女儿事，
却为何，
忘了女儿在身边？
强欲儿照珍珠光，

似欲儿尝白盐味……

陈仕颖 女儿言之有理，倒是老夫一时糊涂。

陈夫人 我就不糊涂！（取珍珠示之）女儿，白家这门亲事，为娘称心，包管你会合意。

[陈小凤接过珍珠。

陈仕颖 （取起白盐示女儿）女儿，为父今早江边所遇，似郑佐龙这类男儿，可望成器。

陈小凤 （接过白盐，接唱）

珍珠、白盐均相宜。

陈仕颖
陈夫人 （大感意外）啊？

彩　鸾 小姐你是疯啦，一身欲嫁两家人？

陈小凤 （娇羞地以手戳彩鸾）啐！（唱）

谁说欲嫁二家人？

两物在手可权衡。

拥有珍珠当富贵，

小凤何幸得借光。

陈夫人 （大喜）对，对，对！知女莫若母，老爷你听，女儿就是爱珍珠！

陈小凤 （接唱） 白盐虽是平凡物，

不贵不贱味中珍。

佛跳墙佳肴亲手煮，

没有它身不闻香。

陈仕颖 （得意地）哈哈！夫人你听，女儿也爱白盐！

陈夫人 （情急） 哎呀，女儿！（唱）

你爱白盐不可爱其人，

门户品位不相当。

珍珠可匹俺家贵，

女儿呀，

白家婚事是良缘。

陈小凤 （唱） 借双亲海量，

容儿语西东。
天上风云多变幻，
人间富贵难定言！
今日珍珠娘器重，
白盐爹爱怜。
为使爹娘双惬意，
抉择还有儿一方。

陈仕颖 哈哈哈！（唱）
一桩婚事三主意，
问夫人，须从哪一方？

陈夫人 这……（旁白）看来欲决难决，不如设计上灵山。（向陈仕颖、陈小凤）老爷、女儿！（唱）
白家求亲礼重，
本已无须烦言。
既然三方主意难一决，
就求灵山佛祖定良缘！

陈仕颖 夫人
陈小凤 母亲 欲求灵山佛祖，以定亲事？

陈夫人 正是！

陈小凤 好，灵山好风光，儿愿随双亲同往。

陈仕颖 （沉思一下）也罢！既然夫人、女儿愿意，后天灵山法会，老夫就与你等同去。

陈夫人、陈小凤 多谢 老爷
爹爹！

陈仕颖 如此，这盒珍珠须先退回。

陈夫人 这包白盐也该丢掉！（随手把白盐丢掉）
［郑连双上。陈夫人偕陈小凤、彩鸾同下。

陈仕颖 连双，郑大薯之事可曾查明？

郑连双 已经查明。郑佐龙母子所诉皆是实情，他挑卖私盐，乃是初犯，已照盐禁规章治责，放其回家。

陈仕颖 郑佐龙呢?

郑连双 郑佐龙留在衙中,气得满面通红,叫老爷快快送他入监!

陈仕颖 老夫偏要让他回家。

郑连双 是。

陈仕颖 对郑佐龙老夫还要……

郑连双 还欲怎呢?

陈仕颖 你稍待片刻。(入内)

郑连双 这就奇,老爷对郑佐龙那么有人情味,还说要、要、要怎样?(抬头见对联,念)“欲求健足万千里,还鼓长鞭三四声”。啊!莫非老爷看中他是千里马,欲多打几下?

[陈仕颖手捧《盐铁论》上。

陈仕颖 (取珍珠)这盒珍珠是白公子来访留下的,即命人送还。

郑连双 遵谕。(接珍珠)

陈仕颖 这是汉朝桓宽编著的《盐铁论》,你就送给郑佐龙,要他记住书中要语:“贱不害智,贫不妨行。”

郑连双 遵谕。(接书欲下)

陈仕颖 慢!命门下准备,后天老夫要带夫人与小凤女儿同上灵山。

郑连双 夫人、小姐同往,这天是刮什么风?

陈仕颖 欲求灵签择良缘。

郑连双 欲择良缘?那戏一定未完!

[两人相视大笑。

[灯暗。

第三场 三求签

[两日后。

[灯亮。

[潮阳城往灵山路上。

[二轿夫、二家人、二婢女拥抬潮州知府娇娇滴滴的如夫人上。白时通紧紧跟随其后。

如夫人 （唱） 白家珍珠被退回，
攀亲之事一风吹。
白员外连夜派亲信，
马奔潮州快如飞。
花篮一只珠一盒，
我珍珠上手手相缀。
府太爷方方正正不通情理，
如夫人灵灵活活敢卖面皮。
闻说太爷今日合家灵山去，
我借佛摘花走一回。

白时通 哈哈哈！有如夫人亲自出马，全免讨价还价。你就说得细细声，陈太爷也会句句听。

如夫人 枉你会做师爷，有珍珠粉食，我怎会细声？白时通，珍珠十盒，可有带足？

白时通 如夫人交代，完全不会错。员外也说要喂到饱饱。哎着，如夫人，时间到灵山，我就且“踮磨”（躲一旁）在暗中看风使舵。

如夫人 食好死畏，全个免你开嘴！

白时通 （没好气地叱轿夫）快抬如夫人上灵山！

众　人 快快行起！（快步，轿摇晃着前进）

如夫人 （惊慌叫喊）哎呀，仔细，仔细！

[众人抬轿下。白时通摇着头随下。

[灯暗。

[灯复亮。灵山寺庭院连客堂。一边供奉佛座，一边摆桌椅。山门外的连理树映入眼帘。寺院钟声、佛号齐鸣，香烟缭绕。

[陈仕颖、陈夫人手拿签诗各从一方喜气洋洋地上。

陈夫人 （唱） 佛祖殿前得灵签，

陈仕颖 （唱） 偷学夫人得灵签。

陈夫人 （唱） 白家亲事全无嫌，

陈仕颖 （唱） 模棱两可全无嫌。

陈夫人 （唱） 速向老爷报喜讯，

陈仕颖 （唱） 再看夫人怎主意？

陈夫人 （唱） 定将珍珠压白盐，

陈仕颖 （唱） 论婚还须试白盐。

陈夫人 老爷！妾身求卜小凤婚事，佛祖赐下这条签诗。你看。

陈仕颖 上上签！（念签诗）

“赏月月常圆，

栽花花自妍。

前程铺锦绣，

婚嫁得良缘。”

陈夫人 老爷，尾一句你再念来听！

陈仕颖 “婚嫁得良缘”！哈哈哈！

陈夫人 （心花怒放）哈哈哈，老爷呀！（唱）

佛祖批示是良缘，

不负此行上灵山。

你听呀，

钟鼓为俺来庆贺，

你看呀，

山花为俺绽笑颜。

老爷呀，

白家婚事免犹豫，

珍珠就是俺家珍。

陈仕颖 哈哈哈！夫人，刚才老夫亦求得一签，你看。

陈夫人 上上签！（念签诗）

“赏月月常圆，

栽花花自妍。

前程铺锦绣，
婚嫁得良缘。”

陈仕颖 夫人，尾一句你再念来听。

陈夫人 “婚嫁得良缘”！这就好呀！

陈仕颖 是呀，夫人！（唱）

佛祖批示是良缘，
不负此行上灵山。
你听呀，
钟鼓为俺来庆贺，
你看呀，
山花为俺绽笑颜。

陈夫人 （爽朗地接唱）

真个是，
美满婚姻天作合，
二条签诗全相同。

陈仕颖 （唱） 既是相同亦不同，
老夫卜的是郑佐龙那类好儿男！

陈夫人 （才醒觉）呃……哎呀呀！（唱）

珍珠白盐掺一起，
既是喜人又恼人！

陈仕颖 （唱） 且待小凤求签辨细详！

（扶陈夫人坐下）

[陈小凤内接唱：“佛祖灵签似春风——”手拿签诗上，彩鸾紧随欢乐地上。

彩　鸾 （唱） 吹得老爷、夫人心凉凉。

陈小凤 （唱） 天机千万不可泄，随我上客堂——

（见陈仕颖、陈夫人，忙作礼，接唱）

叩见爹娘！

彩　鸾 叩见老爷、夫人。

陈仕颖
陈夫人　小凤，你可有求得签诗？

陈小凤　（显示签诗）双亲请看。

陈仕颖
陈夫人　上上签！（同念签诗）

“赏月月常圆，
栽花花自妍，
前程铺锦绣，
婚嫁得良缘。”
呀！

陈小凤　爹爹、母亲，尾一句你再念来听！

陈仕颖
陈夫人　“婚嫁得良缘”。（疑惑不解，面面相觑）

陈小凤　（笑吟吟地，唱）双亲呀！

佛祖批示是良缘，
不负此行上灵山。
你听呀，
钟鼓为俺来庆贺，
你看呀，
山花为俺绽笑颜。

陈仕颖
陈夫人　你……你卜的亲事是一家还是二家？

陈小凤　女儿卜的，可有一比。

陈仕颖
陈夫人　比什么？

陈小凤　（唱）　比作山门前面连理树，

拔地而起分两丛。
凌空枝叶生连接，

说一是一，说二是二，

欲细分清实为难。

陈仕颖 （不由心中暗暗称赞，旁唱）

好一个聪慧灵巧小凤女，

陈夫人 （大惑不解，旁唱）

却为何，三人求签全相同？

[陈小凤暗笑，彩鸾失笑，被陈夫人察觉。

陈夫人 彩鸾，你笑什么？

彩　鸾 我没……没……

陈夫人 吞吞吐吐，敢是你暗中做鬼？

彩　鸾 小婢不敢，不敢！（与陈小凤相视，暗笑）

陈夫人 既是不敢，你与小姐眉来眼去做什么？

彩　鸾 这……便然，说了你勿打我！

陈夫人 谁人打过你？

彩　鸾 老爷、夫人呀！（唱）

今日灵山好风光，

迎来贵客卜良缘。

三条签诗同一样，

三个尽是皮灯笼！

陈仕颖
陈夫人 什么皮灯笼？

彩　鸾 （唱）　外表无痕影，

其实肚内光。

小婢看明白，

只是不敢言。

陈夫人 你……你就从实讲来！

彩　鸾 （唱）　夫人平日心诚敬，

今日求签与昔不同。

行近签筒细观察，

一支上上签抽在手中！

陈夫人 哎呀！你这鬼仔精！（被道破心事，窘迫）

[陈仕颖、陈小凤各掩嘴暗笑。

彩　鸾 （唱） 夫人拿着签诗离开后，

老爷悄悄来到签筒旁……

陈仕颖 咦……

陈夫人 （对陈仕颖）原来你如此所为！

彩　鸾 （唱） 小姐暗中看明白，

依样画葫芦全免费工。

陈仕颖
陈夫人 原来是女儿你——

陈小凤 女儿是学爹爹、母亲的。

陈夫人 哎呀！

彩　鸾 （唱） 三签同一样，

一人学一人。

老爷夫人莫怒急，

好事多磨总良缘。

小姐有主见，

日后自知详。

彩鸾话明白。

欲打欲骂欲枷欲锁愿承担！

（跪下作礼）

陈仕颖 哇！我……我就打你！（走近彩鸾，却扶她起来）

陈夫人 （又急又气，唱）

哎呀呀，

灵山此行成空忙！

[如夫人内声："不会空忙，不会空忙。如夫人伴你来闲谈！"

[陈仕颖、陈夫人、陈小凤闻声，愕然张望。

[二婢女扶如夫人上。二婢女退下。

如夫人 （一见陈仕颖便先作礼）陈太爷！

陈牡颖 啊！是如夫人驾到。下官有失远迎，恕罪，恕罪！（还礼）

如夫人 太爷免礼、免礼！

陈仕颖 夫人、小凤，潮州府尊的如夫人驾到，快快拜见！

陈夫人
陈小凤 拜见如夫人！（作礼）

如夫人 免仔细，免仔细！（指陈小凤）这就是小凤小姐？哎呀！小姐生来这般儒器雅，莫怪我那族侄白怀文，一看就三魂销掉二魂……

陈夫人 嗯，白公子尚未曾与小女见面哩。

如夫人 （灵活地改口）未曾见面？那是闻名，哎呀，当今的后生仔情真胶，正听着名就磨死双脚！

陈仕颖 哈哈哈！今日如夫人磨累轿夫的脚，看来也是为着他与她！（指陈小凤）

如夫人 哇！太爷真是贤人，一猜就对鼓当中。前日我推荐白员外向你家求亲，今日特意再来牵这条红绳。

陈夫人 如夫人对小女婚事如此关怀，妾身感激不尽。

[陈仕颖目示陈夫人。陈夫人住口。

陈小凤 双亲，女儿想到寺内各处观赏。

陈仕颖
陈夫人 彩鸾，小心陪伴小姐。

彩　鸾 是。

陈小凤 （向如夫人）告退。（与彩鸾同下）

如夫人 你们知道吗？是谈及亲事，她心内欢喜，面上含羞，便抽脚回避。

陈夫人 如夫人你真是……（一时找不到赞颂之语）

陈仕颖 真是善体人意。

如夫人 是还有点后生味哪！太爷、夫人，今日亲见你面，我先报个喜讯。

陈仕颖
陈夫人 又有什么喜讯？

如夫人 实不相瞒，你们的喜事真大！（唱）

陈太爷知事来海滨，
清水清清好照身。
府尊时时在夸奖，
声声句句我听得真。

陈仕颖 惭愧，惭愧！

陈夫人 多谢府尊和如夫人！

如夫人 （唱） 白员外原居外州是近邻，
论亲戚算是番薯藤。
只因绕来绕去渐密切，
时长日久成至亲。
白公子求聘小姐是美事，
府尊听了尤称心。

陈夫人 （惊喜）府尊大人赞成？

如夫人 自然喽！（唱）

这份姻缘一成就，
你、我、他三家便是亲上亲。
府尊他提拔公文即盖印，
陈太爷指日高升添精神。
夫人身份加厚重，
凤冠霞帔艳艳新。
今日特地来庆贺，
天大喜事即来临。

陈夫人 多谢如夫人关照。

陈仕颖 如此看来，这门亲事是非成不可？

如夫人 当然是非成不可。

陈仕颖 若是不成呢？

如夫人 若是不成呀……前程好孬，我不说你也清楚。

陈仕颖 卑职还不清楚。

如夫人 那就……好有一比。

陈仕颖 比作什么？

如夫人 顶风船，江中甩，欲稳难安稳，不进就着退！

（故意端起架子耍威风）

陈仕颖 哎咋！（旁唱）

一桩婚事刚提起，
珍珠、爵禄紧相侵。
夫人爱女心良善，
未解此中是何因。
老夫欲察白家意，
免使女儿误终身。
若言前日送来珍珠意未显，
今日是加冠进禄全露真。
难道我，陈仕颖，
能以爱女换珠宝，
能以娇儿求进身？

（越想越气愤，决然接唱）

待我当面来回绝……

（欲上前，一想，又却步）且慢！（接唱）

直来直往难测浅深。

（低头沉思）有了！（接唱）

小凤女儿有主见，
让她慧眼辨假真。

（主意已决，豁然开朗）哈哈哈！

如夫人 陈太爷，府尊和我的话，可会中听？

陈仕颖 中听，中听！

[陈夫人大喜。

如夫人 可已想定？

陈仕颖 已经想定。

如夫人 嘻嘻，我早就知道，有这亲戚，谁人会不要？今日灵山聚会，正是吉期。（向内）白时通上来！

[白时通应声上。

白时通 叩见如夫人，叩见太爷、夫人。

如夫人 白师爷，你侄白怀文向陈家小姐求亲，太爷、夫人已经答应。趁这吉期，送上聘礼！

白时通 遵谕！（向内）送上聘礼！

[众家人应声捧上十盒珍珠，跪献。

如夫人
白时通 珍珠十盒，请太爷、夫人笑纳！

陈仕颖 哈哈哈！（向陈夫人开玩笑）一盒退回换十盒，小凤儿真有价值。

陈夫人 多谢！（正欲收下）

陈仕颖 （笑盈盈地）慢来，慢来！如夫人，下官这时才想起，前日议亲之时，小凤儿说道：爹主意，娘主意，她自已亦欲有……

如夫人 （抢着说）有主意？着！对！是！前年我嫁给府尊，就是自已……咦！（不好意思说下去，急改口）这门亲小姐会欢喜的。我去找她！（欲下）

[彩鸾手持花笺匆匆上。

彩　鸾 禀老爷、夫人，小姐命小婢送来这条签诗。

陈仕颖 （接签诗，念）

“星月竞辉光，
珠盐双结缘。
欲求真洁白，
银海最擅长。”

陈夫人 银海是什么？

陈仕颖 是目的别名。哈哈哈！如夫人，佛祖示谕，白公子欲结良缘，小女须亲自过目。

如夫人 欲相亲？好啊，早说早定！怀文生来四正雅，这事不用担心。去在哪里？什么日子？由太爷说定。

陈仕颖 这个……也罢！三天之后，海门大潮韩文公祠祭韩大典，下官必须前往，就委屈白公子届时赏光。

如夫人 白师爷，这些话回去后照搬给公子听。

白时通 遵谕！

如夫人 聘礼且退回，三天后加倍！

众家人 （咂舌）凑二十盒？

如夫人 夫人，
白时通 太爷，
三日后韩祠 相/拜 见。告辞！

陈仕颖
陈夫人
奉送！

[如夫人、白时通与众家人齐下。

陈夫人 老爷，女儿真是多事！

陈仕颖 夫人，你还要多思！（向内）郑巡司！

[郑连双应声上。

郑连双 老爷，夫人。

陈仕颖 （与郑连双细语）白家行为急切，事非等闲，你就陪我到金浦乡，探访郑佐龙。

郑连双 （会意，点头）探访郑佐龙！

[钟鼓声渐渐嘹亮。

[大幕急闭。

第四场　双佐龙

[第三天晚上。

[幕启。灯亮。

[潮阳城通往金浦乡路上。

[一家丁提灯笼引路，白时通带领两个化装成盐商的家丁上。两家丁各携一小包。

白时通 （念） 暗中探得真消息，

陈仕颖偏爱郑佐龙。

明早韩祠相亲有他份，

我兄心头扑扑怔。

如夫人大撇大划肚肠浅，

白时通细心细性算盘精。

一套计谋分三步，

第一步今晚先施行。

两个家人装成盐老板，

金浦乡去见郑佐龙。

这巧计名叫“树胶粘鸟”，

叫他不会飞又不会腾。

（对二家丁）阿升、阿斗！

二家丁 （忙应声）哎！

白时通 早间在凹肚门楼石狮后吩咐的话，可曾记得？

二家丁 哎呀，师爷呀师爷，平时叫我捉人、打人，全无偷工，今夜穿这身长衫阔裤，越行越艰苦，什么都忘记了！

白时通 奴才总归是奴才，来！我说，你俩听，去到金浦乡郑佐龙家，你们就句句照行。

二家丁 句句照行。

白时通 听，郑佐龙虽是未娶妻的后生兄，礼数须照行。一见面就叫他郑先生！

二家丁 郑先生。

白时通 夸赞他煮盐的功夫过硬。

二家丁 夸赞他功夫过硬。

白时通 大礼就下！

二家丁　大礼就下！

白时通　拜他为师傅。

二家丁　拜他为师傅。

白时通　然后就冲茶。（指家丁甲手中小包）

家丁甲　冲茶。

白时通　陪他饮通夜！

二家丁　什么，饮通宵茶？消绞了肠么就要断？

白时通　勿惊！（指家丁乙手中小包）包内有海门糕仔、贵屿朥饼。

二家丁　茶、饼食够么就天光？

白时通　半步孬让他出门。

二家丁　孬让他出门。

白时通　缠住他身学功夫。

二家丁　学功夫。

白时通　学到夜晚。

家丁甲　学到夜晚？难道有那么多好学？

家丁乙　蹲一日，腰就不会伸直。

白时通　哈哈哈！就是要他不会伸直！郑佐龙变条曲龙，公子的亲事就会成！你们可有听清楚？

二家丁　听清楚！

白时通　这是员外的“裤头方”，是师爷的“软势拳”，你俩好好打到明夜晚，就返来库房领赏银！

二家丁　多谢师爷。

白时通　若有半点差错，你俩通身就该——

二家丁　剁成肉碎！

白时通　知道就好。快快去！

二家丁　遵命！（欲行）

白时通　慢！（拦住二家丁）听说郑佐龙每夜都是抱本书看支灯，你俩要认得清、看得明！

二家丁 二人四目“国国金”（眼睛炯炯亮），师爷放心！（迅步下，因穿着不习惯，丑态百出）

白时通 回府！

[提灯笼的家丁引白时通下。

[灯暗。

[灯复亮。现景：金浦乡郑佐龙家中，茅檐小屋，上弦月光透疏棂，窗明几净。几上点着一盏小灯，放着一部《盐铁论》。

[陈仕颖、郑连双便服上，两衙役随后。

郑连双 （念） 公事家事煞费心，

陈仕颖 （念） 微服夜行瞒夫人。

郑连双 老爷，这便是郑佐龙之家。

陈仕颖 不要惊动家人，轻声敲门。

[郑连双敲门。

[郑母闻声上。

郑　母 是谁?

郑连双 阿姆，我是连双。

郑　母 连双……啊，是郑巡司！（兴奋地开门）

陈仕颖 （对衙役）你等在外边等候。

衙　役 是。（退下）

[郑连双、陈仕颖进门。

郑连双 阿姆，太爷到来看望您和佐龙。

陈仕颖 阿姆。

郑　母 （惊喜，跪下）叩见太爷！

陈仕颖 阿姆请起、请起！（急搀起郑母）

郑　母 太爷请坐、请坐。（抹椅，让陈仕颖坐下）

陈仕颖 连双，你放心回家看望老母，我自行回城。

郑连双 多谢老爷。阿姆请。（出门，下）

郑　母 太爷，蒙你开恩，放回我叔大薯，寄赠佐龙书册，今晚又亲临寒舍，贫妇无

可报答，只有一礼拜谢。（又要下跪）

陈仕颖 （急扶住）阿姆无须多礼。佐龙呢？

郑　母 哎呀，佐龙变了！

陈仕颖 变了？

郑　母 不瞒太爷，佐龙自端阳节回来，终日心生忙影，家内站不定，常与他妹去海边……

陈仕颖 去煮盐？

郑　母 怎有心情煮盐！连日来不见半点烟火。

陈仕颖 啊？（感到奇怪）他……他再不煮盐了？

郑　母 是。有时兄妹争吵不休，说靠煮盐无出路。

陈仕颖 啊？

郑　母 唉，我家贫寒，只靠佐龙煮盐度日，谁知他，盐也不煮，终日走在海边食凉风，望天看海，这样的日子怎么过呀？（叹气）

陈仕颖 （瞭望深思）难道他会令我失望？

郑　母 望，望什么？太爷不要望，破厝顶会掉下砂母！

陈仕颖 无妨无妨，仕颖当年家中也是如此。

郑　母 佐龙就要回来了，太爷，你且待、且坐。

［陈仕颖默然坐下，翻阅《盐铁论》。郑母悄悄入内。

［郑佐龙、龙妹内唱，“一天月色照归程——”，郑佐龙手执图纸，龙妹手提一瓶盐液喜乐地上。

郑佐龙
龙　妹 （接唱）　成事可期喜气生。

兄妹劳心能奏效，
不负太爷培育情。

（推门入屋，发现陈仕颖，惊喜）太爷！（跪下）

陈仕颖 起来！（不动声色地）郑佐龙，你不煮盐了？

［郑佐龙、龙妹站起。

郑佐龙 是，太爷，佐龙从今以后不再煮盐了。

陈仕颖 （心潮起伏）你，你是不是因揭盐枭之事，老夫不予响应，心存不平？

郑佐龙 有此心情。

陈仕颖 是不是本县押你，心生怨恨？

郑佐龙 并无。

陈仕颖 那你一手煮盐技艺术，何甘自暴自弃？

郑佐龙 并非自暴自弃，但确是不愿再煮盐。

陈仕颖 你……你太使老夫失望啊！

郑佐龙
龙　妹 （更不解）失望？

陈仕颖 佐龙呀佐龙！老夫自到任以来，屡想潮阳近海，渔盐之业最为有利，尤其是煮盐之海水，取之无尽，用之不竭，多产便可南盐北运，接济江西、闽北一带之荒，增开潮阳之财源。所以端阳后溪见你从事此业，心喜无限，寄望甚殷。观你年浅气盛，疏口直言，戳穿盐枭之事，老夫怕打草惊蛇，更怕对你不利，故而把你押了，名曰教诫，实则寄予厚望。谁知你……我看错了人！告辞了！（激动地要走）

龙　妹 （不服气）慢！太爷，你勿冤枉人，我兄想法与你全相同！

陈仕颖 想法与我相同？

龙　妹 （取几上书）你赠他这本《盐铁论》，这几夜他翻到快烂了！

[陈仕颖接过书。

龙　妹 你看他圈红圈这一段……（翻给陈仕颖看）

郑佐龙 （背诵）“盐铁之利，所以佐百姓之急，足军旅之费，务积蓄以备绝乏，所给甚众，有益于国，无害于民……”

陈仕颖 （意外地）你也熟读这一段？

郑佐龙 是。书中教言，不敢有忘。加之太爷教导，“贱不害智，贫不妨行”。近日来小民就大胆妄想试行……

陈仕颖 （感兴趣）你想试行什么？

郑佐龙 太爷！（唱）

煮盐之法是祖传，

传子及孙习为常。
只因小锅小灶容量少，
长年收成无改观。
欲待增收能北运，
未得新方实为难。
因思火煮既是盐能结，
日晒日蒸当亦然。
兄妹同计议，
试试有何妨！

陈仕颖 对！该试，该试！

郑佐龙 （接唱） 几日来，
就在阔阔海滩上，
围起小小一片田。
蓄存海水供日晒，
省却柴火省人工。
人工省减本亦减，
场地无限可拓宽。
一举三利来日若见效，
益国利生自两全。
这是围滩小图样，
请求太爷多教言！

（呈上图样）

[陈仕颖接过审阅。

龙　妹 （呈上小瓶）这些盐液再加晒一日，可望成盐。

陈仕颖 （接过）哎呀！（激动地）原来如此！佐龙，老夫错怪你了。错怪你了！

郑佐龙
龙　妹 （感动地）太爷！

陈仕颖 （旁唱） 治盐多梦想，

久愧无良方。

今夜小屋灯如豆，

却有万丈清光耀眼前。

后溪识人原无错，

思想起，不由自身添赧颜！

佐龙、龙妹，你俩合力试用滩晒制盐，功德不浅！（将图纸、小瓶珍重地送还二人）

郑佐龙
龙　妹 （收起）太爷过奖！

陈仕颖 佐龙，你可知老夫今晚来此，还有何事？

郑佐龙 请太爷赐教。

陈仕颖 明日海门大湖韩文公祠祭韩仪典，老夫主祭，你须及时赶到。

郑佐龙 （茫然）太爷，要小民到韩祠何事？

陈仕颖 这……有要事商谈，你一定要到。

郑佐龙 一定要到？

[陈仕颖深情地点头。

龙　妹 兄呀，太爷吩咐，你就一定到。

郑佐龙 遵谕。

陈仕颖 老夫该回去了。

[郑母自里屋出。

郑　母 （捧上茨丸汤）太爷，这是我金浦乡土产茨粉丸，请来点心。

陈仕颖 茨粉丸？（细看）多谢阿姆盛情，下次来时，才给你请。请了！

郑　母 太爷慢行！佐龙、龙妹，护送太爷回城。

陈仕颖 不用！（出门）佐龙，不要忘记，明早……

郑佐龙 赶到韩祠。

[两衙役上。

陈仕颖 哈哈哈！（被衙役护送下）

郑佐龙 （品味着）明早赶到韩祠，究竟有什么事？

［郑连双神色慌张地上。

郑　母 连双！

郑佐龙
龙　妹 连双叔，慌忙何事？

郑连双 太爷临行有何吩咐？

郑佐龙 嘱我明早赶到韩祠……

郑连双 就为这事，大事不好了！

郑　母 怎么不好？

郑连双 阿姆、佐龙，你等还不明白，端阳节后溪见你们母子，太爷的心就相向。事后如此如此、这般这般，此事大过箩，撮人乱如麻，明日韩祠龙虎现，小姐自己欲相亲……

郑　母
郑佐龙 小姐叫什么？

郑连双 陈小凤。怎么相法无人知，双亲无管自安排。

龙　妹 这本是好事。

郑连双 好事生支尾，坏事就相缀。

郑　母
郑佐龙 （一惊）什么坏事？
龙　妹

郑连双 适才我借着月亮，看得分明，白员外的两个家丁，一路借问郑佐龙。此二人名叫阿升、阿斗，打人抓人如挽草，此时已向你家来，会出什么事想就知。

郑　母
郑佐龙 哎呀！这……这怎生是好！（唱）
龙　妹

喜事祸事一齐来，

老身
不由 佐龙 皱双眉。
龙妹

明日韩祠如何去，

今夜灾厄怎避开？

郑佐龙 （唱） 阿升阿斗我不怕，

坐看飞祸怎生来！

郑　母 （唱） 门户不当贵贱别，

小姐怎能同和谐？

龙　妹 （唱） 事非阿兄去引惹，

原是太爷生爱怀。

小姐相亲听其便，

阿兄自是好人才。

韩祠应约定要去，

免劳太爷空盼待。

只是眼前怎对付？

郑佐龙 （望窗外发现）那二人来了！连双叔你且回。母亲、妹妹入内，我在此等待。

龙　妹 在此等待？（触悟）啊，有了！（唱）

一条妙计心上来！

连双叔、母亲、阿兄，明早相亲之事，一定要去，如今恶狗已来，阿兄须即离开！（与郑连双耳语一番）我在此等待！

郑连双 此计甚妙，佐龙，即时来行。

郑　母 （担心地）连双，这……

郑连双 阿姆放心。

郑佐龙 欲怎么办？

龙　妹 衣衫脱出来！

郑连双 脱呀！（帮郑佐龙脱衣）

龙　妹 （接过）人来了，快走！

郑连双 走吧！（拉郑佐龙同下）

龙　妹 （掩门）母亲，你放心入内。

郑　母 龙妹，你要小心！（下）

[龙妹穿上郑佐龙之衣，找来一顶小帽戴上，坐于几旁灯下看书。

[二家丁上，推门而入。

家丁甲 （看着龙妹，得意地）抱本书，

家丁乙 看支灯。

家丁甲 认得清，

家丁乙 看得明。

二家丁 正是郑佐龙！（忙近前作礼）郑先生！你，煮盐的功夫过硬，拜你做师傅！（磕头如捣蒜）

[龙妹暗中失笑。

[灯暗。

第五场　双小凤

[隔天。

[灯亮。

[潮阳城通往海门大湖路上。

[二轿夫抬彩轿，轿中坐着由彩鸾改装的陈小凤，陈小凤却改装成彩鸾紧随轿旁。还有两个婢女簇拥着上。

[幕后合唱：

“陈家娇女巧装样，
小凤、彩鸾两倒颠。
择木而栖凭慧眼，
大湖海色正迷人。”

彩　鸾 （唱）　贤小姐，好心肠，

累得我在轿中通身流汗。

陈小凤 （唱） 好彩鸾，莫声张，

你帮我打开玉笼天地宽！

[彩轿前行。

[白怀文盛装由二家丁拥上。

白怀文 （唱） 多亏师爷计谋精，

第一步“树胶粘鸟”粘住郑佐龙。

第二步怀文亲上阵，

专与小姐我我卿卿。

云淡风轻作话引，

傍花随柳露诗情。

公子身份摆四正，

威风凛凛作乘龙。

眼看彩轿前面走，

快步跟随到凉亭。

（与家丁圆场）

[灯光、景物变化。

[大湖海滨景色。海峰沙柳互相掩映，其间有一小凉亭。

白怀文 请问一声，到来的可是陈小姐彩轿？

陈小凤 正是。你是何人？

白怀文 （神气十足）小生白怀文。

陈小凤 啊，你就是白怀文？

家　丁 嘟！大胆婢女，敢直呼公子大名！

陈小凤 （不禁失笑）你到此何事？

白怀文 会见小姐。

陈小凤 你且待。（走近轿边向彩鸾低语）你等在那边花廊稍待。

彩　鸾 （暗暗点头）来，打道花廊。

轿　夫
婢　女 遵命！（簇拥彩轿下）

白怀文 哎呀呀，小姐……小姐……（要追）

陈小凤 （笑吟吟地挡住）白公子，与我交谈也一样。

白怀文 你是何等人？怎会一样？

陈小凤 （看看自身，失笑）是不一样。白公子，小姐今日是以文会友。

白怀文 小生早就备有一手。

陈小凤 请先送小姐一观。

白怀文 这个自然。（递诗稿）

陈小凤 （展念）“有木名凌霄，
擢秀非孤标。
偶依一株树，
遂抽百尺条。”
此诗是——

白怀文 是本公子之作。

陈小凤 是你之作？

白怀文 请送小姐过目。（旁白）这首诗是我老老的老祖宗之作，她肯定难看透。

陈小凤 此诗有何寄意？

白怀文 凌霄花倚着大树，就能长得更高、更美。

陈小凤 若是大树倒了呢？

白怀文 这丛倒了倚别丛，凌霄花照样红。

陈小凤 （似自语地）原来如此！

白怀文 （取出一封信）来，这封信送你。

陈小凤 此中何物？

白怀文 外圆内四方。

陈小凤 钱？送我何来？

白怀文 请在小姐面前多多美言，亲事一成就，公子就带你们主婢游江南、上苏杭，小姐居正室，你就住偏房……（露出轻薄之态）

陈小凤 （怒火欲发炸）你……

白怀文 我……我绝无食言。不要羞耻，请收起……

陈小凤 （强忍怒气）也罢！你这首诗，这份礼。暂且收起，在亭后待小姐到来。

白怀文 可以，可以。

陈小凤 待我有请，才可出来。

白怀文 我知，我知。（与家丁下）

陈小凤 （望着白怀文背影，气恼顿足）你就好好地等待吧！好险啊！（唱）

相亲权用障眼法，

白怀文，

尽露庐山真面目。

抄来唐诗充已作，

白居易有知岂容宽！

举止轻佻心不正，

迷人的珍珠一扫光！

[彩鸾和两婢女悄悄上。

彩　鸾
婢　女 小姐，白公子肥白大个，可有内才？

陈小凤 内才？他好有一比！

彩　鸾 比作什么？

陈小凤 绣花枕头。

彩　鸾 锦缎里面大草包！（不禁大笑）

陈小凤 （发现）有人来了。

[彩鸾、婢女悄声急避下。

陈小凤 （眺望，唱）

沙柳摇风拂人影，

莫非那，金浦客，

来到眼前……（隐避下）

[郑佐龙内唱：“半喜半惊来海边——”上。

郑佐龙 （接唱） 浪花起落心茫然。

多年只有盐为伴，

人看看人步难前。

连双叔说约会在此凉亭，行越近心头越更扑扑怔……（四顾）我还是回去！（转身欲行）

[陈小凤突然出现在郑佐龙眼前，四目交投，各自怔住。

陈小凤
郑佐龙 （同时旁唱）

蓦然间，

海滩上，

焕发容光。

是何人……

郑佐龙 （旁唱） 丰姿绰约……（端详陈小凤）

陈小凤 （旁唱） 器宇轩昂……（端详郑佐龙）

陈小凤
郑佐龙 （不约而同地趋近）这位……（不由羞赧，接着又各自鼓起勇气）请问……问我何来？

陈小凤 （坦率地）你……你可是金浦乡人？

郑佐龙 我……我是金浦乡人。

陈小凤 高姓大名？

郑佐龙 郑佐龙。

陈小凤 （惊喜）郑佐龙！（细看，赞许地）不错！

郑佐龙 姓名自已报，当然不错。小娘子是……

陈小凤 我是陈家小姐……

郑佐龙 你是陈家小姐？（急忙退走）

陈小凤 慢走！我是陈家小姐贴身婢女，名叫彩鸾。

郑佐龙 你是婢女彩鸾？（细看）

陈小凤 （有些局促不安）难道有假？

郑佐龙 这就好了呀？哈哈哈！

陈小凤 你可是要来会见小姐？

郑佐龙 说是又不是……

陈小凤 那就是说不是又是喽。郑佐龙，你可知今日欲会小姐，须先会文？

郑佐龙 会文？佐龙一介盐工，哪会诗文？

陈小凤 既无诗文，如何会得？

郑佐龙 哈哈哈，只因太爷厚爱，佐龙才不得不遵命前来。既然无文不能会小姐，那就走。（脱口而出）亭边不学佝偻鸟，海上高翔自在鸥。（转身欲走）

陈小凤 （急阻）慢走！你念的什么？

郑佐龙 亭边不学佝偻鸟，海上高翔自在鸥。

陈小凤 妙！你就以此对为媒，会见小姐。

郑佐龙 慢！彩鸾大姐呀！（唱）

郑佐龙原是金浦穷家人，
承蒙厚爱来此间。
欲见小姐心惶恐，
不见又恐礼不全。
今日幸遇彩鸾姐，
心事托你有一桩。

陈小凤 什么心事？

郑佐龙 （唱） 太爷垂青我感戴，
论婚之事恕直言，
我对小姐三不爱——

陈小凤 （惊异） 啊？（唱）
你三不爱从何言？

郑佐龙 （唱） 一不爱是不敢爱，
门户悬殊地对天。
陈家富贵我贫贱，
婚姻之事不敢攀。

陈小凤 （暗暗点头）二不爱呢？

郑佐龙 （唱） 二不爱是不能爱，

郑佐龙只有一味白盐伴清寒。

家居只有六吉厝（极狭窄的房子），

有何能力娶妻房？

蜗牛屈居一小壳，

我比蜗牛更可怜。

纵然小姐降格来相就，

四壁萧然愧难当。

陈小凤 （更喜） 三不爱呢？

郑佐龙 （唱） 三不爱是不争爱，

闻道求婚已有人。

论及佐龙实非偶，

应让麒麟配凤凰。

陈小凤 （大为感动，情急，唱）

难道你心甘退让？

郑佐龙 （唱） 物非已有愧言让，

婚尚无争已遭殃。

昨宵恶人来骚扰，

无奈连夜逃离家中。

自思人穷志不馁，

自食其力慰高堂。

这桩事，

就如浪潮退海上，

烟雾散云天！

陈小凤 你、你不能走！

郑佐龙 我不能走？（细看陈小凤，亦有不舍之意）

陈小凤 （激动，旁唱）

三不爱中情深长，
不卑不亢诚实言。
十步之内有芳草，
芳草幽兰同溢清香。
初见面已觉为情系，
此时刻，
难禁小凤寸心倾！
（深情地对郑佐龙）……佐龙！

郑佐龙 彩鸾！

陈小凤 （故意地，唱）
似你这般三不爱，
小姐骂你三不该。

郑佐龙 我三不该？（委屈地）你不是小姐，怎会知？

陈小凤 我，我是推测得来的。

郑佐龙 我，我有何不该？

陈小凤 （唱） 你一不该：
只念自家贫寒不敢爱，
未把小姐情义记心怀。
若是她身深爱你，
贵贱悬殊有何碍？
贫穷遮住你双眼，
未能自珍眉清目秀唇红齿白俏俊才。
小姐所有与你均一半，
岂不是门当户对举案齐眉！

郑佐龙 彩鸾大姐取笑了！

陈小凤 （唱） 你二不该：
错捧小姐上高台，
她身尚有不如你……

郑佐龙 （认真地）彩鸾，你这就不对了呀！小姐哪会不如我，你如此贬低小姐，才是不该！

陈小凤 （暗笑） 是我不该。（唱）

制盐之道她就无知。

郑佐龙 制盐对小姐有何用处？

陈小凤 （唱） 你全不知，

夫妻既成同心结，

咸酸苦辣均能挨。

海水取来添酒兴，

清风入幕催诗怀。

你有所长互为助，

怎言家徒四壁不能爱？

郑佐龙 若能如此，我实不该！

陈小凤 （唱） 你三不该：

推情让爱。

倘若小姐非君莫属，

岂不负她一片情怀？

你外表卑谦实高傲，

冷漠寡情不自知。

欲效海鸥自在舞，

你就去、去、去，一去不再来！

（亦已忘情，几乎失态）

郑佐龙 彩鸾！彩鸾！（旁唱）

她言词指责情无限，

正好似清泉滑滑润我心田。

（深情地）彩鸾！

陈小凤 佐龙！

郑佐龙 （唱） 佐龙平生未曾问花信，

此刻似闻兰桂香。

你为传香使，
是我知音人。
小姐她，纵如你言有情意，
佐龙我，未敢贸然非非想。
眼前是情投意合佳人在，
我何须求什么镜中花，水中月，天上仙！
彩鸾呀！只有你——

陈小凤 我如何？

郑佐龙 （唱） 只有你，好彩鸾，
我……（鼓起勇气，唱）
我就敢放胆托媒人！

陈小凤 （一时娇羞难掩）哎呀，你！

郑佐龙 （自悔失言）彩鸾，我……

陈小凤 （又羞又喜地，旁唱）
他一语扫清千重障，
霎时间，海呼啸，天清朗。
花飘香，人开颜，
爹爹眼光如明镜。
陈小凤亦该拨开云雾现庐山。
（一想） 且慢，且慢！（旁唱）
且待双亲作主张！
佐龙！

郑佐龙 彩鸾！

陈小凤 （情不自禁地，唱）
感君满意，
许我心倾……
（拔下金钗授予郑佐龙，接唱）
小凤钗，生一对，一支为赠，
钗合人成双！

郑佐龙 （大喜，接钗，唱）

接凤钗，谢彩鸾，

待来日，我赠你……赠你……

（感到愧赧）

陈小凤 （兴奋地期待）赠我一包白盐？

郑佐龙 对。（唱）

此期间，陈太爷，主仪典……

陈小凤
郑佐龙 （唱） 我与你，一齐去，

韩文公祠，参拜圣贤，

大湖神庙，盟誓良缘。

（联袂欢快地同下）

[灯光变换，景物推移，海礁乱砌，天低云暗，气氛骤呈肃杀。

[白时通、白怀文心急火燎地上。

白怀文 欲求挽残局，

白时通 须下死功夫！

白怀文 阿叔尽管吩咐。

白时通 可惜，可惜！你怎么没想到，太爷的千金相亲，怎会自己出面？你在侍婢面前怎好装模作样，现出本相？如今半路杀出个郑佐龙……

白怀文 叫人收拾他！

白时通 不可，小不忍则乱大谋！眼前被迫无路，须出第三步……（向礁石堆吹口哨）

[乌脚带白家四家丁化装成海盗，溜上。

乌　脚 叩见公子、师爷！（与众家丁作礼）

白时通 乌脚，你听清楚！火速带齐众弟兄，去到前面花廊坪，彩轿连小姐，抢起快步行。转个弯，到海坪，公子一追到，你等便卸掉彩轿逃命！

乌　脚 （与众家丁齐应）遵命，照行！

白时通 事成员外有重赏，每人二十两。

乌　脚
众家丁 多谢员外、师爷！

[白时通一挥手，乌脚等一行溜下。

白怀文 叔呀，你吩咐好，我的戏怎么做？

白时通 你和家丁夺回彩轿，救返小姐，我暗中随行。扛到韩祠见那陈仕颖，一五一十诉衷情。你想，救女有功，英雄出众，你不乘龙谁乘龙？

白怀文 亲事会成？

白时通 包管会成。

白怀文 走！（与白时通神气活现地匆匆跑下）

[一阵紧锣密鼓。

[乌脚等一行假海盗抢抬彩轿。过场。

[白怀文、白时通领家丁紧追。过场。

[灯暗。

[灯复亮。景物变换，礁石不见，空阔的海面，浪潮飞卷。

[郑佐龙内唱："骤闻海角兴波澜——"急上。

郑佐龙 （接唱） 料与相亲事有关。
小姐无端被抢劫，
岂容海盗逞凶狂！

（急追，圆场）

[乌脚逃上。

郑佐龙 （发现）海盗哪里走！（紧追）

[乌脚跳下海，郑佐龙追下海。两人在海中激烈搏斗。

[灯暗。

第六场　双凤钗

[接上场。

[灯亮。

[大湖海滩。装扮成彩鸾的陈小凤和二婢女匆匆上。

陈小凤 （唱）　正向韩祠拜圣贤，
中途事变分两边。
彩鸾被抢无消息，
郑佐龙紧追海贼更杳然。
双亲定然多挂虑，
陈小凤，此时刻，
一心三处悬。
（向二婢女）快快寻找！

二婢女 小姐小心呀！（搀扶陈小凤圆场）

[郑连双带两衙役边眺望边呼喊："小姐！小姐……"追寻过场。

[灯暗。

[灯复亮。海门大湖韩文公祠。一侧座塑韩文公像，上有"百代文宗"匾额，座前有供几；一侧通祠外，海天景色映入祠中。

[陈仕颖忧心忡忡但神态镇定地在踱步，不时向祠外眺望。

陈仕颖 （念）小凤被劫寻未返，
好教老夫挂心中。
多亏佐龙能下海，
且看白家何行藏？

[衙役甲上，进祠。

衙役甲 禀太爷，白怀文公子、白时通师爷带领家人奋勇救回小姐来了。

陈仕颖 啊，来了。迎接！

衙役甲 遵谕。（出祠，下）

[白怀文、白时通兴高采烈地上，进祠。

白怀文
白时通 叩见太爷！

陈仕颖 公子、师爷救回小女，打退海贼，立下奇功。

白时通
白怀文 不敢当，不敢当！可恨海贼真凶，被他逃窜无踪！

陈仕颖 恐是逃不了的。小女呢?

白时通 就来，就来。

[二婢女扶假陈小凤上。

陈仕颖 (情急)小凤……小凤……(与彩鸾打个照面，惊愕)啊?

彩　鸾 老……

陈仕颖 (急接口)老夫放心了!(暗示快退下)快去厢房歇息!

彩　鸾 遵命!

陈仕颖 (不解地，旁白)这就奇怪了!

彩　鸾 (向白怀文等)二位救命之恩，再次拜谢!

[如夫人由二婢女扶上，来到门口。

如夫人 不用谢，不用谢!都是自己亲戚。哈哈哈，陈小姐……(欲上前搀扶)

[彩鸾掩面急下，婢女亦下。

陈仕颖 迎接如夫人!

如夫人 陈太爷，礼数不用常常行。

白怀文
白时通 叩见如夫人!

如夫人 哇……怀文，看不出你诗词歌赋文，琴棋书画还会拳!今日救小姐、打海贼，才子整个十足十。

白怀文 多谢如夫人过奖。

如夫人 什么过奖!府尊闻知，还要奖你金牌、银牌，名声就愈大个!

白时通 多谢如夫人、太爷，怀文救小姐，理当拼命。遵家兄所示，不敢望奖励，只求……

白怀文 只求……

如夫人 太爷，怀文求的什么，你知我知，谅无推辞!

陈仕颖 (幽默地)哎呀，今日此事，哪有推辞之理，他等不来，下官还要寻他……

如夫人 这样么就有人情味，有人情味!(向白怀文)怀文，太爷厚爱，招你为婿，还不快快行礼!

白时通 八拜，八拜!

白怀文 （大模大样）拜见……

［陈仕颖顺势闪开，如夫人要拉陈仕颖，恰好将他挡住。

白怀文 （对着如夫人，行大礼），岳父大人！

如夫人 （急扶起）拜错哇！

陈仕颖 哈哈哈！

如夫人 （自我解嘲）拜错也好。

如夫人
白怀文 （不约而同尴尬地笑）哈哈哈！
白时通

白怀文
白时通 （旁唱） 果然一计成姻亲，

如夫人 （旁唱） 且喜今日成姻亲。

白时通
白怀文 （旁唱） 从此大树好遮阴，

如夫人 （旁唱） 先收珍珠后黄金。

白时通 （拉白怀文，旁唱）

多亏你身演技好，

白怀文 （拉白时通，旁唱）

全靠师爷计谋深！

白时通
白怀文 （唱） 感谢太爷、如夫人！

如夫人 免谢，免谢！白师爷！

白时通 在！

如夫人 聘礼可已备齐？

白时通 已经备齐，珍珠二十盒。

如夫人 呈给太爷笑纳。

白时通 遵谕。（向门外喊）来人！

［众家丁应声捧聘礼上，入门跪献。

如夫人 太爷，如夫人说话算话，聘礼加倍。

白时通
白怀文 请太爷收起。

陈仕颖 哈哈哈！（向内）来人！

[二差役押戴锁的乌脚上。

白怀文 （大惊失口）乌脚！（白时通急掩其口）

乌　脚 （扑向白怀文、白时通）公子、师爷救命！

如夫人 唔？他是何人？你们怎相识？

白时通 不相识，不相识！大胆海贼，不准乱呼乱喊！（暗示乌脚改口）

乌　脚 （扑向陈仕颖）太爷赦罪、赦罪！

如夫人 他就是抢小姐那个海贼？

陈仕颖 是。他名叫乌脚，似贼非贼！（取出供词）这是他的供词，请如夫人过目。

[如夫人接过。

白时通 （想溜走）太爷、如夫人，我等告退。

白怀文 告退！（示意家丁捧珍珠欲走）

如夫人 免用退，这事理妥就理那事。

白时通
白怀文 （不约而同地暗骂）你这老猫母！

如夫人 白师爷，念来听！

白时通 这……

如夫人 如夫人不识“二”（字），听就好！

陈仕颖 （对白时通）你就念吧！

白时通 （接过供词，不寒而栗地念）我是白府家丁……

如夫人 （垂目细听，若无其事地）勿谦虚，你是师爷，怎么说是家丁？

陈仕颖 他是在念供词。

如夫人 唔？！（突然睁眼）是乌脚的供词，事怎这么乱，快快念下去！

[白怀文亦一旁筛糠颤抖。

白时通 （接念） “乌脚父母生成。

员外暗中有命，

偷运私盐为生。

贩往江西福建，

白家厚利日增……”

如夫人 （暗自）暗中做这生意，莫怪那么有钱！

白时通
白怀文 （颓丧自语）这下完了！

如夫人 再念！

白时通 （颤声继念）

“今早假装海贼，

师爷海边下令。

小姐又抢又放，

好让公子逞能。

太爷面前报功，

争得亲事完成。”

如夫人 （跳起怒骂）哎呀，白时通，你是在吐脓吐血呀？（抢过供词要撕）

陈仕颖 如夫人，你手中的供词是另抄的，乌脚亲笔画押的在这里。（取出袖中供词示之）

［白时通、白怀文顿时吓瘫在地。

如夫人 （忙打笑脸，折叠供词）嘻嘻嘻！如夫人是要拿做证记。

陈仕颖 就请如夫人收起。白家贩卖私盐，下官早有所闻，今日之事，如夫人已亲眼所见，来日此案审明，呈报府尊，有劳如夫人做个见证。

如夫人 （暗自着急）这回是衣衫挂着刺钩竹，惹来大麻烦！

陈仕颖 你看这聘礼该收不该收？

如夫人 （赌气地）收入大监！

陈仕颖 就遵如夫人之示。

如夫人 （想抽身，装模作样）哎，怎么一时头昏目眩……（欲倒）

陈仕颖 来人！扶如夫人厢房养神。

[二婢女应声上。

二婢女 如夫人请！（扶如夫人入内）

陈仕颖 来！将乌脚押回县衙。

二衙役 遵谕。走！（押乌脚下）

陈仕颖 敢烦公子、师爷屈驾暂陪。

白时通
白怀文 （一惊）啊？（相视，无奈）唉——

白怀文 （出门，狠对白时通）狗头军师。

白时通 （有气无力地）破相公子！

[二衙役押乌脚、白时通、白怀文同下。

[陈夫人匆匆上。

陈夫人 老爷……（惊惶、懊悔地感情迸发，泪流满面）老爷！

陈仕颖 （抚慰地）夫人，休得伤心！

陈夫人 唉！（唱）

今日事教妾身胆战心惊，
胆战心惊！
却原来白家人败德丧行，
败德丧行！
小凤她，
如今被劫知何去？
怎不教人泪涟涟！

陈仕颖 （唱） 夫人休得淌悲泪，
且看大湖海色映眼明。
纵有奸徒多作歹，
亦难逃律法所绳万民惩。
早已派员寻小凤，
小凤亦非易欺凌。

陈夫人 （唱） 但愿韩公多保佑，

（向韩文公像频频祷告，接唱）

小凤儿逢凶化吉早回程。

老爷呀，

她今日相亲若中意，

就让她配与郑佐龙。

陈仕颖 呀？夫人今日之情，连老夫也有些意外了！

[一衙役匆匆上，入祠。

衙　役 禀老爷，郑巡司命小人来报，他已寻得小姐，一同回来了。

陈仕颖 好呀！

陈夫人 （向韩文公像作礼）叩谢韩公爷！

陈仕颖 厢房请那郑佐龙到来。

衙　役 遵谕。（下）

陈仕颖 （细察陈夫人）哎呀，欲相女婿，怎好眼泪挂腮，待老夫为你拭掉。（为她揩泪）

陈夫人 老爷，你真是……

[衙役引郑佐龙悄悄地上，见状，不好意思地却步。衙役退下。

[陈仕颖、陈夫人发现郑佐龙，笑迎。

陈仕颖 佐龙！

郑佐龙 （嗫嚅地）叩……叩见太爷、夫人。

陈夫人 （亲近地细看）你是郑佐龙？

郑佐龙 是。夫人……（有点局促不安）

陈夫人 （满意地拉陈仕颖到一旁，低语）我怎么一看见这郑佐龙，就觉得他是俺家的人。

[郑佐龙仰视“百代文宗”匾额，入迷地以手比画，模拟书写。

陈仕颖 （含笑）从何看出？

陈夫人 你看他眉眼之间含英气。

陈仕颖 伴着一身咸酸味……

陈夫人 （娇嗔地轻捶陈仕颖）勿再说笑话！

陈仕颖 是。

陈夫人 你看他举止谦恭有礼仪！

陈仕颖 比那白……（一想，顿住）还差几层天！

陈夫人 （正式地）谈正经的！

陈仕颖 什么是正经的？

陈夫人 你就答应姻亲事，

陈仕颖 不如夫人亲口提。

陈夫人 好，我自己来。（向郑佐龙）佐龙！

郑佐龙 呃……夫人！

陈夫人 （唱） 日来诸事尽知情，
感你义勇行为喜盈胸。
不负老爷培育意，
堪号骏马千里名。

郑佐龙 （惶悚不安）不敢当，不敢当！

陈夫人 （唱） 放眼前程天地阔，
目今合该山海盟。
我家小凤宜跨凤，
俺二老之意呀——
许你佐龙可乘龙。

郑佐龙 （大惊）怎么？老爷、夫人欲将小凤小姐许配佐龙？

陈仕颖
陈夫人 正是。

郑佐龙 哎呀，这个千万不可，千万不可！

陈夫人 （诧异）莫非你已有妻室？

郑佐龙 并无。

陈夫人 难道我家小凤配不上你？

郑佐龙 不是，不是！

陈仕颖
陈夫人 既然不是，又无妻室，怎言不可？

郑佐龙 （委婉地）太爷、夫人！（唱）

知遇之恩深万重，
俺合家心中永刻铭。
今言小姐许婚配，
不由愧煞郑佐龙。
做梦尚且不敢想，
面临此事实难行。

陈仕颖 嗯？（唱）

似此谦虚反见外，

陈夫人 （唱） 不识抬举不通情。

郑佐龙 （唱） 辜负盛情难辞咎，

只好直言表衷诚。
太爷夫人多厚爱，
请求另许一人共和鸣。

陈仕颖
陈夫人 （更感意外）你说什么？你……

郑佐龙 我……我请求另许一人……

陈仕颖 （唱） 何人才是你所爱？

陈夫人 （唱） 谁和与你共和鸣？

郑佐龙 是……

陈仕颖
陈夫人 （急问）是谁？

郑佐龙 是……小姐贴身婢女彩鸾。

陈仕颖
陈夫人 彩鸾？

郑佐龙 正是彩鸾，还望太爷、夫人成全。

陈仕颖 这……（思索）

陈夫人 （旁唱） 一闻此言怒气生，
却原来，
他与彩鸾有私情！

陈仕颖 （旁唱） 俊俏的小凤他不爱，
偏恋彩鸾为何情？

陈夫人 （面呈怒色）郑佐龙！

郑佐龙 夫人……

陈夫人 （唱） 原以为你经培育已成器，
谁知咸酸气味难洗清。
拈惹闲花草，
与婢弄私情。
招亲既忤逆，
另聘万不能！

郑佐龙 哎呀！（受挫难忍，又羞又气，唱）
谁拈闲花草，
怎说弄私情？
云天海宇净，
磊落又光明。
小姐高贵殊非偶，
未萌爱念亦难应承。
求聘彩鸾志难改，
今生不成待来生。
培育之恩当报答，
就此拜别金浦行。
（转身欲走）

陈仕颖 （厉声）慢！你……且慢回去。

郑佐龙 （愕然止步）哎，太爷呀太爷！（唱）
不敢高攀应可恕，

平心相爱也坦诚。
若肯成全感大德，
亦算陈家一份情。
求配彩鸾既不准，
佐龙留此有何用？

陈仕颖 哎呀！（旁唱）
他直言直行，
至理至情。
后生可畏亦可爱，
正好似未驯骏马欲飞腾……
细想起，
白怀文救回假小凤，
此其中，扑朔迷离未分清。
（思索，有所悟，对陈夫人）夫人呀！（唱）
倒不如先向彩鸾问分明！

陈夫人 对。彩鸾上来！

[彩鸾已恢复原装应声上。

陈夫人 彩鸾，你与他……？

陈仕颖 佐龙，你与她……

彩　鸾
郑佐龙 （唱） 我与他/她素不相识，

陈夫人 （唱） 他却言与你共和鸣！

彩　鸾 我就啐！啐！啐！（唱）
你是半夜出阵日，
梦里见天明？
听得鹧鸪叫，
乱作鸳鸯声！

郑佐龙 （唱） 你冒充彩鸾因何故？

（细看彩鸾头饰）

彩　鸾　我是真真正正的彩鸾，哪里有假？

郑佐龙　你就是假的！太爷、夫人，她不是彩鸾！

陈仕颖
陈夫人　何以见得？

郑佐龙　（接唱）　顶无凤钗貌陌生！

陈仕颖
陈夫人　啊？你认得彩鸾？

郑佐龙　认得。

陈仕颖
陈夫人　（相视）这就奇了！

彩　鸾　你与彩鸾私约，有何为证？

郑佐龙　有。（唱）

郑佐龙，无虚言。
与彩鸾，誓良缘。
小凤钗一支相见赠，
她说道，钗合人成双。

（取出凤钗）请看。

陈夫人　（抢着接过细看，大悟）老爷，这小凤钗是……

陈仕颖
陈夫人　（旁唱）　又是小凤弄机关！（大笑）

郑佐龙　（困惑不解）太爷、夫人，为何如此开心？

陈仕颖　　　又　老夫
　　　佐龙，　是　　错怪你了！（赔礼）
陈夫人　　　倒　老身

［陈小凤已恢复原装匆匆上，郑连双、二婢女跟上，入门。

郑佐龙　（喜喊）彩鸾！

陈小凤　佐龙！（羞涩起来）

郑佐龙　太爷、夫人！这个才是真彩鸾！

[众人失笑。

陈小凤 爹爹……（仕颖止之）

陈仕颖 佐龙，你说她是真彩鸾？

郑佐龙 （唱） 凤钗成对貌依然！

陈仕颖 （唱） 你已与她暗相爱？

郑佐龙 （唱） 共誓钗合人成双。

陈仕颖 （唱） 若她身名有改变？

郑佐龙 （唱） 我爱此人情意专。

陈仕颖 （唱） 一言为定？

郑佐龙 （唱） 为定一言！

陈仕颖
陈夫人 好，老身就将你俩成全。（将凤钗还给郑佐龙）

郑佐龙 叩谢太爷、夫人！（举钗示陈小凤）彩鸾！

彩　鸾 （应声）哎！

郑佐龙 我不是叫你！

[彩鸾忍俊不禁。

陈小凤 （拔下小凤钗）佐龙！

郑佐龙 彩鸾！

郑连双
彩　鸾 哈哈！佐龙
姑爷 快快拜见岳亲大人！

郑佐龙 你们说什么？

郑连双 太爷、夫人就是你的岳父母！

陈小凤 爹爹、母亲……（依偎）

陈仕颖
陈夫人 小凤女儿。

郑佐龙 呀呀呀！彩鸾怎么变做小凤？

郑连双 小凤就是小凤，你别再糊涂，快快行个大礼！

郑佐龙 大礼……哎呀，我么还无聘礼……

[一衙役匆匆上。

衙　役　禀老爷，郑佐龙之母亲、妹妹赶来求见。

陈仕颖
陈夫人　快快有请！

衙　役　遵谕。（下）

[郑母、龙妹提用红绸包着的白盐上。

郑　母　佐龙！
龙　妹　阿兄！　（向陈仕颖、陈夫人）叩见太爷、夫人！

陈仕颖
陈夫人　（忙还礼）免仔细，免仔细！

龙　妹　（向郑佐龙）兄呀，昨夜阿升、阿斗已被差爷带走！今早红日东升，白盐已经晒成。你看！

郑佐龙　（大喜，接看）白盐已晒成！（激动地将小红包献上）太爷、夫人，白盐一包，权当佐龙聘礼！

[陈仕颖、陈夫人珍重地接过。

郑　母
龙　妹　（急向郑连双）怎说是聘礼？

[郑连双细述事情经过。

郑　母
龙　妹　（惊喜）原来如此！

郑佐龙　拜见岳亲大人！（作礼）

陈仕颖
陈夫人　贤婿免礼！

陈小凤　（向郑母）阿姆！

郑　母　你就是……

郑佐龙　她是彩鸾……（忙改口）不，是小凤，是小凤！

[众人大笑。

[如夫人匆匆赶来。

如夫人 （边行边叫）陈太爷、陈太爷！（唱）

你家好戏出，

我身看得明。

特来牵红线，

饮你酒一盅。

陈仕颖

陈夫人 多谢如夫人！

陈小凤

陈仕颖 好呀！（唱）

今朝晒盐新法初试成，

陈家小凤匹配郑佐龙。

双喜临门，韩公为证。

指看南盐北运日，

才来个——

钗合人庆，洞房花烛。

龙凤呈祥，钟鼓齐鸣！

[顿时钟鼓齐鸣。

[众人沉浸在一片欢乐气氛之中。

[幕徐徐落。

[剧终。

（剧本版本：《李志浦剧作选》）

三香茶店

（根据王国梁同名小说改编）

编剧：林树棠　蔡绍奇　宋麟锵

人 物 表

阔　嘴　　男，五十多岁，三香茶店老板。

兰　香　　二十六岁，阔嘴长女。

碧　香　　二十四岁，阔嘴次女。

玉　香　　二十二岁，阔嘴三女。

余　仲　　二十八岁，深圳特区某公司职员，兰香恋人。

松　清　　二十六岁，县茶叶公司经理，碧香恋人。

庄　显　　二十四岁，汕头特区某公司职员，玉香恋人。

保　祥　　七十岁，阔嘴的堂叔。

茶　花　　五十多岁，阔嘴之妹。

文　珠　　女，二十多岁，县茶叶公司文书。

阿　贤　　男，二十七岁，皮包商。

阿　猪　　男，二十多岁。

男青年甲、乙、丙，茶客若干人。

第一场

[20世纪80年代后期，一个初夏夜晚。

[潮汕某县芦花圩，三香茶店门口。

[幕前歌：

东风送暖到山乡，

芦花圩上欢声扬。

市场不缺应时货，

潮汕名茶更飘香！

［幕启：小店修葺一新，铺面上挂“三香茶店”招牌，两旁贴着对联：“常备龙泉水，特选潮汕茶”。串串耀眼电珠，阵阵悦耳潮乐，令人心旷神怡。

［顾客三三两两进出店门，阔嘴热情招呼。

阔　嘴　来呀！

（唱）　欲饮好茶来三香，

（对进门的顾客）请进！里面坐！

（唱）　潮汕名茶任品尝！

顾客甲　（提两盒茶叶从店内出，讲广州话）潮汕名茶，好啊！

顾客乙　（从店内出，满意地唱）烧盅热罐龙泉水。

阔　嘴　宽行（慢走意）！（送走顾客甲、乙）

阿　猪　（上，接唱）茶香不如人更香！（进店）

玉　香　（内声）爹！满座了呀！

阔　嘴　好呀，满座、满座了呀！（取出一块写着“满座”的木牌置于店前，对观众）大家伙，对不起，先来有，慢来实在对不起！（乐滋滋地坐在木牌一侧，拨着算盘，口中喃喃读数）

［保祥上。

保　祥　（见木牌）啊！戏院满，茶座也满，莫怪俗话说：“肚饱，就欲想巧！”

阔　嘴　（漫不经心地）嗯，对不起，明晚请早！（骤觉声熟，抬头看清来人，赔笑地）哦，原来是保祥叔！去汕头返来了？（急让座）坐，坐坐！

保　祥　（见阔嘴拿着算盘，逗趣地）阿阔呀，茶店生意这样热闹，你的如意算盘，可要打出架啦！

阔　嘴　哎呀，保祥叔，见笑，见笑！

（扣）　笑我算盘欠功夫，

只会加减不会乘除。

幸得你，

当年为我出主意，

开设茶店在这芦花圩。

招牌对联你所写，

开张剪彩你主事。

如今生意蓬蓬发，

（唱） 功劳归你这位贤军师！

保　祥 阔呀，你记错账簿哇！

（唱） 功劳是，

改革开放政策好，

春风送暖入门闾。

潮汕是茶叶出产地，

全国闻名四海饮誉。

你对茶经多熟识，

时来运转换新姿。

更有那，

三香侄女皆能干，

一杯清茶香有余。

天时、地利，人和全占有，

自然是，

左右逢源水成渠。

阔　嘴 是呀，保祥叔，你我完全可说实话，（小声地）生意虽不大，这几年就赚存三“粒”（万元）外，再多几年，寨前我那块厝地，就可跟人一样，起高楼，装玻璃，三个女儿，每人一层去欢喜（结婚），不但我对得住街市，我那老伴在土底，双目也会脋脋（瞑目）！

保　祥 莫怪你名叫阔嘴，嘴阔食四方嘛！哈哈……阔呀，你这打算真不错呀！

阔　嘴 好虽是好，目前我还在烦恼！

保　祥 那是怎呢？

阔　嘴 唉，叔呀！

（唱） 茶店虽满我心虚，

一想头毛大过箸（筷子）。
女儿小时盼长大，
如今成人费心思。
再好的女儿也要嫁，
这茶店怎能满长久？！
算盘扣不出两全计，
越扣心里越糊涂！

保　祥　这倒是个具体问题呀！

阔　嘴　叔呀，你虽退休，食盐多过我食米，该来帮我出个好主意！

保　祥　这个……这时勿影响你做生意，我先走，等你闲时就到我家，边下棋边商议。（下）

阔　嘴　好，宽行！（转忧为喜）嘿嘿，有他这位活孔明，我的高楼就可望建得成！（进店内）

［兰香闪出店门，至一旁，见没人，急掏出一信。

兰　香　（念）　余仲深圳托书信，
人前未敢看细详。

（急拆信，读）“亲爱的兰香：……特区建设，形势喜人，现我公司，筹设茶廊。我已荐你，来此工作。望速准备，勿失机缘，勿失机缘！……”这……

（唱）　余仲他，来信约我到深圳，
兰香我，又是喜来又为难。
老爹爹，
苦心经营这茶店，
靠阮姐妹来相帮。
我是大姐要离去，
爹爹面前怎开言？！

［阔嘴内声：“兰香！”

兰　香　来了！（忙将信藏入衣袋，急进店）

［庄显风尘仆仆上。

庄 显 （唱） 夤夜驱车上山来，
喜讯速告玉香知。
只怕遇到未来老岳父，
暗号依旧通灵犀！

[庄显至店前，左顾右盼，朝店里三击掌，然后退至一旁。

[玉香蹑足出店。

玉 香 （唱） 闻暗号，喜满怀，
好不容易盼他来。

庄 显 （迎上）玉香！

玉 香 庄显！
（唱） 看你眉开眼也笑，
莫不是，
有何喜事要告我知？

庄 显 你说对了，我正要告诉你一个好消息。

玉 香 什么好消息？快说！

庄 显 阮公司要开展茶叶出口业务，叫我物色合适人选……

玉 香 （自告奋勇地）这人选，我最适合！

庄 显 你？

玉 香 对！我高中毕业，身体健康，实践多年，茶经内行。还是恁公司未来的家属，你看这样的人选，适当不适当？

庄 显 完全适当！我已向总经理推荐你了。

玉 香 真的？

庄 显 哪有骗你？！

玉 香 （雀跃地）好呀！我就要到汕头特区工作了。庄显呀！
（唱） 昔日同窗结深谊，
明朝特区影成双。
沸腾的生活在召唤，
此时怎不喜煞人！

我的亲爱的！（趁势吻了庄显一下）

庄　显　哎呀，你就不怕给人看到！

玉　香　高兴嘛！你呀，枉为特区人，怕什么！

庄　显　我是担心……

玉　香　担心什么？

庄　显　你爹他，是否同意你去汕头？

玉　香　这个，你放心！

（唱）　发展茶业是好事，

迈进特区是机缘。

我爹他若不同意，

就来个，家庭闹革命，

打起背包溜下山！

庄　显　（急制止）不可，不可！这样，不但阮公司不接受，我也不赞成！

玉　香　那还有什么办法？

庄　显　这……（想起）你不是说你爹最听你二姐的话？何不先与你二姐商量？（突见阔嘴从店内出来）哎呀，你爹来了！（欲走）

玉　香　（拉住）慢！你且进入店内装作茶客，等我与二姐商量后告诉你。

庄　显　好！（闪入店里）

[阔嘴出，见玉香擅离岗位，干咳一声，以示警告。玉香不动，阔嘴又使劲地干咳两声，玉香依然不理。

阔　嘴　玉香！行船开铺，不离半步。

玉　香　（岔开话题，撒娇地试探）爹，我是在想特区多好……

阔　嘴　勿散想！目前山区不错，工作快快去做！

玉　香　我是说发展哪！

阔　嘴　俺这茶店，加设茶座，这就是发展！再过几年，建起新楼，就更发展了！

玉　香　再过几年？再过几年阮都变作老姑婆哇！

阔　嘴　（被说中心病，急压制地）潮乐阿爹熟过你，弦外有音，我听得懂。不过，这话还未排着你说。

玉　香　怎呢未？

阔　嘴　未就是未！两个阿姐嫁了才排着你这个阿妹。勿大鼎未滚，鼎仔就滚到嗷嗷叫！

玉　香　嫁未嫁，这且未说。爹呀，我向你申请去特区工作。

稠　嘴　什么？

玉　香　去特区！

阔　嘴　店内工课不相辅，要去什么特区？！你？……（换口气）奴呀，爹比恁老世故，特区我虽不曾去过，现在俺这里，我看呀，比特区还要特区！

玉　香　（失笑）嘻嘻！莫怪是山龟（喻乡下佬之意）！

阔　嘴　什么？你说什么？

玉　香　（急改口）我说是山区。

阔　嘴　哼！这几年才欢喜谋为有这个家，就该相辅来关顾……

玉　香　（辩驳地）我……

阔　嘴　我对你说，你欲飞，欲滚散这个家，也得等我死后，才去离家散宅！（赌气坐下抽烟）

玉　香　（不知所措）……

[静场。

[蓦地，店里“砰”的一响，阿猪甩着手腕，夺门而出，急下。碧香怒眼圆睁地从店内追出。

碧　香　（朝阿猪背影）哼！敢食烧（耍流氓），怎呢怕烫滚水？！

阔　嘴　碧香
　　　　　　　　什么事？
玉　香　二姐

碧　香　那个家伙，喝茶不喝茶，净说些不三不四的话，还要动脚动手，被我用滚水烫他只肮脏手，他怕当众出丑，夹着尾巴就溜！

玉　香　对这种人，该教训教训一下。

阔　嘴　这臭弟，是要来搅掉俺的生意！

碧　香　爹你放心，对这些歹仔，我有办法对付。

阔　嘴　嗯。明的歹仔易对付，俺还有派出所作后盾！只是近来那些无影有声、孬打又孬掠，破坏俺的名声，激了心肝头才痛！

碧　香　你是说外面一些流言蜚语？这也没什么了不起！爹！

（唱）　　市场开放五光十色，

难免有几只苍蝇嗡嗡声。

开茶店，

搞经营，

热情待客俺职责，

流言蜚语何须惊！

几年来，

汗水换来这家业，

树正不怕月影斜。

茶店还要再发展，

要让事实为俺正名。

阔　嘴　嗯，碧香这样说，我听着就合耳。

玉　香　对，生意要做大，俺还要向外……

阔　嘴　什么向外？……

碧　香　这是后话，以后再说。（拉玉香）走，店里做工课。（与玉香边说边进店）

阔　嘴　（满意地点头）对！贤贤做工课就对。个个像阿碧香，我就闲过仙！

［茶花挑着一担山里土特产，喜冲冲上。

茶　花　（边走边喊）兄呀，阿兄呀！

阔　嘴　啊，茶花，你怎这么晚才来？

茶　花　（歇下担子）你都不知呀，你听。

（唱）　　现时山内有汽车，

怎知我话未说完已开行！

阔　嘴　搭车就该看钟点呀，怎可只顾说话？

茶　花　切要事哪！兄呀，你知我今日来，是为着什么事？

阔　嘴　什么事？

茶　花　是阮孙婿伊四姨的第三表弟的第二仔……

阔　嘴　他怎呢啦？

茶　花　（唱）　看俺侄女生来雅，

托我前来说亲戚。

阔　嘴　说亲戚？这事多，都被我拒绝了。妹呀，这件事，慢些才来。

茶　花　兄呀，俺侄女年岁也大了，杨梅都要脱蒂哇！不能再留了呀！

阔　嘴　家内三件孬留，我晓哪！可是，我也得照顾生意。

茶　花　（误解）生意？这个奴仔最会！伊呀，又聪明，又财气，字识算盘熟，还……

阔　嘴　（不耐烦地）好好好，店前要做生意，俺到家里说。

［茶花挑起担子随阔嘴下。

［阿猪摇头晃脑地上。

阿　猪　（对店内）嘿嘿！二小姐！

（念）　你会烫伤我的手，

我会给你卖名声。

哪有给你烫了白白歇！

［内摩托车声由远而近，声停。

［浑身酒气的陈松清拿着安全帽匆匆上。

松　清　（念）　耳闻风传雷轰顶，

为探实情跑专程。

阿　猪　（见松清，打量着）哦，是个外地后生兄，我来开声，我来开声了呀！

（干唱）　欲饮好茶来三香，

欲摘雅花来三香，

三香茶店三香女，

开放接客赚夜钱！

松　清　（闻言一震，对阿猪）你说什么？

阿　猪　我说这里三香女——

（干唱）　接客赚呀赚夜钱！

松　清　（试问地）呃，她们开茶店，当然要接待顾客！

阿　猪　嘿！你是外地人，内情知不透。告诉你，她们是早接茶客，晚接嫖客，生意才有这样闹热！

松　清　（故作不信）难道有这事？

阿　猪　这么说，你是未曾来尝试过？

松　清　你尝试过？

阿　猪　这还用说，近水楼台先得月嘛！（故作神秘地）看你喝到面红红，肯定不是公安，跟你说也无妨。我……（附在松清耳边）经常来这“交关”（光顾）。嘻嘻……

松　清　果是真的？

阿　猪　不信你也可试试嘛！（故作郑重）不过，今晚不可，安排不下。

松　清　那是怎呢？

阿　猪　今夜二小姐已与我约好。

松　清　哪个二小姐？

阿　猪　就是那个生来最雅、最多情的碧香小姐！

松　清　（脱口而出）碧香，你……

阿　猪　你认识她？

松　清　（急掩饰）不，不认识。

阿　猪　不认识就去挂个号，安排一夜去见识见识嘛！哎，我得回去打扮齐整，今夜来会二小姐！你请，我宽行！哈哈……（扬长而下）

松　清　哼！

（唱）　一番话，已证明，
外间传闻果实情。
碧香你，丧德行，
教我痛惜可恨可憎！
团团黑雾障双眼，
阵阵酒气涌上胸！

[碧香热情地替玉香送庄显出店门，松清急避一旁，探头窥望。

庄　显　（从衣袋掏出信封）碧香姐，我忘记把履历表交给玉香，烦你叫她填好后寄给我。

碧　香　好。（接过，放进裤袋）请！有空来。

庄　显　一定来。再见！（下）

碧　香　再见！（目送庄显）

松　清　（见状更怒）昭昭在目了！哼！

（唱）　闻是虚，见是实，

收红包，约情人。

事实已明摆，

我何必与她见面费表情！（欲下）

碧　香　（回头见松清，热情地）松清！

松　清　（止步不语）……

碧　香　（迎上前）松清，你往上海推销茶叶回来了？

松　清　（冷冷地）没想我这么快回来吧！

碧　香　你，也不先告诉我一声——

松　清　（打断）成了不速之客？！

碧　香　（搬来小桌）来，我为你加座。（拉过凳子）坐！

松　清　（坐下）不错，这回生意热过“老市”。

碧　香　（不解）什么“老市”？

松　清　别装不懂吧！

碧　香　我怎比你，走南闯北，见多识广。

松　清　多蒙过奖。你既不懂，说也无妨。“老市”，就是新中国成立前汕头开妓馆最多的街市！

碧　香　（听出意思，有点愠怒，取出一包糖塞到松清面前，命令地）食！

松　清　什么？

碧　香　香口糖！

松　清　（不解）香口糖？

碧　香　能除口臭！

松　清　啊！你是说我嘴臭，比喻不对头。啊，哈哈……

碧　香　要喝什么茶？

松　清　其他茶都尝过，今晚专点——“凤凰肉桂”（茶叶名）！

碧　香　（半开玩笑半责备地）哼，看你呀，该是——“凤髻乌嘴”（茶叶名）！

松　清　不！茶香不如人香，我今晚要你这“张碧香”！

碧　香　松清，你醉了！我是人，哪能喝得？

松　清　谁说不能？！哈哈！

（唱）　做买卖，须公平，

别人喝得我怎不能？！

碧　香　你？！

松　清　（唱）　难道嫌我无红包，

瞧不起我陈松清？！

碧　香　怎么？你也偏信外间的流言蜚语！

松　清　我尊重事实！（从颈上摘下金项链，掷于桌上）看！金项链不比红包小吧？

碧　香　（强抑怒火）松清，你是真的醉了？！

松　清　幸勿误会，头脑清醒！二小姐，收起吧！

碧　香　（冷笑）嘿嘿！想不到你是一位阔少爷！（计上心来）那就……别时才来！

松　清　（自语）果然不错，今夜已与人约好。（对碧香）不！我就是要今晚！

碧　香　（气极）你！

（旁唱）　他偏信谣言乱心窍，

咄咄逼人太嚣张。

自己恋人竟如此，

这流言蜚语不能视等闲！

要还我清白，

要扫除雾障。

暂且抑住心头火，

巧令他倒戈卸甲自涣然！

（对松清）好吧，今晚就成全你，先到后面洗澡，把浑身臭气洗干净，房内等我！

松　清　好，痛快！（下）

碧　香　（向店内）玉香，玉香！

［玉香急上，兰香随上。

兰　香
玉　香　怎么？

碧　香　刚才……（与姐妹耳语，然后对玉香）你快到后山橄榄树上取来……

玉　香　我知！（欲下）

兰　香　碧香，不可……

碧　香　大姐放心，我自有主意！

［幕下。

第二场

［接上场。

［碧香卧室。房中陈设简朴大方，中间卧床整洁，帐内悬挂一个用红纸包成的圆东西，状如灯笼。窗外可见月色朦胧，山林隐约。

［幕启：陈松清披着外衣，来回踱步，心绪不宁。

松　清　唉！

（唱）　凉水一冲定了神，
顿觉此地难容身。
想当初，
茶店邂逅话茶艺，
志趣相投乐津津。
我爱她，意气风发有闯劲，
我爱她，豪放不羁女强人。
殊不知，
离别数月多变化，
枉自气坏恋花人！

倒不如趁早离此地——

（欲离去，一想，止步）既然来了，还该再看看！

（接唱） 看看是假还是真！

（忽见帐内的红包）哎！帐里怎吊个大红包？……（自作聪明地）我明白了，这是象征广告，示意来此过夜者，须给大红包！（痛惜地）唉！碧香呀碧香，茶店若缺资金，也可告诉我一声，怎可赚这种钱？！……唉！（懒躺床上）

[碧香手提鸟弓上。

碧 香 （念）回房整阔少，

为阮正名声。

[碧香走到窗口，拉着鸟弓，对准红包射去，只听“扑”的一声，碧香急隐下。纸包破裂，掉下一团团赤色的东西，松清像发现什么，猛然坐起，房中电灯骤熄。

松 清 哎呀，什么东西？（急得乱抓乱扫）

（唱） 此物会爬动，

咬人更要命，

四肢痒，

脸上痛，

铁嘴毒牙大本领，

究是什么小妖精？！

（抓住一只揣摸，恍然大悟）哎呀呀，

（唱） 却原来，

是那树上赤蚂蚁！

哎哟！（急下床，脱去衣服，向身上乱擦乱摔，痒痛得乱蹦乱跳）

（唱） 咬得我，

愈来愈痒，

愈痒愈痛！

（摸至门边，发现门被倒扣）唉！交挂（糟糕）、交挂，门却倒闩！唉！

（唱） 门倒闩，

难张声。

我有嘴吧无话，

有脚无路行！

（无奈地）唉！无法呀，不张声也得张声，不然咬到来怎还有命！（低声对门外）碧香，碧香呀！……

[碧香愠怒上，立于门前。

碧　香　怎么啦？阔舍（大少爷）！

松　清　我周身痒痛，快来救命！

碧　香　（对内喊）玉香，开灯！

[灯亮。玉香拿着松清的安全帽急上。

碧　香　（打开门扣，推门进房，玉香随进。碧香冷冷地）阔舍，碧香是生刺的，要喝下喉，没那么容易！

松　清　（边扫边叫）哎哟，哎哟！……

碧　香　（见状疼惜，欲帮他扫除身上蚂蚁，但又想活该惩处，住手不理）哼！

松　清　碧香，你听我说！

碧　香　（生气地）你还有什么可说？！（命令地）金链拿去！（把金链丢还松清，转过身去喊道）你！你滚出去！

玉　香　（丢过安全帽，助威地）滚出去！

[松清痒痛犹烈，羞愧难当。忙拾起金链、帽子，急步出门。

玉　香　（朝着松清背影）哼！若不是看在与我二姐相好，我掠你去派出所！

碧　香　（伤心地）我……（伏案痛哭）

玉　香　（手足无措地）二姐，你……

[阔嘴、兰香、茶花急上。

阔　嘴　奴呀，怎呢怎呢？

碧　香　（啜泣着说不出）……

茶　花　玉香，你二姐为着什么事？

玉　香　是二姐……

碧　香　（急阻）玉香……

玉　香　（会意）是“痴哥鳖”（好色之徒）又来捣乱！二姐巧用蚂蚁计，咬得他冒命而逃！

阔　嘴　这样，是刣赢（胜仗之意），说明俺三香茶店好名声！怎呢着哭？

茶　花　哎哙！这撮“痴哥鳖”，都是见侄女伙未有对主（对象），就想来欺负！兄呀……

阔　嘴　（急打断）这个我自有主意。从今夜起，恁姐妹返去家内睡，茶店守夜由我来！

兰　香　爹，你年岁有，阮不放心！

众　人　是呀，阮不放心！

阔　嘴　我昔时一人守山寮，山猪、老虎都不怕，哪怕只半只“痴哥鳖”！放心！（命令地）恁返去！

三　香　爹！……（阔嘴挥手，三香无奈与茶花下）

阔　嘴　（把门闩好，一想）哎着，要守夜，须觅件家伙做准备。（发现墙边竹槌）好，老竹槌一支！

［远处传来小调：“阿里，阿里巴巴……”

阔　嘴　嗯，莫非是“痴哥鳖”来了？（熄灯）

［歌声越来越近：“阿里巴巴是个漂亮的青年……”

阔　嘴　哼！

（唱）　夜半歌声到窗边，

分明此来怀歹意！

［蒙面人出现在窗口。

蒙面人　（唱）　我爱你三香美人儿！

阔　嘴　这个好耐呀（真好气人呀）！（急脱一只鞋，往窗外摔去）

蒙面人　（缩头避过，又伸起头来）嘻嘻！

（唱）　莲香戏鞋慰呀慰相思！

阔　嘴　哇！

（唱）　他装痴无耻纠缠，

激得我怒气冲天！

握紧竹槌出门去，

定要将他来惩治！

[阔嘴开门，闪出，蒙面人隐去。阔嘴蹑足巡察。蒙面人又上，照面开打，蒙面人连连闪避。

阔　嘴　臭种勿走！（挥起竹槌打去）

[蒙面人急于脱走，急中顺手拾起地上破瓷碗，扔中阔嘴额角。

阔　嘴　哎呀！（倒下）

蒙面人　（揭开黑布，原来是阿猪。他一看阔嘴）唉！致倒人命！孬嬲，猛猛来“辽”（逃）！（急逃下）

阔　嘴　（呻吟）哎唁……来掠……

[三香女、茶花及保祥急上。

众　人　爹
兄　呀，怎呢？怎呢？

保　祥　快扶入里面！

[碧香开灯，与姐妹扶父进屋坐下。

碧　香　哎呀，爹额角流血，快拿药来！

[兰香急为阔嘴敷药止血。

三　香　爹，究是出了什么事？

阔　嘴　果真来了“痴哥鳖”，他……

碧　香　（毅然拿起竹槌）我去追！（急下）

玉、茶　我也去！（同急下）

阔　嘴　哎唁，怎追得着！

保　祥　伤势怎样？

阔　嘴　一点轻伤，无相干！叔呀，不过，问题确实着解决。

保　祥　又有什么问题？

阔　嘴　（支开兰香）兰香，去冲茶来！

兰　香　好！（下）

阔　嘴　叔呀，就是俺早间商量的事——

保　祥　出榜招贤？

阔　嘴　你说的，招贤其实就是招婿，女婿招有，“痴哥鳖”就不敢来欺负，女儿留得住，这三香茶店也就稳固！

保　祥　这是大事，须与你女儿好好商量。

阔　嘴　这易。等一下开个家庭会，我就宣布通过。

［兰香端茶上。

兰　香　老叔，爹，来喝茶。

［碧香、玉香上。

兰　香　碧香，岂有追着？

碧　香　追不着！

阔　嘴　这是小事，勿睬伊！（不见茶花）你姑呢？

玉　香　她说要去找什么阿贤。

阔　嘴　哎呀，半夜三更，还去过家。（对众人）来！大家喝茶，坐下开个短会。

三　香　开会？

阔　嘴　对。（严肃地）现在会议开始，首先一个，就是要调查恁三人的恋爱，根据我个人的估价……

玉　香　（更正）估价？估计哪！嘻嘻……

阔　嘴　严肃！严肃！我估……估计恁是无的。为发扬民主，让恁自己表态。目前有对象的请举手，老实交代！

［静场。

保　祥　奴伙，恁有就说吧。

玉　香　我哩——

阔　嘴　（阻住）排未着你，按次序，兰香？

兰　香　（红着脸，低头）目前无。

碧　香　我现在也算无。

阔　嘴　（对玉香）你呢？

玉　香　（赌气地）我不说了！

阔　嘴　你不说我也会知，两个阿姐无，你也无。

玉　香　我…… 无就无。

阔　嘴　好，无，一致通过。不过，有言在先，民主过后就要集中听我安排。第二项，茶店为了扩大经营，准备出榜招…… 招……

保　祥　（急补充）招贤！

阔　嘴　哎，招贤，呾做招贤……

保　祥　招贤士！

阔　嘴　对，对，是招贤士。保祥叔，你拟有草稿，由你来呾更清楚。现在，就请保祥老叔讲话，大家欢迎！（带头鼓掌）

[三香随之鼓掌。

保　祥　你爹为了茶店更加兴隆，考虑目前人手不足，拟出榜招贤。现将榜文念给大家听听。

阔　嘴　（强调地）听！听！

保　祥　（掏出草稿念）"本店拟招考男茶师若干名，凡年二十五岁左右未婚青年，身高一公尺有七以上，执有高中以上文凭，且懂茶经者，皆可应考，科期定于端午节，有意者恭请届时光临应考。"

玉　香　嘻嘻！新鲜！新鲜！

阔　嘴　严肃些！大家有无意见？

碧　香　爹，分组讨论？

玉　香　（不等阔嘴回答）好呀，分组讨论！（拉兰香、碧香至一旁）二姐，你看怎么办？

兰　香　（着急地）二妹，爹欲招……

玉　香　要招由他招，俺勿理伊！

碧　香　不！要理。这倒是个好时机！

兰　香
玉　香　（不解）好时机？

碧　香　对！（低声说着，兰香、玉香点头，兴奋地听着）

阔　嘴　"老鼠嫁女儿"，吱吱咕咕。喂喂！有意见就提嘛！

[三香女微笑不语。

阔　嘴　好，无意见就算通过。散会！

玉　香　散会啰！（拉兰香、碧香下）

保　祥　阔嘴呀，你休息，我也回去了。

阔　嘴　叔呀，宽行宽行！（保祥下）

［茶花与手提一大袋物品的阿贤同上。

茶　花　兄
阿　贤　伯　呀，今伤势怎样？

阔　嘴　伤了点皮肉，无事。

茶　花　无事就好，无事就好，老爷保佑！

阔　嘴　（指贤）他是……？

茶　花　他就是我所说的阿贤！就是阮孙婿伊四姨的第三表弟的第二仔。

阔　嘴　啊！你就是阿贤。（打量地）……坐，……坐。

阿　贤　好，坐坐！伯呀，（指茶花）我称她作老姨，说起来，俺还有亲戚关系。

茶　花　是呀！亲上加亲，亲上加亲！

阿　贤　（拿过物品）伯呀，这些薄礼，不成敬意，请来收起！

阔　嘴　（推辞）不可，不可！人来坐就好，怎用破费！

阿　贤　小意思，闲杂的！

茶　花　兄呀，勿推辞，来收起，这是阿贤一点心意。兄呀！

（唱）　阿贤为人大细知，

尊老敬老好胸怀。

适才得知你负伤，

心里焦急飡夜匆匆探望来。

阔　嘴　多谢！多谢！

阿　贤　应该！应该！

茶　花　（从袋里拿出一瓶虎骨酒）

（唱）　这是阿贤北京带来的虎骨酒，

阿　贤　（唱）　“同仁堂”正宗老名牌！

阔　嘴　伤着额角，怎用虎骨酒？

茶　花　哎。好哪！好哪！

阿　贤　（唱）　　虎骨药酒壮筋骨，

茶　花　（唱）　　食到百岁康健无病灾！

阔　嘴　一回条命食到这样长呀！哈哈……

茶　花　（又从袋里取出一罐婴儿米粉）这是罐头米粉呀！

阿　贤　（唱）　　这是即冲即食纯米粉，

　　　　　　　　点心免煲免煮方便哉。

阔　嘴　这个倒是实用。（接过，看商标）婴儿米粉？！这么是奴仔（婴儿）食的！

茶　花　哎！

　　　　（唱）　　奴仔好食老人更可食，

　　　　　　　　返老还童意义愈重大！

　　　　你看！（指袋）这袋里还有烟仔，还有……

阔　嘴　阿贤，你在哪里做生意？

阿　贤　经常走西南、跑东北，上广州、到昆明，入四川、到南宁，走上海、转天津，全国大城市都去过。

茶　花　他上午才从乌……什么齐回来。

阿　贤　乌鲁木齐。

茶　花　对对对！乌鲁木齐、乌鲁木齐！

阔　嘴　生意怎样？

阿　贤　小意思，每次出门赚粒半粒。

茶　花　这样就贤死了。（加重语气）兄呀，一粒就是一万呀！

阿　贤　（为迎合阔嘴）全国走来走去，还是俺这个地方好！

阔　嘴　俗话说，长安虽乐，不如古居。再说，现在开放，什么都有，哪条会输？

茶　花　对，对。阿贤呀，今后就来与阿伯相辅做生意。

阿　贤　最好，最好，有阿伯做后台，我来站门前。

茶　花　那生意一定发大财！（拉阔嘴，低声地）兄呀，这仔婿崽，来配阿碧香，会合心思吧！

阔　嘴　（点头）嗯，果是个生意脚数（人才），至于……啊，刚才开了家庭会，决定招贤。

茶　花　招贤？（大喜）对！招阿贤就对！阿贤，定了定了呀，快快来叫岳父大人！

阔　嘴　（急阻）未未未！妹呀，不是决定招这个阿贤，是考试招贤，招茶师！

茶　花　你不是说要招婿？

阔　嘴　这个就是招……（对贤）阿贤，你可有高中文凭？

阿　贤　高中有读，文凭哩无。不怕，我有钱可买。

阔　嘴　买？

阿　贤　（急转口）不是买，是补。

茶　花　不管是买是补，欲有就好。

阿　贤　不知欲考什么？

阔　嘴　考茶经。

阿　贤　茶经？伯呀，烟经、酒经，生意经考我不倒，可这茶经……

茶　花　是呀，阿贤所食是饮料，少喝茶，考茶就……兄呀，你就主意勿考茶经吧！

阔　嘴　不可！会议决定，茶经是要考的。现在距离考试还有半个月，你就认真学吧！

阿　贤　我……

茶　花　哎呀，临急抱佛脚，怎有办法？兄你就来与他相辅啧！

阔　嘴　这个……（思索着）这样吧！学多学少都着学，届时……

（与茶花、阿贤附耳亲授机宜，二人频频点头）

[幕下。

第三场

[半月后。

[县茶叶公司经理室，室内陈列着各种茶叶样品，放着不少书籍资料。

[碧香背着一提袋上。

碧　香　（唱）　　身负公务上城关，

心似江水起波澜。
自从贴出招贤榜，
三香生意倍兴旺。
大姐三妹频向男友传讯息，
碧香却是平添愁烦。
那夜一场风波起，
吹散了痴情暗恋心上人。
半月来，
盼相见又怕相见，
恨伊人又想伊人；
但愿大姐三妹能如意，
我强抑烦恼把生意谈！

[文珠从室内出，整理内务。

碧　香　（进门）同志！

文　珠　（抬头）同志姐，你是……？

碧　香　我是应约来找陈经理的。

文　珠　是他约你来？

碧　香　对！我和他是老相识、好朋友。

文　珠　（旁白）好朋友？约会？……嗯，我知了。（对碧香）来来来，同志姐，请坐！（摆上茶具）

碧　香　多谢！（坐下）请问，陈经理他……

文　珠　他刚出去一下。

碧　香　啊！不知他去哪里？

文　珠　他这个人呀，一会儿去加工厂，一会儿去商店。

碧　香　啊！（看了一下手表）

文　珠　同志姐，你免急，且坐一下，我即时去找他来！

碧　香　（感激地）同志，你是——？

文　珠　我叫文珠，是茶叶公司文书，刚调来不久。

碧　香　啊！那就麻烦你了。

文　珠　免客气。（欲下又回头）同志姐，这里有各种茶叶，你喜欢喝什么茶就自己冲。（下）

碧　香　（环顾室内，见橱架上整齐地陈列着各种茶叶样品，被吸引住了）凤凰单丛水仙、坪溪岭头奇兰、西岩特级毛蟹、岭头白叶单丛……哎呀，品种真不少呀！

（唱）　橱架上样品琳琅满目，
产地特色一目了然。
佳茗济济名茶荟萃，
陈列有序整齐大方。
虽多次见过陈经理，
却未曾到此细参观。
看起来，
他工作认真又勤奋，
通晓茶经见识广。
我应该，
拜他为师学茶艺——

[陈松清上。

松　清　（接唱）　切莫错过今日这机缘。
（进门）碧香！

碧　香　（见松清，一愣）你？

松　清　（主动赔笑）坐吧！（见碧香不动）还在生我的气吗？

碧　香　你来做什么？

松　清　我，专诚前来会你呀！

碧　香　会我？哼！

松　清　碧香！

（唱）　你我相识春又冬，
二载情谊怎能忘，

请你莫再生怒气，

让不快之事付东风。

碧　香　付东风？没那么容易！

（唱）　你枉为茶叶公司供销员，

见过世面走北闯南。

当初茶店相交往，

你谈吐不俗非轻狂。

我不羡你爹局长把权掌，

只敬你，是一个，志大人实、茶经通晓的好儿男。

谁知你，

却像发霉坏茶叶，

为骗顾客巧装潢！

松　清　碧香，你这样评价我，太武断了吧！

碧　香　武断？哼！

（唱）　碧香虽是山区女，

处事循理不横蛮。

人若三分尊重我，

我以十分敬于人。

你污言秽语来相辱，

把阮看成什么人？

行为肮脏原形露，

今日相见复何言？！

松　清　碧香，那晚之事，是有原因。

碧　香　做坏事也有原因？

松　清　你且听我解释。

碧　香　还有什么可解释？！

松　清　咳！

（唱）　那天出差刚回返，

听得市井人传闻。

说什么，三香赚钱凭色相，

顿教我，如雷轰顶气难吞。

借酒消烦烦更甚，

为探虚实登店门。

碧　香　探虚实？哪有这样试探的？

松　清　唉！

（唱）　店前偏遇一狂汉，

猥亵之言不堪闻。

犹见你，

低语送别年青客，

倍使我增添疑云。

酒气翻涌我心窍塞，

碧　香　你是真醉还是假醉？

松　清　（唱）　吐污言时醒犹昏。

碧　香　你以为托醉就可无责任？

松　清　不！

（唱）　你该打我一巴掌。

碧　香　何必打酸我的手！

松　清　（唱）　你该责骂我一顿。

碧　香　我嫌骂臭我的嘴！

松　清　（唱）　你不打来又不骂，

碧　香　（唱）　让你进入我房门。

松　清　（唱）　怪我不知其奥妙，

以为是，红杏出墙无疑问。

碧　香　你就更放肆了！

松　清　不不，我是——

碧　香　（讽刺地）你是男子汉、大丈夫！？

松　清（唱）　大丈夫敌不过小小赤蚂蚁，

皮肉受苦却心暖如春。

碧香呀，

是我对你爱已极，

才有这般愚又蠢。

痛定思痛痛更甚，

负荆请罪愧上门。

今日诚恳做检讨，

心甘情愿受处分。

但望九天甘霖降，

教我枯木再逢春！

碧　香　说得好听啊！

[文珠内声："陈经理！"

碧　香　哦，陈经理来了！

[文珠上。

碧　香　（迎上）同志，陈经理在哪里？

文　珠　（莫名其妙）陈经理在哪里？你不是说与他是老关系、老朋友吗？

碧　香　是呀！

文　珠　那你怎么与他谈了大半天，还在寻找陈经理？

碧　香　谈了大半天？……（怀疑地看松清）难道是你？

[松清笑而不答。

文　珠　你还不知他就是经理呀？

碧　香　我……我想找的是那个陈经理！

文　珠　呵，你是要找老陈经理，不是新陈经理？

碧　香　新陈经理？

文　珠　同志姐，你且听！

（扣）　老陈经理已调离，

升官赴任十多天。

领导慧眼识良材，
聘任这位年轻有为的新陈经理。
他新官学老官，
工作有架势。
精制茶叶扩销路，
完善规章严管理。
群众说他样样好，
就是不大顾身体！

碧 香 （触动地）这……

松 清 文珠，勿多嘴！

文 珠 实事求是嘛！陈经理终日忙，连上医院看病都无时间。

碧 香 （对松清关心地）你有病？

松 清 勿听她乱说！

文 珠 我乱说？阿姐，你看他手脚生水泡，还不是患了皮肤病。

碧 香 皮肤病？……（忽然明白，点点头）

文 珠 他说是天气炎热，晚上睡地板给蚁咬的。

松 清 （制止地）文珠……

文 珠 姐呀，家里黄丝蚁就这么厉害，若是被树上的赤蚂蚁咬着，那就……

松 清 （羞愧地止住）好了，别说了，有事就快去办吧！

文 珠 事情办好了，我就是来向你汇报的。

松 清 啊！调拨给三香茶店的茶，手续办好了？

文 珠 办好了！

碧 香 （惊奇地）给阮三香茶店？——

文 珠 （对碧香）原来你是三香茶店老板？

碧 香 是服务员。

松 清 文珠，你通知仓库，准备上车！

文 珠 好！（下）

碧 香 （感动地）你，你怎知我店要什么茶，要多少？

松　清　据以往记录查考，加上对你店情况的了解，我就做了安排。你看！（拿出调拨单给碧香）

碧　香　（接过，念）岭头白叶单丛、凤凰单丛水仙……哎呀，都是热销货，你想到……

松　清　我想到三香的目前，还想到三香的未来。

碧　香　未来怎样？

松　清　与我们联婚！

碧　香　你，又醉了。

松　清　不！这回完全清醒。我在外面搞供销做过调查，一个有两万人的工厂，防暑降温每人发半斤茶，就需一百担。

碧　香　一百担？

松　清　潮汕又是著名侨乡，海外潮汕人都喜欢饮用潮汕工夫茶。因此，潮汕茶业，前途无量，三香茶店不能安于现状，应该发展。

碧　香　（兴趣地）你说如何发展？

松　清　茶叶公司和个体经济联合，名优茶叶优先供应三香，以三香为实验点，反馈茶客意见，下一步……

碧　香　下一步加工制茶，从山区迈进特区，走向世界，让潮汕茶文化远播海内外。

松　清　（激动地）哎呀，俺又想到一起了。

碧　香　（佯怒地）俺？谁人跟你在俺？

松　清　（激动地）碧香！

（唱）　你不愧为女中杰，
玉洁冰清是我意中人。
松清立誓非碧香我不娶！

碧　香　（动情地）你说什么？

松　清　（唱）　今生今世非你碧香我不娶！

碧　香　（试探地）那，我若不嫁呢？

松　清　（唱）　你不嫁，
我上开元寺，
出家当和尚！

碧　香　真的？

松　清　大丈夫一言既出，驷马难追！

碧　香　啊！

（唱）　听他一片深情语，

好似那，

阵阵柔风吹透我心房！

看起来，

他污言辱我实非歹意，

我整治于他心也不安。

如今他，

坦诚之言出肺腑，

令人可爱又可怜。

他既有心我岂无意……

松　清　碧香，你就答应我吧！

碧　香　（故意地）不准！不准！

松　清　（泄气地）一连两个不准？

碧　香　（唱）　不准你上开元寺，

不准你出家当和尚！

松　清　（悟）呵，呵……哈哈哈！

碧　香　且慢！（拿出一纸）先看这个！

松　清　（接过）招贤榜？

碧　香　明天五月初五，我家招贤！

松　清　（喜）我知了，招贤即招婿，我一定来！

碧　香　你有把握？

松　清　十个指头捏田螺——稳拿！

碧　香　记住：认真对付！

松　清　（戏白）多承娘子教诲！

碧　香　（娇嗔地）你呀！……

[幕下。

第四场

[翌日。

[三香茶店门口。

[幕前曲：

五月节，赛龙船，
江中锣鼓闹纷纷。
不表红男绿女观竞渡，
且看三香店前人如云。
应考后生小伙子，
跃跃欲试齿磨唇。
围凑热闹老一辈，
津津乐道说纷纭。
只待幕启考牌挂，
自是一篇大新闻！

[喧闹声中幕启：茶店前设一长方形茶桌、两张太师椅。中间茶几上放着个茶缸。

[三姐妹在布置考场；玉香搬出小风炉和工夫茶具（两把茶壶）放在桌上；兰香和碧香搬出几十包五颜六色不同品种的茶叶，放进茶缸里。

玉　香　大姐，怎么一回搬来这么多茶？

兰　香　爹交代：不同品种六十个！

玉　香　（惊讶地）什么？一回要考六十个品种？二姐，你可知道怎样考？

碧　香　爹与祥老叔亲自安排，我怎会知？

玉　香　哎呀，比高考还复杂，我真担心！

兰　香
碧　香　担心什么？

玉　香　唉！

（扣）　亲姐妹，

无妨说恁知，

我的他，

汕头寄书来。

听说考茶经，

认真准备不懈怠。

通读《中国茶叶大全》，

可是他胆子如蚊大，

只怕是，考场如战场，

临阵胆怯答无来。

碧　香　哎，大学生，学过亚热带作物种植专业，基础好，怕什么！（转对兰香）大姐，余仲兄在深圳，能赶来吗？

兰　香　他肯定要来，只是……

碧　香　怎么？你也在为他担心？

兰　香　咳！

（扣）　我不担心是心耽，

余仲昨天把讯传。

半月来，为赴考，

他报读茶叶制作培训班。

学费缴了二百五，

脱产学习心意专。

基础知识马虎可应付，

怪题僻题就怕难过关。

玉　香　唉！还是二姐好，免烦恼！

碧　香　你怎知我免烦恼？

玉　香　（想起）呵！对了，你免烦恼他答无来，他被蚂蚁咬破胆，今日肯定不敢来！

兰　香　（关心地）二妹，他来不来？

碧　香　他……（微笑地）我不知。（对二人）今日考试是关键，对余仲、庄显，恁还须助一臂之力。

玉　香　我知。

碧　香　大姐，切勿忸忸怩怩呀！

[传来阔嘴干咳声。

玉　香　（一惊）“老政府”（老领导之意）来了。

[三香女互扮鬼脸，继续布置会场。碧香生火点燃小风炉，霎时间，小风炉呼呼地冒着阴火。

[阔嘴穿一套中西合璧的服装，抬着一块写着“考”字的木牌，与头戴黑礼帽，身穿香罗衫、手执小鼓的保祥上。

阔　嘴　女儿，考场布置好了吗？

三　香　布置好了。请二位考官过目。

[阔嘴与保祥环顾四周。

闹　嘴　（对保祥）阿叔，怎么样？

保　祥　好呀！

（唱）　芦花溪，龙舟锣鼓震天响，
三香店，考场也风光。
但愿好时好日事合想，
与恁三香女，
招得如意郎！

三　香　（不好意思地）老叔，你……

保　祥　哈！

阔　嘴　阿叔，今日就听你老人家的啰！

保　祥　哪里哪里！我这监考是滥竽充数，你是主考，理该听你的！

阔　嘴　叔呀！

（唱）　愚侄自幼父母穷，

无拜孔子是文盲。
生意出入识得几只字，
最多也是相当小学生。
今日当起主考官，
凡事须叔台多照应。

保　祥　好说！好说！

［内群众声："阔嘴伯，要开考了吗？"

阔　嘴　（对内）差不多，差不多了！（对保祥）阿叔，考生来了，你看……

［三香女探头寻觅心上人。兰香、玉香有所发现，高兴地自语："他来了！"碧香则焦急地自语："他怎还未来？"

群　众　（内声）时间不早了，快些呀！阮来久了，快开始吧！

保　祥　（对内）肃静，肃静，诸位，今日三香招贤，承蒙各位赏脸……

群　众　（内声）祥老叔，要考什么，可否先说清楚？

保　祥　好好好！开卷考试嘛！（顺手从茶缸取出三包茶）诸位请看，三包茶就是三道题，答案免写字，凭你的目、嘴、鼻，说出它的品种及产地，知么？

群　众　（内应）知了。

阔　嘴　会知就好！（对兰香）兰香，挂起考牌！

［兰香挂牌。

阔　嘴　开——考！

［内一片喧哗："来来来，我先！"

阔　嘴　（急对内）勿争先恐后，先来先考！慢来暂且等候！

［青年甲、乙、丙大步上。

众　人　我先来！

青年甲　请问，三题全对？——

阔　嘴　入选！

青年乙　答对二题？——

阔　嘴　入围！

青年丙　二条无分？——

三　香　返去看龙船！

三青年　（面有难色）这……

阔　嘴　怎样？敢不敢应考？

三青年　（互相推拉）你先，你先！

阔　嘴　恁未准备好，就让别人先！

茶　花　（内声）让阿贤先！（拉阿贤同上）阿贤，精神把定，胆欲大，心欲细！

阿　贤　知哪，知哪！

茶　花　（对阿贤小声地）注意，四角头知看！（转对众）阿叔，阿兄，阿贤来先考！

阿　贤　（恭敬地）阔嘴伯！

茶　花　（纠正地）叫阿伯就好，阔嘴二字勿落。

阿　贤　是，阿伯！（鞠躬）

阔　嘴　好，来考！

茶　花　（暗示贤）行近些！

阔　嘴　（有选择地拿出一包茶）你看，什么茶？

阿　贤　（接过，拆并看四个纸角，喜）凤、凰、乌、龙！

阔　嘴　（喜）对！

[保祥击鼓心："咚！"三香女一怔，三青年议论。

茶　花　（夸奖）不错！贤！贤！

阔　嘴　（又有选择地取出一包茶）给你嗅！

阿　贤　（接过，拆开。只顾看四角，未嗅即脱口而出）凤、凰、秋、雪！

阔　嘴　（喜）对呀！

[保祥似觉有异，举起鼓槌未击下。

茶　花　阿叔，击鼓呀！

碧　香　（上前）慢！

阔　嘴　碧香，你……

碧　香　（拿起阿贤看过的二包茶端详，旁白）纸角有字，原来是阿爹作弊！（递与保祥）老叔，你看！

保　祥　（接看，心中已明，为顾阔嘴脸面，解围地）阔呀，你两包茶是样品，四角头写有字，你拿错了！

阔　嘴　（尴尬地）这……这……

玉　香　（生气地）爹你……（兰香急阻）

保　祥　这也难怪，神仙打鼓也有时错嘛！哈哈……

碧　香　（为顾父亲脸面）爹，无相干，错就重新来！

茶　花　（急）怎么说？考对了还不算呀？

碧　香　姑呀，你还听不清楚，这两包茶是我爹拿错。

阿　贤　拿错是你爹的事，我没答错是我的本事。

茶　花　对！

玉　香　不对不对！你分明是看四角头的字照念出来的！

阿　贤　（强辩）我没看字！

玉　香　就是有！

阿　贤　就是无！

玉　香　有有有！

阿　贤　无无无！

阔　嘴　别吵，别吵了！

保　祥　阿阔，你看？……

阔　嘴　重新来就重新来吧！

阿　贤　伯呀，对不起！信息社会，时间就是金钱。要重新来，待我回去办完紧要事才来，拜拜！（欲下）

茶　花　阿贤！

阿　贤　老姨，全拜托你了！（匆匆下）

茶　花　（对阔嘴低声地）兄呀，本乡本土，过后无店铺。阿贤他……

阔　嘴　看来他的条件……

茶　花　他的条件？恁听！

（扣）　阿贤生来四正雅，

聪明乖巧又能干。

生意头脑最灵活，

终日里夹着皮包走四方！

众　人　皮包？哈……（内群众喧哗声）

茶　花　勿笑！笑什么？

玉　香　姑呀，这样说，他是皮包商啰！

茶　花　皮包商？我不懂什么叫皮包商。士农工商，会做生意就是商！

阔　嘴　（怕茶花越说越离题）好啦好啦！别说了，你且下去。

茶　花　兄呀，你要把定、把定定呀！（下）

阔　嘴　（望着茶花背影，摇头）早头早市就出丑……

保　祥　（提醒地）阔呀，抓紧时间，继续！

阔　嘴　唔。（对内）下面谁人应考？

余　仲
庄　显　（内声）来了！（上）

（念）　践约应试上考场，

抖擞精神闯三关！

（上前）余仲
庄显 前来应试！

阔　嘴　（对余）你叫余仲？（余仲点头。对庄）你叫庄显？（庄显点头）谁人先来？

保　祥　这样吧，不分先后，两人同时来！

阔　嘴　也好！（拿出两包茶，给余、庄各一）嗅吧！

[庄、余接过。兰香紧张地注视着。玉香欲靠近庄显，阔嘴干咳一声，玉香急退。

余　仲　（嗅，有把握地）凤凰一级浪菜！

庄　显　（嗅，紧接着）凤凰乌龙！

[保祥先后击鼓心："咚！咚！"

[余仲、庄显情绪高涨。兰香、玉香松一口气。

阔　嘴　头关已过，再来！（另取两包，分别递与二人）请看！

[余仲、庄显接过，看。

余　仲　西岩乌龙！

庄 显 西岩毛蟹！

[保祥又先后击鼓心：“咚！咚！”内众声：“有本领！有架势！”

[阔嘴、保祥相顾点头表示满意。余仲、庄显神色得意。兰香、玉香露出笑容。唯碧香紧张地四处眺望，不见松清身影，心中十分着急。

阔 嘴 （满意地）嗯！

（唱） 恁这二位后生人，

观茶嗅茶露锋芒。

二题正正中鼓心，

请来再闯第三关！

（拿出两包茶）兰香、玉香，冲来！

兰 香
玉 香 是！（接过茶，冲泡）

（旁唱） 最后一关非易闯，

待我暗中来帮忙。

[兰香、玉香在掌心写字，欲送。

阔 嘴 （觉有异，断然地）慢！（指庄显对兰香）你端给他！（指余仲对玉香）你端给他。（兰香、玉香犹豫）快些！

[兰香、玉香无奈分别端与庄显、余仲。

余 仲
庄 显 （接过，喝一口，品味不出）哎呀！

（旁唱） 清茶入口味道甘，

欲道品名却为难。

兰 香
玉 香 （旁唱） 见他为难我心急——

余 仲
庄 显 （急得团团转，各自望向兰香、玉香，忽见她手心有字，喜出望外）啊！

（旁唱） 喜见她，

一个“坪”/“深”字在手中！

分明是对我来指点。

阔　嘴　怎样？这茶叶品种岂分辨得出？

余　仲
庄　显　无问题！

（唱）　　我喝得是——

坪溪
　　单丛水仙！
深坑

[保祥敲两下边鼓："嗒！嗒！"

兰　香
玉　香　（一怔，不禁跺脚）咳！错了！

余　仲
庄　显　（不解地）错？怎么会错？

保　祥　（有所觉察）错就错在你（指余仲）喝的不是她（指兰香）冲的，你（指庄显）答的也不是她（指玉香）冲的，这叫作张冠李戴！

余　仲
庄　显　（恍然大悟）啊！只怪我……

保　祥　遗憾，确是遗憾！

阔　嘴　功夫还差一点！（对内）下面谁来考？（无人应声）谁要考快来呀！

[内众议论声："大学生还过不了关，我怎敢考？""我弃权！"

阔　嘴　（对三青年）恁三人呢？

青年甲　我，我不敢！

青年乙　我也弃权！

青年丙　（对甲、乙）老兄弟，俺见识一下就好！有气有力，还是去赛龙船好！行行行！（拉甲、乙下）

阿　猪　（边说边上）无人敢考，我来！

三香女　（见阿猪，厌恶地）你，你来怎呢？

阿　猪　来怎呢？我问恁，今日设考场怎呢？

阔　嘴　招贤！招茶师！

阿　猪　这就是了。我阿猪也是未婚青年，别人好来考，难道我七孔欠缺，不能考？

碧　香　你欠缺一件。

阿　猪　哪一件？

碧　香　你读几年书？

阿　猪　我，读高、高……

玉　香　高中毕业？

阿　猪　高小。

三香女　高小？！嘻……

阿　猪　嘿。

玉　香　高小兄，二山相叠——出！

保　祥　阿猪，你无高中文凭，不合条件，请回吧！

碧　香　走！快走！

阿　猪　走就走！哼！有文凭未必赢过我有钞！（下）

阔　嘴　（摇头）唉，真无彩，准备收考牌！

碧　香　（一怔）收考牌？（抬头远望）哎呀！

（旁唱）　阿爹就要收考牌，

双眼望穿人未来。

我这里，神不守舍……

［内摩托车声由远而近。

碧　香　啊！

（接唱）　喜见那边摩托来！

阔　嘴　碧香，收起考牌！

松　清　（出现于台下后座）且慢！且慢收考牌呀！

碧　香　爹！还有人来！

澜　嘴　还有谁？

松　清　（边跑上台边喊）还有我！（气喘吁吁地）对不起！公务所阻，来迟了！

兰　香
玉　香　（旁白）他果然来了！

阔　嘴　（似觉面善）你这后生，火烧猪头——熟面熟面！

松　清　我叫陈松清，是茶店熟客！

阔　嘴　常来喝茶？好！只是今日招贤，杜绝走后门、拉关系，熟不熟都是一样。

松　清　我来赴试，全凭真才实学。

阔　嘴　你可知，考试要观、嗅、喝，过三关？

松　清　别人三关，我加一倍！

众　人　过六关？

松　清　不错！

[碧香担心地示意松清不可，松清佯作不知，碧香急。

保　祥　请问，何谓过六关？

松　清　观一、喝二、嗅三！

[众议论。

阔　嘴　哎！

（彩白）　后生做事宜量力，
夸夸其谈不应当。
须知考场非儿戏，
请你三思而后言！

松　清　（彩白）　君子一句便一句，
敢闯六关就六关！
若是一关过不了，
算我无能愿落选！

保　祥　（彩白）　无须言三又语四，
后生可畏切莫等闲看！
敢出大言必有真本领，
让他试试也无妨！

阔　嘴　那好吧！（递与一包茶）请看！

松　清　（接过略观，随口而出）岭头白叶王！

保　祥　（击鼓心）咚——！

阔　嘴　嗯！还有点本事。兰香、玉香，冲茶！

兰　香
玉　香　是！（倒茶，递与松清）

松　清　（从兰香手中接过茶，喝，品味）坪溪单丛水仙！

[保祥击鼓心：“咚！”

松　清　（从玉香手中接过茶，喝，品味）深坑单丛水仙！

[保祥击鼓心：“咚！”

阔　嘴
保　祥　（大骇）你是怎样品出来的？

松　清　（不慌不忙）深坑单丛水仙，本属凤凰水仙系，因种植地土不同，比凤凰水仙多一种梨花香气。坪溪单丛水仙原从凤凰水仙培育而来，比凤凰水仙多带一种桂花香味！

保　祥　（佩服地）对，对呀！

阔　嘴　好，再来！（同时递过三包茶）

松　清　（接过，逐包嗅过，不假思索地）包青纸的是凤凰一级浪菜，包黄纸的是西岩特级毛蟹；包白纸的是近年被评为广东四大名茶之一的饶平岭头白叶单丛。

[众哗然。

阔　嘴
保　祥　（离座上前拿起三包茶仔细观看，拍腿喝彩）无错，无错！佩服，佩服！

[保祥重重击鼓三声：“咚！咚！咚！”

[台上台内同声喝彩。

阔　嘴　好呀！今日考试，胜利完成！（对松清）你在哪里工作？

松　清　本县。

阔　嘴　本县……（点头）唔！（对余仲）你呢？

余　仲　深圳特区。

阔　嘴　（毫无表情）唔，外地！（对庄显）你呢？

庄　显　汕头特区。

阔　嘴　也是外地！（对三人）恁三人先回去，听候通知。

三青年 好！（下）

[三姐妹目送。

阔　嘴 阿叔，你看陈松清此人怎样？

保　祥 （故意地）依我看呀，此人有傲气。

碧　香 （紧张地）傲气？

保　祥 有傲气而无俗气，懂得各种茶的脾气，我最惜伊支鼻！

众　人 惜伊支鼻？

保　祥 伊支鼻有特异功能，才能同时嗅出三个不同品种！

阔　嘴 （拍手）叔台所言，与我完全相同。阿叔，你看现在就……

保　祥 就由你这主考官来拍板了！

阔　嘴 好呀！兰香、碧香、玉香听着！

（唱）　为父日前言在先，

婚姻大事爹主裁。

恁三人都是孝顺女，

阿爹处事无偏私。

择贤录取为宗旨，

今日先招一女婿！

三香女 一个？

阔　嘴 （唱）　“冬至丸”先浮先舀，

陈松清配与——

[三香女紧张地屏息听着。

阔　嘴 （唱）　配与兰香理应该！

三香女 （意外，不由自主地）爹，不对呀！

阔　嘴 哪里不对？爹是照古规，先嫁大姐，后嫁阿妹，天经地义免相争！

玉　香 爹你……咳！谁人在相争？！

阔　嘴 无相争就对！（对兰香）兰香，你无意见吧？

兰　香 我……（欲言又止）我勿呀！（掩面而下）

阔　嘴 呀？这是怎呢？（对碧香）碧香，你大姐伊是怎呢？

碧　香　我……（欲言又止）我不知呀！（跺着脚下）

阔　嘴　呀呀呀？这这这……一个勿，一个不知！（对玉香）玉香，你岂知伊人是怎呢？

玉　香　怎呢？这都是你，无读代数，不懂定理！

阔　嘴　（茫然地）定理？

玉　香　不同类项，怎可合并？！（掉头径下）

阔　嘴　不同类项？这是什么意思？——哎，兰香、兰香！……

（追下）

[保祥指着阔嘴背影微笑点头。

[幕急闭。

第五场

[当天晚上。

[三香茶店后莲花池旁。

[幕启：夜幕初降，天地苍茫。莲花池畔绿竹成荫，芳草萋萋。

兰　香　（内唱）　红日西坠晚风凉，（上）

（接唱）　事出意外心如煎。

爹爹乱点鸳鸯谱，

欲将那，

菜花豆藤强相连。

为把眼前难题解，

急约余仲来商量。

来到竹林我四下望——

暮色沉沉、郊野寂寂、竹影摇曳、人影不见。

（焦急地看一下手表，才知道自己来早了）哦！

（接唱）　约会时间尚未到，

且耐心等候在竹林边。（走到竹下坐下）

[陈松清高兴地上。

松　清　（唱）　新鲜事，茶店招贤，

今日我，一马占先。

眼看将成张家婿，

好教我，

手舞足蹈乐在心间。

下午碧香来电话，

今晚相会在竹林边。

喜冲冲我提前来到——

（抬头望去，见兰香背影，误为碧香，接唱）

却原来，

她已等候在那边。

[松清正欲上前，一想又止，躲在一旁，拾起一颗石子扔过去。

兰　香　（惊觉，站起）是他来了？（四望不见人，低声唤）喂！你在哪里？快出来！

松　清　（高兴地戏白）娘子勿急，我来了！（跳出，站到兰香面前）

兰　香　（闻声正欲上前，见是松清，惊异地）呀？是你？！

松　清　（见是兰香，尴尬地）哦，原来是兰香姐！

兰　香　（羞急地）你，你来这里怎呢？

松　清　（难以说清，搪塞地）无、无怎呢，无怎呢！我只想问你……

兰　香　问我什么？

松　清　呃，我是想问，今日之事，对我觉得怎样？

兰　香　对你觉得怎样？（误解）你免问了，这事绝无可能！（转身径下）

松　清　（呆住，自语）这事绝无可能？！……这是什么话？难道当众招考也可儿戏？！……不行，我得问个清楚！（急于追问）兰香，兰香！……

[碧香上。

松　清　兰……（发现是碧香）啊！碧香！

碧　香　松清，你来了。

松　清　碧香，我来问你，今日我考得怎样？

碧　香　你？——大家喝彩！

松　清　你爹怎样说？

碧　香　他称赞你是个茶秀才！

松　清　婚事呢？

碧　香　我爹要招你为婿！

松　清　真的？

碧　香　谁人骗你？

松　清　（喜出望外）啊！

（唱）　一言好比春风来，

拨开迷云暖我怀。

从此名正言也顺，

恩恩爱爱可公开！

（高兴地拉起碧香的手）碧香，这真是太好了！

碧　香　（甩开松清的手）好个鬼！

松　清　（似坠五里雾中）呀？你怎么不欢喜？

碧　香　哼！

（唱）　此事之中有弯曲，

眼前一场风波来。

松　消　什么风波？

碧　香　（唱）　我爹他，强把我姐配与你。

松　清　（一怔）怎么说呀？

碧　香　（唱）　他照古例，大的先安排！

松　清　这怎得好？！兰香与余仲相好，我恋的是你，各人有各人的爱，怎可胡乱安排？！

（唱）　你爹乱点鸳鸯谱，

张冠李戴太不该！

难怪兰香遇到我，

没精打采锁双眉。
此事关系非小可，
我找你爹摊白牌！（欲走）

碧　香　（急阻）慢！

松　清　怎么？

碧　香　你呀！

（唱）　　枉你茶经读一肚，
忘记高冲与低筛。
须防好茶胆冲破，
茶香从此出不来！

松　清　你的意思是……？

碧　香　（唱）　　“关公巡城”顾全局，
“韩信点兵”力量大。
今日事，
大姐三妹也焦急，
余仲庄显更愁眉。
俺还须，细商议，
婚事茶事全面作安排！

松　清　那好，你有什么主意，快快说出来！

碧　香　此处近路旁，不是说话的地方。

松　清　那就到那边莲花池边、竹丛下。

[碧香点头。

松　清　（拉起碧香的手）走！（二人欲下）

[阿贤悄悄上，正好碰上碧香、松清。

阿　贤　（热情地）碧香姐，你原来在此。哎呀，寻得我好苦呀！

碧　香　（一怔）你……

阿　贤　我是阿贤呀！

碧　香　你寻我怎呢？

阿　贤　（指松清）这位是——？

碧　香　（故意挑明）我的朋友陈松清！

阿　贤　啊！陈先生，幸会、幸会！对不起，我要与碧香姐说几句话。

碧　香　有什么话，你就说吧！

阿　贤　这……陈先生，请互相尊重。

松　清　碧香，你就听他说，我到前面等你。（下）

碧　香　（对贤）你有话快说！我还有事。

阿　贤　二姐呀！

（唱）　久仰二姐是经营能手，
　　　　鄙人也是生意内行人。
　　　　俗道英雄惜英雄，
　　　　好汉敬好汉。
　　　　因此上，
　　　　常梦与你成伴侣——

碧　香　（又气又好笑地）与我？

阿　贤　对！

（唱）　有情总是有机缘。
　　　　幸蒙你爹多器重，
　　　　又承你姑赤绳牵。
　　　　如今俺，
　　　　鸳鸯一对，
　　　　粉蝶成双。
　　　　请你自重加自爱，
　　　　莫再随便交掺人！

碧　香　啊！哈哈哈！……你这位贤先生呀！

（唱）　莫非神经相绊说混话？
　　　　莫非双眼迷糊认错人？

阿　贤　不，碧香姐，俺……

碧　香　住口！

（唱）　谁人与你什么俺？

我交友与你何相干？

如今不妨告诉你，

刚才那位陈松清，

就是我的郎！（径自笑着走下）

阿　贤　你！……我找你爹去！（悻悻地下）

[音乐转低沉。兰香、玉香从两边分上。

[以下分两个表演区。

兰　香
玉　香　唉！

（各旁唱）晚风阵阵暮色临，

望断小径不见人。

听耳畔蛙鸣虫噪，

倍添我焦灼在心！

[兰香叹息坐下，玉香掩耳坐下。

[余仲、庄显分两边上。

余　仲
庄　显　（唱）　应试之后心忐忑，

赴约匆匆到竹林。

（各自发现兰香、玉香）啊！

（接唱）　原来她已先来到——

（高兴地上前）兰香！
玉香！

兰　香　唉！

玉　香　哼！

余　仲
庄　显　哎呀！

（接唱）　你满面不快／恼色为何因？

［余、庄见女方不语，又小心地探问。

余　仲
庄　显　（接唱）　莫非怪我题答错？

兰　香
玉　香　（唱）　该恨／怨你，呆头呆脑像个木头人！

余　仲
庄　显　我……

兰　香
玉　香　（唱）　今日考试你遇难题，

怎不见阮暗示频频？

余　仲
庄　显　（唱）　怨我茶经学不深，

一见难题慌了神。

兰　香
玉　香　（唱）　如今你名落孙山外，——

余　仲
庄　显　什么？三题我答对二，入围，你爹还不录取呀？

兰　香
玉　香　他只选中松清一人！

余　仲
庄　显　（失望地）啊！

（唱）　这真是，

一瓢冷水当头淋！（愣住）

兰　香　余仲

玉　香　庄显！

余 仲
庄 显　唉！

（唱）　原望此番能中选，

婚事茶事两称心。

谁知今科已落榜，

欲挽残局妙策何处寻？

不如将情对你爹实说！

兰 香
玉 香　不！

（唱）　我爹年老脾气倔，

三言两语难化他铁心。

若再提远走高飞离茶店，

岂不是油往火上淋！

余 仲
庄 显　那，你二妹
姐什么态度？

兰 香
玉 香　（唱）　她素来对俺多支持，

奈何今日力不从心！

余 仲
庄 显　（唱）　毕竟她遇事有心计，

快找她商量点铁成金！

［碧香内声："大姐！三妹！"

兰 香
玉 香　（喜）是她来了！（向台内）碧香
二姐！（迎上前，互见对方）啊！恁也在这里！（拥向台边，迎碧香、松清上）

碧 香　大家都在这里？

众 人　阮正要找你商议！

碧　香　今日之事，不单是婚事，还关系到俺如何发展茶业的大事，欲解决好，恁有什么办法？

兰　香　刚才在这里苦恼，余仲说要请你来商量。

玉　香　庄显也说要请你来出好主意。

余　仲　确实，你爹的头脑太老了，现在是什么年代，女儿的婚事还要包办！

碧　香　我看，他要包，俺也来包！

众　人　怎样包？

碧　香　刚才我与松清商量，俺可以……

[强烈的音乐声中，碧香和松清又说又比画，众赞同地点头。

众　人　好办法！好办法！

玉　香　（高呼）一致通过！

[阔嘴内声："兰香，碧香，玉香哙！"

兰　香　阿爹来了！

庄　显　快快隐蔽！

碧　香　慢！

（彩白）　如今形势已不同，
俺等无须再隐藏，
六人三对各站好，

[碧香指挥兰香与余仲站于中间，玉香和庄显站于左边，自己勾起松清的手站于右边。

碧　香　（彩白）　要让事实来发言！

[阔嘴持手电筒，边唤边上。

阔　嘴　兰香！碧香！……

碧　香　爹，阮在这里！

阔　嘴　（用手电筒照去，愣住）呀？果真是？

松　清　阿伯！

阔　嘴　啊？你和伊？那兰香呢？

碧　香　大姐在那边！

阔　嘴　（照见兰香与余仲）你？你？……

余　仲　阿伯，我是余仲！

阔　嘴　没我同意，你就敢动？！

兰　香　（含羞地欲解释）爹！

阔　嘴　（恼火地）我不敢看恁个戏呀！

玉　香　（自告奋勇）爹，不敢看伊，就来看阮的！

阔　嘴　（转过手电筒，照见玉香倚在庄显身边）哇……（遮眼）恁、恁这样排比，还要做什么生意？恁是要气……气……

（气得说不出话来，连连后退，猛不防跌下莲花池中）哎呀……

众　人　哎呀！阿爹/伯跌落莲花池，快快来救！（奔上前救）

［幕急闭。

第六场

［翌日上午。

［三香茶店。

［幕启。阔嘴头部包扎着白布，半躺在靠椅上，闭着眼睛发出呻吟，俨然受伤情状。

［三女以为父亲伤势不轻，十分紧张。兰香端来开水，玉香拿来风油精。

碧　香　（踱步沉思）阿爹昨夜回来，气势汹汹，三步并作二，怎么一早起来就伤成这样？

兰　香　爹，请喝口水！

阔　嘴　（推开）唉哟！唉哟！……

玉　香　爹，哪里痛？我给你擦风油精。

阔　嘴　（推开）唉哟！

碧　香　（从玉香手里接过风油精）爹，我来给你擦。

阔　嘴　（避开）风油精擦得好，怎还着烦恼！这次跌着脑，不死也得大病。唉哟……

兰　香　（伤心地）爹伤成这样，该怎么办？（哭泣）

玉　香　怎么办？就想办法哩，怎用哭！

［阔嘴抬头偷看三个女儿，现出得意的神色，恰与碧香瞧个正着，阔嘴急忙闭上眼睛，又呻吟不断。

碧　香　（旁白）莫非是装伤吓人？（对兰香、玉香）来！快扶阿爹入医院！

［三女欲扶阔嘴。

阔　嘴　（突然坐起，大声地）什么医院？这病医院怎有办法治？！

三香女　呀？爹你……

阔　嘴　（知已露馅，急又躺下呻吟）唉哟……

碧　香　（拉姐妹至一旁，低声地）恁看阿爹是真伤还是假伤？

兰　香　我看是真伤，不然……

玉　香　我看是假伤，开口声音还大过音响！

碧　香　是真是假，俺再来试。

兰　香
玉　香　怎样试？

［碧香与姐妹耳语。

兰　香　这……

玉　香　大姐，快，快！（硬按兰香倒下，故作惊讶）不好，不好，大姐晕倒！

碧　香　（眼望阔嘴，大声地）害事，害事，大姐晕倒，快快来救！

阔　嘴　（不知是计，急起，除去头上包扎，慌忙上前）兰香！兰香！你怎么了？

兰　香　（坐起）爹！

阔　嘴　兰香，你无事吧？

碧　香
玉　香　爹，你也无事吧！（大笑）

阔　嘴　（知受戏弄，老羞成怒）啊！恁，恁三番两次来气我，好，好呀！（转身入内，

拿出写着“满座”的木牌，用力一放，发出声响）

[三女一怔。

[阔嘴又使劲儿地推桌踢椅，险些碰着三女，三女各扮鬼脸，抬着靠椅进店。

[阔嘴发泄地狠狠撕掉木牌上“满座”二字。

[保祥上。

保　祥　（念）　碧香一早传消息，

保祥登门来调停。

[阔嘴把撕下的纸揉成一团朝外掷去，刚巧被保祥接住。

保　祥　（逗趣地）着了！着了！

阔　嘴　（闻声抬头）啊，是阿叔你！

保　祥　阿阔，你的戏文真多，昨日考试招婿，今日抛绣球，却抛中我老人。哈哈哈……

阔　嘴　叔呀，勿取笑，我正想去觅你！

保　祥　觅我？岂是楚河汉界，欲来再见输赢？

阔　嘴　现时无这心情，是欲请阿叔（指木牌）写大字！

保　祥　（故意地）呵，又要写“满座”？

阔　嘴　满个鬼！

保　祥　不是？那是两个后生要复试，写个“复”字？

阔　嘴　复个屁！

保　祥　（故作惊讶）呀，呀！阿阔，看你满嘴火药味，究竟是怎呢！

阔　嘴　咳，阿叔呀！

（唱）　我昨夜为着寻女儿，

失足跌落莲花池，

幸得三对活宝贝，

七手八脚来救起。

吐掉几嘴免钱水，

却又添了一肚气！

保　祥　（佯作不知）啊，是出了什么事？

阔　嘴　（唱）　原来三女各有主，
全未对我汇报与请示。

保　祥　（故意地）荒唐！荒唐！不知她们的“主”，究是何人？

阔　嘴　（唱）　就是那——
余仲、松清与庄显，
昨日应试三青年。

保　祥　啊！

阔　嘴　（唱）　你看我这个做爹的，
在伊眼里全个值无半分钱！
兰香、玉香愈离谱，
放弃茶店欲飞上天，
想嫁深圳嫁汕头，
你看可气不可气？

保　祥　（迎合地）唔，可气，确实可气！

阔　嘴　阿叔你这老一辈，就知做父母的心意，可是伊人……

保　祥　阔呀，勿气！气了伤身体，我来帮助你教示教示！（对内）喂！三香女过来呀！

三香女　（内声）来了！（上）老叔！阿爹！

[阔嘴不理。

保　祥　（假作生气地）看看看！把恁爹气到须仔翘上天，这个家成什么样？

三香女　老叔，阮并无气阮爹，是伊……

阔　嘴　哇！还说无气我？这么是我自己在气自己？好！别说，别说！去嫁，去飞！（拿起木牌）叔呀，请你给我写两个字。

保　祥　两个什么字？

阔　嘴　停业！

众　人　停业？

阔　嘴　对！从今日起，戏歇棚拆！

众　人　戏歇棚拆？

保　祥　阿阔，你就且勿气！

阔　嘴　勿气？阿叔哙，你想，我怎呢会勿气？！

（唱）　自从她娘不幸病逝，

抛下三个小女儿，

我当爹来又当娘，

风风雨雨十九年……

幸得近年政策好，

开创茶店赚有几个钱。

我阔嘴，生无带来，死无带去，苦心经营，晚睡早起，

只盼着——父女同心，将本求和，不愁衣食，新楼盖起，招得快婿，早抱孙儿，一家美满，告慰亡妻。

想不到，

恁虽读书不明理，

将我好心当歹意，三人四姓，你东我西，茶店之事，谁来料理？！

我一腔希望付流水，

不如停业店门关起！

碧　香　爹！

（唱）　你为阮姐妹受尽苦，

养育深恩阮记心里。

兰　香（唱）　当年你要开茶店，

阮姐妹三人都支持。

玉　香（唱）　我与大姐想到特区去，

也是为着扩大茶生意。

阔　嘴　勿说到这样好听！

玉　香　你不相信，我也无法呀！

保　祥　好啦好啦！恁都勿嚷，我来说两句。（故意一顿，众留神听）老叔听来听去，这些事呀，首先是恁三姐妹不对！

三香女　阮不对？

保　祥　是呀！如今虽说婚姻自主，但恁爹千辛万苦养恁大，事事为恁好，恁的婚事，也该同恁爹商量，怎可瞒瞒骗骗，自作主张？！

阔　嘴　嗯，恁听，老叔是明理人！

保　祥　明理人？哈哈哈！其实呀，恁爹也是明理的，恁有什么想法，若详详细细向恁爹禀明，相信他件件都会应承。

阔　嘴　就是嘛！（一想，急说明）哎，叔呀，那着先说明，她们想嫁汕头和深圳的事，我就无法应承。

保　祥　你是怕——

阔　嘴　伊人若是嫁到特区繁华地，怎还有心返来这里做生意？到那时，这茶店不歇戏也着歇戏！

保　祥　那是那是！（暗示碧香）若是影响生意，恁爹怎会同意？！

碧　香　爹，这个问题，我倒有个主意！

阔　嘴　什么主意？

碧　香　“三香”生意，我来承包！

阔　嘴　承包？

保　祥　（推波助澜地）这个主意，倒是新鲜！（对兰香、玉香）兰香，玉香，恁岂同意？

兰　香　我同意！

玉　香　我支持！

阔　嘴　我不准！（对保祥）叔呀，俗话说，父仔无数算，这承包怎么行得通？

保　祥　无问题！阿阔呀，我这次到汕头探亲，正知外面什么都承包，别说父子，就是夫妻，生意也可承包！

阔　嘴　这……

保　祥　依我看，你这茶店承包，至少有三好。

阔　嘴　哪三好？

保　祥　头一好，废除大锅饭，严格纪律好管理！

阔　嘴　第二好？

保　祥　调动众人积极性，改善经营多创利！

阔　嘴　三好呢?

保　祥　后生早接班，你老人清闲可下棋!

阔　嘴　(有点动心地)这……碧香，茶店给你承包，每月要缴我多少钱?

碧　香　茶店我承包，今年每月缴两千!

阔　嘴　(不信地)两千?

碧　香　明年保证翻一番!

阔　嘴　翻一番，那就是四千?

碧　香　不错!明年每月，缴你四千!

阔　嘴　哎呀!这几年生意不错，平均每月还赚无九百，你一开口就要上缴四千，这大炮响是响，只怕无准头!

碧　香　爹!

(唱)　碧香是你亲生女，

何时见我夸过口?

阔　嘴　无夸口?那你有什么办法赚这么多钱?

碧　香　爹!

(唱)　潮汕茶叶声誉好，

五洲四海人称道。

当今饮料虽多样，

不及茶叶多功效。

倘再精制提质量，

注重装潢与广告。

茶区作基地，

特区作窗口，

内外广联络，

销售多渠道，

定能打开销路，

何愁效益不高?!

阔　嘴　原来你是想把生意做到特区去?

碧　香　对！我想与县茶叶公司联合经营，让产品走出山区，扩大影响。

保　祥　说得好！如今俺老茶区也该走新路！

阔　嘴　可是，俺要与县公司联，县公司岂要与俺合？

碧　香　这个你放心，我已与他们的经理谈妥了。

阔　嘴　经理？

［传来摩托车声响。

碧　香　爹，你看，经理来了。

［陈松清上。

阔　嘴
保　祥　陈松清？！

松　清　阿伯！祥老叔！

阔　嘴　松清，你是县茶叶公司的经理，要与碧香一起承包茶店？

松　清　伯呀，芦花圩，是通往县城和汕头特区的要道，又是未来铁路经过之地。三香茶店远近知名，阮公司决定与贵店联合经营，建茶厂，实行产销一条龙！

众　人　好呀！

松　清　不过，阮年轻人经验少，茶厂要办起来，还须靠二位老前辈指点。

保　祥　（点头）嗯，我知你既熟茶经，又熟供销，有你这样的人才与碧香配合，承包后的“三香”，定会更加发达起来。阿阔，你就放心让伊人包！

阔　嘴　好！包就包！

玉　香　爹，给二姐包，二姐就是经理哇！

阔　嘴　经理就经理嘛！

兰　香
玉　香　啊！（高兴地对碧香）经理！

碧　香　不过，话要讲清楚，“三香”由我承包，我就要有自主权！

阔　嘴　什么？

碧　香　管理、人事，由我安排！

阔　嘴　这……

保　祥　（急接）这应该、应该！

碧　香　首先，阮要聘请老叔与阿爹当顾问。

保　祥　唉，我老了！

松　清　祥老叔，我也知你几十年前就是大茶行的茶师，老经验应做新贡献！

保　祥　哈……恁无嫌我老就好。阿阔，那顾问俺就当起来。

碧　香　第二件，阮要招一些茶工……

阔　嘴　（打断）未未未，我先问你，兰香与玉香……

保　祥　哎，顾问顾问，无顾就勿问。兰香，玉香，就由经理去排比。

阔　嘴　不！我要问清楚，看这个经理，欲怎样排比？

碧　香　伊二人，这里就不用了！

阔　嘴　什么？你店内不用伊？

碧　香　是！一个不留！

阔　嘴　（气得跳起来）你，你！原来你的如意算盘是这样打的？

碧　香　爹，你听我说！

阔　嘴　（发作地）不用说了！原来你花猫白舌，是欲图霸家业，抛弃同胞姐妹，你、你真是财迷心窍，无情无义，无情无义呀！

兰　香
玉　香　爹，你怎呢未听清楚，就大发雷霆？

阔　嘴　难道我说得不对？

碧　香　爹！

（唱）　你待女儿情千般，

痛切教诲理应当。

只是我并非不明理，

怎会将姐妹抛一旁？！

阔　嘴　那，你刚才不是说——？

兰　香
玉　香　爹！

（唱）　阮姐妹早已商量好，

生意要合作又分工！

阔　嘴　唔？恁是怎样商量的？

碧　香　（唱）　女儿常记爹教言：

望远就该上高山。

阮姐妹虽是山区女，

常将望眼向四方。

如今改革热潮涌，

顺风顺水竞张帆。

山鹰也要展双翼，

长空搏击不后人！

阔　嘴　这样说，恁还是要飞出去？

碧　香　我哪里也不去，就在这里壮大根据地，大姐和三妹到深圳、汕头开分店，让俺一间茶店变做三，小家当变成大家业！

松　清　伯呀，阮打算在这东面畔建楼房，部分作制茶厂厂房，部分作住房。

兰　香
玉　香　楼顶向南头一间，给阿爹住称心！

阔　嘴　（激动地）这样说，我日思夜想的楼房，建得成了！

茶　花　（内声）阿兄呀！（气喘吁吁上）兄呀，不对，出事了呀！

众　人　（惊问）什么事？

茶　花　阿贤他……他……

阔　嘴　阿贤他怎么？

茶　花　他假大印、假证明，骗人钱财，刚才给工商局抓去了！

（拭汗）哎呀，幸得亲戚还未说成。

玉　香　姑呀，你不是夸他贤，说他是个好女婿？

茶　花　（羞愧地）这真是好好面壳，没好肚腹呀！

阔　嘴　是呀！（指三女）还是三个女儿有眼力！

［余仲、庄显上。

余　仲
庄　显　阿伯！祥老叔！

阔　嘴　哦，恁二人——？

余　仲　　　　　　　大厦
庄　显　阿伯，我今日是作为　　的代表，来贵店联系工作的。
　　　　　　　　　　公司

阔　嘴　联系工作？

兰　香
玉　香　联系工作就着找这个经理！（把碧香推上前）

余　仲
庄　显　啊，碧香当经理了！

碧　香　二位有事请讲！

余　仲
庄　显　碧香经理呀！

　　　　　　　　大厦
　　　　（念）阮　　规模要拓宽，
　　　　　　　　公司

　　　　　　　　　　廊。
　　　　　　配套增设一茶
　　　　　　　　　　行。

　　　　　　专门经营潮汕优质茶，

　　　　　　董事会派我来洽谈。

　　　　　　大厦
　　　　　　　　安排一铺面，
　　　　　　公司

　　　　　　由恁负责提供茶源，

　　　　　　实行管理承包责任制，

　　　　　　　　　张兰
　　　　　　经理拟聘
　　　　　　　　　玉香！

阔　嘴
保　祥　要聘兰香、玉香当经理？

余　仲
庄　显　正是。阮单位很多人来过三香茶店喝过茶，见过面，觉得她完全胜任！

碧 香 （顺势地）大姐有你（指余），三妹有你（指庄），互相配合，我爹也就放心了。

余 仲
庄 显 碧香经理，具体细节，俺另商议。不过，有一条要先说明：董事会拟借重老字号，茶廊
行 招牌挂“三香”！

众 人 （雀跃地）挂“三香”招牌？

保 祥 哇哈哈哈！碧香才当经理，“三香”招牌就挂到深圳、汕头市。阔呀，你真是好运气，一门三经理！

[众笑。

碧 香 爹，你看呢？——

阔 嘴 恁几个经理，一起排比，好好排比，阿爹无异议！

三香女 （兴奋地）爹，你完全同意了？

阔 嘴 同意！

三香女 （亲昵地）你真是阮的好阿爹！

保 祥 阔呀，那招贤的事……

阔 嘴 陈松清入选。

兰 香
玉 香 爹，（指余
庄）他三题答对二，入围？

保 祥 是呀，入围就该允许复试！

阔 嘴 我看就勿了！

众 人 （惊）勿？

阔 嘴 这道手续，来改革掉！

保 祥 你的意思是——？

阔 嘴 承包！

众 人 承包？

阔 嘴 三姐妹就由伊三人（指余、陈、庄）“承包”！

[三对男女青年大喜。

茶 花 兄呀，择日不如撞日，何不今日就……

阔 嘴 好，今日就三对一齐订婚！

保　祥　好呀！阔呀，一日为三女订婚，真是天下奇闻。

阔　嘴　要改革就改彻底嘛！

玉　香　这叫作爱的三次方！

[众笑。

保　祥　阔呀，那这块木牌——

阔　嘴　就勿写、勿写了！

保　祥　哎，这回更要写！写个大大个的红双喜！

阔　嘴　那好！（对三女）老叔来写字，恁快快去冲杯好茶来食欢喜！

茶　花　奴呀，冲杯特级特级的。

三香女　好！（进店）

[保祥写字，三青年帮助摆好木牌。

三香女　（从店内端茶出）茶到！

保　祥　（对观众）诸位乡亲、朋友，今日三香茶店一家变三家，三香女得配三个好后生，双喜临门，大家都来给伊请杯潮汕名茶！

众　人　（对观众，举杯）诸位请！（同步向台前）请杯潮汕名茶！

[台内歌起：

（合唱）　一杯名茶溢清香，
　　　　　四座诸君请品尝，
　　　　　潮汕水甜山也美，
　　　　　茶香飘过五大洋！

[幕在歌声中徐闭。

[剧终。

（剧本版本：《南粤剧作》1992年第1期）

终南魂

编剧：沈湘渠

人　物　表

文天祥　　字宋瑞，四十二岁，少保信国公，右丞相兼枢密使。

文监娘　　十四岁，文天祥之女。

文　璧　　三十多岁，文天祥胞弟。

文佛生　　十五岁，文天祥次子。

陈应龙　　三十岁左右，进士及第，潮阳义军首领。

陈　懿　　原为海盗，因助张世杰攻泉州有功，遂踞潮州，但又暗通元兵。文天祥为安定潮、循、梅三州，曾乞封其为右骁卫将军，知潮州兼内安抚使。

刘兴潮　　阳县宰，与陈懿勾结，暗中降元。

张弘范　　字仲畴，四十岁，大元汉军都元帅。

萧梦云　　陈应龙妻，萧汉之妹。

萧　汉　　梦云之兄，渔户。

陈林氏　　应龙之母。

邹　沨　　文天祥部将。

刘子俊　　七十岁，文天祥幕僚。

李将军　　张弘范的副将。

灵威庙治宫。

两个顽童。

宋兵、元兵、喽罗、乡勇、男女百姓各若干人。

上半部

[时间：南宋端宗（赵昰）景炎三年，即公元一二七八年。农历四月，十一岁的赵　死，立八岁的卫王赵　为帝。五月改元，为祥兴元年。本剧发生的时间在一二七八年农历十月至一二七九年正月初六。

[地点：潮州府潮阳县。

[就像浓雾渐渐散去，伴随着音乐，海的景象渐显现，不远处的潮阳县城垣依稀可辨，一轮红日喷薄欲出。

[海螺声从长到短，越来越急促。

后台合唱　天子浮海过潮州，
宋祚衰微百姓愁。
元兵欲来风声紧，
马蹄过处鲜血流！
潮人不饮亡国恨，
海疆竖旗保金瓯。
吹螺号，擂战鼓，
鱼叉板斧作戈矛。
还我河山，
敌忾同仇！

[歌声中萧汉持钢叉、拿螺号与一乡勇挥舞“义”字大旗上；萧汉吹螺号，乡勇将旗插于高处，下。

[男女乡勇多人执鱼叉、砍刀等器械，蹬着在滩涂捕鱼用的蹬板滑行上，作练习交战的舞蹈。

陈应龙　（内唱）　南海之滨聚貔貅！
（上，续唱）
摩拳擦掌复国仇！
莫道书生弱无力，

吒咤风云逞风流!

众乡勇 参见统领!

陈应龙 众位乡亲免礼!

众乡勇 谢统领!

陈应龙 众位，据报元兵已至福建，杀人如麻。潮州各县闻讯纷纷举义，守土保乡。俺潮阳义军岂能落后?!

众乡勇 愿随统领抗敌!

陈应龙 好呀!

（唱） 单船独桨难渡海，

全仗乡亲同襟怀。

元兵凶狠何所惧，

众志成城驱狼豺!

众乡勇 （唱） 元兵凶狠何所惧，

众志成城驱狼豺!

[萧梦云提茶水瓦罐上。

萧梦云 （唱） 练兵场上汗如雨，

梦云挽袖送茶来。

众乡勇 哎呀，夫人又送茶来了!

萧　汉 （嗔怪地）阿妹，叫你在家奉侍亲家母，怎么又来了?

萧梦云 兄长!（续唱）

婆婆熬茶妹送水，

义旗之下有裙钗。

众位请饮。（筛茶在碗，送与乡勇甲）

乡勇甲 谢夫人!（饮）大家伙，太夫人与夫人如此关怀，为报深恩，俺等继续操演吧!

众乡勇 对!

萧　汉 擂战鼓!

[鼓声中，萧汉与众乡勇挥舞兵器下。

陈应龙 哎呀，真是难为夫人了！

萧梦云 “国家有难，匹夫匹妇义不容辞！”郎君之言，妾犹在耳，自己怎么就忘了！

陈应龙 话虽如此，只是一见夫人跋涉，为夫难免心疼！

萧梦云 难道沙场之上，能有儿女情长？

陈应龙 这……哈……

内　声 陈将军驾到！

[两个军士引陈懿上。

陈　懿 （念） 丞相乞封赐官职，

威镇潮阳作将军！

陈应龙 卑职陈应龙参见将军！

陈　懿 先生、夫人免礼！陈先生——

（唱） 先生进士及第姓名显，

救国扶危热心肠。

陈懿此地为官多借重，

来日申报朝廷荐英贤！

陈应龙 过奖了！

（唱） 感谢将军多督导，

义军斗志正昂扬。

刘　兴 （急上）卑职参见将军！

陈　懿 免。

陈应龙 应龙参见县尊大人。

刘　兴 呵，陈先生也在这里……（拉陈懿至侧）

陈　懿 为何如此慌张？

刘　兴 将军，大事不好了！

陈　懿 何事？

刘兴海 上传来谍报，大元兵马已近潮阳！

陈　懿 怎么讲，元兵来了？

刘　兴 不错。陈应龙将义军搞得风风火火。将军无异屁股缚青蛙——惹蛇！

陈　懿　哎咋！（旁唱）

数年来，

俺南朝北朝两头通，

独霸潮州好威风。

谁料到，

行情涨跌如潮水，

早晚时价不相同。

元兵一至义军成恶迹，

如何遣散费思谋……

是了！

（续唱）话是风，

笔是踪。

书生封侯仗笔墨，

将军定计在剑锋！

刘兴，附耳过来！……

刘　兴　妙，妙呀！（转对萧梦云）夫人请便，某等有要事商议。

萧梦云　遵谕。（下）

[陈懿示意，军士随下。

刘　兴　请问先生，义军丁员多少？

陈应龙　禀大人，义军丁员数百。

刘　兴　一朝临阵，能抵多少敌兵？

陈应龙　人人奋勇，以一当十，可挡数千。

刘　兴　倘遇十万之敌，又将如何？

陈应龙　一旦临阵，将军麾下，朝廷王师，岂有坐视不救？！

刘　兴　朝廷海上飘泊，王师自顾不暇，将军麾下兵微将寡，恐难相助。

陈应龙　这……

刘　兴　陈先生——

（唱）　军情火急传海涯，

十万元兵过境来。
为保潮阳众百姓，
将军妙计巧安排。
陈应龙有何妙计？

刘　兴（唱）义军暂且息旗鼓，
城上挂上大匾牌。

陈应龙 什么匾？

刘　兴（唱）“恭迎元师”写端正，
即迎即送便消灾。

[两军士抬匾牌上。

两军士 禀将军，匾牌送到！

陈　懿 嗯哼！

陈应龙 挂匾诈降？

刘　兴 不错，先生乃本县鸿儒，题匾非君莫属。

陈应龙 这……县尊大人，卑职腕力不胜，无法写此大字。

刘　兴 统领抗命？

陈应龙 “乱命不受”，古有明训。

陈　懿 什么乱命！本将军用计诓敌，你竟敢不遵！吩咐，将他佩剑收了！

军　士 领命！（缴去应龙佩剑）

陈　懿 将陈萧氏捆起来！

内　声 喳！

陈　懿 若敢违令，先杀你妻，再将你军法从事！

陈皮龙 哎咋！（旁唱）
那陈懿朝秦暮楚，
这刘兴闻讯反戈。
那一个原是海上贼寇，
这一个本是赃官活阎罗。
原以为他等改邪归正，

哪知道，

到头来还是蛇鼠一窝！

皆因是国衰祚薄，

沐猴而冠招祸多！

［一军士捧笔砚上。

刘　兴　陈先生，将军脾气急躁，一语不合便钢刀相向。若再犹疑，只恐误伤……

陈　懿　众军士！

内　声　啊！

陈　懿　打点出血开荤！

萧梦云　（凄厉内声）官人！

陈应龙　哎咋！

（唱）　军令一下如山倒，

握笔犹如执长戈。

倘若抗命遭诛戮，

命丧贼手如鸿毛。

罢！罢！罢！

男儿有血沙场洒，

委屈求全暂避钢刀！

刘　兴　陈先生，快写吧！

陈应龙　恁……恁将我妻放了！

陈　懿　（对内）放了！

内　声　喳！

［陈应龙在牌匾上写字。

陈　懿　“恭迎”……哈哈！龙飞凤舞，不愧称鸿儒。快写下去！

［陈应龙继写王师二字，掷笔。

陈　懿　“恭迎王师”。大胆，怎么是王师？

陈应龙　怎么不是王师？！

刘　兴　嘿嘿，将军息怒，王师便是王者之师，一个样！

陈　懿　意思真的一样？

刘　兴　一样！

陈　懿　好。来人！

军　士　有！（上）

陈　懿　将陈先生请回将军府。

军　士　领命。陈先生请！（引陈应龙下）

刘　兴　陈将军，看我的！（拔掉义旗）恁等听着：义军鱼龙混杂，首领未战先降。将军查察，牌匾为证。着令解散，各自回家，毋再生事！

［台内传来嘈杂气愤的怨声。

陈　懿　哈哈！有你这军师，真是如虎添翼！

刘　兴　过奖，过奖！

两　人　（相对大笑）哈……

探　子　（内声）报！（上）禀将军，来的不是元朝兵马。

刘　兴　怎么讲？

探　子　文丞相文天祥带兵前来！

陈　懿　文天祥？哈哈！来者不拒，何况是他乞封我为将军！

刘　兴　将军不可。依附文天祥帐下，一朝元兵到来，俺便绝了后退之路！

陈　懿　依你之见呢？

刘　兴　文天祥包许是借道过境。将军先避其风头，下官留下察看虚实，以便互相接应。

陈　懿　如此甚好。命人将此牌匾毁了。

刘　兴　无妨。将军把应龙带走，此牌便是他的罪证！

陈　懿　嗄好！众兄弟——

众军士　啊！（上）

陈　懿　水军退守蚝坪！

两军士　领命！（引陈懿下）

刘　兴　（对军士）将牌放倒，随本县迎接文丞相！

两喽罗　领命！（将巨匾放倒）

内　声　文丞相驾到！

刘　兴　（对内）卑职潮阳县刘兴恭迎丞相大人！

文天祥　（内唱）　江西一战痛失三军！

［宋兵引刘子俊、文监娘、文天祥策马上。

文天祥　（续唱）　人困马乏神州沉沦！

朝廷飘泊南海上，

文天祥心如火焚！

刘　兴　卑职潮阳县刘兴叩见丞相。

文天祥　免礼。刘大人，大敌当头，国事日艰。文某拟在此屯驻招兵，会合潮州、循州、梅州三路义军抗敌，未知大人有何见教？

刘　兴　这……

（旁唱）　只道他，

是六月阵雨过境风，

来也匆匆去也匆匆。

屯兵潮阳我惶恐，

日久难免露行踪。

一朝大元兵马至，

我身就在夹缝中。

壮胆来把利害说，

骗走丞相趋吉避凶！

禀丞相，往昔潮阳尚称安宁，近年却是人心不稳！

文天祥　此是何故？

刘　兴　卑职在此供职多年，略知此地民风。

文天祥　民风怎样？

刘　兴　山高皇帝远，犹如化外之民。

文天祥　啊？

刘　兴　如今朝廷有事，百姓置若罔闻。这里已无丞相可募之兵、可征之粮！

文天祥　真是如此？

刘　兴　不错！

文天祥　大人差矣！

（唱）　十月潮阳艳阳天，
遍野金黄飘稻香。
垄上农夫方秋穑，
为何说无可征粮？
潮阳古已置郡治，
道是化外情有偏。
文某惠州曾听闻，
此地义军志昂扬。

刘　兴　这个……

（旁唱）　这状元丞相不易骗，
目光炯炯如闪电。
我这里是布袋装菱角，
他若触摸便露角尖。
为挽颓势走恶步，
端出牌匾做文章。

哎呀大人啊！

不提义军我不敢讲，
提起义军好心伤……（佯哭）

文天祥　此是何故？

刘　兴　卑职无能，督导无方，难逃罪责！

文天祥　此话怎讲？

刘　兴　义军首领陈应龙公然向敌，义军散了！

文天祥　有这等事？

刘　兴　大人请看！（扶起巨匾）

文天祥　（看匾）“恭迎王师”？这有何不对？

刘　兴　哎呀丞相呀丞相，陈应龙风闻元兵将至，便遣散义军，书写降匾，称元兵为王者之师！

文天祥　哎咋！

刘子俊　元兵犹未至，降匾已先备，莫非真是人心已变？丞相，此地不宜屯兵，不如取道崖山，会合张世杰元帅，同守行朝。

刘　兴　（暗喜）对对对！丞相兼任枢密，理当在行朝署理军机。

文天祥　崖山？行朝……

（唱）　崖山海上有行朝，
陆上孤臣似见帝舟旌旗飘。
臣心一片磁针石，
直指帝舟不动摇。
只是，大地百姓不见大宋旌旗举，
怎能唤起人心护圣朝！

刘　兴　对对对，丞相英明！

文天祥　啊？

（续唱）　刘县令言辞多闪忽，
莫非此处有蹊跷？
初来乍到须谨慎，
待将此事细推敲。

刘大人！

刘　兴　卑职在！

文天祥　陈应龙现在何处？

刘　兴　他……他一闻丞相威临潮阳，便潜逃无踪！此贼未能及时剪除，卑职之罪。

文天祥　他可有眷属？

刘　兴　有，有，就住城中进士第。

文天祥　为何未见陈懿将军？

刘　兴　他，他到海边巡哨。

文天祥　嗄好，传令下去，潮阳安营。

宋兵等　遵谕！（分头下）

刘　兴　惨！惨了呀！

文天祥　刘大人！

刘　兴　卑职在。

文天祥　贵县官仓粮草，须严加看护，以备军需。若有疏忽，拿你问罪！

刘　兴　哎呀！遵谕。送丞相。

［文天祥下。

刘　兴　哎喳！文天祥精明干练，无法对付，这将如何是好？对，三十六计，走为上策！到蚝坪禀知陈将军。（欲下）且慢。当来个顺手牵羊，或可将他撵走？（下）

［夜。

［打"安更鼓"，灯渐亮。

［两个顽童一手拿点燃的香枝，一手拿鞭炮上。

顽童甲　进士第到了。

顽童乙　俺来吼。

顽童甲　好！

两顽童　吼呀吼，吼到大门口——

（唱）　进士第，大门楼，

客鸟无心大声喉。

骗人练兵歇工课，

听着元兵屎汁流。

门前一株狗尾草，

进士老爷假好佬。

嘴甜舌滑骗乡亲，

元兵未来人先走！

［萧梦云闻声上，在门内痛苦地听着、忍着，终于忍不住开门。

两顽童　（刮脸）羞啊！羞啊！（点燃鞭炮扔去）

［萧梦云急关门。

两顽童　嘻嘻……（下）

萧梦云 唉!

（唱） 一闻郎君被挟持，

婆婆气愤病难支。

义民不辨个中曲，

纵容顽童登门欺。

梦云有口难分辩，

街坊面前把头低。

都说来了文丞相。

有心求告难陈辞。

愁只愁，

瓮空囊尽炊难举，

书藏室满怎疗饥!

郎君啊，

书生何苦充人杰，

散财聚众举义旗。

树大招风枝易折，

到如今，

蒙冤受屈家徒四壁怎操持?

[萧梦云坐下织网。萧汉背鱼篓、执鱼叉，叉上挂着一小口袋米，上。

萧　汉 嗨!

（念） 妹婿被迫写匾牌，

亲戚受累头难抬。

白日不认进士第，

挂念妹妹夜间来。

开门，开门!

萧梦云 是谁?

萧　汉 阿妹勿惊，是我。快开门!

萧梦云 （高兴地）啊，是阿兄来了!（开门）

萧　汉　（进门）阿妹！

萧梦云　阿兄！（回头急关门）

萧　汉　阿妹，爱家母岂好？

萧梦云　婆婆卧病在床。苦哇！（啜泣）

萧　汉　哈哈，阿兄今日好运气，镖有几条鱼上市，换来这袋米，快拿去煮了充饥。

萧梦云　（接过米，激动地）兄长！

（唱）　恨陈懿仗权欺凌，
叹郎君，
遭贼制肘祸重重！
进士门第变成恶煞地，
冷眼恶言日夕不安宁。
感谢兄长常看顾，
忍饥让食显深情。

萧　汉　（假装生气）呃！

（唱）　阿妹艰苦我心苦，
妹你心清兄心清。
你虽嫁出还是我细妹，
为兄看顾不周恨无能！

萧梦云　（唱）　手足深情妹领受，
求兄一事望依承。

萧　汉　何事？

萧梦云　（唱）　待妹结成打鱼网，
带妹打鱼换斗升。

萧　汉　啊，原来你织网，是要随我捕鱼？

萧梦云　家无隔宿之粮，就是捉些蟛蜞、虾蛄，也可弥补家计。

萧　汉　不可不可！

萧梦云　为何不可？

萧　汉　亲家母要你奉侍，再说，妹婿是进士，哪有夫人讨海。

萧梦云 进士？进士又不能当饭吃！

萧　汉 别说闲话，还是设法寻觅妹婿要紧。

萧梦云 陈懿将他劫走，还要到哪里找。

萧　汉 不然就禀告文丞相。

萧梦云 妹已想过，此事行不得。

萧　汉 何故？

萧梦云 据官人所言，那陈懿四处扬言，是文丞相乞封他为右骁卫将军，知潮州府兼内安抚使。

萧　汉 这又何妨？

萧梦云 就怕官官相护。何况官人毕竟写下牌匾，人人尽知，文丞相怎能谅情！

萧　汉 这……这就难了！

文监娘 （内声）爹爹这里来！

[文监娘持灯笼引文天祥上。

文天祥 （念）　义军一散失羽翼，
寻思内中别有因。
微服夜探进士第，
解惑应问当事人。

文监娘 禀爹爹，依路人所指，这里便是进士第。

文天祥 上前叫门。

文监娘 是。

文天祥 慢。轻声些，别吓了府中妇孺。

文监娘 晓得。（敲门）府上何人，请开门。

萧　汉 三更半夜怎有小孩敲门。

萧梦云 唉！家门不幸，又是顽童肆虐！

萧　汉 （操起鱼叉）哇，待我开门将他赶跑！

萧梦云 （急制止）兄长不可。童稚无知，怎能责怪。（对门外）夜深了，你等回家睡吧，勿使父母挂心！

文监娘 大姐请开门，是我爹爹到来。

萧梦云 你爹是谁？

文监娘 文丞相！

萧梦云 哎呀，不好了！兄长，是文丞相上门问罪来了！

萧　汉 嗨！是死躲不过，是生不用躲！阿妹你又无罪，待我开门！

萧梦云 且慢！待我禀知婆婆。（急下）

文监娘 大姐，快开门呀！

陈林氏 （内唱）　忽闻丞相降门庭！

[萧梦云一手举烛，扶着手中也举烛、一步一颤的陈林氏上。

萧梦云 婆婆仔细！

陈林氏 （续唱）　撑衰朽，

顶明烛，

跪门槛，

恳陈情，

分是非，

辨曲直，

龙儿有罪罪当罚，

陈氏门楣要洗清！

萧阿舅，开门！

萧　汉 是！（开门）

[萧梦云扶陈林氏跪在门槛上，萧汉随着跪下。

陈林氏 命妇陈林氏率媳萧梦云、姻亲萧汉叩见丞相大人！

文天祥 众位请起！

[陈林氏等跪着不动。

文监娘 老夫人，恁跪在门槛之上，我爹怎能进门？

陈林氏 丞相欲进此门，先依老身二事禀告。

艾天祥 （旁白）啊？口称命妇，为何又颠倒官仪？（对陈林氏）老夫人请讲。

陈林氏 倘若顶撞丞相，请准老身将话说完，然后降罪。

文天祥 二呢？

陈林氏 我儿陈应龙书写牌匾，致义军瓦解，累及门庭。若缉得我儿，望准老身教示一番，然后由丞相惩处！

艾天祥 文某就为此事而来，因事有不明，尚望老夫人指迷。众位请起！

三　人 谢丞相！（起立）

[文监娘引文天祥进门。萧汉搬出坐椅。

陈林氏 丞相请坐。

文天祥 老夫人同坐。老夫人自称命妇，府上是……？

陈林氏 丞相呀！

（唱）　先夫供职到潮阳，
老归林下不还乡。
落籍此地随风俗，
课儿耕读度残年。

文天祥（唱）　应龙既登龙虎榜，
为何平居空置闲？

陈林氏（唱）　奸佞当权官场险，
不愿同流便置闲。

文天祥（唱）　何时奋起思报效，
书生投笔赴沙场？

萧梦云 丞相呀！

（唱）　谢太后颁下勤王诏，
郎君他捧诏泪泫。
变卖家财集乡勇，
海疆练武义旗扬！

文天祥（唱）　喜闻书生明大义，
毁家纾难同肝肠！
为什么，
为什么……（欲问又止）

文监娘（接唱）　为什么又要写降匾？

遣散义军罪行昭彰！

陈林氏 丞相，小姐呀——

（唱） 陈懿聚啸岭海间，

打家劫船罪千般。

只为他，

助战泉州护大宋，

改头换面隐其奸。

封将军，

丞相助贼壮了胆……

文天祥 （脱口而出）放肆！

陈林氏 （续唱） 莫忘了，

跪门槛把丞相拦……

文天祥 说下去，说下去吧！

萧梦云 丞相！

（唱） 原以为，

他弃恶从善守乡土，

谁料到，

勾结刘兴暗使奸。

翻手为云覆手雨，

百姓敢怒不敢言。

忽传元番兵马至，

便思挂匾献城降。

胁迫夫君题牌匾，

利剑抵妾胸，

此情难堪！

文天祥 如此说来，你夫是被迫作书？

萧梦云 正是。

文天祥 为何又遣散义军？

萧　汉　陈懿、刘兴诬说妹婿降敌，拔掉义旗，将义军遣散！

文天祥　倘如你等所言，宋瑞擢升陈懿，当有失察之过。

萧　汉　什么“失察”，简直是目睛盲（瞎了眼）！

陈林氏　（制止地）阿舅！

文天祥　你说什么？

萧　汉　就是拿我砍头，还是这样说，只有目睛盲，才封海贼做将军！

文天祥　哎咋！

（唱）　他，

他竟当面骂丞相，

倒教我心窍豁然。

婆媳举烛跪门槛，

为的是促宋瑞视听开张。

倘非陈懿下将令，

义军不遣自散理不全。

刘兴若无亏心事，

何用明迎暗拒耍花腔？

只怪我，

饥不择食少分辨，

求将心切，

错荐朽木当栋梁！

看起来，

应龙写匾有缘故，

欲得义军，

还当对此细察详。

老夫人宽心，倘是玉石，尘土可遮其光而难变其质，只待寻回应龙，自有分晓！

陈林氏
萧梦云　谢丞相！

刘子俊 （急上）禀丞相，截住洗劫官仓粮船！

文天祥 那刘兴呢？

刘子俊 潜逃蚝坪。

文天祥 可曾查得陈懿行踪？

刘子俊 盘踞蚝坪！

文天祥 萧义士，蚝坪离此多远？

萧　汉 三十里。

文天祥 刘先生！

刘子俊 在！

文天祥 传令下去，进剿蚝坪，务擒两贼！

刘子俊 领命！（急下）

萧　汉 丞相，萧汉愿为王师引路！

陈林氏
萧梦云 愿丞相旗开得胜！

文天祥 请！

［萧汉执鱼叉引文天祥、文鉴娘出门。陈林氏、萧梦云搬椅暗下。

［刘子俊引宋兵执火把上。

刘子俊 禀丞相，人马齐备！

文天祥 兵发蚝坪！

宋　兵 领命。杀！

［音乐声中，萧汉引文天祥及宋兵等列队行进。

［灯光在喊杀声中暗下去。

［交战的锣鼓、号角。

［灯笼火把成行从远处逶迤而来。

［象征交战的火把舞蹈。

后台歌 丞相十月挥天兵，
摧枯拉朽剿蚝坪。
群盗闻风窜下海，

残云卷去迎黎明！

[歌声中追光：一喽罗慌慌张张押被绑的陈应龙上，陈应龙伺机逃脱，喽罗也自逃下。

[黎明，彩霞满天，大海翻动金色波浪。

[侧幕露出了行辕的一角；另一侧有个小小的土地庙，小供桌上放着手镯、衣物、小农具等东西。

[文监娘握笔蹑足从行辕中上。

文监娘 （唱） 平贼寇一夕交兵，
烟云散漫天彩霞。
爹爹帐中正酣睡，
不敢惊扰悄悄出了营。

笔呀笔，爹爹见你便劳神写诗，我今偷你出来，好让他多睡片刻！

（唱） 恨北国，
侵吞南朝起兵祸，
才致爹爹文科状元掌甲兵。
数月前，
江西恶战家分散；
自此后，
监娘孤雏陷愁城。
爹爹他，
忠心报国忍悲愤，
我挂念亲人，
唯恐梦里哭出声。
哎，母亲啊，哥哥啊，
恁今在何处，
岂能重聚到蚝坪？
但见营前土地庙，
求神明，

助爹爹扶正驱邪！

（诧异地）呀！为何供桌上摆此东西，莫非此方土地须供奉用物器具？

萧梦云 （内唱） 寻找夫君蚝坪来……（渔家装束上）

文监娘 哎呀，原来是大嫂！

萧梦云 哎呀！

（接唱） 冲撞小姐礼有乖。

小姐恕罪！

文监娘 大嫂因何至此？

萧梦云 （唱） 郎君至今无消息，

是生是死总挂怀！

虔诚求告土地伯，

为我夫君消祸灾。

［文天祥、刘子俊暗上。

文监娘 （安慰地）大嫂！（似耳语悄悄地唱）

奴曾闻爹帐中议，

义军首领干系大。

派遣军士细查访，

要请先生归回来。

重举义旗聚乡众，

共扶大宋显英才！

文天祥 （侧耳倾听）哈……

（接唱） 土地有灵当显圣，

庇佑痴情两裙钗！

文监娘 爹爹万福！

萧梦云 叩见丞相！

文天祥 大嫂放心，女儿适才之言是也！

萧梦云 谢丞相！

文监娘 刘伯伯，你来看——

（唱）　这供桌上，
不置荤素和果珍，
却有玉镯衣物锄和镰。
莫不是此方土地喜财帛，
不纳牺牲与纸钱？

刘子俊（唱）　如此罗列非祭典，
究是何因费思量。
但求丞相赐教谕……

文天祥（示意也不解，对萧梦云）
（唱）　敢请大嫂说端详。

萧梦云　丞相呀！
（唱）　背靠青山对海洋，
蚝坪自是鱼米乡。
种田的躬耕垄亩，
讨海的舟发网扬。
邻里间相安和睦，
门不闭户狗闲眠。
倘若路上拾遗物，
便交在土地伯公面前。
想必是，
为避陈懿走慌乱。
才有人，
拾得玉镯衣物锄和镰。

文天祥（兴奋地）好呀！
（唱）　那刘兴，
诬说潮州如化外，
却原来，
古风淳朴存潮阳。

起兵勤王已四载，

宋瑞食难安席睡不香。

应是蚝坪地气和平人心正，

昨夕一梦酣又甜。

感谢大嫂说乡俗，

屯兵潮州我志更坚！

刘子俊 （念） 蚝坪人心正，

潮州地和平。

文天祥 蚝坪和平，和平……纸笔伺候！

刘子俊 遵命！（示意军士准备纸笔）

文天祥 （念） 我为百姓写心愿，

改称蚝坪是和平！

文监娘 大嫂，我爹愁也写诗，喜也写诗，赐改地名，今日还是头一回。

萧梦云 谢丞相厚爱。

[文天祥挥笔写下“和平里”三字。

[传来《太平调》的潮州鼓乐。

文监娘 好热闹呀！大嫂，今日岂是游神赛会？

萧梦云 是百姓到来犒劳王师。

文监娘 （高兴地）爹爹，爹爹！百姓犒劳王师，来了，来了！

[文天祥、刘子俊、文监娘等遥对百姓作揖答礼。

[乐止。

刘子俊 列位，管子曰：“致德其民，和平以静。”潮州毓秀，地气和平。文丞相挥如椽之笔，赐题“和平里”。斯后，蚝坪即是和平！

[百姓欢呼拥上。

百　姓 （高呼）和平里！和平里！

[和平的呼声在空中回荡。

[百姓兴高采烈地举“和平里”字样巡行。

[同时，行辕的一角及土地庙渐渐隐进侧幕。

哨　卒　（急上）禀丞相，邹沨将军引兵数千，从江西到来！

文天祥　（高兴地）邹将军来了，天助我也！好呀，酒来！

宋　兵　领命！（下，取酒复上）

文天祥　快请邹将军！

哨　卒　遵命！

［邹沨趋上。

文天祥　（取酒）宋瑞为将军接风！

邹　沨　丞相……（欲言又止）

文天祥　（取酒）将军——

（唱）　宋瑞九死也无悔，

难得你舍命紧相随。

我为朝廷谢足下，

将军一至壮军威！

将军请饮！

邹　沨　谢丞相！（接酒）

（唱）　不问家事说国事，

丞相赠酒心暗悲。

举杯祷祝告后土，

阵亡亲人魂早归！（酹酒于地）

丞相……

艾监娘　（举酒）邹叔叔！

（唱）　江西道上，

救奴与爹爹出阵围，

叔叔杀敌显神威。

监娘献上一杯酒……

邹　沨（接酒）谢小姐！

文监娘　邹叔叔，快饮呀！

邹　沨　（饮酒，接唱）

　　　　　　　强饮苦酒心如针锥！

文监娘　叔叔，母亲和兄姐可好？

邹　泀　小姐呀丞相！

　　　　　（唱）　同来犹有二公子，

　　　　　　　　　只是他……

文天祥
文监娘　他怎样？

邹　泀　（接唱）　身负重伤马难催！

文监娘　哥哥！（欲下）

　　　　　[宋将扶气息奄奄的文佛生上。

文天祥　佛生，佛生！

义佛生　孩儿无法为礼，爹爹恕罪。

文天祥　儿啊！

文佛生　爹爹！

　　　　　（唱）　大义大勇邹叔叔，

　　　　　　　　　马蹄之下救儿身。

　　　　　　　　　千里坎坷不觉远，

　　　　　　　　　一依膝下暖儿心。

文监娘　哥哥，母亲与姐姐呢？

文佛生　（唱）　母亲被俘朝北去，

　　　　　　　　　两个姐妹尸难寻！

文天祥　哎咋！

文监娘　母亲！

文佛生　妹妹！

　　　　　（续唱）　好妹妹，忍悲愤，

　　　　　　　　　　莫教珠泪湿衣襟。

　　　　　　　　　　慈娘平日常督导，

　　　　　　　　　　儿女有志苦自吞。

免使爹爹为家小，

运筹帷幄减精神。（掏出玉佛）

镇命玉佛爹娘赐，

我今含笑还严亲……（气绝）

文天祥 （接过玉佛）佛生！佛生！

众　人 公子！公子！

文监娘 哥哥！

（唱）　哎！哥哥呀。

你乍归来，

又归去，

文监娘，

心痛裂。

母亲被俘料难返，

手足更无生还时。

咬碎了银牙，

忍不住泪双垂！

爹爹！（依偎着文天祥）

人死后，

魂魄岂是登天界？

天上亲人岂能重相依？

若能相依奴也登天去，

免得牵肠挂肚阴阳苦相思！

爹爹！

[刘子俊暗下。

文天祥 （唱）　女儿哀哭一声声，

似钢刀解体剜胸。

勤王四载无功绩，

骨肉惨散隔幽明。

佛生一死谁为继？
可怜门庭绝了香丁！
虽则是，
毁家纾难已料今日苦，
事到临头止不住泪落零零！
对娇儿，
念妻荆，
抚玉佛，
思门庭，
面对大海我放声哭，
苍天何故祸生灵？

众　人　（关切地）丞相！

[刘子俊捧素纱上，为文监娘缠头挂孝。

刘子俊　（低声地）丞相节哀！

文天祥　（在痛苦中挣扎起来）啊……刘先生，家遭巨变，请代我修书驰寄惠州，告知我弟文璧。

刘子俊　遵谕。

文监娘　哥哥！

文天祥　女儿！

（唱）　大宋国土几丧尽，
天悲地哭海呜咽。
无辜黎庶遭杀戮，
何止俺家血痕新？
大敌当前须忍痛，
社稷为重家事轻。
多负黄土造新冢，
赠你玉佛怀亲人。
有泪便洒磨刀石，

砥砺刀剑扫胡尘。

文监娘　谨遵教诲。

[哀乐声中，宋兵架文佛生下，文监娘、刘子俊随下。

萧　汉　等（内声）走！（推刘兴上）

刘　兴　放肆！我乃朝廷命官，恁敢怎样？

萧　汉　禀丞相，刘兴躲在咸草塭，被我等拿住！

文天祥　好呀！

刘　兴　（强装镇定）卑职叩见丞相！

文天祥　刘兴，那牌匾何人所写？

刘　兴　是陈应龙。

文天祥　是谁授意？

刘　兴　是……是他自己。

萧　汉　胡说！是恁拿我妹喝斩喝砍，妹婿才软脚写牌！

文天祥　刘兴，是谁遣散义军？

刘　兴　是……

文天祥　可是你设计诬义军首领？

刘　兴　这……这都是陈懿所为呀！

文天祥　那陈懿现在何处？

刘　兴　逃下海了。

文天祥　陈应龙呢？

刘　兴　他，他趁乱跑了。

文天祥　命你守护官仓，为何半夜盗粮潜逃？

刘　兴　丞相，卑职知罪！

文天祥　住口！你勾结陈懿，鱼肉百姓，遣散义军，嫁罪首领，开仓盗粮，妄图置王师于绝域，济强盗以待降。罪证昭彰，竟还弄舌如簧！

众　人　丞相，将他杀了！

刘　兴　哎呀，丞相请饶卑职蚁命！

文天祥　禄蛀民贼，留之何益？！哼哼！（拂袖）

刘　兴　丞相，丞相……

邹　渢　吩咐军士，将刘兴拉下斩了！

两宋兵　领命！走！

［宋兵拉刘兴下，萧汉等随下。

刘子俊　（上）禀丞相，陈应龙已有消息。

文天祥　在哪里？

刘子俊　就在东山灵威庙。

文天祥　嗄好！传令下去，改日到灵威庙进香。

刘子俊　遵谕！（引文天祥、邹渢下）

［天渐渐暗下来。

［南海海面上，东北风在呼啸。

［景渐显：黑浪翻滚，寒星点点。

陈　懿　（内声）可恼，可恨呀！

［两个喽罗驾小舟载陈懿上。

陈　懿　（“相思”白）

蚝坪一战输得惨，

输得惨！

喽罗不死便是降，

便是降！

可怜刘兴好伙计，

活活掠去把头砍！（哭泣）

幸得我自幼熟水道，

潜逃出海命免丧。

文天祥呀文天祥，

此仇不报我不为人，不为人！

喽罗甲　禀大王，远处灯船成排！

陈　懿　闻说元兵从海路追杀宋帝，莫非是他们来了？

喽罗乙　由东向西，越来越近。

陈　懿　打起北朝灯号，迎上前去。

喽　罗　领命！（划船下）

[帅舟。持着灯笼的和打旗的元兵引李将军、张弘范上。

张弘范　哈……

（唱）　乘东风千帆破巨浪，

下福建越广东直指崖山！

腊月南海风汛好，

天助弘范扫南蛮！

（巨浪袭来，一阵颠簸）

（续唱）　怕只怕，

文天祥、张世杰负隅顽抗，

此患未除心难安！

元兵甲　（上）禀元帅，有一南蛮，驾舟求见。

张弘范　带上来！

元兵甲　领命！（下，引陈懿上）

陈　懿　大元潮州总制陈懿叩见元帅！

张弘范　陈懿？李将军，本朝何时录用此入？

李将军　元帅，末将未有所闻。

张弘范　嗯哼！你从何而来？

陈　懿　从潮阳而来。

张弘范　到来何事？

陈　懿　请元帅威临潮阳！

张弘范　弹丸之地，何须劳我十万雄师？

陈　懿　捉拿文天祥！

张弘范　文天祥？住口！你这奸细，谎称本朝职官，虚报军情，妄图导本帅于绝路，苟延南朝残喘！吩咐左右——

元　兵　喳！

张弘范　将他斩了！

元　兵　领命！

陈　懿　哈……

张弘范　你笑什么？

陈　懿　前年唆蒙骨歹将军攻打潮州，末将马前效劳。这便是大元委令！（从怀中掏出令旗）

张弘范　（验看）如此说来，那文天祥真在潮阳？

陈　懿　他引领残军，屯驻潮阳，末将寡难敌众，被驱逐下海。

张弘范　哈哈！陈将军忠心受屈，来！（李将军斟酒递过）请饮此酒压惊！

陈　懿　多谢元帅！（跪饮）

张弘范　此去潮阳，可悉水路？

陈　懿　自幼海上闯荡，水路最熟。

张弘范　嗄好！命你为前军向导，引兵潮阳！

陈　懿　领命！（下）

张弘范　哈哈，文天祥呀宋瑞，你几番潜逃，如今山穷水尽，看你又逃往哪里？哈哈……

[帅舟载众下。

[远景：兵船悬灯，鱼贯而去。

下半部

[景渐显：潮阳城郊东山灵威庙。

[陈应龙拈香上。

陈应龙　（念）　逃脱魔掌灵庙来，

拈香祷祝跪神台。

喜闻丞相平贼寇，

但看东山愁云开！

治　宫　（内声）哈……（上）进士老爷，陈先生！哈……

陈应龙 治宫伯为何如此高兴?

治　宫 小庙今日将有喜事，喜事呀!

陈应龙 什么喜事?

治　宫 适才行辕传谕，文丞相今日要到灵威庙进香!

陈应龙 怎说，文丞相就要到来?

治　宫 正是。

陈应龙 哎呀!

（唱）　忽闻丞相至此行，

霎时间百感交进!

仰慕他，想见他，

又觉无颜愧满胸!

治　宫 事非己愿，老爷趁此机会面见丞相，把话说清。

陈应龙 （续唱）　义军瓦解万人骂，

有疚难辞怎说清。

治宫伯呀!

我且隐身到侧室，

免教污垢辱贤明!

治　宫 这个……老爷主意既决，小老也不好勉强。

陈应龙 多谢了!（下）

治　宫 唉!

内　声 文丞相驾到!

[宋兵捧供品引刘子俊、文监娘、文天祥上。

治　宫 灵威庙庙祝恭迎丞相!

文天祥 免礼。

文监娘 （指读楹联）“国士无双双国士，忠臣不贰贰忠臣。”爹爹，这楹联说的是谁?

文天祥 赞颂张巡、许远二公。

文监娘 张巡、许远?

文天祥 先唐天宝十四年，安禄山、史思明兴兵作乱，攻城略地，乾坤震荡。张巡，许远合力守睢阳，终因寡难敌众，城陷就义。

文监娘 啊！

文天祥 （想了一想）庙祝！

治　宫 庙祝在！

文天祥 这里多少人守庙？

治　宫 老汉一人，还有……

文天祥 还有什么？

治　宫 呃……还有过往香客。

文天祥 香客？我今出题考你，若是答不出来，可请"香客"代答。

治　宫 遵命！（旁白）丞相考问治宫，祸事！祸事！

文天祥 庙祝，张巡、许远并非潮人，潮阳与睢阳相去万里，为何得享潮州香火？

治　宫 禀丞相，潮州妇人有三般喜好：蒸粿、拜神、哭。双忠公自然是要拜的。

刘子俊 不对不对！你不明题旨，答非所问，还是请住庙"香客"代答吧！

治　宫 这……（旁白）哎呀，不好了！我一时失口说有"香客"，丞相就点香客，莫非……这将如何是好？

邹　沨 （急上）禀丞相，文知府从惠州到来！（下）

文天祥 文璧？

文　璧 （急上）叩见丞相！

文天祥 贤弟免礼！

文　璧 兄长！

文天祥 贤弟！

治　宫 （旁白）险啊！

文天祥 （唱）　患难中会手足驱寒化暖！

文　璧 （唱）　见兄长霜染鬓不觉心酸！

文天祥 （唱）　问贤弟，

为何匆匆来相会？

文　璧 （接唱）　一封家书催行装。

嫂嫂被俘侄儿殁，

文璧闻讯泪汪汪。

兄长如今虚膝下，

弟送子过继好承欢。

（袖出庚帖）我儿文升，过继兄长，请收下这庚辰帖。

文天祥 好兄弟！

（唱） 见庚帖热泪盈眶，

手足情深壮人寰。

贤弟啊，

行府飘蓬累眷属，

侄儿随兄难安全。

故因此，

愚兄不取雪中炭，

庚帖请你带回还。

文　璧 兄长……

文天祥 深情厚谊为兄心领。此事无需再提。

文　璧 是。兄长，为弟此来，尚有一事禀告。

文天祥 何事请讲。

文　璧 兄长！北朝命张弘范带领三十万兵马，分两路南下，中路已陷广州，惠州势成累卵！

文天祥 哎咋！兵临城下，你怎可为私事而擅离惠州？

文　璧 元将李恒按兵不动，遣军使致书一封。

文天祥 什么书？

文　璧 劝降之书。

文天祥 劝降书……

文　璧 为弟来致复信，特呈兄长裁决。（呈书信）

文天祥 此等书信，看它作甚！

文　璧 这……

文天祥 （克制地）文璧，你是怎样想的？

文　璧　兄长啊丞相，如今国事已危，天子年仅八岁，不谙政事，朝廷海上飘泊，倾覆当在旦夕。弟思虑再三，莫若审时度势，以全身家性命……

文天祥　你说什么？

文　璧　审时度势，望兄长三思！

文天祥　呸！你……你好糊涂呀！

文　璧　兄长……

文天祥　文璧！你看殿上供奉何人！

文　璧　张巡、许远。

文天祥　张、许二公举家赴难，骂贼就义。读书之时，严亲便要你我以斯为楷模。你难道忘记了？

文　璧　岂敢忘记。只是此一时，彼一时。唐朝虽经安史之乱，尚有中兴之望。大宋气数已尽，厄运已难逆转！

文天祥　住口！

（唱）　闻此言怒火胸中燃！

文璧呀奴才！

我与你——

同父同母，骨肉相连。

同窗共砚，书史并肩。

同年登科，闾里名扬。

同朝为官，雨露齐　。

同手毁家，奔赴沙场。

原指望，

你驻守惠州作屏障，

同心协力复帝乡。

谁料如今丧了胆，

未曾交锋便弯了脊梁！

辜负双亲九泉下，

枉教你读书习礼学圣贤！

你与我跪下！庙祝，取杖来！

治　宫　遵命！（下，取杖复上交与文天祥）

文监娘　爹爹！（跪）

刘子俊　等丞相！（跪）

文天祥　（执杖唱）灵威庙里教劣弟，

莫使文门受污玷！（举杖要打）

陈应龙　丞相！（冲上，跪）

（唱）　丞相为国责不肖，

学生也当挨一杖！

文天祥　大胆！

陈应龙　学生陈应龙待罪尘埃！

刘子俊
文监娘　陈应龙！

治　宫　（旁白）哎呀坏了，坏了！

刘子俊　丞相息怒。马行千里，也有迷途之时……

文天祥　啊！（配乐朗诵，调寄《沁园春》）为子死孝，为臣死忠，死又何妨！自光岳气分，士无全节，君臣义缺，谁负刚肠？骂贼张巡，爱君许远，留取声名万古香。后来者，无二公之操，百炼之钢！嗟哉！人生翕歘云亡，好烈烈轰轰做一场。使当时卖国，甘心降虏，受人唾骂，安得留芳？古庙幽沉，遗容俨雅，枯木寒鸦几夕阳。邮亭下，有奸雄过此，仔细思量！

[在朗诵过程中，文监娘拿出笔和册交与刘子俊。刘速记。

陈应龙　学生愿供丞相驱使，死而无悔！

文天祥　骏马失蹄，犹鸣千里之志；愈蹶愈奋，正是血性男儿。委你仍为义军统领。如今即速归家，禀告令慈。

陈应龙　谢丞相训诲，陈应龙当“烈烈轰轰做一场”！（下）

文天祥　文璧，命你即回惠州，守土抗敌！

文　璧　（迟疑地）抗敌？唉！（欲下）

文天祥　转来！把升儿庚帖拿来。

文　璧　（困惑地）兄长？

文天祥　快拿来。这个嗣子我认了！

文　璧　遵命。（交庚帖）

文天祥　去吧！

［文璧迟疑地下。

女声独唱　　江南见说好溪山，
兄也难时弟也难。
可惜梅花如心事，
南枝向暖北枝寒！

文天祥　开祭吧！

治　官　遵命！（拈香递与文天祥）

刘子俊　（读祭文）"维大宋祥兴元年腊月，少保信国公右丞相兼枢密使文天祥，潮州百姓代备祭仪，奉飨张巡、许远二公在天之灵。神其有知，享此牺牲，佑尔子民。呜呼，尚飨！"

［众跪祭如仪。

邹　沨　（急上）禀丞相，张弘范领十万元兵，分水陆两路朝潮阳而来！

文天祥　张弘范，竟是你追来了！传令下去，准备迎战！

刘子俊　丞相，元兵势众，王师力弱，固守不利，请丞相三思。

文天祥　刘先生，以五千之师对十万之敌，何利可言？情势如此，不得不战！

邹　沨　我等愿与张弘范决一死战，但求丞相允俺一事。

文天祥　将军请讲。

邹　沨　请丞相与小姐速离潮阳！

文天祥　将军，两军对垒，将帅离阵，何以服将士？何以对百姓？何以报君国？众将听令！

陈林氏　（内声）请慢！

［萧梦云搀陈林氏，萧汉举义旗引陈应龙及乡勇上。

陈应龙　丞相，潮州义民已重聚旗下，誓与元兵死战！

陈林氏　（唱）　　求丞相离此地，

另把将令施！（跪）

文天祥 哎呀，老夫人请起！

陈林氏 （续唱） 栋梁在，大厦尚支持，

有丞相，大宋存生机。

五千兵将尽忠勇，

慢与强寇争高低。

留得王朝精英在，

驱虎逐豹自有时。

潮阳百姓挥刀剑，

断后扰敌护王师！

众　人 （唱） 我等挥刀剑，

断后护王师！

文天祥 好一个“留得王朝精英在，驱虎逐豹自有时”！就依老夫人高见！

众百姓 谢丞相！

文天祥 女儿！

（念） 只缘潮阳风水好，

宜将牡丹此地栽。

留你埋名随百姓，

同舟共济待云开！

文监娘 爹爹……

文天祥 听话。小女就拜托潮州父老，拜托老夫人了！

陈林氏 折煞老身了。丞相放心！

文监娘 奶奶！

文天祥 陈应龙，命你率领义军，协同邹将军断后扰敌！

陈、邹 领命！

文天祥 传令下去，兵移海丰！

宋兵等 领命！

众　人 奉送！

［宋兵引文天祥、刘子俊下，陈林氏、萧梦云、文监娘、治官等送下。

邹　渢　陈统领，俺当分头行事。

陈应龙　是。众位义士听着：换上大宋旗号，分头埋伏，一遇元兵，便摇旗擂鼓！

众　人　领命！（引陈应龙下，邹渢同时下）

［战鼓雷鸣，胡笳声和喊杀声杂成一片。

［邹渢引宋兵、李将军引元兵分头上。

［两军相逢，小开打。

［邹渢寡难敌众，且战且退，下。

李将军　众将听着，处处设哨，步步戒备，擒住文天祥的重重有赏！

元　兵　领命！（引李将军搜索下）

［众乡勇打扮成宋兵，打着“文”字大旗，抬着轿子上，萧汉妆成文天祥坐在轿中。

萧　汉　住轿！（下轿，端详自己，不禁失笑）哈……（警觉，掩口）喂，兄弟伙，可曾发现元兵？

乡　勇　还静静。

萧　汉　我妹婿传下将令，万一伊被掠着，就叫伊做丞相。

乡　勇　呀！好计谋！

萧　汉　我的计谋更好，做“丞相”，专引元兵来掠！

乡　勇　萧兄真好汉！

萧　汉　哈哈……走！（上轿）

（唱）　读书之人心事多，
四处插旗迷群魔。
拖住元兵在海僻，
掩护丞相避风波。
喂，兄弟伙，架势要摆好！

乡　勇　萧兄放心！

萧　汉　哈哈……

（唱）　擎旗搭轿抄小道，

专引元兵来上钩。

萧汉无拖又无累，

哪怕坐监与杀头！

唉！无拖累是无拖累，心内还是挂着阿妹！劳恁跟我妹说知，到时家内放块神牌，有事点香叫句阿兄，我在地下就会知！

乡　勇　嗯……

萧　汉　怎么不走了？

乡　勇　阮听着心内艰苦绝！

萧　汉　嗨！走呀！

（唱）　平生坐轿头一遭，

好似好风好涌顺水流。

乔装丞相来替死，

算来是我福份高！

哈……

擎旗者　元兵来了！萧兄……（急捂嘴）

萧　汉　用官话大声喊丞相！

乡　勇　是！丞相，元兵来了呀！（放下轿子与擎旗的奔下）

四元兵　（上）丞相？财神爷一来，俺就发大财！（小心翼翼靠近轿子）

［萧汉突然执鱼叉走出来，刺伤一元兵，格斗，被擒。

四元兵　（绑住萧汉塞进轿里）抬回去领赏！（下）

内　声　元帅驾到！

［元兵上，有的警戒，有的安置帅帐。

［李将军引张弘范上。

张弘范　哈……

（唱）　挥兵十万驰海疆，

欲擒宋瑞在潮阳。

扶元灭宋顺天意，

张弘范，

建功立业在眼前！

探　马　（内声）报！（上）禀元帅，文天祥遍布伏兵，海门登陆受阻，陆上兵马被挫；南蛮助敌，西岩正在激战！

张弘范　再探！

探　马　领命！（下）

张弘范　哎呀呀，上下一心，三军死战，文天祥真可畏也！多亏陈懿报讯，倘若迁延时日，让文天祥聚沙成塔，后患不浅！

探　马　（内声）报！（上）禀元帅，前锋生擒文天祥！

张弘范　万幸万幸，天助我也！带上来！

探　马　领命！（欲下）

张弘范　慢！（旁白）且住，想皋亭山上议和之时，本帅奉命劝文天祥归顺，倒被他羞辱一番。如今众目睽睽，倘若再被羞辱，岂不是威风扫地！

李将军　禀元帅，文天祥与大元势不两立，不如将他杀了，以绝后患！

张弘范　胡说！杀之，成全他忠节之名；留之，见张某容人之量。何况伯颜丞相早有明谕：招他归顺，以便收服人心。

李将军　末将无知，元帅恕罪。

张弘范　罢了。这文天祥暂由你处置。记住：只可以礼劝降，不得害他性命！

李将军　遵命！

张弘范　嗯哼！（下）

李将军　来，带文天祥！

探　马　得令。来，带文天祥！（下）

内　声　喳！

萧　汉　（内唱）　弄潮汉子气昂昂，（被绑上）

为护丞相自投牢笼！

踏进元营怒火旺，

恨不得，

挣断绳索杀豺狼！

李将军　哎呀，丞相受惊了！

萧　汉　（欲发作，忽猛省，接唱）

休鲁莽，休鲁莽！

（夹白）我有丞相的坯个（身材），无丞相的文才……

（接唱）　丞相不是打鱼人！

李将军　快与丞相松绑！

元　兵　将军，文天祥好些厉害，已伤兵卒多人，放不得！

李将军　久闻文天祥刚烈，果然名不虚传。松绑！

元　兵　领命！（犹豫地上前松绑）

李将军　文丞相，本将这厢有礼！

萧　汉　呸！

李将军　南朝气数已尽，丞相何须苦苦支持？

萧　汉　呸！

李将军　伯颜丞相示谕，先生若归大元，仍为丞相，望丞相三思！

萧　汉　呸！（趁李近前，抽其宝剑，刺李未遂，自刎，李及元兵急按住）

李将军　丞相壮烈，本将钦佩。只是蝼蚁尚且贪生，丞相何苦如此？

萧　汉　呸！

李将军　见问不答，唯求一死。这叫我如何对付？如何对付？

探　马　（内声）报！（上）禀将军，又拿住一个文天祥！

李将军　怎么讲，又是一个文天祥？

探　马　正是。

萧　汉　（旁白）坏了，坏了！

李将军　杀又杀不得，这一个已难应付，再来一个么……是了。来，带下！

元　兵　喳！（重绑萧汉）

李将军　文丞相，暂屈了。

萧　汉　呸！（被元兵带下）

李将军　押上来！

元　兵　（内声）喳！（推陈应龙带锁上）

陈应龙　（亮相，唱）

冒威名，
进虎口，
保丞相，
甘断头。
求速决，
挺身迎钢刀！（海涛声）
忽听南海声呼啸，
似闻潮州百姓痛号啕。
断壁颓垣映眼际，
乡亲横尸填古道。
一个好潮阳，
只剩下青烟缕缕夕阳烧！
压下心头火千丈，
且待周旋在敌巢。

李将军 啊，你是文天祥？

陈应龙 然也。

李将军 文丞相？

陈应龙 大宋右丞相文天祥。

李将军 哈，我看你是假冒！

陈应龙 宋瑞至此，但求一死。何用罗嗦！

李将军 想死？容易。左右，推出砍了！

元　兵 喳！（推陈应龙欲下）

陈应龙 哈……

李将军 慢！你真的不怕死？

陈应龙 为国尽忠，死又何妨！

李将军 这……来，带早间“文天祥”！

元　兵 喳！（下）

陈应龙 这……

[元兵带萧汉上，与应龙相遇，愕然。

萧　汉
陈应龙 啊，你……

（同唱）　两个“丞相”处境险，
霎时郎舅同遭殃！
何计救他离虎口，

萧　汉
陈应龙 这里暗思量……

啊，是了。（对李）将军！
宋家兵士爱丞相，
满营皆是文天祥。
小卒无辜先开释，
有事问我便知详。

李将军 你们两人说一样话，到底谁真谁假？

陈应龙 我是真！

李将军 啊？

萧　汉 我是真！

李将军 啊？

陈应龙 他是假！

李将军 啊？

萧　汉 他是假！

[两人争执着……

李将军 （被弄糊涂了）哎呀！

张弘范 （内声）哈哈……（上，对萧、陈）怜恁乃替罪羔羊，快说出文天祥下落，本帅将恁释放！

陈应龙 呸！张弘范，你呀！

（唱）　你奴颜婢膝，
自充犬鹰。

杀戮同胞，

罪孽万重。

恨我生难啖你肉，

死化厉鬼叫你难安宁！

萧　汉　要杀便杀，十八年后又是一条好汉！

张弘范　哇，南蛮可恶。架起油锅，将他们煮了！

陈应龙　姻兄！

萧　汉　妹婿！

后台女声　（独唱）啊……

取义成仁死无憾，

且喜长眠在故乡！

张弘范　快拉下去！

元　兵　喳！（押萧、陈下，李将军随下）

[灯渐暗。

[安更鼓。

[追光灯照着张弘范举杯独酌。

张弘范　唉！

（唱）　海风烈，河井干，

海隅荒僻人情恶。

挥铁骑纵横驰骋，

杀不尽南蛮！

那宋瑞，

搅起人心归宋，

这潮州，

驻足艰难。

军中罢歌舞，

醇酒难消心中烦。

睁眼数更残！

李将军 （上）恭喜元帅！陈懿引先锋渡海，偷袭宋营，令弟张弘正将军于海丰五坡岭拿住两个文天祥！

张弘范 混帐！怎么又是两个？

李将军 一真一假，假的姓刘，砍了。真的押到！

张弘范 （续唱） 哎呀呀，

这么多的文天祥，

令人心寒！

传令下去：初六押文天祥登舟，兵发崖山，荡平南朝！

李将军 遵命！（亮相）

[切光。

后台女声 合唱初一无点灯，

初二无游龙。

今年过年阒阒静，

元兵来了走空城。

扶老携幼走海口，

莲花峰下哭不停。

欲救丞相无计策，

千家万户无壮丁！

遥望槛车气又恨，

海浪高高鸣不平！

[黑暗中置景。

[在后台歌的余音中景渐显：朝霞似火，海如血染。一座酷似莲花的礁岩——莲花峰耸立海边。岩石上镌刻两个字："终南"。

[低沉的号声，沉闷而疏落的鼓声。

[四元兵引张弘范上，警戒。

[一元兵推槛车上。

张弘范 （端详着石上两字）"终南"、"终南"！哈哈……

（唱） 终南终南南朝终，

堪嗟宋主太昏庸。
两代宰相皆鼠辈，
贾似道与陈宜中。
倘若天祥早日膺大任，
只恐我主好梦一场空！
如今大元山河大一统，
南朝显贵一半功！
哈哈……
今日里，
欲为朝廷招人杰，
挽留丞相与诗翁！

李将军 （内声）文丞相请！（引文天祥上）

张弘范 哎呀，文丞相，久违了！

文天祥 啊，原来是你！

张弘范 丞相，晨光灿烂，海漾金波，真好景致也！

文天祥 将军，天公含愧，碧海染血，真恨煞人也！

张弘范 嘿嘿！今天是大元至元十六年正月初六，张弘范与丞相恭贺新春！（施礼）

文天祥 啊，已是大宋祥兴二年了！

张弘范 哎，是大元至元十六年！

文天祥 是大宋祥兴二年！

张弘范 哈哈……各奉其主，各持一说，年号不讲，却是已卯新春。（招手，元兵捧酒上，取酒）文先生！

（唱） 皋亭一别各西东，
谁料潮阳重相逢。
纷争英雄兵事了，
何妨携手饮一盅。
请！

文天祥 将军——

（唱）　杀戮同胞建奇功，

将军堪称乱世雄。

不信但看杯中物，

点点滴滴血染红！

张弘范　呃……（发觉文走向槛车）丞相要往哪里？

文天祥　这车儿必是为我而备，如今空着，我当进去坐坐了！

张弘范　（尴尬地挥槛车退后）仲畴不愿见丞相为阶下之囚。

文天祥　事已至此，文某死不足惜，何劳将军费心！

张弘范　嘿嘿！该费心的还当费心！丞相，这石上“终南”两字，据说乃足下所书。不错，先生曾有诗曰：“臣心一片磁针石，不指南方不肯休。”如今已到天之南，海之角，对南朝仁至义尽矣！文先生——

（唱）　状元锦绣文章人叹服，

博古鉴今可变通。

历朝更替寻常事，

何必拘泥作孤忠？！

文天祥　哈哈！好一个变通！将军，这潮阳有一神庙，与将军宗谱有关。

张弘范　什么庙？

文天祥　灵威庙。

张弘范　所祀何神？

文天祥　张巡、许远二公。

张弘范　啊？

文天祥　先朝张睢阳在这里安享百姓香火。同是张氏子孙，不知你——淮阳张将军何等样想？

张弘范　这……

文天祥　张将军——

（唱）　咬牙杀贼牙皆碎，

张巡豪气贯长虹。

奉劝将军续家谱，

当认南朝是祖宗。

张弘范 哈哈……引长胜之师而附溃败之旅，弃沐恩之主而投亡国之君，天下哪有此怪事！

文天祥 哈哈……指点迷津，将军以为怪事。教人舍道义、弃君父，岂不是豚犬所为？！

张弘范 仲畴可是为丞相着想啊！

文天祥 降元，我不可为；归宋，将军不可不为！文某也是为将军着想！

张弘范 丞相差矣！宋主无能，听任权奸误国。达官贵人纸醉金迷，竞相攀比。于是文官爱钱，武将怕死。贪官污吏多如牛毛。待到起用足下，已难挽颓势！

文天祥 依将军所言，莫非因有贪官劣将，便当卖国求荣？！

张弘范 这……

文天祥 倘若朝廷日月昭昭，还要臣子做什么？

张弘范 这……

文天祥 北朝恃强凌弱，见人有病，便置之死地。请问将军，这是什么行径？！

张弘范 这、这、这……

（旁唱） 哎呀呀，

他语如连珠，

我无言可答。

好一副孤忠肝胆，

难怪替死有南蛮！

得一人而服天下，

难怪我朝另眼相看。

只可叹，

金戈铁马张弘范，

难移宋瑞志如山。

眼前谁有回天手，

拨转磁针不指南？

内　声 丞相！

[陈林氏携村姑打扮，手握毛笔的文监娘及萧梦云等妇孺老幼，从两侧顶香涌上，元兵阻挡不住，后退。

李将军 哇！将他们赶了，不走者杀无赦！

元　兵 喳！

文天祥 哎咋！

（唱）　百姓冒险走相送，
又愧又恨心难安！
倘若因此遭戕害，
宋瑞百死罪难当！
这将如何是好？

张弘范（唱）　百姓冒险走相送，
又气又恨又难堪。
攻城略地易得手，
扳转人心实也难！

文先生，你看这潮州百姓何其愚，死到临头，还不知后退！

文天祥 将军，你看北朝兵将何其呆，倘若斩尽杀绝，没有百姓，哪成天下！

张弘范 这……

文天祥 看将军行径，文某倒有一判语。

张弘范 怎么讲？

文天祥 八面威风，万世骂名！

张弘范（羞恼）哎咋！你……

众百姓（关切地）丞相！

李将军 元帅，南蛮不散，杀还是不杀？

张弘范 蠢才！

[文监娘咬笔冲上前跪下。

陈林氏（同时上前，为文监娘掩护）丞相，我孙女她，她……她是哑的！

（唱）　哑孙拾得一支笔，
上有丞相名讳留。

她执意呈物还原主，
好将此笔写春秋！

文天祥 哎咋！（要上前被李将军拦住）

张弘范 （对李将军）站开！文先生，请收下。仲畴尚有话说。

文天祥 （趋跪上前，从女儿口中取过笔）老太太祖孙情深，宋瑞铭记在胸。此地不宜久留，请引你孙去吧！

陈林氏 遵谕。

张弘范 文丞相，眼前艟艨将发，不日便抵崖山。先生将在舟中目睹南朝倾覆。为免生灵涂炭，请用此笔修书，招陆秀夫、张世杰归顺！

文天祥 文某已愧不能孝敬父母，哪有教别人忤逆！

张弘范 若固执己见，便看血洗崖山！

李将军 丞相，还是写吧！

文天祥 笔，笔啊！

（唱） 古人凭你写春秋，
描神点鬼记风流。
出师一表真名世，
万古之下悼武侯。
张巡许远身殉职，
古烛长明照潮州。

众百姓 （唱） 状元丞相笔如剑，
锋芒指处史迹留。
诗如惊雷文似电，
劈开氤氲耀海陬！

张弘范 文先生——

（唱） 中原逐鹿强为首，
自古青史王者修。
秦皇有胆书烧尽，
不教邪说世上留。

汉帝未曾杀司马，
引来李陵论不休。
我劝丞相勿执拗，
改换门庭笔作舟！

文天祥 哈……

（唱） 我曾仗笔写国策，
我曾仗笔揭奸谋。
写山川，描锦绣，
抒慷慨，寄哀愁。
斥顽敌，助朋俦。
世间举足如点划，
步步行来需劲道。
双家臣子须当直似你，
宁折不弯毋使山河羞！

张弘范 文先生，请你站高些看一看，南朝已无寸土。还是写吧！

文天祥 （登上莲花峰）啊！

（唱） 望大海，
烟波浩渺不见帝舟，
似见帝舟，
臣子泪流。
大宋有朝三百载，
只剩下海上朝廷听惊涛。
面对着峰下哀哀众百姓，
丞相泪流！
多少将军弃城走？
多少文臣降敌酋？
我恨不得，
撞倒石峰头，

将碧血，
写春秋。
存正气，
化长虹：
贯神州！

[文天祥跺足。莲花峰炸裂。

[众愕然，静场。天幕显字：“人生自古谁无死，留取丹心照汗青。”

后台歌 （突然迸发）啊！——

[文天祥徐步下礁岩，向槛车走去。

[张弘范、李将军、元兵拥文天祥下。

[一老者持酒壶以酒酹“终南”，两字焕采。

众百姓 丞相！（下跪）

合　唱 啊——

踏碎石莲鬼神愁，
丞相欲去去难留。
正气一道干北斗，
风范长存在潮州！

[剧终。

（剧本版本：《南粤剧作》1992年第1期）

边关情仇

（《翁万达主婚》）

编剧：郑暹发（执笔） 黄月金

人 物 表

翁万达	三边总督，兵部尚书。
翁从云	万达义子，明军将领。
梅　竹	翰林院士，监军。
俺　答	番邦汗王。
孛罗兀	番邦部落头领。
朵　兰	孛罗兀之女。
柳　氏	孛罗兀之妻（汉族），朵兰之母。
明世宗	嘉靖皇帝。
孙夫人	翁万达继夫人。
姚　妃	嘉靖妃子。

钦差、太监、兵士、宫女、俺答兵将、男女边民。

[明代嘉靖年间。

[明大同重镇。长城断续。关外，风草萋萋。关内，可见零落田陌，散扎营帐，隐约传来圩集的喧嚣和卖唱的鼓乐。

[随着一声凄厉的号角响起，一阵马蹄声如疾风骤雨由隐渐显，俺答率番兵追逐边民，抢劫财物掩杀而过。

[狼烟冲天，战鼓动地。翁从云率明军追杀孛罗兀、朵兰上。朵兰女扮男装，与从云开打。见从云英俊非凡，朵兰诈败，回首弯弓，把箭一抬，射中从云头盔。从云怒火中烧，拍马直追下。

[翁万达戎装红袍，纵骑而上，见状，抽剑一挥，众军士兵分两路奔下。

[番兵抱着抢来的物品，狼狈上。

番兵甲 翁太师来了！（逃下）

众番兵 啊？真个是翁万达！逃命要紧！

[众番兵欲下，孛罗兀捂着腰眼趔趄上。

孛罗兀 哪里去？翁太师已断了我等归途。还不快快过来，护卫于我，杀出一条血路！

[明军杀声大作，奔上。众番兵作鸟兽散。

[孛罗兀孤身一人，被明兵击倒，明兵正欲结果其性命，翁万达率从云等上。

翁万达 慢！

翁从云 （见孛罗兀还在动，用剑一挑）嗬，看架势还是个头目哩。

孛罗兀 （昂然而起，趔趄，捂住伤口，泰然地）要杀便杀！

翁从云 （剑抵其胸）还敢嘴硬！

军士甲 （从一番兵怀里取出几块布料）总督大人，这是番贼抢来的丝绸绫缎。（又从他怀里掏出一包物件）里面是什么？

[军士甲解开包袱，一把铜制茶壶已被压变形。

翁万达 （接过，颤抖着向兀）草原上无这等器皿？

孛罗兀 一再求贡屡不准，通贸无门就须强索取！

翁从云 （爆发地）什么话？！

（唱） 凭什么我大明家什任你取？

凭什么我大明妇人任你掳？

凭什么我大明边墙任你毁？

凭什么滥杀我边民村夫？

难道就为了这几幅绸缎？

难道就为了这破烂茶壶？

翁万达 何至于此，何至于此嘛！——土蛮牛！

翁从云 （唱） 我当将你来万剐千诛！

来人呀！

[军士将孛罗兀架住，一军士抡起大刀。

翁万达 （按捺下来）带回老营。

翁从云 大人，留此贼何用？！

翁万达 （独自沉吟）荀子曰：神，莫大于化道……

[翁万达一干人下。

[“呀——”朵兰悲愤地上。

朵　兰 （唱）　草原平地起风暴，

雄鹰展翅无回头。

惊闻阿爸陷敌阵，

朵兰我，一腔悲愤向天吼！（欲下）

柳　氏 （上）朵兰，朵兰，你要去哪里？

朵　兰 杀回关内，救返阿爸！

柳　氏 女儿使不得！只恐那翁万达，早就把你阿爸……斩首示众了。

朵　兰 翁万达啊翁万达，倘若不见了我爹爹，誓与你不共戴天！母亲，上马！

柳　氏 朵兰，三思而行。

朵　兰 三思而行？（拔出匕首，唱）

我定要血刃翁万达——踏平长城！

[朵兰掖起匕首，两人策马下。

[暗转。月下长城。城楼雄峙，城门紧闭。远处，一豁口正在修复之中。

[翁万达率从云巡视上。

翁万达 （向内）梅大人，这边请。

[梅竹上。

翁万达 （唱）　长城逶迤万里长，

代代修筑年复年。

金汤梦常破，

烽火熄又燃，

何日再无鼙鼓响，

同上城楼看月圆。

梅　竹 想不到，这塞上风情，月下长城，如此令人心旷神怡，真个是好景致，好景致呀！

翁万达 梅学士，你千里迢迢，从京城来到边关，也不歇息一番？

梅　竹 哎，总督大人连日征战，功高盖世，尚且亲自修筑边墙，皇上派我来慰劳三军，岂敢独自偷闲。

［城墙外传来一阵嘈杂声。

梅　竹 城外为何有市井之声？

翁从云 禀监军：那塞外胡人，城内百姓，无以通贸，便在城外集贸成市，交换货物。

梅　竹 啊？这还了得！敌我交战，泾渭分明，岂可你来我往，资敌坐大？

翁从云 大人容禀，这塞外胡人百姓，对我并无恶意，互通有无，早已相沿成习。

梅　竹 大胆！小小裨将，竟敢为敌张目！并无恶意？为何屡屡入侵，烧杀抢掠！

翁从云 这个……

翁万达 这个么，梅大人，我等何不轻装简从，下去看个究竟。

梅　竹 啊？不可造次，不可造次。

翁万达 怕什么？（执其手）走。（翁等人下）

［城墙外。胡人与边民若干人上。有的用蔬菜交换羊腿，有的用布匹交换玉石。

胡人甲 （拿着一领裘皮，硬要与边民甲交换一把锄头）换不换？换不换？

边民甲 （察看裘皮）倒也好货。（一拍他的巴掌）成交了！

胡人甲 （指着台内）岂要买马？

边民甲 你那匹大红马卖多少银子？

胡人甲 我这马，真是好牙口，你过来看看。

［两人亲热地揽肩下。

［翁万达、梅竹、从云便装上。

梅　竹 真不敢相信——昨日，这里还是两军厮杀的战场。

翁万达 此情此景，学士以为如何？

梅　竹 化干戈为玉帛，当然是件好事，只是恐怕朝廷不允。此等是非之地，还是回去为好。

翁万达 是非之地？梅竹兄，老百姓喜欢的事，孰是耶？孰非耶？（见胡人乙披着一肩羔羊皮过来兜售）这位兄弟，羔羊皮什么价钱？

胡人乙 老爷要羔羊皮？好说好说，你有种籽来换最好。

翁从云 我等又不是农夫，哪有这物件？

翁万达 一盒火石，与你换一领羔皮，如何？

胡人乙 火石？使不得，使不得。两盒？

翁万达 （从从云身上又拿来一盒）一并贴补于你吧。

翁从云 大人，用不着两盒。你真不会讨价。

翁万达 （欲与胡人拍手成交，谁料他的一只衣袖里竟是空的）你的手？

胡人乙 去岁随俺答大王入关，被翁太师的部将砍了。

翁万达 啊！（唱）

忽见得，一条断臂成空袖，
多少思绪上心头。
只可恨，俺答为酋据漠北，
求贡未成战不休。
扰我边民无安生，
喋血长城在金秋。（向乙，接唱）
兄弟啊，从今切莫做傻事，
自己种的苦果要自己收。

胡人乙 老兄你放心，别说我只有一只手，……（与翁叙谈下）

[梅竹见状直摇头，无奈地随下。

[朵兰与柳氏上。

朵　兰 （唱） 乔装打扮关里人，

柳　氏 （唱） 欲过长城意彷徨。

朵　兰 （唱） 父亲大人呵岂安在？

柳　氏 （唱） 苍天保佑一家平安。

[朵兰与从云四目相对。

翁从云 （旁唱） 眼风逼人，这姑娘怎好生面善？

朵　兰 （旁唱） 冤家路窄，他就是军阵中那英俊少年！

[梅竹倒退着上。

梅　竹　（作揖）总督大人，梅竹恕不奉陪了。

朵　兰　总督？！

（旁唱）　一见那翁万达我目眦欲裂。

梅　竹　（见朵兰，窃喜，旁唱）

惊鸿一瞥，

蛮荒地竟有如此娇妍？

朵　兰　（暗按匕首，旁唱）

天赐良机，

拼将小命冲上前！

柳　氏　（死死拉住）朵兰！

翁从云　你二人欲作甚？

柳　氏　我女儿久闻总督大名，想欲一睹大人英姿。

翁从云　一睹英姿？你怀里藏的什么？

柳　氏　哪有藏什么？女儿家，不就是刚刚在夜市上换来的几颗玛瑙。（暗从自己身上拿出玛瑙，佯作从朵兰怀里掏出）这不是？

翁从云　嗯哼，脚手倒也利索。（向朵兰）过来！

柳　氏　（急护住她）你要作什么？

翁从云　我要查验。

朵　兰　（挺身上前）要查验？验呀，验呀！

翁从云　（作难）这……

梅　竹　哈哈……

翁从云　梅大人为何发笑？

梅　竹　少将军，未免草木皆兵了吧？（向母女）你二人何故到此？

柳　氏　阮本为中原商贾人家，只为这些宝石而来。

梅　竹　英雄爱良驹，美女惜珍珠，此乃情理之事。何不随我驿馆歇息？

柳　氏　（瞥从云）上好，上好。

梅　竹　那就行起。

（唱）　私通边贸惹是非，

月下携将美人归。

柳　氏（唱）女儿莽撞险闯祸，

幸得学士来解围。

朵　兰（唱）父亲下落尚未明，

正好向此人探原委。

翁从云（唱）这母女心中定有鬼，

从云我暗中紧紧跟随。

[梅竹与柳氏母女下，从云暗中跟随，下。

[总督府衙。翁万达上。

翁万达（唱）马市归来意犹酣，

战场商场总不同。

有道是，自古知兵非好战，

两族百姓盼长安。

连日来，我示以大义孛罗兀，

遣其回番劝番王，

兵戎永消百姓乐，

农牧互利代代敦睦黄河间。

（向内）令官。

[传令官上。

翁万达 请孛罗兀。

传令官 有请番将孛罗兀。

[孛罗兀上，看得出腰伤还未愈。

翁万达（趋前）这边请坐。不知近日腰伤可有好转?

孛罗兀 禀太师，吃了您叫人送来的山葡萄，这支腰已经可以走动了。

翁万达 哦，我这令官，有一手伤科骨术，待他为你按摩一番，舒舒筋骨，如何?

孛罗兀 怎敢……

翁万达 躺下，躺下。

[孛罗兀俯身卧下，传令官按住其腰，一只手将他大腿往上扳，疼得孛罗兀

哇哇直叫。

翁万达 好点了吧？

孛罗兀 哎，舒服多了。再来，再来。

翁万达 不怕痛？那就再来几下。

[孛罗兀又喊起来，朵兰潜伏上。

朵　兰 （唱） 夜幕下总督府灯火阑珊，
惨叫声一阵阵教人心寒。

（见状）啊？！

（唱） 爹爹爹爹你遭此大难，
既被俘且受刑惨绝人寰。
翁万达你丧心病狂心狠手毒，
朵兰我定叫你先见阎王！

（拔出匕首）爹爹，女儿来也！

[一侍女端茶过场，朵兰随下，复上时，手中已端着茶具，进厅，见其父已起身与万达携手而行，不禁驻足茫然。翁从云急上。

翁从云 大人小心！

[朵兰茶盘与匕首砰然落地，从云死死抱住她。

翁万达 啊？（向从云）众目睽睽之下，堂堂督府之上，你抱这女子作甚？

翁从云 大人，你还有心开玩笑，你无看她手中这把利刃！她……

孛罗兀 朵兰，你怎地到此？

朵　兰 爹爹，你、你降了？

孛罗兀 降也罢，不降也罢，女儿呀！

（唱） 蒙太师不杀之恩恩重如山，
俺岂可一而再再而三形似豺狼。
且看我砍断这造孽的手，
从今后若是再侵扰天朝我誓不为人！

[孛罗兀挥刀欲落，被翁万达拦住。

朵　兰 爹爹！

孛罗兀 还不拜见太师。

朵　兰 太……师！（跪地）

翁万达 快快请起。

[柳氏与梅竹上。

柳　氏 （唱） 恐女儿闯督府再酿血腥，

以卵击石我肉跳心惊！

梅　竹 （唱） 忽听得翁总督开释敌酋，

糊弄我梅学士不灵不精，

天脚下岂有这等荒唐事，

不由人一头雾水疑云重重。

总督大人，你怎能放虎归山？

翁万达 梅学士，无须多话。（向柳）这妇人又是谁人？

孛罗兀 （唱）正是朵兰的母亲，我的梦中人。

翁万达 好一个梦中人。哎，看起来怎么不像你族人模样？

柳　氏 太师呀！（唱）

柳氏本是中原女，

昔年流落塞外行。

丝绸路上曾遇险，

天赐贵人救我命，

孛罗兀君显爱心，

从此与他结鸳盟。

生下朵兰此爱女，

一身结下两头情。

番王俺答命出征，

我心系中原苦难陈。

不敢盼他打胜仗，

也不敢想他败回程。

终日望断长城口，

提心吊胆战兢兢。

倘若一日修和好，

天下太平我家安宁，

偕夫携女关里去，

自将认祖归大明。

翁万达 （感动地）“倘若一日修和好，天下太平家安宁。”来人呀！

兵　士 在！

翁万达 将孛罗头领的披挂取来。

[兵士取孛罗征衣及弓箭上。

孛罗兀 （跪地）太师！

翁万达 快快请起。从云，送孛罗头领一家出关。

翁从云 这……

翁万达 怎么了？

梅　竹 这还用说？

（唱） 从云他战阵中擒贼擒王，

一心想报朝廷好不风光。

谁料到太师你忽发奇想，

这功劳这荣耀尽付秋风。

翁从云 总督大人，从云军务在身，恕不为败军相送了。

朵　兰 什么话？想当初战阵中饶你一命，竟还有脸说我是败军？

翁从云 你饶我一命？真是笑话，从云我从不与女流交手。

朵　兰 哼！那日阵中——（作开弓瞄准从云状）看箭！

[从云一惊，下意识地捂住自己的头盔。

朵　兰 小青头，想起来了吧。

翁从云 哎咋！

（旁唱） 她、她、她——

她就是战阵中那英俊少年？！

（唱） 百发百中穿杨箭，

一箭射中我心灵。
东边日出西边雨，
道是无情却有情。

翁万达 （向朵兰）这么说，从云也欠你的情。

翁从云 欠什么情，我看她纯属侥幸。有道行，敢与本将军一试么？

朵　兰 （反唇相讥）哈，少将军不是从不与女流交手的么？

［翁万达若有所想，与孛罗兀耳语一番，两人看着从云与朵兰，面露喜色。

翁万达 好了好了，但愿于今之后，你等永不交战才是。（拿出一包物件）孛罗头领，你我相交数日，军中别无长物，这是我叫人从家乡捎来的茶籽，权且收下。

孛罗兀 茶籽？

翁万达 正是。

（唱） 你族居住无定所，
马鞍之上好坎坷。
飘忽无踪赋性悍，
见异思迁滋事多。
倘若以农为根本，
多种稻麦与果蔬，
根生大地有依傍，
东风化雨从此息兵戈。

孛罗兀 太师教化，恩同再造。兀此番回去，定当禀告汗王。（拔下头盔上的箭一折为二）我等若再犯境，身同此箭！

翁万达 嗄好！从云，护送姑娘一家出关！

翁从云 领命！

［翁万达随从云送孛罗一家下。万达闻声复回。

梅　竹 走不得！番邦降将，岂能说放就放？

翁万达 依你说，该如何处置？

梅　竹 取其首级，功报朝廷！

翁万达 学士监军，就喜欢说一个“杀”字。（语重心长地）监军大人，万达连年征战，虽亦屡获胜券，然血雨腥风，却愈演愈烈，这个中因由，怎一个杀字了得？

梅　竹　哼，不如先禀报朝廷。

翁万达　老夫自当奏知皇上。

梅　竹　要是皇上不准呢？到那时，你总督大人的这顶官帽，恐怕也戴不得了。

翁万达　哈！万达倘能解甲归田，真正是求之不得。

［草原。蒙古包外。柳氏做针线，朵兰操练武功。

柳　氏　朵兰，你就不要舞枪弄剑了，女儿家，还是学些针线活好。

朵　兰　哼，我从不做这些闷人的工课哩。

柳　氏　不学？将来嫁了人，还去关内抢人家的衣服呀？

朵　兰　不抢不抢。你无听翁太师说，要开禁设市，让俺与中原百姓通商。到时，岂不现成？

柳　氏　你也欲穿关内人的服饰？

朵　兰　母亲，你不是还有几套年轻时穿的汉装吗？我去穿来看看。（下）

［柳氏满心欢喜地看着她的背影哼起歌来。

女声伴唱　“渭城朝雨挹轻尘，
客舍青青柳色新。
劝君更尽一杯酒，
西出阳关无故人。”

［在反复的咏唱中，朵兰着汉装上，随着母亲的吟唱起舞，楚楚动人。

柳　氏　这才像我的女儿哩。

朵　兰　“西出阳关无故人”？母亲，你不是在关外遇到阿爸的吗？

柳　氏　哎，朵兰，阿妈为你找一个关内的夫婿如何？

朵　兰　呀！你、你别胡扯。

柳　氏　怎么是胡扯？阿妈好嫁你阿爸，你也好嫁关内人嘛。

朵　兰　咳！我不跟你说了。（拿起刀枪又舞起来）

柳　氏　不说就不说，将来勿怨阿妈就好。

孛罗兀　（上）嗬，朵兰穿起汉装来，更像你阿妈了，好看！

柳　氏　就是嘛，说不定你女儿要穿它一辈子。

朵　兰　（撒娇）你再说，我就永远不穿了。（扯下）

孛罗兀　（意会）哦，哈……朵兰，穿一辈子就一辈子嘛，想俺祖先，当年入主中原，留在中原的，现在也不都变成大明的人了。

朵　兰　你二人同个鼻孔出气，拿我开心。

柳　氏　好好好，不闹了。（向兀）汗王答应了么？

孛罗兀　答应了！汗王听了我一番细说，委派我做通贡使者，不日就要去朝见天子了。

朵　兰　好呀！我随爹爹一同去燕京朝见。

孛罗兀　哎，国家大事，岂可与你同行？

柳　氏　（向朵兰）你呀！就等着那个好日子到来吧？

朵　兰　什么好日子？

[孛罗兀与柳氏相视而笑，下。

[朵兰心猿意马，丢掉刀枪，拈弓搭箭，定睛一瞄，眼前浮现从云横枪立马的英姿。

[“双棚窗”：长城内外。

朵　兰　（唱）　连日里一弯弓心旌摇曳，
眼里头挥不掉那翩翩少年。
草原茫茫望不见长城短堞，
少年他竟如此撩人心弦！
恨不能变雄鹰乘风而去，
长城上再与你一比高低。

翁从云　（唱）　数月间无战事一身轻松，
田畴绿牛羊壮马嘶人欢。
翁大人督三边恩威并重，
长城上望鸿雁春回边关。
朵兰你尚武艺舞枪弄棒，
岂曾记翁大人殷殷祝愿。
该播种时须播种，

切莫耽误了这大好春光。

朵　兰（唱）　大好春光当起舞，

就差你这个种田郎。

有心种好江南果，

无晓农事怎用功？

翁从云（唱）　从云在家曾种作，

戎装在身难帮忙。

倘若解甲归田去，

定教你采植桑麻间。

朵　兰（唱）　何人与你归田去，

彩蝶双飞在花丛？

翁从云（唱）　待等边关永太平，

朵兰你、你……

朵　兰　我怎么了？（隐去）

翁从云（唱）　唉呀呀，云山阻隔在梦中。

[翁万达与梅竹上。

翁万达　从云。

翁从云（一惊）大人。

翁万达　你在看什么？

翁从云（掩饰）我、我在……

翁万达　哦，看你心事恍惚，怕是在等什么意中人呢？

翁从云　哪里，哪里。

翁万达　从云。

翁从云（惊惶）大人！

翁万达　你从家乡万里迢迢，前来投奔于我，不觉也有几个年头了。

翁从云　是啊！

（唱）　从云双亲已早丧，

大人待我胜高堂。

带我从军习韬略，
教我经史写文章，
教我忠心为君国，
教我仁义待四方。
而今长成七尺汉，
栽培之恩不敢忘。

翁万达 （唱） 你今长成男子汉，
也有心事胸中藏。

翁从云 不敢，不敢。

翁万达 （唱） 男大当婚不思娶，
遑论齐家报国扬名四方？

翁从云 从云从军在外，成家之事，岂可妄想？

翁万达 我看中一个姑娘，不知你中意不中意？

翁从云 （下意识地摸头盔）哪个姑娘？

翁万达 孛罗兀之女——朵兰。

翁从云 使不得，使不得。

翁万达 不合你意？

梅　竹 朵兰乃番邦战将之女，与我朝兵戎相见，怎可联婚？

翁万达 此言差矣，岂不闻前朝有公主和番的美谈。

梅　竹 这……恐不能同日而语。

翁万达 岂不见孛罗兀娶我朝之妇，独不让从云娶他之女乎？（向云）从云，你老实招来，对朵兰岂有爱意？

翁从云 大人！
（唱） 朵兰实乃一女英，
豪侠爽朗又聪明，
只怕白日难成梦，
未敢人前吐心声。

翁万达 （唱） 此时无声胜有声，

老夫一力来玉成，
化敌为友联亲谊，
世代相传一脉承。

翁从云 谢大人!

翁万达 大人大人，你岂知俺潮州话“大人”就是“父母”之意?

翁从云 啊?

（唱） “大人”一语尽爱意，
大人待我如亲儿。（跪）

翁万达 （唱） 双手扶起孩儿你，
从今后，我是义爹你是儿。
待等朵兰心相许，
为你择吉定佳期。

梅　竹 总督大人，此事非同小可，还是……

翁万达 监军大人，我义子的儿女私事，你就不必过问了吧。（与从云下）

梅　竹 可恨呀可恼！翁万达全不把我这个监军放在眼里，私设马市，资敌通贸，擅作主张，释放番将；还助纵翁从云与贼女眉来眼去，暗通关节。我如若不禀报朝廷，皇上怪罪下来，岂不大大的失职么？（欲下）慢，先给我在宫中当贵妃的表妹通个声气，对呀！（下）

[暗转。京城西苑，百花盛开。

[姚妃与官娥上。

姚　妃 （展信笺）昨接梅竹表兄来信，埋怨翁万达独断专行，令其徒具监军之名，难得大展鸿图，何日指望高升？我须在万岁驾前，为表兄多说好话。无奈皇上醉心斋醮，到此时还不露面。

[幕内声：“万岁驾到。”

[众宫娥歌舞上。

（伴唱） 洛水玄龟初献瑞，
阴数九，阳数九，
九九八十一数。

数通乎道，
道保元始天尊，
一试有感。
岐山丹凤两呈祥，
雄鸣六，雌鸣六，
六六三十六声。
声闻于天，
天生嘉靖皇帝，
万寿无疆。

[内侍上。世宗身着道袍，头戴香叶冠，手舞桃花剑上，口中念念有词。

世　宗　天门开，地门开，千里童子送魂来，吾奉太上老君急急如律令……

姚　妃　我主万岁，万万岁。

世　宗　万岁？唉，富贵无所止极，所不知者寿耳，是故朕不胜惶恐，真心奉道，乃希心于方外而慕长生也！

姚　妃　臣妾明白。

世　宗　爱卿，这些宫女，都是女儿真身？

姚　妃　启奏皇上，这些丫头，个个未通阴阳，臣妾俱已一一验明。

世　宗　好哇！待朕取其女儿红，炼就“先天丹铅（延生药）”，记你头功。

姚　妃　呀，头功不敢奢望。适才这段曲子，皇上以为如何？

世　宗　好，好。清音妙韵，真乃仙乐。此曲系谁所谱？

姚　妃　谱此曲的么——

（唱）　他本是翰林笔一支，
锦绣文章有奇志，
忠心报国不惧险，
投笔请命赴山西。

世　宗　你说的，可是翰林梅竹？

姚　妃　正是我的姑表兄长。

世　宗　琴心剑胆，实为难得。朕不是委他为三边监军了吗？

姚　妃　（唱）　梅竹他徒具监军名，
任由总督乱施行：
去岁擅自释番将，
私设马市在边城。

世　宗　（唱）　释放边将朕照准，
马市亦是民自营。
万达督边朕倚重，
谋国靖邦有名声。

姚　妃　（唱）　他居功自傲无顾忌，
屡奏通贡违圣意。
如今又欲纳番媳，
暗中往来实可疑。

世　宗　（唱）　封疆大吏多建功，
尾大不掉欲称雄。
居功自傲犹可忍，
别有异心不可容！

内　侍　（上）启奏万岁，今有番邦使者孛罗兀晋朝求见。

世　宗　唉，连赏赏桃花也不自在，叫他有事与首辅禀报罢了。

姚　妃　适才万岁说要查翁万达之事，这孛罗兀到来，正好对质。

世　宗　嗄好，传他进来。

内　侍　传孛罗兀值庐进见。

[姚妃退下。孛罗兀随二宫将上。

孛罗兀　汗王麾下大使孛罗兀拜见大明天朝皇帝万岁万万岁！

世　宗　平身。

孛罗兀　谢万岁。（递文牒）此乃我主俺答呈万岁之奏疏。

[内侍接疏，呈世宗。

世　宗　（览毕）求贡之事，前已不准。开禁通贸，大开关口，鱼龙混杂，易生事端。你族连年寇边，罪逆深重。如今欲打开国门，岂不要我大明引狼入室么？

孛罗兀 万岁！

世　宗 嗯哼？

孛罗兀 我主俺答，怵于天威，意欲痛改前非，纳贡称臣，永无再犯，只请天朝开放边口，互易有无，农牧互补，南北得彰，万岁何乐而不为？

世　宗 想你化外番邦，何物之有？我天朝赫赫，地大物博，无须与你交道。

孛罗兀 万岁高高在上，不谙生民之需。贵朝三边总督翁万达也力倡此举，故本使才前来恳奏，请皇上三思！

世　宗 这么说来，是我不解黎民疾苦了？你说，翁万达与你等有何过往？

孛罗兀 翁太师？

（唱）　翁太师高瞻远瞩有雄才，
豁达大度有口皆碑。
待我战俘乐教化，
待我牧民父母怀。
近日里，遣义子，
欲与族女秦晋谐。
似这等好太师谁人不爱，
与他交往，真个是如沐春风心花开。

世　宗（旁唱）　听番使，赞万达，
一丝寒意袭心怀，
只恐他，笼络人心欲坐大，
暗通外族兵衅开。
这一来，朕的龙廷稳不稳，
祖宗的江山怎安排？
孬要孬要——

（唱）　待朕堵死这条路，
不许番邦常往来！

（向孛罗兀）一道长城隔南北，通贡之议坚不准。复命去吧。

孛罗兀 万岁！

世　宗　（拂袖）来人！

宫　将　（向孛罗兀）请！

[孛罗兀无奈与宫将下。

姚　妃　（上）万岁，我表兄所奏无假吧？

世　宗　朕即书诏，不准万达义子与番女通婚；三边军机大事，总督须与监军共议一致，方得施行。

姚　妃　万岁英明，英明呀！哎，那边厢景致愈好，不知万岁兴致如何？

世　宗　什么景致？快将那些宫女沐浴送来。“天门开，地门开，千里童子送魂来……”

[世宗等下。

[山西边城。总督府内。

[红灯高挂，鼓乐齐鸣。翁万达上。

翁万达　（唱）　红灯高悬满堂明，

鼓乐声喧喜盈胸。

俺答遣使进京求贡，

边境又闻牧歌声。

今日要迎番邦女，

朵兰从云结鸳盟。

化仇为亲长来往，

父仔公孙天伦情。

[鼓乐声渐近。

翁万达　从云，从云。

[从云新郎顶戴上。

翁从云　父帅，你看我这般穿戴使得使不得？

翁万达　哈哈哈，穿惯了征衣战袍，这新郎衣裳却不自在了。过来，纽扣扣好，帽子戴正。哦，看这你头毛，无梳无整，坐下来，我给你扎好。

翁从云　（鼻子一酸）爹爹！

翁万达　怎么了？

翁从云 （擦泪掩饰）无…… 爹爹，免梳了吧。

翁万达 哎，终身大事，怎好潦潦草草？只可惜亲家孛罗兀晋京未返，要不然，我还要与他大饮三杯哩。

翁从云 听说梅竹监军也进京去了。会不会……

翁万达 （自我安慰地）异族通婚，风气使然，监军喜欢也好，反感也好，反正这门亲事已是瓜熟蒂落，水到渠成。

[鼓声愈近。家人上。

家　人 老爷，新娘子已到城门口。

翁万达 从云，还愣着做什么？快快去把新娘子迎进来呀。

[从云不知所措，竟然抄起枪架上的长枪就要冲出。

翁万达 哎呀，又不是叫你去冲锋杀敌，你拿这兵器做什么？（抢回兵器）定定，去带新娘仔！

[从云愣头愣脑下。

[翁万达持枪在手，感慨万分。

翁万达 （唱）　多少年枕戈待旦守朔方，
多少年冲锋陷阵铁金刚，
今日里欲饮交杯酒，
他竟然忘不了握枪在手中。
翁万达啊翁万达，你身系三边膺重托，
却不可喜庆声中失关防。
握枪在手中，
一刻不放松。
贡也备，无贡也备，
（唱）　但愿那老百姓岁岁平安。（下）

[鼓乐声大作，从云引花轿（朵兰），送亲队伍上。

送亲队 （唱）　抬花轿，送新人，
一送送到长城南。
城南城北吹唢呐，

欢锣喜鼓隆冬锵。

送亲队 （唱） 隆冬锵，迎新人，

新人身着大红装。

偷掀盖头四处望，

眼珠溜溜寻新郎。

送亲队 （唱） 新郎心内也着急，

几回欲把轿帘牵。

俺轿哥，加快步，

霎时抬到喜厅旁。

司　仪 新娘子到。

[翁万达及随从上。

翁万达 好、好。（问随从）我该做些什么？

随　从 做什么？红包准备好，请大家花厅坐。

翁万达 （拿出红包）红包在这里。

随　从 拿出来干什么？待会儿新妇敬你甜茶，你再压在她的茶盘上不迟。

翁万达 哦，知道了，知道了。

司　仪 新郎牵新娘下轿。

[从云揭轿帘牵红绸引朵兰进花厅。

众伴唱 挑起轿帘花一朵，

娘仔一步一婀娜。

踏进花厅行大礼，

宾客盈门来相贺。

宾　客 新娘子长的什么模样？能揭开看看吗？

队员甲 你着什么急？揭盖头是新郎官的份，只等进了洞房呀——（唱）

揭开盖头见真颜，

美似牡丹迎春风，

两个酒窝浅浅笑，

一双凤眼媚倒这全屋的人。

[鼓乐大作。

[梅竹面带愠色急上。

梅　竹　停！停！停！

翁万达　监军大人从京城回来了？

梅　竹　亏我来得及时。

翁万达　那就快入席吃喜酒吧。

梅　竹　吃喜酒？恐怕是乐极生悲。

翁万达　梅监军，此乃我义子大喜之日，你知这是什么地方？

梅　竹　我还未醉。这里是大明三边总督府衙，这番贼之女，因何在此？

翁万达　明知故问，看来，监军是要搅散这喜筵了？

梅　竹　岂敢岂敢。（拿出圣旨）翁万达听旨！

[翁万达已有所料，默默跪地。

梅　竹　（展读）皇帝诏曰："翁万达驱退鞑虏，功可褒奖；通贡之议，不得再提。义子与番贼联姻，有辱圣朝，着即斥退。钦此！"谢恩。

翁万达　谢……万岁！（接旨）

朵　兰　（掀掉盖头，猛抽明军腰刀，冲向梅竹）狼心狗肺你呀！

[梅竹躲闪，仆地。朵兰挥刀欲劈。

翁万达　住手！

朵　兰　太师！

翁万达　（沉重地）你且回关外去吧。

朵　兰　你说什么？！

翁万达　且回娘家去吧。

朵　兰　娘！（哭喊着奔下）

[翁从云欲追下，见翁万达昏然欲倒，急扶住。

翁从云　父帅！爹爹！

[灯骤暗。

[柳氏策马上。

柳　氏　（唱）　又羞又愤气冲天，

家事国事成死棋。
我来质问翁总督，
为何逐回我女儿？（下）

[梅竹上。

[柳氏直闯进来。

柳　氏　梅大人，翁太师在哪里？

梅　竹　哎呀，这不是朵兰她母亲么？总督大人忧思成疾，卧病不起。你有事，与我说也一样。

柳　氏　噢。我问你，皇上为何不准我女儿与少将军成婚？

梅　竹　这个……事关天朝与番邦的和战大事，焉可造次。

柳　氏　我女儿清清白白，无端受此大辱，这才是大事！今日，我一定要见翁太师理论清楚！

梅　竹　站住！翁总督纵有恻隐之心，也无回天之力。柳氏，我看你失身番贼，难以自拔，不如早日回归中原，梅竹我保你穿金戴银。（拿出一玉手环）来来来，戴上，戴上。

柳　氏　（拨开，手环掉地）荣华富贵咱不敢想，回归中原，倒是日思夜想。

梅　竹　既如此，何不带上你女儿朵兰。我虽有妻室，也可纳她为偏房，如何？

柳　氏　原来如此！

（唱）　好一个道貌岸然伪君子，
心怀鬼胎读圣书。
难道是，恶狼垂涎羔羊肉，
作梗来将婚事除？
越思越想越成理，
待我相告翁太师。

梅　竹　（拦住）想好了没有呀？美人儿。

柳　氏　早就想好了——梅大人，你口口声声汉人与番族不准联姻，为何还敢看想我女儿？

梅　竹　这……嘿嘿，你本是中原之人嘛！这样吧，你也一并下嫁于我，那不就……

柳　氏　（一个耳光打去）贼人你呀！

梅　竹　呀！来人！

[军士上。

梅　竹　将这个贱妇拿了！

[军士将柳氏绑起来。

梅　竹　军棍伺候！

军　士　啊！（欲打）

翁万达　（上）嗯哼！

梅　竹　大人，这贱人乃朵兰之母，番贼之谍，我见她心怀不轨，又欲行刺于你，故……

柳　氏　冤枉啊！翁大人，事因如此如此……

梅　竹　住口！竟敢信口雌黄，血口喷人！

柳　氏　血口喷人？这玉手环还掉在这里！

翁万达　梅监军，你也太失斯文了。（示意军士为柳氏松绑）

梅　竹　啊？你竟听信番谍的胡言乱语！

翁万达　刚才你一番丑态，早有人密报于我。来人，重打四十大板！

军　士　是！

梅　竹　慢！总督大人，难道忘了皇上圣谕？

翁万达　什么圣谕？

梅　竹　三边军务，总督须与监军商议一致，方准施行。

翁万达　哦，既如此——这四十大板，不知监军大人意下如何？

梅　竹　万万不能！

翁万达　人证物证俱在，不行军法，恐不能号令三军吧？

梅　竹　学生孱弱之躯，怎禁得四十大板？

翁万达　那就减去一半，二十吧？

梅　竹　还是太多。

翁万达　十八大板，断不能再少了。

梅　竹　（哭丧着脸）轻一点。

翁万达 好！总督与监军商议一致。来人，（宣泄地）给我好生伺候！

众军士 领令！

[军士将梅竹架下。梅竹嚎叫声。

翁万达 （向柳氏）夫人，孛罗头领进京求贡的事……

[万达请柳氏进厅，下。

[俺答与一幕僚气急败坏地上。

俺　答 呸！呸！呸！嘉靖那小子还说些什么？

幕　僚 嘉靖帝还说，说我邦化外之番，何物之有？他天朝地大物博，无须与我邦打交道。

俺　答 啊！嘉靖啊嘉靖！

（唱）　想当初先祖烈烈，

起狂飚铁马金戈，

占中原，取欧俄，

威震四海，一路高歌。

今此时，你自恃中原肥沃，

轻看我鞑靼草多，

惹得我无名火起，

定叫你徒叹奈何。

来人呀！

番　将 在！

俺　答 兵发长城，直捣燕京！

幕　僚 大王。

俺　答 你也来碍手碍脚？

幕　僚 想先王显赫一时，入主中原，终也不能江山永固，元朝遗民反被中华同化。而今辽东、青海诸王子残部，时时窥伺我鄂尔多斯，如若大王一味冒进中原，后防空虚，恐腹背受敌，进退无路。

俺　答 我何曾不想与中原和好。多次遣使，称臣纳贡，只望大明朝廷颁我一个藩王名份，开关通贸，相安无事，未料想嘉靖如此欺人太甚。事不过三，我这回定要教训他一番！

幕　僚　只是三边总督翁万达，文韬武略，其坚城厉卒，常备不懈。我军元气未复，此时出战，断不能取胜。

俺　答　依你说怎么办？我咽不下这口气！

幕　僚　据燕京密札，翁万达已内定为兵部尚书，不日将割除总督印绶，入兵部主事。

俺　答　你是说，翁万达不在长城之日……

幕　僚　（唱）　就是咱长驱直入之时！

俺　答　哦——哈哈哈！（下）

[长城城楼。梅竹腰佩印信仗剑上，卫队随上。

梅　竹　（唱）　云开日出见青天，
扬眉吐气风哩哩。
翁万达离职赴京去，
梅竹我大权在握寻杀机。

来人，将番邦派来的奸细孛罗兀推出斩了！

卫　士　遵命！

[翁从云急上。

翁从云　刀下留人！监军大人，孛罗兀是你请他来商谈通贡之事，怎能失信于人，斩杀来使！

梅　竹　哈哈哈！我若不设局诱他进来，何以降此强虏。来人！

翁从云　监军大人，事关重大，何不禀过兵部，请尚书大人明示。

梅　竹　总督印绶在此，我看就不必惊动你义父了吧。斩敌酋功报皇上，传首三边！

翁从云　哎咋！（急下）

[军士列队挑孛罗兀首级，沿长城鸣锣过场。

军　士　呔，今有番邦奸细孛罗兀，刺探军情，受死于此。鞑子听着，若敢再犯，此头可鉴！

[京城西苑。翁万达怒气冲冠上。

翁万达　（唱）　传首三边——
孛罗兀顷刻刀下亡！

可恨梅竹丧心病狂。
挟私报功小人伎，
边境欲酿大事端。
俺答他控弦十万虎视眈眈，
正愁无名好入关。
这这这，这叫兵部何处置？
和战大事如何周全？
顾不得皇上斋醮礼，
一头闯进这太液池畔。
臣翁万达叩见皇上。

［世宗龙袍不整上，头上还戴着香叶道冠，内侍随上。

世　宗　又有何事？朕炼丹正忙……

翁万达　万岁哪万岁，番邦使者孛罗兀被杀一事……

世　宗　我以为什么军机大事，不就是杀了一个鞑子嘛。

翁万达　皇上啊皇上！番邦求贡使者，连连被杀，此次必欲报复于我，伏乞陛下将挟私怨报首功的梅竹绳之以法，昭示天下。

世　宗　梅竹是挟私怨？爱卿，那孛罗兀说来也是你的亲家吧？

翁万达　这……启奏皇上，那孛罗兀之女与微臣义子订为终身，只是尚未完婚。

世　宗　如此说来，爱卿也有挟私之嫌了。

翁万达　……臣不敢，臣督边多年，深知俺答脾性，请诛梅竹，实在是为边关安全计。

世　宗　杀了一个梅竹，俺答就不滋事了吗？

翁万达　开关通贸，才是和平之根本。

世　宗　又来了又来了。翁万达，你乃敢听信求贡诡言，好生渎罔。

翁万达　臣曾亲赴边外，侦勘番情，番族人不耕织，地无它产，不能不仰中原之物产，是故俺答求贡，意也勤恳，臣不敢妄奏。

世　宗　大胆！还敢代为游词！

翁万达　（摘下官帽）罪臣纵肝脑涂地，也不得不据实而讲。

世　宗　好一个翁万达，真拿你无办法。如此耿介，真乃我朝第一诤臣。朕非但不摘你的官帽，还要赐你一顶香叶冠，来来来，戴上看看。（将香叶冠戴在翁头上）梅竹之事就算了吧。

翁万达　（摘下香叶冠）臣凡胎俗气，入不得幽冥之境，清虚之界，还请皇上收回成命。

[帝愠。

内　侍　翁尚书，见好就收吧。你岂知有了这顶御赐香叶冠，先生在朝任事，就可以先斩后奏，便宜行事了。

翁万达　啊？！（急忙捧冠于怀）如此，臣叩谢皇上大恩！

世　宗　去吧去吧。

[翁退下。世宗直摇头，与内侍下。

[西苑官内，姚妃梳妆上。

姚　妃　（唱）　春风又绿江南岸，
太液池边叹无奈。
皇上终日练丹汞，
姚妃憔颜对妆台。

宫　娥　禀贵妃，三边监军梅竹学士求见。

姚　妃　啊！外间等候——慢，请我表兄里厢来。

宫　娥　是。

梅　竹　（上）叩见贵妃。

姚　妃　（亲昵地）哎哟，折煞妹妹了。快快请起。

[宫娥奉茶。

姚　妃　我来就好。

[宫娥知趣退下。

梅　竹　表妹尚未完妆，我还是先退下，以免瓜田李下，招人闲话。

姚　妃　（猥亵）什么瓜田李下？有瓜你就吃，有李你就摘嘛。

梅　竹　（唱）　感荷表妹冰心一片，
几回回梦里会婵娟。
今日只为仕途计，

大敌当前不敢缠绵。

姚　妃　啊！俺答又要兴兵犯境？

梅　竹　哪里？

（唱）　翁万达入主兵部傲忠贤，

屡将梅竹来褒贬。

近日三边风声紧，

表兄我恐难食皇粮。

姚　妃　嗯！

（唱）　大菜有徙才快长，

大石无搬难进前。

冥顽不化当须化，

表妹我为你作主莫慌张。

梅　竹　如此，表兄感激涕零……

姚　妃　流什么鼻涕？来来来——

（唱）　白日放歌须纵酒，

青春作伴入醉乡。

［姚妃拖梅竹下。

宫　娥　（上）贵妃娘娘，贵妃娘娘，皇上驾到！（下）

姚　妃　（上）啊？！（向台内）表兄，快从后门出去！

［世宗上。

姚　妃　叩见皇上。

世　宗　爱妃，如何穿得如此单薄？

姚　妃　这……妾身刚刚起来，还未梳妆嘛。

世　宗　羞涩什么？这薄如蝉翼的霓裳，朕更为喜欢。

姚　妃　皇上终日修道炼丹，还记挂着妾身？

世　宗　如此撩人的尤物，朕何曾忘怀？你看，这是朕刚炼得的仙丹，送你一颗。

姚　妃　谢皇上。不知这仙丹，又是何物所炼？

世　宗　此乃取天地万物之精华，加上少女初潮经血炮制而成。来，朕看你服下。

姚　妃　（恶心）啊？！妾身何德何能，敢受此殊宠，还是请皇上御用，臣妾祝皇上长生不老，万寿无疆。

世　宗　爱妃如此乖巧，朕更欲赏赐于你，来，吞下，吞下。

姚　妃　（强吞下，欲呕）谢主隆恩。

内　侍　（上）启奏万岁，兵部尚书有紧急奏本，报称三边军情紧急，请皇上御览。

世　宗　（看也不看）这个翁万达，去年一味主张欲与番邦通贡，这会儿又欲朕调兵遣将，准备三边大战，真正是叫人头痛。

姚　妃　似这般飘忽不定，如何担当兵部大任？

世　宗　今早朝上三边监军梅竹学士明明面奏于我，边境风平浪静，翁万达何故空穴来风，信口雌黄！

姚　妃　（欲呕）哎哟。

世　宗　爱妃何事？

姚　妃　恐是适才那颗仙丹，在肚子里作……作法。

世　宗　这就对了，仙丹乃得道之物，入你腹中，岂能无动于衷？好事、好事。

[姚妃呕吐，秽物溅于奏折上。

姚　妃　（忙擦拭）臣妾罪该万死！

世　宗　哎，一纸奏章，一文不值。爱妃，你快进来，朕欲与你颠龙倒凤，哈。（下）

姚　妃　（恹恹地看着奏折，唱）

腹痛难忍呕秽物，
星星点点满奏章。
少女经血难擦拭，
面目皆非字眼玄。
“大明”成“犬明”，
“皇上”变“皇止”，
这情形依稀有文章。
是了！

（唱）　朝廷奏折出讹字，
罪重如同欺君傲上。

我待趁机来投石，

翁万达啊，你难逃这厄运一场。

世　宗　（内声）爱妃，你在做什么？还不快来？

姚　妃　皇上，你快来看，（将其拉出）你看一看嘛。

世　宗　看什么？

姚　妃　你看这翁万达的奏章，通篇尽是讹字："大明"写成"犬明"、"皇上"写作"皇止"，堂堂进士出身，哪有连这两个字都写错的道理？

世　宗　啊？果然如此！翁万达啊，你竟敢待朕如此不敬！

姚　妃　真正是吃了豹子胆了。

世　宗　来人！

［内侍上。

世　宗　传旨——将兵部尚书翁万达革去官职，削籍为民。

内　侍　领旨！（下）

世　宗　爱妃，肚子不痛了吧？

姚　妃　不痛了不痛了。皇上赐给臣妾的仙丹，一落肠肚，真是妙不可言啊！

［世宗搂着姚妃下。

［翁万达内唱：归去来兮！

［舟车路上。翁万达上。

翁万达　（唱）　不明不白丢了官，

两袖清风回潮汕。

拳拳赤子报国志，

如今绞成一团麻。

想当初，峥嵘岁月安南行，

不战而屈人之兵；

曾几时，总制三边战鞑靼，

浴血搏杀卫长城。

身经百战知战苦，

欲为民族寻和平。

开边通贸和之道，
谁料触怒于朝廷！
可怜海内老百姓，
难逃战乱不聊生。
罢罢罢，三十功名尘与土，
八千里路云和月。
从来伴君如伴虎，
古来征战几人回？
我今得回堪可慰，
憾只憾义子夫妻陷水火，
望断长城天各一方，
从云啊朵兰，你俩于今怎守岁？

[翁万达望眼欲穿，幻觉——从云醉卧沙场。

翁从云 （唱） 朵兰啊，你沙场一箭牵情丝，
两心相爱结永年，
只因皇上一道旨，
未进洞房先分离。
借酒浇愁愁更起，
此限绵绵无穷期。
未若来生变骏马，
飞越长城共奋蹄。

[朵兰上。

朵　兰 （唱） 羌笛何须怨杨柳，
春风不度缘薄命。
心随鸿雁何所寄，
雁声哀哀细叮咛。
从云啊，我亦黄河来养育，
一样水土蕊含英。

纵有长城来阻隔，

万水千山总是情。

[三人共舞。

伴　唱　万水千山总是情，

但愿广宇早澄清。

携妇将雏回故里，

同享人间天伦情。

[风云突变。俺答上。

俺　答　朵兰，你还在发什么痴？还不快快与我操练兵马，一俟秋至，杀进长城，报仇雪恨！（强拉朵兰下）

[灯渐暗。

[灯渐亮，翁万达在卧榻上醒来。

[广东揭阳鲍江都，翁家宅邸。

翁万达　（唱）　归傲林泉在桑浦，

耳边犹闻擂战鼓。

翁万达啊，过眼云烟莫再想，

决意田园鲍鲍江都。（冲茶）

孙夫人　（上，唱）老爷长年守边关，

长城戎马伴朔风。

万里征战平安返，

烹茶侍奉妾心欢。

晨起汲来龙泉水，

备下香茗美凤凰。

工夫茶，伴茶话，

忘却烦恼换笑谈。

翁万达　（畅饮三杯）好茶，好茶啊！多少年来，戎马倥偬，从未饮过一盅正宗的工夫茶，如今归来，真该练练这工夫茶道了。

孙夫人　老爷真个要学工夫茶道？那就知看——

（唱）　竹炉汤沸火正红，

提壶七步水温“啱”（恰到好处）。

翁万达　一开始就有讲究。

孙夫人　（唱）　高冲低洒徐徐注，

莫破茶胆沿边旋。

翁万达　这茶也有“胆”？

孙夫人　（唱）　茶沫浮白将盖刮，

再淋壶盖溢芬芳。

翁万达　闻到了，闻到了。

孙夫人　（唱）　“关公巡城”去又返，

“韩信点兵”情尽倾。

[翁万达按捺不住，伸手取茶，孙夫人击其手背，翁孩童似地缩回手。

孙夫人　（唱）　举案齐眉敬如宾，

翁万达　（唱）　此情此景难相忘。

[翁万达举杯欲饮，若有所思。

孙夫人　老爷，怎么啦？

翁万达　（置杯于桌）皇上自恃大国，侮辱番邦，俺答必欲报复。三边危在旦夕，此时此刻，我还能瞻恋故园，苟安家室，细品这工夫茶吗？

孙夫人　咳！

[忽听内传：圣旨到。内侍上。

内　侍　翁万达接旨。

[翁万达跪。

内　侍　（展读）俺答犯境，边将无能，起复翁万达为兵部尚书，即日入京主事。钦此！

翁万达　臣接……旨。（内侍下。欲起，背疽发作，踉跄）

孙夫人　老爷，你的背疽又欲出血了！

翁万达　（喃喃自语）俺答犯境，俺答犯境了！

[内声：金牌到！金牌手上。

金牌手 俺答犯境，溃我长城，着翁万达，即时登程！

翁万达 （接金牌）溃我长城，溃我长城了！

孙夫人 老爷，你莫激动，背疽一发，不可收拾。

［内声：皇上送帅印到！武将上。

武　将 俺答犯境，兵薄京城，着翁万达，即刻就道，挂帅退敌！

翁万达 啊！兵薄京城，兵薄京城了！（接帅印）

孙夫人 老爷，你找什么？

翁万达 我的宝剑，我的宝剑呢？

［孙夫人急持剑递过，翁万达佩上。

孙夫人 你的背疽，流血不止，如何走得？

翁万达 顾不得了！家院，备马——日夜兼程，赶赴战场！

［胡笳凄厉，杀声如雷。番邦骑兵如潮冲上。

俺　答 孩儿们！

番　将 啊！

俺　答 踏平长城，攻入燕京！

番　将 啊！（俺答等人下）

［朵兰内唱“拍马追风——”上。

朵　兰 （唱）　征南朝，

怒恨满腔如火烧。

直取京城擒祸首，

定把嘉靖一枪挑！

柳　氏 （上）女儿！

朵　兰 娘，你来作甚？

柳　氏 在家担惊受怕，不如共赴沙场。

朵　兰 今番征战，非比寻常，母亲请回！

柳　氏 生不足惜，死亦何妨？莫再言语了。

［母女下。梅竹领明军上。

梅　竹 番兵破城，翁太师姗姗来迟。身为监军，硬着头皮来代理。来，与我顶住，

后退者死！（退下）

[翁从云挥兵上。从云勇武过人，连挑数番将。

[俺答上。朵兰、柳氏随上。

俺　答　朵兰，给我狠狠杀！

翁从云　朵兰？！

朵　兰　翁从云，还不闪开！

[朵兰持剑连连刺杀，从云步步退让。

[梅竹上。翁从云诈败，朵兰追下。

[两军统帅分站两侧高处眺望。

[明军呐喊：少将军，勿走呀！

[番兵呐喊：朵兰，杀！杀！杀！二人复杀上。

柳　氏　哎呀，傻丫头，从云有意退让，你还连连追杀？

梅　竹　翁从云，你临阵脱逃，该当何罪？

翁从云　（唱）　从云我，欲杀难杀让难让。

朵　兰　（唱）　朵兰我，剑锋分明抖又颤。（与从云复杀下）

柳　氏　（唱）　情急如焚怎调处？

俺　答　嗯哼！

（唱）　剑锋相对箭在弦。

[忽明军鼓声大作，幕内传：兵部尚书领三边元帅翁太师万达到！

俺　答　啊！翁万达怎么又来了？（退至一旁）

[翁万达由明军簇拥上。

翁万达　帅印在此，三军听令！

众将士　啊！

翁万达　左军。

将领甲　在！

翁万达　即速领兵，袭敌大营，烧其粮草，断其退路！

将领甲　领命！（下）

翁万达　右军！

将领乙 在！

翁万达 精兵五千，直取俺答。

将领乙 领命！（下）

翁万达 中军。

中　军 在！

翁万达 火炮齐轰，战鼓频催，压住阵脚，不许番兵越雷池一步！

中　军 领命！（下）

翁万达 先锋从云。

军　士 少将军正在阵上，与番女朵兰死战。

翁万达 啊！

（唱）　一对恋人举刀枪，
两军喊杀声连天。
皇上啊，你自毁长城酿战祸，
俺答你，逼人太甚难收场，
忍看夫妻成敌手，
万达我五内俱裂难主张！

[从云、朵兰复杀上。

翁从云 诈败奔逃心难安，

朵　兰 我怎忍举刀将他残？

俺　答 朵兰，你若不杀了他，我将你母亲处斩！

[番兵拥上，捆绑柳氏。

朵　兰 哎喳！

梅　竹 翁从云，你敢不用命，辱没朝廷，定当军法从事！

[从云拍马举枪，又勒住马头与朵兰死死相对。

翁从云 欲待败走——

（唱）　辱没父帅三军怒。

朵　兰 不将你杀——

（唱）　无异杀死我老母！

翁从云 倒不如——

（唱） 你一剑送我黄泉去。

朵　兰 倒不如——

（唱） 你一枪送我见阎罗！

俺　答 朵兰，还不快快动手！

梅　竹 从云，还不杀了番贼！

翁从云 （唱） 进亦难——

朵　兰 （唱） 退亦难——

云、兰 （唱） 进退两难难做人！

翁从云 （唱） 何不你我相成全，

朵　兰 （唱） 双双携手赴阴间！

［两人举起枪剑，抵住对方胸口。

翁万达 （振臂一呼）住手！鸣金收兵！

［锣声响起，从云与朵兰茫然回顾。

梅　竹 翁尚书！你临阵退兵，意欲何为？

［翁万达不语，凛凛然仗剑直至阵前。

翁万达 俺答汗听着：你真的忍心这对少年夫妻自相残杀吗？

俺　答 翁太师，我几番遣使求贡，朝廷竟然傲物于人，杀我使者，是可忍孰不可忍！

翁万达 只要即刻退兵，我当冒死奏请皇上，允你称王纳贡。如其不然，此一役定叫你有来无回！

梅　竹 翁万达，你……

俺　答 何以为凭？

翁万达 香叶冠何在？

［随从捧出香叶冠。

翁万达 此冠乃当今皇上御赐，允我先斩后奏，便宜行事。还不快快下跪。

［众军下跪，高呼万岁。

俺　答 如此，俺答叩谢太师。朵兰，收兵回营。

翁万达　慢！朵兰与从云好事多磨，尚未完其大礼。我意欲在战场之上，两军之间，为这对有情人完婚。

翁从云　父帅！

朵　兰　太师！

柳　氏　（上前跪）太师！

翁万达　（扶起柳氏）亲姆，来，新郎新娘听着！

（唱）　一拜天地上苍明鉴。

[从云朵兰共拜天地。

翁万达　（唱）　二拜高堂，炎黄同龛。

[从云朵兰共拜万达、柳氏。

翁万达　（唱）　夫妻对拜白头偕老。

翁从云　爱妻！（作揖）

朵　兰　夫君！（作揖）

翁万达　（唱）　千秋万代永沐神光！

[两军欢呼声震山谷，久久回响。

[幕后歌起：

果真是——

来年皇上圣旨颁，

三边通贸长城间。

刀光剑影烟云过，

化成人间市井喧。

黄河滔滔纳百川，

兵部主婚美名传。

但愿得中华民族情永在，

天下水土共一方。

[全剧终。

（剧本版本：《南粤剧作》1996年第2期）

老兵回乡

编剧：沈湘渠

人　物　表

杨福顺　　67 岁，台湾老兵。

何翠喜　　63 岁，福顺妻。

杨添丁　　37 岁，福顺之子，小型制衣厂厂长。

魏求春　　36 岁，添丁妻。

杨惜弟　　13 岁，添丁的女儿。

阿　禄　　10 岁，添丁子。

高巧音　　60 岁左右，绰号大喇叭。

刁碧云　　30 岁，杨福顺在台湾的干女儿。

村　长　　大榕村村长。

秀才、三兴、四旺　均为大榕村村民。

农妇甲、乙、丙、丁。

第一场

时　间　1986 年。

地　点　潮汕平原大榕村。

[中秋节，黄昏。

[大榕村杨家。

[景：新建成的“四点金”式瓦房的正厅，中央八仙桌系着绣花桌裙，桌上摆着一些供品。远处可见形式相似的新屋和旧宅杂在一起，由此可见这个村庄的经济正在发生急剧的变化。村头的大榕树垂着长长的气须遮住了村道。

[开场锣鼓，煞。

[幕启：满台昏暗，只有供桌上的灯盏发出亮光。

村　长　（广播声音）全体村民注意：今天是1986年中秋节，经济特区的电网已联到俺大榕村。现在送电，从此俺村结束无电的历史！

[群众欢呼："好呀！"

[舞台灯光骤亮。

[音乐声中，杨惜弟拿着台灯欢快上。

阿　禄　（追上）姐姐……

[杨惜弟取下供桌上的灯盏，换上台灯。

阿　禄　（鼓掌）好呀，好呀！

何翠喜　（上）惜弟，将灯盏摆好！

杨惜弟　婆呀，怎么还要这老古董？

何翠喜　奴呀，你不懂！

（唱）　灯盏点亮一条心，
千年百载传到今。
但看芯上花结蕊，
便有喜事到来临。
祖宗当年无电火，
一望灯盏便晓将家门寻。

杨惜弟
阿　禄　（似懂非懂）啊！

何翠喜　（接过灯盏换下台灯）惜弟，到门口等你爸妈，他们也该回来拜祖了。

杨惜弟　我知。（下）

阿　禄　婆呀，拜祖完了呢？

何翠喜　拜完就赏月。

阿　禄　（调皮地）怎样赏？

何翠喜　掰柚、分月饼。

阿　禄　（学舌）饼食了蛀齿！

何翠喜　（假嗔戳指）孽虫！哈……

　　　　［惜弟引添丁、求春上。

杨惜弟　（进门）阿婆，阿爸、阿妈回来了！

何翠喜　回来就好，回来就好！

杨添丁
魏求春　（进门）妈！

何翠喜　（高兴地）都回来了！

魏求春　妈，你请休息，需要什么你指点，我来做。

何翠喜　都预备好了，就等添丁来烧香。点香点香！

阿　禄　（高兴地）啊，烧香啰！

　　　　［翠喜点亮灯盏，求春点烛，惜弟把香点燃，交给添丁，一家跪拜如仪。

何翠喜　求春，去请你公爹出来，还得与他“搅捞”一下。（注：潮汕民间风俗，拿几页纸钱在某人身上刷几下，然后将纸钱焚烧，以祈禳灾祛厄，也可拿某人穿过的上衣代替其人）

阿　禄　嗯，阿公去台湾，到哪里请？

魏求春　请阿公先前穿过的衣衫，等一会儿阿婆要“做诀”。（注：在潮汕民俗中，做各种驱邪祈福的仪式，统称做诀）（下）

阿　禄　做诀？我惊哩！

杨添丁　妈，几十年了，如今俺一家和和美美，这个节目就省了吧！

何翠喜　不能省！

　　　　［求春拿着一件挂在衣架上的又破又旧的唐装衫上。

魏求春　（唱）　一年一度展破衣，
　　　　　　　　便是婆婆思亲时。
　　　　　　　　这破衫，是婆婆的泪水洗褪了色，
　　　　　　　　这破衫，伴看天上秋月圆。
　　　　　　　　添丁啊，为慰亲心委屈你，
　　　　　　　　请接过阿公这件百补衣。

杨添丁　（唱）　对着破衫叫阿父，

多少个中秋月圆时。

儿时只知顺亲意，

如今再叫未免太滑稽！

妈，工厂里货期紧，过两天还要到深圳交货，我先走了！（下）

何翠喜 这……哎！

（唱） 望月圆，盼团圆，

翠喜一盼三十七年。

盼得青丝变白发，

盼到仔大娶亲生孙儿。

难怪添丁心不满，

你一去杳杳也无片语只字慰乡思。

倘若你身尚在人世，

就该趁今日开放回家来团圆！

魏求春 妈，添丁他工厂里有事，这衣服让阿禄来拿也是一样。

何翠喜 唉！

杨惜弟 婆呀，我一个同学的阿公也是给国民党抓去台湾当兵，他都回来了，俺阿公……

魏求春 多嘴！

（唱） 小阿禄你要听话，

恭恭敬敬拿好阿公穿过的这件百补衣。

阿　禄 （严肃地点点头）嗯……（接过布衫置于胸前）

［音乐声中，何翠喜拿一把纸锭，先向天上礼拜，然后给布衫“搅捞”。

何翠喜 （唱） 诚心“搅捞”祷上苍，

伊人在世身平安。

不望做官大发达，

但求免受饥和寒。

两岸团圆应有日，

贵人多多来相帮。

求春，这纸拿去化了。（递纸锭）

魏求春 （接过）我就去。（下）

阿　禄 （不耐烦地）婆呀，好了吗？

何翠喜 好了好了，阿禄真乖！（接过破衣，下）

高巧音 （上，念）走街过巷耳朵长，

串门倚户嘴舌甜。

嘴皮磨薄脚皮厚，

赚得过手便是钱。

（进门）咦，人呢？

阿　禄 嘻嘻，大喇叭！

杨惜弟 （急制止）阿弟……

高巧音 （假装生气地）无款无套，老婶婆给你叫大喇叭！恁阿婆呢？

何翠喜 （内声）谁呀？（上）啊，原来是巧音老姐。

高巧音 是呀是呀。老阿嫂，我给你带来一个大喜讯！

何翠喜 （不以为然地）什么大喜讯？

高巧音 真是大喜讯呀！隔乡阿长源兄从台湾回来，他说福顺兄也要回来了！

何翠喜 要回来了？

阿　禄 （对内）妈，阿公要回来了！

高巧音 老阿嫂呀，这回你就心头叠水晶——凉凉！听说政府有政策，台湾客优待赢过南洋客，海关免税七大件，冰箱、电视、摩托车……阿孙伙，恁台湾公若是回来，恁就好呀！

杨惜弟 （反感地跟弟弟耳语）大喇叭……

阿　禄 嘻嘻！

何翠喜 （一字一顿地）回来了……

［幕闭。

第二场

[几天后的一个早晨。

[大榕村村头。

[景：榕树的冠盖遮住了大半个舞台，气须飘忽。树荫下有石桌石凳。笔直的村道从这里通向远方。

后台歌 （女独） 两岸相望山对山，
海峡欲渡难上难。
一边热来一边冷，
咫尺天涯非妄谈。
借助铁鸟绕弯道。
飞回家乡榕树旁。

[幕在歌声中启：杨福顺头戴竹笠，肩搭水布，一副四五十年代潮汕农民的装扮上。刁碧云穿斜襟布衫，梳着长辫子随上。两人的装扮和举止与80年代的潮汕农民相比已是不伦不类。

杨福顺 （唱） 故土一别卅七年，
步步行来近家乡。
脚如坠铅千斤重，
心似燕子欲飞翔。
一心想见亲人面，
又怕亲人到眼前。
怕的是，门前灯笼改姓氏，
令人尴尬脸无颜。
纵是老妻人依故，
卅七年海水相隔知她何心肠？
我是蒋军一兵卒，
曾与共军动刀枪。

大陆政府真的不记仇和恨，

一朝翻脸何异送肉上刀砧？

为保万全乔装扮，

一步一探定主张。

刁碧云 爸，俺是不是走错了路？

杨福顺 哪里会错，阿爸被抓去当兵之前，在这里活了三十年，就是闭着眼睛，也能走回家里。

刁碧云 你说村外是条崎岖的小路，怎么有这宽阔的乡道？

杨福顺 啊！

刁碧云 你说乡里只有几座瓦房，其余尽是土坯屋，怎么有小洋楼？

杨福顺 啊，变了，家乡变了！嗯，还没有变——碧云，你看，那棵大榕树还在！

刁碧云 欲寻大榕村，就认那棵大榕树？

杨福顺 不错。碧云，俺的回乡证可有随身？

刁碧云 有。

杨福顺 回程机票呢？

刁碧云 （掏出票证）都在这里。爸，这是你的，这是我的。

杨福顺 （接过票证）我随身带着，若有什么意外，就原路到香港，返回台湾！

刁碧云 哎呀，阿爸你也太小心了，领回乡证的时候，那位先生不是说台湾方面他负责保密，大陆方面保证来去自由吗？

杨福顺 话虽这么说，但防人之心不可无！

刁碧云 爸，你看，大榕树到了！

杨福顺 啊！（抚摸着榕树，激动起来）老榕树呀老榕树，我福顺回来了！

（唱） 你老干经霜发新枝，

可叹福顺鬓毛稀。

当年从军非己愿，

抛妻弃儿哭啼啼。

只道当兵有年月，

谁料一去台湾无归期。

两岸相峙枪对炮，
拗折人情服从战备。
虽然未死捡回一条命，
却满心惶恐归来探老妻。
三十七年，祖宗坟山无除草，
也无米粟颗粒养妻儿。
家中屋漏谁来补？
孤儿寡母谁扶持？
卅七年来我欠债重啊！
地下的祖宗，不肖子孙回来了！（扑通跪下）

刁碧云 （接唱） 阿爸啊，请保重身体莫伤悲。（扶福顺坐于石凳上）

高巧音 （上）咦，七早八早，来了两个外省人，一定是来特区觅打工。（咳嗽）咳！二位是？

刁碧云 大婶，您早。

高巧音 （旁白）说本地话，是本地人？

刁碧云 大婶，这里岂是大榕村？

高巧音 无错。

刁碧云 你岂认识一位叫杨福顺的老先生？

高巧音 认得，认得……啊，不相识，不相识。

刁碧云 （失望地）啊！

高巧音 人，我未见过，他的身世全村人人都知。

刁碧云 他身世怎样？

高巧音 几十年前给国民党抓去当兵，听说就要回来了。

刁碧云 他家中可还有人？

高巧音 有。子孙一大群。

杨福顺 他老婆没改嫁？

高巧音 臭嘴！说话也不看天，就不怕咬断舌头！福顺婶等他等到头发都白了！

杨福顺 （激动忘情）这就放心了。走！

刁碧云 （提醒）阿爸！看你这身打扮，行李还放在酒店哩！大婶，你可识字？

高巧音 书无读，字半只不识。（起疑）恁是……

刁碧云 阮是路过这里，有位朋友认识杨先生，顺便问一问。

高巧音 顺便问问？

刁碧云 （取出名片）大婶，烦劳您将这名片交给杨先生家里的人，上面有酒店地址，就说有人在那里等着。

高巧音 （接过名片）上面有地址？

杨福顺 有劳，有劳了！（与刁碧云下）

高巧音 有人在等着……难道是……不像，不像哩？

[造型灯光。

[幕闭。

第三场

[紧接前场。

[大榕村杨家。景同第一场。

[幕启：何翠喜就着大瓷盆粿米粉团准备做汤圆，阿禄在旁帮着。

何翠喜 （唱） 儿媳上城去接伊，
我早早起来做甜圆。
人生在世苦头勿苦尾，
苦尽甘来甜如饴。
添丁出门未回返，
未知父子可相宜？

阿　禄 婆呀，阿公生来怎样？

何翠喜 你阿公呀——

（续唱） 去时还是个后生弟，
到如今，

怕是个弯腰驼背面皮皱皱白须长长的老土地！

（舒心地笑）哈……

阿　禄　婆呀！

（接唱）　我的甜圆搓雅雅，

阿公返来食了笑嘻嘻！

何翠喜　阿禄真乖！你阿公呀，都几十年没吃上家里的甜圆啰！

[祖孙搓甜圆。

高巧音　（内声）台湾客来了呀！

阿　禄　婆呀，大喇叭响，阿公回来了！（欲下）

何翠喜　（忽然慌乱起来）回来！你在家里等候你阿公，阿婆进去避，勿相冲！（端起瓷盆慌张下）

阿　禄　勿相冲？阿婆孬去撞着阿公。嘻嘻……

[高巧音引杨福顺、杨惜弟、刁碧云、魏求春上。

高巧音　福顺兄，到了，这就是你家。

杨福顺　（怀疑地）我家？我家咋有这新屋？

高巧音　是你仔添丁在特区办工厂赚钱建的。

杨福顺　我的仔会办工厂？

高巧音　福顺兄，你仔赚大钱呀！

魏求春　爸，是小工厂，只有十几个人。

杨福顺　啊。

高巧音　福顺兄，你早间在榕树下时怎不直说？你若直说，我早就引你回家！

杨福顺　（语塞）呃……

刁碧云　大婶，离家多年，怕认错路。再说，行李还放在酒店哩！

杨惜弟　阿公，阿婆在等俺呀！

高巧音　对对对，快快入内团圆！（抢先进门，对福顺）这就是你的孙子。（对阿禄）奴呀，猛猛叫阿公！

阿　禄　（陌生忸怩地）阿公……

杨福顺　阿孙，奴呀！（搂抱）

高巧音 老阿嫂，快出来哇！

何翠喜 （内唱） 盼相逢怕相见举步沉重！（上）

何翠喜 （同时地）你……

杨福顺 （同时地）你……

[静场，两个推磨，相视无语。

何翠喜 （接唱） 当年的夫婿无影又无踪。

杨福顺 翠喜，我是福顺呀！

何翠喜 （接唱） 颜容只有三分肖，

却是白发一老翁。

杨福顺 你么也老了！

（唱） 当年你穿红着绿貌清秀，

到如今鬓发添霜改仪容！

何翠喜 （伤心地）你，你这老不死！

（唱） 你若有心怎不早回返，

偏待老来再相逢？

害我哭掉三钵泪，

一家失舵又无篷。

害得仔儿有头抬不起，

害得孙儿梦里唤阿公！

杨福顺 我难道有办法？

（唱） 一入军营人充公，

军法森严时刻无放松。

家乡有路归不得，

海绝邮传信难通。

何翠喜 （唱） 前世冤孽跟着你，

守着活寡任秋冬。

杨福顺 （唱） 前生冤孽缘未尽，

方有今日重相逢！

阿　禄　阿婆！

高巧音　好了好了！害我欢喜得替恁流眼泪。（试探地）恁好好团圆，我来告辞！（佯装出门，见无反应，折回）哎着，福顺兄哙，您台湾岂有这“利是”袋，若有就分给一个，让我共恁相辅欢喜！

杨福顺　……

刁碧云　有，有！大婶，这点小意思，送你买块糖吃！（给红包）

高巧音　（接红包）欢喜哉！欢喜哉！（出门，下）

杨福顺　哎呀，只顾跟你说话，忘记跟你介绍，她是俺的契走仔（干女儿）刁碧云。

何翠喜　（疑心顿起）刁碧云……契走仔？

杨福顺　碧云，行大礼，给你娘磕头。

刁碧云　OK！母亲，女儿给你磕头。（跪）

何翠喜　（手足无措地）哎呀呀，起来，快起来！（扶起碧云，言外有意地）我前生修来什么福气，无生无孵就得了个女儿！你看你看，无准无备，也没件东西给你做见面礼！

刁碧云　妈，只要你肯认，女儿不敢要见面礼！

何翠喜　（更疑）这……

杨福顺　哈……轻轻松松，免烦免恼进家门就做阿公！待阿公来行情礼，我来行情礼。碧云，开箱！

刁碧云　我知！　（开箱）

杨福顺　（拿出金饰）老伴呀！

（唱）　当年娶你穷无钱，
　　　　赠你镏金铜戒指。
　　　　今日福顺还欠债，
　　　　足金手镯一对三两二（送手镯）

何翠喜　（推辞，唱）
　　　　黄铜戒指虽褪色，
　　　　却是一番真情意！

杨福顺　这也是我一番心意，你就戴起来吧！（给翠喜戴上手镯）
求春！

（唱） 项链连牌有刻字，

“永结同心”好意义。

愿恁夫妻长和睦，

双宿双飞到百年。（送项链）

魏求春 阿爸破费了！

杨福顺 说哪里话！老例俗，媳妇过门，做阿公的要给礼物赏脸，不过是迟了些！

魏求春 多谢阿爸！

杨福顺 阿孙，来（取出两架迷你型收录机，唱）

碧云阿姑出主意，

买来两架迷你机。

一人一架好学习，

学习英文 ABC。

杨惜弟 （高兴地）谢谢阿公！

阿　禄 （高兴地）谢谢阿公！

杨福顺 应感谢恁阿姑！

杨惜弟 谢谢阿姑！

阿　禄 谢谢阿姑！

刁碧云 阿侄乖！

杨福顺 （取金表）这只手表是买给添丁的。他既出门，求春，你就替他收下。

何翠喜 已去了三天，往日早就回来了，也不知出了什么事？

魏求春 阿妈你放心，等一下我出去打电话问一问。

刁碧云 阿嫂，阿兄的工厂在哪里？

魏求春 就在恁登岸的汕头市。

刁碧云 阿爸阿妈，我想先到阿兄办的工厂看看。

杨福顺 好呀！（对众）她说要来大陆考察，就从添丁的工厂考察起，说不定还可帮帮义兄！

何翠喜 （心情复杂地）考察？也好，就由惜弟带路陪你去。

杨惜弟 （高兴地）阿姑，走！（拉碧云欲下）

阿　禄　婆呀，你还没请阿姑食甜圆哩！

何翠喜　等你爸回来一起吃。

杨惜弟　等回来补食。（拉碧云下）

魏求春　妈，我去煮甜圆。（拉阿禄下）

何翠喜　福顺，你坐下来，几十年了，有些事我想问你。

杨福顺　（坐下）唉！几十年没相见，我岂是变成另外一个人？

何翠喜　变不变你自己最清楚。

杨福顺　几十年来你受苦了，日子是怎样过的？

何翠喜　是苦是甜都过去了！

杨福顺　你岂会恨我？

何翠喜　你要我怎样说？

杨福顺　说真话！

何翠喜　（凄怆地）我……恨死你了！（抹泪）

杨福顺　唉！

何翠喜　我问你，你在台湾做什么事？

杨福顺　当兵呀！

何翠喜　当兵哪来这么多钱？

杨福顺　那边发给的。

何翠喜　什么那边？

杨福顺　台湾当局。

何翠喜　台湾当局有那么慷慨？

杨福顺　说慷慨也慷慨，说不慷慨也不慷慨。

何翠喜　这话是什么意思？

杨福顺　这些钱是我们这些大陆去的老兵讨了多少年才给的，这就是不慷慨！

何翠喜　大陆去的老兵怎么就讨有？

杨福顺　哎呀，老婆呀！

（唱）　先总统蒋公……

何翠喜　住！什么蒋公？

杨福顺 就是蒋介石先生。

何翠喜 蒋介石就蒋介石，他抓你去当兵，害俺离家散宅，还称他做阿公！

杨福顺 称呼习惯了！

何翠喜 习惯……习惯也得改！

杨福顺 好好好，改！

（唱） 蒋公……（夹白）哎呀！

（续唱） 蒋介石为了鼓舞士气，

说道反攻大陆待时机。

一朝反攻得胜利。

大陆兵每人分给一块好田地。

何翠喜 分在哪里？

杨福顺 叫作荣民田，发有授田证，不过田画在墙上！

何翠喜 卖空壳人情，骗三岁奴仔！

杨福顺 （唱） 一年过了又一年，

大陆兵老的老来死的死。

老兵纷纷发议论，

纸上画饼难充饥。

要求当局守信用，

抚恤老兵另定措施。

何翠喜 后来呢？

杨福顺 后来……老蒋死了，蒋经国先生管事。

（续唱） 小蒋先生看局势，

反攻大陆远无期。

为安军心重决策，

授田证折做新台币。

何翠喜 啊，原来你卖命几十年，就换来了这些钱。

杨福顺 这是实情，不过我还有……

何翠喜 还有什么？

杨福顺 还有……还有些美金存在银行。

何翠喜 银行……美金？我再问你，什么时候契这个走仔？她的父母呢？

杨福顺 三十年前认的，她父亲是大陆去的老兄弟。

何翠喜 母亲呢？

杨福顺 她娘是台湾人，可惜双亲都已过世！

何翠喜 都已过世？此次回来，你是打算久住，还是要回去？

杨福顺 这……

（旁唱） 新新房屋新新家，
老老妻子熟又生。
卅七年岂无怨恨意，
这里岂还是我家？

何翠喜 （唱） 卅七年前鸳鸯枕，
日子虽苦同条心。
有话说到三更尽，
无米同把野菜寻。
今日归来形似客，
客客套套送黄金。
这个义女什么义，
世事假假又真真。
算起来，与他别时长来聚时短，
眼前怕非梦中人！（伤心落泪）

杨福顺 翠喜，你哭怎呢？

何翠喜 （克制地）你回来了，我哭给你看！

杨福顺 我也想哭，只是哭不出来！（给翠喜擦眼泪）

何翠喜 （推开）都七老八十了，让儿孙看见，像什么样！

高巧音 （内声）村长来了，村长来了！（上）

[村长拿着一篮子桂圆随上。

村　长 福顺婶呀，恭喜恭喜，恭喜恁一家团圆！

杨福顺 这位先生是……?

高巧音 他就是俺大榕村的村长。

杨福顺 啊，村长！（急掏出回乡证）村长先生，这是我的回乡证，请你查验！

村　长 没有这个必要。福顺叔，我代表全体村民欢迎你回到祖国大陆，回到故乡！过两天，镇长还要来拜候你老人家。(送上桂圆)

杨福顺 这……

村　长 这是龙眼——桂圆，贵在团圆呀！哈哈……

阿　禄 （内声）食甜圆啰！

[魏求春端汤圆上，阿禄随上。

魏求春 公爹、村长，请食甜圆！

[灯渐暗，幕闭。

第四场

[翌日。

[大榕村村头榕树下。景同第二场。

[幕启：晨雾尚未散去。高巧音上，农妇甲、乙、丙、丁与秀才从另一侧上，排成一排，做互相耳语的舞蹈。

后台歌 (女声独唱)

乡村里门对门来灶倚灶，
消息无脚自己走。
风吹芭蕉变贼影，
笑话连篇传村头。

众农妇 嘻……（与高巧音下）

秀　才 奇事，奇事！（吟诵）

一惨挑鱼崽（苗），
二惨妻两个，

磨坊会妻刘智远，
李氏岳氏怎安排？

[三兴挑空菜筐上。

三　兴　秀才呀，你在吟什么诗？

秀　才　不是诗。三兴，你卖菜回来了？

三　兴　是呀，今日行情好。

秀　才　（神秘地）福顺伯从台湾回来你知不知？

四　旺　（荷锄上）全村人人都知。

秀　才　他带来一位台湾小姐，恁岂有看见？

三　兴　听说生来真雅，想看还没有福气！

四　旺　难道福顺伯他……

三　兴　这有什么奇怪？只要有钱，就有人爱。何况是那边的社会！

四　旺　你岂敢当面问他？

三　兴　有什么不敢！

秀　才　喂，喂，福顺伯是长辈，我可没说什么放肆话！

三　兴　敢食畏死，秀才脯！

四　旺　嘿，福顺姆来了，福顺伯跟在身后。

三　兴　俺且到大树后，听伊二老说些什么？（与秀才、四旺下）

[何翠喜提装着供品的篮子上，杨福顺随上，上前要挽何的胳膊代提篮子，何下意识甩开。

杨福顺　哎！

（唱）　昨夜无睡到天光，
她坐着看灯让眠床。
合共说无三句话，
使我愈想愈心酸。

何翠喜　（唱）　昨夜无睡到天光，
想起前情心酸酸。
老头有话藏肚内，

唉声叹气在眠床。

杨福顺 （唱） 归来惊动大榕村，

纷纷贺喜到家门。

若是政府无宽待，

村长哪能意殷殷。

我何妨伺机作试探，

叶未飘落先问根。

何翠喜 （唱） 他归来惊动大榕村，

纷纷贺喜到家门。

莫在人前出笑话，

莫教儿孙添心酸。

总算盼得团圆日，

但愿他从此叶落归根！

到了。

杨福顺 啊，这老榕树，愈来愈茂盛！

何翠喜 当年你就是在这里被国民党掠去当兵。

杨福顺 当年……

[烟雾。台上闪现当年抓丁的场面。复原。

何翠喜 土地伯就在旁边，逢年过节我都来求它保佑你平安。今日你能回来，也有他一份功劳。

杨福顺 应该拜，应该拜！

[何翠喜下。

高巧音 （上）嘿嘿，福顺兄，你真诚心呀！

杨福顺 天地父母，生身之本，都该孝敬。

高巧音 我看这样吧，你出点钱给土地庙添香油，我替你求条好签诗。

杨福顺 我不求签！

高巧音 （旁白）咸钉螺——啜无半点肉！（悻悻下）

[三兴、四旺和秀才拿着工夫茶具置于石桌上。

三　兴　福顺伯，你请坐，来饮杯茶。

杨福顺　多谢，不用客气。

四　旺　乡里叔孙，谢什么？坐啦，坐啦！（与秀才一起拉扯福顺坐下）

何翠喜　（祷拜毕收拾好篮子复上）恁这帮后生仔，这么早，来榕树脚下食茶！

三　兴　福顺姆呀，阮个钱都赚回来哇！来，请你也来饮一杯。

何翠喜　我还有事忙哩！

三　兴　就那让阮孝敬福顺伯几杯茶。你老人家走好。来，我帮你提这个篮。

何翠喜　免免免。（被三兴搀扶下）

秀　才　福顺伯，你看俺村比以前可有变化？

杨福顺　变化真大！新房接新屋，男女老少都穿得排排场场！

四　旺　福顺伯，以前你岂曾想过回来？

杨福顺　想过。

四　旺　那你怎么不早些回来？

杨福顺　无路可通。再说，当逃兵要受严厉的处置！

[高巧音暗上。

三　兴　福顺伯，你当了这么多年兵，可曾打过仗？

杨福顺　呃……当兵人，自然要拿枪。

三　兴　打过？岂是跟共产党对阵？

杨福顺　（一怔）若是跟共产党打过仗，政府岂会算老账？

秀　才　没有这样的事。报纸上说，欢迎台湾同胞回来观光探亲，欢迎台商来大陆投资，希望台湾消除隔阂，让两岸同胞自由往来。福顺伯，家和万事兴呀！

杨福顺　啊！

四　旺　（刨根问底）福顺伯，就算你跟共产党打过仗，今日不也回来了吗？

杨福顺　（含糊地）是呀，是呀！

高巧音　（自语）哎呀，这个福顺说话全无遮拦呀……（隐下）

三　兴　（傻笑）嘿嘿！福顺伯，你去台湾的时候还是后生仔？

杨福顺　三十岁。

三　兴　听说你老人家带来一位台湾小姐？

杨福顺 是我契走仔。在台湾办实业，来考察。

秀　才 啊，是来考察？

[村长上，见众人谈兴正浓，不去打扰。

三　兴 阿伯，你后生时就没有想在台湾再置家？

杨福顺 想过。

三　人 想过？

杨福顺 是，有想过。不过我想大陆既有妻儿，迟早都要回来，就有想无做。哪知一年过了又一年……

四　旺 呃……听说台湾有红灯区，你寂寞的时候，可曾到那里觅消遣？

杨福顺 人生在世，有些事年轻时就在所难免。（尴尬，加重语气）这就不好说了！

村　长 （上前）你们这帮后生，没大没小！

三　人 （见是村长，忽然严肃，对福顺）啊，你老人家包涵，是阮放肆了。请茶，请茶！

村　长 福顺伯，村里今晚摆酒为你接风，请你光临！

杨福顺 哎呀，担当不起，担当不起！

村　长 应该，应该的！

高巧音 （上，旁白）咦，老东西！

[众亮相。

[切光。幕闭。

第五场

[紧接上场，黄昏到夜晚。

内　声 福顺姆来分喜糖呀！

[幕急启，追光。

[哑剧：何翠喜挎着一篮糖果兴高采烈地上，分赠众村邻。高巧音从另一侧上，四顾无人，凑近何翠喜打招呼，耳语，告诉她早间在榕树下听到的话。

何翠喜将信将疑，高巧音夸张地比画。何翠喜信了，呆住，挎着的篮子掉下地。高巧音代为捡起，自下。何翠喜一下子像老了很多，浑身颤抖起来，颤巍巍地迈出脚步，由慢到快跑圆场……最后用力推开房门。

[景渐显：何翠喜的卧室。老式的床，粗糙的桌和凳。桌上放置着点燃的灯盏。屋后的树梢挂着半边残月。

后台歌 （女声独唱）

灯盏点亮一条心，
千年百载传到今。
但见芯上花结蕊，
为何烦恼紧相寻？

何翠喜 （唱） 乡村早睡省点灯，
鸡鹅鸟鸭不喧腾。
窗外月娘半遮脸，
照看翠喜心不宁。
适才巧音一番话，
气得我心头绞痛步难行。
细寻思，
气渐平。
他出外多年难免心变野，
榕树脚下忘记辈分不正经。
我想的是，二十几岁的杨福顺，
见的是，旧时军队老兵丁。
夫妻只存名分在，
一世姻缘半世情。

[魏求春端点心上。

魏求春 （唱） 村长设宴请公爹，
人未归来月先斜。
婆婆进门脸色变，

明月忽被乌云遮。

添丁加班在工厂，

求春忧虑难出声。

安排好儿女做功课，

煮好点心送与老人家。

妈，你没吃晚饭，这碗米粉，趁热吃下吧！

何翠喜 就放桌上吧，我一时没有胃口。

魏求春 （扭开电灯）妈，你岂是不舒服？

何翠喜 无事！就是不想吃。

魏求春 妈，乡里人多嘴杂，你老人家不要把闲话放在心上。

何翠喜 谁人有心去听闲话！

魏求春 这……

何翠喜 啊，求春，早间在你公爹换洗的衣服口袋里，摸出这本簿子，钱不像钱，上面印架飞机，你看岂还有用？若是无用，就给阿孙玩。（拿出机票）

魏求春 （接看）妈，是飞机票。

何翠喜 飞机票？岂还好坐？

魏求春 写英文字，我看不懂。

何翠喜 惜弟每天叽咕叫，她在学校有读英文，一定会懂。

魏求春 她才学得几天，哪里会懂！

何翠喜 叫她来。惜弟，惜弟！

杨惜弟 （内声）哙！（上）婆呀，你叫我？

何翠喜 你看看，这张飞机票可还有用？

杨惜弟 （接过机票，边辨认边读出声来）YANG，FU，SHUN，HONGKONG，TO TAIWAN。婆呀，阿公欲去台湾。

何翠喜 什么，去台湾？

魏求春 你到底懂还是不懂？

杨惜弟 不会错哩！TO，就是去，人名、地名跟汉语拼音差不多！

魏求春 不要乱说！

杨惜弟 我没乱说，老师是这样教的。

何翠喜 好呀，人未来就先预走，无良无心，这……这还有什么用！

魏求春 （责惜弟）都是你，都是你！

杨惜弟 （这才知道闯下大祸）阿婆，都是我不好，惹你老人家生气！

何翠喜 你是阿婆的好孙女，你没有什么不好。你读了书，识了字，就没有人敢骗你！

魏求春 妈，你别生气！

何翠喜 （抑制住自己的感情）我不会生气。你，你带阿孙去学习，我也要休息了。

魏求春 这……这碗点心都凉了。

何翠喜 拿去。肚饿了我自己再去煮。

杨惜弟 （关切地）阿婆！

何翠喜 阿婆无事，你听话，好好去读书。

魏求春 妈，有事就叫我一声。

何翠喜 自然，顺手关掉电灯。

魏求春 我知。（端起点心，关掉电灯，拉杨惜弟下）

杨福顺 （上念） 村长设宴来洗尘，

席上喜晤众乡亲。

都说旧书翻过页，

携手向前日月新！

（进门，高兴地）翠喜，老伴唫！怎么乌天暗地？（欲开灯）

何翠喜 勿开灯！

杨福顺 灯亮人精神呀！为何不开？

何翠喜 叫你勿开就勿开。我已变成花猫母，你也变做老蛤蟆，有什么精神！

杨福顺 哈哈！花猫母对老蛤蟆，老情还在！（见桌上灯盏，有悟）啊，你是有电不用点油灯，让我回想少年情。面皮皱皱看不出，又是灯盏照佳人。哈……

何翠喜 恁听恁听，还学会一张花娘婆嘴，愈听愈畏！

杨福顺 翠喜！（拿起灯盏，唱）

灯盏点亮一条心，

千年百载传到今。

洞房花烛芯结蕊，

新郎擎灯照佳人。

何翠喜 （推开福顺）站开去！

（唱） 灯盏点亮一条心，

千年百载传到今。

照出白壁又黑影，

哪知照人难照心！

杨福顺 （唱） 灯下看人勿看影，

黑影看久阴森森。

何翠喜 （唱） 当日洞房双对影，

你一副猴相为何不阴森？

杨福顺 哎呀，老戏新做，老情胶绝！我来，阿翠哙——

（唱） 新娘莫怕郎变心，

新郎誓咒灯火神。

若是亏心当报应，

来世我做女人你娶亲！

何翠喜 够了，够了！

杨福顺 呀？戏做一半，怎么就够？咒誓完了就牵手。你岂记得？

何翠喜 食老勿面皮，记得你去死！

杨福顺 呀？我是随你的意思，再来一次牵手入洞房，擎灯盏看新人。是要讨你欢喜，怎么变做你咒我死？

何翠喜 你勿假癫假痴，我敢骂你就有我的道理！

杨福顺 骂人还有道理？

何翠喜 自你回来，家里的人可有亏待你？

杨福顺 这就奇，问这怎呢？一进家门我就做阿公，媳妇孝顺、孙儿听话。你若不亏待，谁人敢放肆！

何翠喜 村里的人呢？

杨福顺 愈问愈奇，霎时就问全乡里。村里的人不管相识不相识，人人对我客客气气，新一辈的叫阿伯，老一辈的称兄道弟。

何翠喜 政府的人呢？

杨福顺 你愈问我愈糊涂，怎么又问到政府？

何翠喜 政府的人可有亏待你？

杨福顺 一上码头，就有人帮我搬行李，海关官员满面和气，还有，俺村村长，不但上门送龙眼，还摆酒接风叙情谊！

何翠喜 既然还知香臭，那你日间在榕树下跟一群后生说些什么？

杨福顺 这……也没说什么，就说了些我在台湾的事。

何翠喜 你在台湾做了什么有脸的事？

杨福顺 （愠怒地）你岂是法官在问囚犯？

何翠喜 我既不是包公，你也不是陈世美。你既然敢在众人面前说的话，为何不敢说给我听？

杨福顺 真的要说？

何翠喜 要说。

杨福顺 你要听？

何翠喜 要听。

杨福顺 （赌气地）好，你既想听，我就来说！我确实跟共产党打过仗，年轻时去过翘尾馆（妓馆）！

何翠喜 （气得说不出话）你，你……

杨福顺 几十年啊，你知我是怎样过来的？哎！

（唱）　我不愿当兵去做兵，
未曾上阵心先惊。
长官说话是训令，
叫你向前孬退行。
终日头颅提在手，
阎王殿前把命赊。
思乡成病无结果，

浮萍待枯挂岸便是家。
孤独愁苦伴我老，
做事难免生偏邪！
今日回乡满心喜，
却换来你冷眉冷眼责问一声声！

何翠喜 你呀，你变了！

杨福顺 我哪里有变！

何翠喜 （唱） 你人形未变心已变，
脚踏双船鬼心肠。
装神假鬼来探路，
虚情假意赚人怜。
欺骗儿孙欺骗我，
辜负我等你几十年！
想当年，儿子出世刚满月，
你被抓丁事突然。
一条绳索牵你走，
三步一磕多凄凉。
我喉咙哭哑难挽转，
几次昏倒在路边。
日落西山魂欲断，
幸有乡亲救我转回阳。
可怜添丁缺奶水，
日夜啼哭心更伤。
亏他不晓人意不识父，
若明世事小命难久长。
我收拾破锅补破灶，
咬牙度日日如年。
最惨就在黄昏后，

独对孤灯泪涟涟！

杨福顺 你勿哭，你受苦我想得出，只是无法来救！

何翠喜 等到你来救，阮母子早就死做鬼脯了！

（唱） 潮汕解放春雷响，

苦到尽头变甘甜。

新婚姻法如春雨，

苦菜开花妇女眉头扬！

亲戚劝我去改嫁，

我思前想后费周章。

杨福顺 就是你去了，我也无话可说！

何翠喜 （拿出破衣）你看！

（接唱） 那时间，我抱着破衫肠欲断，

人虽隔别情相连。

对着破衫暗发誓，

等你不怕日月长。

这破衫，三十七年压枕下，

夜夜伴我入梦乡。

虽则是，儿孙孝顺送温暖。

难解我千里梦魂一线牵！

风风雨雨等闲过，

为你苦守撑住了杨家门墙！

杨福顺 你勿伤心，我不是回来了吗？

何翠喜 人回来了，心可没有回来！

杨福顺 你说这话是什么意思？

何翠喜 你莫装傻，什么意思你自己最明白！

杨福顺 就是不明白才问你。

何翠喜 你真的不明白？那好，我再问你一次，你是打算久住呢，还是要走？

杨福顺 （真诚地）我现在真不想走……

何翠喜 不走？

杨福顺 是不想走……

何翠喜 真的？

杨福顺 哪里有假？

何翠喜 就是有假！（亮出飞机票）这是什么？

杨福顺 飞机票。若是两岸通航，搭船快过坐飞机，机票就无用了！

何翠喜 （怒极）哇！吞吞吐吐，有用说无用……老不肖你呀！

（将机票摔向福顺脸上，迸发地，唱）

你花猫白舌，
瞒生骗死，
欺负发妻，
不识文字。
虚情假意，
无仁无义，
你不思政府多宽待，
不念乡亲多情谊。
你做贼自知心有愧，
假来赎罪做布施。
你三两黄金值几许，
三两黄金焉能赔我卅七年？
真情无价金不换——

（褪下手镯扔还福顺）还你呀！

杨福顺 翠喜？

何翠喜 （接唱） 你趁早回去勿来相见！

（打开房门推福顺出门）你出去！（扔西服到门外，关门）

杨福顺 翠喜，翠喜！

[魏求春、惜弟、阿禄急上。

求春等 阿公……

杨福顺 我，我有话要说给谁听？（急下）

求春等 阿公，阿公！

[切光。幕闭。

第六场

[与前场同一晚。

[幕启：二道幕前。

杨添丁 （内唱） 披星踏露回家来。（执电筒与刁碧云上）

（接唱） 赶工完毕舒心怀。

感谢小姐多帮助，

汗水洒落变钱财。

刁碧云 哎呀，阿兄怎么这样见外，还叫我小姐！

杨添丁 （不自然地笑）嘿嘿！若不是你的帮助，这一次在深圳领来的大额加工订单，就无法按期交货！

刁碧云 兄呀！

（唱） 兄你莫说客气话，

为妹帮兄是应该。

大陆开放兴经济，

数日考察眼界开。

只要兄妹携起手，

自有财源滚滚来。

杨添丁 说实话，这两天跟你学了不少工厂管理的知识！

刁碧云 阿哥太谦虚了。不过，你妹夫说，私家办工厂须量力而行，若图一夜食成肥仔，风险太大！

杨添丁 对对对，你的先生一定是位精明的企业家。下一次，你一定要邀他同来。

刁碧云 他呀，企业家说不上，倒是有心到大陆来看一看，不过心有顾虑……

杨添丁 顾虑什么？

刁碧云 他是土生土长的台湾人。

杨添丁 这有什么好顾虑的，本来就是一家人嘛！再说，祖国总有一日要统一，若有机会，我还想到台湾去看看哩！

刁碧云 可惜台湾没有这个度量，还不敢像大陆这样开放！阿兄，阿爸、阿妈在家里恐怕等急了，快走吧！

杨添丁 阿爸……回家再说。

阿　禄 （内声）阿公哙，你返来！

杨添丁 是阿禄，家中一定出了什么事？

刁碧云 快寻去看看。（半圆场）

阿　禄 （内声）阿公哙，你返来！

［魏求春执电筒拉阿禄上。

魏求春 （唱）

公公婆婆把脸翻，
家中半夜乱成团。
吓得小孩放声哭，
快寻阿公转回还。

阿　禄 阿公哙！

［四人相遇。

阿　禄 阿爸！呜……（哭）

杨添丁 阿禄，出了什么事？

阿　禄 阿公跟阿婆相骂，阿婆将阿公赶走咧！

杨添丁 求春，到底发生了什么事？

魏求春 为了一张返去台湾的飞机票……

刁碧云 啊，原来是这件事。

阿　禄 阿爸恁快回家，阿婆关起门，阿姐在家里哭哩！呜……（又哭起来）

杨添丁 什么飞机票，到底出了什么事？

刁碧云 一时说不清楚，快寻找老人家要紧！

杨添丁 他定没走远，俺先到村头看看。（众下）

［二道幕启。

［景：舞台分为两个表演区：一是大榕村村头的榕树下；一是何翠喜的卧室。

杨福顺 （内唱） 被逐出门满脸羞——（上）

[追光。

杨福顺 （接唱） 心如冷水滴沸油。
老妻心肝硬过铁，
驱人如同踢皮球。
一肚委屈何处诉，
但见村巷黑幽幽。（跌跌撞撞向前）

[榕树区灯亮。

杨福顺 咳咳咳，司马懿走不出葫芦谷，走来走去，还是撞着这棵大榕树！（衬音乐）唉，老榕树呀老榕树，我福顺自小本分守礼，只知背脊朝天，埋头种地，二十八岁娶亲，三十岁得了仔儿，本想好好过日，哪知未听着阿奴叫句阿父，就被胡琏掠去当兵，一家人活活拆离……兵船载到金门岛，要跑不能跑，举目无亲，想哭唔敢哭！自古来两岸一家，到如今仍同阴阳相隔。望家乡，海水茫茫；数时日，春夏秋冬。总想望见你这老榕树，从头毛乌乌想到白发苍苍！树，愈老愈硕硬；人，愈老愈想家。听说大陆实行开放政策，一夜之间众老兵高兴得人人变后生！众兄弟请愿上禀，要求回乡探亲。经国先生至今还未开声，老兵卒三三两两偷偷起行，都骗说到香港游历，其实都私回大陆暗自归家！老榕树呀，别人不知我的苦情，你，你应该知我的心胸……

[卧室灯亮。

何翠喜
杨福顺 （轮唱、二重唱）

秋风飒飒夜来寒，
心头压抑重如磐。
酸甜苦涩吞落肚，
恼他/她今日太荒唐。
俗语道，城隍不逐家乡鬼，
他/我今晚何处把身藏？

应有他
家门　　立足地，
岂无我

不忍他
作游魂飘荡。
岂愿再

他
本当寻　回家转，
路

面对晚辈举足难！

[卧室灯渐暗。

[刁碧云、杨添丁等上。

刁碧云 阿爸！

杨福顺 啊！

刁碧云 阿爸，夜深露重，你怎么跑到这里来了？

杨福顺 我……唉！

刁碧云 阿兄、阿嫂和你孙儿都来了。

杨福顺 添丁？添丁，我就是你爸呀！

杨添丁 你……你就是我爸？

杨福顺 儿呀，阿爸就站在你面前！

杨添丁 几十岁了，我还不识父呀！（唱）

母亲教我识得爹名字，
有名无实卅七年。
父母双全家常暖，
小时候，羡慕邻里乐怡怡，
母亲她，坐对灯盏常流泪，
含泪为我补破衣。
送我读书上学校，
家计独力来操持。
那年遭灾炊难继，
慈母让食腹常饥。

邻村也有人当兵台湾去，
都会转来转去捎信慰妻儿。
你石沉大海无消息，
只当你早已离人世。
多亏母亲心未冷，
岁岁为你“搅捞”祈福待归期。
今日里，母亲纵有千声责骂万声怨，
你也不该半夜出门间！

杨福顺 儿呀，我对不住恁母子，要骂你尽管骂，三十七年了，我就等听你叫我一声爸呀！

杨添丁 （激动地）爸！（跪）

杨福顺 添丁！（唱）

盼仔儿，想仔儿，大榕树下会仔儿，
想不到这堂堂汉子便是我的儿！
月下相逢仿似梦，
身为人父是喜是愧还是悲……
我不该，心疑生暗鬼，
探路探风试老妻。
明知此番难久住，
却隐藏机票瞒归期。
骗得一家空欢喜，
伤害你娘白发苦守深情意！

魏求春 爸！

（唱） 天上月缺又重圆，
人生不该长别离。
还是你的故居在，
村头老榕紧相依。

杨福顺 我真不想走啊！

（唱）　孤身漂泊年复年，
盼望有家可依栖。
只因那边事未了，
俺家还须暂别离。
只恐你娘结难解，
此事怎可对她提？

魏求春　阿爸放心，只要把话说明白，相信阿妈会想通的。

杨添丁　爸，从这里到台湾高雄，还不足200海里，只要海上通航，一日来回还早早咧！

阿　禄　阿公，俺回家去！

刁碧云　阿嫂，你陪阿爸慢慢行，我跟阿兄先走一步。（与添丁快步下）

魏求春　也好。阿禄，过来（与阿禄共扶福顺慢行）

[灯渐暗。

[卧室灯亮。

杨添丁　妈，请开门！

何翠喜　（上）谁呀？

杨添丁　是我，添丁呀。

何翠喜　夜已深，我睡了，你也去睡吧！

刁碧云　妈，还有我咧！

何翠喜　你是谁？

刁碧云　台湾来的碧云，你老人家的契走仔！

何翠喜　我心倦神疲，你若有事去找你契爹说！

刁碧云　母亲！

（唱）　碧云生来八字硬，
出生不久亡亲娘。
两个老兵将我养，
亲爹契父同样恩情长。
亲爹临终频嘱咐，

孝敬契父到百年。
孤身老兵多如蚁，
哪个不思回家乡！
我与丈夫暗筹划，
安排阿爸绕道来团圆。

杨添丁 妈，阿爸买双程机票是有原因的。

何翠喜 什么原因？

刁碧云 妈！

（唱）“台湾当局”有明令，
私回大陆犯律章。
还须回去再设法，
免使亲友受牵连。
恳求母亲释疑虑，
爹爹他人虽离乡心在乡！
不日当能回家转，
与母亲一起乐晚年。
可怜碧云是个无母仔，
容我亲亲热热恭恭敬敬叫你一声娘。

亲娘啊！（跪）

何翠喜 （开门）我的儿啊！（扶起碧云，唱）
冰山融，怨海填，
数十年悲愤化云烟。
积下的泪水决了口，
化作喜雨洒人间。
这一声亲娘叫得我热泪满面，
乐得我心里暖洋洋！

刁碧云 妈！

杨添丁 妈！

何翠喜 快，快去寻你爸回来！

[众半圆场。

[榕树区灯先显，全台灯渐亮。

阿　禄　阿公阿公，阿婆来了！

杨福顺　（赧颜、不安地）这、这……叫我怎样开口？

[杨惜弟上，展开破衣。何翠喜随后上。

杨惜弟　公呀！

（唱）　阿婆等你几十年，

这件破衫是证见。

她做诀“搅捞”求神佛，

保佑阿公早日来团圆！

杨福顺　阿孙真乖，都是你阿婆的好教示！

何翠喜　你呀！

众　人　哈……

阿　禄　阿公，回家去！（拉着福顺走）

高巧音　（内声）阿福顺兄呀！

[高巧音引村长、三兴、四旺、秀才、农妇等上。

村　长　福顺伯，听说你还得回去，大家都希望你早日归来！

杨福顺　哎呀，多谢，多谢大家！

[众鼓掌。

后台歌　（女声独唱）

天上月缺又重圆，

人生不该长别离。

还是你的故居在，

村头老榕紧相依。

[歌声中，一轮红日喷薄欲出。

[幕闭。

[剧终。

（剧本版本：《南粤剧作》1998年第1期）

葫芦庙

（取材于长篇古典小说《红楼梦》）

编剧：范莎侠

人　物　表

贾雨村　　甄士隐

小沙弥（门子、军犯）

娇　杏　　冷子兴

英　莲（香菱）

冯　渊　　薛　蟠

冯　良

衙　役　　差　官

班　头　　梅　香

新门子　　僮　儿

丫　鬟　　家　丁

家　院　　太　监

校尉等

第一场

[古代的一个中秋节。

[姑苏城葫芦庙。

[小沙弥敲着木鱼，庙外歌管丝竹和着节日的喧闹声阵阵传来。

小沙弥　（烦躁地丢下木鱼）唉！

（扣板）　小沙弥法名叫了空，

身在空门心不空。

人情世情皆通透，
佛理佛经却朦胧。
晨钟暮鼓图温饱，
做一天和尚撞一天钟。

想我了空，只因父死母改嫁，无奈才出家，在这葫芦庙中，苦度了几个冬夏。唉！这碗神佛饭，吃久实在苦闷，不知何日才能跳出佛门？（听着庙外的喧闹声）今日中秋佳节，满城笙歌，我却在这庙里，冷冷清清对佛陀……啊，我倒忘了，冷冷清清不止我一个，还有那在此卖文度生的湖州秀才贾雨村。秀才虽是贫窘，隔壁甄员外却对他极为看重，看来秀才有来日可待，我须对他多加关照。今日过节，待我备些鲜果糕饼，小和尚陪穷秀才，赏赏明月叙叙怀。

[小英莲蹦蹦跳跳地与娇杏上。

英　莲　娇杏姐姐，快走呀！

娇　杏　（唱）　奉命送礼庙中行，
非关菩萨非关僧。
员外怜才心切切，
佳节礼品送书生。

英　莲　（扯住端果品的小沙弥）了空师父！

小沙弥　啊，英莲小姐，今日过节，街上热闹，庙里可没什么好玩啊！

英　莲　我不是来玩的，我是跟娇杏姐姐来送月饼的。

娇　杏　了空师父，员外命我给贾先生送来月饼，有劳师父引见。

小沙弥　哦，贾先生还在那厢苦读呢。

[台后区升光，现出捧卷的贾雨村。

娇　杏　（望，赞叹）好一个秀才！
（唱）　这秀才衣裳虽旧人轩昂，
青灯苦读心志专。
我这里恭恭敬敬轻声唤——

贾先生，贾先生……

英　莲　（调皮地上前大声喊）贾先生！

贾雨村　（一吓）啊？英莲小姐……

小沙弥　（上前）贾先生！

（唱）　　甄府送礼到尊前。

英　莲　贾先生，我爹爹让娇杏姐姐给你送月饼来了！

贾雨村　见过大姐。（与娇杏照面，不觉一怔，旁白）好一个清秀的丫鬟！

娇　杏　贾先生，我家员外恰逢有客来访，命我先与你送来月饼，（递礼盒）员外说道，时间有空闲，便过来与先生共度佳节。

贾雨村　员外如此厚爱，学生感激不尽，有劳大姐代学生转致谢意。

娇　杏　先生好说了，婢子定然代为转告。

贾雨村　谢大姐。

娇　杏　不用，婢子告辞。啊，英莲小姐……

英　莲　娇杏姐姐，我在看观音娘娘呢！（跑过来扯住贾雨村）贾先生，观音娘娘这里有颗红痣，（指眉心）我也有颗红痣，你说，我好看不好看？

贾雨村　好看，好看！

娇　杏　（牵过英莲）走吧！等下还要去看灯呢！

英　莲　好啊，去看灯，去看灯！快走吧！

［英莲拉娇杏下，娇杏行去几回头……

［幕后女声独唱：

“员外常将秀才夸，
一见惊叹言不差，
好教人无心也牵挂。
行去几回首，
但愿他早日得志展才华。”

［贾雨村目送娇杏，惊喜。

小沙弥　贾先生，（大声）贾先生！

贾雨村　啊？（回过神）

小沙弥　（戏谑地）贾先生，可惜啊！

贾雨村 可惜什么？

小沙弥 可惜我是出家人，佳人淑女，自然无份，你呢，眼下是穷书生，也无份啊！

贾雨村 （窘）小师父取笑了，学生焉有非分之想？

小沙弥 好好好，我不取笑，想与不想，却是在你。（钟鼓响）哎呀，我得去做功课了，有时间再来陪你……（下）

贾雨村 想与不想在我……那娇杏女子，频频回首眷顾，分明有意于我，学生焉能不想，焉能不想……莫非她是女中伯乐，慧眼识人？不错，我雨村是遇到红颜知己了！娇杏啊娇杏，他日雨村得志，定然娶你为妻，让你当个夫人！（想起眼前处境）唉！只是如今尚困顿于此，真是未卜三生愿，平添一段愁啊！

（唱） 身在异乡为异客，
佳人顾盼撩愁肠。
念雨村本是宦门后，
家道中落身孤寒。
求功名离了湖州地，
困滞姑苏度日艰。
中秋一到年将到，
春闱在即心焦烦。
万丈雄心思腾举，
何日平步青云间？
我这里对月空嗟叹，
谁能助我渡难关？

唉！空有才华抱负，时运未至，奈何！

（徘徊高吟）

玉在椟中求善价，
钗于奁内待时飞！

[甄士隐与僮儿上，聆听。

甄士隐 哎呀，贾先生真是抱负不凡啊！

贾雨村 啊，是员外到来，晚生不过偶吟前人之句，员外过誉了。

甄士隐 哪里哪里，甄某一向倾慕先生才学，今夜特备小酌，与先生赏月吟诗。

贾雨村 员外有此雅兴，学生自当奉陪。

[僮儿摆上杯盘酒盏，斟酒。

甄士隐 贾先生，李白斗酒诗百篇，你看此时皓月当空，你我把酒对月，就请先生以月为题，吟咏一首吧。

贾雨村 （激起意兴）晚生从命。（踱步，吟诵）

时逢三五便团栾，
满把清光护玉栏。
天上一轮才捧出，
人间万姓仰头看。

甄士隐 妙，妙啊！才思敏捷，诗意雄飞，若能上京赴考，当可青云直上。来来来，饮此一杯，以作庆贺！

贾雨村 （一饮而尽，喟然长叹）唉！非是晚生酒后狂言，若论时尚之学，自思也可赶考充数，无奈京都路远……

甄士隐 贾先生，我就等你这句话啊！

（唱） 先生处境我尽知，
甄某有意助英才。
今夜邀君赏明月，
吟诗为探真情怀。
先生果怀凌云志，
明珠焉可土中埋？
赠君盘缠上京去，
祝君一举步天阶。

[僮儿捧上银两衣物。

甄士隐 贾先生，明春正是大比之期，这里冬衣两套，白银五十两，聊助先生上京！

贾雨村 （喜出望外）谢员外知遇之恩！

甄士隐 区区小事，何须言谢？先生收下，三天后是黄道吉日，到时再为先生饯行。

[甄府家人急上。

家　人　员外！不好了！英莲小姐上街看灯，转眼寻觅不见，安人要你立即回府！

甄士隐　那还了得，先生自便，甄某告辞！

贾雨村　员外仔细！

［甄士隐与家人急下。

贾雨村　（为英莲一阵焦急后拿起钱袋）真是吉人自有天相，转眼间有了盘缠，贾某不日便可出人头地了！（思忖）哎，盘缠在手，何不立即上京？对，管什么吉日不吉日，打点行装，上京去吧。

［收光。

第二场

［幕后伴唱：

“贾秀才果然遂心愿，
金榜题名进官场。
娇杏女有幸配佳偶，
冬去春来已一年。”

［娇杏喜盈盈上。

娇　杏　（唱）　溶溶春日照庭阶，
满堂喜气盈胸怀。
一载尊贵浑如梦，
往事时时心头来。
想那日，葫芦庙中送礼品，
得遇湖州贾秀才。
没想到，秀才高中为官后，
迎亲花轿将我抬。
几回头无意成佳偶，
这姻缘莫非是前世修来？

娇杏我，身在福中无他念，
唯将甄府挂心怀。
英莲失踪无下落，
员外出家弃尘埃。
幸得夫君有仁义，
寻英莲、觅员外，把甄府的生计妥安排。
今逢夫君寿诞日，
我挂彩幛、下庖厨、细操办，
表一表为妻情怀。

［贾雨村上。

贾雨村 夫人！

娇　杏 啊，见过夫君。

贾雨村 夫人免礼。

娇　杏 夫君，寿筵已安排停妥。

贾雨村 多谢夫人操心，夫人啊！

（唱）　三生有幸识娇颜，
齐眉举案情深长。
今朝县堂庆寿诞，
从此后夫荣妻贵乐无边。

娇　杏 夫君！

（唱）　三生有幸为君妇，
感君待妾情深长。
夫荣妻贵且休论，
莫忘甄府恩如天。

贾雨村 夫人莫忧，甄家恩德，此生难忘，下官当再差人寻找英莲与员外，让他一家骨肉重圆！

娇　杏 多谢夫君！

贾雨村 夫人，今日寿庆，还有一喜。

[衙役抬“明镜高悬”匾额上。

娇 杏 这是——

贾雨村 这是县中子民对下官的褒奖！夫人啊！

（唱） 清办积案不辞劳，

赢得治下子民褒。

青云有路酬才志，

春风得意在今朝。

娇 杏 恭喜夫君！

（唱） 子民褒颂妾心喜，

但愿得年年如意似今朝。

[一衙役上。

衙 役 大人，冷子兴先生来访。

贾雨村 冷子兴？来得好！夫人，这冷先生是古董商人，交官接府，门路极广，上京时与他结识，得益不少。快请！

[衙役引冷子兴上，贾雨村迎上。

冷子兴 县尊大人！

贾雨村 子兴兄，什么好风把你吹来呀？

冷子兴 （风趣地）不用好风，冷某来姑苏做生意，怎敢不来拜谒你这父母官大人啊！哦，这位是夫人？

娇 杏 （施礼）见过冷先生。

冷子兴 哎呀，夫人礼重了。

[宾主落座，丫鬟捧茶后与娇杏下。

冷子兴 （见匾额）雨村兄，这么快就出政绩了？可喜可贺啊！

贾雨村 （不无得意）哪里、哪里，不过是办了几宗前任积案而已。

冷子兴 （一愣）前任积案？

贾雨村 不错，前任积案。

冷子兴 哎呀！雨村兄啊雨村兄，前任积案，你何必办它？

贾雨村 此话怎讲？

冷子兴 我问你，这些案你办得了，你的前任因何办不了？

贾雨村 只因这些案子牵涉到本地强权。

冷子兴 这就是了，本地这些强权，手眼通天哪！雨村兄，你初入官场，怎可自逞才干？办了积案，虽得百姓称颂，却得罪上司同僚，得罪地方强权。你、你惹祸了啊！

贾雨村 啊？！

[内声："吏部公文到！"

贾雨村 吏部公文？

[衙役引差官上。

差　官 姑苏县，吏部公文到此。

贾雨村 （拆、念）"据地方官员参奏，姑苏县令贾雨村勾……"（一怔）"勾结乡绅，徇私贪酷，不堪为用，部文到日，即行革职。"啊？！（呆立）

[差官除去贾雨村官诰，下。

[娇杏急上。

娇　杏 （不知所措）夫君……

冷子兴 雨村兄……

贾雨村 "明镜高悬"，明镜高悬！哈哈哈……子兴兄，果真被你言中了！

娇　杏 （愤然）夫君啊夫君，你忠君为民，百姓称颂，为什么反被革职？夫君，快向朝廷辩明啊！

贾雨村 辩明？（苦笑）夫人，官吏豪强勾结一体，朝中无人，怎能辩得明啊？

冷子兴 （赞许）对对对，雨村兄不愧是聪明人。不知兄台今后如何打算？

贾雨村 （有顷）子兴兄！

（唱）　宦海骤遭恶风浪，
　　　　丈夫心志总不甘。
　　　　青衫红袖相携去，
　　　　定居别地度时光……

娇　杏 （松了口气）夫君！

（唱）　俺定居别地创家业，

夫唱妇随度时光。

从今后不涉这官场是非地——

贾雨村 不！（接唱）

从今后我要磨砺心志、寻觅时机，宦海再扬帆！

娇　杏 啊？！（愕然）

冷子兴 （大叫）好啊！我就佩服你这心志！雨村兄，我通透你一条门路，你循这门路往前走，可图东山再起！

贾雨村 什么门路，兄台快讲！

［贾雨村拉冷子兴坐，娇杏怅然下。

冷子兴 雨村兄可还记得京中的荣国府和宁国府？

贾雨村 当然记得。荣、宁两府祖上是亲兄弟，子孙封官袭爵，显赫非常。

冷子兴 记得就好，如今两府出了位贵妃娘娘，更是锦上添花，连奴才的儿子都官袍加身了！雨村兄，两府权势可通天，你们是同姓同宗自己人哪！雨村兄啊！

（唱）　荣国公，宁国公，

都是你的老同宗。

高门显贵攀得上，

丢官复官可变通。

朝中有人官好做，

乌纱帽不愁再飞空。

兄台就此来行事，

十拿九稳定成功。

贾雨村 只是……他家那等荣耀，我一个革职之人，如何上门哪？

冷子兴 眼下正好有一个机遇可引兄台上门！

贾雨村 哦？

冷子兴 扬州盐政林老爷正寻聘一西席教授女儿，我可保荐兄台前往受聘。

贾雨村 这与京都两府有何关联？

冷子兴 雨村兄啊，扬州这位林老爷是荣府的姑爷，他的女儿，便是荣府老祖宗最疼爱的嫡亲外孙女啊！

贾雨村 啊！我明白了。

冷子兴 只要当好林小姐业师，一有起复机缝，便可从林府转向京都两府……

贾雨村 哎呀，子兴兄啊！

（唱） 多谢你为我指引通天道，

冷子兴 （唱） 兄台你扬州且将岁月熬。

贾雨村 （唱） 但愿得离梢柳絮不委地，

冷子兴
贾雨村 （唱） 借好风直上青云霄！

[收光。

第三场

[金陵大街。

[薛府众家丁内声："大爷，来走啊！"薛蟠内声："来走！"家丁拥薛蟠上。

薛　蟠 （唱） 薛某世居金陵地，

几代皇商有名声。

众家丁 （唱） 薛大爷，有名声，

条条门路通京城。

薛　蟠 （唱） 傻子呆子是浑号，

薛蟠才是我大名。

众家丁 （唱） 浑号呆傻实不傻，

说起大爷人人惊。

薛　蟠 （唱） 有福托生在豪族，

吃喝嫖赌霸道横行。

众家丁 （唱） 欲圆欲扁遂心愿，

叱生叱死鬼也得听。

薛　蟠 想我薛蟠，笔墨纸砚，不用沾边；金钱权势，自可通天；平生爱好，美女娇娘。

众家丁 有钱有势有美女，赛过皇帝赛神仙！

薛　蟠 什么神仙皇帝？说起美女，阿三奴才去买的那个女子，此时还没带来见！

［家丁甲内喊："大爷……"跑上。

薛　蟠 奴才，那女子因何未带来？

家丁甲 大爷，那女子被秀才冯渊接走了！

薛　蟠 怎说？被秀才冯渊接走？

家丁甲 大爷，听说那冯秀才先出钱下聘，卖女的老东西又没魂没影……

薛　蟠 废话少说，众奴才！与大爷开路，去找那冯小子，把美人带回府！若是小子不识趣啊——

众家丁 大爷，你叱打就打，叱踢就踢！

薛　蟠 走！

［薛蟠一众呼拥而下。

［冯渊内声："娘子，走吧！"香菱内声："走吧！"冯渊偕香菱上。

冯　渊 （唱）　急忙忙携了香菱女，

穿街过巷把家还。

香　菱 （唱）　急惶惶跟了冯公子，

又喜又忧心不安。

冯　渊 （唱）　聘娶淑女遂心愿，

门庭从此溢春光。

香　菱 （唱）　幸遇君子定姻约，

从此生死随冯郎！

［香菱步履慌乱跌地，冯渊急扶。

冯　渊 娘子啊！

（唱）　怨你爹离去太匆忙，

我只得仓促接你还。

花轿鼓乐未备妥，

委屈娘子心不安。

香　菱 冯郎！

（唱） 你聘奴为妻接奴走，
奴犹如苦海遇慈航。
花轿鼓乐何须论，
郎君的恩情大如山！

冯　渊　哎呀，娘子何须言重如此？只是……你爹突然离去，薛府又来要人，莫非你爹——

香　菱　我爹……

冯　渊　娘子啊娘子，如今你我是一家人，望娘子将情由相告！

香　菱　这……（悲楚地）冯郎啊冯郎，那天你出了钱，因何不立即将奴带走啊！

冯　渊　我须择吉迎娶啊！

香　菱　你这一耽搁，我爹又再将我……

冯　渊　将你怎样？

香　菱　将我卖与薛府！

冯　渊　啊？！你爹他、他怎能如此？

香　菱　我爹他……他不是好人！

冯　渊　啊？！（呆住）

［冯良慌张上。

冯　良　公子！不好，不好了！

冯　渊　良伯，何事慌张？

冯　良　薛蟠带恶奴正在找你，公子，快找个地方避一避吧！

冯　渊　避？他定是为香菱而来，我冯渊下聘定亲在先，就是到公堂上，也是俺有理。怕他什么？

冯　良　公子啊公子！薛蟠是金陵一霸，俺寒门弱族，怎能和他斗？快躲避吧！

香　菱　（惧怕）冯郎，快躲避吧！

冯　渊　这……

［众家丁拥薛蟠上，堵住路。

薛　蟠　（近前细看）哈哈！果然绝色，绝色！

冯　渊　薛公子，请自重！

薛　蟠　“自重？”这女子本大爷自然看重。美人过来！（拉香菱）

冯　渊　住手！薛蟠啊薛蟠！

（念）　乾坤朗朗衙门开，
岂容你悖理胡乱来？
劝你不要仗权势，
须知律法有制裁！

薛　蟠　律法？哈哈哈哈……

（念）　大爷出入是官衙，
谁敢将律法制薛家？
无知小子敢强辩，
先来打掉你门牙！

打了！

［众家丁打冯渊，冯渊满地翻滚，香菱、冯良呼叫扑护，被家丁架开。

薛　蟠　小美人心疼了？好，我让你再心疼！（一脚踹向冯渊心窝）

［冯渊惨叫倒地，香菱痛呼扑上。

家丁甲　（拭冯渊鼻息）大爷，没气了！

薛　蟠　死了算了，把小贱人带走！

［鸣锣喝道声大作。

家丁乙　禀大爷，新任应天府巡查至此。

薛　蟠　管什么应天府，把人带走！

冯　良　应天府巡查至此？苍天有眼啊！

［薛蟠拎起香菱，香菱狠咬薛蟠手臂，薛蟠大叫松手。

香　菱
冯　良　（扑上前高喊）大人申冤可怜啊！

薛　蟠　快抓住她！

［应天府门子与衙役上，拦住家丁。

［收光。

第四场

[紧接前场，堂威中升光。

[应天府正堂，衙役分班站列。

贾雨村 （念） 乘风踏上青云道，
起复升迁意气豪。
前事不忘警后事，
但愿从此步步高！

下官，贾雨村。蒙皇上隆恩，贵人举荐，起复升任应天府尹。今日首次升堂，审理命案，务必谨慎严明，扬我官声。来，传喊冤人上堂！

门　子 呔！喊冤人上堂！

[冯良、香菱上。

冯　良
香　菱 大人申冤可怜！

贾雨村 恁等叫何名字，死者是谁？

冯　良 小人冯良，死者冯渊是小人家主。

香　菱 小女子香菱，冯渊公子是奴家的（哭）夫郎！

贾雨村 薛蟠因何打死冯渊，一一禀明。

冯　良 大人容禀，香菱之父卖女还债，我家小主人送去银两，聘下香菱。谁知事后，香菱又被卖与薛府。今日小主人接香菱回家，恶贼薛蟠，当街拦抢，将我小主人活活打死！求大人为我家主申冤报仇！

贾雨村 嗯哼！香菱，本府问你，你父将你聘与冯家，因何又再将你卖与薛家？

香　菱 这……

贾雨村 你父今在何处？

香　菱 小女子不知。

贾雨村 果真不知？

香　菱 大人，小女子实在不知啊！

贾雨村 嘟！大胆女子，你父一女两卖，坑骗钱财，你隐瞒去向，分明是通同作案，不动大刑，焉肯明讲？来呀——

香　菱 （哭喊）且慢！大人，小女子冤枉啊！

贾雨村 你有何冤？

香　菱 大人，那人不是我父，是人贩子，他害得我好惨啊！大人！

（唱）　小女子自幼被拐卖，
惨离了父母家乡。
落魔掌鞭笞苦役无间断，
小年纪尝尽了人世悲伤。
几次逃跑被抓返，
打折筋骨哭断肠。
遇冯郎至诚君子相怜爱，
暗庆幸从此有靠脱深渊。
有谁知歹毒人贩再将我卖，
恶薛蟠打死冯郎罪滔天！
大人啊！
苦命女泣血将实情告，
求大人惩凶缉恶、拯救无辜、为惨死的冯郎报仇冤！

冯　良 求大人惩凶缉恶，为民申冤！

贾雨村 本府自当秉公执法，惩办凶手！

冯　良
香　菱 谢青天大人！

［班头内呼与一衙役带伤狼狈上。

贾雨村 你等因何这般模样？

班　头 禀大人，我等奉命追拿凶犯，谁知那薛蟠竟喝令恶奴将我等围打……

贾雨村 （怒）可恼！

班　头 薛蟠还叫我转告大人，把香菱判归薛府，如若不然——

贾雨村 不然怎样？

班　头　不然……当心头上的乌纱帽！

贾雨村　（唱）　闻斯言怒发冲冠，

可恨薛蟠太猖狂。

若不按律严惩办，

枉为命官坐公堂！

（抽出签子）班头，本府命你带齐衙役捕快，把薛蟠拘捕归案！

门　子　（阻）大人！（上前低声）大人且慢发签，小人有话说。

贾雨村　（疑惑地）两班暂退。

［众人退后，门子对贾雨村深深一揖。

贾雨村　你这是为何？

门　子　大人，你不记得我了么？

贾雨村　（端详门子）你到底是谁？

门　子　大人真是贵人多忘，大人啊！

（唱）　大人当年离湖洲，

姑苏小庙曾淹留。

一自上京鱼龙变，

可记得，葫芦月下度中秋？

贾雨村　啊！你是葫芦庙的沙弥了空！

门　子　正是！

（唱）　小庙凄清怕回首，

火灾毁庙僧漂流。

乘机蓄发还了俗，

跻身公门度春秋。

贾雨村　原来如此，想不到在这里遇到故人。

门　子　大人，小人也想不到在公门中等了这么多年，能等到大人你这位故人！

贾雨村　（感叹地）你我也算贫贱之交了，有话正可直说，适才因何阻我发签？

门　子　大人，你可知道这香菱女子是谁？

贾雨村　我怎能知道？

门　子　难道大人没看到她眉心的胭脂胎痣？

贾雨村　胭脂胎痣？

门　子　大人再想想，当年葫芦庙旁甄员外那丢失的女儿……

贾雨村　啊！我想起来了！甄员外女儿眉心也有一颗胭脂胎痣，难道她——

门　子　她就是甄员外丢失的女儿英莲！

贾雨村　你怎么知道？

门　子　刚才在街上，我一眼就认出来了！

贾雨村　这就好了，这就好了啊！

（唱）　多少年悬挂英莲心不安，
没想到今日相遇在公堂！
天赐良机偿夙愿，
人生快事数此场。
叫门子后堂去向夫人报，
我这里，救弱女、惩凶犯、报恩德、正纪纲，
哪怕薛蟠凶又狂！

来呀！升——

门　子　（急阻）且慢！

贾雨村　嗯？又有何事？

门　子　大人荣任到此，难道没抄一张本省的护官符么？

贾雨村　何谓护官符？

门　子　如今做地方官的，都备有一张名单，上面开列本地最有权势的宦族乡绅，倘若不知触犯这些人，别说官爵，就连性命都难保。故而，官场上把这名单叫作护官符。（掏出一纸）这便是我为大人抄下的护官符，大人请看。

贾雨村　（念）“贾不假，白玉为堂金作马。”

门　子　说的是贾府。

贾雨村　“阿房宫，三百里，住不下金陵一个史。”

门　子　说的是史府。

贾雨村　“东海缺少白玉床，龙王请来金陵王。”

门　子　说的是王家。

贾雨村　“丰年好大雪，珍珠如土金如铁。”

门　子　这句说的便是薛蟠家族。大人，这贾、史、王、薛四大家，贾家是薛蟠的姨家，王家是薛蟠的舅家，史家是贾府老祖宗的娘家。这几家连络成一家，动一家，牵四家，你动不了他们哪一家。听说大人补升此任靠的是贾家，薛蟠是贾府老爷亲亲的外甥家，你怎能发签去碰他家？

贾雨村　这……不拿薛蟠，如何断案？

门　子　不拿薛蟠，照样断案。大人可将罪名推在人贩身上，开脱薛蟠，来个顺水推舟，借此案做个人情。

贾雨村　冯家怎肯如此罢休？

门　子　大人放心，冯家我清楚，寒门独子无亲人，只有零星奴仆，多给些银子抚慰，案子拖一拖，自然不了了之。

贾雨村　英莲呢？

门　子　这就不用说了，薛蟠是淫棍，打死冯渊，就是为了夺英莲，不把英莲判给他，他怎肯罢休？

贾雨村　这……不可！贾某蒙皇恩起复委用，怎可违法冤判命案？况英莲是恩人之女，我怎能驱羊入虎口？

门　子　大人当年何等明决，因何今日却糊涂了？大人啊！

（唱）　大人所说是正理，
奈何正理行不通。
岂不闻，大丈夫相时而动，
君子自当趋吉避凶。
此案若是秉公断，
怕只怕官身难保，
起复委用又成空。
顺水推舟把人情做，
傍定靠山莫放松。
望大人三思三虑，

吉凶祸福一念中！

贾雨村 （震动）吉凶祸福一念中……

[门子悄然退下。

贾雨村 （唱） 一案激起千层浪，

好教我贾雨村震惊彷徨！

小沙弥变门子说穿案底，

方知这案外功夫更比案内难。

（拿起护官符）

护官符上列权贵，

一家权贵一座山。

若把薛蟠来法办，

大山压顶难抵挡。

若判香菱归薛府，

天理人情怎容宽？

此时犹处浪尖风口，

一步踏错关存亡。

猛想起，姑苏任上被革职，

心胆至今有余寒。

起复委用非容易，

宦海岂能再翻船？

手捧官符心颤抖，

吉凶祸福决断难。

（夹白）罢、罢、罢！

护官符能把官身保，

欲保官身须从权。

天理人情且丢下，

顺水推舟傍靠山。

违心愿乱判人命案，

搏一个好前程腾达飞黄！

(决然地）门子上来！（门子应声上）传一干人等上堂！

门　子　一干人等上堂！

[众衙役与冯良、香菱上。

贾雨村　香菱，你抬起头来，本府有话问你。

[香菱抬起头，贾雨村不由一颤。

[幕后英莲童稚的声音：“贾先生，观音娘娘这里有颗红痣，我也有颗红痣，你说，我好看不好看……”

门　子　（提醒地）大人……

贾雨村　啊！（定下心神）来，众人听着：冯、薛两家争买香菱，酿成命案，祸因起自人贩，今须把人贩缉拿归案，再行审理。门子，取银十两，让冯良先回去安排家主后事。

冯　良　大人啊大人，人贩是祸因，薛蟠是凶犯，求大人捉拿薛蟠，为我家主偿命！

贾雨村　本府自当按律公断。

香　菱　大人……

贾雨村　香菱无家可归，暂留府衙客房养伤，待结案后送归原籍。退堂！

冯　良
香　菱　大人……

贾雨村　退堂！

香　菱　（哭向冯良）老伯……

冯　良　姑娘……

[衙役分带香菱、冯良下。

[贾雨村倚案颓然。

门　子　大人真是英明果断！

贾雨村　唉……

门　子　大人，那薛蟠虽是粗野不堪，却是直爽好说话，他若得到大人好处，是不会亏了大人的。只是，眼下得有个晓事体的往薛府那边沟通。

贾雨村　晓事体的……一时哪里找？

门　子　大人，有个商人与薛蟠常来往，与贾府有沾连，现住金陵客栈……

贾雨村　谁？

门　子　古董商冷子兴！

贾雨村　冷子兴？亏你想到他，果然非他莫属！你——真是个智多星啊！

门　子　大人夸奖了，今后若得大人提携，小人愿为大人肝脑涂地。

贾雨村　这还用说，你我是故人嘛。啊，你先去客房关照一下，吩咐对英莲——不，对香菱，要好生款待。

门　子　小人知道。（下）

贾雨村　想不到这葫芦庙的沙弥如此精明厉害，此人又知我底细，留在身边，倒是个隐患……

［门子急上。

门　子　大人，大人！

贾雨村　（冷不防倒吃一惊）何事？

门　子　大人，夫人听说大人在审争买孤女命案，便到客房看孤女，一下子认出了英——啊，认出香菱，夫人又喜又哭，叫我请大人快去！

贾雨村　啊？这……这就节外生枝了啊！

门　子　大人，眼下须先稳住夫人，然后——（近前耳语）

［收光。

［升光，江边。

［薛蟠大笑上。

薛　蟠　（念）　应天府真是块做官的料，
销命案暗送美娇娇。
冷子兴两头排比好，
薛老大上京乐逍遥。

［冷子兴上。

冷子兴　薛公子。

薛　蟠　冷先生，那美人……

冷子兴　公子莫急，等送上我的商船后，再转送你的官船。

薛　蟠　好，那我就在船上等！

冷子兴　（意味深长地）薛公子，应天府这次可是尽了全力啊！

薛　蟠　冷先生，你不用说了，他尽力，我也不亏他，薛老大不说虚话。

冷子兴　薛公子真是爽快人！

薛　蟠　好说，请！

冷子兴　请！

[收光。

第五场

[一年后的一个月夜。

[应天府庭院。

娇　杏　（唱）　中庭月白照无眠，
倚栏望月思绵绵。
人在金陵府衙内，
心驰姑苏旧门墙。
忆昔年娇杏流落姑苏地，
甄府救援的恩情长。
一家人对我多怜爱，
我与甄府心相连。
多少年痛思英莲难寻觅，
没想到天降英莲到眼前！
府堂相认疑是梦，
泪雨纷飞湿罗裳。
老爷他解救英莲归故里，
行舟南去已一年。
今夜月明人千里，

何日欢聚在一堂？

英莲小姐，你可知娇杏在想你和安人？今夜月色真好，不知恁母女可有在赏月？可有念着娇杏……

[娇杏沉入遐思，渐倦，伏案而寐。

[台上泛起白雾，传来空灵幽凄的呼唤：“娇杏姐姐……”娇杏循声寻觅，裹着红披风的香魂冉冉而来。

娇　杏　啊，英莲小姐，你来了！我正想你呢！

[娇杏迎向香魂，可总是碰不到；

[娇杏努力靠近香魂，突然，香魂掀去红披风，现出一身缟素，娇杏一愣。

娇　杏　啊？英莲小姐，你怎么满面泪痕，容颜惨淡？（急切地）你回乡后情形怎样？安人可好？（见香魂闪避）英莲小姐，你怎么不说话呀？你是怨我没和你一起回姑苏么？起程那天，姐姐突然醉倒，我懊悔至今哪……

[香魂拂开娇杏，飘然而去，娇杏追。

娇　杏　英莲小姐，你怎么不说话就走？（追喊）英莲！英莲……（惊醒）

[梅香急上。

梅　香　夫人，你在喊谁？啊，夫人怎么一身冷汗？

娇　杏　梅香，我做了个梦，梦见英莲！

梅　香　梦见英莲？

娇　杏　（不安）是啊，她满脸是泪，不言不语，我这心头还跳个不停，莫非英莲出了什么事……梅香，你为我打点行装，明日我就前往姑苏。

梅　香　夫人，只恐老爷又要阻行。

娇　杏　老爷阻行，我也要去。

梅　香　这……

娇　杏　梅香，因何欲言又止？

梅　香　婢子怕老爷怪罪，不敢多言。

娇　杏　梅香，有话你尽管讲，老爷怪罪，我自担待。

梅　香　夫人，婢子听说，英莲没回姑苏！

娇　杏　没回姑苏？那她去哪里？

梅　香　她……被一艘商船转送到薛府的官船上去了！

娇　杏　你怎么知道？

梅　香　婢子有亲戚在薛府当差。

娇　杏　这？不，老爷是把英莲送回姑苏的，去年，要不是我酒醉伤风，我是要伴她回去的。（忽生疑）啊，那一小杯酒，我怎么就骤然醉倒？过后，老爷又一再阻我前往姑苏，事有跷蹊啊……是了，去年是门子送英莲走的，门子原是葫芦庙僧人，英莲之事，正好问他！梅香，快把门子唤来！

梅　香　夫人要唤哪个门子？

娇　杏　应天府有几个门子？

梅　香　先前的门子是姑苏人，如今又新来一个门子。

娇　杏　我要找先前那个门子。

梅　香　夫人，那个门子已发配边关去了！

娇　杏　（惊）发配边关？所为何故？

［梅香下而复上，手里拿一书简。

梅　香　夫人，门子临走求托婢子一事，他说他没脸见夫人了，倘若日后夫人有事找他，就把这书简交与夫人。

娇　杏　（急拆，念）

“此去边关作孤魂，
临行惭恨泪暗吞。
夫人若问英莲事，
薛蟠手中命无存！”
啊？！（怔住，书简落地）

梅　香　夫人，夫人……

娇　杏　我……我找老爷去！（跌撞欲下）

［贾雨村兴冲冲上。

贾雨村　夫人，夫人！（拉住娇杏）夫人，京都通透喜讯，为夫就要升迁了！

娇　杏　（呆怔）升迁？

贾雨村　正是。薛蟠联络他姨家舅家，已将此事谋妥，擢升部文不日可到！

[娇杏不认识似的盯着贾雨村。

贾雨村 夫人，你怎么了？

娇　杏 你——放走凶犯，换取升迁？！（爆发地扯住贾雨村）贾大人，你还我英莲，还我英莲啊……（恸哭于地）

贾雨村 夫人因何如此？（发现书简）夫人知道了……也好，大事已定，我也不瞒夫人了：是我把英莲送入薛府，只是没想到，薛蟠禽兽竟将她折磨至死！

[娇杏瘫倒于地。

贾雨村 夫人，夫人……

娇　杏 （悠悠醒转，撕心裂肺）贾雨村，你这忘恩负义的书生啊！

（唱）　无义书生负心汉，
你伤天害理为哪般？
想当年，
若不是员外怜才来资助，
你怎能金榜题名把官袍穿？
若不是甄府慈悲救孤苦，
怎有我娇杏存活在人间！
审命案审出恩人女，
本应当执法报恩两齐全。
想不到你冤判命案纵凶犯，
以怨报德戕红颜。
你不思天理国法恢恢天网，
你不思冯渊英莲冤恨如山！
似这般加官进禄有何用？
我问你今生怎赎这罪愆？

贾雨村 夫人骂得好，骂得痛快！夫人啊！

（唱）　非是下官天良丧，
你哪知宦海险与艰。
公堂判案违心愿，

锥心负疚痛难言。
都只为身在官场不由己，
当从权处且从权。
我也知负了甄家恩似海，
我也为英莲惨丧心熬煎。
能赎罪时当赎罪，
能补偿时当补偿。
如今是，开弓已无回头箭，
望夫人体谅为夫当官难。

（抖出护官符）夫人，薛蟠一案，由不得我啊！你看这护官符，我若将薛蟠法办，得罪这班权贵，别说升迁，连身家都难保！

[娇杏鄙夷地将护官符一拂，挣扎着站起，欲下。

贾雨村 夫人哪里去？

娇　杏 我要到别处衙门告状申冤！

贾雨村 夫人你——你好荒唐！官官相护，四品官尚且审时度势，你一个妇道人家，竟想蚍蜉撼树？（见娇杏还要走，厉色）况且，事已至此，难道你还要断送下官的身家前程？！

[娇杏怔立。

[新门子高喊上：“老爷大喜，大喜了啊……”

贾雨村 （有所预料）什么大喜？

新门子 京都星夜驰送部文，老爷荣升京兆府尹了！

贾雨村 哦？部文到了？

新门子 部文到了，老爷荣升京兆府尹了！

贾雨村 （狂喜地抓住娇杏）夫人，你听到了么？部文到了，为夫高升了，高升了！来！府衙内外，高掌红灯，迎接天使！

[内传呼，鼓乐声大作，贾雨村下。

娇　杏 （梦呓般地）高升了，高升了……（惨呼）英莲……

[收光。

第六场

[若干年后，京都京兆府邸。

[幕后伴唱：

“京兆府锦上添花乐滔滔，
弦歌高处贺声高。
加官晋爵庆寿诞，
尊荣富贵耀当朝。”

[传报声声：“报！北静王府送来贺仪！”“报！外省官员送来贺仪！”“报！六部衙门诸位大人到来庆贺……”

[传报声中，捧贺礼的仆役依次过场。

[贾雨村志得意满上。

贾雨村 哈哈哈，我贾雨村终于有了今日啊！

（唱） 想当初，姑苏任上寿诞日，
革职部文把前程摧。
今旦京都庆寿诞，
冠盖云集满堂辉！
人生至此非容易，
但愿得荣华富贵长相随。

[家院匆上。

家　院 禀大人，有一道士求见。

贾雨村 本官与僧道素无往来，不见！

[甄士隐幕内长歌：“世人都晓神仙好……”

家　院 哎呀，那道士闯进来了！

甄士隐 （上，接唱）

唯有功名忘不了。
古今将相在何方？
荒冢一堆草没了。

贾雨村 （心生疑惧）此人因何如此面善？（上前）道长从何而来？

甄士隐 来自有地，去自有方。

贾雨村 （一动）请问道长结庐何处名山？

甄士隐 “葫芦”尚可安身，何必名山结庐？

贾雨村 （一震）“葫芦”尚可安身？！此人是甄士隐无疑了！（挥退家院，上前深揖）甄老先生……

甄士隐 什么“真”和“假”，贫道世外之人，不在真假之中。

贾雨村 这……老先生，你不在真假之中，学生却在真假之中啊！老先生，学生为保前程，冤判命案，致使英莲惨丧，自知负罪殊深！学生唯盼能见到老先生，当面请罪。老先生啊，你就体谅我风尘俗吏苦衷，宽恕学生吧！

甄士隐 宽恕？哈哈哈……想贫道经历人间劫难，领悟罪恶根源，蒲团之外，已无他念。今日此来，并非为一己之恩怨，何言宽恕？

贾雨村 （不解）老先生今日此来——

甄士隐 今日此来，只为了却一段尘缘。

贾雨村 了却尘缘？

甄士隐 正是。昔日贵官身困葫芦小庙，贫道助君上京，实指望出一代济世贤才，不想贵官心困于权欲金钱迷境，贫道心下，难以安然。此来有言奉劝，不知贵官可否听得？

贾雨村 学生谨听教诲。

甄士隐 宦海浊流汹涌，罪非一人之罪，恶非一人之恶，贵官不能泽民济世，何不拔脱罪恶渊薮而独善其身？

贾雨村 老先生言下之意——

甄士隐 抽身退步，莫待水涸云飞！

贾雨村 这……

甄士隐 贵官啊！

（唱） 陋室空堂，
当年笏满床；
衰草枯杨，

曾是歌舞场；
金银满箱，
转眼成乞丐；
纱帽嫌小，
致使枷锁扛。
君不见紫袍破袄轮转换，
你唱罢来我登场。
君不见富贵荣华如粪土，
青枫林下葬膏粱。
筵席将尽彩云散，
孽海回头莫彷徨。
莫等到食尽鸟投林，
落了片大地白茫茫！

[娇杏悄上，静立一旁。

贾雨村 先生教诲，学生明白。只是如今，船到中流，马发千里，未到终极，怎肯回头？学生不能让半世的心血白流啊！老先生啊！

（唱） 你看那红尘滚滚浊浪翻，
人欲横流竞奔忙。
古往今谁不想驷马高车长显赫？
世传世谁不慕封妻荫子立朝堂？
念雨村幼失怙恃家贫窘，
发宏愿出人头地耀家邦。
叹只叹世风日下悬贫富，
礼崩乐坏人心惶。
君不见碌碌庸人享富贵，
饱学才子却清寒。
君不见枭恶凶横任所欲，
本分良善受摧残。

贾雨村聪明才智人之上，
岂甘让狐鼠之辈独逞强？
你敛财来我聚宝，
你行奸来我弄权。
眼前未到路穷处，
身后有余缩手难。
虽也羡山中高士心洁净，
扭不过当世重利笑空谈。
老先生啊，
学生吐尽肺腑语，
望你把我这尘世之人来谅宽！

甄士隐 （叹息良久）贵官肺腑之言，言之凿凿。身困易解，心困难解啊！“身后有余忘缩手，眼前无路想回头。”贫道无须多言了。贵官保重，贫道去也……

[娇杏扑喊而出。

娇　杏 员外留步……（泣跪于甄士隐脚下）员外，娇杏愧疚在心，哀苦难言，富贵场中，万念俱灰。望员外看在昔年疼爱娇杏分上，度脱娇杏吧！

甄士隐 夫人请起，贫道有言相赠：

（吟唱） 灵台明镜无尘埃，
孽海茫茫归去来！

娇　杏 孽海茫茫归去来？

[甄士隐踏歌而去，歌声渐远：

“世人都晓神仙好，
唯有金银忘不了。
终朝只恨聚无多，
及到多时眼闭了。”

[娇杏仍跪地凝思。

贾雨村 （劝慰地）夫人，老先生已是世外之人，我等凡夫俗子，怎能参透玄理？夫人只管安心享福，为夫这一生，定不负你当年眷顾之情。

娇　杏　（怆然）老爷，妾身当年偶因一回顾，便为人上人，如今想来，是妾身之幸，也是妾身之不幸啊！

贾雨村　（大惑）啊？

娇　杏　老爷！

（唱）　念娇杏素秉真情性，
荣华富贵看等闲。
蒙老爷不弃微贱，
二十载夫妻命相牵。
只可叹命相牵来性相远，
万种悲憾绕心田。
娇杏我，
看不惯趋炎附势虚虚假假，
受不了负罪熬煎岁岁年年。
到如今君心难劝转，
妾意归已坚。
一江春水东去也，
拼残生，我要归回那真情至性美人间！

老爷，你——你把我休了吧！

贾雨村　（愕然）休你？！夫人是下官风尘知己，下官怎能休弃夫人？

娇　杏　老爷不愿休妻，可愿舍弃金钱权势？

贾雨村　舍弃金钱权势，枉来世上一走！

娇　杏　既如此，纵然老爷不休我，我也要离老爷而去了。

贾雨村　夫人去往何处？

娇　杏　回返姑苏，相伴安人，终了天年。

贾雨村　此话当真？

娇　杏　此意已决，妾身就此别过老爷。

［娇杏平静地卸下凤冠霞帔……

［幕后伴唱：

“卸下霞帔凤冠，
还我布裙素衫。
粗茶淡饭心自在，
春风秋月送天年。”

[娇杏与贾雨村作别。

贾雨村 [顿觉空落，悲怆地）夫人……

[娇杏几回首后决然离去……

[暗转。

[黑暗中一声高叫：“圣旨到！”

[追光中老太监上，贾雨村迎上。

老太监 （递旨附耳）贾大人，密旨，自己看吧。（隐下）

[升光。

贾雨村 密旨？（展读）“……荣、宁两府交通外官，贪赃枉法，重利盘剥，着卿协同刑部，查抄两府！”（怔住）晴天霹雳，怎么突然要查抄两府？！（紧张思考）是了，近日风闻两府与叛乱的亲王有牵扯，难怪旨意大有铲除之势！只是，万岁明知我与两府往来甚密，为何偏让我查抄？难道要试我忠心……两府啊两府，你们气数已尽，我也顾不得了！众校尉！

[众校尉上。

贾雨村 控锁荣、宁大街，待命查抄两府！

[冷子兴带薛蟠匆匆上。

冷子兴
薛　蟠 贾大人……

贾雨村 二位何事慌张？

冷子兴 贾大人，薛公子又出命案了！

贾雨村 哦？又出命案了？

薛　蟠 唉！真没运气，那天在太平县的酒店里喝醉了，把个伙计打死了！

贾雨村 （讥讽地）你薛公子打死个把人还不是小事一桩？

薛　蟠 本来就是小事，地方府县也定为误伤，谁知刑部却驳下来，还要缉拿我！

贾雨村 那你何不找刑部疏通？

薛　蟠 找了呀，不知怎么了，这次疏不通！

冷子兴 贾大人，薛公子那几家出面都不行了，如今，只有你是他的救星了！

贾雨村 （旁白）几家出面都不行了？真是六亲同运，薛蟠也有今日！且住，刑部正在缉拿，我何不顺手牵羊，把他拿往刑部，以示我秉公执法之心？不错，先拿这畜生开刀！

薛　蟠 （暗扯冷子兴）快帮我说，我决不食言，南边那些铺面，全归割给你……

冷子兴 贾大人，你与刑部好说话，还是请你出面为薛公子开脱开脱……

贾雨村 （正色）冷先生，贾某身为朝廷重臣，岂能无视国法，为凶犯开脱？

冷子兴 （意想不到）啊？！

薛　蟠 贾大人，你怎么突然说起这些话来？这是在外面大堂上说的呀，你我之间怎么讲这些？

贾雨村 住口！薛蟠，你作恶多端，血债累累，今日自投罗网，本官正要拿你！

薛　蟠 啊？贾大人，你是在说笑话吧？

贾雨村 来，把凶犯绑了，押往刑部！

[校尉应声绑起薛蟠。

薛　蟠 （挣扎大骂）贾雨村，你怎么就翻脸不认人了？没有我们几家，哪有你今日？你这个忘恩负义的狗才……

[薛蟠被押下。

贾雨村 打道刑部！

[收光。

[迷蒙中一声高喊：“圣旨下！”

[升光，老太监颤巍巍上。

老太监 （拉长声音）“奉天承运，皇帝诏曰：

（干唱）　京兆府尹贾雨村，
　　　　　渎职擅权负帝君。
　　　　　婪索受贿犯国法，
　　　　　革职充军离京门。

钦此。”唉！

（念） 念惯了多少圣旨升与降，

官身如纸纸如云。

[老太监一抖，圣旨飘然落地。

[收光。

第七场

[荒郊旷野，青山隐隐，江水迢迢，暮霭沉沉，寒风潇潇。

[贾雨村内唱：“波谲云诡天地转……”背包袱踽踽行上。

贾雨村 （接唱） 紫蟒瞬间换青衫。

二十年来心费尽，

落得个革职充军、递籍为民、世人作笑谈。

路漫漫遥望家山途程远，

水迢迢行来此处是何方？

（辨界碑）“急流津，觉迷渡。”急流津，觉迷渡！

（接唱） 急流津头流正紧，

觉迷渡口心迷茫。

人生觉迷谈何易？

入世总在急流中。

雾迷津渡天将暮，

伫立江头独凄惶。

风寒日暮，饥肠辘辘，此时该往何处？（四望）那边有一小庙，就到庙中歇息吧。（踉跄前行，蹇进小庙）庙里可有人在？可有人在……

[贾雨村饥寒不支倒地，惊起卷缩庙角的军犯，军犯端详贾雨村，大惊，而后端来一碗粥，扶喂贾雨村。

贾雨村 （喝下粥，缓过气）多谢老兄弟了。饥寒中一碗热粥，是救命的仙汤啊！

[军犯默然不语。

贾雨村 （打量军犯）老兄弟，看你这身装束，不是庙里的人吧。

军　犯 兄台好眼力，在下是充军的犯人，遇大赦从边关回来。老兄台，你呢？

贾雨村 我么……我本也是充军边关，幸遇大赦，递籍为民。

军　犯 递藉为民，那你以前便是当官的了，我还是叫你老爷吧。请问老爷，因何落到这个地步？

贾雨村 唉，一言难尽啊！（避开话题，环视庙内）老兄弟，这庙，叫什么名啊？

军　犯 断壁残墙，庙名久隐，老爷欲问庙名，倒不如另取个庙名。

贾雨村 另取庙名？

军　犯 是啊，这庙里的和尚跑了，我倒想在此修持，本想自写庙名，今幸得老爷到此，还是请老爷题写吧！（拿来笔墨和木板）老爷，将就用吧，写在木板上就行了。

贾雨村 （颇感兴趣）好吧，你说，此庙要起什么庙名？

军　犯 老爷，我不会引经据典，就用现成的名吧。

贾雨村 现成什么名？

军　犯 就叫——葫芦庙吧！

贾雨村 （大惊）葫芦庙？你、你是谁？

军　犯 老爷又是贵人多忘了，我是应天府的门子，葫芦庙的沙弥啊！

贾雨村 啊！（跌坐于地）你……你恨我吧？

军　犯 要说恨，我先恨自己，恨自己给你出那些歪主意，害了别人，也害了自己！

贾雨村 你不恨我？

军　犯 恨！可是，话又说回来，当时我若是你，或许也会那样做，无毒不丈夫嘛，何况又在官场中！

贾雨村 （想不到）你——真是贾某知音啊！

军　犯 知音不敢当，只是如今，你我同是天涯亡命人了！

[贾雨村默然。

军　犯 老爷，听说你后来官做得很大，怎么就革职充军了？

贾雨村 皇上让我铲除异己，异己除掉了，便将我也铲了……早知如此，何必当初！

军　犯　是啊，何必当初！如今我才知道什么是苦海无边了！（站起）老爷，后悔也没用了，还是先把这庙名写上吧。

贾雨村　（百感交集）好！我写，我——写！

（念）　宦海回头奈若何，

故人相对叹当初。

题名谁解其中味？

梦醒葫芦遗恨多！

[贾雨村挥笔写下庙名，掷笔唏嘘。

[军犯挂庙名。

军　犯　老爷，你看！

贾雨村　（万感齐发）葫芦庙，葫芦庙！想不到我贾雨村今日又回到葫芦庙，哈哈哈……又回到葫芦庙……

[隐隐传来甄士隐的歌声：

“世人都晓神仙好，

唯有功名忘不了。

古今将相在何方？

荒冢一堆草没了……”

贾雨村　甄老先生？（出外寻呼）甄老先生……

[甄士隐的歌声飘忽不定，渐渐远去；

[军犯庙内打坐；

[贾雨村庙外茫然……

[结束曲：

“人生觉迷谈何易？

入世总在急流中。

进退得失谁参透？

一曲葫芦意未终……”

[剧终。

（剧本版本：作者本人提供）

广东戏剧文库
优秀剧作选

1949-2019
潮剧卷

GUANGDONG XIJU WENKU
YOUXIU JUZUO XUAN
CHAOJUJUAN

（第4册）

广东省艺术研究所
主编

中国戏剧出版社
CHINA THEATRE PRESS

目录

德政碑

编剧：陈英飞

人　物　表

狄仁杰　　魏州刺史，后累官至宰相。晚年深得武则天信任和器重，史称“恩宠无比”。

狄夫人　　狄仁杰之妻。

狄景晖　　狄仁杰之子。魏城令。

刘　氏　　狄景晖之妻。

武则天　　女皇帝（晚年）。

石大山　　老石匠。

石玉儿　　石大山之女。

张昌宗　　武则天男宠。

胡　里　　府衙小吏。

狱官、狱卒、衙役、宫女、仆人、老者、百姓等。

序　幕

[圣历某年。

[魏州城郊渡口。

后台歌　　风调雨顺五谷丰，

政通人和恩德隆。

魏州三年得大治，

万家生佛颂狄公！

[歌声中幕徐启，狄仁杰夫妇偕狄景晖夫妇站于渡口。

狄仁杰　出此渡口，就免送了。

狄景晖
刘　氏　愿（爹娘／公婆）一路平安。

狄仁杰　景晖我儿，朝廷急诏召我，又命你为魏城令。你须勤政爱民，苦历磨炼，毋负为父深望。

狄景晖　儿子遵谕。

狄仁杰　到此渡口，你等免送了。

胡　里
众百姓　（上）大人慢走！（齐跪）

狄仁杰　列位，怎可如此？！

老　者　大人清正廉明，魏州百姓，咸被恩泽，特来送行！

狄仁杰　仁杰愧不敢当，请起请起！

［众起身。

石玉儿　（献上光闪闪的宝石）我家三代，传下此“圣母绿”宝石，为报恩德，望大人收下。

狄仁杰　“圣母绿”，祖传宝石，这……景晖，你看怎生处置？

狄景晖　（上前一看）哎呀，真美！（转对狄仁杰）自愿奉赠，何妨……收受。

狄仁杰　哈哈，你忘了，为官戒贪！百姓珍藏之宝，岂能……

众百姓　大人恩同父母，当能收得！

狄仁杰　物能累身，贪尤近贼！列位，仁杰今日，已带走甚多！

众　带走甚多？

狄仁杰　带走了魏州之清风，带走了百姓之深情！（推开玉儿之宝石）玉儿，这使不得啊！

老　者　哎呀！既然宝石不收，这……该可以吧！（献上小酒缸）

狄仁杰　（接过）“魏州梦”，好酒！

老　者　此乃本地名产，饮之能忘忧忘虑，入梦难醒！

狄仁杰　啊……老人家，何以要送我此酒？

老　者　大人升为宰相，日间政务繁多，夜间临睡，何妨饮此一杯，自能……

狄仁杰　自能忘忧忘虑，入梦难醒！

老　者　对呀。

狄仁杰　真好真好，老夫愧领了。（接过）列位，老夫本想在此建桥，惜此心愿未偿。

狄景晖　爹爹，景晖愿担此任！

狄仁杰　事属艰难，但利在百姓，你当尽力为之。

狄景晖　是。

[石大山内喊："狄大人——"（上）

石大山　狄大人，魏州百姓，欲我献上一物。

狄仁杰
狄夫人　石匠王，究是何物？

石大山　请看！（揭下竖在渡口的碑上红布，现出巨大的"德政碑"）

后台歌　　魏州三年得大治，

　　万家生佛颂狄公！

[幕闭。

第一场

[三年后。

[魏城官邸。

[二幕前。

胡　里　（上，念）

　　铜锣敲破觅无宝，

　　脚皮磨损运气衰！

月前钦天监李淳风大人，观察天象，说什么太白星现于白昼，占得"女主昌"之卦。又说天降瑞物于魏水一带。发下文书，命此地官员，力寻宝物……唉，回衙交差吧！

[二幕开，现官邸花厅。设一几二椅，花窗外隐约可见"德政碑"及未建成石桥。

狄景晖 （唱） 履任三年官位老，

时日空过未提升。

本想劳心谋政绩，

建功立业显朝廷。

七品小官真难做，

何日方得鱼化龙？

胡　里 （上）少老爷。

狄景晖 胡班头，事情如何？

胡　里 唉，弟兄们勠力奔走，觅来觅去，觅有三脚鸡、四目猫和五脚狗。

狄景晖 奇类异物，哪是祥瑞？真是办事不力！

胡　里 大人呀，依小人看来，与其忙于寻宝，还不如按老爷吩咐，勠力建桥……

狄景晖 非你所知，也非你所言，下去。

胡　里 好，勿说，勿说。（下）

狄景晖 宝物难寻，桥又难建，唉！

刘　氏 官人，官人，（手执一纸上）你看，姑丈来函。

狄景晖 啊！李淳风大人！（接函，念）侄婿侄女知悉：中秋之日，乃神皇圣诞吉期，倘能寻获宝物，呈祥献瑞，当可迎悦圣心，功显当朝。上天示兆，事在人为！

刘　氏 上天示兆，事在人为，姑丈有心通透。官人，切勿错失良机。

狄景晖 贤妻，你看如何是好？

刘　氏 这……哎，那石大山，不是藏有“圣母绿”宝石么？

狄景晖 对呀！“圣母绿”，实是宝中之宝。

刘　氏 或可借此而做文章。

狄景晖 借此而做文章……（稍思）对！

刘　氏 如何做得？

狄景晖 只需如此如此……（与刘氏耳语）

刘　氏 妙呀！定能得恩邀宠，升迁有望！

胡　里 （上）禀大人，石大山父女有事求见。

狄景晖 来得正好，传见！

胡　里 石匠王上来！

［石大山父女急上。

石大山 大人，你怎不顾及桥上劳工死活，三月不发工钱！

狄景晖 只因库中空虚，周转不灵！

石大山 周转不灵，怎还派下大批人马，四处寻宝？

狄景晖 寻瑞献宝，乃是圣命！哎，石大山，你家不是藏有“圣母绿”宝石么？

石大山 有！

狄景晖 当年曾献与我爹？

石大山 是！

胡　里 （旁白）啊！怎呢说话跟打石一样，一锤一音？！

狄景晖 如今，岂可转献于我？

石大山 这个……不可！

狄景晖
刘　氏 却是为何？

石大山 石有石纹，人有人心，看纹打石，凭心做事！

狄景晖 我狄家恩泽魏州，不是有那德政碑么？

石大山 德政碑……玉儿，唱一唱那民谣，让他听听吧！

石玉儿 （畏缩地）爹……

石大山 唱！

石玉儿 （唱）　德政碑，德政碑，

昔年魏州艳阳天。

老官清如水，

百姓总想伊！

德政碑，德政碑，

今日魏城乌暗天。

新官浊如土，

百姓命如丝！

[台内和声，此起彼落。

狄景晖 （发怒地抢上前）住口！太放肆了！

石玉儿 （惊惧地扯了大山）爹——！

刘　氏 （扯住景晖）官人，宝物要紧！

狄景晖 哼！石大山——！

石大山 在！

狄景晖 如今女主当家，千古一人，可晓此乃天意！

刘　氏 钦天监占得“女主昌”之卦，并言天公示兆，降宝物于此地。

狄景晖 此宝非他，正是“圣母绿”宝石！

石玉儿
石大山 啊？！

狄景晖 （持着文书）朝廷有命，要献此宝！

石大山 此宝我家世代相传，并非如今天降！

胡　里 （扯大山衣裾）献吧，献吧！

狄景晖 不献即是大逆！来，命你回家，于宝石刻下“女主昌”三字。你女暂留官衙，三日为期，以宝换人！

[役抢玉儿亮相。

石玉儿 爹爹！

石大山 玉儿！（抱哭）

[幕闭。

第二场

[三日后。

[石匠家门外。

[疏星点点，虫声唧唧。一弯钩月，挂于树梢。台角茅屋，柴门半掩。石桌石凳，置于门外。

[幕启。石大山面对星空，沉思叹息。

石大山 （唱） 夜风飒飒偏撩人，
阵阵怒火燃胸膛。
三日来，独对宝石悲难抑，
哀哀无诉泪难干！
横祸从天降，
贪官似虎狼。
我好似，半死梧桐遭霜打，
迅雷击壁石欲崩。
虽则是，老命不足惜，
念爱女，痛彻我心肝。
想此生，铁石生涯铁石性，
未做弯腰低头人！
到如今，美玉未碎心先碎，
生不易来死不甘！

（捧起桌上的宝石）祖传之宝，怎甘献给无德之人！（对之垂泪）

胡　里 （忙呼呼地从柴门捧碗上）

（念） 官小甘作闲杂客，
监工反来侍候人！

（见大山状）哎呀！又在流目汁！要哭不能向着风，这迎风泪最伤目呀！（拉大山坐下）大山，饭给你再煨热了，三日未食粒米，饿了会……（急吞下“死”字），又溜嘴！（递碗给大山）食吧，食吧！

石大山 实在是食不下！

胡　里 实在是苦！

石大山 我苦你也苦！胡班头，那狗官派你来监责，累你跟着我三夜无睡！

胡　里 无睡人灵精，正好静静想世情。想狄老大人清白刚正，怎会养此逆子。真是破灯笼败门风！

石大山 （长叹）唉！

胡　里　三日期限已到，终须有个交代。我想，“圣母绿”虽然是宝，终归是身外物。

石大山　对！玉儿才是我的命根！

胡　里　那就舍宝石而换玉儿，把定主意吧！

石大山　须知山无气则崩，人无气则死！狗官如此强夺，叫我怎吞下这口气？！

胡　里　只是玉儿落在人手，救她要紧啊……大山呀，这字墨，你也粗知一二，我哩颇晓三四。刻“女主昌”三字，千万要注意！女字不可跟昌字并排，不然头就得宰！

石大山　啊，如此？！狗官之意，宝石岂是欲由他献与则天皇帝？

胡　里　对哩！刻上三字，假做天意。献与朝廷，这官仔便会高升！

石大山　这……好吧，就让他高升！

胡　里　你愿了！好好好，我可交差。

石大山　（抱起宝石）我入内去刻！（步入柴门）

胡　里　这做工人，直来直去，一想通就好办！天呀！说话多，肚觉饿。哟，有碗粥！（捧起碗）做官仔真惨，来吮这冷糜冷米汤！

［狄景晖突然出现。

狄景晖　胡班头！

胡　里　（一惊，打喷嚏，溅在狄景晖身上）大……大……大人！

狄景晖　放肆！

胡　里　（忙给景晖拭衣）哎哟，糜粒，糜粒！小人该死，小人该死，只是……该替大人欢喜！

狄景晖　欢喜什么？

胡　里　今夜打喷嚏，看来也是天意。

狄景晖　啊？！

胡　里　一遇到大人，就九龙吐珠，实是好兆头，不日大人就要换官袍！

狄景晖　算你善用口舌！来，事情如何？

胡　里　是大人会用人，派我来监工。（以下快念）

那老头儿，

知我是官“丕”，

对我看不起。

功夫全不做，

终日面变变。

幸得我抓住心理，

知这老人最怕死，

便展官威，

摆官势，

硬中有软，

软中有硬，

硬软兼施。

惊得怵怵，

在刻在刻！

狄景晖 岂已刻好？

胡　里 我来。（敲门）老头儿呀！狄大人来了，开门开门呀！

石大山 （内声）玉儿呢？

胡　里 这……（转向景晖）大人呀，伊说要玉儿敲门，门才能开！

狄景晖 吓好！（对台内）来，带玉儿上来！（二衙役带玉儿上。）

石玉儿 （冲向门前）爹爹——！

石大山 （同时开门）玉儿——！（父女相对而泣）

狄景晖 石匠王！

（唱）　知你献宝非心愿，

我才夤夜至此间。

只为朝廷催得紧，

你有难处我也难。

迫不得已留你女，

如今完璧来送还。

闻你识趣知进退，

已琢宝石施神工。

从此后，请你莫作冤仇想，
相逢一笑了事端！

石大山 （唱） 你何必堆笑又甜言，
有道是，若无手段难做官。
可怜我，一刀刻下三滴血，
心头有血已流干。
本是石头迫出火，
无奈何，强把铁钎拗成弯！

石玉儿 怎说，爹爹，你愿献宝石么？！

石大山 事出无奈！

石玉儿 为了女儿，爹爹竟愿违心献宝，儿愿一死，决不让人强夺！

石大山 爹爹主意已定！

狄景晖 玉儿，你少不更事，死有何用？！还是你爹知深知浅。再说，本官也非强夺，宝石献出之后，当不亏待于恁。来，快快献上！

石大山 这……

狄景晖 拿来！

石大山 玉儿，入内拿来！

石玉儿 爹爹——！

石大山 （拉过玉儿，旁白）后门有路！快些躲开！

[玉儿无奈地行近门边，又转身回望其父。

石大山 （大声地）还不听话！

[玉儿只得走入柴门。

狄景晖 来，石匠王，这些银两，拿去用吧！（于身上掏出银两，放于桌上）

石大山 嘿嘿，就值这些？！

狄景晖 这……

胡　里 （旁白）太少些！

石大山 你看错人了！

狄景晖 哼！不识好歹！……怎还迟迟？（对大山）还不拿来？

石大山 想是我女心痛，不甘献出，故而迟迟！

狄景晖 你自己拿来！拿来！（抢上前）

石大山 好，我来！（入内，捧出盖着红布的宝石）在此！（放于桌上）

狄景晖 还算听话！（拿直宝石，借着月光细看）啊！娼字！（抢向大山）你你你太可恶了！

胡　里 （旁白）娼字？！不说伊无想，又是我……（自打嘴巴）

狄景晖 （白）老东西，你坏我大事！（欲拔衙役佩刀）

胡　里 （阻住）慢慢慢！大人，念伊识字无几个，且未掠伊来杀！可能是听不清楚，叫伊再改好不好？

狄景晖 哼！哪里是听不清楚，分明用心恶毒！

胡　里 （对大山）你呀……岂还改得？

石大山 这个……哈哈，当然可改！

狄景晖 吓好！如想活命，当即改来！

石大山 好！我来！

（唱）　恶星当头照，
狗官肆凶残。
难忍又难避，
祸来我独当！
岂容他逞志，
官高更猖狂。
宝玉坚质性，
大山老更刚。

（于桌旁拿起铁锤，猛砸桌上的宝石，火光一闪，宝石碎裂）

狄景晖 哎咋！你你你这老不死，真真可恨！（夺过铁锤，猛击大山）

石大山 哎咋！（额被击中，鲜血淋漓）你这狗官……（死科）

狄景晖 （一惊）啊，死了？（对衙役）拖那贱女上来！

两衙役 （走入屋内，即又回报）禀大人，屋内无人，后门开着。

狄景晖 追！（带两衙役追下）

[玉儿从台侧上。

石玉儿 （扑近石大山）爹爹——！

胡　里 石匠王——！（把桌上银两藏于怀里）

[幕急闭。

第三场

[紧接上场。

[魏州渡口。

[景同序幕，只是月夜。

[二幕前。

[衙役内声："追呀！"两衙役引狄景晖上。

狄景晖 （唱）　月残星稀风萧萧，
心急步乱影摇摇，
莫道升官计未就，
竟致杀人命一条。
玉儿逃脱何方去？
恐留后患事难了。
趁此夜静紧搜索……
但见鬼火明灭人踪渺！

唉！不想谋事未成，竟受奔波！料那女子，定走不远。吩咐左右，前面寻来！

两衙役 啊！（与狄景晖急下）

[中幕开，现景。

石玉儿 （内唱）　夜色茫茫风凄凄……（上）
仓皇不避路崎岖。

胡　里 （上唱）　一脚深来一脚浅，
走得浑身汗淋漓。

石玉儿 （唱） 欲逃虎口急奔走，

东西不辨星月稀。

胡　里 （唱） 会呼猪来不会吹火，

脚无力来神又疲！

石玉儿 （唱） 慌不择路何方去？

胡　里 （唱） 走出此地便是天！

（忽听到什么）哎，水声……走到江边了！

石玉儿 一过江，便不怕了！

胡　里 你我都已走累了，找个地方歇脚吧！你看，那边就是渡口！

石玉儿 好！

［两人行至德政碑前。

胡　里 哎呀！（累得坐下）

石玉儿 德政碑！德政碑！啊——

（唱） 德政碑，德政碑，

巍巍碑前戚凄凄，

残月犹照当年字，

于今光景异当年！

当年刻石人何在？

爹爹呀，你寸丹难销魂何归？

独留孤弱女，

玉儿何所依？

狗官何狠毒，

竟是狄家儿！

贵门生孽种，

嘉木发恶枝。

世道何险恶，

良善偏受欺？！

此恨难吞下，

报仇待何时？！

问天天作哑，

泪尽痛问碑！（以手叩碑）

胡　里　（见状）唉！

（唱）　玉儿带恨哭，

伤心空问碑，

石头怎能语，

天公亦作痴。

还思安身计，

何地且依栖？

留得根脉在，

报仇自有期！

石玉儿　报仇……怎生报得啊？！

胡　里　这……依我之见，不如待我陪你上京告状！

石玉儿　不可不可！大叔如此相帮，苦命玉儿，已是感戴不尽，怎可再累及你身？！

胡　里　（旁白）哎，也是也是，想我家有妻儿老小，老山羊后边，拖一群母羊、羊崽……

石玉儿　大叔，狄老大人清正刚直，何不告到他那里？

胡　里　这个……他老人家虽然刚正，只是官变大，心会不会变，实难预料！玉儿，无妨多预一步。

石玉儿　大叔，是哪一步？

胡　里　倘狄老大人存心包庇，就大胆去告御状！

石玉儿　去告御状？！

胡　里　对呀。当今则天皇帝，立下铜匭之制，天下臣民，若有冤枉，或受凌欺，皆可投状告发！

石玉儿　这等么？

胡　里　是呀！什么贪官、恶官、污官、混官、白食白说官、乌青激血官……皆可投告！

石玉儿 无有状辞，凭何告得？

胡　里 京城狗少，讼师却多。就请人代写，多送些情理。

石玉儿 多送些情理？

胡　里 呵！免烦恼，免烦恼，幸得早间我脚长手短！（于怀里掏出银钱）

石玉儿 大叔，怎有这么多钱？

胡　里 是那狗官的，早间才放在你家门前，他没收起，就被我藏在这里！（科）

石玉儿 狗官之钱，玉儿不受！

胡　里 嘿嘿！这可是他贪污来的，是老百姓的，怕什么，乌乌钱银白白使！（塞在玉儿手里）

石玉儿 这……

胡　里 玉儿，主意已定，就要敢拼！

石玉儿 对！誓死一拼！

狄景晖 （突上）哈……拼，与鱼虾去拼吧！来呀，将她沉入江底！（示意衙役将玉儿抓起）

胡　里 谁敢动手！

狄景晖 啊！胡里，你——

胡　里 我怎呢？！我胡里不糊涂，不愿与你同流合污！

狄景晖 无想你如此大胆，暗通外鬼！

胡　里 凭我三寸气，为民伸正义！

狄景晖 住口！分明是纵容罪民，莫非也欲试死！

胡　里 你为官不法，也在试死！

狄景晖 哇，将他也拿了！

［两衙役松开玉儿，欲抓胡里，被胡里缠住。

胡　里 （对玉儿）快走！

［狄景晖抢过衙役之刀，欲刺玉儿，胡里护住，被刺中，玉儿冲上岸，跳下江中。两衙役冲上岸眺望。

胡　里 （怒指景晖）哎咋！雷……雷该来轰你——！（倒地死去）

［雷声轰鸣，电光闪亮。德政碑前突现狄仁杰幻影。

狄景晖 （惊惶倒地）爹爹……爹爹……

[灯暗。

[宰相府厅。

后台歌 玉儿投江走，

艰难到京城……

[一束灯光照着神情恍惚的狄仁杰。

石玉儿 （跪于狄仁杰跟前）狄相爷，请为我做主！

狄仁杰 哎咋！

（唱） 果然忤逆子，

魏地胡乱行。

夺宝兼害命，

闻变愤又惊。

此事如何罢……

石玉儿 （唱） 欲罢定不能！

狄仁杰 玉儿，待……待老夫派人查来，

石玉儿 啊，老大人，难道你不信？！

狄仁杰 不是不信。目下你孤身无依，何不暂居我府，待我派人厚葬你爹。

石玉儿 厚葬我爹，却不能埋他心头大恨！再说，胡大叔一家，又将如何？

狄仁杰 老夫当不薄待胡里一家。

石玉儿 一欲厚葬，一不薄待，老大人怎不提及惩凶治恶之事？准道我爹与胡大叔之仇，就可不报？！他等之命，就让白白冤丧么？！

狄仁杰 哎咋！玉儿，惩凶治恶之事，容再计议。

石玉儿 容再计议……（突然走出）

狄仁杰 转来！

石玉儿 （站住）转来何用？还是胡大叔说得对，官变大，心会变！

狄仁杰 此是何说？

石玉儿 老大人昔年办案，果断严明，今日却这般犹豫不决，这这这不是心内藏私么？

狄仁杰 啊！

石玉儿 是我年少无知，只认得昔年之狄刺史，未料知今日之狄宰相！更没想到，恶官与你，分属父子，情牵骨肉，父欲罪子，岂不如铁锤煅铁，石杵舂臼，下手难啊！

狄仁杰 哎咋！这这这铁锤煅铁，石杵舂臼下手难啊！

（唱） 句句含哀又带怨，

如芒刺背又扎胸。

难道说，仁杰心不念黎庶，

能容孽子肆横行？！

只是……只是狄门唯此一脉，

苦难忍，稻草捆秧勒亲生！

彷徨难得两全计……

石玉儿 爹爹，胡大叔，您死得好苦呀！

狄仁杰 （续唱） 难忍闻，弱女泣血哀哀鸣。

玉儿呀，你有何求快诉说，

老夫决不循私情！

石玉儿 （唱） 只求报大恨，

求雪苦冤情。

信你秉公正，

只身闯府庭。

大人啊，德政碑巍立，

你官大清不清？

狄仁杰 啊！

（唱） 德政碑尚在，

信我自严明。

百姓多冤苦，

宰相念苍生。

罢！

（续唱） 祸临家门不偏袒，

依法惩子送公庭！

石玉儿 怎说，大人果能秉公执法么？！

狄仁杰 我能秉公，却不能执法。

石玉儿 却是为何？

狄仁杰 朝廷有避亲之制，我不能亲决此案。

石玉儿 又来了！难道大人，又要推三脱四？！

狄仁杰 朝中之事，你不尽晓。玉儿，相信我仍是当年之狄刺史吧！

石玉儿 那又该如何？

狄仁杰 你可有状词？

石玉儿 无人代写。

狄仁杰 待老夫代你写状，去投铜匭。

石玉儿 由你写状？

狄仁杰 还不相信老夫么？

石玉儿 这……

狄仁杰 仁杰倘有不公，当愧对魏州父老，你你你就把碑砸了！

石玉儿 砸碑……如此，就请大人写来！

狄仁杰 纸笔上来。

［家院持纸笔上。玉儿举起纸。

石玉儿 （唱） 城令夺宝害人命，

假传圣命独遮天。

日月当空魏城暗，

狄公写状告亲儿！

［后台伴唱。歌声中狄仁杰颤抖地疾书，写毕掷笔。

［幕闭。

第四场

[一月后。

[魏城官苑。

[湖中亭阁，辉煌的灯火，映照天幕的莲湖，挺秀的荷花，依稀可见。台中置一半圆的台坛，坛上设几。几上杯盏杂陈。四壁帷幕轻绕，色彩斑斓。

[幕启：张昌宗坐于几后，边饮酒边欣赏歌舞，醉眼半开，手击节拍，颇为投入。

众歌女 （唱） 蝶舞蜂狂夜色深，

繁弦急管奏新音。

劝君珍重好风月，

一刻良宵值千金。

[张昌宗沉醉于歌舞中，歌至半阕，闯入舞队，随之轻狂而舞。歌罢，张昌宗左拥右抱。

张昌宗 哈哈哈！

（念） 三餐尝尽珍馐味，

数日看遍魏城花！

哈哈哈……够了！累了！（挥手令众歌女下）

（唱） 酒绿灯红旦连宵，

难得遂心乐逍遥。

宫中看瞋羽衣舞，

此地土风尤妖娆，

土色土香野花好，

别有滋味魂欲销。

只是天下多耳目，

风吹草动难瞒当朝。

且制轻狂多警醒，

细察人心防暗招！

[张昌宗挥手令众下。

张昌宗 歌阑舞罢，不免将连日投告案卷，一一梳理。（拿起案卷）石玉儿之状，字正词严，冤深恨切．莫怪神皇，特加关注，派我前来查察。狄景晖身为朝廷命吏，又是相门之后，竟是如此非为！

狄景晖 （腋下挟着漆盒探头探脑上）

（念） 钦使依违难知底，

求他手下多留情！

（轻声地）张钦使！

张昌宗 噢！狄城令。

狄景晖 时已深更，大人还未安息，宜当保重啊！

张昌宗 既知深更，为何又来？

狄景晖 一来安问起居；二来……（放下漆盒）

张昌宗 真个殷勤！

狄景晖 因为大人辛苦！我想神皇专派六郎前来，定然别有圣机。

张昌宗 噢，此是何说？

狄景晖 六郎！

（唱） 六郎貌比莲花俏，

俊哉美哉难比伦！

神皇钟爱偏得宠，

朝夕承恩伴至尊。

诤臣迂执多议论，

纷纷上表谏圣君。

家父独力排众议，

宰相秉正言千钧！

昔年帝王三宫六院多艳色，

如何女主不能春？！

张昌宗 哈哈哈！你道令尊有恩于我，故而神皇有意派我前来，从中可予庇护，轻结案情么?

狄景晖 想是如此!

张昌宗 你错了!

（唱） 昌宗虽承君王宠,

自知男儿作钗裙。

爵禄虽高人看小,

声名不好矮三分。

此遭承命办正事,

意在励我建功勋。

神皇乃是一代英明主,

我怎敢公私不明负圣恩?!

狄景晖 还望六郎看在家父分上,又念我一心孝敬……

张昌宗 对我孝敬?!

狄景晖 是哩!未知送来歌女,岂合六郎心意?

张昌宗 哈哈,都太年轻!

狄景晖 年轻?

张昌宗 难道不明我身,久共梨花白,未与海棠红,不惯稚花嫩蕊?!

狄景晖 （旁白）噢,久伴神皇!这……孝敬不周!孝敬不周!

张昌宗 幸好其中,有一半老徐娘,为你说尽好话,非但弹唱过人,更具风情万种!

狄景晖 啊?!

张昌宗 狄景晖,无想你如此下作,胆敢对我使出暗招!

狄景晖 （低头作揖）小人不敢!小人不敢!

张昌宗 哼哼!

（唱） 城令遣妻暗使乖,

混杂歌女队中来。

曲意奉承勤照应,

察我动静怀鬼胎。

有言尽道城令好,

我岂痴来我岂呆？！
幸我不做非分想，
她才免春风度我怀！
问你当官何脸面，
如此卑下殊可哀！

狄景晖 小人该死，该死！

张昌宗 （对内）请夫人过来。

刘　氏 （凄惶地上）官人！
（唱）　城令夫人充歌女，
自觉赧颜泪满腮。

狄景晖 （唱）　事出无奈辛苦意，
还求钦使手高抬！（跪下）

张昌宗 （旁唱）　昔何骄横于白昼，
于今昏夜苦乞哀。
凄凄惶惶可怜相，
祸到临头求消灾。
其心已怯狗夹尾，
其气已颓月沉西，
人生至此有何用，
不如我，赢得风流长开怀！
起来吧！起来吧！
[狄景晖站起。

狄景晖 小人性命，全系大人一念，这里白璧一双，黄金百两……（递上漆盒）

张昌宗 噢！还你一个清白的夫人，倒欲以钱物来玷污于我！

狄景晖 以表孝敬之心，恳望笑纳！

张昌宗 笑纳……神皇英明，天下多有耳目……

狄景晖 只有你知我知！

张昌宗 还有天知地知！

狄景晖 不不不！此是湖中亭阁，上不见天，下不着地！

张昌宗 哈哈！真个用心良苦！（接过漆盒）好吧，恁且回去！

狄景晖
刘　氏 那……

张昌宗 我自有主意！

狄景晖
刘　氏 多谢大人，多谢大人！（两人下）

张昌宗 （捧起漆盒，念）谁不见钱舒眉眼，我亦贪来不糊涂！哈哈哈！

[幕闭。

第五场

[一月后。监狱。

[巨型的铁链横贯头顶，台侧只有低矮的桌凳，狱内既空旷又阴森。而天幕则秋云闲淡，天朗气爽，与狱内的氛围，形成强烈的反差。

[幕启：狄景晖背台坐于矮凳打盹。

狱　官 （上，见桌上食具）又是不食，唉！

（念）　押来三日食三顿，
　　　　总见两眼泪两行。
（扣）　有时星光有时月明，
　　　　人到老来识世情。
　　　　监狱内，出出入入囚常满，
　　　　刑枷一挟必招供。
　　　　有的害人使尽势，
　　　　有的结党相暗争。
　　　　有的官大贪不足，
　　　　有的好食腥荤好偷情。

有的无钱只求死，

有的赂钱免受刑。

哈哈哈……

莫道我帽匙圆圆人看扁，

须仔白白还灵精。

只为打人打入骨，

上司赏识便高升！

今日里，禁的却是宰相仔，

我倒赔本须奉承。

（近前）狄大人，狄大人。

狄景晖 （转身）我已是罪犯，还称大人？

狱　官 哈哈，世情怎看不透？这只是禁个意思。你何必烦恼，自然有人代你讨保；你头顶有大红伞，定会轻轻结案。

狄景晖 但愿如此……

狱　官 想得开，看得破，心头就免牵挂。来来来，这些好菜，是小人诚心奉敬，请用餐吧。

狄景晖 好吧。（端起碗，又放下）唉！

狱　官 冷了冷了。我去煨烧。（端碗下）

狄景晖 （唱）　铁窗滋味苦初尝，

对影无言心如煎。

恨杀昌宗圆滑辈，

半藏半显弄阴阳。

暗既纳金还我笑，

明却实揭奏恶章。

拘我来京他受赏去，

留祸贻人陷高墙！

[狱官引刘氏上。

狱　官 狄大人，夫人看你来了。

刘　氏　官人！

狄景晖　夫人！

［狱官暗下。

刘　氏　（唱）　见铁镣，情更哀，

不由人，泪盈腮。

本望腾达求荣耀，

反致引辱又惹灾。

夫君呀，你被押解方上路，

妾也登程急赶来。

不避迢递山水远，

不顾珠胎初结怀。

进门跪倒磕头哭，

哭求公爹解祸灾。

狄景晖　我爹如何言答？

刘　氏　（唱）　只见摇头闷不语，

一声长叹锁双眉。

狄景晖　（唱）　一声长叹锁双眉，

教人难解又难猜。

莫不是，城府深沉千百虑？

莫不是，祸及家门无限哀？

夫人，岂曾找李淳风大人？

刘　氏　姑丈说道，此事惊动朝堂，待他再观天象变化，卜个吉凶。

狄景晖　一推就推到天外了，唉！

刘　氏　哎，官人呀夫君，事已至此，唯有公爹一人，能消此祸啊！

狄景晖　夫人呀娇妻，非我不知，只是他名重朝堂，诚恐有所顾忌，碍于牵涉啊。

刘　氏　哎，什么名重朝堂，须知他权倾朝野。只要他轻咳一声，便能烟消云散，云散烟消。

狄景晖　倘若我爹不…… 不愿开口呢？

刘　氏　势必依律治罪，以命偿命，以命偿命了！

狄景晖　哎咋，那还了得！

狱　官　相爷这里来。（引狄仁杰上）

狄仁杰　下去。

狱　官　是是是。（下）

狄景晖　爹
——！
刘　氏　公爹

狄仁杰　（痛笑）嘿嘿嘿……嘿嘿嘿……

狄景晖　（跪趋）爹爹——！（抱住父腿）

狄仁杰　（扶住凝望）你，你你你就是景晖我儿？！三年不见，竟然这般模样，囚服加身；三年不见，竟然在此相遇，哀楚凄凉！

（唱）　分明不是梦，
　　眼前情景真。
　　探儿至牢狱，
　　老泪湿衣痛彻心。

狄景晖　爹爹——！

（唱）　负爹殷殷苦叮咛，
　　罪已及身事可惊。
　　欲言无言对爹说，
　　欲哭无泪暗吞声。

刘　氏　（唱）　夫君悲极难言说，
　　妾身难忍不作声。
　　胸有一事难置信，
　　敢问公爹道分明。
　　魏城传言父告子，
　　宰相代民写冤呈？

狄仁杰　这个……传言无差，正是老夫所写！

狄景晖
刘　氏　啊，果是爹／公爹所写？！

狄仁杰　正是。

刘　氏　公爹，你……你你你就写得下手？！

狄仁杰　思虑再三，泪随墨下！

狄景晖
刘　氏　哎咋。

（唱）　谁曾闻，天外雷鸣？
　　　　父告子，世所未听！

狄景晖　（唱）　爹爹呀，
　　　　难道你忘却昔年事，
　　　　儿为救父不顾死生？！

狄仁杰　昔年为父下狱，是儿你冒险探监，我，我怎能忘啊……那时季节转换，我拿出棉袄，让你回家拆洗。

狄景晖　棉袄之中，藏有万言诉冤书。

狄仁杰　是儿你持书泣血，呈禀神皇，方能平结冤案，救我出狱啊！

刘　氏　公爹呀公爹，如今景晖也陷牢狱，还望救出他身啊！

狄景晖　景晖生死，全仗爹爹了！

狄仁杰　这个……为父当年，乃属冤狱，如今你是正犯真凶，我怎能救你啊？！

狄景晖
刘　氏　啊？！

狄景晖　既然不能救我，爹爹何必前来？

狄仁杰　老夫痛定思痛，深感对你有欠：欠你救我生死之情，欠你管教不严之责！

刘　氏　哎，公爹呀公爹，你位高权重，怎说不能救他，不能救他啊？！

狄仁杰　一来景晖罪孽深重，难逃法刑；二来碍于牵涉，为父不得过问；三来是案投御前，须凭圣裁。

刘　氏　公爹，景晖是你老人家的骨肉啊！

狄仁杰　（唱）　谁不念骨肉？

谁愿子遭刑？
须知道，天子心存天下虑，
宰相胸底怀苍生。
官若染贪法必治，
吏若害民法必惩。
今日里，父子凄然惨相对，
年迈人，既怜既恨，堪悲堪痛，
怜、恨、悲、痛、痛彻胸！
但思那，他人也有骨肉爱，
石匠、胡里无辜惨丧命！
新坟埋鬼难埋恨，
月照荒台闻泣声。
我怎能，枉法护罪欺良善，
暗通关节徇私情？！
只怨你，上欺天子，下害百姓，
自作自受毁此生！

狄景晖（唱）自作自受毁此生，
闻言心乱魂也惊！
爹爹呀，难道生机已尽了，
只等黄泉路上行？！

狄仁杰 这……神皇法度森严，料必……圣裁无差。

狄景晖
刘　氏 哎咋！

狄仁杰 景晖呀我儿，事已至此，万语千言，难表为父哀切之心；如今唯赠一物，以尽为父之情！（于怀中掏出酒瓶）

狄景晖
刘　氏 “魏州梦”！

狄景晖（接过）啊！饮之能忘忧忘虑，入梦难醒……送我此物，真非寻常之礼，好爹爹，真个煞费苦心！哈……

（唱） 官场一博——我输了，
害得全家——都苦了。
临刑之前——若饮了，
引刀无痛——不觉了。
父不救子——太忍了，
宰相官声——自好了。
血脉根藤——永断了，
可笑人情——太淡了！

哈……父子情缘酒一瓶……哈……

狄仁杰 ……

刘　氏 （抢过酒瓶）哎，生死未卜，刑期不知。痛也是死，不痛也死。如此之物，留之不祥！（猛摔）哎呀！（捧腹）

狄景晖 （忙扶）妻呀，须善保腹中婴儿啊！

刘　氏 他……他老人家不救濒死之子，你却想保未生之儿？奇了，真真奇了！

狄仁杰 哎咋……

（唱） 他等语语如箭穿心过，
更似滚雷震我胸。
怨什么，父不救子，
嘲什么，自好官声。
哀什么，根藤永断，
笑什么，太淡人情。
有道是，
祖宗只予便宜饭，
其子其孙必无成。
原望他，
立身不败苦磨炼，
正道直行求公卿。

谁料他，
前人种树后人毁，
落得个，
害人害己、自断前程！
叹只叹，
大树底下含死草，
宰相门庭春不荣！
我本是，余日无多枯叶树，
那堪挟风飘雨相交征！
此生何来这多苦？
百忧集我心，万事损我形！
难道是，身居高位多灾患，
人世有劫我必经？！
看起来，公忠体国真不易，
苍天呀，我我我，我不幸来你绝情！

（愤激过甚，口中咯血）

狄景晖
刘　氏　（上前扶住）血——！

狄仁杰　（惨笑）嘿嘿嘿……

[幕闭。

第六场

[三日后。

[武则天寝宫。

[台侧置一斜榻，榻旁有矮几，几上有案卷及笔砚等物。

[幕启：武则天手执案卷，踱步沉思。

武则天 （念） 天边晚霞轻飘散，
手中案卷重万千！
（唱） 秋风萧瑟秋气凉，
万木染霜尽凋伤。
金井梧桐飘败叶，
玉阶乱柳拂斜阳。
满地秋老黄兼白，
独有枫红似火燃！
谁言造物无私曲，
原来天意也有偏！
啊……朕这里，
再将案卷细斟酌，
独自沉吟心黯然。
想往日，亲理万机无不决，
奈何此事费周章！（再看案卷）
“侵渔百姓，聚敛成奸，草菅人命，为患一方……”狄景晖，你怎生如此胡为？！

宫　女 （上）禀神皇，时辰已过，请进晚膳吧！

武则天 此时不想用餐！……传六郎上来。

宫　女 遵旨！（揖退）

武则天 唉！（困倦地躺下斜榻）

张昌宗 （上）神皇，神皇！（走近）

武则天 来，朕觉困倦了……

张昌宗 我来，我来！（轻佻地跳至武则天身后，捶腰擦背）舒服些些吧？

武则天 身虽轻松，心却沉重！

张昌宗 哦！还是为狄景晖一案……

武则天 对呀！算你干练，不负朕命！只是此遭，朕开笼放雀，你不自在逍遥么？

张昌宗 这这……奴才不敢！

武则天　哈哈！天下哪有不馋嘴之猫？！

张昌宗　呃呃……下边敬奉，都是些土里土气的货色。

武则天　哈哈，你是什么货色，朕自深知。只是……可曾受贿？！

张昌宗　这……不敢，不敢！

武则天　不敢？！世风日下，竞逐卑鄙，哪有不贿赂之理？！哼哼，朕之身边，不容欺瞒之人！

张昌宗　（支吾地）是……是他……

武则天　是他贿你白璧一双，黄金百两！

张昌宗　（惊）啊！

武则天　哈哈哈！你这奴才，拿人钱银不赠人福，真是乖贪！

张昌宗　神皇圣明，饶我一遭吧！

武则天　罢了，暂缓究治！

张昌宗　多谢神皇宠爱，宠爱。（作揖）

武则天　慢！所贪赃物，尽交外库，留作赈灾之用！

张昌宗　是，是！

武则天　事不过夜，即去办理！

张昌宗　遵旨，遵旨！（欲下又回）未知今夜，如何……

武则天　小滑头，有叫即来，无叫即便。

张昌宗　嘻嘻。（下）

宫　女　（上）禀神皇，狄老夫人求见圣驾！

武则天　快宣，快宣！

宫　女　神皇有旨，狄老夫人进宫！

狄夫人　（内声）领旨！（上，急跪）拜见神皇！

武则天　（扶起）此是内宫，请免烦礼！赐座！

［宫女搬锦椅后，即下。

狄夫人　叩谢陛下！（坐）

武则天　夫人，想必为景晖之事而来？

狄夫人　正是！

武则天 闻狄老相国身体违和，岂曾好些？

狄夫人 本已稍好，却去探监，愤激五中，又致卧床不起！

武则天 愿天庇佑，切不能伤我一臂！……未知狄老相国对景晖一案，有何言说？

狄夫人 仰天长叹，老泪纵横，道狄门必将绝后！

武则天 悲凉凄怆，闻之心痛！他料朕必将重判么？！

狄夫人 他道神皇英明睿智，圣裁无差！

武则天 朕正权衡再三！

狄夫人 神皇！

（唱） 老相疴情苦迁延，
那堪五内受熬煎。
水火相攻药难济，
时愤时忧泪泫然。
哀臣妾，慰藉无辞徒暗泣，
只有吞声苦强咽！
寻思百计苦无计，
无奈何，瞒过他身叩宫墙。
祸深唯祈天作主，
哭求陛下求皇天！

武则天 啊——！

（唱） 夫人哀切情惨伤，
朕也深忧难成眠。
食不知味三餐少，
心念老相意茫然！
满朝唯他朕敬重，
敬他旷世一忠良。
朕愿他永是中土常青树，
辅朕治国做栋梁。
孰料他，为国辛劳头已雪，

竟招逆子辱门墙！

狄夫人 （唱） 竟招逆子辱门墙，

父子情深非寻常。

昔年我夫身罹祸，

景晖他，冒险探父到狱间……

武则天 是呀，算他为朕救了大忠良！

狄夫人 如今逆子身投牢狱，其父却不能救他！

武则天 只因他杀人枉法，罪固当死！

狄夫人 怎说？！罪固当死，罪固当死？！

武则天 正是！朕当家以来，决意以法治国，严刑律吏。

狄夫人 如此！（昏昏欲倒）狄门必将绝后了！

武则天 夫人！（扶住）

武则天 啊——景晖膝下，尚无儿女么？

狄夫人 常怀伯道之忧，膝下尚虚。

武则天 其妻岂有身孕？

狄夫人 这……不瞒陛下，仅怀二月。

武则天 这就好了！

狄夫人 好？生男则可，倘若生女……

武则天 夫人，你差了！生女又将如何？难道朕不是女的么？

狄夫人 啊！臣妾失言，恕罪恕罪！只是……

武则天 只是什么？

狄夫人 倘不顺产，岂不根藤永断，合家皆绝，逆子一线生机，决于神皇一念；老相国一丝残命，也悬于陛下之手！若不能法外施恩，臣妾愿跪死君前，跪死君前啊！

武则天 啊——这这这跪死君前啊！

（唱） 君王虽至圣，

岂无真性情？

他乃朕之师，他乃国干城。

朕可终朝不饮食，

不可一日无狄卿！

你为老相苦牵挂，

朕也回肠九转悲不胜。

夫人呀，

请看这，笔已蘸朱未忍判，

都只为，痛念先生又哀苍生！

狄夫人 陛下既未忍判，就请轻判为是，轻判为是啊！

武则天 （自语） 罪之既重，判岂能轻？！这这这如何是好呀？！……

（后台歌）满地秋老黄兼白，

独有枫红似火燃。

谁言造物无私曲，

原来天意也有偏！

[幕闭。

第七场

[数天后。

[狄府内堂；德政碑旁。

[舞台右侧天幕前，竖立着“德政碑”，随剧情变化，碑时隐时现；舞台中间和左侧是狄府内堂。置有卧榻和锦椅。

[在昏暗的灯光和凄怆的乐声中幕徐起。

[狄仁杰形容枯槁，斜卧于榻上。

狄夫人 （捧药碗上）

（唱） 相爷奄奄气息稀，

时昏时醒恐难支，

太医脉罢长吁叹，

但求药石能回天！

神皇之心，易反易复，难猜难测，昨日既忍心杀了我儿，却想救活我夫……唉（放下药碗，扶起狄仁杰）老爷！老爷！

狄仁杰 哦，夫……夫人！

狄夫人 请服汤药。

狄仁杰 怎有此药？

狄夫人 早间老爷昏睡之时，太医到来切脉。

狄仁杰 太医？

狄夫人 神皇闻知老爷病情不轻，急派太医前来！

狄仁杰 啊！太医怎生言说？

狄夫人 这……

狄仁杰 夫人，直说无妨！

狄夫人 道是肝郁不舒，外邪入里……

狄仁杰 老夫头似戴石，更心痛如捣，恐是药石无灵了！

狄夫人 有灵，有灵！老爷，好话多说，趁热服吧！（递上药碗）

狄仁杰 我试起身。（艰难撑起身躯，伸手拿碗时，不意将碗碰掉）

狄夫人 哎哟！

狄仁杰 （苦笑）嘿嘿！不祥之兆，死之无疑！

狄夫人 吉人天相，吉人天相！（扶仁杰坐下）老爷，你且静息，妾身再去煎药。（下）

狄仁杰 （念） 病若可救应有药，

命当必死医何能？！

（唱） 西山残阳依依落，

长空倦雁徐徐还。

叹岁月易尽，

哀吾病难痊。

如今是，

身似秋后枯草，

命如残烛无光。

怎奈人世堪眷恋，

谁不舍爱离痴难？！

虽则天不遗一老，

我却入土魂不安！

无子送终子作孽，

败我声名败家风！

一生清廉天不悯，

偏教我，须抱大憾离人间？！

狄夫人 （慌张地上）老爷，神皇驾临，神皇驾临！

狄仁杰 啊！（挣扎着起身，摇晃晃地欲跪）

武则天 （上，见状急扶）狄先生，怎还如此……

[武则天搀狄仁杰坐下，狄夫人于一旁扶着。

狄仁杰 陛下恩重，仁杰命轻！暮景残光，能有几时？！酬恩报义，已无来日了！（又欲跪）

武则天 （急扶住）往昔朝拜，见先生满头是雪，朕甚心痛；今若受卿之礼，朕恐折寿了！

（旁唱） 见老卿，息衰气微，

病已笃，难挽垂危。

君臣间，肝胆相照，

将永诀，朕心如摧！

更为社稷痛抛泪，

岂因人情老易悲！（转对狄仁杰）

先生呀！慰望来迟心存愧，

愿卿……愿卿安然……

狄仁杰 （接唱） 实难安然撒手归！

武则天 难以安然……

狄仁杰 仁杰德薄不能化子，方致今日……

武则天 朕判以严刑，心殊不忍！

狄仁杰 赏不避仇，诛不论亲。陛下乃至圣明君，仁杰为万民深幸！

武则天 朕却为先生身后深哀！

（唱） 君臣相得如鱼水，
多年无忌无嫌猜。
先生呀，你忍将伤心事不说，
别有块垒胸间埋。
岂不悲，香灯不继家寥落，
身后寂寞有余哀？！
老卿呀，为慰宽行登仙路，
即宣景晖膝前来！

狄仁杰
狄夫人 什么？景……景晖？！

武则天 来，带上来。

［狄景晖蒙面上。

狄景晖 （趋跪狄仁杰，紧抱其膝）爹爹！慈娘！

［狄夫人揭去面盖。

狄仁杰
狄夫人 你，你你你……你怎生还？！

狄景晖 神皇以死囚代刑，换儿一命！

狄仁杰
狄夫人 啊！

武则天 朕思虑再三，曲行此着。

狄仁杰 哎呀！

（唱） 惊见逆子膝下跪，
仁杰辛酸又凄惶，
人情固重死前别，
倒不如，参商永隔两相忘！

狄夫人 （唱） 幸赖天意怜幽草，

恩赐我儿再生还！（扶起景晖）

狄景晖 （唱） 恩赐我身再生还，

不许见人到外间。

只困府内育儿女，

唉……

（续唱） 落得个半死半活生何欢？！

狄仁杰 （唱） 看他半人半肖鬼，

眼前已非旧容颜。

你苟活偷生有何用，

空留躯壳在世间。

武则天 景晖夺宝害命，皆因恶念存心，为邀恩得宠，曲尽心机，欲献瑞物于朕。有道是“上之所好，下必有甚”。先生，细究其因，朕岂无过？！

狄仁杰 哎！神皇呀陛下，君有宛转之心，臣有匡国之责，逆子为恶多端，死有余辜，岂能让其法外偷生？！

狄景晖 爹爹……

狄夫人 老爷呀老爷，你道圣裁无差，你，你你你就少说吧！

武则天 老贤卿，朕如此处置，又有何妨？

狄仁杰 若为慰旦夕之人，陛下竟循情伤法，让逆子苟活，岂不……欺了天下！

武则天 难道是朕错了么？

狄仁杰 陛下爱臣用臣，到头来还不知……知臣啊！

武则天 此是何说？

狄仁杰 仁杰一生，清正自持，今日之事，教臣何颜面对天下苍生？岂不伤臣之心，更难瞑目九泉了！

武则天 啊！（严正地）难道让朕将景晖再斩，我这君王，岂不出尔反尔，贻笑天下？！朕之天威何在，体面何存啊？

狄仁杰 哎呀！

（唱） 忠臣古难做，

今朝我尤难！

君王伤体面，
仁杰心怎甘？！
枉我称刚正，
立命安身难。
罢罢罢，
人生到头累不尽，
强直作弯酬君王。
千古伤心狄仁杰，
魂飘荡来魄不安……

[灯暗，众人隐去，追光照射着狄仁杰飘荡的身影。另表演区灯亮，显现闪着红光的德政碑。石玉儿于碑前燃香跪拜，香烟袅袅。

石玉儿 （唱） 碑巍巍，字放光，
恩露曾沾魏州人。
路人感戴荐香火，
敬把狄公记心间！

[灯暗；另一表演区灯亮。以下灯光随剧情变化，做各种处理。

狄仁杰 哎呀！
（唱） 是何物，焚我心肝？
镇不住，郁痛难挡。
莫不是，神搬鬼弄？
甚西风，吹梦关山？！

[石大山、胡里各从碑后闪出。

石大山 （唱） 身埋黄土魂未散，
可怜冤杀我这刻碑人！

胡　里 （唱） 鬼城只许半夜哭，
难见天日徒呼冤。
不愿含恨再上世，
深仇未报心不甘。

石玉儿 （唱） 一溪恨流两样水，

父自清正子却奸。

倘能治家严教子，

更教千载永流芳！

狄仁杰 （唱） 耳边忽闻哭，

如刀剜心间。

垂死惊回首，

教子无义方。

众毁能销骨，

人心是秤杆。

石玉儿 （唱） 爹爹呀，胡大叔呀，

幸喜恶人已正法，

恁恨可消来魂可安。

胡　里 哈哈哈，大山，听见吧！恶人正法了！

石大山 正法了！

胡　里 仇报了！

石大山 仇报了！

胡　里 恨消了！

石大山 恨消了！

［两人手舞足蹈，发出一阵奇特的鬼笑。

胡　里 （唱） 谁见鬼欢笑，

今朝喜欲狂。

大山呀！

此后莫再碑前哭，

安心来世再做好人！（拉大山）

来，叩谢狄老大人大义灭亲！

石大山 正义凛然！

［石大山与胡里同向狄仁杰鞠躬，然后隐去。

狄仁杰 哎呀！

（唱） 碑前惊噩梦，

五内俱裂崩。

操守难自保，

无力正纪纲。

我怎能欺天欺地欺天下，

欺己欺鬼又欺人！

地下羞见含冤鬼，

愧对良心愧上苍！（喃喃自语）

玉儿，就把碑砸了！砸了！

（续唱） 留将片石复何用？

莫让路人伤心肝！

愿天赋我无穷力，

留得清正在人间！

[在伴唱声中，黑云翻卷，电闪雷鸣。狄仁杰奋力推碑……

狄仁杰 哎呀……

[台上轰然碑倒，狄仁杰倒下。

石玉儿 （领唱） 德政碑，德政碑，

昔年魏州艳阳天，

老官清如水，

百姓总想伊……

[合唱声中，幕闭。

[剧终。

（剧本版本：《陈英飞剧作选》）

·潮剧卷·

东吴郡主

编剧：范莎侠

人　物　表

孙尚香

刘　备（字玄德）

孙　权（字仲谋）

吴国太

吕　范（字子衡）

剑奴渔翁　俳优甲、乙、宫女、

内侍、俳优、大臣、传令官、兵将等

时间：东汉末年三国时期。

[序曲：

“滚滚长江东逝水，
浪花淘尽英雄。
是非成败转头空；
青山依旧在，
几度夕阳红。
白发渔樵江渚上，
惯看秋月春风。
一壶浊酒喜相逢；
古今多少事，
都付笑谈中。”

第一场

[滚滚长江，赤壁战场，一块显著的岩石刻着“赤壁”。

[“孙”“刘”大纛迎风翻扬。鼓角声震天动地，孙权、刘备两阵营合兵冲杀上，挥刀张弓向曹营……硝烟滚滚，火光映红天际……

[战声远去，渔翁悠然踏歌上。

渔　翁　（吟唱）　看惯兴亡天下事，

唱尽玉帛与干戈。

汉室倾颓，天下动荡，群雄迸起，干戈纷扰。去年吴侯孙权与皇叔刘备联手，在赤壁大破曹操雄兵八十万！那一场大火啊，烧得水沸山崩！这江水至今还发热呢！一转眼，吴侯为夺取荆州，却用妹妹设下美人计，诓骗刘备过江联姻。哎，没想到刘皇叔真有本事，竟然将计就计，弄假成真当上东吴女婿！哈哈哈……（隐下）

[东吴宫殿，喜乐大作，阖宫欢庆。

[幕后合唱：

“春风拂罗衫，

红烛映洞房。

东吴孙郡主，

喜配英雄郎。”

[剑奴与众宫女欢快地上。

剑　奴　众姐妹，郡主闺中有誓：非天下英雄不嫁。如今国太做主，郡主嫁与大英雄刘备刘皇叔，我等该向郡主贺喜啊！

众宫女　（向内）恭喜郡主，贺喜郡主，佳配英雄，好合百年！

[孙尚香着喜服款款上，羞喜受贺。

孙尚香　（唱）　声声贺语耳边漾，

阵阵春潮涌心田。

孙尚香待字闺中有誓愿，

慰平生当嫁盖世英雄郎。
刘皇叔英名传海内，
桩桩佳话铭心间。
芳心长慕英雄汉，
喜今朝与意中人儿配成双。
叫侍女列刀枪我要试试英雄胆，
让夫君知我非是寻常女红妆。

剑　奴　列刀枪！

[众侍女内应：“是！”环列刀枪上。

[内声：“贵人，这里来！”两行红炬引刘备上。

刘　备　（唱）　冒险过江联姻缘，
刀斧丛中巧周旋。
甘露寺相亲化凶险，
刘玄德吴宫当新郎。
虽然是鸾凤乘龙今宵定，
花烛夜也须将不测防。

（见众侍女悬刀佩剑，惊）
骤然间只觉得杀气荡漾，
甚缘由闪闪刀枪列两旁？

[孙尚香偷窥刘备。

孙尚香　（唱）　南征北战刘皇叔，
见兵器因何神露慌张？

刘　备　（唱）　花烛夜设刀枪是何用意，
是耀武是威吓须探其详。

孙尚香　（唱）　暗观他意踌躇欲行又止，
是胆怯是心忧颇费思量。

刘　备　（唱）　防不测“闻雷失箸”重演故技——

（白）惊煞我也！

孙尚香 （唱） 叫剑奴撤下刀与枪。

剑 奴 （上前）皇叔何故惊慌？

刘 备 洞房因何排列兵器？

剑 奴 皇叔有所不知，我家郡主自幼好观武事，时常与宫婢击剑为乐，房中列兵器，乃是常事。（笑）难道大英雄还怕兵器？

刘 备 原来如此……郡主真巾帼丈夫也！

剑 奴 撤去刀枪！

[众侍女下。

剑 奴 贵人，请进房吧！

[刘备迟疑地挪步。

[剑奴持喜竿递与刘备，示意揭孙尚香盖头。

[刘备小心翼翼上前，揭开盖头红，孙尚香的美貌使他不由自主呆住。

[幕后伴唱：

“好一个美红颜，
天人降尘凡。
半生戎马苦征战，
今宵神女会襄王。”

[剑奴推刘备上前，悄下。

刘 备 （施礼）刘备得配夫人，三生有幸。

孙尚香 （娇羞还礼）皇叔……请坐。

[刘备坐下，欲言又止。

孙尚香 （见刘备神情仍不安）皇叔，适才房中列兵器，莫非皇叔心有忌惮？

刘 备 夫人，今宵乃你我花烛之喜，洞房刀剑森列，确是令人不安。

孙尚香 （不解）皇叔厮杀半生，还怕兵器么？

刘 备 刘备自来东吴，一见兵器便心寒。

孙尚香 （更不解）却是何故？

刘 备 这……夫人，刘备身处险境，唯请夫人庇护！（跪）

孙尚香 （惊）皇叔快快请起！皇叔有何危难，快对尚香直说。

刘　备　夫人可知吴侯邀我联姻之真意？

孙尚香　（茫然）真意？兄长邀你过江，成就你我姻缘，这就是真意啊！

刘　备　非也！夫人啊，吴侯邀我过江，实非为你我百年计，乃是为谋取荆州啊！

孙尚香　谋取荆州？此话怎讲？

刘　备　夫人啊！

（唱）　叹刘备根基浅戎马飘荡，
战赤壁联东吴暂借荆襄。
你兄长屡次催讨未到手，
邀我过江把姻联。
这是那周瑜的计策军师料定，
诓骗我虎入牢笼鱼落网，
以人易地夺荆襄！

孙尚香　此事当真？

刘　备　夫人啊夫人，刘备此番过江，若非乔国老顾全江南大局鼎力相助，若非国太为保夫人名节力主婚姻，刘备已死于甘露寺伏兵之中了！

孙尚香　啊？！

刘　备　那日甘露寺相亲，廊下伏兵三百，幸亏随行爱将觉察，禀知国太，刘备才免于一死！如今，吴侯虽迫于母命让你我成婚，刘备仍心有余悸啊！

孙尚香　（唱）　听言来羞愤填膺，
恨兄长用奸计谋夺州城！
堂堂郡主为钓饵，
辱我名节，又损江东威名。
何况是皇叔仁德播海内，
更何况孙刘抗曹是同盟。
怒从心起气难抑——

刘　备　（暗喜，急拦）夫人哪里去？

孙尚香　（接唱）　定叫那周瑜与兄长，
宗庙谢罪、君前负荆！

刘　备　夫人不可！不可！

孙尚香　因何不可？

刘　备　国太没将真相告知夫人，为得是顾全江东体面，顾全你兄妹之情，夫人要体谅国太苦心啊！再者，如今你我已成大礼，吴侯便是我舅兄，若再明究此事，刘备何以在江东立足？望夫人三思！

孙尚香　这……

刘　备　为今之计，唯愿夫人与刘备同心同德，释怨化险，孙刘永结盟好，共匡汉室！

孙尚香　（敬服）皇叔虑事周全，尚香鲁莽了。只是——尚香不解，皇叔既知招亲是计，为何还要过江来呀？

刘　备　夫人听道！

（唱）　刘备本无非分念，
只为汉室心忧悬。
孙刘若真结秦晋，
合力抗曹盟约坚。
因此上不避斧钺到江左，
实指望假能成真共回天。
又闻道吴侯之妹志高远，
巾帼豪杰美名扬。
倘若有幸成婚配，
我何惧虎穴龙潭刀与枪！
郡主，我的夫人啊，
刘备过江舍生死，
为功业，也为东吴女英贤。
但愿夫人明我志，
共匡汉室日月长！

孙尚香　（深深感动，唱）

一番话震心弦，

好一似春雷滚滚贯长天！
却原来冒险过江深谋虑，
天下风云在胸间。
万丈豪情谁能似？
不愧盖世英名扬！
更难得求凰情深挚，
舍生死也为孙尚香！

[幕后伴唱：

“甘饴润得芳心醉，
芳心醉，表衷肠。”

孙尚香 皇叔，夫君啊！

（接唱） 尚香早将英雄仰，
明原委更添敬爱在心间。
笑兄长拙计成佳配，
谢苍天作成好鸳鸯。
夫君啊！从此后，
君难即我难、
君危我亦危，
松柏傲霜不改志，
追随夫君到百年！

刘　备 夫人！（拥住孙尚香）

孙尚香 夫君……

[收光。

[追光。孙权神情沮丧。

孙　权 唉！（焦烦地）阖宫灯彩，撩得我心烦意乱；绕梁喜乐，震碎我的心肝！

（唱） 吴宫连日摆婚宴，
弄假成真实在冤。
荆州未得赔亲妹，

心中恼恨脸羞惭。
吕范报信柴桑往，
看起来回天还得靠周郎。

[内声："吕大夫进宫！"

[吕范上。

吕　范　吕范参见主公！

孙　权　（急不可待）子衡，柴桑之行，可有所获？

吕　范　有有有！臣带回来一根看不见、摸不着的缚虎之绳！

孙　权　此话怎讲？

吕　范　（掏信）此是都督密信，主公一看就明白！（呈信）

孙　权　（拆看，喜）好计，好计！

吕　范　都督叮嘱，此计须瞒着国太、郡主。

孙　权　那是自然。刘备呀大耳贼！我要你在温柔乡中乐而忘返，我要让你在酒中醉死、花中香死、歌中闲死、舞中狂死，丧心丧志，虽生犹死！

[收光。

[追光：醉态的刘备。

刘　备　死？死生有命，富贵在天，乐哉优哉，哈哈哈……

第二场

[宫廷小宴，歌舞正酣，刘备、孙尚香筵前听歌观舞。

众舞女　（唱）　烟柳深如海，
歌管绕楼台。
簪花醉卧黄金屋，
吴宫胜蓬莱。

刘　备　（唱）　漫道吴宫胜蓬莱，
刘玄德心中自有明镜台。

华宫丽室留娇客，

此中机玄谁能猜？

孙尚香 （唱） 数月恩爱情似海，

真情消解险与灾。

兄长殷勤待妹婿，

刘郎享乐醉瑶台。

眼见得笙歌美酒日复日，

倒教我隐隐忧虑在心怀。

刘　备 （唱） 都只为未有机便离江左，

鼎峙心且作醉形骸。

[剑奴斟酒，刘备饮。

刘　备 哈哈，好酒，好酒……

孙尚香 （唱） 怕只怕，锦衣玉食消豪气，

烟柳粉黛把壮心埋。

刘　备 （唱） 温柔乡一解平生累，

晚来的情爱醉心怀。

孙尚香 （唱） 本想劝夫离江左，

不谙君意口难开。

刘　备 （唱） 为功业，我须及早荆州返，

怎能得夫妻同走两相偕？

孙尚香 （唱） 为夫计，我须阻他行乐劝他走，

且借优戏探情怀。

夫君，笙歌女乐，你我听多了，尚香想看优戏，夫君可有兴致？

刘　备 优戏？好啊，刘备虽喜歌舞百戏，可惜戎马倥偬，少得观赏，快传上来！

孙尚香 剑奴，传俳优上来。（示意）

剑　奴 （会意）晓得。（对内）俳优上来！

[众俳优内应“来！”踏歌上。

众俳优 （唱） 美酒华灯，

散乐歌笙。
敷戏悦人主，
讽谏上华庭。

剑　奴　各位优人，可有新戏出？

俳优甲　有一出《劝夫》。

剑　奴　说的是什么？

俳优甲　说的是一对新婚夫妻，丈夫沉恋闺闱，妻劝夫远行求仕。

刘　备　哦？有意思。

剑　奴　就演这一出。

俳优甲　（对众俳优）演起来！

[俳优甲扮男主角，俳优乙扮女主角，演出载歌载舞。

俳优甲　（唱）　庭前花似锦，

众俳优　（唱）　花呀花似锦，

俳优甲　（唱）　陌上柳色新，

众俳优　（唱）　柳呀柳色新。

俳优甲　（唱）　结缡已数月，
鱼水恩爱深。

众俳优　（唱）　吃了吃，恩爱深。（注：“吃了吃”是潮调曲牌中的衬字）

[众俳优表演夫妻恩爱情态。

刘　备　（兴致勃勃）夫人，这些优人演得真好。这夫妻恩爱，也似你我啊！

孙尚香　夫君再观赏。

俳优乙　（唱）　君恋奴，意深深，
奴为君，虑沉沉。

俳优甲　（唱）　风光旖旎人恩爱，
何来虑沉沉？

俳优乙　（唱）　君有鲲鹏志，
今作花月吟。
欢娱时日短，

行乐消壮心。

俳优甲 娘子多虑了！

（唱） 得乐须尽乐，

何致消壮心？

俳优乙 哎，夫君！

（唱） 荏苒春光临，

求仕当动身。

若在闺闱久沉溺，

奴也成了不贤之人。

众俳优 （唱） 吃了吃，不贤人。

［刘备醉态端酒杯下看台。

刘　备 演得好，赏酒一杯！

［刘备对俳优甲耳语，俳优甲点头，饮酒还杯，优戏继续。

俳优甲 娘子！

（唱） 非是我，甘淹留，

实难舍夫妻两抛丢。

若得与卿相偕去，

天涯海角不回头。

［俳优乙不知作何答，孙尚香亦端杯下看台。

孙尚香 唱得好，我也赏酒一杯！

［孙尚香赏酒与俳优乙，向其耳语，俳优乙点头，饮酒还杯，优戏继续。

俳优乙 夫君！

（唱） 君莫忧，

奴配夫，

从君休。

大鹏展翅，

同作逍遥游！

众俳优 （唱） 吃了吃，逍遥游！

刘　备　好哇！大鹏展翅飞——

孙尚香　同作逍遥游！

刘　备　同作逍遥游！夫人，玄德明白了！

孙尚香　夫君，尚香也明白了！

刘　备　夫人！

孙尚香　夫君！

［刘备、孙尚香会心相拥，众俳优下。

［剑奴急上。

剑　奴　郡主，皇叔！赵云将军闯宫告急，曹操引兵南下，直逼荆州！

刘　备　啊？！夫人，荆州告急，如何是好？

孙尚香　夫君忘了大鹏展翅飞，同作逍遥游么？

刘　备　谢夫人！只是，吴侯和周瑜岂会让我轻易脱身？

孙尚香　待我禀明母后，求母后作主！

刘　备　千万不可！国太疼爱夫人至深，怎舍得你远离？万一走漏消息，刘备危矣！

孙尚香　这……有了，明日是元旦，兄长照例大宴群臣，你我可先进宫向母后拜年，然后佯称江边祭祖，悄悄出城！

刘　备　此计最妙！

孙尚香　母后啊，儿就要瞒你远行了，恕儿不孝，恕儿不孝啊……

［收光。

第三场

［吴国太寝宫，喜乐阵阵。

［二宫女扶吴国太上。

众宫女　（拜贺行礼）国太千岁！千千岁！

吴国太　哈哈哈……

（唱）　天增岁月开新元，

傲雪梅花报春光。

王儿坐得江山稳，

女儿配得好姻缘。

喜乐融融吴宫院，

怡享天伦合家欢。

[内声：“郡主姑爷进宫拜年！”

吴国太 啊，尚香夫妻给我拜年来了！（对宫女）快快迎接！

[众宫女趋前迎接。

[孙尚香、刘备上。

孙尚香 （念）别亲贺岁瞒真相，

刘　备 （念）遮人耳目好出关。

孙尚香
刘　备 愿母后福如东海，岁岁吉祥！

吴国太 好好好，快起来！

孙尚香
刘　备 谢母后！

吴国太 贤婿，你夫妻成婚后，日子过得可好？

刘　备 母后，郡主贤德，吴侯厚待，日子过得称心如意。

吴国太 可吃得惯江东的饭？喝得惯江东的水？

孙尚香 母后，夫君走南闯北多年，四海为家，岂会不惯？

吴国太 哎呀呀，成亲不久，我儿就学会替夫君打圆场了，哈哈哈！

刘　备 郡主善解人意，小婿不及。

吴国太 好好好，别夸她了。（对孙尚香）儿啊，待字闺中，你就是乖女儿，如今为人妇，体谅夫君，妇随夫唱，正是本分。

孙尚香 谨遵母后教诲。

吴国太 儿啊，自你成婚，母女相聚甚少，今逢岁旦，你夫妻就留在我身边欢叙一日吧。

孙尚香 （一惊）这……

吴国太 怎么，你夫妻有何不便么？

孙尚香 母后，只因年终岁旦，夫君想起祖宗坟墓无人祭扫，昼夜伤感，今日孩儿一来与母后拜年；二来告禀母后，随夫前往江边，望北遥祭，望母后恩准。

吴国太 此乃孝道之事，理应前去。

刘　备 谢母后。

吴国太 时已近午，莫误祭拜时辰，你们快走吧。为娘这里，改日再来。

孙尚香 改日再来……（悲怆顿起）母后……

刘　备 （示意孙尚香）走吧。

孙尚香 走……

吴国太 去吧。

［孙尚香、刘备与吴国太行礼拜别，孙尚香恋恋难行。

孙尚香 请刘郎宫外稍候。

［刘备退下。

孙尚香 母后——

吴国太 儿啊，还有何事？

孙尚香 我——

吴国太 你怎么啦？

孙尚香 （依恋地）母后，孩儿此时突然想起幼年逢岁旦，曾在母后鬓上插花，今日，孩儿也想为母后插上一朵鲜花。

吴国太 哈哈，儿啊，为娘如今老了，白发苍苍，还插什么花啊？

孙尚香 母后白发苍苍，儿更要为母后簪花。

吴国太 既是我儿喜欢，就依我儿吧。

［宫女捧上花匣子，孙尚香忍泪为吴国太簪花。

［幕后伴唱：

“离别难说离别的话，
满怀心事托春花。
心儿颤来花儿抖，
母后啊，

你可知，孩儿就要远离家。”

[孙尚香偷偷拭泪，吴国太察觉。

吴国太 啊？

（旁唱） 尚香儿簪花泪暗弹，

年迈人心中起疑团。

我的儿素来性豪爽，

今日里因何柔情款款神凄惶？

莫不是夫妻有了为难事？

莫不是江边祭祖另有因端？

[刘备内声：“夫人，时已不早，拜辞母后出宫吧。”

吴国太 我明白了！

（接唱） 刘备非是池中物，

定然是安排巧计转回还。

江边祭祖备车驾，

夫妻相偕要奔远方！

今朝拜贺是生离别，

可怜儿，强掩泪痕不敢言。

儿啊，来，坐在娘身边。适才儿为娘插花，娘也想起儿幼时最爱听故事，今日，娘也要给儿讲一个故事。

孙尚香 （不解）母后？

吴国太 我儿可知道战国时赵国的赵太后？

孙尚香 知道，那是一个贤明的太后。

吴国太 赵太后有个女儿远嫁燕国为后，出嫁那天，赵太后哭送几十里，扶车牵衣，难分难舍。过后，她常登上城楼，遥望燕国方向，思念女儿。可是，每逢宗庙祭祀，她却又祈求祖宗神灵，保佑女儿不要回来……

孙尚香 这是何故呀？

吴国太 赵太后疼爱女儿，为了女儿，不得不让女儿远嫁；思念女儿，却又怕女儿回来，便是希望女儿在燕国生根开花，家国长盛不衰啊！儿啊，你明白做母亲的这片苦心么？

孙尚香 （泣）孩儿明白！

吴国太 明白就好。儿啊！

（唱） 丈夫雄才治国邦，
女子贤德助夫郎。
立世当为苍生念，
留得美名千古传。

（站起）儿啊，娘的话说完了，我儿你、你就速速出宫，随你的夫婿走吧！

孙尚香 母后，我——

吴国太 （止住）儿啊，不要说了，去吧，去吧！

（转身拭泪，径进内室）

孙尚香 母后……（跪地长拜）

[剑奴上，扶起孙尚香出宫，刘备迎上，孙尚香无力地倚靠刘备。

[一宫女捧剑出宫。

宫　女 郡主留步！（上前递剑）这是先王宝剑，国太嘱咐郡主带上，路上若有人阻拦，可先斩后奏！

孙尚香 （震颤）母后！（捧剑欲奔进宫）

宫　女 （拦住）郡主，国太说，不再见你了，叫你快走！

孙尚香 （爆发地哭倒）母后！娘亲……

刘　备 （接过宝剑）天助我也！

[收光。

[追光现出渔翁。

渔　翁 好让人心酸的别宫啊！（夸张地拭泪）

我们的东吴郡主，就这样随刘备走了，带着国太的先王宝剑，斥退追兵，冲关过隘，助刘备逃回荆州。转眼间，三年过去了，刘备出兵西川，吴侯欲趁此机攻取荆州，奈何国太以郡主在彼为由力阻战事。东吴君臣，又想出一计……

第四场

[吕范与兵士乔装商人上。

吕　范　(念)　昔日周郎计不灵，
赔了夫人又折兵。
今番吕范受王命，
诓回郡主夺州城。

[东吴兵士跪展写有“国太病危”字样的“手谕”。

众兵士　国太病危!

吕　范　国太病危，郡主裁夺!

[孙尚香幕内悲呼：“母后啊……”

[收光。

[孙尚香内唱：“母后病危揪心胸……”乘车上，吕范、剑奴、兵士等随行。

孙尚香　(接唱)　急惶惶回吴泪飘零。
舟行恨迟车嫌慢，
换乘飞骑奔吴宫!

[众骑马圆场。

吕　范
剑　奴　吴宫到了!

孙尚香　到了，到了!一别就是整整三年啊!

[吕范、剑奴等下。

孙尚香　(接唱)　近家情突怯，
心思骤转腾。
可叹我，思亲想亲难回转，
母病危时才归宁。
骨肉相聚已在即，
怕只怕，病榻前，

母后难经这悲喜情。
又想起，我叛兄助夫荆州去，
兄长的恼恨定未消停。
孙刘两家生怨隙，
见了兄长我怎开声？
唯愿兄长谅我志，
当赔情时我赔情。

[内声：“郡主归宁，主公出迎！”

[孙权上。

孙尚香 兄长！

孙　权 妹妹……

孙尚香 （歉疚）兄长，尚香脾性不好，往昔之事，还请兄长宥谅。

孙　权 （有些慌）啊，妹妹，昔日之事，不要提了，如今你回来就好，回来就好……

孙尚香 兄长，快带我去见母后吧！

孙　权 妹妹，不用急，母后她……

孙尚香 母后怎么了？

孙　权 母后她，她……

孙尚香 （急）兄长，你快说啊！啊？莫非——我来迟了？！

孙　权 不不不，妹妹，母后她……她还康健！

孙尚香 （愣住）康健？（指吕范）他不是奉你之命，说母后病重，要接我回来么？

孙　权 这……呃……吕范，你说吧！

吕　范 （有准备地）郡主，如今你已回到东吴，吕范也就实话实说了：只因刘备据占荆州不还，主公与众臣商定，攻打荆州，是国太以你在荆州为由力阻，故此主公只好假托国太病重，接你归吴！

孙　权 为夺回荆州，扫去后顾之忧！

孙尚香 啊？！（惊住）

[幕后伴唱：

“人惊怔，
心发麻。
恨他君臣行诈，
恨我思量差！”

[孙尚香气噎发抖。

孙　权　妹妹，妹妹……

吕　范　郡主保重，保重……

孙尚香　你们为什么骗我？为什么骗我啊！

（唱）　这一骗，陷我不贤不义；
这一骗，使我夫妻疏离；
这一骗，孙刘联盟大势去；
这一骗，江南难保太平年！

（夹白）快快快！
快快引我入宫去，
母后面前辩非是！

孙　权　（急拦）妹妹，就怕你骤然进宫，母后受不了，为兄才与你先讲清楚。妹妹，望你以东吴大局为重，平下心气，往后长住东吴，承欢母后膝下……

孙尚香　什么？你要我长留东吴？

孙　权　正是。不为此，为兄怎会……骗你回来？妹妹，你听为兄一句话，刘备乃当世枭雄。如今你已归来，我和刘备无亲了！为了东吴基业，我要夺回荆州！我是不会让你回去的了！

孙尚香　你、你……母后啊……

[孙尚香哭着欲冲进宫，吕范拦。

吕　范　郡主，主公此为也是不得已，请郡主以东吴基业为重！

孙　权　妹妹，你要顾全东吴的大局啊！

[剑奴等拥吴国太悄然上。

孙尚香　大局？你们口口声声基业大局，我也不得不说了。当初赤壁大战，荆州落入曹操之手，是刘备浴血夺得城关！如今刘备据守荆州，与东吴遥相呼应，共保江南安宁。你们为了荆州，不惜把堂堂郡主当作诱杀刘备的香饵！不惜谎报母病诈我急归！昧心之举，必致孙刘成仇；攻打荆州，定招东吴战患！赤壁战后江南之安宁也将毁于一旦！你们为的是哪家的基业？顾的是哪家的大局！？

吴国太 （大呼）说得好！

孙尚香 母后！（扑上）母后啊……（哭）

吴国太 我儿不要哭，为娘都知道了！

孙　权 （胆怯上前）母后……

吕　范 叩见国太！

吴国太 跪下！

［孙权、吕范应声而跪。

吴国太 （怒斥）逆子，小小荆州，就当是你妹的陪嫁，也毫不为过啊！谁知你，不顾大局不念亲情，竟以为娘之名诈妹回归，使她夫妻疏离！你妹今后如何回去？如何熬度余生？逆子你、你害了你妹了……

［孙权不敢言语。

吴国太 （怒犹不息）你以母行诈，就是不孝；毁妹终生，就是不义！你这不孝不义之子，何堪为君？何堪为君……

［吴国太恨恨不已，孙尚香、剑奴搀吴国太下，众宫女随下。

［少顷，吕范扶起孙权。

吕　范 主公，国太进去了，快起来。

孙　权 （长叹）唉！子衡，我妹妹向着刘备也罢了，怎么我母后也倒在他一边？

吕　范 丈母娘疼女婿，也是人之常情。

孙　权 不，都是刘备这大耳贼太奸诈了！占我城池，拐我亲妹，都被他占尽便宜！我就是咽不下这口气！

吕　范 主公，咽不下气事小，东吴基业事大，刘备屯兵荆州，其意何止荆州！若是他再拥有两川之地，东吴危矣！

孙　权 （切齿）孤誓必夺回荆州！

［内侍高喊：“主公……”奔上。

内　侍 主公……主公！国太昏过去了……

孙　权　（大惊）母后……（急下）

第五场

[更显苍老的渔翁上。

渔　翁　（唱）　悠悠岁月又十秋，

虎斗龙争总不休。

国太驾鹤西归，郡主滞留东吴，孙刘两家的怨隙加深了。如今，刘备已是西蜀皇帝，义弟关羽驻守荆州。吴侯用了陆逊白衣渡江之计，袭取荆州，杀了关羽。这一下呀，惹来了大祸！刘备亲统七十万大军，讨伐东吴——

[江流滚滚，战鼓咚咚，画角悲鸣，

[白盔白甲的蜀军行阵……

[“报仇！报仇……”呼声不断。

渔　翁　鼓声动地，杀气冲天，江南不太平了！

[追光：孙权焦急不安。

孙　权　（唱）　孙仲谋幼承基业膺大任，

坐镇东南战未休。

恨刘备赖占荆州图王霸，

十几载恩恩怨怨成寇仇。

袭荆州杀关羽扬眉吐气，

不承想大耳贼统兵出巴丘。

蜀军压境七十万，

敌强我弱势堪忧。

众大臣议谏纷纷和与战，

为君主权衡难决费谋筹。

欲战无胜算，

欲和脸面丢。

悔不该不听母训妹诤谏，

弄得今朝国难当头。

[吕范与一班文臣武将拥上。

二文臣　主公，蜀强吴弱，议和为上，议和为上啊！

二武将　和即是降，吴岂能降？愿乞死战！

二文臣　议和！议和……

二武将　决战！决战……

孙　权　孤也想战！可是，周瑜死了，鲁肃也死了，谁来统兵？谁来挂帅？

二武将　可起用陆逊统兵！

二文臣　太年轻了，太年轻了啊！

孙　权　（向吕范）子衡，依你之见？

吕　范　主公，微臣是主和又主战！

孙　权　此话怎讲？

吕　范　主公可一面起用陆逊主军，一面求和探询，刘备若肯议和罢战，国之幸事；若不允和，便拼死决战！

孙　权　只能如此了。谁能前往蜀营？

吕　范　前往蜀营，有一人最合适。

孙　权　是谁？

吕　范　主公之妹，刘备之妻！

孙　权　这……

吕　范　主公，郡主一向思归。有郡主归蜀调解，并交与荆州，上表求和，共图伐魏，刘备不会不允。

孙　权　（长叹）我害苦了妹妹，我不敢去见她！

吕　范　兄妹情深，主公，去吧……

[收光。

[升光。

[东吴一处幽僻宫室。

[孙尚香凭窗抚琴，其音郁怨悲凉。

[幕后女声独唱：

“身在东吴心在汉，
十年悲怨与谁传？
思亲泪落吴江冷，
望帝魂归蜀道难。”

[剑奴捧药汤上，不敢惊扰。

[琴声转急，悲切苍越，崩然弦断。

剑　奴　（小心地）郡主，药汤凉了，快喝吧！

孙尚香　剑奴，我这心病，非是药石能奏效的啊！

剑　奴　郡主，你要把心放宽，保重身体，若能归蜀与皇叔团聚，好日子还长呢！

孙尚香　（幽幽地）剑奴，你说我还能归蜀么？

剑　奴　能！皇叔如今当了西蜀皇帝，说不定突然给人个惊喜，派人来接夫人！

孙尚香　（苦笑）剑奴，这个梦，我做了十年了！（喃喃追思）当年夫君远征入川，我受骗急返东吴，无法告知夫君，军师和叔叔也未及知会。夫君那边，不知我苦衷委曲，定怨我不告而归。此后，侍候母病，滞留东吴，无从互通款曲。我盼着夫君向东吴索妻接妻，谁知十年来夫君不闻不问，我是有国难投，有家难归啊！

剑　奴　郡主……（欲慰无词）

孙尚香　剑奴，你可知道，如今我最忧心的是什么？

剑　奴　剑奴不知。

孙尚香　自从东吴袭荆州，杀关羽，我就整日提心吊胆，怕只怕东吴西蜀要大动干戈了！

剑　奴　（迟疑一下）郡主，果真被你料到了！

孙尚香　此话怎讲？

剑　奴　宫中传闻，蜀王刘备亲统七十万雄兵讨伐东吴，江南百姓纷纷逃难，听说蜀军已连破东吴数城了！

孙尚香　（虽有预料，还是震惊）啊？！

[内声：“主公驾到！”

[孙权、吕范上。

孙　权　（上前）妹妹……

孙尚香　（冷冷地）大兵压境，你不去统军厮杀，来此何干？

孙　权　（尴尬）呃……妹妹，你知道了，为兄也就直说了：刘备举兵伐吴，其势难挡，为解东吴危急，有一事特来与妹妹商量。

孙尚香　商量？你不遵母后训诲，不从尚香苦谏，荆州到手了，还斩杀关羽！如今刘备杀来了，你正好去和他杀个痛快，有何事用得着与我商量？

[孙权语塞，吕范上前。

吕　范　郡主息怒。主公此来，乃想与郡主消解怨隙，送郡主归蜀，夫妻团聚。

孙　权　对对对，妹妹，为兄要送你归蜀，夫妻团聚。

孙尚香　夫妻团聚？（冷笑）我被骗回吴，十余年来形同软禁，你从不提归蜀二字，今日两家为仇，大兵压境，你却要冒着烽烟送我归蜀，我归得了么？

孙　权　这个——

吕　范　郡主是明白人，归蜀者，求和罢兵也！

孙尚香　哼！杀了刘备的结义兄弟，刘备岂会轻易允和？

孙　权　正虑及此，为兄要割让荆州，缚还降将，送你归蜀……

吕　范　有郡主归蜀，从中调解，吴蜀才有望和解息战。

孙尚香　从中调解？（向孙权）母后调解过，你可听了？（向吕范）尚香调解过，你们可听了？如今酿成血仇，却妄谈调解，迟了，迟了！

孙　权　妹妹，难道你不思归，不想见刘备么？

孙尚香　（积怨迸发）想！我想了十年了！

（唱）　十年来想夫君魂牵梦绕，

望西蜀云雾锁悲泪长抛。

数载夫妻情义厚，

一生寄望早系牢。

盼夫君香车宝马接妻返，

只可叹柔肠盼断苦煎熬。

都是你骗我归吴增怨隙，

害得我欲归难归无下梢。

到如今大兵压境遣我返，

犹似人质营中投！

郡主尊严你全不顾，

流血的心上再添一刀！

你酿战求和愧不愧？

孙尚香怎愿忍辱走此遭？

孙 权 （愧赧）妹妹，我的好妹妹啊——

（唱） 劝妹妹且收怒与悲，

为兄赔罪敞心扉。

都怪我当年错用计，

误你一生恨难追。

自从诓你回江左，

本想为你另觅才俊比翼飞。

谁知你追随刘备坚心志，

为兄束手难作为。

如今是蜀欲灭吴情势急，

怕只怕东吴基业一旦摧。

调解息战和为上，

劝刘备，不靠妹妹又靠谁？

妹妹呀！

你怨兄恨兄兄领罪，

唯求你为国为民凤驾归。

妹妹，看在东吴宗庙社稷分上，你就归蜀调解吧！

[孙尚香背身无语。

吕 范 （旁白）我也来几句。郡主啊！

（唱） 西蜀起兵报弟仇，

天下大势实堪忧。

曹丕篡位移汉祚，
蜀王他，本应讨贼向帝州。
谁知他亏负天下望，
报私仇欲把江南收。
东吴也非不能战，
怕的是鏖战江南陷民水火地惨天愁！
郡主是江东豪烈女，
家国难岂能不为家国忧？
你若能调和吴蜀同伐魏，
护国的功劳千千秋！

孙　权　妹妹……

吕　范　郡主……

［一大臣内呼：“主公……”急上。

大　臣　主公，前方急报：蜀军长驱直入，已破彝陵！

吕　范　主公，情势已急，速让陆逊主军！

孙　权　（决然）好，筑坛拜将！（对孙尚香）妹妹，你好自为之吧。

［孙权、吕范、大臣急下。

［低沉的鼓声，低沉地呼吼：“报仇！报仇……”

孙尚香　（心潮鼎沸，唱）

腥风掀起长江浪，
江南大地战云高！
刘王啊，我的夫君，
吴蜀相残曹魏得利，
你怎可执意向江南挥战刀！
难道说，弟仇迷失英雄志，
德义仁心化戈矛？
难道说，一朝称帝登王位，
倒把匡济大业抛？

东吴郡主蜀王妇，

怎忍见吴蜀相残血滔滔！

罢！罢！罢！

荣辱悲怨且抛撇，

闯营谏夫拼一遭！

（白）剑奴，为我更素服，备快马！

[收光。

第六场

[东吴猇亭地界，蜀军营寨连绵，旌旗蔽日，画角哀鸣。

[刘备御营，旗幡挂孝。

[兵士执长矛巡行。

[侍卫拥刘备上。

刘　备（唱）　统雄兵出西川声威浩荡，

伐东吴报血仇势压江南。

想刘备一生戎马多跌宕，

好容易三分天下拥两川。

长恨江山未一统，

人生苦短鬓已苍。

孙仲谋袭夺荆州杀关羽，

十数载旧怨新仇铸战端。

成王霸灭吴再伐魏，

旗旌卷处改河山。

时不我待战机紧，

召众臣、布方略、长驱灭吴指日间！

来！传各路文臣武将御帐议事！

传令官 领旨！（下）

[内传呼："东吴孙尚香，叩营见驾！"

刘　备 （一震）孙尚香？夫人啊夫人，你终于投归刘备来了！来，迎——啊，且慢，夫人此来，莫不是为东吴求和说项……来，祭灵！

[内应旨。转眼灵幡飘动，关羽灵位赫然。

刘　备 传令：哀乐齐鸣，迎宾祭灵！

[幕后呼应："哀乐齐鸣，迎宾祭灵！"

[哀乐中，蜀兵执挑有白绫的长矛上。

众兵士 （队列跪呼）请！

[孙尚香白披风帽上，剑奴亦着白衣，捧祭品随行。

[刘备垂首坐于灵前。

[孙尚香三拜伏地……

[内声："主东答礼！"

[刘备下位，挥退军士与剑奴。

刘　备 （近前轻声）夫人……

[孙尚香抬头，骤见苍老的刘备，震颤倒地，刘备扶起。

刘　备 夫人！

孙尚香 夫——啊，东吴孙尚香，参见蜀王陛下。

刘　备 夫人何须如此！（伤情）夫人啊夫人，你我夫妻，分离已是十年了啊！（泣）

孙尚香 （不由情动于衷）夫君，刘郎啊……（哭向刘备）

刘　备 夫人，爱卿！

[幕后伴唱：

"十年悲与怨，
顿作泪千行！"

孙尚香 刘郎！

（唱）　尚香被骗回江左，
望断蜀山苦恨长。
岁岁思君君无讯，

莫不是，夫君已忘了孙尚香？

刘　备（唱）爱卿情义常思忆，

刘备怎能忘妻房？

奈何是卿向东吴我入蜀，

国事隔阻两茫茫。

孙尚香（唱）两茫茫，

历沧桑。

聚首硝烟里，

刘郎啊，

你鬓已苍！

刘　备（唱）鬓已苍，

喜卿还！

从此长相伴，

忘却旧时光。

夫人啊夫人，本想灭吴后接你归蜀，且喜卿已来投，你就随营伴驾，陪我扫灭江南吧！

孙尚香　扫灭江南？！不！夫君，尚香不信你要灭江南，你也不能灭江南啊！夫君！

（唱）孙尚香江东生来江东长，

身虽为蜀妇，

根在好江南。

怎忍见战火燃故土，

百姓逃兵荒；

怎忍见宗庙被毁，

亲人刀下亡！

望刘郎，多体谅，

体谅我这两地心、两地情、两地牵挂的九转回肠！

刘　备（唱）夫人重情我重义，

桃园之盟不敢忘。

孙尚香 （唱） 桃园之盟不能忘，

汉室天下更相关。

刘　备 （唱） 你兄长杀我二弟把州城夺，

血仇不报枉为王！

孙尚香 （唱） 我兄长割让州城求和解，

望夫君允和罢战安江南。

刘　备 （唱） 复仇之师无反顾，

欲求和解难上难！

孙尚香 （唱） 莫为私仇起兵燹，

乞为苍生息战端！

刘　备 （唱） 妇人之见不足取，

孙尚香 （唱） 天下大义莫丢一旁！

刘　备 （唱） 誓灭江南把仇报，

孙尚香 （唱） 一意孤行收悔难！

刘　备 （唱） 你、你、你，

传令一声快升帐——

[鼓声起，军士呼吼执矛上。

刘　备 （接唱） 息战二字莫再谈！

谁再阻战言和，就是陷刘备于不义！（哭向灵位）二弟，二弟啊……

[蜀军呼吼："报仇，报仇……"

[孙尚香在呼吼声中有些昏眩。

孙尚香 （唱） 夫君哭灵声声哀，

周遭怒吼震心怀。

蜀营仇焰炽，

阻战口难开。

想不到我孙尚香叩营阻战，倒成了陷夫于不义？非也！

（唱） 一个义字贯天下，

孙尚香正是为义谏夫来！

刘　备　（哭）二弟呀……

孙尚香　（向灵位求告）二叔啊二叔！你为汉室戎马一生，功昭日月，却被我东吴杀害，尚香抱愧！二叔在天之灵，当鉴尚香今日此来，不只是为故土消灾，更是为蜀之前程。如今曹魏篡汉，安坐龙位，吴蜀相残，汉贼得利！叔叔忠肝义胆，岂容兴汉大业毁于一旦？望叔叔在天之灵，舍仇取义，助夫君顾大局，明大义，化仇为友共讨国贼！尚香与你叩头了……（泣伏于地）

刘　备　（唱）　孙尚香叩灵情哀恸，
声声叩动我心怀。
豪烈女襟胸实堪敬，
怎奈我千秋功业有安排。
灭吴江山已半壁，
再向中原统宇内。
何况是，桃园仁义口碑在，
顺理伐吴正应该。
狠心来下逐客令——

送客！

众军士　送夫人！

孙尚香　你！？

刘　备　（接唱）　不灭东吴我出师为何来？！

孙尚香　（绝望）蜀王陛下，你是借私仇而灭我东吴啊！

刘　备　丈夫治世，自有经略。不瞒夫人，我已传命分兵八路，水陆并进，直捣东吴都城！

［孙尚香瘫倒。

孙尚香　我孙尚香无力回天了……（挣扎站起）尚香临别，尚有一言。

刘　备　请讲。

孙尚香　东吴据地利已历三世，蜀有灭吴之师，吴有御敌之策，战事一开，胜负难测，望陛下……

刘　备　（止住）夫人苦心，孤已尽知，夫人无须多言了。是留是走，自作主裁！

孙尚香 尚香虽为蜀妇，然心存故土，江东危难，愿与江东百姓共存亡！拜辞了！

刘　备 你……你果真不愿留下？

孙尚香 （惨然泪下）蜀王陛下，你已非昔日尚香仰慕之天下英雄，尚香却仍是昔日之尚香啊……拜辞！

［孙尚香与刘备三拜后决然离去……

［幕后伴唱：

“十载苦相思，
相逢不相知。
言尽梦已醒，
去时又凄凄。”

［刘备怅然……

［军士跺矛低呼：“报仇！报仇……”

刘　备 （惊回，拔剑）杀！

众军士 杀！

［刘备与众军士隐。

［渔翁上。

渔　翁 （吟唱）　英雄霸心铸长恨，
春秋笔下留遗痕！

郡主阻战不成，失望而归，吴蜀交兵大战——

［硝烟滚滚，烈焰腾空，鼓角惊天动地，厮杀声、呼救声不绝……蜀军挣扎呼喊，倒地……

［战声渐息。

渔　翁 又是一场大战！又是一场大火！东吴陆逊，火烧连营七百里，大破蜀军七十万！刘备惨败，逃奔白帝城，托孤晏驾。唉！英雄失吞吴，巾帼悲长梦。就在这孙刘联手破曹的赤壁古渡，我们的东吴郡主，祭江来了……

［孙尚香素衣与祭灵仪仗缓上。

孙尚香 （梦幻般地）蜀王，我的夫君，你在哪里，你在哪里啊……

（唱）　魂断梦残，

凭江吊夫王。
江流为我咽，
悲风为我旋。
夫君啊，你魂归何方？
想当年，你过江联姻豪情万丈，
不避斧钺凤求凰。
我敬你胸怀社稷仁德广；
我爱你盖世英雄韬略藏；
我怜你半生戎马长飘荡；
我与你假姻缘翻作美姻缘。
嫁英雄尚香遂了闺中愿，
托终生矢志追随英雄郎。
助夫归，我叛兄别母荆州去，
困东吴，我十年望蜀归梦难。
实指望，金戈铁马传佳报，
夫君重振汉江山；
实指望，蜀山吴水春风化雨，
孙刘仇解夫妻团圆。
那时节，
我一手拉着我兄长，
一手牵着我刘郎，
同游赤壁温旧梦，
共享太平好时光。
有谁知，千般寄望万般盼，
盼来了挥师灭吴的蜀刘王！
鼙鼓惊破女儿梦，
谏夫难阻霸心狂！
战烟未灭心已殆，

大江东去水茫茫。
孙尚香祭夫也自祭，
殉梦也殉郎！
泪愁尽付东流水，
此恨绵绵天地间！

[幕后伴唱：

“泪愁尽付东流水，
此恨绵绵天地间！”

[孙尚香身赴江流……

众侍女 （悲呼）郡主……

[结束曲：

“青史春梦去悠悠
几多长恨逐水流。
英雄功业女儿泪，
留与后人唱不休。”

[剧终。

（剧本版本：作者本人提供）

· 潮剧卷 ·

还官记

编剧：范莎侠　李发启

人　物　表

鲁亮才　　三十多岁，总督衙门吏员

李　宽　　四十多岁，吉阳县令

田文进　　五十多岁，江南某省总督

鲁　母　　鲁亮才母

刘翠英　　三十多岁，鲁亮才妻

苏　能　　三十岁，总督府幕宾，王艳娇表哥

王艳娇　　二十多岁，田文进小妾

张　柱　　二十多岁，督府新吏员

张老汉、李二、州府官员、幕僚、中军、百姓、衙役、丫鬟等

第一场

[清代。

[吉州龙庙前。

[祭神乐中，民众抬祭品、捧香烛上，总督田文进率州府官员上，官民向天祈拜……

[幕后歌：

“祭龙王，拜龙王，

吉州官民祷上苍。

但愿天道从人愿，

早降甘霖解旱荒。”

众　（呼）降雨！降雨！降雨……

[收光，众下。

[光现鲁亮才。

鲁亮才　唉，祭神祈雨，何时才降雨？想我鲁亮才，虽有报国之心，利民之策，无奈只是小小书吏，位卑言微……

[张柱上。

张　柱　鲁兄，总督大人传话，仪典完毕，要召会州府官员。

鲁亮才　哦？张贤弟，总督召会，你初来督府，各事要多留意。

张　柱　多谢鲁兄关照。

[内声：“总督大人有命，州府官员彩棚议事！”

[众官员上，中军引田文进上，苏能随上。

众官员　参见总督大人！

田文进　免礼，坐。

[众官员依次而坐。

田文进　诸位都是州县父母官，眼下省内旱情未解，你等可有救灾良策？

[众官员相视默然。

田文进　（环视）怎么不见吉阳县令李宽？书吏，吉阳县可有告假？

鲁亮才　禀大人，吉阳县无有告假。

苏　能　大人，祈神召会乃境内大事，吉阳县未至，于神不敬，于上司更是大不敬。

田文进　书吏，吉阳县不到，要究明问责。

鲁亮才　是。

田文进　诸位有何良策，各抒己见。

官员甲　大人，风雨雷霆，皆上天意旨，非人力可为。今日大人亲率境内官民祈神求雨，定能感动上苍，普降甘霖。

官员乙　对对对，总督大人，可令各县各乡皆建龙庙，合境虔诚，定能解救众生。

官员丙　哎，建庙费时，不如请张天师作法，布云降雨。

众官员　对对对，布云降雨……

鲁亮才 （忍不住对张柱低语）父母官只知建庙请仙，百姓就惨了。

苏　能 （夸大）啊，鲁书吏对神仙不屑？

田文进 鲁亮才，有话就大声说。

鲁亮才 这……大人，小的能说？

田文进 说，有什么见解说来听。

鲁亮才 （受鼓励）大人，恕小人直言。依小人看来，敬遵天道固是正理，然天道也须人为，官府应率导民众做些救灾实事。

众 什么实事？

鲁亮才 官府应率导百姓，寻找水源，挖渠引灌，解救旱情。

官员甲 人力岂能抵得神力？

官员乙 鲁亮才贬低神灵，有悖总督大人敬神之虔心。

鲁亮才 诸位大人，小的岂敢贬低神灵？岂不闻四川都江堰，乃顺天应人之人力所为，造福蜀地，已越千年！

苏　能 此是广南，不是四川。

鲁亮才 因地制宜，道理相同。

田文进 （赞赏地）鲁亮才啊鲁亮才，说得是啊！本督召会，就是要听因地制宜之人为实策。鲁亮才，说下去！

鲁亮才 大人！

（唱）　吉州连年多灾歉，
农田干旱民忧煎。
榕江东流入南海，
开渠引灌水流长。
率导百姓集物力，
官府有责筹划在先。
若得那榕江之水为我用，
长奏功效保丰年。

大人，小人家乡常遭旱荒，父老乡亲合力开渠引水，已是受益。

田文进 好！鲁亮才，你把这见解写成文告，议定后发往各州县。

鲁亮才 遵命！

[内声："吉阳县到！"

[李宽背着靴子气喘吁吁地上。

李　宽 总督大人，卑职来迟，恕罪、恕罪！

田文进 何故来迟？

李　宽 大人，卑职骑驴赶来，谁知老毛驴半路马失前蹄，啊不，是驴失前蹄，卑职扶着它，人骑驴变做驴骑人了。

[众官员窃笑。

田文进 县衙门有车马轿夫，为何不用？

李　宽 大人，吉阳大旱，车马轿夫都让我打发去工地修渠，就剩这头驴……

苏　能 （讥笑）李县令，你是为了省钱才骑驴吧？

官员甲 都说你是豆腐县令，今后得改叫驴县令了！

众官员 哈哈哈……

田文进 （指靴子）穿上，穿上。

李　宽 啊，是，是。（穿靴子）大人，吉阳人多地薄，今年又遭大旱，请大人上表朝廷，削减赋税。

田文进 （不悦）省内旱情非止吉阳一县，削减赋税，非同小可，本督统揽全境，自会审度上报，不用你操心。

李　宽 大人，卑职还有一提议……

田文进 还有何议？

李　宽 卑职以为，我省常遭旱灾，须议长久治理之策，开渠引灌，兴修水利……

田文进 （不耐烦）吉阳县，今日本督召会州县官员，已议治理之策，你误了议事，休再多言！

苏　能 李县令，你这是马后炮啊！

李　宽 啊？

田文进 今日召会至此，望各州县尽职尽守，解救灾情，文告发下，酌情行事，若延误公事，别怪田某不客气！

众官员 谨遵谕命！

[田文进下，苏能及众官员随下。

[鲁亮才走近李宽。

鲁亮才 李大人，适才你也说开渠引灌，我想向你请教……

[张柱内喊："鲁兄，总督大人传你！"

鲁亮才 （向内）就来！（对李宽）李大人，总督大人传我，改日再请教了。

李　宽 我也得赶紧回吉阳……啊，我那头老驴呢？

[收光。

第二场

[督府后堂。

[苏能上。

苏　能 唉！想我苏能，空有才智，却无一官半职，那日祈神召会，鲁亮才出尽风头，我这心中更是难熬！为谋官职，想出一招：吉阳县李宽，官场无靠山，罢其官，补其缺，全可谋为。我雇笔手，写诉状，投入督府，又请命查证。如今诸事办妥，再找表妹出力，荐我为官。

（念）　表妹深得总督爱，

　　　　谋缺再出这张牌！

[王艳娇上。

王艳娇 （念）　督府娇花谁不羡，

　　　　得宠唯祈能久长。

苏　能 表妹！

王艳娇 表兄！

王艳娇 表兄来了，请坐，奉茶！

[丫鬟奉茶后退下。

苏　能 （呷一口茶放下）唉……

王艳娇 表兄因何叹气？

苏　能　我父亲你那老姑丈，又来信催问求官补缺之事。表妹，为兄来三年了啊！

王艳娇　这事我向老爷提过多次，总说等有了缺再说。

苏　能　等，等到何时？想我父亲卖了二十亩地，给我捐了个贡生，来总督衙门投奔你，谁知一等再等……（叹息）

王艳娇　表兄勿着急……

苏　能　勿着急？为兄都三十岁了，正是做事的年纪，别的不说，家里卖掉的田产，还等着做官收回来呢！

王艳娇　（不解）收回来？怎么收？

苏　能　傻妹妹，枉你在督府当如夫人！只要为兄官一上身，就能收！

（唱）　是草能遮地，

是官就有权。

有权就好用，

本利成倍翻。

出入人高看，

亲眷也沾光。

光宗耀祖凭权势，

世人羡的就是钱和官。

妹你用心来出力，

为兄快快把官当！

王艳娇　这么……

苏　能　妹啊，为兄有一官半职，你更有好处！

王艳娇　此话怎讲？

苏　能　你虽得宠，还是偏房，娘家人荣贵你身也贵，总督对你更看重，田府上下也尊奉，日后，那夫人之位……

王艳娇　这……

（唱）　表兄言触动我心事，

小妾位卑暗愁伤。

最怕总督百年后，

残花败柳谁可怜？

倘若娘家得荣贵，

身也高来气也扬。

正室夫人已病故，

来日可望当大娘。

到那时享受夫人贵，

才不枉人世活一场！

表兄，小妹也望你能快些当官，只是眼下无缺，如何是好？

苏　能　表妹愿出力，眼下就有缺！

王艳娇　什么缺？

苏　能　吉阳县令李宽，为官贪渎，告他的状子不少，我已受命查证回来。你可在总督面前吹吹风，让他把李宽罢了——

王艳娇　嗯，那就让老爷罢他的官，让你补上！

苏　能　表妹，劈柴看柴势，说话看时机。

王艳娇　这个我晓。老爷爱喝酒，酒喝多了，话就好说。

苏　能　如此，为兄告退。

［苏能下。

王艳娇　（念）　先将美酒封口开，

溢出酒香好安排。

［王艳娇招上丫鬟放好酒瓶杯盏，丫鬟下。

［田文进拿案卷上。

田文进　（唱）　半月来张张诉状到衙署，

皆告那吉阳县令为官不良。

后堂再将案卷看——

［王艳娇悄悄地绕到田文进身后。

王艳娇　（故意冷不防）老爷回来了！

田文进　啊，你——吓我一跳。（闻到酒味）

（接唱）　哪来的酒味扑鼻香？

王艳娇　老爷，我给你备下了茅台酒！

［王艳娇拉田文进到桌前坐下，斟酒，田文进喝酒。

田文进　好酒！名不虚传。

王艳娇　那就多喝几杯。

田文进　不喝了，我要看公文，你先歇息。

王艳娇　（撒娇）老爷未歇息，奴才哪敢先睡。

田文进　不睡就陪我看公文。

王艳娇　好啊，奴才也可长长见识。老爷，这是诉状啊，告谁的？

田文进　告吉阳县。（翻案卷）这条说他衣冠不整，无官样……

王艳娇　无官样？嘻嘻！无官样怎能当官？

田文进　言重了，不拘小节不能算罪状。这条说他吝钱如命，一文钱落井，叫人捞了半日。（笑）李宽吝啬早就出了名，外号就叫豆腐县令。

王艳娇　豆腐县令？哈哈，豆腐县令！

田文进　这条说他判案糊涂，这条说他又贪又酷！哼哼，本督小节不究，贪渎惩治从严！

王艳娇　（喜，见田文进又抽看公文）老爷，这些也是诉状？

田文进　这是苏能查访的证词。（看）哼哼，李宽啊李宽，休怪本督无情了！

王艳娇　老爷，李宽贪渎，你就罢他的官，让我表兄补这个缺！

田文进　李宽要查办，苏能么……（摇头）

王艳娇　（旁白）老爷心未决，得加酒。（倒酒）老爷累了，再饮杯酒解乏吧。

田文进　艳娇，你是不是想灌醉我，好让你表兄当官？

王艳娇　老爷，我不倒酒你也会答应的，不就是个小小的芝麻官么？

田文进　芝麻官虽小，责任非轻。苏能虽有才智，还须历练，眼下不合适。

王艳娇　不合适？你说他合适，他就合适，还不是你大人一句话！

田文进　话怎能这样说，亲戚更应慎重。

王艳娇　如此说来，与老爷有亲，倒不能补缺了？

田文进　非也，是苏能不合适……

王艳娇　那谁合适？

田文进 谁合适……（眼前一亮）啊！是了，鲁亮才！鲁亮才最合适！

王艳娇 鲁亮才？

田文进 不错！

（唱） 鲁亮才当差已十年，
有才有德该升迁。
起文告修水利见识长远，
到吉阳抚百姓谱写新篇。
待我把公文来写下——

王艳娇 （急）老爷，你不让我表兄补缺，我——我就不让你写！（抢笔）

田文进 胡闹！这是公事，不是儿戏！

（接唱） 鲁亮才当县令任人唯贤！

[收光。

第三场

[鲁亮才家。

[鲁亮才内唱："喜从天降……"上。

鲁亮才 （接唱） 喜从天降，
小书吏升县令前程顿宽！
不枉我公门中不辞劳苦，
不枉我寒窗下铁砚磨穿。
从此后入仕途有职有品，
从此后效先祖当个好官。
从此后也不受清贫困扰，
从此后全家人脸上有光！
哎呀呀！
鲁亮才终有了为官之日，

此时刻正该是全家老少欢欢乐乐庆贺一番！

[鲁亮才兴奋地走向家门，刚好与手捏小袋子出门的刘翠英相撞。

鲁亮才 娘子！

刘翠英 （慌）啊，官人，你、你今日这么早就回家来了？

鲁亮才 娘子，为夫有大喜之事，赶回家来报与母亲与你知道！

刘翠英 （一叹）官人的喜事，不过是一册好书，一句好话……

鲁亮才 今日之喜，乃全家之大喜，娘子，你——（兴奋地一拍刘翠英肩）你就要当夫人了！

[刘翠英一怔，露出手中的小袋。

鲁亮才 你拿的是什么？

刘翠英 没什么。

鲁亮才 （硬拿过，抖出）玉镯？这不是你陪嫁的玉镯么？拿出来做什么？

刘翠英 （只能实说）官人，你几两薪俸，先前还可度日，自从把我和婆婆从乡下接来，婆婆生病医治，还有房租日食，样样要银子，这玉镯，我想把它当了，贴补家用。

鲁亮才 （心酸）天啊，我鲁亮才枉在公门行走，却累得贤妻连陪嫁之物都要典当！翠英，为夫愧对你了……

刘翠英 官人别说了，我就怕你伤感，才瞒着你和婆婆。

鲁亮才 （激动地）翠英，玉镯不用当了，俺要过好日子了！为夫我——当官了！

刘翠英 当官？（担心地摸摸鲁亮才额头）你没发烧吧？你当什么官？

鲁亮才 县令！七品县令！

刘翠英 七品县令？你要当县太爷了？

鲁亮才 正是，明日我就要到吉阳上任，当吉阳的县太爷了！

刘翠英 你不是说笑话吧？

鲁亮才 不是笑话，娘子你看，（掏出公文）这便是上任的公文！

刘翠英 公文？（接看，欣喜难抑）真是当官了，当官了……

鲁亮才 翠英，为夫做了县令，年俸就有几十两啊！

刘翠英 这就好了，这就好了！俺家要过好日子了，婆婆也盼到头了！快，快告知婆婆！

[鲁亮才夫妻兴奋进屋，呼唤鲁母。

刘翠英 婆婆，婆婆……

鲁亮才 母亲，母亲……

[鲁母上。

鲁亮才 母亲，我……

刘翠英 婆婆，他……

鲁　母 啊，你两人不要急，媳妇，你说吧。

刘翠英 婆婆，（喜极而泣）你的儿、我的夫他、他做官了啊……

鲁　母 做官？孩儿，可是真的？

鲁亮才 母亲，是真的。

鲁　母 怎么有此好事？

鲁亮才 母亲，只因有诉状告吉阳县令贪渎害民，总督将其罢职查究，孩儿顶其职，到吉阳上任。（拿公文与鲁母看）

鲁　母 （激动）果然是真！苍天有眼，我鲁家有出头之日了！孩儿，你爹若在世，不知有多高兴……媳妇，与为娘拈香。

[刘翠英拈香与鲁母。

鲁　母 （唱）　一炷香，谢苍天，

赐我鲁门七品官。

初出茅庐识见浅，

愿天庇佑仕途长。

二炷香告慰亡夫主，

你教儿的心愿今已偿。

泉下有知将儿助，

佑助儿才德惠民官声扬。

这三炷香啊——孩儿，你来表吧！

鲁亮才 （激动地接过香，唱）

三炷香，天鉴表，（跪地）

鲁家儿不负天地与祖先。

三省三立禀家训，

为君为民效先贤！

鲁　母　儿有此心志，为娘也就放心了！

三　人　（唱）　合家吃顿饯行饭，

赴吉阳当县令不负祖先。

[收光。

第四场

[吉阳县境内。

[追光，张老汉敲锣传喊。

张老汉　喂——众乡亲听着：县太爷传话来，东村西村大渠明日放水，俺张村的大渠要赶在今日修通，才好接水啊……

[众村民应声“好呀！出力干啊……”

[幕内歌起：

“嗨——哟！

嗨哟嗨哟嗨嗨！

吉阳县内好景观，

嗨嗨！

县令率民修渠忙。

嗨嗨！

渠成水到农田旺，

万家欢顺颂李宽。”

[李宽与民众劳作过场……

[挑担背筐的村姑村妇过场……

[鲁亮才兴冲冲骑马上，张柱随上。

鲁亮才 （唱） 走马上任喜盈胸，

扬鞭已到吉阳境。

但见那道旁水渠连阡陌，

树木成行村路平。

举目农田长势好，

大旱年此地却是好年成。

看起来李宽治县有德政，

修渠道兴农事造福苍生。

似这般好县令何致罢职？

不由我行又止疑窦顿生。

回头来问一声张柱贤弟——

[张柱神情郁然。

鲁亮才 （接唱） 只见他眉双锁似有隐情。

（唤张柱）张贤弟！

张　柱 啊？鲁、鲁大人……

鲁亮才 哎，还是叫鲁兄吧。贤弟，你我平日无话不说，今日随我上任，因何默默无言？

张　柱 哪里哪里，鲁兄终于熬出头，我真心为你高兴。只是，一想到李宽……

鲁亮才 李宽怎么了？

张　柱 李宽……

鲁亮才 哎，贤弟，你是吉阳人，李宽怎么回事，正好告知我，快说。

张　柱 鲁兄啊，说实话，吉阳百姓对李县令赞不绝口。这样的父母官，怎么骤然有那么多诉状？你说奇怪不奇怪？

鲁亮才 （一怔）是啊，我也有疑惑。（矛盾地）只是如今……

张　柱 如今公文已下，我为鲁兄高兴。

鲁亮才 不……（心情复杂）我想弄个明白……（下决心）贤弟，你先招呼个乡亲过来问问。

张　柱 （喊）大叔，过来一下。

[张老汉上。

张老汉 啊，是阿柱，你不是在督府当差么，今日是回家，还是公干？

张　柱 是公干……

鲁亮才 大叔，我两个是受总督大人差遣，来……巡视吉阳旱情的。

张老汉 哦，是公事。说起旱情，今年比往年重，还好县太爷从前年就率导修水利，如今渠道大都修通，引榕灌田，农田可望保收！

鲁亮才 这么说，李大人为民办了件大好事！

张老汉 李大人的好事何止一件！大人到任以来，爱民如子，执法严明，如今打官司的少了，盗贼也改行了，这两年修渠，衙役还到工地帮忙。

鲁亮才 哦……

张老汉 二位，老汉我从没见过这种好官，你们不知道啊，为了凑钱修渠，大人连薪俸都捐出来了！

鲁亮才 怎讲？李大人连薪俸都捐出来？！

张老汉 就是，大人是清官，就那么点薪俸，大人一捐，治下子民，有钱出钱，有力出力，大渠小渠就修起来了！

鲁亮才 （想不到）原来如此……

张　柱 听说李大人也来工地？

张老汉 就在那边！你们要找他？

鲁亮才 不是，大叔自便。

[张老汉下。

鲁亮才 李宽果真深得民心啊……

[吉阳衙役李二嘟囔着上。

李　二 跟着这太爷，衰掉八成！（气呼呼坐树下乘凉）

张　柱 （打招呼）这位兄弟，是县衙门的吧？

李　二 是啊，二位是……

张　柱 总督衙门的。

李　二 哦，是上差。来此何公干？

鲁亮才 来巡看旱情。啊，县衙门的兄弟也来帮忙挖渠？

李　二　唉，跟着这位太爷，无法。

鲁亮才　老兄，你们这位太爷，为官如何？

李　二　为官……说好也好，说不好也不好！

鲁亮才　此话怎讲？

李　二　阮这位太爷，勤政爱民，当然是好！

鲁亮才　那怎么又说他不好？

李　二　这个……不瞒二位，兄弟伙在衙门当差，谁不想捞点油水，可是太爷连薪俸都倒贴，哪有油水可捞？

鲁亮才　太爷因何倒贴薪俸？

李　二　贴去修渠呀！那一次刚捐出去，老家来要钱，他又借又凑，家里人偷偷抹泪，这不是做衰人的官么？他家里人苦，阮跟着他也艰苦！

[内声："李二，太爷崴了脚，快来！"

李　二　恁看，钱无事多，又来了。太爷……（跑下）

鲁亮才　（心情沉重）贤弟，看来告李宽的那些诉状——不实啊！

张　柱　是啊。可是，总督让你罢他的官，这可如何是好！

鲁亮才　这……（难以作答）

张老汉　（喊上）太爷崴着脚啦……

[李二背李宽上，众村民随上，围拢。李宽衣着不官不民，模样有些滑稽，张老汉为李宽按脚验伤。

鲁亮才　（旁唱）　暗观他一顶斗笠一身泥，

官民融洽情依依。

这样的太爷真少见，

不由我顿生敬意把礼施。

（与张柱上前）李大人！

李　宽　啊，这，这不是督府的鲁老弟和小张么！怎么到这里来？

鲁亮才　我俩是奉命来巡看旱情的。李大人，吉阳渠道修得好啊，庄稼长势正旺，哪像旱年？

李　宽　过奖，过奖。哎，发下来的文告听说是你起草的，写得好！我正想找你聊聊呢！来！二位老弟，随本县回衙，我招待你们！（站起）哎哟……

众　人　（扶住）大人……

[收光。

第五场

[县衙庭院，清淡恬静，翠竹掩映，月渐东升。

[李宽与鲁亮才月下对酌。

[幕后伴唱：

“明月清光洒，

竹影上窗台。

今宵有幸与君会，

把酒倾心怀。”

李　宽　鲁老弟，你在署衙当差多久了？

鲁亮才　十年。

李　宽　十年不短了啊，老弟，那篇文告足见你才能，这等人才，理应擢升啊。

鲁亮才　哪里哪里，大人过奖了。

李　宽　我说的是真心话。老弟啊！

（唱）　你才能见识文中见，

兴修水利筹划长。

排涝抗旱揽全局，

李宽敬佩在心间。

鲁亮才　（唱）　大人奖誉愧煞了人，

文告未行你已做在先。

旱年贵县保丰稔，

父母官德政堪颂扬。

李　宽　哎，什么德政不德政，责职所在。我高兴的是诸多见解与老弟不谋而合，倾谈恨晚，来，干！

鲁亮才　干！

（唱）　酒落肚，话语多，

问大人，

后堂不见家眷是为何？

李　宽（唱）　双亲食老疾病多，

无力种作饲做鹅。

我妻她陪伴公婆在故里，

李宽我……（触动）

李宽我持家养家愧疚多。

鲁亮才　大人家眷虽没随任，俸银也足以持家，何来愧疚？

李　宽（一噎）啊对对对，足以持家，足以持家！（掩饰地自我调侃）老弟，我这人啊，说愧疚也没愧疚，妻骂我却疼我，哈哈！来，干！

鲁亮才（明白，岔开话题）大人，人称你是豆腐县令，今夜，怎么不见豆腐呀？

李　宽　豆腐，哈哈！那要看是招待谁了，老弟啊——

（唱）　李宽我做官最厌是应酬，

偏有那上差不时到此游。

穷县难招揩油客，

豆腐待宾来者休。

那些无事人来游山玩水，要吃要拿，穷县应承不起，我就天天招待豆腐，人家不来了，外号却叫开了。

鲁亮才　你不怕得罪人么？

李　宽　得罪人也没法，顾下难顾上啊！

鲁亮才　是啊，顾下难顾上。（故意打趣）李大人，今日我也是揩油客了？

李　宽　啊不不不，老弟，你是我真心款待的朋友，（调皮地）你揩油，我情愿。今宵你我月下畅叙，一把花生一坛酒，一盘青菜一轮秋，人生能此，其乐足矣，来，干！

鲁亮才　干！李大人，你在吉阳任上有五年了吧？可曾与人结过仇？

李　宽　结仇？无哩……不过，当官为民做主，定会得罪人，也许人家记仇我不知。

鲁亮才　也是。（有顷）李大人，你身在官场，也知官场套例，该随俗就随俗，免得自己吃亏呀！

李　宽　吃亏？哈哈！老弟，我——不亏！

鲁亮才　不亏？（不解）李大人，你如此为官，图的是什么呀？

李　宽　（已显醉态）图什么？（万分感慨）老弟啊！

（唱）　进官场犹似长河行舟，
多少人费尽心思争上游。
却不想荣华富贵烟云过眼，
繁华落尽月照荒丘。
李宽我科考出身授县令，
看透了官场熙攘春与秋。
我不图高车驷马权位显，
我不屑官场攀结与应酬。
体民心解民苦我行我素，
不亏心不逐流一生所求。

（夹白）老弟，我图的就是不亏心啊！

鲁亮才　不亏心？

李　宽　（更醉，接唱）

不亏心是大富贵，
不逐流是真风流。
待得卸官归林下，
青山碧水乐悠悠，
我乐悠悠……

（困乏难支，伏案睡去）

鲁亮才　（回味）“不亏心是大富贵，不逐流是真风流……”（心潮起伏）

（唱）　李宽把酒倾肺腑，
听得我心海涌腾万丈澜！

好县令疲又累伏案酣睡，
他哪知罢官在即身被冤。
（风起，鲁亮才取披风为李宽盖上）
眼前是坦坦荡荡真君子，
眼前是勤政为民的父母官。
眼前是酒逢知己相识恨晚，
鲁亮才人生路眼前最为难！
怀中掏出罢官令，
我手脚发抖方寸乱。
我怎能将此好官来罢免，
我怎能唯命是从铸奇冤。
我怎能知其冤反获其职，
我怎能知其冤不语不言！
待我为他辩冤去——

[鲁亮才想起家人，舞台一侧现鲁母。

鲁　母　儿啊，鲁家又出了为官之人，不容易啊，你要为先人争光啊！（隐去）

[另一侧现刘翠英。

刘翠英　夫君，俺家有好日子过了，全家扬眉吐气，你要好好做官啊！（隐去）

鲁亮才　（接唱）　想起家人心彷徨。
辩冤得成我失官职，
全家人的托望付汪洋。

[追光现田文进。

田文进　鲁亮才，本督器重你，擢升你为县令，机缘难再，你不要辜负本督对你的栽培啊！（隐）

鲁亮才　哎呀！
（接唱）　又想起总督器重非小可，
逆上司毁前程此情何堪！
小吏擢官非容易，

我怎能舍弃这罕得机缘？
光宗耀祖此生愿，
今朝才得职与权。
有了权受敬重不再居人下，
有了权脱贫窘不再度日艰。
有了权平生抱负可施展，
有了权报国为民不再成空谈。
狠下心将他来罢免——

［鲁亮才幻觉：百姓呼喊："罢不得！罢不得！罢不得啊……"众百姓涌上。

众百姓 大人是好官，好官，好官啊……

［李宽梦魇中站起。

李　宽 乡亲们啊，东村的井要再打深啊……好，出水了，出水了……哎呀不好，西村的大渠漏水了，快把漏洞堵上，堵上……乡亲们，干啊！

众百姓 干啊……

［众百姓隐，李宽倒入鲁亮才怀。

李　宽 好酒，好酒……

［鲁亮才扶抱李宽，感动泪下。

（接唱）见此情不由我热泪盈眶。
他梦魂犹把民牵念，
心如明月照万川。
鲁亮才若是把官做，
榜样楷模是李宽！
高山仰止我惭愧，
知他冤，我怎能顾己失他把正义撇一旁？
李宽我的贤兄台啊，
鲁亮才为你把冤辩，
纵然犯上丢官失职，
也要为你讨回公道、还你清名、还民好官、还我一世气正心安！

（抓起酒坛猛喝）

[张柱上。

张　柱　四乡八里再探访，李大人的好处说不完……（见鲁亮才抱坛喝酒）啊？鲁兄，你怎么狂饮？

鲁亮才　酒能壮胆……

张　柱　壮什么胆？

鲁亮才　（发誓般地）将实情禀报总督，为李宽辩冤，把官——还他！

张　柱　好啊！只是……李宽若保住官职，你的官就没了，鲁兄你——太亏了！

鲁亮才　我……不亏！

张　柱　（不解）不亏？

鲁亮才　我，不、亏、心！

张　柱　这官？

鲁亮才　不做了……

[收光。

第六场

[总督衙门。

[苏能上。

苏　能　有官不做，奇哉，怪哉……

（唱）　奇哉，怪哉，

鲁亮才有官不做返回来。

看来这官职有变数，

抓住时机莫松开。

他在那厢把总督等待，

我在这厢把酒阵排。

为得官职，勾通幕友，备下美酒，只待总督回衙，见机行事……

［二幕僚各抱小酒坛上。

二幕僚 苏先生，酒来了。

苏　能 好，二位，等下总督回衙，这劝酒和美言，全仗二位帮扶了。

幕僚甲 苏先生好说，彼此帮扶应该的。

幕僚乙 刚才鲁亮才来，我告诉他，总督到藩台衙门去，他还在等。

［内声：“大人回衙！”

［田文进上，苏能等迎上前。

三　人 大人!

苏　能 大人到藩台衙门，辛苦了。

田文进 也没什么事，藩台接理一桩州官贪污案，请本督参议。

苏　能 那大人的意思——

田文进 当今圣上惩治贪官雷厉风行，本督也最恨贪腐败类，当然严惩不贷!

苏　能 （一怵）哦……

田文进 （发现酒坛）这是什么?

苏　能 这是吉州出的好酒，请大人品尝。

田文进 什么？大堂尝酒，成何体统？快抬下去。

苏　能 大人别急，这次尝酒是公事。

田文进 公事?

苏　能 大人，我省进贡朝廷的酒，不如其他省份，我看大人不乐，便遍访酒庄，查访到这种好酒，足以和外地名酒抗衡，特请大人品验。

田文进 哦，（颇有兴趣）那就品一杯。

［幕僚甲盛酒捧与田文进。

田文进 （喝酒）唔，果真是好酒。

苏　能 大人，这酒入口清醇，喝后一品，浓香经久，大人可品出来?

田文进 是有香气，似觉还不深透。

苏　能 那就再尝一碗。

田文进 好。你们也品尝品尝。

幕僚甲
幕僚乙 谢大人。（喝酒）

幕僚甲 哇！真是好酒，不比茅台差。

幕僚乙 这酒进贡朝廷，是大人的政绩。

田文镜 （喝完）嗯，好酒。

苏　能 好了，我省从此有好酒进贡朝廷了啊！

二幕僚
苏　能 （欢呼舞蹈）好酒好酒，好运长久，贡献朝廷，独占鳌头！

田文进 哈哈哈……好，苏能，你会办事，老夫奖励你。

苏　能 谢大人！

［众继续品尝，鲁亮才上。

鲁亮才 （唱）　闻得总督已回转，
急忙上前禀事端。
但愿大人秉公道，
收回成命莫把好官冤。

（上大堂，见一众喝酒，愣住）大堂上怎么喝起酒来？我来得不是时候……（欲退）

田文进 （瞥见）哎，那不是鲁亮才吗？

鲁亮才 （上前）小人拜见总督大人。

田文进 鲁亮才，你还没去上任？

鲁亮才 大人，小人刚从吉阳回来，有要事要向大人禀报。

田文进 何事？

鲁亮才 这……（看了看苏能等人）小人搅扰大人与众位，不如……明日再来。

田文进 不，有话就讲。我等……呃，不是饮酒，是品验贡酒，公事。你说吧。

鲁亮才 ……是。大人，小的到了吉阳，发觉李宽勤政爱民，口碑极好，还率导百姓，从前年就修建水利。今年大旱，吉阳农田却一片油绿。大人，这样的好官俺省内难找啊！

田文进 如此说来，你——没罢他的官？

鲁亮才 没有。

田文进 也没当县令？

鲁亮才 没有。

田文进 鲁亮才，你有命不遵，给官不做，也太离谱了。

幕僚甲 大人，鲁亮才不识抬举。

幕僚乙 大人，这是违抗上命。

鲁亮才 各位仁兄，我鲁亮才不敢违命，更想擢升！可是，我不能昧着良心，把个好官推下去啊！

苏　能 鲁兄，那李宽可是做了手脚？

鲁亮才 什么手脚？

苏　能 康熙十年，万岁南巡，有的州官竟在官道两旁插上新树枝，蒙骗圣上。

鲁亮才 如此旱年，纵横百里的庄稼，神仙也插不上。再说，大人让我到吉阳，李宽事先不知，怎来得及作假？

苏　能 这……鲁兄可是受了通融？

鲁亮才 你的意思是——我得了李宽的好处？

苏　能 俗话说，拿人钱财，替人消灾。

鲁亮才 （怒）我问你，多少钱能买个县令？！

苏　能 我怎知道。

鲁亮才 （不无讥讽）这可不是监生贡生的功名，花钱便能捐到！（对田文进）大人，李宽不是贪酷之官，我是为他讨公道。

田文进 什么公道？

鲁亮才 李宽勤政为民，救灾保收，有功无过。

田文进 救灾有功，难抵贪酷罪状！

鲁亮才 大人，李宽政绩卓然，诉状不可轻信，望大人细勘明断，还李宽一个公道！

苏　能 总督大人罢李宽的官，你为他讨公道，不是说总督大人不公道吗？

幕僚甲 这么说，鲁兄比总督大人高明了？

幕僚乙 这么说，总督大人是有眼无珠了？

田文进 （酒气上来）鲁亮才，你也太狂妄了！

鲁亮才 小的不敢！大人，小的只是据实禀报，依小的在吉阳所历所见，告李宽的诉状大有不实！

田文进 不实？李宽之事，本督已派员查证，怎会不实？

鲁亮才 大人……

田文进 住了，鲁亮才啊！

（唱） 我罢免李宽将你委用，

执政无私公正严明。

没想你违命抗上，

还为贪官回护讲情。

若是属下都像你，

制台谕命怎施行！

你说李宽是好官，诉状不实，这么说，这些诉状便是诬陷的了？好，你就给我查诬告之人，三日之内查不出，就不要到衙门当差了！（将诉状扔给鲁亮才）

鲁亮才 啊？！（惊跌）

幕僚甲 大人，李宽为官不正，又与鲁亮才勾通辩解，应速派人罢他的官。

幕僚乙 大人，苏能年轻有为，不如让他去任吉阳县令。

田文进 你等认为……（打呃）苏能……胜任？

幕僚甲 岂止胜任，还有点大材小用。

幕僚乙 大人，内举不避亲，不要埋没人才。

田文进 好好好，内举不避亲，既然你等推举，我也就……呃……采纳，苏能听命！

苏　能 小人在。

田文进 命你速到吉阳，革去李宽之职，由你代之！

苏　能 （大喜）遵命！

鲁亮才 （急呼）大人……

田文进 （气犹未息）还不去查！

苏　能

幕僚甲 还不去查！

幕僚乙

［收光。

第七场

[鲁亮才家。

[追光现鲁亮才。

鲁亮才 （唱） 大堂辩冤遭斥责，
鲁亮才伤心又茫然。
鸣冤不成丢差事，
我怎对贤妻与慈娘？
秉正气在外能决断，
到家门彷徨步难前。（隐下）

[升光，刘翠英正在做针线。

刘翠英 （唱） 夫君升任吉阳令，
鲁家运转门楣新。
翠英我扬眉吐气心舒畅，
婆婆她病体好转笑吟吟。
从今后再免愁挂衣和食，
再免告借亲与邻。
从今后免愁亲朋失交往，
从今后，我——（喜而带忸怩）
我也成了官家夫人！

想不到我刘翠英今生能做夫人，这事想来还像在做梦！哎，夫人不夫人，翠英不在乎，唯愿一家宽裕和顺，夫君为官上下称道，翠英就谢天谢地了！啊，日色不早，婆婆这几日饭量好，待我拿点碎银，前街买些肉菜。

[刘翠英挎篮子打开家门，看到在门口踟蹰的鲁亮才，愣住。

刘翠英 官人？你回来了？

鲁亮才 我、我回来了。

[鲁亮才进屋。

刘翠英 官人刚上任，怎么这么快就回来？

鲁亮才 我……我没上任。

刘翠英 没上任？！总督大人反悔了？

鲁亮才 不是。

刘翠英 是那个县令生事？

鲁亮才 也不是。

刘翠英 （急）到底为何？你说呀！

鲁亮才 娘子，那吉阳县令李宽是个少见的好官，非但不贪，还捐俸银修渠，这样的官世上难找啊！

刘翠英 可是，总督大人命你罢他的官呀！

鲁亮才 我没有罢他的官，我赶回来保他的官！

刘翠英 保他的官？那你的官不是没了？

鲁亮才 娘子，我……我不能为了自家，把个被人冤的好官推下去啊！

刘翠英 你——（怨艾伤心）鲁亮才啊鲁亮才，枉你在公门多年，这世上冤的事多了，你顾得了么？你保他的官，谁保你呀！（泣）我就知我没做夫人的命……

鲁亮才 娘子……

刘翠英 （想起）我问你，这事总督大人怎么说？

鲁亮才 这个……（更难以启齿）

刘翠英 快说啊，总督大人怎么说？

鲁亮才 大人他……他限我三日内查出诬告之人，若查不出——

刘翠英 怎样？

鲁亮才 查不出，就不要到衙门当差了！

刘翠英 （几乎瘫倒）三日查案？冤家，你连自家的饭碗都丢了啊！

（唱） 雷霆轰顶，
冰水浇心，
转眼一家断生计，
冤家你，
你为了他人害自身……

（刘翠英晕眩，鲁亮才扶，刘翠英推开）

原以为，祖宗积德有好报，
鲁门又有为官之人。
刘翠英不愁家计相夫育子，
婆婆也能安度好光阴。
谁知道有官好做你不做，
空将祸事惹上身。
丢失差事陷绝境，
光凭正气怎能养家人？
翠英受苦事还小，
怎忍教早年守寡盼子成龙我的婆母你的娘亲太伤心，
怎忍教婆婆太伤心！

鲁亮才 娘亲，娘亲她——（向里望）啊，母亲睡着，娘子，说话小声些，不要惊动母亲。娘子，你消消气，听我细说情由……

刘翠英 不用说了，我刘翠英跟你受苦半世，才喜有出头之日，却不想你连差事都丢了，我、我真是受苦的命啊……

鲁亮才 娘子啊！

（唱）尊声娘子我的贤妻荆，
且听为夫吐心声。
你持家不易我衔愧，
你怨我恨我在理也在情。
你试思，你试想，
倘若李宽之事出在我，
你岂不望有人帮扶把冤鸣？
今日事我怎可不顾他人冤与屈，
只顾自家有前程？
望贤妻谅解我心志，
同把苦难来担承。

刘翠英 你说的是有道理，可是，饭碗没了，今后日子怎么过？

鲁亮才 回老家种田，当个村塾先生，粗茶淡饭，也可度日。

刘翠英 说得轻巧，别人回乡是光宗耀祖，你回乡是丢差务农，你有何颜对乡邻？再说，婆婆身体刚好转，出这种事，她怎受得了？

鲁亮才 （愁苦）我就怕母亲一时受不了，（求）娘子，此事先瞒着母亲吧……

刘翠英 唉……（回身见鲁母，怔住）啊？婆婆……

鲁　母 不用瞒了，为娘知道了！

鲁亮才 母亲，孩儿不孝！（跪）

鲁　母 我儿何出此言？

鲁亮才 孩儿舍了官职，有负母亲厚望。

鲁　母 儿啊，娘问你，那吉阳县令可真是个好官？

鲁亮才 真是好官，吉阳百姓感恩戴德，有口皆碑！

鲁　母 为此，你不忍顶他职，反为他鸣冤？

鲁亮才 正是。

鲁　母 我儿，我大忠大孝的儿啊！

（唱）　我的儿明大义舍官鸣冤，
　　不愧是书香门第鲁家好儿郎。
　　昔年间你祖辈也曾为官宦，
　　效先贤重操守德泽绵长。
　　先祖遗风留后代，
　　你爹虽无入仕也是乡贤。
　　儿你德高身正娘欣慰，
　　舍官取义堪称扬。
　　倘若是，知其冤，得其职，
　　儿不安来娘更不安！

鲁亮才 （激动地）母亲！

刘翠英 （羞愧地）婆婆……

鲁　母 （接唱）　媳妇你莫把夫婿怨，

好家风还要教示儿孙代代传。

宁可缺官缺富贵，

不可缺德辱先人！

儿为清官把冤辩，

（夹白）媳妇啊——

俺一家要同心同德渡难关！

刘翠英 婆婆，媳妇明白了！

鲁　母 明白就好。孩儿，刚才你说总督大人限你三日查出诬告之人？

鲁亮才 是啊，（拿出诉状）三日怎查得出。

鲁　母 查不出也要查，（拿过诉状）雁过留声，人过留踪。吉阳县令遭诬陷，这些诉状定有影踪，你就细细看，细细查。查得出，保住清官，保住差事；查不出，回老家就回，也不是什么大事！

鲁亮才 （大受激励）谢母亲！

［鲁亮才庄严地捧过诉状，鲁母、刘翠英下。

鲁亮才 （唱）　老娘亲明大义励我把冤辩，

鲁亮才心更定来志更坚。

打开案卷静心看，

定有那蛛丝马迹在其间。

（反复看）这诉状上的笔迹我好似见过呀……嗯，是见过，这些年当书吏整理案卷，几个代写状的字迹我都看熟了……哎呀！这字，不就是关庙前那个老秀才写的么？不错，虽然各张字体不同，笔迹相同，正是他！（欣喜）

（接唱）　追踪笔迹辩冤案，

云破现出一线天！

［张柱内声："鲁兄……"上。

张　柱 鲁兄，听说总督大人要你三日破案？

鲁亮才 正是。

张　柱 这不是拿把粟给你啃么？三日怎么破案？鲁兄，当好人反害了自己呀！

鲁亮才 事已至此，我是义无反顾的了！贤弟，你来看——诉状上的字我看出是关庙前老秀才的，就从这查起！

张　柱　鲁兄，那老秀才是我远亲，前几天还向我打听吉阳县令为官如何呢！走，我带你去找他！

第八场

[督府后堂。

[田文进怒上，众丫鬟惶惶跟随。

田文进　苏能，苏能啊——

（念）　可恨苏能耍奸刁，

老夫失察中他招。

平冤纠错难消气，

后堂先斥王艳娇！

贱人哪里……

[王艳娇怯上。

王艳娇　（跪）老爷……

田文进　贱人，你看这是什么？（示诉状）

王艳娇　（看）老爷，这不是告李宽的诉状么？

田文进　知道就好，现已查明，这些诉状是诬陷李宽的。你说，你和苏能是如何串通设局的？

众丫鬟　（附和）说！

王艳娇　（懵了）老爷你、你莫非又喝酒了？

田文进　（怒）别说酒！老爷我戒酒了！快说！

王艳娇　（扑通跪倒）老爷，奴才冤枉！表兄只求我为他美言，荐他顶职，这些诉状，奴才是一概不知啊！

田文进　当真不知？

王艳娇　当真不知！奴才这几年在老爷身边，多少也懂些道理，犯法的事，打死我也不敢！

田文进　哼！量你也不敢。

[中军上。

中　军　大人，小人奉命已将苏能押回！

田文进　好，升堂，带苏能！

中　军　升堂！

[丫鬟下，景转前堂。衙役上，升堂。

[中军带苏能上。

苏　能　叩见大人！

田文进　苏能，大堂之上，休得刁顽，从实招来！

苏　能　大人，小的有什么可招？

田文进　（冷笑）苏能，你真是机关算尽，连本督都敢耍弄！

苏　能　（已知不妙）大人，小人有何过失，请大人明示。

田文进　过失？哼哼！（对王艳娇）你跟他说。

王艳娇　（怒向苏能）表兄，你干的好事！不是过失，是——

田文进　是犯刑律！

王艳娇　是——刑律！

苏　能　大人，小人知律，从不犯法。

田文进　好，我问你，李宽的诉状、查访的证词，从何而来？快讲！

苏　能　（强撑）大人，小的怎知从何而来？

田文进　真是不见棺材不落泪！鲁亮才——

[鲁亮才捧案宗及银子上。

鲁亮才　大人。

田文进　我不想和他多说，你给他点破。

鲁亮才　苏能，诬告李宽的诉状已查明，那些诉状，皆由你口授，雇人代笔……

苏　能　（狡辩）鲁亮才，你一个吏员几天就能查案？这不是明摆着栽罪么？你说是我，有何证据？

鲁亮才　人证、物证俱全。这是关庙老秀才写的证词，这是你雇他代笔的五十两酬金。

老秀才说，他随传随到，与你当堂对质！

苏　能　（瘫软）鲁亮才，想不到我苏能竟栽在你手！

田文进　你这奸邪小人，还好发觉得早，要让你这种人当官，才是大害！

苏　能　大人，小人知错，望大人看在亲戚分上，谅情从宽……

田文进　亲戚分上？亲戚分上更不能如此所为！来，把他押进监牢！

苏　能　（求助呼叫）表妹，表妹……

王艳娇　别叫了！（怨忿）自家亲戚，你还欺弄，真是个奸邪小人！从此与你断绝亲情，永无关联，永无关联啊……（哭下）

田文进　押下！

［衙役押苏能下。

田文进　（感情地）鲁亮才……

鲁亮才　（敬重地）大人……

田文进　李宽之事，怪本督粗率失察，多亏你舍官辩冤，本督要奖赏你。

鲁亮才　谢大人。

田文进　你看，谁来了——

［李宽上，鲁亮才惊喜迎上。

李　宽　鲁贤弟！

鲁亮才　李大人！

［李宽与鲁亮才紧紧执手。

李　宽　鲁贤弟，你舍官为我鸣冤，大丈夫、大丈夫啊！

鲁亮才　（深情地）李大人，你忘了，不亏心是大富贵，不逐流是真风流啊！

李　宽　哦？哈哈哈……

［张柱捧酒杯酒盏上。

张　柱　酒来了，酒来了！挚友重逢，岂可无酒？

田文进　（拿起酒杯递与二人）冤案已平，共庆一杯！

鲁亮才
李　宽　谢大人！

［鲁亮才、李宽举杯……

[田文进等隐下。

[云淡天和，翠竹绵延，鲁亮才与李宽携手融入美景……

[幕后歌：

“薄薄一杯酒，
悠悠天地心。
人生倏忽过，
德义千秋吟。”

[剧终。

（剧本版本：作者本人提供）

· 潮剧卷 ·

石榴花

编剧：林　克

人　物　表

香　儿　　坚韧善良的女性，出场二十岁。

山　牛　　香儿原配丈夫，出场二十五岁。

阿　柴　　香儿丈夫。

华秀丽　　山牛重娶的妻子。

小　花　　香儿与山牛生女。

郑　虎　　小花的恋人。

苗　苗　　小花的女儿。

山　婶　　山牛之母。

香　伯　　香儿之父。

郑大柱　　与山牛一起当兵的乡民。

谢福贵　　与山牛一起当兵的乡民。

地保、福贵妻、郑主任、众青壮汉、众村妇等。

地点：中国极其偏僻的潮汕石榴山。

主题歌　（唱）　榴花妍，榴花香，
朵朵榴花情意长。
榴花铺满人生路，
片片榴花预吉祥！

序 幕

[1939年。

[光亮。山坡上，一群青壮汉身背包袱准备当兵。香伯、山婶、福贵妻等若干乡民送行。肩挑炭筐的阿柴也在旁边。

山 牛 （唱） 岁月动荡，

连年战乱！

千家万户罹苦难，

何年何日得宁安？

众 汉 （合唱） 寻活路，当兵去，

不能等死在深山！

山 牛 香伯，我走了，香儿她……

香 伯 （叹气）唉，这个姿娘仔，非要在你当兵前拼嫁给你……你快走吧，我已把她锁在家中。

山 牛 告诉香儿，再过三年五载，我若有出头之日，定会回来娶她。

山 婶 奴呀，枪炮无目，你时时处处要万分留神，不管遇到任何艰难苦境，定欲把命保住，平平安安返来！

香 儿 （台内疾呼）山牛——

（内唱） 剪块红布当头盖，

（上唱） 定嫁山牛在今朝！

众 人 （一惊）香儿？！

[香儿披着红盖头跪在香伯面前。

香 儿 爹爹！

（续唱） 恕香儿不孝砸了锁，

求爹爹，宽容女儿这一遭！

香 伯 （一声叹息）唉……

山 婶 香儿，山牛这是当兵去，万一有个三长两短，那你……

香　儿　（打断）婆婆！

[众人愣住。

山　牛　香儿……

香　儿　山牛，你不是说等到石榴花开，就和我成亲么？可现在石榴花开了……

山　牛　可我现在，要当兵去……石榴山上一百妇，送郎当兵不见归……

香　儿　我不怕。（拿出石榴花）香儿已为你准备好石榴花，带上这石榴花，定能保佑你平安归来。山牛！

（抒情地唱）

春也盼，秋也盼，
香儿盼望嫁情郎。
日也盼，夜也盼，
日夜盼着新娘装。
山牛呀，盼你揭下红头盖，
新夫新妇入洞房。
石榴花，身上带，
新娘仔，明天早早送情郎！

山　牛　香儿……

郑大柱　山牛啊，我要是有这照贤照雅个姿娘仔，我哩早就娶掉。

[众汉大笑。香儿也随之羞涩一笑。

香　儿　山牛，家中有我这个新娘子牵连着，你一定会平安回来的……（羞喜地走下）

山　牛　香儿！……（追去）

台内歌　（潮汕民歌唱）

拜完天地拜高堂，
揭了头盖入洞房……

[收光。

第一幕

[数月后。

[远处铜锣猛敲。

[一群乡民聚集在村口盼待前线消息。

[一国民党伤兵谢福贵上。

[人群中福贵妻发现了谢福贵。

福贵妻 （惊喜迎上，呼叫）福贵！

[福贵妻扶福贵走下。

[地保站立高台喊念消息。众村妇十分焦虑，仰望倾听。

地　保 （念）村民们，昨日接到县里发来的特急通告。半月前，我军于鬼吊山与日寇激战，火拼数日，各有伤亡。其中俺村有四名兵士，死于炮火，为国捐躯。我喊着名的家属就来领慰恤金。郑海生……郑阿炳……郑四弟……

[念到谁谁的家属就上去。在场的村妇闻听噩耗即刻惨叫昏倒。旁人急扶下。

地　保 （续念）山牛……

香　儿 谁？

地　保 山牛。

香　儿 （不信）……你骗人，山牛身上带有石榴花……

四弟妻 （泣说）香儿，阮家四弟身上也带有石榴花……（被人搀扶走下）

香　儿 （喃喃自语）不可能，不可能。山牛的石榴花是用红头盖包着的。

地　保 就剩你一个了，这钱，要还是不要？

[音乐起。香儿悲怨无奈地慢慢走向地保。

地　保 按手印。

[香儿按完地保下。

[另一伤兵大柱上。香儿好像发现救命恩人似的扑上前去。

香　儿 大柱！山牛呢？

郑大柱 香儿，不，阿嫂，山牛死了。我亲眼见伊满身是血。山牛死前，从身上摸出

了红头盖，托我带给你……（将红头盖递给香儿，下）

[香儿骤昏。静场片刻，突然间香儿撕心裂肺地哭叫。

香　儿　（狂呼）山牛——！

（唱）　天崩地塌！

肠断肝残！（昏倒似醒非醒之间）

噩梦惊醒，

顿觉凄怆……

[当初的潮汕民歌仿佛在高山中轻轻飘荡……

台内歌　（唱）　拜完天地拜高堂，

揭了头盖入洞房……

香　儿　（唱）　洞房夜，缠绵恩爱，

做新娘，似在昨夜间。

今日里，

空空一方红头盖，

却不见，一枝榴花到家中。

（白）山牛……

（接唱）　你何忍黄泉独归去，

抛下香儿影只形单……

昏沉沉，步踉跄，

（闷雷声声，地转天旋）

风骤起，闷雷响，

应是新郎将我唤，

或是风雷催我去远方……

[香儿走向悬崖，欲寻短见。

[暴雷一声炸响，香儿按住腹部，惊觉胎儿萌动，紧接着又是一阵呕吐。她似有知觉，神志渐清。

香　儿　我，我……我怎么了？这是什么地方？我怎来在这里？（剧烈呕吐，害怕地呼救）婆婆！……

[香儿一步一跌回到家中。山婶迎出。

山　婶　香儿？你怎么啦？山牛他？

香　儿　不是，不是，山牛他无事。我……（吐得更加厉害）

山　婶　（试探地）香儿，你？……（高兴地）哎呀！香儿，你这是有喜了！山牛要当阿爹了！谢天谢地啊！

香　儿　（目瞪口呆）……

山　婶　香儿……

香　儿　（爆发地）婆婆，山牛他……死了！！

[切光。

[光亮。数月后。十分憨厚的阿柴挑一担空炭筐上。

阿　柴　（唱）　阿柴自幼居深山，
无父无母无老婆。
终日卖炭换嘴食，
无忧无虑心自安。

[阿柴边走边数着钱，走到香儿家门前。

台　内　（独唱）　山婶死，香伯亡，
祸不单行风雨狂。
孤女悲无助，
两眼泪汪汪！

[香儿腆着大肚子，跪在地上盼望过往路人。

[阿柴上前。

阿　柴　（见状轻唤）哇哈，香儿，你个肚么大到很像样了啊！

[香儿点点头。

阿　柴　你怎跪在地上？起来吧？

[香儿摇摇头。

阿　柴　是不是你家大人走了，无钱安葬？

香　儿　（点点头）嗯……

阿　柴　（欲将钱递给香儿）

[香儿摇摇头摆摆手。

阿　柴　拿去吧!

香　儿　(还是摇头。瞬间胎动)哎呀……(抚摸着肚子)

阿　柴　你可真有本领哦,跟山牛只做一夜夫妻,肚就大了。

[香儿哭。

阿　柴　(不知所措地)你勿哭,你勿哭。我是说,你肚里若是无这个孩子,就不会这么艰苦……

[香儿哭得更为厉害。

阿　柴　我看你这两天总在这里,为什么呀?

香　儿　我欲卖……

阿　柴　(糊涂地)……卖什么?

香　儿　卖我……

阿　柴　卖给谁?

香　儿　谁来葬我家大人,谁愿养活阮母子,我就卖给谁。为奴做婢,我都愿意。

阿　柴　香儿,你哭晕了,你卖不出去的。

香　儿　……

阿　柴　(无心的)就像我卖炭,好炭很快就被人择走了,还能卖个好价钱,(拿出一段炭)你看,剩下的都是人择剩的炭头炭尾,再贱的价也卖不出去,尤其是现在,年景又不好。

香　儿　我又不是炭。

阿　柴　一样哩。你看你现在的样子,就像是择剩的炭,无人会要你的。

[香儿放声大哭。

阿　柴　(突然意识到说错话,伤害了香儿)不不,我是说炭,不是说你。……我这张臭嘴,臭嘴。(不停地自打嘴巴)

[香儿渐渐安静下来。

阿　柴　香儿,卖不出也勿紧张,我帮助你。我卖炭,能养恁母子。以后,我每次卖炭回来,就拿钱给你。

香　儿　不,你辛辛苦苦,赚的钱也不多。

阿　柴　我一个人，够用。这些钱你先拿去吧。

香　儿　这？……

（唱）　笨嘴笨舌老实汉，

容貌虽丑心善良。

事事为我香儿想，

平生一副好心肠！

阿柴，说句实在话，你要是有钱，就把我买了吧。每日砍柴烧炭，洗衣煮饭，我都能干。

[阿柴愣住。（音乐起）

香　儿　如果你愿意，俺俩人也可凑成个家，一起过日子……

阿　柴　（吃惊地）凑成个家？一起过日子？

香　儿　你……不要我？

阿　柴　不是，不是……

（背唱）　娶老婆，一辈子都不敢想，

只因我，生来孬看过“野样”。

双脚双手乌如炭，

柴头一块常常受人欺笑。

香儿她像榴花美，

面仔红红脚手如稚姜。

日间想看不敢看，

夜里做梦在炭窑。

梦见伊，送我石榴甜过蜜，

梦见伊，嫁给阿柴做新娘。

一阵狂喜自欢笑，

心头如火在燃烧。

今日里，她真的要把终身托，

岂不是，我择着仙女在梦乡？

香儿，你若跟我，人家会笑你的。

香　儿　你是怕人家笑你吧？

阿　柴　（语无伦次）不不不！你冤屈我，我不怕你的肚大，我不怕人笑我，我是……

香　儿　阿柴，你真的愿意帮我？

阿　柴　愿意，愿意！

香　儿　那你得答应我一件事。

阿　柴　什么事？

香　儿　我欲嫁给你。

阿　柴　啊？

[静场有顷。阿柴仍在惊疑中急挖耳朵，以为自己听错。

阿　柴　你是说真还是说假？

香　儿　真的，我真的要嫁给你。

阿　柴　（傻笑）嘻嘻，嘻嘻……

[阿柴蓦地一跳，高兴得拍掌，像小孩般跑开。

香　儿　阿柴，你到哪儿去？

阿　柴　我，去买红盖头！

[阿柴奔下，独剩香儿。

台内歌　（重复唱）拜完天地拜喜堂，
揭了头盖入洞房……

[收光。

第二幕

[十年后，1950 年。

[解放军团长山牛与年轻的护士华秀丽上。警卫员随上。

山　牛　（唱）　穿山越岭步不停，
榴花一路伴我行……

盼会亲人心似箭，

重返旧乡热泪零！

华秀丽 团长，你身上的伤不轻，首长命令我一路上要做好你的医护工作。你可要小心呀！

山　牛 华秀丽同志，你放心，我作战负伤，又不是一两次了！

[山牛来到家门口，见破屋满目苍凉，像没人居住的样子。

台内歌 （唱）　拜完天地拜高堂，

揭了盖头入洞房……

[山牛仿佛沉浸在十年前的情境之中。

华秀丽 团长，这便是你的家？

山　牛 是啊……（悲伤又紧张地）香儿和我母亲，都哪里去了？……（哽噎）

[香儿提祭品香烛上。

[山牛听到动静，警惕地向门边走去。

香　儿 婆婆，山牛，今天是清明节，我要上山扫墓，顺便到这老屋看看。……山牛呀，俺个女儿小花，都十岁了……（也听到门内有动静）谁？

山　牛 （出门）香儿？……

香　儿 谁？……

山　牛 香儿！

[香儿呆望山牛。

台　内 （独唱）　似梦非梦，

今朝相逢两茫茫。

香　儿 （唱）　两茫茫，总疑梦，

山牛因何眼前站？

山　牛 （唱）　两茫茫，非梦幻，

眼前正是我妻房。

香　儿 （唱）　愁云怨雾眼前绕，

山　牛 （唱）　柔情蜜意醉心中！

香　儿 （唱）　光阴隔眼十年整，

山　牛（唱）　情缘未断感上苍。

香　儿（唱）　泪眼问花花无语，

山　牛（唱）　一曲长恨凝悲欢。

香　儿（唱）　夜夜梦中将他见，

山　牛（唱）　日日把她记胸间。

香　儿（唱）　原以为阴阳已相隔，

山　牛（唱）　想不到，绿叶永伴榴花红。

香　儿（唱）　不是梦，不是幻，

是山牛回来报平安！

山　牛　家中有你这个新娘子牵连着，我敢不平安回来么？……

香　儿　（哭呼）天啊——！

山　牛　香儿，我们部队南下，解放了潮汕！这次，我是来接你到部队团聚的。

香　儿　（悲痛地）接我到部队团聚？！

［香儿背身不语。抽泣。

华秀丽　（出门，轻声地）团长？

山　牛　哦，警卫员、华秀丽，这是你嫂子。

华秀丽
警卫员　（一齐敬军礼）嫂子好！

香　儿　（吓了一跳，连忙地）不，不……别这样叫。

山　牛　（悄悄对华秀丽）你嫂子是山里人，没见过世面，有点害羞。

［华秀丽、警卫员都被山牛兴奋的样子逗笑了。

［香儿有被冷落的感觉，想走。

山　牛　香儿，你哪里去？

香　儿　我……

山　牛　进屋去！（有些不自然地对华秀丽）华秀丽同志，我与你嫂子有话说，你们在外面……望风。

华秀丽　是！（与警卫员装鬼脸一笑，同下）

［屋内。香儿不语。

山　牛　香儿，这个家怎么破成这个样子？

香　儿　这个家已经很久无人住了。

山　牛　（不明其意）……

香　儿　婆婆她老人家十年前就走了。

山　牛　十年前？

香　儿　（点头）我们都以为你死了……今天是清明节，（掏出红盖头）每年的清明，我都要上山祭拜你和婆婆。

山　牛　啊？

香　儿　（唱）　十年前，空空一方红头盖，
却不见，榴花伴你把家还。
闻噩讯，肝肠断，
一心只想随你山牛到阴间。
鬼门关口惊觉腹中阵阵痛，
才知是，一夜洞房结珠琅。
儿是你我亲血脉，
也是一家香火相继传。
我不忍孩儿随母丧，
我只想，产儿育儿在人寰……

（突然间爆发般）山牛，十年前你无死，为什么不寄个讯回来？！

山　牛　香儿，我现在不是回来了么？我还要接你到部队呢！

香　儿　接我到部队？接我到部队？（摇头痛哭）

山　牛　香儿，你目前住在哪里？

香　儿　住在山里炭窑边。

山　牛　啊？……跟谁住在一起？

香　儿　你我的血脉、女儿小花。

山　牛　（松了口气）哦……

香　儿　……还有阿柴……

山　牛　（一震）阿柴？

香　儿　（欲言又止）我……（痛泣地）山牛，我……

山　牛　莫非你嫁人了？

香　儿　（噙泪点头）……

［香儿之言犹似一声惊雷，轰呆了山牛。

山　牛　（唱）　香儿已改嫁，

一语似惊雷！

震碎我心肺，

万念已成灰！

台　内　（合唱）　已成灰！已成灰！

万念已成灰！

［一阵低沉的钟声，在死寂的深山回响。

山　牛　（唱）　是战乱害苦了俺，

是天意断了情缘。

看今朝，人是物非，

皆怨命运捉弄人……

［两人沉默了一会儿，突然爆发地疾呼。

山　牛　香儿！

香　儿　山牛！

［两人紧紧地抱在一起。

山　牛　香儿，你受苦了！……我妈的坟呢？

香　儿　葬在后山。

山　牛　（转身拿了香烛）华秀丽、警卫员！

华秀丽
警卫员　（冲上）团长……

山　牛　随我上山扫墓。

华秀丽
警卫员　是！

华秀丽　团长，阿嫂岂愿随你到部队去？

山　牛　这……走吧！

[三人同下。

[阿柴焦急寻找香儿上。

阿　柴　香儿……

香　儿　（不吱声）……

阿　柴　你怎么坐在这里？

香　儿　阿柴，山牛没死，他回来了。

阿　柴　（愣了，停顿了一下）他人呢？

香　儿　扫墓去了。

阿　柴　（想了很久）……香儿，山牛是你的原配丈夫，人家既然没死，你就跟他走吧！

香　儿　不！这是命！这辈子，我与山牛就是一夜夫妻的缘分，可这缘分已尽了……你我毕竟是十年的夫妻啊！

阿　柴　不！香儿！

（唱）　你我相伴一天天，

同甘共苦满十年。

有了你，衣衫免破衣衫白，

有了你，三餐都觉饭菜香。

为了我，你日夜操劳人渐老，

为了我，你笑脸常把泪痕掩。

我也想，夫妻永过好日子，

我也想，同欢同乐到百年。

怎奈山牛回乡情突变，

我不能，再将你害将你伤。

心结已解主意定，

我劝你与山牛旧梦重圆。

他能给你一世福，

你与他才是一对好鸳鸯！

（暗泣）香儿，你等着，我去找小花。（转身下）

香　儿　（呼）阿柴！

（唱）　听他一番真情语，
胸间顿起千层浪……
如今山牛回乡返，
谁不想，欢欢喜喜续前缘？
阿柴他，难言之隐藏心底，
劝我带女归情郎。
倘若把他来抛下，
自此照顾靠谁人？
欲离欲舍难决断，
真教香儿好为难。

（陷入激烈的思想斗争）

（续唱）　如此良善世间少，
阿柴恩义似泰山！
滴水之恩当泉报，
香儿不做负义人。
山牛呀，炽情烈爱埋心底，
且谅我，欲抛阿柴实为难！

[山牛上。

香　儿　（迎上）山牛，恁返来了？警卫员和那个女兵呢？

山　牛　（遥指）在那边摘石榴花！

香　儿　山牛，女人也好参军么？

山　牛　好呀，现在许多新女性都参加了革命。

香　儿　哦，要是当初我跟你一起参军，那该多好。

山　牛　你说什么傻话！……（哽噎）当初我当的是国民党兵，在鬼吊山与日本鬼子的恶战中，险些丧了命。后来，八路军在血泊之中将我搭救，并让我加入了队伍……十年来，我思念亲人，魂牵梦绕；遥望明月，念归家山。叹只叹，南征北战讯难托，云山远隔音难传……

香　儿　山牛，今后，你我就以兄妹相称吧？

山　牛　兄……妹……（摇了摇头）沧桑往事，命运铸就，事到如今，也只好如此了……

香　儿　山牛，你跟以前不一样了……

山　牛　是么？参加革命这么多年，我学到了许多知识，这些都是在山里一辈子也学不到的。在部队，我还参加了扫盲班。哎，你知道我最先学写的两个字是什么字？（手把手写字）香、儿……

［香儿痴迷地看着手中的字。

山　牛　香儿，我想见见女儿，然后便回部队。

香　儿　这……

［香儿不知如何是好，只是背身哭泣。

［阿柴带小花上。小花害羞地站在门外。

山　牛　阿柴！

阿　柴　山牛！你回来了？回来了好，回来了好！

山　牛　阿柴，幸亏有了你，才有香儿与小花的今日。山牛，谢谢你！

阿　柴　别这么说，别这么说。小花，进来，进来！

［小花紧随阿柴进屋。

阿　柴　叫你阿……

山　牛　阿舅！

香　儿　对，叫阿舅！

小　花　阿舅！

山　牛　（深情地抱起）小花！（泪流满面）

［收光。

第三幕

［十年后。1960 年。

［国民经济困难时期，潮汕人十分穷苦，难以度日。

台内歌 （唱） 国家困难时，
潮汕饥荒年。
多少乡民惨挨饿，
多少婴孩哭啼啼。

[饿得浑身无力的小花等着其恋人郑虎。

[郑虎抱着树薯上。

小　花 阿虎！

郑　虎 小花！

[小花困乏地倒在阿虎怀里。

郑　虎 （安慰地）小花，你看……

小　花 树薯？

郑　虎 这是我在山上挖的，给你们家俭俭可度二日。

小　花 太好了！唉，这几天，我快要饿死了。

郑　虎 （神秘地）小花，俺两人申请去暹罗的事，快要有着落了。

小　花 幸亏你父亲在暹罗，俺才有了这个机会。

郑　虎 小花，你也不就成了暹罗媳妇么？
（唱） 到暹罗，好处多，
免挖野菜免挨饿。
身穿衣衫花绿绿，
嘴食榴莲与菠萝。

小　花 （唱） 到暹罗，心事多，
欲别爹娘泪成河。
未知何年再归返？
重返家屋归暖窝。

郑　虎 回去准备准备。这树薯拿给你妈。

小　花 我妈？她若是知道我们要跑到海外，定会气死的！

[收光。

[香儿神态低迷，持帚扫地。

香　儿　（唱）　飒飒凄风拂山崖，

片片黄叶落庭阶。

群群饿鼠苦逃窜，

只只蜘蛛结网来。

旧屋萧条空荡荡，

只剩下，冷锅冷鼎冷灶台。

眼见家中凄凉景，

香儿日夜郁心怀……

到如今，

扫不尽，残枝败叶，

扫不尽，饥寒地下苦尘埃……

小　花　（上）妈！

香　儿　小花，饿坏了吧？

小　花　妈，你看……

香　儿　（眼睛一亮）树薯？这个时候哪来这宝贝？

小　花　这是阿虎挖着个。

香　儿　煮熟后，叫阿虎过来食。

［香儿见小花似有心事，呆呆站着。

香　儿　小花，你还有什么事吧？……

小　花　（低首不应）……

香　儿　（突然总盯着小花）……

小　花　妈，你怎这样看着我？我，真的无事。

香　儿　无事就好。小花，你舍得离开父母么？

小　花　妈，你说什么呀？我……（摇头）

香　儿　我知道，你无想离开父母，可我倒想让你离开。

小　花　妈？！

香　儿　妈想送你到部队，去你阿舅那里过些日子。

小　花　（心里不愿离开郑虎）我不去！

香　儿　（突感意外，发了脾气）不去？不去就得饿死！

小　花　饿死我也不去！

香　儿　你！（想扇她耳光）

阿　柴　（上，急忙阻止）香儿！……（转身）跟爹说，是不是舍不得阿虎？

小　花　我？……

香　儿　有什么舍不得，又不是去过一辈子。

小　花　……

香　儿　现在都饿得半死，还谈什么恋爱？

阿　柴　香儿，既然小花不同意，就勿逼她了。

香　儿　就你疼爱女儿么？待我去跟郑虎说，等这里的日子好过了，就让小花回来跟他成亲。

阿　柴　（突然有了火气）把小花送到北京，我不答应！

香　儿　我，也是万不得已啊！

阿　柴　（哭了起来）可我舍不得小花啊……

（唱）　阿柴从不一声哭，
今日心痛泪滔滔。
想往日，我疼小花如命脉，
饥寒饱暖挂心头。
父女亲情深似海，
廿余载，我为女儿把心操。
不是亲生胜亲生，
暗喜幼苗渐长高。
香儿呀，自从与你喜相配，
我默默卖炭不辞劳。
事事听你出主意，
从不与你来争吵。
这廿余年来我就求你这一次，
求求你，留住小花在怀抱。

小　花　（哭喊）爸！

[父女紧紧抱在一起。

香　儿　阿柴，山牛多次要接小花入京，我也知那里的生活好，可我一直就不答应，就因为知道小花是你辛辛苦苦养大的，知道你舍不得……可现在，总不能眼睁睁看着儿女，与俺一样日日挨饿受罪啊！

阿　柴　（有所触动地）……喔？

香　儿　小花又不是不回来，你想想，她到部队避过饥饿，又可照顾她阿舅，有什么不好？

小　花　妈，阿舅不用我照顾了，（掏信）他来信了！

香　儿　啊？他说什么了？念！

小　花　（念信）小花：你爹你妈近期都好么？告诉你妈，舅舅结婚了，新娘就是当年跟我回过石榴山的护士华秀丽……

香　儿　山牛结婚了？！山牛结婚了？！

香　儿　（唱）　听书信，百感交集，

一时间，意乱心慌。

此时刻，

犹闻京城奏鼓乐，

似见山牛进洞房。

山牛他，人到中年把亲娶，

也算是上苍怜悯把情牵。

佳音传来本该喜，

却为何，

别是一般滋味在心中？……

花开花落又十载，

我与他，藕虽折断丝未断。

一回回，榴花榴叶藏书信，

一封封，寄达他身祈平安。

次次催他寻配偶，

句句尽我肺腑言。
为什么，喜讯传来我不喜？
我却觉，惆怅平添心茫然？
丝丝爱，随风去，
一生缘，今已断。
香儿我，倍心酸，
倍心酸，泪盈眶！
皆因是，一夜夫妻爱犹在，
才致这，万般愁绪涌胸间。
我只得抛下心中旧情愫，
忍把热望化冰寒……
回头来，细思忖，
山牛正在度蜜月，
我怎能给他添麻烦？
看起来，送女上京非善策，
我还须另寻他路度饥荒。

阿　柴　香儿……

香　儿　（似被唤醒）好了，小花不用去了，你们都称心了。

[阿虎上。

阿　虎　香姨，柴叔！

小　花　妈，我要和阿虎走。

香　儿　走？哪里去？

郑　虎　寻活路去。

香　儿　现在，哪还有活路？

郑　虎　我父亲让我带小花到暹罗去……

香　儿　（爆发般）不行！要走你自己走！

[静场。

郑　虎　小花，香姨说得对，万一到暹罗日子也不好过，岂不害了你？……你放心，等过了三年五载，我若有出头之日，定回来娶你。

小　花　不！（跪求）妈，我求你了！……你要是不让我跟阿虎走，我就先嫁给他！

香　儿　那，那我就要把你锁在家中！

小　花　妈，你说什么？……

香　儿　我？

台内歌　（唱）　拜完天地拜喜堂，

揭了盖头入洞房……

香　儿　（唱）　见郑虎，怎像山牛当兵时？

望小花，犹似昔年我香儿！

当年逢战乱，

今遇饥荒年。

为了生存何相似？

即欲成亲即别离。

小花今日又洒离别泪，

苍天啊这苦泪流了数十年！

难道是我香儿泪未尽，

难道又要儿女效母长悲啼？……

儿女今有深情爱，

我自应成全这对小夫妻！

阿虎，我今晚，就把小花交给你，你们夫妻要生生死死，永不分离！

小　花　妈！

香　儿　小花！

[母女拥抱。

[香儿拿起一枝石榴花送与小花。

台内歌　（唱）　榴花妍，榴花香，

朵朵榴花情意长。

榴花铺满人生路，

片片榴花预吉祥!

[收光。

第四幕

[八年后。“文化大革命”。

[墙上贴有一幅“将‘文化大革命’进行到底”的标语。

[两名戴红袖章的革命同志押着遍体鳞伤的山牛和华秀丽上。

山　牛　（唱）　腊月严冬，天寒地冻，

华秀丽　（唱）　朔风凛冽，黑雨漫空!

山　牛　（唱）　折翼哀鸿徒悲泣，

华秀丽　（唱）　茫茫大地血染红!

[年轻的村革委会郑主任迎上。

郑主任　二位革命同志辛苦了!

同志甲　（递过介绍信）郑主任，他们就是从北京军管会着令遣送回乡、强制劳动改造的反革命分子，这对夫妻，就由你们接管监督了!

郑主任　是!我们一定遵照上级指示，严加管训。（转身对山牛一喊）听见没有，从今往后，要老实改造!

[香儿呼“山牛”上，她欲上前扶山牛夫妇，郑主任用眼色阻止了她。

同志甲　（指香儿）这位是?

郑主任　她是英雄的遗属，也是我们村的干部。她丈夫在今年的强台风中，为抢救公共财物牺牲了。她因悲伤过度，神志有点不清。

同志甲　郑主任，千万不能放松革命的警惕性!我们回去了。

郑主任　是!是!（送走革命同志）

香　儿　（扑上前放声大哭）秀丽!山牛!……

郑主任　（挤眼色）香姨，这里人来人往，多有不便。我们还是按商量好的办法，我每晚把他们带到你家，第二天一早再押回去参加劳动。

香　儿　幸亏有你，暗中相帮。

郑主任　（夸赞地）哼，我从小就知道牛叔是俺石榴山的战斗英雄！

[香儿的目光落在弯腰低头的山牛和华秀丽身上……

[收光

[光亮。香儿与阿柴的家。

[香儿、山牛、华秀丽相对无语。

香　儿　说话呀，进屋半天了，怎什么都不说呀？！……这是在家里，看管你们的人都走了。

[华秀丽心有余悸地抬起头。

华秀丽　香姐，你还好吗？

香　儿　（连忙地）我好，我没事！……你们这是为什么呀？

山　牛　我，是当过国民党的兵——历史反革命呀！

华秀丽　他不与我这个走资派划清界限，就罪加一等……

香　儿　我去泡石榴花水，给你们洗洗，去掉晦气！（下）

[周围一片死静。

华秀丽　山牛，我已说过多次，你就跟我离了吧？

山　牛　（抬头呆望着秀丽）……

华秀丽　跟我划清了界线，争取一个好的认罪态度，然后，你带着儿子小牛，跟香姐过……

山　牛　（迷茫地望着远方）还有区别么……

华秀丽　有！香姐她根红苗正，她这里是你与小牛的避风港。

山　牛　好……怎么都好……

香　儿　（端一盆水上）秀丽，来，用石榴花水洗洗，就什么都好了！其他的话别乱说！

华秀丽　香姐？

香　儿　这屋不大，我什么都听到。

华秀丽　香姐，求求你，今后，你就跟山牛过日子吧？……你们本来就是夫妻嘛！

香　儿　你胡说什么！

华秀丽 香姐，我不是胡说，我是为了小牛……孩子有我们这样的父母，一辈子受罪啊！

香　儿 把孩子接过来跟我过日子，我答应。可是你们不能离。离了，孩子就无家了！

华秀丽 香姐，这样的家，无也罢！

香　儿 那今后我要把孩子交还给谁？

（唱）　这家不能散，
父是柱来母是梁；
这家不能散，
情是瓦来爱是墙；
这墙这瓦摧不毁，
挡霜挡雨挡风潮。
家散了，苦添儿女离别泪，
家散了，断了情缘断爱桥。

我与山牛只是一夜的缘分，可我与阿柴却过了三十年，阿柴无怨无悔地养着别人的孩子，就因为他善良，我才能和他有一辈子的夫妻缘分。他虽死了，可我们的家没有散啊！你们呀，怎能说离就离。

华秀丽 香姐，你没经历过，你不清楚啊！……我们现在不是人……是鬼……

[华秀丽脱下军帽，现出被人剃光头发的悲凉样子。

[山牛凄凉大笑。香儿有些害怕。

华秀丽 我们熬不住了！

香　儿 ……（同情地）熬不住也得熬啊，熬过去就好了。现在熬不住，将来就知道后悔！

山　牛 将来？哪儿还有什么将来呀……

[山牛一直以来的状态让香儿担心焦急。

山　牛 香儿，秀丽她累了，你照顾她，歇息去吧……

香　儿 对，歇息去……有什么话，明天再说。

[香儿扶华秀丽进内屋，不放心地看着山牛。

[山牛怀着痛苦，缓慢地走出屋子。

[转台转动。

山 牛 （唱） 石榴山，种石榴，
耐寒耐旱过春秋。
石榴山上众儿女，
子孙代代传不休。
父母生我榴树下，
绿水青山育山牛。
今夜里，
郁火燃胸难成寐，
心潮翻滚似海涛！
忆往昔，烽火年代抒慷慨，
高歌击筑壮心遒。
我曾是，枪林弹雨驱敌寇，
我曾是，百战沙场一虎彪！
三十载，枚枚勋章昭功绩，
三十载，出生入死护神州。
谁料到，无端罪名任罗织，
报国英豪变罪囚！
到如今，
去而复转故乡路，
回首人生笑荒谬……

哈哈！哈哈哈！……

[山牛站在山崖上，像疯子似的仰天大笑。

香 儿 （一声划破夜空的凄凉叫哭）山牛——

[香儿上。

香 儿 山牛呀，你这是干什么呀！

[山牛呆坐在地下。

香 儿 （哭着）有什么熬不住的，非要变成这个样子？……

山　牛　香儿，你不该来，三十年前我就该死了。

香　儿　糊涂，糊涂呀！你心中有什么事，就跟我说说。

[山牛突然间头痛剧烈。

香　儿　山牛，你怎么了？怎么了？……

[山牛头痛慢慢消失……

山　牛　（指着头）这，有一个弹片，至今还没拿出来……（终于抑制不住地）香儿呀，我身上的每一处伤疤，都记着我的赫赫战功！可如今，这些却被人一次次地踩在脚下，肆意践踏！

[香儿一把抱住山牛。沉默。

山　牛　……士可杀而不可辱啊！一个人活着没有尊严，生不如死……

香　儿　人呀，怎么过都是活。你有你的苦，他有他的难，谁都说自己是最苦最难的……唉！山牛呀，三十年了，我也跟你说说我的苦吧……我香儿这一生，只有你这一个男人……

[山牛诧异。

香　儿　阿柴他不会房中事……唉，这件事，我本来一辈子都不想说的。山牛……

（唱）　谁没见过柳絮飞？
谁没见过雨中花？
你岂知，柳逢风舞生姿色，
花要靠，雨露滋润才是花。
数十载，
谁怜我，孀不孀来寡不寡？
谁晓我，睁眼吞泪叹五更？
嫁阿柴，
有夫如同水中月，
空伴男人数星星。
运难更，命难改，能忍则忍；
不敢离，不敢散，
伴着阿柴过一生。

山　牛　哎喳!

（唱）　听罢言，如梦初醒，

知往事，愧我山牛!

香儿你，

时时有泪泪难哭，

日日有苦苦难抒。

你曾是，俊丽活泼山妹子，

石榴山里一娇姝。

我怎知，山榴多有苦寒色？

枯枝枯叶盼雨雾？

可怜你，一身热血逢霜冻，

鲜花一朵成枯株。

恨只恨，知情晚，

怨我山牛太糊涂!

［山牛放声大哭!

香　儿　山牛……

（唱）　往事如烟，

莫忆苦情境!

三十年，还了阿柴恩与德，

三十年，报了阿柴义和情。

岁月虽苦已熬过，

换来我一世无愧心安宁。

山牛，跟我回家吧……

［香儿拉着山牛往回走。

香　儿（唱）　石榴山，种石榴，

耐寒耐旱过一生。

石榴山上众儿女，

子孙代代传不停。

你且看，石榴棵棵有灾苦，
未有一树永康宁。
每逢狂风与暴雨，
枝折根断叶飘零。
大旱时节枝枯萎，
虫祸病害更无情。
天地皆如此，
人间似此情！
千人千样苦，
万物万惨形！
有道是，
风雨吹过山更秀，
榴花似火榴叶青！
历经磨折人坚韧，
大难不死福必生！
心怀伤痛全抛却，
噩梦醒来是黎明！

（两人回到家中）睡吧，睡吧……

[在香儿的劝慰之下，山牛在华秀丽身边安然入睡。

[香儿为山牛夫妇泼洒石榴花水。天空飘下片片石榴花。

台内歌 （唱） 榴花妍，榴花香，
朵朵榴花情意长。
榴花铺满人生路，
片片榴花预吉祥！

[收光。

尾　声

［十二年后。1978 年。

［石榴山榴花似火。

［二导游高举“热烈欢迎旅泰潮人回乡观光团”的横幅，引数十名华侨漫游石榴山上。

［小花、阿虎和他们十几岁的女儿苗苗，陪着白发苍苍的香儿走在石榴花丛中。

苗　苗　奶奶！

香　儿　苗苗！

苗　苗　奶奶，现在去暹罗可方便了，坐飞机三点钟就到。阮欲来接你到暹罗欢聚！

香　儿　奶奶这一辈子，从来没有离开过石榴山。

苗　苗　（天真地）为什么呀？

香　儿　舍不开、舍不开呀！

苗　苗　奶奶，听说我爷爷在北京做大官呢！

香　儿　（开心大笑）哈哈哈……

苗　苗　下次你带我去北京玩玩！奶奶，你为什么不去北京，与爷爷住在一起？

香　儿　苗苗呀，等你长大了，你妈就会跟你讲奶奶的故事、爷爷的故事，还有那石榴花的故事……

台内歌　（唱）　榴花妍，榴花香，
朵朵榴花情意长。
榴花铺满人生路，
片片榴花预吉祥！

［歌声重复。谢幕。

［剧终。

（剧本版本：作者本人提供）

曹营恋歌

（取材于舒畅《中国名妓译传》）

编剧：郭克贵　翁晓明

人 物 表

曹　操　　镇东大将军（四十岁）

来莺儿　　洛阳名伶

王　图　　曹军都尉

刘玉姑　　歌班领班

潘巧儿　　洛阳歌女

夏侯惇　　督军司马

典　韦　　曹营大将

于　禁　　曹营大将

曹军兵将、吕军兵将、众难民、众歌女

一

[东汉末年，洛阳城外。

[幕内歌：董卓凶狂把都迁，

吕布奉命烧洛阳，

皇城四方起大火，

百姓哭声响连天。

[众难民扶老携幼过场。

[一队骑兵凶猛过场。

[众歌女内唱：烈火熊熊人心慌……

[来莺儿、刘玉姑、潘巧儿和众歌女上。

众歌女 （唱） 众姐妹相依为命走仓皇。

来莺儿 （唱） 烟尘滚滚眼纷乱，

蹄声阵阵耳欲聋。

刘玉姑 （唱） 惊弓之鸟巢丢失，

回望都城泪潸潸。

来莺儿 （唱） 荒郊无宿店，

四野路茫茫，

谁人可依靠？

众歌女 （唱） 何处把身安？

［吕布属下二将策马上。

将　甲 兄台且慢！你看路边这么多美女。

将　乙 嗄，这不是歌女来莺儿吗，俺看过你歌舞。若能给我玩一宵，带你到长安赚大钱！

来莺儿 请军爷自重。

将　甲 不用多说，带走！

［莺儿给将乙一耳光。

将　乙 啊……看剑！

［喊声骤起，王图带曹兵冲上，二吕将被杀。

刘玉姑 多谢军爷救命之恩。

王　图 不用。你等是何人？

刘玉姑 我等乃洛阳歌班，小妇是领班刘玉姑。

王　图 洛阳歌班不是有个名歌女叫来莺儿吗？

刘玉姑 有的有的，军爷是……

王　图 本将乃镇东大将军曹操部下，军纪严明，不会伤害无辜。

刘玉姑 曹大将军真是好人。莺儿，快上前见过军爷。

来莺儿 叩见军爷。

王　图 免礼。（走近莺儿）呵——

（唱） 战地荒芜罩浓烟，

犹有牡丹现眼前，
娇妍艳丽独挺秀，
难怪百里名声扬。

来莺儿 （唱） 观他威武又英俊，
身为骁将也温良，
人前谦谦一君子，
秋毫无犯堪敬仰。

王　图 姑娘，听你口音，好像濮阳人氏？

来莺儿 民女故乡正是濮阳。

王　图 如此说来，你我算是同乡人。

刘玉姑 同乡人就好，莺儿，快求军爷作保，我等才免流离失所。

来莺儿 军爷，洛阳已成废墟，歌班无处寄投，望军爷设法收留。

众　女 望军爷收留。

王　图 等我向主公禀报。

[内声：“曹大将军到！”曹操策马上，夏侯惇、典韦、于禁随上。

王　图 参见主公。

曹　操 敌军遁逃，为何不追？

王　图 主公，军士长途奔袭，腹中饥饿，再也跑不动了。

曹　操 战机稍纵即逝，典韦、于禁，乘胜追击！

韦、禁 领命！（带众兵下）

曹　操 两军交战，你却与这些女人在此作甚？

王　图 禀主公，这是洛阳歌班，被俺所救，因歌女来莺儿与末将同乡，故与她谈叙几句。

曹　操 来莺儿，莫非是将我诗句编入歌文的来莺儿？

王　图 正是。来莺儿，快上前拜见主公。

来莺儿 叩见大将军。

曹　操 起来吧。

王　图 主公，洛阳已成废墟，众伶女无家可归，可否让歌班随军演唱？

曹　操　夏侯惇，你看呢？

夏侯惇　主公，军士每日行军作战，困倦饥饿，还听什么演唱！

王　图　歌声可调剂军士精神。

夏侯惇　我看此议，甚为荒唐！

曹　操　你等岂曾读过《吕氏春秋》？

图、惇　《吕氏春秋》……

曹　操　孔子断粮七日——

王　图　……仍抚琴而歌。

[曹操抚须微笑下。夏侯惇同下。

王　图　《吕氏春秋》有载，孔子断粮七日，仍抚琴而歌。音乐最能鼓舞士气。主公之意，不言而喻。众伶女听着：即日起你等跟随后营，为将士演唱！

众歌女　谢军爷！

[切光。

二

[光启。

[三个月后，营外竹林。

[曹操身披斗篷，眺望远方。

[林子里飘来歌女“啦……”的歌声。

曹　操　（念）自古军中忌声色，谁敢后营携歌班？我曹孟德便敢！也该夸王图小子，猜中我意。果然三个月来，弦歌鼓动，士气大振。

[歌声中，刘玉姑、来莺儿和众歌女上。

众歌女　叩见主公。

曹　操　免礼。

刘玉姑　主公今日披上这大红镶金斗篷，更加展现雄风。

曹　操　此乃曹某平贼立功，圣上所赐。

刘玉姑 主公南征北讨，还收留歌班，我等感激不尽。

曹　操 你等不用感激于我，此乃王将军之主意。

来莺儿 请问主公，因何数日不见王将军？

曹　操 他自有军务，你等不得过问。

来莺儿 是。

刘玉姑 我等告退。

[刘玉姑与众歌女下。

曹　操 来莺儿。

来莺儿 （转回）主公。

曹　操 昨夜观你舞姿，可谓妙极。

来莺儿 多谢主公夸奖。

曹　操 想不到，你又将曹某新诗，编入歌文。

来莺儿 主公大作，气势雄伟，情景交融，正宜配乐唱颂。但恐莺儿艺拙，俗乐难配华章。

曹　操 哪里哪里。

（唱）　多少年，
战车马蹄响耳侧，
军鼓号角闷心胸。
自从来了优伶女，
方闻营中有歌声，
最是姑娘才艺绝，
一曲未罢四座惊。
喜今后，
倚马吟诗抒壮志，
对酒当歌添豪情。

来莺儿 （唱）　主公雄才盖天下，
诗文豪放不骄矜，
胸中壮阔容海岳，

笔下常念众苍生，
痛惜白骨露于野，
惊叹千里无鸡鸣，
我等小民蒙荫庇，
唯以歌舞表忠诚。

曹　操　啊——

（旁唱）　她懂我诗文知用意，
天生丽质又聪明，
多少豪门千金女，
远不及她有才情。

来莺儿，今后若战事稍松，你就每晚到大帐中踏歌起舞。

来莺儿　遵命。

[王图内声：“主公，主公”上。

王　图　参见主公。

曹　操　王图，军情如何？

王　图　禀主公，吕布带领五万大军，气势汹汹而来，前军已迫近横岭。

曹　操　吕布匹夫，甚为猖狂，看来，明日必有一场生死较量。

来莺儿　主公，民女告退。

[来莺儿下，王图目送。

曹　操　（自语）此番若能除掉吕布，不但天下可安，曹某夜寝贴席矣。王图，（发现王图走神）王图！

王　图　主公。

曹　操　大敌当前，你在想什么？

王　图　主公，吕布骁勇，不可力敌，我军何不避其锐气，暂且退让？

曹　操　退让？哈……吕布骄兵必败，今夜我偏要出其不意，攻其不备！快传众将上来。

王　图　领命。主公有命，众将上来！

[夏侯惇、典韦、于禁及众将应声上。

众　将　主公有何吩咐。

曹　操　吕布来犯，今夜此战，生死攸关。

众　将　末将愿听将令，奋勇杀敌！

曹　操　夏侯惇、典韦、于禁听令！

三　将　何令！

曹　操　你等各领精兵五千，于横岭峡谷埋伏，但见敌军后营起火，即冲杀下山。

三　将　得令！

曹　操　王图听令！

王　图　何令！

曹　操　今夜带领二百军士，潜入敌军后营，焚其粮草，三更准时点火，不得有误！

王　图　……得令。

曹　操　各个回营，调拨人马！

众　将　得令！

[灯暗。

[竹林夜景，月光隐约。王图、来莺儿幽会，现剪影。

(幕后女声唱)

月儿弯弯照竹枝，
满腔心事诉别离。

王　图　莺儿，吕布乃当今豪杰，今夜此行，我王图吉凶难卜。

来莺儿　将军莫说不祥之话。但愿你今夜不辱使命，平安归来。

王　图　若能平安归来，你还须在主公面前多多替我美言。

来莺儿　替你美言？

王　图　不错。你如今常近主公，可求他擢升我为帐前督军，免得经常冲锋陷阵，命如悬丝。

来莺儿　主公不让我等过问军务，奴家只能相机而行。

王　图　有赖你了。莺儿呀，

（唱）　我王图，胸有大志比天高，
几年来，南征北讨不辞劳，

祈求升迁不如愿，
军旅枯燥夜难熬。
自从洛阳相见面，
你犹如明月挂树梢，
照我胸怀顿清澈，
几多忧愁转眼抛，
每思来日结连理，
甜蜜滋味涌心头。

来莺儿 （唱） 何幸将军心相印，
金银难买情义深，
奴家自幼爹娘丧，
学歌舞，卖艺不卖身。
纨绔子弟我憎恶，
多年未见意中人，
天成全，遇知己，
月下抒怀结同心。
将军呀，莫道军旅多烦躁，
有莺儿，相依相偎鸟投林。

王　图 好呀！虽无美酒饯行，今宵之情令人陶醉。王图此生，纵然玉堂金马，荣华富贵，也当携卿之手，与卿偕老！

来莺儿 （激动） 将军！

王　图 莺儿！

[两人步入竹林深处。

（幕后女声独唱）

竹婆娑，月朦胧，
柔情缱绻忘时空。

[玉姑内喊：“将军，将军”上。

图、莺 玉姑！

刘玉姑 王将军，大事不好了！

王　图 何事慌张？

刘玉姑 各营兵将连夜出动，主公四处找你，老身料你在此，急来报知。

王　图 啊！此刻是何时辰？

刘玉姑 二更已过，营中空无一人。

王　图 坏了坏了，贻误军机大事了！（浑身发抖）

来莺儿 快去参战，将功抵罪。

王　图 晚了！这回不单断送前程，连生命也难保了！

来莺儿 莫再踌躇，快向主公认错去吧！

王　图 这……

来莺儿 快去！

［王图六神无主下。

刘玉姑 （关切地）莺儿……

来莺儿 是我累了将军！

［远处传来隆隆战鼓声。

［切光。

三

［翌日，大帐。

［内声："大将军有命，升帐伺候！"

［众兵将上，曹操登上帅台。

曹　操 （念）　　孰成孰败等闲看，违纪违令不容宽！

押王图上来！

［二兵押王图上，王图惶恐扑跪。

王　图 主公恕罪，主公恕罪！

曹　操 昨夜之战，关系我军生死存亡，你竟敢违抗将令，贻误军机，该当何罪？

王　图　末将知罪，伏望主公开恩宽赦！

曹　操　你平时唯命是从，昨夜却置军令于度外，是何原因？

王　图　只因连日马上奔波，精神疲倦，昨夜又喝了些酒，故酣睡误事。

曹　操　饮酒误事，乃军中大忌，论罪当斩！

于　禁　主公，王图虽有罪责，姑谅他事属初犯，请从轻发落。

典　韦　主公，王图既已认罪，末将愿保他一命。

曹　操　夏侯惇，你看呢？

夏侯惇　主公，王图并非饮酒误事，他昨夜与来莺儿竹林幽会，误了时辰。今早末将追问刘玉姑，她也不敢否认，明是王图故意隐瞒实情！

曹　操　（大感意外）怎说！

夏侯惇　王图与来莺儿竹林幽会，故意隐瞒实情。

曹　操　王图，有没此事？

王　图　主公……

曹　操　讲！

王　图　是来莺儿约我相见，只怪她言辞拖泥带水，喋喋不休，以致……

曹　操　住口！你居然与那来莺儿幽会，却谎称饮酒误事！曹某最恨这敢做不敢当之人。王图呀王图！你违抗军令，编造谎言，私会伶女，败坏纪纲！若不杀你，何以明军纪，何以服众人！

王　图　主公……

曹　操　将王图押下去，午时三刻，斩首示众！

众　兵　领命！

王　图　主公饶命……

［众兵绑王图下。

夏侯惇　主公，那班伶女，终是祸根，何不……

曹　操　此事改日再议，退帐！

众兵将　遵命。

［夏侯惇、于禁、典韦及众将下。

［曹操望着营外，怒气未消。

曹　操　可恼呀！

（唱）　　轻薄小子太可恶，

惧怕沙场献身躯，

沉迷美色忘将令，

终因伶女掉头颅。

狂蝶采花，王图触法罪该死，

红杏出墙，莺儿也应受惩处。

怎奈是，天生才女实难得，

每忆她，文思奇妙舞姿殊，

欲将歌班逐，

难舍此明珠。

[兵甲上。

兵　甲　禀主公，歌女来莺儿求见。

曹　操　不见！

[来莺儿内喊："刀下留人"冲上。

二　兵　私闯大帐，罪该斩首！

来莺儿　主公谅情！

曹　操　你还有面目到来求情，只恐连你一同治罪！

来莺儿　主公让我把话说完，莺儿听凭处治。

[曹操示意，二兵下。

曹　操　讲！

来莺儿　王将军虽犯大错，求主公开恩，赦他一死。王将军年纪轻轻，前程无量，一向跟随主公，鞍前马后，忠心耿耿。

曹　操　哼！正因王图年轻，你才会与他幽会。曹某志在扫平天下，岂能放松军纪，宽赦罪犯！

来莺儿　主公……

曹　操　王图必斩无疑，无须再讲了！

来莺儿　主公！

（唱） 王图刀下将受死，
民女悲痛难自持。
我与他三月相爱似鱼水，
良缘夙缔两心知。
昨夜将军膺重任，
临行相会情依依。
都怪我，三番缠绵四叮嘱，
害他滞留误军机。
既然主公明律典，
罪责原在来莺儿，
只要王图得宽赦，
我愿受刀斧赴阴司。

曹　操　怎说！你愿领罪代死？

来莺儿　正是。当日王将军救我一命，三月来待我情深义重，莺儿愿代他一死。

曹　操　你两人都该死！

来莺儿　莺儿死不足惜，只是王将军对主公还有用，还可助你打天下。

曹　操　错了！曹营中猛将如云，何缺他一个无名小将。倒是你……

来莺儿　我？

曹　操　曹某要让你活，留营歌舞。

来莺儿　歌班众多姐妹，何愁没人为主公献舞。

曹　操　有一个比得上你来莺儿吗？

来莺儿　当然有。

曹　操　哦……若果然有，曹某就依你所愿，允你代死！

来莺儿　此话当真？

曹　操　决不虚言。

来莺儿　那就请主公容我一月时间，培植人才。

曹　操　这个……

来莺儿　你反悔了？

曹　操　不，曹某就来一个“将军额上可跑马，宰相肚内可撑船”。但一月之内若无人与你媲美，王图便应伏罪，而你来莺儿，则应继续留在曹营歌舞。

来莺儿　一言为定？

曹　操　决不食言。

来莺儿　如此，叩谢主公！（下）

曹　操　（自语）若非天上掉下，一月之内，哪能有人顶替于她。好个来莺儿，她尚不知，这是曹某送与她的空头人情……

[切光。

四

[光复明。

[兵营外，晨光穿透竹林。

（女声合唱）

云淡天高雁飞南，
一月苦练挨时光，
日沐晨曦夜沐露，
姐妹人人衣带宽。

[音乐声中，众歌女分组练功造型。

[刘玉姑上。

刘玉姑　姑娘们，赶紧准备，主公就要来观赏歌舞了。

潘巧儿　玉姑，莺儿姐呢？

刘玉姑　她已上大帐，请主公到来。

[莺儿内声：“主公这里来。”

刘玉姑　主公来了，快准备去吧。

众　女　是。（下）

[曹操上，夏侯惇、来莺儿上。

刘玉姑 叩见主公。

曹　操 免礼。夏侯惇，时间看了歌舞，便拿王图正法。

夏侯惇 遵命。

来莺儿 主公还未看过歌舞，怎能先作定论？

曹　操 （不以为然）哦，那就献舞上来。

刘玉姑 遵命，歌舞上来！

[曹操就座，女甲端上酒壶。

[妙音清响，舒展的乐章中，巧儿与众歌女翩翩起舞。

（众唱） 鸟儿成双唱和鸣，
河上沙洲声声情，
贤淑女儿身灵巧，
君子一见动心旌，
琴瑟轻弹多融洽，
敲起钟鼓把亲迎。

夏侯惇 主公，哪来这莫名其妙的歌词？

曹　操 这定是来莺儿借用诗经之句，重新编排的。

刘玉姑 主公真是慧眼慧心，博古通今！

[众女施展舞姿。曹操慢慢为之吸引。

（众唱） 桃之夭夭花灼灼，
含苞待放美不胜，
绿叶为她作陪衬，
锦枝为她作依凭，
世间万物有仁爱，
英雄豪杰岂无情。

曹　操 （大为动容）妙呀！

（唱） 歌喉暖响伴仙乐，
舞姿轻盈百媚生，
未饮醇醪心已醉，

满眼秀色倍温馨。

[众歌女继续踏舞，潘巧儿技艺超群，曹操看呆。

曹　操　此女何名？

刘玉姑　主公，她叫潘巧儿。

曹　操　（喃喃自语）真是娇俏别致，腰肢灵巧！

来莺儿　（乘机试问）巧儿舞得如何？

曹　操　（目不转睛）舞得好，舞得妙，比起来莺儿也不逊色。

来莺儿　（跪地）叩谢主公！

[音乐哑然。

曹　操　叩谢何来？

来莺儿　主公曾答应，只要操练出与莺儿一般的歌女，便让莺儿代王将军一死。适才主公称赞巧儿，岂不诺言兑现？

曹　操　（后悔）曹某称赞巧儿了么？

来莺儿　大丈夫言出如山！

刘玉姑　主公呀，看在莺儿一片痴情，你就免了王将军死刑，让她两人缔结鸳盟。

曹　操　大胆！（迁怒）滚下，与我滚下！

[玉姑与众歌女惊慌地下。

夏侯惇　主公，末将奉命，等待行刑。

来莺儿　督军可行刑了，但服刑不该是王将军，应是来莺儿。

曹　操　夏侯惇，你且退下候命。

夏侯惇　是。

[夏侯惇下。

曹　操　万没想到，你竟如此费尽心机。

来莺儿　不错。王将军受我所累，替他一死，莺儿方能心安。

曹　操　你豆蔻年华，难道真的视死如归？

来莺儿　人之将死，岂无哀伤，但为情而死，死而无怨。请主公成全！（跪）

曹　操　（颇有感触）啊——

（背唱）　想曹某，枪林箭雨几十载，

龙争虎斗逞英雄，
却不知，人间爱恋这般重，
女子情意这般浓，
多年来，妻妾同床异梦，
何来灵犀一点通，
倘若我身遭危难，
谁愿舍命表贞忠。
来莺儿本是重义多情女，
实不该代受极刑伏刀锋。

来莺儿，念你苦心一片，我今赦了王图死罪，命他远走他乡。

来莺儿 谢主公！

曹 操 王图就要远走高飞了，你与他见上一面吧？

来莺儿 民女不想与他见面了。

曹 操 却是为何？

来莺儿 主公！

（唱） 世间遗恨不能免，
百年寿考有余悲。
莺儿此生曾爱恋，
心已满足愿已遂，
为救王郎离刀口，
甘滴我血效子规。
这时刻，
情缘算圆满，
抚心已无亏，
相会又何益，
徒令心魂摧，
不求今生重聚首，
但等来世与他比翼飞。

曹　操　如此说来，你决意一死？

来莺儿　对。王将军得以宽赦，莺儿心愿已偿。再不顶罪服刑，众将必说主公治军不严，日后主公如何统帅三军？莫再劝阻，督军已在刑场，民女拜别了！

曹　操　来莺儿！

［莺儿径直出帐。

［曹操这一回动了真情。

曹　操　（唱）　奇女言辞慨而慷，
醍醐灌顶我心震荡。
她，不与王图再相见，
愿将悲痛独承担，
为保曹某军威在，
服刑赴死心自甘。
一诺千金，清风明月好豪爽，
大义无悔，昆山白玉志如盘。
天下美女千千万，
谁能与她一般同，
想往时，战场惨败置一笑，
今日里，为何喉头咽哽泪盈眶。

［夏侯惇内声："刀斧手，准备用刑。"

曹　操　（惊觉）来人！

［兵甲上。

兵　甲　主公有何吩咐？

曹　操　速传我命，把来莺儿暂且囚禁，解王图上来。

兵　甲　遵命。（下）

曹　操　想不到我曹孟德也有心慈手软之时！

［王图由二兵押上。

王　图　叩见主公！

曹　操　王图，事隔一月，谅必你有所悔悟。

王　图　末将违反将令，贻误军机，自知罪责深重。主公怜惜部属，不忍诛杀，末将感激涕零……

曹　操　够了。我今赦你死罪，解甲归田去吧。

王　图　主公宽宏大量，胜似王图再生父母。只是……

曹　操　嗯？

王　图　末将乞求主公，让我继续留营，于主公鞍前马后，戴罪立功。

曹　操　你舍不得离开曹营，是好与她再度竹林相会！

王　图　（惶恐）哎呀主公，末将与来莺儿，只是同乡多聚，并非真想结为夫妻。

曹　操　（一愣）哦，你对她并无真心？

王　图　哪有什么真心，末将只不过一时寻个开心。

曹　操　（怒而逼视）抬起头来！我再问你，想不想与她再见一面？

王　图　不不不！回忆几次幽会，皆是莺儿主动献媚，那夜贻误军机，也是她一再纠缠所致。似这等风吹浮萍之女，不见也罢！

曹　操　（手发抖）你上前一步。

王　图　主公……

曹　操　狗才！（一脚踢去，王图抢背）

（唱）　七尺身躯好容貌，

五内肝肠太肮脏，

忘恩负义奴才相，

贪生怕死可怜虫，

竟然说，屡次幽会被勾引，

男人气节全丢光。

可叹莺儿女，

舍命保你这薄情人，

与她相对照，

你应自羞惭。

平时未见真面目，

今日方知你天良丧，

越思越想越愤激，

一剑送你见阎王。

[曹操拔剑进逼，王图惊惶退避。

王　图　主公心事，王图已知。

曹　操　你！（忍怒）可惜我已答应来莺儿宽赦于你，不然今日不会留你狗命！你滚，不要让我再看到你这卑劣小人！

王　图　主公……

曹　操　快滚！

[二兵强推王图下，夏侯惇上。

夏侯惇　禀主公，末将已把来莺儿单独囚禁，可是她不断捶门，口口声声请求一死。

曹　操　来莺儿不能死！

夏侯惇　主公若喜欢此女，待小弟今夜把她绑到帐中就是了。

曹　操　胡言！快去吩咐刘玉姑，好好劝解于她，若有半点差错，拿她是问。

夏侯惇　遵命。（下）

曹　操　（自语）得人易，得心难，曹某驰骋沙场，征服了无数英雄豪杰，难道收服不了一个来莺儿！

[切光。

五

[光复明。

[几天后，小屋。屋外有士兵巡逻。

[莺儿满怀伤感，遥望窗外。

来莺儿　（念）　笼中之鸟实可哀，且喜将军走天涯……

（唱）　莺儿我，心随伊人千里远，

叹只叹，身困曹营万般无奈。

人皆道，曹公枭雄性奸险，

依我看，却是多情豪杰别有气概，
他怜香惜玉将我护，
其中用意难尽猜，
莺儿之心有归属，
一江东流水，哪有掉头反向西，
曹公虽关照，
忧心难遣排，
如不及早作了断，
只恐旧债未消新债来。

［刘玉姑内声："莺儿"捧汤圆上。

刘玉姑 莺儿，这是老身特意为你做的糯米汤圆，快来试一试。

来莺儿 多谢玉姑，我不想吃。

刘玉姑 几日来你总是愁眉不展，水米不沾，再这样下去，只怕要当神仙！

来莺儿 莺儿至此，唯有一死。

刘玉姑 哎呀，蝼蚁尚能惜命，你一个如花似玉的姑娘，怎甘把命割舍。

来莺儿 玉姑，多谢你几天来日夜照顾，还是回去歇息吧。

刘玉姑 你这样满怀愁绪，我哪敢走开！

［内声："主公到。"

刘玉姑 主公来了！

来莺儿 莺儿不想与他见面！（急避内房）

刘玉姑 莺儿……

［曹操上，二侍卫托着盛放斗篷的玉盘随上。

曹　操 （念）　欲得其心岂畏难，
铁杵也要磨成针。

刘玉姑 叩见主公。

曹　操 来莺儿呢？

刘玉姑 她……在房中睡了。

曹　操 非是睡了，是知曹某到来，有意回避。

刘玉姑　这……

曹　操　曹某今天特为她送来礼物。

刘玉姑　镶金斗篷，真漂亮呀！莺儿主公给你送来厚礼了！（静场）

曹　操　这几天她在作甚?

刘玉姑　禀主公，莺儿一向固执孤僻，自从入住乐苑，就一直不进饮食。

曹　操　刘玉姑！命你好言劝解于她，如今却弄成这般模样，你可知罪!

刘玉姑　主公谅情。

[潘巧儿内声："玉姑，玉姑"急上。

刘玉姑　巧儿，何事慌张?

潘巧儿　督军大人要把歌班姐妹全部赶走!

刘玉姑　却是为何?

潘巧儿　督军大人说道，主公已连日不看歌舞，歌班留之无益，只会惹是生非，诱惑军士。

刘玉姑　（求助地）主公……

曹　操　（自语）是呀，眼前歌班，留之何益?

潘巧儿　可为主公献舞呀，莺儿姐不出场，还有我呢。主公已经说过，巧儿比莺儿，也毫不逊色……

曹　操　住口！真是浅薄之女，快与我滚下!

潘巧儿　（惊怕）是。

[潘巧儿下，来莺儿急上。

来莺儿　叩见主公!

曹　操　你终于露面。

来莺儿　莺儿有罪，一人承当，求主公不要驱逐歌班姐妹。

曹　操　曹某何曾驱逐歌班，此乃督军所为。（对侍卫）你等即向夏侯惇传命，不得打扰歌班。

侍　卫　领命。（下）

刘玉姑　多谢主公!

曹　操　来莺儿，你究有何求，无妨直讲。

来莺儿 我之所求，主公能应允么？

曹　操 能，只要不求死。

来莺儿 那好，莺儿求死不得，就求主公放我返回故乡，永不抛头露面。

曹　操 怎讲，你想离开曹营？

来莺儿 请主公恩准。（乐起）

曹　操 这个……

来莺儿 主公若不恩准，就请回大帐，让莺儿自行了断吧！

曹　操 （背唱） 她心如铁石不摇摆，
倒教曹某意徘徊，
看她数日形消瘦，
乱了云鬓锁了眉，
倘若香魂归泉壤，
岂非天地同悲哀，
不如打开笼门放囚鸟，
等她回心转意重飞来。
罢——
莺儿呀，要返故乡我相送，
调理心病驱阴霾，
切莫再把王图找，
免使你，清竹遭折委尘埃，
候待明年春暖花开日，
驷马高车迎你再回来。

来莺儿 谢主公。但不知何时让我起行？

曹　操 你先好好进食，然后由刘玉姑送你回乡。

来莺儿 莺儿归心似箭，伏望立即起行。

曹　操 这，也罢，来人！

［二侍卫上。

侍　卫 主公有何吩咐？

曹　操　速用车马，送她二人前往濮阳。

侍　卫　遵命！

来莺儿　叩谢主公！

曹　操　去吧。（不忍看）

[来莺儿临走，回头凝望曹操。

（后台歌）数月未识真肝胆，

此时刻，顿见英雄大胸襟。

[侍卫与莺儿、玉姑下。

曹　操　她走了！鱼归江海鸟归林，何日方能闻佳音？（忽见斗篷）糟了！斗篷还没送她……（出门）来人！

[二士兵上。

士　兵　主公。

曹　操　快快带马！

士　兵　是！

[士兵带马，曹操披斗篷、跨马。

士兵甲　主公，要不要我等跟随？

曹　操　不用，曹某独往独来！

[曹操拍马急下。

士兵甲　不好了，主公这样单独出营，俺应向督军大人禀报一声。

士兵乙　对，走！

[切光。

六

[山野。

[王图带众吕兵上。

王　图　（念）　可恨曹贼太猖狂，依仗权势霸红装。

王某保命遭凌辱，此仇不报枉为人！

俺大难不死，必有洪福。今投了吕布，领得三千军士，图报大仇！近闻报说，来莺儿已归顺曹贼，于乐苑合欢……早知道，歌女轻贱脸皮厚，必定随风倒墙头。真是可恨！众军士，曹贼兵多将广，不可明攻，宜当暗取。俺还须后山埋伏，等今夜三更，便去曹营顺风放火……远处有一马车，向这里而来，随俺隐蔽，看个究竟。

[王图下。

[莺儿内唱："一似飞鸟出樊笼"

[二侍卫策马，来莺儿和玉姑乘车上。

来莺儿 （唱） 车轮辘辘轻飞旋，
从此远离恩与怨，
乱藤剪断心放宽。

刘玉姑 （唱） 送你回乡后，
我须返歌班，
相见不知在何日，
一想心头酸。

来莺儿 （唱） 良伴伤离别，
人世多沧桑，
但愿玉姑常康健，
歌班姐妹无灾难。

二侍卫 眼前有大路小路，该走哪一条？

来莺儿 往山后小路，可近十里。

二侍卫 好，就走山后小路。

[马车圆场。王图突现高处，指挥众兵。

王　图 众军士，劫下马车！

[众吕兵冲上，二侍卫反抗被杀。

吕兵甲 禀将军，车上抓到两个女人。

王　图 押上来（近前）啊，是你！

来莺儿 王将军！（欣喜上前）

王　图 （对众兵）原地埋伏！

众吕兵 遵命！（下）

来莺儿 （动情地）王将军，莫非我此刻是在梦中？

王　图 （冷漠地）非在梦中，确是王某在此。

来莺儿 王将军，你带的是什么兵？

王　图 吕布之兵。

来莺儿 你投靠吕布？

王　图 人生何处不可求功名，我如今已是吕布麾下一名先锋。也恭喜你当上了曹夫人，衣锦回乡！

来莺儿 你……

刘玉姑 哎呀将军，哪有这等事！

王　图 曹贼奸雄，天下皆知，哪有将口中肥肉吐出，将大美人放回。还派兵护送。老婆子你说，天下哪有这等好事？

刘玉姑 明明就有。

来莺儿 你这枭情绝义之人，枭情于我，绝义于主公。我问你，主公若无恻隐之心，宽容之量，哪有你今日？

王　图 呸！开口闭口主公主公，这岂不是此地无银三百两么？

来莺儿 住了！你莫诋毁主公，又污辱于我！来莺儿与主公一向清清白白。

王　图 天知地知。咸井通污池，何来清白！

来莺儿 （受不了污辱）王图！

（唱）　为了你，莺儿赴死不惜命，

为了你，莺儿绝食弃残生，

心中长把浓情念，

唯求来世结鸳盟，

孰料相逢变了脸，

恶语中伤令人心惊。

回想起 当日满口说恩爱，

却原来，要我助铺前程可迁升，
而今猜疑成仇恨，
一旦反目露狰狞，
天啊天，缘何叫他来相见，
毁我心中痴痴一片情。

王　图　（唱）　何须抬头把天怨，
伶女演技不难看清，
待我先把曹贼杀，
再叫你，皮鞭之下吐实情。

刘玉姑　真是强词夺理，厚颜无耻！王图呀王图！你貌似英雄，实是狗熊。良心丧尽，天地难容！

王　图　老婆子竟敢多嘴多舌，出口咒骂，岂能容得……看剑！

［王图拔剑刺杀，玉姑死于剑下。

来莺儿　玉姑……（哭）王图，你这样滥杀无辜，必遭天谴，终有一日，身首难全！

王　图　你等着瞧吧，今夜三更一把火，定叫曹贼尸不全！

吕兵甲　（急上）禀将军，山前有人飞奔而来！

王　图　来了多少人马？

吕兵甲　只有一人一骑。

王　图　拖下尸骸，准备厮杀！

吕兵甲　遵命！

［众兵拖下尸体。莺儿、王图同时遥望。

曹　操　（内声）来莺儿！

来莺儿　主公快回！（被王图打倒）

［曹操策马上，见王图。

曹　操　啊，是你！

王　图　对，正是我王图。

曹　操　你来此作甚？

王　图　奉朝廷中郎将吕布之命，前来取你人头！

曹　操　啊……（要拔剑）

王　图　众军士！

[吕兵蜂拥而上。

王　图　老贼，今日得天相助，我王图大仇可报！

曹　操　小人得志，何须炫耀。

来莺儿　主公因何前来？

曹　操　为送你斗篷而来，不料你不走大道，偏走小路。

王　图　贱人，斗篷乃曹贼最为心爱之物，而今他亲自追送，私情不言而喻，亏你刚才还自诩清白。

来莺儿　野外风冷，送来斗篷，这是主公大恩大德，有何不清白？

王　图　这个彼此心知肚明。老贼，你一向最恨敢做不敢当之人，如今难道不敢讲出，你与来莺儿，是何等干系？

曹　操　你想知道么，你听！

（唱）　曹某挥戈十余年，
心肠最硬志最坚。
横扫千军如卷席，
从未优柔费思量。
孰料见识来莺女，
忽有情丝绕心田，
我爱她，通晓诗文好才艺，
更羡她，为情甘把性命捐，
心灵闪光美无限，
令人惊叹，神魂倒颠，
我愿三年五载施恩惠，
定要感化美婵娟，
普天之才皆我爱，
更无舍弃女英贤。

王　图　说什么女英贤，实已臭名昭彰。此等残羹剩菜，还有人稀罕吗？

来莺儿　王图你……

曹　操　（自叹）曹某一生制服了无数卑鄙小人，不料今朝被这卑鄙小人所欺辱！

王　图　何止欺辱，今日落在我手，必取你人头！

曹　操　哈，哈……你就来吧！

来莺儿　且慢！王图，当日莺儿情愿一死，换取你的性命。今日为保主公性命，莺儿愿代他一死。

曹　操　（感动）莺儿！

王　图　不！我今日定要割下曹贼头颅，回去邀功！

曹　操　来莺儿，眼前情势，只怕连累了你，快离开吧。

来莺儿　主公，你我洛阳相识，承蒙收留营中。民女获罪，屡得宽赦。此恩此德，唯有来生结草衔环相报……

曹　操　来莺儿……

王　图　（切齿）死到临头，还在卿卿我我，这个好耐呀……看杀！

［王图挥剑刺曹操，莺儿急抵挡，中剑。

曹　操　（大惊）莺儿！

［突然杀声震天。夏侯惇、于禁、典韦带兵冲上。

夏侯惇　看杀！

［吕兵不堪一击，王图被杀。

［切光，众兵将隐下。灯复明。

曹　操　莺儿，你伤势如何？

来莺儿　无妨。

曹　操　山风骤起，快随我上马，曹某送你回营治伤。

来莺儿　不用了。

曹　操　莺儿，你不能死，曹某日后还要听你歌唱！

来莺儿　主公，我此时就为你再歌一曲。

曹　操　你身负重伤，不歌也罢。

来莺儿　唯有引吭高歌，方能分解伤痛。

曹　操　（激动）莺儿……

［莺儿百感交集，忍痛而歌。

来莺儿 （唱） 大风起，沙石动，
黄尘滚滚漫长空，
鸟之将亡声悲切，
骊歌一曲献曹公。
人生一世
来去匆匆，
萍水多相识，
知音何曾逢。
良禽误择木，
善始难善终，
甜言蜜语化利剑，
孽海情天恨无穷。
心碎，
神倦，
何依，
何从，
问默默大地，
茫茫苍穹。
伶女何幸，
得见曹公，
乱世真豪杰，
天下大英雄，
恩德如山海，
真情铭五中，
三度宽容赦弱质，
单骑越岭赠斗篷。
心领，

神会，

何依，

何从，

愿来生重聚，

细诉情衷。

曹　操　（情感迸发，上前紧抱莺儿）莺儿——

来莺儿　（缓缓地）莺儿死后，灵魂定会陪伴主公，佑你实现霸业……（死去）

曹　操　（大恸）莺——儿！（抱起莺儿）莺儿，你是那高山清竹，叶落节存！曹某此生，终于得到一个红颜知己之心……哈，哈……（苦笑）

[竹叶飘飘，追光聚于曹操、来莺儿。

[幕徐闭。

[剧终。

（剧本版本：作者本人提供）

·潮剧卷·

古城风雷

编剧：陈文光

人　物　表

许　颖　　男，濠城督办兼署招收都政务。

杨瑞琴　　女，许颖之妻，杨琳独生女。

杨　琳　　男，两广总督，从一品，杨瑞琴之父。

何士恒　　男，提督广东军务总兵官，从一品。

喜　善　　太监，康熙近侍，何士恒的干爹。

林忠信　　男，巡检。

邱泽辉　　男，百姓。

纪银凤　　女，邱泽辉之妻。

刘通勋　　男，何士恒的中军，朝廷密派监察御史。

梅　香　　女，杨瑞琴之婢。

家院、随员、班头、衙役、兵勇、百姓、侍卫、御林军等。

序　幕

[清·康熙年间，粤东潮汕招收都。

[濠城饱经岁月沧桑。

[浑厚男声画外音："在南海之滨一个叫招收都的地方，有一座袖珍古城，三百多年来沐雨栉风，屹立不倒，像是在向人们诉说昔日的往事……"

[在隐隐的涛声中，时空回道："清·康熙年间"（字幕）。

[夜，涛声隐隐。

[海边现出望夫石上纪银凤的剪影。

［主题歌：“讨海苦，讨海难，十日雨，九日风，何时官清民安乐，凶年有食人平安。”似从天籁深处飘来……

［纪银凤对着大海喊魂。

纪银凤 夫呀，你回来啊——

［现出为亲人喊魂的百姓。

百　姓 儿呀/夫呀/兄弟呀，你回来啊——

纪银凤 泽辉，泽辉，你回来呀！

［百姓隐去，许颖接旨。

［内声：“奉天承运，皇帝诏曰：招收都海盗猖獗，准议在踏埠、赤港、青篮地界兴建濠城，以御海盗，纾解民困。命许颖为濠城督办，兼署招收都政务。钦此！”

许　颖 万万岁！（接旨在手，激动地）

（唱）　一道圣旨金灿灿，

许颖心喜有万般。

感谢岳父相提携，

速去拜谢老泰山。（下）

［两广总督府，杨瑞琴扶杨琳上。

杨　琳 （唱）　贤婿荣任建城官，

老夫欣喜上眉端！

兴建濠城工期紧，

尽快赴任莫迟延。

许　颖 小婿知道。

［许颖与杨瑞琴向杨琳跪下。

许　颖 小婿拜谢岳父
杨瑞琴 女儿拜谢爹爹
提携大恩！

杨　琳 免礼，快快起来。哈哈哈……以前恁怨我没有举荐，这回该满意了吧。

许　颖 谢岳父大人！

杨瑞琴　爹爹……

杨　琳　（对杨瑞琴）都是你，老是怪我。有岳父不爱女婿的吗？我是怕他不够成熟，哈哈哈……

杨瑞琴　（美滋滋地）爹爹……

杨　琳　这次兴建濠城，提督广东总兵官何士恒，想要他的亲信去当建城官，我觉得这事由你来做更加合适，就把这差事争了过来。

杨瑞琴　（娇气地）我就知道两广总督，说话有力。

杨　琳　何提督也是封疆大吏，他的干爹喜善喜公公，是当今万岁的近侍，还有一帮同党羽翼在帮着他。这次若不是朝中诸位大人从中说话，恐怕为父还争不过他。为了你这桩差事，我在万岁面前立了军令状：三十个月，濠城保质如期完工。

许　颖　小婿谨遵岳父训谕，定要做成一番事业。

杨　琳　与我记住：不利朝廷的事不做，不利百姓的事不为，非分之财分文不取，不该花的银子不花，要把库银用在最需要的地方。

许　颖　小婿明白。

杨　琳　（对杨瑞琴，半开玩笑地）好好监督他。

杨瑞琴　（喜滋滋地撒娇）女儿知道。

杨　琳　来来来，今日为恁一壮行色。功成之日，为父亲往招收都，为恁庆功。

许　颖　　岳父大人
　　　　　谢　　　　　！
杨瑞琴　　爹爹

[收光。

第一场　上　任

[招收都近郊，舞台一边有榕树、双公庙。

[许颖、杨瑞琴内唱："跨山越岭迎朝阳——" 二人踌躇满志，骑马上，梅香

随上。

许　颖
杨瑞琴　（续唱）　百花盛开草木香！

杨瑞琴　（唱）　近观晶盐白似雪，
远望沧海碧无边；
轻风吹脸滑嫩嫩，
瑞琴我犹如蜜汁沁心田。

许　颖　（唱）　圣命在肩沉甸甸，
清风送我意绵绵；
十余年来苦励志，
云程发轫在今天。

杨瑞琴　（唱）　蛟龙终非池中物，
沧海云雨任翱翔。

许　颖　谢夫人。

梅　香　哎呀，夫人双目过厉害。

杨瑞琴　死丫头，无礼无貌。（梅香掩嘴，伸舌头）还不快些赶路。

梅　香　是。老爷、夫人来走。

杨瑞琴　（唱）　眼看任所已在望，
阵阵暖流涌心间；

许　颖　（唱）　多情谁似濠江水，
心潮起伏意难蠲。

杨瑞琴
梅　香　（同唱）　古榕如染翠欲滴，
不觉来到神庙前。

许　颖　这是双公庙。

杨瑞琴　双公庙？

［许颖、杨瑞琴下马，梅香牵马下。

许　颖　庙中供奉周、王二公。

杨瑞琴　周、王二公。

许　颖　前朝为了困死郑成功，行禁海令。强迫百姓内迁，严禁边民捕鱼晒盐，违令者斩。沿海百姓倾家荡产，离乡别井，求生无路，哀鸿遍野。本朝广东巡抚王来任、总督周有德体察民情，冒死上奏《展界复乡疏》，终使百姓回归故乡，重建家园……百姓感戴二公仁德，故而立庙祭祀。

杨瑞琴　（钦慕地）原来如此。

许　颖　到二公神前许个愿吧。

杨瑞琴　见贤思齐，为妻正有此意。

梅　香　（持香上）老爷，夫人。（递香）

［许颖、瑞琴接香在手，跪地膜拜。

许　颖
杨瑞琴　（同唱）　三炷清香表诚意，

双膝跪在尘埃地。

许颖
瑞琴　虔诚来许愿，

效二公高德大义薄云天。

［何士恒与随员上。

何士恒　（唱）　原以为万事俱备财路通，

未料到杨琳插手把路封；

沟渠壅塞难过水，

我还须把这闸门来疏通。

哈哈哈……许大人，知你今日到任，本官特来迎接你了，哈哈哈……

许　颖
杨瑞琴　（意外、惶恐地）提督大人亲来迎接，教阮如何当受得起……（急忙整冠见礼）

卑职
奴家　见过军门大人。

［许颖夫妇欲行跪拜礼，被何士恒阻住。

何士恒　哎，何须多礼，你我以后就是同事了。

许　颖　大人屈尊亲来迎接，卑职实在惶恐不安！

何士恒　（对许颖）相见恨晚呀！你年轻有为，又是老总督的乘龙快婿。我本来还想举荐别人来当这个建城官，如今由你来做更好。我高兴哪……

（唱）　建濠城乃是朝廷军国事，

许大人肩上责任重如山。

你风华正茂，学富五车，

睿智聪慧，精明强干，

有你来当建城官，

本官放心免愁烦。

只要你我同条心，

成功业春城跑马足生风。

老弟来日升了官，

夫人头上戴凤冠，

老总督举荐贤能添圣眷，

何某我也可揩油沾沾光。

许　颖　大人如此过奖，卑职实不敢当。

何士恒　哈哈哈……好好干，不要辜负我的期望。

许　颖　大人训谕，卑职谨记在心。

[台内百姓喧哗。邱泽辉："我们要见许大人……"众百姓："我们要见许大人呀……"

林忠信　不得喧哗……

何士恒　（意外，旋即转笑脸）你看你看，百姓前来欢迎你了。

许　颖　这这这……这教下官如何当受得起？

[许颖与何士恒、杨瑞琴、梅香等走出庙外，准备接受民众欢迎。

[邱泽辉带百姓涌上，林忠信与兵勇、衙役阻拦不住，许颖暗示杨瑞琴、梅香暂下。

邱泽辉
众百姓　大人，不能建城、不能建城呀……

许　颖　（莫名其妙）这是何故？

林忠信　百姓担心建城之后无法度日。

［百姓纷纷哀求："大人，我们不能没有渔港啊……""大人，我们不能没有盐田……""大人，给我们留条生路吧……"

林忠信　不许喧哗……

邱泽辉　盐田渔港用去建城，还要拆阮的房屋，这里成了军事禁地，我们以后吃什么，住哪里？阮的日子无法过啊大人……

众百姓　给阮留条生路啊……

许　颖　哎，朝廷建城防御海盗，是为了大家过好日子，你们不要误解朝廷一片好意。

百姓甲、乙等　圈港占田，拆厝占地，阮今后无衣无食无家可归，这个叫作什么好意？

百姓丙、丁等　我们这里年年台风，若是要阮过上好日子，为何不来建造海堤？

邱泽辉　大人，这里并无海盗，为何偏要建这军城，断阮生路？

［百姓议论纷纷："今后的日子怎么过啊，大人……"（跪下）

随　员　（凑到何士恒耳边）大人，他就是当年漏网的那个逃犯。

何士恒　（对邱泽辉）你说这里没有海盗，你不就是那个逃犯吗？竟还聚众闹事，自己上门来送死！（对许颖）本官奏请朝廷建城，就是为了对付这些刁民海盗！已经被我处决了几批，这个逃犯交你处置，不要让他跑掉。

许　颖　（态度坚决地）建城必先治邪！来人，把这逃犯抓了！

林忠信　（欲劝阻）大人……（看看何士恒，又看看许颖，把话咽下）

［兵勇、衙役抓捕邱泽辉。

许　颖　押下去！

邱泽辉　冤枉……

［兵勇、衙役押邱泽辉下。

［百姓躁动："大人，他不是海盗，不能抓他啊……""他是冤枉的啊……"

许　颖　谁敢再闹，我就抓谁治罪，决不轻饶！

［百姓义愤填膺，被林忠信等驱散。

何士恒　你须速把逃犯，正法上禀！

许　颖　是，卑职坚决照办。

何士恒 建城之事，务必抓紧，尽快开工。

许　颖 大人放心，卑职即刻前去勘察！

[众百姓跪下：大人！……

[收光。

第二场　识　弊

[数日后，招收都署衙。

[杨瑞琴焦急地等待许颖回衙。

杨瑞琴 （唱）　欢欢喜喜来上任，
一盆冷水当头淋！
建城明明是好事，
百姓反对为哪桩？
连日来相逢无个好脸色，
就像是仇人相见眼发红；
恶言冷语难入耳，
瑞琴心中好焦烦；
又听说那天抓了一海盗，
那海盗日日夜夜在喊冤；
桩桩件件窝心事，
百思莫解急死人！
夫君他一早工地去勘察，
为何至今未回还？

[许颖拿着地图等勘察用物上。

许　颖 （唱）　满腹狐疑回家转，
难解心中乱麻团。

杨瑞琴 回来了。（接过许颖手中用物）

许　颖　好奇怪啊！

杨瑞琴　怎么了？

许　颖　（展开地图，比画）你看，这一片就是建城之地，按这图上标识，是无人居住的滩涂蛮荒。可是我实地查看，却只有这一小块，其他都是渔港、盐田，数万百姓住在这里……

杨瑞琴　怎么会出这样的事？

许　颖　这地图是收复台湾之后，万岁敕命各地方官“绘图送兵部，备征战披览之用”，为何谬讹尚未勘正？（思索）

杨瑞琴　那帮官僚，不知都在忙些什么！

许　颖　数万百姓如何安置，圣旨之中并无提及。倘若强行斥地建城，必然断了百姓生路。

杨瑞琴　这事关系非同小可。

许　颖　呈文已写好，我即刻上禀！来人。

班　头　（上）大人有何吩咐？

许　颖　速送省城，呈请提督何大人，转呈总督禀奏朝廷。

班　头　遵命。（接过呈文，下）

林忠信　（带银票上）大人，户部银票到。

许　颖　（接阅银票，震动）为何大打折扣，建半个城还不够！

杨瑞琴　（接看银票）怎会如此？

许　颖　银票是谁送来的？

林忠信　是提督府转来的。

许　颖　（沉吟）提督府转来……

[纪银凤内声：“冤枉呀……”

林忠信　大人，外面有一妇人长跪喊冤，已经昏倒了好几次，怎么办？

许　颖　传她进来。

林忠信　是。（下）

[杨瑞琴收起地图等物，下。

[林忠信带纪银凤上。银凤已经非常衰弱，捧着她病在家中孩儿的红肚兜上。

纪银凤 （磕头跪求）大人，求您为我夫申冤，救我孩儿，救我一家啊！

许　颖 你这妇人，姓甚名谁，夫家何人？

纪银凤 民妇纪银凤，我夫邱泽辉。

许　颖 你夫负案在身，带头闹事，有何冤枉！

纪银凤 大人容禀！

（唱）　提起此事恨万端，
往事历历惨难言，
那年间朝廷禁海生路断，
招收都哀鸿遍野闹饥荒，
我夫他不忍亲人成饿殍，
被逼冒险入刀丛；
何士恒诬良为盗良心丧，
冤杀无辜罪滔天！
倘若我夫遭冤杀，
我孤儿寡母靠何人？
恳求大人相怜悯，
大恩大德永不忘！
大人，我夫是冤枉的啊！（举红肚兜跪行，磕头出血，昏了过去）

许　颖 （不忍、暗泣）来人。

[衙役应声上。

许　颖 将她扶下救治。

衙　役 是。（扶银凤下）

许　颖 林巡检，提审邱泽辉。

林忠信 遵命。大人有命，提审邱泽辉。

[升堂科，二衙役带邱泽辉上。

许　颖 邱泽辉，你落海为盗，聚众闹事，该当何罪！

邱泽辉 大人呀，当年海禁断了生路，泽辉出于无奈，下海求生。我求大人勿建濠城，是怕建城之后，断了生路，重演当年海禁惨剧啊！

（唱） 想当年朝廷禁海逼内迁，

千家万户离家散宅惨难当；

无衣无食无人问，

露居荒野任流亡；

多少人抛妻卖子求活命，

多少人饿死失殓暴荒山；

哀鸿遍野不忍睹，

饿殍白骨闪磷光……

我母亲活活饿死，我父亲和几位老辈，冒死吃了白垩土，可怜食得落拉不出，临死挺着大肚子，双眼睁睁说不出话……被迫无奈，我和乡里几位兄弟，冒险偷偷越界下海，掠些鱼虾花蛤，聊以活命。海禁解禁展界之后，下海兄弟都想回来，谁知那何士恒，将我们诬成海盗，回一个杀一个……可怜七十八位乡亲（失声痛哭）我的兄弟呀……

[许颖心生恻隐。

邱泽辉 （声泪俱下地）大人，我们不是海盗，下海求生，实是出于无奈啊！

[何士恒声音幻起："我为什么奏请建城，就因为这些刁民海盗……"

邱泽辉 招收都年年台风，海水倒灌，一年辛苦尽付汪洋，百姓盼望有道海堤。何士恒不顾百姓死活，冤害无辜，谎报军情，欺骗朝廷批准建城，目的就是为了牟利！大人不能助纣为虐，断阮生路，真的逼出海盗来啊——

许　颖 你敢诬蔑朝廷大臣？

邱泽辉 大人……

许　颖 （阻止邱泽辉再说）你且下去。

[二衙役带邱泽辉下。

许　颖 （唱） 听泽辉诉说惨状，

惊心惨目意泫然；

字字血，声声泪，

好教我撕心裂肺动肝肠。

茹悲衔恨未曾见，

铁石之人情也伤。
建城用地非蛮荒，
百姓生计非等闲；
提督他在此为官历数载，
此情焉能不知详！
为什么民众生路他不顾，
却将黑白来倒颠？
原以为泽辉故意来闹事，
看起来建城背后有文章！
泽辉所言倘属实……（一惊）
好教我心潮如涛阵阵翻——（转念）
事未查明莫妄断，
墙无空穴不来风。

许　颖　林巡检。

［林忠信上。

林忠信　大人。

许　颖　你在这里供职多年，请把海盗详情，如实说我知道。

林忠信　（一惊）这个……

许　颖　嗯？

林忠信　大人……（欲言又止）

许　颖　看你吞吞吐吐，莫非是你心中有鬼！

林忠信　那个……（与许颖目光接触，惊慌后退）

许　颖　讲！

林忠信　（浑身发抖，终于下决心说实话）大人，朝廷海禁期间，百姓求生无计，被逼无奈下海讨生，其实并非真正海盗。自从展界复乡之后，这里已经没有海盗。邱泽辉不是海盗，被杀的七十八人，都是被迫下海的！

许　颖　（威严地逼问）欺骗本官什么结果，你是巡检，自当明白！

林忠信　卑职所说句句属实，兵勇衙役均可作证！

许　颖　哎咋！（甩开林忠信，颠了几步）

许　颖　本官应为他们平冤。

林忠信　（惊）大人不可。

许　颖　因何不可？

林忠信　无证无据，怎能平冤啊大人。

许　颖　如此冤案惨绝人寰，若不平冤，天理何在！

林忠信　（禁不住失声痛哭）呜——

许　颖　（不解其故）嗯？

林忠信　我的兄长死得好惨啊！大人，我兄长当年也是被逼下海，惨遭冤杀。小人为了保住这份差事，无奈只好忍气吞声……如今人死已无对证，倘若大人打虎不成，卑职必定受到连累，到那时，我家中老母，还有嫂子一家，靠谁供养？

许　颖　这个……

林忠信　何士恒冤害无辜，谎报军情，欺蒙上司，瞒骗朝廷，为的就是便于获取大笔建城经费，从中牟利中饱私囊！

许　颖　哎咋！（如雷轰顶，昏晕）

林忠信　大人、大人……

许　颖　（低缓地）邱泽辉无罪释放，派人护送银凤回家。

林忠信　遵命。（下）

许　颖　看来，这座城池建之不得。

杨瑞琴　（上）因何建之不得？

许　颖　其一，这里已经没有海盗，根本不必建这城池；其二，这城乃是军事禁地，数万民众无从安置，强占强拆民怨难支，百姓必遭颠沛流离，那时后果不堪设想！

杨瑞琴　你的胆子也太大了。

许　颖　只要朝廷得知真相，相信不会坐视不理。

杨瑞琴　唉！好不容易，才盼来了这份差事，这是你建功立业的第一步，一旦失去这个机会，何时才能再出头天啊……

许　颖　功业应为益天下，何忍功业害苍生！你我上任之时，岳父嘱咐：不利朝廷之事不做，不利百姓之事不为，此言许颖铭刻在心。为官处事，须当唯实不欺。你说是也不是？

杨瑞琴 可是……这么大的事，你怎可擅自主张？

许　颖 上省城，请求岳父大人做主！

[收光。

第三场　见　督

[数日后，总督府。

[两广总督杨琳抽着水烟，对窗徘徊。

杨　琳 （唱）　白云苍狗竟潇洒，
熏风犹冷袭老怀；
遥望粤东云烟渺，
濠城一事挂心怀；
仕宦清廉有常诫，
世风如斯奈何哉！
何士恒倚仗干爹在大内
我只好“洞明练达”求和谐，
不怕事多畏多事，
一眼闭来一眼开。
小事稀泥和将去，
大节不夺在心怀。

何士恒 （上）提督广东总兵官何士恒，参见总督杨老大人。（施礼）

杨　琳 （圆滑地）老夫杨琳这厢还礼。（也施礼）

[二人对视有顷，同笑。

杨　琳
何士恒 哈哈哈……

杨 琳 （格外热情）提督大人，快快请坐。奉茶。

[家院应声上茶，下。

杨 琳 请。

何士恒 请。

杨 琳 大人，此茶如何？

何士恒 （意在言外）嗯，此茶乃是出自名山，只是味道尚欠纯正……

杨 琳 哈哈……大人不愧道中高手，有话无妨直说。

何士恒 濠城建设进展如何？

杨 琳 此事乃是大人主管，怎么反来问我呢？

何士恒 他是您的乘龙快婿，何某不看僧面也得看佛面啊。

杨 琳 （愠怒，隐忍）大人所言差了。公是公，私是私。论私他是我的女婿；论公，他是你这全省绿营最高长官的下属。他怎么了？

何士恒 至今迟迟没有动工，到底在玩什么花招？

杨 琳 有这等事？

何士恒 他的这个建城官，是你老人家举荐的啊！

杨 琳 （不置可否，圆滑应付）嗯……

何士恒 那个海盗，他想抓就抓，想放就放！

杨 琳 哦……

何士恒 还在暗中追查朝廷下拨的库银，怀疑本官，甚至怀疑建城的目的！

杨 琳 啊……

何士恒 建城奏章，可是你老人家亲自审核，亲笔签署，盖上总督府大红印章的啊！

杨 琳 嗯……

何士恒 还有那张军令状，将来朝廷怪罪下来……

杨 琳 （旁唱） 他外恭内倨来意不善，
绵里藏针弄唇枪，
字字如刀挑骨缝，
暗架油锅把人煎；

何士恒 （旁唱） 看他不阴又不阳，

装聋作哑假痴癫；

杨　琳　（旁唱）　贤婿德行可信赖，

怕他应对欠老练；

何士恒　（旁唱）　原以为巧施手腕可笼络，

谁知他桀骜不驯忒乖张；

杨　琳　（旁唱）　今日此事非常事，

应对还须细思量！

何士恒　你老人家看着办吧。

杨　琳　哦，你说的我都听了。

[内声：“报——姑爷到。”

何士恒　下官告退。

杨　琳　奉送。

[何士恒下。杨琳把脸一沉，手剪背后，立于窗前。

[许颖带一装着材料的包袱，上。

许　颖　小婿见过岳父大人……（对着杨琳背影）小婿许颖，见过岳父大人。

杨　琳　（沉着脸）濠城为何还不动工？

许　颖　（打开包袱，展开地图比画）岳父您看：按这地图标识，这里乃是无人居住的滩涂蛮荒，濠城就在这里兴建。滩涂蛮荒实际只有这一小块，其余都是渔港、盐田，住着数万民众！

杨　琳　（意外）有这等事，你怎不及早禀报？

许　颖　小婿早已呈文上禀，难道提督尚无禀告岳父？

杨　琳　他刚刚来过，也无提及。

许　颖　（旁）他竟扣压我的呈文！

杨　琳　你为何把那海盗放了？

许　颖　邱泽辉不是海盗，招收都已无海盗。

杨　琳　怎说，招收都没有海盗？

许　颖　据小婿查访所知，招收都的所谓海盗，乃是朝廷海禁期间，谋生无计冒险下海的贫苦百姓！展界复乡之后，下海的人都想回来。可是回来一个，何士恒就杀一个。

杨　琳　此事当真?

许　颖　兵勇衙役均可作证。招收都根本无须建这座城，当初提督拟奏建城，岳父您，本来就不该批转。

杨　琳　当初为父确也存疑，但派往稽核之人，都说那里海盗猖獗。两广版图数百万里，我怎有可能事事躬亲。建城是为抵御海盗，保民安生，我也不能不支持啊!

许　颖　岳父呀!

（唱）　招收都已有汛营共六处，
还有那八座炮台像天将，
东倚南澳总兵府，
西与海门所城紧相连，
海防坚固如磐石，
又何须大兴土木把财伤。
招收都三分渔耕七分盐，
渔盐聚集在踏埠、赤港、青篮乡，
倘若建城把地占，
断了百姓米和粮;
军事禁地不纳民，
何忍百姓流离失所遭颠连;
驱民临渊后患重，
这座城池不能建!

杨　琳　（震动）你是怎讲?

许　颖　何士恒冤杀无辜谎报军情，瞒过岳父欺蒙朝廷，目的是为了便于获取御批建城银两，从中渔利!

杨　琳　我料他想从中渔利，才让你去当建城官，暗中堵此漏洞。

许　颖　倘若朝廷得知真相，哪会同意建这座城?如今由他转来的银项不足建城费用一半，料是被他截留克扣。

杨 琳 休得乱猜。打些折扣分批下拨，本来也是寻常之事。再说，朝廷不是准你加税了么？

许 颖 百姓度日尚且艰难，建城之后无家可归，哪里还有能力交税！招收都年年台风，台风一到海水倒灌，百姓深受灭顶之灾，急切需要一道海堤。请岳父严惩当日查核谎报之人，向朝廷奏明真相，请求撤建濠城，修建海堤！

杨 琳 （陡然作色）撤建濠城修建海堤，此话是你说的吗？是你这小小都司能说的吗？！朝廷决定之事，说改便改，朝廷还有什么威严？！

许 颖 事关百姓生计大事，朝廷不会置之不理。

杨 琳 你这是违旨抗命，妄议朝政啊！老夫倘若如此所为，岂不是与你一起违逆朝廷么？老夫不做这样的事。

许 颖 岳父曾经嘱咐小婿：不利朝廷之事不干，不利百姓之事不为，如今怎么……

杨 琳 （语塞）这……

许 颖 岳父呀！

（唱） 百姓衣食无小事，
断人生路罪如天；
圈地建城后患重，
民失衣食盗必猖；
助纣为虐害苍生，
小婿此心怎安然？

杨 琳 好了好了，我知你心地善良，有能力，有志向，可惜就是不够成熟，不善变通，为官之人，什么事该做，什么事不该做，谁人心中无杆柴秤。

许 颖 岳父……

杨 琳 贤婿呀——

（唱） 自来仕途路多风，
高处总比低处寒；
前后上下多牵涉，
瞻前顾后六路观。
有多少人眼睁睁，

看着你也看着我；
同我者为我捏着一把汗，
寻隙的伺机要将把柄抓；
我知你说的句句有道理，
你体恤百姓辛酸苦和辣；
人心都是肉所长，
民生疾苦我又何曾不牵挂？
只是道理归道理，
规矩如牢不可破；
圣旨既下休多事，
遵旨照办不容拖！

许　颖　岳父……

杨　琳　不要再说了！你别无选择，回去立即给我开工！

[一记闷雷轰响，许颖目瞪口呆……台风来了。

[山呼海啸、惊涛裂岸、樯摧楫倾，树倒屋塌……

[省城往招收都的路上，自然的风雨和心中的风雨在许颖心中交加。

[后台男女声合唱：

风如拔山怒，
雨如决堤倾，
白浪滔天海陡立，
狂涛裹船上山岗！

[许颖在暴风雨中艰难迈进——（舞蹈）

许　颖　（唱）　风雨如鞭抽脊梁，
荆棘藤萝把路挡，
前行难睁风沙眼，
惊涛骇浪心潮翻；
气血闷胸肝胆颤，
岳父呀，

你何忍铁石狠心肠！

[许颖下。衙役、兵勇扛沙包、绳索等物救灾抢险，过场。

[邱泽辉带青壮乡民救护百姓过场。

[许颖披棕蓑，与林忠信、兵勇等抗风抢险。

许　颖　速把灾民安置在司署、兵营坚固之处。

林忠信　领命。（带兵勇下）

[杨瑞琴与老百姓扶老携幼上，百姓过场下。

[兵勇抬伤员上。

许　颖　快快救治。

杨瑞琴　随我来。（引兵勇抬伤员下）

[风雨暂歇，招收都满目疮痍，许颖心力交瘁，心如刀绞。

[主题歌："讨海苦，讨海难，十日雨，九日风，何时官清民安乐，凶年有食人平安。"

[衣衫褴褛的灾民缓步上场，跪求许颖。

[许颖含泪扶百姓；纪银凤捧着红肚兜，凄楚号啕几近疯癫，上。

纪银凤　孥呀，你在哪里……

许　颖　你的孥仔怎么了……

一灾民　她的孥子被海浪卷走，尸体遍寻无踪。

纪银凤　孥呀，阿母随你来了——

[纪银凤欲跳海，邱泽辉急上，与众人救住纪银凤。

邱泽辉　银凤！……

纪银凤　（抱邱泽辉痛哭）啊——

[许颖颤抖地捧着红肚兜，泪流满面……

[林巡检上。

林巡检　大人，这次台风，淹死百姓一百多人了，损失渔船四十多艘，房屋倒塌八百多间，盐田卤池全部被毁，五千多人无家可归……

[许颖颤抖，老灾民颤巍巍地向他跪下。

老灾民　大人，为阮建道海堤吧……

[邱泽辉与众灾民跪下，向许颖呈上请求筑海堤的《万民状》。

邱泽辉 许大人，招收都万名户主，请求大人勿建濠城，筑建海堤！

众灾民 大人，阮勿建城，要建海堤！

[众灾民步步跪求，许颖颤抖后退，双手接上《万民状》。

许　颖 （唱）　《万民状》寄万民愿，

一纸在手千钧重，

何忍看罡风恶水任肆虐，

何忍看残垣断壁绝炊烟。

邱泽辉
众灾民 大人……

许　颖 （接唱）　百姓哀哀求筑堤——

[杨琳声音幻起：“你别无选择，回去立即给我开工！”

邱泽辉
众灾民 大人，阮勿建城，要建海堤！

[后台唱：事到此间好为难，

怎么办，怎么办……

许　颖 天呀……（双手突然停在半空，对着红肚兜和《万民状》泪流满面）

（唱）　民生民望如山重！

无视民瘼枉为官

海堤能保千万众，

大城难养一黎元；

建座小城去应命，

斥钱筑堤偿众愿！

传令开工，筑建海堤！

林忠信 遵命。

[收光。

第四场　坚　持

[数月后。

[定点光：何士恒与喜善对话。

何士恒　干爹，这是孩儿孝敬你的一点心意。

喜　善　有孝心、有孝心。你自己不留着点吗？你留点也可以，但不能太贪心。

何士恒　天就知，天就知呀！

喜　善　自己父子，有话直说。

何士恒　许颖那小子，很不听话，不仅堵俺财路，还揭了俺的老底。

喜　善　他是吃了豹子胆？给他安个罪名，把他撤掉，换个听话的。

何士恒　他是总督的女婿啊。

喜　善　我还是你的干爹呢！杨琳真不是个东西，竟向万岁上表，奏请改变建城策案。

何士恒　怎说，杨琳已向万岁上表？他那帮同党、门生，都不是省油的灯啊。

喜　善　嘿嘿嘿嘿，有咱家控着哩，你慌什么！设法抓住那小子的把柄。

何士恒　把柄已经抓住，他把大城变小城。

喜　善　什么，他把大城变小城？

何士恒　正是。

喜　善　这不就好了吗？欺君逆旨，罪在不赦，赶紧把他抓来治罪。

何士恒　不。我要他把小城建成，再把杨琳一起扳倒，濠城之事决不能败！

喜　善　哼！杨琳和朝内那几个东西，真真讨厌。

何士恒　只有扳倒杨琳，才能铲除隐患，为咱的路扫清障碍。

喜　善　嘿嘿嘿……我的儿子长进了，有点像个大丈夫。

何士恒　干爹才是真正的大丈夫。

喜　善　哦，咱家是真丈夫？

何士恒　是真丈夫。

喜　善
何士恒　丈夫、丈夫……

[二人相视而笑，喜善突然想到自己胯下无物，由笑而苦笑，哭。

喜　善　呜……

何士恒　干爹，你怎么了？

喜　善　（顿觉失态，不悦）切！

[收光。

[工地临时指挥部——双公庙内外。

[庙内周、王二公塑像在上，像前龛上放着纪银凤儿子的那个红肚兜，上面摆着《万民状》。

[后台合唱：晴日初开艳阳高，
健儿个个都英豪；
感戴天公遂人愿，
汗流浃背乐陶陶。

[民工扛石、运土、筑堤等舞蹈——劳动场面热火朝天。

[邱泽辉、纪银凤与梅香为大家端茶送水……

[许颖与林忠信各自上，打照面。

许　颖　海堤很快就要合龙，船只、绞车必须全面仔细检查。

林忠信　是。

[林忠信下。

许　颖　（唱）　耳听得风伴潮涛轻轻唱，
抬眼望但只见工地上——
人来人往、热火朝天，
一个个喜上眉头笑在脸，
汗流浃背、日夜奋战、
不知疲倦、斗志昂扬！
此情景使我心驰神往，
恨不得巍巍长堤即刻合龙锁海疆！
似看到堤外滔滔万顷浪，
堤内一片鱼米乡！

但愿得贫困面貌能改变，
从今后百姓安居乐业少遭殃；
只是我，建小城，
如何交代费周章！
连日来竭尽筹思无良策，
不由我阵阵后怕意悬悬……

[进庙，捧起龛上的红肚兜和《万民状》。

许　颖　我这样做并没有错！（祷祝）许颖无愧天地良心，祈求二公，祐我许颖无灾无难。（将《万民状》包在红肚兜中，揣入怀里以壮胆气）

[杨瑞琴与梅香提点心，匆匆上。

许　颖　夫人不在衙中歇息，来此作甚？

杨瑞琴　听说你好几天吃不下饭，做了几个你爱吃的。

许　颖　多谢夫人操心。

杨瑞琴　（摆酒菜）你是我的丈夫，我不操心谁来操心？吃吧，吃饱些，再变把戏给我看。

许　颖　夫人，你这话是什么意思？

杨瑞琴　你为什么要骗我！

许　颖　我骗你什么？

柳瑞琴　濠城开工了？

许　颖　开工了。

杨瑞琴　还在骗我！

许　颖　我在这里建城，哪里骗你了？

杨瑞琴　建城建城，你建的那个城，三十多丈长，二十多丈宽，比爹爹的总督府大不了多少，这叫什么城？

许　颖　（本来就惊）这……

杨瑞琴　你呀——

（唱）　你的胆子何其大，
你这是灯蛾扑火自招灾，

你不顾风险、忘了利害，
把你的前程自己挖坑自葬埋！
全不思爹爹临别苦叮咛，
你竟然句句抛大海！
你把大城变小城，
将来如何作交代？
你害己害人害亲朋，
你的罪孽何其大！
我问你辛辛苦苦为的是什么，
你你你，如此所做何由来——

许　颖　（唱）　她那边又怕又气将我骂，
骂得我有口难开头难抬；
冷汗习习透脊背，
心头忐忑暗惊骇；
她怕的事我更怕……
心事不可告她知！

许　颖　（装作轻松）事情没有那么严重。

柳瑞琴　还说不严重！

许　颖　我做的事，对得住百姓，对得起朝廷。

杨瑞琴　朝廷叫你建了这个小城？！（伸出尾指）

许　颖　哎呀，这建城的事对你说了你也不懂。男人的事，你婆娘人还是少管一些吧。

杨瑞琴　你，叫我如何说你才好啊……

［许颖禁不住心中后怕，偷看红肚兜和《万民状》鼓气，见瑞琴在注视，急忙捂起。

杨瑞琴　不用捂了，我全看见了。

许　颖　你……看见什么？

杨瑞琴　拿出来，让我看看。

许　颖　这有什么好看的。

杨瑞琴 不要装了，拿出来！

许　颖 拿什么？

杨瑞琴 红肚兜。

[杨瑞琴将许颖怀中红肚兜从许颖怀中拉出，《万民状》掉下，许颖急忙拾起。

杨瑞琴 （拿过红肚兜故装欣赏）手艺倒也精巧，居然绣得如此精致……（故意醋语相刺激，意欲逼使许颖说出真话）不会这么快吧，来此上任才多久，就准备了红肚兜。

许　颖 （辩解）哎呀夫人，你在胡说些什么？

杨瑞琴 红肚兜内裹情书，藏在贴肉的地方，个心想着甜过糖！

许　颖 你怎么也疑神疑鬼啊！

杨瑞琴 你敢说你心内无鬼？

许　颖 （指天发誓）许颖此心唯天可表！

[许颖手中《万民状》不慎掉落。

杨瑞琴 哼哼……唯天可表？心内无鬼，怎用惊到通身冷汗？

许　颖 （欲辩无语）这这这……

[杨瑞琴从地上拾起《万民状》来看，震动。

杨瑞琴 万民状！（热泪盈眶）你……怎么藏在身上？

许　颖 （再扛不住，露出真情）壮……壮胆啊！夫人……我好害怕啊……

[杨瑞琴心生不忍，安慰许颖。

杨瑞琴 （怜爱地）不要怕。建城这事，我早就知道了。偌大的事，我又怎能不担心啊！

（唱）　这时间你在工地日夜忙，
我知你心中有事揪肚肠；
你我虽无同床睡，
我也知你辗转反侧五更天；
我在家夜夜望月难入睡，
愁如秋水万丈长。

许　颖 （唱）　岳父严命难违逆，

濠城必须即开工。
我从省城转回返，
触目惊心血欲燃。
筑堤能免万人劫，
建城万众遭颠连；
我把大城变小城，
自将垒卵砌高墙；
我不能不顾百姓死和活，
我怎能忍看百姓遭颠连；
我怎能随波逐流跟风去，
我黑不下这狠心肠！

杨瑞琴 （唱） 听他一番坦腹言，
不由瑞琴暗思量；
爹爹夸他有才有德有志向，
我爱他为人正直心地善良；
当初在这双公庙，
许愿立誓效前贤；
《万民状》是万民心，
民心天心紧相连；
草木一秋官一任，
点点滴滴在人间。
他本是铁骨铮铮男子汉，
建小城煞费一片苦心肠。
民生民瘼苦萦系，
俯仰无愧地与天。

许　颖 （唱） 欲将何策来应对，
胸无成竹心惘然，
捅了这个大窟窿，

手无灵石怎补天？

杨瑞琴 （唱） 君之所为本无错，

为妻此心与君同。

曾经沧海难为水，

人间正道是沧桑！

不要害怕，不管以后怎么样，我都跟着你。

许　颖 夫人！

杨瑞琴 （用红肚兜包好《万民状》，递给许颖）拿去，让它继续为你壮胆。

许　颖 谢夫人。（接《万民状》揣入怀中）

杨瑞琴 放心，有我爹撑着，天不会塌下来。

[林忠信急上。

林忠信 大人，总督杨老大人到。

[许颖、杨瑞琴意外一震。

许　颖 ……有请！

林忠信 是！

[侍卫引杨琳匆匆上。

许　颖 见过……总督大人。

杨　琳 濠城开工了？

许　颖 遵照大人吩咐，回来我就立即开工。

杨　琳 是谁让你缩城建堤？！

许　颖 六月初六那场台风，招收都成了废墟，一百多人死于非命，五千多人无家可归……教许颖于心何忍！（跪下举呈《万民状》）

杨瑞琴 爹爹……（陪许颖跪求杨琳）

[杨琳面对《万民状》，心灵受到强烈震撼！

杨　琳 ……（痛苦地）这可是欺君逆旨的大罪啊！你如此所为，何士恒明明知道，却为何不来阻止？将来不但你身难保，还将罪及老夫，祸及妻子，连累朝中诸位大人！你闯大祸了啊！

[杨琳手中《万民状》飘落，许颖小心拾起。

许　颖　岳父！……

杨　琳　你必须立即停工，按朝廷所定形制，把城重建！

许　颖　（捧《万民状》再跪杨琳）岳父呀，求您让我把堤筑完，天大罪责，由我许颖一人承担！

杨　琳　你担得了吗？你的头颅有多重！不不不……我不能让你去死，我不能让我女儿守寡，不能让你拖累别人！必须押你上朝，叩请万岁宽恕减罪！（对侍卫）来呀，将他拿了。

众侍卫　喳！（拘捕许颖）

[众百姓急上。

杨瑞琴　爹爹……

杨　琳　押解进京！

杨瑞琴　爹爹
……
众百姓　大人

喜　善　（内声："圣旨到——"上）万岁旨下，杨琳接旨。

杨　琳　（跪）万万岁！

喜　善　奉天承运，皇帝诏曰：宣两广总督杨琳，即日晋京述职，钦此。（看着杨琳）谢恩呀。

杨　琳　（回过神、沉重地）万万岁！

喜　善　嘿嘿嘿……述职是说好听的，赶紧交代问题去吧。

杨瑞琴　爹爹……

许　颖　大人，海堤万万不可停工，否则危局无可挽回！建海堤，黎民百姓盼望已久，只有把这海堤建成，才能挽回这个危局！（举红肚兜、《万民状》跪向杨琳）

众百姓　大人！……

杨　琳　（剧烈筹思，毅然接过红肚兜及《万民状》）你……你啊，好自为之！

杨瑞琴　爹爹
！……
众百姓　杨大人

喜　善　哈哈哈……

[收光。

第五场　获　罪

［招收都：海堤盘旋，小城矗立。

［彤云密布，长空肃杀，堤外海面上波涛如墨，潮高浪长——百年一遇的风潮暴即将袭来……

［抢在台风前竣工的海堤，正在举行落成庆典仪式。邱泽辉、纪银凤等百姓与舞队一起舞蹈（《英歌舞》）。林忠信与衙役在场当值；

［后台歌：笑语浓，欢声起，
欢声笑语入云天，
堤映长天天接水，
旧梦今朝圆；
笙歌锣鼓飘天际，
巍巍长堤立海墘，
天地仁心万人心，
小城独称奇。

［许颖上。

林忠信　大人。

许　颖　海堤各处涵闸，可曾检查停妥？

林忠信　俱已检查停妥。

许　颖　初三潮、十八水，今日是十八，天文大潮加上强台风，这种情形百年一遇。海堤未经风浪，千万不能掉以轻心。

林忠信　是。

许　颖　吩咐各营各乡，务必渔船归港，战艇入湾，盐田、卤池严加防护，各乡民众，随时做好撤离准备。

林忠信　是。（下）

许　颖　（唱）　望长空彤云压顶似火燃，
看堤外波涛如墨万丈长；

却为何岳父至今无消息，

吉与凶好教我挂肚牵肠；

何士恒今日要把城来验，

看起来这场风暴非寻常！

林忠信 （急上）大人，喜公公、何提督到。

许　颖 风潮暴就要来了！列队恭迎。

林忠信 是。列队恭迎！

[鼓乐起，兵勇列队。刘通勋、侍卫簇拥，何士恒八面威风，与喜善上。

许　颖 卑职拜见喜公公。

喜　善 （顾左右而言他）哇，真热闹呀。

刘通勋 公公，他在与你见礼了。

喜　善 你从京城来任不久，凡事还须多看少说。

刘通勋 公公所言极是，多看少说，本是下官职责所在。

喜　善 聪明。

许　颖 参见军门大人。

何士恒 错了。（对刘通勋）告诉他吧。

刘通勋 圣上口喻：两广总督由何大人暂行署理！

喜　善 嘿嘿嘿……你那岳父，已被皇上削职了。

[许颖一震。天色突变，起风了。

何士恒 哈哈哈……到新城去看看吧。

喜　善 对，看看。

[许颖无奈，只得与喜善、何士恒前往新城。

喜　善 （冷嘲热讽）说是衙门呢太大，说是王府呢又太小，咱家今日真是大开眼界喽。

何士恒 横直不过几十丈，这个叫作什么城？

许　颖 这叫濠城，麻雀虽小五脏俱全呀。

何士恒 朝廷拨了那么多的银两，你都用到哪里去了？

许　颖 建濠城，剩下的裨帮建海堤。其他的嘛……何大人比我明白！

何士恒 （一怵、旋即大笑）哈哈哈……我把库银分批下拨，这也是你能管的吗？

许　颖　好一个分批下拨！

何士恒　诏书上写得明明白白，在踏埠、赤港、青篮兴建濠城，你竟敢逆旨欺君！

喜　善　欺君逆旨，罪当灭族！

许　颖　这城就建在踏埠、赤港和青篮这滩涂蛮荒之地，卑职乃是遵旨而行！

何士恒　这城骑马转不过身，还说你是遵旨而行？

喜　善　你这建的是什么城？

许　颖　你们看，那边乃是什么？

喜　善　海堤。

许　颖　错了！那不是海堤，而是城廓——濠城之廓！海城不同陆城，海城以堤为廓。筑城为君，造廓守民，故城要小而廓要大。廓上架设火炮守卫海疆，城内司署用来调兵遣将，战时以民为兵，闲时官民各安其业，既能同心共守家园，又为朝廷节省军饷，你说卑职错在哪里？！

何士恒　（阴鸷地）你勾结海盗，笼络民心，挪用库银，逆旨欺君！你今犯下四桩大罪，桩桩都能把你斩首！

许　颖　下官处事唯实不欺，上秉天心下合民意，坦坦荡荡，无愧青天！

喜　善　皇上下旨，让你把建城银两建造海堤了吗？

许　颖　这……

喜　善　这不就是欺君逆旨吗？哼！

（唱）　你头撞南墙不知返，
欺君逆旨罪难宽！
难道你年纪轻轻就愿死，
难道你愿背恶名见阎王！

何士恒（唱）　识时务者为俊杰，
这事或许能斡旋；
小都司哪来这个包天胆，
分明是杨琳唆使逼你干。
只要你指认杨琳承罪责，
呈文悔罪可容宽。

喜　善　（唱）　悬崖勒马船头转，
生死关头当权衡，
倘若是执迷不悔悟，
刀落头断收悔难！

何士恒　到那时，非但你的小命难保，杨琳罪责难逃，就连支持杨琳那班人，通通都得入狱坐牢！

喜　善　你自己掂量掂量去吧！

［一声海啸轰响，许颖怒眼圆睁，口中鲜血喷涌而出。余众隐去，景转署衙。

［狂风呼啸，涛声滚滚。许颖像一叶小舟在恶浪中漂摇颠簸。

许　颖　（唱）　波涛叠叠恶浪翻，
一叶孤舟陷涡漩；
何士恒定我四桩罪，
桩桩都把祸心藏！
白浪如山哪可渡，
今日如何过此关？
想当初未得志时盼得志，
谁料到扬帆却遇打头风；
今日进了死胡同，
求生不得求死难！
谁不想建功立业，
谁不盼官职升迁；
谁不望光宗耀祖，
谁不想封妻荫子满堂红！
当初我若是随波逐流事照办，
到今日政绩报京入朝堂，
京使飞马来褒奖，
何愁人前不风光！
只是我怕见茅屋炊烟断，

怕见灾痕血流淌，
百姓年年遭灾难，
年年辛苦成空忙；
骨肉离散失倚傍，
我无法袖手壁上观！
建小城我已料知有今日，
祸福生死两难全；
今日堤成圆众梦，
我纵一死也坦然！

瑞琴，妻呀——

叫一声瑞琴我的贤娇妻，
愧对你身负疚重，
为救灾你陪嫁妆奁全典当，
到如今两手空空四壁萧然！
累你受尽千般苦，
深深一拜望见谅！
再拜我的老岳父，
受我连累心不安，
今再无力尽孝道，
谅我愧对白头人！
何署理呀何士恒——
你诬良为盗、冤害无辜、
谎报军情、欺上压下、
有恃无恐、天良尽丧、
觊觎高位、祸心包藏、
巧设圈套、诱我入笼，
许颖我决不容你遂心愿，
一人做事一人当！

两袖清风朝天去，

留待闾里话短长！

[邱泽辉、纪银凤等百姓上。

邱泽辉
纪银凤 大人……

许　颖 （对泽辉、银凤）你们怎么还不走！

邱泽辉
纪银凤 我们不能抛下大人。

许　颖 我乃朝廷命官，他们不敢把我怎样。

众　人 （担心地）大人……

许　颖 大雨过后是晴天，台风虽暴难久长。招收都有山有水有渔有盐，又有恁这吃苦勤劳的百姓，日后一定会兴旺的。

[梅香内声："老爷、老爷……"

[杨瑞琴、梅香急上。

杨瑞琴 官人，何士恒他们带着侍卫，匆匆奔往这里来了。

许　颖 你们快走。

众百姓 大人。

许　颖 快走！

众百姓 大人……保重！

[涛声阵阵，众百姓挥泪。杨瑞琴送众百姓下，梅香随下。

[何士恒、喜善与众侍卫上。

何士恒 许大人，想通了吧？

许　颖 （冷冷地）想通了。

喜　善 嘿嘿嘿……就是嘛，后后生生，怎么甘心这样就死！（见案上对联，念）"负民即负国国当弃也，欺人如欺天天必谴之"（怒）谁要你这些东西？

许　颖 你又没说要些什么。

喜　善 我要你的悔罪书，指认杨琳唆使的悔罪书！

许　颖 无人唆使，你叫下官如何写得？

何士恒　你……

许　颖　（对何士恒）何大人，倘若许颖筑堤有错，你渎职之罪难逃！（放低声调）大人，你乃封疆大吏家财万贯，好比是个雕花大瓷瓶；我许颖是小小都司家徒四壁，犹如海中一顽石。跟我碰合算吗？

何士恒　你想怎样？

许　颖　我劝你为子孙积点阴德。

何士恒　（气急败坏）来呀，将他拿了。

许　颖　我乃朝廷命官，谁敢！

[众侍卫面面相觑。狂风暴雨破窗而入。

[林忠信带衙役急上，被侍卫拦住，隔着侍卫与许颖对话。

林忠信　大人，台风来了。

许　颖　立即随我上海堤！

林忠信
众衙役　是。

[许颖欲下，侍卫拦阻。

许　颖　都什么时候了，你们还要不要命？

刘通勋　（对侍卫）还不快快闪开！

[侍卫闪退，林忠信、衙役引许颖急下。

[暴烈的风雨声、海啸声……

[何士恒与喜善惊慌失措……

[刘通勋不动声色，冷眼静观。

何士恒　快快转移后山高地。

侍　卫　是。（与何士恒、喜善冲到门口，被一阵强风打回，众人扑地，狼狈爬起）

侍　卫　禀大人，风狂雨暴，无法出去。

喜　善　（对何士恒）你要咱家在此等死？

何士恒　……

[大水涌入署衙，侍卫以为海水已到。

侍　卫　大人，海水来了。

[喜善大惊跳上板凳，板凳跷起，何士恒急忙压稳，二人蹲在板凳对话。

喜　善　海水一来，淹到哪里？

何士恒　以前台风海水倒灌，淹到上面那根梁。

喜　善　这这这……难道咱家今日在这里喂鱼……神明保佑，保佑海堤不要出事。

何士恒　海堤千万不能出事……不，海堤不能无事，咱不能败！

众侍卫　海堤千万不能出事，我们家中有老有小，不能陪你死在这里！

喜　善
何士恒　……（无语、叹息）我的妈呀！

[景转海边盘旋大堤，堤外波涛滚滚，浪拍礁岩。

[《讨海苦》主题歌音乐再现。

林忠信　禀大人，据各乡禀报，这次风潮暴，共有二十多间房屋被风刮坏，汛营、渔港、盐田平安，未有禀报人员伤亡，海堤未见紧急情况。

[百姓议论："幸亏有了这道海堤""这次若无这道海堤，不知又要死多少人……""我一想呀，这鸡皮疙瘩……"

[纪银凤与邱泽辉上。

纪银凤　（放声大哭）我的儿呀，若在今天，你怎么还会惨死……

邱泽辉　不要再说了。

纪银凤　我一欢喜，就忍不住想起孩儿……

邱泽辉　我邱泽辉，以前被人诬做贼，连家也不敢回，今天终算像个人了。（拉着银凤，向许颖跪下）邱泽辉全家，拜谢大人大德大恩。

众百姓　（随邱泽辉跪下）拜谢大人大德大恩。

许　颖　（不敢受谢，急忙扶起下跪百姓）大家请起……以后俺的日子，一定会越来越好。

众百姓　（感激、噙泪）是，一定会越来越好……

[何士恒一众上。

何士恒　将犯官拿了。

[众侍卫应声欲抓许颖。

邱泽辉　今日大堤保恁狗命，恁竟还不知欢喜！

众百姓 做人怎可无良无心。

何士恒 带走！

[众侍卫应声而动。邱泽辉挺身而出，众百姓随邱泽辉与侍卫对峙。

[林忠信与众兵勇、衙役挡在中间保护百姓。

众百姓 （担心地）大人……

许　颖 不得乱来。

许　颖 许颖虽是小小都司，也是朝廷钦命。（对何士恒）拿来吧。

何士恒 拿什么？

许　颖 圣旨，密诏！

何士恒
喜　善 这……

喜　善 你逆旨欺君，笼络民心，聚众造反，死有余辜！

何士恒 快受死吧！

[何士恒拔刀欲杀许颖，邱泽辉挺身抵挡，众百姓躁动。

刘通勋 住手！皇上密谕在此！许颖、何士恒、喜善听宣。

许　颖 万岁！

何士恒
喜　善 （无奈地）万岁！

刘通勋 诏曰：敕翰林院庶吉士刘通勋为监察御史，查察粤东濠城事。钦此！

许　颖 （意外）万万岁！

何士恒
喜　善 万岁！

刘通勋 察绿营都司许颖，在官清廉，惠泽黎首，拟擢三品参将，总督杨琳复任。何士恒、喜善解京拘讯。来，将他二人拿了！

众侍卫 遵命。（拘拿何士恒、喜善下）

[众百姓欢呼！

刘通勋 有请杨大人。

[二侍卫引杨琳、杨瑞琴上。

杨　琳　老夫杨琳，见过御史大人。

刘通勋　杨大人，年前有人将你弹劾，大人被召进京述职。是你不避责罚，冒死陈情为民请命，驾前呈上《万民状》。万岁为究真相，故意将你暂行削职，让他（指何士恒）署理督府事务，以彰其丑恶嘴脸。密谕下官前来督府，明任中军，暗中查察。

许　颖　岳父
杨瑞琴　爹爹　……（相对凄恻）

杨　琳　女儿，贤婿。

刘通勋　杨大人，这红肚兜与《万民状》，由你交还许大人。

杨　琳　遵命！（百感交集地接过红肚兜与《万民状》，交给许颖）贤婿，恁做得对，为父心中……欣慰哪！

许　颖　岳父！……

[扶起许颖。

杨　琳（念）　雷霆震震察胸襟，
泥沙淘尽始得金，

许　颖（念）　功业应为益天下，

杨　琳
许　颖（念）　俯仰无愧天地心。

众（念）　功业应为益天下，
俯仰无愧天地心。

百　姓（唱）　功业应为益天下，
俯仰无愧天地心！

[众在音乐中造型。

[剧终。

（剧本版本：作者本人提供）

· 潮剧卷 ·

桑浦山花

编剧：林　克

人　物　表

秋　菊　　原名黄英，揭阳桑浦山药农。

如　弟　　秋菊的儿子，国军前线某团通信兵。

林大刚　　原名文钦，秋菊丈夫，东江纵队人员。

龟　田　　日军特别行动队队长。

翻　译　　汉奸。

赵团长　　国军桑浦山前线某部团长。

黄阿娟　　揭阳抗日自卫队队长。

护士长　　国军战地医疗队护士长。

国军、抗日自卫队战士、被鬼子掳掠的群众日军等。

时间：1940 至 1943 年间。

地点：揭阳桑浦山前线。

序　幕

台内歌　（合唱）　日寇凶残犯揭阳，

桑浦山上火连天！

陂下村民遭劫难，

榕江怒吼恨仇长！

[歌声中灯亮。

[烽烟滚滚。日军大扫荡。百姓或提包裹，或扶老携小，紧张地奔逃于日寇

的追杀之中。

[龟田带日兵追捕百姓。众被擒。

[日兵刀枪相逼。

龟　田　你们的抗日自卫队藏在哪里？快说！

[百姓缄口。

龟　田　你们村还有人专为前方运送草药，救治伤员，这些人又是谁？（百姓依然昂首怒视，拒不开口）你们不说呀——！

[龟田举刀杀死一小孩。

秋菊父　东洋鬼，你们穷凶极恶，不得好死啊！

众百姓　（怒吼）不得好死啊！

龟　田　（愤怒地下令）统统杀了！杀了！

[刹那间枪声惊天，刀落头断，众百姓被杀。

[凄风阵阵。日军隐去。

[在“啊——”的无字歌中，死人堆里爬出了如弟。

如　弟　（扑向老者尸体惨叫）阿公——

[死寂的舞台走上了身背药筐的秋菊。

秋　菊　（见状，悲哀地唱）一望乡村血泪洒，

冤尸遍地我惊骇！

送药归来见惨状，

秋菊哭泣尽苦哀！

如　弟　妈，阿公他，被鬼子杀害了！

秋　菊　（跪地惨呼）爹爹！

如　弟　（哭叫）阿公！

秋　菊　（扶起如弟）儿呀，不要哭了！中国人是杀不尽砍不绝的！听，炮声！枪声！——军民们又在前方，与日军激战了……

如　弟　妈，我要参军打鬼子去！

秋　菊　参军？好！报仇雪恨！

[换光。

第一场

[炮火连天。喊杀声、冲锋号响成一片。

[战士冲锋侧影。

[换光。

[桑浦山前线医疗站。

[秋菊带领群众运送弹药、抬担架过场。

[赵团长上。

赵团长 （念） 浴血奋战在揭阳，
守土有责保家乡。
桑浦山上浩气在，
旌旗不倒抗强梁。

秋　菊 （上前）赵团长！

赵团长 秋菊大姐，你等又为我们送草药、抬担架，辛苦了！

秋　菊 团长是一家人说两家话了。这医疗站的外墙，不是写着“国家兴亡，匹夫有责”的大字么！

赵团长 哈哈！也是，也是。

秋　菊 团长，我那里还有很多草药等着铺晒，告辞了。

赵团长 鬼子设卡严查，一路应机警对付。

秋　菊 （点头）嗯！

[赵团长送秋菊下。

战士甲 报告团长，今天击退敌人六次进攻，消灭了一百多个日军。我方也有多人阵亡或负伤。

赵团长 做好准备，打退敌人的第七次进攻！

护士长 团长！药品快用完了，已经有几个伤员因为伤口感染而牺牲了。如果还没有抗菌药就……（擦泪）

赵团长 如果伤病员无法得到医治，不但军力削弱，而且将动摇军心，阵地难以坚守！

护士长 真是急死人了！

战士乙 报告团长，战区司令部来电。

赵团长 （看，惊喜）战区司令部已经派人通过敌占区给我们送来一箱盘尔西林！

护士长 太好了！

赵团长 （看表）送药的人前天就出发了，怎么还没到？

护士长 这一带地形复杂，是不是迷路了？

赵团长 不会。司令部考虑到这个问题，委托共产党东江纵队的一位本地人前来送药。

如　弟 报告团长！山下来人，说要会见团长。

赵团长 莫非是送药的人到了？有请！

如　弟 团长有请！

［林大刚上。

如　弟 这就是我们团长。

林大刚 团长！

赵团长 你是……

林大刚 （拿出战区司令部信件）我叫林大刚，奉命送来急救药品。

赵团长 （喜出望外）太好了！感谢贵党！

护士长 药品在哪里？

林大刚 半路遇到日军巡逻队，我把药藏在……（向团长耳语）

赵团长 我马上派人前去取药！

林大刚 这太危险了。现在日军封锁严密，只能晚上行动。我准备联系本地抗日自卫队，他们熟悉地形，又有与日军周旋的经验。

赵团长 太好了。（回头写信）

林大刚 我掩护的身份是商人。

赵团长 林老板，这是通讯员林如弟。如弟，你先带林老板联系当地的抗日自卫队，然后把这封信送给三营长。

如　弟 是！林老板请！

［二人下。

战士甲 报告团长，日本鬼子又进攻了！

赵团长 准备战斗！

[威武的军队迎战上。

[换光。

[日军特别行动队队部。

龟 田 桑浦山的中国军队顽强抵抗，我军进攻又被打退，伤亡很大很大的。不过，中国的军队伤亡不小，他们药品十分缺乏。师部命令行动队加紧封锁桑浦山各个路口，严防药品上山。要让他们军心涣散，不战自溃！

众日军 嗨！

第二场

[接上场。

[桑浦山，草寮。

[如弟化装成小伙计带林大刚上。

林大刚 （唱） 奉命送药到揭阳，
十六年后返故乡。
一路战火山河碎，
日寇猖狂民遭殃。
救国不分彼与此，
同心抗战灭东洋。

（感慨长呼）故乡啊！我回来了！黄英，你在哪里？你在何处？

如 弟 林老板，听你口音，好像也是揭阳人。

林大刚 是啊，我的老家就住在高溪村。

如 弟 你离家多久了？

林大刚 我离家十多年了。

如 弟 回去过吗？

林大刚 没有，等这件事办完，我再回去探望一下亲人。

如　弟　你家中还有什么人?

林大刚　我家中有老婆孩子。

如　弟　你的孩子多大了?

林大刚　（看了如弟一眼）我的孩子和你差不多一样大。你住在哪里?家中还有什么人?

如　弟　就在山下，叫陂下村，去年鬼子把全村人都杀害了。我是从死人堆里爬出来的。我娘给部队暗送草药，才逃过了这一劫。可是村子烧光了，就只好在山上搭草寮居住。

林大刚　日寇猖狂，恶贯满盈!这个仇一定要报!

如　弟　我一定要亲手多杀几个鬼子，为我外公、为全村人报仇!

林大刚　好!有志气!

如　弟　林老板，联络点的草寮就在前面。（进门）妈!来客人了!

[秋菊上。

秋　菊　来了，来了!

如　弟　林老板，她是我妈。

林大刚　她就是团长说的秋菊?

如　弟　是呀!

林大刚　大姐你好!我叫林大刚。

秋　菊　大刚同志，你好，我已经接到通知，抗日自卫队准备好了，随时配合你取回药品。坐，坐。如弟，冲杯茶!

如　弟　妈!我要赶紧任务，立即就走。

秋　菊　什么事这样急呀!来，我刚打了一只山鸡，你吃完鸡汤再走。

如　弟　团长交给我一封军书，要我马上送到东溪三营。山鸡汤回来才吃。

秋　菊　好，好!儿啊，一路要千万小心!

如　弟　我知!妈，林老板，我走了!（下）

秋　菊　这个孩子，才十六岁，就参军打鬼子，我总是放心不下。

林大刚　（若有所思地）哦，他父亲呢?

秋　菊　（默然）

林大刚 不好意思，我不该多问了。

秋　菊 来，坐，坐，请！

[秋菊与林大刚进草屋，林大刚摘下帽子、墨镜，放下桌上。

秋　菊 （看了一眼，猛然心跳，旁白）他……他不是文钦么？他还活着？不，不，人家分明叫大刚，莫认错了人。

林大刚 （旁唱）　见伊人音容举止似黄英，
教我心潮阵阵翻腾。
她为何来到桑浦地，
为何改姓又换名？

林大刚 秋菊，听你口音，也是揭阳人？

秋　菊 是呀！

林大刚 你家住在哪里？

秋　菊 我家本来住在高溪村。

林大刚 （一喜）高溪村有一个叫黄英的，你可认识她？

秋　菊 （霍然站起）你莫非是……

林大刚 我是文钦呀！你认不出我了么？

秋　菊 你真的是文钦么？

林大刚 是啊。

秋　菊 我是黄英呀！

林大刚 黄英，黄英！

秋　菊 文钦！

[双拥而泣。

幕　后 （唱）　风雨如磐十六年，
情思好比榕江长。
不期相逢在桑浦，
欲诉离怀痛断肠。

大　刚 黄英，我终于找到你了！这十多年来，你是怎么度日的？

秋　菊 当年红军打到潮汕，你参加共产党领导的农会，翻身闹革命。红军走后，白军又打回来，还乡团要掠你，你连夜逃离家乡。他们掠不到你，就要掠我，我只好化名改姓，抱着刚出生的儿子逃到这桑浦山，卖药为生。文钦，一别十六年，你为何连一点音讯也没有？

林大刚 文钦，我当年逃离家乡，去到惠阳，参加了东江纵队。这次奉命前来送药品，也借机寻找你们母子。不料在半路遇到敌人，我先把药品暗藏起来。上山请求部队接应。团长派人带我下山找人配合。想不到要找的人竟然是你！真是巧合啊！

秋　菊 是呀！更巧的是，适才为你带路的就是你的儿子！

林大刚 啊！他是我的儿子？

秋　菊 是啊！文钦呀！

（唱）　当年你逃难离家山，
我携幼儿避祸走他方。
辗转来到桑浦地，
又饥又困累倒在山冈。
幸遇采药大伯将阮救，
收为义女把身安。
去年倭寇进村大扫荡，
全村人鲜血飞溅染红榕江。
那一日我带儿送药部队去，
侥幸逃过此灾难。

林大刚 （唱）　听她言，怒满腔！
恨倭贼丧尽天良。
国仇家恨深似海，
怎容倭寇横行在揭阳。

[黄阿娟等自卫队员上。

众队员 对！

（唱）　怎容倭寇横行在揭阳。

林大刚 他们是？……

秋　菊　他们就是揭阳抗日自卫队员。她是队长阿娟。

林大刚　阿娟同志!

阿　娟　林老板，我们的一切行动听从你指挥。

林大刚　这次有驻军三营掩护，只需几个熟悉地形的自卫队员随我取药，然后直接交给山上的驻军。

阿　娟　好。

林大刚　马上出发!

秋　菊　文钦，一路小心。

林大刚　放心，我一定平安回来！走!

秋　菊　（目送）文钦……

第三场

[接上场。

[山路上。

[如弟上。

如　弟　（唱）　送密信，到三营，

匆匆登上东溪岭。

身穿短褂戴草帽，

谁识我是一士兵?

[鬼子搜山队数人从埋伏处突然窜上，把如弟团团围住。

小队长　站住！什么人?

如　弟　我是西村草药店的伙记。

小队长　你上东溪岭，什么的干活?

如　弟　我娘病了，我去为她采摘青草药。

小队长　东溪岭后住的是支那的军队，你的投敌大大的有。

如　弟　我真的是良民。

小队长 良民？搜！

[鬼子搜查如弟，搜到一封密信。

[如弟夺过信，撕碎往山溪扔。

[鬼子制服如弟，从地上抢到几片信件残片。

小队长 八格牙路！带走！

鬼子兵 嗨！

[灯暗。

[灯起。

[日军特别行动队队部。

龟　田 （比画翻看信件残片）初一夜……三营……药……就剩下这几个字，什么意思？

翻　译 太君！肯定与药品有关。是不是要三营配合行动暗运药品。

龟　田 如此说来，初一夜就是行动时间了。什么地点？你的说！（把刀架在翻译脖上）

翻　译 （惊愕，稍镇静，把刀轻轻拿开）太君！纸片大多散落山溪水中，什么地点我怎知道？这要问送信的人才知道。

龟　田 （笑）我的把你当成送信的人了！哈哈哈！（厉色）把捉到的小支那兵带上来！

[鬼子押如弟上。

翻　译 太君问你，信上说的是什么行动？药品在哪里？配合什么人？

如　弟 不知道！

龟　田 上大刑！

[日本兵把如弟架到火炉前，扒开衣服，烙其胸膛。

如　弟 啊！（昏绝）

[龟田示意，日兵用冷水浇醒。

如　弟 （唱）　皮破肉裂，痛楚难挨。

铁钳烧红火，直烙我胸怀。

严刑强忍受，泪血滴尘埃。

翻　译　太君，他不讲。

龟　田　巴嘎！拉出去毙了！

鬼子兵　嗨！

翻　译　慢！我有一个办法让他开口……（耳语）

龟　田　很好！

［翻译下，复上。

龟　田　带上来！

［鬼子小队长带一排乡民上。

龟　田　你的不说，一个个杀了！

翻　译　太君说了，你不说，太君就杀光关在监狱里中国人，就因为你，你的同胞将在你面前一个个死去！

如　弟　强盗！无耻！

龟　田　说不说？

如　弟　不知道！

［龟田拔出手枪，枪杀其中一少女死在如弟面前。

如　弟　（悲痛地）你、你太残忍了！

龟　田　难道你还不说么？（刹那间又枪杀一壮汉，枪声震天动地）

如　弟　（惊颤）啊！

［鬼子小队长又把一中年壮汉拖到如弟跟前。

龟　田　（把手枪顶在壮汉头上）说不说？不说，死了死了的！

如　弟　且慢！

翻　译　你说呀！如今，他的命就在你的手里！

如　弟　（犹豫）

翻　译　中国军人保护自己的同胞是天经地义的，也是你们军人的职责。

如　弟　（几分惊慌地）不……不！

［龟田又是一枪把壮汉杀了。

龟　田　（严厉地）你再不招，立即搜捕你的母亲，让她也如此一样，鲜血淋漓地死在儿子的眼皮下！

翻　译　弟呀，皇军就要寻杀你的母亲了！

如　弟　（悲号地）哎喳！

（唱）　一闻此言心如震，

如弟我犹似乱箭穿胸襟。

恨不得，飞回家中去相救，

叹只叹，难逃魔掌，难救娘亲。

想母亲，生儿育儿十六载，

血汗流尽历苦辛。

母爱比山高，

娘恩似海深。

我怎能，惨看亲人受刑苦，

又怎让，慈娘命丧在于今？

天啊天，

你折杀尊娘敬娘的如弟，

天啊天，

你逼我，五内如焚乱寸心。

（左右为难）

龟　田　你的，还不说！死了死了的！（把刀架在如弟脖做砍杀状）

如　弟　（回过神来）不，我不能死、不能死呀！

（唱）　不能死，一死母亲命如丝，

鬼子杀人不看天！

母亲未知己艰险，

一落敌手倍惨凄。

不能死，一死慈娘无娇儿。

娘纵活命娘心裂，

娘无娇儿谁相依？

不能死，一死慈娘无娇儿，

岁月难度日如年。

一死谁来尽孝道，

一死谁来承宗支？

龟　田　你还不说呀！（欲砍）

翻　译　且慢！（把龟田拉到一旁细语）太君，让我再劝劝他，劝劝他！

[龟田挥手，鬼子带群众下。龟田也下。

翻　译　（从刑架上放下如弟，假装亲切地）弟呀，坐，喝一口水！

如　弟　（怒目而视）呸！

翻　译　我是来救你的！

如　弟　呸！狗汉奸！

翻　译　唉！别说得这么难听嘛！我是看你差点儿被打成废人了，太可怜了！弟呀！

（唱）　人生事，谁不想要脸有光。

又谁愿，委身事敌来投降。

如　弟　那你为何还当走狗，又为何还来劝降？

翻　译　（接唱）　委曲求全暂从权，

谁不惜命求平安？

花落明春会再发，

头落人亡万事空。

你我共饮榕江水，

乡邻有事须相帮。

常言道，救人胜造九层塔

实怜你小小年纪一命亡。

如　弟　说得好听！

翻　译　弟呀，如果你死了，从此在这世上消失，谁也不知道，就像死了一只蚂蚁一样。你青春年少，好光景都未看见，就死翘翘，实在可怜！我是看你生得眉清目秀，面貌与我早年死去的儿子一样，才动了恻隐之心！

如　弟　我不用你管，你给我滚开！

翻　译　好吧，我不管你了，让鬼子一刀把你的头割下来罢了！（假装要走又回头，十分神秘地）弟哟！我老实对你说，皇军早已破获了你信中的机密。

如　弟　（一怔）什么机密？

翻　译　让三营配合行动，接送药品！

如　弟　啊？！什么时间？

翻　译　初一之夜！

如　弟　初一之夜？如此说来，机密真的被破获了？！

翻　译　是啊！为了救你，我才悄悄向你透露的……

如　弟　既然如此，鬼子何用逼问于我？

翻　译　（假装很神密的样子）弟啊！太君是想把你变成他们的奸细，潜藏在你们军部，时时报讯！可又怕你假投靠，因此要你招供，看看与破获的机密是否符合，以证你的真诚。

如　弟　证我真诚？！

翻　译　对呀，你想一想，说出信中内容，证你耿耿忠心，又有何妨？再说，你只要能走出这里，今后何去何从，天高地广啊！弟呀，先保住一命再说。

如　弟　先保存一命再说？对呀！

（旁唱）　既然机密已泄露，

我另有计策藏胸怀。

为表忠诚权应付，

看风使舵理应该。

先保一命脱险境，

回军部、救娘亲、先解燃眉！

[翻译示意，龟田上。

龟　田　（又举起刀）八格牙路，不识抬举，死了死了的！

如　弟　等等。

翻　译　想好了？说！快说！不说就迟了！

如　弟　信中所说的行动是要去要三营配合动暗取药品……

翻　译　地点呢？

如　弟　南陇山神庙！

龟　田　（相视狞笑）南陇山神庙！

翻　译　哈！哈哈！

第四场

[接上场。

[山神庙附近。

[鬼子兵先一步到达山神庙，一番巡视，鬼子小队长向众鬼子兵下达命令，部署。众鬼子兵："嗨！"

[林大刚及自卫队赶到山神庙，遇见鬼子兵。

林大刚　（示意众人撤离）走！

鬼子兵　杀呀！

幕　后　（唱）　如弟受骗泄军情，

日寇沿途布伏兵。

为保药品山上送，

抗日战士命丧生。

[阿娟与大刚边还击边跑，日本兵追过场。

鬼子小队长　（气恼）八嘎！

[大刚中枪。

阿　娟　林老板，药品呢？

林大刚　（把药箱交给阿娟）快……送上山去！

阿　娟　不！我掩护你，你快走！

林大刚　你快走！

阿　娟　你快走！

[两人推来推去，药箱掉下山坡。

林大刚　药品掉下山了。

阿　娟　（对大刚）你快走！（对阿雄）阿雄，你护送林老板先走！

[阿娟推开林大刚，只身扑向鬼子兵。

鬼子小队长 抓活的！抓活的！

林大刚 阿娟！

[阿娟拿起一束手榴弹拉开了弦冲向敌人。

[一声轰响阿娟与敌人同归于尽。

幕　后 （唱） 啊——

一声巨响天地崩，

英烈鲜血满江红。

[换光。

[草寮。

[几个村姑背着满筐草药唱上。

众村姑 （唱） 秋菊花开遍地香，

手采草药上山巅。

送给战士治伤痛，

聊表民众心诚虔。

村姑甲 菊姐！草药来了！

秋　菊 好好好，都放在这边。

[一村姑看到草药架上的药包，想要伸手去碰。秋菊见此状，立马阻止。

秋　菊 不要碰！这是剧毒断肠草碾成的粉末。是毒野兽的！

村姑甲 哦！知道了。

秋　菊 待我将你们送来的草药加工炮制，送到山上去！多谢众姐妹了！

众村姑 不必言谢！支援前线打鬼子，这是阮该做的事！

秋　菊 辛苦了！恁家里还有事，就先回去吧。

众村姑 好，我们早点回去。听说你们夫妻刚刚团圆，久别胜新婚，要好好亲热一下才对！

秋　菊 你们这些丫头，真是嘴尖舌利！

众村姑 嘻嘻！（众下）

[秋菊抱草药下。

秋　菊 （唱） 目送姐妹下了山，

文钦形影绕心间。

轻倚门扉举目望，

暗祷祝，亲人平安回家中。

但愿得，文钦父子早相认，

一家人，欢欢乐乐度时光。

[林大刚伤痕累累、血迹斑斑上。

大　刚　阿英，阿英！

[秋菊开门。

秋　菊　（惊愕地）文钦！（急扶进）文钦，你怎么了？

林大刚　阿英！

（唱）　取药遭伏击，战士俱献身。

负伤强举步，冒死闯山林。

秋　菊　文钦！

林大刚　阿英，我们刚取到药品，就中了敌人埋伏，我带伤逃了出来，原先说好的驻军三营配合行动，可根本没有看见他们。我们的一举一动，都在敌人掌控之中。莫非我们内部出了奸细？

秋　菊　奸细？奸细？！

林大刚　对！奸细！（触到伤口）唉！

秋　菊　文钦！

（唱）　原以为，你取了药品早日归。

谁料到，中了埋伏愿难遂。

待我取来疗伤药，

为你包扎把伤医。

[秋菊急为林大刚包扎伤口。

林大刚　阿英！

（唱）　阿英你，且慢为我把伤治。

我自知，伤势沉重命如丝。

临终我把重任托，

请你听我把话提。
军需药品依然在，
事关战局紧如弦。
望你送上桑浦山，
伤员急盼药品至。
还有一事咐托你，
将我寄望告如弟。
日寇猖狂侵我土，
烧杀掳掠无穷期。
愿他奋志抗强暴，
做个爱国好男儿。

秋　菊　文钦，你要挺住！我不能没有你！孩子不能没有爹呀！

林大刚　阿英呀！

（唱）　自从离家出走后，
无时不忆梦里人。
每登高山回头望，
漫天烽火独思亲。
草寮意外相会面，
又遇亲儿喜在心。
虽然从此永别离，
文钦含笑赴九阴。

秋　菊　文钦！

（唱）　文钦你何出不祥语，
为妻肠断泪沾衣。
可怜父子未相认，
求你莫抛妻与儿！
我与你夫妻共求百年谊，
月圆花好一年年。

林大刚 （唱） 谁人不思百年谊，
谁不想花好月又圆。
恨只恨，日寇未灭身先丧，
无缘再见亲生儿。
阿英呀，
你切莫为我太伤痛，
如弟还须靠你苦扶持。
他渴望父爱关冷暖；
你代我，还他温情情依依。

秋　菊 （唱） 文钦呀，我爱你，
壮怀激烈，浩歌长啸，
我盼你，为保家国建功劳。
叹只叹，
眼前百姓流离颠沛，
四处哀歌回荡荒郊。
我要你，保生命，败日寇，
等待胜利红旗插遍万山头。

林大刚 （气息奄奄地）阿英……

[林大刚倒下身亡。

秋　菊 文钦！文钦！

幕　后 （唱） 啊——
生离死别天地哀，
带恨带悲泪飞洒。
遍地菊花傲霜放，
凄风枯叶漫山崖。

[换光。

第五场

[接上场。

[日军特别行动队队部。

[龟田致电司令官。

龟　田　嗨！嗨！嗨！司令官放心！药品一定弄到手。嗨！

[龟田报告完毕，挂下电话，对众鬼子训示。

龟　田　伏击虽然得手，但是，有人漏网，带药品潜逃，军部非常不满。

众鬼子　嗨！

龟　田　严令务必找到药品，捉到漏网之人，这药品关系到桑浦山战局，若不截获，军法从事！

众鬼子　嗨！

龟　田　翻译官！

翻译官　太君。

龟　田　你是当地人，熟悉地形，马上搜查那个带药品逃走的敌人！

翻　译　太君，山高林密，地形复杂，如何找得？

龟　田　找不到，我的吃罪，你的死的死的！

翻　译　（略一寻思）太君，那个小东西不是还关在里面吗？我们不如先把他放了。

龟　田　放了？为什么要放？

翻　译　太君，我们有关药品的唯一线索只有他了。

龟　田　他现在已经知道上了我们的当，难道还会真心跟我们合作么？杀掉算了！

翻　译　不！我们可以再利用一次。

龟　田　怎样利用？

翻　译　带药品逃走的那个人已经负伤。上山的路全部被我们封锁。白天，他不可能贸然行动，肯定是把药品藏在某个地方。放了小东西，他肯定会去找他们的人。我们便悄悄跟着他。从他同伙身上再扩大线索追查药品。这就叫放长线，钓大鱼！

龟　田　放长线，钓大鱼？

翻　译　嗨！

龟　田　嗯！……

［光暗。

［光起。

［如弟唱上。

如　弟　（唱）　心忐忑步履踉跄，

暗庆幸脱了樊笼。

眼前何处是去路，

还是回家见慈颜。

［如弟下。

［龟田、翻译与众鬼子上。

龟　田　（念）　锦囊妙计藏，寻踪潜逃人。

药品弄到手，胜券握手中。

跟上！

鬼子兵　嗨！

［众鬼子下。

［草寮。众村姑伴秋菊上。

秋　菊　（唱）　凄风阵阵撼山崖，

松涛声声不胜哀。

山花一束坟前献，

藏好药品草寮来。

众村姑　菊姐，你也不要太伤心了。阮会常来看你的。

秋　菊　多谢众姐妹。姐妹们，恁回去吧！

［众村姑下。

秋　菊　（唱）　寮前翘首把儿盼，

辛酸往事诉儿知。

愿儿勇抗日寇继父志，

洗雪大仇展笑眉。

（翘首眺望，夹白）儿呀，你为何至今还未回……

[如弟上。

如　弟　（唱）　失魂落魄把家归，

颤颤惊惊扣柴扉。

酸咸苦涩藏心底，

母亲面前口怎开？

[如弟扣门。

如　弟　妈！

秋　菊　（开门）儿呀，你回来了！

[如弟、秋菊入内。

[龟田、翻译、与数个鬼子兵上。

龟　田　果然不出所料！顺藤摸瓜，找到药品，把他们一网打尽！

众鬼子　嗨！

[龟田、翻译与众鬼子下。

秋　菊　（一看如弟身上的烫伤伤痕）儿，这是……

如　弟　妈……这是我在营部被开水烫到的。

秋　菊　待阿妈为你细看，再为你涂药。

如　弟　（回避）不用……妈……我只是被开水烫了一下。

秋　菊　（细看）啊？可这分明是烙铁烙伤的。快擦药吧……（再细看）还有这鞭子抽打的痕迹！……（情绪从疼爱转为疑惑）如弟，告诉我，你这伤迹从何而来？

如　弟　（哭泣）……

秋　菊　（惊愕）难道你被日本鬼子掠过？

如　弟　（点头）妈……

秋　菊　那你是怎么回来的？快说！

如　弟　我是偷跑回来的。

秋　菊　偷跑？日本鬼子哪能让你轻易逃走。

（旁白）莫非他……

（旁唱）　一声惊雷从天而降，

顿教秋菊胆战心寒。

倘若如弟投降变节，

害死人命罪大如山。

如　弟　妈！

秋　菊　儿呀，你是什么时候被日本鬼子掠过的？

如　弟　送信回来的时候。

秋　菊　信若送到，为何三营没有行动？你要老实回答我，信到底有没有送到？

如　弟　（跪下）妈！你不要再问了！我也是没办法呀！妈！

（唱）　我送书信途中行，

陷入敌网受苦刑。

竹签铁烙都用尽，

如弟宁死不招供。

孰料到，鬼子又设诱骗计，

我误中毒计泄军情。

出狱本想远方走，

却难舍，母子相依骨肉情。

求母亲，体谅如弟苦心一片，

即刻随儿逃离险境。

秋　菊　（又悲又怒扇了如弟一个耳光）

（唱）　骂畜生，枉为人。

激得我，怒火阵阵燃胸膛。

仇人面前贪生怕死，

投敌变节耻为中国人。

你不思，

一念之差铸成千古恨，

多少亲人从你口中亡。

你休道，母子相依情难舍，
我为你，蒙羞受辱脸羞惭。
你岂知，你父一命丧你手，
桑浦山头尸骨未寒。

如 弟 谁人是我父亲？谁人是我父亲？

秋 菊 （唱） 林大刚就是你严亲，
抗日意志令人钦。
当年离家惠阳去，
十六年来断讯音。
此番奉命送药品，
回乡也想寻亲人。
想不到，一家骨肉未团聚，
他魂归黄土怎不令人痛心！

如 弟 林老板是我的亲生父亲？！

秋 菊 正是你的亲生父亲！

如 弟 哎喳！

（唱） 霹雳一声，
一声霹雳震天响。
顿教我，
肝胆崩碎心似乱箭穿。
十六年来日思夜盼，
苦盼爹爹寻儿郎。
想不到，亲生骨肉未相认，
是我亲害家严一命亡。
苍天啊，
我不该为惜一命成叛逆，
成了个不忠不孝不义人。

（以手擂地）报应！报应呀！

秋　菊 （唱）　你已犯下滔天罪，
害得父丧战友亡。
如今纵有三江水，
洗不清，出卖亲人罪千般。

（白）我没有你这个儿子，你给我滚！给我滚！给我滚出去！

如　弟 妈！我知错了，我中了敌人奸计，我就死在你的面前吧！

秋　菊 你要死，为何不死在被掠时；你要死，为何不死在牢狱里！我没有你这个儿子，你给我滚出去！

如　弟 妈！

秋　菊 滚！

[如弟推门。

[龟田与众鬼子上。

龟　田 哪里走！

[鬼子挡着如弟冲进门！

龟　田 （走近秋菊）你的，什么干活的？为何住在山里？

翻　译 太君问你，你在这里做什么？为何住在山里？

秋　菊 卖药的，村子被你们烧光了，不住在山里住哪里？

龟　田 （抽出刀）八嘎！

如　弟 （挣开）太君，她是我妈！

龟　田 （收刀，对翻译）你的对他说，我们的，是他儿子的朋友。不必害怕！

翻　译 嗨！太君说，他们是你儿子的朋友。叫你免惊，免惊！

秋　菊 （对如弟）畜生，是你把鬼子引到这里来的？

如　弟 不是，不是，是他们……

翻　译 确实不是你儿子引来的，是太君神机妙算！这叫做欲擒故纵嘛。

秋　菊 呸！

翻　译 （掏枪对准秋菊）打死你！

龟　田 （止住翻译）不！不要这样对待我们朋友的母亲。

翻　译 嗨！

龟　田　药品的？伤员的？统统的，告诉我们，奖赏大大的有。

翻　译　太君说，只要你说出药品和伤员的行踪，大大有赏。

秋　菊　什么药品？

翻　译　太君问的是治枪伤的急救西药！

秋　菊　什么东药西药，我这里只有青草药，你们要是生疮烂耳，就尽管拿去用！

翻　译　太君，她的装癫假痴，大大的狡猾。依我看，药品和伤病员有可能就藏在里面。

龟　田　搜！

众鬼子　嗨！

［众鬼子搜毕。

鬼子小队长　报告，药品的没有，伤员的没有。

翻　译　太君，这是山上的野味——山鸡蘑菇汤，大大的好吃。

龟　田　这美味的，给谁享用的？

翻　译　太君问你，煮给谁吃的？

秋　菊　反正不是给狗吃的！

龟　田　八嘎！绑了！

如　弟　（跪求）太君！我妈是个采药人家，她什么事都不知，你们放过她吧！

秋　菊　畜生，别在这里丢人现眼！

龟　田　（用枪顶着秋菊头）说，伤员在哪里？药品在哪里？

秋　菊　不——知——道！

龟　田　你的死的死的！（拉开保险）

如　弟　（扑上前，拉住龟田腿）太君，太君，不要开枪，不要开枪！我能帮你们找到药品！

秋　菊　畜生！

龟　田　（收枪）这就是了。（抚了如弟的头，把他拉起来）你的说说，如何帮我找到药品？

如　弟　你把我妈放了，我再跟你们说！

龟　田　说，说！

如　弟　太君，伤员负重伤，肯定跑不远，必须先找一个地方躲起来，处理伤口。

秋　菊　畜生!

如　弟　白天他不敢冒险行动，天黑他才敢上山。

翻　译　喂!你到底知不知道药品的下落?说了一大堆屁话，有什么用?

龟　田　让他说下去!

翻　译　嗨!

如　弟　(故意瞎编)上山的路径，都被你们封锁，只有一条秘密小道，往山上送药的路径，就要经过西坡这条路。

秋　菊　(旁白)根本没有这条路,莫非如弟他……

龟　田　你的集合队伍，由他带路，在这小道埋伏!出发!

鬼子小队长　嗨!

龟　田　走!带路!

翻　译　(看着山鸡汤)太君!我们还是等天黑才行动，过早行动，会暴露了我们的目标。

龟　田　嗯。

翻　译　太君，我们爬山，又饿又累，是不是吃点什么才走?

龟　田　这里有什么可以吃的?

翻　译　太君，山鸡蘑菇汤大大的好吃!

龟　田　(走近观察)冷了,冷了的!

翻　译　(指着秋菊)端去加热!(掏出枪对秋菊)你去不去!

[龟田、翻译与众鬼子下。

[秋菊走端汤走向灶边。

秋　菊　(旁唱)　强抑怒火在灶旁，
新仇旧恨涌胸膛。
军民们，为抗日抛家舍命，
文钦他，一命惨丧在桑浦山。
正愁无计雪仇恨，
适逢机会降眼前。

敌人逼我把汤煮，
我何不揭盖施毒在锅中？
千钧一发不容慢，
脉不跳来心不慌。
亲手杀敌为抗战，
祭奠烈士慰先人。

［秋菊在汤中放下断肠草，如弟看见，十分惊骇。

如　弟　断肠草？

［翻译上。

秋　菊　汤热好了，吃吧！

翻　译　（端上）太君！香喷喷的山鸡汤煮好了！

龟　田　好吃！

翻　译　拿碗上来！

秋　菊　（取一迭碗子汤匙置于桌上。）

翻　译　太君！

龟　田　你的儿子这几天辛苦了，让他先吃。

翻　译　太君说，你的儿子这几天辛苦了，叫他先吃。

秋　菊　哎喳！

（唱）　风雨雷电骤咆哮，
敌人阴险计难料。
手捧鸡汤胸如捣，
要儿服下，心似刀刨。
浑身颤抖身似云中踩，
哀秋菊，此时刻苦劫难逃！
儿还像，刚离暖巢一幼鸟，
儿还像，乳臭未干一羊羔。
苍天呀，
你怎忍我绝香丁，

你怎忍我自毁家中一嫩苗？

龟　田　快快叫他吃了！吃了！

秋　菊　（续唱）　倘若如弟不饮下，

一计难成我心如火烧！

如　弟　妈，我喝，我喝。

秋　菊　儿呀，你可知道这汤……

如　弟　（接过汤碗）妈，儿知道，这汤喝下能把我五脏六腑的污垢洗刷干净。

（旁唱）　接过鸡汤手不颤，

母亲心事我知端。

倘若不把鸡汤饮，

妈妈难过这一关。

眼前利害已彻悟，

此番劫厄我承当。

母亲呀，如弟自知罪深重，

无颜再留在人间。

苦思无处可赎罪，

唯将小命来抵还。

黄泉路口别慈母，

愿娘歼敌在草堂。

（仰头，一口喝完）

翻　译　太君！连他的儿子都吃了，没事，可以吃！

[盛了一碗给龟田。太君，吃！

龟　田　（接碗喝了一口）好吃！来！

众鬼子　嗨！

翻　译　哇！好吃！

龟　田　好吃！

[一时间秋菊见如弟毒性发作，为瞒鬼子又强忍苦痛。

秋　菊　（强忍悲泪，望着如弟，旁唱）

见如弟，苦挣扎，
为娘我，如刀似剑扎胸膛。
如弟他，今日已犯滔天罪，
舍命赎罪也应当。
儿呀，非是为娘心太狠，
皆是你一步走错自灭亡。
舍子实在出无奈，
儿可知，娘心更比儿凄怆！

如　弟　妈！你能原谅我吗？

秋　菊　你，你是娘的儿呀！

如　弟　能杀死几个鬼子，我便死而无憾了！

翻　译　（肚痛）太君！山鸡汤……有毒！（倒地翻滚）

龟　田　巴嘎！你的良心大大的坏！

［龟田向秋菊开枪，如弟见状猛奔上前，胸顶子弹，为护秋菊倒地身亡。

［龟田浑身无力，抽搐而死。

［众鬼子纷纷倒地，口吐白沫而死。

秋　菊　（抱起如弟，泪流满脸）如弟，我的儿呀！

（唱）　为什么，
你不学绿竹怀劲节？
为什么，
你不效山菊顶秋风？
今日里，
你中计犯下滔天罪，
愧对天地活人间。
你作孽，娘心恸如绞，
你忏悔，娘裂肺摧肝。
你饮汤，娘悲泪不息，

你赴死，娘心似箭穿。
你母仅是一民女，
弱质无力挽狂澜！
为娘唯尽绵薄力，
誓保药品救伤员！
儿呀儿，
人世最惨骨肉丧，
谁似我，丈夫战死子随亡。
儿你服毒改前非，
我白发悲送黑发人。
儿呀，阴曹地府似冰冷，
娘把新衣为儿穿。
阴风袭人寒彻骨，
一条棉毯盖儿郎。
愿儿泉下早醒悟，
再世重续骨肉缘。
振奋雄风走正道，
还我威武好儿郎！

（痛呼）儿啊！让为娘送你上路，送你上路！

[秋菊一把火把草寮烧毁。烈焰冲天。

[秋菊背着药品向远处走去。

[灯转。军营里遍地黄花。秋菊手托药品登上了高峰。众村姑背草药上。

秋　菊　（欢呼）团长，药品送到了！

众姐妹　团长！我们也送草药来了！

[激动的赵团长带众军士及医护人员欢跃迎上。

[幕后唱：山菊花开分外香，
香气阵阵润心田。

桑浦山上丰碑在，

谱写英雄正气篇……

[剧终。

（剧本版本：作者本人提供）

·潮剧卷·

赠梅记

编剧：范莎侠

人 物 表

郑雪梅　　陶家华
郑忠才　　高汉明
陶德旺　　李秀芝
小　亮　　阿　牛
细　狗　　阿　莫
村民、游客等。

[幕前曲：

梅花映村舍，
绿水绕青田，
乡梓梅花弄，
游子魂梦牵。
经风经雨经世变，
凌寒凌雪又春天。

[时间：20世纪70年代至90年代。
[地点：粤东地区一个古老的村庄。

第一场

[20世纪70年代初期的一个冬夜。
[梅花村口，清溪畔。夜幕降临，冷月下一树梅花初放。

[郑雪梅在梅树下焦急等待。

郑雪梅 家华，你怎么还没来呀……

（唱） 溪边梅树花初开，
悄约家华梅下来。
寒风扑面不觉冷，
唯盼见面诉衷怀。
左等右等人未见，
家华啊，难道你
你不敢赴约到此来？

（焦急张望）啊，来了！家华来了！（故意藏身树后）

[陶家华上。

陶家华 （唱） 雪梅约我看梅开，
又喜又怕溪边来。
喜的是当面能说心底话，
怕的是被人发觉生祸灾。
瞻前顾后到溪畔，
不见雪梅心疑猜。

（焦急）雪梅啊，你约我来，我也正有事要告诉你，你在哪里？在哪里呀……

郑雪梅 （从树后出）家华……

陶家华 （惊喜）啊，雪梅……

[两人欣喜相对，一时无语。

陶家华 （少顷）雪梅，我是等到路上没人了才来……

郑雪梅 我知道，你处处小心。

陶家华 雪梅，你爸若知道你出来……

郑雪梅 我爸下午去公社开会，还没回来。

陶家华 哦。（略放心）雪梅，你约我来，就是来看梅花？

郑雪梅 先看梅花。你看这株古梅，花开得早，今日是冬至，花就开了！

陶家华 是啊，真是开得早！

郑雪梅 家华，我们读书时，沿着这溪畔的梅树去学校，一到冬天——

陶家华 就盼着梅花开。

郑雪梅 我们喜欢梅花，喜欢课本里毛主席那首咏梅词。

陶家华 看到梅花，我就想起：已是悬崖百丈冰，犹有花枝俏。

郑雪梅 我最喜欢的是：俏也不争春，只把春来报。

陶家华 是啊，梅花不惧严寒，报春不争春，品格高洁。

郑雪梅 我们村自古就种梅爱梅。

陶家华 我们村年节赠梅，远行赠梅。

郑雪梅 还有……

陶家华 还有什么？

郑雪梅 还有……（羞涩）相好的人也赠梅。

陶家华 （也不好意思）可惜，现在梅树少了，赠梅风俗也成四旧破除了。

郑雪梅 是啊，多可惜……家华，我约你来是要告诉你，我要去卫生学校学习了。

陶家华 卫生学校？考的？

郑雪梅 推荐的。

陶家华 （羡慕又怅然）雪梅，你出身好，你爸是书记，有这学习机会，为你高兴。

郑雪梅 家华，你别忧心，你也会有机会，会有希望的。

陶家华 是啊。雪梅，今夜我来，就想告诉你，我要离开乡里，去找……希望。

郑雪梅 你要去哪里？

陶家华 我……去找我爸。

郑雪梅 （吃惊）你爸？你爸在香港，你是要去……

陶家华 （点点头）我找机会……

郑雪梅 （担心）家华……

陶家华 雪梅，我要离开了，心里的话要说出来。你是书记的女儿，却不歧视我这个黑五类子弟，从小就护我帮我，我一辈子都忘不了。

郑雪梅 家华，你和你妈都是好人，帮你是应该的，也是我……愿意的。

陶家华 （感动）雪梅！若不是实在待不下去，我是舍不得……离开的呀！苦，我不怕，可是……

郑雪梅 不用说了……什么时候走？

陶家华 明天。

郑雪梅 明天？明天就走？！

陶家华 ……已约好了。

郑雪梅 这……（依依不舍）家华，你就要远行，我，送你一样东西。（细心折下一枝梅花）

陶家华 梅花？

郑雪梅 （唱） 凌寒一树梅花开，
万千话语在心怀。
赠你梅花赴远道，
望你早传佳音来。
但愿你父子能相见，
但愿你磨砺成英才。
但愿你人如梅花高洁品，
但愿你……乡井梅花心底栽。

（白）家华，我——等你！

陶家华 雪梅！（激动地攥住雪梅的手）

（唱） 一枝梅花情似海，
一声等字震心怀。
此去不管生与死，
梅花伴我向未来。
雪梅啊，
乡井梅花栽心底，
愿他年，
共看梅花凌寒开！

[细狗突然跳出。

细　狗 掠着了，掠着了！

[陶家华、郑雪梅大受惊吓。

郑雪梅 细狗，你要干什么？

细　狗 阮民兵出来抓人。

郑雪梅 抓谁？

细　狗 你爸从公社带来紧急任务，抓逃港，抓五类分子，开批判会！

郑雪梅 那，你去抓啊！

细　狗 哎呀恁两人还不明白，家华是华侨地主，家里死的死，跑的跑，要抓他代表他家台上站呢！

郑雪梅
陶家华 （惊）啊！

细　狗 你爸和治保主任旺叔正在找他，我也是来找的呀！

陶家华 （恐惧）不，我不能被抓，不能被抓……

郑雪梅 （果断地）家华，你不是要走吗？现在就走！赶紧走！

陶家华 对，现在就走！

细　狗 走吧，我当作看不见。

郑雪梅 走吧！啊，等等，（掏出钱）这是我领到的抽纱工钱，你带上。

陶家华 雪梅……

郑雪梅 （把钱塞进陶家华衣袋）快走！

[陶家华把梅枝掖在怀里，欲下。

[郑忠才内声："那边有人，截住！"

细　狗 唉！跑不了了！

郑雪梅 啊！我爸来了！跟我走！

[村支书郑忠才与治保主任陶德旺上，民兵阿牛随上。

郑忠才 陶家华，你躲在这？

细　狗 （急上前）是，他在这，我刚找到。

郑忠才 啊？雪梅！你怎么也在这？

郑雪梅 我……

郑忠才 你，你怎么和黑五类子弟在一起？！

郑雪梅 爸，出身归出身，家华生在新中国成立后，没有剥削，他在学校是个好学生，我怎么不能和他在一起？

郑忠才 你？！（大怒，转对陶家华）陶家华，你家是华侨地主，你父是逃港坏分子，你不好好改造，还勾引干部子女，凭这就可以定你个流氓罪！

郑雪梅 （大惊）流氓罪！爸，你不可冤枉好人呀，是我约他来的！

郑忠才 来呀，把这个流氓带走！

郑雪梅 不能带走，是我约他的，他无罪！（求陶德旺）旺叔，主任……

陶德旺 （欲为陶家华解脱）雪梅，你说明白，真是你约他来的？

郑雪梅 是，是我约他的！

陶德旺 你约他什么事？

郑雪梅 我约他看古梅开花，还按习俗送他一枝吉祥梅花。

郑忠才 送梅花？（上前从陶家华怀中掏出梅枝摔地上，用脚踩）送梅花，还搞这封建“四旧”的东西！

郑雪梅 （哭喊）爸！你不能这样！

郑忠才 不能这样该怎样？你还是不是我女儿？

郑雪梅 （豁出去）我是你女儿，我送他梅花，你若说他是流氓，就把我也带走……

郑忠才 你这个逆女！（扇了郑雪梅一掌）

陶德旺 （拉开）忠才兄，算了，算了。

陶家华 书记，你要抓就抓我，和雪梅无关。

郑雪梅 有关，是我约他的！

陶德旺 忠才书记，你看这……

郑忠才 别理她，把这流氓带走！

郑雪梅 （激愤）爸！你若是诬陷家华，我就死给你看，我跳清溪湾！（跑下）

郑忠才 阿牛，拉住她！

[阿牛追下。

陶德旺 忠才兄，清溪湾十跳十无生，救人要紧！

[阿牛内声：“书记快来呀！”郑忠才无奈急下。

陶家华 雪梅！（欲追下）

陶德旺 （阻）家华，雪梅是逼他爸放你走，解你的围，阮在这，她死不了，你就跑吧，先避过这一关。

陶家华 雪梅……

陶德旺 还不快跑！（示意）细狗，他跑你追。

细　狗 （会意）是。

[细狗推陶家华，陶家华回身捡起梅枝，跑下，细狗追下。

陶德旺 （作势喊）家华跑了，追呀……

[收光。

第二场

[20 世纪 90 年代。

[梅花村，陶家华祖居“梅园”前。

[幕后歌：

花落花开二十年，
人非人是翻新篇。
乡情乡谊乡间事，
流水浮云谈笑间。

[乡干事阿莫指引着锣鼓队、舞动红花的学生欢迎队列演练上。

[陶德旺上。

陶德旺 好！歇一下。大家就训练到这里，等一下俺的乡贤陶家华董事长就要到乡里来，大家先到村口准备迎接！阿莫，你先带队前去，董事长到来，快快前来报告。

阿　莫 是！大家伙，来去呀！

[欢迎队列舞下。

[阿牛、细狗与二村民携匾上，把梅园门边“梅花村村委会”牌子撤下，挂上鋆凿一新的“梅园”匾额。

阿　牛　旺叔，你看，这旧匾油漆一下，焕然一新，挂上去真好看。

陶德旺　嗯，是好看。

细　狗　旺叔，你真是小诸葛，当年土改，你把这门匾保护起来，你是预料几十年后要重新挂上？

阿　牛　旺叔预料到的何止这个匾，家华离乡创业，他更是果断相助呀！

细　狗　是啊！旺叔预知家华有大发达！

陶德旺　我哪有预知的本事。土改时，匾额摘下当柴烧，我是看着有文字的东西毁了可惜，便藏起来，后来才知道是清朝一位状元写的，文物价值也高。

阿　牛　（感叹）还是珍惜文化的好。现在梅园物归原主，匾额更有价值了。旺叔，你的功劳不小啊！

陶德旺　哎，要说有功，还是雪梅啊！

[郑忠才悄然上。

阿　牛　是啊，雪梅看似温温柔柔，护助家华那个烈性啊，忠才叔拿她无法。

细　狗　嘻嘻！我说呀，忠才叔不但没有旺叔的眼光，连我和牛兄都不如，当年他要是睁只眼闭只眼，今日呀，就是董事长的老泰山啰！（猛回头见郑忠才）啊！忠才叔……

陶德旺　忠才兄……

郑忠才　说啊，再说啊，当年怎么啦？当年是执行政策。今天有钱回来就怎么啦？就变天了？

陶德旺　忠才兄，别生气。你是老书记，当年你执行政策，正确。今天呀，落实华侨政策也是政府定的，我们也是在执行政策。

阿　牛　是呀，忠才叔，我们是在执行政策。

郑忠才　执行政策？（指着摘下的牌子）阿牛，你是村主任，我问你，你连这个村址都不要了？

阿　牛　不是不要，是有新的了。

陶德旺　忠才兄，村委会搬新址，明天揭牌。哦，是了，上次我跟你说的，陶家华捐资的梅花中学教学楼落成典礼，你是老书记，请你参加，不要推托。

郑忠才　我已说了，我思想跟不上形势，不参加。你是现任书记，你去就行。

陶德旺 忠才兄……

郑忠才 我就一句话：不参加。德旺啊，这点小事你就说了两次，上次我提的重要事，你怎么没回复我？

陶德旺 哪件事？

郑忠才 陶家华表兄那个染整厂啊，污水一出，把清溪染得又黑又红，村委到底管不管？

陶德旺 管。但这事牵涉面大，得多方协调。

郑忠才 多方协调就多方都拖着，你们是看到利，不顾害，要是在过去，我就先把这厂封了！

[阿莫上。

阿　莫 书记……啊，德旺书记，陶董事长已进村来了。

陶德旺 怎么不早些来报？

阿　莫 董事长从小路进村，已到墟上了。

陶德旺 忠才兄，我得去接待一下。

郑忠才 （没好气）财主来了，快去啊……

[陶德旺下，阿牛、细狗也溜下。

郑忠才 想不到啊……

（唱）　想不到陶家华重回乡中，
陶氏家族仍丰隆。
建校办厂新贡献，
干部们成了跟屁虫。

（望着门上的匾）
想不到梅园旧匾重挂上，
老宅又复旧门风。
形势变化快，
实在想不通。
如今有钱就是好，
谁顾得一溪清水半溪红。

可叹我不当书记言不重，
枉自气愤在心中。
也幸得不再当书记，
免与那财神董事来迎逢。

哼！（负气下）

[陶家华衣装朴素，携李秀芝上。

陶家华 （唱） 暌别故乡二十年，
往事历历在眼前。
步步行来细体味，
搅起甘苦与酸甜。

李秀芝 （唱） 陪伴家华回乡转，
家华心事我知详。
造福乡梓遵祖训，
报答乡人恩义长。

陶家华 （唱） 堪感人生多变化，
投资内地我成港商。

李秀芝 （唱） 闻说梅村山水秀，
村舍古街入眼帘。

陶家华 （唱） 眼见得内地生活大改变，
乡镇上物品丰饶商铺相连。

李秀芝 （唱） 乡村农产多又好，
鸡鸭满地果蔬鲜。

陶家华 （唱） 当年若有今朝样，
何用搏命离乡间。

李秀芝 （唱） 离乡才有宏图展，
否极泰来写新篇。

陶家华 （唱） 举目梅园已在望，

李秀芝 （唱） 归瞻祖厝快上前。

[陶家华、李秀芝往前走，暂下。

[郑雪梅背药箱，与女儿小兰上。

（唱）　背药箱，乡间转，

村医已当二十年。

看淡世情多变幻，

守住心底一片天。

携儿街市买文具，

不觉行至梅园前。

（看到新挂上的匾，不由驻脚）啊，梅园焕然一新了！（感叹）这是家华的祖厝，当年，家华想进去却不敢进，只能远远望着……

小　兰　妈，家华是谁？

郑雪梅　……妈的同学。

小　兰　妈，听人说梅园里面好漂亮，今天星期日不用读书，进去看吧。

郑雪梅　妈还要赶去给人打吊针，下次再看吧。（携小兰走开）

[陶家华夫妻走上。

陶家华　梅园到了。（感叹）过去只能远远望着……

[郑雪梅闻言一怔，本能地驻足，望向陶家华。

[陶家华也望向郑雪梅。

陶家华　啊！你、你——雪梅！

郑雪梅　你？家华……

[两人一时怔住，幕后伴唱：

一别长牵念，

骤遇梅园前。

人生恍如梦，

今朝是何年。

李秀芝　（一旁）她……就是雪梅？

小　兰　（悄扯雪梅衣袖）妈……

[陶德旺上，阿牛、细狗和锣鼓队等陆续上。

陶德旺 哎呀，董事长先到祖厝了。哦，雪梅也在这，真巧，来，都到梅园坐坐叙谈吧。

郑雪梅 我要给人打吊针，你们进去吧，我失陪了。

[郑雪梅带小兰下，陶家华怅然。

陶德旺 董事长，李经理，俺先进梅园看看吧。

李秀芝 家华，进去吧。

陶家华 （回过神）好，进去。

阿　莫 锣鼓打起来！

[收光。

第三场

[郑雪梅的家。

[聚光现郑雪梅、小兰。雪梅看着手中一个装水的瓶子出神。

小　兰 妈，你怎么总是看着这瓶水呀？

郑雪梅 这瓶水是你外公从工厂排污口取来的，要妈送去化验。

小　兰 那你就送去啊，还看什么？

郑雪梅 小兰啊，这瓶水牵系全村，牵系你外公和陶先生，妈正在想，要不要送去。

小　亮 哇，这样复杂啊，妈，你就想吧，我去学校了。（下）

郑雪梅 家华啊家华，你回乡来了，这瓶水，我要不要送去化验啊……

（唱）　一瓶清溪水，
牵系众亲人。
送水检测诉污染，
风波起时卷自身。
老父亲顾及全村看长远，
众村民眼前却是利在心。
家华荣耀归乡梓，

此事当头怎面临。

家华啊，

当年助你离乡去，

梅开梅落思念深。

如今是人生各有缘和路，

你成富豪我清贫。

安贫若素心恬淡，

相夫教子度光阴。

却不想，老父抗污关涉你，

积怨未解又加深。

雪梅我，

欲待随波逐流不开口，

难安老父赤忱一片心。

欲待担当道义言乡事，

众心不一实艰辛。

（下决心）罢！

凡事该做当须做，

无私无畏凭良心。

但愿亲朋解我意，

雪中梅花见精神。

[高汉明骑单车上，车架上夹一简易拐杖。

高汉明 （唱） 老丈人出头抗污染，

闹得我人前好为难。

出厂门又闻家华来拜访，

速返家中迎港商。

（下车，撑拐进屋）雪梅！

郑雪梅 回来了。

高汉明 回来了，今天事都凑一起了。你爸我的老丈人，刚才又去染整厂。

郑雪梅 又是为了污染的事？

高汉明 就是。爸说工厂排污污染清溪，要厂长关厂停业，厂长说污水有处理，清溪水质经检测符合标准。

郑雪梅 符合标准？大量排污在夜间，取水样却在不排污的时段。爸已取了夜间水样在这，让我送检。

高汉明 （忧虑）这……雪梅啊，你们父女能不能不管这事？

郑雪梅 为什么？

高汉明 污染是污染，大家有钱赚，谁都不愿关啊。就说我，从部队转业在县五金厂，可惜工厂倒闭，又出了车祸，脚落下残疾，幸得现在有工厂财务这份工作，也不想关啊！

郑雪梅 （一叹）都不想关，事情才难办。

高汉明 就是难办。现任村干部都不管，爸已退下来，何苦还要管？

郑雪梅 爸这事管得对。

高汉明 哎呀，管得对也是瞎操心！厂是家华投资的，家华在市里开发工业园区，在乡里建教学楼，有贡献，就是说到县里、市里，也不会关呀！

郑雪梅 听说邻乡也要在清溪边办厂？

高汉明 是呀，这些事哪管得了？我们过好自家的日子就得了。啊，别说这些了，旺叔陪家华夫妇就要来咱家，你整理屋子，我备茶。（进里屋）

郑雪梅 家华就要来了……（稍微整理屋子）

[陶德旺陪陶家华夫妇上。

陶德旺 家华，这就是雪梅的家。（喊）雪梅，汉明，陶董事长和夫人来了！

[郑雪梅迎上，高汉明端茶具上。

郑雪梅 书记。

陶德旺 我介绍一下，董事长和雪梅是同学，这位是董事长的夫人李秀芝女士，也是工业园区总经理，这位是雪梅的先生高汉明。

高汉明 董事长，李经理请坐。

郑雪梅 书记，家华，李经理，请喝茶。

李秀芝 雪梅姐，你叫我秀芝就行。

陶家华 汉明兄，记得你在学校读书高我一年级，我还是称你汉明兄吧，你叫我家华就行。

陶德旺 好好好，这样称呼亲切些。雪梅呀，当年你有义有勇，相助家华，如今家华事业大发展，知恩报恩，特来感谢你呀！

郑雪梅 当年我和家华是同学，该相助就相助，谈不上恩，报答更不敢当。

李秀芝 雪梅姐呀！

（唱） 你相助之情深似海，
回报恩情理应该。
家华他，家乡事情长牵挂，
家乡的蜡梅香江栽。
千般感谢谢不尽，
先送一物表情怀！

（打开精美的长条形纸盒，取出一枝含苞初放的梅花）雪梅姐，这是从香港带来的梅花……

郑雪梅 （想不到）啊？梅花……

陶家华 雪梅啊！

（唱） 你赠梅励我闯江海，
二十年感戴在心怀。
从乡俗携梅来相见，
共看梅花凌寒开！

郑雪梅 （唱） 想不到相见赠梅来，
止不住热泪挂在腮。

（夹白）家华，秀芝！
深感赠梅深情义，
春光融融暖心怀。

[郑雪梅把梅枝插入瓶中。

李秀芝 雪梅姐，听说你们要修建房屋，这是百万元支票，是家华和我一点心意，请你们收下。

郑雪梅 不！这万万不可，梅花我收下，钱款我们是不会收的。

高汉明 是啊，钱款我们是不会收的。

陶德旺 雪梅，汉明，家华有心报答，你们就收下吧。

李秀芝 （诚切地）雪梅姐，当年你把领到的工钱都给了家华当路费，今日阮一点心意助修房屋，请你们收下！

陶家华 雪梅，这份心意，恁就收下吧。

郑雪梅 家华，我已说过，钱款我是不会收的。（有了主意）不过，你若是真要报答，眼前我有为难之事，想先请你帮忙。

陶家华 什么事？你说。

郑雪梅 家华，你携梅回乡，可见你有乡心乡情。俗话说，美不美，乡中水，亲不亲，故乡人。今日，我先请你品尝乡中之水。（拿起送检之瓶，欲倒水入碗）

高汉明 （惊）雪梅，不可！（一把拿过瓶子）

［郑雪梅坚决地拿过瓶子，把水倒入碗，端至陶家华面前。

郑雪梅 家华！

（唱） 双手端过家乡水，

你看看颜色闻闻味。

可是照影清？

可是甜又美？

陶家华 （迟疑接过，看）这水不清啊，（闻）有一股怪味。

［陶家华想抿一口，郑雪梅止住。

郑雪梅 不能喝。

陶家华 这水是……

郑雪梅 你先别问，今天夜里，到清溪畔，古梅前，我有事与你商量，你能不能到？

陶家华 清溪畔？古梅前？能，我一定到！

［众人面面相觑。

［光渐收……

第四场

[一光区现手拿围巾的李秀芝。

李秀芝 雪梅与家华是旧相好，到底有什么事要夜间在溪边商量？

[另一光区现高汉明。

高汉明 溪边商量事，别人不明白，我明白。雪梅呀雪梅，我宁可你约家华是谈叙情谊，不愿你出面来管乡里事。

李秀芝 家华寒嗽未好，匆匆赴约，围巾都没戴……

李秀芝
高汉明 阻又阻不得，坐也坐不住，出门也往溪边去

[光区暗。

[启光。清溪畔，景同第一场。月色下仍是一树梅花，花蕊初开。

[陶家华与郑雪梅从两边各自上。

陶家华 （唱） 冬夜重走旧时路，
风高月冷似当年。

郑雪梅 （唱） 约好家华到村口，
不为当年为当前。

陶家华 （唱） 溪边夜会非为叙旧，
雪梅她定有要事来相商。

郑雪梅 （唱） 溪边夜会不得已，
雪梅行止可对无。

陶家华
郑雪梅 （唱） 步步行来心揣测，
心祈念，
不觉已到梅树前。

[两人相遇。幕后伴唱：

“虽是人生沧桑变，
对景能不忆当年？”

陶家华 雪梅啊！

（唱） 冬至夜又到清溪边，
当年事历历在眼前。
有事相商且慢讲，
心中话语我先言。
若非你赠梅舍命助我走，
陶家华怎能有今天！

郑雪梅 （唱） 往事已随流水去，
莫再提来莫再言。

陶家华 不，我要提。雪梅，你不知道，当年你折梅赠我走他乡，我在香港，年年必看梅花开，岁岁为梅长思念，这次赠你的梅花，也是特地从香港带来的。

郑雪梅 家华……

陶家华 今天终于能当面问你，当年，我捎信寄信，你为什么一概不回？为什么要断了我们的情缘？

郑雪梅 ……当年，我爸不让你我有牵扯，截下你的书信！

陶家华 啊！

郑雪梅 后来是旺叔告知我。那时，我只知道你到了香港，其余一概不知！

陶家华 （愤恨）你爸这个老混……

郑雪梅 （阻）不要骂，也不要恨，这也是人生各有各的路。

陶家华 话虽如此，心里总感缺憾。这次回来，知道你家庭不宽裕，有心资助，你又不接受，我心里不好受啊！

郑雪梅 家华！

（唱） 你夫妻携梅相见情谊厚，
秀芝堪称慧又贤。
我家不穷也不富，
无须挂念在心间。
只为你报效乡梓情真切，
才约你到此把难事商。

陶家华 什么事，快说吧。

[李秀芝、高汉明各从隐处走出，屏息静听。

郑雪梅 （一叹，唱）

你看眼前清溪水，
月下静静泛漪涟。
叹只叹一溪清水被污染，
虽有反映却依然。
碗中水就是溪中取，
特请你到此把现场观。

[郑雪梅指引陶家华往前看。

李秀芝 （释然）原来如此！

（唱） 却原来夜会是为清溪事，
我放下心来暗称奇。
雪梅她不受报偿为乡梓，
多少男人不如伊。
更感她情挚品端将我赞，
悄语润心如甘饴。

高汉明 （烦恼）唉！

（唱） 果然是夜会为清溪，
不由我越思越恼气。
大道理我也知来我也明，
怎奈工厂一关我也得“歇戏”。
叹只叹雪梅父女太执意，
出头出面担非是。

[李秀芝与高汉明隐。

陶家华 雪梅，工厂有污染，旺叔他们怎么都不说？

郑雪梅 工厂有效益，村民有工打，干部有分红，谁还顾得长远？

陶家华 那，你的意思是？

郑雪梅 这厂是你投资的，请你看看现场，作出决断。清溪不能再污染下去了，从去年开始，就有死鱼漂浮，来卫生站治疗腹泻的人越来越多，这是水质原因所致。

陶家华 你的意思是要我停厂？

郑雪梅 家华，凡事看远点，不要只顾利。听老辈人说，咱梅花村有乡规民约，村民共保一方水土青山长绿，溪水长清，还听说，此乡规就是你祖上力倡的。

陶家华 我祖上？你怎知道？

郑雪梅 我爸说的。

陶家华 我投资办厂，你爸却专挑我祖上的事来反对，这是故意与我过不去。

郑雪梅 我爸是为了一方水土，百代子孙。

陶家华 哼！你爸当干部时，破坏乡里环境的事做多了，牌坊扒了，果树砍了，现在倒有菩萨心肠了？

郑雪梅 我爸知过补过，正是这点感动了我。他把保护一方水土为己任，他在山上种树，他为清溪呼吁，他还……

陶家华 别提你爸！（勾起旧怨，爆发地）

（唱） 一提你父我恨连连，
创伤积痛在心间。
从小我受尽歧视受尽苦，
你的父小小村官逞威权。
犹可恨，断我情缘截音讯，
踩梅践踏我尊严。
到如今说什么污染要关厂，
更搅我心头恨火燃！

这事你不要谈了，更不要提你父了！工厂的事，政府出面我才处理。

郑雪梅 等到污染严重政府出面，生态就很难恢复了！

陶家华 那，（负气）那也叫社会现象，大势所趋！

郑雪梅 啊！（想不到，痛心地）陶家华，你，你变得我不认识了……你闯荡多年见多识广，想不到却是这样的见识和心胸。你有什么资格指责我爸过去？我爸是悟过补过积善德，你却是知错就错逐浊流！说什么报效家乡，却污损一方水土，你已失却梅花村民品格，我错看你了！

（唱） 原以为邀你现场看污染，
你会为故乡截断污染源。
原以为你宏图得展有见识，
看待过往有历史眼光。
谁知你商海博利逐浊浪，
拘往事眼光短浅语荒唐。
想往昔，
我爸他乡村干部跟时代，
换别人你家苦难也照常。
往事回头知功过，
该改该偿各担当。
我父亲干部当了几十载，
从无有一文私钱往衣袋装。
就因为曾砍果树心有憾，
如今他栽树种果在山岗。
就为了保护一方山和水，
他不当干部也把道义扛。
看如今世人熙攘多为利，
我爸他奔走抗污堪赞扬。
往年父女见识不同道，
今朝同心我要把父亲帮。
你出身梅园儒商后，
却把那乡规族训全忘光。
雪梅我，虽是小小村医农家女，
是非利害心中有主张。
当年我敢抗严父将你爱，

今朝我也敢遏浊流为家乡。

今夜陈情倾肺腑，

（夹白）陶董事长——

何决何断你自考量。

[陶家华震动，呆住。

[李秀芝、高汉明从隐处现。

李秀芝 （旁唱） 一番话，

听得我感佩不已心激荡，

家华啊，

实不该任由浊水污溪江。

高汉明 （旁唱） 一番话，

听得我相形见绌暗羞惭，

雪梅啊，

我不该只顾自家鼠目寸光。

[李秀芝、高汉明隐。

陶家华 （唱） 一番话说得我无言以对，

一番话说得我羞愧难当。

雪梅她无私无畏担道义，

我却是挟怨逐利心迷茫。

（夹白）雪梅啊！

你慧语评说前后事，

你厉言纠我利益观。

一番话除却我心头瘴，

猛回头枝上寒梅绽春光。

陶家华定承梅村好传统，

正心纠错不彷徨！

雪梅，谢谢你今夜约我来，给我下了这一剂猛药。

郑雪梅 董事长想通了？

陶家华 通了。（难为情，腆笑）不通也得通啊。不过，这厂嘛，也不是说停就停那么简单，员工、厂址、设备等，都得有安排啊！

郑雪梅 家华，只要你想通了就好。接下来的事嘛……告诉你，有人已先替你在想了。

陶家华 哦？替我想了？这人是谁，我去见他。

郑雪梅 你去见他？我怕你无有气量去见。

[李秀芝、高汉明从隐处现。

陶家华 我怎么无气量？你说，是谁？

郑雪梅 就是——我爸！

陶家华 你爸？！……（怔住）

[李秀芝、高汉明也一愣。

[光渐收……

第五场

[数天后。

[幕后伴唱：

梅乡坡上青青草，
桃李梅花树渐高。
却把纷扰几多事，
换作乡心植树苗。

[伴唱中光渐起，山坡。山坡上有一护林的简易小棚寮，寮前有木头支起的简易桌椅。

[郑忠才在寮前苗圃嫁接果树苗，小兰跟在一旁。

小　兰 外公，果树为什么要嫁接呀？

郑忠才 果树嫁接才长得好，果子才好吃。

小　兰 哦。外公，你说过，很久很久以前，山上有桃树，李树，荔枝树，还有很多梅花，为什么后来没了呢？

郑忠才 砍掉了。

小　兰 为什么要砍掉呢？

郑忠才 这些事无法一下子说清楚。外公现在啊，就知道：梅村的乡规定得好，山上就得有树，村边就得有清溪，子子孙孙都该保下去。所以啊，外公就把这片山承包了，要让果树长起来。

小　兰 外公，我要帮你把果树栽满山。

郑忠才 好。哎，小兰啊，你妈那瓶水送去化验了吗？

小　兰 这个我不知道。

郑忠才 你去找你妈来，我自己问她。

小　兰 嗯。（下）

［郑忠才眼望青山，思绪万千。

郑忠才 （唱）　小孙女，问根苗，
搅起往事思如潮。
数十年忠心耿耿当干部，
几多憾事在心梢。
梅村自古好风物，
乡俗淳美地丰饶。
最心痛大炼钢铁砍树木，
开山造田又毁一遭。
乡人多年半温饱，
且幸得改革开放将穷窘抛。
忧只忧，烟尘滚滚搞发展，
难忍污水清溪漂。
眼望白云青山过，
心中忧愁却难消。

［陶家华、郑雪梅上。

陶家华 （唱）　梅乡坡上梅花开，

唔会冤家上山来。

郑雪梅 （唱） 家华气量堪称道，

但愿日出云雾开。

陶家华 （唱） 怎奈是往事历历在心底，

人近山坡步徘徊。

（犹豫，止步）

郑雪梅 （唱） 家华莫要心犹豫，

旧恩怨当作新情怀。

上前把我阿爸见，

携手同创好未来。

走吧。

[郑雪梅引陶家华上前。

郑雪梅 爸……

郑忠才 雪梅，你来了，我正想问化验的事……

郑雪梅 爸，化验的事且慢说，有个人想见你，我带他来了。

陶家华 （上前）忠才书记。

郑忠才 （乍见陶家华，一时愣住）你？

陶家华 忠才书记，我是陶家华啊。

郑忠才 陶家华？你来干什么？

陶家华 多年不见，特来拜望叙谈。

郑忠才 拜望叙谈？你是来翻老数（旧账）？

陶家华 （一噎，不快）……忠才书记，你误解了。

郑忠才 误解？哼，我经历得多了，怎会不知你的来意。

（唱） 陶家阿舍你听了，

我知你心有怨恨恨难消。

想当年我当干部尽职守，

如今我栽树坐看白云飘。

要翻旧账任由你，

不用出言来戏绕。

郑雪梅 爸！

陶家华 你？！

（唱） 好意上山来，

好言把口开。

谁知时过境迁人无改，

依旧是当年郑忠才。

积怨未消增新愤，

此来真是太不该。

好，书记既是固执己见，误解我来意，我也不想多说了，我——走了！

郑忠才 请便。

陶家华 哼！（愤然欲走）

郑雪梅 且慢！家华，你有上山的气量，怎么就受不了一句话？（对郑忠才）爸，家华上山见你，你为什么还固执己见，你，糊涂啊！

郑忠才 我糊涂？你就是为他说话，我知你也一直怨我。你可知你父也有怨有气，以前当干部招怨恨，干部一退，反映污染都无效。我这股怨气正无处出，还有什么可叙谈？

郑雪梅 爸，要说怨气，我比你大啊！

（唱） 说旧怨道委屈泪积心头，

多少次对亲人欲说还休。

当年赠梅把家华护，

情真义勇不怕把命丢。

阿爸你踩梅截书信，

你可知我多年的痛与愁？

尝尽酸苦人生已看淡，

如今我不为己愁为乡愁。

为乡愁我助阿爸护山水，

为乡愁我力劝家华在清溪头。

为乡愁我自身委屈可抛却，

为乡愁我愿恁消除怨隙把未来共谋筹。

爸呀爸，家华抛怨来相见，

你不该心持成见自缠纠。

他感你守护清溪水，

停厂截断污水流。

他敬你山上植树木，

专程会你上山丘。

爸你抚心想一想，

你心存怨气何来由？

郑忠才 怎么？他，他把那个厂停了？

陶家华 忠才叔，恁父女的情怀和德心感动了我，我把污染的厂停了。

郑忠才 你……也不记怨过去的事？

陶家华 （沉缓、诚挚地）忠才叔，以前那个年代，谁当干部，我家境况都一样。当年你那样对我……我，理解。

郑忠才 理解？不记恨？

陶家华 （掏心地）忠才叔，当年你踩我梅花，截我音信，此情此憾，说不记恨非实话，说记恨，也只是空留心头之伤啊……

郑忠才 （心酸）家华……（也掏心地）说句心底话，郑忠才一生做事不后悔，唯独踩梅截信，追悔莫及……我，也长怀心头之痛啊！

郑雪梅 （哽咽）爸……

陶家华 忠才叔……（热泪盈眶，握住郑忠才手）

［幕后女声伴唱：

相见皆怀伤与痛，

热泪化尽恨千重。

［陶家华与郑雪梅扶郑忠才坐下。

陶家华 忠才叔，今后，俺携手共创未来。

郑忠才 好，共创未来。雪梅，把我的酒拿上来！

[郑雪梅进棚拿出古朴的酒瓶和杯子，郑忠才倒酒。

郑忠才 来，今日相见欢，一饮再畅谈。

陶家华 好，交杯倾肺腑，家乡美景长。

郑忠才 干！

陶家华 干！

陶家华 哇，好酒！又醇又香，还有一股青梅味道，这是什么酒？

郑忠才 这就是梅花村的梅酒！

陶家华 这就是梅酒？我爸曾说过，梅花村的梅酒是一方名酒，可惜新中国成立后停产了，这酒……

郑忠才 这酒是我配制出来的。新中国成立前我在你家酒坊做工，这几年凭记忆，配制成功。

陶家华 太好了！忠才叔，你配制成功，我们村可以恢复生产啊！

郑忠才 我就在想这事，染整厂停了可以转型，青梅熟了可以做梅酒，还可做果脯等农副产品加工。

陶家华 （激动）哎呀！忠才叔啊——

（唱） 一杯梅酒醍醐灌顶，

一盘计划心中生成。

一个难题迎刃而解，

一方名酒重获新生。

一片敬意谢长辈，

一礼深深表至诚！

忠才叔！（深深鞠躬）

郑忠才 哎，不用这样。

[陶德旺、阿牛等上。

陶德旺 忠才兄，在喝酒啊。好，我来报告一个好消息：县里已批准俺村修复古村建筑景观，成立梅花村文化旅游区了！

陶家华 太好了。旺叔，梅园虽然落实政策归还我家，我想修缮后交村委会保管使用。

郑忠才 好。梅园的建筑很有名，修旧如旧，是村里一处主要景观。

陶德旺 村委会决定聘请忠才兄当修复古村的总顾问。忠才兄，你不能推辞啊！

郑忠才 好，大家一起出力。来，先尝梅酒。

众　人 好，干！

[欢快的音乐起，光渐收……

尾　声

[数年后。

[幕后声：“朋友们，乡亲们，梅花村文化旅游区今天正式开业！”

[随着锣鼓声和鞭炮声，天幕梅花绽放，透过疏枝，可见一个美丽的晚清时期古村庄景象。

[游客及美术学院师生在村民陪同下愉悦地观赏村貌，陆续过场。

[幕后伴唱：

古村古寨清溪边，
梅花梅酒胜昔年。
游人慕名接踵到，
人文山水堪流连。

[陶德旺、阿牛、细狗等上。

陶德旺 （欢悦地）梅花旅游区开业，形势很好，客源在增加，美术学院的学生也来画画写生了。

阿　牛 想不到我们村这么有，呃，有文化底蕴，旅游资源这么有……

细　狗 有文化价值。

阿　牛 嗯，有文化价值。特别是梅园，专家高度评价梅园的建筑艺术。

陶德旺 （感叹）俺乡里能保留这些古建筑，就是文化资源。哦，家华要去北京参加侨商会议，俺一起为他送行。

阿　牛
细　狗 好，好。

[陶家华、李秀芝上。

陶德旺 家华，车备好了，去机场时间来得及。

[小兰内喊“陶先生……”跑上。

小　兰 陶先生……陶叔叔，我外公找你！

[郑雪梅扶白花苍苍的郑忠才上，高汉明随上。

陶家华 忠才叔！

郑忠才 家华，听说你要出门，我特地赶来送你一样东西。（亮出梅花）

陶家华 梅花！（百感交集）忠才叔……

郑忠才 赠梅！

（唱）　赠梅了我心头愿，

赠梅弥我旧时愆。

愿秉梅花神与韵，

乡情永驻在心田。

陶家华 （激动地接过梅花）谢谢忠才叔，乡情梅韵，永驻心田！

众　人 乡情梅韵，永驻心田！

[陶家华与郑忠才紧紧握手……

[结束曲：

梅花映村舍，

绿水绕青田，

乡梓梅花弄，

游子魂梦牵。

经风经雨经世变，

凌寒凌雪又春天。

[剧终。

（剧本版本：作者本人提供）

中国社会科学年鉴

中国管理学年鉴 2018

CHINESE MANAGEMENT YEARBOOK

中国社会科学院工业经济研究所 主编

中国社会科学出版社

图书在版编目（CIP）数据

中国管理学年鉴. 2018 / 中国社会科学院工业经济研究所主编. —北京：中国社会科学出版社，2020. 9

ISBN 978 - 7 - 5203 - 7072 - 1

Ⅰ. ①中…　Ⅱ. ①中…　Ⅲ. ①管理学—中国—2018—年鉴　Ⅳ. ①C93 - 54

中国版本图书馆 CIP 数据核字(2020)第 164061 号

出 版 人　赵剑英
责任编辑　彭莎莉
责任校对　郭　勇
责任印制　张雪娇

出　　版　中国社会科学出版社
社　　址　北京鼓楼西大街甲 158 号
邮　　编　100720
网　　址　http://www.csspw.cn
发 行 部　010 - 84083685
门 市 部　010 - 84029450
经　　销　新华书店及其他书店

印刷装订　三河市东方印刷有限公司
版　　次　2020 年 9 月第 1 版
印　　次　2020 年 9 月第 1 次印刷

开　　本　787 × 1092　1/16
印　　张　29. 75
插　　页　2
字　　数　762 千字
定　　价　249. 00 元

2017 年 3 月 25—26 日，《经济管理》杂志社主办、北京邮电大学经济管理学院承办的“中国工商管理研究年度高端论坛（2017）”在北京举办

2017 年 5 月 26—28 日，《中国工业经济》杂志社、经济管理出版社联合主办的“逆全球化与实体经济转型升级研讨会”在北京召开

2017 年 8 月 25 日，中国企业管理研究会与石河子大学联合主办的“‘一带一路’与中国企业管理国际化学术研讨会暨中国企业管理研究会 2017 年年会”在石河子召开

2017 年 11 月 24 日，中国企业管理研究会社会责任专业委员会与北京融智企业社会责任研究院联合主办的“2017（第四届）中国电力行业企业公众透明度论坛”在北京举行

编写说明

《中国管理学年鉴·2018》是“中国社会科学年鉴系列”的学科年鉴之一，由中国社会科学院工业经济研究所主编，中国社会科学出版社出版发行。年鉴的编辑出版得到中国社会科学院“登峰战略”企业管理优势学科项目资助。

《中国管理学年鉴·2018》是面向全国、反映国内管理学研究最新进展的大型文献性、资料性学术年刊，以学术性、前沿性、权威性和代表性为基本编撰宗旨，涵盖学科包括工商管理（会计学、企业管理、技术经济及管理）、管理科学与工程、农林经济管理、公共管理以及旅游管理五大一级学科。

《中国管理学年鉴·2018》共设置七大栏目：“重要文献”“专题论述”“学科综述”“论文荟萃”“著作选介”“研究课题”和“学界动态”。

——“重要文献”栏目收录了2017年对我国经济发展和管理环境产生重要影响的中央文件，由编辑部摘编。

——“专题论述”栏目紧扣“管理学研究的理论构建与方法创新”这一主题，收录了4篇代表性文章，由编辑部选编。

——“学科综述”栏目介绍了国内管理学部分领域的最新研究动态，本卷主要涉及企业管理、国有企业改革、知识管理和会计学方面的理论前沿。

——“论文荟萃”栏目摘录了2017年166篇经典管理学论文的主要观点，稿件主要来源于两部分：外部专家推荐和编辑部从重点期刊遴选编辑。

——“著作选介”栏目介绍了2017年出版的管理学（含公共管理）著作43部，稿件来源于外部专家推荐和编辑部人员选编。

——“研究课题”栏目汇集了2017年度国家社会科学基金项目、国家自然科学基金项目的立项情况。

——“学界动态”栏目综述了2017年管理学方面的主要学术会议情况，稿件来源于外部专家供稿和各报刊刊载的会议综述。

《中国管理学年鉴·2018》编辑部主要成员为中国社会科学院工业经济研究所的专职人员。具体分工情况如下：黄速建研究员牵头年鉴总体组织协调工作；刘建丽副研究员负责年鉴内容框架设计和稿件质量把控；王欣副研究员负责选稿、组稿和全卷统稿工作；科研处处长蒙娃负责筹备年鉴的出版、发布和推广工作；刘晶晶负责收集整理外部专家推荐的论文、专著摘要、会议综述和照片等资料。

《中国管理学年鉴·2018》的编撰得到了国内管理学界的大力支持。在此，特别向以下几位外部专家表示由衷的感谢：清华大学杨德林教授、中央财经大学崔新健教授、天津财经大学彭正银教授、江西财经大学胡海波教授、北京印刷学院李治堂教授、河北经贸大学祁红梅教授、重庆工商大学王兰教授、江苏大学庄晋财教授、北京工业大学李欣教授、太原师范大学郭丕斌教授以及山西财经大学胡涛教授。另外，中国社会科学院研究生院工业经济系7位研究生参与了选稿和编辑工作，他们分别是：郭文、赵璐、董昌娟、阳镇、褚席、陈慧鸽、邓斯月。

年鉴的顺利出版离不开出版社编辑人员的辛勤付出。感谢中国社会科学出版社彭莎莉编辑牺牲假期时间坚持审稿工作，耐心、细致地推敲和打磨每一段文字。经济管理出版社申桂萍编辑为“著作选介”栏目精心选荐了多部专著，并撰写了著作内容简介，其认真、负责的工作态度令人敬佩。最后，我们在这里向本卷所引用的各类文献的作者、资料的提供者、学界同人、有关协助单位和部门表示最诚挚的谢意！

《中国管理学年鉴》编辑部

2019年10月

目　　录

第一篇　重要文献

第二篇　专题论述

第三篇　学科综述

第四篇　论文荟萃

第五篇 著作选介

第六篇　研究课题

第七篇　学界动态

第一篇

重要文献

决胜全面建成小康社会
夺取新时代中国特色社会主义伟大胜利

——在中国共产党第十九次全国代表大会上的报告*

（2017 年 10 月 18 日）

习近平

同志们：

现在，我代表第十八届中央委员会向大会作报告。

中国共产党第十九次全国代表大会，是在全面建成小康社会决胜阶段、中国特色社会主义进入新时代的关键时期召开的一次十分重要的大会。

大会的主题是：不忘初心，牢记使命，高举中国特色社会主义伟大旗帜，决胜全面建成小康社会，夺取新时代中国特色社会主义伟大胜利，为实现中华民族伟大复兴的中国梦不懈奋斗。

不忘初心，方得始终。中国共产党人的初心和使命，就是为中国人民谋幸福，为中华民族谋复兴。这个初心和使命是激励中国共产党人不断前进的根本动力。全党同志一定要永远与人民同呼吸、共命运、心连心，永远把人民对美好生活的向往作为奋斗目标，以永不懈怠的精神状态和一往无前的奋斗姿态，继续朝着实现中华民族伟大复兴的宏伟目标奋勇前进。

当前，国内外形势正在发生深刻复杂变化，我国发展仍处于重要战略机遇期，前景十分光明，挑战也十分严峻。全党同志一定要登高望远、居安思危，勇于变革、勇于创新，永不僵化、永不停滞，团结带领全国各族人民决胜全面建成小康社会，奋力夺取新时代中国特色社会主义伟大胜利。

一　过去五年的工作和历史性变革

十八大以来的五年，是党和国家发展进程中极不平凡的五年。面对世界经济复苏乏

---

* 资料来源：中国政府网，http：//www. gov. cn/zhuanti/2017 - 10/27/content_5234876. htm.

力、局部冲突和动荡频发、全球性问题加剧的外部环境，面对我国经济发展进入新常态等一系列深刻变化，我们坚持稳中求进工作总基调，迎难而上，开拓进取，取得了改革开放和社会主义现代化建设的历史性成就。

为贯彻十八大精神，党中央召开七次全会，分别就政府机构改革和职能转变、全面深化改革、全面推进依法治国、制定“十三五”规划、全面从严治党等重大问题作出决定和部署。五年来，我们统筹推进“五位一体”总体布局、协调推进“四个全面”战略布局，“十二五”规划胜利完成，“十三五”规划顺利实施，党和国家事业全面开创新局面。

经济建设取得重大成就。坚定不移贯彻新发展理念，坚决端正发展观念、转变发展方式，发展质量和效益不断提升。经济保持中高速增长，在世界主要国家中名列前茅，国内生产总值从五十四万亿元增长到八十万亿元，稳居世界第二，对世界经济增长贡献率超过百分之三十。供给侧结构性改革深入推进，经济结构不断优化，数字经济等新兴产业蓬勃发展，高铁、公路、桥梁、港口、机场等基础设施建设快速推进。农业现代化稳步推进，粮食生产能力达到一万二千亿斤。城镇化率年均提高一点二个百分点，八千多万农业转移人口成为城镇居民。区域发展协调性增强，“一带一路”建设、京津冀协同发展、长江经济带发展成效显著。创新驱动发展战略大力实施，创新型国家建设成果丰硕，天宫、蛟龙、天眼、悟空、墨子、大飞机等重大科技成果相继问世。南海岛礁建设积极推进。开放型经济新体制逐步健全，对外贸易、对外投资、外汇储备稳居世界前列。

全面深化改革取得重大突破。蹄疾步稳推进全面深化改革，坚决破除各方面体制机制弊端。改革全面发力、多点突破、纵深推进，着力增强改革系统性、整体性、协同性，压茬拓展改革广度和深度，推出一千五百多项改革举措，重要领域和关键环节改革取得突破性进展，主要领域改革主体框架基本确立。中国特色社会主义制度更加完善，国家治理体系和治理能力现代化水平明显提高，全社会发展活力和创新活力明显增强。

民主法治建设迈出重大步伐。积极发展社会主义民主政治，推进全面依法治国，党的领导、人民当家作主、依法治国有机统一的制度建设全面加强，党的领导体制机制不断完善，社会主义民主不断发展，党内民主更加广泛，社会主义协商民主全面展开，爱国统一战线巩固发展，民族宗教工作创新推进。科学立法、严格执法、公正司法、全民守法深入推进，法治国家、法治政府、法治社会建设相互促进，中国特色社会主义法治体系日益完善，全社会法治观念明显增强。国家监察体制改革试点取得实效，行政体制改革、司法体制改革、权力运行制约和监督体系建设有效实施。

思想文化建设取得重大进展。加强党对意识形态工作的领导，党的理论创新全面推进，马克思主义在意识形态领域的指导地位更加鲜明，中国特色社会主义和中国梦深入人心，社会主义核心价值观和中华优秀传统文化广泛弘扬，群众性精神文明创建活动扎实开展。公共文化服务水平不断提高，文艺创作持续繁荣，文化事业和文化产业蓬勃发展，互联网建设管理运用不断完善，全民健身和竞技体育全面发展。主旋律更加响亮，正能量更加强劲，文化自信得到彰显，国家文化软实力和中华文化影响力大幅提升，全党全社会思想上的团结统一更加巩固。

人民生活不断改善。深入贯彻以人民为中心的发展思想，一大批惠民举措落地实施，人民获得感显著增强。脱贫攻坚战取得决定性进展，六千多万贫困人口稳定脱贫，贫困发生率从百分之十点二下降到百分之四以下。教育事业全面发展，中西部和农村教育明显加强。就业状况持续改善，城镇新增就业年均一千三百万人以上。城乡居民收入增速超过经济增速，中等收入群体持续扩大。覆盖城乡居民的社会保障体系基本建立，人民健康和医疗卫生水平大幅提高，保障性住房建设稳步推进。社会治理体系更加完善，社会大局保持稳定，国家安全全面加强。

生态文明建设成效显著。大力度推进生态文明建设，全党全国贯彻绿色发展理念的自觉性和主动性显著增强，忽视生态环境保护的状况明显改变。生态文明制度体系加快形成，主体功能区制度逐步健全，国家公园体制试点积极推进。全面节约资源有效推进，能源资源消耗强度大幅下降。重大生态保护和修复工程进展顺利，森林覆盖率持续提高。生态环境治理明显加强，环境状况得到改善。引导应对气候变化国际合作，成为全球生态文明建设的重要参与者、贡献者、引领者。

强军兴军开创新局面。着眼于实现中国梦强军梦，制定新形势下军事战略方针，全力推进国防和军队现代化。召开古田全军政治工作会议，恢复和发扬我党我军光荣传统和优良作风，人民军队政治生态得到有效治理。国防和军队改革取得历史性突破，形成军委管总、战区主战、军种主建新格局，人民军队组织架构和力量体系实现革命性重塑。加强练兵备战，有效遂行海上维权、反恐维稳、抢险救灾、国际维和、亚丁湾护航、人道主义救援等重大任务，武器装备加快发展，军事斗争准备取得重大进展。人民军队在中国特色强军之路上迈出坚定步伐。

港澳台工作取得新进展。全面准确贯彻“一国两制”方针，牢牢掌握宪法和基本法赋予的中央对香港、澳门全面管治权，深化内地和港澳地区交流合作，保持香港、澳门繁荣稳定。坚持一个中国原则和“九二共识”，推动两岸关系和平发展，加强两岸经济文化交流合作，实现两岸领导人历史性会晤。妥善应对台湾局势变化，坚决反对和遏制“台独”分裂势力，有力维护台海和平稳定。

全方位外交布局深入展开。全面推进中国特色大国外交，形成全方位、多层次、立体化的外交布局，为我国发展营造了良好外部条件。实施共建“一带一路”倡议，发起创办亚洲基础设施投资银行，设立丝路基金，举办首届“一带一路”国际合作高峰论坛、亚太经合组织领导人非正式会议、二十国集团领导人杭州峰会、金砖国家领导人厦门会晤、亚信峰会。倡导构建人类命运共同体，促进全球治理体系变革。我国国际影响力、感召力、塑造力进一步提高，为世界和平与发展作出新的重大贡献。

全面从严治党成效卓著。全面加强党的领导和党的建设，坚决改变管党治党宽松软状况。推动全党尊崇党章，增强政治意识、大局意识、核心意识、看齐意识，坚决维护党中央权威和集中统一领导，严明党的政治纪律和政治规矩，层层落实管党治党政治责任。坚持照镜子、正衣冠、洗洗澡、治治病的要求，开展党的群众路线教育实践活动和“三严三实”专题教育，推进“两学一做”学习教育常态化制度化，全党理想信念更加坚定、党性更加坚强。贯彻新时期好干部标准，选人用人状况和风气明显好转。党的建设制度改革深入推进，党内法规制度体系不断完善。把纪律挺在前面，着力解决人民群众反映最强烈、对党的执政基础威胁最大的突出问题。出台中央八项规定，严厉整治形式主义、官僚主义、享乐主义和奢靡之风，坚决反对特权。巡视利剑作用彰显，实现中央和省级党委巡视全覆盖。坚持反腐败无禁区、全覆盖、零容忍，坚定不移“打虎”、“拍蝇”、“猎狐”，不敢腐的目标初步实现，不能腐的笼子越扎越牢，不想腐的堤坝正在构筑，反腐败斗争压倒性态势已经形成并巩固发展。

五年来的成就是全方位的、开创性的，五年来的变革是深层次的、根本性的。五年来，我们党以巨大的政治勇气和强烈的责任担当，提出一系列新理念新思想新战略，出台一系列重大方针政策，推出一系列重大举措，推进一系列重大工作，解决了许多长期想解决而没有解决的难题，办成了许多过去想办而没有办成的大事，推动党和国家事业发生历史性变革。这些历史性变革，对党和国家事业发展具有重大而深远的影响。

五年来，我们勇于面对党面临的重大风险考验和党内存在的突出问题，以顽强意志品质正风肃纪、反腐惩恶，消除了党和国家内部存在的严重隐患，党内政治生活气象更新，党内政治生态明显好转，党的创造力、凝聚力、战斗力显著增强，党的团结统一更加巩固，党群关系明显改善，党在革命性锻造中更加坚强，焕发出新的强大生机活力，为党和国家事业发展提供了坚强政治保证。

同时，必须清醒看到，我们的工作还存在许多不足，也面临不少困难和挑战。主要是：发展不平衡不充分的一些突出问题尚未解决，发展质量和效益还不高，创新能力不够强，实体经济水平有待提高，生态环境保护任重道远；民生领域还有不少短板，脱贫攻坚任务艰巨，城乡区域发展和收入分配差距依然较大，群众在就业、教育、医疗、居住、养老等方面面临不少难题；社会文明水平尚需提高；社会矛盾和问题交织叠加，全面依法治国任务依然繁重，国家治理体系和治理能力有待加强；意识形态领域斗争依然复杂，国家安全面临新情况；一些改革部署和重大政策措施需要进一步落实；党的建设方面还存在不少薄弱环节。这些问题，必须着力加以解决。

五年来的成就，是党中央坚强领导的结果，更是全党全国各族人民共同奋斗的结果。我代表中共中央，向全国各族人民，向各民主党派、各人民团体和各界爱国人士，向香港特别行政区同胞、澳门特别行政区同胞和台湾同胞以及广大侨胞，向关心和支持中国现代化建设的各国朋友，表示衷心的感谢！

同志们！改革开放之初，我们党发出了走自己的路、建设中国特色社会主义的伟大号召。从那时以来，我们党团结带领全国各族人民不懈奋斗，推动我国经济实力、科技实力、国防实力、综合国力进入世界前列，推动我国国际地位实现前所未有的提升，党的面貌、国家的面貌、人民的面貌、军队的面貌、中华民族的面貌发生了前所未有的变化，中华民族正以崭新姿态屹立于世界的东方。

经过长期努力，中国特色社会主义进入了新时代，这是我国发展新的历史方位。

中国特色社会主义进入新时代，意味着近代以来久经磨难的中华民族迎来了从站起来、富起来到强起来的伟大飞跃，迎来了实现中华民族伟大复兴的光明前景；意味着科学社会主义在二十一世纪的中国焕发出强大生机活力，在世界上高高举起了中国特色社会主义伟大旗帜；意味着中国特色社会主义道路、理论、制度、文化不断发展，拓展了发展中国家走向现代化的途径，给世界上那些既希望加快发展又希望保持自身独立性的国家和民族提供了全新选择，为解决人类问题贡献了中国智慧和中国方案。

这个新时代，是承前启后、继往开来、在新的历史条件下继续夺取中国特色社会主义伟大胜利的时代，是决胜全面建成小康社会、进而全面建设社会主义现代化强国的时代，是全国各族人民团结奋斗、不断创造美好生活、逐步实现全体人民共同富裕的时代，是全体中华儿女勠力同心、奋力实现中华民族伟大复兴中国梦的时代，是我国日益走近世界舞台中央、不断为人类作出更大贡献的时代。

中国特色社会主义进入新时代，我国社会主要矛盾已经转化为人民日益增长的美好生活需要和不平衡不充分的发展之间的矛盾。我国稳定解决了十几亿人的温饱问题，总体上实现小康，不久将全面建成小康社会，人民美好生活需要日益广泛，不仅对物质文化生活提出了更高要求，而且在民主、法治、公平、正义、安全、环境等方面的要求日益增长。同时，我国社会生产力水平总体上显著提高，社会生产能力在很多方面进入世界前列，更加突出的问题是发展不平衡不充分，这已经成为满足人民日益增长的美好生活需要的主要制约因素。

必须认识到，我国社会主要矛盾的变化是关系全局的历史性变化，对党和国家工作提出了许多新要求。我们要在继续推动发展的基础上，着力解决好发展不平衡不充分问题，大力提升发展质量和效益，更好满足人民在经济、政治、文化、社会、生态等方面日益增长的需要，更好推动人的全面发展、社会全面进步。

必须认识到，我国社会主要矛盾的变化，没有改变我们对我国社会主义所处历史阶段的判断，我国仍处于并将长期处于社会主义初级阶段的基本国情没有变，我国是世界最大发展中国家的国际地位没有变。全党要牢牢把握社会主义初级阶段这个基本国情，牢牢立足社会主义初级阶段这个最大实际，牢牢坚持党的基本路线这个党和国家的生命线、人民的幸福线，领导和团结全国各族人民，以经济建设为中心，坚持四项基本原则，坚持改革开放，自力更生，艰苦创业，为把我国建设成为富强民主文明和谐美丽的社会主义现代化强国而奋斗。

同志们！中国特色社会主义进入新时代，在中华人民共和国发展史上、中华民族发展史上具有重大意义，在世界社会主义发展史上、人类社会发展史上也具有重大意义。全党要坚定信心、奋发有为，让中国特色社会主义展现出更加强大的生命力！

二　新时代中国共产党的历史使命

一百年前，十月革命一声炮响，给中国送来了马克思列宁主义。中国先进分子从马克思列宁主义的科学真理中看到了解决中国问题的出路。在近代以后中国社会的剧烈运动中，在中国人民反抗封建统治和外来侵略的激烈斗争中，在马克思列宁主义同中国工人运动的结合过程中，一九二一年中国共产党应运而生。从此，中国人民谋求民族独立、人民解放和国家富强、人民幸福的斗争就有了主心骨，中国人民就从精神上由被动转为主动。

中华民族有五千多年的文明历史，创造了灿烂的中华文明，为人类作出了卓越贡献，成为世界上伟大的民族。鸦片战争后，中国陷入内忧外患的黑暗境地，中国人民经历了战乱频仍、山河破碎、民不聊生的深重苦难。为了民族复兴，无数仁人志士不屈不挠、前仆后继，进行了可歌可泣的斗争，进行了各式各样的尝试，但终究未能改变旧中国的社会性质和中国人民的悲惨命运。

实现中华民族伟大复兴是近代以来中华民族最伟大的梦想。中国共产党一经成立，就把实现共产主义作为党的最高理想和最终目标，义无反顾肩负起实现中华民族伟大复兴的历史使命，团结带领人民进行了艰苦卓绝的斗争，谱写了气吞山河的壮丽史诗。

我们党深刻认识到，实现中华民族伟大复兴，必须推翻压在中国人民头上的帝国主义、封建主义、官僚资本主义三座大山，实现民族独立、人民解放、国家统一、社会稳定。我们党团结带领人民找到了一条以农村包围城市、武装夺取政权的正确革命道路，进行了二十八年浴血奋战，完成了新民主主义革命，一九四九年建立了中华人民共和国，实现了中国从几千年封建专制政治向人民民主的伟大飞跃。

我们党深刻认识到，实现中华民族伟大复兴，必须建立符合我国实际的先进社会制度。我们党团结带领人民完成社会主义革命，确立社会主义基本制度，推进社会主义建设，完成了中华民族有史以来最为广泛而深刻的社会变革，为当代中国一切发展进步奠定了根本政治前提和制度基础，实现了中华民族由近代不断衰落到根本扭转命运、持续走向繁荣富强的伟大飞跃。

我们党深刻认识到，实现中华民族伟大复兴，必须合乎时代潮流、顺应人民意愿，勇于改革开放，让党和人民事业始终充满奋勇前进的强大动力。我们党团结带领人民进行改革开放新的伟大革命，破除阻碍国家和民族发展的一切思想和体制障碍，开辟了中国特色社会主义道路，使中国大踏步赶上时代。

九十六年来，为了实现中华民族伟大复兴的历史使命，无论是弱小还是强大，无论是顺境还是逆境，我们党都初心不改、矢志不渝，团结带领人民历经千难万险，付出巨大牺牲，敢于面对曲折，勇于修正错误，攻克了一个又一个看似不可攻克的难关，创造了一个又一个彪炳史册的人间奇迹。

同志们！今天，我们比历史上任何时期都更接近、更有信心和能力实现中华民族伟大复兴的目标。

行百里者半九十。中华民族伟大复兴，绝不是轻轻松松、敲锣打鼓就能实现的。全党必须准备付出更为艰巨、更为艰苦的努力。

实现伟大梦想，必须进行伟大斗争。社会是在矛盾运动中前进的，有矛盾就会有斗争。我们党要团结带领人民有效应对重大挑战、抵御重大风险、克服重大阻力、解决重大矛盾，必须进行具有许多新的历史特点的伟大斗争，任何贪图享受、消极懈怠、回避矛盾的思想和行为都是错误的。全党要更加自觉地坚持党的领导和我国社会主义制度，坚决反对一切削弱、歪曲、否定党的领导和我国社会主义制度的言行；更加自觉地维护人民利益，坚决反对一切损害人民利益、脱离群众的行为；更加自觉地投身改革创新时代潮流，坚决破除一切顽瘴痼疾；更加自觉地维护我国主权、安全、发展利益，坚决反对一切分裂祖国、破坏民族团结和社会和谐稳定的行为；更加自觉地防范各种风险，坚决战胜一切在政治、经济、文化、社会等领域和自然界出现的困难和挑战。全党要充分认识这场伟大斗争的长期性、复杂性、艰巨性，发扬斗争精神，提高斗争本领，不断夺取伟大斗争新胜利。

实现伟大梦想，必须建设伟大工程。这个伟大工程就是我们党正在深入推进的党的建设新的伟大工程。历史已经并将继续证明，没有中国共产党的领导，民族复兴必然是空想。我们党要始终成为时代先锋、民族脊梁，始终成为马克思主义执政党，自身必须始终过硬。全党要更加自觉地坚定党性原则，勇于直面问题，敢于刮骨疗毒，消除一切损害党的先进性和纯洁性的因素，清除一切侵蚀党的健康肌体的病毒，不断增强党的政治领导力、思想引领力、群众组织力、社会号召力，确保我们党永葆旺盛生命力和强大战斗力。

实现伟大梦想，必须推进伟大事业。中国特色社会主义是改革开放以来党的全部理论和实践的主题，是党和人民历尽千辛万苦、付出巨大代价取得的根本成就。中国特色社会主义道路是实现社会主义现代化、创造人民美好生活的必由之路，中国特色社会主义理论体系是指导党和人民实现中华民族伟大复兴的正确理论，中国特色社会主义制度是当代中国发展进步的根本制度保障，中国特色社会主义文化是激励全党全国各族人民奋勇前进的强大精神力量。全党要更加自觉地增强道路自信、理论自信、制度自信、文化自信，既不走封闭僵化的老路，也不走改旗易帜的邪路，保持政治定力，坚持实干兴邦，始终坚持和发展中国特色社会主义。

伟大斗争，伟大工程，伟大事业，伟大梦想，紧密联系、相互贯通、相互作用，其中起决定性作用的是党的建设新的伟大工程。推进伟大工程，要结合伟大斗争、伟大事业、伟大梦想的实践来进行，确保党在世界形势深刻变化的历史进程中始终走在时代前列，在应对国内外各种风险和考验的历史进程中始终成为全国人民的主心骨，在坚持和发展中国特色社会主义的历史进程中始终成为坚强领导核心。

同志们！使命呼唤担当，使命引领未来。我们要不负人民重托、无愧历史选择，在新时代中国特色社会主义的伟大实践中，以党的坚强领导和顽强奋斗，激励全体中华儿女不断奋进，凝聚起同心共筑中国梦的磅礴力量！

三 新时代中国特色社会主义思想和基本方略

十八大以来，国内外形势变化和我国各项事业发展都给我们提出了一个重大时代课题，这就是必须从理论和实践结合上系统回答新时代坚持和发展什么样的中国特色社会主义、怎样坚持和发展中国特色社会主义，包括新时代坚持和发展中国特色社会主义的总目标、总任务、总体布局、战略布局和发展方向、发展方式、发展动力、战略步骤、外部条件、政治保证等基本问题，并且要根据新的实践对经济、政治、法治、科技、文化、教育、民生、民族、宗教、社会、生态文明、国家安全、国防和军队、“一国两制”和祖国统一、统一战线、外交、党的建设等各方面作出理论分析和政策指导，以利于更好坚持和发展中国特色社会主义。

围绕这个重大时代课题，我们党坚持以马克思列宁主义、毛泽东思想、邓小平理论、“三个代表”重要思想、科学发展观为指导，坚持解放思想、实事求是、与时俱进、求真务实，坚持辩证唯物主义和历史唯物主义，紧密结合新的时代条件和实践要求，以全新的视野深化对共产党执政规律、社会主义建设规律、人类社会发展规律的认识，进行艰辛理论探索，取得重大理论创新成果，形成了新时代中国特色社会主义思想。

新时代中国特色社会主义思想，明确坚持和发展中国特色社会主义，总任务是实现社会主义现代化和中华民族伟大复兴，在全面建成小康社会的基础上，分两步走在本世纪中叶建成富强民主文明和谐美丽的社会主义现代化强国；明确新时代我国社会主要矛盾是人民日益增长的美好生活需要和不平衡不充分的发展之间的矛盾，必须坚持以人民为中心的发展思想，不断促进人的全面发展、全体人民共同富裕；明确中国特色社会主义事业总体布局是“五位一体”、战略布局是“四个全面”，强调坚定道路自信、理论自信、制度自信、文化自信；明确全面深化改革总目标是完善和发展中国特色社会主义制度、推进国家治理体系和治理能力现代化；明确全面推进依法治国总目标是建设中国特色社会主义法治体系、建设社会主义法治国家；明确党在新时代的强军目标是建设一支听党指挥、能打胜仗、作风优良的人民军队，把人民军队建设成为世界一流军队；明确中国特色大国外交要推动构建新型国际关系，推动构建人类命运共同体；明确中国特色社会主义最本质的特征是中国共产党领导，中国特色社会主义制度的最大优势是中国共产党领导，党是最高政治领导力量，提出新时代党的建设总要求，突出政治建设在党的建设中的重要地位。

新时代中国特色社会主义思想，是对马克思列宁主义、毛泽东思想、邓小平理论、

"三个代表"重要思想、科学发展观的继承和发展，是马克思主义中国化最新成果，是党和人民实践经验和集体智慧的结晶，是中国特色社会主义理论体系的重要组成部分，是全党全国人民为实现中华民族伟大复兴而奋斗的行动指南，必须长期坚持并不断发展。

全党要深刻领会新时代中国特色社会主义思想的精神实质和丰富内涵，在各项工作中全面准确贯彻落实。

（一）坚持党对一切工作的领导。党政军民学，东西南北中，党是领导一切的。必须增强政治意识、大局意识、核心意识、看齐意识，自觉维护党中央权威和集中统一领导，自觉在思想上政治上行动上同党中央保持高度一致，完善坚持党的领导的体制机制，坚持稳中求进工作总基调，统筹推进"五位一体"总体布局，协调推进"四个全面"战略布局，提高党把方向、谋大局、定政策、促改革的能力和定力，确保党始终总揽全局、协调各方。

（二）坚持以人民为中心。人民是历史的创造者，是决定党和国家前途命运的根本力量。必须坚持人民主体地位，坚持立党为公、执政为民，践行全心全意为人民服务的根本宗旨，把党的群众路线贯彻到治国理政全部活动之中，把人民对美好生活的向往作为奋斗目标，依靠人民创造历史伟业。

（三）坚持全面深化改革。只有社会主义才能救中国，只有改革开放才能发展中国、发展社会主义、发展马克思主义。必须坚持和完善中国特色社会主义制度，不断推进国家治理体系和治理能力现代化，坚决破除一切不合时宜的思想观念和体制机制弊端，突破利益固化的藩篱，吸收人类文明有益成果，构建系统完备、科学规范、运行有效的制度体系，充分发挥我国社会主义制度优越性。

（四）坚持新发展理念。发展是解决我国一切问题的基础和关键，发展必须是科学发展，必须坚定不移贯彻创新、协调、绿色、开放、共享的发展理念。必须坚持和完善我国社会主义基本经济制度和分配制度，毫不动摇巩固和发展公有制经济，毫不动摇鼓励、支持、引导非公有制经济发展，使市场在资源配置中起决定性作用，更好发挥政府作用，推动新型工业化、信息化、城镇化、农业现代化同步发展，主动参与和推动经济全球化进程，发展更高层次的开放型经济，不断壮大我国经济实力和综合国力。

（五）坚持人民当家作主。坚持党的领导、人民当家作主、依法治国有机统一是社会主义政治发展的必然要求。必须坚持中国特色社会主义政治发展道路，坚持和完善人民代表大会制度、中国共产党领导的多党合作和政治协商制度、民族区域自治制度、基层群众自治制度，巩固和发展最广泛的爱国统一战线，发展社会主义协商民主，健全民主制度，丰富民主形式，拓宽民主渠道，保证人民当家作主落实到国家政治生活和社会生活之中。

（六）坚持全面依法治国。全面依法治国是中国特色社会主义的本质要求和重要保障。必须把党的领导贯彻落实到依法治国全过程和各方面，坚定不移走中国特色社会主义法治道路，完善以宪法为核心的中国特色社会主义法律体系，建设中国特色社会主义法治体系，建设社会主义法治国家，发展中国特色社会主义法治理论，坚持依法治国、依法执政、依法行政共同推进，坚持法治国家、法治政府、法治社会一体建设，坚持依法治国和以德治国相结合，依法治国和依规治党有机统一，深化司法体制改革，提高全民族法治素养和道德素质。

（七）坚持社会主义核心价值体系。文化自信是一个国家、一个民族发展中更基本、更深沉、更持久的力量。必须坚持马克思主义，牢固树立共产主义远大理想和中国特色社会主义共同理想，培育和践行社会主义核心价值观，不断增强意识形态领域主导权和话语权，推动中华优秀传统文化创造性转化、创新性发展，继承革命文化，发展社会主义先进文化，不忘本来、吸收外来、面向未来，更好构筑中国精神、中国价值、中国力量，为人民提供精神指引。

（八）坚持在发展中保障和改善民生。增进民生福祉是发展的根本目的。必须多谋民生之利、多解民生之忧，在发展中补齐民生短板、促进社会公平正义，在幼有所育、学有所教、劳有所得、病有所医、老有所养、住有所居、弱有所扶上不断取得新进展，深入开展脱贫攻坚，保证全体人民在共建共享发展中有更多获得感，不断促进人的全面发展、全体人民共同富裕。建设平安中国，加强和创新社会治理，维护社会和谐稳定，确保国家长治久安、人民安居乐业。

（九）坚持人与自然和谐共生。建设生态文明是中华民族永续发展的千年大计。必须树立和践行绿水青山就是金山银山的理念，坚持节约资源和保护环境的基本国策，像对待生命一样对待生态环境，统筹山水林田湖草系统治理，实行最严格的生态环境保护制度，形成绿色发展方式和生活方式，坚定走生产发展、生活富裕、生态良好的文明发展道路，建设美丽中国，为人民创造良好生产生活环境，为全球生态安全作出贡献。

（十）坚持总体国家安全观。统筹发展和安全，增强忧患意识，做到居安思危，是我们党治国理政的一个重大原则。必须坚持国家利益至上，以人民安全为宗旨，以政治安全为根本，统筹外部安全和内部安全、国土安全和国民安全、传统安全和非传统安全、自身安全和共同安全，完善国家安全制度体系，加强国家安全能力建设，坚决维护国家主权、安全、发展利益。

（十一）坚持党对人民军队的绝对领导。建设一支听党指挥、能打胜仗、作风优良的人民军队，是实现“两个一百年”奋斗目标、实现中华民族伟大复兴的战略支撑。必须全面贯彻党领导人民军队的一系列根本原则和制度，确立新时代党的强军思想在国防和军队建设中的指导地位，坚持政治建军、改革强军、科技兴军、依法治军，更加注重聚焦实战，更加注重创新驱动，更加注重体系建设，更加注重集约高效，更加注重军民融合，实现党在新时代的强军目标。

（十二）坚持“一国两制”和推进祖国统一。保持香港、澳门长期繁荣稳定，实现祖国完全统一，是实现中华民族伟大复兴的必然要求。必须把维护中央对香港、澳门特别行政区全面管治权和保障特别行政区高度自治权有机结合起来，确保“一国两制”方针不会变、不动摇，确保“一国两制”实践不变形、不走样。必须坚持一个中国原则，坚持“九二共识”，推动两岸关系和平发展，深化两岸经济合作和文化往来，推动两岸同胞共同反对一切分裂国家的活动，共同为实现中华民族伟大复兴而奋斗。

（十三）坚持推动构建人类命运共同体。中国人民的梦想同各国人民的梦想息息相通，实现中国梦离不开和平的国际环境和稳定的国际秩序。必须统筹国内国际两个大局，始终不渝走和平发展道路、奉行互利共赢的开放战略，坚持正确义利观，树立共同、综合、合作、可持续的新安全观，谋求开放创新、包容互惠的发展前景，促进和而不同、兼收并蓄的文明交流，构筑尊崇自然、绿色发展的生态体系，始终做世界和平的建设者、全球发展的贡献者、国际秩序的维护者。

（十四）坚持全面从严治党。勇于自我革命，从严管党治党，是我们党最鲜明的品格。必须以党章为根本遵循，把党的政治建设摆在首位，思想建党和制度治党同向发力，统筹推进党的各项建设，抓住“关键少数”，坚持“三严三实”，坚持民主集中制，严肃党内政治生活，严明党的纪律，强化党内监督，发展积极健康的党内政治文化，全面净化党内政治生态，坚决纠正各种不正之风，以零容忍态度惩治腐败，不断增强党自我净化、自我完善、自我革新、自我提高的能力，始终保持党同人民群众的血肉联系。

以上十四条，构成新时代坚持和发展中国特色社会主义的基本方略。全党同志必须全面贯彻党的基本理论、基本路线、基本方略，更好引领党和人民事业发展。

实践没有止境，理论创新也没有止境。世界每时每刻都在发生变化，中国也每时每刻都在发生变化，我们必须在理论上跟上时代，不断认识规律，不断推进理论创新、实践创新、制度创新、文化创新以及其他各方面创新。

同志们！时代是思想之母，实践是理论之源。只要我们善于聆听时代声音，勇于坚持真理、修正错误，二十一世纪中国的马克思主义一定能够展现出更强大、更有说服力的真理力量！

四　决胜全面建成小康社会，开启全面建设社会主义现代化国家新征程

改革开放之后，我们党对我国社会主义现代化建设作出战略安排，提出“三步走”战略目标。解决人民温饱问题、人民生活总体上达到小康水平这两个目标已提前实现。在这个基础上，我们党提出，到建党一百年时建成经济更加发展、民主更加健全、科教更加进步、文化更加繁荣、社会更加和谐、人民生活更加殷实的小康社会，然后再奋斗三十年，到新中国成立一百年时，基本实现现代化，把我国建成社会主义现代化国家。

从现在到二〇二〇年，是全面建成小康社会决胜期。要按照十六大、十七大、十八大提出的全面建成小康社会各项要求，紧扣我国社会主要矛盾变化，统筹推进经济建设、政治建设、文化建设、社会建设、生态文明建设，坚定实施科教兴国战略、人才强国战略、创新驱动发展战略、乡村振兴战略、区域协调发展战略、可持续发展战略、军民融合发展战略，突出抓重点、补短板、强弱项，特别是要坚决打好防范化解重大风险、精准脱贫、污染防治的攻坚战，使全面建成小康社会得到人民认可、经得起历史检验。

从十九大到二十大，是“两个一百年”奋斗目标的历史交汇期。我们既要全面建成小康社会、实现第一个百年奋斗目标，又要乘势而上开启全面建设社会主义现代化国家新征程，向第二个百年奋斗目标进军。

综合分析国际国内形势和我国发展条件，从二〇二〇年到本世纪中叶可以分两个阶段来安排。

第一个阶段，从二〇二〇年到二〇三五年，在全面建成小康社会的基础上，再奋斗十五年，基本实现社会主义现代化。到那时，我国经济实力、科技实力将大幅跃升，跻身创新型国家前列；人民平等参与、平等发展权利得到充分保障，法治国家、法治政府、法治社会基本建成，各方面制度更加完善，国家治理体系和治理能力现代化基本实现；社会文明程度达到新的高度，国家文化软实力显著增强，中华文化影响更加广泛深入；人民生活更为宽裕，中等收入群体比例明显提高，城乡区域发展差距和居民生活水平差距显著缩小，基本公共服务均等化基本实现，全体人民共同富裕迈出坚实步伐；现代社会治理格局基本形成，社会充满活力又和谐有序；生态环境根本好转，美丽中国目标基本实现。

第二个阶段，从二〇三五年到本世纪中叶，在基本实现现代化的基础上，再奋斗十五

年，把我国建成富强民主文明和谐美丽的社会主义现代化强国。到那时，我国物质文明、政治文明、精神文明、社会文明、生态文明将全面提升，实现国家治理体系和治理能力现代化，成为综合国力和国际影响力领先的国家，全体人民共同富裕基本实现，我国人民将享有更加幸福安康的生活，中华民族将以更加昂扬的姿态屹立于世界民族之林。

同志们！从全面建成小康社会到基本实现现代化，再到全面建成社会主义现代化强国，是新时代中国特色社会主义发展的战略安排。我们要坚忍不拔、锲而不舍，奋力谱写社会主义现代化新征程的壮丽篇章！

五　贯彻新发展理念，建设现代化经济体系

实现“两个一百年”奋斗目标、实现中华民族伟大复兴的中国梦，不断提高人民生活水平，必须坚定不移把发展作为党执政兴国的第一要务，坚持解放和发展社会生产力，坚持社会主义市场经济改革方向，推动经济持续健康发展。

我国经济已由高速增长阶段转向高质量发展阶段，正处在转变发展方式、优化经济结构、转换增长动力的攻关期，建设现代化经济体系是跨越关口的迫切要求和我国发展的战略目标。必须坚持质量第一、效益优先，以供给侧结构性改革为主线，推动经济发展质量变革、效率变革、动力变革，提高全要素生产率，着力加快建设实体经济、科技创新、现代金融、人力资源协同发展的产业体系，着力构建市场机制有效、微观主体有活力、宏观调控有度的经济体制，不断增强我国经济创新力和竞争力。

（一）深化供给侧结构性改革。建设现代化经济体系，必须把发展经济的着力点放在实体经济上，把提高供给体系质量作为主攻方向，显著增强我国经济质量优势。加快建设制造强国，加快发展先进制造业，推动互联网、大数据、人工智能和实体经济深度融合，在中高端消费、创新引领、绿色低碳、共享经济、现代供应链、人力资本服务等领域培育新增长点、形成新动能。支持传统产业优化升级，加快发展现代服务业，瞄准国际标准提高水平。促进我国产业迈向全球价值链中高端，培育若干世界级先进制造业集群。加强水利、铁路、公路、水运、航空、管道、电网、信息、物流等基础设施网络建设。坚持去产能、去库存、去杠杆、降成本、补短板，优化存量资源配置，扩大优质增量供给，实现供需动态平衡。激发和保护企业家精神，鼓励更多社会主体投身创新创业。建设知识型、技能型、创新型劳动者大军，弘扬劳模精神和工匠精神，营造劳动光荣的社会风尚和精益求精的敬业风气。

（二）加快建设创新型国家。创新是引领发展的第一动力，是建设现代化经济体系的战略支撑。要瞄准世界科技前沿，强化基础研究，实现前瞻性基础研究、引领性原创成果重大突破。加强应用基础研究，拓展实施国家重大科技项目，突出关键共性技术、前沿引领技术、现代工程技术、颠覆性技术创新，为建设科技强国、质量强国、航天强国、网络强国、交通强国、数字中国、智慧社会提供有力支撑。加强国家创新体系建设，强化战略科技力量。深化科技体制改革，建立以企业为主体、市场为导向、产学研深度融合的技术创新体系，加强对中小企业创新的支持，促进科技成果转化。倡导创新文化，强化知识产权创造、保护、运用。培养造就一大批具有国际水平的战略科技人才、科技领军人才、青年科技人才和高水平创新团队。

（三）实施乡村振兴战略。农业农村农民问题是关系国计民生的根本性问题，必须始

终把解决好“三农”问题作为全党工作重中之重。要坚持农业农村优先发展，按照产业兴旺、生态宜居、乡风文明、治理有效、生活富裕的总要求，建立健全城乡融合发展体制机制和政策体系，加快推进农业农村现代化。巩固和完善农村基本经营制度，深化农村土地制度改革，完善承包地“三权”分置制度。保持土地承包关系稳定并长久不变，第二轮土地承包到期后再延长三十年。深化农村集体产权制度改革，保障农民财产权益，壮大集体经济。确保国家粮食安全，把中国人的饭碗牢牢端在自己手中。构建现代农业产业体系、生产体系、经营体系，完善农业支持保护制度，发展多种形式适度规模经营，培育新型农业经营主体，健全农业社会化服务体系，实现小农户和现代农业发展有机衔接。促进农村一二三产业融合发展，支持和鼓励农民就业创业，拓宽增收渠道。加强农村基层基础工作，健全自治、法治、德治相结合的乡村治理体系。培养造就一支懂农业、爱农村、爱农民的“三农”工作队伍。

（四）实施区域协调发展战略。加大力度支持革命老区、民族地区、边疆地区、贫困地区加快发展，强化举措推进西部大开发形成新格局，深化改革加快东北等老工业基地振兴，发挥优势推动中部地区崛起，创新引领率先实现东部地区优化发展，建立更加有效的区域协调发展新机制。以城市群为主体构建大中小城市和小城镇协调发展的城镇格局，加快农业转移人口市民化。以疏解北京非首都功能为“牛鼻子”推动京津冀协同发展，高起点规划、高标准建设雄安新区。以共抓大保护、不搞大开发为导向推动长江经济带发展。支持资源型地区经济转型发展。加快边疆发展，确保边疆巩固、边境安全。坚持陆海统筹，加快建设海洋强国。

（五）加快完善社会主义市场经济体制。经济体制改革必须以完善产权制度和要素市场化配置为重点，实现产权有效激励、要素自由流动、价格反应灵活、竞争公平有序、企业优胜劣汰。要完善各类国有资产管理体制，改革国有资本授权经营体制，加快国有经济布局优化、结构调整、战略性重组，促进国有资产保值增值，推动国有资本做强做优做大，有效防止国有资产流失。深化国有企业改革，发展混合所有制经济，培育具有全球竞争力的世界一流企业。全面实施市场准入负面清单制度，清理废除妨碍统一市场和公平竞争的各种规定和做法，支持民营企业发展，激发各类市场主体活力。深化商事制度改革，打破行政性垄断，防止市场垄断，加快要素价格市场化改革，放宽服务业准入限制，完善市场监管体制。创新和完善宏观调控，发挥国家发展规划的战略导向作用，健全财政、货币、产业、区域等经济政策协调机制。完善促进消费的体制机制，增强消费对经济发展的基础性作用。深化投融资体制改革，发挥投资对优化供给结构的关键性作用。加快建立现代财政制度，建立权责清晰、财力协调、区域均衡的中央和地方财政关系。建立全面规范透明、标准科学、约束有力的预算制度，全面实施绩效管理。深化税收制度改革，健全地方税体系。深化金融体制改革，增强金融服务实体经济能力，提高直接融资比重，促进多层次资本市场健康发展。健全货币政策和宏观审慎政策双支柱调控框架，深化利率和汇率市场化改革。健全金融监管体系，守住不发生系统性金融风险的底线。

（六）推动形成全面开放新格局。开放带来进步，封闭必然落后。中国开放的大门不会关闭，只会越开越大。要以“一带一路”建设为重点，坚持引进来和走出去并重，遵循共商共建共享原则，加强创新能力开放合作，形成陆海内外联动、东西双向互济的开放格局。拓展对外贸易，培育贸易新业态新模式，推进贸易强国建设。实行高水平的贸易和投资自由化便利化政策，全面实行准入前国民待遇加负面清单管理制度，大幅度放宽市场准入，扩大服务业对外开放，保护外商投资合法权益。凡是在我国境内注册的企业，都要一视同仁、平等对待。优化区域开放布局，加大西部开放力度。赋予自由贸易试验区更大改革自主权，探索建设自由贸易港。创新对外投资方式，促进国际产能合作，形成面向全球的贸易、投融资、生产、服务网络，加快培育国际经济合作和竞争新优势。

同志们！解放和发展社会生产力，是社会主义的本质要求。我们要激发全社会创造力和发展活力，努力实现更高质量、更有效率、更加公平、更可持续的发展！

六　健全人民当家作主制度体系，发展社会主义民主政治

我国是工人阶级领导的、以工农联盟为基础的人民民主专政的社会主义国家，国家一切权力属于人民。我国社会主义民主是维护人民根本利益的最广泛、最真实、最管用的民主。发展社会主义民主政治就是要体现人民意志、保障人民权益、激发人民创造活力，用制度体系保证人民当家作主。

中国特色社会主义政治发展道路，是近代以来中国人民长期奋斗历史逻辑、理论逻辑、实践逻辑的必然结果，是坚持党的本质属性、践行党的根本宗旨的必然要求。世界上没有完全相同的政治制度模式，政治制度不能脱离特定社会政治条件和历史文化传统来抽象评判，不能定于一尊，不能生搬硬套外国政治制度模式。要长期坚持、不断发展我国社会主义民主政治，积极稳妥推进政治体制改革，推进社会主义民主政治制度化、规范化、程序化，保证人民依法通过各种途径和形式管理国家事务，管理经济文化事业，管理社会事务，巩固和发展生动活泼、安定团结的政治局面。

（一）坚持党的领导、人民当家作主、依法治国有机统一。党的领导是人民当家作主和依法治国的根本保证，人民当家作主是社会主义民主政治的本质特征，依法治国是党领导人民治理国家的基本方式，三者统一于我国社会主义民主政治伟大实践。在我国政治生活中，党是居于领导地位的，加强党的集中统一领导，支持人大、政府、政协和法院、检察院依法依章程履行职能、开展工作、发挥作用，这两个方面是统一的。要改进党的领导方式和执政方式，保证党领导人民有效治理国家；扩大人民有序政治参与，保证人民依法实行民主选举、民主协商、民主决策、民主管理、民主监督；维护国家法制统一、尊严、权威，加强人权法治保障，保证人民依法享有广泛权利和自由。巩固基层政权，完善基层民主制度，保障人民知情权、参与权、表达权、监督权。健全依法决策机制，构建决策科学、执行坚决、监督有力的权力运行机制。各级领导干部要增强民主意识，发扬民主作风，接受人民监督，当好人民公仆。

（二）加强人民当家作主制度保障。人民代表大会制度是坚持党的领导、人民当家作主、依法治国有机统一的根本政治制度安排，必须长期坚持、不断完善。要支持和保证人民通过人民代表大会行使国家权力。发挥人大及其常委会在立法工作中的主导作用，健全人大组织制度和工作制度，支持和保证人大依法行使立法权、监督权、决定权、任免权，更好发挥人大代表作用，使各级人大及其常委会成为全面担负起宪法法律赋予的各项职责的工作机关，成为同人民群众保持密切联系的代表机关。完善人大专门委员会设置，优化人大常委会和专门委员会组成人员结构。

（三）发挥社会主义协商民主重要作用。有事好商量，众人的事情由众人商量，是人民民主的真谛。协商民主是实现党的领导的重要方式，是我国社会主义民主政治的特有形

式和独特优势。要推动协商民主广泛、多层、制度化发展，统筹推进政党协商、人大协商、政府协商、政协协商、人民团体协商、基层协商以及社会组织协商。加强协商民主制度建设，形成完整的制度程序和参与实践，保证人民在日常政治生活中有广泛持续深入参与的权利。

人民政协是具有中国特色的制度安排，是社会主义协商民主的重要渠道和专门协商机构。人民政协工作要聚焦党和国家中心任务，围绕团结和民主两大主题，把协商民主贯穿政治协商、民主监督、参政议政全过程，完善协商议政内容和形式，着力增进共识、促进团结。加强人民政协民主监督，重点监督党和国家重大方针政策和重要决策部署的贯彻落实。增强人民政协界别的代表性，加强委员队伍建设。

（四）深化依法治国实践。全面依法治国是国家治理的一场深刻革命，必须坚持厉行法治，推进科学立法、严格执法、公正司法、全民守法。成立中央全面依法治国领导小组，加强对法治中国建设的统一领导。加强宪法实施和监督，推进合宪性审查工作，维护宪法权威。推进科学立法、民主立法、依法立法，以良法促进发展、保障善治。建设法治政府，推进依法行政，严格规范公正文明执法。深化司法体制综合配套改革，全面落实司法责任制，努力让人民群众在每一个司法案件中感受到公平正义。加大全民普法力度，建设社会主义法治文化，树立宪法法律至上、法律面前人人平等的法治理念。各级党组织和全体党员要带头尊法学法守法用法，任何组织和个人都不得有超越宪法法律的特权，绝不允许以言代法、以权压法、逐利违法、徇私枉法。

（五）深化机构和行政体制改革。统筹考虑各类机构设置，科学配置党政部门及内设机构权力、明确职责。统筹使用各类编制资源，形成科学合理的管理体制，完善国家机构组织法。转变政府职能，深化简政放权，创新监管方式，增强政府公信力和执行力，建设人民满意的服务型政府。赋予省级及以下政府更多自主权。在省市县对职能相近的党政机关探索合并设立或合署办公。深化事业单位改革，强化公益属性，推进政事分开、事企分开、管办分离。

（六）巩固和发展爱国统一战线。统一战线是党的事业取得胜利的重要法宝，必须长期坚持。要高举爱国主义、社会主义旗帜，牢牢把握大团结大联合的主题，坚持一致性和多样性统一，找到最大公约数，画出最大同心圆。坚持长期共存、互相监督、肝胆相照、荣辱与共，支持民主党派按照中国特色社会主义参政党要求更好履行职能。全面贯彻党的民族政策，深化民族团结进步教育，铸牢中华民族共同体意识，加强各民族交往交流交融，促进各民族像石榴籽一样紧紧抱在一起，共同团结奋斗、共同繁荣发展。全面贯彻党的宗教工作基本方针，坚持我国宗教的中国化方向，积极引导宗教与社会主义社会相适应。加强党外知识分子工作，做好新的社会阶层人士工作，发挥他们在中国特色社会主义事业中的重要作用。构建亲清新型政商关系，促进非公有制经济健康发展和非公有制经济人士健康成长。广泛团结联系海外侨胞和归侨侨眷，共同致力于中华民族伟大复兴。

同志们！中国特色社会主义政治制度是中国共产党和中国人民的伟大创造。我们完全有信心、有能力把我国社会主义民主政治的优势和特点充分发挥出来，为人类政治文明进步作出充满中国智慧的贡献！

七 坚定文化自信，推动社会主义文化繁荣兴盛

文化是一个国家、一个民族的灵魂。文化兴国运兴，文化强民族强。没有高度的文化自信，没有文化的繁荣兴盛，就没有中华民族伟大复兴。要坚持中国特色社会主义文化发展道路，激发全民族文化创新创造活力，建设社会主义文化强国。

中国特色社会主义文化，源自于中华民族五千多年文明历史所孕育的中华优秀传统文化，熔铸于党领导人民在革命、建设、改革中创造的革命文化和社会主义先进文化，植根于中国特色社会主义伟大实践。发展中国特色社会主义文化，就是以马克思主义为指导，坚守中华文化立场，立足当代中国现实，结合当今时代条件，发展面向现代化、面向世界、面向未来的，民族的科学的大众的社会主义文化，推动社会主义精神文明和物质文明协调发展。要坚持为人民服务、为社会主义服务，坚持百花齐放、百家争鸣，坚持创造性转化、创新性发展，不断铸就中华文化新辉煌。

（一）牢牢掌握意识形态工作领导权。意识形态决定文化前进方向和发展道路。必须推进马克思主义中国化时代化大众化，建设具有强大凝聚力和引领力的社会主义意识形态，使全体人民在理想信念、价值理念、道德观念上紧紧团结在一起。要加强理论武装，推动新时代中国特色社会主义思想深入人心。深化马克思主义理论研究和建设，加快构建中国特色哲学社会科学，加强中国特色新型智库建设。坚持正确舆论导向，高度重视传播手段建设和创新，提高新闻舆论传播力、引导力、影响力、公信力。加强互联网内容建设，建立网络综合治理体系，营造清朗的网络空间。落实意识形态工作责任制，加强阵地建设和管理，注意区分政治原则问题、思想认识问题、学术观点问题，旗帜鲜明反对和抵制各种错误观点。

（二）培育和践行社会主义核心价值观。社会主义核心价值观是当代中国精神的集中体现，凝结着全体人民共同的价值追求。要以培养担当民族复兴大任的时代新人为着眼点，强化教育引导、实践养成、制度保障，发挥社会主义核心价值观对国民教育、精神文明创建、精神文化产品创作生产传播的引领作用，把社会主义核心价值观融入社会发展各方面，转化为人们的情感认同和行为习惯。坚持全民行动、干部带头，从家庭做起，从娃娃抓起。深入挖掘中华优秀传统文化蕴含的思想观念、人文精神、道德规范，结合时代要求继承创新，让中华文化展现出永久魅力和时代风采。

（三）加强思想道德建设。人民有信仰，国家有力量，民族有希望。要提高人民思想觉悟、道德水准、文明素养，提高全社会文明程度。广泛开展理想信念教育，深化中国特色社会主义和中国梦宣传教育，弘扬民族精神和时代精神，加强爱国主义、集体主义、社会主义教育，引导人们树立正确的历史观、民族观、国家观、文化观。深入实施公民道德建设工程，推进社会公德、职业道德、家庭美德、个人品德建设，激励人们向上向善、孝老爱亲，忠于祖国、忠于人民。加强和改进思想政治工作，深化群众性精神文明创建活动。弘扬科学精神，普及科学知识，开展移风易俗、弘扬时代新风行动，抵制腐朽落后文化侵蚀。推进诚信建设和志愿服务制度化，强化社会责任意识、规则意识、奉献意识。

（四）繁荣发展社会主义文艺。社会主义文艺是人民的文艺，必须坚持以人民为中心的创作导向，在深入生活、扎根人民中进行无愧于时代的文艺创造。要繁荣文艺创作，坚持思想精深、艺术精湛、制作精良相统一，加强现实题材创作，不断推出讴歌党、讴歌祖

国、讴歌人民、讴歌英雄的精品力作。发扬学术民主、艺术民主，提升文艺原创力，推动文艺创新。倡导讲品位、讲格调、讲责任，抵制低俗、庸俗、媚俗。加强文艺队伍建设，造就一大批德艺双馨名家大师，培育一大批高水平创作人才。

（五）推动文化事业和文化产业发展。满足人民过上美好生活的新期待，必须提供丰富的精神食粮。要深化文化体制改革，完善文化管理体制，加快构建把社会效益放在首位、社会效益和经济效益相统一的体制机制。完善公共文化服务体系，深入实施文化惠民工程，丰富群众性文化活动。加强文物保护利用和文化遗产保护传承。健全现代文化产业体系和市场体系，创新生产经营机制，完善文化经济政策，培育新型文化业态。广泛开展全民健身活动，加快推进体育强国建设，筹办好北京冬奥会、冬残奥会。加强中外人文交流，以我为主、兼收并蓄。推进国际传播能力建设，讲好中国故事，展现真实、立体、全面的中国，提高国家文化软实力。

同志们！中国共产党从成立之日起，既是中国先进文化的积极引领者和践行者，又是中华优秀传统文化的忠实传承者和弘扬者。当代中国共产党人和中国人民应该而且一定能够担负起新的文化使命，在实践创造中进行文化创造，在历史进步中实现文化进步！

八　提高保障和改善民生水平，加强和创新社会治理

全党必须牢记，为什么人的问题，是检验一个政党、一个政权性质的试金石。带领人民创造美好生活，是我们党始终不渝的奋斗目标。必须始终把人民利益摆在至高无上的地位，让改革发展成果更多更公平惠及全体人民，朝着实现全体人民共同富裕不断迈进。

保障和改善民生要抓住人民最关心最直接最现实的利益问题，既尽力而为，又量力而行，一件事情接着一件事情办，一年接着一年干。坚持人人尽责、人人享有，坚守底线、突出重点、完善制度、引导预期，完善公共服务体系，保障群众基本生活，不断满足人民日益增长的美好生活需要，不断促进社会公平正义，形成有效的社会治理、良好的社会秩序，使人民获得感、幸福感、安全感更加充实、更有保障、更可持续。

（一）优先发展教育事业。建设教育强国是中华民族伟大复兴的基础工程，必须把教育事业放在优先位置，深化教育改革，加快教育现代化，办好人民满意的教育。要全面贯彻党的教育方针，落实立德树人根本任务，发展素质教育，推进教育公平，培养德智体美全面发展的社会主义建设者和接班人。推动城乡义务教育一体化发展，高度重视农村义务教育，办好学前教育、特殊教育和网络教育，普及高中阶段教育，努力让每个孩子都能享有公平而有质量的教育。完善职业教育和培训体系，深化产教融合、校企合作。加快一流大学和一流学科建设，实现高等教育内涵式发展。健全学生资助制度，使绝大多数城乡新增劳动力接受高中阶段教育、更多接受高等教育。支持和规范社会力量兴办教育。加强师德师风建设，培养高素质教师队伍，倡导全社会尊师重教。办好继续教育，加快建设学习型社会，大力提高国民素质。

（二）提高就业质量和人民收入水平。就业是最大的民生。要坚持就业优先战略和积极就业政策，实现更高质量和更充分就业。大规模开展职业技能培训，注重解决结构性就业矛盾，鼓励创业带动就业。提供全方位公共就业服务，促进高校毕业生等青年群体、农民工多渠道就业创业。破除妨碍劳动力、人才社会性流动的体制机制弊端，使人人都有通过辛勤劳动实现自身发展的机会。完善政府、工会、企业共同参与的协商协调机制，构建

和谐劳动关系。坚持按劳分配原则，完善按要素分配的体制机制，促进收入分配更合理、更有序。鼓励勤劳守法致富，扩大中等收入群体，增加低收入者收入，调节过高收入，取缔非法收入。坚持在经济增长的同时实现居民收入同步增长、在劳动生产率提高的同时实现劳动报酬同步提高。拓宽居民劳动收入和财产性收入渠道。履行好政府再分配调节职能，加快推进基本公共服务均等化，缩小收入分配差距。

（三）加强社会保障体系建设。按照兜底线、织密网、建机制的要求，全面建成覆盖全民、城乡统筹、权责清晰、保障适度、可持续的多层次社会保障体系。全面实施全民参保计划。完善城镇职工基本养老保险和城乡居民基本养老保险制度，尽快实现养老保险全国统筹。完善统一的城乡居民基本医疗保险制度和大病保险制度。完善失业、工伤保险制度。建立全国统一的社会保险公共服务平台。统筹城乡社会救助体系，完善最低生活保障制度。坚持男女平等基本国策，保障妇女儿童合法权益。完善社会救助、社会福利、慈善事业、优抚安置等制度，健全农村留守儿童和妇女、老年人关爱服务体系。发展残疾人事业，加强残疾康复服务。坚持房子是用来住的、不是用来炒的定位，加快建立多主体供给、多渠道保障、租购并举的住房制度，让全体人民住有所居。

（四）坚决打赢脱贫攻坚战。让贫困人口和贫困地区同全国一道进入全面小康社会是我们党的庄严承诺。要动员全党全国全社会力量，坚持精准扶贫、精准脱贫，坚持中央统筹省负总责市县抓落实的工作机制，强化党政一把手负总责的责任制，坚持大扶贫格局，注重扶贫同扶志、扶智相结合，深入实施东西部扶贫协作，重点攻克深度贫困地区脱贫任务，确保到二〇二〇年我国现行标准下农村贫困人口实现脱贫，贫困县全部摘帽，解决区域性整体贫困，做到脱真贫、真脱贫。

（五）实施健康中国战略。人民健康是民族昌盛和国家富强的重要标志。要完善国民健康政策，为人民群众提供全方位全周期健康服务。深化医药卫生体制改革，全面建立中国特色基本医疗卫生制度、医疗保障制度和优质高效的医疗卫生服务体系，健全现代医院管理制度。加强基层医疗卫生服务体系和全科医生队伍建设。全面取消以药养医，健全药品供应保障制度。坚持预防为主，深入开展爱国卫生运动，倡导健康文明生活方式，预防控制重大疾病。实施食品安全战略，让人民吃得放心。坚持中西医并重，传承发展中医药事业。支持社会办医，发展健康产业。促进生育政策和相关经济社会政策配套衔接，加强人口发展战略研究。积极应对人口老龄化，构建养老、孝老、敬老政策体系和社会环境，推进医养结合，加快老龄事业和产业发展。

（六）打造共建共治共享的社会治理格局。加强社会治理制度建设，完善党委领导、政府负责、社会协同、公众参与、法治保障的社会治理体制，提高社会治理社会化、法治化、智能化、专业化水平。加强预防和化解社会矛盾机制建设，正确处理人民内部矛盾。树立安全发展理念，弘扬生命至上、安全第一的思想，健全公共安全体系，完善安全生产责任制，坚决遏制重特大安全事故，提升防灾减灾救灾能力。加快社会治安防控体系建设，依法打击和惩治黄赌毒黑拐骗等违法犯罪活动，保护人民人身权、财产权、人格权。加强社会心理服务体系建设，培育自尊自信、理性平和、积极向上的社会心态。加强社区治理体系建设，推动社会治理重心向基层下移，发挥社会组织作用，实现政府治理和社会调节、居民自治良性互动。

（七）有效维护国家安全。国家安全是安邦定国的重要基石，维护国家安全是全国各族人民根本利益所在。要完善国家安全战略和国家安全政策，坚决维护国家政治安全，统筹推进各项安全工作。健全国家安全体系，加强国家安全法治保障，提高防范和抵御安全风险能力。严密防范和坚决打击各种渗透颠覆破坏活动、暴力恐怖活动、民族分裂活动、宗教极端活动。加强国家安全教育，增强全党全国人民国家安全意识，推动全社会形成维护国家安全的强大合力。

同志们！党的一切工作必须以最广大人民根本利益为最高标准。我们要坚持把人民群众的小事当作自己的大事，从人民群众关心的事情做起，从让人民群众满意的事情做起，带领人民不断创造美好生活！

九　加快生态文明体制改革，建设美丽中国

人与自然是生命共同体，人类必须尊重自然、顺应自然、保护自然。人类只有遵循自然规律才能有效防止在开发利用自然上走弯路，人类对大自然的伤害最终会伤及人类自身，这是无法抗拒的规律。

我们要建设的现代化是人与自然和谐共生的现代化，既要创造更多物质财富和精神财富以满足人民日益增长的美好生活需要，也要提供更多优质生态产品以满足人民日益增长的优美生态环境需要。必须坚持节约优先、保护优先、自然恢复为主的方针，形成节约资源和保护环境的空间格局、产业结构、生产方式、生活方式，还自然以宁静、和谐、美丽。

（一）推进绿色发展。加快建立绿色生产和消费的法律制度和政策导向，建立健全绿色低碳循环发展的经济体系。构建市场导向的绿色技术创新体系，发展绿色金融，壮大节能环保产业、清洁生产产业、清洁能源产业。推进能源生产和消费革命，构建清洁低碳、安全高效的能源体系。推进资源全面节约和循环利用，实施国家节水行动，降低能耗、物耗，实现生产系统和生活系统循环链接。倡导简约适度、绿色低碳的生活方式，反对奢侈浪费和不合理消费，开展创建节约型机关、绿色家庭、绿色学校、绿色社区和绿色出行等行动。

（二）着力解决突出环境问题。坚持全民共治、源头防治，持续实施大气污染防治行动，打赢蓝天保卫战。加快水污染防治，实施流域环境和近岸海域综合治理。强化土壤污染管控和修复，加强农业面源污染防治，开展农村人居环境整治行动。加强固体废弃物和垃圾处置。提高污染排放标准，强化排污者责任，健全环保信用评价、信息强制性披露、严惩重罚等制度。构建政府为主导、企业为主体、社会组织和公众共同参与的环境治理体系。积极参与全球环境治理，落实减排承诺。

（三）加大生态系统保护力度。实施重要生态系统保护和修复重大工程，优化生态安全屏障体系，构建生态廊道和生物多样性保护网络，提升生态系统质量和稳定性。完成生态保护红线、永久基本农田、城镇开发边界三条控制线划定工作。开展国土绿化行动，推进荒漠化、石漠化、水土流失综合治理，强化湿地保护和恢复，加强地质灾害防治。完善天然林保护制度，扩大退耕还林还草。严格保护耕地，扩大轮作休耕试点，健全耕地草原森林河流湖泊休养生息制度，建立市场化、多元化生态补偿机制。

（四）改革生态环境监管体制。加强对生态文明建设的总体设计和组织领导，设立国有自然资源资产管理和自然生态监管机构，完善生态环境管理制度，统一行使全民所有自然资源资产所有者职责，统一行使所有国土空间用途管制和生态保护修复职责，统一行使

监管城乡各类污染排放和行政执法职责。构建国土空间开发保护制度，完善主体功能区配套政策，建立以国家公园为主体的自然保护地体系。坚决制止和惩处破坏生态环境行为。

同志们！生态文明建设功在当代、利在千秋。我们要牢固树立社会主义生态文明观，推动形成人与自然和谐发展现代化建设新格局，为保护生态环境作出我们这代人的努力！

十　坚持走中国特色强军之路，全面推进国防和军队现代化

国防和军队建设正站在新的历史起点上。面对国家安全环境的深刻变化，面对强国强军的时代要求，必须全面贯彻新时代党的强军思想，贯彻新形势下军事战略方针，建设强大的现代化陆军、海军、空军、火箭军和战略支援部队，打造坚强高效的战区联合作战指挥机构，构建中国特色现代作战体系，担当起党和人民赋予的新时代使命任务。

适应世界新军事革命发展趋势和国家安全需求，提高建设质量和效益，确保到二〇二〇年基本实现机械化，信息化建设取得重大进展，战略能力有大的提升。同国家现代化进程相一致，全面推进军事理论现代化、军队组织形态现代化、军事人员现代化、武器装备现代化，力争到二〇三五年基本实现国防和军队现代化，到本世纪中叶把人民军队全面建成世界一流军队。

加强军队党的建设，开展“传承红色基因、担当强军重任”主题教育，推进军人荣誉体系建设，培养有灵魂、有本事、有血性、有品德的新时代革命军人，永葆人民军队性质、宗旨、本色。继续深化国防和军队改革，深化军官职业化制度、文职人员制度、兵役制度等重大政策制度改革，推进军事管理革命，完善和发展中国特色社会主义军事制度。树立科技是核心战斗力的思想，推进重大技术创新、自主创新，加强军事人才培养体系建设，建设创新型人民军队。全面从严治军，推动治军方式根本性转变，提高国防和军队建设法治化水平。

军队是要准备打仗的，一切工作都必须坚持战斗力标准，向能打仗、打胜仗聚焦。扎实做好各战略方向军事斗争准备，统筹推进传统安全领域和新型安全领域军事斗争准备，发展新型作战力量和保障力量，开展实战化军事训练，加强军事力量运用，加快军事智能化发展，提高基于网络信息体系的联合作战能力、全域作战能力，有效塑造态势、管控危机、遏制战争、打赢战争。

坚持富国和强军相统一，强化统一领导、顶层设计、改革创新和重大项目落实，深化国防科技工业改革，形成军民融合深度发展格局，构建一体化的国家战略体系和能力。完善国防动员体系，建设强大稳固的现代边海空防。组建退役军人管理保障机构，维护军人军属合法权益，让军人成为全社会尊崇的职业。深化武警部队改革，建设现代化武装警察部队。

同志们！我们的军队是人民军队，我们的国防是全民国防。我们要加强全民国防教育，巩固军政军民团结，为实现中国梦强军梦凝聚强大力量！

十一　坚持“一国两制”，推进祖国统一

香港、澳门回归祖国以来，“一国两制”实践取得举世公认的成功。事实证明，“一国两制”是解决历史遗留的香港、澳门问题的最佳方案，也是香港、澳门回归后保持长

期繁荣稳定的最佳制度。

保持香港、澳门长期繁荣稳定，必须全面准确贯彻“一国两制”、“港人治港”、“澳人治澳”、高度自治的方针，严格依照宪法和基本法办事，完善与基本法实施相关的制度和机制。要支持特别行政区政府和行政长官依法施政、积极作为，团结带领香港、澳门各界人士齐心协力谋发展、促和谐，保障和改善民生，有序推进民主，维护社会稳定，履行维护国家主权、安全、发展利益的宪制责任。

香港、澳门发展同内地发展紧密相连。要支持香港、澳门融入国家发展大局，以粤港澳大湾区建设、粤港澳合作、泛珠三角区域合作等为重点，全面推进内地同香港、澳门互利合作，制定完善便利香港、澳门居民在内地发展的政策措施。

我们坚持爱国者为主体的“港人治港”、“澳人治澳”，发展壮大爱国爱港爱澳力量，增强香港、澳门同胞的国家意识和爱国精神，让香港、澳门同胞同祖国人民共担民族复兴的历史责任、共享祖国繁荣富强的伟大荣光。

解决台湾问题、实现祖国完全统一，是全体中华儿女共同愿望，是中华民族根本利益所在。必须继续坚持“和平统一、一国两制”方针，推动两岸关系和平发展，推进祖国和平统一进程。

一个中国原则是两岸关系的政治基础。体现一个中国原则的“九二共识”明确界定了两岸关系的根本性质，是确保两岸关系和平发展的关键。承认“九二共识”的历史事实，认同两岸同属一个中国，两岸双方就能开展对话，协商解决两岸同胞关心的问题，台湾任何政党和团体同大陆交往也不会存在障碍。

两岸同胞是命运与共的骨肉兄弟，是血浓于水的一家人。我们秉持“两岸一家亲”理念，尊重台湾现有的社会制度和台湾同胞生活方式，愿意率先同台湾同胞分享大陆发展的机遇。我们将扩大两岸经济文化交流合作，实现互利互惠，逐步为台湾同胞在大陆学习、创业、就业、生活提供与大陆同胞同等的待遇，增进台湾同胞福祉。我们将推动两岸同胞共同弘扬中华文化，促进心灵契合。

我们坚决维护国家主权和领土完整，绝不容忍国家分裂的历史悲剧重演。一切分裂祖国的活动都必将遭到全体中国人坚决反对。我们有坚定的意志、充分的信心、足够的能力挫败任何形式的“台独”分裂图谋。我们绝不允许任何人、任何组织、任何政党、在任何时候、以任何形式、把任何一块中国领土从中国分裂出去！

同志们！实现中华民族伟大复兴，是全体中国人共同的梦想。我们坚信，只要包括港澳台同胞在内的全体中华儿女顺应历史大势、共担民族大义，把民族命运牢牢掌握在自己手中，就一定能够共创中华民族伟大复兴的美好未来！

十二　坚持和平发展道路，推动构建人类命运共同体

中国共产党是为中国人民谋幸福的政党，也是为人类进步事业而奋斗的政党。中国共产党始终把为人类作出新的更大的贡献作为自己的使命。

中国将高举和平、发展、合作、共赢的旗帜，恪守维护世界和平、促进共同发展的外交政策宗旨，坚定不移在和平共处五项原则基础上发展同各国的友好合作，推动建设相互尊重、公平正义、合作共赢的新型国际关系。

世界正处于大发展大变革大调整时期，和平与发展仍然是时代主题。世界多极化、经

济全球化、社会信息化、文化多样化深入发展，全球治理体系和国际秩序变革加速推进，各国相互联系和依存日益加深，国际力量对比更趋平衡，和平发展大势不可逆转。同时，世界面临的不稳定性不确定性突出，世界经济增长动能不足，贫富分化日益严重，地区热点问题此起彼伏，恐怖主义、网络安全、重大传染性疾病、气候变化等非传统安全威胁持续蔓延，人类面临许多共同挑战。

我们生活的世界充满希望，也充满挑战。我们不能因现实复杂而放弃梦想，不能因理想遥远而放弃追求。没有哪个国家能够独自应对人类面临的各种挑战，也没有哪个国家能够退回到自我封闭的孤岛。

我们呼吁，各国人民同心协力，构建人类命运共同体，建设持久和平、普遍安全、共同繁荣、开放包容、清洁美丽的世界。要相互尊重、平等协商，坚决摒弃冷战思维和强权政治，走对话而不对抗、结伴而不结盟的国与国交往新路。要坚持以对话解决争端、以协商化解分歧，统筹应对传统和非传统安全威胁，反对一切形式的恐怖主义。要同舟共济，促进贸易和投资自由化便利化，推动经济全球化朝着更加开放、包容、普惠、平衡、共赢的方向发展。要尊重世界文明多样性，以文明交流超越文明隔阂、文明互鉴超越文明冲突、文明共存超越文明优越。要坚持环境友好，合作应对气候变化，保护好人类赖以生存的地球家园。

中国坚定奉行独立自主的和平外交政策，尊重各国人民自主选择发展道路的权利，维护国际公平正义，反对把自己的意志强加于人，反对干涉别国内政，反对以强凌弱。中国决不会以牺牲别国利益为代价来发展自己，也决不放弃自己的正当权益，任何人不要幻想让中国吞下损害自身利益的苦果。中国奉行防御性的国防政策。中国发展不对任何国家构成威胁。中国无论发展到什么程度，永远不称霸，永远不搞扩张。

中国积极发展全球伙伴关系，扩大同各国的利益交汇点，推进大国协调和合作，构建总体稳定、均衡发展的大国关系框架，按照亲诚惠容理念和与邻为善、以邻为伴周边外交方针深化同周边国家关系，秉持正确义利观和真实亲诚理念加强同发展中国家团结合作。加强同各国政党和政治组织的交流合作，推进人大、政协、军队、地方、人民团体等的对外交往。

中国坚持对外开放的基本国策，坚持打开国门搞建设，积极促进“一带一路”国际合作，努力实现政策沟通、设施联通、贸易畅通、资金融通、民心相通，打造国际合作新平台，增添共同发展新动力。加大对发展中国家特别是最不发达国家援助力度，促进缩小南北发展差距。中国支持多边贸易体制，促进自由贸易区建设，推动建设开放型世界经济。

中国秉持共商共建共享的全球治理观，倡导国际关系民主化，坚持国家不分大小、强弱、贫富一律平等，支持联合国发挥积极作用，支持扩大发展中国家在国际事务中的代表性和发言权。中国将继续发挥负责任大国作用，积极参与全球治理体系改革和建设，不断贡献中国智慧和力量。

同志们！世界命运握在各国人民手中，人类前途系于各国人民的抉择。中国人民愿同各国人民一道，推动人类命运共同体建设，共同创造人类的美好未来！

十三 坚定不移全面从严治党，不断提高党的执政能力和领导水平

中国特色社会主义进入新时代，我们党一定要有新气象新作为。打铁必须自身硬。党要团结带领人民进行伟大斗争、推进伟大事业、实现伟大梦想，必须毫不动摇坚持和完善党的领导，毫不动摇把党建设得更加坚强有力。

全面从严治党永远在路上。一个政党，一个政权，其前途命运取决于人心向背。人民群众反对什么、痛恨什么，我们就要坚决防范和纠正什么。全党要清醒认识到，我们党面临的执政环境是复杂的，影响党的先进性、弱化党的纯洁性的因素也是复杂的，党内存在的思想不纯、组织不纯、作风不纯等突出问题尚未得到根本解决。要深刻认识党面临的执政考验、改革开放考验、市场经济考验、外部环境考验的长期性和复杂性，深刻认识党面临的精神懈怠危险、能力不足危险、脱离群众危险、消极腐败危险的尖锐性和严峻性，坚持问题导向，保持战略定力，推动全面从严治党向纵深发展。

新时代党的建设总要求是：坚持和加强党的全面领导，坚持党要管党、全面从严治党，以加强党的长期执政能力建设、先进性和纯洁性建设为主线，以党的政治建设为统领，以坚定理想信念宗旨为根基，以调动全党积极性、主动性、创造性为着力点，全面推进党的政治建设、思想建设、组织建设、作风建设、纪律建设，把制度建设贯穿其中，深入推进反腐败斗争，不断提高党的建设质量，把党建设成为始终走在时代前列、人民衷心拥护、勇于自我革命、经得起各种风浪考验、朝气蓬勃的马克思主义执政党。

（一）把党的政治建设摆在首位。旗帜鲜明讲政治是我们党作为马克思主义政党的根本要求。党的政治建设是党的根本性建设，决定党的建设方向和效果。保证全党服从中央，坚持党中央权威和集中统一领导，是党的政治建设的首要任务。全党要坚定执行党的政治路线，严格遵守政治纪律和政治规矩，在政治立场、政治方向、政治原则、政治道路上同党中央保持高度一致。要尊崇党章，严格执行新形势下党内政治生活若干准则，增强党内政治生活的政治性、时代性、原则性、战斗性，自觉抵制商品交换原则对党内生活的侵蚀，营造风清气正的良好政治生态。完善和落实民主集中制的各项制度，坚持民主基础上的集中和集中指导下的民主相结合，既充分发扬民主，又善于集中统一。弘扬忠诚老实、公道正派、实事求是、清正廉洁等价值观，坚决防止和反对个人主义、分散主义、自由主义、本位主义、好人主义，坚决防止和反对宗派主义、圈子文化、码头文化，坚决反对搞两面派、做两面人。全党同志特别是高级干部要加强党性锻炼，不断提高政治觉悟和政治能力，把对党忠诚、为党分忧、为党尽职、为民造福作为根本政治担当，永葆共产党人政治本色。

（二）用新时代中国特色社会主义思想武装全党。思想建设是党的基础性建设。革命理想高于天。共产主义远大理想和中国特色社会主义共同理想，是中国共产党人的精神支柱和政治灵魂，也是保持党的团结统一的思想基础。要把坚定理想信念作为党的思想建设的首要任务，教育引导全党牢记党的宗旨，挺起共产党人的精神脊梁，解决好世界观、人生观、价值观这个“总开关”问题，自觉做共产主义远大理想和中国特色社会主义共同理想的坚定信仰者和忠实实践者。弘扬马克思主义学风，推进“两学一做”学习教育常态化制度化，以县处级以上领导干部为重点，在全党开展“不忘初心、牢记使命”主题教育，用党的创新理论武装头脑，推动全党更加自觉地为实现新时代党的历史使命不懈

奋斗。

（三）建设高素质专业化干部队伍。党的干部是党和国家事业的中坚力量。要坚持党管干部原则，坚持德才兼备、以德为先，坚持五湖四海、任人唯贤，坚持事业为上、公道正派，把好干部标准落到实处。坚持正确选人用人导向，匡正选人用人风气，突出政治标准，提拔重用牢固树立“四个意识”和“四个自信”、坚决维护党中央权威、全面贯彻执行党的理论和路线方针政策、忠诚干净担当的干部，选优配强各级领导班子。注重培养专业能力、专业精神，增强干部队伍适应新时代中国特色社会主义发展要求的能力。大力发现储备年轻干部，注重在基层一线和困难艰苦的地方培养锻炼年轻干部，源源不断选拔使用经过实践考验的优秀年轻干部。统筹做好培养选拔女干部、少数民族干部和党外干部工作。认真做好离退休干部工作。坚持严管和厚爱结合、激励和约束并重，完善干部考核评价机制，建立激励机制和容错纠错机制，旗帜鲜明为那些敢于担当、踏实做事、不谋私利的干部撑腰鼓劲。各级党组织要关心爱护基层干部，主动为他们排忧解难。

人才是实现民族振兴、赢得国际竞争主动的战略资源。要坚持党管人才原则，聚天下英才而用之，加快建设人才强国。实行更加积极、更加开放、更加有效的人才政策，以识才的慧眼、爱才的诚意、用才的胆识、容才的雅量、聚才的良方，把党内和党外、国内和国外各方面优秀人才集聚到党和人民的伟大奋斗中来，鼓励引导人才向边远贫困地区、边疆民族地区、革命老区和基层一线流动，努力形成人人渴望成才、人人努力成才、人人皆可成才、人人尽展其才的良好局面，让各类人才的创造活力竞相迸发、聪明才智充分涌流。

（四）加强基层组织建设。党的基层组织是确保党的路线方针政策和决策部署贯彻落实的基础。要以提升组织力为重点，突出政治功能，把企业、农村、机关、学校、科研院所、街道社区、社会组织等基层党组织建设成为宣传党的主张、贯彻党的决定、领导基层治理、团结动员群众、推动改革发展的坚强战斗堡垒。党支部要担负好直接教育党员、管理党员、监督党员和组织群众、宣传群众、凝聚群众、服务群众的职责，引导广大党员发挥先锋模范作用。坚持“三会一课”制度，推进党的基层组织设置和活动方式创新，加强基层党组织带头人队伍建设，扩大基层党组织覆盖面，着力解决一些基层党组织弱化、虚化、边缘化问题。扩大党内基层民主，推进党务公开，畅通党员参与党内事务、监督党的组织和干部、向上级党组织提出意见和建议的渠道。注重从产业工人、青年农民、高知识群体中和在非公有制经济组织、社会组织中发展党员。加强党内激励关怀帮扶。增强党员教育管理针对性和有效性，稳妥有序开展不合格党员组织处置工作。

（五）持之以恒正风肃纪。我们党来自人民、植根人民、服务人民，一旦脱离群众，就会失去生命力。加强作风建设，必须紧紧围绕保持党同人民群众的血肉联系，增强群众观念和群众感情，不断厚植党执政的群众基础。凡是群众反映强烈的问题都要严肃认真对待，凡是损害群众利益的行为都要坚决纠正。坚持以上率下，巩固拓展落实中央八项规定精神成果，继续整治“四风”问题，坚决反对特权思想和特权现象。重点强化政治纪律和组织纪律，带动廉洁纪律、群众纪律、工作纪律、生活纪律严起来。坚持开展批评和自我批评，坚持惩前毖后、治病救人，运用监督执纪“四种形态”，抓早抓小、防微杜渐。赋予有干部管理权限的党组相应纪律处分权限，强化监督执纪问责。加强纪律教育，强化纪律执行，让党员、干部知敬畏、存戒惧、守底线，习惯在受监督和约束的环境中工作生活。

（六）夺取反腐败斗争压倒性胜利。人民群众最痛恨腐败现象，腐败是我们党面临的最大威胁。只有以反腐败永远在路上的坚韧和执着，深化标本兼治，保证干部清正、政府清廉、政治清明，才能跳出历史周期率，确保党和国家长治久安。当前，反腐败斗争形势依然严峻复杂，巩固压倒性态势、夺取压倒性胜利的决心必须坚如磐石。要坚持无禁区、全覆盖、零容忍，坚持重遏制、强高压、长震慑，坚持受贿行贿一起查，坚决防止党内形成利益集团。在市县党委建立巡察制度，加大整治群众身边腐败问题力度。不管腐败分子逃到哪里，都要缉拿归案、绳之以法。推进反腐败国家立法，建设覆盖纪检监察系统的检举举报平台。强化不敢腐的震慑，扎牢不能腐的笼子，增强不想腐的自觉，通过不懈努力换来海晏河清、朗朗乾坤。

（七）健全党和国家监督体系。增强党自我净化能力，根本靠强化党的自我监督和群众监督。要加强对权力运行的制约和监督，让人民监督权力，让权力在阳光下运行，把权力关进制度的笼子。强化自上而下的组织监督，改进自下而上的民主监督，发挥同级相互监督作用，加强对党员领导干部的日常管理监督。深化政治巡视，坚持发现问题、形成震慑不动摇，建立巡视巡察上下联动的监督网。深化国家监察体制改革，将试点工作在全国推开，组建国家、省、市、县监察委员会，同党的纪律检查机关合署办公，实现对所有行使公权力的公职人员监察全覆盖。制定国家监察法，依法赋予监察委员会职责权限和调查手段，用留置取代“两规”措施。改革审计管理体制，完善统计体制。构建党统一指挥、全面覆盖、权威高效的监督体系，把党内监督同国家机关监督、民主监督、司法监督、群众监督、舆论监督贯通起来，增强监督合力。

（八）全面增强执政本领。领导十三亿多人的社会主义大国，我们党既要政治过硬，也要本领高强。要增强学习本领，在全党营造善于学习、勇于实践的浓厚氛围，建设马克思主义学习型政党，推动建设学习大国。增强政治领导本领，坚持战略思维、创新思维、辩证思维、法治思维、底线思维，科学制定和坚决执行党的路线方针政策，把党总揽全局、协调各方落到实处。增强改革创新本领，保持锐意进取的精神风貌，善于结合实际创造性推动工作，善于运用互联网技术和信息化手段开展工作。增强科学发展本领，善于贯彻新发展理念，不断开创发展新局面。增强依法执政本领，加快形成覆盖党的领导和党的建设各方面的党内法规制度体系，加强和改善对国家政权机关的领导。增强群众工作本领，创新群众工作体制机制和方式方法，推动工会、共青团、妇联等群团组织增强政治性、先进性、群众性，发挥联系群众的桥梁纽带作用，组织动员广大人民群众坚定不移跟党走。增强狠抓落实本领，坚持说实话、谋实事、出实招、求实效，把雷厉风行和久久为功有机结合起来，勇于攻坚克难，以钉钉子精神做实做细做好各项工作。增强驾驭风险本领，健全各方面风险防控机制，善于处理各种复杂矛盾，勇于战胜前进道路上的各种艰难险阻，牢牢把握工作主动权。

同志们！伟大的事业必须有坚强的党来领导。只要我们党把自身建设好、建设强，确保党始终同人民想在一起、干在一起，就一定能够引领承载着中国人民伟大梦想的航船破浪前进，胜利驶向光辉的彼岸！

同志们！中华民族是历经磨难、不屈不挠的伟大民族，中国人民是勤劳勇敢、自强不息的伟大人民，中国共产党是敢于斗争、敢于胜利的伟大政党。历史车轮滚滚向前，时代潮流浩浩荡荡。历史只会眷顾坚定者、奋进者、搏击者，而不会等待犹豫者、懈怠者、畏难者。全党一定要保持艰苦奋斗、戒骄戒躁的作风，以时不我待、只争朝夕的精神，奋力走好新时代的长征路。全党一定要自觉维护党的团结统一，保持党同人民群众的血肉联系，巩固全国各族人民大团结，加强海内外中华儿女大团结，团结一切可以团结的力量，齐心协力走向中华民族伟大复兴的光明前景。

青年兴则国家兴，青年强则国家强。青年一代有理想、有本领、有担当，国家就有前途，民族就有希望。中国梦是历史的、现实的，也是未来的；是我们这一代的，更是青年一代的。中华民族伟大复兴的中国梦终将在一代代青年的接力奋斗中变为现实。全党要关心和爱护青年，为他们实现人生出彩搭建舞台。广大青年要坚定理想信念，志存高远，脚踏实地，勇做时代的弄潮儿，在实现中国梦的生动实践中放飞青春梦想，在为人民利益的不懈奋斗中书写人生华章！

大道之行，天下为公。站立在九百六十多万平方公里的广袤土地上，吸吮着五千多年中华民族漫长奋斗积累的文化养分，拥有十三亿多中国人民聚合的磅礴之力，我们走中国特色社会主义道路，具有无比广阔的时代舞台，具有无比深厚的历史底蕴，具有无比强大的前进定力。全党全国各族人民要紧密团结在党中央周围，高举中国特色社会主义伟大旗帜，锐意进取，埋头苦干，为实现推进现代化建设、完成祖国统一、维护世界和平与促进共同发展三大历史任务，为决胜全面建成小康社会、夺取新时代中国特色社会主义伟大胜利、实现中华民族伟大复兴的中国梦、实现人民对美好生活的向往继续奋斗！

国务院办公厅关于进一步完善国有企业法人治理结构的指导意见*

国办发〔2017〕36号

各省、自治区、直辖市人民政府，国务院各部委、各直属机构：

完善国有企业法人治理结构是全面推进依法治企、推进国家治理体系和治理能力现代化的内在要求，是新一轮国有企业改革的重要任务。当前，多数国有企业已初步建立现代企业制度，但从实践情况看，现代企业制度仍不完善，部分企业尚未形成有效的法人治理结构，权责不清、约束不够、缺乏制衡等问题较为突出，一些董事会形同虚设，未能发挥应有作用。根据《中共中央 国务院关于深化国有企业改革的指导意见》等文件精神，为改进国有企业法人治理结构，完善国有企业现代企业制度，经国务院同意，现提出以下意见：

一　总体要求

（一）指导思想。

全面贯彻党的十八大和十八届三中、四中、五中、六中全会精神，深入贯彻习近平总书记系列重要讲话精神和治国理政新理念新思想新战略，认真落实党中央、国务院决策部署，统筹推进“五位一体”总体布局和协调推进“四个全面”战略布局，牢固树立和贯彻落实创新、协调、绿色、开放、共享的发展理念，从国有企业实际情况出发，以建立健全产权清晰、权责明确、政企分开、管理科学的现代企业制度为方向，积极适应国有企业改革的新形势新要求，坚持党的领导、加强党的建设，完善体制机制，依法规范权责，根据功能分类，把握重点，进一步健全各司其职、各负其责、协调运转、有效制衡的国有企业法人治理结构。

（二）基本原则。

1. 坚持深化改革。尊重企业市场主体地位，遵循市场经济规律和企业发展规律，以规范决策机制和完善制衡机制为重点，坚持激励机制与约束机制相结合，体现效率原则与公平原则，充分调动企业家积极性，提升企业的市场化、现代化经营水平。

2. 坚持党的领导。落实全面从严治党战略部署，把加强党的领导和完善公司治理统

---

* 资料来源：中国政府网，http：//www. gov. cn/zhengce/content/2017 - 05/03/content_5190599. htm.

一起来，明确国有企业党组织在法人治理结构中的法定地位，发挥国有企业党组织的领导核心和政治核心作用，保证党组织把方向、管大局、保落实。坚持党管干部原则与董事会依法选择经营管理者、经营管理者依法行使用人权相结合，积极探索有效实现形式，完善反腐倡廉制度体系。

3. 坚持依法治企。依据《中华人民共和国公司法》、《中华人民共和国企业国有资产法》等法律法规，以公司章程为行为准则，规范权责定位和行权方式；法无授权，任何政府部门和机构不得干预企业正常生产经营活动，实现深化改革与依法治企的有机统一。

4. 坚持权责对等。坚持权利义务责任相统一，规范权力运行、强化权利责任对等，改革国有资本授权经营体制，深化权力运行和监督机制改革，构建符合国情的监管体系，完善履职评价和责任追究机制，对失职、渎职行为严格追责，建立决策、执行和监督环节的终身责任追究制度。

（三）主要目标。

2017 年年底前，国有企业公司制改革基本完成。到 2020 年，党组织在国有企业法人治理结构中的法定地位更加牢固，充分发挥公司章程在企业治理中的基础作用，国有独资、全资公司全面建立外部董事占多数的董事会，国有控股企业实行外部董事派出制度，完成外派监事会改革；充分发挥企业家作用，造就一大批政治坚定、善于经营、充满活力的董事长和职业经理人，培育一支德才兼备、业务精通、勇于担当的董事、监事队伍；党风廉政建设主体责任和监督责任全面落实，企业民主监督和管理明显改善；遵循市场经济规律和企业发展规律，使国有企业成为依法自主经营、自负盈亏、自担风险、自我约束、自我发展的市场主体。

二 规范主体权责

健全以公司章程为核心的企业制度体系，充分发挥公司章程在企业治理中的基础作用，依照法律法规和公司章程，严格规范履行出资人职责的机构（以下简称出资人机构）、股东会（包括股东大会，下同）、董事会、经理层、监事会、党组织和职工代表大会的权责，强化权利责任对等，保障有效履职，完善符合市场经济规律和我国国情的国有企业法人治理结构，进一步提升国有企业运行效率。

（一）理顺出资人职责，转变监管方式。

1. 股东会是公司的权力机构。股东会主要依据法律法规和公司章程，通过委派或更换董事、监事（不含职工代表），审核批准董事会、监事会年度工作报告，批准公司财务预决算、利润分配方案等方式，对董事会、监事会以及董事、监事的履职情况进行评价和监督。出资人机构根据本级人民政府授权对国家出资企业依法享有股东权利。

2. 国有独资公司不设股东会，由出资人机构依法行使股东会职权。以管资本为主改革国有资本授权经营体制，对直接出资的国有独资公司，出资人机构重点管好国有资本布局、规范资本运作、强化资本约束、提高资本回报、维护资本安全。对国有全资公司、国有控股企业，出资人机构主要依据股权份额通过参加股东会议、审核需由股东决定的事项、与其他股东协商作出决议等方式履行职责，除法律法规或公司章程另有规定外，不得干预企业自主经营活动。

3. 出资人机构依据法律法规和公司章程规定行使股东权利、履行股东义务，有关监管内容应依法纳入公司章程。按照以管资本为主的要求，出资人机构要转变工作职能、改进工作方式，加强公司章程管理，清理有关规章、规范性文件，研究提出出资人机构审批事项清单，建立对董事会重大决策的合规性审查机制，制定监事会建设、责任追究等具体措施，适时制定国有资本优先股和国家特殊管理股管理办法。

（二）加强董事会建设，落实董事会职权。

1. 董事会是公司的决策机构，要对股东会负责，执行股东会决定，依照法定程序和公司章程授权决定公司重大事项，接受股东会、监事会监督，认真履行决策把关、内部管理、防范风险、深化改革等职责。国有独资公司要依法落实和维护董事会行使重大决策、选人用人、薪酬分配等权利，增强董事会的独立性和权威性，落实董事会年度工作报告制度；董事会应与党组织充分沟通，有序开展国有独资公司董事会选聘经理层试点，加强对经理层的管理和监督。

2. 优化董事会组成结构。国有独资、全资公司的董事长、总经理原则上分设，应均为内部执行董事，定期向董事会报告工作。国有独资公司的董事长作为企业法定代表人，对企业改革发展负首要责任，要及时向董事会和国有股东报告重大经营问题和经营风险。国有独资公司的董事对出资人机构负责，接受出资人机构指导，其中外部董事人选由出资人机构商有关部门提名，并按照法定程序任命。国有全资公司、国有控股企业的董事由相关股东依据股权份额推荐派出，由股东会选举或更换，国有股东派出的董事要积极维护国有资本权益；国有全资公司的外部董事人选由控股股东商其他股东推荐，由股东会选举或更换；国有控股企业应有一定比例的外部董事，由股东会选举或更换。

3. 规范董事会议事规则。董事会要严格实行集体审议、独立表决、个人负责的决策制度，平等充分发表意见，一人一票表决，建立规范透明的重大事项信息公开和对外披露制度，保障董事会会议记录和提案资料的完整性，建立董事会决议跟踪落实以及后评估制度，做好与其他治理主体的联系沟通。董事会应当设立提名委员会、薪酬与考核委员会、审计委员会等专门委员会，为董事会决策提供咨询，其中薪酬与考核委员会、审计委员会应由外部董事组成。改进董事会和董事评价办法，完善年度和任期考核制度，逐步形成符合企业特点的考核评价体系及激励机制。

4. 加强董事队伍建设。开展董事任前和任期培训，做好董事派出和任期管理工作。建立完善外部董事选聘和管理制度，严格资格认定和考试考察程序，拓宽外部董事来源渠道，扩大专职外部董事队伍，选聘一批现职国有企业负责人转任专职外部董事，定期报告外部董事履职情况。国有独资公司要健全外部董事召集人制度，召集人由外部董事定期推选产生。外部董事要与出资人机构加强沟通。

（三）维护经营自主权，激发经理层活力。

1. 经理层是公司的执行机构，依法由董事会聘任或解聘，接受董事会管理和监事会监督。总经理对董事会负责，依法行使管理生产经营、组织实施董事会决议等职权，向董事会报告工作，董事会闭会期间向董事长报告工作。

2. 建立规范的经理层授权管理制度，对经理层成员实行与选任方式相匹配、与企业功能性质相适应、与经营业绩相挂钩的差异化薪酬分配制度，国有独资公司经理层逐步实行任期制和契约化管理。根据企业产权结构、市场化程度等不同情况，有序推进职业经理人制度建设，逐步扩大职业经理人队伍，有序实行市场化薪酬，探索完善中长期激励机制，研究出台相关指导意见。国有独资公司要积极探索推行职业经理人制度，实行内部培养和外部引进相结合，畅通企业经理层成员与职业经理人的身份转换通道。开展出资人机构委派国有独资公司总会计师试点。

（四）发挥监督作用，完善问责机制。

1. 监事会是公司的监督机构，依照有关法律法规和公司章程设立，对董事会、经理层成员的职务行为进行监督。要提高专职监事比例，增强监事会的独立性和权威性。对国有资产监管机构所出资企业依法实行外派监事会制度。外派监事会由政府派出，负责检查企业财务，监督企业重大决策和关键环节以及董事会、经理层履职情况，不参与、不干预企业经营管理活动。

2. 健全以职工代表大会为基本形式的企业民主管理制度，支持和保证职工代表大会依法行使职权，加强职工民主管理与监督，维护职工合法权益。国有独资、全资公司的董事会、监事会中须有职工董事和职工监事。建立国有企业重大事项信息公开和对外披露制度。

3. 强化责任意识，明确权责边界，建立与治理主体履职相适应的责任追究制度。董事、监事、经理层成员应当遵守法律法规和公司章程，对公司负有忠实义务和勤勉义务；要将其信用记录纳入全国信用信息共享平台，违约失信的按规定在“信用中国”网站公开。董事应当出席董事会会议，对董事会决议承担责任；董事会决议违反法律法规或公司章程、股东会决议，致使公司遭受严重损失的，应依法追究有关董事责任。经理层成员违反法律法规或公司章程，致使公司遭受损失的，应依法追究有关经理层成员责任。执行董事和经理层成员未及时向董事会或国有股东报告重大经营问题和经营风险的，应依法追究相关人员责任。企业党组织成员履职过程中有重大失误和失职、渎职行为的，应按照党组织有关规定严格追究责任。按照“三个区分开来”的要求，建立必要的改革容错纠错机制，激励企业领导人员干事创业。

（五）坚持党的领导，发挥政治优势。

1. 坚持党的领导、加强党的建设是国有企业的独特优势。要明确党组织在国有企业法人治理结构中的法定地位，将党建工作总体要求纳入国有企业章程，明确党组织在企业决策、执行、监督各环节的权责和工作方式，使党组织成为企业法人治理结构的有机组成部分。要充分发挥党组织的领导核心和政治核心作用，领导企业思想政治工作，支持董事会、监事会、经理层依法履行职责，保证党和国家方针政策的贯彻执行。

2. 充分发挥纪检监察、巡视、审计等监督作用，国有企业董事、监事、经理层中的党员每年要定期向党组（党委）报告个人履职和廉洁自律情况。上级党组织对国有企业纪检组组长（纪委书记）实行委派制度和定期轮岗制度，纪检组组长（纪委书记）要坚持原则、强化监督。纪检组组长（纪委书记）可列席董事会和董事会专门委员会的会议。

3. 积极探索党管干部原则与董事会选聘经营管理人员有机结合的途径和方法。坚持和完善双向进入、交叉任职的领导体制，符合条件的国有企业党组（党委）领导班子成员可以通过法定程序进入董事会、监事会、经理层，董事会、监事会、经理层成员中符合条件的党员可以依照有关规定和程序进入党组（党委）；党组（党委）书记、董事长一般由一人担任，推进中央企业党组（党委）专职副书记进入董事会。在董事会选聘经理层成员工作中，上级党组织及其组织部门、国有资产监管机构党委应当发挥确定标准、规范程序、参与考察、推荐人选等作用。积极探索董事会通过差额方式选聘经理层成员。

三 做好组织实施

（一）及时总结经验，分层有序实施。在国有企业建设规范董事会试点基础上，总结经验、完善制度，国务院国资委监管的中央企业要依法改制为国有独资公司或国有控股公司，全面建立规范的董事会。国有资本投资、运营公司法人治理结构要“一企一策”地在公司章程中予以细化。其他中央企业和地方国有企业要根据自身实际，由出资人机构负责完善国有企业法人治理结构。

（二）精心规范运作，做好相互衔接。国有企业要按照完善法人治理结构的要求，全面推进依法治企，完善公司章程，明确内部组织机构的权利、义务、责任，实现各负其责、规范运作、相互衔接、有效制衡。国务院国资委要会同有关部门和单位抓紧制定国有企业公司章程审核和批准管理办法。

金融、文化等国有企业的改革，中央另有规定的依其规定执行。

国务院办公厅

2017 年 4 月 24 日

国务院办公厅关于转发《国务院国资委以管资本为主推进职能转变方案》的通知*

国办发〔2017〕38 号

各省、自治区、直辖市人民政府，国务院各部委、各直属机构：

《国务院国资委以管资本为主推进职能转变方案》已经国务院同意，现转发给你们，请认真贯彻执行。

国务院办公厅

2017 年 4 月 27 日

（此件公开发布）

国务院国资委以管资本为主推进职能转变方案

国务院国资委

党的十八大以来，国务院国资委认真贯彻落实党中央、国务院关于深化国有企业改革的决策部署，准确把握国有资产监管机构的出资人代表职责定位，坚定不移深化国有企业改革，探索完善国有资产监管体制机制，积极推进国有企业结构调整、创新发展，为实现国有资产保值增值、防止国有资产流失、发展壮大国有经济作出了积极贡献。但与此同时，国有资产监督机制尚不健全，国有资产监管中越位、缺位、错位问题依然存在，亟需加快调整优化监管职能和方式，推进国有资产监管机构职能转变，进一步提高国有资本运营和配置效率。按照《中共中央 国务院关于深化国有企业改革的指导意见》、《国务院关于改革和完善国有资产管理体制的若干意见》（国发〔2015〕63 号）有关要求，制定本方案。

一　总体要求

（一）指导思想。

全面贯彻党的十八大和十八届二中、三中、四中、五中、六中全会精神，深入学习贯

* 资料来源：中国政府网，http://www.gov.cn/zhengce/content/2017-05/10/content_5192390.htm.

彻习近平总书记系列重要讲话精神和治国理政新理念新思想新战略，坚持党的领导不动摇，统筹推进“五位一体”总体布局和协调推进“四个全面”战略布局，牢固树立和贯彻落实创新、协调、绿色、开放、共享的发展理念，按照深化简政放权、放管结合、优化服务改革的要求，依法履行职责，以管资本为主加强国有资产监管，以提高国有资本效率、增强国有企业活力为中心，明确监管重点，精简监管事项，优化部门职能，改进监管方式，全面加强党的建设，进一步提高监管的科学性、针对性和有效性，加快实现以管企业为主向以管资本为主的转变。

（二）基本原则。

坚持准确定位。按照政企分开、政资分开、所有权与经营权分离要求，科学界定国有资产出资人监管的边界，国务院国资委作为国务院直属特设机构，根据授权代表国务院依法履行出资人职责，专司国有资产监管，不行使社会公共管理职能，不干预企业依法行使自主经营权。

坚持依法监管。按照有关法律法规规定，建立和完善出资人监管的权力和责任清单，健全监管制度体系，重点管好国有资本布局、规范资本运作、提高资本回报、维护资本安全。全面加强国有资产监督，充实监督力量，完善监督机制，严格责任追究，切实防止国有资产流失。

坚持搞活企业。遵循市场经济规律和企业发展规律，突出权责一致，确保责任落实，将精简监管事项与完善国有企业法人治理结构相结合，依法落实企业法人财产权和经营自主权，激发企业活力、创造力和市场竞争力，打造适应市场竞争要求、以提高核心竞争力和资源配置效率为目标的现代企业。

坚持提高效能。明确国有资产监管重点，调整优化监管职能配置和组织设置，改进监管方式和手段，整合监管资源，优化监管流程，提高监管效率，加强监管协同，推进监管信息共享和动态监管，实现依法监管、分类监管、阳光监管。

坚持党的领导。坚持党对国有企业政治领导、思想领导、组织领导的有机统一，发挥国有企业党组织的领导核心和政治核心作用，把方向、管大局、保落实。健全完善党建工作责任制，落实党建工作主体责任，为国有企业改革发展提供坚强有力的政治保证、组织保证和人才支撑。

二　调整优化监管职能

按照职权法定、规范行权的要求，调整、精简、优化监管职能，将强化出资人监管与落实管党治党责任相结合、落实保值增值责任与搞活企业相结合，做好整合监管职能与优化机构设置的衔接，强化 3 项管资本职能，精简 43 项监管事项，整合三方面相关职能。加大简政放权力度，更好维护企业市场主体地位，推动完善现代企业制度，健全各司其职、各负其责、协调运转、有效制衡的国有企业法人治理结构。坚持权力和责任相统一、相匹配，层层建立权力和责任清单，确保企业接住管好精简的监管事项，体现国资监管要求，落实保值增值责任。按照全面从严治党战略部署，严格落实管党治党责任，全面加强国有企业党的建设，保证党和国家方针政策、重大部署在国有企业贯彻执行。

（一）强化管资本职能，落实保值增值责任。

完善规划投资监管。服从国家战略和重大决策，落实国家产业政策和重点产业发展总体要求，调整优化国有资本布局，加大对中央企业投资的规划引导力度，加强对发展战略和规划的审核，制定并落实中央企业国有资本布局结构整体规划。改进投资监管方式，通过制定中央企业投资负面清单、强化主业管理、核定非主业投资比例等方式，管好投资方向，根据投资负面清单探索对部分企业和投资项目实施特别监管制度。落实企业投资主体责任，完善投资监管制度，开展投资项目第三方评估，防止重大违规投资，依法依规追究违规责任。加强对中央企业国际化经营的指导，强化境外投资监管体系建设，加大审核把关力度，严控投资风险。

突出国有资本运营。围绕服务国家战略目标和优化国有资本布局结构，推动国有资本优化配置，提升国有资本运营效率和回报水平。牵头改组组建国有资本投资、运营公司，实施资本运作，采取市场化方式推动设立国有企业结构调整基金、国有资本风险投资基金、中央企业创新发展投资引导基金等相关投资基金。建立健全国有资本运作机制，组织、指导和监督国有资本运作平台开展资本运营，鼓励国有企业追求长远收益，推动国有资本向关系国家安全、国民经济命脉和国计民生的重要行业和关键领域、重点基础设施集中，向前瞻性战略性产业集中，向具有核心竞争力的优势企业集中。

强化激励约束。实现业绩考核与薪酬分配协同联动，进一步发挥考核分配对企业发展的导向作用，实现“业绩升、薪酬升，业绩降、薪酬降”。改进考核体系和办法，突出质量效益与推动转型升级相结合，强化目标管理、对标考核、分类考核，对不同功能定位、不同行业领域、不同发展阶段的企业实行差异化考核。严格贯彻落实国有企业负责人薪酬制度改革相关政策，建立与选任方式相匹配、与企业功能性质相适应、与经营业绩相挂钩的差异化薪酬分配办法。

（二）加强国有资产监督，防止国有资产流失。

坚持出资人管理和监督的有机统一。健全规范国有资本运作、防止国有资产流失的监管制度，加强对制度执行情况的监督检查。增加监督专门力量，分类处置和督办发现的问题，组织开展国有资产重大损失调查，形成发现、调查、处理问题的监督工作闭环。进一步强化监督成果在业绩考核、薪酬分配、干部管理等方面的运用。

强化外派监事会监督。进一步加强和改进监事会监督，完善监督工作体制机制，明确外派监事会由政府派出、作为出资人监督专门力量的职责定位。突出监督重点，围绕企业财务和重大决策、运营过程中可能造成国有资产流失的事项和关键环节以及董事会和经理层依法依规履职情况等重点，着力强化当期和事中监督。改进监事会监督方式，落实外派监事会纠正违规决策、罢免或者调整领导人员的建议权，建立外派监事会可追溯、可量化、可考核、可问责的履职记录制度，提升监督效能。

严格落实责任。建立健全违法违规经营投资责任追究制度体系，完善责任倒查和追究机制，构建权责清晰、约束有效的经营投资责任体系。加大对违法违规经营投资责任的追究力度，综合运用组织处理、经济处罚、禁入限制、党纪政纪处分和追究刑事责任等手段，依法依规查办违法违规经营投资导致国有资产重大损失的案件。

（三）精简监管事项，增强企业活力。

取消一批监管事项。严格按照出资关系界定监管范围。减少对企业内部改制重组的直接管理，不再直接规范上市公司国有股东行为，推动中央企业严格遵守证券监管规定。减少薪酬管理事项，取消中央企业年金方案、中央企业子企业分红权激励方案审批，重点加强事后备案和规范指导。减少财务管理事项，取消与借款费用、股份支付、应付债券等会计事项相关的会计政策和会计估计变更事前备案，重点管控企业整体财务状况。取消中央企业职工监事选举结果、工会组织成立和工会主席选举等事项审批，由企业依法自主决策。

下放一批监管事项。将延伸到中央企业子企业和地方国有企业的管理事项，原则上归位于企业集团和地方国资委。将中央企业所持有部分非上市股份有限公司的国有股权管理方案和股权变动事项，企业集团内部国有股东所持有上市公司股份流转、国有股东与上市公司非重大资产重组、国有股东通过证券交易系统转让一定比例或数量范围内所持有上市公司股份等事项以及中央企业子企业股权激励方案的审批权限，下放给企业集团。国有企业要进一步明确各治理主体行权履职边界，层层落实责任，确保国有资产保值增值。落实国家所有、分别代表原则，将地方国有上市公司的国有股权管理事项的审批权限下放给省级国资委。

授权一批监管事项。结合落实董事会职权等试点工作，将出资人的部分权利授权试点企业董事会行使，同时健全完善制度规范，切实加强备案管理和事后监督。依法将中央企业五年发展战略规划制定权授予试点企业董事会，进一步落实试点企业董事会对经理层成员选聘、业绩考核、薪酬管理以及企业职工工资总额管控、重大财务事项管理的职权，充分发挥董事会的决策作用。试点企业董事会要进一步健全和规范决策制度，明确授权事项在企业内部的决策、执行、监督机制，落实相应责任，严格责任追究。

移交一批社会公共管理事项。落实政资分开原则，立足国有资产出资人代表职责定位，全面梳理配合承担的社会公共管理职能，结合工作实际，提出分类处理建议，交由相关部门和单位行使。

（四）整合相关职能，提高监管效能。

整合国有企业改革职能。对承担的企业重组整合、结构优化、改制上市、规范董事会建设以及解决历史遗留问题等职能进行统筹整合，集中力量加大对改革改制、管理创新和商业模式创新的指导服务力度，加快完善现代企业制度。

整合经济运行监测职能。集中统一开展财务动态监测和经济运行分析，综合分析行业与企业情况、经营与财务情况，及时、准确提供运行数据，全面掌握中央企业运行状况，为国家宏观调控和国有资产监管工作提供基础支撑。

整合推动科技创新职能。明确中央企业科技创新方向和重点任务，整合新兴产业培育、知识产权保护、企业品牌建设等职能，推动企业完善技术创新体系，组建产业协同发展平台，协调落实重大科技政策和项目，更好发挥中央企业在大众创业、万众创新中的引领带动作用。

（五）全面加强党的建设，强化管党治党责任。

建立健全党建工作责任制。强化中央企业党建工作考核，落实“四同步”、“四对接”要求，加强基层党组织和党员队伍建设，保证党组织工作机构健全、党务工作者队伍稳定、党组织和党员作用得到有效发挥。注重加强混合所有制企业党建工作。

加强党的领导与完善公司治理相统一。明确和落实党组织在国有企业法人治理结构中的法定地位，把党建工作总体要求写入公司章程，健全党组织参与重大问题决策的规则和程序，使党组织发挥作用组织化、制度化、具体化。处理好党组织和其他治理主体的关系，明确权责边界，做到无缝衔接。

坚持党管干部原则与市场化机制相结合。保证党对干部人事工作的领导权和对重要干部的管理权，严格执行国有企业领导人员对党忠诚、勇于创新、治企有方、兴企有为、清正廉洁的选任标准，党组织要在确定标准、规范程序、参与考察、推荐人选等方面把好关，按照市场规律对经理层进行管理，建立科学合理的考核评价体系，为国有企业领导人员树立正向激励的鲜明导向。

加大纪检监察工作力度。深入推进党风廉政建设和反腐败斗争。认真落实《中国共产党问责条例》等规定，加大对中央企业党委（党组）和党员领导人员履行管党治党责任不力的问责力度。对国务院国资委党委管理主要负责人的中央企业开展巡视监督，加强对中央企业开展内部巡视的领导和指导。

三　改进监管方式手段

按照事前制度规范、事中跟踪监控、事后监督问责的要求，积极适应监管职能转变和增强企业活力、强化监督管理的需要，创新监管方式和手段，更多采用市场化、法治化、信息化监管方式，提高监管的针对性、实效性。

（一）强化依法监管。

严格依据公司法、企业国有资产法、企业国有资产监督管理暂行条例等法律法规规定的权限和程序行权履职。健全完善国有资产监管法规制度体系，建立出资人监管的权力和责任清单，清单以外的事项由企业依法自主决策。加强公司章程管理，规范董事会运作，严格选派、管理股东代表和董事、监事，注重通过国有企业法人治理结构依法履行出资人职责。

（二）实施分类监管。

针对商业类和公益类国有企业的不同战略定位和发展目标，研究制定差异化的监管目标、监管重点和监管措施，因企施策推动企业改革发展，促进经济效益和社会效益有机统一。在战略规划制定、资本运作模式、人员选用机制、经营业绩考核等方面，实施更加精准有效的分类监管。

（三）推进阳光监管。

依法推进国有资产监管信息公开，主动接受社会监督。健全信息公开制度，加强信息公开平台建设，依法向社会公开国有资本整体运营情况、企业国有资产保值增值及经营业绩考核总体情况、国有资产监管制度和监督检查情况。指导中央企业加大信息公开力度，依法依规公开治理结构、财务状况、关联交易、负责人薪酬等信息，积极打造阳光企业。

（四）优化监管流程。

按照程序简化、管理精细、时限明确的原则，深入推进分事行权、分岗设权、分级授权和定期轮岗，科学设置内设机构和岗位职责权限，确保权力运行协调顺畅。推进监管信息化建设，整合信息资源，统一工作平台，畅通共享渠道，健全中央企业产权、投资、财务等监管信息系统，实现动态监测，提升整体监管效能。

四　切实抓好组织实施

国务院国资委要依据本方案全面梳理并优化调整具体监管职能，相应调整内设机构，明确取消、下放、授权的监管事项，加快制定出资人监管的权力和责任清单，按程序报批后向社会公开。要坚持试点先行，结合企业实际，继续推进简政放权、放管结合、优化服务改革，分类放权、分步实施，确保放得下、接得住、管得好。要积极适应职能转变要求，及时清理完善涉及的国有资产监管法规和政策文件。

各地区可参照本方案要求，结合实际情况，制定本地区国有资产监管机构的职能转变方案。

附件

精简的国资监管事项（共43项）

（一）取消事项（共26项）

序号	事　项　内　容
1	直接规范上市公司国有股东行为
2	指导中央企业评估机构选聘
3	中央企业境外产权管理状况检查
4	审批中央企业子企业分红权激励方案
5	审批中央企业年金方案
6	审批中央企业重组改制中离退休和内退人员相关费用预提方案
7	审批中央企业住房补贴整体方案和负责人异地调动住房补贴方案
8	对中央企业账销案存的事前备案
9	与借款费用、股份支付、应付债券等12个会计事项相关的会计政策和会计估计变更事前备案
10	指导中央企业内部资源整合与合作

续表

序号	事　项　内　容
11	联合开展全国企业管理现代化创新成果评审和推广
12	指导地方国有企业重组改制上市管理
13	指导中央企业所属科研院所等事业单位改制
14	审批中央企业职工监事选举结果
15	指导中央企业内设监事会工作
16	中央企业职工董事履职管理
17	组织中国技能大赛、中央企业职工技能比赛
18	批复中央企业工会组织成立和工会主席选举有关事项
19	评比表彰中央企业企业文化示范单位
20	指导地方国资委新闻宣传工作
21	直接开展中央企业高级政工师任职资格评定
22	要求中介机构提供对中央企业国有资本经营决算的审计报告
23	指导和监督中央企业开展全员业绩考核工作
24	中央企业信息工作评价
25	中央企业信息化水平评价
26	指导中央企业档案工作

（二）下放事项（共 9 项）

序号	事　项　内　容
1	审批地方国资委监管企业的上市公司国有股权管理事项
2	审批中央企业所持有非上市股份有限公司的国有股权管理方案和股权变动事项（主业涉及国家安全和国民经济命脉的重要行业和关键领域、主要承担重大专项任务的子企业除外）
3	审批中央企业子企业股权激励方案
4	审批国有股东通过证券交易系统转让一定比例或数量范围内所持有上市公司股份事项
5	审批本企业集团内部的国有股东所持有上市公司股份的无偿划转、非公开协议转让事项
6	审批未导致国有控股股东持股比例低于合理持股比例的公开征集转让、国有股东发行可交换公司债券及所控股上市公司发行证券事项
7	审批国有参股股东所持有上市公司国有股权公开征集转让、发行可交换公司债券事项
8	审批未导致上市公司控股权转移的国有股东通过证券交易系统增持、协议受让、认购上市公司发行股票等事项
9	审批未触及证监会规定的重大资产重组标准的国有股东与所控股上市公司进行资产重组事项

（三）授权事项（共8项）

序号	事 项 内 容
1	制定中央企业五年发展战略规划和年度投资计划
2	经理层成员选聘
3	经理层成员业绩考核
4	经理层成员薪酬管理
5	职工工资总额审批
6	中央企业子企业以非公开协议方式增资及相应的资产评估
7	国有参股企业与非国有控股上市公司重组
8	大额预算外捐赠、重大担保管理和债务风险管控

说明：1. 本表适用于国务院国资委监管范围内中央企业。

2. 下放事项中，第1项下放给地方国资委，第2、3项下放给中央企业，第4—9项下放给国家出资企业。

3. 授权事项将根据企业实际情况，授予落实董事会职权试点企业，国有资本投资、运营公司试点企业。

国务院关于强化实施创新驱动发展战略进一步推进大众创业万众创新深入发展的意见*

国发〔2017〕37号

各省、自治区、直辖市人民政府，国务院各部委、各直属机构：

创新是社会进步的灵魂，创业是推进经济社会发展、改善民生的重要途径，创新和创业相连一体、共生共存。近年来，大众创业、万众创新蓬勃兴起，催生了数量众多的市场新生力量，促进了观念更新、制度创新和生产经营管理方式的深刻变革，有效提高了创新效率、缩短了创新路径，已成为稳定和扩大就业的重要支撑、推动新旧动能转换和结构转型升级的重要力量，正在成为中国经济行稳致远的活力之源。为进一步系统性优化创新创业生态环境，强化政策供给，突破发展瓶颈，充分释放全社会创新创业潜能，在更大范围、更高层次、更深程度上推进大众创业、万众创新，现提出如下意见。

一　大众创业、万众创新深入发展是实施创新驱动发展战略的重要载体

深入推进供给侧结构性改革，全面实施创新驱动发展战略，加快新旧动能接续转换，着力振兴实体经济，必须坚持“融合、协同、共享”，推进大众创业、万众创新深入发展。要进一步优化创新创业的生态环境，着力推动“放管服”改革，构建包容创新的审慎监管机制，有效促进政府职能转变；进一步拓展创新创业的覆盖广度，着力推动创新创业群体更加多元，发挥大企业、科研院所和高等院校的领军作用，有效促进各类市场主体融通发展；进一步提升创新创业的科技内涵，着力激发专业技术人才、高技能人才等的创造潜能，强化基础研究和应用技术研究的有机衔接，加速科技成果向现实生产力转化，有效促进创新型创业蓬勃发展；进一步增强创新创业的发展实效，着力推进创新创业与实体经济发展深度融合，结合“互联网+”、“中国制造2025”和军民融合发展等重大举措，有效促进新技术、新业态、新模式加快发展和产业结构优化升级。

——创新为本、高端引领。以科技创新为基础支撑，实现创新带动创业、创业促进创新的良性循环。坚持质量效率并重，引导创新创业多元化、特色化、专业化发展，推动产业迈向中高端。坚持创新创业与实体经济相结合，实现一二三产业相互渗透，推动军民融合深入发展，创造新供给、释放新需求，增强产业活力和核心竞争力。

——改革先行、精准施策。以深化改革为核心动力，主动适应、把握、引领经济发展

---

* 资料来源：中国政府网，http://www.gov.cn/zhengce/content/2017-07/27/content_5213735.htm.

新常态，面向新趋势、新特征、新需求，主动作为，针对重点领域、典型区域、关键群体的特点精准发力，出实招、下实功、见实效。着力破除制约创新创业发展的体制机制障碍，促进生产、管理、分配和创新模式的深刻变革，继续深入推进"放管服"改革，积极探索包容审慎监管，为新动能的成长打开更大空间。

——人才优先、主体联动。以人才支撑为第一要素，改革人才引进、激励、发展和评价机制，激发人才创造潜能，鼓励科技人员、中高等院校毕业生、留学回国人才、农民工、退役士兵等有梦想、有意愿、有能力的群体更多投身创新创业。加强科研机构、高校、企业、创客等主体协同，促进大中小微企业优势互补，推动城镇与农村创新创业同步发展，形成创新创业多元主体合力汇聚、活力迸发的良性格局。

——市场主导、资源聚合。充分发挥市场配置资源的决定性作用，整合政府、企业、社会等多方资源，建设众创、众包、众扶、众筹支撑平台，健全创新创业服务体系，推动政策、技术、资本等各类要素向创新创业集聚，充分发挥社会资本作用，以市场化机制促进多元化供给与多样化需求更好对接，实现优化配置。

——价值创造、共享发展。以价值创造为本质内涵，大力弘扬创新文化，厚植创业沃土，营造敢为人先、宽容失败的良好氛围，推动创新创业成为生活方式和人生追求。践行共享发展理念，实现人人参与、人人尽力、人人享有，使创新创业成果更多更公平地惠及全体人民，促进社会公平正义。

二　加快科技成果转化

重点突破科技成果转移转化的制度障碍，保护知识产权，活跃技术交易，提升创业服务能力，优化激励机制，共享创新资源，加速科技成果向现实生产力转化。

（一）建立完善知识产权运用和快速协同保护体系，扩大知识产权快速授权、确权、维权覆盖面，加快推进快速保护由单一产业领域向多领域扩展。搭建集专利快速审查、快速确权、快速维权等于一体，审查确权、行政执法、维权援助、仲裁调解、司法衔接相联动的知识产权保护中心。探索建立海外知识产权维权援助机制。发挥国家知识产权运营公共服务平台枢纽作用，加快建设国家知识产权运营服务体系。（国家知识产权局牵头负责）

（二）推动科技成果、专利等无形资产价值市场化，促进知识产权、基金、证券、保险等新型服务模式创新发展，依法发挥资产评估的功能作用，简化资产评估备案程序，实现协议定价和挂牌、拍卖定价。促进科技成果、专利在企业的推广应用。（国家知识产权局、财政部、科技部、中国科协等单位按职责分工负责）

（三）探索在战略性新兴产业相关领域率先建立利用财政资金形成的科技成果限时转化制度。财政资金支持形成的科技成果，除涉及国防、国家安全、国家利益、重大社会公共利益外，在合理期限内未能转化的，可由国家依法强制许可实施转化。（科技部、财政部、国家发展改革委等部门按职责分工负责）

（四）引导众创空间向专业化、精细化方向升级，支持龙头骨干企业、高校、科研院所围绕优势细分领域建设平台型众创空间。探索将创投孵化器等新型孵化器纳入科技企业孵化器管理服务体系，并享受相应扶持政策。（科技部牵头负责）

（五）推动科研院所落实国家科技成果转化法律法规和政策，强化激励导向，提高科研院所成果转化效率。坚持试点先行，进一步扩大科研院所自主权，激发科研院所和科技人员创新创业积极性。（科技部、人力资源社会保障部等部门按职责分工负责）

（六）促进仪器设备开放共享，探索仪器设备所有权和经营权分离机制，对于财政资金购置的仪器设备，探索引入专业服务机构进行社会化服务等多种方式。（科技部牵头负责）

（七）实施科研院所创新创业共享行动，鼓励科研院所发挥自身优势，进一步提高科技成果转化能力和创新创业能力，进一步开放现有科研设施和资源，推动科技成果在全社会范围实现共享和转化。（国家发展改革委、中科院、科技部等单位按职责分工负责）

三　拓展企业融资渠道

不断完善金融财税政策，创新金融产品，扩大信贷支持，发展创业投资，优化投入方式，推动破解创新创业企业融资难题。

（八）在有效防控风险的前提下，合理赋予大型银行县支行信贷业务权限。支持地方性法人银行在符合条件的情况下在基层区域增设小微支行、社区支行，提供普惠金融服务。支持商业银行改造小微企业信贷流程和信用评价模型，提高审批效率。（银监会牵头负责）

（九）完善债权、股权等融资服务机制，为科技型中小企业提供覆盖全生命周期的投融资服务。稳妥推进投贷联动试点工作。推广专利权质押等知识产权融资模式，鼓励保险公司为科技型中小企业知识产权融资提供保证保险服务，对符合条件的由地方各级人民政府提供风险补偿或保费补贴。持续优化科技型中小企业直接融资机制，稳步扩大创新创业公司债券试点规模。支持政府性融资担保机构为科技型中小企业发债提供担保。鼓励地方各级人民政府建立政银担、政银保等不同类型的风险补偿机制。（银监会、人民银行、保监会、财政部、科技部、国家知识产权局、证监会等部门按职责分工负责）

（十）改革财政资金、国有资本参与创业投资的投入、管理与退出标准和规则，建立完善与其特点相适应的绩效评价体系。依法依规豁免国有创业投资机构和国有创业投资引导基金国有股转持义务。（财政部、国务院国资委等部门按职责分工负责）

（十一）适时推广创业投资企业和天使投资个人有关税收试点政策，引导社会资本参与创业投资。推动创业投资企业、创业投资管理企业及其从业人员在第三方征信机构完善信用记录，实现创业投资领域信用记录全覆盖。（财政部、税务总局、国家发展改革委等部门按职责分工负责）

（十二）推动国家新兴产业创业投资引导基金、国家中小企业发展基金、国家科技成果转化引导基金设立一批创业投资子基金。引导和规范地方各级人民政府设立创业投资引导基金，建立完善对引导基金的运行监管机制、财政资金的绩效考核机制和基金管理机构的信用信息评价机制。（国家发展改革委、财政部、工业和信息化部等部门按职责分工负责）

（十三）健全完善创新券、创业券的管理制度和运行机制，在全面创新改革试验区域探索建立创新券、创业券跨区域互通互认机制。（科技部、国家发展改革委等部门按职责分工负责）

四　促进实体经济转型升级

深入实施“互联网＋”、“中国制造2025”、军民融合发展、新一代人工智能等重大举措，着力加强创新创业平台建设，培育新兴业态，发展分享经济，以新技术、新业态、新模式改造传统产业，增强核心竞争力，实现新兴产业与传统产业协同发展。

（十四）加强基础研究，提升原始创新能力。改革和创新科研管理、投入和经费使用方式。高校和科研院所要鼓励科研人员与创业者开展合作和互动交流，建立集群思、汇众智、解难题的众创空间。面向企业和社会创新的难点，凝练和解决科学问题，举办各种形式的创新挑战赛，通过众包共议方式，提高创新效率和水平。（科技部、财政部等部门按职责分工负责）

（十五）在战略性领域布局建设若干产业创新中心，整合利用现有创新资源形成充满活力的创新网络。依托企业、联合高校和科研院所，建设符合发展需求的制造业创新中心，开展关键共性重大技术研究和产业化应用示范。推动建立一批军民结合、产学研一体的科技协同创新平台。（国家发展改革委、工业和信息化部、科技部、教育部等部门按职责分工负责）

（十六）实施企业创新创业协同行动。支持大型企业开放供应链资源和市场渠道，推动开展内部创新创业，带动产业链上下游发展，促进大中小微企业融通发展。（国家发展改革委、工业和信息化部、国务院国资委、全国工商联等单位按职责分工负责）

（十七）鼓励大型企业全面推进“双创”工作，建设“双创”服务平台与网络，开展各类“双创”活动，推广各类大型企业“双创”典型经验，促进跨界融合和成果转化。（国家发展改革委、工业和信息化部、国务院国资委、全国工商联等单位按职责分工负责）

（十八）促进分享经济发展，合理引导预期，创新监管模式，推动构建适应分享经济发展的包容审慎监管机制和社会多方协同治理机制，完善新就业形态、消费者权益、社会保障、信用体系建设、风险控制等方面的政策法规，研究完善适应分享经济特点的税收征管措施，研究建立平台企业履职尽责与依法获得责任豁免的联动机制。（国家发展改革委、人力资源社会保障部、人民银行、工商总局、税务总局、中央网信办等单位按职责分工负责）

（十九）发布促进数字经济发展战略纲要，强化系统性设计，打破制约数字生产力发展的制度障碍，推进市场化的生产资料分享，提升市场配置资源效率，加速数字化转型，引领和适应数字经济发展。发起“一带一路”数字经济国际合作倡议，促进“一带一路”沿线国家数字经济交流与合作。（国家发展改革委、中央网信办等单位按职责分工负责）

（二十）进一步完善新产业新业态新模式统计分类，充分利用大数据等现代信息技术手段，研究制定“双创”发展统计指标体系，科学、准确、及时反映经济结构优化升级的新进展。（国家统计局牵头负责）

（二十一）加快研究制定工业互联网安全技术标准，建设工业互联网网络安全监测平台和中小企业网络安全公共服务平台，强化工业互联网安全保障支撑能力。（工业和信息化部牵头负责）

（二十二）积极落实支持大众创业、万众创新的用地政策，加大新供用地保障力度，

鼓励盘活利用现有用地，引导新产业集聚发展，完善新产业用地监管制度。（国土资源部牵头负责）

（二十三）研究制定促进首台（套）重大技术装备示范应用的意见，建立健全首台（套）重大技术装备研发、检测评定、示范应用体系，完善财政、金融、保险等支持政策，明确相关招标采购要求，建立示范应用激励和保障机制，营造良好的政策和市场环境。（国家发展改革委牵头负责）

（二十四）充分利用产业投资基金支持先进制造业发展。实施新一轮技术改造升级重大工程，支持关键领域和瓶颈环节技术改造。（国家发展改革委、工业和信息化部、财政部等部门按职责分工负责）

五 完善人才流动激励机制

充分激发人才创新创业活力，改革分配机制，引进国际高层次人才，促进人才合理流动，健全保障体系，加快形成规模宏大、结构合理、素质优良的创新创业人才队伍。

（二十五）制定人才签证实施细则，明确外国人申请和取得人才签证的标准条件和办理程序；全面实施外国人来华工作许可制度，简化外国高层次人才办理工作许可证和居留证件的程序。开展外国高层次人才服务“一卡通”试点，建立安居保障、子女入学和医疗保健服务通道。进一步完善外国人才由工作居留向永久居留转换机制，实现工作许可、签证和居留有机衔接。（国家外专局、公安部、外交部、人力资源社会保障部等部门按职责分工负责）

（二十六）允许外国留学生凭高校毕业证书、创业计划申请加注“创业”的私人事务类居留许可。外国人依法申请注册成为企业的，可凭创办企业注册证明等材料向有关部门申请工作许可和工作类居留许可。（公安部、人力资源社会保障部、国家外专局等部门按职责分工负责）

（二十七）实施留学人员回国创新创业启动支持计划，吸引更多高素质留学人才回国创新创业。继续推进两岸青年创新创业基地建设，推动内地与港澳地区开展创新创业交流合作。深入开展“万侨创新行动”，支持建设华侨华人创新创业基地，探索建立华侨华人创新创业综合服务体系，为华侨华人高层次专业人才和企业家出入境、停居留以及申办外国人永久居留身份证件提供便利。推动来内地创业的港澳同胞、回国（来华）创业的华侨华人享受当地城镇居民同等待遇的社会公共服务。继续推进海外人才离岸创新创业基地建设。（人力资源社会保障部、外交部、公安部、国务院港澳办、国务院台办、国务院侨办、中国科协等单位按职责分工负责）

（二十八）完善高校和科研院所绩效考核办法，在核定的绩效工资总量内高校和科研院所可自主分配。事业单位引进高层次人员和招聘急需紧缺人才，可简化招录程序，没有岗位空缺的可申请设置特设岗位，并按相关规定办理人事关系，确定岗位薪资。（人力资源社会保障部、教育部、科技部等部门按职责分工负责）

（二十九）实施社团创新创业融合行动，搭建创新创业资源对接平台，推介一批创新创业典型人物和案例，推动创新精神、企业家精神和工匠精神融合，进一步引导和推动各类科技人员投身创新创业大潮。（国家发展改革委、中国科协等单位按职责分工负责）

（三十）加快将现有支持“双创”相关财政政策措施向返乡下乡人员创新创业拓展，

将符合条件的返乡下乡人员创新创业项目纳入强农惠农富农政策范围。探索实施农村承包土地经营权以及农业设施、农机具抵押贷款试点。允许返乡下乡人员依法使用集体建设用地开展创新创业。返乡农民工可在创业地参加各项社会保险。鼓励有条件的地方将返乡农民工纳入住房公积金缴存范围，按规定将其子女纳入城镇（城乡）居民基本医疗保险参保范围。地方人民政府要建立协调推动机制，有条件的县级人民政府应设立“绿色通道”，为返乡下乡人员创新创业提供便利服务。（农业部、人力资源社会保障部、国土资源部等部门和有关地方人民政府按职责分工负责）

（三十一）各地区可根据实际需要制定灵活的引才引智政策，采取不改变人才的户籍、人事关系等方式，以用为本，发挥实效，解决关键领域高素质人才稀缺等问题。（各地方人民政府负责）

六　创新政府管理方式

持续深化“放管服”改革，加大普惠性政策支持力度，改善营商环境，放宽市场准入，推进试点示范，加强文化建设，推动形成政府、企业、社会良性互动的创新创业生态。

（三十二）出台公平竞争审查实施细则，进一步健全审查机制，明确审查程序，强化审查责任，推动全面实施公平竞争审查制度，为创新创业营造统一开放、竞争有序的市场环境。（国家发展改革委、财政部、商务部、工商总局等部门按职责分工负责）

（三十三）推进“多证合一”登记制度改革，将涉企登记、备案等有关事项和各类证照进一步整合到营业执照上。对内外资企业，在支持政策上一视同仁，推动实施一个窗口登记注册和限时办结。推动取消企业名称预先核准，推广自主申报。全面实施企业简易注销登记改革，实现市场主体退出便利化。建设全国统一的电子营业执照管理系统，推进无介质电子营业执照建设和应用。（工商总局牵头负责）

（三十四）加大事中事后监管力度，实现“双随机、一公开”监管全覆盖，开展跨部门“双随机”联合检查，提高监管效能。健全跨部门、跨地区执法协作机制，推进市场监管领域综合执法改革。（工商总局、中央编办、国务院法制办等单位按职责分工负责）

（三十五）在有条件的基层政府设立专业化的行政审批机构，实行审批职责、审批事项、审批环节“三个全集中”。（各地方人民政府、有关部门按职责分工负责）

（三十六）适时适当放宽教育等行业互联网准入条件，降低创新创业门槛，加强新兴业态领域事中事后监管。（教育部牵头负责）

（三十七）推进跨省经营企业部分涉税事项全国通办。推进银行卡受理终端、网上银行、手机银行等多元化缴税方式。加强国税、地税联合办税。建立健全市、县两级银税合作工作机制，加大基层银税合作力度，逐步扩大税务、银行信用信息共享内容。探索通过建立电子平台或在银税双方系统中互设接口等方式，实现银税信息“线上”互动。（税务总局牵头负责）

（三十八）积极有序推进试点示范，加快建设全国双创示范基地，推进小微企业创业创新基地城市示范，整合创建一批农村创新创业示范基地。推广全面创新改革试验经验。研究新设一批国家自主创新示范区、高新区，深化国家自主创新示范区政策试点。（国家发展改革委、科技部、财政部、工业和信息化部、农业部等部门按职责分工负责）

（三十九）办好全国“双创”活动周，营造创新创业良好氛围。组织实施好“创响中国”系列活动，开展创业投资企业、院士专家、新闻媒体地方行。高质量办好创新创业赛事，推动创新创业理念更加深入人心。（国家发展改革委、中国科协等单位按职责分工负责）

各地区、各部门要认真落实本意见的各项要求，进一步细化政策措施，切实履职尽责，密切配合，勇于探索，主动作为，及时总结经验，加强监督检查，确保各项政策落到实处，推进大众创业、万众创新深入发展，为全面实施创新驱动发展战略、培育壮大新动能、改造提升传统动能和促进我国经济保持中高速增长、迈向中高端水平提供强劲支撑。

国务院

2017 年 7 月 21 日

（此件公开发布）

国务院办公厅关于进一步激发民间有效投资活力促进经济持续健康发展的指导意见*

国办发〔2017〕79号

各省、自治区、直辖市人民政府，国务院各部委、各直属机构：

党中央、国务院高度重视民间投资工作，近年来部署出台了一系列有针对性的政策措施并开展了专项督查，民间投资增速企稳回升。但是，当前民间投资增长仍面临着不少困难和障碍，部分鼓励民间投资的政策尚未落实到位，营商环境有待进一步改善，一些垄断行业市场开放度不够，融资难、融资贵问题仍然存在，民间投资活力不强的局面尚未根本改观。为进一步激发民间有效投资活力，促进经济持续健康发展，经国务院同意，现提出以下意见。

一　深入推进“放管服”改革，不断优化营商环境

各地区、各部门要深入贯彻落实国务院关于深化“放管服”改革的各项要求，确保取消下放国务院部门行政许可事项、取消中央指定地方实施行政审批事项、清理规范国务院部门行政审批中介服务事项等重点任务落实到位。坚决落实清理规范投资项目报建审批事项有关要求，精简合并投资项目报建审批事项，不得擅自增加行政审批事项，不得擅自增加审批环节，切实防范权力复归和边减边增。充分发挥全国投资项目在线审批监管平台作用，实现项目网上申报、并联审批、信息公开、协同监管，不断提高审批效率和服务质量。

二　开展民间投资项目报建审批情况清理核查，提高审批服务水平

各地区、各部门要对民间投资项目报建审批情况开展一次全面细致的清理核查，逐项梳理已报审的民间投资项目，清查各类审批事项办理情况，明确办理时限。能够办理的，要尽快办理；暂不具备办理条件的，要帮助民营企业尽快落实有关条件；依法依规确实不能办理的，要主动做好解释工作。对无正当理由拖延不办的，要加大问责力度，通过约谈、通报、督办等方式督促限期整改，必要时对相关责任人给予处分。要针对清理核查中发现的问题，进一步改进工作，提高效率，优化民间投资项目报建审批服务。

---

* 资料来源：中国政府网，http://www.gov.cn/zhengce/content/2017-09/15/content_5225395.htm.

三　推动产业转型升级，支持民间投资创新发展

鼓励民营企业进入轨道交通装备、“互联网＋”、大数据和工业机器人等产业链长、带动效应显著的行业领域，在创建“中国制造2025”国家级示范区时积极吸引民营企业参与。发挥财政性资金带动作用，通过投资补助、资本金注入、设立基金等多种方式，广泛吸纳各类社会资本，支持企业加大技术改造力度，加大对集成电路等关键领域和薄弱环节重点项目的投入。支持双创示范基地、产业园区公共服务平台建设，提高为民营企业投资新兴产业服务的能力和水平。推进创新技术市场交易，缩短科技成果转化周期，提高科技型企业投资回报水平。鼓励民间资本开展多元化农业投资，支持农村新产业新业态发展，推动民间资本与农户建立股份合作等紧密利益联结机制，对带动农户较多的市场主体加大支持力度。

四　鼓励民间资本参与政府和社会资本合作（PPP）项目，促进基础设施和公用事业建设

加大基础设施和公用事业领域开放力度，禁止排斥、限制或歧视民间资本的行为，为民营企业创造平等竞争机会，支持民间资本股权占比高的社会资本方参与PPP项目，调动民间资本积极性。积极采取多种PPP运作方式，规范有序盘活存量资产，丰富民营企业投资机会，回收的资金主要用于补短板项目建设，形成新的优质资产，实现投资良性循环。合理确定基础设施和公用事业价格和收费标准，完善PPP项目价格和收费适时调整机制，通过适当延长合作期限、积极创新运营模式、充分挖掘项目商业价值等，建立PPP项目合理回报机制，吸引民间资本参与。努力提高民营企业融资能力，有效降低融资成本，推动PPP项目资产证券化，鼓励民间资本采取混合所有制、设立基金、组建联合体等多种方式，参与投资规模较大的PPP项目。

五　降低企业经营成本，增强民间投资动力

落实和完善全面推开营改增试点政策，落实好研发费用税前加计扣除政策，加强涉企经营服务性收费和中介服务收费监管。允许失业保险总费率为1.5%的地方将总费率阶段性降至1%，落实适当降低企业住房公积金缴存比例政策，推动各地出台或完善户口迁移政策和配套措施。深化输配电价格改革，推进电力市场化交易等，实行工业用地弹性出让制度，用好用足标准厂房、科技孵化器用地支持政策，降低企业用能用地成本。科学合理确定车辆通行费标准，规范铁路港口收费，开展物流领域收费专项检查，着力解决“乱收费、乱罚款”等问题。督促银行业金融机构依法合规收费，降低贷款中间环节费用，严禁各种不规范收费和不合理的贷款附加条件。

六　努力破解融资难题，为民间资本提供多样化融资服务

发挥各类金融机构优势，优化授信管理和服务流程，完善特许经营权、收费权等权利

的确权、登记、抵押、流转等配套制度，发展和丰富循环贷款等金融产品，加快建设普惠金融体系，实施小微企业应收账款融资专项行动，着力解决对企业抽贷、压贷、断贷等融资难题。完善民营企业信用评级制度，客观评价民营企业实力，引导金融机构加大对民营企业的融资支持力度。充分发挥各级政府网站与全国信用信息共享平台作用，鼓励地方推进“银税互动”、银行业金融机构和全国信用信息共享平台之间的合作等，化解银企信息不对称问题，促进中小企业融资。发展政府支持的融资担保和再担保机构，鼓励各地设立信贷风险补偿基金、过桥转贷资金池等，加大对中小微企业、科技创新企业的支持。

七　加强政务诚信建设，确保政府诚信履约

地方各级政府向民营企业作出政策承诺要严格依法依规，并严格兑现合法合规的政策承诺，不得违法违规承诺优惠条件。要认真履行与民营企业签订的合法合规协议或合同，不得以政府换届、相关责任人更替等理由拒不执行，不得随意改变约定，不得出现“新官不理旧账”等情况。开展政务失信专项治理，对地方政府拒不履行政府所作的合法合规承诺，特别是严重损害民营企业合法权益、破坏民间投资良好环境等行为，加大查处力度。对造成政府严重失信违约行为的主要负责人和直接责任人要依法依规追究责任，惩戒到人。

八　加强政策统筹协调，稳定市场预期和投资信心

加强部门间协调配合，科学审慎研判拟出台政策的预期效果和市场反应，统筹把握好政策出台时机和力度。有关部门要在加强监管的同时，明确政策导向，提出符合法律法规和政策规定的具体要求，正确引导投资预期。围绕经济运行态势和宏观政策取向，加大政策解读力度，主动解疑释惑，帮助民营企业准确理解政策意图。建立健全政务舆情收集、研判、处置和回应机制，及时准确发布权威信息，切实做好民营企业关切事项的回应工作。完善公平、开放、透明的市场规则，稳定市场预期、增强市场活力，帮助民营企业充分利用好国内大市场，加大对适应国内消费升级和产业转型需要项目的投资力度，支持劳动密集型产业向内陆沿边地区梯度转移。

九　构建“亲”“清”新型政商关系，增强政府服务意识和能力

建立健全政府与民营企业常态化沟通机制，进一步发挥工商联和协会商会在企业与政府沟通中的桥梁纽带作用，倾听民营企业呼声，帮助解决实际困难。因地制宜明确政商交往“正面清单”和“负面清单”，着力破解“亲”而不“清”、“清”而不“亲”等问题。坚决贯彻落实《中共中央 国务院关于完善产权保护制度依法保护产权的意见》，尽快出台相关配套文件和实施方案，加强各种所有制经济产权保护，加大知识产权保护力度，激发和保护企业家精神。组织开展民营企业家专业化、精准化培训，提升民营企业经营管理水平。

十　狠抓各项政策措施落地见效，增强民营企业获得感

各地区、各部门要全面梳理党中央、国务院已出台的鼓励民间投资政策措施，逐项检查各项政策措施在本地区、本领域落实情况，对尚未有效落实的政策措施，要认真分析原因，抓紧研究解决办法，确保政策尽快落地。充分发挥中央和地方两个积极性，鼓励各地以改革的办法、创新的思维进一步实化、细化、深化鼓励民间投资的具体措施，努力解决制约民间投资增长的深层次问题，进一步激发民间有效投资活力。

各省（区、市）人民政府、各有关部门要按照本意见要求，切实抓好贯彻落实，进一步做好民间投资各项工作。国家发展改革委要加强统筹协调，会同有关部门对本意见落实情况进行督促检查和跟踪分析，重大事项及时向国务院报告。

国务院办公厅

2017 年 9 月 1 日

（此件公开发布）

国务院关于深化“互联网 + 先进制造业”发展工业互联网的指导意见（节选）*

各省、自治区、直辖市人民政府，国务院各部委、各直属机构：

当前，全球范围内新一轮科技革命和产业变革蓬勃兴起。工业互联网作为新一代信息技术与制造业深度融合的产物，日益成为新工业革命的关键支撑和深化“互联网 + 先进制造业”的重要基石，对未来工业发展产生全方位、深层次、革命性影响。工业互联网通过系统构建网络、平台、安全三大功能体系，打造人、机、物全面互联的新型网络基础设施，形成智能化发展的新兴业态和应用模式，是推进制造强国和网络强国建设的重要基础，是全面建成小康社会和建设社会主义现代化强国的有力支撑。为深化供给侧结构性改革，深入推进“互联网 + 先进制造业”，规范和指导我国工业互联网发展，现提出以下意见。

一　基本形势

当前，互联网创新发展与新工业革命正处于历史交汇期。发达国家抢抓新一轮工业革命机遇，围绕核心标准、技术、平台加速布局工业互联网，构建数字驱动的工业新生态，各国参与工业互联网发展的国际竞争日趋激烈。我国工业互联网与发达国家基本同步启动，在框架、标准、测试、安全、国际合作等方面取得了初步进展，成立了汇聚政产学研的工业互联网产业联盟，发布了《工业互联网体系架构（版本 1.0）》、《工业互联网标准体系框架（版本 1.0）》等，涌现出一批典型平台和企业。但与发达国家相比，总体发展水平及现实基础仍然不高，产业支撑能力不足，核心技术和高端产品对外依存度较高，关键平台综合能力不强，标准体系不完善，企业数字化网络化水平有待提升，缺乏龙头企业引领，人才支撑和安全保障能力不足，与建设制造强国和网络强国的需要仍有较大差距。

加快建设和发展工业互联网，推动互联网、大数据、人工智能和实体经济深度融合，发展先进制造业，支持传统产业优化升级，具有重要意义。一方面，工业互联网是以数字化、网络化、智能化为主要特征的新工业革命的关键基础设施，加快其发展有利于加速智能制造发展，更大范围、更高效率、更加精准地优化生产和服务资源配置，促进传统产业转型升级，催生新技术、新业态、新模式，为制造强国建设提供新动能。工业互联网还具有较强的渗透性，可从制造业扩展成为各产业领域网络化、智能化升级必不可少的基础设施，实现产业上下游、跨领域的广泛互联互通，打破“信息孤岛”，促进集成共享，并为保障和改善民生提供重要依托。另一方面，发展工业互联网，有利于促进网络基础设施演进升级，推动网络应用从虚拟到实体、从生活到生产的跨越，极大拓展网络经济空间，为

---

* 资料来源：中国政府网，http：//www. gov. cn/zhengce/content/2017 - 11/27/content_5242582. htm.

推进网络强国建设提供新机遇。当前，全球工业互联网正处在产业格局未定的关键期和规模化扩张的窗口期，亟需发挥我国体制优势和市场优势，加强顶层设计、统筹部署，扬长避短、分步实施，努力开创我国工业互联网发展新局面。

二　总体要求

（一）指导思想。

深入贯彻落实党的十九大精神，认真学习贯彻习近平新时代中国特色社会主义思想，落实新发展理念，坚持质量第一、效益优先，以供给侧结构性改革为主线，以全面支撑制造强国和网络强国建设为目标，围绕推动互联网和实体经济深度融合，聚焦发展智能、绿色的先进制造业，按照党中央、国务院决策部署，加强统筹引导，深化简政放权、放管结合、优化服务改革，深入实施创新驱动发展战略，构建网络、平台、安全三大功能体系，增强工业互联网产业供给能力。促进行业应用，强化安全保障，完善标准体系，培育龙头企业，加快人才培养，持续提升我国工业互联网发展水平。努力打造国际领先的工业互联网，促进大众创业万众创新和大中小企业融通发展，深入推进“互联网＋”，形成实体经济与网络相互促进、同步提升的良好格局，有力推动现代化经济体系建设。

（二）基本原则。

遵循规律，创新驱动。遵循工业演进规律、科技创新规律和企业发展规律，借鉴国际先进经验，建设具有中国特色的工业互联网体系。按照建设现代化经济体系的要求，发挥我国工业体系完备、网络基础坚实、互联网创新活跃的优势，推动互联网和实体经济深度融合，引进培养高端人才，加强科研攻关，实现创新驱动发展。

市场主导，政府引导。发挥市场在资源配置中的决定性作用，更好发挥政府作用。强化企业市场主体地位，激发企业内生动力，推进技术创新、产业突破、平台构建、生态打造。发挥政府在加强规划引导、完善法规标准、保护知识产权、维护市场秩序等方面的作用，营造良好发展环境。

开放发展，安全可靠。把握好安全与发展的辩证关系。发挥工业互联网开放性、交互性优势，促进工业体系开放式发展。推动工业互联网在各产业领域广泛应用，积极开展国际合作。坚持工业互联网安全保障手段同步规划、同步建设、同步运行，提升工业互联网安全防护能力。

系统谋划，统筹推进。做好顶层设计和系统谋划，科学制定、合理规划工业互联网技术路线和发展路径，统筹实现技术研发、产业发展和应用部署良性互动，不同行业、不同发展阶段的企业协同发展，区域布局协调有序。

（三）发展目标。

立足国情，面向未来，打造与我国经济发展相适应的工业互联网生态体系，使我国工业互联网发展水平走在国际前列，争取实现并跑乃至领跑。

到 2025 年，基本形成具备国际竞争力的基础设施和产业体系。覆盖各地区、各行业的工业互联网网络基础设施基本建成。工业互联网标识解析体系不断健全并规模化推广。形成 3—5 个达到国际水准的工业互联网平台。产业体系较为健全，掌握关键核心技术，供给能力显著增强，形成一批具有国际竞争力的龙头企业。基本建立起较为完备可靠的工业互联网安全保障体系。新技术、新模式、新业态大规模推广应用，推动两化融合迈上新台阶。

其中，在2018—2020年三年起步阶段，初步建成低时延、高可靠、广覆盖的工业互联网网络基础设施，初步构建工业互联网标识解析体系，初步形成各有侧重、协同集聚发展的工业互联网平台体系，初步建立工业互联网安全保障体系。

到2035年，建成国际领先的工业互联网网络基础设施和平台，形成国际先进的技术与产业体系，工业互联网全面深度应用并在优势行业形成创新引领能力，安全保障能力全面提升，重点领域实现国际领先。

到本世纪中叶，工业互联网网络基础设施全面支撑经济社会发展，工业互联网创新发展能力、技术产业体系以及融合应用等全面达到国际先进水平，综合实力进入世界前列。

三 主要任务

（一）夯实网络基础。

推动网络改造升级提速降费。面向企业低时延、高可靠、广覆盖的网络需求，大力推动工业企业内外网建设。加快推进宽带网络基础设施建设与改造，扩大网络覆盖范围，优化升级国家骨干网络。推进工业企业内网的IP（互联网协议）化、扁平化、柔性化技术改造和建设部署。推动新型智能网关应用，全面部署IPv6（互联网协议第6版）。继续推进连接中小企业的专线建设。在完成2017年政府工作报告确定的网络提速降费任务基础上，进一步提升网络速率、降低资费水平，特别是大幅降低中小企业互联网专线接入资费水平。加强资源开放，支持大中小企业融通发展。加大无线电频谱等关键资源保障力度。

推进标识解析体系建设。加强工业互联网标识解析体系顶层设计，制定整体架构，明确发展目标、路线图和时间表。设立国家工业互联网标识解析管理机构，构建标识解析服务体系，支持各级标识解析节点和公共递归解析节点建设，利用标识实现全球供应链系统和企业生产系统间精准对接，以及跨企业、跨地区、跨行业的产品全生命周期管理，促进信息资源集成共享。

专栏1　工业互联网基础设施升级改造工程

组织实施工业互联网工业企业内网、工业企业外网和标识解析体系的建设升级。支持工业企业以IPv6、工业无源光网络（PON）、工业无线等技术改造工业企业内网，以IPv6、软件定义网络（SDN）以及新型蜂窝移动通信技术对工业企业外网进行升级改造。在5G研究中开展面向工业互联网应用的网络技术试验，协同推进5G在工业企业的应用部署。开展工业互联网标识解析体系建设，建立完善各级标识解析节点。

到2020年，基本完成面向先进制造业的下一代互联网升级改造和配套管理能力建设，在重点地区和行业实现窄带物联网（NB—IoT）、工业过程/工业自动化无线网络（WIA—PA/FA）等无线网络技术应用；初步建成工业互联网标识解析注册、备案等配套系统，形成10个以上公共标识解析服务节点，标识注册量超过20亿。

到2025年，工业无线、时间敏感网络（TSN）、IPv6等工业互联网网络技术在规模以上工业企业中广泛部署；面向工业互联网接入的5G网络、低功耗广域网等基本实现普遍覆盖；建立功能完善的工业互联网标识解析体系，形成20个以上公共标识解析服务节点，标识注册量超过30亿。

（二）打造平台体系。

加快工业互联网平台建设。突破数据集成、平台管理、开发工具、微服务框架、建模分析等关键技术瓶颈，形成有效支撑工业互联网平台发展的技术体系和产业体系。开展工业互联网平台适配性、可靠性、安全性等方面试验验证，推动平台功能不断完善。通过分类施策、同步推进、动态调整，形成多层次、系统化的平台发展体系。依托工业互联网平台形成服务大众创业、万众创新的多层次公共平台。

提升平台运营能力。强化工业互联网平台的资源集聚能力，有效整合产品设计、生产工艺、设备运行、运营管理等数据资源，汇聚共享设计能力、生产能力、软件资源、知识模型等制造资源。开展面向不同行业和场景的应用创新，为用户提供包括设备健康维护、生产管理优化、协同设计制造、制造资源租用等各类应用，提升服务能力。不断探索商业模式创新，通过资源出租、服务提供、产融合作等手段，不断拓展平台盈利空间，实现长期可持续运营。

专栏2 工业互联网平台建设及推广工程

从工业互联网平台供给侧和需求侧两端发力，开展四个方面建设和推广：一是工业互联网平台培育。通过企业主导、市场选择、动态调整的方式，形成跨行业、跨领域平台，实现多平台互联互通，承担资源汇聚共享、技术标准测试验证等功能，开展工业数据流转、业务资源管理、产业运行监测等服务。推动龙头企业积极发展企业级平台，开发满足企业数字化、网络化、智能化发展需求的多种解决方案。建立健全工业互联网平台技术体系。二是工业互联网平台试验验证。支持产业联盟、企业与科研机构合作共建测试验证平台，开展技术验证与测试评估。三是百万家企业上云。鼓励工业互联网平台在产业集聚区落地，推动地方通过财税支持、政府购买服务等方式鼓励中小企业业务系统向云端迁移。四是百万工业APP培育。支持软件企业、工业企业、科研院所等开展合作，培育一批面向特定行业、特定场景的工业APP。

到2020年，工业互联网平台体系初步形成，支持建设10个左右跨行业、跨领域平台，建成一批支撑企业数字化、网络化、智能化转型的企业级平台。培育30万个面向特定行业、特定场景的工业APP，推动30万家企业应用工业互联网平台开展研发设计、生产制造、运营管理等业务，工业互联网平台对产业转型升级的基础性、支撑性作用初步显现。

到2025年，重点工业行业实现网络化制造，工业互联网平台体系基本完善，形成3—5个具有国际竞争力的工业互联网平台，培育百万工业APP，实现百万家企业上云，形成建平台和用平台双向迭代、互促共进的制造业新生态。

（三）加强产业支撑。

加大关键共性技术攻关力度。开展时间敏感网络、确定性网络、低功耗工业无线网络等新型网络互联技术研究，加快5G、软件定义网络等技术在工业互联网中的应用研究。推动解析、信息管理、异构标识互操作等工业互联网标识解析关键技术及安全可靠机制研究。加快IPv6等核心技术攻关。促进边缘计算、人工智能、增强现实、虚拟现实、区块链等新兴前沿技术在工业互联网中的应用研究与探索。

构建工业互联网标准体系。成立国家工业互联网标准协调推进组、总体组和专家咨询组，统筹推进工业互联网标准体系建设，优化推进机制，加快建立统一、综合、开放的工业互联网标准体系。制定一批总体性标准、基础共性标准、应用标准、安全标准。组织开展标准研制及试验验证工程，同步推进标准内容试验验证、试验验证环境建设、仿真与测试工具开发和推广。

专栏3　标准研制及试验验证工程

面向工业互联网标准化需求和标准体系建设，开展工业互联网标准研制。开发通用需求、体系架构、测试评估等总体性标准；开发网络与数字化互联接口、标识解析、工业互联网平台、安全等基础共性标准；面向汽车、航空航天、石油化工、机械制造、轻工家电、信息电子等重点行业领域的工业互联网应用，开发行业应用导则、特定技术标准和管理规范。组织相关标准的试验验证工作，推进配套仿真与测试工具开发。

到2020年，初步建立工业互联网标准体系，制定20项以上总体性及关键基础共性标准，制定20项以上重点行业标准，推进标准在重点企业、重点行业中的应用。

到2025年，基本建成涵盖工业互联网关键技术、产品、管理及应用的标准体系，并在企业中得到广泛应用。

提升产品与解决方案供给能力。加快信息通信、数据集成分析等领域技术研发和产业化，集中突破一批高性能网络、智能模块、智能联网装备、工业软件等关键软硬件产品与解决方案。着力提升数据分析算法与工业知识、机理、经验的集成创新水平，形成一批面向不同工业场景的工业数据分析软件与系统以及具有深度学习等人工智能技术的工业智能软件和解决方案。面向“中国制造2025”十大重点领域与传统行业转型升级需求，打造与行业特点紧密结合的工业互联网整体解决方案。引导电信运营企业、互联网企业、工业企业等积极转型，强化网络运营、标识解析、安全保障等工业互联网运营服务能力，开展工业电子商务、供应链、相关金融信息等创新型生产性服务。

专栏4　关键技术产业化工程

推进工业互联网新型网络互联、标识解析等新兴前沿技术研究与应用，搭建技术测试验证系统，支持技术、产品试验验证。聚焦工业互联网核心产业环节，积极推进关键技术产业化进程。加快工业互联网关键网络设备产业化，开展IPv6、工业无源光网络、时间敏感网络、工业无线、低功耗广域网、软件定义网络、标识解析等关键技术和产品研发与产业化。研发推广关键智能网联装备，围绕数控机床、工业机器人、大型动力装备等关键领域，实现智能控制、智能传感、工业级芯片与网络通信模块的集成创新，形成一系列具备联网、计算、优化功能的新型智能装备。开发工业大数据分析软件，聚焦重点领域，围绕生产流程优化、质量分析、设备预测性维护、智能排产等应用场景，开发工业大数据分析应用软件，实现产业化部署。

到2020年，突破一批关键技术，建立5个以上的技术测试验证系统，推出一批具有国内先进水平的工业互联网网络设备，智能网联产品创新活跃，实现工业大数据清洗、管理、分析等功能快捷调用，推进技术产品在重点企业、重点行业中的应用，工业互联网关键技术产业化初步实现。

到2025年，掌握关键核心技术，技术测试验证系统有效支撑工业互联网技术产品研究和实验，推出一批达到国际先进水平的工业互联网网络设备，实现智能网联产品和工业大数据分析应用软件的大规模商用部署，形成较为健全的工业互联网产业体系。

（四）促进融合应用。

提升大型企业工业互联网创新和应用水平。加快工业互联网在工业现场的应用，强化复杂生产过程中设备联网与数据采集能力，实现企业各层级数据资源的端到端集成。依托工业互联网平台开展数据集成应用，形成基于数据分析与反馈的工艺优化、流程优化、设备维护与事故风险预警能力，实现企业生产与运营管理的智能决策和深度优化。鼓励企业通过工业互联网平台整合资源，构建设计、生产与供应链资源有效组织的协同制造体系，开展用户个性需求与产品设计、生产制造精准对接的规模化定制，推动面向质量追溯、设备健康管理、产品增值服务的服务化转型。

加快中小企业工业互联网应用普及。推动低成本、模块化工业互联网设备和系统在中小企业中的部署应用，提升中小企业数字化、网络化基础能力。鼓励中小企业充分利用工业互联网平台的云化研发设计、生产管理和运营优化软件，实现业务系统向云端迁移，降低数字化、智能化改造成本。引导中小企业开放专业知识、设计创意、制造能力，依托工业互联网平台开展供需对接、集成供应链、产业电商、众包众筹等创新型应用，提升社会制造资源配置效率。

专栏5 工业互联网集成创新应用工程
以先导性应用为引领，组织开展创新应用示范，逐步探索工业互联网的实施路径与应用模式。在智能化生产应用方面，鼓励大型工业企业实现内部各类生产设备与信息系统的广泛互联以及相关工业数据的集成互通，并在此基础上发展质量优化、智能排产、供应链优化等应用。在远程服务应用方面，开展面向高价值智能装备的网络化服务，实现产品远程监控、预测性维护、故障诊断等远程服务应用，探索开展国防工业综合保障远程服务。在网络协同制造应用方面，面向中小企业智能化发展需求，开展协同设计、众包众创、云制造等创新型应用，实现各类工业软件与模块化设计制造资源在线调用。在智能联网产品应用方面，重点面向智能家居、可穿戴设备等领域，融合5G、深度学习、大数据等先进技术，满足高精度定位、智能人机交互、安全可信运维等典型需求。在标识解析集成应用方面，实施工业互联网标识解析系统与工业企业信息化系统集成创新应用，支持企业探索基于标识服务的关键产品追溯、多源异构数据共享、全生命周期管理等应用。 到2020年，初步形成影响力强的工业互联网先导应用模式，建立150个左右应用试点。 到2025年，拓展工业互联网应用范围，在“中国制造2025”十大重点领域及重点传统行业全面推广，实现企业效益全面显著提升。

（五）完善生态体系。

构建创新体系。建设工业互联网创新中心，有效整合高校、科研院所、企业创新资源，围绕重大共性需求和重点行业需要，开展工业互联网产学研协同创新，促进技术创新成果产业化。面向关键技术和平台需求，支持建设一批能够融入国际化发展的开源社区，提供良好开发环境，共享开源技术、代码和开发工具。规范和健全中介服务体系，支持技术咨询、知识产权分析预警和交易、投融资、人才培训等专业化服务发展，加快技术转移与应用推广。

构建应用生态。支持平台企业面向不同行业智能化转型需求，通过开放平台功能与数据、提供开发环境与工具等方式，广泛汇聚第三方应用开发者，形成集体开发、合作创新、对等评估的研发机制。支持通过举办开发者大会、应用创新竞赛、专业培训及参与国际开源项目等方式，不断提升开发者的应用创新能力，形成良性互动的发展模式。

构建企业协同发展体系。以产业联盟、技术标准、系统集成服务等为纽带，以应用需求为导向，促进装备、自动化、软件、通信、互联网等不同领域企业深入合作，推动多领域融合型技术研发与产业化应用。依托工业互联网促进融通发展，推动一二三产业、大中小企业跨界融通，鼓励龙头工业企业利用工业互联网将业务流程与管理体系向上下游延伸，带动中小企业开展网络化改造和工业互联网应用，提升整体发展水平。

构建区域协同发展体系。强化对工业互联网区域发展的统筹规划，面向关键基础设施、产业支撑能力等核心要素，形成中央地方联动、区域互补的协同发展机制。根据不同区域制造业发展水平，结合国家新型工业化产业示范基地建设，遴选一批产业特色鲜明、转型需求迫切、地方政府积极性高、在工业互联网应用部署方面已取得一定成效的地区，因地制宜开展产业示范基地建设，探索形成不同地区、不同层次的工业互联网发展路径和模式，并逐步形成各有特色、相互带动的区域发展格局。

专栏6　区域创新示范建设工程
开展工业互联网创新中心建设。依托制造业创新中心建设工程，建设工业互联网创新中心，围绕网络互联、标识解析、工业互联网平台、安全保障等关键共性重大技术以及重点行业和领域需求，重点开展行业领域基础和关键技术研发、成果产业化、人才培训等。依托创新中心打造工业互联网技术创新开源社区，加强前沿技术领域共创共享。支持国防科技工业创新中心深度参与工业互联网建设发展。 工业互联网产业示范基地建设。在互联网与信息技术基础较好的地区，以工业互联网平台集聚中小企业，打造新应用模式，形成一批以互联网产业带动为主要特色的示范基地。在制造业基础雄厚的地区，结合地区产业特色与工业基础优势，形成一批以制造业带动的特色示范基地。推进工业互联网安全保障示范工程建设。在示范基地内，加快推动基础设施建设与升级改造，加强公共服务，强化关键技术研发与产业化，积极开展集成应用试点示范，并推动示范基地之间协同合作。 到2020年，建设5个左右的行业应用覆盖全面、技术产品实力过硬的工业互联网产业示范基地。 到2025年，建成10个左右具有较强示范带动作用的工业互联网产业示范基地。

（六）强化安全保障。

提升安全防护能力。加强工业互联网安全体系研究，技术和管理相结合，建立涵盖设备安全、控制安全、网络安全、平台安全和数据安全的工业互联网多层次安全保障体系。加大对技术研发和成果转化的支持力度，重点突破标识解析系统安全、工业互联网平台安全、工业控制系统安全、工业大数据安全等相关核心技术，推动攻击防护、漏洞挖掘、入侵发现、态势感知、安全审计、可信芯片等安全产品研发，建立与工业互联网发展相匹配的技术保障能力。构建工业互联网设备、网络和平台的安全评估认证体系，依托产业联盟等第三方机构开展安全能力评估和认证，引领工业互联网安全防护能力不断提升。

建立数据安全保护体系。建立工业互联网全产业链数据安全管理体系，明确相关主体的数据安全保护责任和具体要求，加强数据收集、存储、处理、转移、删除等环节的安全防护能力。建立工业数据分级分类管理制度，形成工业互联网数据流动管理机制，明确数据留存、数据泄露通报要求，加强工业互联网数据安全监督检查。

推动安全技术手段建设。督促工业互联网相关企业落实网络安全主体责任，指导企业加大安全投入，加强安全防护和监测处置技术手段建设，开展工业互联网安全试点示范，提升安全防护能力。积极发挥相关产业联盟引导作用，整合行业资源，鼓励联盟单位创新服务模式，提供安全运维、安全咨询等服务，提升行业整体安全保障服务能力。充分发挥国家专业机构和社会力量作用，增强国家级工业互联网安全技术支撑能力，着力提升隐患排查、攻击发现、应急处置和攻击溯源能力。

专栏7　安全保障能力提升工程
推动国家级工业互联网安全技术能力提升。打造工业互联网安全监测预警和防护处置平台、工业互联网安全核心技术研发平台、工业互联网安全测试评估平台、工业互联网靶场等。 引导企业提升自身工业互联网安全防护能力。在汽车、电子、航空航天、能源等基础较好的重点领域和国防工业等安全需求迫切的领域，建设工业互联网安全保障管理和技术体系，开展安全产品、解决方案的试点示范和行业应用。 到2020年，根据重要工业互联网平台和系统的分布情况，组织有针对性的检查评估；初步建成工业互联网安全监测预警和防护处置平台；培养形成3—5家具有核心竞争力的工业互联网安全企业，遴选一批创新实用的网络安全试点示范项目并加以推广。 到2025年，形成覆盖工业互联网设备安全、控制安全、网络安全、平台安全和数据安全的系列标准，建立健全工业互联网安全认证体系；工业互联网安全产品和服务得到全面推广和应用；工业互联网相关企业网络安全防护能力显著提升；国家级工业互联网安全技术支撑体系基本建成。

（七）推动开放合作。

提高企业国际化发展能力。鼓励国内外企业面向大数据分析、工业数据建模、关键软件系统、芯片等薄弱环节，合作开展技术攻关和产品研发。建立工业互联网技术、产品、平台、服务方面的国际合作机制，推动工业互联网平台、集成方案等“引进来”和“走出去”。鼓励国内外企业跨领域、全产业链紧密协作。

加强多边对话与合作。建立政府、产业联盟、企业等多层次沟通对话机制，针对工业互联网最新发展、全球基础设施建设、数据流动、安全保障、政策法规等重大问题开展交流与合作。加强与国际组织的协同合作，共同制定工业互联网标准规范和国际规则，构建多边、民主、透明的工业互联网国际治理体系。

四　保障支撑

（一）建立健全法规制度。完善工业互联网规则体系，明确工业互联网网络的基础设施地位，建立涵盖工业互联网网络安全、平台责任、数据保护等的法规体系。细化工业互联网网络安全制度，制定工业互联网关键信息基础设施和数据保护相关规则，构建工业互联网网络安全态势感知预警、网络安全事件通报和应急处置等机制。建立工业互联网数据规范化管理和使用机制，明确产品全生命周期各环节数据收集、传输、处理规则，探索建立数据流通规范。加快新兴应用领域法规制度建设，推动开展人机交互、智能产品等新兴领域信息保护、数据流通、政府数据公开、安全责任等相关研究，完善相关制度。

（二）营造良好市场环境。构建融合发展制度，深化简政放权、放管结合、优化服务改革，放宽融合性产品和服务准入限制，扩大市场主体平等进入范围，实施包容审慎监管，简化认证，减少收费；清理制约人才、资本、技术、数据等要素自由流动的制度障碍，推动相关行业在技术、标准、政策等方面充分对接，打造有利于技术创新、网络部署与产品应用的外部环境。完善协同推进体系，建立部门间高效联动机制，探索分业监管、协同共治模式；建立中央地方协同机制，深化军民融合，形成统筹推进的发展格局；推动建立信息共享、处理、反馈的有效渠道，促进跨部门、跨区域系统对接，提升工业互联网协同管理能力。健全协同发展机制，引导工业互联网产业联盟等产业组织完善合作机制和利益共享机制，推动产业各方联合开展技术、标准、应用研发以及投融资对接、国际交流等活动。

（三）加大财税支持力度。强化财政资金导向作用，加大工业转型升级资金对工业互联网发展的支持力度，重点支持网络体系、平台体系、安全体系能力建设。探索采用首购、订购优惠等支持方式，促进工业互联网创新产品和服务的规模化应用；鼓励有条件的地方通过设立工业互联网专项资金、建立风险补偿基金等方式，支持本地工业互联网集聚发展。落实相关税收优惠政策，推动固定资产加速折旧、企业研发费用加计扣除、软件和集成电路产业企业所得税优惠、小微企业税收优惠等政策落实，鼓励相关企业加快工业互联网发展和应用。

（四）创新金融服务方式。支持扩大直接融资比重，支持符合条件的工业互联网企业在境内外各层次资本市场开展股权融资，积极推动项目收益债、可转债、企业债、公司债等在工业互联网领域的应用，引导各类投资基金等向工业互联网领域倾斜。加大精准信贷扶持力度，完善银企对接机制，为工业互联网技术、业务和应用创新提供贷款服务；鼓励银行业金融机构创新信贷产品，在依法合规、风险可控、商业可持续的前提下，探索开发数据资产等质押贷款业务。延伸产业链金融服务范围，鼓励符合条件的企业集团设立财务公司，为集团下属工业互联网企业提供财务管理服务，加强资金集约化管理，提高资金使用效率，降低资金成本。拓展针对性保险服务，支持保险公司根据工业互联网需求开发相应的保险产品。

（五）强化专业人才支撑。加强人才队伍建设，引进和培养相结合，兼收并蓄，广揽国内外人才，不断壮大工业互联网人才队伍。加快新兴学科布局，加强工业互联网相关学科建设；协同发挥高校、企业、科研机构、产业集聚区等各方作用，大力培育工业互联网技术人才和应用创新型人才；依托国家重大人才工程项目和高层次人才特殊支持计划，引进一批工业互联网高水平研究型科学家和具备产业经验的高层次科技领军人才。建立工业互联网智库，形成具有政策研究能力和决策咨询能力的高端咨询人才队伍；鼓励工业互联网技术创新人才投身形式多样的科普教育活动。创新人才使用机制，畅通高校、科研机构和企业间人才流动渠道，鼓励通过双向挂职、短期工作、项目合作等柔性流动方式加强人才互通共享；支持我国专业技术人才在国际工业互联网组织任职或承担相关任务；发展工业互联网专业人才市场，建立人才数据库，完善面向全球的人才供需对接机制。优化人才评价激励制度，建立科学的人才评价体系，充分发挥人才积极性、主动性；拓展知识、技术、技能和管理要素参与分配途径，完善技术入股、股权期权激励、科技成果转化收益分配等机制；为工业互联网领域高端人才引进开辟绿色通道，加大在来华工作许可、出入境、居留、住房、医疗、教育、社会保障、政府表彰等方面的配套政策支持力度，鼓励海外高层次人才参与工业互联网创业创新。

（六）健全组织实施机制。在国家制造强国建设领导小组下设立工业互联网专项工作组，统筹谋划工业互联网相关重大工作，协调任务安排，督促检查主要任务落实情况，促进工业互联网与“中国制造2025”协同推进。设立工业互联网战略咨询专家委员会，开展工业互联网前瞻性、战略性重大问题研究，对工业互联网重大决策、政策实施提供咨询评估。制定发布《工业互联网发展行动计划（2018—2020年）》，建立工业互联网发展情况动态监测和第三方评估机制，开展定期测评和滚动调整。各地方和有关部门要根据本指导意见研究制定具体推进方案，细化政策措施，开展试点示范与应用推广，确保各项任务落实到位。

国务院

2017年11月19日

（本文有节选）

第二篇

专题论述

管理学理论构建、继承与发扬之道

——来自西方经典著作和论文的质性考察*

张佳良　刘　军**

（中国人民大学商学院，北京 100872）

摘　要：本文选取西方管理学中的经典著作、理论体系和获奖论文为质性资料，基于建构主义的扎根理论的编码分析方法，探究管理学理论的生成、扩散与消亡机制。分析表明，管理学理论的构建是一个以解决实践难题为导向、著书或立文为渠道、学术社区扩散为延伸、后续研究为依托的动态成长过程。同时，研究发现，理论的构建、继承与发扬之道是理论开启、理论腾飞、理论震荡、理论持续和理论衰落的五步走路线。通过自我联想、观察思考、参与管理和阅历反思等，在与实践的接洽中，批判现有思维的学者开启理论构建之路；依赖于新颖观点、新鲜概念和新奇视角，理论迅速引人注目，获得初始成功；在与现有可替代理论、情境适用性等质疑的角力和较量中，理论逐渐说服他人，建立自身的合法化地位；关注基本问题、面向广大群体，使得理论应用广泛，也进而风生水起，产生可持续影响；受制于时代变迁、人性改变、情境转移和自身认知局限，理论跌入低谷，并走向衰退和衰落。理论成长之道的五步走路线，构成了理论发展的一般规律，有助于指导中国本土化管理理论的构建。

关键词：管理学理论　五步走路线　情境转移　合法化过程　认知局限

中图分类号：F270　**文献标志码**：A　**文章编号**：1000 -2154（2017）11 -0026 -14

DOI：10. 14134 /j. cnki. cn33 -1336 /f. 2017. 11. 003

---

* 基金项目：中国人民大学2016年度拔尖创新人才培育资助计划。本文原载《商业经济与管理》2017年第11期。

** 作者简介：张佳良，博士研究生，主要从事组织行为与管理理论研究；刘军，教授，博士生导师，管理学博士，主要从事组织行为、人力资源管理与管理理论研究。

一 引言

在当下，无论如何强调管理学理论的重要性都不为过。学术研究围绕理论建设和检验，而现实实践则需要理论的指导。自 1911 年泰罗开启科学管理思想之后，百余年间，管理学发展迅速，取得累累硕果[①]。然而近些年来，尽管各种理论说法、视角和理念数量繁多，高效合理、普及性广、发人深省的理论却极为少见。同时，学界中存在着一种重视研究方法而轻视理论创新的趋势。很多研究所讨论的问题比较肤浅，越来越多的学者只关心有统计结果支持的实证研究上的理论创新，较少去思考深层次的理论问题。

这种现状阻碍了理论进步与学科发展，引起了学界普遍关注。对此，国内学者展开了诸多讨论，以求实现理论的更好发展和学界的持久进步。比如，章凯等[②]从学科的元理论、基于实践的理论构建、创新着力点和思维创新四个方面对组织行为学理论的构建之路提供了建议；乐国林等[③]讨论了理论与实践之间的异化应用现象，从而解释了人们对管理学理论的误解；刘祯等[④]重申了理论与实践接轨的重要性；贾良定等[⑤]指出要通过个体—团队—学术社区的机制来建设管理学，并增强学者自身的信心；徐淑英[⑥]视“创造和应用最真的知识来提升人类福祉”为管理的学术原则；张佳良和刘军[⑦]则通过回顾法约尔思想百年历程，反思本土化理论构建，强调现今学者的理论情怀。

这些反思，鞭辟入里，回答了管理学理论构建中的一些难题，给出了一些答案，营造了百家争鸣的气氛；然而，也存在不足之处：一方面，这些反思比较抽象，多数是纯粹的理论探索，缺乏必要的资料支撑和案例补充；另一方面，这些讨论基于各个视角对管理学理论展开分析，针对某些细微论文的理论贡献展开讨论，却并未能完整呈现理论的构建、继承和发扬之道，忽视对理论成长的本源问题的系统探索，由此也便难以实现对整体现象的有效解释。

然而，综观百余年来，管理理论发展经历了“从物到人”向“从人到物”的转变，从聚焦效率向创新和领导力的转变，从指令管理、目标管理向价值观管理的转变，从经济人假设到社会人再到复杂人的转变[⑧]。这些转变背后有其内在逻辑，并与各个理论的更迭交相辉映。本文认为，理论的诞生与成长之路有着潜在规律。这些规律伴随着理论的发

---

① 陈佳贵：《管理学百年与中国管理学创新发展》，《经济管理》2013 年第 3 期。

② 章凯、罗文豪、袁颖洁：《组织管理学科的理论形态与创新途径》，《管理学报》2012 年第 10 期。

③ 乐国林、陈春花、毛淑珍：《管理理论实践转化中的异化应用现象探析》，《管理学报》2013 年第 3 期。

④ 刘祯、陈春花、徐梅鑫：《和而不同：管理学者争鸣与反思的价值贡献》，《管理学报》2014 年第 9 期。

⑤ 贾良定、尤树洋、刘德鹏等：《构建中国管理学理论自信之路——从个体、团队到学术社区的跨层次对话过程理论》，《管理世界》2015 年第 1 期。

⑥ 徐淑英：《科学精神和对社会负责的学术》，《管理世界》2015 年第 1 期。

⑦ 张佳良、刘军：《法约尔与一般管理理论——写在〈工业管理与一般管理〉百年（1916—2016）诞辰》，《管理学报》2016 年第 12 期。

⑧ 王钦：《新工业革命背景下的管理变革：影响、反思和展望》，《经济管理》2014 年第 12 期。

展，解释着理论的兴起与衰落，在理论的生命进程中展现力量。了解并透析这些规律，可以帮助我们更好地认识理论本质，把握理论成长脉络，并服务本土化理论构建。

由此，为了探索和识别理论的构建、继承与发扬之道，更好地解决现存的理论构建难题，挖掘理论成长的内在规律，本文选择18本西方经典著作和14篇获奖论文为文本质性资料，展开分析。这些著作和论文涵盖了自科学管理思想诞生以来的各个时期的主要管理学派，并兼顾理论性和实践性、经典性与现代化。基于扎根理论方法论中的编码分析方法，本文采用多案例的研究设计来探究管理学理论构建、继承和发扬之路中的规律，在识别“具体术”的基础之上，挖掘深层次“抽象道”的内涵，以求实现“术”与“道”的整合。

研究发现，理论的构建、继承与发扬之道是理论开启、理论腾飞、理论震荡、理论持续和理论衰落的五步走路线。通过自我联想、观察思考、参与管理和阅历反思等，在与实践的互动中，学者批判现有权威思维，开启理论构建之路；借助于新颖观点、新鲜概念和新奇视角，理论迅速获得受众注意力，并建立小群体，得以扩散；在与现有可替代理论、人性假设立场和实践应用性等质疑的角力和较量中，理论逐渐获取合法化地位；关注基本问题、累积雄厚知识、面向广大群体的理论也进而风生水起，产生可持续影响；受制于时代变迁、人性改变、情境转移和自身认知局限，理论终将跌入低谷，并走向衰落。理论发展成长的此一般规律，普遍存在于各个理论以及整体理论的脉络中；只是在时间早晚、阶段性表现、交叉影响和速度快慢上会有所差异而已。

通过对西方管理思想的历史回顾与质性分析，本文旨在识别管理理论发展之道，并将其借鉴引用到中国本土理论构建中，为当下学界的思想进步作出一定贡献。

二 文献评述

在正式讨论之前，本文首先对已有文献展开评述、解释和说明。对于理论是什么、如何构建好的理论，以及理论是如何发展的等问题，中外学者展开了诸多讨论。这些讨论所采用的分析逻辑和借助的平台不尽相同，而根据相关论述的主题偏向和数据来源，本文将其分为四大类：纯粹理论构想、纯粹方法探索、基于证据的理论建构和基于证据的方法总结（见图1）。

图1 现有的针对理论和方法探索的理论文献分类

（一）纯粹理论构想

纯粹的理论构想类论文可以划分为两种类型：一种是经由自我思维来建构具体的管理

理论观点；另一种则是建构一个构建理论的理论。

这样的论文常见在《管理学报》的“管理学在中国”栏目中，也于管理学顶级期刊 *Academy of Management Review*（*AMR*）中出现。在其他论文定期举办的专栏中，也有过提及（比如，*Academy of Management Journal* 于 2007 年开办的专栏；*Administrative Science Quarterly* 于 1995 年开设的专题讨论等）。比如，通过探索性的质性研究，学者开发总结出正确、简洁而广为适用的理论，颠覆以往认知①；基于前人理论，在寻求新知之时，于“延续继承”和“创新突破”之间维持平衡，构建细节性的理论观点②；根据构念与维度之间的潜在关系，建立多维构念的内涵，并进而讨论它们在研究中的可操作化等③。

（二）纯粹方法探索

这类论文与上述论文有些类似，却具体关注了理论构建过程的研究方法和研究范式。多数论文借助于 *AMR* 和 *Journal of Management* 等平台，探索了管理学范式等的发展。比如，Pfeffer④ 讨论了理论的范式发展，并将其借鉴与扩充到组织科学的进步中。

（三）基于证据的理论构建

这种类型论文数量最多，也最受欢迎、影响力最大。已经成功举办十届并在学界产生广泛影响的“中国企业管理案例与质性研究论坛”、大连理工大学主办的《管理案例研究与评论》期刊、期刊 *AMJ* 和 *ASQ* 等，是此类论文的主要平台。

以一、二手资料为基础，这类论文针对某一大类或者具体的管理难题展开分析，并产生影响。受当下实证主义潮流的影响，此类论文在论文总数中占比较小；然而，这类论文是理论构建的主力军，而 *AMJ* 年度最佳论文中的此类论文占比之大，也说明该类论文的重要影响。

比如，章凯等⑤借助于对海尔集团自主经营体的案例分析，探索了组织目标和员工目标的融合之道，与巴纳德的思想遥相呼应；蔡宁等⑥以尚德电力为对象，探讨了董事会制度与治理效果之间的内在关系，为公司治理的研究增添了知识与智慧；彭长桂和吕源⑦则通过对苹果与谷歌公司的话语分析，在整合制度战略观和认知战略观的基础上，提出了战略选择的话语模型，加深了学界对制度逻辑的认识。

---

① Eisenhardt K. M.，“Building Theories from Case Study Research”，*Academy of Management Review*，1989，14（4），pp. 532－550.

② Bacharch S. B.，“Organizational Theories：Some Criteria for Evaluation”，*Academy of Management Review*，1989，14（4），pp. 496－515.

③ Law K. S.，Wong C. S.，Mobley W. H.，“Toward a Ttaxonomy of Multidimensional Constructs”，*Academy of Management Review*，1998，23（4），pp. 741－755.

④ Pfeffer J.，“Barriers to the Advance of Organizational Science：Paradigm Development as a Dependent Variable”，*Academy of Management Review*，1993，18（4），pp. 599－620.

⑤ 章凯、李朋波、罗文豪等：《组织—员工目标融合的策略——基于海尔自主经营体管理的案例研究》，《管理世界》2014 年第 4 期。

⑥ 蔡宁、董艳华、刘峰：《董事会之谜——基于尚德电力的案例研究》，《管理世界》2015 年第 4 期。

⑦ 彭长桂、吕源：《制度如何选择：谷歌与苹果案例的话语分析》，《管理世界》2016 年第 2 期。

（四）基于证据的方法总结

此方法性总结类论文，具有一定的数据和样本支持。通过举例子，娓娓道来，阐述管理理论中的规律，并解决纠纷。比如，Pierce 和 Aguinis[①] 总结了管理学中的“too much of a good thing（TMGT）”现象，并结合组织行为领域的具体研究，巧妙地指出了管理研究中的（倒）U 型现象；刘军和张佳良[②]借助于对管理学八大领域中研究的总结，阐述了从非线性关系入手来推动管理研究进步的策略、途径和机制。

（五）文献评述

总体而言，这些论文从不同视角出发，关注理论成长之道。它们解决了困扰学界的许多问题，但是，依旧有一些问题需要后续继续扩展。为了更好地识别理论成长发展的系统路径，通过“取精去糙”的方式来寻求优化提升，本文对西方经典著作展开分析，探索理论的构建、继承与发扬之道，指导国内本土化理论构建之路。

三　研究方法

学者指出，探索分析的有效方式不是传统的实证方法，而是定性分析，是对深层结构和机理的洞察、诠释和建构[③]。而在众多的分析方法中，扎根理论的编码方法深受欢迎，是一种优良的探索方式[④]。意图从无到有地来构建理论，提出一个关于理论建构的理论，需要通过扎根理论的方法论来完成。这种理论方法克服了实证研究在理论开发中的不足，弥补了一般定性研究科学性的不足，能够在科学的方法过程后得出具备说服力的结论。

现今流行的扎根理论学派有三大类：经典扎根理论学派、程序扎根理论学派和建构型扎根理论学派。这三大学派的特点，彼此有交叉也有不同。根据本文研究问题所需的文献数据的客观性和研究者解析的主观性特征，本文选择了建构主义视角的扎根理论方法来进行数据编码分析。原因有两点：首先，建构主义扎根理论融合了经典扎根理论所强调的理论构建的客观性（研究者要以观察者的身份进行研究）和程序扎根理论所关注的人的主观认识能力（研究者要贴近数据以揭示规律），认为二者都很重要，不能偏执，既不能忽视理论的客观性，也不能夸大人的主观性；其次，建构主义扎根理论成形最晚，在数据分析方法和技巧性上，都试图结合前两种方法的优点。

本文的作者在方法论上以及相关的质性资料上有着比较多的积累，也使得本文可以顺利进展。由此，借助于建构主义视角扎根理论的数据编码方法，本文聚焦于管理学理论构

① Pierce J. R.，Aguinis H.，“The Too-much-of-a-good-thing Effect in Management”，*Journal of Management*，2013，39（2），pp. 313－338.

② 刘军、张佳良：《推动实现中国管理学研究的改革与优化：论“非线性的变量关系”的现实基础、突破路径与对策措施》，中国人民大学商学院，报告，2017 年。

③ 韩巍：《“管理学在中国”——本土化学科建构几个关键问题的探讨》，《管理学报》2009 年第 6 期。

④ 贾旭东、衡量：《基于“扎根精神”的中国本土管理理论构建范式初探》，《管理学报》2016 年第 3 期。

建、持续与发扬的系统过程，通过对18本经典著作和14篇获奖论文的质性案例分析，系统地考察了管理学理论知识的成长之道。下面阐述本研究的数据来源、案例选择依据、分析过程和分析结果等。

（一）案例选择依据与数据来源

本文寻求对已有成型理论的成长之路展开分析，由此也就必须从公认的具有影响力的理论入手。虽然近些年来，中国本土化的理论构建取得了相较之前的突破性进展，但是并未形成对整个管理学界有影响力的重大理论体系。由此，本文所依据的理论数据资料主要是西方经典理论著作、管理畅销书和获奖论文。

1. 案例选择依据。根据学界所公认的管理思想史脉络，展开对案例著作的选取；同时，参照学界专家和国内知名出版社的推荐丛书。比如，机械工业出版社的“华章管理经典”丛书、商务印书馆的世界学术名著丛书等。

2. 数据来源。为了呈现出管理理论发展和延续的总体脉络，本文采用典型个案样本方式①。这些样本需要符合以下条件：（1）个案必须在管理学界具备足够影响力和认可度；（2）个案资料丰富，容易获取；（3）个案涉及对理论成长和发展过程的描述，能够提供切实有用的资料等②。

由此，本文首先选择了古典管理时期的著作：泰罗的《科学管理原理》、法约尔的《工业管理与一般管理》和韦伯的《经济组织和社会组织理论》，而后选择了人际关系学派鼻祖、哈佛大学教授梅奥的《工业文明中的人类问题》以及人本心理学之父马斯洛的《动机与人格》。这五本著作涵盖了管理早期思想，以及由理性时代向感性时代过渡时期的理论特点。

就组织理论而言，本文选择了巴纳德的《经理人员的职能》；该著作对组织理论所展开的抽象讨论，至今无人能敌。同时，本文选取了对管理学发展影响深远的心理学家班杜拉的《社会学习理论》和社会学家布劳的《社会生活中的交换与权力》，这两个理论是目前学术研究中应用最广泛的理论（至少在组织行为与人力资源管理领域如此）。同时，大师中的大师德鲁克的著作《管理的实践》是本文对经验主义学派的关注点，而管理史学家钱德勒的《战略与结构》则成为对战略管理议题的参照。这五本著作表征了20世纪中叶的理论情况，并借鉴与涵盖了组织理论、心理学、社会学与战略管理等领域。

管理怪才、麦吉尔大学教授明茨伯格的《管理工作的本质》被纳入研究范畴，而决策大师马奇的《决策是如何产生的》也进入到本文的讨论范围。世纪交替之际的畅销书《追求卓越》《基业长青》和《从优秀到卓越》在管理实践界影响深远，掀起过惊涛骇浪，影响了商业进程；为更好地体现本研究与管理实践的接洽，将这三本书亦纳入本文的讨论范围。这五本著作是对20世纪后半叶和世纪之交时候的总结，兼具理论性和实践性，在继承传统学术研究的同时，开创了理论的商业影响力。

由此，本文最终确立了15个著作样本，详见表1。借助于上述15本经典著作，本文展开了对管理思想成长之路的分析讨论（表1中的年代表示的是理论的提出时间或者原著的发表出版时间；而后文在展开质性资料分析说明时，使用A－O的代号来代表这15本著作）。

---

① 叶康涛：《案例研究：从个案分析到理论创建——中国第一届管理案例学术研讨会综述》，《管理世界》2006年第2期。

② Yin R. K.，Case Study Research：Design and Methods，Sage：*Newbury Park*，CA，1989，p. 25.

除了这15本著作之外，为了更严谨科学地佐证本文的研究结论，雷恩所著《管理思想史》、克雷纳所著《管理百年》和希特等所编《管理学中的伟大思想》这3本著作也纳入本文分析范畴。

同时，由于时下理论构建的主流形式依赖于论文发表，而非著书立说；本文又增加了14篇论文，对其展开质性分析，讨论理论创新和发展的关键脉络。这14篇论文全部来源于管理学顶级期刊 *AMR*，是发表在1999—2005年并于2009—2015年获得“十年贡献奖”的获奖论文。其中7篇是分别发表在1999—2005年的原始论文，另外7篇论文则是每篇论文获奖者对自己论文的一个反思，这些反思涵盖了理论创作的初衷、论文广受欢迎和深得学界认可的理由等。限于篇幅，此处不再将此14篇论文一一列出，而是在参考文献部分加以 * 标注。由此，本文的分析材料总共由约450万字数的汉字和约15万字数的英语材料构成（18本著作，均是参照国内的汉语翻译版；而14篇论文则分析的是英文原文）。

3. 数据选取的严谨性。本文选取的理论案例样本数据遵循了多案例研究设计的复制逻辑和案例研究的数据可获得性原则①。首先，本文核心目的是要挖掘有影响力的管理理论体系的成长、继承与发扬之道；本文所选取的著作和论文都是公认的、经过数十年甚至百余年的时间洗礼所见证的经典。同时，与Creed②、刘志成和吴能全③、贾良定等④的研究相一致，本文采用多个可重复的文本案例，实现了比较高的理论代表性和结论可靠性。

其次，从理论复制的视角出发，本文样本在时间上从1911年跨越到21世纪，涵盖了管理学的诸多分支，并且体现了其对心理学、社会学等学科的借鉴。借助于这15个理论案例材料，本文可以实现对这些理论成功现象背后的解释机制的挖掘。

最后，根据数据可获得性原则和精简原则，本文最终确立了15个理论案例，而并未继续容纳更多的理论视角。由此，样本量适中，普适性较广。

表1　本文质性分析主要资料来源

著者	年代	作品	贡献	代号
泰罗	1911	《科学管理原理》	创立了科学管理学说	A
法约尔	1916	《工业管理与一般管理》	创立了一般管理理论	B
韦伯	1920	《经济组织与社会组织理论》	创立了管理组织理论	C
梅奥	1933	《工业文明中的人类问题》	开创了人际关系学说	D
巴纳德	1938	《经理人员的职能》	开创了社会组织协作学派	E

① Siggelkow N., “Persuasion with Case Studies”, *Academy of Management Journal*, 2007, 50 (1), pp. 20 – 24.

② Creed W. E. D., Dejordy R., Lok J., “Being the Change: Resolving Institutional Contradiction through Identity Work”, *Academy of Management Journal*, 2010, 53 (6), pp. 1336 – 1364.

③ 刘志成、吴能全：《中国企业家行为过程研究——来自近代中国企业家的考察》，《管理世界》2012年第6期。

④ 贾良定、尤树洋、刘德鹏等：《构建中国管理学理论自信之路——从个体、团队到学术社区的跨层次对话过程理论》，《管理世界》2015年第1期。

续表

著者	年代	作品	贡献	代号
班杜拉	1952	《社会学习理论》	创立了社会学习理论	F
马斯洛	1954	《动机与人格》	提出了经典的需求层次理论	G
德鲁克	1954	《管理的实践》	开创了现代管理学	H
钱德勒	1962	《战略与结构》	开启了战略管理研究	I
布劳	1964	《社会生活中的交换与权力》	推动社会交换理论到新阶段	J
明茨伯格	1973	《管理工作的本质》	提出了管理角色理论	K
彼得斯和沃特曼	1988	《追求卓越》	重拾美国企业的信心	L
柯林斯和波拉斯	1994	《基业长青》	商业史上的传奇之作	M
马奇	1994	《决策是如何产生的》	决策学派的经典之作	N
柯林斯	2001	《从优秀到卓越》	21 世纪的经典畅销书	O

资料来源：本文整理。

（二）数据分析过程

由于本文的质性资料并未涉及一手的访谈资料，本文的方法也主要是借鉴于建构主义扎根理论的数据分析方法，而并未完全符合整个建构主义扎根理论的适用条件。通过采纳这种分析方法，本文寻求实现可推广性、准确性、严谨性和可验证性比较高的研究结论。为规避译码者个人偏见对译码结果的影响，减少案例研究中的误差和提高理论敏感性，本文第一作者与另外三位博士研究生（主要研究方向为管理思想史）共同组成编码小组。经过相关培训后，小组成员各自对多本经典著作进行试译码，并对每个人的译码结果进行讨论研究，多次交叠后，获得每一轮的相关编码结果。

1. 初始编码。这是指给质性材料内容贴上标签的过程，其目的在于对数据展开初始说明、分类与概括。遵循初始编码的开放性和自主性等原则①，本文展开了相关分析。限于篇幅，表 2 仅列举了部分数据的初始编码结果。在表 2 中，文本证据后面的括号内容表示了文本的具体来源：其中，大写字母表示内容来源的著作名称（具体代号可以见表 1），而 p＊ 则表示来源于书中的第＊页。

表 2　　初始编码及文本证据示例

初始编码	文本证据示例
基于现实问题而展开讨论	“磨洋工”问题是诱发经济萧条和贫困的根本原因之一，具有长久的效果（A；p1）

① 张笑峰、尚玉钒、李圭泉等：《中国企业一把手“领袖化”过程：领导权威形成机制的探讨》，《南开管理评论》2015 年第 3 期。

续表

初始编码	文本证据示例
透过简单的现象来剖析问题	这些原理看上去不证自明，很多人认为阐述这些原理简直就是幼稚的行为（A；p7）
密切联系实际	工业中的人类问题，仍然是专家的狭窄领域中的课题；现在我们必须有明确态度（D；p1）；管理是一种实践，其本质不在于“知”，而在于“行”；（H；p1）；本书不同意一些观点，不仅仅是因为他们没有根据，而是很多根据违背了事实（K；p8）
管理问题认知阶段性	我们需要更多地了解工业中的人的因素和作用；这是战后的一个进展（D；p1）
不怕挑战当局权威	我不怕有人反对我这样讲，我认为这种现象构成了当今社会的最大毒瘤（A；p8）
批评前人成果	古典学派的著作没有太大帮助（K；p18）
学科发展受阻于主流观点	巴纳德认为主要是某些正统观点，影响着人们对组织问题的深入思考（E；p13 序）
对人性假设的颠覆	我们一直都在回答个体是什么（E；p9）；我们去探究行为假定（F；p1 序）
具有一定的首创	到现在还没有一个人站出来试图纠正这个错误（A；p13）
言简意赅，直入主题	对决策的描述就是将决策行为解释为理性选择（N；p1）；这本书只跟一件事情有关：从优秀到卓越的规律（O；p18）
遭到误解与质疑	他（塞勒斯先生）曾说过，他并不认为任何这种科学研究会有多大的价值（A；p61）；交换理论有时候会受到这样的批评，说它把所有人类关系简约为市场交易（J；p13）
理论初始，对概念下新的定义	合作系统是由两个以上的人，为了合作实现至少一个目的，以系统关系所组成的复合体（E；p51）；按照权力的定义来说，一项命令是否有权威性取决于接受命令的人，而不取决于发布命令的人（E；p120）
改革的痛楚	没有过这种经历的人无法体会到陷入这种斗争所带来的痛楚（A；p57）
与之前理论观点的对比冲突	科学管理的观点与之前那种工人可以控制和调解自己的观点是对立的（A；p72）
前期积累庞大	实验大概持续了 26 年，配置了 10 台机器，对三万次到五万次实验进行了记录（A；p121）；在两年半的时间里，访谈了 2 万人（D；p140）
追求基本的管理目的	该书意图非常明显，就是要赋予那些被管理专家们所视而不见却在实践中表现出强大生命力的东西以应有地位（L；p1）

续表

初始编码	文本证据示例
有益于最广泛基础的人民	科学管理原理的推广必将和机器生产的推广一样最终惠及全体人民（A；p156）；无论如何，我希望巴黎综合工科学校可以减少数学课程，提升文学课的地位，并将管理学也纳入教学计划之中（B；p94）
与整体历史和时代脉络接轨	我们会发现最终全体人民分享了工业发展所带来收益的绝大部分（A；p155）
研究具有重大的现实意义	自工业革命以来，从来没有管理层和劳动群体之间全心全意地有效合作（D；p146）

表3　管理理论成长之道的聚焦编码

聚焦编码	总结	初始编码
理论开启	扎根实践问题	基于重大的现实问题而展开讨论
		透过简单的现象来剖析问题
		密切联系实际，并寻求解决现实中的难题
	挑战现有权威	批评前人成果、现有主流
		不怕挑战当局权威
	具有首创精神	具有一定的首创精神
理论腾飞	迅速获得受众	研究具有重大的现实意义
		有益于最广泛的人民
	营造新鲜气氛	理论初始，通常要对一些概念下新的定义
理论震荡	受阻于旧势力	实质是对人性假设的来回颠覆
		学科发展总是会受阻于所谓的主流正统观点
	遭到质疑压迫	改革的痛楚
		遭到误解与质疑
理论持续	化繁为简、简单务实	言简意赅，直入主题
		追求基本的管理目的
	积淀雄厚	研究结论是长期调研的结果
		前期的积累非常庞大
	适应时代所需	与整体的历史和时代脉络接轨
	聚集学术团队	相关议题引起了越来越多人的关注与兴趣
理论衰落	自我认知不足	与之前理论观点的对比冲突
	时代阶段性	管理问题认知的阶段性

2. 聚焦编码。聚焦编码意味着使用最重要的或出现最频繁的初始代码，并借用大量数据来筛选代码。为了形成最能反映资料本质的聚焦代码，需要在资料和初始代码以及各初始代码间进行循环往复的比较。借助于初始编码的已有基础，本文作者归纳寻找出聚焦概念。“开启”指的是学者基于自身观察、实验策略以及管理经验等，发觉和意识到现有理论对管理世界解释力的不足，并开始着手寻求构建一个更为接近现实而高效的、造福于广大人民的理论；“腾飞”指的是学者提出相关理论后，由于其理论的新颖性、视角的独特性，必然会引起学界的关注，由此也便产生了或多或少的跟随者；“震荡”是指理论在发展过程中，必不可少地会遭遇他人的质疑，在寻求维护自身核心观念之同时，寻求获取自身的合法化地位；“持续”描述的是理论在学界占据一席之地以后，获得认可，引领某一领域中的研究方向，并且有了越来越多的跟随者和越来越强的影响力；“衰落”描述的则是由时代的变更、社会的变化、情境的转移、文化的更迭等所带来的对理论的淘汰（见表3）。

3. 理论编码。理论编码是研究者在聚焦编码过程和选择了代码之后所进行的复杂编码。聚焦编码形成了类属，而理论编码就是让这些类属之间可能的关系变得具体化。通过理论编码，将那些支离破碎的故事重新聚拢起来。经过本文作者和研究团队的讨论，上文中所提及的5个二阶概念，表示出管理学理论从开启之时，到成长腾飞，并遭遇波折，进入震荡，慢慢走向成熟，并最终消失殆尽的发展历程（见图2）。

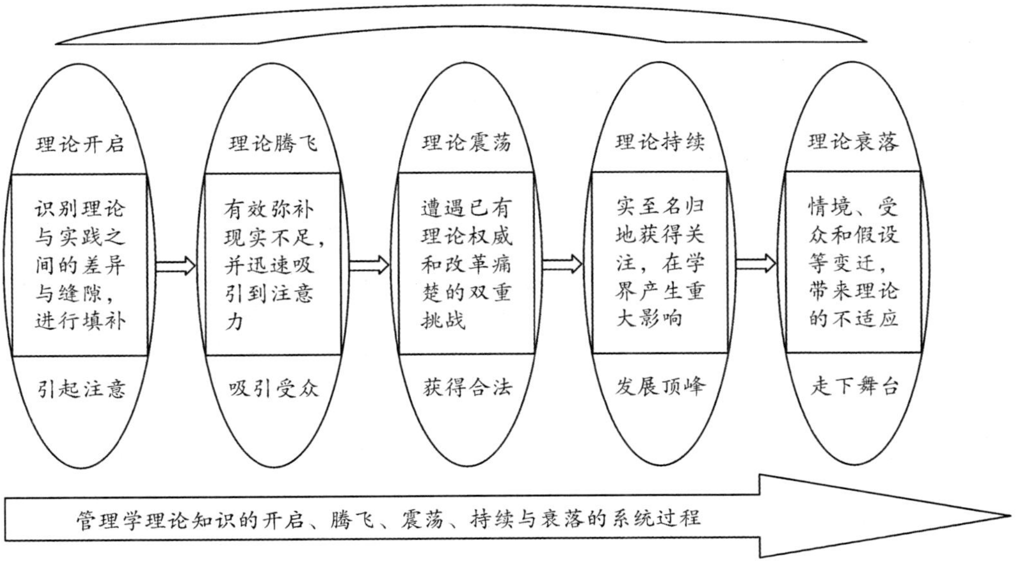

图2　管理学理论发展之道

四　管理学理论发展之道的分析

结合本文的质性资料，下面讨论管理学经典理论的开启、腾飞、震荡、持续和衰落之路。限于篇幅，本文仅展示部分资料的分析过程。与上文第三部分中仅展示表1中的15

本著作不同，本处将增加对另外3本著作以及14篇获奖论文的资料说明。

（一）理论开启

经典理论的诞生是科学和艺术的结合，同时具有必然性和偶然性。研究发现，关注实践难题、挑战现有权威和具备首创精神，是理论开启之时的常见特征（见图3）。

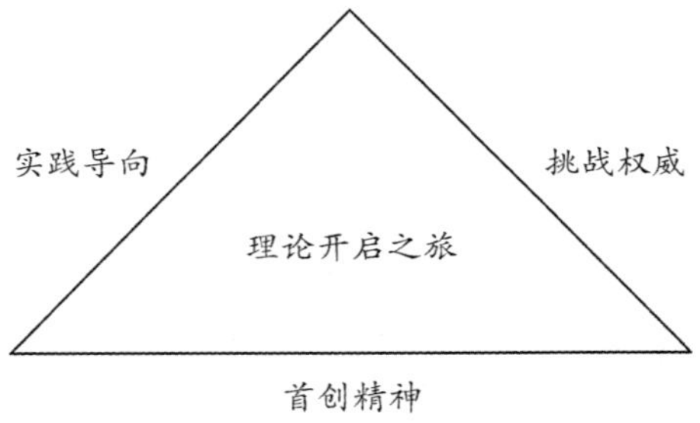

图3 理论开启之时的三大特征

1. 关注实践问题。此处所强调的关注实践问题范畴比较宽广，包括多种类型。就著者与现实之间的互动关系远近和程度深浅而言，可以区分为如此四类：（1）著者本身就是实践者，是对自身管理经验的反思总结，比如泰罗、法约尔、巴纳德等；（2）著者经常参与企业管理或企业咨询项目，亦有深刻感悟和思考，比如德鲁克、柯林斯等；（3）著者实地调研、观察实验或对企业数据展开分析，比如明茨伯格、梅奥、班杜拉、马斯洛、钱德勒等；（4）著者观察社会和自我反思，有着超强的洞察力，比如布劳、马奇等。

然而，不管这些著者与现实实践之间的结合程度如何，却都是将理论与实践紧密联系。比如，作为煤矿公司总经理，法约尔不忘记理论学习，将其在“法国矿业协会研讨会”的论文发展为经典著作；作为工程师，泰罗亲自主导管理、实验和监督，走在第一线，将其在“美国工程师协会研讨会”论文改编后出版为《科学管理原理》；同样，巴纳德的著作来源于其在哈佛大学的演讲集合。这些身兼数职的总经理们，反思了自己的管理经验。

经验主义学派之父德鲁克始终强调管理理论的实用性，强调管理的人性和实践性，并主张从活生生的现实中提炼出发人深省的研究问题，以便有助于管理者应对急速变化的管理实践。而钱德勒、柯林斯等更是以美国企业的成长之路为例，识别战略与结构的关系，发现基业长青之道，帮助美国在第二次世界大战之后和被日本赶超之后，重拾信心，获得经济霸主地位。

另外，“然而，就在不久之前，工业中的人类问题，仍然是专家的狭窄领域中的课题；现在我们必须对此类问题有一个明确的态度”（D；p1）表明了梅奥介入霍桑试验的实践初衷；而“与以往的书籍不同，本书完全建立在对管理工作的实证研究之上”（K；p8）则证实了明茨伯格在挖掘管理角色理论这条道路上的实践尝试。

以上资料表明，理论的早期兴起，离不开对实践问题的关注，也需要理论界与实践界的对话。这种实践导向的特性，也为理论后续的持久生命力以及在理论持续期的发展奠定了基础。理论的长远生命力源于实践。反之，只是空洞地从文献中寻找研究问题、纸上谈兵式的理论探索，多数情况下只是权宜之计，无法塑造经典理论。然而，中国国内目前比较缺乏此类优良风气。理论与实践、学术派与企业咨询派之间，不仅互不通气，甚至存在着相互看不起等不和谐现象①；这样的格局，不应该出现，也需要尽早消失。

2. 挑战现有权威。经典理论引人注意的一大特点在于其批判继承的精神。正如徐淑

① 金占明、王克稳：《中国管理研究选题的误区及科学性判断标准》，《管理学报》2015年第4期。

英和贾良定①所言，对现有理论权威的挑战，对已有理论视角适当的抛弃和整合，是新理论发展的路径之一。

就本文的质性材料可见，借鉴与应用来自实验心理学和生理学的文献，梅奥批判了古典管理学派的“经济人假设”，在理性主义行将崩溃之际，对一系列社会问题展开反思，并开启了人际关系学派。“直到最近我们才认识到，我们需要更多地了解工业中的人的因素和作用”（D；p1）说明了梅奥对当时主流思想的适当偏离。*AMR* 2013 年的“十年贡献奖”作者将其论文的获奖原因首先归因为“挑战了传统理论观点；尤其是否认了一些常见假设②”，由此也带来了其论文的影响力。或许正如 Davis③ 所言，有趣的理论总是会否认一些特定假设。

需要注意的是，挑战现有权威并非意味对权威的全盘偏离，而仅是对理论基本思想、理念和价值前提等诸多构成要素中的部分特定要素的偏离；而对权威的挑战，也给理论遭遇震荡波折埋下了伏笔。

3. 具有首创精神。挑战现有权威，不能盲目；这需要在否定他人的基础之上，超越他人，并提出有内涵的思想，具备自我首创精神。

比如，与泰罗从一线员工入手看待动作过程管理和法约尔坐在办公桌看待管理职能过程有所不同，巴纳德超越了他们；后者不再简单地从工作表层来看待企业组织，而是从组织内部协作入手，关注企业的抽象内涵，并指出了经理人员在信息渠道构建、协作意愿调动和目标界定等三大方面的职能。同时，“我所讲的非正式组织，是指上面所描述的人际接触、相互作用和相关群体的总合”（E；p86）、“按照权力的定义来说，一项命令是否有权威性取决于接受命令的人，而不取决于权力当局或者发布命令的人”（E；p120）等内容都表明了巴纳德思想的首创精神。

对于班杜拉而言，其理论思想亦是如此，“本书还提供了一些在传统研究中受到忽视的或者只是部分地研究过的心理过程的新结果”（F；p2 序）表明了其社会学习理论中的人与环境交互影响作用的发挥，以及对行为主义学派的超越。

（二）理论腾飞

管理理论在开启其影响之旅后，通过营造新鲜概念、新颖视角和新奇内容，借助学术会议和期刊论文等平台，逐渐得到学界的认可和支持，获得受众青睐。本文发现，理论腾飞的本质原因，在于理论自身的重大现实意义，以及其对最广大群众利益的关切。

比如，泰罗开创了科学管理理论，通过启发福特公司的流水线生产模式，加速了汽车工业革命；同时，“该理论的信徒巴思、甘特和吉尔布雷斯等人，将科学管理思想发扬光大，是传播效率福音的排头兵”（《管理思想史（第六版）》，p141）。德鲁克的管理理

---

① 徐淑英、贾良定：《管理与组织的情境化研究：以中国为例》，载陈晓萍、徐淑英、樊景立《组织与管理研究的实证方法》（第二版），北京大学出版社 2012 年版，第 157 页。

② Benner M. J，Tushman M L.，“Reflections on the 2013 Decade Award—‘Exploitation，Exploration，and Process Management：the Productivity Dilemma Revisited’ Ten Years Later”，*Academy of Management Review*，2015，40（4），pp. 497－514.

③ Davis M. S.，“That's Interesting! Towards a Phenomenology of Sociology and a Sociology of Phenomenology”，*Philosophy of the Social Sciences*，1971，1（2），pp. 309－344.

论，扎根实践，反思现实；比如，其目标管理思想于20世纪便引入中国，帮助改革开放第一代企业家张瑞敏等建功立业。与之类似，柯林斯连续两本畅销书，都是基于现实的企业成长数据，归纳总结出通俗易懂的管理术语，帮助实现了理论腾飞。

在纪念法约尔思想百年（1916—2016）之际，张佳良和刘军①指出，关注重大现实问题、切实实现以人为本是理论发展的关键，也是当下学界研究所需。在理论腾飞的过程中，理论与实践相融共生。需要特别指出的是，有部分理论在提出之时受阻于热门理论的光芒，直到数十年后才被挖掘出价值。比如，法约尔的一般管理理论由于地理位置和语言原因，一直被泰罗科学管理思想的光芒所掩盖；但是，具备前瞻性的该理论，也终究获得了腾飞。这也表明，本文所发现的理论成长之道的各个阶段是一种普遍的本质规律；不过，在具体应用到某个理论时，可能存有不同程度的差异和波动。

（三）理论震荡

理论的有效发展，需要个体、组织和整个学术社区的认可、传播和支持②。但是，理论具有情境适应性、价值前提与边界条件，无法不受时间、空间等限制而发挥作用③。同时，传统理论的来袭、现有理论的兴起、经典范式的冲击等，都会给理论成长之路带来阻碍，使其进入到震荡、颠簸与徘徊的状态。不过，震荡的存在，给理论以蜕变的过程，为后续发展增添力量。本文发现，这些震荡主要来源于：人性假设的不稳定、其他理论的冲击、现实应用中的异化等。

1. 人性假设的不稳定。西方管理理论普遍重视对人的研究，其提出几乎都是建立在对人的本性、动机等不同的认识和理论假设基础上。而且，这种认识和假设经历了一个不断深化和完善的过程。然而，时至今日，对于人性假设学界依旧莫衷一是，各执一词。

对人的假设不同，也就带来了理论观点和视角上的差异；而实然世界中人的本性的复杂性，也决定了某一理论在解释力上不是万能的。不同于自然科学理论，社会科学中的管理理论本身难以实现对人的活动的全覆盖，必然会顾此失彼，遭受一定程度的质疑。

比如，承接古典经济学的思维模式，泰罗的科学管理渗透着“经济人假设”。而20世纪30年代的美国劳动环境已经发生了变化，工人在追求劳动收入之余，也需要关怀与爱，需要社交。在这种情境下，泰罗主义的“非人性”遭到了强烈质疑和谴责，而历史的大门则选择为人际关系学派和行为主义敞开。紧接其后，马斯洛更是将人类的需求划分为五个层次（后来又增加为六个层次），批判继承前人观点，指出人的“复杂性”。

由此可见，人性假设的变化以及理论本身对人性的界定，决定了理论必然受到质疑。而基于人性假设不同所带来的冲击，则最为本质和根源。在此基础上的研究范式、认识论理念、方法论等不同，也带来了对理论的冲击。不过，人性假设本身并无绝对的对错和好

---

① 张佳良、刘军：《法约尔与一般管理理论——写在〈工业管理与一般管理〉百年（1916—2016）诞辰》，《管理学报》2016年第12期。

② 贾良定、尤树洋、刘德鹏等：《构建中国管理学理论自信之路——从个体、团队到学术社区的跨层次对话过程理论》，《管理世界》2015年第1期。

③ Bacharch S. B.，“Organizational Theories: Some Criteria for Evaluation”，*Academy of Management Review*，1989，14（4），pp. 496 - 515.

坏之分，在不同的时间、空间和管理条件下，各有所异；适合具体环境的，则是最合适的。

2. 其他理论的冲击。尽管已然发展百年有余，管理学却始终未能建立自身的范式体系。在整体脉络中，理论重点时不时出现偏移，或理性，或人性/感性；或借鉴依赖于心理学，或从经济学、社会学中寻找解决问题的方法。

比如，科学管理思想关注于时间和动作研究，由此便侧重于对理性效率的分析；而“自工业革命以来，还从来没有管理层和劳动群体之间全心全意地有效合作”（D；p146）则展示出梅奥对科学管理思想的质疑。即便是同时期的古典管理思想，法约尔也毫不客气地指出了泰罗所提出的职能工长制的弊端：“我觉得否定统一指挥原则是错误的，而且也很危险”（B；p73）。与之类似，*AMR* 2011 年“十年贡献奖”论文对资源基础观的理论性和有用性展开了公开质疑，“本文旨在对 RBV（resource-based-view）的理论观点展开一个严格的批判”①，表明各个理论观点之间的内在冲突与矛盾。

由此可见，理论的兴起过程，伴随着其他理论的冲击，这同时也是对已有理论的补充、借鉴、质疑、指责和推翻等。

3. 现实应用中的异化。理论震荡不仅单纯地出现于学术界，也显现于将其应用在实践之时；对于此类现象，乐国林等②曾将其归纳为理论与实践转化之间的异化效应。

深入地了解科学管理思想，我们发现，它并非忽略劳资双方的合作，而是寻求实现劳资双方的共赢和心理革命；然而，在实践应用和操作时，多数工厂急功近利，为寻求短期效益，便选择性地吸收对自己有用的理论内涵，而遗弃最为核心的指导思想。以至于雷恩对此批评道，“各种类型的公司掌握了它（科学管理思想）的技巧，却遗忘了它的哲学理念”。

另外，德鲁克创造了目标管理的词汇，通过深入地哲学思考，将概念进行阐释和推广。然而，在实践应用中，“知识只能是数据，而理论与实践的差距犹存”（《管理思想史（第六版）》；p321）。实践界在应用理论之时，由于对理论核心内涵的忽略、有意放弃等，致使了理论在现实应用中差强人意的表现。即使是管理畅销书《基业长青》等所归纳总结的企业成功之道，也会由于时空和情境的原因而在应用时出现异化；由此也给其招致批评之声。

理论遭到质疑并面临挑战的过程，同样是其走向成熟、获得合法化地位的必经之路。在往复的交互与讨论中，理论逐渐获得更多群体的支持与好感，亦为进入持续期奠定基础。

（四）理论持续

经历震荡和波折，是理论从稚嫩走向成熟的必然过程；然而，并非所有理论都能够度过震荡期，并经受住历史考验。理论由震荡期进入到持续期并获得发展，需要依赖多方条件的综合配合：高屋建瓴的理论内涵、积淀雄厚的知识体系、适应时代所需、凝聚注意

---

① Barney J. B.，“Is the Resource-based View a Useful Perspective for Strategic Management Research? Yes”，*Academy of Management Review*，2001，26（1），pp. 41－56.

② 乐国林、陈春花、毛淑珍：《管理理论实践转化中的异化应用现象探析》，《管理学报》2013 年第 3 期。

力等。

1. 高屋建瓴的理论内涵。对现有权威的质疑开启了理论的影响力，而理论内涵的深度是保证其实现长久续存的关键。比如，法约尔的一般管理理论尽管被科学管理思想的光芒所掩盖，却终因其内容的包罗万象而被挖掘，开启和影响了管理职能学派的发展，至今仍是影响最广的管理理论。

2. 积淀雄厚的知识体系。庞大而复杂的知识体系，带来了人们对问题的深入观察与挖掘。比如，*AMR* 2012 年“十年获奖”论文的作者在反思时指出，社会资本由一个“概念”发展为一个“研究领域”，渗透着诸多人的努力①。这些成就的取得，离不开雄厚知识体系的积累。

3. 适应时代所需。响应时代需求，管理理论登上历史舞台；而适应时代所需，理论则熠熠生辉，流光溢彩②。时代造就了一批人，也成就了具有影响力的理论；而伟大思想的延续，离不开与社会现实背景的契合和匹配。

比如，“为了得到一点分红而要多付出劳动，而且所得比例甚微的这一收入形式，丝毫引不起工人的兴趣”（B；p32）表明法约尔对当时激励手段的深刻把握；行业环境、战略特点与组织架构之间的匹配关系，展示出钱德勒对第二次世界大战之后美国工业兴起的洞察力；“这本书最终只跟一件事情有关：从优秀到卓越的永恒规律”（O；p18）则显现出柯林斯对世纪交替之际的管理规律和时代需求的把握。

4. 凝聚注意力。理论的繁衍与持续，需要人们的广泛支持与配合。一方面，学术社区整体的参与，是保证学术影响力的重要条件；另一方面，实践界的追捧与认可，则构成了学术理论的价值体现。

郭英和高良谋③指出，尽管泰罗是科学管理的提出者，但是该学派的重要影响与追随者的实践活动密不可分。实际上，无论是泰罗的科学管理、法约尔的管理过程学派、巴纳德的社会协作系统学派，还是马斯洛的人本心理学、德鲁克的经验管理学派等，都有大量追随者和门徒，在世界各地也都有相应的研究机构。

正如克雷纳在《管理百年》一书中所言，“管理思想的继承发展，尽管不是完全，却是很大程度地依赖于后人的支持”（p231）。同时，管理畅销书中所体现的基业长青之道、从优秀到卓越的蜕变之旅，都紧密围绕企业实践，关注企业现实问题；得到实践界追捧后的理论，也能够与研究者一道，前进发展④。

（五）理论衰落

理论的应用，取决于其前提假设、基本观点、价值体现、适用范围（情景化特征）等多个方面的综合匹配。这些要素匹配得当，理论效应便得以发挥；而匹配不适，则带来衰落。就本文而言，此处的理论衰落，主要是强调理论发展的衰落倾向和难以摆脱的终极

---

① Kwon S. W., Adler P. S., “Social Capital: Maturation of a Field of Research”, *Academy of Management Review*, 2014, 39 (4), pp. 412 – 422.

② 张佳良、刘军：《法约尔与一般管理理论——写在〈工业管理与一般管理〉百年（1916—2016）诞辰》，《管理学报》2016 年第 12 期。

③ 郭英、高良谋：《泰罗主义、泰罗文本与心理革命辨析》，《外国经济与管理》2009 年第 8 期。

④ 田志龙、王浩：《中国管理实践研究的路径》，《管理学报》2011 年第 2 期。

命运。

研究发现，理论衰落的主要原因为：（1）理论固有的缺陷，使其变得越发不适用；（2）外界环境发生变化，对新理论产生了需求；（3）理论的解释力度下降，边际贡献降低；（4）整体理论的内部波动。

1. 理论固有的缺陷。理论本质上是描述、解释与指导现实世界的，其差异也主要来源于对人性和社会假设的不同。从长远发展来看，某些有过辉煌的理论终将消去。

有些理论运用高深优美的数学模型证明了“糖是甜的”这种生活常识；或者，用一些复杂的数学公式和模型，论证了管理常识。其结论对于理论和实践都没有大的贡献；就这个角度而言，相关的此类探讨应该减少。

当然，这种理论可能并不会经历本文所识别的所有五个阶段，而是非常快地消失殆尽。本文所选取的这些经典著作总体上没有大的缺陷，但是有些理论的细节具有不足之处；比如，泰罗的职能工长制、布劳的经济交换等理念。

2. 理论与外界新环境的不适应。理论与外界环境的匹配和适用性，具有一定限度。理论的提出受到时代背景以及学科认识视角与方法论的限制。比如，柯林斯在探索了企业的基业长青之道后，受到环境的影响，又回头观察企业从优秀到卓越的成长策略。

而当情境发生转移之后，“水土不服”现象则会显现。尤其是当我们将西方理论引入到中国情境时，文化传统、社会制度、习惯等方面的巨大差异，严重削弱了理论的生命力。

3. 理论解释力的边际效益递减。通过对理论脉络的整体考察，本文发现，随着时间流逝，著作或论文所作出的理论贡献度逐渐降低：从破坏式创新，走向渐进式创新，走向轻微程度的变革，走向单独的小进步等。

受制于前期某理论的光环，后期理论的贡献能力也便减弱。也就是说，某些具有划时代意义的经典著作/论文被摆到了一个过于神圣的地位，而由此带来了后来者对其地位的难以超越。同时，后来人也会受到前人限制，而只能在原有的框架中徘徊着曲折前进。

4. 整体理论的内部波动。理论整体脉络的内在规律，带来了理论体系内涵的交叠更换。比如，在20世纪早期，美国的管理理论发展呈现出理性主义和规范主义话语交替出现的局面；而且，相对于理性主义的管理模式而言，人际关系学派等重视员工心理和情感的学派在管理理论领域始终处于边缘地位，居于统治地位的依然是理性主义学派。随后，人际关系学派占据主导地位，并引领了诸多的领导力和激励理论的研究。

这种波动变化，便会影响身处之中的具体理论的影响力。整体理论的内部波动，导致了某些理论的影响力减弱。

（六）总结说明

由上可见，理论的成长是系统的五步走过程：发起、腾飞、震荡、持续和衰落。需要指出的是，并非所有理论都严格地按照该路线前进，也并非都会完整地度过这五个阶段。

本文的总结不仅适用于单个理论的发展之道，也是整个理论体系的成熟之路。比如，西方管理思想每隔一个大阶段，就必然掀起一次变革浪潮：泰罗的科学管理思想标志着资本主义国家由经验管理转向科学管理，帮助美国超越了英法等欧洲国家；行为科学的“社会人”假设，是对古典时期“经济人”假设的完美超越，发展并丰富了管理的人本原理，更为贴近人性本质；第二次世界大战之后，学术状态百家争鸣，不分伯仲，而德鲁克《管理的实践》一书则标志着现代管理学的诞生；自此往后，战略管理走进舞台，并引导组织变革和企业文化的发展。

五 结论与讨论

（一）研究结论

采用建构主义的扎根方法，通过对15本经典著作的质性分析，对3本著作和14篇论文的验证讨论，结合学者对理论构建之旅的已有讨论，本文识别并发掘了管理理论的成长之道：理论开启、腾飞、震荡、持续和衰落之路。

正如上文所示，在与企业实践和现实社会不同程度关联的指引之下，学者开启理论探索；借助于新颖观点、新鲜特色，理论迅速获得受众支持，开始腾飞；面临学界的诸多质疑，理论在曲折中前进，逐渐获得合法化地位；通过建立更为广泛的知识体系，从而获得持续的影响力；而理论本身的特性，也决定了其走向衰落和低谷的宿命。理论起始于一人之力，繁华于众人之功；在历史中诞生，也终将埋葬于历史之中。

（二）研究意义

1. 理论的发展与成长，需要众多要素的积极配合。可以看出，理论在起始、腾飞和持续期，需要打破旧有秩序、构建新鲜观点、集聚众人才华、适应时代需求、洞察社会现实等。这些要素的完美匹配，带来了理论的飞跃与持续。由此，这提醒学界在构建理论之时，需对多方要素密切关注。

2. 构建与发展中层理论。本文关注了经典著作的宏大理论以及获奖论文的微观理论，前者在整体发展中较难操作，而后者所作贡献相对较小。由此，构建与发展介于宏观与微观之间的中层理论，则可能更为可行与有价值。Benner 和 Tushman[①] 在回顾其2003年获奖论文时也指出，中层理论内容比较简洁，使用范围也比较宽广，适合当下的学界所需。

3. 对本土化理论的启示。通过透析西方理论的产生与发展方式，本文旨在提供一种思维模式来指导本土化理论的构建。本文并未单纯地分析某些理论的具体内涵，而是就理论之间的发展变化关系展开讨论。

就本文的研究结论而言，紧跟中国传统文化、紧接中国管理实践、紧密联系中国制度环境等，可以帮忙实现对中国本土化思想的把握和反映。

4. 理论的实践性是多元的。一个好的研究问题能够基于并结合企业管理实践难题，而这些难题可以被迭代成具体的学术研究问题，并进而用规范的定性或者定量的方法来解释和解决。

本文发现，理论在起始之处，研究者与实践的关系是多元的。研究者不仅可以从自我经验总结中来归纳管理规律，也可以通过实验观察来开发理论。这也就表明，理论研究者与实践者之间不仅可以通过循证管理、介入型研究等形式来突破理论与实践间的鸿沟，而

---

① Benner M. J., Tushman M. L., "Reflections on the 2013 Decade Award— 'Exploitation, Exploration, and Process Management: the Productivity Dilemma Revisited' Ten Years Later", *Academy of Management Review*, 2015, 40 (4), pp. 497 – 514.

且也可以将管理学理论进行分层分类：纯粹的理论（学术界自我纸上谈兵的理论）、可应用的理论（由理论到实践）、管理咨询问题（咨询界引发的小问题）、管理难题理论（由企业中的实践而获得的理论）等。由此，借鉴于本文质性材料中十余位大师的著书经历，给出此研究意义。

（三）研究不足

1. 质性分析所考虑的数据范围不够广泛。就提出理论的经典著作而言，本文选取了15本著作。尽管这涵盖了管理思想的诸多方面，但是未能穷其所有；组织变革、组织文化、供应链、市场营销、领导力等议题未能纳入本文研究范畴。尽管如此，本文所包含内容也是复杂系统的；从早期的西方管理思想到人际关系和行为主义学派，再到后续的战略管理以及新兴的各种畅销书等。由此，本文研究结论也具有一定的普适性。

2. 挖掘深度有待提升。本文所展开的是对大趋势的讨论，相对缺乏对理论细枝末节事项的考察。实际上，本文所讨论的每一个小细节都可以展开为一篇论文；由此，挖掘深度也会加深。

3. 缺乏对比分析。尽管本文选用了大量理论案例资料，但是缺乏对照组材料。增加相应对照组案例，选取一些并未引起学界注意的著作和理论论文，以来佐证本文的结论，可以有更强说服力。但是，本文的此种多案例复制佐证做法，并未影响本文研究结论的效力。综合地选取管理思想各阶段的代表作、管理思想史著作和现代获奖论文，也是从多方位确保了结论的科学性。

4. 本文并未具体区分不同类型的理论。本文在分析时，并未对理论展开具体分类。然而，从理论所能解释的范围来看，理论包括大的整体理论、中层理论视角和小的理论概念；从理论的构成特征来看，理论包括结构型、本质型、关系型、演变型和元理论等众多形式①。理论内容和形式的不同，决定了其差异化的解释机制、作用范围和衍生路径等，并影响其具体成长之道。不过，本文旨在求同存异，寻找一般规律；由此，也便未对其区分讨论与分析。

（四）未来展望

1. 本土化理论构建。本文目的在于识别出管理理论的成长之道，借鉴到国内学界，并建立一个关于构建理论的理论。对于本土化的理论体系内涵而言，和合思想、矛盾视角、和谐领导、东方领导、潜规则、人情与面子、儒家文化等各种中国式特色，已经在神州大地上熠熠生辉；也希望学界能够继续关注本土思想的构建，做出实质性的内涵进步。

2. 加深对管理学理论的开发。作为与实践紧密联系的学科，管理学不仅要能够描述、解释与指导现实实践，还要能够预测未来。就目前而言，非常少见能够预测未来实践的理论。学界多是停留在对细枝末节的概念做文章，在追求自己利益最大化的同时，使得整个学术社区的集体利益下滑。希望加强后续的理论开发。

3. 管理思想史的梳理。本文对质性资料展开分析，旨在揭示理论成长之路的内在机

① 章凯、罗文豪、袁颖洁：《组织管理学科的理论形态与创新途径》，《管理学报》2012年第10期。

制，而并未系统梳理管理思想各个阶段的联系。实然，西方管理思想历经百余年发展，在各阶段之间联系紧密。后续研究，可以将这些思想整合梳理，结合现实背景和时代特征对其展开理解，并借鉴到我国的本土化理论构建中，则意义更为重大。

（五）结束语

总体而言，中西方在文化、制度和习惯上有着各种差异。本文对西方理论的回顾与分析，旨在提供一种框架式的理论提出和发展的逻辑脉络，并以此来指导中国本土化的理论体系构建。这种做法，并非盲目跟风西方浪潮①；只是希望古为今用、外为中用、中外结合，从西方引领中方的研究格局转向为中西方平等对话。

管理学理论发展的春天已经到来，学界也需要借此大好时机，在百家争鸣、百花齐放的学术繁衍之时，度过本土化研究的瓶颈期，顺利地进入新的发展阶段。通过管理学界的集体努力，让思想之花在神州大地开放，让其芬芳漂洋过海，并影响西方。

参考文献

蔡宁、董艳华、刘峰：《董事会之谜——基于尚德电力的案例研究》，《管理世界》2015年第4期。

陈冬华、李真：《乡土与城邦》，《会计研究》2015年第1期。

陈佳贵：《管理学百年与中国管理学创新发展》，《经济管理》2013年第3期。

郭英、高良谋：《泰罗主义、泰罗文本与心理革命辨析》，《外国经济与管理》2009年第8期。

韩巍：《“管理学在中国”——本土化学科建构几个关键问题的探讨》，《管理学报》2009年第6期。

贾良定、尤树洋、刘德鹏等：《构建中国管理学理论自信之路——从个体、团队到学术社区的跨层次对话过程理论》，《管理世界》2015年第1期。

贾旭东、衡量：《基于“扎根精神”的中国本土管理理论构建范式初探》，《管理学报》2016年第3期。

金占明、王克稳：《中国管理研究选题的误区及科学性判断标准》，《管理学报》2015年第4期。

乐国林、陈春花、毛淑珍：《管理理论实践转化中的异化应用现象探析》，《管理学报》2013年第3期。

李金华：《中美国家创新战略演变与核心内容比较研究》，《西部论坛》2016年第5期。

刘军、张佳良：《推动实现中国管理学研究的改革与优化：论“非线性的变量关系”的现实基础、突破路径与对策措施》，中国人民大学商学院，报告，2017年。

刘祯、陈春花、徐梅鑫：《和而不同：管理学者争鸣与反思的价值贡献》，《管理学报》2014年第9期。

刘志成、吴能全：《中国企业家行为过程研究——来自近代中国企业家的考察》，《管理世界》2012年第6期。

① 陈冬华、李真：《乡土与城邦》，《会计研究》2015年第1期；李金华：《中美国家创新战略演变与核心内容比较研究》，《西部论坛》2016年第5期。

彭长桂、吕源：《制度如何选择：谷歌与苹果案例的话语分析》，《管理世界》2016 年第 2 期。
田志龙、王浩：《中国管理实践研究的路径》，《管理学报》2011 年第 2 期。
王钦：《新工业革命背景下的管理变革：影响、反思和展望》，《经济管理》2014 年第 12 期。
徐淑英：《科学精神和对社会负责的学术》，《管理世界》2015 年第 1 期。
徐淑英、贾良定：《管理与组织的情境化研究：以中国为例》，载陈晓萍、徐淑英、樊景立《组织与管理研究的实证方法》（第二版），北京大学出版社 2012 年版，第 156—177 页。
叶康涛：《案例研究：从个案分析到理论创建——中国第一届管理案例学术研讨会综述》，《管理世界》2006 年第 2 期。
张佳良、刘军：《法约尔与一般管理理论——写在〈工业管理与一般管理〉百年（1916—2016）诞辰》，《管理学报》2016 年第 12 期。
张笑峰、尚玉钒、李圭泉等：《中国企业一把手“领袖化”过程：领导权威形成机制的探讨》，《南开管理评论》2015 年第 3 期。
章凯、李朋波、罗文豪等：《组织—员工目标融合的策略——基于海尔自主经营体管理的案例研究》，《管理世界》2014 年第 4 期。
章凯、罗文豪、袁颖洁：《组织管理学科的理论形态与创新途径》，《管理学报》2012 年第 10 期。
Bacharch S. B.，“Organizational Theories：Some Criteria for Evaluation”，*Academy of Management Review*，1989，14（4），pp. 496 – 515.
Barney J. B.，“Is the Resource-based View a Useful Perspective for Strategic Management Research? Yes”，*Academy of Management Review*，2001，26（1），pp. 41 – 56.
Benner M. J.，Tushman M. L.，“Reflections on the 2013 Decade Award— ‘Exploitation，Exploration，and Process Management：the Productivity Dilemma Revisited’ Ten Years Later”，*Academy of Management Review*，2015，40（4）.
Creed W. E. D.，Dejordy R.，Lok J.，“Being the Change：Resolving Institutional Contradiction through Identity Work”，*Academy of Management Journal*，2010，53（6），pp. 1335 – 1364.
Davis M. S.，“That's Interesting! Towards a Phenomenology of Sociology and a Sociology of Phenomenology”，*Philosophy of the Social Sciences*，1971，1（2），pp. 309 – 344.
Eisenhardt K. M.，“Building Theories from Case Study Research”，*Academy of Management Review*，1989，14（4），pp. 532 – 550.
Kwon S. W.，Adler P. S.，“Social Capital：Maturation of a Field of Research”，*Academy of Management Review*，2014，39（4），pp. 412 – 422.
Law K. S.，Wong C. S.，Mobley W. H.，“Toward a Taxonomy of Multidimensional Constructs”，*Academy of Management Review*，1998，23（4），pp. 741 – 755.
Pfeffer J.，“Barriers to the Advance of Organizational Science：Paradigm Development as A Dependent Variable”，*Academy of Management Review*，1993，18（4），pp. 599 – 620.
Pierce J. R.，Aguinis H.，“The Too-much-of-a-good-thing Effect in Management”，*Journal of Management*，2013，39（2）.

Siggelkow N. , "Persuasion with Case Studies", *Academy of Management Journal*, 2007, 50 (1), pp. 20 – 24.

Yin R. K. , *Case Study Research*: *Design and Methods*, Sage: Newbury Park, CA, 1989, pp. 22 – 34.

中国管理学研究：大历史跨越中的逻辑困局

——相关文献的一个整合性评论*

李宝元　董　青　仇　勇**

摘　要：本文在"大历史—大逻辑—大跨越"宏观视域框架下，对21世纪之交数十年间中国学者在管理学领域就学科定位、合法性、本土化及中国实践适应性等相关讨论文献做了一个整合性评论。本文认为问题的实质是，近五百年来人类文明发展、中西文化合流并发生碰撞的"大历史"背景下，人文社会科学就是按照自然科学"大逻辑"探寻自身"学科合法化"运动，在时间相对滞后、横向空间多重落差的聚焦反射或映照而已。基于此认知框架，我们进一步延伸了关于中国管理学研究三个基本问题并做了聚焦深入讨论：一是作为数百年来西方"社会科学化运动"的历史延伸，与心理学、社会学、经济学及政治学等社会科学乃至人文学科一起，遭遇到的"科学化求真"精神操守问题；二是作为半个世纪前西方管理学"学科合法化运动"的逻辑延伸，遭遇到与心理学、社会学及经济学等周边学科边界不明、对象不清和研究视角错乱问题；三是作为一百多年来蹒跚进入但只是在近几十年"改革开放"中才真正引入的"西洋舶来品"，长期伴随着内忧外患、落后挨打和学习赶超过程中关于"中体西用"之争，遭遇到"理论普适科学化"与"本土实践针对性"的矛盾、冲突及困惑。基于此，我们有针对性地提出三大总体对策思路，并认定：在开放心智、交互学习、融入主流、中西合流的认识论及方法论"思维变革"基础上，在体制上建立起"多元范式、制衡竞争"的相对独立学术共同体运作机制，是中国管理学研究走出困境、走向世界的根本出路。

关键词：大历史—大逻辑—大跨越　管理学　学科合法化　中国管理学研究

一　引论：时代背景及问题提出

数十年间，全球网络数字化背景下，随着"改革开放"步伐加快，东西方学术交流日益频繁且愈加深化，管理学"显学"地位越来越凸显，中国管理学研究队伍渐次形成

---

* 本文原载《管理世界》2017年第7期。

** 作者单位：李宝元，北京师范大学人本发展与管理研究中心、经济与工商管理学院；董青，北京师范大学经济与工商管理学院、西北师范大学商学院；仇勇，北京工商大学商学院。

了一个由心理学、社会学和经济学乃至哲学等人文社科，特别是有理工科专业背景的各路学人从四面八方会集而来的一个庞杂学术群体。其研究对象范围、研究工具手段乃至研究范式规则纷乱，以至于半个世纪前西方学界早已讨论过的有关管理学是什么、为什么，以及研究什么、怎么研究等学科建设的基本问题依然存在，甚至与百年来西学东渐大时代背景下中国学术遭遇挑战而早已存在的“体用之争”，诸如“管理学在中国”，以及是否存在一种独具特色的“管理学的中国学派”“中国管理学”或“东方管理学”等一系列问题，彼此在时间节点上相互扭结纠缠在一起。这不仅使当下整个中国管理学学术共同体再度面临一种“前所未有之变局”，而且导致中国管理学主流研究指向长期迷失在“学科合法性—实践针对性”双重悖论及多重困境之中。

为此，多年来国内外关注中国管理学研究生态状况及学科建设问题的专家学者同人，先后做了一系列难能可贵且富有成效的研究、讨论和探索。其中，最具代表性的，应该是在国际管理学界中具有影响力的华人管理学家徐淑英（Anne S. Tsui）教授。她长期致力于组织管理研究方法论在中国学界的普及推广工作，并很早就聚焦关注中国本土管理情境问题，于1998年在香港科技大学创立了恒隆企业研究中心，紧接着陆续举办了多期“中国企业管理研究方法培训班”，其后又于2002年和2005年先后创办了“中国管理研究国际学会”（IACMR）及《组织管理研究》（*Management and Organization Review*），并连续举办IACMR年会（至2016年已举办了七届），为国内管理学尤其是组织行为学研究队伍及学术交流平台建设作出了突出贡献。

就国内学术界来说，有两个持续推动的标志性学术研讨活动：一是最初基于管理案例教学需要并逐渐由此延伸到重视运用管理案例研究方法的学术活动，自1987年中国第一个管理案例研究（共享）中心在大连理工大学成立以来，以《管理案例研究与评论》期刊和“中国管理案例学术年会”为学术交流平台，先后举办了“海峡两岸暨港澳台地区中国企业管理案例研究学术研讨会”“中国企业管理案例研究：方法与前景国际研讨会”及40多期管理案例教学法培训班，开创并推动了中国管理学教学与案例研究持续发展，进而由北京大学、中国人民大学相关机构与《管理世界》杂志社等学术媒体联合举办的管理案例研究学术探讨活动（自2005年始北京大学企业管理案例中心与《管理世界》及《北大商业评论》联合发起举办“中国案例学术研讨会”，自2007年始中国人民大学商学院与《管理世界》等单位联合发起举办“中国企业管理案例论坛”），多年来基于“案例研究方法论”展开相关学术活动，同时对于“管理学及其中国化问题”研讨纵深化产生了巨大推动力（叶康涛，2006；张丽华、刘松博，2006；毛基业、张霞，2008；黄江明、李亮、王伟，2011）；二是自2008年始由西安交通大学管理学院、中国管理问题研究中心、华中科技大学管理学院和教育部科技管理学部联合《管理学报》及《管理学家》等单位发起举办的“管理学在中国”学术研讨年会，响应国家自然科学基金委员会管理科学部关于“直面中国管理实践”的选题导向，围绕“管理学的科学性与实用性”“中国的管理理论”与“中国管理的理论”以及“传统（狭义量化）实证管理研究方法质疑与批判”等话题，展开了广泛深入讨论并密集发表了一系列相关学术论文（王学秀，2008；曹振杰、王学秀，2010；孙继伟、於军，2010；苗莉，2012；张笑峰、曹春辉、王磊，2012；张晓娟、王磊，2014），在中国管理学界引起了较大反响。简言之，目前中国管理学研究已呈国际化导向、案例研究导向与科学化导向“三足鼎立”之势。

就笔者搜索并掌握的相关管理学研究方法论及学科建设问题讨论文献来看，大致可以归并为如下几类：一是沿袭半个世纪以来欧美“管理学科合法化运动”的历史轨迹，探索管理学的理论形态、研究范式、学科方法和创新路径等研究方法论问题（Shaker A. Zahra，Lance R. Newey，2011；Frances Hauge Fabian，2011；高良谋、高静美，2011；齐善鸿、邢宝学、周桂荣，2011；吕力，2011a；张凯、罗文豪、袁颖洁，2012；武亚军，2015；徐淑英，2015）；二是围绕管理学的科学性诉求与实用性需求基本矛盾，对传统狭义定量化实证研究方法及其局限性在本体论、认识论和方法论层面提出怀疑与批判（席酉民、韩巍，2002；吕力，2009a，2011b，2012，2015；韩巍，2011a；韵江、陈丽，2009；彭贺，2009；龚小军、李随成，2011；孙继伟、巫景飞，2009；孙继伟，2012；李培挺、张守连，2011；李培挺，2012；徐淑英，2015）；三是通过回顾评述改革开放以来中国管理学科发展历史轨迹、学术生态状况及面临的困境，特别是中国管理学在大学及科研机构的业绩导向及评价机制及其存在的问题，检索核心期刊发表论文分布状况进行定量化描述分析，宏观审视和描述中国管理学科定位及未来发展方向和出路（成思危，2000；谭劲松，2006；苏勇、刘国华，2009；龙树洋、贾良定、薛亚华，2011；孙继伟，2011；余明阳，2012；王续琨、宋刚，2013；韩巍，2014）；四是围绕“管理学在中国”主题主线探讨管理学研究的国际普适性指向与中国理论实践本土化需求之间的矛盾和冲突问题，自《管理学报》以“特约评论员”名义先于2007年第5期刊发《试问管理学：“管理学在中国”刍议》，从名词术语与研究经费两个侧面讨论了中国管理学界的生态状况及困境，时隔5年又于2013年第4期刊发《再问管理学：“管理学在中国”质疑》，又对管理学3个视角（场域、属性、路径）及两个主体视角（使命、品质）做了反思，引发了学界就这一话题的热烈回应①，在这样一系列争鸣讨论中，除了大部分学者围绕怎么直面中国管理实践情境需要发展“中国管理的理论”，一些学者试图基于国学文化传统，发展出可为世界管理作出自己独特贡献的“中国的管理理论”，甚至有学者设想构建“东方管理学”或“中国管理（哲）学”（吕力，2009b；丁栋虹，2010；郭毅，2010a，2010b；陈春花，2010；陈春花、刘祯，2011；段明明，2011；韩巍，2011b；韩巍，2014；金占明等，2014；戴国斌，2010；梁巧转等，2013；李德昌、张守逢，2012；苏勇、于保平，2009；成中英、吕力，2012；成中英，2014；黄国光，2013；刘人怀、姚作为，2013；韩巍、席酉民，2009，2012）；五是借鉴系统论、管理哲学、社会学乃至循证医学等思想方法重新架构管理学科体系，在探索具体普适性的“管理学”或“一般管理学”原理基础上，进一步拓展管理学研究多元化范式及理论空间，例如扎根理论、案例研究方法等（顾基发、高飞，1998；齐善鸿、肖华，2013；林海芬、苏敬勤，2013；张钢、岑杰、吕洁，2013；李鹏飞等，2014；郑湛等，2015；张笑峰、席酉民、张晓军，2015；Nicolaj Siggelkow，2008；Deborah Dougherty、苏筠、郑英建，参见陈晓萍、徐淑英、樊景立，2012；陈春花、刘祯，2010；苏敬勤、李召敏，2011；苏敬勤、刘静，2013a，2013b；张建琦等，2015）。

统而观之，新世纪之交中国学者围绕“管理学在中国”话题展开的一系列讨论，其实是一个“全球性”的历史话题，或者说是一个只有在“大历史”和“大逻辑”语境下，才说得清楚的中国管理学科建设及方法论问题。如果仅仅局限于学科内就事论事地看问题，而不以“大历史观”去映照关于人类社会行为乃至现代组织行为的哲学观念和学术探索所走过的一个“否定之否定”逻辑演化历程，我们就无法认清“人类理性”心路历程之全貌，也无从理解作为管理学“思想来源”“精神食粮”或“人文基础”的心理学、社会学及经济学，当初是怎么走过以及走过了一个什么“科学化”路径，从而完成各自“学科合法化”运动的。更为尴尬的是，以此为“路径依赖”，在半个世纪后欧美管理学界做了种种努力尚且争论不休，以及在半个世纪后的今天中国管理学界同人仍然感到困惑不已的一系列学科建设及研究方法论问题，其实不少都是当年这些“兄弟学科”早就遭遇并热烈讨论过甚至已经有了明确答案的。反过来说，我们认为，只有将此“大历史”背景下的“大逻辑”问题搞清楚以后，再看今天的“管理学在中国”话题，其中许多问题应该就会变得一目了然。为此，本文试图基于一个宏观史论视域框架，对近十年来中国管理学科建设及研究方法论相关的讨论问题，做一个全面系统扫描梳理及整合性评论，旨在为中国管理学危机的历史路径、现实困境及未来出路给出一个“自圆其说”的启发性解读，希望以此抛砖引玉而将相关讨论引向深入。

二 “大历史—大逻辑—大跨越”：一个透析中国管理学研究方法论问题的宏观视域框架

首先我们给出“大历史—大逻辑—大跨越”宏观视域框架（见表1）。基于“大历史”观，以文艺复兴（1450—1600）特别是工业革命为标志，可以将人类文明史划分为以传统农业经济文明为标志的“前现代社会”（Premodern Society），以社会化分工、机器大规模生产体系和工业物质文明为标志的“现代社会”（Modern Society），以及自20世纪中叶以来欧美发达国家已经带头步入的“后现代社会”（Postmodern Society）三大历史阶段[②]。与此相对应，人们关于社会、群体及组织行为的哲学观念和学术探索，也大致走过了一个“否定之否定”的演化历程：从以经验观察为主的“前现代主义”（Premodernism），上升到以逻辑实证（Logico-Empirical）为主导的“现代主义”（Modernism），最后再发展为多元范式跨学科整合研究的“后现代主义”（Postmodernism）。基于此框架，我们可以在“大历史”跨度下审视中西文化“大逻辑”上的反差，并聚焦回应欧美管理学的“现代化转型”及其在中国转型期“大跨越”实践背景下的特殊表现形态，由此清晰把握有关中国管理学研究方法论问题演化的特殊缘起、脉络及走势。

关于人类理性认知层面的“现代主义”，实际上具体涉及三个相互联系的“主义”：一是认识论意义上的“理性主义”（Rationalism），认为理性是人类知识的主要和可靠来源，人们认知事物时，往往首先本能地掌握一些基本原则（如几何法则），进而依据推理获得其他知识，通过论点与具有说服力的论据发现真理，通过符合逻辑推理而非表象获得结论及行为准则；二是方法论意义上的“实证主义”（Positivism），包括19世纪欧洲复兴背景下以孔德为代表的老实证主义，以及20世纪盛极一时的逻辑实证主义（新实证主义），其基本指向是排斥形而上学传统，强调感觉经验，倡导从自然科学中寻找思想资源，主张通过类似于自然科学客观、中立的实验观察法，对现实世界或社会事实普遍存在、带规律性的因果关系，进行“经验/实证研究”（Empirical/Positivist Research）；三是“科学主义”（Scientism），即在本体论（世界观）、认识论上存在一种极端意识形态倾向，认定真正的科学知识只有一种即自然科学，将自然科学看作高于一切其他知识诠释的权威知识体系，而在方法论上将自然科学方法或者自然科学所认证的范畴分类和事物，看作任何研究的唯一恰当元素或方法，认定只有自然科学方法才能富有成效地用来获取知识，并将它引入包括人文学科和社会科学在内的一切研究领域。总之，在人类理性“现代化转型”的历史过程中，从理性主义到批判理性主义，从实证主义到证伪主义，从科学主义到反科学主义，从现代主义转变到后现代主义，其间在学术意识形态上有过非常复杂乃至纷纷扰扰的认识论与方法论争辩。

表 1　　宏观视域框架：中西历史文化与管理学演化落差及阶段性特征总览

<table>
<tr><th colspan="2">大历史</th><th colspan="2">大逻辑</th><th colspan="2">大跨越</th></tr>
<tr><th>世界史</th><th>中国史</th><th>西学</th><th>国学</th><th>现代组织管理学</th><th>中国管理学研究</th></tr>
<tr><td>前现代社会
（1450 年前）</td><td rowspan="3">前现代社会
（明清商业革命前）
小手工业化
小商品市场化
小城镇化</td><td>前现代主义
（Premodernism）</td><td rowspan="3">传统国学
孔孟儒学
宋明理学
考据史学
科举道学</td><td rowspan="2">管理哲学
19 世纪与
20 世纪之交
管理哲理经验总结</td><td rowspan="3">传统人治理学
民本治理思想
官本位统治术
人际和合理论
大同社会理想</td></tr>
<tr><td rowspan="3">现代社会
（1450—1960 年）
工业化
市场化
城镇化</td><td rowspan="3">现代主义
（Modernism）
心理学实证科学化
社会学实证科学化
经济学实证科学化</td></tr>
<tr><td rowspan="3">管理科学化
20 世纪中叶以实证主义为指向的管理学科合法化运动</td></tr>
<tr><td rowspan="3">现代化转型
（1840 年以来）
工业化发展
市场化改革
城镇化变迁
+
后现代化浪潮冲击</td><td rowspan="3">西学东渐
自然科学转译传播
人文社科著作翻译
数理化文史哲教育
大学专业科系建设
西方心理学、社会学、经济学及管理学的学习借鉴</td><td rowspan="3">引进西方管理学
泰勒科学管理思想
运筹学及管理工程
劳动经济学、组织行为学与劳动人事及组织管理
宏观经济与管理学习借鉴应用</td></tr>
<tr><td rowspan="2">后现代社会
（1960 年以来）
后工业化
经济全球化
城乡一体化
网络数字化</td><td rowspan="2">后现代主义
（Postmodernism）
演化心理学
社会学多元化范式
新古典主义方法论
反思和批判</td></tr>
<tr><td>管理学丛林
科学化主流主导
适用性需求压力
研究范式多元化
学科方法论之争
未来管理学走势</td></tr>
<tr><td colspan="2">中西历史落差
中国工商企业等组织管理实践不仅遭遇后现代“外三化”即数字化、全球化、绿色化的巨大压力和挑战，而且面临中国现代化“内三化”即工业化、城镇化和市场化的本土特殊情境困扰</td><td colspan="2">中西文化反差
沿袭新教伦理、科学主义和人文主义传统形成的“科学革命”和“人本主义”西洋文化与沿袭儒家学说、官本位大一统民本思想传统形成的“经验主义”和“天下主义”东方文化遭遇“跨（民族国家）文化”冲突</td><td colspan="2">转型期中国管理学多重困境
中西大的文化反差、历史落差折射在转型期中国“时空聚变”型组织管理现实情境中带来的中国管理学在问题导向、研究范式、技术方法和学术生态等层面出现一系列相互勾连的矛盾、冲突和问题</td></tr>
</table>

在“大历史—大逻辑”的框架下审视，现代管理学研究作为大工业化的产物，经历了一个与其他社会科学研究“否定之否定”类似的发展态势。传统上，管理实践者基于经验的提炼和总结，形成一整套关于计划、决策、领导、组织和控制等管理职能及其操作流程和方法的一般性原则，以诠释并指导工业组织（企业）运营管理具体实践。但是，相对于心理学、社会学、经济学等其他社会科学，管理学的“科学化运动”，以及作为一门独立学科广泛传播，在“时间尺度”上要晚得多。虽然，早在 18 世纪末，英国“工业革命”所开创的工业化新时代，大规模、高密度、商业性和社会化的“工业组织”（企业），形成了对“管理（学）”前所未有的特殊需求，由此激发了像罗伯特·欧文（Robert Owen）那样一大批工业（企业）管理专家及管理教育先驱辈出。但是，直到 20 世纪之交乃至 20 世纪前半叶，无论是“科学管理”鼻祖泰勒，还是行政管理学派代表人物法

约尔，最初都主要是基于个人实践经验、主观体验或特定实验，总结、提炼而形成了一整套关于工厂管理或行政组织管理的基本职能、操作惯例、工作流程和原则性方法，并将之导入大学商学院职业化商业管理教育中，管理学才由此逐渐传播开来。20 世纪中叶，欧美等西方发达国家纷纷完成工业化，每一个社会成员都被普遍地“扭结”在高度发达市场经济网络体系下的特定组织中，同时，以工商企业组织、非营利性组织和政府公共组织多元鼎立为基本格局的现代组织网络体系，逐渐演变成为每一个现代人时时刻刻生存其间、必须直接面对和积极适应的基本生存情景或社会生态环境。在这种时代大背景下，以所有组织行为规律及其运营管理活动为基础及研究对象的“管理学科”，才渐次演化成为各大学、研究机构乃至实业界争相推崇的“显学”。

第一次世界大战之后，企业制度公司化发展中的“两权分离”状况，以及由此而来的“职业经理人”群体及市场的形成，促使了工商经营活动中“管理”职能独立分化，进而对商学院管理职业化教育需求迅速膨胀，管理学作为一门独立职业教育学科或人才培养专业，在欧美各大学商学院中纷纷设立并发展起来。但是，由于主要基于个体化经验总结、现实管理实践情境之错综复杂，以及大量借鉴其他学科成果等原因，管理学关于组织管理实践经验的总结处于一种“大杂烩”状态，并没有形成独立的科学命题、研究领域和研究方法，其在社会科学体系中的“学科合法性”一直是个令人难堪的大问题。直到第二次世界大战期间及之后，大学管理学或商科教育在外部职业化、专业化需求膨胀压力与内部基于所谓“洪堡原则”③独立生存需要双重作用下，特别是借助外部福特及卡耐基基金会的强力资助推动，组织管理学研究作为独立学术共同体协力追求的“专业”或“事业”迅速走向“（实证）科学化”，才最终解决了自身长期以来悬而未决的“学科合法化”问题。其标志性事件有二（吕力，2011c）：一是作为超越于一般管理经验技能而致力于“纯科学”研究的学术共同体先后成立［如 1941 年成立的“美国管理学会”（AOM），1953 年成立的美国“管理科学协会”（IMS）］；二是管理学术期刊创办，先后创刊的权威期刊有美国管理学会会刊《管理学刊》（*AMJ*，1958）、管理科学协会会刊《管理科学》（*MS*，1954）、《管理科学季刊》（*ASQ*，1956）及《管理研究期刊》（*JMS*，1964）等。从此，管理学经由“学科合法化”运动，以“（实证）科学化”为主流诉求目标，走进大学的“象牙塔”，逐渐成为一门由少数专业精英人士按照“基于文献综述提出假设→调整并设计构念模型→收集量表问卷数据→做相关及回归统计分析→验证并修正变量关系”固化模式进行量化经验实证研究的“纯科学”。与此同时，在长期“科学合法化运动”中，“管理科学家”们追求研究方法的“缜密性”（Rigor），与研究成果的“适用性”（Relevance）之悖论，亦达到了前所未有的矛盾冲突而亟须综合平衡的状态。

其实，对于相信并坚守“科学原教旨主义”研究范式的“管理科学家”所陷之两难尴尬困境，早在 50 多年前就有学者（Grambsch，1960）明确指出：“尽管所谓的管理科学家大量涌现，发表于学术期刊的研究论文也层出不穷，但一个统一的、具有内在一致性和密切相关性的‘管理科学’的产生似乎仍然遥不可及。”（高良谋、高静美，2011）对此，20 世纪 70 年代欧美管理学术团体、期刊（如 *ASQ*、*OS*、*AMJ*、*JMS* 等）和相关学者，也都注意到了并长期争论不休。随着时间的推移，管理学界在研究指向上渐次一分为二：一方做“象牙塔”式理论研究的学院派，另一方是深入管理一线直面现实问题进行操作职能描述的实践派（Sayles，1970）。21 世纪之交的数十年来，“后工业化”特别是数字互联网时代来临，传统“科学化”主流指向越来越显现出其固有的历史局限性、视界偏狭性和脱离现实倾向性，于是，关于管理学研究的科学化指向与现实针对性悖论，再度成为西方管理学界普遍关注并聚焦讨论的热点问题。在这样的背景下，欧美一流管理学术团体如美国管理学会（AOM，1995，1998）、顶尖学术期刊如《管理学评论》（*AMR*，1998，1999）、《管理科学》（*MS*，1985）、《组织研究》（*OS*，1997）、《管理学刊》（*AMJ*，2001，2002，2007）和《管理科学季刊》（*ASQ*，1982，2007）等，大都陆续以举办论坛、开辟专题并发表系列论文，就管理学科的方法论，包括研究范式多元化、标准化和整合化，研究诉求和指向的科学性与实用性，以及未来管理学科发展的大方向和走势，进行过全面而深入的研讨探索（Frances Hauge Fabian，2011）。

我们认为，基于上述“大历史—大逻辑”框架呈现出来的东西方差异，是当代中国管理学研究要直面回应的最大现实，也是本土学术共同体遭遇思维定势及思想方法困扰的根本原因。从“大历史”跨度来看，在西方文明已经由完成了工业化、城镇化和市场化的现代化进程，而走向后现代数字化、全球化、绿色化的大时代背景下，中国现代化（工业化、城镇化和市场化）转型还在中途并离终点还有漫漫的路程要走。首先，工业化是中国“发展中”经济最显著的特征，多年来中国经济的高速增长主要是依托所谓“中国制造”支撑和推动的，这已成为公认史实；其次，对于中国这样的“三农大国”来说，在“改革开放”大背景下，伴随着快速城镇化这一主旋律，人口与劳动力在空间区域流动配置上，呈现出一种显著的城市集群化并向东部沿海集聚化的大阶梯式布局；最后，市场化是中国社会经济转型的主轴，是锚定中国企业发展方向的基线，也是界定中国企业发展空间、规模和水平的宏观尺度，更是中国企业改革与发展的基本指向、约束环境和外部条件。这可以说是中国管理学研究需要直面并回应的最大现实，也是最具中国特色的本土历史大背景。

在这种“中外大历史、进程大落差”的现实背景下，中国管理学研究（实际上是与整个社会科学，特别是与心理学、社会学及经济学等学科一起），必然在“大逻辑”维度上重复管理学科学化运动踪迹，遭遇西方国家管理学半个世纪前在科学化进程中所面临的问题，而同时又要直面本土化实践需求压力及紧迫挑战。众所周知，中国数千年儒家文化传统中，天然缺乏“科学理性精神”，直到百年前，才在“西学东渐，内忧外患”压力下，开始“废科举、兴学堂”的洋务运动，甚至发生了“五四运动”那样比较激进的文化革命和民族救亡运动。但由于文化历史传统的高度“路径依赖性”和“定势粘滞性”，加上具有高度不确定性的政治文化意识形态因素随机扰动性影响，直到今天，都没能将根植于西方科学理性文化传统的“赛先生”（科学求真精神）真正请进门来。这种“历史文化大落差”，具体折射到中国管理学研究领域，就在“时间尺度”上表现为一种“双重滞后性大落差”：本来西方管理学相对于其他社会科学研究就已经滞后了近百年时间（真正完成“管理学科合法化运动”仅是50年前的事情），21世纪之交，又在本土历史逻辑上，再度附加了“中国现代化转型”的二重滞后（与西方管理学滞后的科学化研究进程相比较，至少又滞后了半个世纪）。这样，无论是在研究主体面临的文化环境约束上，还是研究对象的学科分工定位上，抑或是研究范式抽象层次贯通上，中国管理学研究都既遭受本土传统文化“先天性局限”困扰，又面临紧迫国际化挑战压力而导致的“生存性危机”干扰。由此，我们可以引申出中国管理学研究在“大历史—大逻辑”框架下凸显出来的三重“大跨越问题”：首先，在研究主体文化环境约束上，存在“先天不足，后天扭曲”的科学精神缺失性问题；其次，在研究对象学科分工定位上，遗留“功利算计，兄弟竞争”的学科独立主线迷失问题；最后，在研究范式抽象层次贯通上，由于“形而上下，体用分裂”，如何实现中西管理逻辑有效整合，尚是一个重大难题。本文主体部分，我们拟分别围绕这三大问题，对中国管理学研究面临的困境和挑战，展开深入讨论。

三　科学精神缺失：中国管理学研究“先天不足，后天扭曲”之特殊约束条件

管理学，作为一门人文社会学科，沿袭自然科学研究传统一路走过来，不管遇到多少纷纷扰扰的争论，其“合法化”运动的实质，归根结蒂都是“科学化”，也就是说，要解决按照“科学规范化”要求怎么操守“求真精神”的问题。当下中国管理学研究遭遇的科学化主流困扰，不仅是半个世纪前西方管理学早已遇到且一直困扰至今的老问题，而且是数百年来西方“社会研究科学化运动”的一个自然历史延伸，是与心理学、社会学及经济学等社会科学乃至人文学科一起，遭遇到的一个如何在更为广泛意义上长期可持续保持“科学化求真精神操守”的重大理论问题，大致有两个基本层面的问题需要澄清。

第一个层面，由于本土传统文化先天性缺失根植于西方理性主义文化传统的“（形式）逻辑思维基因”，中国管理学研究在文化环境条件及思维习惯定势上面临亟须克服的柔韧性硬约束。

所谓“科学化”，首先是保证理性认知的逻辑自洽性。所有基于直接经验或间接数据的定量分析，都应该建立在逻辑自洽的定性分析基础上，才有“科学意义”可言，才符合“科学求真”精神，才是真正的“科学化”，否则，很可能是“虚假论证”“非科学的”或“伪科学化”。就社会科学研究所共同聚焦的人类群体组织行为复杂性而言，正如马克思早就指出的那样，虽然可以借用但不可照搬，甚至大多数场合不适合使用自然科学的“实验法”，去进行情境干扰控制，而不得不采用从具体到抽象再从抽象回复到具体的“抽象法”，即先直面现实具体情境寻找最具典型代表性的“普通现象”作为研究出发点，然后按照逻辑层次，一步步地将情境干扰因素“抽象”剥离掉，在一个相对“纯净”的抽象层次上，构建逻辑自洽的理论框架，并找出相关因果关系，而后，再一层层加进原先被假设抽象掉的具体情境因素，最终回复到现实中，对所研究问题给出相应的理性判断。在方法论上，不懂得沿着逻辑层次“上下贯通”进行抽象分析，也就意味着不懂得“社会科学研究方法”，当然也无从进行“社会科学研究”。但是，这种基于逻辑抽象法的社会科学方法论，在中国本土文化传统中是天然缺失的，在当下中国管理学研究领域很多所谓实证研究，其实犯的大都是这种一般性逻辑层次错乱或归纳演绎失范的常识性错误。

就是说，与其他社会科学研究一样，管理学研究所谓“科学化”，其关键同样不在“方法”而在“方法论”，不在“定量关系”而在“定性逻辑”，在于怎么基于严谨的逻辑归纳和演绎进行定性分析。特别地，“管理科学（化）研究”所要直面的普适性现实情境和基本出发点就是：无论何种组织，包括工商企业、政府及非政府组织，所有组织管理行为在本质上属于非线性复杂系统，在结构性质上属于一种耗散结构，组织成员个人的主观动机、诉求目标及行为倾向，相互间经过多重复杂的非线性耦合，形成一种特定社会群体性的组织行为，包括战略定位、规划目标及凝聚力或核心竞争力，其间在“理论”上是有上下高低不同逻辑层次的。因此，在研究组织管理问题时，任何一个变量和由变量构成的假设“模型”，以及由不同假设模型及其数据检验解说的“理论”，都是有其特定逻

辑层次的，或者说，在一个逻辑自洽的多层次系统耦合结构中，都可以找到自己的应有位置（廖卉、庄瑗嘉，参见陈晓萍、徐淑英、樊景立，2012）。而且，如果是想沿袭传统科学实证主义套路进行组织管理研究，而研究中又不是采用“实验法”控制情境，而是通过“抽象法”进行“假设检验”，那么一定要保证所研究对象或用来验证假设的变量及其调查数据，是排除掉了其他因素干扰而在“纯净”的状态下得到的，其验证结果和结论是由此逻辑（层次）按照“形式逻辑法则”自洽地推论出来的。遗憾的是，在我们不少管理学研究中，大量的经验实证研究问题，多数情况下都出在理论实证层面的“自洽逻辑”模型构建环节，不是“控制变量”选择有问题，就是“控制变量”根本没有起到控制作用，或者所采集数据，由于样本缺乏或根本没有代表性，加上“理论”构念→变量→指标层层技术偏误性落差，以及非线性复杂系统对初始条件高度敏感性导致的随机扰动性误差，往往无法理性把控和预料，这种定量实证研究只是在形式上披了“科学化程式”外衣，实质却丢弃了“求真”（实事求是）的科学精神。

总之，由于中国文化天然缺乏西方传统理性文化基因，特别是自“文艺复兴”启蒙而生发演化出来的“科学理性精神”，中国管理学界很多学者不熟悉实证研究模型构建范式、科学研究规范程式和统计工具应用技术，一些学者虽然熟悉“管理工程和技术”，但在基本文化素养及精神修炼层面仍然缺失真正“求真”的科学研究专业训练，不少年轻学人更是仅仅将在形式上机械套用数学模型、结构方程和定量方法作为快速进入“科学殿堂”的捷径，而在研究心态、理论素养和认知方法论上并没有真正进入到本应有的“求真务实”科学研究状态。

第二个层面，在近年来中国管理学研究快速国际化运动中，本来就滞后近百年同时又遭遇更加直接、复杂而严峻的“现实针对性”挑战的许多西方管理科学家，不直接面对后现代转型大时代背景下“轰轰烈烈”的管理实践活动，而是基于自身狭隘既得利益、钻在“象牙塔”中自娱自乐而导致的“科学精神污染”，又近距离直接破坏了一些中国管理学者本就缺失的科学理性求真精神，二者相激相荡，最终畸变为一种复合型“科学精神污染性缺失症”。

应该承认，基于“洪堡原则”形成相对独立自主自由的科学共同体，对于科学研究的“求真精神”可持续性操守，无论从哪个角度说都具有重大意义，特别是对于我们这样缺乏“科学精神”文化基因和制度保障的环境条件来说，更是如此。而且，管理学研究与其他社会科学及自然科学研究一样，在西方欧美社会往往是有严格学术专业化分工的，各学科流派乃至研究者个人之间彼此接续协力形成一种学术社会生态系统，要求或框定任何一项研究及其成果，都需有其特定逻辑起点、理论源头、学术传承节点及阶段性贡献。在学术传统之外，不可能有人孤立从事所谓无中生有的“原创性研究”，如果有人声称自己提出了一个“独一无二”的创新点（变量、模型或理论），却说不清楚自己与他人既有成果之间的逻辑关系，或者根本就不知道自己是在哪（几）个逻辑层次上构建了其独特“理论模型”，那么可以判断其所谓学术创新，一定是“非真实”“虚假”或“不可证伪”的，很大程度上可以说是某种“无厘头”。但与此同时也应该注意到，具有“科学求真精神追求”的科学家也是人，也是有利益诉求的“经济人”，在科学研究中或直接或间接、或多或少都有自己的既得利益动机参杂其中，如果没有特别制度安排制衡的话，也会自我衍生成一种与其他社会群体无异的既得利益集团，这种利益集团的存在和膨胀必然对管理学研究“科学性（或科学化）”本身造成一种“精神污染”，而且遗憾的是，这种

"科学性精神污染"确实早已存在于欧美管理学界，并有愈演愈烈且直接快速"污染"到中国管理学研究的势头。

20世纪中叶以来的数十年间，欧美"管理科学共同体"的独立主流学术活动大致情形是：在大学商学院或管理学院的"象牙塔"中，一些远离管理实践前沿，而且根本不把管理实践问题当回事儿，但经受过专业量化管理方法技术训练的"管理科学家"们，按照类似于自然科学研究的"科学模式"，专门致力于组织管理领域中变量类型归并、变量关系辨识及其理论构念模型的假设检验工作，他们关注的焦点问题仅仅是，从"自变量"到"因变量"之间，在不关心但需要排除其影响的前置变量即"控制变量"给定不变的情况下，怎么做细微的量化实证检验。如此这般的"管理科学研究"，要能够如愿以偿地得到想要的"科学结论"，在实际操作层面上显然会遇到一系列难以克服的技术性障碍（罗胜强、姜嬿，参见陈晓萍、徐淑英、樊景立，2012）。首先，在研究设计上，不仅要排除、隔离或控制住多个影响效标的"外生变量"（EV），而且要保障最大化自变量对因变量影响的"系统变异"（SV），并最小化由随机波动而导致的"误差变异"（EV）；其次，在变量测度上，要能够保证可操作性的测量指标与理论模型中所定义构念的一致性和对应性，以及影响效标的变量关系真实性，和将结论推广应用到具体情境之外的普适性。如果认为"管理科学实际上就是用抽象的构念把管理现象理论化"，而这里所说的"构念"（Constructs），就是研究者为了研究管理实践中"恒定存在"（Constant Conjunction）的因果关系而发展（主观构造）出来的抽象概念，也就是在理论模型中假设存在的抽象而非具体、潜在而非可直接观察但有清晰而明确定义的变量；但这里的问题是，面对千变万化的非线性、非同质且无法实验控制的复杂组织系统，不同研究者模型假设中的理论"构念"或"变量"设置往往具有主观多样性，而且，关于调查对象、样本选择代表性、心理测量问卷设计和数据采集方式方法等任何一个环节的扰动性变化，都会在技术上直接影响到假设检验实证研究结论的效度和信度。在这样的情形下，"管理科学"能否像物理学那样使用大家公认的一组构念（如重力、温度、电磁场、速率、压强等），通过实验控制去发展出一整套恒定不变的力学原理，由此依样画葫芦地借助"组织承诺""组织认同""组织支持感""工作满意度"和"领导—成员交换"等几个公认的理论构念，最终能够发展出描述所有组织管理实践中有限几条因果关系链的普适性原理来，这是值得怀疑的。由于组织系统及其现实动态运行的非线性、随机性和复杂性，使一切试图通过构建几个有限变量线性相关耦合而成的所谓"理论模型"，以及基于"方便调查"得来的主观心理测量数据在统计学上进行"假设检验"，去获得具有现实指导意义的"科学结论"之努力，都成为类似于"小儿科游戏"或"开玩笑"的事情[④]。

正如爱因斯坦所言，"关心人本身必须实质成为一切技术努力的目标，要关心如何组织人的劳动和商品分配，从而保证我们的科学思维对于人类是福祉而非诅咒"（Clark，1984，转引自陈晓萍、徐淑英、樊景立，2012）。更何况是本着属于一门实践学科、更具有"人文艺术"属性的管理学，其无论如何"科学化"，都不能忘记复杂组织实践的召唤，忘记其来源于管理实践又服务于管理实践的终极目标。长期以来，西方主流管理科学化运动的一个基本指向就是，追求管理研究方法的"科学技术化"，即严格采用类似于实验室控制情境和统计数据假设检验的"（自然）科学研究"范式，并借助统计技术及软件进行定量分析，但所研究问题不是直面现实管理情境，而多是"闭门造车"臆想构建出来的，如此这般的"科学研究"必然陷入一种"为方法而方法""就技术论技术"的狭隘思维模式中不能自拔。受其影响，不少管理学研究者为了某种急功近利目标，故意将大课题分解为小课题，避免系统整合相关研究成果，而将注意力和兴奋点聚焦在狭隘技术细节上，去追逐极端化微小细分甚至无关紧要乃至“无中生有”的小论题，并在论文写作和发表策略上“不择手段”；更为不堪的是，一些学者不惜采取“有选择性地报告结果”“减少观察值以改进统计结果”“未经授权下使用他人观点或数据”乃至“篡改、伪造和剽窃”等缺乏科学伦理操守的不当研究做法，最终导致管理学术研究低水平重复、同质化孳生等严重“科学精神污染”现象（徐淑英，2015）。

“改革开放”以来，伴随“现代化进程”急速加快，中国大学及科研机构以管理学为开路先锋的社会科学研究，更加快速并近距离与国际接轨，以至于是否国际化以及国际化程度（频度、广度及深度），成为各大学、科研机构政绩考核评估的关键指标。例如，在欧美高端“顶尖”期刊发表论文的数量，成为国内一流顶尖大学及科研机构衡量这种国际化程度的最具标志性、权重威力最大的绩效评估指标，加上我们本土文化原本就存在的强烈功利性驱动导向，这样，与近年来徐淑英所说的“数豆子”式西洋时髦，机缘巧合或不谋而合，导致当下中国管理学研究在“科学化精神污染”方面，呈现一种“人打喷嚏我咳嗽”的奇怪景象。归纳起来，其具体表现大致有三。

一是忽视学术传统脉络梳理，不求甚解盲目赶超前沿。一些学者没有融入欧美学者前沿管理学研究学术共同体范式语境，搞不清人家所研究的“前沿”或“热点”学术问题，所要回应的现实情境问题是什么，也从没有走进过百年来西方管理学术传统，弄不明白这种传统中各家各派由于学术视角、侧重点和分工节点差异，所持观点之间的传承关系、历史逻辑及学理脉络；而仅仅通过“关键词搜索”看几篇最新发表的论文，抓住几个“时髦术语”，就想当然地以为自己抓住了“具有重要理论和现实意义”的前沿课题，结果闹出很多看似时髦而实则丑态百出的笑话。例如，2000 年前后，所谓“学习型组织”（Learning Organizations），曾一度成为中国管理学界乃至社会各界最热的流行语，一些中国学者根本搞不清楚美国学者彼得·圣吉（Peter M. Senge）、日本学者野中郁次郎（Ikujiro Nonaka）等人关于“组织学习”（Organizational Learning）理论所要回应的现实情境问题（即在数字互联网全球化时代，工商企业、政府及非政府组织面对“前所未有之变局”情况下，遭遇日益紧迫的创新学习型变革压力和挑战），而仅仅抓住人家学术畅销书《第五项修炼：学习型组织的艺术和实务》中的“时髦术语”，鹦鹉学舌般演绎出所谓“学习型企业”“学习型社会”“学习型社区”“学习型军队”，乃至“学习型学校”等没完没了的流行语、时髦词，作为所谓前沿热点学术问题大书特书，炮制出连篇累牍近乎垃圾一样的所谓“前沿学术成果”，就是一个典型范例。

二是远离中国现实管理情境，追逐象牙塔式构念。一些学者特别是不少青年学者，不是直面现实，从亟须回应的中国现实情境问题出发，放着身边“转型期发展中大国”涉及组织变革、运营与发展等一系列重大现实性理论问题（诸如企业家精神与中国企业可持续发展问题、企业人力资本产权变革及股权激励问题等）于不顾，也不是试图用简单经典的理论模型去解析一系列复杂、普遍的重大现实问题，不注重运用简便易行的“科学方法”去解析并解决复杂困惑的现实管理难题，而是反其道而行之，津津乐道于用谁也听不懂的晦涩专业术语、复杂数理模型和高精尖定量技术，去解释简单得不能再简单的常识性关系。应该承认，诸如“在其他条件不变的情况下脸蛋漂亮度与寻求工作概率是正相关或负相关”也确实属于学术问题，但不是发展中大国迫切需要解决的重大管理实践问题，而是发达国家学者有闲暇、心境和条件在“茶余饭后”凭借自己兴趣爱好研究的学术问题，这样的学术问题大可以研究，但归根结蒂，任何学术理论最终目的都是回应现实问题，特别是历史传承下来的经典理论，无不是紧紧把握时代脉搏、直面并回应当时重大现实情境问题而发展来的，对于中国学者来说，搞管理科学化研究，特别是在没有搞清楚中西现实管理情境的“跨文化差异”情况下，就采取“形式（或术语）拿来主义”的做法去追逐各种急功近利的“学术政绩工程”，必然会失去原初科学求真精神和科学研究本真意义。

三是经验定量研究缺乏定性分析逻辑基础，不可靠乃至虚假经验数据遮蔽扭曲学术思想。仅就中国管理学研究的“科学技术”问题而言，一些学者往往在基本逻辑层次不清楚、缺乏逻辑自洽的定性分析情况下，就直接进入变量构念及其模型假设，并根据不知其样本选择代表性的问卷调查数据，进行定量统计假设检验，就这样一批又一批大规模如法炮制出不计其数不知从何说起的所谓创新成果；而相当多针对特殊群体（如男性或女性、制造业或服务业、核心员工或管理人员）的定量实证性研究成果，所构建的“变量假设模型”都大同小异或根本没有任何差别，仅仅是因为在这个群体里以“方便抽样”（其实就是“随便”而非“随机”抽样，甚至连群体同构性要求都不顾及，随便在街头、宿舍或培训班上找些人填写问卷）得到了些可以用现成软件自动生成的“统计变量数据”，由此就得出“科学结论”说，这就是某某群体的某变量通过某中介或调节变量在某控制变量下导致某因变量，于是，事先不知哪儿跟哪儿的“假设”得到了统计软件“检验”。在这种“形式拿来主义”误导下，很多初学者在管理学研究中误以为，所谓“构念”就是不管逻辑层次地主观随意构造出一些诸如“××满意度”“××效能”或“××行为”等变量，再画几个简单框图和箭头指示一下它们的关系，按照常识大概假设它们之间是正相关或负相关的，然后根据所谓的问卷数据作为其“统计变量”，装进相应的统计软件“自动生成”一系列可以在统计上检验的相关系数，最后总结说，事先随意主观假设的正相关或负相关，哪些通过了检验、哪些没有通过检验，至于连“为什么”都不要（也不能自圆其说）解释就算完事，似乎有些结果解释不通的问题都不属于自己研究范围内的事情，这样，一篇“实证研究”成果或所谓“学位论文”就算圆满完成。如此这般丢失了科学求真精神的所谓“管理学研究”，不仅连一点“科学性”意味都没有，而且简直就是赤裸裸的伪科学。

总之，在“多重历史逻辑大跨越”背景下，中国管理学研究应该且必然走上科学规范化的道路，这是毫无疑问的；但是，由于我们的文化传统中本就缺少科学精神与科学方法，加之欧美管理学研究先行者本身早已存在的“路径依赖性”及“主流垄断性”误导，特别是举国上下大学、科研机构急功近利的“国际化跃进攀比”及“量化数豆子式”绩效评估机制驱动，近年来中国管理学研究科学规范化方面存在某些偏误性倾向，也是显而易见的。最突出的表现在两个方面：一方面，大大忽视了科学理论自身要求的逻辑自洽性，以及实证研究为理论逻辑发展的服务性；另一方面，出现了为研究而研究、为方法而方法、为模型而模型、为定量而定量的倾向，理论研究脱离现实管理实践导向，盲目追求所谓“高精尖”学术成果，甚至一些学者只将其最高研究诉求定为论文在国际学术期刊发表。简言之，这既是科学求真精神缺失的典型表现，也是科学求真精神缺失的必然结果。

四 学科独特定位迷失：中国管理学研究遭遇诸多学科的侵蚀而缺乏凝聚力

在“学科边界”上，除去哲学、数学及工程学对其根深蒂固的传统影响不说，单从社会科学群落生成的历史渊源及演化轨迹来看，管理学正是借鉴了其他社会科学研究方法及成果，加之自身本来就具有更大的包容性、开放性、综合性和实践性，才得以“后发治学”快速发展壮大；而在研究对象学科分工定位上，“组织”乃管理学研究的现实背景和基本单元，“组织行为”是管理理论融合发展、管理实践向外拓展的基本支撑点，同时又是管理学与其他学科的重合处和联结点。也就是说，正是依托于自身“天然”的开放包容性，并广纳和整合其他各个学科关于组织行为的丰富研究成果，基于组织情境及行为的管理学，才得以不断外延拓展而来，而这也成为管理学说史演化的基本状态、格调和走势。但是，管理学作为一门人文社会科学的“后来者”或“次生分支”，心理学、社会学及经济学等“兄弟学科”对其在历史上曾有着长期潜移默化的影响，因此在其与周边学科边界及关系上造成的界限不明、对象不清和研究视角视界错乱，自然也是根深蒂固且随着后现代化转型而愈演愈烈的，这也是管理学时至今日都给人们一种不清不楚“大杂烩”感觉的重要原因。

本来，组织管理就是一个集经济、社会、文化及政治于一身的复杂实践活动，这就决定了管理学研究问题的复杂性，以及研究角度、层面、方法及范式的多重性多样性。而从管理学形成的“大历史”来看，心理学、社会学特别是经济学研究及其成果，确实也都对管理学在“大逻辑”层面上，产生过直接或间接、这样或那样的借鉴性或侵蚀性影响，以至于从根本上动摇了管理学的学科方法独立性根基，进而从源头上严重影响到管理学在社会科学领域的“独立合法性”。事实上，早期管理学的鼻祖，包括“科学管理之父”泰勒和“一般行政管理学派创始人”法约尔，其职业身份都（首先）不是管理学家，而是“实业家”或“工程师”出身；后来，基于“霍桑实验”创建管理学“人际关系学派”的梅奥，以及于20世纪中后期研究组织激励并提出经典理论的著名作家，包括马斯洛、赫茨伯格、弗隆、波特和劳勒等，其专业身份大都是“心理学家”；以官僚组织或政府管理为主要研究对象，并提出相关经典理论的韦伯、西蒙和德鲁克等人，更是“身份复杂”，往往是兼社会学家、政治学家和经济学家于一身，很难分出彼此。只是到了21世纪之交的近数十年来，随着以“科学化”为主流的管理学科合法化运动兴起，这种边界模糊的多元跨学科研究状况才有所改变，但心理学、社会学及经济学对管理学的外延侵蚀性影响，可以说已根深蒂固且积重难返。

从19世纪末开始，社会学、心理学、政治学及经济学等关于人类组织行为的相关研究，从各个方向和领域纷纷趋向“科学化”，终于在20世纪五六十年代与管理学走到了一起，共同集结在“行为科学”的旗帜下，达到了社会科学“现代主义”的鼎盛状态。最早从哲学中脱胎，并在两百多年的社会科学分工演化过程中，沿多元传统和路径衍生出一门独立学科谱系，是“社会学”（Sociology）。社会学专门从宏观层面研究有关社会行为耦合而成的社会阶层、结构和制度等问题，其中，家庭、学校和工厂等组织及组织行为，就是其重要研究议题之一。传统上，心理学以基于人格特质的“个体行为”研究为根据地，后来逐渐拓展到社会心理学关于“群体行为”进而渗透到“组织”层面形成所谓“组织行为学”，从最初关注“组织中的人”之内隐人格特质和外显行为，到后来聚焦关注“人的群体和组织（学习创新）行为”，最终完成了对组织管理学研究领域的“侵蚀”及“合围”。近年来，社会心理学、演化心理学等最新心理学学科，以及当代社会学诸多最新流派逐渐融合，并由此形成的很多相关前沿理论和实证研究成果，如果能得以有机整合在一起，将对研究现代组织中的“社会行为”特征和规律具有重要指引意义。至于政治学，作为一门古老的社会学科，早在古希腊时期，先哲亚里士多德就写有名著，但直到19世纪中叶，才沿着两条路线逐渐由思辨哲学演化为实证科学，一是由卡尔·马克思（Karl Marx）开创的辩证和历史唯物主义路线；二是约翰·斯图亚特·穆勒（John StuartMill）与亚历克西·德·托克维尔（Alexis de Tocqueville）开创的比较分析和经验实证主义路线。而现代西方政治学基本上是沿着后一路线发展下来的，并在整个20世纪经历了以规范和定性分析为主要特征的“制度主义”“行为主义”及“后行为主义政治学”。近年来不仅在传统的“国家政治”层面上，而且在工商企业、非营利性组织等各种“组织政治”层面上，对管理学研究形成了“侵蚀”及“合围”。

从“大历史”背景看，管理学作为工业化时代的产物，正是为了回应市场经济中工商企业组织大规模生产运营的现实管理需要而产生的。因此，在学科演化历史逻辑上，与专注于市场机制研究的经济学，自然有着千丝万缕的联系，并在研究范式及实证分析方法上，直接受其影响。近年来在“后工业化”背景下，一些行为经济学家、实验经济学家和新制度经济学家，基于“后现代主义”理念进行的一系列跨越生物学、心理学、社会学多学科整合性前沿研究成果，诸如关于偏好、效用、理性和激励等个体行为的一系列修正性解释，关于利他主义、人际互助互惠行为、公平与效率，以及经济行为倾向的文化演化规律等，所做的一系列更加贴近现实的相关理论探索，对于管理学研究在方法论视界视域及范式，乃至外延创新性拓展方向和空间上，都形成了深远影响，并具有前瞻性指引意义。

回看改革开放以来我们本土学术生态演化的历史轨迹，中国管理学研究既具有西方管理学发展受到多学科交叉影响的相同性，又呈现出非常明显的自身特点，在社会科学体系中“合法性定位”边界上遭遇的“兄弟竞争”困境，可以说最具“经济技术特色”。具体表现，也大致有三方面。

首先，就当代中国特殊文化情境而言，作为社会科学分支的管理学研究，在“思想方法”上还较多地受传统（政治意识形态）文化因素制约和影响，即便是“改革开放”以来，学习、引进和借鉴西方管理学，也是首先作为一种“工程技术和方法”来推进的，这就形成了具有中国特色的管理学研究“大格局”——具有理工科背景、以研究“管理工程和技术”为主要对象和课题的专家教授，在最初的很长一段时期是主导中国管理学方向，并由国家自然科学基金倾力资助的主流学术研究群体。在这种格局中，关于系统工程、线性规划、投入产出技术、量本利分析、人体工效学等，成为长期占主流并具有主导引领作用的常规课题，致使中国管理学研究在对象和内容上，存在明显的“自然科学及工程技术化”主流导向及特色倾向。

其次，就社会科学视域来看，对中国管理学研究影响最大的是经济学，即基于财经院校及综合性院校经济学背景，管理学有着深厚而显著的“国民经济管理化”及“经济学帝国主义化”取向。在以工业化、市场化和城镇化为主题主线的社会经济转型浪潮中，一些经济学家将研究触角自然而然地延伸到企业运营管理层面，往往成为企业家的“座上客”“顾问”或“导师”，并借助独立董事、咨询顾问等身份，以及商学教育和管理培训等平台，一度将管理学研究近乎笼罩在“经济学帝国主义”的辐射之下，形成一种“大经济，小管理”“经济学泛化，管理学弱化”，乃至大有“经济学遮蔽湮没管理学”的倾向（谭劲松，2006）。例如，长期以来，中国管理学研究出现片面追求狭义定量实证主义“统计假设检验”的形式化倾向，与经济学领域科学实证方法滥用及其误导性影响，在“学术血脉”或“基因传承”上，可以说不无关系。在国内许多经济学研究文献中，往往将“实证”等同于“经验”，凡是采用计量经济学模型的研究都被称为“实证研究”。近十多年来，以计量经济学模型方法为代表的经验实证，已经成为中国经济学理论研究和实际经济分析的主流方法，而即便是在经济学经验实证研究（主要包括计量经济学应用研究）中，问题和错误也大量存在，究其原因，计量经济学模型缺乏应有的方法论哲学基础，使得相关研究陷入“自欺欺人”和“自娱自乐”的境地（李子奈、齐良书，2010）。由于经济学对管理学研究的影响，这些在经济学研究中出现的问题和错误，在我们的管理学研究中，也大量而普遍地出现。

最后，中国管理学研究在课题对象及内容导向上的显著“经济特色”，除了受“发展中大国”的现实胁迫和“经济学帝国主义”侵蚀而外，可能还深受本土“唯物功利主义”传统文化潜移默化的强烈影响。据徐淑英和她的同事（Tsui and Jia，2013）对1985—2012年发表在欧美六大领先管理学期刊（*AMJ*、*ASQ*、*JAP*、*JIBS*、*OrgSci* 和 *SMJ*）上包括中国样本的312篇论文，2005—2012年在 *MOR* 上发表的134篇中国管理研究论文，以及1983—2012年在三大管理学领先期刊上发表的2388篇论文所做的统计分析，其结果令人震惊：从组织与个人两个层面来看，侧重“经济影响”研究的比例分别是82%、69%和94%（徐淑英，2015）。也就是说，数十年来中国管理学研究领域，在中外领先期刊上发表的大量“高端顶尖”论文，主要关注的是组织及个人的“经济影响效应”，而非利益相关者的“人性化管理效应”及企业“社会责任”问题。

近十多年来，各个学科聚焦“组织行为”，并将有关研究成果汇集于组织理论与组织管理学领域，中国管理学研究逐渐从宏观到微观，从工商企业组织延伸到政府及非政府组织，从经济学范式走出逐渐延伸到心理学、生态学、社会学、政治学多重跨学科整合研究。关于组织公民行为、企业伦理及社会责任、社会资本及社会企业家、组织学习与变革型领导等诸多跨学科综合性问题，成为众所聚焦关注的前沿热点课题。另外，据龙树洋等人基于1981—2010年中国十大管理学权威期刊发表的5647篇论文统计分析，结果显示：随着研究方法从非实证性、一般讨论性研究，向科学化、专业化、精细化及多元化研究拓展，中国管理学研究从最初较单一地偏重关注企业战略及产业发展相关问题，相关研究主题逐渐延伸到微观组织行为及人力资源管理领域（龙树洋、贾良定、薛亚华，2011）。与此同时，在研究方法科学化、专业化和精细化的过程中，同样受到心理学等学科在研究范式方法等诸方面的侵蚀性和误导性影响。中国管理学研究在与其他学科的“跨学科融合”中，自始至终没有形成自己明确的合法性定位，缺乏自身独立命题、公认原理性框架和研究范式，没有引领大家共同聚焦重大现实问题的纲领性研究主题主线，进而由此导致了课题申报中抢占地盘式“兄弟竞争”，基于政绩利得算计而使相关研究者心存芥蒂相互倾轧，以及真正相互促进并能够协力合作的管理学学术共同体难以形成等问题越来越突出。

大家有目共睹，由于上述“工程技术性侵扰”“经济学帝国主义化”及其诸多学科交叉影响等因素，关于学科定位不清、缺乏公认独立命题及研究范式不统一，进而导致管理研究学术共同体难以形成的问题，其中一个最显而易见、非常不利于管理学科整合发展的表现就是，多年来中国管理学研究一直横跨“自然科学（基金）”与“社会（基金）”两大分支，并形成难以逾越而且愈演愈烈的巨大鸿沟：前者主要以理工科院校及科研机构为背景的学者为主体，研究领域以“管理工程与技术”为主阵地，兼有心理学及组织行为学；后者主要以财经院校及综合院校财经专业队伍为主体，研究主题在微观层面主要聚焦“工商企业管理”，在公共领域就是“宏观（经济）管理”，同时涉及战略管理、组织行为与人力资源管理等专题。这二者形成一种独特的二元发展格局，他们在学术队伍上是相互分裂不搭界的，在研究范式上是彼此无法“沟通”和“对话”的，在课题资助权重上是前重后轻、严重不平衡的，在选题上多有重叠、相互重复。另外一个突出的例子就是，21 世纪之交，沿袭 20 世纪六七十年代回应现实问题而形成的“激励理论”与“战略管理”两大管理学研究成果，基于“以人为本，战略性激励”核心理念及精要意义发展起来的现代人力资源管理学及其成果（李宝元，2002），也早已被介绍到国内，并成为中国管理学研究的重要领域和聚焦热点。但是由于受传统劳动经济学、心理学及组织行为学的强大惯性侵扰，时至今日人力资源管理领域的相关研究，还是“东一榔头西一棒子”地借用经济学及心理学研究范式、命题及术语，没能形成自己独立的管理学研究范式及专业命题。这种情况，对于中国管理学的“学科合法化”，以及中国管理学的“整合可持续发展”来说，其负面影响显然是致命的。

五　两难学习悖论：百年来“西学东渐”给中国管理学研究带来的“体用之争”困扰

在研究范式抽象层次贯通上，由于中西“跨文化”冲突，以及作为“具有悠久历史的发展中大国”在现代化转型过程中的“反差性”视域局限，中国管理学研究与其他社会科学领域一样，也始终走不出“形而上下，体用分裂”的困局，如何逻辑自洽地“上下贯通”，实现中西管理逻辑有效整合，始终是一个很大的难题。在百年来“西学东渐”大历史背景下，中国学者自始至终存在着一种魂牵梦绕、剪不断理还乱的两难学习悖论，这就是“体用之争”。管理学作为一个引入中国本土直面回应处于特殊转型期各类组织管理实践需要的“西洋舶来品”，其遭遇到“理论普适科学化”与“本土实践针对性”的矛盾、冲突及困惑，与百余年来“西学东渐”过程中的“体用之争”，有着“历史与逻辑相统一”意义上的错综关系及繁复勾连。本来，无论东学还是西学，只要是“学”（学理、学说、学科、学派），都是从“形而下”的具体事物出发，以（学以致）“用”（认识问题、解决问题）为诉求，通过“形而上”抽象，剥去表象看本质，在比较“纯净”的逻辑层面上构建“理论（模型）”（体），而后从抽象再回复到具体，去“学以致用”。在这个意义上，中西学“体用问题”，其实就是在“从具体（用）到抽象（体）、从抽象（体）到具体（用）”之归纳演绎逻辑层次上，怎么“上下贯通”的问题，而中西学的“体用之争”，无论主张“中学为体，西学为用”，还是认为“西学为体，中学为用”，其实犯的都是逻辑学意义上，不同逻辑层次“上下分裂”的常识性错误。这样两种说法，都无疑等于说，某“学”（学理、学说、学科、学派）只抽象归纳不具体演绎，而某“学”（学理、学说、学科、学派）则具体演绎而不抽象归纳。事实上，这两种情况都不是真“学”——只懂得抽象归纳或只会具体演绎，是没有办法做“学问”的，更不会形成什么完整学理、学说、学科或学派了。但是，由于文化意识形态偏见，以及各种视域心智遮蔽，这样的常识性谬误，确实历史而真切地发生了，而且至今仍然是诸多学者，特别是中国管理研究领域的学者之“逻辑困局”，为此，我们必须专门深入且有针对性地推论并细致地条分缕析一下。大致说来，关于中西文化关系的种种解析、说辞或观点，在“本体论（体）—方法论（用）”耦合的认识论“大逻辑”上，无外有“体用合一”（逻辑自洽）和“体用分裂”（逻辑悖论）两种情况，而后者又分为“中学为体，西学为用”和“西学为体，中学为用”两种情形。由此折射到“管理学在中国”问题上来审视，各种纷纷扰扰的论点及其来龙去脉，我们或许就会看得清清楚楚。

基于“体用合一”理念，中西文化属于“一体两面，二律背反，辩证统一”的关系。由此来看管理学，自然也就有“平分秋色”的中西之分——欧美学者基于西方特色组织管理实践，按照“科学主义”认识论及方法论，发明出所谓“西方管理学”；我国学者就基于中国特色的社会管理实践，按照“非科学主义”认识论和方法论，发展出来一个与之对应的“中国管理学”⑤。从相关文献来看，沿此思路构建的“中国/东方管理学”，关于中西文化“体用合一”关系的解说，其实又有微妙的差异，其典型代表性观点归纳起来大致有三：一是沿着“社会心理学本土化”指向，乃至上升到构建整个“社会科学本土化”及“自主社会科学传统”的高度，提出沿袭西方文化互为体用逻辑重新诠释前现代中式“阴/阳”传统思维，以便构建一种具有后现代智慧的“中国管理学”（黄国光，参见陈晓萍、徐淑英、樊景立，2012；黄国光，2013）；二是从对应于“管理科学”并作为其“生命源”“批判者”及“监理者”之“管理哲学”层面，针对基于“经济”的西方管理哲学，特别提出构建一套以“伦理”为基石的“中国管理哲学”体系（成中英、吕力，2012；成中英，2014；成中英，2006；李平，2013；李鑫，2013；吕力，2013；韩巍，2014）；三是全方位运用中国传统文化中的“以人为本”“阴阳五行”“和合与道”等传统文化基因，并试图萃取儒释道法各派思想精髓，经过长期研究积累，形成一种具有中国特色又有全球视野的“东方管理学”（苏东水，2008；彭贺、苏宗伟，2006；彭贺、苏东水，2007；刘人怀、姚作为，2013；席酉民，2002；韩巍、席酉民，2009；韩巍、席酉民，2012；黄如金，2007）。这三派观点，都是基于中西文化“体用合一”观点，将中（东）西文化差异性看作互补性或不可分割的阴阳两面，试图相对于“西方管理学”构建一个“东方（中国）管理学”。所不同的是，一些人更加强调无论中西，其文化本身各自都有一个“体用合一，上下贯通，互为体用”的动态衍生机制，因而认为，倘若当今中国社会科学家特别是管理学家，对于近代西方科学哲学转型发展有相应的了解和深刻理解，能够以之为基础构建本土社会科学的“微世界”，则传统中国式“阴/阳”思维将会变成一种“后现代智慧”；而另一些人则强调，中国传统文化相对于西方基于科学主义传统的管理哲学独具“特色”，因而应该纯粹以“阴/阳”这种“前现代”的思维方式为基础抽象、演绎出具有中国特色的一整套“和谐且和合、全面还系统、完整又完美”的管理理论体系。从逻辑自洽性要求来看，沿着后者思路走下去，很可能误入歧途，到头来事与愿违、适得其反，终会将中国管理学研究导入越陷越深的“逻辑陷阱”。

关于中西文化“体用分裂”情况，以“中学为体，西学为用”最为流行且最具代表性，由于特殊意识形态约束，以及长期闭关锁国形成的狭隘文化偏见，其在中国社会各界特别是管理学界的影响面最大、影响力最为深远，前述中国管理学界被“管理工程与技术”长期主导的情况，就是这种“中学为体，西学为用”意识形态影响力在管理学领域的具体体现和现实结果。在思想方法及学术研究上，这种强调“国情特色”而拒斥“普适文化”的学习心态，以及将西方文明断章取义、只学皮毛形式而不究其实质精神内容的思想方法，其实只不过是由于特定思维定势遮蔽心智，造成缺乏基本历史哲学思想底蕴、科学逻辑思维能力，因而具有很大误导性的一种意识形态偏见，其本身就是一个有些诡异魔幻的思维定势陷阱[⑥]——例如，上述看似主张“体用合一”的所谓“中国管理学”“中国管理哲学”及“东方管理学”等观点，往往受此思维定势影响，一不小心都会掉入此逻辑（悖论）陷阱。近年来，在管理学研究领域，不少中国学者特别是青年学者，甚至留学回来的海归学者，不注意、不看重或有意无意忽视对西方文化精髓及精神文明的潜心继承，特别是对西方社会“软文化”土壤环境的深入考察，尤其是对西方管理哲学思想的传承学习，而仅仅在“管理工程与技术”层面，将注意力集中在模仿人家先进的管理技术、方法、模型和工具上；尤其是如前所述（黄国光先生所说的那样），由于不了解人家基督教文化基因和科学哲学思想模式，搞不清楚西方社会科学研究的基本预设，更不了解欧美学者当年提倡的“科学实证主义”（Positivism）哲学传统早已转向，依然沿袭早期朴素经验定量“实证方法”追逐所谓“科学化”，以致于走上了一条形似神不似的形式主义研究歧路。这是一种很遗憾可悲的情形，我们在管理学研究中要特别注意避免之。

至于说到与此相反的“西学为体，中学为用”观点，作为一种文化意识形态或学术思想方法，则以在域外，将“汉学”“中国史学”“中国文化”“中国问题”或“中国管理问题”，作为自己学术兴趣、研究领域或专业方向的西方学者（往往被称为“汉学家”或“中国问题专家”）为主体，当然，也包括很少一些走出中国本土而融入西方主流文化，并真正认同西方文明和自由市场精神的华裔学者。虽然“西学东渐”已有百余年历史，但时至今日，在中国本土（大陆或台湾）的学术圈里，持有这类观点的学者自始至终不占主流，甚至可以说是凤毛麟角。就管理学研究领域的情况来看，“西体中用”观点的核心思想及基本倾向是：主张学习借鉴西方管理学的精要意义、关键点及重点，不是如何在形而下器物层面模仿先进技术、模型、工具与方法，而是怎样在形而上精神文化层面通透领会其科学求真精神。西方先进的科学求真精神，不是从天上掉下来的，而是人类长期艰难曲折试错累积探索总结出来的，因此，学习西方社会科学特别是管理学，只有先老老实实学习领会并真正导入科学求真精神，再回过头来在策略、方法及技巧层面，扬弃借鉴一些中国式博弈功利算计技巧（如麻将围棋游戏、田忌赛马博弈或孙子兵法策略），以及孔子式儒家生存之道（如“己所不欲勿施于人”）或老子式大智若愚智慧（如“无为而治”），这样才能发展出具有普适性应用价值、贯通契合，并回应东西方所有管理实践情境需要的“理论管理学”“一般管理学”或“现代管理学”。

综观我们既往相关管理学研究文献及研究生学位论文，这种真正的“西体中用”研究范式，在严格意义上可以说是不存在的，而是在反向负面的意义上作为“问题”，反倒是大量存在的，更典型、更普遍、更肤浅的具体表现形式大致有三（后两者在前文已经有所述及，这里再强调指出一下）：一是基于西方语境形成的管理学理论框架，生搬硬套地装进所谓中国传统文化的特殊语境故事或习用名词术语，诸如“国学论语”“明清故事”“水煮三国”“大话西游”“戏说水浒”等，来迎合传统国民意识形态大搞“心灵鸡汤式”管理学普及运动；二是对于西方管理主流研究中既有构念、变量模型、问卷量表及数理检验方法，不加改造或稍加改造，仅在技术层面装进一些没有中国真实情境和可信实践经验支撑的样本数据；三是在不了解西方管理研究历史及其学术脉络的情况下，一味盲目追逐所谓“国际一流”或“学术前沿”，机械照搬西方大多基于自由契约精神、法治文化传统和已进入后工业化社会情境及实践需要的管理学术语，诸如“心理契约”“组织公民行为”“员工帮助计划”“企业社会责任”“学习型组织”“变革型领导”，等等，将之等同于先进前沿课题、时尚名词术语，拿来在正处于工业化、市场化和城市化转型期的中国工商企业及各类组织管理实践中，不加分析地到处机械套用。

总之，我们认为，不论是试图建立独立于西方管理学之外的所谓中国/东方管理学，还是简单“拿来主义”式地将西方管理学作为工具来使用，在中国管理学研究和发展中都是不可取的。正确的做法应该是，首先通过认真而系统地学习，真正理解和掌握西方管理理论内在的逻辑体系，同时充分地了解产生这些理论的真实社会情境和管理实践，然后，在考察中国本土具有特色的社会情境和管理实践基础之上，从现象上的不同之处，找到能够同西方管理学理论贯通、与逻辑对接的规律性东西，为整个管理学理论普适性进步作出中国学者自己的贡献。

六　结论：中国管理学研究走出多重历史逻辑困局的总体对策思路

宏而观之，在人类文明已经进入后现代数字全球化绿色发展的大时代背景下，中国现代化的工业化、城镇化特别是市场化改革还在中途，离终点还有漫漫的路程要走。这是中国管理学研究必须要面对且无法回避的最大现实问题与困境。对此，我们在“大历史—大逻辑—大跨越”宏观视域框架下，可以方便地审视当代中国管理学研究所面临的外部压力、现实困境及根本出路：首先，在“大历史”视域下，我们可以看到，目前中国工商企业等组织管理实践，不仅遭遇后现代“外三化”即数字化、全球化、绿色化的巨大压力和挑战，而且面临中国现代化“内三化”即工业化、城镇化和市场化的本土特殊情境困扰；其次，以“大逻辑”审视，我们会清楚地看到中西文化反差突出表现，沿袭新教伦理、科学主义和人文主义传统形成的“科学革命”和“人本主义”西洋文化，与沿袭儒家学说、官本位大一统民本思想传统形成的“经验主义”和“家国天下主义”东方文化，二者相互碰撞、扭结和撕扯而形成“跨文化”冲突；最后，反观当下横向“大跨越”的时代背景，我们看到，多年来中国管理学界争论不休的各种“思想方法”（在管理哲学层面涉及“本体论”“认识论”和“方法论”）问题，归根结蒂，其实质无外是中西大的文化反差、历史落差折射在转型期中国“时空聚变”的组织管理现实情境中，有关管理学研究在问题导向、研究范式、技术方法和学术生态等层面相互勾连而形成的。换句话说，中国学者在管理学领域遭遇的学科定位、合法性、本土化及本土实践适应性的种种矛盾和困惑，其实是数百年来人类文明发展、中西文化合流并发生碰撞的“大历史”背景下，人文社会科学按照自然科学“大逻辑”探寻自身“学科合法化”运动，在时间相对滞后（半个世纪乃至一个世纪）、横向空间多重落差（中西文化传统、意识形态、民族心理、科学理念和思想方法间形成一系列矛盾和冲突）的聚焦反射或映照而已。具体说来，大致有三：一是作为数百年来西方“社会科学化运动”的自然历史延伸，与心理学、社会学、经济学及政治学等社会科学乃至人文学科一起，遭遇到的“科学化求真”精神操守问题；二是作为半个世纪前西方管理学“学科合法化运动”的自然历史逻辑延伸，遭遇到与心理学、社会学及经济学周边“兄弟学科”边界不明、对象不清和研究视角视界错乱问题；三是作为一个近百年来就蹒跚进入，但只是在近几十年“改革开放”新常态中，才真正引入的“西洋舶来品”，长期伴随着内忧外患、落后挨打、自强不息和学习赶超的旧常态中，关于“中西体用”之争，而遭遇到“理论普适科学化”与“本土实践针对性”的矛盾、冲突及困惑。针对这样三个基本问题，我们初步给出几点总括性、方向性及思路性对策建议。首先，在研究主体文化环境约束上，针对“先天不足，后天扭曲”的科学精神缺失性污染问题，我们认为未来中国管理学研究的基本指向和转变策略应该是：要从素养教育及专业训练入手，突破既往只注重方法、技术和模型培训的局限性，将教育重点放在“方法论”层面，至少应该从本科生、研究生管理学专业教育入手，通过开设“形式逻辑”“科学研究方法论”“管理研究方法论”乃至“管理哲学”等课程，下大力气弥补由于自身先天文化中缺失“科学精神”或“科学思维”而导致的管理学研究“科学模式”扭曲误用倾向；与此同时，积极跟进并顺应欧美后现代主义转型所代表的国际管理学研究主流方向（Frances Hauge Fa bian，2011），即协力推动管理学科方法（理论范式）多元多样多维化，管理研究范式要兼顾平衡好“统一性”（Solidarity）、“整合性”（Integration）和“分散性”（Segregation），兼顾平衡好研究方法的“缜密性”（Rigor）与研究成果的“适用性”（Relevance），谨防机械追求所谓传统“科学模式”，而区隔、遮蔽乃至误导管理理论的现实针对性、实境真切性和实践指导性，努力在返璞归“真”地沿袭统计假设检验等定量实证主义研究范式的基础上，通过自觉地发展和接纳非实证主义、非决定主义及建构主义等新范式，将组织运营管理纵横向问题整合起来，进行“范式交叉/互动创新”（Shaker A. Zahra，Lance R. Newey，2011），积极化解管理学科“知识扩散”与“知识深化”的基本矛盾和冲突，使得管理学术共同体成员都能够积极主动地，以“知行合一”为最高境界，找到各自研究的方向感和均衡点。其次，在研究对象学科分工定位上，针对“功利算计，兄弟竞争”的学科独立命题主题主线迷失问题，特别是中国管理学研究遭遇“技术经济性”侵蚀而缺乏凝聚力的问题，我们认为，未来中国管理学研究学术共同体建设的基本指向和转型策略应该是：通过多种平台和媒介促进学界广泛沟通和对话，争取在管理学研究的现实背景和基本单元“组织”，以及“组织行为”这个管理理论融合发展、管理实践向外拓展的基本支撑点上，划分清楚管理学与其他“兄弟学科”重合联结的“边界线”，建立和明确管理学及其内部各个学科的内在逻辑架构和理论原理。我们建议，将化解、平衡和协同组织运营管理基本矛盾（组织目标与个人目标），作为整个管理研究的“核心命题”，同时兼顾组织形成的制度规则（如公司治理、产权制度等命题，与经济学对接并做好相关学科分工定位）与管理策略（经典激励理论，与心理学及组织行为学对接并做好相关学科分工定位）两个基本层面，以及“形而上”的组织战略导向（包括组织变革、创新学习、战略管理等分支学科建设）与“形而下”的文化技术策略（包括员工关系、跨文化沟通及工程技术等分支学科建设）的上下贯通问题，并以此为框架整合相关研究队伍，有效整合中国管理学研究领域长期分裂的小团体及其成员个体所处背景、专长和地位的差异性，求同存异解决学术研究分工中的“小部分知识”与“大部分问题”、“管理知识扩散”与“管理知识深化”的矛盾和冲突，从而使得中国管理学研究领域学术共同体各分支成员，各自在专一深入地研究自己既有熟知专业问题以促进“管理知识深化”的同时，都能够以开放性的心态和心智，去接纳自己不熟悉的新知识，并直面积极回应现实错综复杂的中国组织管理情境问题，扩展自己的研究视野和领域，以动态、可持续且有序的状态，不断实现“管理知识扩散”。这样，也只有这样，才能使得中国管理学术共同体，在整体聚集效应的意义上，以“知行合一”为最高境界，找到并持续保持学科发展的动态均衡。最后，在研究范式抽象层次贯通上，针对“形而上下，体用分裂”的中西管理逻辑有效整合问题，我们认为，未来中国管理学研究应该以“立足本土，放眼世界”为基本原则去不断提升国际化境界和水平。面对这样有深厚历史渊源的现实困境，中国管理学研究者要在“思想方法”上，能够真正开放心智、主动强化交互式学习交流机会，并在“上下贯通，体用合一”意义上，真正融入国际主流、实现中西合流。管理学研究个人及群体，在“心智模式”上，应该毅然决然地放下莫名的“自我中心主义”盲目自信包袱，以开放的心态，从“理念”到“行动”，从“体”到“用”，从“管理哲学”到“管理科学”，去全方位、全身心接纳吸收包括西方管理学在内的全人类文明成果，积极顺应并将自己全身心融入管理学研究从科学化、现代化走向后现代多元化的主流发展趋势之中。与此同时，要直面并积极回应“近在眼前”的中国组织管理情境和实践需要，寻找既有理论普适性又有现实针对性意义的重大研究课题，以多视界、多范式、多元竞争方法、多样化变通技术和工具，展开百家争鸣式、头脑风暴式合作研究，逐渐形成包括一般基础通用理论原理、针对不同组织情境的实用操作方法及多样化落地实施策略在内的完整管理学理论体系。总之，从“大历史”形成的中西文化大落差来看，中国管理学研究之所以出现“自我迷失”“对象迷失”“方向迷失”和“价值迷失”等一系列困局，其根由很大程度在于传统学术管理体制简单粗暴的“数豆子式”绩效评估机制；追溯源头，又会归结到缺乏科学素养教育、逻辑思维能力及科学研究专业技能训练的教育体制和课程内容设置上，由于条块分割的行政体制主导导致管理学研究“（准/类）科学”学术共同体难以形成并发挥整体聚集效应，以及在管理学科研究导向及成果评价机制上，往往基于短期政绩考虑而长期形成的“言必称欧美”（以欧美高端期刊论文为主导）单一洋化倾向。因此，要彻底走出困境，应尽快着手启动学术体制改革，逐渐形成多元化制衡竞争、优胜劣汰、具有自我约束能力和自净化功能的管理学术共同体，尤其是大学商学院/管理学院或科研机构要逐渐摆脱过度行政干预，走出片面追求“论文等级/项目额度”政绩导向和驱动机制，基于科学性与实用性均衡点重塑管理学研究评价机制，而课题立项及资助，应注意特别向立足中国组织管理实践情境、为管理理论的学术进步和服务于中国企业管理的研究课题及成果倾斜，鼓励不同学术派别、研究力量的多元竞争，特别是在导向上形成“科学性—实践性”二元制衡的学术竞争机制。一言以蔽之，在开放心智、交互学习、融入主流、中西合流的认识论及方法论“思维变革”基础上，在体制上建立起“多元范式、制衡竞争”的相对独立学术共同体运作机制，是中国管理学研究走出困境、走向世界的根本出路。

注释

①参见《管理学报》编辑部分别于2013年第6、7、11、12期选摘刊发的4篇系列文稿《共议管理学：对〈再问管理学〉的回应》。

②据考，“现代”（Modern）一词，是文艺复兴时期人文主义者最先使用，所以“现代化”（Modernization）在时间尺度上原是指文艺复兴以来的新时代（罗荣渠，1986）。

③德国著名教育家、世界上第一所现代化大学柏林洪堡大学创始者威廉·冯·洪堡（Wilhelm von Humboldt）提出现代大学教育体系中“科学”研究共同体行为规范要遵循五项基本原则，即科学研究活动具有求真探索性、整体通识性、学理独立性、教育培育性和开放自由性（李工真，2013）。

④按照实证研究公认的评价标准，科学进步表现在理论模型的解释力应该是逐步提高

的。但是据两位学者（Webster and Starbuck，1988）对30年间关于工业组织心理学研究领域的261个实证研究项目的估计结果显示，其中相关变量大部分“效应量”呈下降趋势（吕力，2011c）。

⑤关于“中国管理学”的概念术语，据说是2008年3月国家自然科学基金委员会管理科学部主任郭重庆院士在第1届“管理学在中国”学术研讨会的讲话中首次使用；但是，郭院士所说“建立中国现代管理学，将管理学中国化”（王学秀，2008；吕力，2009b），不一定就是基于中西文化“体用合一”观点提出来的，即沿着“追根求源”思路构建全新中国管理学。

⑥有调侃说，哲学有两种：一种是哲学，另一种是中国哲学；文化有两种：一种是文化，另一种是中国文化；文明有两种：一种是文明，另一种是中国文明；管理有两种：一种是管理，另一种是中国（式）管理……说的就是这样莫名其妙的视域偏见或思维陷阱。

参考文献

陈晓萍、徐淑英、樊景立主编：《组织与管理研究的实证方法》（第二版），北京大学出版社2012年版。

曹振杰、王学秀：《“管理学在中国”研究的理论反思与实践探索——第2届“管理学在中国”学术研讨会综述》，《管理学报》2010年第2期。

陈春花：《当前中国需要什么样的管理研究》，《管理学报》2010年第9期。

陈春花、刘祯：《案例研究的基本方法：对经典文献的综述》，《管理案例研究与评论》2010年第4期。

陈春花、刘祯：《中国管理实践研究评价的维度：实践导向与创新导向》，《管理学报》2011年第8期。

成思危：《中国管理科学的学科结构与发展重点选择》，《管理科学学报》2000年第3期。

成中英：《C理论：中国管理哲学》，中国人民大学出版社2006年版。

成中英：《C理论、C原则与中国管理哲学》，《管理学报》2014年第1期。

成中英、吕力：《成中英教授论管理哲学的概念、体系、结构与中国管理哲学》，《管理学报》2012年第8期。

戴国斌：《中国管理学研究的人本主义范式》，《管理学报》2010年第2期。

丁栋虹：《当代中国管理学研究范式的反思与新导向》，《学习与探索》2010年第4期。

段明明：《“直面中国管理实践”需要跨文化比较研究》，《管理学报》2011年第8期。

高良谋、高静美：《管理学的价值性困境：回顾、争鸣与评论》，《管理世界》2011年第1期。

龚小军、李随成：《管理理论的实践相关性问题研究综述》，《管理学报》2011年第5期。

顾基发、高飞：《从管理科学角度谈物理—事理—人理系统方法论》，《系统工程理论与实践》1998年第8期。

郭毅：《地方性知识：通往学术自主性的自由之路：“管理学在中国”之我见》，《管理学报》2010年第4期。

郭毅：《活在当下：极具本土化特色的中国意识：一个有待开发的本土管理研究领域》，《管理学报》2010年第10期。

韩巍：《管理研究认识论的探索：基于“管理学在中国”专题论文的梳理及反思》，《管理学报》2011 年第 12 期。
韩巍：《论“实证研究神塔”的倒掉》，《管理学报》2011 年第 7 期。
韩巍：《学术评价的回归与业绩管理的矫正：对管理学院两种核心价值观的质疑与反思》，《管理学报》2014 年第 5 期。
韩巍：《哲学何以在场：中国本土管理研究的视角》，《管理学报》2014 年第 6 期。
韩巍、席西民：《不确定性—支配权—本土化领导理论：和谐管理理论的视角》，《西安交通大学学报（社会科学版）》2009 年第 5 期。
韩巍、席西民：《机会型领导、幻想型领导：两个中国本土领导研究的关键构念》，《管理学报》2012 年第 12 期。
黄国光：《构建中国管理学理论的机会与挑战》，载陈晓萍、徐淑英、樊景立主编《组织与管理研究的实证方法》（第二版），北京大学出版社 2012 年版。
黄国光：《“主/客对立”与“天人合一”：管理学研究中的后现代智慧》，《管理学报》2013 年第 7 期。
黄江明、李亮、王伟：《案例研究：从好的故事到好的理论——中国企业管理案例与理论构建研究论坛（2010）综述》，《管理世界》2011 年第 2 期。
黄如金：《和合管理：探索具有中国特色的管理理论》，《管理学报》2007 年第 3 期。
金占明、段霄、刘星、王克稳、杨颉：《管理学研究的理性回归和道德坚守：管理学在中国的历史与现实》，《管理学报》2014 年第 7 期。
李宝元：《战略性激励：现代企业人力资源管理精要》，经济科学出版社 2002 年版。
李德昌、张守逢：《基于信息本质的不确定性机制的中国管理实践研究及评价：势科学视角》，《管理学报》2012 年第 8 期。
李工真：《现代化大学的由来》，《国家教育行政学院学报》2013 年第 9 期。
李培挺：《国外管理哲学基本定位研究：变迁、实质与趋势》，《管理学报》2012 年第 6 期。
李培挺、张守连：《破“科学管理”，立“管理哲学”：“科学管理”背景下谢尔登管理哲学基本定位初探》，《管理学报》2011 年第 10 期。
李鹏飞、席西民、张晓军、赵新宇：《管理中的不确定性：一个整合性的多维概念体系》，《管理学报》2014 年第 1 期。
李平：《中国本土管理研究与中国传统哲学》，《管理学报》2013 年第 10 期。
李鑫：《中国传统哲学与本土管理研究》，《管理学报》2013 年第 10 期。
李子奈、齐良书：《关于计量经济学模型方法的哲学思考》，《中国社会科学》2010 年第 2 期。
梁巧转、孟瑶、李树祥、张晶：《关于中国管理者特质十年（1998～2008 年）变化的研究》，《管理学报》2013 年第 6 期。
廖卉、庄瑗嘉：《多层次理论模型的建立及研究方法》，载陈晓萍、徐淑英、樊景立主编《组织与管理研究的实证方法》（第二版），北京大学出版社 2012 年版。
林海芬、苏敬勤：《基于不同组织情景的意义构建研究评述》，《管理学报》2013 年第 11 期。
刘人怀、姚作为：《传统文化基因与中国本土管理研究的对接：现有研究策略与未来探索思路》，《管理学报》2013 年第 2 期。

龙树洋、贾良定、薛亚华：《中国管理与组织研究30年：论文作者、风格与主题分布及其演变》，《华南师范大学学报》2011年第4期。
吕力：《管理伦理原则、多元性及折衷：管理学“实践导向”中的伦理问题》，《管理学报》2012年第9期。
吕力：《管理学的元问题与管理哲学——也谈〈出路与展望：直面中国管理实践〉的逻辑瑕疵》，《管理学报》2011年第4期。
吕力：《管理学合法化运动的历史、危机与前瞻》，《管理学报》2011年第10期。
吕力：《管理学如何才能“致用”——管理学技术化及其方法论》，《管理学报》2011年第6期。
吕力：《管理学研究中的证实、证伪、还原与诠释》，《管理学报》2009年第10期。
吕力：《后实证主义视角下的管理理论、实践与观念》，《管理学报》2015年第4期。
吕力：《易学管理理论与管理学中国学派：基于管理与环境的视角》，《管理学报》2013年第10期。
吕力：《“中国管理学”发展中的范式问题》，《管理学报》2009年第8期。
罗荣渠：《现代化理论与历史研究》，《历史研究》1986年第6期。
罗胜强、姜嬿：《单维构念与多维构念的测量》，载陈晓萍、徐淑英、樊景立主编《组织与管理研究的实证方法》（第二版），北京大学出版社2012年版。
毛基业、张霞：《案例研究方法的规范性及现状评估——中国企业管理案例论坛（2007）综述》，《管理世界》2008年第4期。
苗莉：《管理学百年回顾与展望——第4届“管理学在中国”学术研讨会评述》，《管理学报》2012年第2期。
彭贺：《严密性与实用性：管理学研究双重目标的证明与统一》，《外国经济与管理》2009年第1期。
彭贺、苏东水：《论东方管理研究的边界》，《学术月刊》2007年第2期。
彭贺、苏宗伟：《东方管理学的创建与发展：渊源、精髓与框架》，《管理学报》2006年第1期。
齐善鸿、肖华：《管理的科学本源性回归：自我与心性的管理》，《管理学报》2013年第3期。
齐善鸿、邢宝学、周桂荣：《管理科学发展的内在逻辑与未来趋势》，《科学学与科学技术管理》2011年第3期。
苏东水：《21世纪东西方管理融合与发展的趋势：当代中国东方管理科学的创新与实践》，《上海管理科学》2008年第5期。
苏敬勤、李召敏：《案例研究方法的运用模式及其关键指标》，《管理学报》2011年第3期。
苏敬勤、刘静：《案例研究规范性视角下二手数据可靠性研究》，《管理学报》2013年第10期。
苏敬勤、刘静：《案例研究数据科学性的评价体系：基于不同数据源案例研究样本论文的实证分析》，《科学学研究》2013年第10期。
苏勇、刘国华：《中国管理学发展进程：1978—2008》，《经济管理》2009年第1期。
苏勇、于保平：《东方管理研究：理论回归与发展方向》，《管理学报》2009年第12期。

孙继伟：《化解管理理论与实践脱节的两种模式：串联型关联与并联型关联》，《管理学报》2012 年第 10 期。
孙继伟：《论实践派管理理论的评价》，《管理学报》2011 年第 6 期。
孙继伟、巫景飞：《管理学研究者客户迷失的判定、原因及出路》，《管理学报》2009 年第 12 期。
孙继伟、於军：《交叉路口的彷徨、兴奋与学术争鸣——第 3 届“管理学在中国”学术研讨会评述》，《管理学报》2010 年第 9 期。
谭劲松：《关于中国管理学科定位的讨论》，《管理世界》2006 年第 2 期。
王续琨、宋刚：《关于中国管理学科发展对策的思考》，《管理学报》2013 年第 8 期。
王学秀：《“管理学在中国”研究：概念、问题与方向——第 1 届“管理学在中国”学术研讨会观点评述》，《管理学报》2008 年第 5 期。
武亚军：《基于理论发展的各类研究范式选择与中国管理学者定位》，《管理学报》2015 年第 2 期。
席酉民：《和谐管理理论》，中国人民大学出版社 2002 年版。
席酉民、韩巍：《管理研究的系统性再剖析》，《管理科学学报》2002 年第 12 期。
徐淑英：《科学精神和对社会负责的学术》，《管理世界》2015 年第 1 期。
叶康涛：《案例研究：从个案分析到理论创建——中国第一届案例学术研讨会综述》，《管理世界》2006 年第 2 期。
余明阳：《中国的商学院向何处去：中国管理教育的深层反思》，《管理学报》2012 年第 11 期。
韵江、陈丽：《管理学研究中的假设解构：方法论视角下的考察》，《管理学报》2009 年第 11 期。
张钢、岑杰、吕洁：《“理论管理学”是否可能?》，《管理学报》2013 年第 12 期。
张建琦、安雯雯、尤成德、吴亮：《基于多案例研究的拼凑理念、模式双元与替代式创新》，《管理学报》2015 年第 5 期。
张凯、罗文豪、袁颖洁：《组织管理科学的理论形态与创新路径》，《管理学报》2012 年第 10 期。
张丽华、刘松博：《案例研究：从跨案例的分析到拓展现有理论的解释力——中国第二届案例学术研讨会综述》，《管理世界》2006 年第 12 期。
张晓娟、王磊：《本土化管理理论研究与实践探索的回顾与展望——“管理学在中国”2013 年会（第 6 届）评述》，《管理学报》2014 年第 2 期。
张笑峰、曹春辉、王磊：《经济转型与管理创新时期管理学研究回顾与展望——第 5 届“管理学在中国”学术研讨会评述》，《管理学报》2012 年第 12 期。
张笑峰、席酉民、张晓军：《本土领导者在应对不确定性中的作用：基于王石案例的扎根分析》，《管理学报》2015 年第 2 期。
郑湛、徐绪松、朱国宾、赵伟、郑小京：《大组织理论研究》，《管理学报》2015 年第 4 期。
Deborah Dougherty、苏筠、郑英建：《质化研究及其数据分析》，尚玉钒译，载陈晓萍、徐淑英、樊景立主编《组织与管理研究的实证方法》（第二版），北京大学出版社 2012 年版。

Frances Hauge Fabian:《保持张力:管理学科中争议的保留》,陈文婷、王溢涵译,《管理世界》2011 年第 2 期。

Nicolaj Siggelkow:《案例研究的说服力》,张丽华、江惠译,何威校,《管理学报》2008 年第 6 期。

Shaker A. Zahra, Lance R. Newey:《最大化组织科学的影响:学科与学术领域交叉处的理论构建》,张闯译,《管理世界》2011 年第 3 期。

Clark, R. W., *Einstein: The Life and Times*, New York: Harper Collins Publishers, 1984, p. 527.

Leonard Sayles, "Whatever Happened To Management? —Or Why The Dull Stepchild?", *Business Horizons*, Vol. 13 (2), 1970, pp. 25 – 34.

Paul V., Grambsch, *Scientific Management*, 1960, pp. 74 – 80.

Tsui, A. S. and Jia, L. D., "Editorial-Calling for Hu manistic Scholarship in China", *Management and Organization Review*, 9 (1), 2013, pp. 1 – 15.

Webster, J. and Starbuck, W. H., "Theory Building in Industrial and Organizational Psychology", In C. L. Cooper & I. Robertson (Eds.), *International Review of Industrial and Organizational Psychology*, 1988, pp. 93 – 138.

定性比较分析法在管理学构型研究中的应用:述评与展望*

张 驰 郑晓杰 王凤彬**

摘 要：构型（configuration）视角在管理学研究领域方兴未艾，但由于方法局限，该视角在实证研究中进展缓慢。自 Fiss（2007）提出可以用定性比较分析法（QCA）解决构型视角的实证研究难题后，该方法在国外管理学研究中得到迅速推广。与之相比，国内对此方法的应用还处于起步阶段，成果相对匮乏。本文通过对国内外管理学领域采用 QCA 方法的相关文献进行系统梳理，分析总结出此方法可帮助管理学研究者解决的三类难题：探究引致同一结果的多种路径、处理多个前因间复杂的互动关系以及对分类方法做出深化和补充；并提炼出六大优势：对样本量和数据来源要求较低、便于应对前因复杂性、主张因果非对称性、无须对跨层变量进行特殊处理、降低现象复杂性和可完整解读案例。面对此方法应用中最受质疑的稳健性问题，本文归纳出了几种具体的应对策略。在总结 QCA 最新进展的基础上，本文还提出了深挖既往研究、开拓未来研究和时序研究三个维度的研究框架。

关键词：构型；定性比较分析；QCA

中图分类号：F270 **文献标识码**：A **文章编号**：1001 - 4950（2017）04 - 0068 - 16

一 引言

随着环境复杂性程度的提高，企业面临的问题不断增多且更加错综复杂，传统的单一前因变量或其与少量权变因素的交互已难以对结果做出全面合理的解释。龚丽敏等（2014）认为，组织管理研究范式经历了“普适—权变—构型（架构）”的变迁过程，与之对应，管理研究的核心逻辑也从简单的线性逻辑经历权变逻辑过渡到现在的全局逻辑，旨在解决多维度、多变量复杂问题以及更加关注动态性的构型研究（configura-

* 基金项目：中国人民大学科学研究项目重大基础研究计划（13XNL004）。本文原载《外国经济与管理》2017 年第 4 期。

** 作者简介：张驰，女，中国人民大学商学院博士研究生；郑晓杰，女，中国人民大学商学院博士研究生；王凤彬，女，中国人民大学商学院教授，博士生导师。

tion research）正好代表了这样一种全局观。但一直以来与构型有关的实证研究进展缓慢，尤其是对构型与绩效之间关系的存在性存有质疑（Barney 和 Hoskisson，1990），构型研究者认为，这是由传统统计分析方法在解决该类问题上的无力所导致（龚丽敏等，2014），因此发展构型研究适用的实证方法迫在眉睫。为此，一些学者尝试以集合论的方法进行构型研究，如 Romme（1995）和 Öz（2004）采用布尔运算的方式进行了初期尝试。此后，一些学者沿着集合论的思路继续发展并逐步完善。Fiss（2007）在《美国管理学会评论》（*AMR*）发表的理论文章中，明确提出以集合论和布尔运算为基础的定性比较分析法（qualitative comparative analysis，QCA）能够探究前因条件之间的互动（包括互补、替代和抑制）如何共同引致被解释结果出现可观测到的变化或不连续（Fiss，2013），非常适用于解决构型类研究问题，并详细介绍了该方法对于管理领域构型研究的价值和意义。由于这一顶级管理期刊的影响力，Fiss 成功地将定性比较分析法引入组织构型研究中，并数次在美国管理学会（AOM）年会上举办 QCA 工作坊，吸引了一大批跟进者。随后 QCA 方法的应用逐渐渗透到管理学研究的各个细分领域，包括创新管理、国际商务、人力资源管理、利益相关者管理、组织设计、战略管理、知识管理、创业管理以及消费者行为等。与国外管理学研究中的声势渐起反差很大，国内相关研究只有数篇，并且大多是政治学、社会学和新闻学等宏观研究领域，管理学研究中熟悉甚至了解 QCA 的学者更是寥寥无几。虽然有两篇关于 QCA 的综述，但也都是从数理逻辑上解释了布尔运算的原理（夏鑫等，2014；毛湛文，2016），并没有对该方法所能解决的问题类型和优势等进行剖析。

本文对国内外 175 篇采用 QCA 方法的管理研究文献进行回顾和梳理，简要归纳国内外相关文章发表的现状、研究的领域和主题；在此基础上总结 QCA 方法用于管理研究可解决的三大类问题，同时提炼了既有研究中所呈现的将 QCA 用于管理研究的六大优势，针对此方法应用中最受质疑的稳健性问题归纳出几种应对方法，并对 QCA 方法的演进进行概述和研究议题的未来展望。本文旨在拉近与国际研究前沿的距离，增进国内管理学界对这一新方法的了解与认识，为国内管理学研究者提供新的研究思路和操作工具，以帮助走出构型研究中方法支持乏力的困境。本文展望中提出的议题，可以启发管理学者从新的角度审视当下和既往的研究，从而推动管理理论的发展。

二　构型研究既有方法的局限和定性比较分析法概述

（一）构型研究及其方法困境

构型研究聚焦于具有相似的战略、目标或结构等共同特征的组织集合，描述这些共同特征所形成的一致或者相似的模式（pattern）或构象（constellation），这种模式可以是个体、团队层面的，也可以是组织或者组织网络层面的（Meyer 等，1993）。最早的构型研究始于 Burns 和 Stalker（1961）对企业是否具有应对动荡环境的灵活性而进行的有机式与机械式组织分类，后来受到越来越多学者的关注并逐渐发展成熟（Miles 等，1978；Porter，1980；Mintzberg，1973；Miller，1981；Hambrick，1984；Houthoofd 和 Heene，1997；Leask 和 Parker，2007），由起初主要用于组织理论、战略管理逐渐扩展到人力资源管理、组织行为、创业和国际商务等领域中。

Short 等（2008）对构型研究的现状进行了分析和回顾，提出构型的外在表现形式是分类。Doty 和 Glick（1994）认为，由于类型学（typology）可以综合考虑情境因素、结构因素、战略因素等多个前因之间的关系，因此当导致结果的原因具有复杂性时，类型学是构建理论的唯一途径。Fiss（2011）也认为类型学是研究战略和组织领域原因复杂性理论的重要方法。虽然类型或构型研究已得到越来越多学者的追捧，但在实证研究中，其发展却不尽如人意。过去研究者们多使用聚类方法（如 Bensaou 和 Venkatraman，1995；Cool 和 Schendel，1987；Fiegenbaum 和 Thomas，1990；Hambrick，1983；Ketchen 等，1993）、交互作用（如 Baker 和 Cullen，1993；Dess 等，1997）和差分方法（如 Delery 和 Doty，1996；Drazin 和 Van de Ven，1985）来识别不同构型以及其定性比较分析法在管理学构型研究中的应用：述评与展望对结果变量的影响。然而，关于构型与绩效关系研究得出的结论大多模棱两可，具有很大的歧义，致使一批学者（如 Barney 和 Hoskisson，1990；Hatten 和 Hatten，1987；Thomas 和 Venkatraman，1988）对是否存在这种因果关系产生了怀疑。直到 Ketchen 等（1997）通过元分析得出构型的确能够预测绩效，研究者们才转换思路，意识到之前对于构型与绩效是否存在关系的疑问或许应归咎于先前研究中所使用的统计研究方法的局限（Ferguson 和 Ketchen，1999）。

Fiss（2007）详细阐述了组织构型实证研究中方法与理论不相匹配的问题，指出既有的受线性思维范式主导的研究方法与构型理论的全局逻辑是相悖的。他提倡要用集合论的方法探寻因果关系的复杂性，以多种前因条件之间相互作用来共同解释结果变量，且以体现殊途同归的“结果等效性”（equifinality）来说明前因条件的不同组合可能会引致同样的结果。Fiss 明确指出，构型视角的研究特别适合采用集合论的方法，而 QCA 就是集合论的方法之一。

（二）定性比较分析法概述

定性比较分析法是介于案例导向（定性方法）和变量导向（定量方法）之间的研究方法，是一种能够兼得两种方法优势的综合研究策略（Ragin，1987）。其基本思想是，以集合论和布尔运算作为其方法论的基石，探究前因条件组合如何引致被解释结果出现可观测的变化或不连续（Fiss，2013）。较之传统的 Logit 模型、交叉表检验或卡方检验等将结果变量处理为分类变量的方法，QCA 处理此类问题更为便捷。由于能在数量有限的案例中归纳分析其构型本质，该方法首先被应用于政治学和社会学领域（Marx 等，2013；Rihoux 和 Marx，2013）。加之具有能够理顺原因复杂性的优点，QCA 方法对管理尤其是组织构型研究具有巨大的吸引力（Fiss，2013）。

依照集合形态的不同，定性比较分析法可细分为清晰集（crisp set）定性比较分析、模糊集（fuzzy set）定性比较分析和多值（multi-value）定性比较分析，分别称为 csQCA、fsQCA 和 mvQCA。以下简要介绍利用该方法进行构型分析的基本原理（Fiss，2007，2011）。

1. 标定变量。QCA 需要结合理论与实践，利用直接或者间接标定方法（Ragin，2000，2008）将前因要素和被解释结果转换成集合数据（Fiss，2008；倪宁和杨玉红，2009；彭娟，2013）。其中，csQCA 是将变量转换为“0—11”二分变量（当变量取值为三分或以上时就是 mvQCA，下同），而 fsQCA 则在定性二分基础上进一步将变量标定为成员归属度（membership score），这是一个在 0—1 闭区间内连续变化的模糊集变量。值得注意的是，此处 0—1 的集合归属度变量与统计分析中的定距或者定序变量不同，QCA 方法要根据理论和研究需要来决定各个前因条件以及被解释结果在各集合中的标定标准，只将与被解释结果“相关”的差异纳入考虑。

2. 生成真值表。集合论分析方法是从“集合—子集”关系入手探索前因要素和被解释结果之间的因果关系模式，因此需找出所有能引致结果的前因条件组合，即真值表（truth table）。软件模块首先会给出包含所有潜在构型（2k 行的真值表，k 指的是前因条件的个数）的真值表，然后根据研究者选定的一致率门槛值和案例频数门槛值自动筛选出可充分解释结果的前因条件构型。

3. 充要性分析。即判断特定构型在多大程度上是结果变量的必要和充分条件及其对被解释结果的解释力度，并识别出共享性变量和替代性变量，从而形成引致被解释结果的多条路径。QCA 实际操作中是将一致率（consistency）和覆盖率（coverage）作为检验结果可靠性的指标（Ragin，2008；彭娟，2013；夏鑫等，2014）。其中，一致率用来描述充分条件的非对程度，其计算公式为 Consistency（Xi≤ Yi）=Σ［min（Xi，Yi）］/Σ（Xi）；覆盖率用来描述某一构型作为引致结果变量路径的唯一性程度，其计算公式为 Coverage（Xi≤ Yi）=Σ［min（Xi，Yi）］/Σ（Yi）。式中，Xi 为条件要素的校准值，Yi 为结果变量的校准值。

4. 反事实分析与求解。针对设定的被解释结果，如果不进行任何形式的反事实分析，得出的是“复杂解”（complex solution），这通常不符合研究经济性的要求。为了简化筛选出的条件构型，研究者会结合理论干预假设和经验判断进行反事实分析，使求出的解在复杂性程度上有所降低，即得出非常简化的“简洁解”（parsimonious solution）和居于其与复杂解之间的“优化解”（intermediate solution）。这里涉及两类反事实分析：一是简单类反事实分析，指研究者确信有冗余条件被纳入了特定前因构型，而该构型是否引致被解释结果并不受冗余条件的影响，在此情形下将冗余条件移出构型以简化条件组合；二是困难类反事实分析，指研究者缺乏理论上对某条件是否冗余的明确判断，现有样本数据亦无法证明移除该条件后的构型不能引致该被解释结果，但出于简化构型的考虑，仍将该条件移出构型（Ragin，2008；Fiss，2011）。软件运行输出的“优化解”仅基于简单类反事实分析，其中的前因条件可能因研究者设定不同的简单类反事实前因条件而消失；“简洁解”则同时基于两类反事实分析，其中的前因条件十分稳定，不受研究者对简单类反事实前因条件设定的影响。简洁解和优化解中共同包含的前因条件称为核心条件（core condition），而仅在优化解中包含的前因条件称为辅助或边缘条件（peripheral condition）。从对被解释结果的充分性来看，非核心条件也可能是解释中不可或缺的前因要素，因此也称为非核心的贡献性条件（Ragin，2008）。

三　管理学领域应用定性比较分析法的现状及国内外比较

通过结构化的文献收集方法，我们共筛选出截至 2016 年 6 月的相关英文文献 165 篇，中文文献 10 篇。在所发表的英文文献中，有 23 篇（约占 14%）发表在管理学领域顶级期刊上（*AMJ* 6 篇，*AMR* 1 篇，*ASQ* 1 篇，*SMJ* 2 篇，*JIBS* 6 篇，*OS* 5 篇，*JMS* 2 篇），87 篇（约占 53%）发表在主流管理学期刊（*JBR*，*Decision Sciences*，*Journal of Management Inquiry* 和 *European Management Review*），其他 55 篇系在管理学科细分类期刊刊出。在中文文献筛选中，我们发现国内学术界（包括政治学、新闻传播学等领域在内）应用 QCA 的文献总计 29 篇，管理学领域仅有 10 篇，其中 2 篇发表在 A 类期刊（《管理世界》和《中国工业经济》）。这一方面表明 QCA 方法在国内管理学界得到了认可，另一方面也说明其在国内的应用远远不足。相比之下，在西方学术界，QCA 方法已被认为是介于定量研究和定性分析之间的一种成熟的社会科学研究方法，早期主要用来研究政治问题、国际外交、社会问题等，近些年来逐渐被管理学界关注并应用（如 Bell 等，2014；Crilly 等，2012；Crowley，2012；Greckhamer，2011），2014 年的 AOM 会议也开始有探讨 QCA 在管理学中应用的分论坛。近三四年来，应用定性比较分析法的文章呈指数增长之势。

从发表年份来看，最早使用集合论方法的论文出现在 1995 年。作为定性比较分析法的雏形，Romme（1995）利用布尔乘积比较法建立了高管团队中自组织过程模型。Öz（2004）认为，在管理学研究领域，尽管案例研究方法的应用相当普遍，但由于其普适性问题使采用该方法的研究面临严峻的“外部效度”考验，所以他提出可用布尔乘积和模糊集的逻辑方法提高多案例研究的严谨性。随后陆续有学者沿着该思路进行研究（Kogut 等，2004；Jackson，2005；Koll 等，2005；Takahashi 和 Nakamura，2005；Kogut 和 Ragin，2006；Greckhamer 等，2007；Kvist，2007）。直到 2007 年，Fiss 在 AMR 发表了一篇题为“组织构型研究中的集合论方法”的文章，大大提升了学者对 QCA 方法的兴趣与信心。该文中详细介绍了基于集合论的定性比较分析法如何应用在组织构型研究中，并且介绍了该方法与传统统计研究方法的差异以及解决问题的不同视角。该论文的发表标志着 QCA 方法在主流管理学界得到了认可。2011 年，Fiss 又在 *AMJ* 上发表了一篇《建立更好的因果理论：组织分类研究中模糊集定性比较分析法的应用》，该文利用模糊集定性比较分析法（fsQCA）对 Miles 等（1978）基于理论分类的组织构型进行了实证研究，并介绍了如何利用该方法建立中观的因果过程理论。此后，在国际管理学研究领域利用 QCA 方法的论文以破竹之势发展，尤其是近三四年使用该方法的文献大量涌现出来，代表着这一新的方法迈入了快速发展时期。特别是在 2016 年 4 月份，《商业研究》（*Journal of Business Research*）刊出一期以“商业中的集合论研究”为主题的特刊，发表 46 篇在商业研究中应用 QCA 的文献。这组文献主要从创新创业、组织战略和管理绩效三大方面探讨 QCA 在组织管理研究领域的应用，内容覆盖了商业模式、组织行为（领导成员交换）和人力资源（工作生活平衡）等研究领域，并有文献关注了 QCA 方法的发展及其与定量研究方法如结构方程模型（SEM）的结合使用。然而，国内管理学界对该方法的应用寥寥无几，即使将其他领域都包含进来，也比不上国外一年的发文量。

在西方管理学界，QCA 方法的应用已渗透到各个细分领域，包括创新管理、国际商务、人力资源管理、利益相关者管理、组织设计、战略管理、知识管理、创业管理以及消费者行为等研究领域。表 1 介绍了 QCA 方法在管理学各研究领域中应用的现状，包括代表性论著及主要研究主题和发现。

四 管理学领域定性比较分析法可有效解决的问题类型

综合 175 篇文献，我们将管理学领域可借助 QCA 方法有效解决的研究问题归结为三大类。

（一）探究引致同一结果的多种路径

通常所说的“殊途同归”，即“结果等效性”，指系统经由不同的初始条件和多种路径实现稳定状态（Katz 和 Kahn，1978）。与“动态平衡”类似，管理学者大多认同“因果等效性”是开放系统的一般特征（Bertalanffy，1968），但早期仅作为组织的一种常态来认识，直到 20 世纪 80 年代才将其视为可测量、可研究、可挖掘的概念（彭娟，2013）。识别多种初始条件及其组合成的路径，是应用 QCA 方法的构型研究致力于探寻多样性导向的表现。作为一种构型研究的实现方法，QCA 能够对导致某一结果的前因条件组合进行整体的分析，从而理清导致这一结果的具有殊途同归效果的多种路径（倪宁和杨玉红，2009；李蔚，2015）。在 QCA 分析中，一般是以复杂程度居于简洁解与复杂解中间的优化解，依此导出引致特定结果的若干“前因构型”，以其代表具有结果等效性的多条路径（Judge 等，2014；Bell 等，2014；Chandra Balodi 和 Prabhu，2014；彭娟，2013）。另外，QCA 可以将质性数据进行量化处理，从而测量出具有等效性的每一条路径对结果的净影响（李蔚，2015）。传统的回归分析不关注结果等效性的问题，导致这一存在于管理实践中的重要问题一直是未被深入挖掘的概念和领域（Fiss，2007）。基于构型视角的 QCA 被认为是处理这一疏于探究问题的最适切的研究方法。

（二）解决前因复杂性问题并处理多个前因间复杂的互动关系

长期以来，主流管理研究采用的回归分析法要求各变量之间相互独立，不得具有共线性，并在样本量足够大的情况下，探究各个前因变量对结果的主效应，或者通过分析二元或三元交互作用来分析变量间的联合作用，但分析中需要析出主效应和调节效应，并且当具有多重交互作用时，因结果难以解释，导致交互作用分析被规定为以三元为上限，而这显然不符合构型研究的实际和需求（Fiss，2007）。QCA 则与之不同，作为最适合构型视角研究的方法，QCA 并不强调析出各变量的独立净效应（Bell 等，2014），而是重在分析引致某特定结果的多个条件组合（Judge 等，2014；Castro 等，2013；Freitas 等，2011），只要数据量得到满足，理论上不存在所考虑因素的“上限”问题。

一些学者曾尝试使用聚类分析的方法规避回归分析的缺陷，即先对数据进行聚类，然后通过单因素或多因素方差分析方法进行组间对比，以识别某一要素或某些要素的影响是否显著。但这种方法仅能识别区分要素是否存在影响，其发生作用的机制仍是一个“黑箱”（Fiss，2007）。因此，聚类分析存在因果关系解释不清的缺陷，而且分析过程中聚类的标准往往受到研究者主观判断的影响，这使其结果往往具有不稳定性。

QCA 方法倡导者认为，组成构型的前因之间可能存在三种互动关系：互补性（complementary）、互替性（substitution）以及抑制性（suppression）。其中如果采取一个或多个活动能够增加其他一个或多个活动的收益，则称其具有互补性（Milgrom 和 Roberts，1995），具有互补性的要素之间定性比较分析法在管理学构型研究中的应用：述评与展望具有协同效应。如果两个因素在构型中起到相同的作用，可以相互取代，这种功能对等即称为互替性。抑制性则指“采取一个或多个活动会降低其他一个或多个活动的收益”（Fiss，2011）。

表 1 定性比较分析（QCA）在管理学界的主要应用领域及代表性文献

研究领域	代表研究	主要研究主题和发现
人力资源管理	Romme（1995）、Bijlsma 和 vande Bunt（2003）、Kalleberg 和 Vaisey（2005）、Crowley（2012）、Chang 和 Cheng（2014）	通过对高管的认知、行为、技能和面临问题等的组合对高管团队的崩溃、高管技能的发展作出解释；哪些管理行为怎样组合可以导致员工对管理者的信任，研究证明五种要素的 13 种构型都可以导致信任，其中监测绩效、支持行为、安全的建言环境共存的组合是信任的必要条件；对好工作的特征构型进行分析；不同的管理手段会形成不同的管控模式；领导成员交换、自我决定、管理控制、工作与家庭冲突、管理对工作与家庭关系的支持五个要素导致高工作满意度的构型组合。
创新管理	Cheng 等（2013）、Peltoniemi（2014）	组织相关、项目相关、程序相关、产品相关、市场相关、产品创新的新颖程度等前因条件的多种组合如何导致产品创新成功；产业生命周期的不同阶段中进入时机、进入前的经验，以及创新对某企业存续的影响。
国际商务	Javier 等（2014）；Crilly（2011）	母国与东道国正式及非正式的环境距离是导致跨国公司环境绩效高低差异的核心要素；与内外部资源闲置、本国和国际的合法性压力相关的哪些因素、如何组合会导致海外子公司采取以更广泛的利益相关者为中心的策略。
创业管理	Chandra Balodi 和 Prabhu 等（2014）、Kask 和 Linton 等（2013）	导致印度和英国高新技术公司高绩效的路径有所不同；管理方式、发明特点、市场地位的三种不同组合均可以成功的建立商业伙伴关系。
知识管理	Martín – de Castro 等（2013）、Bakker 等（2011）	技术资产与人力资本存在功能对等性，而关系资产是必要条件；项目所有者的高水平的知识吸收能力是成功进行知识转移的必要条件，而单独要素均不充分。
公司治理	Bell 等（2014）、Garcia-Castro 和 Casasola（2011）、Jackson（2005）	不同的监督、激励的治理方式组合可以为投资者带来同等价值；以家族企业式的所有权、治理、管理和继承组合而成的各种构型，对家族企业进行分类；公司治理、工会力量和政治体系如何导致董事会联合决策。
社会责任和利益相关者管理	Koll 等（2005）	集中策略和平衡策略在响应组织利益相关者时对组织效果有何影响，结论证明平衡策略具有行业普遍性且效果较好。

续表

研究领域	代表研究	主要研究主题和发现
战略管理	Crilly 等（2012）、Freitas 等（2011）、Ordanini 和 Maglio（2009）	面临单一方面压力的公司在实践中会采取弱势的策略，当信息存在不对称时，这种策略是有目的实施的，而利益相关者期待存在时，这种策略是自然发生的；导致基于学术新技术建立的新公司其绩效差别的不同原因组合；客户和市场导向、内部流程、外部网络如何组合能够使得新服务发展最大化。
组织设计	Ganter 和 Hecker（2014）、Chung（2011）	导致组织创新的诸多因素的交互关系，大规模、产品创新和程序创新是高度创新的必要条件，而内部知识储备和外部知识获得可以相互替代；结合市场中心理论、文化人视角和制度方法解释了企业集团会成为最主要的组织形式。
项目管理	Young 和 Poon（2013）	对项目成功而言，高管支持的必要性显著高于其他因素，而计划和用户卷入对项目成功的意义比高管支持更高。
市场营销	Ho 和 Lu（2015）、Wu 等（2015）	同时追求市场开发和市场利用会损害市场绩效；外观、风险、价值和有用性是消费者绿色购买意向的决定性因素。

资料来源：根据相关文献整理。

检验前因变量的互动关系时，采用回归分析方法的研究者通常是通过设置竞争性假设，通过改变样本或增加情境变量来验证同一要素可能对结果产生的相反影响，或者通过交互作用来检验两个、三个变量的互补作用。QCA 方法可以直接用来分析在不同的前因构型下相关因素间表现出的不同互动关系，是少数可以直接简化复杂性的方法之一（Ragin 和 Sonnett，2008）。例如，Ganter 和 Hecker 等（2014）用模糊集定性比较分析方法（fsQCA）对 2002—2004 年 2995 家德国企业创新行为和结果进行分析，探究规模、教育、知识来源、竞争四种条件的不同组合对创新促进（包含产品创新和过程创新）和创新抑制的影响。结果表明，“规模大×教育程度高×竞争激烈”和“规模大×知识来源于外部获得”两条路径都可以导致产品创新和过程创新。通过比较不同构型的构成，该文还得出以下结论：知识来源于内部储备和知识来源于外部获得具有互替性；技术创新和组织创新具有互补性；组织创新与规模大具有互补性；对于创新程度较高的影响因素而言，教育程度高和知识来源于外部获得具有互替性。Kim（2013）发现，地理范围导致的原因模糊性和独特性与知识内隐性导致的原因模糊性和独特性，在形成隔离机制时具有功能对等性。他在研究中提供了一种证明功能对等性的方法，即检验一组用“OR”（并集）连接的因素是否是产出的必要条件，若是，则认为这些因素之间具有互替性。彭娟（2013）用 fsQCA 对现有文献中的六种 HR 系统进行研究，探究高绩效 HR 工作系统的要素构型及各要素之间的相互作用，结论表明，能力发展要素和动机激发要素具有互补性；而带来较低员工流失率的各构型组合中要素间存在互替性：共享性激励和即时性回报激励、依赖性激励和发展性激励、获取共同认知模式和即时性回报激励之间均具有功能对等性。其研究中提供了两种验证互替性的方法：一是当两个要素无法共存于任何一个导致结果的构型中时，则认为两者存在互替性；二是通过对比两个及以上的构型，若某两个要素与同一个或同一组要素分别组合可以引致共同的结果，则认为这两者存在互替性。

（三）作为分类方法的深化与补充

在构型研究中通常有两种分类策略：理论分类（typology）和经验分类（taxonomy）。理论分类（Miles 等，1978）是以既有研究作为基础，从中寻找解释变量，并推导出针对特定问题的权变模型，是受概念、理论所驱动的分类形式；经验分类（Miller 和 Friesen，1984）则是从实践中总结事物发展的模式规律，是受经验、实践所驱动的分类方式。前者是基于理论演绎的概念性分类，后者是经验数据统计分析的产物，需概念化才有意义（Meyer 等，2013；Hotho，2014）。QCA 方法基于归纳逻辑，通过基于理论的简单类反事实分析和基于经验的复杂类反事实分析得出不同程度简化的前因构型，然后结合各构型的典型案例分析适当放大解释复杂度，从而成为比带有诠释特性的跨案例归纳比较（Eisenhardt，1989）更具有科学性的定性经验分类的手段。

Fiss（2011）认为，各类构型应当呈现一种“中性排列”[①] 性质的核心—边缘结构，并具有因果非对称性，而传统分类学方法无法区别构成某一分类的多个要素的重要性差异。QCA 可以通过反事实分析区分核心条件和边缘条件，从而成为分类学的重要补充。基于集合论的方法，例如 fsQCA，可以将案例概念化为因素集合，并强调案例的独特性来源于因素间组合方式的差异，从而成为对分类理论和构型研究有良好支撑的实证数据归纳研究方法。在对英国 205 家高新技术制造业企业的研究中，Fiss 通过 fsQCA 方法分析了结构与战略的组合对组织绩效的影响，并将其与 Miles 等（1978）的经典分类进行对比，发现引致组织高绩效的四类构型分别与他们提出的探索者（prospector）、分析者（analyzer）、防御者（defender）三种类别相一致。以其得出的引致高绩效的第一种构型为例，采用成本领先战略的公司，还同时具有组织正规化和集权化的特点，并处于环境稳定或复杂性较高的情境。这一结果与防御者的基本特征相吻合。

Campbell 等（2016）采用归纳法，从影响并购效果的机会、动机和能力三个维度，基于模糊集合逻辑探究收购者特征、收购是否友好等十个要素组成的条件构型为何及如何影响公众对并购通告的反应。通过对美国 2403 个并购通告采用 fsQCA 方法进行研究，他们得出了良好并购和不良并购的类型区分。依照核心要素特征分别将良好并购的四类构型命名为地理上的规模扩张、地理上的范围拓展、专家的激进相关多元化、新手的激进相关多元化；将不良并购的四类构型命名为新手的对等合并、自大者的对等合并、专家的冒险转型以及专家的过度扩张。以其中的“专家的冒险转型”为例，这一类并购的构型条件包括绩效较差、没有杠杆效应的经验丰富的收购者，以非现金方式支付高溢价的价格实施

---

① 中性排列（neutral permutations）是指在一种给定的构型中，围绕核心要素，存在多于一个不同边缘要素的集群，但其排列不会对构型的总体效果产生影响。这是对因果等效性理论的丰富。不过，虽然排列对于该研究结果而言是等效的，但对于未来发展的影响却未必等效。

业务非相关的并购①。由于过度多元化，市场投资者通常会对这样的并购失去信心，从而成为一种不良并购。

既往对家族企业的划分是基于所有权、治理、管理和继承中的一个或若干个方面，这使得分类随意，且庞杂无序（Garcia-Castro 和 Casasola，2011）。例如，Sharma（2009）以所有权和管理方式作为家族参与程度的影响因素，依据家族参与度不同得出了 72 类完全独立、毫无重叠的家族企业类别。Garcia-Castro 和 Casasola（2011）认为，采用集合论方法探究影响家族参与度的各因素之间的联结及其充分、必要性，能够简化现有的家族企业分类。他们将家族企业定义为反映家族参与的五项要素，即家族所有权、家族董事会、家族董事长、家族 CEO 和继承的耦合。理论上，这五项要素（k = 5）可以形成 32 种（即 2k）家族参与的潜在构型。基于 ORIRIS 数据库中 46 个国家 6611 家上市公司或非上市大型公司的数据分析，他们通过探究五个要素之间的关系，得出了如下结论：家族所有权是家族董事会、家族董事长、继承的必要条件，家族董事会则是家族董事长、家族 CEO 的必要条件；且就充分条件来说，家族所有权的形成有三个条件构型，即家族董事会、家族董事长且创始人、非家族 CEO 且继承人，而家族董事会的形成也有三个条件构型，即家族所有权且家族董事长、家族董事长且创始人、家族 CEO。家族参与度高的企业，是多个方面因素共存且相互作用的结果。

五　定性比较分析法在管理研究中应用的优势及面临的挑战和应对策略

（一）QCA 方法应用于管理研究的优势

相较于量化研究法和常规的质性研究法，定性比较分析方法具有如下优势：

1. 对样本量和数据来源要求较低。现有的定量研究法本质上都是基于回归分析（夏鑫等，2014），通常要求 200—300 个样本量以保证结果的稳健性。常规的定性研究方法，包括扎根理论、民族志、案例研究等，单个研究对象的信息量较大，因此通常只选取一个或最多几个样本。QCA 作为定量研究与定性研究相结合的产物，突破了数据量限制的问题，适用于处理对质性研究来讲样本量太大但对量化研究而言样本量又太小的中间情况（Stokke，2007）。

构型研究的一大难题在于，理论上构型的数量远远多于案例数。即许多理论上存在的构型，在实际中并没有可观察到的相应的案例支持。这就造成了构型研究中常见的有限多样性的问题。QCA 可以通过反事实分析解决这一问题，即根据理论或其他方法的佐证来进行必要的主观判定。QCA 把影响因素称为“前因”（antecedent）而不是通常的“变量”。在最为简单的 csQCA 中，n 个因素可以组成 2^n 个构型，相应的样本量达到 2^{n-1} 即可，因此可以处理小样本的研究问题（Judge 等，2014；Martín-de Castro 等，2013；Korczynski 和 Evans，2013；Cárdenas，2012；Freitas 等，2011；Greckhamer，2011；Chung，2001）。

布尔运算作为 QCA 的基础，具有结构化处理大量案例或质性数据的优点（Romme，

① 其具有的构型表达式为：**~收购者高绩效** * ~收购者财务杠杆 * **收购者经验丰富** * **~相关收购** * **溢价收购** * **~现金收购**（~表示“不存在”此条件，* 表示“并且”）。其中黑体显示的均为核心条件，非黑体的为边缘或贡献性条件。

1995），可以处理十几个至上百个数量的样本（王凤彬等，2014）。在已见的研究文献中，研究者使用的样本量从9个（Rémy，2007）到6611个（Garcia-Castro和Casasola，2011）不等。截至2016年4月，在专注组织层面研究的49篇文献中，有23篇样本量在50个以下，11篇样本量在200个以内，未达到回归分析的基本要求；15篇样本量在250个以上，其中6篇样本量在1000个以上，这是传统的定性研究方法所无法处理的。同时，QCA可以对二手数据进行深入挖掘。截至2016年4月，在已交代数据来源的92篇文献中，42篇使用了一手数据，3篇明确指出采用一手与二手数据的结合，其余47篇文献均仅使用二手数据，数据来源包括各类数据库、既往研究、档案数据等。

2. 应对前因的复杂性。回归分析要求变量之间不能具有共线性，以找出各个变量的净效应。QCA方法则以构型理论为基础（Raab等，2013；Greckhamer，2011；Lounsbury等，2013），关注因素之间的交互关系（Kask和Linton等，2013）、联合成因（Stokke，2007；Cárdenas，2012）和组合效应（Ordanini和Maglio，2009），以便通过前因条件组合的分析（Judge等，2014；Ganter和Hecker，2014），对引致特定结果的复杂原因做出合理解释（Martín-de Castro等，2013；Lounsbury等，2013；Korczynski和Evans，2013；Kogut和Ragin，2006）。QCA的理想结论是得出“INUS”条件组合，即单个因素对特定结果而言是非充分但必要的条件，而这些因素组成的构型对该结果而言却是非必要但充分的条件。常见的量化研究方法只能处理线性相关关系，而对非线性关系挖掘比较困难，而QCA基于集合论可以发掘存在于多个因素之间的相当复杂的非线性关系（Ganter和Hecker，2014；Cárdenas，2012）。

3. 主张因果非对称性。回归分析得出的是相关性结论而非因果关系的结论，需要通过理论或时间设定等推定何者为因、何者为果。QCA则是通过集合之间关系直接证明因果关系。回归分析是基于统计分析的原理，假定变量间存在的是线性相关关系，因此回归分析的结果是对称关系，即导致结果变量水平高或低的因素是一致的，两者正相关时为同向变化，负相关时为反向变化。QCA以讨论集合间隶属关系为主要手段（夏鑫等，2014），以此展现前因构型与结果变量之间的充分、必要和充要关系等，从其数据分析结果中能够直接判定构型和结果之间的因果关系。因此，QCA可以分析不对称的因果关系（Judge等，2014；Bell等，2014；Fiss，2011），即导致结果变量高水平的条件构型和低水平的条件构型未必相同，即两者可以包含不同的条件要素，而不仅仅是相同要素在水平上的差异。

4. 无须对跨层变量做特殊处理。在既有的量化研究方法中，如何处理跨层变量是一大难题，需要使用多层线性模型等复杂方法进行处理。组织研究中通常需要加入制度因素或其他高于组织层次的情境因素，因此，如何处理跨层变量是组织研究的一个难点。而QCA方法消除了对影响因素间独立性的假设，对因素之间跨层嵌入的情形具有兼容性，不要求对跨层变量进行特殊处理（王凤彬等，2014），因此特别适用于涉及多层变量的管理研究（Greckhamer，2011）。

5. 降低现象复杂性。csQCA可以通过测量变量存在与否（Kogut和Ragin，2006），fsQCA可以通过测量存在或不存在的程度，从而减少现象的复杂性（Cárdenas，2012）。QCA以构型视角看待案例，针对每一个案例都从多个因素来考察是否分别为某集合的成员，然后从多重集合中所对应的归属关系的组合来刻画案例总体特征（Kogut和Ragin，2006）。在此基础上通过布尔逻辑运算，识别出所观察案例的最简约的条件构型（Ragin，

1987）。这样，去除无关的特征，便使研究结论更加精练和可靠（彭娟，2013），且数据简化也利于发现作用机制（Raab 等，2013）。

6. 完整解读案例。QCA 是介于概化性（generality）和复杂性（complexity）之间的研究方式，通过在引致特定结果上具有等效性的前因条件构型开展多样性导向的研究，从而与案例导向和变量导向的研究有明显区别（Kogut 和 Ragin，2006）。构型解释使研究者能够整体看待案例，而不将其解构为变量（Chung，2001），同时可通过合理的假设应对有限的多样化，因此不需要关注自由度的问题，从而可以聚焦于有更深了解的案例进行因果解释，而不致造成对案例的曲解（Stokke，2007）。

（二）QCA 方法应用中的挑战及解决策略

作为一种新的研究方法，QCA 也受到了一些质疑。有学者指出，csQCA 存在对个案敏感的问题，且难以区分实在与随机数据。Marx 等（2010，2013）则表示，QCA 应用者可采用调整纳入分析的前因条件数与样本量（案例数）比例来解决这一问题，他们认为只有在特殊情况下个案的敏感性才对结果造成影响。时序分析是对 QCA 方法的另一个挑战。在应对这一挑战中，当前已发展出一个新的分支，即 TQCA（temporal QCA）。尚存的问题是，TQCA 中难以对共生现象进行编码，并在一个前因条件缺失时难以进行时序编码。另外，当组成构型的前因条件过多或样本量过大时，QCA 结果生成的构型数将呈指数增加，致使研究难以满足简洁性的要求并且结果不易解读。为此，Jackson 和 Ni（2013）开发了两步法，将量化分析方法与 QCA 相结合，即当数据量大时，可先通过常规的统计分析，以缩小进入 QCA 分析的前因要素的数量。同时，由于 QCA 在数据标度、反事实分析等步骤中有时需要辅以主观判断，这对此方法应用者的理论功底提出了较高的要求。

对研究结果可信性的质疑，无疑是 QCA 应用中最需要面对的挑战。由于以 QCA 方法进行的研究通常样本量都较少，某些构型可能仅有 1—2 个观察到的样本，甚至出现没有观察到样本而需通过反事实分析进行判定的情况。因此，QCA 研究结果的稳健性常受到质疑。对此，学者们提出了多种稳健性检验方法，以其作为增大 QCA 研究结果可信度的基本方略。

Bell 等（2014）提出了两种进行稳健性检验的方法。第一种方法是，在对引致结果变量高水平的前因条件进行构型研究的同时，也对其反面即结果变量低水平的前因构型进行研究，这是 QCA 稳健性检验中最传统、最常用的方法。与回归分析中持因果关系对称性的假设（即“若 X→Y，则 ~X→~Y”）不同，QCA 研究者认为，正面、反面结果的成因并不具有对称性，也即导致高水平结果与低水平结果的前因构型是不同的。在《公司治理与投资者对境外 IPO 股票溢价感知》一文中，Bell 等（2014）在分析导致股票溢价的前因组合之外还补充研究了导致“股东价值低”的构型，发现后者三种前因组合与导致“股东价值较高”六种组合的条件基本不同。类似地，Kask 和 Linton（2013）在对“新创企业如何建立成功的商业伙伴关系”的研究中，也采用这一稳健性检验方法，对不能成功建立商业伙伴关系的前因构型进行了补充检验，得出的四种构型与导致成功建立商业伙伴关系的三种构型的前因条件截然不同。Misangyi 和 Acharya（2014）在对“治理机制的要素如何互动构成有效治理机制”的研究中，同样补充了导致治理机制无效的两种前因构型。在稳健性检验中，如果出现同一种构型既能导致结果变量的高水平又能导致结果变量的低水平，则认为它不应是结果变量高水平的充分条件，应当剔除这样的构型，甚至要重新进行条件组合分析，以保持研究结果的稳健性。Bell 等（2014）提出的第二种稳健性检验方法是，增加先前研究已发现的其他影响因素。他们在有关投资者对境外 IPO 股票溢价感知的影响因素 QCA 分析中，通过进一步纳入内部所有权、五大会计师事务所介入、创始人兼任 CEO 等进行稳健性检验。结果显示，即便增加了这些条件后，其研究结论仍不变，即当公司进行境外 IPO 时，若对股东保护的机制不完善，通过更多的激励和监督机制的组合，能够实现较大的股票溢价。研究结果的可信性由此得到了证明。

Kim（2013）在其对“模仿的隔离机制的两大成因”的研究中提出，检验所得结果对数据变化是否敏感有四种稳健性检验的方法。一是跨越不同时段，若研究结果仍然一致，则认为其稳健；二是在变量标度时采用不同的临界值（crossover），比如将完全属于和完全不属于编码的临界值从 10%、90% 变更为 5%、95%，然后再进行运算。Fiss（2011）以及 Kask 和 Linton（2013）的研究中也采用了这一稳健性检验的方法，将临界值增或减 25% 后再做检验；三是采用不同来源的数据来检验。如 Kask 和 Linton（2013）同时使用了来自 EPO 和 USPTO 两个专利数据库的数据分别做检验；四是在变量测量中使用不同的测量方法，如发放给不同对象的问卷等。

Leischnig 和 Kasper-Brauer（2015）提出一种新的稳健性检验的方法，即用基于相关性的方法来检验基于集合论的方法的研究结论，即计算每一个案例在每一种构型中的归属度分值，取其最小值作为每一种构型的结果，以此将每一条构型转化为独立变量，再与结果变量进行回归分析。此外，Fiss（2011）指出，当用 QCA 进行分类研究时，还可将研究结论与传统分类研究方法，如聚类研究、偏差分析法等得出的结论进行比较。虽然传统方法无法检验 QCA 研究的某些结论（如因素间复杂关系等），但将其分类结果与 QCA 构型结果进行比较仍然有参考价值。

六 定性比较分析方法的演进

自 Ragin（1987）提出比较研究方法以后，受限于技术条件，QCA 最初只能实现基于清晰集的比较研究，即处理取值为 0 或 1（是或否，完全隶属或完全不隶属）二分变量的 csQCA。2000 年，Ragin 进一步提出了基于模糊集的定性比较分析的方法，即 fsQCA，它通过非完全隶属或非完全不隶属的模糊集合概念，将变量校准为 0—1 连续的“成员归属度”数值，从而将研究精确程度从某一条件“是否”存在提升到某一条件存在/不存在的“程度”对结果变量的影响。为了处理研究中有些变量为多个分类变量的现实问题，QCA 逐渐演化出一个新的分支，即 mvQCA（Cronqvist，2004）。将存在或不存在的条件从二分变量放宽到多个取值后，变量校准为从 0 开始并以“1，2，…”的连续整数来赋值的分类变量。一些研究者认为，mvQCA 实际很难从集合论的角度进行解释（Vink 和 Van Vliet，2009；Schneider 和 Wagemann，2012），但这并不影响这一方法的有效性。只是与 csQCA 及 fsQCA 相比，mvQCA 采用了与之不同的“符号”（notation）体系，前两者均采用集合隶属标记，而 mvQCA 则采用取值（value）标记（Thiem，2014）。这两类标记法的差异带来了方法不可比较的问题。对此，Thiem（2014）提出了一种解决方案，即将两种标记方式统一成“取值分数”符号体系（value-score notation，VSN），对清晰集、模糊集和多值数据都使用同样的分母（common denominator）进行标定。这样处理之后，csQCA 既是

fsQCA 的一种特例，又是 mvQCA 的一种特例，mvQCA 是 csQCA 的一般化。因此，以上三类 QCA 的方法，可以统称为广义集合定性比较分析（gsQCA）。Caren 和 Panofsky（2005）指出，作为一种静态研究的 QCA 忽略了前因之间固有的顺序，即 QCA 将前因要素看作同时出现而不是随时间变化的。前面述及的 TQCA 就是为了弥补这一缺憾而开发的一种将布尔运算和序列分析相结合的方法，可用以探究要素间互动关系的时间性。复旦大学复杂决策分析中心于 2012 年发布的 fmQCA（fully functional multi-value QCA）软件，能够同时处理要素与结果变量均为多值的数据，弥补了现有 mvQCA 软件不能处理结果变量为多值且不能逻辑化简的不足。

共存分析（coincidence analysis，CNA）是与 QCA 相关的另一种基于布尔运算进行因果分析的方法（Baumgartner，2009；Baumgartner 和 Epple，2014），在一定程度上是对 QCA 的延伸与发展。与 QCA 相同，CNA 也关注条件构型整体而非单个条件的效应，并且也能在数据量较小的情况下通过构型获得最简化的充分条件和必要条件。但与 QCA 比较，CNA 还具有如下功能：可以做多结果变量的研究；可研究前置条件对中间结果变量的影响及多结果变量之间的相互作用，因此研究结果将形成一条完整的证据链，而不像 QCA 是非链型的结构；可以解决某一变量同为下一阶段因果的情况，特别是分析中可以不构建完整的真值表，也可以不进行反事实分析；不是基于奎因—麦克的优化方法①，而是基于其自身的规则进行优化。

Vis 和 Dul（2016）提出了一种能够比 QCA 识别更多必要条件的方法，称为必要条件分析（necessary condition analysis，NCA）。QCA 只能够“定性地”（in kind）识别哪些因素是某一结果的必要条件，而 NCA 还可以进一步“定量地”（in degree）识别某种程度的因素是某种程度结果的必要条件。所以，NCA 既是对回归分析方法的有效补充，也是对 QCA 方法的有效补充。

七 结论与展望

管理学领域正在出现研究范式向构型视角的转变。特别是复杂性理论继系统和权变理论之后日渐成为管理研究主流以来，注重综合而不是分析的设计科学（science of design）重新抬头，这使构型视角的研究得以展现其独特的魅力。定性比较分析方法作为构型研究的承载工具，它从政治学、社会学、新闻学等宏观研究领域（毛湛文，2016）引入到中观的企业管理研究后，因顺应了管理研究的前沿发展需要，在西方管理学界迅速流行，并在全球范围受到了越来越多管理学者的重视。然而，目前国内在管理研究中采用这一方法的学者屈指可数，研究成果的数量远不及海外，质量也存在差距。究其原因，一方面是由于很多研究者对这种方法不了解或不够熟稔，另一方面则是因为国内外缺乏对该方法进行系统梳理的文献，对此方法所能解决的问题类型及分析逻辑没有清晰的把握。

---

① 奎因—麦克优化方法（Quine-McCluskey optimization）是最小化逻辑函数的一种算法（纪书国和陈付龙，2010），主要包含两个步骤：一是找到逻辑函数的所有质蕴涵项，二是在找到的所有质蕴涵项中寻找必要质蕴涵项（在描述输入和输出之间逻辑关系时必不可少的质蕴涵项），去掉非必要质蕴涵项。Baumgartner（2009）认为，这种方法仅能在相应的真值表包含因素组合在存在与否上有所不同的两行的情况下，才能对充分条件的冗余组合进行简化，因此难以满足 CNA 的简化需要。

国内此前仅有的两篇关系 QCA 的综述均是从数理逻辑上解释了布尔运算的原理（夏鑫等，2014；毛湛文，2016）。本文首次从应用角度通过对管理研究领域采用 QCA 方法的 175 篇文献进行系统梳理，总结了其在既有研究中所解决的三类问题：殊途同归问题、复杂前因及前因间互动关系问题、分类问题。本文在提出针对稳健性质疑的解决方略的同时，着重提炼了 QCA 在既往研究中体现的六大优势：对数据要求较低、处理复杂前因、主张因果非对称性、无须对跨层变量进行特殊处理、降低现象复杂性和完整解读案例。这六大优势使得过去大量因方法约束而无法进行的研究可考虑采用 QCA 作为新的研究思路和操作工具进行探索，QCA 在未来的管理研究中具有极大的潜力。本文构建了 QCA 可用于管理学领域探索或利用导向的未来研究的总体框架（如图 1 所示），希望能够推进这一介于多案例研究与量化研究之间的质性研究方法在管理学界获得更多的应用与进一步的完善。

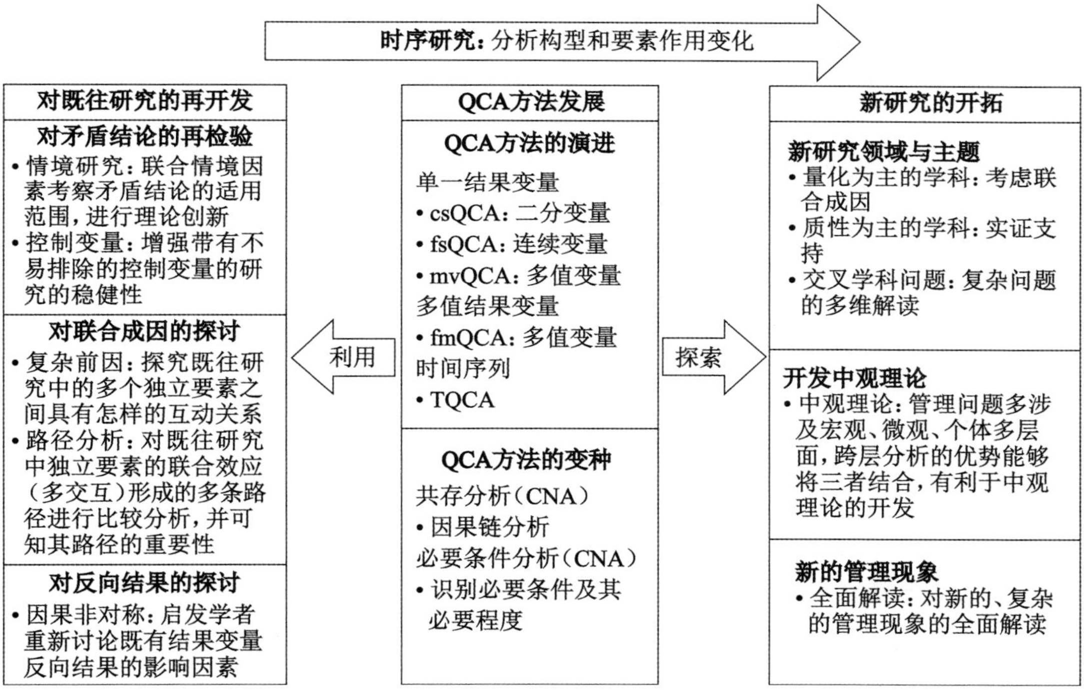

图 1　应用 QCA 深化管理研究的未来框架

（一）探索导向的未来研究领域

1. 拓展全新的研究领域和研究主题

诞生于公共管理领域的 QCA 作为最适合构型研究的方法被引入管理学界后正受到越来越多学者的认可和采用，并且为越来越多的主流期刊所接纳。随着其具体方法和软件程序的不断发展和完善，定性比较分析所能解决的问题的范围也在不断扩大。目前，在公司治理、创新管理、创业管理等领域，定性比较分析都有较多的应用。自 2015 年以来，定性比较分析在市场营销领域尤其是消费者心理学领域应用广泛，仅 JBR 就发表了 10 余篇相关文章。未来，以采用案例研究方法为主的领域，尤其是采用多案例研究设计时，都可以采用定性比较分析的方法。而以往采用回归分析为主的领域，如组织行为学等，也可通过 QCA 方法应对共线性、多重交互等问题。此外，情境因素在组织研究中的重要性正愈加凸显。QCA 方法以其能够实现多情境因素交互，特别是内外部因素，很好地契合了未来管理学研究的趋向。

2. 开发中观理论

与传统方法适于构建普适性理论相比，构型研究是一种适合于中观层次研究的综合性研究方法。这种范式具有同时基于特定情境和特定设想的优势（Park 和 ElSawy，2013），因而被 Rihoux 和 Ragin（2009）认为是最适合构建具有“适中普适性”的理论（modest generalization）。由于无须对跨层变量进行特别处理，QCA 在综合国家经济、制度等宏观层面因素以及企业组织内微观层面因素的研究中具有明显优势，可帮助研究者进行中观层面的组织（不局限于企业）管理理论的构建。

3. 对管理新现象的全局性探究

之前无论是案例分析还是回归分析，研究者都会因为处理信息的局限性，在抽取变量的过程中丧失对复杂现象的全局认识。定性比较分析能够完整地看待复杂现象，因此能够较好地挖掘一个新的管理现象背后所蕴含的各方面支持条件以及这些因素间共同作用的机制。

（二）利用导向的既往研究深挖

1. 对多个前因条件影响被解释结果的作用机制的深入探究

既往研究多关注单个变量对某一结果变量的影响，或者在出现多个不同的解释变量时以“加和”（additive）方式考察各变量的“净”影响。QCA 方法不但放宽了对解释变量间独立性的要求，而且还拥抱这种非独立性。它可以综合考虑既有研究所发现的一系列变量，从相互替代（并集）或互补（交集）等多种关系角度分析各变量对同一结果变量的联合影响，不仅可以探索相关变量之间的内在联系，也可以在因果关系检验中佐证既往研究。QCA 不是对既有方法的替代，而是可以作为一种混合方法对既有方法进行有效补充。但需要注意的是，获得引致特定结果的前因构型本身并不构成理论的创新，对各种构型如何导致特定结果的机制进行分析和解读，才是运用 QCA 方法作出理论贡献的核心。综观顶尖期刊所发表的采用定性比较分析法的文章，都在机制解释方面有所建树。而这需要研究者在软件运行结果的基础上结合典型案例对相应构型的作用机制做出深入解释，无疑对研究者的理论功底提出了高要求。正因为如此，采用 QCA 方法的研究被划归为质性研究类别。

2. 对有争议的研究结果的统合解释

针对特定研究问题，既往不同研究可能对同样的自变量、因变量得出不一致甚至相左的结论，或者出现与既往研究结论相矛盾的情况。这常使研究者陷入研究的困境。在定性比较分析中可以通过加入情境因素或与其他因素联合解释的方法，对同一变量导致不同结果的情况进行解释，从而突破困境，获得理论创新。

3. 对反向结果成因的探究

既往研究假定因果具有对称性，往往忽视对导致某一结果的反向成因的探究。而在管理实践中，管理者因其能力未必能够采取导致正向结果的管理行为，但对某一反向结果的研究能够帮助管理者纠正导致反向结果的不当行为，因此在管理学研究中，避免某一反向结果的产生与推动某一正向结果的产生应当具有同等重要的地位。QCA 所主张的因果非对称性启发研究者补充对既往研究问题反向结果成因的研究，使研究更加全面。

（三）时序角度的跨期对比分析

许多构型研究具有内在的时序性分析要求（Hak 等，2013）。由于构型中的要素是动态变化的，一些要素会消亡，新的要素会出现，且它们在联合作用中会彼此相互加强或相互削弱（Siggelkow，2013）。以往对构型动态的研究多是通过被广受批评存在“外部效度”问题的案例研究法进行的。TQCA 从方法的角度化解了动态规律提炼的困难，但由于难以长时间跟踪构型变化的完整案例并做出构型组成变化的合理解释（Park 和 ElSawy，2009），构型研究中如何进行有理论寓意的时间序列分析是一个尚待解决的问题（Rihoux 和 Ragin，2009）。虽然存在这样的局限，TQCA 仍不失为解决时序构型问题的备选方案。另外，NCA 及其分支 TNCA（temporalNCA）也可以在考虑时间因素的同时对构型中必要条件及其作用程度的变化进行分析。随着各个分支方法的发展与完善，QCA 在管理研究中的重要性与吸引力将会迅速地提升。

参考文献

龚丽敏、江诗松、魏江：《架构理论与方法回顾及其对战略管理的启示》，《科研管理》2014 年第 5 期。

倪宁、杨玉红：《基于模糊集定性比较分析方法改进胜任力建模》，《工业工程与管理》2009 年第 2 期。

彭娟：《基于构型理论的人力资源系统与组织绩效的关系研究》，华南理工大学，博士学位论文，2013 年。

王凤彬、郑晓杰、陈公海等：《管理要素联动效应与中央企业管理提升——基于管理系统网络特征的跨层比较分析》，《中国工业经济》2014 年第 5 期。

夏鑫、何建民、刘嘉毅：《定性比较分析的研究逻辑——兼论其对经济管理学研究的启示》，《财经研究》2014 年第 10 期。

Bakker R. M., Camber B., Korlaar L., et al., “Managing the Project Learning Paradox: A Set-theoretic Approach toward Project Knowledge Transfer”, *International Journal of Project Management*, 2011, 29 (5): pp. 494 – 503.

Baumgartner M., “Inferring Causal Complexity”, *Sociological Methods & Research*, 2009, 38 (1), pp. 71 – 101.

Baumgartner M., Epple R., “A Coincidence Analysis of a Causal Chain: The Swiss Minaret Vote”, *Sociological Methods & Research*, 2014, 43 (2), pp. 280 – 312.

Bell R. G., Filatotchev I., Aguilera R. V., “Corporate Governance and Investors’ Perceptions of Foreign IPO Value: An Institutional Perspective”, *Academy of Management Journal*, 2014, 57 (1), pp. 301 – 320.

Bensaou M., Venkatraman N., “Configurations of Interorganizational Relationships: A Comparison between U. S. and Japanese Automakers”, *Management Science*, 1995, 41 (9), pp. 1471 – 1492.

Campbell J. T. , Sirmon D. G. , "Schijven M. Fuzzy Logic and the Market: A Configurational Approach to Investor Perceptions of Acquisition Announcements", *Academy of Management Journal*, 2016, 59 (1), pp. 163 – 187.

Crilly D. , Zollo M. , Hansen M. T. , "Faking it or Muddling through? Understanding Decoupling in Response to Stakeholder Pressures", *Academy of Management Journal*, 2012, 55 (6), pp. 1429 – 1448.

Crowley M. , "Control and Dignity in Professional, Manual and Service-sector Employment", *Organization Studies*, 2012, 33 (10), pp. 1383 – 1406.

Cάrdenas J. , "Varieties of Corporate Networks: Network Analysis and fsQCA", *International Journal of Comparative Sociology*, 2012, 53 (4), pp. 298 – 322.

Delery J. E. , Doty D. H. , "Modes of Theorizing in Strategic Human Resource Management: Tests of Universalistic, Contingency and Configurational Performance Predictions", *Academy of Management Journal*, 1996, 39 (4), pp. 802 – 835.

Dess G. G. , Lumpkin G. T. , Covin J. G. , "Entrepreneurial Strategy Making and Firm Performance: Tests of Contingency and Configurational Models", *Strategic Management Journal*, 1997, 18 (9), pp. 677 – 695.

Doty D. H. , Glick W. H. , "Typologies as a Unique Form of Theory Building: Toward Improved Understanding and Modeling", *Academy of Management Review*, 1994, 19 (2), pp. 230 – 251.

Ferguson T. D. , KetchenJr. D. J. , "Organizational Configurations and Performance: The Role of Statistical Power in Extant Research", *Strategic Management Journal*, 1999, 20 (4), pp. 385 – 395.

Fiss P. C. , "A Set-theoretic Approach to Organizational Configurations", *Academy of Management Review*, 2007, 32 (4), pp. 1180 – 1198.

Fiss P. C. , "Building Better Causal Theories: A Fuzzy Set Approach to Typologies in Organization Research", *Academy of Management Journal*, 2011, 54 (2), pp. 393 – 420.

Garcia-Castro R. , "Casasola M. J. , A Set-theoretic Analysis of the Components of Family Involvement in Publicly Listed and Major Unlisted Firms", *Journal of Family Business Strategy*, 2011, 2 (1), pp. 15 – 25.

Greckhamer T. , "Cross-cultural Differences in Compensation Level and Inequality across Occupations: A Set-theoretic Analysis", *Organization Studies*, 2011, 32 (1), pp. 85 – 115.

Hotho J. J. , "From Typology to Taxonomy: A Configurational Analysis of National Business Systems and Their Explanatory Power", *Organization Studies*, 2014, 35 (5), pp. 671 – 702.

Houthoofd N. , Heene A. , "Strategic Groups as Subsets of Strategic Scope Groups in the Belgian Brewing Industry", *Strategic Management Journal*, 1997, 18 (8), pp. 653 – 666.

Judge W. Q. , Fainshmidt S. , Brown Ⅲ J. L. , "Which Model of Capitalism Best Delivers Both Wealth and Equality", *Journal of International Business Studies*, 2014, 45 (4), pp. 363 – 386.

Ketchen D. J. , Combs J. G. , Russell C. J. , et al. , "Organizational Configurations and Performance: A meta-analysis", *Academy of Management Journal*, 1997, 40 (1), pp. 223 – 240.

Kim M. , "Many Roads Lead to Rome: Lmplications of Geographic Scope as a Source of Isolating

Mechanisms", *Journal of International Business Studies*, 2013, 44 (9), pp. 898 -921.

Kogut B., MacDuffie J. P., Ragin C., "Prototypes and Strategy: Assigning Causal Credit Using Fuzzy Sets", *European Management Review*, 2004, 1 (2), pp. 114 -131.

Kogut B., Ragin C., "Exploring Complexity when Diversity is Limited: Institutional Complementarity in Theories of Rule of Law and National Systems Revisited", *European Management Review*, 2006, 3 (1), pp. 44 -59.

Koll O., Woodside A. G., Mühlbacher H., "Balanced Versus Focused Responsiveness to Core Constituencies and Organizational Effectiveness", *European Journal of Marketing*, 2005, 39 (9 -10), pp. 1166 -1183.

Korczynski M., Evans C., "Customer Abuse to Service Workers: An Analysis of its Social Creation within the Service Economy", *Work, Employment and Society*, 2013, 27 (5), pp. 768 -784.

Kvist J., "Fuzzy Set Ideal Type Analysis", *Journal of Business Research*, 2007, 60 (5), pp. 474 -481.

Leask G., Parker D., "Strategic Groups, Competitive Groups and Performance within the U. K. Pharmaceutical Industry: Lmproving our Understanding of the Competitive Process", *Strategic Management Journal*, 2007, 28 (7), pp. 723 -745.

Martín-de Castro G., Delgado-Verde M., Amores-Salvadó J., et al., "Linking Human, Technological, and Relational Assets to Technological Innovation: Exploring a New Approach", *Knowledge Management Research & Practice*, 2013, 11 (2), pp. 123 -132.

Meyer A. D., Tsui A. S., Hinings C. R., "Configurational Approaches to Organizational Analysis", *Academy of Management Journal*, 1993, 36 (6), pp. 1175 -1195.

Miles R. E., Snow C. C., Meyer A. D., et al., "Organizational Strategy, Structure, and Process", *Academy of Management Review*, 1978, 3 (3), pp. 546 -562.

Milgrom P., Roberts J., "Complementarities and Fit Strategy, Structure, and Organizational Change in Manufacturing", *Journal of Accounting and Economics*, 1995, 19 (2 -3), pp. 179 -208.

Miller D., Friesen P. H., "Organizations: A Quantum View", *Academy of Management Review*, 1984, 9 (4), pp. 765 -768.

Mintzberg H., "Strategy-making in Three Modes", *California Management Review*, 1973, 16 (2), pp. 44 -53.

Ordanini A., Maglio P. P., "Market Orientation, Internal Process, and External Network: A Qualitative Comparative Analysis of Key Decisional Alternatives in the New Service Development", *Decision Sciences*, 2009, 40 (3), pp. 601 -625.

Ragin C. C., *The Comparative Method: Moving beyond Qualitative and Quantitative Strategies*, Berkeley: University of California Press, 1987.

Stokke O. S., "Qualitative Comparative Analysis, Shaming, and International Regime Effectiveness", *Journal of Business Research*, 2007, 60 (5), pp. 501 -511.

Takahashi T., Nakamura M., "Bureaucratization of Environmental Management and Corporate greening: An Empirical Analysis of Iarge Manufacturing Firms in Japan", *Corporate Social*

Responsibility and Environmental Management, 2005, 12 (4), pp. 210 – 219.

Thiem A., "Unifying Configurational Comparative Methods: Generalized-set Qualitative Comparative Analysis", *Sociological Methods & Research*, 2014, 43 (2), pp. 313 – 337.

Vink M. P., Van Vliet O., "Not Quite Crisp, not yet Fuzzy? Assessing the Potentials and Pitfalls of Multi-value QCA", *Field Methods*, 2009, 21 (3), pp. 265 – 289.

Vis B., Dul J., "Analyzing Relationships of Necessity not Just in kind but also in Degree: Complementing fsQCA with NCA", *Sociological Methods & Research*, 2016, doi: 10. 1177/0049124115626179.

很复杂，但更精致

——嵌入式案例研究综述*

韦　影　王　昀**

摘　要：嵌入式案例研究适用于分析涉及多层次现象中“为什么”和“怎么样”的管理问题，但现有文献尚缺乏对该研究方法的充分阐释。通过对发表于国际顶级期刊的22篇相关文献进行回顾，分析了嵌入式案例研究的应用现状，从分析单位角度出发明确了嵌入式案例研究的内涵与特点，探讨了该研究方法适用的研究类型。最后，对于如何更好地开展嵌入式案例研究提出了建议，以期促进对该研究方法的深入理解及应用。

关键词：嵌入式案例研究；多层次；文献综述

中图分类号：C93－03　**文献标识码：**A

一　引言

案例研究已经成为基本的研究方法之一，采用案例研究方法既符合学术严谨性的要求，也符合学术意义性的要求（孙海法等，2004；李平、曹仰锋，2012）。国际顶尖管理学期刊之一*Academy of Management Journal*在近50年间发表包括案例研究在内的质性研究论文数量逐年增多有力地支持了这一观点（张霞、毛基业，2012）。近年来，案例研究方法在国内管理学研究领域日渐兴起，学者们对国内管理学案例研究的现状进行了综述与评估（张霞、毛基业，2012；李茁新、陆强，2010；苏敬勤、李召敏，2011），提出了提升规范性和科学性的改进策略（毛基业、张霞，2008；苏敬勤、刘静，2013；原长弘等，2013）。

随着管理研究的不断深入，研究问题不断复杂化。管理研究中一个持续性的问题是大

---

* 基金项目：国家自然科学基金青年项目（71102171，2012.01—2014.12）；浙江省社科规划“之江青年课题研究”成果（11ZJQN057YB，2012.01—2014.12）；国家社会科学基金重点项目（15AZD057，2016.1—2018.12）；教育部人文社会科学研究专项任务项目（高校思想政治工作）（16JDSZ2030，2016.7—2017.12）。本文原载《科研管理》2017年第11期。

** 作者简介：韦影，女，管理学博士，浙江工商大学工商管理学院副教授、硕士生导师，研究方向：技术创新管理；王昀，男，管理学硕士，丽水学院商学院助教，研究方向：技术创新管理与创新创业教育。

多数管理问题涉及多层次现象，然而大多数管理研究仅采用单一的分析层次（Hitt 等，2007；Gupta 等，2007）。从案例研究方法来看，见诸文献较多的整体式案例研究（单一分析单位的研究）并不适用于分析多层次的管理问题，而嵌入式案例研究（多个分析单位的研究）正是适用于上述问题的研究方法（罗伯特 · K. 殷，2004）。嵌入式案例研究方法的运用相对复杂，但同时也能提供更为精致的研究（罗伯特 · K. 殷，2004），以达到 Weick（Weick，1979）所提出的好理论标准之一——精确。

尽管嵌入式案例在解决涉及多个分析单位的研究问题时能够发挥更大的功效，但是 Yin（Yin，1984）在 *Casestudy Research* 以及其后的几版书中均未对嵌入式案例研究进行深入介绍。Eisenhardt 以及苏敬勤等（苏敬勤、崔淼，2011）也仅提及嵌入式案例研究方法的优点。对于“什么是嵌入式案例研究”“嵌入式案例研究具有什么特点”“在应用嵌入式案例研究方法的过程中应注意哪些问题”等问题均鲜见文献展开阐述。这亦在一定程度上囿限了嵌入式案例研究的应用。

本文基于国际顶级期刊相关论文，对嵌入式案例研究方法进行了回顾与探讨。首先，通过关键词对 20 种国际顶级期刊进行全文检索，对嵌入式案例研究方法的应用现状进行了分析；其次，从分析单位角度出发，归纳了嵌入式案例研究的内涵，厘清了该研究方法的主要特点；最后，探讨了嵌入式案例研究适用的研究类型，提出了应用该方法的建议。

本文的主要贡献在于：第一，在殷（罗伯特 · K. 殷，2004）的基础上，结合现有文献，突出了对嵌入式案例研究方法本身的探讨，弥补了对该方法探讨的缺口，试图回答“什么是嵌入式案例研究”“嵌入式案例研究具有什么特点”；第二，从方法的应用角度入手，结合现有文献，突出了对嵌入式案例研究方法所适用研究类型的分析，并试图回答“在应用嵌入式案例研究方法的过程中应注意哪些问题”，以期促进对嵌入式案例研究的深入理解及应用。

二　样本收集与分析

（一）样本收集

首先，关于期刊的选择，本文以 *Journal Citation Reports*（*JCR*）2013 年报告为准，选取了近五年影响因子排名前 20 的期刊①。其次，关于时间跨度的选择，由于 Yin（Yin，1984）于 1984 年在著作 *Casestudy Research* 中首次提及嵌入式案例研究方法，所以选取 1984—2013 年的研究文献能够较为全面反映国际顶级期刊中嵌入式案例研究方法的应用情况，是合适且可取的。最后，关于检索方式，应用嵌入式案例研究方法的文献鲜少在标题或者关键词中出现“embedded design”“embeddedcase”和“embedded multiple case”

---

① 选取的 20 种期刊分别为：*Academy of Management Review*、*Academy of Management Journal*、*Journal of Management*、*Administrative Science Quarterly*、*MIS Quarterly*、*Journal of Applied Psychology*、*Journal of Operations Management*、*Academy of Management Annals*、*Strategic Management Journal*、*Personal Psychology*、*Organization Science*、*Journal of International Business Studies*、*International Journal of Management Reviews*、*Organizational Research Methods*、*Journal of Management Studies*、*Research Policy*、*Research in Organizational Behavior*、*Journal of Organizational Behavior*、*Organizational Behavior and Human Decision Process*、*Journal of Information Technology*.

等词。因此，本文以此三个词为关键词，在 EBSCO 和 Science Direct 两个数据库中对选取的 20 种期刊进行全文检索，分别检索获得 221、234 和 157 篇文献。在此基础上，两位作者分别阅读检索获得的文献，排除实证以及规范分析等不符合要求的文献，并对对方结果进行交叉检查，最终获得嵌入式案例研究样本文献共 22 篇（Eisenhardt，1989；Martin 和 Eisenhardt，2010；Smets 等，2012；Hallen 和 Eisenhardt，2012；Bresman，2013；Edmondson 等，2001；Graebner 和 Eisenhardt，2004；Davison 等，2012；Woodard 等，2013；Dougherty，1990；Maritan 和 Brush，2003；Moschieri，2011；Joseph 和 Ocasio，2012；Shane，2000；Wong 和 Ellis，2002；Molloy 和 Schwenk，1995；Jarzabkowski 和 Wilson，2002；Regnér，2003；Child 和 Tsai，2005；Ravasi 和 Zattoni，2006；Keil 等，2008；Ely 和 Meyerson，2010）。

（二）样本统计分析

从数量上来看，近 20 年来国际顶级期刊中应用嵌入式案例研究方法的文献共有 22 篇。其中最早应用该研究方法的论文是 1989 年 Eisenhardt（Eisenhardt，1989）发表于 *AMJ* 上的文章 Making Fast Strategic Decisions in High-velocity Environments。同年她（Eisenhardt，1989）发表了管理学领域中被引频次最高的文献 Building Theories from Case Study Research。这篇文章的发表对学者们从事案例研究产生了巨大的影响，亦对嵌入式案例的应用起到积极的指导作用。此后，嵌入式案例研究的文献开始逐渐见诸各大期刊之中，数量稳中有增。

从期刊和研究领域的分布来看，20 种期刊中仅有 8 种期刊发表了嵌入式案例研究的论文，其中 *Journal of Management Studies*、*Academy of Management Journal* 和 *Strategic Management Journal* 刊发的相关文献最多，分别达到 6、5、4 篇，三种期刊的发表量占总量约 70%。可以看出嵌入式案例研究方法的应用较为集中于组织和战略管理研究领域。尽管嵌入式案例研究的应用尚处于起步阶段，但值得关注的是，采用该研究方法的文献见诸顶级期刊的时间间隔逐渐缩短。近五年每年均有相关文章发表，其中 2012 年发表了 4 篇论文。这表明学者们对嵌入式案例研究方法越来越重视，各期刊也愈加认同并接纳这种复杂但更加精致的研究方法。总体而言，学术界对嵌入式案例研究方法的认识尚欠深入，这或许是嵌入式案例研究方法在国内应用发展较为缓慢①的原因之一，亟待进一步提升和发展。

三 结果与讨论

（一）什么是嵌入式案例研究

通过研读 22 篇文献，各论文均涉及对主分析单位和次级分析单位等多个分析单位的研究。表 1 从相关文献的分析单位、案例研究类型和研究领域等方面进行了梳理。使用抽

① 我们以“嵌入式（性）案例研究”“嵌入式（性）单（多）案例研究”以及“嵌入式（性）分析单位”等 8 个关键词在中国知网文献总库中对国家自然基金委管理学部认定的重要期刊进行检索，仅有巫景飞和芮明杰（巫景飞、芮明杰，2007）、许晖等（许晖等，2008）、崔淼等（崔淼等，2012）、崔淼和苏敬勤（崔淼和苏敬勤，2013）、陈国权等（陈国权等，2013）以及武建龙等（武建龙等，2014）6 篇期刊论文应用了嵌入式案例研究方法。

样技术或者簇群技术（cluster techniques）（Mc Clintock，1985）抽取出次级分析单位，通过对主分析单位与次级分析单位的考察而开展的案例研究，称为嵌入式案例研究（罗伯特·K. 殷，2004）。主分析单位是研究的出发点和落脚点，是研究的核心单位；次级分析单位是嵌入（或被嵌入）于主分析单位之中的分析单位，是为达到研究目标而采用的分析单位。次级分析单位可以是行动主体，如企业及嵌入其中的高管团队、事业部乃至员工等（Eisenhardt，1989；Maritan 和 Brush，2003；Ely 和 Meyerson，2010），也可以是变量，如设计行动与设计资本（Woodard，2013）、创业机会（Shane，2000）。

值得注意的是，次级分析单位应是异质且在管理现象中具有重要影响的分析单位。例如，Smets 等（Smets 和 Morris，2012）构建了一个实践驱动制度变迁的模型，即源于个人日常工作改变的实践在组织内广为接受后，引发了企业层面的改变进而在领域（field）内扩散并获得合法性。作者选取了领域为主分析单位，企业和员工为次级分析单位。作为次级分析单位的英德合资法律公司 Justitia 是一家大型的全球法律咨询公司。由于英德两国法律教育和应用状况的差异，在 Justitia 中复杂的跨国工作是日常行为且在同行业中具有异质性。此外，嵌入 Justitia 之中的次级分析单位——英德两国员工由于其不同法律教育背景亦具有异质性。需要指出的是，当分析单位为个体时，若仅提及一般员工或管理者等同质的分析单位，应认为该研究是通过明确行动主体来描述整体现象的整体式案例研究。

（二）嵌入式案例研究的特点

嵌入式案例研究从主分析单位出发提出研究问题，通过对次级分析单位（或联同主分析单位）的研究，最终回归主分析单位得出研究结论。根据定义，嵌入式案例研究的特点是，加入了对次级分析单位的考察而不局限于对整体性质的考察，其与仅考察某一现象整体性质的整体式案例研究最大的区别主要体现在分析单位的数量上（罗伯特·K. 殷，2004；苏敬勤和崔淼，2011）。我们从分析单位入手，对嵌入式案例研究的特点归纳如下。

第一，分析单位嵌入层次不宜超过三层。由表 1 可知，现有嵌入式案例研究设计大多以行动主体为分析单位，主要包括微观层次的企业、高管团队、事业部以及个人，也有少数研究涉及中观层次的领域（field）和社会网络等（Smets 等，2012；Wong 和 Ellis，2002）。大多数嵌入式案例研究设计的层次为两层，即一级嵌入的设计。例如，Eisenhardt（Eisenhardt，1989）深入剖析了在技术与竞争急剧变化的环境之下，高层管理团队如何制定重要决策以提升企业绩效。该研究包含了两个分析单位：主分析单位——企业（战略及绩效）和次级分析单位——高层管理团队（成员个性以及团队合作）。亦有研究设计将嵌入层次深入至二级嵌入，如 Edmondson 等（Edmondson 等，2001）通过对 16 家医院采用心脏手术新技术意愿的研究，检验了采纳新技术的路径是如何在组织中得到发展的。该研究包括三个分析单位，主分析单位为医院（应用新技术的历史），次级分析单位为团队（的心理安全）以及团队成员（的行动）。样本文献中没有出现超过三个分析层次的研究设计。我们认为，不能为了过分追求理论的复杂性而设计过多的嵌入层次。根据所研究的管理问题，应以两个层次为宜，最多不超过三个层次。

第二，主分析单位层次可高可低。这主要视研究问题和研究的主要兴趣点而定。大多数研究将企业作为主分析单位，以自下而上的视角考察嵌入于企业之中的事业部、团队等次级分析单位对主分析单位产生的影响，如 Bresman（Bresman，2013）以及 Graebner 和

Eisenhardt（Graebner 和 Eisenhardt，2004）等的研究均是遵循了这一思路（见表1）。少数研究将较低层次的分析单位作为主分析单位。例如，Martin 和 Eisenhardt（Martin 和 Eisenhardt，2010）探讨了跨业务单元协作价值创造的问题。该研究以业务单元为主分析单位，以企业为次级分析单位，通过对 6 个公司 12 个跨业务单元协作案例的比较分析，提出以业务单元为核心的过程比以公司为核心的过程更有利于协作。由此可见，嵌入式案例研究既可以开展低层次构念影响高层次构念的研究，又可以开展高层次构念影响低层次构念的研究。

第三，分析单位可为变量。令人意外的是，现有嵌入式案例研究的分析单位除了行动主体之外还涉及变量。在 22 篇样本文献中有 2 篇文献（Woodard 等，2013；Shane，2000）涉及该类研究。Woodard 等（Woodard 等，2013）探讨了在信息技术与越来越多产业中的产品和服务相融合的背景下，企业如何有效地制定和实施数字商业战略（digital business strategies）。该研究提出两个新构念来阐述数字商业战略的逻辑：设计行动（design move）和设计资本（design capital）。文章以设计行动为主分析单位，以不同时期的系列设计举动为次级分析单位，考察了设计行动和设计资本之间的互动关系。Shane（Shane，2000）基于奥地利经济学，讨论了机会发现由社会中的信息传播所决定，由此构建了“技术发明——创业机会识别——利用方法：先前知识的调节作用”的理论模型并提出了相应的命题。然后作者以技术发明（MIT 的一项 3D 打印技术）为主分析单位，基于这项技术发明的创业机会为次级分析单位，通过 8 个案例揭示了企业家发现机会与其持有的信息相关，从而对理论模型进行了证实。可以看出，嵌入式案例研究中作为分析单位的变量多是对主分析单位的深度挖掘，即同一主体不同时期或者同一时期不同主体的不同行为。

表 1　顶级期刊文献中嵌入式案例研究应用情况

Table 1　Application of embedded case study in the articles published in top journals

期刊	案例研究类型	研究领域	分析单位	学者
Academy of Management	多/构建/机制	战略管理	＊公司［高管团队］	Eisenhardt（1989）
Journal	多/构建/过程	战略管理	公司［＊业务单元］	Martin 和 Eisenhardt（2010）
	单/构建/过程	组织管理	＊领域［企业（个人）］	Smets 等（2012）
	多/构建/过程	战略管理	一轮投资［＊企业，投资者］	Hallen 和 Eisenhardt（2012）
	多/构建/过程	组织管理	公司［事业部（＊团队）］	Bresman（2013）
Administrative Science	多/构建/过程	组织管理	＊医院［手术室团队（团队领导、团队成员）］	Edmondson 等（2001）
Quarterly	多/构建/机制	战略管理	兼并方、＊出售方［高管、董事成员］	Graebner 和 Eisenhardt（2004）

续表

期刊	案例研究类型	研究领域	分析单位	学者
MIS Quarterly	多/检验/过程	信息管理	* 典型行动研究项目 [组织]	Davison 等 (2012)
	多/构建/机制	信息管理	* 设计行动 [系列设计举动]	Woodard 等 (2013)
Organization Science	多/检验/机制	创业管理	技术发明 [* 创业机会]	Shane (2000)
Journal of International Business Studies	多/检验/机制	国际商务管理	社会网络 [* 合作伙伴]	Wong 和 Ellis (2002)
Strategic Management Journal	多/构建/机制	创新管理	* 企业 [项目 (部门)]	Dougherty (1990)
	多/构建/过程	战略管理	* 企业 [事业部 (工厂)]	Maritan 和 Brush (2003)
	多/构建/过程	国际商务管理	母公司 [* 被剥离事业部]	Moschieri (2011)
	单/构建/机制	战略管理	* 企业 [事业部]	Joseph 和 Ocasio (2012)
Journal of Management Studies	多/构建/机制	战略管理	* 企业 [决策制定者]	Molloy 和 Schwenk (1995)
	单/检验/机制	战略管理	大学 [* 高管团队]	Jarzabkowski 和 Wilson (2002)
	多/构建/机制	组织管理	* 企业 [高、中、低层级决策制定者]	Regnér (2003)
	多/构建/机制	国际商务管理	* 跨国母公司 [中国大陆、台湾地区子公司]	Child 和 Tsai (2005)
	多/构建/机制	公司治理 战略管理	企业 [* 董事会]	Ravasi 和 Zattoni (2006)
	多/构建/机制	创新管理	* 企业 [风险投资单元]	Keil 等 (2008)
Research in Organizational Behavior	单/构建/机制	组织管理	* 企业 [海外石油平台 (男性员工)]	Ely 和 Meyerson (2010)

注：* 表示主分析单位。“[ ]”所示内容表示一级嵌入，“( )”所示内容表示嵌入于“[ ]”中的分析单位，为二级嵌入。

(三) 嵌入式案例研究的适用类型

从案例研究的分类来看，现有的嵌入式案例研究多为理论构建型。Eisenhardt (Eisenhardt，1989）将案例研究划分为描述型、理论检验型和理论构建型。作为国际顶级期刊上发表的论文均力求理论贡献，故绝大多数现有文献采用理论构建型嵌入式案例研究方法（见表1）。少数嵌入式案例研究为理论检验型，如Wong和Ellis（Wong和Ellis，2002）针对寻求合作伙伴提出了“初始行动者的先前联结将有利于跨国公司识别合作伙伴”等命题。他们利用主分析单位现象（合作伙伴识别）和次级分析单位情境（处于不同政治与文化环境中交易双方重叠的社会网络），通过中国—香港合资8个企业的跨案例分析了合作伙伴的识别过程，对相应命题进行了验证。

从理论模型的分类来看，现有研究偏重于构建机制模型，但过程模型开始受到学者们重视（Langley等，2013）。从样本来看，有14篇文献构建了作用机制模型。例如，Keil等（Keil等，2008）探讨了企业在以决策制定高度不确定性为特点的情境中如何产生对未来能力需求的认知。该研究选取企业为主分析单位，风险投资单元为次级分析单位，考察企业怎样通过对新创企业投资来积极参与跨组织边界无实体实验（disembodied experimentation），从而构建起“无实体实验——能力内化：知识中介作用和内部化障碍的调节作用”的理论模型。值得一提的是，8篇构建过程模型[①]的文献中7篇为2010年之后发表，这可能是未来案例研究的趋势。Bresman（Bresman，2013）深入分析了团队通过替代性学习变革团队工作程序的过程。该研究聚焦于团队（主分析单位）、制药企业及其部门（次级分析单位），探讨了两个部门中四个成功团队（共八个团队）通过替代性学习改变评估药物可行性工作程序的四步骤过程：确认、转化、采用和持续。

（四）如何更好地开展嵌入式案例研究

首先，明确不同层次的分析单位。在研究设计中应明确所涉及的分析单位（毛基业和张霞，2008；Dubé和Paré，2003），这在嵌入式案例研究中尤为重要。一个设计好的分析单位能够为数据收集确定边界，从而使得案例研究更有针对性和更有效率（毛基业和张霞，2008）。但我们仍然发现22篇样本文献中有9篇未明确提及研究中所涉及的分析单位，这在一定程度上也会影响读者对文章的理解。

其次，从主分析单位来，回到主分析单位去。嵌入式案例研究设计的出发点和落脚点都应该是主分析单位，即从主分析单位到次级分析单位，最终回到主分析单位的研究过程。例如，Ravasi和Zattoni（Ravasi和Zattoni，2006）对9家企业中董事会职能与战略制定进行了分析。文章以董事会为主分析单位，企业为次级分析单位展开研究，通过对企业股权结构、行动和绩效以及董事会的行动，归纳了三种董事会的三种行为模式，进而证实了可以采用政治观来理解董事会如何以及在何种条件下会参与到相关战略活动中。研究拓展了对董事会职能（监督、评价和资源依赖）的理解，对董事会如何充当谈判论坛（negotiation forum）提出了建议。

最后，提出命题以防止研究问题漂移。应用嵌入式案例研究设计要防止研究问题从主分析单位“漂移”到次级分析单位上（罗伯特·K.殷，2004），可以通过提出命题防止此类问题发生。Moschieri（Moschieri，2011）分析了剥离的实施和组织中哪些因素能提升被剥离事业部的绩效。该研究从事业部角度考察剥离的实施和组织，选取了被剥离事业部

---

① 过程模型关注的是事物如何随时间产生、成长、发展或消亡（Mc Clintock，1985）。2013年AMJ第一期专刊提倡对过程模型的研究，并发表了应用各种方法构建过程模型的论文。

为主分析单位，母公司为次级分析单位，分析了两者之间的关系。最终，作者提出“剥离时与剥离之后建立独立企业的事业部在剥离之后绩效可能会更高”等命题得出研究结论，回到事业部层次完成研究。此外，作为案例研究的一种，嵌入式案例研究的设计与写作应遵循殷（罗伯特·K. 殷，2004）和 Eisenhardt（Eisenhardt，1989）的指导，提高研究的科学性和趣味性。同时，图表有助于研究者厘清思路，充分展示数据分析的过程，再现理论推导的过程（李平和曹仰锋，2012；毛基业和张霞，2008；Pratt，2009）。故可使用汇总性图表，提高文章的可读性。

四 主要研究结论及展望

本文分析了国际顶级期刊中嵌入式案例研究方法的应用现状，在研读 22 篇样本文献的基础上，明确了嵌入式案例研究的内涵、特点与适用的研究类型，并对如何更好地开展嵌入式案例研究提出了建议。主要结论如下：（1）嵌入式案例研究相较于整体式案例研究的不同之处主要在于，引入了多个分析单位，次级分析单位具有异质性；（2）该研究方法的主要特点在于：分析单位嵌入层次不宜超过三层、主分析单位层次可高可低、分析单位可为变量；（3）嵌入式案例研究适用的研究类型较为广泛，既适用于理论构建型和理论检验型的案例研究，也适用于构建机制模型和过程模型的研究；（4）为更好地开展嵌入式案例研究，应在研究设计时明确不同层次的分析单位，注意以主分析单位为研究的出发点和落脚点，在研究过程中提出命题以防止研究问题漂移。

我们尽了最大的努力搜索和分析应用嵌入式案例研究方法的文献，但仍存在以下不足：（1）仅选取 *JCR* 报告中近 5 年影响因子排名前 20 的期刊，在一定程度上难以反映嵌入式案例研究应用现状的全貌；（2）文献搜索可能因为关键词的选取问题而存在遗漏；（3）由于应用嵌入式案例研究的文献涉及多个研究领域，作者在理解与分析文献内容方面可能存在偏差。

尽管嵌入式案例研究设计的应用较为复杂，但针对涉及多层次现象中“为什么”和“怎么样”的管理问题，采用该方法能构建更为精致的理论。只要掌握嵌入式案例研究的特点、规范研究方法、洞察本土管理现象，相信在不久的将来我们能深入理解并应用嵌入式案例研究设计，进一步推进中国管理本土化研究。

参考文献

苏敬勤、崔淼：《工商管理案例研究方法》，科学出版社 2011 年版。

陈国权、孙锐、赵慧群：《个人、团队与组织的跨层级学习转化机制模型与案例研究》，《管理工程学报》2013 年第 27 期。

崔淼、苏敬勤：《技术引进与自主创新的协同：理论和案例》，《管理科学》2013 年第 26 期。

崔淼、苏敬勤、王淑娟：《后发复杂产品系统制造企业的技术演化：一个探索性案例研究》，《南开管理评论》2012 年第 15 期。

李平、曹仰锋：《案例研究方法：理论与范例——凯瑟琳·艾森哈特论文集》，北京大学出版社 2012 年版。

李茁新、陆强：《中国管理学案例研究：综述与评估》，《科研管理》2010 年第 31 期。

毛基业、张霞:《案例研究方法的规范性及现状评估——中国企业管理案例论坛(2007)综述》,《管理世界》2008 年第 4 期。
苏敬勤、李召敏:《案例研究方法的运用模式及其关键指标》,《管理学报》2011 年第 8 期。
苏敬勤、刘静:《案例研究数据科学性的评价体系——基于不同数据源案例研究样本论文的实证分析》,《科学学研究》2013 年第 31 期。
孙海法、刘运国、方琳:《案例研究的方法论》,《科研管理》2004 年第 25 期。
唐小飞、苏浩玄、汪阳、鲁平俊:《基于“天、地、人”视阈的创业企业案例研究》,《科研管理》2017 年第 8 期。
武建龙、王宏起、李力:《模块化动态背景下我国新兴产业技术创新机会、困境与突破——基于我国手机产业技术创新演变史的考察》,《科学学与科学技术管理》2014 年第 35 期。
原长弘、田元强、佘建华:《用案例研究方法构建产学研合作理论探析》,《科研管理》2013 年第 34 期。
张霞、毛基业:《国内企业管理案例研究的进展回顾与改进步骤——中国企业管理案例与理论构建研究论坛(2011)综述》,《管理世界》2012 年第 2 期。
巫景飞、芮明杰:《产业模块化的微观动力机制研究》,《管理世界》2007 年第 10 期。
许晖、万益迁、裴德贵:《高新技术企业国际化风险感知与防范研究术——以华为公司为例》,《管理世界》2008 年第 4 期。
[美] 罗伯特·K. 殷:《案例研究:设计与方法》,周海涛、李永贤、张蘅译,重庆大学出版社 2004 年版。
Bresman H. , “Changing Routines: A Process Model of Vicarious Group Learning in Pharmaceutical R&D”, *Academy of Management Journal*, 2013, 56 (1), pp. 35 –61.
Child J. , Tsai T. , “The Dynamic Between Firms’ Environmental Strategies and Institutional Constraints in Emerging Economies: Evidence from China and Taiwan”, *Journal of Management Studies*, 2005, 42 (1), pp. 95 –125.
Davison R. M. , Martinsons M. G. , Ou C. X. J. , “The Roles of Theory in Canonical Action Research”, *MIS Quarterly*, 2012, 36 (3), pp. 763 –786.
Dougherty D. , “Understanding New Markets for New Products”, *Strategic Management Journal*, 1990, 11, pp. 59 –78.
Dubé L. , Paré G. , “Rigor in Information Systems Positivist Case Research: Current Practices, Trends, and Recommendations”, *Mis Quarterly*, 2003, 27 (4), pp. 597 –636.
Edmondson A. C. , Bohmer R. M. , Pisano G. P. , “Disrupted Routines: Team Learning and New Technology Implementation in Hospitals”, *Administrative Science Quarterly*, 2001, 46 (4), pp. 685 –716.
Eisenhardt K. M. , “Building Theories from Case Study Research”, *Academy of Management Review*, 1989, 14 (4), pp. 532 –550.
Eisenhardt K. M. , “Making fast Strategic Decisions in High-velocity Environments”, *Academy of Management Journal*, 1989, 32 (3), pp. 543 –576.
Ely R. J. , Meyerson D. E. , “An Organizational Approach to Undoing Gender: The Unlikely

Case of Offshore oil Platforms", *Research in Organizational Behavior*, 2010, 30, pp. 3 –34.

Graebner M. E., Eisenhardt K. M., "The Seller's Side of the Story: Acquisition as Courtship and Governance as Syndicate in Entrepreneurial Firms", *Administrative Science Quarterly*, 2004, 49 (3), pp. 366 –403.

Gupta A. K., Tesluk P. E., Taylor M. S., "Innovation at and Across Multiple Levels of Analysis", *Organization Science*, 2007, 18 (6), pp. 885 –897.

Hallen B. L., Eisenhardt K. M., "Catalyzing Strategies and Efficient tie Formation: How Entrepreneurial Firms Obtain Investment Ties", *Academy of Management Journal*, 2012, 55 (1), pp. 35 –70.

Hitt M. A., Beamish B. W., Jackson S., et al., "Building Theoretical and Empirical Bridges across Levels: Multilevel Research in Management", *Academy of Management Journal*, 2007, 50 (6), pp. 1385 –1399.

Jarzabkowski P., Wilson D. C., "Top Teams and Strategy in a UK University", *Journal of Management Studies*, 2002, 39 (3), pp. 355 –381.

Joseph J., Ocasio W., "Architecture, Attention, and Adaptation in the Multibusiness firm: General Electric from 1951 to 2001", *Strategic Management Journal*, 2012, 33 (6), pp. 633 –660.

Keil T., Autio E., George G., "Corporate Venture Capital, Disembodied Experimentation and Capability Development", *Journal of Management Studies*, 2008, 45 (8), pp. 1475 –1505.

Langley A., Smallman C., Tsoukas H., et al., "Process Studies of Change in Organization and Management: Unveiling Temporality, Activity, and flow", *Academy of Management Journal*, 2013, 56 (1), pp. 1 –13.

Maritan C. A., Brush T. H., "Heterogeneity and Transferring Practices: Implementing Flow Manufacturing in Multiple Plants", *Strategic Management Journal*, 2003, 24 (10), pp. 945 –959.

Martin J. A., Eisenhardt K. M., "Rewiring: Cross-business-unit Collaborations in Multibusiness Organizations", *Academy of Management Journal*, 2010, 53 (2), pp. 265 –301.

McClintock C., "Process Sampling: A Method for Case Study Research on Administrative Behavior", *Educational Administration Quarterly*, 1985 (21), pp. 205 –222.

Molloy S., Schwenk C. R., "The Effects of Information Technology on Strategic Decision Making", *Journal of Management Studies*, 1995, 32 (3), pp. 283 –311.

Moschieri C., "The Implementation and Structuring of Divestitures: The Unit's Serspective", *Strategic Management Journal*, 2011, 32 (4), pp. 368 –401.

Pratt M G., "From the Editors: For the Lack of a Boilerplate: Tips on Writing up (and Reviewing) Qualitative Research", *Academy of Management Journal*, 2009, 52 (5), pp. 856 –862.

Ravasi D., Zattoni A., "Exploring the Political Side of Board Involvement in Strategy: A Study of Mixed Ownership Institutions", *Journal of Management Studies*, 2006, 43 (8), pp. 1671 –1702.

Regnér P., "Strategy Creation in the Periphery: Inductive Versus Deductive Strategy Making", *Journal of Management Studies*, 2003, 40 (1), pp. 57 –82.

Shane S. , "Prior Knowledge and the Discovery of Entrepreneurial Opportunities", *Organization Science*, 2000, 11 (4), pp. 448 - 469.

Smets M. , Morris T. I. M. , Greenwood R. , "From Practice to Field: A Multilevel Model of Practice-driven Institutional Change", *Academy of Management Journal*, 2012, 55 (4), pp. 877 -904.

Weick K. E. , *The Social Psychology of Organizing* (*Topics in Social Psychology*), MA: Addison-Wesley Publishing Company, 1979.

Wong P. L. K. , Ellis P. , "Social Ties and Partner Identification in Sino-Hong Kong International Joint Ventures", *Journal of International Business Studies*, 2002, 33 (2), pp. 267 -289.

Woodard C. J. , Ramasubbu N. , Tschang F. , et al. , "Design Capital and Design Moves: The Logic of Digital Business Strategy", *MIS Quarterly*, 2013, 37 (2), pp. 537 -564.

Yin R. , *Case Study Research*, Beverly Hills, Calif. : Sage Publications, 1984.

第三篇

学科综述

企业管理理论研究前沿

王　钦　刘湘丽　肖红军　赵剑波　张　隺

品牌社群即以某一品牌为核心、由消费者组成的一种非正式群体组织，具有群体意识、仪式和传统、道德责任感以及类宗教性等特征。能够通过组织社群活动、提供信息、社会资本、情感支持等方式，满足消费者在财务、社交、娱乐等方面的需求，进而使其对社群和品牌产生承诺和认同。消费者社群在提升消费者的品牌忠诚度、激发品牌行为方面具有显著作用，被视为企业获取品牌忠诚的一条新途径。此外，品牌社群为消费者价值共创提供了平台，对促进企业产品和服务创新效果具有积极作用。

企业集团通常理解为被同一主体控制的一组公司，是一个松散的法人联合体，具有多样化业务组合和多法人组织形式的特征。虽然将企业集团联系起来的纽带是多样化的，法人关系也具有松散性特征，但紧密型企业集团在信息传递速度和可靠性方面具有明显优势。多元化经营可以在集团层面和成员企业层面实施，沿产业链一体化发展的企业集团能够为成员企业提供资源和成本方面的优势，从而在集团层面实现良好的经营绩效。企业集团内部存在融资市场，通过参股成员企业的模式，能够放大集团融资能力，并避免低效率内部市场的出现。

减员是企业采取紧缩战略时的常见选项，往往被视为降低成本、增强灵活性和适应性、提升生产率的有效方式，但也会对员工心理造成影响。公正认知能够直接决定被解雇员工的反应，也会影响留任员工的积极性。在针对减员的管理活动中，沟通、参与、补偿和支持性服务等对于促进公正认知的形成具有积极作用。

企业社会责任研究视角正在由单纯的社会回应、获取相关绩效的工具视角向与企业的利益相关方共同创造综合价值的价值视角转变，以实现企业价值创造范式的超越。在宏观层面，文化和制度对企业社会责任有着重要影响；从组织内部分析，公司治理、管理者特征、政治资本、组织特征和市场环境是影响社会责任的主要因素。对于社会责任与财务绩效的关系学术界仍然存在争论，但有研究表明良好的社会责任表现能够为企业带来财务收益以外的资源和优势。社会责任披露是企业与利益相关者沟通中的重要方面，根据企业自身特征的不同，责任披露所表现出的影响效果也有所不同。

一　品牌社群研究前沿问题

（一）品牌社群的基本概念

1. 品牌社群的含义

1974 年，美国史学家 Boorstin 提出“消费社群”（consumption community）的概念，即“消费者在决定消费品及消费方式时自发形成的、不具备实体形态的关系群体”（Boorstin，1974）。Muniz 和 O’Guinn（2001）将这一概念引入品牌—消费者关系的研究中，将对“品牌—消费者”二元关系的讨论扩展为“品牌—（消费者—消费者）”三元关系的讨论，并提出了“品牌社群”概念。他们将其定义为“基于某一品牌崇拜者之间的社会关系、以某种产品或服务品牌为核心而形成的一种专门的、不受地域限制的社群”。

在 Muniz 和 O’Guinn 之后，McAlexander 等（2002）从另外一个角度对品牌社群的概念进行了界定。他们认为，品牌社群是一个以消费者体验为核心的关系网络，包含了消费者—品牌、消费者—产品、消费者—企业以及消费者—消费者四组关系。通过参与社群活动，消费者能够获得全方位的品牌体验，而这正是品牌社群存在的意义。

上述两项研究代表了对品牌社群的两种主流认识，但由于 McAlexander 等（2002）的研究未对四组关系的重要性进行区分，且与品牌关系领域的研究有着密切联系，后续研究多以 Muniz 和 O’Guinn 的定义为基础进行讨论。如 Upshaw 和 Taylor（2001）对这一概念进行了扩展，将所有与品牌相关的利益方都视为品牌社群的参与主体。Bagozzi 和 Dholakia（2006）则从社会心理学角度将品牌社群定义为“对某一品牌具有共同热情的、发展完善的消费者群体，他们通过集体行动来实现共同目标或表达共同的情感和承诺”。薛海波（2011）也认为消费者、产品、品牌、营销人员以及其他利益相关者之间的社会联系都应纳入品牌社群研究范畴之内。总的来说，这些研究都继承了 Muniz 和 O’Guinn（2001）的核心观点，认为品牌社群是以品牌为核心，以消费者为主的社会群体，并将品牌社群内的社会关系作为研究重点。

2. 品牌社群的分类

现有研究对品牌社群的分类方式主要有两种，一种根据社群活动的主要载体，将品牌社群分为实体社群和虚拟社群（Kozinets，2001）；另一种方式则按照产品或品牌自身的特征，分为高外显性产品品牌社群、低外显性产品品牌社群和服务品牌社群（王新新、薛海波，2008）。如 Cova 和 Pace（2006）以 Nutella 番茄酱为案例，研究了便利消费品（convenience products）这一低外显性产品的品牌社群，认为这一类产品的品牌社群在存在形式、交流方式以及社群发展的驱动力量方面，与高外显性产品品牌社群间具有明显区别。此外，Pannger（2012）根据发起者的不同，将品牌社群可以划分为由消费者自主发起的品牌社群，以及由企业有计划地建立的品牌社群，并指出根据企业所处行业的不同，这两类品牌社群所能产生的价值有着显著差别。

近年来，随着互联网、移动互联网、智能终端等技术的快速发展，虚拟品牌社群（或在线品牌社群）成为研究者主要关注的对象。即时通信工具和社交网络平台的出现，使得品牌社群突破了地理限制和时间限制，成员之间、成员与企业之间可以随时随地进行交流互动。这一优势不仅在网络上催生了大量品牌社群，也吸引很多传统的线下社群向线上转移。另外，线上交流内容便于观察和记录的特点，为品牌社群的研究提供了大量资料和数据，虚拟品牌社群也因而成为研究者的关注焦点，近年来，有大量研究成果着重于探讨虚拟品牌社群的特征、结构和影响（如金立印，2007；Adjei 等，2010；Mousavi 等，2017；杨瑞，2017）。

3. 品牌社群的特征

Muniz 和 O’Guinn（2001）指出，与其他类型的社群类似，品牌社群具有三大特征，即群体意识（consciousness of kind）、共同的仪式和传统（shared rituals and traditions）和道德责任感（sense of moral responsibility）。群体意识指社群成员之间能够感知到彼此的联系，并能对社群成员和非社群成员进行明确区分，也是一种共同的思考方式。仪式和传统能够延续社群的历史、文化和意识，建立“可见的公约”，并能够向新成员灌输一个社群的行为规范和价值准则。道德责任感指的是社群成员明确感觉到对社群及其他成员负有的责任和义务，在社群受到威胁时，道德责任感能够促使社群成员采取集体行动。

此外，在针对苹果公司的笔记本品牌 Macintosh 和掌上电脑品牌 Newton 的品牌社群的研究中，Belk 和 Tumbat（2006）、Muniz 和 Schau（2005）均发现了品牌社群具有类宗教性的特征。Belk 和 Tumbat 通过深度访谈发现在 Macintosh 品牌社群中存在四个公认的“神话”，其成员普遍将 IBM 和微软视为“魔鬼”，坚信自己正在参与一项崇高的使命且拒绝接受任何与苹果有关的负面信息。他们将这种以品牌为中心的极端奉献精神称为“品牌崇拜”（brand cult）。Muniz 和 Schau 则发现，即使 Newton 品牌已被苹果放弃，其品牌社群依然继续存在，该社群主要的活动包括为 Newton 用户提供维修和升级服务、开发新产品、撰写品牌推广以及展示品牌体验。结合这些发现，他们认为品牌社群本身具备提供超然的宗教体验的潜力，尤其当某一品牌在市场上遭遇失败时，其社群成员更容易感受到“不公正”，并激发他们采取将品牌神圣化的行为，从而使品牌社群表现出“类宗教”特征。

（二）品牌社群形成原因

作为一种非正式组织，品牌社群的形成必然是基于社群成员的主动意愿的，品牌社群的维系也依赖于成员的共同意识和责任感。那么，消费者又是为什么愿意加入品牌社群、参与社群活动的呢？现有研究主要从消费者价值感知和获取的角度，探讨了加入品牌社群的动机。McAlexander 等（2002）认为，品牌社群的意义在于能够为消费者提供完整的消费体验，而这也是消费者选择加入社群的原因。周志民（2005）从让渡价值的视角出发，构建了一个模型用以解释品牌社群的形成机理。他将品牌社群能够为消费者提供的利益划分为财务、社交、服务、形象利益，只有当一个社群能够持续提供让渡价值（即利益大于成本）时，消费者才会选择加入品牌社群并持续参与社群活动。研究者从不同理论视角出发，对品牌社群能够为消费者提供的价值构成进行了讨论，综合现有研究成果，大致可划分为财务价值、社交价值、娱乐价值三个方面。

McAlexander 等（2002）参考消费者社群的研究成果指出，获取与品牌和商品相关的信息以做出购买决策，以实现经济利益的最优化，是消费者加入品牌社群的重要动机。王新新和薛海波（2008）通过问卷调查发现，在正式加入消费者社群之前，消费者表现出明显的经济利益动机。任枫（2013）认为，财务价值诉求（如获取优惠、增强与企业讨价还价的能力等）是消费者参与品牌社群的动因之一。另外，参与品牌社群还有可能获得额外的增值服务，如个性化的定制、送货上门等。贺爱忠和李雪（2015）的研究表明，消费者会为了做出最有利的购买决策而选择加入品牌社群，并可能会为了获取物质奖励、优惠资格等在社群中“逗留”。但是，上述研究还发现，获取财务价值或经济利益不是消费者选择长期参与社群活动的原因。

人具有社会属性，通过加入品牌社群，消费者能够建立社会关系、获得归属感和满足感（王新新、薛海波，2008）。社群成员间通过长期互动所形成的信任、互惠等社群规范因素构成了品牌社群的社会资本，并为社群成员提供社会支持（薛海波、王新新，2009）。Mathwick 等（2008）的实证研究也证实了社会资本及相应的社会支持系统，是吸引消费者加入品牌社群的重要原因。另外，品牌社群，还能够为消费者提供展示自我、帮助他人的机会，满足其获得尊重和自我成就的需求（周志民，2005）。

除了获取财务价值和社交价值以外，有研究表明，消费者也会为了获得愉悦的心理体验而加入品牌社群，这意味着虚拟品牌社群对于消费者还具有娱乐的价值。Schouten 等（2007）以“超然消费体验”指代消费者在参与社群活动的过程中所体验到的高涨的情绪、极度的快感、全神贯注以及对个人极限的挑战。任枫（2013）认为品牌社群至少从两个方面满足了成员的娱乐需求：举办具有娱乐性质的活动，以及成员间对愉悦心情的传递。

（三）品牌社群的作用机理

对品牌社群作用机制的研究主要关注两个过程——消费者参与并融入品牌社群的过程，以及消费者对品牌社群的认同是如何转化为对品牌的忠诚的。

1. 消费者融入机制

消费者与品牌社群之间的互动过程可以划分为两个阶段：消费者出于某种动机选择加入品牌社群；消费者加入社群后产生认同和依赖，形成品牌社群融入（任枫，2013）。对品牌社群的消费者价值进行的相关研究，解释了第一阶段的作用机制，而对于消费者为什么选择留存、融入社群，现有研究成果分别从社会认同、消费体验、自我决定等理论视角进行了解读。

社群成员的社会认同由认知、评价和情感三个构件构成，能够影响社群成员并使其采取有利于社群利益的行为。消费者对自己作为品牌社群成员的身份认知越是明显、对品牌社群的评价越正面、对社群的情感参与越多，则其对社群的社会认同程度就越高。Bagozzi 和 Dholakia（2006）认为，社会认同会对成员参与社群活动的社会意愿产生影响，他们以计划行为理论为基础构建了一个模型，以说明消费者参与和融入品牌社群的动机。在该模型中，消费者个人的态度、预期情绪、主观规范和感受到的行为控制，以及社会认同，共同作用并使得消费者产生参与社群活动的社会意愿，这些活动中就包括品牌行为，如购买、宣传等。

McAlexander 等（2002）最早强调消费者在品牌社群中获得良好的体验，将促使他们与社群产生情感上的依附关系。在长期互动过程中，社群成员之间的情感依赖不断加深，这会提升成员对于品牌社群的承诺水平（Mathwick 等，2008）。Zhou 等（2016）在对 MMORPG 游戏社群的研究中也发现，成员间的友好程度与成员对社群的承诺水平间存在正相关关系。Schouten 等（2007）证实了这种情感依恋的存在，并指出消费者在社群活动中获得的美好体验，是这种依恋产生的基础。田阳等（2010）的实证研究则指出，顾客体验是从社群特征到社群依恋的中介变量。他们还区分了感知体验和情感体验，并发现只有情感体验对品牌依恋存在直接正向的影响。

贺爱忠和李雪（2015）详细描述了消费者从参与到逗留再到持续参与的行为演变过程中动机构成的变化，并将导致消费者融入品牌社群的决定因素概括为品牌依恋、人际依恋和社区依恋。消费者从参与到融入品牌社群的过程，其实质是成员参与动机在外部情境因素影响和个人心理需要满足下不断内化的过程，这一结论与自我决定理论的研究是基本一致的。

2. 品牌忠诚转化机制

长期以来，营销研究领域一直非常重视品牌忠诚（brand loyalty）的作用，将其作为衡量品牌绩效的重要指标。品牌社群的概念出现之后，大量研究者将其作为建立品牌忠诚的新路径进行研究。现有研究大多证实了品牌社群忠诚度与品牌忠诚度之间的正向关系，即消费者在融入品牌社群的过程中对社群产生认同，随着这种认同的加深，消费者对社群的忠诚度也不断提高，同时，对作为社群关系基础的品牌的忠诚度也不断提高。Algesheimer 等（2005）通过实证研究说明，消费者对品牌社群认同度越高，他们对社群活动的参与度就越高，为社群成员提供帮助和为品牌传播良好口碑的意愿也越高。Jang 等（2008）认为，品牌忠诚的形成需要同时满足两个条件——顾客满意和顾客承诺。仅仅感到满意并不足以让顾客对品牌产生忠诚。满足感、感知价值和质量都是承诺的前因，必须有个人决定因素和社会关系因素，才能长期保证消费者的忠诚度。薛海波和王新新（2009）在对单车车友会的案例研究中发现，品牌成瘾和品牌依恋作为两种媒介，将消费者在社群中获得的超然体验与品牌忠诚联系起来。周志民和郑雅琴（2011）认为，对社群认同的成员会更多地受到社群共享的品牌信息的影响，并将对社群的情感转移到品牌上面，从而形成品牌认同；而对品牌的认同越强，表示品牌与个人的形象越吻合，他们越可能持续购买和使用该品牌的产品，即建立起品牌忠诚。薛海波（2012）基于社会资本和消费体验的相关理论，阐述了由社群承诺到品牌忠诚的转化机制模型，认为随着对社群认同感和依恋感的增强，消费者对社群的承诺会升级为工具忠诚，并最终演化为品牌忠诚。黄敏学等（2015）的研究表明，消费者在品牌社群中获得的娱乐体验和信息体验是形成品牌忠诚的前因变量，且社群认同在这一过程中起到中介传导的作用。

（四）品牌社群的企业价值

品牌社群研究初期鲜少有研究者探讨品牌社群对品牌和企业的价值，从企业视角的讨论往往止步于品牌忠诚的建立。近年来，企业视角的品牌社群价值研究逐渐超越了传统品牌研究的范畴，从其他管理学研究领域切入展开研究。

1. 营销价值

品牌社群的早期研究继承了品牌研究的主要成果，从品牌价值和消费者品牌行为方面分析了品牌社群的企业价值。正如上文所述，与消费者的紧密“绑定”，能够有效提升消费者的品牌忠诚度、品牌承诺以及参与行为。品牌忠诚能够为企业带来一定的竞争优势，如降低营销和交易成本、正面口碑、重复购买、减少品牌失败的成本或可能性等。作为一种重要的营销资源，品牌社群能够使企业与消费者更紧密、长久地联系起来，从而为企业带来竞争上的优势（Muniz 和 O’Guinn，2001）。

另外，消费者社群的规模与品牌资产之间存在正相关关系。Plannger（2012）分析了财富 500 强中排名前 100 公司的数据，证实了在线品牌社群的流行程度与公司价值之间的积极关系，并发现产品差异化程度越高的行业，投资于品牌社群所能带来的公司价值增值越高。Cova 和 Pace（2006）、Keller 和 Lehamann（2006）、Mascarenhas 等（2006）探讨了品牌社群对公司估值的影响。

2. 价值共创

共创（co-creation）一词最早是作为营销领域的一个战略被提出，意为企业应鼓励顾客产品和服务的参与共同设计、开发及生产。后来这一术语被应用于价值创造的领域，以价值共创（Value Co-creation）一词描述顾客怎样积极参与产品或服务的设计和开发，以及顾客怎样与企业或其他利益相关者在消费领域进行互动（Prahalad 和 Ramaswamy，2004；Payne 等，2008）。消费者参与共创是高度互动性的行为，品牌社群能够为消费者与企业提供交互平台，尤其是随着信息技术的发展，品牌社群的虚拟化趋势使得这种互动的成本大大降低、效率显著提高（Schau 等，2009）。

现有研究表明，消费者共创和品牌忠诚度之间存在着相互促进的关系，参与产品创新过程的消费者表现出更高水平的信任、对品牌形象的支持以及积极传播良好口碑等（Piller 等，2010；Bilgram 等，2011）。李朝辉（2014）通过问卷调查发现，通过参与价值共创活动，顾客的品牌体验有显著提升。他进一步对价值共创活动进行了分类，并发现相较于由企业发起的价值共创活动，由社群成员自主发起的价值共创活动对品牌体验的积极影响更为显著。王晓川等（2014）对苹果品牌社群的研究表明，品牌认同与社群认同通过不同的机制，促进社群中关于创新的互动（显性创新行为），催生产品和服务的创新。Kim 等（2008）以韩国 MP3 和手机产品品牌社群为例，探索了新产品开发过程中在线品牌社群的角色。研究显示，在线品牌社群的角色随着新产品开发的不同阶段而变化，从领先使用者到创新使用者，再到早期采用者。品牌社群帮助公司了解消费者的需求、令人满意的产品特点和未来发展的趋势，而来自品牌社群的各种信息则能够促进公司内部涉及新产品开发的部门之间的交流。

（五）总结与展望

自品牌社群概念被提出之后，相关研究的进展较快。目前，学术界对品牌社群的概念、特征已经基本达成共识，在品牌社群的形成机制、对消费者和企业的价值等方面的研究逻辑也基本确定下来。目前，品牌社群研究亟待解决的问题主要有以下三点：

1. 品牌社群结构模型的构建

对品牌社群的结构进行建模的研究中，较为著名的有 Muniz 和 O’Guinn（2001）、McAlexander（2002）以及 Baggozi 和 Dholakia（2006）三个模型，但是由于后两者对品牌社群参与方的界定过于宽泛，不具备可操作性，后续研究往往以 Muniz 和 O’Guinn（2001）的模型为基础展开讨论。但是，随着品牌社群的虚拟化，以及企业价值链向价值网络的转变，品牌社群不可能再维持单纯的二元结构，企业的供应商、供应商的供应商都有可能在品牌社群的互动中扮演重要角色。因此，未来研究有必要对品牌社群的结构进行重新识别，明确品牌社群各参与方的角色和作用。

2. 情境因素的影响

目前对品牌社群的研究主要以社群形成机理和品牌忠诚转化机理为主，消费者的参与动机和心理演化过程是主要的研究对象。但是，现有研究的讨论大多针对个案进行讨论，或采取问卷调查的方式进行数据收集，得出的大多是一般化的结论，而较少讨论可能存在的情境因素及其影响。如前文所述，有研究者根据产品类型对消费社群进行了分类，但只针对不同类型的品牌社群进行了单独研究，而没有在不同类型之间进行比较分析。目前获得较多讨论的情境因素是文化差异因素，如 Cova 等（2007）比较了 Warhammer 品牌在美国与法国建立的品牌社群的差异，证实了文化差异对品牌社群特征的影响。另外，田阳等（2010）在对苹果品牌社群的研究中提到，该案例中品牌社群的性别构成以男性为主，并认为性别因素会影响其研究成果的效度。此外，年龄、种族、受教育程度、产品品类和产品特征等都是值得关注的情境变量。

3. 超越营销研究

品牌社群研究中对品牌社群的企业价值的研究所占比例较少，针对性的实践建议也比较空泛。造成这一现象的原因，部分在于品牌社群的早期研究囿于营销领域的边界之内。品牌社群被视为企业获取消费者品牌忠诚的新途径，而营销领域对品牌忠诚的研究已经比较完善，这就造成研究者对品牌社群的企业价值缺乏研究兴趣。但是，品牌社群，尤其是虚拟品牌社群，作为一种能够产生大量信息的消费者组织形式，在管理研究的其他领域同样具有重要价值。近年来，对品牌社群的探讨已经超越了营销研究的范畴，扩展到开放式创新和价值创造领域。由于品牌社群与企业有着紧密绑定的关系，能够为企业提供竞争优势、人才甚至是资金支持，未来对品牌社群的研究完全可以扩展至战略、人力资源、创业和商业模式等领域。

二 企业集团研究前沿问题

随着企业经营规模的增长，中国企业不断寻求建设“世界一流企业”的方案。从企业集团经营的角度看，企业战略所囊括的内涵越来越广泛。围绕企业愿景，中国企业开始从组织形态、业务选择、垂直整合、产融结合等多个视角审视经营战略的内涵。企业集团（business group）是一种常见的组织模式①。全世界的企业集团都具有某些相似性，但又在结构、所有权及其他方面显示出极大差异。传统解释认为集团形式弥补了不健全的市场机制，通过内部市场降低了成员企业之间的交易成本，从而提升了成员企业价值。企业集团在组织创新方面呈现出一些新的特征，管理的首要目标是打造极具竞争力的“大企业”，而不是追求业务多元的松散型联盟。

世界一流企业集团一定是既有产权关系又有业务协同的紧密型组织，在组织形态、业务选择、垂直整合、融资支持、跨国经营等方面展现出新的管理特征。

（一）企业集团的理论基础

1. 企业集团的研究领域

一般认为，“企业集团”概念的核心是指松散的法人联合体。Leff（1978）将企业集团定义为被同一主体控制的一组公司，有时成员企业之间也存在交叉持股的关系。研究者主要关注的问题是“企业集团是否比非集团企业具有更高的效率或者更好的经济效益”。Khanna 和 Rivkin（2001）等研究结果都显示集团成员企业的业绩显著超出其他上市公司。不同的学者分别从经济学视角、社会学视角和政治学视角对于企业集团存在的合理性给出了解释（蓝海林，2008）。

有关企业集团的研究主要聚焦于三个领域：一是集团结构，主要研究企业集团多元化的形式，包括水平多元化、纵向一体化，及其涉足金融业务的程度；二是集团控制权研究，尤其以控股集团为主，包括金字塔结构和交叉控股，以及控股集团投资模式对于成员企业绩效的影响；三是跨国经营研究，如企业集团如何实现国际化业务布局。因此，企业

① 国内学者通常把“business group”（简称 BG）译作“企业集团”，但国内有关企业集团的研究文献所指的企业集团并不完全等同于 BG。一般意义上的 BG 实则对应于由关联企业所构成的联合体。

集团研究主要聚焦于两个问题：一是如何平衡企业集团多元化发展的优势与劣势；二是如何平衡企业集团与成员企业之间的控制和自主关系。尤其在企业集团实施垂直一体化发展以及跨国业务布局的过程中，以上两种关系显得越发重要。

2. 企业集团的两大特征

企业集团在新兴市场国家较为常见。在相关研究文献中，企业集团通常被认为是制度创新的成果，由于新兴经济体资本市场环境的不完善，企业集团通过内部市场提升经营效率（Carney 等，2011；Khanna and Palepu，1997，2000a，2000b）。所以，企业集团被认为是独立企业的联合体，通过多种形式的正式或者非正式手段实现业务协调。然而，企业集团的实践是，当这些新兴市场国家的制度环境不断完善，企业集团的组织形式不但没有消失，反而更加繁荣（Khanna and Palepu，1999；Kim 等，2010；Ramaswamy，Li and Petitt，2012；Siegel and Choudhury，2012）。更加令人不解的是，甚至在一些发达经济体也出现了企业集团的组织形式（Carney 等，2011）。所以，企业集团的理论研究不能仅仅通过“制度真空”的视角来进行解释。

当前的企业集团研究主要聚焦于两个重要的特征，一是多样化的业务组合，二是多法人组织形式。从多元经营角度看，企业集团的成员企业能够优先获得集团的资源，因此能够辨识市场中隐藏的战略机会（Denrell 等，2003）。从组织形式角度看，相对于事业部形式或者多业务组织形式，企业集团能够使得成员企业更敏锐地感知和抓住市场机会（例如 Ghoshal 等，2000）。从企业集团的治理和管理结构看，每个成员企业都是独立的法人，都有自己的“股东、董事和监事”（Mahmood 等，2011），能够克服多元化经营带来的管理挑战，例如激励体系的设置和资源分配等。消除这些障碍能够使得成员企业投资新的市场机会，在专业领域实现业务组合的优化。因此，业务组合和多法人组织结构是展现企业集团经营优势的两大重要特征。

3. 企业集团的优势来源

企业集团的目标首先应该是构建一个具有竞争力的“大企业”，这个企业是具有明显的行业特征、市场占有率高并具有国际竞争力的“强”企业，而不是那些业务分散、规模庞大，多元化程度高、无法建立核心专长和发挥规模经济与范围经济优势的“企业集团”。对于企业集团的定义不准确会导致竞争优势的模糊，例如有学者认为，企业集团是以资本为纽带、以母子公司为主体的一种组织形式，把企业集团定义为由关联企业构成的联合体。这种定义使得企业的业务主体性逐渐模糊，对于构建企业竞争力产生了错误的导向。

关于企业集团竞争优势的研究可以归纳为三个范畴：一是组织形式与经营绩效的关系，主要研究企业集团与成员企业的从属关系及其特征对成员企业或整个集团财务绩效的影响；二是企业集团与业务创新，主要研究企业集团与成员企业的从属关系及其特征对成员企业或整个集团创新活动和创新绩效的影响；三是企业集团与国际化，主要研究企业集团从事国际扩张、跨国经营和跨国治理等问题。从企业集团的发展趋势看，为了形成超一流的竞争力，企业集团成员之间的业务联系应该更加紧密。当前，企业集团业务多元的松散关系正在被改变，打造具有国际竞争力的大企业要求逐步减少而不是增加企业集团内部独立运作的法人企业数量。

（二）企业集团的管理创新

企业集团的组织创新特征主要体现在组织形式与结构、多元化的类型、一体化的模式、资金注入与股权模式、国际化发展等不同的维度上。在组织形式上，企业集团表现出紧密型组织结构特征，企业集团组织创新要解决规模扩张与组织效率的问题，建立高效、开放、信息共享、与集团战略高度匹配的组织管控模式；在多元业务选择上，成员企业经营单一业务、集团层面实现多元化的经营模式显著提高了企业集团的整体价值；在一体化模式方面，沿着产业链实施垂直一体化发展的经营绩效优于水平一体化发展；在资金注入模式上，参股成员企业的绩效明显优于控股成员企业；在国际化经营上，企业集团追求产业链各个环节的融合、国内外两个市场与两种资源的协同。

1. 组织形态：构建紧密型组织

企业集团具有大规模、多形态、多层次结构的特征。紧密型企业集团由相互独立的法人实体组成，成员企业共享集团管理体系，并为多元业务经营提供了一种稳定、有效的组织形式。

郑小勇和魏江（2011）认为，企业集团中存在两种关系特征：一方面，联系这些独立企业的纽带是多种多样的，包括所有权、市场关系和社会关系等；另一方面，这些企业群体内部存在某种共同的控制关系。紧密型企业集团同时包含了以上两种特征，既有产权关系纽带，又有业务协同控制。

松散型多元经营的企业集团尽管在名义上可以实施产权控制，但是集团总部对成员企业的业务缺少直接了解，加之管理层级过多，产权结构复杂等原因，所以存在较严重的内部信息不对称和代理问题。在紧密型企业集团中，信息传递快、信息来源比较可靠，信息不对称程度较轻，能够及时获取各个成员企业生产经营与内部管理环节的完整信息，所以相对于松散型的不相关多元化经营更有信息优势和监管优势。

紧密型组织体现在战略导向和组织柔性两方面。在战略导向上，从集团总部到各分、子公司，都必须有统一、明晰的战略目标和发展思路，围绕集团的核心竞争力，建立从外部市场客户需求到内部组织结构和价值流转的一条完善的企业动态价值链。在组织柔性上，企业集团要完成战略管理的动态化，以应对动荡的外部环境，就必须提高企业组织的柔性程度，而机械的、僵硬的组织是很难保证战略管理模式的动态化调整。所以，紧密型企业集团强调战略举措、管理权限、共享协调等方面的一致性，从而实现紧密型企业集团整体的战略导向和组织柔性。

从战略举措看，紧密型集团总部以追求企业集团总体战略控制和协同效应培育为目标，主要根据集团统一的战略部署，为权属企业提供战略指导和规范管理，从而影响权属企业的战略实施活动而达到管控目的。而松散型企业集团可能把总部作为投资决策中心，完全以资本为纽带，以财务管理和资产运营为核心，以财务规划、投资决策和实施监控为重点对权属企业进行间接监控，强调结果控制。严格意义上说，这已经丧失了企业集团的协同优势。

从管理权限看，紧密型企业集团是一种集分权相结合的管控模式，集团总部保留对集团战略规划和其他重大战略事宜核准和评价的核心权力，对成员企业放权分责，不直接介入微观层面的战略管理活动；成员企业在总部的战略指导下负责具体业务目标实施，拥有一定限度的自主决策权，是一种“有控制的分权”。

从横向协调看，集团总部则主要负责在战略层面来协调权属企业间的关系，为成员企业提供必要的技能和战略资源支持，为集团内部所有成员企业提供共享资源和共享服务，以创造战略协同效应。

2. 业务选择：集团模式多元化

业务多元化是企业集团经营的主要特征。集团化经营模式的利弊多年以来一直是国际学术界争论的热点，由于市场发达程度差异或者集团控股结构等不同的原因，至今没有得出统一的结论（Khanna and Palepu，2000a，2000b）。

在市场机制尚不完善的环境下，集团化经营模式有利有弊。多元化经营可以给企业带来诸多好处，例如充分协调企业内部不同经营部门的资源配置、提高效率、稳定总体收益、降低资本成本并且可以提高举债能力等（Chandler，1997）。

但是，多元化产生优势的同时又形成了诸多劣势（Martin 和 Sayrak，2003）。随着集团涉足行业数量的增加，集团的价值会显著下降（Stulz，1990；Meyer，Milgrom，Roberts，1992）。主要的原因是多元化经营也会给公司带来负面效应，例如使得不同层级管理者之间的信息不对称更严重，从而造成更高的代理成本（Myerson，1982）。从委托代理的视角看，除了过度多元化产生的劣势外，集团控股股东与其他中小投资者之间的代理问题相比独立经营的企业更加严重。在法律和公司治理机制不健全的国家，构建集团的目的可能不再是建立完善的内部市场或通过多元化经营降低风险，而是成为最终控制人利用成员企业之间的关联交易转移资金、操纵盈余来获取私人利益的工具（Claessens 等，2000）。从资源基础的视角看，多元化的劣势体现在委托代理问题所导致的资源配置效率的降低。例如信息和激励问题会导致企业集团中多元化事业部之间的资源错配（Meyer 等，1992；Rajan 等，2000）。拓展新市场的风险与成本也表明，多元化程度越高，导致企业价值折损的概率将越大。除了委托代理和资源基础视角外，制度经济学视角也可解释多元化对于经营绩效的影响。Guillén（2000）指出，在很多新兴市场国家出现企业集团的现象主要是因为产业政策保护使得企业集团能够获得更多优先资源。但是，随着制度“真空”的消失，以及市场机制导向的制度变迁，新兴经济体中企业多元化经营带来的优势正在不断消失（Lee 等，2008；Singh 等，2007）。

Khanna 和 Palepu（2000b）指出集团模式的多元化经营，即集团成员企业从事单一业务而在集团层面实现多元化经营，既可以发挥多元化经营的优势，又能够规避其成本，从而提高集团及成员企业的价值。以“集团多元、成员专业”为内涵，兼顾业务协同与独立经营的集团模式多元化的经营方式能显著提高成员企业的价值。具体而言，就是集团成员企业从事单一业务的同时，在集团层面实现多元化经营。

Khanna 和 Palepu（2000a，2000b）发现集团模式下的多元化经营是集团企业非常明显的优势。一是独立经营的优势。有效的组织形式能够使得企业集团成员企业感知和捕捉市场机会。采用事业部制的组织结构，把所有的业务单元置于同一个法人管理体系中，而企业集团的独立法人制，赋予了成员企业“个体优先权”（Chung，2001）。企业集团的每个成员企业有自己的高管团队、治理体系和财务体系。事业部制则需要保留庞大的集团总部，业务经营受到集团董事会的约束。具有“自治”特征的成员企业能够避免 M 型组织结构导致的激励失灵和资源配置无效问题。

二是业务协同的优势。除了提供更完善的内部市场，企业集团还可以通过成员企业经营单一业务，在集团层面实现多元化的经营方式（简称“集团模式多元化经营”）来规避成员企业各自进行多元化经营所负担的成本。“集团模式多元化经营”不仅可以降低经营的风险，同时还规避了成员企业层面的多元化经营带来的过度投资、管理能力分散等问题，从而提高了集团成员的价值。

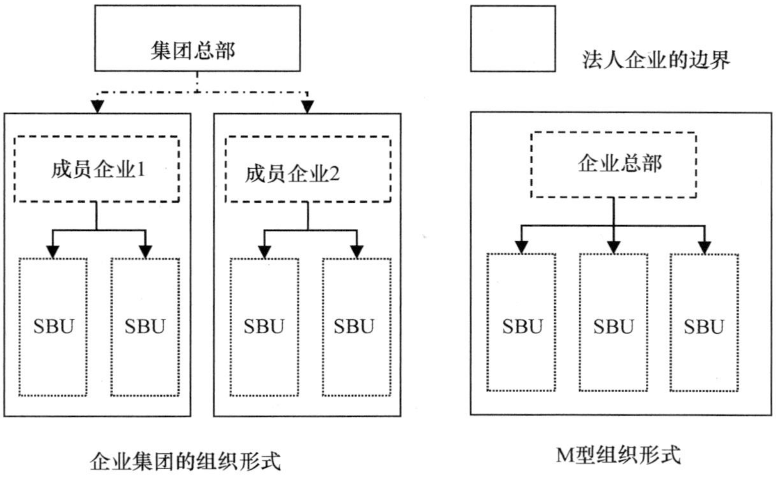

图1　企业集团与M型组织的对比

从新创企业的角度看，多元化企业集团可能有效地弥补创业过程中的某些制度缺失：企业集团衍生的新创企业不仅可以依靠集团的资本注入，同样可以将集团的品牌和声誉作为一种“担保”（Maurer and Sharma，2001）。此外，集团内还存在着内部人才市场，能够共享人力资源。从这个意义上来讲，一些企业集团更接近于私募股权公司而不是松散型的联合企业。企业集团类似于风险投资基金，一个主要职能就是识别机会并使潜在的投资者与之对接。例如印度的塔塔（Tata）工业集团与这一观点非常贴近，也是一个准风险投资者，但它的投资期限比典型的美国私募股权基金更长（Khanna and Palepu，2005）。另一个印度集团比拉（Birla）为新企业提供创业帮助和融资，随后利用员工的创业和创新精神进行裂变式创业。这种企业集团“孵化”新企业的方式在难以从头开始创建新企业（de novo）的新兴市场，显得尤为重要。

3. 垂直整合：全产业链一体化

多元化经营可以在集团层面和企业层面实施。集团化经营需要权衡集团规模（多元化程度）与成员企业层面的多元化经营之间的关系。在集团层面，集团要建立或者吸纳新的企业，追求与现有业务的协同。在企业层面，成员企业需要进入新的业务领域；问题在于，既然集团层面的多元化能够带来协同效益，那么成员企业究竟为什么还要追求多元化经营？主要的原因是集团业务的优势使得成员企业有追求多元化经营的动机。例如，成员企业可以从集团获得资金和资源支持，并充分使用这些资源，致力于企业层面多元化战略的实施。所以，集团和成员企业的经营目标可能存在着冲突和不一致。

在激烈的竞争环境中，企业集团通常以调整经营战略、更新组织结构、重置内部资本等方式改善未来价值。近年来，通过专业化战略进行资金调配和资本重置的大型企业日渐增加。其中一个重要转变就是，沿着产业链实现垂直一体化，通过聚焦战略和专业化模式来解决跨行业经营所导致的折价问题。区别于不相关多元化，垂直一体化经营能够通过集团内部资本配置形成高度集成的内部分工与协作市场，进而更容易获得协同效应。由于专业化经营下不同投资项目的收益率大致相当，所以集团总部更易于做出价值判断和项目筛选，而且内部资本的重置也不至于像多元化企业那样低效率，垂直一体化化经营比多元化更有利于减轻内部信息不对称和代理问题。

沿着产业链一体化发展的企业集团能够发挥资源的溢出效应从而使得成员企业受益，也可通过成本的内部化使得组织结构更加有效率，从而为成员企业创造价值。Chakrabarti等（2007）认为，因为集团的声望优势和优先权，成员企业能够以一个相对较低的成本或者更加容易地从外部资本市场获得资源支持。例如日本的经连会就能够通过成员企业之间的协作，因为获得互补性资源、分销渠道、规模经济、共享风险等形式，导致集团层面的竞争优势。Chang 和 Hong（2002）通过观察韩国企业集团发现，采用成员企业内部交易的形式，例如债务担保、股权交换等，可以建立集团优势。这些潜在的优势使得集团企业进一步扩张，不断扩展业务领域。Buysschaert 等（2008）发现，集团成员企业的绩效主要取决于集团层面多元化的程度。根据资源基础观，集团层面的多元化能够形成集团内部企业资源共享。因此，大型企业集团的多元化经营能够产生良好的经营绩效。

企业集团还介入金融服务业。从发展趋势来看，进入金融服务业不同于日本的“主银行”模式和控股银行模式，也不意味着必然的内部资本市场的形成。企业集团介入银行、保险等金融体系可以被看作和纵向一体化相似的、降低交易成本的一种行为。对于本身就以金融业务为主的企业集团来说，进入多个金融业务领域，也可视为实施垂直一体化扩张。

4. 融资支持：内部融资的权衡

企业集团存在内部融资市场。在既定制度背景下，集团化运作在短期内可以有效放大企业融资能力，缓解成员企业融资约束。然而，内部资金支持性活动究竟是低效补贴还是提升价值，则取决于融资优势、协同效应、信息与监管优势、产业资本整合率等综合因素。

Gertner 等（1994）的分析模型显示，集团总部具有银行等外部资金提供者难以具备的监管优势和信息优势，因此由企业总部进行集中融资和资产重置，有助于减轻银企摩擦，且比银行更有效率。Stein（1997）的分析模型显示，多元化企业的内部资本市场具有更多资金效应（more money effect）和更优资金效应（smarter money effect）。集团总部既可以通过集中融资优势获得更多的外部资金来源，又可以通过“挑选优胜者”活动（winner-picking）将资金从低收益项目转移到高收益项目以改善资本配置效率（Stein，1997）。

Stein（1997）也对内部资本市场与银行融资进行比较，认为处于信息优势的企业总部可以通过内部资本市场在更大范围里重新配置集团的稀缺资金，从而增加公司价值。他认为，公司总部可以根据需要把一个事业单位的资产作为抵押融得资金，然后再分配给边际收益最高的部门，从而实现“优胜者选拔”。Perotti 和 Gelfer（2001）等通过实证研究证实内部市场能够降低集团内部企业之间的交易成本，从而提高成员企业的价值。但随着企业规模的增加和多元化程度的增加，内部资本市场的价值创造性将会减弱（Stein，1997）。所以，在垂直一体化经营模式下，内部资本市场能够更加有效运行并创造更多价值。

企业集团缓解成员企业融资约束的方式，是通过有效的内部资本市场调配资金。交易成本理论认为，内部资本市场之所以会取代外部资本市场，是因为内部资本市场具有信息和激励优势，能更有效地配置内部资源。集团化有利于降低企业同外部市场信息不对称程度、减少逆向选择成本外，更为深层次的内在原因还在于集团化扩张过程中以控制现金流为主的产业布局以及基于集团化平台而实施的内部资本市场运作。

企业集团以融资便捷和资产整合为目的，采取参股或者控股成员公司等方式，以提升企业整体对外融资能力投资控股的融资模式有两个显著特征，其一是与融资相适应，形成关系复杂、多层次的企业集团式的组织结构；其二是构造出很长并且曲折迂回的融资链条。但是，这种过于强调资本运作的集团化扩张模式，在放大融资能力的同时会导致企业财务杠杆上升、财务风险加大。

多元化企业的效率来自内部资金竞争性活动（Stein，1997）。代理问题、信息成本的存在降低了内部资本市场的资源配置效率。经理人有对剩余现金流进行过度投资的倾向（Jensen，1986）。由于大企业存在着较多的现金流入项目和规模融资优势，公司内部有较多的自由现金流，极易诱发公司经理的过度投资行为。

大量证据显示多元化企业内部普遍存在对劣势项目的低效补贴（Scharfstein，1998；Rajan 等，2000）。交叉补贴往往是低效率的，多元化公司存在活跃的内部资金活动，却是由高效率企业对低效率企业的补贴行为。交叉补贴的原因在于，CEO 的私利动机是导致低效配置的原因，部门经理的权力“寻租”，以及多元化经营下总部 CEO 难以准确判断不同项目的真实投资前景和实际资金需求，也能导致内部资本市场低效率。

从多元发展的角度看，企业集团一般采用控股或者参股成员企业的形式，成员企业的多元化动机受到集团的监管和抑制。

控股成员企业的模式容易导致无效率的内部市场。集团化的经营模式在给成员企业带来上述收益的同时也引发了额外的代理成本，主要表现为集团控股股东与上市公司其他中小投资者之间的利益冲突。Claessen 等（2000）发现集团最终控制人通过金字塔型的控股结构，以更低的投入、牺牲成员企业的价值为代价获取私人利益（private benefit）。在市场机制不健全、监管不完善的国家，构建集团的目的甚至从发挥内部市场或者多元化经营等方面的优势，而转变为借助成员企业之间的关联交易转移资金、操纵盈余，通过“掏空”（tunneling）下属公司获取控制权收益（Stein，1997；Khanna and Palepu，2000a；Almeida and Wolfenzon，2004）。由于实现多元化经营可以使公司拥有更加分散的收益流入，降低贷款风险，从而提高公司的举债能力，以追求私人控制权利益为目的的集团控制人可以选择成员企业自身多元化的经营模式，以其公司价值为代价增加成员企业的融资能力，之后再将融资所得转移到集团。与这种观点一致，大量研究表明集团控股股东以获取私人利益为目的做出的决策导致了成员企业价值下降（Stulz，1990；Bebchuk，1999）。

通过控股成员企业能够有效放大融资能力，扩大资金来源，缓解企业集团的融资约束。然而，企业集团在追求放大融资能力，加快扩张步伐的同时，其最终目的往往偏离了提升集团内各公司实业经营业绩的宗旨。控股股东与其他股东之间的代理问题导致集团控制人从上市公司转移利益的能力提高，因此减弱了集团多元化经营的动机以及这种经营模式对公司价值的正面影响。相对而言，虽然企业集团对于参股企业的控制权较小，根据自身所拥有的股权比例来在参股企业董事会中发挥影响，在保证战略导向一致性的同时，还能对参股企业的财务决策、财务信息等活动进行监控。所以，在构建紧密型企业集团的同时，采取部分参股成员企业的模式，能够避免低效率内部市场的形成。

三　人力资源研究前沿问题

当企业面临市场缩小时，减少支出、缩小规模的紧缩战略是常见的选项，这其中的重要内容就是减员。在人力资源研究中，减员作为重要领域积累了众多的研究实践。以前，多数研究把企业减员效果、手法作为关注点，而近年出现了以员工心理为焦点的新研究。减员产生被解雇者和留任者。被解雇者抵触情绪大、极度悲愤，而留任者也兔死狐悲、心有余悸，企业劳动力队伍的技能结构和精神结构基本处于崩溃状态。而企业采取减员的根本目的，是要度过危机，继续发展。这就需要有着正常状态的劳动力队伍。如何减轻减员给员工造成的心理影响，是该领域的研究重点。

（一）减员对员工的心理影响

在市场竞争中，一度失败却志向再起的企业往往把减员作为扭转局面的主要措施。在研究中，减员被视为降低成本、增强灵活性和适应性、提高生产率的正当策略（詹姆斯·N. 巴伦、戴维·M. 克雷普斯，2005）。然而，对于员工来说，减员是巨大的冲击与伤害（Greenhalgh 等，1988）。裁员给员工造成的伤害包括经济、生理、社会和心理各方面（Mckee-Ryan & Kinicki，2002）。被解雇者自不必说，留任者也将出现所谓的“幸存者综合症”，具体表现是愤怒、失望、恐惧、不信任感和对企业承诺水平的降低（Devine 等，2003）。减员意味着心理契约破裂（breach of the psychological contract），影响员工对企业雇佣关系的公平认知，会出现不利于企业的负面效应（Rousseau，1995；Robinson，1996；Hui 等，2004；Zhao 等，2010）。

Rust 等（2005）认为，员工对心理契约破裂的判断，取决于他在市场竞争、股东利益和员工价值方面所持有的意识程度。员工价值意识与心理契约破裂之间有正相关关系，市场竞争意识、股东利益意识与心理契约破裂之间有负相关关系。Zhao 等（2010）调查了中国人对可口可乐公司裁员 20% 报道的反应。结果显示，员工价值意识与心理契约破裂之间具有强的正相关关系，而市场竞争意识与心理契约之间只有很弱的关系，股东利益意识则几乎没有关联。这意味着，中国人受国有企业和儒家思想“家”概念的影响，形成了较强的员工价值意识，对工作稳定、长期雇佣等传统雇佣契约内容感受灵敏，因此，当人们观察裁员时，会关注到其对传统雇佣契约的威胁，由此产生较强的心理契约破裂的判断。而中国引进市场经济和股东制度的时日尚短，人们在此方面的意识根基还不牢固，因此，无法形成对心理契约破裂判断的影响。还有研究指出，国有企业员工对减员的恐惧心理，与其前景预期、自信度和对减员的理解度密切相关（廖建桥等，2005）。如果员工对未来充满信心，认为自己可以渡过难关，能够理解减员的初衷，对减员的恐惧心理就会被减弱。因此，企业要实现减员重建的目标，必须把给员工造成的心理影响控制在尽可能小的程度。

（二）员工反应与公正认知的关系

现有研究认为，公正认知（justice perceptions）或公平感（fairness），与员工减员后的反应有着密切关系。公正认知包含程序公正、分配公正和互动公正三个方面。如果员工认为减员决策有充分的合理性，是根据企业现状做出的正确决策，并且不违反法律和社会规范，对员工也没有偏倚，就会对减员表示理解，形成程序公正认知（Leventhal，1980；Paterson and Cary，2002；詹姆斯·N. 巴伦、戴维·M. 克雷普斯，2005）。如果员工认为减员造成的损失得到了足够补偿，就会产生分配公正认知（Spreitzer and Mishra，2002）。如果员工在减员过程中感到被尊重和被关怀，并且认为信息通畅，就会强化互动公正认知的形成（Stika 等，2003；Bies，2005）。

员工对减员的评价，也就是各种公正认知的形成，会直接决定被解雇者对减员的反应，也会影响留任者的工作积极性。例如，由于裁员，留任者的部门配置、工作内容、使用资源和管理渠道等会发生变化。对于这些变化，有的员工产生正面反应，认为是发展新技能的机会，有的则表现出负面反应，感觉到压力。因此，要采取措施，促进正面评价的形成，因为它是成功实施变革的关键，并抑制负面评价，因为它会威胁组织活力（Van Emmerik and Bakker，2009）。如果员工认为裁员程序是公正的，就会对该程序导致的后果，如工作量增加做出正面评价（Kwong and Leung，2002）。也就是说，程序公正可以带来对后果的正面评价。如果员工拥有关于裁员的完整信息，就会在自我控制方面有强烈感觉，对裁员的威胁感就会减弱（Spreitzer and Mishra，2002），因此，促进信息公正认知的措施，会使员工对裁员后果产生正面评价。援助措施传递了其也对留任者的尊重（Guo C. 等，2012），因此，人际公正认知的促进措施，也会使员工对裁员后果做出正面评价。

留任者对于互动公正的认知，与其对管理层和企业的信任、组织承诺和离职意向有着密切关系（Skarlicki 等，2008；Kim，2009）。Guo and Giacobbe-Miller（2012）认为，留任者的工作态度，可以用组织承诺概念考察。组织承诺包含三个部分：情感承诺（affective commitment），指员工对企业的依恋情绪；规范承诺（normative commitment），指员工对自己对企业应尽义务的感知；持续承诺（continuance commitment），指员工留在企业的意向。

留任者的行为，可以用工作业绩（job performance）和组织成员责任感（organizational citizenship）来考察。根据他们的研究，情感承诺与留任者行为之间有着最直接、最明显的正向关联。这意味着，如果员工有情感承诺，把包括裁员在内的组织变革看作为了创造光明的未来，他们就会认为企业考虑到了自己的利益，感觉任何后果都可以接受。而如果员工对组织变革有正面认识，就会有高水平的工作业绩，并会积极加班、学习新技能，践行组织成员责任。规范承诺，不对留任者业绩起直接作用，仅在情感承诺与工作业绩之间起“保温”（tempering）作用。因为它只是对自己应尽义务的感知，业绩不会低于、也不会高于标准作业。持续承诺，则对员工业绩和超标贡献有着负面作用。如果员工仅因为没有其他选择而持续留在企业，那他就只会按最低标准行事、维持自己的工作岗位。

（三）促进公正认知形成的管理要素

现有文献主要集中于讨论如何完善减员程序，以减轻员工负面效应。大多数文献把沟通、参与、补偿和支持性服务作为重要的影响因素。这些因素从不同方面影响离职者和留任者对企业减员的公正认知（Justice perceptions）或公平感（fairness）。减员中的哪些管理行为会影响员工的公正认知？大多数文献都提到了沟通。沟通，是指企业通过公开信、讲话、会议、视频、公式栏等手段，向员工提供信息，使他们对减员有心理准备，形成正面理解和参与意识的行为（Appelbaum 等，1999；Appelbaum and Donia，2001；Appelbaum 等，2003）。沟通是否有效，与沟通内容和沟通方式有着密切关系。减员成功的案例表明，沟通应该超越“必须知道”的范围，并且不受制约地流向所有受影响的层级（Cameron，1994）；沟通必须是开放、诚挚的（De Meuse 等，1994）；经过准备、有统一方式（Mishra 等，1998）、以详尽预测为基础、能够创造出信任和协作的完整战略（Weakland，2001）；沟通应该贯穿于裁员之前、之中、之后（詹姆斯·N. 巴伦、戴维·M. 克雷普斯，2005）。

Appelbaum 和 Donia（2001）构建了“现实裁员预演”（RDP，realistic downsizing preview）模型，为企业如何在正式减员前与员工沟通，提出了详尽的指导。该模型指出，沟通至少包含战略、全体员工、离职员工和留任员工四个方面。战略方面的任务，是向员工公开减员计划，包括理由、目的、战略意义、管理层责任、周期与频率、程序、标准、补偿等内容。要用详尽、贯通一致、明确的说明方式，告诉员工企业真实的处境、意图和想法，以及如何做出减员决策的过程，并且指出企业未来发展的方向和条件。面向全体员工的任务，是要说服员工理解新的雇佣契约。如果企业以前实施长期雇佣制度，就要说清楚今后不再承诺“雇佣安全”，促使员工减少对企业的依赖，加强自我管理职业发展的意识。同时还应该告诉员工，组织将提供自我管理职业发展的工具，帮助他们提高职业能力。这里的关键，是管理者应有诚恳心、同情心和关爱心，让员工感到有自尊和尊严，同时应进行多形式、多频率的交流。面向离职员工的任务，是尽可能早地通知他们，让他们及时准备下一步的职业发展。面向留任员工的任务，是让他们知晓离职员工被有尊严、尊重地对待并得到了组织的后续援助，从而减轻他们对未来减员的担忧，同时告诉留任员工企业会增加设备投资、改变生产方式来提高生产率，消除他们对工作负荷增加的忧虑。

一些文献也提出参与很重要。参与，是指员工参与减员计划和实施过程，具体表现为在减员决策中吸收员工的意见。如果员工参与减员计划制订，将更容易接受变化和感到责任，并且提高对减员程序的控制能力（Appelbaum 等，1999）。悉心听取员工意见并吸收到程序设计中，并且保证员工对决定有申诉的权利，将有助于员工对减员得出程序公正的评价（詹姆斯·N. 巴伦、戴维·M. 克雷普斯，2005）。Cascio（1993）引用美国人力资源管理协会调查结果指出，实施裁员取得成效的企业有一些共同特征，其中一条就是经营层在制定方案时参照了下层员工的意见。牛雄鹰、时勘（2002、2009）通过调查发现，中国国有企业在减员中注重决策参与，走群众路线。虽然企业存在着各种沟通问题，但因为充分发挥了基层民主和政策影响力，改变了员工认识，使得裁员得以顺利进行。另外一项关于中国的研究也指出，国有企业吸收员工参与制定减员方法，带来了员工的程序公正认知（Guo and Giacobbe-Miller，2012）。

补偿是减员管理的制度基础之一（魏丽坤、陈维政，2015）。法律对补偿有明确规定。但是，除了法定补偿之外，企业在补偿金额上有很大的运筹余地。慷慨的经济补偿，显示了企业的诚意，能起到安抚离职者的作用（李炳夏，2012）。对离职者提供必要并且优厚的补偿，不仅能够使员工较容易地从岗位上退下来，而且也能让留任者感到企业的真诚关怀，从而减轻他们对未来的担忧（牛雄鹰，1999；詹姆斯·N. 巴伦、戴维·M. 克雷普斯，2005）。

支持性服务也是企业顺利裁员的关键因素。Appelbaum 等（1999）指出，对离职员工与留任员工都应该提供援助。对离职员工的援助包括提供就业介绍、调换岗位、培训，争取民营和公营部门的配合，帮助从政府领补助、个人与财务方面的咨询服务。对留任员工则要提供情绪舒缓、培训、减轻工作负荷等援助。再培训、发展定位等支持性服务，可以帮助留任者减轻心理压力，重建工作目标（詹姆斯 · N. 巴伦、戴维 · M. 克雷普斯，2005）。

（四）总结与展望

减员对于企业人力资源是一个解体、重塑的过程。员工在这个过程中经受着巨大的压力，会产生复杂的心理。这些心理不仅会影响到企业减员目标的实现，还将影响到企业重建的效果。幸存者综合症，是留任者中出现的对企业管理层的不信任、劳动生产率下降的现象。其原因在于员工心理契约受到了损害。为了使员工对减员形成程序公正、分配公正和互动公正的认知，需要企业采取适当的措施。留任者的行为，可以从组织承诺的角度进行观察。组织承诺包括情感承诺、规范承诺和持续承诺。依恋企业的情感承诺，对劳动积极性和生产率有正面影响。仅干分内工作的规范承诺，不能提高劳动生产率，但也不会降低劳动生产率。对生产率有负面影响的是持续承诺，因为这是本意不想留任但无处可去的心态。为了促进员工有利心态的形成，企业要采取包括沟通、参与、补偿和支持性服务在内的措施。

减员的研究，起始于有着市场经济体制、工会组织、劳动权利等制度因素的西方。在西方国家的减员过程中，劳动者的诉求会通过这些制度得到回应和满足，矛盾冲突会被化解。因此，在西方国家的研究中，有关解决矛盾冲突的研究很少。中国近年出现了大规模减员，有顺利实现目标的案例，也有发生冲突的案例。如何解决减员过程中的冲突，如何把解决冲突的方式制度化，以减少因为企业减员造成的社会压力，应该成为中国人力资源研究、特别是减员策略研究的重要课题。

四 企业社会责任研究前沿问题

自企业社会责任理论思想提出以来，一直是学术界与企业管理实践人员所长期关注的问题，然而事实上，自企业社会责任概念思想提出以来，就伴随着学术界与实践界持续不断的争论，在每一次的争论中，理论层面上一定程度上扩展了企业社会责任的研究视域，实践层面上加深了对企业社会责任思想的认知。从企业社会责任过往的研究历程来看，在企业社会责任理论研究经历了由以企业要不要履行社会责任、企业为什么需要履行社会责任等问题开展争论为主要研究内容的 CSR1. 0 时代、以企业社会责任回应探究企业管理回应绩效差异的 CSR2. 0 时代和以 Carroll（1979）构建了一个企业社会责任绩效框架模型，将企业社会责任、企业社会责任议题管理、企业社会责任回应构建成一个企业社会责任绩效模型为标志的 CSR3. 0 时代。而在 CSR4. 0 时代，企业社会责任研究视角由单纯的社会回应、获取相关绩效的工具视角转向了与企业的利益相关方共同创造综合价值的价值视角，从而实现企业价值创造范式的超越。尤其是在第三次工业革命背景下，企业履行社会责任的动机逐渐由第二次工业革命背景下的工具理性视角转向企业社会责任平台价值创造与可持续性的商业生态圈构建转变，因而近两年来，国内外学术界在持续围绕研究企业责任的前置影响因素、企业社会责任的影响效应与企业社会责任信息披露这三大热点研究领域之外，众多学者还对第三次工业革命背景下的企业社会责任理念与行为的新特征与新变革展开了探索性的研究。

（一）企业社会责任的影响因素

从近两年国内外学术界对影响企业社会责任履行的因素的探究内容来看，因视角不一可谓因素复杂，在宏观层面上制度因素、文化背景与行业特征等都是企业社会责任影响因素研究所探讨的重要话题。同时，国内外学术界对于企业社会责任影响因素的研究从微观视角层面继续深入，侧重于探讨组织内部因素对于企业社会责任的具体影响。国内外学者对于企业社会责任影响因素的探索重点主要集中于组织内部的四个方面：公司治理的影响、管理者特征的影响、政治资本的影响和组织特征与市场环境的影响。

1. 文化、制度对企业社会责任的影响

国外的研究中，Linda（2017）从国家制度差异视角比较了加拿大和美国的企业社会责任（CSR）的差异性，研究了两国的企业社会责任（CSR）战略联盟、企业社会责任（CSR）报告和 CSR 绩效如何对应于隐性的和明确的企业社会责任（CSR）实践。研究结果发现，在美国企业中，企业社会责任（CSR）得分较高的公司通常会参与更多的企业社会责任战略联盟。在加拿大没有发现这种中介效应。Anna 和 Lucrezia（2017）基于一家大型跨国公司的案例研究，研究了公司的 CSR 和可持续性方法如何随着时间的推移而演化，并研究了 CSR 演化路径不同阶段的决定因素。案例分析表明，企业社会责任和可持续性的文化差异可能发生在等级层次和职能部门之间。此外，研究发现嵌入企业社会责任和可持续性原则并不是按照连续的步骤进行的线性和连续的过程，且企业的企业社会责任和可持续性方法并不是一个自主选择的结果，而是由外部因素和内部驱动因素共同作用的结果，以及它们在公司的 CSR 历史中相对重要性的结果。

国内研究中，张正勇、戴泽伟（2017）以 2008—2014 年中国沪深 A 股上市公司发布的 3084 份企业社会责任报告为研究样本，实证检验市场化进程对企业社会责任报告鉴证的具体作用。实证研究结果发现市场化程度较高的地区，上市公司的社会责任表现与公司价值的相关性更高。修宗峰、周泽将（2016）以 2007—2013 年中国 A 股国有上市公司和民营上市公司为研究样本，从地区幸福感这一非正式制度的社会资本视角入手，实证检验地区幸福感与企业公益性捐赠的关系，实证研究结果表明，地区幸福感对上市公司的公益性捐赠行为具有一定的正向影响，即地区幸福感程度越高，其所在地区的上市公司公益性捐赠的可能性越高、捐赠水平越高，但这一正向影响仅存在于民营企业中；良好的制度环境有助于促进地区幸福感对企业公益性捐赠的正向影响。傅超、吉利（2017）以 2008—2013 年沪深 A 股上市公司为研究样本，考察公司诉讼风险、制度环境与企业慈善责任的关系，认为中国地域辽阔，在市场化改革进程中，各地区制度环境差异明显，公司的慈善责任履行受到制度环境的影响，因此从市场化程度、法律环境两个层面分析了其对公司慈善责任履行的具体影响，研究发现我国上市公司面临的诉讼风险能够显著提高慈善捐赠水平，这种影响在市场化程度高、法制环境差、司法透明度低的制度环境下更为明显。

2. 公司治理与所有权性质对企业社会责任的影响

在国外的研究中，Young（2017）认为以往在西方语境中的研究考察了不同的公司董事会治理结构特征和企业社会责任之间的关系，但在非西方语境中这种关系需要在不同语境中的不同理论前提下重新审视，研究基于大型韩国公司的一个面板数据集，研究了董事会的独立性、社会关系和多样性对企业社会责任的影响，研究结果发现董事会特征和企业社会责任（CSR）之间的各种关系是非线性的，而之前对西方环境的研究发现，具体地说，在CSR和董事会独立性之间存在曲线关系（即“指数级增长”），首席执行官的社会关系与企业社会责任（CSR）之间存在倒U型关系，董事会成员的教育多样性与企业社会责任（CSR）之间存在U型关系。osé-Luis（2017）利用2009—2013年西班牙非金融类和非保险类上市公司的相关数据，采用一个随机效应模型研究了董事会特征对公司的CSR参与的影响，分析结果显示，董事会中有一个委员会，负责社会和环境事务，其规模，独立董事的法定任期限制，以及董事接受外部消息来源的可能性，都对公司的CSR参与有积极的影响。Priyanka（2016）利用2004—2005年到2013—2014年10个财政年度的标准普尔BSE CARBONEX指数（2014年3月31日）所包含的所有公司的财务数据研究了印度企业的所有权性质对企业社会责任（公众与私营企业之间的关系），证实了公共部门企业的社会责任表现优于私营企业，研究结果进一步揭示了不同行业企业的企业社会责任绩效存在显著差异。

在国内研究中，毛志宏、金龙（2017）以我国沪深两市A股上市公司2009—2013年的数据为样本，实证检验了公司治理对企业社会责任的具体影响，研究结果发现良好的公司治理机制能够有效地缓解由于委托代理问题而导致的信息不对称现象，从而实现企业社会责任会计披露水平的改善。任月君、张凯华（2016）以重污染行业中的钢铁、化工、石化、冶金以及造纸行业共181家上市公司为研究样本，实证研究了政府监管压力、公司治理对于企业履行环保责任的影响，回归分析结果表明公司治理中的股权集中度、董事会规模以及监事会规模等因素与企业履行环保责任成本显著正相关，在政府的外部监管压力和企业内部公司治理因素的双轮驱动影响下，企业会进一步加大环保支出，积极履行企业环保责任。吴德军（2016）以2010—2013年沪深A股上市公司为样本，从公司治理与媒体关注两个角度实证研究了公司治理和媒体关注以及两者同时对企业社会责任水平的影响，研究结果表明公司治理越好，企业社会责任水平越高，但这种显著的正相关关系主要体现在非国有企业中，在国有企业中并不显著。王帆、倪娟（2016）选取“中国最佳企业公民评选”以及“中国300强社会责任发展指数”（简称“指数”），以2012—2014年“指数”中提及的企业为初始研究样本，研究发现，机构投资人持股比例较高、独立董事数量较多的企业，对于企业社会责任绩效的提升及环境信息披露程度增加有显著正向影响。张礼涛、王建玲（2016）选取2010—2013年在沪深交易所上市的所有A股公司作为初始样本，研究内部控制质量与企业社会责任之间的关系，研究发现内部控制质量对企业社会责任的履行具有显著的促进作用，即内部控制质量高的企业，企业社会责任的履行水平也较高，且发现内部控制质量对非国有企业的企业社会责任履行的规范和促进作用强于国有企业。

3. 管理者特征对企业社会责任的影响

国外的研究中，Kerstin、Florian（2017）基于危机背景探讨了企业社会责任（CSR）在危机时刻是否仍然在管理层的议事日程上，管理者是否仍然将CSR嵌入企业战略中，研究基于2003—2012年德国HDAX公司的首席执行官（CEO）给股东的信的文本分析。研究结果发现，在危机时期，CEO们对企业社会责任（CSR）的谈论较少，尤其是关于社会和治理问题，这表明企业社会责任并没有完全融入企业战略，在危机时期，其他方面在管理的议程上变得更加重要。Parente（2016）将董事会成员的异质性作为研究企业社会责任的前置因素，认为企业社会责任（CSR）是公司治理的延伸，是董事会的责任，并探索性地调查了128名巴西的董事会成员，研究了他们对企业社会责任在商业议程上合并的看法，以及他们在决定与企业社会责任相关的问题时所考虑的问题；研究发现选择董事会成员时，只有专业技术要求已不够，他们的对待企业社会责任的心理状况和历史也需要考虑在内。Marko 和 Sebastiaan（2017）研究了高层领导对公司的企业社会责任（CSR）的影响，研究认为，在制定和实施 CSR 战略的过程中，CEO 与高管团队之间的职能经验互补可能是 CSR 差异化战略的基础。与此同时，研究发现 CEO 与高管团队的互补对企业社会责任的环境维度没有影响。Park、Hong（2017）对两名日本知名中小企业高管进行了深度访谈，结果表明，企业社会责任倾向较强的 CEO 更有可能影响公司的企业社会责任行为，并对企业业绩产生更大的影响。Li、Minor（2016）以 CEO 任期和 CEO 二重性来衡量 CEO 的权力，作者认为 CEO 的权力与企业社会责任的选择以及企业社会责任活动的水平呈负相关。

国内研究中，朱文莉、邓蕾（2017）以 2012—2014 年我国 A 股上市公司为样本，研究了女性高管对于企业社会责任履行的具体影响。研究结果发现女性高管人数及比例与企业社会责任履行呈显著正相关关系；女性担任独立董事、女性高管持股比例分别与企业社会责任履行呈正相关关系，与此同时，女性高管兼任 CEO 和董事长与企业社会责任显著负相关，说明当女性高管职位配置不符合公司治理基本规范时，会抑制企业社会责任的履行。文雯、宋建波（2017）基于高阶梯队理论，以 2010—2014 年中国沪深 A 股上市公司数据，手工收集高管个人的背景信息，实证检验了高管个体的海外背景对于企业社会责任的具体影响。研究结果表明，高管团队的海外背景对企业履行社会责任产生显著影响，相较于无海外背景的高管企业，拥有海外背景的高管企业其社会责任评分表现更高，尤其是当企业拥有更多海外背景的高管比例更高时，企业社会责任表现更为优异。赵璐（2017）将公司 CEO 薪酬作为一个独立的变量检验其对企业社会责任的影响，基于 2009—2013 年的沪深两市 A 股上市交易的制造业公司的相关数据，研究结果发现上市公司 CEO 薪酬和托宾 Q 值与企业社会责任信息指数呈正相关。

（二）企业社会责任的影响效应

绩效问题一直以来是管理学界所探讨的基本问题之一。从效用本身来看，由于效用既有主观的心理感受，又暗含实际行为的后果，因而对于企业社会责任绩效的研究也离不开主客观效用两大方面。在主观方面主要表现为企业社会责任与人力资源管理、市场营销学的结合，主要探讨企业社会责任履行对员工的组织行为，如离职倾向、工作满意度、工作态度，对顾客的消费忠诚度与满意度等主观心理变量的影响；对企业本身的声誉口碑与企业品牌或企业价值的影响。而客观方面主要表现为对企业的财务绩效、企业的产品或服务的竞争力以及组织内员工的个人工作绩效的影响。最近两年，学术界对于企业社会责任效应问题的研究，继续沿着企业社会责任对于财务绩效的影响与对于非财务绩效的影响这两条主线展开，且越来越多的研究对企业社会责任绩效的主观领域（非财务绩效）进行探讨。

1. 财务效应

学术界对于企业社会责任与企业财务绩效关系的研究长期以来处于争议之中，究其原因，在实证研究过程中由于选取的研究对象差异、样本不同以及视角差异等因素，对于企业社会责任与企业财务绩效的关系问题的研究结论大致可分为正向影响、负向影响以及双向互动等相关关系，也有的研究发现二者呈现 U 型和倒 U 型关系的结论。

在近两年国外的研究中，Chen、Wen（2017）探讨了企业社会责任与创意产业的财务绩效之间的关系。运用动态 DEA 方法，对 53 家创意公司在 2010—2013 年的纵向效率绩效进行了评估，在绩效评估结果的基础上采用回归分析来确定公司的社会责任是否影响了财务业绩。实证结果表明，包括动态图像、出版、广播在内的内容媒体相关业务，是绩效增长的领导者，回归结果表明，企业社会责任对创意产业的财务绩效有显著的积极影响。Albi、Cau（2017）基于 KLD 和 Compustat 数据库的数据的 562 家美国公司的样本，其中 359 家是跨国公司，203 家仅在美国本土运营，评估了美国国内公司和跨国公司企业社会责任对企业财务绩效的影响，研究结果表明，企业社会责任能力的提高和企业社会责任的减少都与企业财务绩效呈正相关关系，研究结果还表明，与美国本土企业相比，企业社会责任更有利于跨国公司的财务绩效表现。Hannah（2017）研究调查了罪恶公司（指的是那些在有争议的行业中经营的公司，包括酒精、烟草、赌博、成人娱乐、火器、军事和核能的生产和销售）的企业社会责任问题，研究基于 KLD 数据库结合 COMPUSTAT 和证券价格研究中心 1991—2010 年的 337 家公司的数据，发现当企业参与企业社会责任项目时，罪恶的公司增加了营销的广告支出，但这些为企业社会责任而做的努力往往会增加特殊风险。Mohamed（2017）通过使用全球样本，研究企业社会责任的表现是否会对现金持有的价值产生影响，结果发现投资者为拥有 CSR 较高评级的公司所持有的现金赋值更高，揭示了企业社会责任的绩效对现金持有的价值产生了积极的影响。Dirk（2017）基于 2005—2014 年欧洲公司面板数据集，研究了企业社会责任、价值创造与避税的关系，实证研究发现，价值创造与有效税率之间存在着正向关系。Priyanka（2016）从 2004—2005 年到 2013—2014 年 10 个财政年度的标准普尔 BSE CARBONEX 指数（2014 年 3 月 31 日）所包含的所有公司的财务数据研究了企业社会责任对印度企业绩效的影响，面板数据回归分析结果表明，企业社会责任对印度企业价值的影响非常显著。此外，研究结果表明，企业的企业社会责任绩效不仅会影响企业绩效，还会影响企业未来几年的绩效。

国内的研究中，徐士伟、陈德棉（2017）运用组织学习等理论进行分析，以 2000—2013 年收购方与转让方均为沪深 A 股上市公司的 90 个并购事件为研究样本，采用稳健回归方法检验资本市场对转让方企业社会责任的反应。研究发现转让方对股东责任、对员工责任、对政府责任均与收购方股票市场预期显著正相关；而对债权人责任、对供应商责任与收购方股票市场预期的关系未通过显著性检验。陈益云、林晚发（2017）利用 2010—2015 年交易所上市公司发债数据为研究样本，实证检验了企业社会责任与发债主体信用评级，研究结果发现企业承担社会责任能够显著提高其发行主体的信用评级，而且企业社会责任与信用评级之间的关系没有受到股权性质的影响。宋岩、滕萍萍（2017）以沪深两市 A 股制造业上市公司为研究对象，基于 2010—2014 年的面板数据探讨企业社会责任对应计和真实盈余管理的不同影响，研究结果发现制造业上市公司会同时进行应计和真实盈余管理两种方式，且企业社会责任与应计盈余管理、真实盈余管理均呈显著的负相关关系。冯丽艳、肖翔（2016）选取 2010—2014 年作为研究期间，以我国 A 股主板上市公司为研究样本，研究了我国经济环境下积极承担社会责任对企业风险的影响效应，发现在我国经济环境下，积极承担社会责任有助于降低企业风险，无论是国有企业，还是非国有企业，良好的社会责任表现均能够对企业风险发挥降低作用。曹兴、张伟（2016）以 2013—2015 年跨国供应链上市企业为样本，分析尽责与未尽责管理下企业当期及滞后期社会责任对财务绩效指标托宾 Q

值和资产报酬率的影响。研究结果表明尽责管理下当期法律、客户责任与托宾 Q 值呈负相关关系；当期供应商、员工责任与托宾 Q 值呈正相关关系；当期客户责任与资产报酬率呈负相关关系；股东责任与资产报酬率呈正相关关系；供应商、员工、股东、伦理和慈善责任对企业绩效存在滞后效应。

2. 非财务效应

近两年，国内外学术界持续围绕企业社会责任的非财务价值效应进行研究，研究的领域主要为企业人力资源管理、消费者行为、创新管理与企业社会责任的交叉型研究问题等。探讨的主要关系集中于企业社会责任与组织公民行为、员工组织承诺与员工创新行为以及与消费者忠诚度、满意度等直接或间接关系，使得企业社会责任所探讨的非财务价值效应等研究议题逐渐宽泛与多元。同时也有相关研究探讨了企业社会责任对企业声誉以及企业创新能力的直接或间接效应。

在国外的研究中，Isabell（2017）认为企业社会责任活动通过强化利益相关者关系来提高企业价值，但是许多公司也参与了企业的社会责任缺失行为（CSI），这可能会导致利益相关者对企业社会责任的行为绩效做出不真诚的评价，其研究探讨了 corporate social irresponsibility（CSI）对公司 CSR 价值效应的作用，初步的研究结果表明，企业社会责任的积极实值效应明显减弱。Wade、Henry（2017）认为客户参与度（CE）和企业社会责任（CSR）都与客户忠诚度有关。研究应用效用理论来开发和测试一种基于企业社会责任（CSR）主动性偏好的新理论模型，以了解企业社会责任平台上企业与客户忠诚度之间的关系；研究还发现了企业社会责任计划与顾客忠诚度之间存在显著的相关关系，并且受到顾客的年龄和性别影响。Prodromos 和 Chatzoglou（2017）认为企业社会责任（CSR）是一个对全球和地方组织越来越重要的概念，但在组织边界内外仍然缺乏对其完全作用的理解。研究基于 80 个大型私营希腊组织样本，采用新开发的结构化问卷，运用“结构方程建模”技术对企业社会责任实施的影响效应研究假设进行了检验，研究表明企业社会责任的实施似乎对“员工承诺”“客户满意度”和“公司声誉”产生了积极的影响。Huang、Cheng（2017）探讨了顾客对服务品质及企业社会责任（CSR）的认知程度如何随时间的推移而产生，研究数据采集了来自台湾餐馆客户的数据，运用潜增长曲线模型进行实证检验，研究结果表明，顾客对服务质量和企业社会责任的感知影响着消费者对公司的识别，与服务质量相比，顾客感知的 CSR 对消费者对公司识别的推广影响更大，研究认为当服务公司将其投资重点从高服务质量转移到提高消费者对企业社会责任的承诺时，关系投资更有效。Richa（2017）基于印度经营的公共和私营部门制造和服务公司的 187 名商业专业人士组成的微观样本，研究了员工企业社会责任（CSR）在工作中对其参与程度的影响，采用层次线性回归分析方法对研究假设进行检验发现企业社会责任与性别对员工敬业度的影响并不显著。Dev（2017）基于 1991—2006 年 13917 个美国公司的样本数据，发现在成功的创新之后，更具创新性的公司表现出更好的企业社会责任（CSR）绩效，意味着企业的创新水平显著影响着企业的社会责任。具有潜在增长机会的公司，从注册专利的数量和被引用的数量上可以明显看出，通过战略性地投资于 CSR 活动，可以从中获益。Kim（2017）通过对美国消费者的全国性调查，论证了企业社会责任（CSR）沟通因素对消费者 CSR 知识、信任和企业声誉的影响的积极作用，研究结果表明，企业社会责任信息化的积极影响是持久的，并且独立于消费者的身份认同水平，而企业社会责任沟通中的个人相关性、透明度和真实语气的积极影响随着识别层次的增加而加剧。Cha、

Yi（2017）对品牌咖啡店的237名实际顾客进行了测试，对品牌咖啡店的品牌识别，对企业社会责任—品牌 fit（csr-brand fit）对品牌忠诚度的影响进行了研究，结果表明，csr 品牌的契合度加强了个人和社会品牌的识别，从而提高了消费者的服务品牌忠诚度。研究结果还表明，与社会认同相比，个人认同感对服务品牌忠诚度的影响更大。当客户参与公司的企业社会责任活动时，个人与社会认同的影响就会更大。Yon（2016）对40家公司的1249名员工进行了抽样调查的基础上探讨了企业社会责任（CSR）对员工态度（情感承诺和工作满意度）的影响，采用层次线性模型分析了关系社会资本在企业社会责任与员工态度之间的中介作用，以及沟通在这一关系中的调节作用。结果表明，社会责任对情感承诺和工作满意度具有积极的影响，这是由关系社会资本完全调节的，通过“做好事”的关系社会资本，公司可能会“做得很好”。

国内的研究中，齐丽云、李腾飞（2017）以ISO26000和GRI指南为基础将企业社会责任划分为八个维度，对中国203家企业进行调研并获得相应的数据，采用结构方程模型的方法，探讨多元化和专业化战略下企业社会责任对企业声誉的影响，研究结果表明，除经济责任对情感声誉、环境责任对认知声誉影响不显著外，其他责任维度（劳动实践、公平运营、消费者责任、责任治理、环境责任和社区发展）对企业声誉都具有显著影响。王站杰、买生（2017）通过对50家企业的448份有效调查问卷进行层级回归分析，研究结果表明组织公平氛围显著负向影响员工离职意愿，组织凝聚力在组织公平氛围与员工离职意愿间呈完全中介效应，企业社会责任调节了组织公平氛围与组织凝聚力和员工离职意愿的关系。李文茜、刘益（2017）以419家高新技术行业上市公司2012—2014年的数据，实证分析研究了高新技术企业的研发投入、技术创新产出、企业社会责任与企业竞争力之间的关系，研究发现：高新技术企业可以通过积极履行社会责任来提升其技术创新产出转化为企业竞争力的效率，且高新技术企业的广告投入强度能够有效地增强企业社会责任对于技术创新产出向企业竞争力转化效率的促进作用。马晨、周祖城（2017）基于465份有效数据的实证研究结果表明，相对低自尊员工而言，感知的企业社会责任对高自尊员工的工作满意度、情感承诺的正向影响效应更强。罗津、贾兴平（2017）基于工具性利益相关者理论和社会资本理论对212家制造企业开展问卷调查，发现企业社会责任行为有助于企业与其利益相关者建立密切而长期的关系，进而获得技术创新所需要的信息和资源，企业社会责任行为与技术创新的正向关系受到竞争强度的负向调节影响，市场不确定性则会促进企业社会责任行为与技术创新的关系。

（三）企业社会责任披露

企业通过报告的披露与利益相关者进行沟通并影响着企业与利益相关者的关系，企业通过披露相关社会责任信息，如定期发布企业社会责任报告，能够使企业的利益相关者获取企业社会责任履行信息。若企业社会责任未能及时披露，则有可能削弱投资者、消费者等利益相关者对企业的信心，甚至影响到企业的声誉与产生经济损失，因此企业社会责任信息披露尤为重要。因此企业社会责任信息披露成为近两年来企业社会责任领域的研究热点，并主要集中在企业社会责任信息披露的前因后果方面。

1. 企业社会责任信息披露的前置因素

企业社会责任的披露水平与披露的内容质量受到组织内外部环境的影响，从内部环境因素来看，企业社会责任披露水平受到公司特征（企业性质、企业规模）、内部治理结构

（股东结构、独立董事、持股比例）以及企业的财务绩效（盈利水平、财务杠杆）等方面的影响，从外部的环境因素来看，企业社会责任的披露质量受到所处的经济法律环境背景、行业属性与行业规制以及外部利益相关方的影响。而从我国对于企业社会责任信息披露的研究历程来看，由于国内对于企业社会责任的研究起步较晚，而对于企业社会责任披露的实践则较为滞后，因此目前尚停留于企业社会责任信息披露的前置因素与影响后果等方面。

国外研究来看，Mahdi（2017）基于2009—2014年在德黑兰证券交易所（TSE）的125家上市公司，探讨上市公司董事会结构及公司所有权对上市公司的社会责任披露的影响，实证研究表明，董事会结构和所有权结构不会影响年度报告中的社会责任披露。Dias（2016）调查了全球金融危机（GFC）在2005年、2008年和2011年的年度报告和/或CSR报告中对企业社会责任披露（CSRD）的影响程度，研究发现在危机期间，企业社会责任披露（CSRD）的数量略有下降。Ehtazaz、Amjad（2016）运用内容分析法，基于来自2010—2014年8个不同部门的50家公司的企业社会责任信息披露的年度报告和可持续性报告，研究了公司治理要素与CSR信息披露之间的关系，并对企业社会责任信息披露的差异进行了研究。回归分析结果显示，在2013年企业社会责任（CSR）自愿准则引入后，企业社会责任信息披露的程度有所增加。单向的方差分析表明，不同部门的企业社会责任信息披露程度不同，多元回归结果证明，独立董事、女性董事和董事会规模对企业社会责任披露的程度有积极影响。Ibrahim（2016）探讨董事会多元化特征的影响，即独立、性别、年龄、国籍等因素对企业社会责任（CSR）披露程度的影响，面板数据分析结果显示，在研究期间，董事会多元性越强，企业社会责任的披露程度有所提高；研究结果还揭示了企业社会责任信息披露与董事会多元化变量之间存在着积极而显著的关联效应。

从近两年国内研究来看，国内研究集中于从产权制度、管理者特征与外部监督规制等视角探讨对企业社会责任披露的影响。余玮、郑颖（2017）以2008—2013年中国A股上市公司作为研究样本，通过分析金字塔控股结构中最终控制人性质，将上市公司细分为中央国企、地方国企和民营企业，研究控股股东和外资股东对上市公司社会责任报告披露的影响，研究发现民营企业社会责任报告的质量更高，而地方国企社会责任报告的质量最差。仅在中央国企和民营企业中，外资股东对于企业社会责任的披露有显著的正向影响。王士红（2016）以中国沪深A股上市公司2009—2014年强制披露企业社会责任的企业为研究对象，依据高层梯队理论实证分析了高管团队的不同特征对企业社会责任披露的影响，研究结果表明高管团队中女性比例对企业社会责任披露有显著的正向影响，而高管团队平均任职年限对企业社会责任披露有显著负向影响，高管团队的年龄、教育水平对企业社会责任影响不显著。张晓盈、杨榛（2017）以2009—2014年我国重污染行业上市企业为研究样本，实证检验了媒体监督对企业社会责任信息披露的影响及作用机制，研究结果表明，我国重污染行业上市企业社会责任信息披露的差异较大，整体水平偏低，媒体监督能显著提高企业社会责任信息披露水平。王开田、蒋琰（2016）以2009—2013年发布企业社会责任报告的上市公司为研究样本，采用润灵环球指数评估社会责任信息披露水平，在控制住内生性后进行研究，外部政策制度性对于企业社会责任信息披露没有产生显著影响，企业的内在特征因素能够显著影响社会责任信息披露。

2. 企业社会责任信息披露的影响后果

就我国企业社会责任信息披露实践而言，目前我国企业社会责任信息披露主要是应规公布与自愿公布两种形式，披露的意愿形式不同对于企业社会责任信息披露的影响效应也不一致。目前国内外对于企业社会责任信息披露的影响后果的研究集中于探讨对企业财务绩效的影响以及企业经营风险的影响。

国外研究中，Raida、Hamadi（2017）关注了2007—2012年11家突尼斯上市银行的年报，以及2013年12月在其网站上发布的信息，研究发现银行的财务杠杆与CSR披露之间存在正相关关系，此外银行规模、外资持股和审计师类型与上市银行的CSR披露无关。国内的研究来看，宋献中、胡珺（2017）以2009—2014年沪深A股上市公司为样本，分别从社会责任信息披露的信息效应和声誉保险效应两条路径考察了对股价崩盘风险的影响。研究发现，社会责任信息披露与未来股价崩盘风险显著负相关，说明企业披露社会责任信息降低了未来股价崩盘风险。钟马、徐光华（2017）基于2010—2013年上市公司数据，对社会责任信息披露与公司投资效率的关系进行分析，发现披露社会责任的公司投资效率更高，尤其是在过度投资情境下。同时发现公司财务信息质量较差的公司中，社会责任信息披露对投资效率的提升效应更为显著。郑培培、任春艳（2017）采用实验研究方法，以国内某重点大学管理学院MBA学生为投资行为被试对象，考察社会责任信息披露的投资决策相关性影响，实验结果表明企业社会责任信息披露水平本身并没有过多的信息含量，不会对个体投资者投资的可能性产生显著的作用，企业社会责任信息披露水平对投资可能性的作用取决于媒体报道的性质。钱明、徐光华（2016）以我国A股上市公司为样本，考察了民营企业与国有企业的社会责任信息披露、会计稳健性及融资约束之间的相关关系，研究发现社会责任信息披露对于民营企业的融资约束产生显著影响，且这种影响主要体现在民营企业中，但在国有企业中并不显著。

（四）第三次工业革命与企业社会责任

由于企业社会责任的履行方式、价值创造范式与工业革命背景下的社会价值创造范式息息相关，尤其是企业社会责任的正当性以及适当性等问题深刻内嵌于每一次工业革命的价值创造范式背景之下。自人类进入21世纪以来，以互联网、物联网、大数据与人工智能为代表的新兴技术不断改变与重塑着企业的经营方式与价值创造范式，引发了企业生产生活方式的重大改变，但是这些生产方式和生活方式的变化也带来了一系列新的社会问题，因而也必将给企业社会责任带来新的研究课题。

在国内的研究中，肖红军、李先军（2017）研究了三次工业革命与企业社会责任的演化脉络，认为工业革命的发展，推动了企业社会责任理念和认识不断进步，也推动了企业履责方式、履行行为的不断丰富，工业革命与企业社会责任表现出共同演进的历史逻辑，并得出了第三次工业革命背景下企业社会责任发展的新趋势，主要表现在社会责任理念、企业的履责方式、履责议题、履责管理与履责主体等方面发生了重大变化。周立军、王美萍（2017）认为互联网高速发展的同时互联网企业社会责任问题日益凸显，并成为社会责任研究中值得关注的领域，以2012—2014年96家互联网上市公司为样本，探讨了互联网企业财务绩效对社会责任履行水平的影响，以及在企业生命周期不同阶段的影响差异和规律。结果显示，互联网企业的财务绩效对其社会责任绩效产生正向影响。邵剑兵、刘力钢（2016）从演化经济学视角出发，利用企业基因遗传理论所搭建的分析框架，对互联网企业履行社会责任的演进过程进行深入剖析，并以阿里巴巴集团为研究对象，系统阐述了企业不同成长阶段中3种基因遗传机制的具体表现。肖红军（2017）认为在“互联网+”背景下平台化履责越来越成为领先企业实践社会责任的新范式，在将企业履责方式划分为独立自履、合作自履、价值链履责推动和平台化履责四种范式基础上，分析了平台化履责对传统履责范式在社会治理方式、价值创造方式、社会责任边界和社会责任管理上的超越，并构建了综合社会问题类型、企业社会回应策略与企业影响力范围的平台化履责范式的适用情境模型，基于“平台基础—实现方式”区分出企业实施平台化履责的六类战略。阳镇、许英杰（2017）认为“互联网+”为企业社会责任履行带来全面而深刻的影响，主要表现在对企业社会责任履责主体、履责动力、履责范式、履责议题、履责沟通、履责管理带来全面性的深刻变革，并着重分析了“互联网+”战略背景下如何影响企业社会责任战略、社会责任履行理念、社会责任履行工具、社会责任落地议题，并为“互联网+”背景下企业履行社会责任提出了新的融合路径。晁罡、林冬萍（2017）以典型双边市场HY集团商业地产业务为研究对象进行嵌套式纵向案例研究，分析平台企业在各发展阶段对双边用户的社会责任行为模式，提出了平台企业社会责任杠杆天平模型，即平台企业在不同的市场环境下，通过社会责任行为平衡双边用户的相对地位。

参考文献

曹兴、张伟、李笑冬、李文：《尽责管理下跨国供应链企业社会责任对财务绩效影响的实证研究》，《系统工程》2016年第10期。

晁罡、林冬萍、王磊、申传泉：《平台企业的社会责任行为模式——基于双边市场的案例研究》，《管理案例研究与评论》2017年第1期。

冯丽艳、肖翔、程小可：《社会责任对企业风险的影响效应——基于我国经济环境的分析》，《南开管理评论》2016年第6期。

傅超、吉利：《诉讼风险与公司慈善捐赠——基于“声誉保险”视角的解释》，《南开管理评论》2017年第2期。

贺爱忠、李雪：《在线品牌社区成员持续参与行为形成的动机演变机制研究》，《管理学报》2015年第5期。

黄敏学、廖俊云、周南：《社区体验能提升消费者的品牌忠诚吗——不同体验成分的作用与影响机制研究》，《南开管理评论》2015年第3期。

蓝海林：《中国企业集团概念的演化：背离与回归》，《管理学报》2007年第3期。

李炳夏：《サムソンの戦略人事》，日本经济新闻出版社2012年版。

李婷婷、李艳军：《基于品牌社群的营销管理研究述评》，《管理现代化》2013年第5期。

李文茜、刘益：《技术创新、企业社会责任与企业竞争力——基于上市公司数据的实证分析》，《科学学与科学技术管理》2017年第1期。

廖建桥、王西、余楠楠：《年龄、学历及其中介变量对员工恐惧程度的影响及相关性分析》，《商业经济与管理》2005年第9期。

罗津、贾兴平：《企业社会责任行为与技术创新关系研究——基于社会资本理论》，《研究与发展管理》2017年第4期。

马晨、周祖城：《感知的企业社会责任对员工态度的影响：自尊的调节效应》，《系统管理学报》2017 年第 2 期。
毛志宏、金龙:《公司治理、企业社会责任与会计信息相关性》,《当代经济科学》2016 年第 6 期。
牛雄鹰:《国企裁员方略:企业裁员的过程分析》,《中国人力资源开发》1999 年第 5 期。
牛雄鹰、时勘:《企业裁员沟通与被裁失业人员再就业关系的概念模型》,《华东经济管理》2009 年第 11 期。
牛雄鹰、时勘:《中国国有企业裁员过程及其影响因素的案例研究》,《国际商务(对外经济贸易大学学报)》2002 年第 4 期。
齐丽云、李腾飞、郭亚楠:《企业社会责任对企业声誉影响的实证研究——基于战略选择的调节作用》,《科研管理》2017 年第 7 期。
钱明、徐光华、沈弋:《社会责任信息披露、会计稳健性与融资约束——基于产权异质性的视角》,《会计研究》2016 年第 5 期。
任枫:《品牌社群形成机理研究——基于品牌社群融入的视角》,《河北经贸大学学报》2013 年第 6 期。
任月君、张凯华:《公共压力、公司治理与环境成本的相关性研究》,《财经问题研究》2016 年第 10 期。
宋献中、胡珺、李四海:《社会责任信息披露与股价崩盘风险——基于信息效应与声誉保险效应的路径分析》,《金融研究》2017 年第 4 期。
宋岩、滕萍萍、秦昌才:《企业社会责任与盈余管理:基于中国沪深股市 A 股制造业上市公司的实证研究》,《中国管理科学》2017 年第 5 期。
田阳、王海忠、王静一:《虚拟品牌社群与品牌依恋之间关系的实证研究》,《经济管理》2010 年第 11 期。
王帆、倪娟:《公司治理、社会责任绩效与环境信息披露》,《山东社会科学》2016 年第 6 期。
王开田、蒋琰、高三元:《政策制度、企业特征及社会责任信息披露——基于降低融资成本的研究视角》,《产业经济研究》2016 年第 6 期。
王士红:《所有权性质、高管背景特征与企业社会责任披露——基于中国上市公司的数据》,《会计研究》2016 年第 11 期。
王晓川、陈荣秋、江毅:《网络品牌社群中的创新活动及其前因与后效研究》,《管理学报》2014 年第 4 期。
王新新、薛海波:《消费者参与品牌社群的内在动机研究》,《商业经济与管理》2008 年第 10 期。
王站杰、买生、李万明:《组织公平氛围对员工离职意愿的影响——企业社会责任被中介的调节效应模型》,《科研管理》2017 年第 8 期。
魏丽坤、陈维政:《中国企业裁员实践的关键管理要素——分析与反思》,《经济管理》2015 年第 2 期。
文雯、宋建波:《高管海外背景与企业社会责任》,《管理科学》2017 年第 2 期。
吴德军:《公司治理、媒体关注与企业社会责任》,《中南财经政法大学学报》2016 年第 5 期。
肖红军:《平台化履责:企业社会责任实践新范式》,《经济管理》2017 年第 3 期。

肖红军、李先军：《工业革命与企业社会责任：共同演化的视角》，《经济与管理研究》2017年第3期。

肖星、王琨：《关于集团模式多元化经营的实证研究——来自“派系”上市公司的经验证据》，《管理世界》2006年第9期。

修宗峰、周泽将：《地区幸福感、社会资本与企业公益性捐赠》，《管理科学》2016年第2期。

徐士伟、陈德棉、乔明哲：《企业社会责任对市场预期的影响——基于并购中的组织学习视角》，《北京理工大学学报（社会科学版）》2017年第1期。

薛海波：《品牌社群的组织界定与形成机理研究》，《外国经济与管理》2011年第10期。

薛海波：《品牌社群作用机理理论研究和模型构建》，《外国经济与管理》2012年第2期。

薛海波、王新新：《品牌社群影响品牌忠诚的作用机理研究——基于超然消费体验的分析视角》，《中国工业经济》2009年第10期。

阳镇，许英杰：《“互联网+”背景下企业社会责任变革趋势与融合路径》，《企业经济》2017年第8期。

余玮、郑颖、辛琳：《企业社会责任报告披露的影响因素研究——基于控股股东和外资股东视角》，《审计与经济研究》2017年第2期。

张礼涛、王建玲：《上市公司内部控制质量对企业社会责任履行水平的影响》，《西北大学学报（哲学社会科学版）》2016年第5期。

张晓盈、杨榛、钟锦文：《媒体监督与企业社会责任信息披露——基于重污染行业的经验数据》，《财会月刊》2017年第27期。

张正勇、戴泽伟：《财务透明度、市场化进程与企业社会责任报告鉴证效应》，《管理科学》2017年第2期。

赵璐：《CEO薪酬、公司市场表现与企业社会责任——基于制造业上市公司的实证研究》，《学习与探索》2017年第5期。

郑培培、任春艳、郭兰：《社会责任信息披露、媒体报道与个体投资者的投资决策——一项实验证据》，《经济管理》2017年第4期。

郑小勇、魏江：《Business Group、企业集团和关联企业概念辨析及研究范畴、主题、方法比较》，《 外国经济与管理》2011年第10期。

钟马、徐光华：《社会责任信息披露、财务信息质量与投资效率——基于“强制披露时代”中国上市公司的证据》，《管理评论》2017年第2期。

周立军、王美萍、杨静：《互联网企业财务绩效与社会责任绩效的关系研究——基于生命周期理论》，《投资研究》2017年第1期。

周志民、郑雅琴：《从品牌社群认同到品牌忠诚的形成路径研究——中介与调节效应检验》，《深圳大学学报（人文社会科学版）》2011年第6期。

朱文莉、邓蕾：《女性高管真的可以促进企业社会责任履行吗？——基于中国A股上市公司的经验证据》，《中国经济问题》2017年第4期。

［美］罗伯特·K. 殷：《案例研究：设计与方法》，周海涛等译，重庆大学出版社2010年版。

［美］詹姆斯·N. 巴伦、戴维·M. 克雷普斯：《战略人力资源——总经理的思考框架》，王垒等译，清华大学出版社2005年版。

Adjei M., Noble S and Noble C., "The Influence of C2C Communications in Online Brand Communities on Customer Purchase Behavior", *Journal of the Academy of Marketing Science*, 2010 (5), pp. 634 - 653.

Algesheimer R., Dholakia U. M. and Herrmann A., "The Social Influence of Brand Community: Evidence from European Car Clubs", *Journal of Marketing*, 2005 (3), pp. 19 - 34.

Alikaj A., Nguyen C. N., Medina E., "Differentiating the Impact of CSR Strengths and Concerns on firm Performance: An investigation of MNEs and US domestic firms", *Journal of Management Development*, 2017, 36 (3), pp. 401 - 409.

Almeida H., Wolfenzon D., "A theory of Pyramidal Ownership and Family Business Groups", *Journal of Finance*, 2006, 61 (6), pp. 2637 - 2680.

António Dias, Rodrigues L. L., Craig R., "Global Financial Crisis and Corporate Social Responsibility Disclosure", *Social Responsibility Journal*, 2016, 12 (4), pp. 654 - 671.

Appelbaum, S. H., Donia, M., "The Realistic Downsizing Preview: A Multiple Case Study, Part1: The Methodology and Results of Data Collection", *Career Development International*, 2001 (6/3), pp. 128 - 148.

Appelbaum, S. H., Everard, A. and Hung, T. S., "Strategic Downsizing: Critical Success Factors", *Management Decision*, 1999, 37, (7), pp. 535 - 552.

Appelbaum, S. H., Lopes, R., Audet, L., Steed, A., Jacob, M., Augustinas, T. and Manolopoulos, D., "Communication during Downsizing of a Telecommunications Company", *Corporate Communications An International Journal*, 2003, June, pp. 73 - 97.

Arouri, M. and Pijourlet, G., "CSR Performance and the Value of Cash Holdings: International Evidence", *Journal of Business Ethics*, 2017, 140 (2), pp. 263 - 284.

Bagozzi R. P., Dholakia U. M., "Antecedents and Purchase Consequences of Customer Participation in Small Group Brand Communities", *International Journal of Research in Marketing*, 2006 (1), pp. 45 - 61.

Bebchuk, L. A., Kraakman, R. and Triantis, G. G., "Stock Pyramids, Cross-ownership, and Dual Class Equity". In Morck, R. (Ed.), *Concentrated Corporate Ownership*, Chicago, IL: Chicago University Press, 1992.

Belk R. W., Tumbat G., "The Cult of Macintosh", *Consumption, Markets and Culture*, 2005 (3), pp. 205 - 217.

Berthon P., Pitt LF., Mc Carthy I, and Kates S., "When Customers Get Clever: Managerial Approaches to Dealing with Creative Consumers", *Business Horizons*, 2007 (1), pp. 39 - 47.

Bies, R. J., "Are Procedural Justice and Interactional Justice Conceptually Distinct?", Greenberg, J. and Colquitt, J. A. (Eds), *Handbook of Organizational Justice*, Lawrence Erlbaum Associates, Mahwah, NJ, 2005, pp. 85 - 112.

Bilgram, V., Bartl, M. and Biel, S., "Successful Consumer Co-Creation: the Case of Nivea Body Care", *Marketing Review St Gallen*, 2011 (28), pp. 34 - 42.

Boorstin D. J., *The Americans: The Democratic Experience*, New York: Vintage, 1974.

Buysschaert A., Deloof M., Jegers M., Rommens A., "Is Group Affiliation Profitable in Developed Countries? Belgian Evidence", *Corps Gov Int Rev*, 2008, 16, pp. 504 - 518.

Cameron, K. S., "Strategies for Successful Organizational Downsizing", *Human Resource Management*, 1994, 33 (2), pp. 189 – 211.

Carney M., Gedajlovic E. R., Heugens Ppmar, Van Essen M., Van Oosterhout JH., "Business Group Affiliation, Performance, Context, and Strategy: A Meta-analysis", *Academy of Management Journal*, 2011, 54 (3), pp. 437 – 460.

Cascio, W. F., "Downsizing: What Do We Know? What Have We Learned?", *Academy of Management Executive*, 1993, 7 (1), pp. 95 – 104.

Cha M. K., Yi Y., Bagozzi R. P., "Effects of Customer Participation in Corporate Social Responsibility (CSR) Programs on the CSR-Brand Fit and Brand Loyalty", *Cornell Hospitality Quarterly*, 2015, 57 (3).

Chakrabarti A., Singh K., Mahmood I., "Diversification and Performance: Evidence from East Asian Firms," *Strategic Management Journal*, 2007, 28 (2), pp. 101 – 120.

Chandler A. D., *Strategy and Structure: Chapters in the History of American Enterprise*, Massachusetts Institute of Technology: Cambridge, USA, 1962.

Chandler A. D., *The Visible Hand*, Belknap Press, Cambridge, MA, 1997.

Chang S., Hong J., "How Much Foes the Nusiness Hroup Matter in Korea?" *Strateg Manage J*, 2002, 23, pp. 265 – 274.

Chang, Y. K., Oh, W. Y., and Park, J. H., "Exploring the Relationship Between Board Characteristics and CSR: Empirical Evidence from Korea", *Journal of Business Ethics*, 2015, 140 (2), pp. 1 – 18.

Chatzoglou P., Chatzoudes D., Amarantou V, et al., "Examining the Antecedents and the Effects of CSR Implementation: an Explanatory Study", *EuroMed Journal of Business*, 2017, 12 (2), pp. 189 – 206.

Chaudhary, R., "Corporate Social Responsibility and Employee Engagement Can CSR Help in Redressing the Engagement Gap", *Social Responsibility Journal*, 2017, 13 (2), pp. 323 – 338.

Chung CN., "Markets, Culture, and Institutions: the Emergence of Large Business Groups in Taiwan, 1950 – 1970s", *Journal of Management Studies*, 2001, 38 (5), pp. 719 – 745.

Claessens, S., Djankov, S. and Lang, L. H. P., "The Separation of Ownership and Control in East Asian Corporations", *Journal of Financial Economics*, 2000, 58, pp. 81 – 112.

Cova B., Pace S., "Brand Community of Convenience Products: New Forms of Customer Empowerment—the Case "My Nutella The Community", *European Journal of Marketing*, 2006 (9/10), pp. 1087 – 1105.

Cova, B., Pace, S. and Park, D. J., "Global Brand Communities Across Borders: The Warhammer Case", *International Marketing Review*, 2007 (3), pp. 313 – 329.

Cui, V., Ding, S. andLiu, M., "Revisiting the Effect of Family Involvement on Corporate Social Responsibility: A Behavioral Agency Perspective", *Journal of Business Ethics*, 2016, pp. 1 – 19.

De Meuse, K. P., Vanderheiden, P. A. and Bergmann, T. J., "Announced Layoffs: Their Effect on Corporate Financial Performance", *Human Resource Management*, 1994, 33 (4), pp. 509 – 530.

Denis, D., Denis, D., Yost, K., "Global Diversification, Industrial Diversification, and Firm Value", *J. Financ.* 57, 1951 – 1979.

Denrell J., Fang C., Winter S. G., "The Economics of Strategic Opportunity", *Strategic Management Journal*, 2003, 24 (10), pp. 977 – 990.

Devine, K., Reay, T., Stainton, L. and Collins-Nakai, R., "Downsizing Outcomes: Better a Victim than a Survivor", *Human Resource Management*, 2003, 42 (2), pp. 109 – 124.

Fehre, K. and Weber, F., "Challenging Corporate Commitment to CSR: Do CEOs Keep Talking about Corporate Social Responsibility (CSR) Issues in Times of the Global Financial Crisis?", *Management Research Review*, 2016, 39 (11), pp. 1410 – 1430.

Garg, P., "CSR and Corporate Performance: Evidence from India", *Decision*, 2016, 43 (4), pp. 333 – 349.

Gertner, R. H., Scharfstein, D. S. and Stein, J. C., "Internal Versus External Capital markets", *Quarterly Journal of Economics*, 1994, 109, pp. 1211 – 1230.

Ghoshal S., Hahn M., Moran P., "Organizing for Firm Growth: the Interaction between Resource-accumulating and Organizing Processes", *In Competence, Governance, and Entrepreneurship: Advances in Economic Strategy Research*, Foss N, Mahnke V (eds), Oxford University Press: Oxford, UK, 2000, pp. 146 – 167.

Greenhalgh, L., Lawrence, A. T., and Sutton, R. L., "Determinants of Workforce Reduction Strategies in Declining Organization", *Academy of Management Review*, 1988, 13 (2), pp. 145 – 161.

Guillén M., "Business Groups in Emerging Economies: A Resource Based View", *Acad Manage J*, 2000, 43, pp. 362 – 380.

Guo, C. and Giacobbe-Miller, J. K., "Understanding Survivors' Reaction to Downsizing in China", *Journal of Managerial Psychology*, 2012, 27 (1), pp. 27 – 47.

Hou, C. E., Lu, W. M. and Hung, S. W., "Does CSR Matter? Influence of Corporate Social Responsibility on Corporate Performance in the Creative Industry", *Annals of Operations Research*, 2017 (2), pp. 1 – 25.

Huang, M. H., Cheng, Z. H. and Chen, I. C., "The Importance of CSR in Forming Customer-Company Identification and Long-term Loyalty", *Journal of Services Marketing*, 2017, 31 (1), pp. 63 – 72.

Hui, C., Lee, C. and Rousseau, D. M., "Psychological Contract and Organizational Citizenship Behavior in China: Investigating Generalizability and Instrucmentality", *Journal of Applied Psychology*, 2004, 89 (2), pp. 311 – 321.

Ibrahim A. H., Hanefah M. M., "Board Diversity and Corporate Social Responsibility in Jordan", *Journal of Financial Reporting & Accounting*, 2016, 14 (2), pp. 279 – 298.

Jarvis W., Ouschan R., Burton H. J., et al., "Customer Engagement in CSR: A Utility Theory Model with Moderating Variables", *Journal of Service Theory and Practice*, 2017, 27 (4), pp. 833 – 853.

Jensen M., "Agency Costs of Free Cash Flow, Corporate Finance, and Takeovers", *Am Econ Rev*, 1986, 76, pp. 323 – 329.

Keller K. , Lehmann D. , "Brands and Branding: Research Findings and Future Priorities", *Marketing Science*, 2012 (6), pp. 740 – 759.

Khanna T. , Palepu K. , "Policy Shocks, Market Intermediaries, and Corporate Strategy: The Evolution of Business Groups in Chile and India", *Journal of Economics and Management Strategy*, 1999, 8 (2), pp. 271 – 310.

Khanna T. , Palepu K. , "Why Focused Strategies May be Wrong for Emerging Markets", *Harvard Business Review*, 1997, 75 (4), pp. 41 – 51.

Khanna T. , Palepu K. , "Is Group Affiliation Profitable in Emerging Markets? An Analysis of Diversified Lndian Business Groups", *Journal of Finance*, 2000, 55 (2), pp. 867 – 891.

Khanna T. , Palepu K. , "The Future of Business Groups in Emerging Markets: Long Run Evidence from Chile", *Academy of Management Journal*, 2000, 43 (3), pp. 268 – 285.

Khanna T. , Rivkin J. W. , "Estimating the Performance Effects of Business Groups in Emerging Markets", *Strategic Management Journal*, 2001, 22 (1), pp. 45 – 74.

Khanna T. , Yafeh Y. , "Business Groups in Emerging Markets: Paragons or Parasites?" *Journal of Economic Literature*, 2007, 45 (2), pp. 331 – 372.

Kiesewetter, D. and Manthey, J. , "Tax Avoidance, Value Creation and CSR-A European Perspective", *Corporate Governance International Journal of Business in Society*, 2017 (5), pp. 803 – 821.

Kietzmann JH. , Hermkens K. , Mc Carthy IP. , Silvestre BS. , "Social Media? Get Serious! Understanding the Functional Building Blocks of Social Media", *Business Horizons*, 2011 (54), pp. 241 – 251.

Kim H. , Hoskisson R. , Wan W. , "Power Dependence, Diversification Strategy, and Performance in Keiretsu Member Firms", *Strateg Manage Journal*, 2004, 25, pp. 613 – 636.

Kim H. , Kim H. , Hoskission R. E. , "Does Market-oriented Institutional Change in an Emerging Economy Make Business-group-affiliated Multinationals Perform Better? An institution-based View", *Journal of International Business Studies*, 2010, 41 (7), pp. 1141 – 1160.

Kim, H. S. , "Examining the Role of Informational Justice in the Wake of Downsizing from an Organizational Relationship Management Perspective", *Journal of Business Ethics*, 2009, 88 (2), pp. 297 – 312.

Kim, J. H. , Bae, Z. T. and Kang, S. H. , "The Role of Online Brand Community in New Product Development: Case Studies on Digital Product Manufacturers in Korea", *International Journal of Innovation Management*, 2008 (3), pp. 357 – 376.

Kim, S. , "The Process Model of Corporate Social Responsibility (CSR) Communication: CSR Communication and Its Relationship with Consumers' CSR knowledge, Trust and Coporate Reputation Perception", *Journal of Business Ethics*, 2017, pp. 1 – 17.

Kozinets R. V. , "Utopian Enterprise: Articulating the Meanings of StarTrek's Culture of Consumption", *Journal of Consumer Research*, 2001 (6), pp. 67 – 88.

Kwong, J. and Leung, K. , "A Moderator of Interaction Effect of Procedural Justice and Outcome Favorability: Importance of the Relationship", *Organizational Behavior and Human Decision Processes*, 2002, 87 (2), pp. 278 – 299.

Lee K. , Peng M. , Lee K. , "From Diversification Premium to Diversification Discount during Institutional Transitions", *J World Bus*, 2008, 43, pp. 47 -65.

Leff NH. , "Industrial Organization and Entrepreneurship in the Developing Countries: The Economic Groups", *Economic Development and Cultural Change*, 1978, 26 (4), pp. 661 -675.

Lenz I. , Wetzel H. A. and Hammerschmidt M. , "Can Doing Good Lead to Doing Poorly? Firm Value Implications of CSR in the face of CSI", *Journal of the Academy of Marketing Science*, 2017, 45 (4), pp. 1 -21.

Leventhal, G. S. , "What Should be Done with Equity Theory? New Approaches to the Study of Fairness in Social Relationships", Gergen, K. J. , Greenberg, M. S. and Willis, R. H. (Eds), *Social Exchange: Advances in Theory and Research*, Plenum Press, New York, NY, 1980, pp. 167 -218.

Lins K. , Servaes H. , "Is Corporate Diversification Beneficial in Emerging Markets?" *Financ Manage*, 2002, 31, pp. 5 -31.

Lone E. J. , Ali A. , Khan I. , "Corporate Governance and Corporate Social Responsibility Disclosure: Evidence from Pakistan", *Corporate Governance*, 2016, 16 (5), pp. 785 -797.

Mahmood I. P. , Zhu H. , Zajac E. J. , "Where Can Capabilities Come from? Network Ties and Capability Acquisition in Business Groups", *Strategic Management Journal*, 2011, 32 (8), pp. 820 -848.

Martin J. , Sayrak A. , "Corporate Diversification and Shareholder Value: A Survey of Recent Literature", *J Corp Finance*, 2003, 9, pp. 37 -57.

Mascarenhas O. , Kesavan R. and Bernacchi M. , "Customer Value-Chain Involvement for Co-creating Customer Delight", *Journal of Consumer Marketing*, 2004 (4), pp. 486 -496.

Mathwick C. , Wiertz C. , and Ruyter K D. , "Social Capital Production in a Virtual P3 Community", *Journal of Consumer Research*, 2008 (4), pp. 832 -849.

Maurer N. and T Sharma. , "Enforcing Property Rights through Reputation: Mexico's Early Industrialization, 1878 -1913", *The Journal of Economic History*, 2001, 61 (4), pp. 950 -973.

Mc Alexander J. H. , Schouten J. W. and Koening H. F. , "Building Brand Community", *Journal of Marketing*, 2002 (1), pp. 38 -54.

Mckee-Ryan, F. M. and Kinicki, A. J. , "Coping Job Loss: A Life-facet Perspective", *International Review of Industrial and Organizational Psychology*, 2002 (17), pp. 1 -29.

Meyer, M. , Milgrom P. and Roberts, J. , "Organizational Prospects, Influence Costs, and Ownership Changes", *Journal of Economics and Management Strategy*, 1992, 1, pp. 9 -35.

Mishra, D. R. , "Post-Innovation CSR Performance and Firm Value", *Journal of Business Ethics*, 2017, 140 (2), pp. 285 -306.

Mishra, K. E. , Spreitzer, G. M. and Mishra, A. K. , "Preserving Employee Morale During Downsizing", *Sloan Management Review*, 1998, 39 (2), pp. 83 -95.

Mousavi S. , Roper S. and Keeling K. A. , "Interpreting Social Identity in Online Brand Communities: Considering Posters and Lurkers", *Psychology and Marketing*, 2017 (4), pp. 376 -393.

Muniz A. B. , O' Guinn T. C. , "Brand Community", *Journal of Consumer Research*, 2001 (4), pp. 412 -432.

Muniz A. M., Schau H. J., "Religiosity in the Abandoned Apple Newton Brand Community", *Journal of Consumer Research*, 2005 (3), pp. 737 – 747.

Myerson, R. B., "Optimal Coordination Mechanisms in Generalized Principle-agent Problems", *Journal of Mathematical Economics*, 1982, 10, pp. 67 – 81.

Oh, H., Bae, J. and Kim, S. J., "Can Sinful Firms Benefit from Advertising Their CSR Efforts? Adverse Effect of Advertising Sinful Firms' CSR Engagements on Firm Performance", *Journal of Business Ethics*, 2017, 143 (4), pp. 1 – 21.

Parente, T. C., "Corporate Social Responsibility: Perceptions of Directors in Brazil", *Management Research Review*, 2016, 39 (11), pp. 1472 – 1493.

Park, Y. J, Park, Y. and Hong, P. C., "Clarity of CSR Orientation and Firm Performance: Case of Japanese SMEs", *Benchmarking: An International Journal*, 2017, 24 (6), pp. 1581 – 1596.

Paterson, J. and Cary, J., "Organizational Justice, Change Anxiety and Acceptance of Downizing: Preliminary Tests of an AET-Based Model", *Motivation and Emotion*, 2002, 26 (1), pp. 83 – 103.

Payne, A., Storbacka, K., Frow, P. and Knox, S., "Co-creating Brands: Diagnosing and Designing the Relationship Experience", *Journal of Business Research*, 2009 (3), pp. 379 – 389.

Payne, A., Storbacka, K. and Frow, P., "Managing the Co-creation of Value", *Journal of the Academy of Marketing Science*, 2008 (1), pp. 83 – 96.

Piller, F. T., Ihl, C. and Vossen, A., *Customer Co-Creation: Open Innovation with Customers. A Typology of Methods for Customer Co-Creation in the Innovation Process, In New Forms of Collaborative Innovation and Production on the Internet, An Interdisciplinary Perspective*, UniversityPress Göttingen, Göttingen, 2010, pp. 31 – 61.

Pistoni, A., Songini, L. and Perrone, O., "The How and Why of AFirm's Approach to CSR and Sustainability: A Case Study of A Large European Company", *Journal of Management and Governance*, 2016, 20 (3), pp. 655 – 685.

Prahalad, C. K. and Ramaswamy, V., "Co-creation Experiences: The Next Practice in Value Creation", *Journal of Interactive Marketing*, 2004 (3), pp. 5 – 14.

Rajan R., Servaes H., Zingales L., "The Cost of Diversity: The Diversification Discount and Inefficient Investment", *Journal of Finance*, 2000, 55 (1), pp. 35 – 80.

Ramaswamy K. Li M., Petitt BS., "Why do Business Groups Continue to Matter? A Study of Market Failure and Performance among Lndian Manufacturers", *Asia Pacific Journal of Management*, 2012, 29 (3), pp. 643 – 658.

Reimer, M., Doorn, S. V., Heyden, M. L. M., "Unpacking Functional Experience Complementarities in Senior Leaders' Influences on CSR Strategy: A CEO-Top Management Team Approach", *Journal of Business Ethics*, 2017 (5), pp. 1 – 19.

Robinson, S. L., "Trust and Breach of the Psychological Contract", *Administrative Science Quarterly*, 1996, 41 (4), pp. 574 – 599.

Rousseau, D. M., *Psychological Contracts in Organizations: Understanding Written and Unwrit-*

ten Agreements, Sage, Newbury Park, CA, 1995.

Rust, K. G., Mckinley, W., Moon, G. and Edwards, J. C., "Ideological Foundations of Perceived Contract Breach Associated with Downsizing: An Empirical Investigation", *Journal of Leadership and Organizational Studies*, 2005, 12 (1), pp. 37 – 52.

Sautet F., *An Entrepreneurial Theory of the Firm*, Routledge: London, UK, 2000.

Scharfstein, D., Stein, J., "The Dark Side of Internal Capital Markets: Divisional Rent-seeking and Inefficient Investments", *J*, *Financ*, 2000, 55.

Schau, H. J., Muniz, J. A. and Arnould, E. J., "How Brand Community Practices Create Value", *Journal of Marketing*, 2009 (9), pp. 30 – 51.

Schouten J. W., McAlexander J. H. and Koenig H F., "Transcendent Customer Experience and Brand Community", *Journal of the Academic Marketing Science*, 2007 (3), pp. 357 – 368.

Sicilia M., Palazon M., "Brand Communities on the Internet: a Case Study of Coca-Cola's Spanish Virtual Community", *Corporate Communications: An International Journal*, 2008 (3), pp. 255 – 270.

Siegel J., Choudhury P., "A Reexamination of Tunneling and Business Groups: New Data and New Methods", *Review of Financial Studies*, 2012, 25 (6), pp. 1763 – 1798.

Singh M., Nejadmalayeri A., Mathur I., "Performance Impact of Business Group Affiliation: An Analysis of the Diversification-performance Link in a Developing Economy", *J Bus Res*, 2007, 60, pp. 339 – 347.

Skarlicki, D. P., Barclay, L. J. and Pugh, S. D., "When Explanations for Layoffs are not Enough: Employer's Integrity as a Moderator of the Relationship Between Informational Justice and Retaliation", *Journal of Occupational and Organizational Psychology*, 2008, 81 (1), pp. 123 – 146.

Spreitzer, P. E. and Mishra, A. K., "To Stay or To Go: Voluntary Survivor Turnover Following an Organizational Downsizing", *Journal of Organizational Behavior*, 2002, 23 (6), pp. 707 – 729.

Stein, J., "Internal Capital Markets and the Competition for Corporate Resources", *J. Financ*, 1997, 52, pp. 111 – 133.

Stika, L. J., Winquist, J. and Hutchinson, S., "Are Outcome Fairness and Outcome Favorability Distinguishable Psychological Constructs? A Meta-Analysis Review", *Social Justice Research*, 2003 (16), pp. 309 – 341.

Stulz, R. M., "Managerial Discretion and Optimal Financing Policies", *Journal of Financial Economics*, 1990, 26, pp. 3 – 27.

Suh Y. J., "The Role of Relational Social Capital and Communication in the Relationship Between CSR and Employee Attitudes: A Multilevel Analysis", *Journal of Leadership & Organizational Studies*, 2016, 23 (4).

ThorneLois, L. S., Mahoney, K., Gregory, K. and Convery, S., "A Comparison of Canadian and U. S. CSR Strategic Alliances, CSR Reporting, and CSR Performance: Insights into Implicit-Explicit CSR", *Journal of Business Ethics*, 2017, 143 (1), pp. 85 – 98.

Upshaw L., Taylor E., "Building Business by Building a Master Brand", *Brand Management*,

2001 (6), pp. 417 – 426.

Van Emmerik, I. J. H. and Bakker, A. B., "Explaining Employees' Evaluations of Organizational Change with the Job-demands Resources Model", *Career Development International*, 2009, 14 (6), pp. 594 – 613.

Weakland, J. H., "Human Resources Holistic Approach to Healing Downsizing Survivors", *Organization Development Journal*, 2001, 19 (2), pp. 95 – 169.

Weitzman ML., "Hybridizing Growth Theory", *American Economic Review*, 1996, 86 (2), pp. 207 – 212.

Young M., Peng W, Ahlstrom D., Bruton G., Jiang Y., "Corporate Governance in Emerging Economies: A Review of the Principal-principal Perspective", *Journal of Management Studies*, 2008, 45, pp. 196 – 220.

Zhao, J., Rust, K. G., Mckinley, W. and Edwards, J. C., "Downsizing, Ideology and Contracts: A Chinese Erspective", *Chinese Management Studies*, 2010, 4 (2), pp. 119 – 140.

（王钦、刘湘丽、肖红军、赵剑波、张崔，中国社会科学院工业经济研究所）

国资国企改革前沿综述

余　菁　王　欣

自十八届三中全会作出了深化国有企业改革的战略部署后，我国出台了以 2015 年 9 月 13 日《中共中央 国务院关于深化国有企业改革的指导意见》为代表的用以深化改革的"1 + N"政策文件，至 2017 年中后期、已经累积到了"1 + 22"。从实践层面来看，近年间深化改革仍以完善制度体系和谨慎推进改革试点为主要特点，成熟的理论成果数量并不多。本文将从深化国资国企改革的政策思路、国有企业治理与管理问题、国有企业面临的国际规则挑战这三个方面来综述有代表意义的研究成果。

一　深化国资国企改革的政策思路

本节综述两类研究成果：一方面，国有企业的改革与发展，到底对经济增长产生什么样的影响。这是研究者们一直热衷于讨论的议题。荣兆梓批驳了公有制与资本不相兼容论，他认为，公有资本主导的市场经济，是解释中国经济持续快速增长的关键性因素。赵燕和宫芳论述了国有企业对经济增长的双刃剑式的作用。周业安和高岭从企业制度视角，梳理了有关国有企业性质、效率等问题的争论。张铭慎和刘泉红论证了国有企业改革所带来的经济增长红利。陈诗一论述了改革通过纠正国有与非国有部门间存在的相当程度的资源误配，带来巨大的增长潜力。伍戈和郝大明从企业规模、效益和风险三方面对比了国有企业与民营企业的运行水平，揭示了深化改革的必要性和迫切性。

另一方面，呈现了一些对现行政策与重点实践问题予以讨论的研究成果。吕丽云列举了影响到国有大企业改革与发展的复杂因素。李国海的研究强调了反垄断法应对国有企业作出明确与具体的豁免规定。张文魁认为，现行国资管理体制阻碍了混合所有制的发展，对国有企业公司治理也产生了不良影响，需要加快改革。李建标和王高阳等认为，混合所有制经济的健康发展，需要一个相对长的自然过程。杜坤指出，需要研究和解决国有资本经营预算与一般公共预算、社会保险基金预算如何相互衔接的问题。戚聿东和肖旭认为，应加强国有经济预算的硬约束，提高国有垄断企业的利润上缴比例，对国有资本收益在政府与国有企业之间的分配作出更加公平与合理的安排。韩瑞霞和胡波以及胡青建议，关注国有企业股权投资的监管问题。

（一）国有企业改革发展与经济增长

荣兆梓（2017）指出，资本关系是市场经济的普遍现象。我国的社会主义市场经济即是以公有制为主体、由公有资本主导的市场经济，也普遍采取资本主权的企业形式。公有资本的强大积累功能与增进人民福祉结合，实现了中国经济多年来的持续快速增长。作者认为，中国特色社会主义利用公有资本的创新动力和对资本主义危机的"免疫力"，证明了社会主义的历史合法性。此文论证了在中国现阶段的政治经济文化环境里，公有资本主导，确实发挥了其促进经济增长与社会福利的积极作用，但是，这并不等于在其他的情境下，公有资本主导，一定会发挥推动社会经济发展的积极作用。客观地讲，公有资本与国有企业一样，都是一种制度工具。人们不应该简单地下论断，国有企业数量多或少，就一定好或不好；也不应该简单地下论断说，公有资本主导，就一定好或不好。

赵燕和宫芳（2017）指出，国有企业作为一种特殊的企业，从宏观效应看，一方面，发挥着宏观经济的“稳定器”的功能，另一方面，国有企业又对经济增长有拖累效应。这一表述中有关特殊企业的思想及对国有企业性质的讨论，来自金碚（1999，2002）、黄速建和余菁（2006）；拖累效应的思想来自刘瑞明和石磊（2010）的国有企业的双重效率损失和“增长拖累”。文中还从微观机制入手，讨论了国有企业如何作用于投资、劳动力、FDI 等经济因素。周业安和高岭（2017）围绕国有企业的性质、效率、改革路径和治理结构四个方面梳理了有关的理论争论，文中指出，分歧主要是因为人们对国有企业作为一种制度安排的性质的理解以及对其社会性程度的看法存在差异，需要一个更理想的理论基础来解释国有企业与非国有企业共存共进的客观现实。

张铭慎和刘泉红（2017）指出，深化改革，以发展混合所有制经济为核心，同时协调推进国资管理体制、国有经济布局等方面的改革，可以更好地释放国有企业改革的增长红利。他们的实证研究认为，从 1979—2013 年，国有企业改革对经济增长年均贡献度为 0. 14 个百分点，其间国有企业改制上市对经济增长的贡献度曾达到 0. 4 个百分点。预计“十三五”时期，在延续已有制度惯性的基准情境中，国有企业改革对经济增长的贡献度将为 0. 12 个百分点，完全落实改革部署则有望达到 0. 3 个百分点。

陈诗一（2017）的研究出发点是，国有与非国有部门间存在相当程度的资源误配，他运用理论模型数值模拟得出结论是，国有与非国有部门间的资源误配引致产出、全要素生产率以及企业市场进入率分别下降 43%、19% 与 65%；扣除市场摩擦效应后，国有与非国有部门间的资源误配净效应仍引致产出、全要素生产率以及企业市场进入率下降 31%、12% 与 53%。他的研究还运用 1998—2007 年的工业企业数据库与 270 个地级市统计数据进行了实证分析，也支持了其理论模拟结果。基于这项研究，他认为，如果深化改革，既提高国有部门生产效率，又进一步理顺、优化两部门间的资源配置，中国经济还有在一个较长时间内保持平稳较快增长的巨大潜力。

伍戈和郝大明（2017）从企业规模、效益和风险三方面，对比了国有企业和民营企业的主要经济数据。文中指出，1998 年以来，随着市场化改革的不断推进，国有企业相对民营企业而言，在企业数量、资产规模、吸收就业等方面的重要性，都呈现持续下降态势。在绩效方面，从 2011 年开始，国有工业企业资产回报率连续多年下降。近年间的国有企业资产回报率更是处于 2001 年以来的新低水平，几乎回到了国有企业改革之前的“原点”。2008 年，受刺激政策的影响，国有企业的负债水平上升很快，近年来，国有企业资产负债率持续攀升、现处于与 1999 年相接近的水平，也几乎回到改革前的“原点”。

（二）针对现行政策与重点实践问题的讨论

吕丽云（2017）指出，新一轮改革能否提升国有大企业业绩还未可知。首先，一项重要举措是央企重组。合并之后的企业集团的规模可能使国内外竞争对手相形见绌，但也很有可能加剧其在财务和组织方面的弊病。不少中央企业的运营效率低于全国企业平均水平，也低于地方国企平均水平。一些领域的央企重组，可能会带来尖锐的反垄断矛盾。其次，是企业负责人的任免管理体制。有的企业负责人长期服务和担任领导，是有行业经验的技术或管理专家，但有可能形成本位主义和阻碍改革深化的力量；企业负责人岗位轮换制度、减薪、外部选聘、联合任命，这些制度都会影响到国有企业负责人的激励与约束。最后，是国有企业内部的复杂因素。国有大企业普遍是结构复杂的半市场化组织，内部的信息沟通成本非常高，还在积极推进全球化扩张。这些因素都给国有大企业运营管理带来艰巨的挑战。

李国海（2017a，2017b）指出，各国在处理反垄断法与国有企业关系方面存在两种不同的立场，导致各国反垄断法在适用于国有企业方面存在两种不同的选择，大多数国家（地区）的反垄断法覆盖了国有企业，但也有少数立法例将国有企业置于反垄断法适用范围之外。从国外经验看，大多数国家或地区的反垄断法覆盖了国有企业，未给予国有企业普遍豁免，但存在主要适用于国有企业的具体豁免。具体豁免的情形主要包括：国有企业的垄断行为不属于市场行为或经济行为；国有企业不具有独立地位；国有企业处于特殊管制行业或战略行业；国有企业承担具有主权属性的职能；国有企业承担具有公共服务属性的业务；国有企业受其他特别法规制。各国或地区一般采用功能标准而不是机体标准来考量其反垄断法是否豁免国有企业。我国《反垄断法》适用于国有企业，但也包含主要适用于国有企业的豁免规定，但立法条文较为模糊，造成了反垄断法实施的不确定性。作者建议，由国务院反垄断委员会制定《反垄断法豁免国有企业指南》，以使相关规定具体化。

张文魁（2017）指出，当前国资监管体系对国有企业的公司治理和公司经营造成了不良影响。发展混合所有制经济是国企改革的重要突破口，但在实际改革过程中混合所有制“遇冷”，国企改革进程慢于预期，其根本原因在于现行国资监管体系与混合所有制难以兼容。他认为，建立健全国资监管体系的本意是推行政企分开，实现国企的所有权与经营权相分离，但实践结果与初衷背道而驰。他建议，推行混合所有制改革，建立真正的现代企业制度，应对国资监管体系进行根本性改革，改革的方向是“去监管、行股权、降比重”。

李建标和王高阳等（2017）运用比较制度实验方法，检验了国有资本和非国有资本在垄断产业混合所有制改革中的行为博弈情况。他们认为，国有资本与非国有资本是在不同的运作体制和行为认知的框架上发展而来的，因此，二者的混合开始会遇到较大困难，如混合所有制企业中可能会出现不同的权力认知取向。只有经过较长时期的认知和行为的协调，尤其是坚持市场在混合所有制经济发展中的主导地位，才能获得混合所有制改革的实际绩效。

杜坤（2017）指出，预算法和其他财政法律没有就国有资本经营预算与一般公共预算、社会保险基金预算如何相互衔接的问题，作出明确的规则指引。国有资本经营预算衔接面临法律规则缺位的窘境，这不但使政府财政行为无所适从，还会影响有限财政资源的配置效率。他认为，国有资本经营预算应当具备资本性和社会性功能，以此为根基科学合理地设计国有资本经营预算与其他预算在资金流动、科目设置、流转比例等法律规则。

戚聿东和肖旭（2017）认为，随着国有企业不断发展壮大，政府在信息方面的劣势日益凸显，国有企业的代理成本逐渐提高，现行的国有企业利润分配制度存在预算范围不完整、执行不规范等问题，需要推进制度创新。作者建议，进一步加强国有经济预算硬约束；提高国有垄断企业的利润上缴比例；更加注重不同国有企业、不同委托人之间的关系及其所影响的国有企业利润分配的公平性问题，以妥善协调国有资本收益在政府与国有企业之间的分配情况。

韩瑞霞、胡波（2017）考察了我国国有企业参与股权投资的情况以及当前国资监管框架中针对国有企业参与股权投资基金的监管情况。他们指出，一方面，对国有企业参与的公司型股权投资基金存在监管过严的问题，另一方面，对国有企业参与的有限合伙型股权投资基金存在监管过松的现象。两人建议，基于股权投资基金自身运营特点，进一步完善国有企业投资于股权投资基金的监管环境。

二 国有企业治理与管理问题

本节将综述与国有企业治理与管理相关的研究。一方面，是我国国有企业治理中的特殊性问题，具体涉及党组织参与企业治理、金字塔结构的治理效应等；另一方面，是国有企业高管薪酬激励、职工福利与在职消费的问题。

（一）我国国有企业治理中的特殊性问题

有三篇文献探讨了党组织在国有企业治理中发挥的积极作用。还有两篇文献涉及金字塔股权结构对国有企业公司治理的影响，这两项研究均认为，金字塔股权结构有助于实现国有企业的分权自治。另外三篇文献分别研究了国有企业集团总部功能、国有企业经营者的需求，构建中国特色现代国有企业制度体系的有关问题。

1. 党组织在国有企业治理中发挥的作用。马连福（2017）梳理了党组织在国有企业治理中的作用变化的四个阶段。文中指出，党组织有机嵌入国有企业治理结构，主要有党组织内嵌于公司治理结构和内嵌到公司治理结构两种模式，前一种模式不改变公司治理结构，主要采用“双向进入、交叉任职”或“一身二责”的领导体制，后一种模式会改变公司治理结构，即要通过修改国有企业单程，明确落实党组织在国有企业法人治理结构中的法定地位，确立“四会一层”（党委会、股东会、董事会、监事会、管理层）和党委领导、董事会战略决策、监事会独立监督、高级管理层全权经营的现代国有公司治理结构。

黄文锋、张建琦和黄亮（2017）基于团队非正式社会结构的视角，集中研究我国国有企业董事会党组织治理对董事会非正式等级的影响，进而探究董事会非正式等级与公司绩效之间的关系及其情景边界。其实证研究表明，董事会党组织治理对董事会非正式等级平等化具有显著的正向影响，但一般情况下，董事会非正式等级平等化对公司绩效的正向影响却不显著。进一步的研究发现，只有在面临高环境不确定性时，国有企业董事会非正式等级平等化才正向显著影响公司绩效。这意味着，国有企业组织内部运作机制能够为创新国有企业党组织发挥政治核心作用的途径与方式提供机会，但国有企业党组织优势在董事会的发挥单凭“双向进入、交叉任职”的形式仍不够充分，还需与组织内外部环境相匹配。

程博、宣扬和潘飞（2017）指出，国有企业党组织治理能够增加国有企业对高质量审计的需求，会产生积极的信号传递效应。其实证研究表明，党组织通过“双向进入、交叉任职”参与国有企业经营决策的制度安排，有助于推动国有上市公司选择规模较大的会计师事务所；且这一现象在公司业绩较好以及党委书记政治升迁动机较强时更加明显。

2. 金字塔股权结构对国有企业公司治理的影响。苏坤（2016）的研究指出，国有金字塔层级的延长降低了政府干预程度，有助于提高企业决策权和经营活力，提升国有企业风险承担水平；而且，与中央政府控制企业相比，地方政府尤其是市、县级政府控制企业国有金字塔层级对公司风险承担的促进作用显著更大。同时，该研究还考察了国有金字塔层级如何影响企业风险承担与企业价值的相关性。他认为，随着国有金字塔层级的延长，政府干预程度降低，企业价值相对较高，提高公司风险承担有利于增加企业价值，在国有企业金字塔层级与企业价值间的关系中，风险承担发挥着显著的中介作用。

周静和辛清泉（2017）使用2004—2013年我国国有上市公司数据，考察了国有企业金字塔层级如何影响经理激励契约，以及这种影响在不同政治关联的情况下是否存在差异。其研究发现，国有企业的金字塔层级越长，经理薪酬与会计业绩的相关性越强，经理更可能因糟糕的会计业绩而被更换；同时，在经理没有政治关联的样本中，上述现象更加明显。上述结果说明，国有企业金字塔结构是政府放权的一种制度安排，降低了国有企业面临的政治成本。其研究还发现，对于业绩良好的企业，金字塔层级过长可能导致经理拥有过度权力，从而出现操纵薪酬的现象。

3. 其他相关研究。黄玉梅和储小平（2017）运用扎根理论对广州越秀集团的总部功能进行了案例研究，他们发现，国有企业集团总部的价值创造不仅包括一般总部的价值创造维度，还包括资源整合、体制突破、惯例改变、管控适应等独特维度。年志远和许家瞻（2017）研究了国有企业经营者的6种主要需求，它们分别是：业绩需求、自我价值补偿需求、职业发展需求、权力需求、职位和生活安全需求以及声誉需求。程承坪（2017）指出，建立中国特色现代国有企业制度，有助于解决当前国有企业普遍存在的法人治理结构不规范、党建工作薄弱、国有资产监管水平不高等较为突出的问题。他认为，中国特色现代国有企业制度由国有企业党的领导制度、中国特色国有资产监管制度、中国特色国有企业公司治理制度和中国特色国有企业管理制度四个部分构成。

（二）国有企业职工福利、高管薪酬与在职消费

以下的综述涉及三方面的研究成果。一是针对国有企业职工工资福利的研究。一般认为，国有企业职工福利好于全部企业的平均水平。郭磊、周岩和苏涛永的研究证实了这一点，即国有企业在参保企业年金时更积极。盛丹和陆毅的研究表明，改制会降低国有企业尤其是竞争性领域国有企业的工资水平。二是针对国有企业高管薪酬的研究。研究者关注到了国有企业高管的超额薪酬与近年来实行的限薪政策的成效问题。任广乾研究了国企高管的超额薪酬的影响因素。呼建光、肖萌和姜思宇认为，有关国企高管的限薪政策是必要的，社会公众是支持限薪政策的。常风林、周慧和岳希明的研究认为，2009年的限薪令是无效的，而2015年的限薪令是有效的，且地方国有企业的限薪效果更显著。张楠和卢洪友认为，尽管该政策没有降低国有企业高管货币薪酬，但有效减缓了货币薪酬的增长幅度，职工工资没有受到"限薪令"的影响。他们还认为，地方国有企业在职消费显著增加，有可能成为了国企高管获得隐性薪酬的替代性选择。三是有关在职消费受"八项规定"的影响。梅洁和葛扬认为，该政策有效遏制了在职消费的增长态势。叶康涛和臧文佼认为，"八项规定"之后，国企费用显著下降，但其下降的持续性较低，费用率下降并没有与公司业绩上升同步，而且，企业可能通过会计技术处理来部分规避"八项规定"

的监管。

1. 国有企业职工福利与改变因素。郭磊、周岩和苏涛永（2017）以2013年全部上市公司为样本，考察所有制对企业年金参保的影响。其研究表明，所有制显著影响企业年金参保。依实际控制人划分，国有企业的参保概率比非国有企业高20%以上；依股权结构划分，国有股比重与参保概率正相关，国有股控股的企业参保概率比其他企业高12.3%—30%；依实际控制人性质划分，中央政府控制的国有企业参保概率比地方政府控制的国有企业高17.6%—23%。盛丹和陆毅（2017）将De Loecker and Warzynski（2012）对不完全竞争的测算拓展到劳动力市场，构建指标测算了企业层面劳动者的工资议价能力，在此基础上运用1999—2007年工业企业数据库，考察了国有企业改制对劳动者工资议价能力的影响。其实证结果表明：国有企业转制降低了劳动者的工资议价能力，并且国有企业改制的影响具有行业差异：在差异化产品、劳动密集型和高竞争程度行业，国有企业改制会较大程度地降低劳动者的工资议价能力，而在同质性产品、资本密集型和垄断行业，其影响并不明显。

陈霞、马连福和丁振松（2017）选取2006—2013年沪深两市A股上市公司为样本，分析了不同类别国有企业高管薪酬激励对公司绩效影响的差异。其研究结果表明，在竞争类国有企业中，高管薪酬激励能够显著促进公司绩效，而公共服务类国有企业和特定功能类国有企业的高管薪酬激励效果不显著。其研究还认为，与非国有企业相比，竞争类国有企业的高管薪酬激励对公司绩效的促进作用更大。此研究还发现，随着政府控制力的增强，竞争类国有企业高管薪酬激励效果受到抑制。作者建议，为提升国有企业薪酬激励机制的有效性，政府应当逐步放宽对竞争类国企的控制力度。

2. 国企高管薪酬。任广乾（2017）研究了国企高管的超额薪酬问题，他选取了50家国企上市公司作为研究样本，对国企高管超额薪酬实现路径进行了实证研究，发现国企总经理领取了超过民企总经理的超额薪酬，并且国企高管超额薪酬的实现路径受到任职时间、政府投资力度、总经理股权、是否有政治关联、是否在其他公司任职等因素的影响。他认为，国有企业所有者虚位导致了经营者约束的软化，加上国企高管与所有者利益的不一致，才引发了国有企业在缺乏有效监督情况下的高管权力的扩大。

呼建光、肖萌和姜思宇（2017）研究了“限薪令”对金融市场国有上市公司的冲击事件，分别检验各单一事件和混合事件的市场反应。其研究发现，此次国有企业改革背景下对国有企业管理者薪酬的限制不是对企业活动的过度干预，而是有效的管制；并且，无论使用绝对薪酬水平还是超额薪酬水平，都发现国有上市公司的管理者薪酬水平越高，其市场反应越大。

常风林、周慧和岳希明（2017）以2009年《关于进一步规范中央企业负责人薪酬管理的指导意见》为研究对象，考察政府限制性薪酬政策对国有企业高管薪酬的影响。他们基于不同股权性质的双重差分实证结果表明，无论是企业整体层面还是总经理个人层面“限薪令2009”在统计上都是无效的，年度差分效应也显示该政策无效，稳健性检验同样表明“限薪令2009”未能限制中央企业负责人薪酬过快增长。最后，采用类似研究方法的分析认为“限薪令2015”政策有效抑制了国有企业负责人薪酬的过快增长，限薪效果集中于地方国有企业，薪酬下降幅度为3%—6%。

张楠和卢洪友（2017）针对“限薪令”的研究认为，该政策对国有企业高管起到了正向的规范效应。尽管该政策没有降低国有企业高管货币薪酬，但有效减缓了货币薪酬的增长幅度，职工工资没有受到“限薪令”的影响。区分中央与地方国有企业来看，“限薪令”出台后，地方国有企业在职消费显著增加，有成为其高管获得隐性薪酬的替代性选择的可能，中央企业在职消费增加不明显。

3. “八项规定”对在职消费的影响。2012 年 12 月 4 日出台了“八项规定”，近年来，屡有研究成果尝试评价在职消费的政策干预效果。梅洁和葛扬（2016）利用双重差分模型，检验了“八项规定”对国有控股上市公司管理层在职消费的干预效果。其研究结果表明，该政策尽管未能显著降低国企管理层在职消费的绝对量和对主营业务收入的侵占，却有效遏制了这两项指标进一步增长。结果还表明，对于在职消费不同的分位数水平，该政策的遏制作用存在显著差异。即对于在职消费绝对量增长越快的样本，该政策发挥的遏制效果越突出。

叶康涛和臧文佼（2016）从上市国有企业消费性现金支出费用化或资本化的角度，考察了“八项规定”的实施效果。他们的研究发现，“八项规定”实施后，国有企业的消费性现金支出计入当期管理和销售费用的比例显著下降，而计入本期存货科目的比例显著上升。其进一步研究发现，“八项规定”之后，国企费用下降的持续性较低；同时，这种费用率下降并没有导致下一年度的公司业绩上升。这表明，“八项规定”实施后，国有企业有可能通过改变消费性现金支出的会计科目归类，来部分规避“八项规定”的监管。

三　国有企业面临的国际规则挑战

随着中国“一带一路”倡议的推行以及国有企业加快“走出去”，越来越多的研究成果关注到了国有企业在海外开展经营活动时面临的国际规则的各种压力与挑战。这涉及有关国有企业性质的认定，国有企业是公共机构身份还是私人投资者身份，国有企业是否是补贴提供者或拥有“政府权力”等法律争议；也涉及国有企业主权豁免、增进国有企业透明度等具体规则方面的问题。综合研究者们的建议，中国应结合对以美国为代表的发达国家推动新规则的应对以及“一带一路”国家国有企业制度的现状和发展需求，积极构建与完善符合我国国有企业国情的国际规则体系。

刘雪红（2017）探讨了国有企业私人投资者身份认定的有关问题。如果某一国有企业具有私人投资者身份，则该国有企业可诉请国际投资仲裁保护。ICSID 对国有企业私人投资者身份认定问题采取宽松立场。投资保护协定，传统上会通过投资者界定条款来解决对国有企业仲裁救济保护的问题。但新兴的双边和区域投资协定通过“竞争中立”条款塑造国有企业的私人投资者身份。ICSID 仲裁实践中采用的“商业活动检测法”也逐渐由低标准朝综合评判行为性质和目的等多元要素之高标准发展——这一实践和发展趋向对中国国有企业参与国际投资活动和内部的改革具有启示意义。

蒋奋（2017）指出，国有企业定性问题，本是国有企业商业属性之争。而美国在与中国的多边经贸规则博弈中，主张将国有企业视为公共机构，因为有关公共机构的条约解释不符合 WTO 的《补贴与反补贴措施协定》的规定，而未获得 WTO 上诉机构的支持。美国又试图通过推动多边经贸规则重构，将国有企业定性为补贴提供者或补贴受益人，从而区别于私人企业。美国的做法，披着国际法外衣，其实质却是制度歧视。中国需要以 WTO 为核心，运用非歧视的多边贸易规则加以反制。

陈卫东（2017）论述了中美是围绕如何界定作为补贴提供者的“公共机构”展开法

律论战的。在这个过程中，中方挑战了美国对华反补贴的国有企业公共机构身份认定的做法。界定 SCM 协议下的“公共机构”，有“政府控制说”和“政府权力说”两种方法。在后一种方法运用时，对“政府权力”的内涵和范围尚缺乏明确的界定。文中突出了中方强调的“有意义的控制”的提法，以区别于美方强调的“控制的形式特征”的提法，并引用印度诉美国的“碳钢案”和中国诉美国“反补贴税案”来予以阐述。文中指出，中美双方有关国有企业的公共机构身份与补贴提供者问题的法律论争，其核心在于两国对于如何处理政府与企业的关系的理念与立场的根本差异，因此，这一论争将在相当长的时期里反复持续存在。

毛真真（2017）论述了国有企业补贴国际规则有从传统补贴规则转向非商业支持规则的发展趋向。如果非商业支持规则这一新范式成立、真正成为国有企业补贴的国际规则的标准模板，将十分不利于我国国有企业开展对外贸易。这是因为，非商业支持规则诸多规定与 SCM 协定重合，并简化了认定补贴构成的步骤，放宽了不利影响及损害的相关规定，事实上扩大了《补贴与反补贴协定》的适用范围。对此，我国国有企业需要积极应对。

梁一新（2017）探讨了国有企业主权豁免的有关问题。目前，美国 FSIA、英国 SIA 和 UN 公约对国有企业主权豁免资格的界定在主体地位及举证责任方面存在显著区别。其中，美国模式不但存在法理缺陷，且对中国可能产生不利影响。而中国没有专门的主权豁免立法，仅仅通过外交声明等方式确定“国家绝对豁免 + 国企不豁免”的立场。作者建议，应该借鉴 UN 公约和英国模式，突出国有企业主权豁免“主权权力”行使这一本质属性。同时针对美国模式对我国的不利影响，可以考虑在中美 BIT 谈判中，明示放弃国企主权豁免的方式换取国企在美国的公平公正待遇的议价空间。

徐昕（2017）指出，美国主导的《跨太平洋伙伴关系协定》（TPP）第 17 章围绕国有企业本身设置横向议题并完成了谈判。新谈判的规则对中国国有企业而言具有较强的针对性，诸多现有做法受到约束和调整。具体涉及三个方面：一是非歧视待遇和商业考虑，即缔约方应确保其国有企业在从事商业活动时遵循商业考虑和提供非歧视待遇。二是非商业性援助，既限制缔约方对国有企业提供非商业援助，也限制国有企业之间的交叉援助。三是透明度，包括：公开国有企业名单的义务、提供相关国有企业信息的义务、提供相关政策或项目信息的义务。作者认为，尽管 TPP 协议短期内生效无望，但美国仍有可能通过其他路径推广这套规则。

傅宏宇和张秀（2017）指出，国有企业在“一带一路”国家的国民经济和社会发展中发挥着重要作用，是参与区域经济合作的重要主体。现有国企国际法律规范是基于传统国企理论构建，不能完整反映“一带一路”国家国企制度现状和发展需求。中国与印度、俄罗斯等“一带一路”沿线典型国家的国企法律制度及实践相似，国企基本经济社会职能和发展目标趋同。他们认为，构建与完善“一带一路”国家国企法律制度的重要原则，是基于沿线国家共识，坚持所有制中立、强调国企社会责任、促进包容性增长和可持续发展。

参考文献

常风林、周慧、岳希明：《国有企业高管“限薪令”有效性研究》，《经济学动态》2017 年第 3 期。

陈诗一：《资源误配、经济增长绩效与企业市场进入：国有与非国有部门的二元视角》，《学术月刊》2017 年第 1 期。
陈卫东：《中美围绕国有企业的补贴提供者身份之争：以 WTO 相关案例为重点》，《当代法学》2017 年第 3 期。
陈霞、马连福、丁振松：《国企分类治理、政府控制与高管薪酬激励——基于中国上市公司的实证研究》，《管理评论》2017 年第 3 期。
程博、宣扬、潘飞：《国有企业党组织治理的信号传递效应》，《财经研究》2017 年第 3 期。
程承坪：《当前国企改革的方向：建立中国特色现代国有企业制度》，《学习与实践》2017 年第 2 期。
杜坤：《国有资本经营预算衔接法律机制的构建——以功能定位再思考为主线》，《武汉大学学报（哲学社会科学版）》2017 年第 1 期。
傅宏宇、张秀：《“一带一路”国家国有企业法律制度的国际构建与完善》，《国际论坛》2017 年第 1 期。
郭磊、周岩、苏涛永：《所有制影响企业年金参保的实证研究》，《管理评论》2017 年第 4 期。
韩瑞霞、胡波：《国有企业投资的股权投资基金监管问题研究》，《中国物价》2017 年第 2 期。
呼建光、肖萌、姜思宇：《国有企业高管限薪：有效管制还是过度干预》，《当代经济科学》2017 年第 3 期。
黄文锋、张建琦、黄亮：《国有企业董事会党组织治理、董事会非正式等级与公司绩效》，《经济管理》2017 年第 3 期。
黄玉梅、储小平：《深化改革背景下中国国有企业总部的价值创造维度》，《经济管理》2017 年第 5 期。
蒋奋：《反补贴语境下的国有企业定性问题研究》，《上海对外经贸大学学报》2017 年第 1 期。
李国海：《反垄断法适用于国有企业的基本理据与立法模式选择》，《中南大学学报（社会科学版）》2017 年第 4 期。
李国海：《论反垄断法对国有企业的豁免》，《法学评论》2017 年第 4 期。
李建标、王高阳、李帅琦、殷西乐：《混合所有制改革中国有和非国有资本的行为博弈——实验室实验的证据》，《中国工业经济》2016 年第 6 期。
梁一新：《论国有企业主权豁免资格——以美国 FSIA、英国 SIA 和 UN 公约为视角》，《比较法研究》2017 年第 1 期。
刘雪红：《论国有企业私人投资者身份认定及启示——以 ICSID 仲裁申请人资格为视角》，《上海对外经贸大学学报》2017 年第 3 期。
吕丽云：《披荆斩棘：央企改革攻坚》，《金融市场研究》2017 年第 2 期。
马连福、王佳宁：《党组织嵌入国有企业治理结构的三重考量》，《改革》2017 年第 3 期。
毛真真：《国有企业补贴国际规则对比研究——从传统补贴规则到非商业支持规则》，《河北法学》2017 年第 5 期。
梅洁、葛扬：《国有企业管理层在职消费的政策干预效果研究——基于 2012 年“八项规定”出台所构建的拟自然实验》，《经济学家》2016 年第 2 期。
年志远、许家瞻：《国有企业经营者需求实证研究》，《经济体制改革》2017 年第 1 期。
戚聿东、肖旭：《国有企业利润分配的制度变迁：1979—2015 年》，《经济与管理研究》2017 年第 7 期。
任广乾：《国有企业高管超额薪酬的实现路径及其约束机制研究》，《西南大学学报（社会科学版）》2017 年第 2 期。
荣兆梓：《生产力、公有资本与中国特色社会主义——兼评资本与公有制不相容论》，《经济研究》2017 年第 4 期。
盛丹、陆毅：《国有企业改制降低了劳动者的工资议价能力吗?》，《金融研究》2017 年第 1 期。
苏坤：《国有金字塔层级对公司风险承担的影响——基于政府控制级别差异的分析》，《中国工业经济》2016 年第 6 期。
伍戈、郝大明：《数说国企之“变”》，《金融市场研究》2017 年第 2 期。
徐昕：《国有企业国际规则的新发展——内容评述、影响预判、对策研究》，《上海对外经贸大学学报》2017 年第 1 期。
叶康涛、臧文佼：《外部监督与企业费用归类操纵》，《管理世界》2016 年第 1 期。
张铭慎、刘泉红：《国有企业改革的增长红利——释放机理与“十三五”效应预测》，《经济与管理研究》2017 年第 7 期。
张楠、卢洪友：《薪酬管制会减少国有企业高管收入吗？——来自政府“限薪令”的准自然实验》，《经济学动态》2017 年第 3 期。
张文魁：《国资监管体制改革策略选择：由混合所有制的介入观察》，《改革》2017 年第 1 期。
赵燕、宫芳：《国有企业对宏观经济影响的研究述评》，《西安财经学院学报》2017 年第 3 期。
周静、辛清泉：《金字塔层级降低了国有企业的政治成本吗？——基于经理激励视角的研究》，《财经研究》2017 年第 1 期。
周业安、高岭：《国有企业的制度再造——观点反思和逻辑重构》，《中国人民大学学报》2017 年第 4 期。

（余菁、王欣，中国社会科学院工业经济研究所）

集成企业与组件企业间的知识分工

贺　俊

一　为什么要关注企业间知识分工问题

伯格伦（Berggren，2013）提出产品设计模块化和集成技术复杂化使得产业组织结构和企业间分工形式变得更具动态性和多样性（Berggren 和 Bergek，2013）。菲克松和帕克（Fixson 和 Park，2008）认为在高度模块化、复杂化的产业架构中，集成企业与组件（模块或零部件）企业之间的分工不仅限于产品的生产制造环节，而是从生产制造领域延伸到了产品设计开发领域。更重要的，集成企业与组件企业之间的知识分工结构并非生产分工结构的简单“映射”——虽然集成企业自己并不生产组件，而是从组件供应商那里采购这些组件，但是集成企业自身也会对外购的部分组件开展研究开发活动，集成企业通过研发努力掌握部分组件的概念设计、产品设计甚至是细节设计的知识。集成企业通过掌握超出自身生产范围之外的知识，来增强其架构创新和集成能力。也就是说，虽然从生产和交易的角度看，集成商和组件供应商之间的分工边界是清晰的，但在知识分工的层面，集成企业和组件企业的知识基础既有差别又存在交叉重叠（Fixson 和 Park，2008）。

交易费用经济学或产权经济学等主流企业理论对于理解企业间分工问题提供了重要的洞见，但是迄今为止，主流的企业边界或者企业间分工问题研究主要围绕“产品交易”的企业间分工问题展开。也就是说，在主流企业理论的世界里，知识分工与交易分工是一回事，企业间的知识分工完全由交易分工决定，因而知识分工与生产制造分工存在简单的“映射”关系。显然，基于主流企业理论的企业间分工问题研究无法回答类似于“为什么集成企业虽然不生产组件但也要开展部分组件产品的设计研发”以及“为什么组件企业虽然不从事终端集成但也要掌握一部分架构知识”的知识分工问题。与主流企业理论不同，植根于管理学范畴的、基于资源和能力的企业边界问题研究将企业间知识分工视为决定企业竞争能力的重要因素，并从产品架构特征、技术成熟度、知识基础的类型、创新的突破性程度等视角出发对企业间知识分工的影响因素进行了系统的研究，从而大大深化了学术界对于企业间关系问题的理解。

基于这样的认识，本文试图对近年来有关集成企业与组件企业之间知识分工的前沿研究成果进行系统的梳理和评介，以期引起国内研究人员对于企业间知识分工问题的关注。本文写作的目的，除了希望能够唤起国内学术界在中国情境下推进相关理论的发展外，也希望在准确引介相关理论的基础上促进国内学术界和应用问题研究者能够恰当地运用这些理论解释和回答中国经济改革实践所面临的重大现实问题。例如，近年来国内一些学者和应用问题研究人员常常针对我国制造业“关键设备或核心零部件受制于人”的问题，提出要加快推进这些设备或零部件的国产化。如果按照这样的逻辑推演下去，是不是实现中国制造强国梦想的战略路径就是让本土企业通过生产边界的无限扩大不断实现进口替代？

就是让我国的产业结构变得包罗万象？对全球制造业领先企业和制造强国的细致分析和简单观察显然都不能支持这样的政策逻辑——GE、三星、苹果等领先企业大量外包关键设备和核心零部件的生产、甚至是设计开发。厘清认识偏差的关键，在于从知识分工、而不是生产分工的角度理解相关现象。解决“受制于人”的问题，或者更准确地说，提高我国制造业企业讨价还价能力（降低成本）和集成创新能力（促进创新）的关键，在于掌握关键设备或核心零部件的知识，而不是构筑大而全的业务结构或产业结构。

二 知识分工问题的理论内涵

知识分工问题的思想源头可以追溯到早期的奥地利经济学派。哈耶克（2003）在题为“经济学与知识”的著名演讲中提出，知识分工是经济学研究的核心问题（F. A. 冯·哈耶克和邓正来，2003）。但是，哈耶克所指的知识分工主要是“专业化”意义上的知识分工，即通过自发扩展的合作秩序形成边界清晰的知识交易关系。奥地利学派传统下的研究基本延续了这样的知识分工问题理解。例如，贝克尔（Becker，1992）就认为，知识分工体现的是企业间知识结构的专业化，其结果是企业之间的相互依赖（Gary 等，1992）。按照 Becker 的理论，企业间的知识分工有两种类型，一种是非核心的边缘知识的分工，另一种是核心知识的分工。但不管哪一种分工，该传统下的研究都在强调由于企业之间的知识储备“不同”，因而企业之间需要通过知识的交流、合作促进新知识的形成。与奥地利学派对知识分工问题的理解不同，本文所指的知识分工并不预设企业之间应当“专业化”于某个知识领域，相反，我们认为，出于利益最大化的考虑，具有交易关系的两个企业完全有可能存在重叠交叉的知识领域。企业间的知识分工是否存在交集，完全是企业内生选择的结果。

冯·希普尔（VonHippel，1990）第一次明确提出知识分工问题不同于劳动分工问题，企业间知识分工的动机除了降低成本，还有企业战略等其他因素的考虑；在产品外包的过程中，知识分工比劳动分工更重要（Hippel，1990）。“知识分工和劳动分工是不同的”这一观点在 20 世纪 90 年代得到了国内外学者的普遍认同。福斯和格兰特（Foss，1996；Grant，1996；Fixson，2005；Hoetker，2005；Zirpoli，2009）等学者认为在完整的产品开发过程中，知识分工和劳动分工存在于不同的阶段，劳动分工更多地涉及产品制造环节，知识分工更多地涉及产品设计开发环节（Foss，1996；Grant，1996；Fixson 等，2005；Hoetker，2005；Zirpoli 和 Camuffo，2009）。

与知识分工直接相关的两个概念是知识边界和知识依赖。考加特（Kogut，1992）提出企业知识边界的概念，认为企业知识的增长不仅要依靠组织内部知识的积累，而且要利用企业边界之外的知识，只有这样才能进行有效的知识整合（Kogut 和 Zander，1992）。法恩和惠特尼（Fine 和 Whitney，1996）提出，集成企业可以在具体的生产、制造任务方面依赖组件企业，但在产品关键知识方面不能依靠组件企业；设备依赖并不会损害企业的核心竞争力，但知识依赖则会抑制企业的能力积累和构建（Fine 和 Whitney，1996）。法恩（Fine，1998）进一步把设备依赖的概念扩展为能力依赖，他指出一家企业对另一家企业的能力依赖（Dependence for capacity）和知识依赖（Dependence for Knowledge）是不同的。能力依赖是指企业有能力完成组件的生产任务，但是由于成本、效率等原因而把相关组件的生产活动外包给其他企业；知识依赖是指企业在产品技术和知识方面依赖外部企业，企业不具备生产所需的技术和知识。对企业来说，能力依赖的风险是可以规避的，例如企业可以通过自由竞争等方式来降低对某一特定组件供应商的依赖；而知识依赖一旦形成，企业就会面临失去讨价还价能力，甚至失去核心竞争力的风险。因此，知识依赖带来的战略风险远大于能力依赖（Finec，1998）。

有关企业间知识分工或知识边界的解释大致上可以分为三类。一类是成本节约说。例如，布鲁索尼和帕轮斯帕（Brusoni 和 Prencipe，2001，2009，2011）认为，模块化背景下企业知识分工的动机是为了节约成本、提高效率（Brusoni 等，2001；Brusoni，2005；Brusoni 等，2009；Brusoni 和 Prencipe，2011）。二是讨价还价能力说。例如，武石彰（Takeishi，2002；Nagaoka 和 Takeishi，2008）认为，集成企业之所以需要保留已经外包出去的组件知识，是为了避免被组件企业技术锁定，失去在产业链中讨价还价的能力（Takeishi，2002；Nagaoka 和 Takeishi，2008）。三是价值创造能力说。例如，格兰特（Grant，1996；Kapoor 和 Adner，2012）等学者认为，企业间知识分工的出发点是为了获得持续的竞争优势，表现为对现有技术和知识的运用能力，以及通过整合现有技术和知识来创造新知识的能力（Grant，1996；Kapoor 和 Adner，2012）。

Kim 和 Lee 研究表明，不断深化的知识分工一方面导致企业技术研发的高度专业化，另一方面也对企业间的技术协调和集成提出了更高的要求。即一方面企业的知识边界会影响企业的技术集成能力；另一方面，企业的技术集成能力也会反过来影响企业的知识边界，原因是作为知识边界和战略绩效调节变量的技术集成能力能够强化企业集成多元技术的正面效应，而弱化企业过度技术多元化的负面效应（Kin 等，2016）。亚当斯和布鲁索尼（Adams 和 Brusoni，2013）从产业层面看，这些集成企业通常在部门创新体系中承担着知识和信息治理者的核心功能（Adams 等，2013）。迪比亚乔（Dibiaggio，2009）研究表明集成企业在架构方面的创新比组件企业更有优势，集成企业对产品创新的贡献更大（Dibiagglo 和 Nasiriyar，2009）。格兰特（Grant，1996）从企业层面看，集成企业掌握的产品架构知识是企业最为重要的能力，也是组织持续竞争优势的来源；组件企业提供的组件是为了满足集成企业的需求，组件企业的知识需要与集成企业的知识互补才能够实现价值。正是由于这些原因，虽然理论上讲企业间知识分工问题存在于任何两个企业之间，但目前有关企业间知识分工的研究主要是从集成企业的立场展开（Grant，1996）。

三　集成企业与组件企业间知识分工的影响因素

集成企业和组件企业的知识分工边界由什么因素决定呢？目前该领域的成果主要从产品架构的模块化程度、技术生命周期、知识基础的性质和技术创新的突破性程度四个角度开展研究。

（一）产品模块化程度

克拉克和藤本隆宏（Clark 和 Fujimoto，1991）的研究发现，随着产品架构模块化程度的提高，产品设计和生产外包的程度越来越高，供应链协调能力成为整车集成企业的重要能力。为了加强组件、特别是专用性零部件的设计能力，整车集成企业不仅要掌握架构知识，而且要掌握相关的组件知识（Clark 和 Fujimoto，1991）。乌尔里希（Ulrich，1995）认为，产品架构是产品物理模块和功能模块相互联系在一起的机制，并且认为架构知识是有关系统功能以及系统中不同模块作用于系统功能的知识（Ulrich，1995）。桑切斯和马奥尼（Sanchez 和 Mahoney，1996）认为产品架构可以分为模块化架构和一体化架构两种类型，模块化架构产品对集成企业的架构知识水平要求更高。在模块化产品的生产中，技术接口相关的技术和知识已经变得相当成熟和标准化，蕴藏于各个模块产品零部件中的知识也很容易实现有效地转移与交流。此时，集成企业、组件企业之间的知识划分和任务划分呈现出较强的同步性，组件企业专注于组件知识，集成企业专注于架构知识，双方的知识可以被明确地划分（Sanchez 和 Mahoney，1996）。

产品的模块化程度既可以理解为外生给定，也可以理解为是企业内生选择的结果。因此即便在同一行业中，不同企业开发的产品的模块化程度也会存在差异，因而知识分工的特征也会表现不同。例如，菲克松（Fixson，2008）的研究表明，美国的汽车产品模块化程度更高，而日本的汽车产品一体化程度更高（Fixson 和 Park，2008）。武石彰（Takeishi，2002）通过比较研究发现，日本整车企业的做法是减少组件企业的数量，要求组件企业更多地参与到产品开发中来，某些整车企业甚至可能将一些重要零部件完全委托给组件企业代为设计、开发，整车制造商主要通过协调和整合各个零部件之间的知识和生产来保持自己在供应链中的主导地位，掌握系统层面的架构知识是日本整车企业竞争力的主要来源；而美国整车制造商则更多地掌握核心零部件知识，并将供应商主要置于生产配套的功能，以此保障集成企业在供应链中的谈判地位（Takeishi，2002）。鲍德温和亨克尔（Baldwin 和 Henkel，2015）的研究也显示，在产品一体化程度高而模块化程度较低的情况下，组件企业和集成企业具有更强的动力和能力获得对方的知识，因此提升产品设计的模块化程度是企业保护自身核心技术的重要战略手段（Baldwin 和 Henkel，2015）。

（二）技术生命周期

休恩泰勒（Huenteler，2016）等人提出，在产业演进的过程中，技术路线的发展并不是一个单一方向的持续改进过程，产业知识基础有可能在不同的知识系统间发生非连续性的转换，企业需要通过培育或吸收新知识以不断地改变自身的技术结构，从而适应产业知识基础的变化。相应地，在模块化背景下，随着架构技术成熟度的变化，组件知识对于集成企业的重要性也会发生变化（Huenteler 等，2016）。麦耶斯（Myers，1996）等学者从产品架构成熟度的角度分析企业间知识分工问题，他们认为知识分工带来的重要收益是能够缩短学习时间、节约学习成本，而产品架构越成熟，知识分工带来的边际成本节约越大，即产品架构越成熟，企业间的知识分工越趋向于向企业间的生产分工收敛；相应地，对于新兴的产品架构技术，集成企业越需要掌握更多的组件知识（Myers，1996）。类似地，亨德森和克拉克（Henderson 和 Clark，1990）也认为，在产品技术发展的初期，产品的系统架构尚未确立，主导产品架构的设计规则并未形成，各企业竞相尝试不同的技术路线，这时的组件知识和架构知识对集成企业和组件企业来说都很重要。而一旦主导设计出现、产品架构确定之后，就意味着某一特定的产品架构在行业内得到了广泛认可而成为主导技术，主导架构技术形成后，组件知识相对于架构知识的重要性提高，这时集成企业的任务重点就是在稳定的产品架构下通过不断完善产品组件来提升其产品竞争力（Henderson 和 Clark，1990）。奥佛尔（Afuah，2001）的研究强调集成企业的知识整合能力，而不是企业间的知识分工。他认为，通过与组件企业频繁的知识互动，从而实现架构知识和组件知识的纵向集成，是集成企业的重要能力。在产品发展的早期阶段，技术的隐性知识较多，技术开发的不确定性较大，对集成企业垂直整合组件企业知识的能力要求更高。随着技术成熟度的提升，知识垂直整合能力的作用下降（Afuah，2001）。

李和维洛索（Lee 和 Veloso，2008）运用专利分析方法对汽车排放控制技术的研究同样显示，在产品生命周期的早期，集成企业和组件企业关于组件和架构的知识分工并不明确，集成企业和组件企业都将自己的知识范围向对方扩展。随着产品技术越来越成熟，集成企业和组件企业的知识分工越来越清晰，企业间的知识分工和生产分工的映射关系越来越显著。在常规情况下，集成企业的知识边界大于其生产边界，而组件企业的知识边界与生产边界相对更为对称；然而一旦外部不确定性发生（如技术变革或政府管制），集成企业和组件企业的知识边界就会扩展。因此，企业知识边界的调整可以视为对技术生命周期中成熟度变化和外部不确定性变化的策略性反应（Lee 和 Veloso，2008）。

不同于 Henderson 和 Clark 认为架构知识的成熟必定会提升模块知识重要性的观点，阿罗拉和甘巴尔代拉（Arora 和 Gambardella，1994；1997）认为，通用模块和专用模块有可能相互转化，因此组件知识的重要性并不一定是单调变化的；如果组件开发所需要的隐性知识能够在产业内扩散，则专用组件会转变为通用组件，导致组件的资产专用性下降，在这种情况下，即便架构知识趋于成熟，组件知识的重要性也会下降。也就是说，架构知识成熟度对组件知识重要性的影响并不是单调的，模块的专用性成为架构知识成熟度影响集成企业是否需要掌握组件知识的调节变量（Arora 和 Gambardellaa，1994；Arora 等，1997）。

布鲁索尼和帕轮斯帕（Brusoni 和 Prencipe，2011）的研究从之前产品层面的知识边界问题进一步推进到了企业的知识边界问题。他们的研究发现，即便在企业层面也不存在集成企业的组件知识随技术成熟单调减少的关系（Brusoni 和 Prencipe，2011）。他们的案例研究显示，飞机发动机集成企业一方面为了充分利用外部组件企业的专业性和灵活性，从而不断把组件的生产，甚至研发外包出去，另一方面，为了获得有关组件的隐含知识，从而提升产品整体的功能和性能，集成企业又不断地增强内部的组件知识。但总体上，集成企业的知识范围大于企业的生产范围。随着技术的发展成熟，飞机发动机集成企业把越来越多的组件制造和研发外包出去，但是内部仍保有已经外包出去的组件的部分开发知识。

（三）知识基础的性质

福斯（Foss，1996）认为产品所涉及的知识基础的复杂程度会影响企业的知识边界。当产品的技术基础具有较高的复杂性，特别是产品更新换代的频率较高时，集成企业具有较强的动机开展组件研发，或者与组件企业开展合作以更好地利用其高度专业化的组件知识。集成企业与其组件供应商不仅仅开展以任务为导向的沟通，还共同合作、共同解决零部件升级过程中遇到的问题。集成企业和组件企业之间形成一种基于知识交换的合作关系（Foss，1996）。藤泽尔曼和王（Tunzelmann 和 Wang，2000）也认为产品知识基础的复杂性会影响企业间的知识分工。当产品知识基础的复杂性较低时，集成企业和组件企业之间的知识分工程度较高，且通常是集成企业掌握较多的组件知识；集成企业不仅拥有架构知识，而且掌握较多的设计相关的组件知识，集成企业的知识范围覆盖了组件企业的知识范围，组件企业只拥有与生产相关的组件知识，企业间的知识分工模式是组件企业按照集成企业设定的组件知识为集成企业提供定制化的零部件，集成企业与组件企业之间的分工更多地体现为生产分工的关系。而当产品知识基础的复杂性较高时，集成企业要集成成千上万种零部件，因而不可能掌握所有零部件的开发、设计知识，为了提高零部件的开发绩效，集成企业必须与组件企业之间就组件和产品架构优化升级进行频繁的沟通交流，因而集成企业和组件企业都需要掌握对方的知识，企业间知识分工的程度较低（Wang 和 Tunzelmann，2000）。布鲁索尼（Brusoni，2005）将知识基础的性质区分为分析（Analysis）和合成（Synthesis）两种类型，前者主要是科学性的知识，后者主要是工程性的知识。较一般产品，复杂产品开发包含了更多的合成型知识，因而促使集成企业拓展有关组件的知识（Brusoni，2005）。

尼克森和詹勒（Nickerson 和 Zenger，2004）认为，不是知识集成的复杂性，而是知识基础的可分解性影响集成企业和组件企业之间的知识分工关系。他们将企业面临的技术问题划分为可再分解的问题、不可再分解的问题和可部分分解的问题三类，并在此基础上指出，可分解的技术问题涉及的知识集较小，集成企业可以和组件企业分别掌握不同的知识集，并形成明确的知识分工边界；可再分解的技术问题，主要对集成企业的架构知识要求更高；而对于不可再分解的技术问题，集成企业不仅要掌握架构知识，而且要掌握足够多的组件知识（Nickerson 和 Zenger，2004）。

（四）技术创新突破性程度

布鲁索尼和帕伦斯帕（Brusoni 和 Prencipe，2011）指出无论是产品组件改变还是架构改变所驱动的产品升级，都会涉及新知识的创造，企业知识管理的主要目的不仅是对现有知识进行利用和保护，而且要高效的生成新知识（Brusoni 和 Prencipe，2011）。因此，技术创新的新颖程度也会影响企业间的知识分工。武石彰（Takeishi，2008）提出，在不涉及技术创新的项目合作中，集成企业和上游零部件组件企业的任务主要是如何更好地利用各自现有的知识，二者之间的知识分工较为明确。然而，一旦项目涉及新技术和新问题，就对集成企业的知识范围提出更高的要求，集成企业需要掌握更多的组件知识以提高解决新问题的能力（Nagaoka 和 Takeishi，2008）。

卡普尔和阿德纳（Kapoor 和 Adner，2012）的研究发现，产品创新的突破性程度越高，越需要集成企业掌握更多的组件知识或者和组件企业开展更加积极的合作（Kapoor 和 Adner，2012）。霍特克（Hoetker，2005）认为产品创新的新颖程度越高、不确定性越强，集成企业越倾向于内部掌握组件知识，以提高创新成功的概率；产品创新的新颖程度越低，集成企业越倾向于通过市场采购设计开发和制造都外包的组件，这时集成企业的主要决策目标是降低成本（Hoetker，2005）。可以看出，在 Hoetker 的框架中，交易成本理论与能力理论对知识分工问题的分歧不是不可调和的，集成企业的最优知识边界决策的目标函数到底是最大化创新成功的可能性（能力考虑）还是最小化成本（成本考虑），取决于技术创新的突破性程度以及相应的不确定性大小。

罗伊和萨卡尔（Roy 和 Sarkar，2016）的研究为集成企业知识多元化有利于突破性创新的命题提供了进一步的经验证据。他们的研究以工业机器人产业为案例研究对象，发现工业机器人产业在由机械控制技术范式向数字控制技术范式转换的过程中，那些掌握了上游零部件知识的工业机器人集成企业更倾向于把研发资源聚焦于新产品且更容易获得突破性的新产品开发绩效，从而成功应对新技术范式的冲击（Roy 和 Sarkar，2016）。伯格伦

(Berggren，2013）等学者的研究也显示，即便是对于进入非连续性技术创新时期的成熟产业，集成企业也必须拓展自己的知识范围以增强自己的架构创新和集成能力（Berggren 和 Bergek，2013）。恩德（Ende，2013）研究表明产品创新突破性程度越强，集成企业越需要掌握更多的零部件知识以更好地协调架构知识和零部件知识（Ende 等，2013）。

四 结语与展望

交易费用和产权理论等主流企业理论对企业边界问题的关注主要集中于“产品交易”的边界。对于企业的知识边界或企业间的知识分工问题，主流企业理论并不能提供有说服力的见解。而在知识经济时代，企业的知识边界恰恰是决定企业核心能力的重要因素，企业间的知识分工成为产业组织结构最本质的特征。基于对产品技术模块化和复杂化趋势的共识，目前学术界主要从集成商和组件供应商的角度研究企业间的知识分工问题，而产品架构的模块化程度、产品技术的成熟度、知识基础的性质和技术创新的突破性程度被认为是影响集成商与组件供应商知识分工模式的主要影响因素。总体上看，产品架构的模块化程度越高，企业之间的知识分工越明确，且集成企业越倾向于掌握关键组件的设计开发知识，而将生产功能外包给组件企业；相应地，产品架构的一体化程度越高，企业间的知识分工越模糊，集成企业和组件企业知识交流和合作研发的积极性越高。产品架构技术的成熟度越低，组件知识对于集成企业保持竞争力的重要性越高，越需要集成企业掌握知识的垂直整合能力。当产品技术所基于的知识基础具有高度复杂性、合成型、不可分解性的特征，或者当产品创新的突破性程度越高时，集成企业越需要掌握更多的组件知识，或者与组件企业开展更加积极的合作。

有关企业间知识分工问题的学术研究，仍然处于被不断深化和拓展的进程中。通过“理论情境化”和“情境化理论”，中国学者很有可能从以下几个方面（但不限于）在该领域作出独特的贡献：一是分析集成企业掌握组件知识如何影响集成企业对组件企业的“依赖”关系？二是经典的集成企业知识边界广于生产边界的“非映射假说”在智能化、数字化、网络化的所谓新工业革命背景下是否仍然成立？如果成立的话，这些复杂装备集成商的知识边界相对于传统装备集成商有何变化？三是在中国情景下检验集成企业的知识重叠是出于成本节约动机还是基于促进合作研发的考虑？进一步地，通过相同产业（如汽车产业）的跨国比较，可以进一步解释有关我国企业知识边界决策的特征化事实。

最后，需要强调的是，企业间知识分工研究有关企业间生产边界与知识边界的映射关系、集成企业对组件企业的知识依赖等问题的分析视角和研究发现，对于回答诸如“如何解决关键设备和核心零部件受制于人”“如何由参与全球价值链向参与全球创新链跃迁”等中国制造业转型升级需要回答的重大现实问题，也提供了重要的理论洞见，具有鲜明的政策含义，值得引起我国应用问题研究者和政策制定者的极大关注。近年来，我们国家的部分加工组装企业通过引进设备逐步掌握了一些关键设备和零部件的制造工艺，看上去似乎解决了装备和零部件对外依赖的问题。但从知识分工的角度看，这些装备或零部件的概念设计、细节设计、检测和标准制定等关键能力仍然由国外供应商掌握，本土企业仍然不具备对装备和零部件进行持续开发和改进的能力。因此，比通过自主生产解决装备和核心零部件受制于人更重要的，是本土企业是否掌握了重大装备和核心零部件的设计知识。通过持续的自主技术开发和不断拓展自身知识逐步掌握集成全球创新链创新资源的能力，才是解决我国制造业关键装备和零部件受制于人的根本出路。

参考文献

［英］F. A. 冯·哈耶克：《个人主义与经济秩序》，邓正来译，生活·读书·新知三联书店 2003 年版。

Adams P., Brusoni S., Malerba F., "The Long-Term Evolution of the Knowledge Boundaries of Firms Supply and Demand Perspectives", in Giovanni Dosi & Louis Galambos edited, *The Third Industrial Revolution in Global Business*, NY: Cambridge University Press, 2013.

Afuah A., "Dynamic Boundaries of the firm: Are Firms Better off Being Vertically Integrated in the Face of Technological Change", *Academy of Management Journal*, 2001, 44 (6), pp. 1211 – 1228.

Arora A., Gambardella A., "The Changing Technology of Technological Change: General and Abstract Knowledge and the Division of Innovative Labour", *Research Policy*, 1994, 23 (5), pp. 523 – 532.

Arora A., Gambardella A., Rullani E., "Division of Labour and the Locus of Inventive Activity", *Journal of Management & Governance*, 1997, 1 (1), pp. 123 – 140.

Baldwin, C. Y., Henkel J., "Modularity and Intellectual Property Protection", *Strategic Management Journal*, 2015, 36 (11), pp. 1637 – 1655.

Berggren C., Bergek A., Bengtsson L., et al., *Knowledge Integration & Innovation*, UK: Oxford University Press, 2013.

Brusoni S., "The Limits to Specialization: Problem Solving and Coordination in Modular Networks", *Organization Studies*, 2005, 26 (12), pp. 1885 – 1907.

Brusoni S., Jacobides M. G., Prencipe A., "Strategic Dynamics in Industry Architectures and the Challenges of Knowledge Integration", *European Management Review*, 2009, 6 (4), pp. 209 – 216.

Brusoni S., Prencipe A., "Patterns of Modularization: The Dynamics of Product Architecture in Complex Systems", *European Management Review*, 2011, 8 (2), pp. 67 – 80.

Brusoni S., Prencipe A., Pavitt K., "Knowledge Specialization, Organizational Coupling, and the Boundariesof the Firm: Why Do Firms Know More Than They Make?", *Administrative Science Quarterly*, 2001, 46 (4), pp. 597 – 621.

Clark K. B., Fujimoto T., "Product Development Performance: Strategy, Organization, and Management in the World Auto Industry", *Harvard Business Review*, 1991, pp. 31 – 46.

Dibiaggio L., Nasiriyar M., "Knowledge Integration and Vertical Specialization in the Semiconductor Industry", *European Management Review*, 2009, 6 (4), pp. 265 – 276.

Ende J., Jaspers F., Rijsdijk S. A., "Should System Firms Develop Complementary Products? A Dynamic Model and an Empirical Test", *Journal of Product Innovation Management*, 2013, 30 (6), pp. 1178 – 1198.

Fine C. H., Whitney D., "Is the Make-buy Decision Process a Core Competence", MIT Working Paper, 1996.

Finec. H. , *Clockspeed: Winning Industry Control in the Age of Temporary Advantage. Reading*, MA: Perseus Books, 1998.

Fixson S. K. , & Park, J. K. , "The Power of Integrality: Linkages between Product Architecture, Innovation, and Industry Structure", *Research Policy*, 2008, 37 (8), pp. 1296 – 1316.

Fixson S. K. , Roy Liker J. K. , "Modularization and Outsourcing: Who Drives Whom? A Study of Generational Sequences in the U. S. Automotive Cockpit Industry", *International Journal of Automotive Technology & Management*, 2005, 5 (2), pp. 166 – 183.

Foss N. J. , "Knowledge-Based Approaches to the Theory of the Firm: Some Critical Comments", *Organization Science*, 1996, 7 (5), pp. 470 – 476.

Gary S. , Becker, Kevin M. , Murphy, "The Division of Labor, Coordination Costs, and Knowledge", *The Quarterly Journal of Economics*, 1992, 107 (4), pp. 1137 – 1160.

Grant R. M. , "Prospering in Dynamically-Competitive Environments: Organizational Capability as Knowledge Integration", *Organization Science*, 1996, 7 (4), pp. 375 – 387.

Henderson R. M. , Clark K. B. , "Architectural Innovation: The Reconfiguration of Existing Product Technologies and the Failure of Established Firms", *Administrative Science Quarterly*, 1990, 35 (1), pp. 9 – 30.

Hippel E. V. , "Task Partitioning: An Innovation Process Variable", *Research Policy*, 1990, 19 (5), pp. 407 – 418.

Hoetker G. , "How Much You Know Versus how well I Know you: Selecting a Supplier for a Technically Innovative Component", *Strategic Management Journal*, 2005, 26 (1), pp. 75 – 96.

Huenteler J. , Ossebbrink J. , Schmidt T. S. , "How a Product's Design Hierarchy Shapes the Evolution of Technological Knowledge-Evidence from Patent-Citation Networks in Wind Power", *Research Policy*, 2016, 45 (6), pp. 1195 – 1217.

Kapoor R. , Adner R. , "What Firms Make vs. What They Know: How Firms' Production and Knowledge Boundaries Affect Competitive Advantage in the Face of Technological Change", *Organization Science*, 2012, 23 (5), pp. 1227 – 1248.

Kim J. , Lee C. Y. , Cho Y. , "Technological Diversification, Core-technology Competence, and firm Growth ", *Ssrn Electronic Journal*, 2016, 45 (1), pp. 113 – 124.

Kogut B. , Zander U. , "Knowledge of the Firm, Combinative Capabilities, and the Replication of Technology", *Social Science Electronic Publishing*, 1992, 37 (7), pp. 17 – 35.

Lee J. , Veloso F. M. , "Interfirm Innovation under Uncertainty: Empirical Evidence for Strategic Knowledge Partitioning", *Journal of Product Innovation Management*, 2008, 25 (5), pp. 418 – 435.

Myers P. S. , "Chapter 1-Knowledge Management and Organizational Design: An Introduction", *Knowledge Management & Organizational Design*, 1996, 515 (1), pp. 1 – 6.

Nagaoka S. , Takeishi A. , Noro Y. , "Determinants of firm Boundaries: Empirical Analysis of the Japanese auto Industry from 1984 to 2002", *Journal of the Japanese & International Economies*, 2008, 22 (2), pp. 187 – 206.

Nickerson J. A. , Zenger T. R. , "A Knowledge-based Theory of the Firm-A Problem-solving Perspective", *Organization Science*, 2004, 15 (6), pp. 617 -632.

Roy R. , Sarkar M. B. , "Knowledge, firm Boundaries, and Innovation: Mitigating the Incumbent's Curse During Radical Technological Change", *Strategic Management Journal*, 2016, 37 (5), pp. 835 -854.

Sanchez R. , Mahoney Y. J. T. , "Modularity, Flexibility, and Knowledge Management in Product and Organization Design", *Strategic Management Journal*, 1996, 17 (S2), pp. 63 -76.

Takeishi A. , "Knowledge Partitioning in the Inter-firm Division of Labor: The Case of Automotive Product Development", *Organization Science*, 2002, 13 (3), pp. 813 -830.

Ulrich K. , "The role of Product Architecture in the Manufacturing firm", *Research Policy*, 1995, 24 (3), pp. 419 -440.

Wang Q, Tunzelmann V N. , "Complexity and Functions of the firm: Breadth and Depth", *Research Policy*, 2000, 29 (7 -8), pp. 805 -818.

Zirpoli F, Camuffo A. , "Product Architecture, Inter-firm Vertical Coordination and Knowledge Partitioning in the Auto Industry", *Uropean Management Review*, 2009, 6 (4), pp. 250 -264.

（贺俊，中国社会科学院工业经济研究所）

战略管理学50年：发展脉络与主导范式*

马　浩**

摘　要：战略管理学始自早年哈佛商学院的企业政策研究传统，已经逐渐发展成为一个相对成熟的学术研究领域。在其数十年的演进过程中，产生了影响广泛的各类学说与精彩纷呈的学术流派。通晓其主流学派的发展与演进历程，领略其核心与经典文献的精髓风貌，乃是在该领域进行深入探讨所必须具备的基本功。为了帮助大家更加迅速便捷地接触和挖掘战略管理学领域里程碑式的贡献和经典文献，本文以主导理论范式、公司战略、业务战略和高管团队等四大类别为基本行文架构，力求忠实原本地梳理和解读各个时期的学说要点和理论成就，并尽量客观地从学说史的角度评价各类理论的贡献。

关键词：战略管理；主导范式；公司战略；业务战略；战略过程；高管团队

中图分类号：F270　**文献标识码**：A　**文章编号**：1001 - 4950（2017）07 - 0015 - 18

一　引言

当代战略管理学（strategic management），作为一个重要的管理学研究领域，可谓风华正茂，成就斐然。尤其是在过去的半个多世纪，学说繁盛，流派纷呈；定量定性，成果颇丰；不乏历久不衰的经典力作和“战功卓著”的学术英雄。本文旨在对当代战略管理学的发展演变做一个简要的回顾，对一些重要理论建树和学派观点进行梳理和解读，从而力争对国内从事战略管理学的各位老将和新兵产生一些有益的启发。

二　战略管理领域的奠基阶段

（一）早期源流：一般管理与企业政策

虽然直接或间接地受到以法约尔（Fayol，1916）和巴纳德（Barnard，1938）等为主要倡导者的一般管理或曰总体管理（general management）学说的早期影响，当代战略管理学的主要形成阶段大概是在20世纪60年代。哈佛大学商学院对一般管理的重视和推崇

* 基金项目：教育部基地项目（16JJD630001）。本文原载《外国经济与管理》2017年第7期。

** 作者简介：马浩，男，北京大学国家发展研究院发树管理学讲席教授，BiMBA商学院学术主任。

在其著名的企业政策（business policy）的教学与研究中，发挥得淋漓尽致。勒恩德（Learned 等，1965）和他的同事安德鲁斯（Andrews，1971）等对企业政策方面的贡献，集中地体现在他们所创立的 SWOT 分析框架的精髓中，强调企业经营战略是在企业外部环境因素（决定企业可能干什么）和企业内部资源与运作（决定企业能够做什么）之间寻求契合，并不可避免地需要同时兼顾管理决策者个人偏好（决定企业想干什么）以及企业的社会责任与预期（决定企业应该干什么）。

一般管理的任务是将企业看作一个有机的整体，通过战略的视角从总体上把握企业与环境的关系。在以企业政策和一般管理为传统的案例教学与研究中，安德鲁斯等学者逐渐将重点聚焦在经营战略上。通过对不同产业进行的一系列案例研究，比如对瑞士钟表业的研究，他们试图用企业的战略定位以及战略实施来解释为什么同一产业内的不同企业间会存在持久的利润率差别。应该说，哈佛商学院的企业政策和一般管理研究为当代战略管理学的诞生打下了良好的概念性基础。

（二）公司战略：钱德勒与安索夫

与企业政策和一般管理遥相呼应，并同时成为当代战略管理学理论基石的，还有企业史学大家小钱德勒（Chandler Jr A）的《战略与结构》（Chandler Jr，1962）。值得一提的是，经济学家 Gort（1962）是最早关注企业多元化战略的重要学者之一。他的工作虽然没有构成对战略管理学科的直接贡献，但的确为当时研究公司层面战略挑战的各类学者所广为借鉴。钱德勒（Chandler Jr，1962）的贡献则直接影响了战略管理学界对多元化战略及其管理结构、过程与绩效的理解。钱氏在其巨著中对战略的概念给出了相关文献中最早的并且非常全面和系统的定义，至今仍然流传沿用。他用“战略”一词表述企业关于长期目标的制定、资源配置的选择和行动序列的设计，提出了“结构跟随战略”这一重要命题，并以企业史上多种案例举证，论证了组织结构（事业部制）与企业战略（多元化）相匹配对企业经营绩效的正面影响。

安索夫（Ansoff I H）以系统论为基础背景而构建的《公司战略》（Ansoff，1965）蓝图，乃是战略管理学科发展早期不可或缺的经典论著。安索夫的论著凸显多元化经营战略中的协同作用以及企业成长战略的设计与思考，推出了著名的产品—市场组合矩阵，通篇洋溢着理性思维的光辉以及类乎工程师一般的对可操作性之强烈欣赏和关注。至此，1965 年前后，当代战略管理学的奠基之工，可谓尘埃落定。以战略为基本概念、以企业政策为暂用名称的一个新兴学科宣告诞生，形成初步的理论框架和研究议程。

（三）本文重点：整体风貌与里程碑式的经典贡献

关于战略管理学科自 20 世纪 60 年代以来的整个演进历程的概览，请参阅表 1。该表中相对详细地列出了不同阶段的主要研究焦点和学说传承，较为全面地展现了战略管理领域不同学说和专题的演进历程与整体风貌。由于篇幅限制，本文着重梳理各个时期的主导理论范式，兼及其他重要元素和脉络，主要聚焦纯学术研究的文献和部分具有较高学术价值的应用型文献。而且，重点在于介绍里程碑式的贡献与极为经典的文献。关于不同研究专题的纵向深入探讨与时效性更新不在本文的考察范围之内。同样，那些主要是面对管理实践界读者的商务畅销书中的贡献，本文不予以详细探讨。

表 1　　战略管理学中的里程碑式贡献

主题/时间	1960s	1970s
dominant paradigm 主导范式	business policy（Learned 等，1965），哈佛商学院企业政策研究和教学传统战略分析框架（SWOT）	strategic planning（Steiner，1979），战略前景分析（scenario analysis）、战略规划制定框架与工具
corporate strategy 公司战略	business history（Chandler Jr，1962），事业部制组织结构与多元化企业战略的匹配影响企业经营绩效；diversification strategy（Gort，1962），公司多元化战略早期的经济学考量；Corporate Strategy（Ansoff，1965），安索夫纵论公司战略：企业增长矩阵、协同作用、竞争优势；organizational structure 和 multinational strategy（Fouraker 和 Stopford，1968），组织结构与跨国战略	concept of corporate strategy（Andrews，1971），公司战略的概念基础；diversificationstrategy 和 performance（Rumelt，1974），多元化战略分类与绩效研究：业务间相关性与协同作用；simultaneous equation model（Schendel 和 Patton，1978），用联立方程捕捉公司战略；CSR（Carroll，1979），企业社会责任绩效的提出
business strategy 业务战略	studies of industry structure（Caves，1964），产业组织经济学中的 S-C-P 分析范式尚未直接影响企业战略分析与制定，但此项工作奠定了波特革命的学术基础	typology of generic strategies（Miles 和 Snow，1978），基本战略分类法与理想类型；PIMS（Buzzell 等，1975），战略规划对企业利润率的影响
Strategy Process/TMT 战略过程/高管团队	general managers 和 general managementprocess（Koontz，1961），一般管理者以及一般管理过程；behavioral decision making（Cyert 和 March，1963），行为决策理论（TMT 研究的前身）	decision making as a political process（Bower，1970；Pettigrew，1973），战略决策的政治过程；structure of unstructured decisions（Mintzberg 等，1976），非结构性决策的结构；emergent strategy as patterns（Mintzberg，1978），自生战略的自然涌现和凸显
主题/时间	1980s	1990s
dominant paradigm 主导范式	industry analysis（Porter，1980），波特产业结构分析与战略定位；RBV（Wernerfelt，1984），资源本位企业观登场；stakeholderapproach（Freeman，1984），利益相关者与战略制定	RBV（Barney，1991），资源本位企业观：VRIO 框架；dynamic capability（Teece 等，1990，1997），动态能力理论形成；Austrianapproach（Jacobson，1992），奥地利学派与战略

续表

主题/时间	1980s	1990s
corporate strategy 公司战略	dominant logics（Prahalad 和 Bettis，1986），主导管理逻辑；multimarket competition（Karnani 和 Wernerfelt，1985），多点竞争；joint ventures（Kogut，1988）合资企业；globalstrategy（Ghoshal，1987），全球战略	core competence（Prahalad 和 Hamel，1990），核心竞争力；internal corporate venturing（Burgelman，1994），公司内创业；parentingadvantage（Goold 等，1994），母合优势学说；cooperative strategy（Dyer 和 Singh，1998），合作战略关系观；international diversification（Hitt 等，1997），国际多元化战略
business strategy 业务战略	generic strategies（Porter，1980），波特基本竞争战略；strategic group（Dess 和 Davis，1984），战略群组研究；competitive dynamics（Porter，1981），竞争动态分析；first moveradvantage（Lieberman 和 Montgomery，1988），先动优势	hyper – competition（D' Aveni，1994），超级竞争学说；coopetition（Brandenburger 和 Nalebuff，1996），竞合概念与框架；gametheory 和 strategy（Camerer，1991；Saloner，1991；Parkhe，1993），博弈论与战略；winner takesall（Hill，1997），产业标准的竞争
strategy process/TMT 战略过程/高管团队	logical incrementalism（Quinn，1980），战略过程的逻辑渐进主义；upper echelon：CEO 和 TMT（Hambrick 和 Mason，1984），CEO 与高管团队研究；fast decisionmaking（Eisenhardt，1989a），速变环境下的战略决策	absorptive capacity，learning，knowledge-transfer（Cohen 和 Levinthal，1990；Levinthal 和 March，1993；Szulanski，1996），作为组织学习的战略过程；knowledge-based view（Grant，1996），知识本位企业观；corporate politicalstrategy（Hillman 和 Hitt，1999），政治战略战略管理学 50 年：发展脉络与主导范式
主题/时间	2000s	2010s
dominant paradigm 主导范式	dynamic capabilities（Eisenhardt 和 Martin，2000；Teece，2007），动态能力研究持续升温，动态能力（及战略）的微观基础	micro foundations of strategy（Barney 和 Felin，2013），战略的微观基础运动；strategic entrepreneurship（Hitt 等，2011），战略性创业观
corporate strategy 公司战略	strategic alliance 和 networks（Gulati 等，2000），战略网络与战略联盟；real optionsapproach（Adner 和 Levinthal，2004），实物期权；corporate entrepreneurship strategy（Ireland 等，2009），公司总体创新战略	corporate social responsibility（Carroll 和 Shabana，2010），企业社会责任与可持续发展；corproate political activity and strategy（Hillman 等，2004；Lux 等，2011；Wang 和 Qian，2011），公司政治战略及其与社会责任表现的关系

续表

主题/时间	2000s	2010s
business strategy 业务战略	business model 和 E-business valuecreation（Amit 和 Zott，2001），商业模式与电商竞争；blue ocean startegy（Kim 和 Mauborgne，2005），蓝海战略；strategy andthe internet（Porter，2001），网络时代的战略	age of temporary competitive advantage（D' Aveni 等，2010），短暂竞争优势；businessmodel（Teece，2010；Zott 等，2011），商业模式升温
strategy process/TMT 战略过程/高管团队	knowledge flows within MNC（Gupta 和 Govindarajan，2000），跨国公司部门之间的知识互享；upper echelon revisited（Carpenter 等，2004；Hambrick，2007），再访高阶团队研究；strategy as practice（Whttington，2003，Jarzabkowski，2004，2005；Johnson 等，2003），战略乃实践和活动的组合	behavioral strategy（Powell 等，2011）和 neurostrategy（Powell，2011），行为战略以及脑科学对战略的影响；narcissitic CEOs（Chatterjee 和 Hambrick，2007，2011），CEO 的自恋及其对战略的影响；social performance of CEO 和 TMT（Chin 等，2013），高层管理团队对企业社会绩效的影响

三 战略管理领域的早期发展

（一）公司战略：儒梅尔特的分类与检验

在 20 世纪 70 年代，主流派的战略管理研究出现了较大的突破。儒梅尔特（Rumelt，1974）于 1974 年发表了《战略、结构和经济绩效》一书，在哈佛前辈学长之工作的基础上提出了一套后来具有广泛影响的“公司层”战略的分类法，提请大家注意相关多元化经营的竞争优势（由于一个企业的不同业务间共享研发、品牌和渠道等资源所导致的范围经济或协同效应），以及选择与企业战略相应的组织结构对企业经营绩效的重要性。此著作接续小钱德勒的开山之作《战略与结构》（Chandler Jr，1962）中的主题，并开战略管理研究中大规模数据应用和统计分析之先河。自此，战略管理领域的研究日益推崇现代科学方法论和实证研究（positivism）的范式，开始逐渐形成重视正规与严谨的理论发展之风气。

（二）业务战略：PIMS 研究

在 70 年代早期，另外一个尊崇实证研究的分支来自营销战略研究的贡献，可以说引领了“业务层”战略研究中统计分析的潮流。这一分支就是所谓的 PIMS（profit impact of marketing strategy，市场营销战略对利润率的影响）研究项目。参加该项目的研究人员来自市场学、管理学和经济学等领域。通过对不同制造业产业样本的统计分析，该项目早期的基本结论是市场份额与企业的利润率呈正比，企业可以通过获取市场份额而提高其利润率。该项目由哈佛商学院巴泽尔（Buzzell）教授倡导，后演变成一个独立的常设机构，称为战略计划研究院。当然，后来的研究结果表明，市场份额与利润率之间并不一定存在正比的关系；即使是正比，也不一定代表因果关系。所以，不择手段地建立市场份额的方法并不能够保证提高企业的长期利润率。

（三）战略规划运动：来去匆匆

对于应用研究而言，70年代的另外一个风流占尽但终究昙花一现的时尚潮流，是所谓的战略计划（Steiner，1979）。美国通用电气和欧洲的壳牌石油公司等大企业是战略计划运动的积极倡导者和实践者，同时也资助了关于战略计划的大量研究。著名的波士顿矩阵和麦肯锡业务屏等帮助多元化企业进行业务组合管理的战略计划手段正是在这样一个大背景下提出的。虽然，关于战略计划的论著在后来仍不断出现而且战略计划的传统和组织机构在很多大企业至今仍然存在（可参阅明茨伯格等1996年对战略计划兴衰的述评），战略计划的说法逐渐被战略管理所代替，战略本身的形成和实践意义早已逃出了计划体系和机构的束缚。在很多大企业里，战略计划部门所做的工作不过是该部门职员每年自娱自乐的季节性游戏而已。

四　战略管理领域的正式形成

在20世纪70年代后期，战略管理作为一个独立学科和研究领域的地位逐渐在以商学院为代表的学术界以及外部的企业界得到承认和重视。首先，主流派的研究取得了实质性的进展，受到管理学者和临近学科的广泛注目。其次，战略管理的博士项目日益增多，开始培养和开发学科快速发展所必需的人才储备。最后，战略管理学者的自我认知逐渐增强，开始自觉地用战略管理的名称来表述自己的领域。

（一）基本战略分类法：迈尔斯和斯诺的贡献

迈尔斯和斯诺（Miles和Snow，1978）在《组织战略、结构和过程》中首次提出一种基本竞争战略的分类体系。不同的企业在对待外部市场定位、内部组织程序和技术操作过程等经营任务时采用不同战略态势：前瞻者（prospector）、分析者（analyzer）、守成者（defender）、漂移者（reactor）。该书强调企业战略和组织结构及过程的有机组合与理想状态，并承认殊途同归的可能性：基本战略体系中的任何一个稳定战略都可能导致优秀绩效。迈尔斯和斯诺的开创性工作，第一次在战略管理自己的领域内，以管理学本身的素养为依据，独立地提出了一套完整的理论体系，并且可以通过实证研究来进行证伪。这一创建在很大程度上为战略管理学作为一个独立学科的存在提供了及时有效的合法性基础。

（二）战略过程：自生战略与逻辑渐进主义

同时，关于战略过程的研究也在有声有色地进行着。基于其博士学位论文（60年代末完成，于70年代陆续发表）关于管理者角色和管理的实际过程的研究，明茨伯格（Mintzberg，1978）正式阐述了“自生战略”的现象，并指出战略不仅可以被“制定”出来，也可以自动自发地“形成”。战略决策可以是理性设计、上行下达的作为，也可以是随机滋生、上下互动的结果。这样，明茨伯格对战略概念和现象本身做出了超乎寻常的定义和诠释，令人耳目一新。

奎恩（Quinn，1980）在同一时期关于逻辑渐进主义的系列研究与明茨伯格的理论遥相呼应，强调战略决策过程的复杂性、不确定性、系统性和开放性。如此，战略选择的过程必须考虑到人的心理因素、行为因素和政治因素等。其实，早在1970年，Bower

（1970）就已经揭示了企业的重大战略投资决定基本上不是按照流行的金融和财务理论进行的项目比较，而是一个彻头彻尾的政治过程，包括高层、中层和基层等参与者的多方互动。

从三位学者对“自生”“渐进”和“互动”的大为青睐，我们可以看出，这种对战略过程特点的关注继承了管理决策理论先驱西蒙（Simon，1945）的理论衣钵。西蒙关于决策者有限理性（bounded rationality）的忠告在早期针对战略管理过程研究的理论中得到了很好的回应。不仅如此，他们对政治因素的敏感性大大地突破了西蒙对于有限理性这一技术性原因的关注，更加丰富了对战略过程的把握。与上述迈尔斯和斯诺有关战略内容的研究结合起来考察，战略管理学自身的理论建设可以说是初具规模。

（三）学科建设：博士项目与期刊阵地

在70年代后期至80年代早期和中期，战略管理学（企业政策或曰政策与战略）的博士项目如雨后春笋，层出不穷。早期培养博士较多而且毕业生出类拔萃的学校主要集中在几个战略重镇：哈佛商学院、沃顿商学院、华盛顿大学、普渡大学、匹兹堡大学等。

申戴尔和霍法（Schendel 和 Hofer，1979）邀请了当时战略管理领域的主要代表人物在匹兹堡大学集会，对本领域的发展做了一个阶段性的总结和展望，并根据会议上学者们提交的论文整理、主编并出版了集当时企业政策和战略计划研究之大成的论文集《战略管理》。这本书的出版提高了本领域中基本概念和分析框架的正式化，并促成了“战略管理”代替“企业政策”和“战略计划”等称谓作为这一领域的正式名称。1980年，由申戴尔主编的《战略管理杂志》诞生。它标志着战略管理学作为独立学科的正式出台。至此，战略管理领域开始进入突飞猛进的快速发展阶段。

五 波特革命：产业组织经济学的全面洗礼

20世纪80年代，波特（Porter，1980，1985）的《竞争战略》和《竞争优势》风靡一时，尽显产业结构分析法之魅力。五因素模式、三种基本战略、价值链等为战略研究者、实践者和咨询者等奉为至宝，津津乐道，广为流传，至今盛誉不衰。可以说，战略管理学领域经历了一次产业组织经济学的全面侵袭和洗礼。经历了无数的实证研究的检验以及其他理论的批评和补充，在波特革命骤然兴起37年后，我们可以比较客观地审视和评价波特的贡献，以及产业经济学的理论和方法在应用于战略管理学研究时所表现出的某些缺陷和不足。

（一）理论基石：产业组织经济学

以Mason（1939）和Bain（1956）为代表人物的产业组织经济学，经过几十年的实证研究和理论发展，形成了所谓S-C-P（structure-conduct-performance），意即“结构—行为—绩效”的理论范式（Caves，1964）。其主要逻辑是产业结构决定产业内企业的行为（比如产品组合、定价、广告策略等），企业的行为决定了该产业内企业的平均绩效。既然企业的行为也由产业结构来决定，那么，产业内企业的平均绩效最终是由产业的结构特点来决定的。显然，这一理论范式的分析层次是产业而不是个体企业。这一点都不奇怪，因为产业经济学的分析层次根据定义当然是产业。而且，产业组织经济学的服务对象主要是政府监管部门，目的在于帮助政府实施反垄断和增强竞争的措施，从而保护和增进消费者的利益。

（二）经济与管理的结合：波特贡献

波特出身于哈佛大学经济系与哈佛商学院合办的管理经济学的博士项目，毕业后留哈佛商学院任教。严谨的经济学训练使之对产业经济学的真谛谙熟于心，而在商学院环境熏陶下又得益于对企业政策深厚传统的耳濡目染。两种思潮的交锋和碰撞催生了一场声势浩大的波特革命。波特的主要贡献在于将 S-C-P 引入企业战略分析的研究中，对产业组织经济学为政府政策服务的目标进行了全面颠覆，使产业分析的手段和方法能够为企业服务，指引他们如何了解、预测，并尽可能地操纵市场结构，从而最大限度地获取竞争优势和最持久地保持竞争优势。

具体的分析手段就是著名的五因素框架（供给商和购买商的砍价能力，潜在进入者和替代者的威胁，以及产业内不同对手间的竞争）。很显然，这个框架具有如下几个主要特点。首先，它强调的是一种市场上“力量”的较量（market power）。一个企业必须具有应对、影响和改变上述五种因素的强势力量。其次，它关于产业的定义是宽泛的和延展的，不仅包括本产业的对手，而且包括邻近行业的企业和潜在的对手。最后，它使得 SWOT 分析中的 OT（环境中的机会和威胁）分析更加系统化，更加严谨。如此，根据五因素框架和 S-C-P 范式的教义，战略的首要任务在于产业定位：在具有吸引力的产业中占据强势位置。不言而喻，产业分析和定位的背后，不可避免地闪烁着环境决定论的背影。

（三）产业内结构：战略群组

产业组织经济学对战略管理的另一个理论贡献在于对战略群组（strategic group）的研究（Dess 和 Davis，1984；McGee 和 Thomas，1988）。战略群组指的是在同一产业内采取相同或相似战略的一群企业的组合。一个产业可以有多个战略群组构成。由于战略群组间移动壁垒的存在，比如规模经济、资金投入、研发实力、品牌优势等，企业很难从一个相对较弱并容易进入的战略群组转移到另外一个相对较强的战略群组。由于不同战略群组面临的“产业内结构”（intra-industrystructure）是不一样的，不同的战略群组间将会存在长期的利润率差别。这种理论认为，产业内结构（一个特定战略群组直接面临的结构）同整个产业的结构特点共同决定战略群组内企业的平均经营绩效。关于战略群组的研究争议很多，实证结果也不能够提供令人完全信服的结果来表明战略群组确实存在并且对利润率有确定的影响（Dranov 等，1998）。

（四）竞争的基本层面：竞争动态

更深入一个层次的产业分析，便是企业间的竞争动态。这一分支的研究既受到 S-C-P 范式的影响，比如对进入壁垒、退出壁垒和市场集中度等因素的考量，也受到新产业经济学中博弈论传统的影响，比如对战略承诺、可信威胁、激励机制等的探讨。波特对竞争动态分析也作出了非常重要的贡献，其中包括分析竞争对手时需要考虑的对手的目标、战略、假设和实力等因素，挑战者和领先地位者的不同战略选择，企业在不同类型市场上和产业生命周期中的竞争战略，以及多点竞争动态的主要特点等（Porter，1984）。

后来在这一分支理论贡献最大的当首推马里兰大学的史密斯（Ken Smith）及其同事，

尤其是以陈明哲（Chen）为优秀代表的一批毕业于马里兰大学的博士生等。他们以航空业为主要研究对象，针对竞争的基本单元（行动—回应；攻击—报复）考察企业竞争活动的模式和规律［攻击的广度（比如市场覆盖面）、强度（比如降价幅度）和时间跨度与频率，对手是否回应，回应的时滞、强度、广度和持久度等］以及环境、企业和管理者个人等多个层面上的因素对它们的影响。

（五）竞争的升级：超级竞争

另外值得一提的是，并非受产业组织经济学的直接影响，但主要得益于熊彼特创新理论的启发，达文尼（D’Aveni，1994）提出了超级竞争学说（hyper competition），对竞争动态分析作出了一个偏重实践应用的理论贡献。在超级竞争中，企业竞争从价格、质量到时间和诀窍，从争夺势力范围到打造丰厚的资源储备，步步推进。超级竞争的一大特点就是竞争优势难以持久。达文尼还认为合作战略并不能导致企业走出超级竞争的困境。在超级竞争中取胜的唯一手段就是毫不犹豫，无所畏惧，全面拥抱，拔剑而战。适应不断打硬仗的挑战，不断获取短期竞争优势，大概应该算是超级竞争中战略管理的最高境界了。这也正应了善于在超级竞争中生存并胜出的英特尔公司前掌门人格鲁夫的那句名言："只有惶惶不可终日者才能生存。"

六 资源本位企业观：全面理论整合的美梦

（一）资源本位企业观的涌现：沃纳菲尔特的朴素机敏

1984年，那是一个春天，有一位学者在《战略管理杂志》上发表了一篇研究通讯，题目是《资源本位企业观》。随后，它的发展和影响如奇迹一般，渗透到战略管理几乎所有的分支，甚至波及国际管理、创业学、市场营销乃至管理信息系统等诸多领域。首次擎起资源本位企业观这面大旗的上述学者是沃纳菲尔特（Wernerfelt，1984），而在这面大旗下集聚的学者们却各自打着自己的算盘，各有侧重，自持己见。与沃纳菲尔特同时独立进行以资源为基础的战略研究的学者主要包括儒梅尔特（Rumelt，1984，1987）、巴尼（Barney，1986，1991）和狄瑞克与库偶（Dierickx 和 Cool，1989）等。

沃纳菲尔特提出的资源分析法可以说是与产业分析法分庭抗礼，但又兼有与之结合之意。他首次提出了与产业经济学中进入壁垒相似的"资源位置壁垒"（resource position barriers）等概念，并以企业的资源组合为基点，分析企业多元化经营的方向与模式（如Chatterjee 和 Wernerfelt，1991），为后人展示了理论大家的游刃有余和了无穷尽的想象空间。儒梅尔特的论述则是文笔老辣，字字珠玑；切中要害，观点犀利。他的文章既有理论陈述，又有数理推导，无疑属于资源本位企业观乃至整个战略管理文献中的上乘佳作。他将资源本位企业观的阐述与熊彼特创新理论的精髓天衣无缝地糅和在一起，注重企业家在不确定性和复杂性高深莫测的境况下做有关资源与能力的决策时所需要的远见和勇气（Rumelt，1984，1987）。

（二）资源本位企业观的定型：巴尼的范式革命

真正在资源本位企业观旗下发迹并为之献出扛鼎之作的，应该说是巴尼（Barney，1991）。游走于新制度经济学和组织经济学之间，巴尼对战略资源要素（Barney，1986）

的研究首次关注战略资源要素（那些在某种竞争环境中制定和实施某种有效的竞争战略所必需的资源与能力）在企业间分配的不均等性及其战略含义。这种持久的不均等性（heterogeneity）会导致某些企业具有不可模仿的战略从而享有可持久的竞争优势和优秀经营绩效。巴尼（Barney，1989）同狄瑞克与库偶（Direckx 和 Cool，1989）的讨论使其理论得到逐步清晰和改善。苦于没有一个良好的标签，巴尼的（1986）论文发表之后的若干年里并没有得到大家足够的重视。

随着沃纳菲尔特资源本位企业观的说法在文献中和学者间快速升温，巴尼适时拥抱了这面旗帜，并于1991年在其时任副主编的 *Journal of Management* 上开办了一期关于资源本位观的专题文集。收录于其中的巴尼（Barney，1991）的论文明确地阐述了现在被认为是主流派的资源本位企业观的标准理论范式，即所谓的关于企业资源分析的 VRIN（valuable，rare，inimitable，non-substitutable）框架。其主要论点是，企业所拥有的那些有价值的、稀缺的、不可模仿的和难以替代的资源与能力能够为企业带来持久竞争优势。另外几篇重要文章（Grant，1991；Mahoney 和 Pandian，1992；Amit 和 Schoemaker，1993；Peteraf，1993）为巴尼的资源本位企业观夯实了理论基础，并将其与产业分析法之关系进行了较为清晰的梳理。Helfat 和 Peteraf（2003），通过引入 capability cycles 的概念，试图将资源本位企业观进行动态化的解读与拓展。

（三）资源本位企业观在公司层面的表述：核心竞争力

核心竞争力（core competence）的概念，可以说是资源本位企业观在公司战略层面的体现。根据普拉哈拉德与哈默尔（Prahalad 和 Hamel，1990）的定义，核心竞争力，就多元化经营企业而言，是一个企业中集体学习与智慧的结晶，是企业的某种显著的竞争力，是协调多种技术和技能的知识体系和能力，具有企业经营活动的基石与核心的作用，广泛应用于企业的不同业务和终端产品中，在很大程度上界定企业的形象认知，属于企业总体而不属于某个业务单元。比如，佳能的图像处理能力和本田制造小型发动机的能力。核心竞争力的形成需要跨部门的交流、参与和承诺，需要在使用中得到积累，在共享中得到增强，需要谨慎保护和精心培育。核心竞争力为企业进入广泛的产品市场空间提供跳板、支持和契机，为它所支持的终端产品增加价值，使产品在客户的眼里具有较高的效用。并且，核心竞争力应该很难被对手模仿。

（四）资源本位企业观的命运：再生还是衰落

资源本位企业观曾被认为是可以整合整个战略管理文献的一个强有力的理论范式（Peteraf，1993）。然而，这只不过是又一美好的理想和期冀。对于资源本位企业观对战略管理学研究的意义，Priem 和 Butler（2001）持怀疑和批评的态度，尤其是他们对 RBV 理论框架之循环论证的指摘（资源的价值和竞争优势的关系难以清晰地界定）。而且，他们认为巴尼对资源的定义太宽泛，如何获取独特资源仍是黑箱，RBV 的适用边界没有清晰界定。在回应中，巴尼（Barney，2001）对此批评基本不以为然，极力为 RBV 的有用性进行辩护。十年过后，2011 年，巴尼的 RBV 框架推出 20 年之际，巴尼与合作者（Barney 等，2011）则采用了相对客观平和的态度，认为 RBV 研究已经进入成熟期，其兴盛再生取决于大家创新性的研究，其潜在衰落则可能是由于大家不能够更好地确立该理论的微观基础（Barney 和 Felin，2013），不能够更好地理解 RBV 与其他分析视角和方法的关系，从而不能够进行创新性的利用和发展。

毫无疑问，无论如何精彩，资源本位企业观存在一些重要缺憾和不足。其一，这一理论框架并非像其标榜的那样真正是企业层面的理论。它关注的焦点仍然是市场和市场的不完善性（market imperfection），只不过这里的市场是资源要素市场（market for strategic factors）而不是产业经济学所研究的产品市场。其二，过分强调那些不可模仿和不可替代的资源的重要性，该理论框架，除运气以外，并没有给企业家和经营管理者留下多少选择的空间。其三，资源价值在很大程度上取决于它应用的环境。离开产业环境，相对独立地看资源与能力的独特价值，虽然能够增进我们对 SWOT 分析中 SW（强势和弱点）的了解，但同样也可能忽略了战略分析中关于内外契合的主旨。

七 动态能力：一次有益的理论融合与精神回归

（一）动态能力的提出：梯斯的理论整合与创新

虽然，沃纳菲尔特（Wernerfelt，1984）以及后来的一些学者（Conner，1991；Mahoney 和 Pandian，1992；Amit 和 Schoemaker，1993；Collis，1994）都试图在产业结构分析法和资源本位企业观中搭建桥梁，但两方面研究的真正融合，也许有赖于梯斯（Teece）等对动态能力概念和范式的推出（Teece 等，1997）。梯斯与其同事在 1990 年草就的一篇关于“动态能力”的工作论文，曾在同行中广为传阅，经过若干修改，最终于 1997 年发表于《战略管理杂志》，从而为缓解战略管理学中两个主要理论学派之间的紧张关系提供了一个有益的尝试。梯斯等将动态能力定义为一个企业所具有的积聚、组合、调配，以及应用资源，并且能够根据市场变化和机会不断对资源进行重新组合、再调配和应用的能力。简言之，动态能力是一种调配和使用资源的能力，是利用资源去开发和捕捉市场机会的能力，是保持企业的资源组合与外部环境动态匹配的能力。这种理论融合的尝试有效地沟通了产业定位和资源组合之间的联系，初步实现了对 SWOT 分析中内外契合精神的回归。没有良好的市场定位，独特的资源可能得不到完全施展。资源组合配置不当，也会影响企业对市场机会的把握。企业的资源位置应与其市场位置互为支持与补充，从而相得益彰。

（二）奥地利学派对战略的影响：注重行动与创新

由于对动态匹配的强调，动态能力研究的主导范式，其实也体现了熊彼特创新的思想精髓。不断组合或者重组资源、能力和知识，正是（通过一系列短期优势）构建持续竞争优势的创新举措。Jacobson（1992）对奥地利学派的描述，Ken Smith 等对竞争行动的注重，达文尼对超级竞争的勾勒，都强调了创新行动对改变竞争格局的影响。可以说，这些工作，与动态能力的研究一起，在整个 90 年代共同见证了奥地利学派的崛起（Young 等，1996）。

（三）动态能力的再界定：多元解读与微观基础

当然，巴尼等学者大概认为动态能力理论应该说属于广义的资源本位企业观。从某种意义上讲，动态能力也是企业资源与能力的一部分，是使用资源与能力的一种高层次的能力（Collis，1994）。没有动态能力，企业将不能及时地应对外部环境的变化，企业原来的显著竞争力或核心竞争力也会成为“显著僵硬性”或者“核心包袱”（core rigidity）（Leonard-Barton，1992），失去它的时效性和环境特定有效性。

另外，有些学者（Eisenhardt 和 Martin，2000）所理解的动态能力与梯斯等人的构想以及他人基于 RBV 的理解和界定是有很大区别的。二位学者认为，动态能力没有那么玄妙，就像常说的最佳实践一样，不一定是那么的独特或者具有那么高的企业特定性（firm specificity）。动态能力在不同的企业间是有一定的共性的。而且，他们把动态能力的类型放在不同变化程度的竞争环境中去考察，尤其是把动态能力与爱森哈特一直研究的 high velocity context 紧密相连，并在这个情境内强化了快速决策和试错的重要性，也拓展了大家对 Routine 和 RBV 的理解。

进入 21 世纪，大家对动态能力的热情有增无减。直至今日，动态能力的研究仍然是战略管理领域的一个主导范式。从动态管理能力等新概念的提出（Adner 和 Helfat，2003）到动态能力与惯例和学习的关系（Zollo 和 Winter，2002），有关动态能力的文章在文献中占据重要地位和分量，而且动态能力范式也正在被逐渐渗透到市场营销和国际管理等文献中（如 Teece，2014）。

与此同时，Winter（2003）和 Teece（2007）等学者也在倡导大家对动态能力等概念的微观基础进行详细的考量和系统的梳理，尤其是动态能力与惯例和能力等概念的关系。这也引领并反映了战略管理领域研究的一个明显的大背景运动，一种最新的理论思潮和潜在的主导范式之一：对企业战略和组织活动的微观基础（micro foundations）的深入探究（Felin 和 Foss，2005；Barney 和 Felin，2013；Felin 等，2015）。

八　高层管理团队：战略的主体是人

（一）高阶视角研究：汉布里克对西蒙的回归

20 世纪 80 年代，当战略管理研究的主流阵地见证产业经济学的侵袭和洗礼以及资源本位企业观的反动与应对之时，第三股势力，继承西蒙等开创的战略过程研究之传统，将战略背后的人（战略决策者）再一次突出地置于战略管理的总体图景中。这就是以汉布里克（Hambrick）为首所提倡的高级视角（upper echelon perspective），注重对 CEO 与高层管理团队（topmanagement team）的构成、特点和动态进行研究的学派。汉布里克与梅森（Hambrick 和 Mason，1984）的论文是这一学派公认的开山之作。此学派的研究，在战略管理学的文献中占有非常之大的篇幅和极为中心的地位，应该说为我们了解高层团队的构成及其对战略决策、组织结构、企业行为与经营业绩的影响提供了有力的帮助。

（二）高管团队与战略：CEO 与 TMT

首先，Hambrick 承袭了战略选择理论的精髓（Child，1972）以及战略管理者对企业的行为和绩效是有影响的这一基本信念，努力试图在环境决定论和自由意志论（具体反映于战略选择论中）这两个极端的论断中寻求一个平衡，为企业家和管理者界定一片活动空间。承担这项平衡任务的是“管理裕度”或曰“管理自由度”（managerial discretion）的概念。遗憾的是，“管理裕度”这个概念，无论从理论定义到实证研究中的操作测量，都是要依靠环境、企业和个人三个层次的多个变量指标来表述。但是，这一学派的实证研究证据表明管理者的特点对企业的战略、行为和绩效的确是有影响的。单单这一点就足以成为令战略管理研究者兴奋和骄傲的原因。

其次，具体而言，这一学派的研究广泛深入地考察了管理者的特性（年龄、教育程度、社会阶层、职能背景、性格特点、能力程度、工作年限、管理者年限、企业任职长短、同一产业内任职长短等）、管理团队的构成特点（上述指标的平均值、偏差范围、同质化或异质化程度等）和动态（独裁拍板或集体决策、政治行为的程度和类别、寻求一致还是允许差异、主动出击还是被动反应等），以及他们对企业战略类型的选择、组织结构的设计、控制体系的建立、企业文化的培育、决策中的风险承受和企业经营绩效的影响。它对上述因变量的考察不仅仅着眼于它们的绝对值，并且还关注它们的变化区间以及与其他企业的比较。这种做法，便于考察什么样的团队更容易随大溜向中心倾向（central tendency）回归，什么样的团队更容易特立独行，与众不同。

最后，这一学派研究的一个重要课题就是 CEO 的交替。董事会的构成（内部和外部人士、有无管理职务、控股多少等），企业近期业绩，希望实现的变化，企业的类别，业务特点，现任 CEO 的年龄、任期、权力基础、有无合适候选人员等因素都会影响 CEO 的解雇和更替。比如，CEO 的内部提升通常多发生于希望稳定发展的企业；外部空降的 CEO 往往常见于渴求迅速变革的组织。另外，这一学派对 CEO 和 TMT 成员的薪酬待遇（比如期权和其他形式的奖金与福利）和解职补偿（比如对非自愿离职的交割赔付或者金色降落伞等）也有深入研究。随着对管理者团队特点，尤其是伦理道德方面考察的不断深入，对高层管理的研究也日益加强了对管理决策是否合乎基本的伦理道德标准以及对企业监管与控制方面的关注。

（三）TMT 研究的挑战：繁盛与无奈

总体而言，虽然这一学派的研究成果卓著，但仍然存在许多不尽如人意之处。其一，有关董事会，CEO 和 TMT 的信息很多处于保密状态。缺乏比较真实可靠的信息，研究者的工作会受到很大制约，其结果也将大打折扣。其二，如果缺乏清晰的作用机制，而在研究中又忽略企业的具体行为模式这一中间变量，直接用 TMT 的特点去解释企业经营的结果会显得非常的不可靠。这一学派的某些研究成果恰恰落入这种缺憾甚多的类别。其三，这一学派的某些研究项目，不分青红皂白，用 TMT 的构成去预测可以想到的任何战略现象，理论新意匮乏。无论如何，大批学者对 TMT 的研究激情不减，新的结果仍然在产生。感兴趣的读者，请参阅对 upper echelon 研究系列（Carpenter 等，2004；Hambrick，2007）和高层管理团队与战略领导力研究的回顾和梳理（Finkelstein 等，2009）。观察组织行为学领域，一个 leader-member exchange（LMX）说法就能让大家坚持不懈地去挖掘几十年。估计这个专题还会时兴下去。最近的焦点是 CEO 的自恋对公司战略与绩效的影响以及他们如何看待自己的成败盛衰（Chatterjee 和 Hambrick，2007，2011）以及 CEO 和 TMT 对企业社会责任方面表现的影响（Chin 等，2013）。

九 战略过程研究：认知学习与行为政治

（一）战略过程与内容：无可奈何的两分法

企业的战略管理实践，乃是一个有机鲜活的整体。但在研究过程中，为了更好地理解和把握战略管理的具体要素与方方面面，学者们倾向于将问题划分为不同的概念类别和区域。甫自早期，大家就倾向于采取一个比较简单的两分法（dichotomy）来对待战略管理的挑战：战略制定（strategy formulation）和战略执行（strategy implementation）。战略制定一般被认为是战略内容（strategy content）和战略分析（strategy analysis）的领地，而战略实施则主要涉及战略过程（strategy process）的探究。其实，仔细思之，战略内容和过程的研究都是贯穿制定与实施的整个过程，而且制定和实施本身通常就是不可分的（如Mintzberg，1978）。之所以这样区分，在很大程度上，不过是为了研究本身的便利而已。

（二）早期的过程研究：正式过程与非正式过程

从一般管理的研究开始，对战略过程的重视就一直是战略管理学科的基本特色。从70年代明茨伯格对决策过程和结构的勾勒，对自生战略的详细描述，以及Andrew Pettigrew对决策过程中政治行为的研究，再到80年代James B. Quinn对逻辑渐进主义的研究及其提倡将组织行为过程与组织中正式的计划和实施体系的结合，战略管理过程的研究，也是文献中的重要组成部分。James Fredrickson（Fredrickson和Mitchell，1984；Fredrickson，1986）系统地论证和比较了战略计划过程中的复杂性（comprehensiveness）对决策绩效的影响。这也是战略过程研究早期一个较为重要的贡献。

（三）硅谷的影响：快速决策与内部创业

Eisenhardt（1989a）针对硅谷企业在快速多变环境下的快速决策过程的研究更是影响广泛。她发现，快速决策和快速反应不一定考虑的信息和因素少，而很可能是更多，只不过是快速尝试和迭代、快速纠偏和应对罢了。同时，艾森哈特对案例研究作为理论构建方法的尝试和贡献可堪褒扬（Eisenhardt，1989b，1991）。她的贡献使得以案例为主要素材和手段的定性分析法得到了战略管理和组织管理主流研究社区的认可和欣赏。同样，Burgelman（1983，1994，1996），主要基于Intel和其他硅谷创新企业的素材，对战略转型的过程和公司内部创业（internalcorporate venturing）的研究作出了重要的贡献，也为企业创新管理的研究奠定了坚实的基础。

（四）战略过程研究：心理学与社会学的贡献

战略管理学过程的研究，也受益于社会学和心理学的贡献，比如，基于以社会学背景的组织生态学对企业战略进入与退出的研究（Haveman，1993）和对多点竞争的研究（Baum和Korn，1996）；基于外部控制视角（external control）的组织资源依赖（resource dependence）理论对战略过程、行为和结果的各类研究（Pfeffer和Salancik，1978；Hillman等，2009）。

基于认知心理学和行为决策学对战略决策过程之简单化（simplification）的研究（Schwenk，1984）、对战略行动和组织更新的研究（Barr等，1992）、对战略群组的研究（Reger和Huff，1993），以及所谓的行为战略（behavioral strategy）概念甚至基于脑科学对战略（neurostrategy）影响的研究（Powell等，2011；Powell，2011）。这些主要以微观机制和过程为焦点的研究，不仅凸显了人的判断和行为本身的重要性，而且丰富了各项战略内容（strategy content）研究的方法和视角。

（五）知识与学习：知识本位企业观

从知识和学习的角度出发，在 20 世纪 90 年代，也出现过知识本位企业观的说法（Grant，1996）。知识本位企业观，将企业看成一个学习型组织，一个不断地吸收、获取、存储、加工、检索和使用知识的有机体。这一研究分支对知识本身的特点（比如可以被编码的相对于不可言喻的）以及组织中知识传播的机制（比如学徒过程中师傅的言传身教相对于大规模有系统的正规培训）有非常详尽的探讨（Nonaka，1994）。

然而，由于缺乏比较独立完整的理论框架和对企业经营战略内容方面的贡献，知识本位企业观这一分支只能是对战略过程研究的一个补充和细化，而并没有能够成为影响整个战略管理学领域的一场全面的革命，并没有形成主导的理论范式。尽管如此，与知识和学习相关的各类研究自 90 年代开始可谓是此起彼伏、方兴未艾。关于吸收能力（absorptive capacity）的研究（Cohen 和 Levinthal，1990）、组织学习的挑战（Levinthal 和 March，1993）、企业内知识的流动与分享（Szulanski，1996；Gupta 和 Govindarajan，2000）也日益受到研究者的重视。

（六）企业内外的政治：政治行为与企业政治战略

在 20 世纪 90 年代，自 Pettigrew（1973）就开始的决策作为政治过程的研究也不断升温。比如，从企业内部政治过程（Quinn，1980）到外部关系方面的非市场战略（non-market strategy）（Baron，1995），从面对所有利益相关者（staekholder approach）的社会合法性战略（Freeman，1984）到主要针对政府政策与监管的企业政治活动（corporate political activities）和政治战略（corporatepolitical strategy）（如 Hillman 和 Hitt，1999），等等。再有，由于华人战略管理学者不断地加入国际主流研究社区，以及整个学界对转型经济体中各种制度变革的关注（如 Peng，2003），大家对制度学派的采用（如 Oliver，1991）以及对企业政治战略研究（Jia，2014）的热情亦是空前高涨。

（七）其他考量：中层的力量与战略乃实践运动

还有值得一提的是，尽管战略主要是 CEO 和 TMT 的职责，战略的执行过程中则要靠组织中各个层面的所有人的参与和努力。因此，战略管理文献中也存在着对中层管理人员在战略过程中角色和作用的考察（Wooldridge 和 Floyd，1990；Floyd 和 Wooldrige，2000；Wooldrige 等，2008）。

有感于波特革命的强烈影响以及战略内容分析之冷峻甚至过于抽象的事实，欧洲的一些学者（如 Whittington，2003；Jarzabkowski，2004，2005）掀起了一场小有规模的“战略作为实践”（strategy as practice）运动，再次强调战略制定和实施中人的作用和战略应用与落地的重要性。与战略内容研究和主导范式中的“微观基础”运动相呼应，这种对战略实践的强调把研究的焦点投放在构成战略过程的具体活动（activity-based view）之上（Johnson 等，2003）。在 20 世纪 80 年代、90 年代和 21 世纪初，每隔一段时间文献中都有比较全面的战略过程研究的总结和梳理。对战略过程研究感兴趣的读者，请参阅如下文献梳理和总结文章（Huff 和 Reger，1987；Rajagopalan 等；1993；Mintzberg 等，2005）。

十　公司战略：业务组合与总体绩效

（一）企业战略的阶层分类

在战略分析和应用方面，企业的经营战略通常可以被划分为多个层级。最为简单和常用的是关于公司战略（corporate strategy）和业务战略（business strategy）的两分法。前者界定企业的经营范围和主导逻辑，后者应对具体业务的竞争与持续发展。应该说，公司层面的战略管理和具体业务单元的竞争战略，在通常情况下，也是高度融合与紧密镶嵌的。然而，由于公司和业务两级一般管理的实际存在，这种战略分层毕竟具有其一定的实际意义。

当然，如果从业务战略往下走，便是所谓的运营战略（operational strategy）或者更加具体的职能战略（functional strategy），比如营销战略和财务战略。如果从公司战略往上走，有人主张将合作战略或者多个组织之间的网络层面战略（network Level strategy）单独列出（DeWit 和 Meyer，2004）。实际上，从研究的角度来看，合作与网络（乃至生态系统的）分析方法和视角可以同时应用于公司战略和业务战略的考量中。在实践中，企业的任何外部行为，无论任何形式的结盟与合作，也都可以被看作公司总体战略的一部分。

另外，在最早的战略层级分类法中，战略管理学者就已经开始关注战略的社会合法性问题。公司战略与业务战略这两层直接与市场竞争相关。而制度层面的战略（institutionalstrategy），则被认为是要应对高于市场层面战略的挑战（Hofer 和 Schendel，1978）。同样，在相关的企业与社会的文献中，Archie Carroll（1979）着重强调了企业社会绩效的重要性，开企业社会责任（corporate social responsibility，CSR）研究之先河。

（二）公司战略：多元化、纵向一体化与全球化

我们首先看多元化战略。在 70 年代，Rumelt（1974）针对美国《财富》500 强企业的研究，印证并拓展了钱德勒的开创性工作。在整个 80 年代，Rumelt（1974，1982）对多元化战略分类法及其对企业内部业务之间相关性（relatedness）的重视，对几乎所有的多元化战略的研究产生了广泛而深远的影响。在多元化程度的测度方面，Palepu 对熵（entropy）的应用乃是 Rumelt 多元化战略分类法之外的另外一个重要测量指标。

与 Rumelt 相互应，Teece（1980）以及 Wenerfelt 和 Motgomery（1986，1988）都强调了多元化战略中专注与聚焦之重要性。Teece（1980）首次将范围经济的概念引入多元化战略的探讨。Wernerfelt 和 Motgomery（1986）注重有效率（有限度）的多元化战略与外部环境特点之匹配对经营绩效的影响。Wernerfelt 和 Montgomery（1988）则展现了产业聚焦（industry focus）对于经营绩效的正面影响。

在理论层面，Prahalad 和 Bettis（1986）提出了主导逻辑（dominant logic）的概念，强调企业多元化业务之间管理逻辑相同或者相似的重要性。这将 Rumelt 的相关性假说从业务操作层面的相关性提升到公司总体战略层面（业务之间）的管理相关性。同样，Teece 等（1994）认为采取多元化战略的企业应该在公司层面保持某种总体一致性（corporate coherence），尤其是在选择和界定其业务范围的时候。以此观之，在推崇“业务有限相关多元化”的背后，还有更深层次的公司层面的总体考量，无论是主导逻辑、总体一致性，还是所谓的核心竞争力。

早在60年代，战略管理学者就已经开始把多元化战略的研究拓展到国际竞争的大视野之下。Fouraker和Stopford（1968）将钱德勒命题（结构跟随战略）应用到跨国公司的研究中，探讨组织结构与跨国战略的匹配问题。Geringer等（1989）同时考察了跨国公司多元化和国际化对绩效的影响。Hitt等（1997）则考察了国际化程度与业务多元化之间的交叉效应和各类非直线效应。针对多国化程度（multinationality）与企业绩效的关系，Lu和Beamish（2004）提出了三阶段的S-curve效应。

有关不同时期对于多元化战略一般性和总体性研究的回顾与总结，请参阅Ramaujam和Varadarajan（1989）、Montgomery（1994）和Palich等（2000）相关文献。有关国际化和全球化战略，请参阅Ghoshal（1987）和Yip（2001）相关文献。

企业的纵向一体化（vertical integration）也是公司战略的重要考量要素之一（Klein等，1978）。所谓的make or buy选择（Williamson，1975）主要涉及企业边界的界定，受到市场不确定性（Harrigan，1985）、技术不确定性（Balakrishnan和Wernerfelt，1986）以及组织能力（Argyres，1996）等多种因素的影响。

（三）多元化的道路：并购与兼并

与多元化战略和纵向一体化战略不可分割的一个话题是企业间的并购与兼并（merger & acquisition，简称M & A）。从组织管理的视角来看并购与兼并的问题，Haspeslagh和Jemison（1991）是战略管理研究者中的重要典范。他们注重M & A的过程管理以及从保持和增强公司能力的角度来考察是否需要整合以及如何整合。

Porter（1987）给出了M&A的三大准则：产业吸引力，价钱合适，双方至少一方有增益。来自欧洲的学者，在研究母公司与子公司之间的关系时则强调二者之间的匹配，所谓的母合效应（parenting advantage）（Goold等，1994）。对于并购的过程和节奏，最近时兴的所谓实物期权（realoption）是一个有益的分析视角和决策方法（Kogut和Kulatilaka，2001；Adner和Levinthal，2004）。

（四）合作战略：战略联盟与关系租金

企业间的合作战略（cooperative strategies）、企业间的战略联盟（strategic alliances）、企业在其社会网络（social network）和生态系统（eco-system）中的定位等话题，可谓公司层面战略的重要领域和维度。Hamel（1991）认为战略联盟中企业之间的关系主要是学习上的竞赛，在于一个企业如何快速地从对手那里学习自己所需的东西。Das和Teng（2000）则从资源本位企业观的视角来考察战略联盟形成的动因、过程、结构和绩效，强调在联盟中获取关键资源的重要性。

对于战略联盟的研究，一个至今影响广泛的方法便是社会网络分析法，不是把企业看成一个简单的个体，而是一个社会网络上的节点或者一对一的关系组合（dyads）。Gulati（1998）以及Gulati等（2000）对于战略网络的研究是这一研究领域的主要标杆。而这一领域有关合作战略之最重要的研究贡献，当首推Dyer和Singh（1998）关于关系租金（relational rents）的工作。他们认为，企业的优异绩效主要来自与具体的合作伙伴双方特定的合作关系中产生的独特的贡献，比如针对合作构建和共享的特定资产、知识互享的常规实践、互补的资源和能力以及有效的治理结构等。

作为战略联盟的一个具体形式，合资企业也一直是战略管理领域的一个重要话题。有关合资企业的研究，包括其形成动机、管控方式、运作模式、结构稳定性与经营绩效等，请参阅 Kogut（1988）、Inkpen 和 Beamish（1997）相关文献。

（五）政治战略与社会责任：动机与结果

随着国际化进程的不断加速，以及人们对可持续发展的日益关注，对企业的社会责任（CSR）的研究也在逐渐升温。在关注企业利润的同时，大家越来越重视企业在社会责任方面的表现（Carroll，1999；Carroll 和 Shabana，2010）。同时，大家也注意到了企业的社会表现与经济利润的关系（Aupperle 等，1985）。Aupperle 等（1985）的实证研究并没有发现社会绩效和经济绩效有任何显著的关系。Waddock 和 Graves（1997）则发现企业的社会绩效与前期的经济绩效以及其后的经济绩效都是正相关关系。相信新的研究结果将会不断涌现。

在介绍战略过程时，前面曾提到有关企业政治战略的研究（Hillman 和 Hitt，1999）。一般而言，企业的政治战略主要在公司总体战略层面统一协调。进入 21 世纪，对企业政治战略的研究也是不断增强（Hillman 等，2004；Jia，2014）。已经有足够的研究文献支撑了 Lux 等（2011）对企业政治战略活动之诱因与结果的元分析（Meta-Analysis）。而且，研究者也越来越关注企业政治战略与其社会责任表现的交叉与融合（Wang 和 Qian，2011）。

（六）战略与创业：创业型战略还是战略性创业?

另外一个公司层面的话题，是企业内的创业创新（internal corporate venturing 或 intrapreneurship）（如 Burgelman，1983，1994，1996）以及公司层面总体的创业与创新管理（corporate entrepreneurship strategy）（如 Ireland 等，2009）。同时，由于战略管理学科的日益成熟，更多的战略管理学者逐渐地转向 entrepreneruship 的研究。一个新的范式“战略创业”（strategic entrepreneurship）开始涌现出台（如 Hitt 等，2001；Ireland 等，2003）。Strategic Entrepreneurial Journal 的创立更是促进了这一细分领域的研究进程。

十一　业务战略：从竞争战略到商业模式

（一）业务战略：是否影响经营绩效

业务战略（business-level strategy）主要指的是业务层面的竞争战略，包括如何应对竞争（比如 Miles and Snow typology）以及如何获取和保持竞争优势（比如 Porter 的基本竞争战略）。20 世纪 70 年代，在战略管理学科发展的早期，业务战略的研究主要聚集在与 PIMS 相关的实证检验。进入 80 年代，大家对波特基本战略作为战略群组的分类基础（Dess 和 Davis，1984）以及作为竞争优势的来源（如 White，1986）对经营绩效的影响进行了各类检验。Dess 和 Davis 的研究结果表明，执行任何三个基本战略之一的企业绩效要高于没有清晰基本战略（stuck in the middle）的企业。White 则发现：成本领先战略在低自主权的业务单元对 ROI 有正效应；业务单元内不同职能间的协同和整合则会提升差异化战略对销售增长的贡献。

（二）战略群组：存在与影响

战略群组的研究也对企业的竞争战略研究作出重要贡献。介于产业结构和企业行为之间，战略群组这一“产业内”结构概念，在一定程度上解释了某些战略相似和相同企业之间绩效的趋同。也就是说，战略群组间的差异大于群组内企业间的差异（Figenbaum 和 Thomas，1990）。而且，由于产业内战略群组之间流动壁垒（mobility barriers）的存在（Caves 和 Porter，1977；Porter，1979），战略群组的成员归属通常会被认为是相对稳定的。

主要是基于资源本位企业观的逻辑，Barney 和 Hoskisson（1990）对战略群组是否真正存在保持怀疑的态度，认为企业的独特性和异质性也许是解释绩效差异的更有效的指标。比如，Cool 和 Schendel（1987）发现不同群组间的市场份额虽有较大的差异，但利润率上并没有明显差异。后来的研究，结合 RBV 的观点，倾向于认为群组内企业自身的独特性和异质性对绩效的影响大于战略群组的影响（Short 等，2007）。

Reger 和 Huff（1993）认为战略群组主要是一个认知上的概念，企业对不同对手在认知上的理解和把握影响企业间的竞争动态以及产业的演进。请参阅 McGee 和 Thomas（1986）对战略群组研究早期的回顾和总结。Dranove 等（1998）在 90 年代对于战略群组的研究进行了再次总结，对战略群组概念的有效性毁誉参半，将信将疑。

（三）竞争动态：业务战略与公司战略层面的应用

自从 Porter 将竞争动态 competitive dynamics（Porter，1984）的研究引入战略管理领域之后，竞争动态分析也成为业务战略层面的一个重要话题。从竞争的“行动—回应”回合（Chen 和 MacMillan，1992；Miller 和 Chen，1994）到“意识—激励—实力”分析框架（Chen，1996），从小企业与大企业竞争行为的不同（Chen 和 Hambrick，1995）到领先企业与挑战者的争斗（Ferrier 等，1999），对于竞争动态的研究一直持续（Ketchen Jr 等，2004；Chen 和 Miller，2012）。

自 Karnani 和 Wernerfelt（1985）将多点竞争动态分析引入战略管理之后，竞争动态在公司层面的应用以及国际化领域的应用也得以拓展。Gimeno 和 Woo（1999）系统地比较了多点竞争与范围经济对多元化公司绩效的影响。Gimeno（1999）验证了所谓的“互相忍让”假说以及企业在多点竞争中建立“势力范围”（spheres of influence）的重要性。Golden 和 Ma（2003）系统勾勒了企业间互相忍让战略的企业内部组织前提：多市场运作之间的协调与整合。Yu 和 CannellaJr（Yu 和 Cannella Jr，2007；Yu 等，2009）将多点竞争的考察引入了跨国公司间的国际竞争之中。请参阅（Yu 和 Cannella Jr，2013）对多点竞争研究的回顾和梳理。

（四）竞争与合作：博弈论的应用

谈到竞争动态，离不开博弈论的贡献。自产业组织经济学从 80 年代逐渐从实证转向理论之际，S-C-P 对战略研究的影响也逐渐让位于博弈论的理论范式和分析方法（Camerer，1991；Saloner，1991）。博弈论的最大影响，大概主要在于合作战略领域，比如影响广泛的竞合（coopetition）概念与框架（Brandenburger 和 Nalebuff，1996）以及战略联盟治理结构的研究（Parkhe，1993）。同时，来自网络理论的借鉴和应用，也同样体现在竞争动态的研究中。比如，Gnyawali 和 Madhavan（2001）用结构镶嵌方法来分析合作性网络与竞争动态的关系。

（五）竞争优势：业务战略研究的因变量

自 Porter（1980）引入产业分析和基本竞争战略之后，Porter（1985）聚焦于竞争优势的探究。与 RBV 一样，Porter 的研究注重可持续竞争优势（sustainable competitive advantage）的构建。Lieberman 和 Montgomery（1988）则系统地勾勒了先动优势（first mover advantage）以及相关的后发优势。Hill（1997）对“赢者通吃”行业之产业标准形成与操纵的应用型研究，也是极为经典和具有启发意义的。

与超级竞争学说（D' Aveni，1994）一脉相承的是对竞争优势之日渐短期化的研究（temporary competitive advantage）（D' Aveni 等，2010）。这一分支的研究认为在某些行业或者业务上一成不变的持久竞争优势是不可能的，企业必须不断地通过创造新的短期或曰临时竞争优势（transient competitive advantage）来保持自己的持久卓越经营绩效。这与动态能力的主旨也是相同的，企业需要不断地重组其资源与能力组合并更新其业务组合，从而实现企业资源与能力以及快速多变的外部环境之间的动态契合（Teece 等，1997；Eisenhardt 和 Martin，2000）。而所谓的蓝海战略（Kim 和 Mauborgne，2005）则主张规避现有竞争，通过精准定位进行价值创新，从而开辟全新的市场空间。

（六）网络时代的竞争战略：商业模式及其他时髦

进入 21 世纪，在全新的网络时代，尤其是移动互联网时代，战略管理的研究与企业经营实践的结合也越来越紧密。像商业模式（business model）这样产生于应用型管理实务文献中的概念，也得到了主流学者的积极拥抱。最早的贡献来自 Amit 和 Zott（2001）对电子商务中商业模式的解读。战略大家 David Teece（2010）也对商业模式的应用和创新青睐有加。无论你怎么看待战略与商业模式的关系，有一点是共同的，那就是二者关注的最终焦点都是卓越的价值创造。有关商业模式在战略管理文献中的应用与探索，请参阅 Zott 等（2011）的回顾与梳理。

与商业模式相关的概念，比如生态系统（ecosystem）（如 Moore，1997；Adner 和 Kapoor，2010）、互联网时代的战略（strategy and the internet）（如 Porter，2001）、平台战略（platformstrategy）（如 Cennamo 和 Santalo，2013）以及分享经济（sharing economy）（如 Cusumano，2015）都为新时期战略管理的研究提供了广阔的空间和崭新的契机。这也为新近参与到战略管理领域的来自中国的学者提供了与主流社区学者一起同步竞争的可能。

（七）理论的系统整合：任重道远

至此，本文只是相对机械地介绍和评论了一些较为重要的学说、命题、研究分支和重要贡献。实际上，在对具体的战略现象和问题的研究中，按照狭隘的视角和独特的方法本身去解读肯定能够产生出一些独到的见解和启发。然而，面对许多鲜活复杂而不确定的问题，单一的视角和方法往往是不够的。因此，也许我们应该更加注重理论的整合以及多视角和多方法的研究应用（Jemison，1981），比如经济学与组织行为学和社会学理论的共同应用（Hansen 和 Wernerfelt，1989；Zajac，1992；Poppo 和 Zenger，1998）。

另外，多层次和跨时段的分析方法也会为更加全面和精准地产出并解读研究结果作出有益的贡献。比如，在研究经营绩效的决定时，到底是产业的影响大（Schmalensee，1985），公司的影响大（Bowman 和 Helfat，2001），还是业务单元的影响大（Rumelt，1991）？样本的时间跨度和对时间效应的不同处理方法（比如静态与动态方法）会怎样影响我们的研究结果（Guo，2017）？还有，定性分析与定量分析如何有机地结合？对这些问题的创造性回答将有助于我们构建和检验更为接近战略管理实践之现实的理论学说。

十二　结语

本文相对全面而又简略地回顾和总结了半个多世纪以来战略管理学研究领域从奠基到逐渐走向成熟的发展与演进历程。基于对经典文献和主要流派与学说的梳理，本文对不同时期的主导理论范式以及公司战略、业务战略和战略过程以及高管团队等主要研究分支内的里程碑式的理论创新进行了简要概览与初步解读。同时，本文也对一些跨越多个时段的研究话题和脉络进行了勾勒与捕捉。希望本文的工作对战略管理以及相关领域的学者在领略和解读战略管理领域的全貌与进展时有所助益。毕竟，熟悉经典，也许是任何一个学科理论创新都难以避开的基本功。

尽管在行文过程中，笔者给出了一些自己的评论和解读，但本文的主旨在于尽量原本地呈现文献本身的风貌和精彩。而且，由于篇幅所限，不能够充分地就每个研究专题的前沿状态和未来发展进行更加详尽的昭示和畅想。关于战略管理领域主流研究社区经典和热点研究专题的梳理和展望，且容后续专文探讨。

参考文献

Amit R., Zott C., "Value Creation in E-business", *Strategic Management Journal*, 2001, 22 (6-7), pp. 493-520.

Ansoff H. I., *Corporate Strategy*, New York: McGraw-Hill, 1965.

Barney J. B., "Firm Resources and Sustained Competitive Advantage", *Journal of Management*, 1991, 17 (1), pp. 99-120.

Barney J. B., "Strategic Factor Markets: Expectations, luck, and Business Strategy", *Management Science*, 1986, 32 (10), pp. 1231-1241.

Burgelman R. A., "Fading Memories: A Process Theory of Strategic Business Exit in Dynamic Environments", *Administrative Science Quarterly*, 1994, 39 (1), pp. 24-56.

Chandler Jr A. D., *Strategy and Structure*, Cambridge, MA: MIT Press, 1962.

Eisenhardt K. M., "Making Fast Strategic Decisions in High-velocity Environments", *Academy of Management Journal*, 1989, 32 (3), pp. 543-576.

Grant R. M., "Toward a Knowledge-based Theory of the Firm", *Strategic Management Journal*, 1996, 17 (S2), pp. 109-122.

Hambrick D. C., Mason P. A., "Upper Echelons: The Organization as a Reflection of its Top Managers", *Academy of Management Review*, 1984, 9 (2), pp. 193-206.

Hitt M. A., Ireland R. D., Camp S. M., et al., "Strategic Entrepreneurship: Entrepreneurial Strategies for Wealth Creation", *Strategic Management Journal*, 2001, 22 (6-7), pp. 479 – 491.

Jarzabkowski P. , "Strategy as Practice: Recursiveness, Adaptation, and Practices-in-use", *Organization Studies*, 2004, 25 (4), pp. 529 – 560.

Miles R. E. , Snow C. C. , *Organizational Strategy, Structure, and Process*, New York: McGraw-Hill, 1978.

Mintzberg H. , "Patterns in Strategy Formation", *Management Science*, 1978, 24 (9), pp. 934 – 948.

Nonaka I. A. , "Dynamic Theory of Organizational Knowledge Creation", *Organization Science*, 1994, 5 (1), pp. 14 – 37.

Porter M. E. , *Competitive Advantage*, New York: The Free Press, 1985.

Porter M. E. , *Competitive Strategy*, New York: The Free Press, 1980.

Prahalad C. K. , "Hamel G. The Core Competence of the Corporation", *Harvard Business Review*, 1990, 68 (3), pp. 79 – 91.

Rumelt R. P. , *Strategy, Structure and Economic Performance*, Cambridge, MA: Harvard University Press, 1974.

注：由于篇幅所限，这里仅列出部分参考文献，完整的参考文献链接如下：http://mp.weixin.qq.com/s/TNckNfa7gmsokjncHpitAg; http://mp.weixin.qq.com/s/QEoQUirDl0DpTyFhLSh4Jg.

组织化人力资本研究探析与展望

——基于战略管理的视角*

李新建　李　懿　魏海波**

摘　要：人力资本的组织化即个体层面的知识、技能、能力等人力资本向组织层面人力资源的聚集和转化，这种聚集和转化过程使得组织化人力资本打上了组织的独特烙印，具有不可模仿和替代并且能够根据组织特定的战略目标进行动态调整的特征，构成了组织竞争优势的重要来源，能够为组织达成战略目标、实现价值增值作出贡献。本文在梳理了经济学、心理学、教育学和管理学对人力资本理论发展的研究贡献的基础上，系统归纳了组织化人力资本资源管理的理论框架与核心观点，侧重评介了人力资本在揭示战略人力资源管理及组织绩效提升"黑箱"机制中的作用研究，关注了组织人力资本池的构建及战略匹配与冗余机制，以及人力资本资源涌现与组织人力资本资源的转化及形成过程，并概括了研究启示和未来研究方向。

关键词：人力资本；KSAOs；战略人力资本管理；人力资本池；人力资本资源涌现

中图分类号：F270　**文献标识码：**A　**文章编号：**1001－4950（2017）01－0042－14

一　研究背景与问题的提出

20世纪60年代初期，舒尔茨、贝克尔等经济学家提出了人力资本这一重要的理论范畴，开创了新的研究领域。一般认为，舒尔茨（1961）从宏观层面揭示了人的素质提高在经济增长和社会发展中的重要作用，解释了"二战"之后西方经济迅猛发展的深层原因；而贝克尔（1964）则从微观层面探索了人力资本的性质与构成，揭示了人力资本投资的基本准则和内在驱动力。学术界对人力资本的关注较长时间拘囿于经济学、心理学及

---

* 基金项目：国家自然科学基金面上项目（71372095）。本文原载《外国经济与管理》2017年第1期。

** 作者简介：李新建，女，南开大学商学院教授，博士生导师；李懿，女，南开大学商学院博士研究生，河北北方学院经济管理学院讲师；魏海波，男，南开大学商学院博士研究生 。

教育学等领域，而后步入管理学领域，开辟了企业和人员管理的应用空间。近20余年来，在资源基础观（resource-based review，RBV）、组织动态能力（dynamic capabilities theory，DCT）等理论的启迪下，人力资本更多地进入了战略管理学家的视野。

依据资源基础理论，人力资本因具备了价值性、稀缺性、难以模仿性和不可替代性及组织性等特征（valuable，rare，inimitable，and non-substitutable or organizational，VRIN or VRIO）而成为企业有价值的战略资源和组织持续竞争优势的源泉（Barney，1991；Hall，1993；Wright 等，1994；Coff，1997；Boxall，1998）。然而，受微观个体行为分析范式的影响，传统的人事管理思维难以回答如何将普通的人力资源打造成组织所需要的、具备战略特征的人力资本资源。这正是战略人力资源管理所要解答的人力资本的战略价值实现问题（Wright 等，2001），亦是组织情境下的战略性人力资源开发问题。

制度经济学的创始人之一科斯（R. H. Coase），在20世纪30年代末已经从交易费用的角度谈到了人力资本理论在管理中的应用价值，认为其可能是解决企业问题的一把钥匙。从某种意义上讲，人力资本理论的核心是人力资本产权，其实践焦点在于所有权与收益权分离下的投资激励。尽管贝克尔区分了特殊性和一般性的人力资本类型，提出了“谁投资，谁受益”的分配原则，但该观点基于完全竞争市场下的理性投资决策行为分析，没有更多地考虑其他条件下双元或多元投资主体的决策冲突。而在管理实践中，企业很难规避人力资本投资风险，因为企业无法限制住有战略价值人员的流动，也越来越难找到与组织永久捆绑的、高承诺的和具有专属性人力资本特质的员工。这是管理学者和实践者共同面临的难题。

人力资本理论进入战略人力资源管理领域，旨在回答如下问题：如何对这种特殊组织资源的内涵、功能等做出更符合管理学特征的界定；怎样从同质化的人力资源中有效识别出具有战略特征的人力资本资源；以及如何更深层次地揭示在特定组织情境和战略目标驱动下，人力资本资源的获取、评价、开发、保留、激励等一系列相互关联的过程与作用机制。其中，最具挑战性的议题之一是：如何将个体层次的知识、技能、能力等（knowledge，skill，ability and other characteristics，KSAOs），按照特定的战略目标，凝聚为组织化的人力资本集合与组织核心竞争优势的来源。这些议题与组织人力资本池的构建和人力资本涌现（Wright 和 Boswell，2002；Liao 和 Chuang，2004；Takeuchi 等，2007；Nishii 等，2008）即个体层面人力资本向组织化人力资本的聚集和转化密切相关。比较而言，资源基础理论从静态视角辨别了人力资源的战略特性；组织动态能力理论阐述了组织化人力资源的作用逻辑。近年来对人力资本涌现的研究，则从整合的视角，力图揭示个体性质的人力资本向组织化人力资本资源的演化机理。

围绕上述议题，本文旨在沿着人力资本理论近一个世纪左右的发展脉络，比较各学科对该理论的研究贡献，并聚焦于战略管理领域，特别是从资源基础理论、组织动态能力理论及人力资本资源涌现理论的视角，对组织化人力资本这种具有高战略价值的人力资源或称人力资本资源的理论框架、核心观点、作用机理及组织化过程等方面的代表性研究成果做一个系统的归纳与评价，以期为应对互联网和大数据时代组织与人力资源管理的挑战提供研究借鉴。

二　理论沿革及在管理学领域的扩展

人力资本理论起源于经济学，但伴随着其在多学科的应用，其理论体系也在不断地深化与扩展。对它的发展影响较大的，主要有心理学、教育学和管理学科的人力资源开发及战略人力资源管理等研究领域。

（一）经济学的开创性研究

人力资本的思想可以追溯到亚当·斯密的《国富论》（1776），但现代人力资本理论是20世纪60年代初，在西方经济学家求解“经济增长之谜”的背景下创立的，该理论的创立被称为一次“经济史上的革命”（Bowman，1966）。纵观其发展历程，大致经历了古典、现代和当代三个阶段：古典阶段的理论先驱者有亚当·斯密、萨伊、穆勒、马歇尔等；现代理论以舒尔茨的宏观派和贝克尔的微观派为代表；而当代人力资本理论的主要代表人物有卢卡斯、罗默尔、斯图尔特等。

百余年来，人力资本理论作为经济学的分支，取得了长足的发展。其中，贝克尔（1964）的突出贡献在于建立了微观分析的基础。他指出人力资本是个体所拥有的知识、信息、观念、技术和健康等，这些资本形式以个人为载体，由所有者或使用者在权衡成本与收益的基础上决定对其的投资行为。另外，贝克尔区分出企业专用/专属性人力资本（firm-specific human capital）及雇主的通用培训和专业培训投资行为。这是与个体人力资本相互关联但内涵不同的两个概念，为人力资本理论在管理学领域的应用奠定了基础。

（二）心理学和教育学的纵深研究

将人的能力看作特殊资本，分析其在经济增长中的作用，是经济学理论对现实问题的回应。然而，经济学尚不足以揭示人力资本更为本质的特征，心理学家则对此做出了解答。心理学基于个体差异的视角，认为人力资本是个体的知识、技能、能力（abilities）和其他特征等要素的组合（Ployhart 和 Moliterno，2011），这些要素实质为各种能力（competencies）的集成。与经济学关注投资不同，应用心理学侧重于对人力资本的测量，例如，对员工认知能力的测量（Wright 等，1995；Jensen，1998；Schmidt 和 Hunter，1998），对个体的动机、偏好、自尊感、自控能力等非认知技能的测量（Sternberg，1985）等。心理学正是将人力资本抽象到人的能力层面，才使得该理论范畴可进一步细化与解构，能够对个体能力进行结合工作特征的科学度量，从而对员工的岗位能力、工作行为及绩效表现进行有效的评价、开发和管理。相关研究为人力资本理论在管理学，特别是在人力资源开发领域的应用开辟了广阔的空间。然而，心理学太过偏重微观层面分析的特点决定了对个体 KSAOs 的简单识别与聚合难以解释组织层面人力资本的形成、结构以及对组织绩效的提升机制（Ployhart 和 Moliterno，2011），因此，有必要将人力资本研究置于更为广阔的工作和组织情境之下（Kozlowski 和 Klein，2000；Ployhart 和 Moliterno，2011），上升为对更高层面人力资本的价值测度（Ployhart 等，2006；Ployhart 等，2009）。

心理学的研究成果被教育学特别是成人教育领域广泛应用，并受到企业界越来越多的关注，使其学术和实践价值凸显。例如，除了应用于企业常规的人员招募、能力测评、职位配置、技能培训、业绩评价及报酬给付等员工“选、用、育、评、励、留”相关人力资源管理职能之外，又衍生出职业生涯规划、组织学习、管理开发或领导力开发等众多领域，以及为了应对外部环境变化和知识技能员工管理需要所开拓的以社会和组织心理学为基础的压力管理、情绪劳动、团队建设等领域。这些都可归于员工培训和有组织的人力资源开发（organizational human resource development），或广义的组织与人力资源管理体系之下。

（三）管理学的拓展性研究

人力资本理论引入管理学特别是人力资源开发领域之后，不仅为上述管理难题提供了系统的理论诠释，而且从组织层面拓展了人力资本的研究视野。众所周知，传统的人事管理有两大支柱，其一是基于组织架构的职务管理体系，其二是基于职务体系的员工能力体系（KSAOs），但后者是以前者为基础的。这种培训体系的缺陷是难以涵盖企业对员工的所有开发行为，特别是对员工胜任力和敬业度提升的需求；并且忽视了工作情境及员工行为的改变，例如员工跳槽给企业带来的直接和间接损失。对雇主来说，员工的跳槽会提高培训成本，而现实中又很难界定清楚企业对员工的培训是通用性的还是组织专属性的，所以雇主最简单的选择就是对员工提供或不提供培训，人员自制或外包（make or buy）。因此，企业的培训行为选择涉及诸多人力资源管理问题，人力资本理论作为重要的理论工具之一，唤起了对以下学术和实践问题的关注：

其一，从更为复杂的过程和变化视角关注与员工培训和能力开发相关的管理问题。例如，经济学将员工培训作为雇主的投资选择行为，而管理学则将其作为由不同主体参与的技能提升与拓展过程，从而为实践提供了新的注解。员工获得组织提供的知识和技能培训，并不意味着他们一定要在现工作地进行应用（Gielon，1995），培训过程中的各种因素会影响培训后的个体行为。随着时间的推移，员工和组织的行为都可能发生变化，特别是在复杂的外部环境下，个体的职业自主性增强，员工不一定会跟着组织的指挥棒转动，从而加大了职业流动的可能性。在管理实践中，虽然雇主为员工提供培训是必要的生产经营活动，但当人力资本投资的收益不确定时，最大限度地规避由人员流失所造成的培训投资风险的情况也是客观存在的（Knoke 和 Kurle，1999；杨松，2003）。这些问题说明人才“跳槽”和企业间的“挖角”行为，正是人力资本投资的原始困境，是投资风险和产权争端问题在企业管理中的现实反映，需要多视角的理论解释。

其二，拓展了以 KSAOs 为基础的职能管理系统，关注员工综合能力开发。传统的基于工作（职位）的培训体系，主要是基于单一雇主视角的制度安排，忽视了员工的利益诉求。人力资本理论对管理学的最大启示是将员工和雇主（企业）都作为独立的投资者，或考虑成本—收益的理性行动者。因此，如同上文对员工离职的分析一样，如何从员工—企业利益共享的角度重新审视企业的培训开发行为，构建基于两者互惠合作的管理体系，成为当今人力资源管理研究的热点，包括员工的胜任力开发、职业生涯规划、可雇用能力开发、领导力开发等。

其三，深化了人力资本的组织情境和战略视角研究。前文提及，管理学侧重从组织层面关注企业的人力资本投资行为，涉及员工（队伍）技能培训和能力开发中的诸多现实问题，并不断拓展相关的学术研究。例如，从组织资源配置视角关注员工 KSAOs 的开发和员工队伍（working force）的技能开发（Coff，2002；Youndt 和 Snell，2004；Coff 和 Kryscynski，2011），从战略匹配视角考察员工（队伍）能力提升对组织绩效的作用机制，关注不同性质和类别的个体 KSAOs 如何相互作用，聚合、涌现为组织层次的人力资本资源（Hitt 等，2001；Crook 等，2011；Wright 和 McMahan，2011；Ployhart 和 Moliterno，2011）等，都是借鉴相关学科的前沿成果，探讨组织管理中人力资本的形成、转化及战略价值实现问题。

三 战略人力资本管理与“黑箱”机制研究

战略人力资本管理（strategic human capital management，SHCM）① 是人力资源管理发展的新阶段，这一领域的开拓使得人力资本理论填补了中观层次的研究空白，把个体层面的研究升华到组织或单元（unit）层面，同时将员工的能力开发与组织的战略目标密切关联。

（一）人力资源与人力资本的概念融合

战略视角人力资本探索的核心是人在组织价值增值中的作用（Hitt 等，2001），关注人力资本的战略重要性（Wright 等，2014）。在个体人力资本向组织人力资本转化的过程中，个体人力资本经由组织或群体目标平台实现复杂的聚合（Ployhart 等，2014），研究焦点为员工能力、态度、行为等与组织目标之间的关系（Nyberg 和 Wright，2015）。换言之，当个体的人力资本用于实现组织目标时，员工的 KSAOs 也就具有了组织的价值属性和战略资源特征。

基于对人力资本与人力资源研究的整合，一个新概念——人力资本资源（human capital resource）被提出（Wright 等，2014），指基于个体 KSAOs 形成的有助于实现组织目标的个体或单元层次的能力（Ployhart 和 Moliterno，2011）。该概念强调人力资本既不同于一般的人力资源，也不是单纯的个体人力资本，它是在特定的组织目标下，强调为企业而非个体创造收益（Ployhart 和 Hale，2014）的资本性资源，或称组织化的人力资本集成。

（二）人力资本的战略属性

20 世纪 80 年代中期，资源基础理论被应用于战略人力资源管理研究，该理论认为不同组织的绩效差异由组织拥有的资源及资源的异质性决定（Wernerfelt，1984），应从资源特性的角度解释组织核心能力（core competency）和持续竞争优势（sustained competitive advantage）的来源。该理论强调，不是所有的资源都是组织的战略资源，只有那些具有价值性（valuable）、稀缺性（rare）、难以模仿性（inimitable）和不易替代性（non-substitutable）特征的资源，才是组织持久竞争优势的基础（Wernerfelt，1984；Barney，1991）。沿着这样的逻辑，Barney 和 Wright（1998）专门论述了人力资源管理角色及其在组织竞

① 战略人力资源管理与战略人力资本管理是两个不同的概念。所谓战略人力资源管理（strategic human resource management，SHRM），就是通过对人力资源管理的战略化设计，使得人力资源管理和组织战略一致，各种人力资源管理活动间协同和一致，通过全员对人力资源管理的参与和支持，实现组织的长期绩效和竞争优势（张正堂，2012）；战略人力资本管理（strategic human capital management，SHCM）是人力资源管理发展的新阶段，关注的是组织或单元层面的人力资本（个体人力资本经由任务目标平台进行的复杂组合或合成），同时将员工的能力开发与组织的战略目标密切关联。

争优势获取中的作用，构建了 VRIO（value，rareness，inimitability，organization）框架，其中“O”（组织）特指人力资源管理实践所具有的组织性特征。Barney（2001）进一步指出，企业将战略建立在具有路径依赖性、因果模糊性、社会复杂性的无形资源基础之上，才有望获得更好的组织绩效。

资源基础理论为战略人力资源管理提供了理论支持（Wright 等，1994；Lado 和 Wilson，1994；Jackson 和 Schuler，1995；Wright 等，2001），也为从战略视角探讨组织化的人力资本提供了新思路。首先，强调战略资源的价值在于其异质作用的发挥（Barney，1991；Chatterjee 和 Wernerfelt，1991），非战略资源因很容易被模仿和替代，不能形成组织的竞争能力（Hult 等，2003），但当组织内外部环境发生变化时，战略资源与非战略资源之间可以相互转化（Barney 和 Wright，1998）。其次，人力资源作为组织的一种资源，只是人力资本的原始或初始形态，人力资本才是最具战略价值的那部分人力资源。具体而言，前者反映了劳动力的同质性或数量水平，后者体现了劳动力的异质性或质量水平（李建民，1999），两者的转化有赖于人力资源开发。通过开发所形成的个体人力资本形式为 KSAOs，群体人力资本形式为组织的能力资源或能力资本，二者如能很好地转换，则可为组织带来持续的竞争优势（Barney 和 Wright，1998）。最后，强调了组织化人力资本的层次类别、结构差异和战略价值属性。基于不同的目的和属性，组织中的人力资本可做多种划分，亦可根据情境变化进行多样化组合，从而形成具有不同结构特征的资本资源。情境越复杂，越需要形成结构复杂的人力资本，而具有复杂结构的人力资本更凸显战略价值：一般性人力资本只能实现绩效均势（performance parity），产生“正常”水平的绩效（Barney 和 Wright，1998）；具有战略独特性的人力资本才能为组织带来“超常”水平的绩效（Hall，1993；Coff，1997；Cockburn 等，2000）。

（三）战略人力资本与组织绩效提升的“黑箱”揭示

战略人力资源管理研究的核心议题之一是揭示人力资源管理活动对提升组织绩效的重要作用，致力于揭示两者之间的“黑箱”，即探索运行过程的中介要素和中介效应。为此，有多种学术派别之争，可简单分为：普适观下对最佳人力资源管理实践的研究、权变观下对情境因素变动和战略人力资源管理过程的中介机制探讨、构型观下对人力资源结构类别与多重匹配效果的分析等。例如，Lepak 和 Snell（1999，2001）提出了一个战略人力资源管理分析框架：按照员工群体的战略价值和市场稀缺差异，划分出四种雇佣关系与人力资源管理构型，即基于知识的雇佣和基于承诺的人力资源管理构型；基于工作的雇佣和基于生产率的人力资源管理构型；基于契约的工作安排和基于遵从的人力资源管理构型；以及联盟合作与基于协作的人力资源管理构型。Lepak 和 Snell（2001）表示，该种类型划分的最本质依据在于员工所具有的人力资本对组织的可获得或可利用性的不同（Truss 和 Gratton，1994）。他们进一步分析了组织层面人力资本的异质性、稀缺性及价值性之间的关系，认为人力资本存量是区分员工群体及相关人力资源管理差异的基础，也是企业做出“make or buy”人力资源决策的重要依据。尽管一些假设在该研究中没有完全通过实证检验，但是该研究在将人力资本理论与资源基础理论相互融合，将雇佣方式与人力资源管理视角进行交叉，运用构型法对组织内部的员工群体进行结构化和差异化分析，并以此为框架利用多家企业的数据进行实证检验等方面都很有创建，并为战略视角下的组织化人力资本研究提供了借鉴。

针对资源基础理论难以诠释当条件和环境变化时，组织竞争优势不能持续有效（如 Eisenhardt 和 Martin，2000；Wright 等，2001），甚至有可能导致组织陷入“竞争优势陷阱”的问题，一些研究提出应将组织能力囊括在战略资源之中，认为组织能力是指组织配置、整合资源的能力（Amit 和 Schoemaker，1993）。Teece 和 Pisano（1994）提出了以追求资源迅速整合来获得动态环境下企业竞争优势的动态能力理论。其中，“动态”指能够持续保持与环境变化的一致性，这对于变幻莫测的市场至关重要；“能力”注重企业适应、整合、重塑组织内部和外部的技能、资源、职能以匹配变化环境的关键作用（Teece 等，1997）。动态能力理论强调将能力与资源有效区分——资源是静态的，能力是动态的，后者为驾驭前者的能力，尤其是在整合、重构、获取和放弃资源的过程中具备的对复杂市场环境的适应性，也反映了组织在既定的路径依赖和市场位置下获取竞争优势的创新形式（Teece 等，1997）。

近些年来，将动态能力理论应用于战略人力资源管理的实证研究增多，相关研究主要将动态能力作为中介变量，意图解释人力资源（本）管理系统提升组织竞争优势/组织绩效的内在机理，揭示战略人力资源管理的“黑箱”（Becker 和 Huselid，2006；张一弛、李书玲，2008；Wright 和 McMahan，2011）。但这些研究通常针对组织对人力资本的开发管理能力，而不是人力资本本身。例如，Wright 等（2001）指出，技能获取（skill acquisition）或知识管理（knowledge management）能力是人力资源系统驱动的组织动态能力，它通过释放已有员工能力和获取新员工的方式实现，有助于组织适应变化的外部环境，创造良好的绩效。Becker 和 Huselid（2006）将战略实施能力视为重要的动态能力，分析了其桥接差异化人力资源架构（differentiated HR architecture）与企业绩效正向关系的作用。还有一些学者通过对不同行业和类型企业的数据分析，论证了在人力资源（本）开发管理对组织绩效的提升中，企业动态能力所起的中介作用（如 Hsu 和 Wang，2010；王林等，2011；张炜等，2012；林亚清、赵曙明，2013；陈志军等，2015）。

由此可见，人力资本理论与组织动态能力理论的有机结合，深化了战略人力资本研究：从关注人力资源到凝聚组织的人力资本资源；从挖掘静态的战略资源特性到整合组织的战略能力开发；从强调人力资源管理职能转型到致力于组织内外各系统的战略协同等。这些研究显示，聚焦于组织层面的人力资本研究将是战略人力资源管理探讨的新领域或新阶段。

四 组织人力资本池的战略价值研究

企业的人力资本池（human capital pool）是与宏观的劳动力池（labor pooling）有所关联但内涵不尽相同的管理学概念。如前所述，员工个体 KSAOs 是组织人力资本的微观基础，组织化的人力资本是个体 KSAOs 聚集整合的必然结果，这是一个相互作用、不断变化的动态过程。组织人力资本池的形成具有路径依赖性、因果模糊性、结构复杂性等特点，是组织持续竞争优势的根源所在，对其的开发与维护也就具有了战略意义。

（一）组织人力资本池的定义与关注点

经济学对劳动力池的研究由来已久，但大多在劳动力市场或区域、产业劳动力聚集及流动等领域，亦有研究关注外部劳动力池对企业的作用特征和影响效应：第一，产生集聚效应。例如，Mashall（1890）指出劳动力池为企业提供了一个稳定的技术市场，雇主倾向于将企业置于易于找到合适劳动力的区域，而劳动力自然地流向有大量潜在雇主的地方。一些研究证实劳动力的集聚也会产生技术外溢、知识外溢等效应。第二，降低外部风险。劳动力池的存在可以降低企业产品的需求波动或冲击带来的风险（Krugman，1991），有助于提高企业收益、降低工人就业风险。第三，提高企业需求与劳动力供给之间的匹配程度（Helsley 和 Strange，1990），尤其是异质性劳动力在企业的集聚可以提高劳动力的匹配度。因此，企业劳动力池的宏观研究关注如何减少劳动力配置的外部风险、提高匹配效率等。

组织人力资本池研究借鉴了经济学的逻辑，但重点探讨如何对企业内部的人力资本进行有效的配置、开发和调控以实现组织目标。Wright 等（1994）首次将人力资本池界定为组织劳动力所有技能的集合，但学术界对此存有不同观点。比较静态和狭义的界定认为，人力资本池是指企业员工队伍（worker force）KSAOs 的整体状态，包括规模、结构和水平等；从广义和动态上讲，除了组织成员的能力资源之外，人力资本池还应包括组织的人员配置、管理过程和调控机制，乃至与外部劳动力市场的关系等。这种划分类似于对人力资源（本）与人力资源（本）管理的区分。但将人力资本池建设作为满足组织当前和未来需要的战略支持系统已成共识。

（二）组织人力资本池的开发与战略价值实现

组织人力资本池的早期研究聚焦在人员盘点、岗位配置和人力资源规划等管理环节，进入战略人力资源管理研究阶段后，则开始与人力资源开发、组织学习及知识员工管理、人力资本涌现等方面研究汇合。从一定意义上讲，人力资本池既可显示特定组织在某一时刻所拥有的员工技能存量（stock），包括组织所需要的知识、技能和能力等的集合（Wright 等，2011），也可体现由员工体内嵌入的 KSAOs 在组织层面的交织所形成的动态结构、变化结果或生成过程。

越来越多的研究证实：由高技能构成的人力资本池离不开组织独特的人力资源实践系统（Wang 等，2011），与组织目标相容的各种开发管理行为直接影响组织人力资本的形成与积累（Snell 和 Dean，1992；Barney 和 Wright，1998；Lepak 和 Snell，1999；Huang，2003）。这是因为人力资源实践系统符合时间压缩不经济性（time compression diseconomies）等特点（Dierickx 和 Cool，1989），促成了人力资本池的形成路径模糊性与结构复杂性等组织专属特征，使得竞争对手很难模仿，故亦成为组织核心竞争优势的重要来源。

此外，人力资本池作用的发挥还体现了一系列价值实现和人际互动过程，表明对其的建设不仅是为了满足组织对员工技能的配置和变化需求，还需要侧重于员工的情感管理与行为激励。技能仅是个体行为的基础，技能的价值必须通过其载体——员工符合组织要求的行为才能实现，两者的有效匹配是人力资本池价值创造的关键。依据产权理论，人力资本的最终所有者是员工，在特定的契约关系下，组织只能拥有个体人力资本的部分使用权、处置权和收益权等。在管理实践中，组织只有与员工建立良好的合作关系，使员工期望与组织期望相一致（张正堂，2012），方能有效发挥员工自发的与组织目标相一致的行为（Macduffie，1995）和绩效表现，这一点对知识员工和高技能员工管理尤为重要。

（三）组织人力资本池的匹配与冗余逻辑

战略人力资源管理的首要作用就是促进人力资源与竞争环境之间的动态匹配。在稳定的、可以预测的环境里，组织通过开发技能狭窄或结构单一的人力资本池就可以满足匹配需求；而在动态和不确定的环境中，则需要通过人力资源实践系统来不断拓展和及时更新人力资本池，以保证员工拥有广泛的技能从事多样化活动。持续的匹配需要开发柔性化的组织及管理系统来予以实现。从某种意义上讲，人力资本池建设体现了柔性组织的本质特征及其所具有的资源冗余逻辑。因此，战略人力资源（本）管理必须要满足匹配与冗余的松散耦合，以实现与组织目标的动态匹配（孟繁强，2010；Wright 等，2011）。

具体而言，战略人力资源管理的匹配逻辑认为特定的组织战略需要独特的员工能力组合，以降低组织不确定性和复杂性；而匹配所带来的过度确定性又可能使组织遗失“变革的基因”（孟繁强，2010）。Erickson（2006）指出“强匹配”容易使组织过于保守、过度刚性和停滞不前。这是因为匹配逻辑下的“时滞效应”可使人力资源管理偏离组织战略目标，导致员工能力因无法满足组织需求而逐渐耗散。冗余性资源是指超出实际需要而保存在组织内部并被个人或小团队控制的资源，用于应对环境变化的冲击（Bourgeois，1981）。可见，人力资本池的功能除了满足当前组织对员工能力的需求之外，还要借助能力储存和积累应对环境复杂性和不确定性所带来的风险。尽管在刚性匹配逻辑下，组织留有的“冗余资源”可能会增加无效的配置和管理成本，但当需要具有应对外部环境的快速反应能力时，人力资本的储备就必须超越现有的组织战略，以形成组织潜在的持续竞争优势。

在网络化情境下，理想的人力资本池应是一个内外开放的系统，能够及时自我更新和与外部组织及市场持续互动。就内部管理而言，低绩效者的退出或不适合者的离职有利于优化组织人力资本池结构（Kwon 和 Rupp，2013）；新人员的进入，有助于提高人力资本池的质量（Pfeffer，2001）。亦可通过建立组织间的战略联盟来分享人力资本（Lepak 等，2003），及时汲取外部的稀缺劳动力资源，以满足多种任务和工作变化的需要，这些均可视为解决组织资源配置中匹配与冗余矛盾的有效途径。

（四）基于人力资本池的战略管理框架

Wright 等（2001）在其人力资本池定义的基础上，提出了一个联结人力资源管理实践与组织核心竞争力的战略管理框架。该框架以人力资本理论为核心，将动态能力、知识管理和智力资本三大理论板块纳入其中，如图 1 所示。

尽管图 1 不是单纯探讨组织人力资源池建设问题的，但这一框架将多种理论有机融合，系统揭示了战略人力资本管理的内在特征：其一，将单纯的人力资本研究扩展到智力资本和知识管理两大领域，极大丰富了其研究内容，拓展了其研究视野；其二，人力资本成为组织智力资本的核心部分，其内在结构更为丰富，包括个人、组织和社会多个层面；其三，将人力资本从存量的和个体性的资本形态，拓展为与市场和外部环境密切关联的组织化的动态能力概念，强调可通过系统的人员管理实践，达到智力资本与组织战略的全面和动态整合，进而升华为组织的核心竞争力。从某种意义上说，这是一个系统地诠释战略人力资本池形成与运行的理论分析框架。

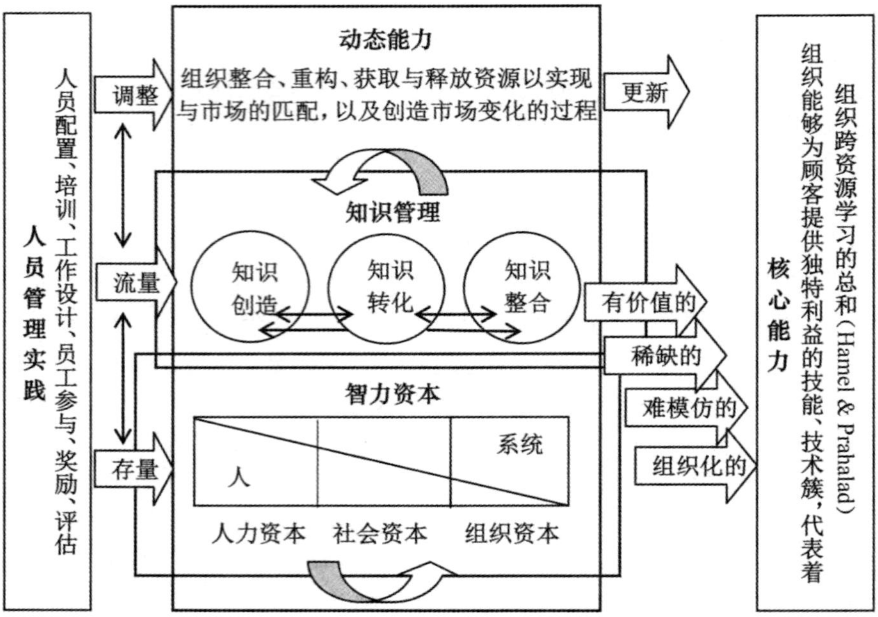

图1　战略人力资源管理整合模型

资料来源：Wright 等（2001）。

五　组织化人力资本资源的涌现机理研究

前文提及，管理学对人力资本的关注是在组织层面，而非个体层面的；组织化的人力资本特指从个体的 KSAOs 涌现产生的群体/单元或组织层面的人力资源（Ployhart 和 Moliterno，2011）。对人力资本涌现的研究，旨在揭示这一转化的过程与机制。

（一）涌现的理论起源及发展

“涌现”的思想源于亚里士多德的“整体大于部分”和歌德的“格式塔变换”两个命题。古典经济学家穆勒将其归纳为两种因果关系，一种是“合成因果”（homeopathic causes），即由同质的原因以合力的原则导致一定的结果，该结果等于诸同质原因分别作用所得结果的总和，表现为由同质定律所支配的因果关系；另一种为“异质效应”（heteropathic effect），其特征是多种原因共同作用产生的结果不等于各原因单独作用所得结果的总和，该种因果关系由“异质定律”所支配。在此基础上，哲学家 Lewes（1875）将异质效应的因果关系称为“涌现”（emergence）。

学科间对涌现有不同的内涵与性质界定，复杂系统科学对涌现的起源和发生机制有更深刻的诠释。早期进化观认为涌现的本质是新关系或新过程的出现（Morgan，1938；Clayton，2004）；当代系统观认为涌现具有复杂系统的性质，是系统中行动者行为总体模式的产物（Stacey，1996），强调整体具有个体所不具有的性质和属性。在行为科学领域，涌现特指个体的认知、情感、行为或其他特质通过个体间的互动作用而发生拓展，并呈现为一种更高层面的集体性质现象（Kozlowski 和 Klein，2000）。根据穆勒的划分，个体聚合为整体的方式分为组合（composition）和合成（compilation）。组合为个体间同质特征构成更高层面的同质属性；合成则指个体间异质特征互补构成更高层面的新属性。Kozlowski 和 Klein（2000）又将它们区分为“局部涌现”和“涌现”，当代涌现理论的核心是探索“涌现”的发生机制。

（二）人力资本资源涌现的内涵与类别

人力资本资源涌现（human capital resource emergence）是将涌现理论应用于组织人力资本研究的一个合成概念，可定义为：个体拥有的 KSAOs 转化成单元层面人力资本资源的过程（Ployhart 和 Moliterno，2011），具体表现为低层面 KSAOs 以“组合”或“合成”方式转变为高层面人力资本资源（Morgeson 和 Hofmann，1999；Ployhart 等，2014）。

对这一过程的阐释如下：员工个体拥有的 KSAOs 是组织化人力资本涌现发生的基础，可分为认知型和非认知型或情境通用型与情境专属型。认知型 KSAOs 一般包括个性、兴趣、价值观等，表明员工愿意做什么（will do）；非认知型一般包括认知能力、知识、技能、经验等，表明员工能够做什么（can do），它通过教育、培训和经验的积累会发生变化（Cronbach，1949；Ployhart 和 Moliterno，2011）。情境通用型可以广泛地应用于不同组织，具有相对稳定性、跨时间和情境持久性等特征（Kanfer，1990；Jensen，1998）；而情境专属型则为组织独有的、不能应用于其他组织的员工能力，不同类型的个体 KSAOs 均具有一定的情境专属性（Kanfer，1990；Jensen，1998）。

在提升组织绩效和竞争优势等目标的驱动下，员工的多种 KSAOs 以交互（interaction）或因果（causal）关系实现两种互补（complementarity）：交互互补是指个体 KSAOs 在协同作用下使人力资本资源价值增大（Schmidt 和 Keil，2013）；因果互补是指一种人力资本资源有助于发展或获取另一种人力资本资源（Ployhart 等，2014）。个体 KSAOs 向单元/组织人力资本的转化，即为跨层涌现过程。在该过程中，个体 KSAOs“放大”成为有价值的单元/组织层面的资本资源，包括同质和异质人力资本资源的跨层涌现，如图 2 所示。

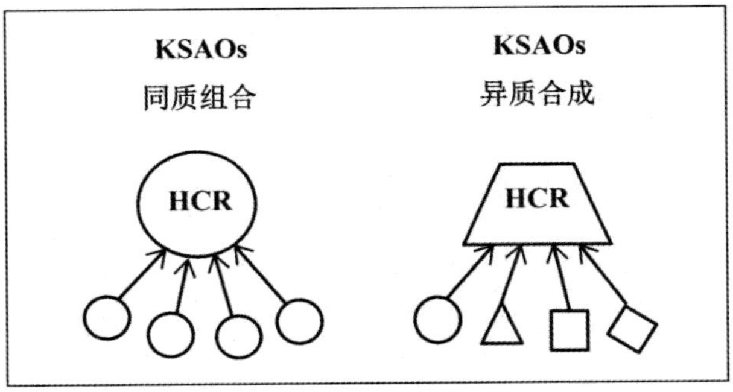

图 2 两种人力资本资源的跨层涌现过程

注：HCR = 人力资本资源（human capital resource）。

资料来源：Ployhart 等（2014）。

图2左侧表示个体拥有的相同类型的KSAOs通过目标任务“组合”形成单元层面的人力资本资源，属跨层涌现的简单形式（Chan，1998；Kozlowski和Klein，2000）。该过程使个体KSAOs经过涌现产生协同增值效应，组合成单元层面的能力（capacity）。右侧表示个体不同类型的KSAOs“合成”单元层人力资本资源的过程，为跨层涌现的复杂形式。该过程使个体层次的能力转变成具备新质的单元/组织资源。该过程使同质性KSAOs通过影响异质性KSAOs形成组织通用型或专属型人力资本，亦可称为异质性和具有战略特征的组织化人力资本资源（Coff和Kryscynski，2011）。但这种转化要以外部劳动力市场的供求状况为前提（Campbell等，2012）。

（三）组织化人力资本的形成过程——跨层涌现

人力资本资源的跨层或多层次涌现是组织人力资本资源形成的核心，受到任务环境复杂性与涌现实现状态等因素的影响（Ployhart和Moliterno，2011）。任务环境复杂性表现为个体间互相依赖和协调的程度，包括员工完成各种任务的时间进度、任务环境的动态性、员工间联结的强度和工作流程结构四个维度（Bell和Kozlowski，2002）。通常情况下，简单的任务要求很少的成员互动，任务环境是静态的，成员间的联结很弱，工作流程为合并式的。复杂的任务则要求集中式的工作流程，团队成员要控制工作节奏，保持与其他成员时间的同步性，任务环境动态，成员间的联结很强，可以产生大量共享信息。涌现实现状态由单元层面的行为过程、认知机制和心理情感状态等因素决定（Kozlowski和Ilgen，2006；Yuan等，2010），它们都会促进或抑制人力资本资源跨层涌现的生成过程，如图3所示。

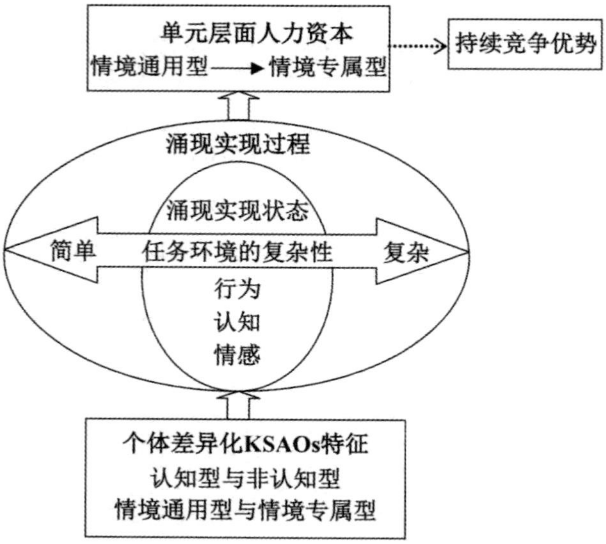

图3 人力资本资源多层面涌现模型

资料来源：Ployhart和Moliterno（2011）。

综上，涌现理论的核心观点是诠释和证明“整体具有部分所不具备的特征、属性或功能等”，即“整体大于部分之和”这一定律。该思想对人力资本涌现的应用有很大启示，也是组织化人力资本研究的基础和目标，对揭示人力资本在提升战略价值及组织核心竞争力中的作用机理有较高的学术和实践价值。但当前该领域的研究仍停留在理论阐述和体系构建阶段，尚未发现更多的聚焦于员工个体人力资本如何跃进为组织人力资本资源的系统研究，特别是实证检验的成果。换言之，组织化人力资本资源的涌现过程和机理，很值得深入挖掘。

六　结论、启示与展望

上述研究述评表明，战略视角和组织化是近年来人力资本研究的主要议题，也将给企业人力资源管理实践以重要启迪，尽管在理论及应用上仍有待拓展与深化。

（一）结论

自经济学开创性地提出人力资本理论以来，人力资本研究不断丰富化。主要表现在：

第一，多门学科对人力资本理论的研究贡献。经济学从宏观和微观视角破解了西方社会“经济增长之谜”，而心理学基于个体差异的视角，揭示了人力资本的本质，并侧重于对人力资本的测量。教育学广泛吸收了心理学的研究成果，特别是将其应用于成人教育领域，例如员工培训、组织人力资源开发等。管理学在上述各学科对人力资本研究的基础上，在组织层面拓展了人力资本的研究范畴，特别是从战略人力资源管理的视角，探讨了组织管理中人力资本的形成、转化及战略价值实现问题。

第二，战略人力资本管理是人力资源管理发展的新阶段，它将对个体人力资本的研究延伸到组织（单元）层面。资源基础理论、动态能力理论等有力地诠释了人力资本的战略属性，并揭示了战略人力资源管理活动与组织绩效提升的“黑箱”机制。

第三，组织人力资本池是组织化的个体 KSAOs 聚集作用的必然结果，其研究重点在于探讨如何对企业内部的人力资本进行有效的配置、开发和调控以实现组织目标，是匹配逻辑与冗余逻辑的动态整合。

第四，涌现理论解释了个体人力资本资源在组织目标与绩效提升的驱动下转化为组织人力资本资源的过程，表现为同质与异质的人力资本资源的跨层涌现。涌现实现过程受到任务环境复杂性与涌现实现状态的影响。

（二）启示

起源于经济学的人力资本理论，在战略人力资本研究中受到了广泛关注，可能是未来的关注点或新的研究亮点，而该领域在近半个多世纪没有本质性的突破，说明其也是一个理论难点。这是因为组织战略人力资本管理同样面临如下问题：其一，对员工人力资本的开发管理如何体现在组织的价值增值上，即达成管理实践与企业绩效的关联；其二，与物质资产一样，组织的人力资产也有损耗和折旧等风险，如何控制风险以获取稳定的人力资本回报（Bhattacharya 和 Wright，2000），关乎各人力资本相关利益主体的持续激励；其三，传统的专属性人力资本（firm-specific human capital）开发及隔离机制难以满足当前时代的要求。如果说，传统组织发展的“长板”在于所拥有的这些以知识和技能的形式存储于每个个体（Coff，1997；Hatch 和 Dyer，2004；Kor 和 Leblebici，2005）的资源，组织依靠它来获取超常规的利润，那么当技术的超速发展打破了组织的内部与外部边界时，组织则不可避免地陷入在信息化和组织网络化情境下，如何将个体所拥有的这些资源有效转变为组织所需要的战略资源的困境？皮之不存，毛将焉附？显然，传统的经济学和管理学的人力资本理论遇到了新问题。

人力资本问题说到底，是能够带来价值的资本与其载体或所有者及使用者之间的关系问题。在新的外部环境下，组织与员工的关系发生了本质的变化，这种变化集中体现在组织与拥有更多知识和技能的智力型员工的关系处理上。在超组织情境下，员工对组织不再有很强的隶属性质，对组织的归属感减弱、承诺感淡化或更为理性。组织运用传统的交易、激励或收买策略，都很难获取对员工拥有的人力资本的使用权和长期价值回报。互联网和大数据推动的知识和技术发展，使得正式培训或有组织的人力资本开发成本日益增高，非正式学习方式更为便捷、低成本和高效率。这一方面可促使个体知识和技能更新加快，人力资本存量增加；另一方面，增量部分中组织专属性的人力资本有可能减弱，从而使得知识员工与组织讨价还价的能力增强，员工“用脚投票”的风险加大。

显然，如同经典经济学理论解决不了组织域境内的人力资本投资和收益难题一样，传统管理学理论也诠释不清跨组织情境下人力资本所有者的保留和激励问题。当前实践中不断推出组织内创业、小微组织创建、长期利益捆绑或股权激励、合伙人制度变革等诸多组织与员工管理变革新政，其实质都围绕一个核心：完善个体人力资本与组织人力资本之间的关系处理及相关利益者平衡机制。只不过在不同的历史情境下，组织所面临的问题、表现及应对手段各异而已。

（三）展望

未来的研究可关注以下议题：

首先，探析人力资本组织化的理论基础及过程机理。战略人力资源管理关注的焦点在于揭示人力资源管理战略价值的“黑箱”机制，人力资本资源“涌现”旨在探究个体人力资本在组织层面的协同聚合效应。未来可尝试将两者进行更高层面的融合。

其次，关注互联网和大数据时代人力资本开发的管理特征与实现途径。应打破拘囿在特定组织情境下的思维定式，探索新型的员工与组织、组织与组织、组织与市场关系，以及这些关系的变化对组织人力资本开发手段与途径的影响。

最后，开拓基于人力资本形态的深化研究。现有人力资本形态的划分主要基于特殊与一般、异质与同质、个体与群体或组织层面的划分等，有过于偏理论、轻实践的倾向。未来可结合现实问题，对人力资本类型或形态做进一步的分解与细化。例如，可将人力资本作为智力资本的一种构成要素，探讨人力资本、组织资本及社会资本之间的关系；探索各种以人为载体的资本结构对组织绩效和企业创新的影响等；寻找中间层次的人力资本及具体形式。例如，介于市场一般技能和组织专属技能之间的职业/专业能力，属于非特殊性或行业性的人力资本类型，这是联结个体—组织—市场三者的一种新型的人力资本资源形态，可探索其在新的组织和市场关联模式中的作用。这些都是很有意义的理论与实践课题。

参考文献

林亚清、赵曙明：《构建高层管理团队社会网络的人力资源实践、战略柔性与企业绩效——环境不确定性的调节作用》，《南开管理评论》2013 年第 2 期。

张一弛、李书玲：《高绩效人力资源管理与企业绩效：战略实施能力的中介作用》，《管理世界》2008 年第 4 期。

张正堂：《战略人力资源管理研究》，商务印书馆 2012 年版。

Barney J. , "Firm Resources and Sustained Competitive Advantage", *Journal of Management*, 1991, 17 (1), pp. 99 - 120.

Barney J. B. , "Is the Resource-based 'view' a Useful Perspective for Strategic Management Research? Yes", *Academy of Management Review*, 2001, 26 (1), pp. 41 - 56.

Becker B. E. , Huselid M. A. , "Strategic Human Resources Management: Where do we go from here?" *Journal of Management*, 2006, 32 (6), pp. 898 - 925.

Chatterjee S. , Wernerfelt B. , "The link Between Resources and Type of Diversification: Theory and Evidence", *Strategic Management Journal*, 1991, 12 (1), pp. 33 - 48.

Cockburn I. M. , Henderson R. M. , Stern S. , "Untangling the Origins of Competitive Advantage", *Strategic Management Journal*, 2000, 21 (10 - 11), pp. 1123 - 1145.

Coff R. W. , "Human Assets and Management Dilemmas: Coping with Hazards on the Road to Resource-based Theory", *Academy of Management Review*, 1997, 22 (2), pp. 374 - 402.

Coff R. W. , "Human Capital, Shared Expertise, and the Likelihood of Impasse in Corporate Acquisitions", *Journal of Management*, 2002, 28 (1), pp. 107 - 128.

Coff R. , Kryscynski D. , "Drilling for Micro-foundations of Human Capital-based Competitive Advantages", *Journal of Management*, 2011, 37 (5), pp. 1429 - 1443.

Crook T. R. , Todd S. Y. , Combs J. G. , et al. , "Does Human Capital Matter? A Meta-analysis of the Relationship between Human Capital and Firm Performance", *Journal of Applied Psychology*, 2011, 96 (3), pp. 443 - 456.

Eisenhardt K. M. , Martin J. A. , "Dynamic Capabilities: What are They?" *Strategic Management Journal*, 2000, 21 (10 - 11), pp. 1105 - 1121.

Hatch N. W. , Dyer J. H. , "Human Capital and Learning as A Source of Sustainable Competitive Advantage", *Strategic Management Journal*, 2004, 25 (12), pp. 1155 - 1178.

Hitt M. A. , Biermant L. , Shimizu K. , et al. , "Direct and Moderating Effects of Human Capital on Strategy and Performance in Professional Service Firms: A Resource-based Perspective", *Academy of Management Journal*, 2001, 44 (1), pp. 13 - 28.

Huang C. C. , "Human Capital Investment System, Innovation Strategy and Organizational Performance-many Fit Views", *Journal of Management*, 2003, 22 (1), pp. 99 - 126.

Hult G. T. M. , Ketchen Jr D. J. , Nichols Jr E. L. , et al. , "Organizational Learning as A Strategic Resource in Supply Management", *Journal of Operations Management*, 2003, 21 (5), pp. 541 - 556.

Kor Y. Y. , Leblebici H. , "How do Interdependencies among Human-capital Deployment, Development, and Diversification Strategies Affect Firms' Financial Performance?" *Strategic Management Journal*, 2005, 26 (10), pp. 967 - 985.

Kozlowski S. W. J. , Klein K. J. , "A Multilevel Approach to Theory and Research in Organizations: Contextual, Temporal, and Emergent Processes", Klein K. J. , Kozlowski S. W. J

(*Eds.*). *Multilevel Theory, Research, and Methods in Organizations: Foundations, Extensions, and New Directions*, San Francisco, CA: Jossey-Bass, 2000, pp. 3 – 90.

Kwon K., Rupp D. E., "High-performer Turnover and Firm Performance: The Moderating Role of Human Capital Investment and Firm Reputation", *Journal of Organizational Behavior*, 2013, 34 (1), pp. 129 – 150.

Lado A. A., Wilson M. C., "Human Resource Systems and Sustained Competitive Advantage: A Competency-based Perspective", *Academy of Management Review*, 1994, 19 (4), pp. 699 – 727.

Lepak D. P., Snell S. A., "The Human Resource Architecture: Toward a Theory of Human Capital Allocation and Development", *Academy of Management Review*, 1999, 24 (1), pp. 31 – 48.

Lepak D. P., Takeuchi R., Snell S. A., "Employment Flexibility and Firm Performance: Examining the Interaction Effects of Employment Mode, Environmental Dynamism, and Technological Intensity", *Journal of Management*, 2003, 29 (5), pp. 681 – 703.

Liao H., Chuang A. A., "Multilevel Investigation of Factors Influencing Employee Service Performance and Customer Outcomes", *Academy of Management Journal*, 2004, 47 (1), pp. 41 – 58.

Macduffie J. P., "Human Resource Bundles and Manufacturing Performance: Organizational Logic and Flexible Production Systems in the World Auto Industry", *Industrial and Labor Relations Review*, 1995, 48 (2), pp. 197 – 221.

Nyberg A. J., Wright P. M., "50 years of Human Capital Research: Assessing What We Know, Exploring Where We Go", *Academy of Management Perspectives*, 2015, 29 (3), pp. 287 – 295.

Pfeffer J., "Fighting the War for Talent is Hazardous to Your Organization's Health", *Organizational Dynamics*, 2001, 29 (4), pp. 248 – 259.

Ployhart R. E., HaleJr D., "The Fascinating Psychological Micro Foundations of Strategy and Competitive Advantage", *Annual Review of Organizational Psychology and Organizational Behavior*, 2014, 1, pp. 145 – 172.

Ployhart R. E., Moliterno T. P., "Emergence of the Human Capital Resource: A Multilevel Model", *Academy of Management Review*, 2011, 36 (1), pp. 127 – 150.

Ployhart R. E., Nyberg A. J., Reilly G., et al., "Human Capital is Dead; Long live Human Capital Resources!" *Journal of Management*, 2014, 40 (2), pp. 371 – 398.

Ployhart R. E., Weekley J. A., Baughman K., "The Structure and Function of Human Capital Emergence: A Multilevel Examination of the Attraction-selection-attrition Model", *Academy of Management Journal*, 2006, 49 (4), pp. 661 – 677.

Ployhart R. E., Weekley J. A., Ramsey J., "The Consequences of Human Resource Stocks and Flows: A Longitudinal Examination of Unit Service Orientation and Unit Effectiveness", *Academy of Management Journal*, 2009, 52 (5), pp. 996 – 1015.

Schmidt J., Keil T., "What Makes a Resource Valuable? Identifying the Drivers of Firm-idiosyncratic Resource Value", *Academy of Management Review*, 2013, 38 (2), pp. 206 – 228.

Teece D. , Pisano G. , "The Dynamic Capabilities of Firms: An introduction", *Industrial and Corporate Change*, 1994, 3 (3), pp. 537 – 556.

Teece D. J. , Pisano G. , Shuen A. , "Dynamic Capabilities and Strategic Management", *Strategic Management Journal*, 1997, 18 (7), pp. 509 – 533.

Wright P. M. , Boswell W. R. , "Desegregating HRM: A Review and Synthesis of Micro and Macro Human Resource Management Research", *Journal of Management*, 2002, 28 (3), pp. 247 – 276.

Wright P. M. , Coff R. , Moliterno T. P. , "Strategic Human Capital: Crossing the Great Divide", *Journal of Management*, 2014, 40 (2), pp. 353 – 370.

Wright P. M. , Dunford B B, Snell S. A. , "Human Resources and the Resource Based View of the Firm", *Journal of Management*, 2001, 27 (6), pp. 701 – 721.

Wright P. M. , McMahan G. C. , "Exploring Human Capital: Putting 'Human' Back into Strategic Human Resource Management", *Human Resource Management Journal*, 2011, 21 (2), pp. 93 – 104.

Youndt M. A. , Snell S. A. , "Human Resource Configurations, Intellectual Capital, and Organizational Performance", *Journal of Managerial Issues*, 2004, 16 (3), pp. 337 – 360.

第四篇

论文荟萃

工商管理·企业管理

【"互联网+"背景下的制度压力与企业创业战略选择——基于滴滴出行平台的案例研究】

蔡宁、贺锦江（浙江大学公共管理学院），王节祥（浙江工商大学工商管理学院）

《中国工业经济》2017 年第 3 期
21.8 千字

"互联网+"背景下的企业创业大量发生在政策管制强的传统行业，企业需要依靠自身的战略行动突破已有制度的约束。制度压力下的企业创业存在"嵌入"与"能动"两种不同的战略选择，已有研究对其内在的选择机理尚缺乏深入剖析。该文以"滴滴出行"在城市交通行业的创业为例，在区分企业层（业务选择）和业务层（业务发展）面对的不同制度压力的基础上，围绕"企业做什么和如何做"两个具体问题，开展典型个案分析。

研究表明：（1）制度压力下的企业创业与传统创业不同，单一效率机制无法解释这一过程中的战略选择逻辑，需引入合法性视角，整合合法性和效率两种机制开展分析。（2）企业层的业务选择上（做什么），当企业创业面对的制度压力较强时，往往遵循合法性机制，为获取合法性，选择进入业务制度压力较弱的业务；当创业合法性得以提升后，企业面对制度压力减弱，将基于效率机制以挖掘和构建制度环境中隐含的创业机会为导向，选择进入业务制度压力较强的业务。（3）业务层的发展战略上（如何做），"嵌入"与"能动"的选择不仅受到具体业务制度压力的影响，还受业务节点上企业家制度能力和场域位置中心性两个情境因素的调节，其水平越高企业越倾向采取"能动"战略。（4）制度压力下企业创业战略"嵌入"与"能动"的二元选择呈现出时间维度上间断平衡和空间维度上结构分离的特征。

该文具有以下理论贡献：（1）为"互联网+"背景下企业在制度压力下的创业行为分析引入了合法性视角。该文发现在强制度约束领域的企业创业，在创业初期就可能需要考虑合法性问题，存在违背效率机制而符合合法性机制的战略行动，对于制度压力下的企业创业研究需要考虑效率机制和合法性机制的综合作用。（2）分析嵌入战略和能动战略，为制度压力与企业战略的研究构建起更为完整的框架，并探索性提出二者在空间维度上的关联。（3）识别出业务制度压力与创业企业战略选择之间的关系悖论，即业务制度压力水平与嵌入和能动战略的选择并非直接对应，需要考虑情境变量的影响。

（董昌娟）

【企业战略选择的情绪基础：基于 IT 服务供应商的多案例研究】

陈诚、毛基业（中国人民大学商学院）

《中国工业经济》2017 年第 4 期
17.2 千字

该文解释了 IT 服务供应商正面或者负面情绪基础通过影响组织运营能力开发最终影响战略选择（探索战略和利用战略）的机制，并进一步解释了情绪基础发挥重要作用的原因在于其影响能力构建的两个子过程：惯例构建和运营能力组装过程。供应商战略选择的实施又反过来影响组织应对动荡环境的经验积累和能力开发。

该文具有以下理论贡献：

第一，定义并操作化了“情绪基础”这一概念，并通过引入“情绪蔓延”从逻辑上推测了情绪从微观（个体）层面发展到宏观（组织）层面的扩散机制。该文对情绪基础的定义和测量填补了现有文献中其定义和测量方式模糊的空白（Hodgkinson 和 Healey，2011），这为后续实证研究提供了更为清晰的概念界定和操作化借鉴，也将对后续的关于情绪基础作用的大样本实证研究起到借鉴作用。

第二，为探讨 IT 服务供应商应对动荡市场的策略和措施提供了新的理论视角：基于战略选择模型，该文不仅呈现了情绪基础的重要地位，还揭示了不同情绪基础对供应商运营能力开发以及战略选择产生影响的机理：（1）现有关于 IT 外包的研究还没有探讨情绪基础在供应商快速决策应对动荡环境时的影响，该文揭示了其作用途径从而填补了这一空白。（2）现有的文献集中在强调个体或团队层面的情绪在组织决策中的重要地位（Voronov and Weber，2016），但这些文献都没有揭示出个体情绪影响组织决策制定和选择的路径与原因。该文填补了这一空白。（3）该研究对 Hodgkinson 和 Healey（2011）提出的情绪基础影响组织战略决策质量的理论进行了深化研究。

第三，揭示了微观基础（情绪基础）影响组织层面战略选择的具体机制和原因，针对 IT 外包情境，对 Eggers 和 Kaplan（2013）的战略选择模型进行了理论深化：（1）描绘了在正面（负面）情绪基础的作用下，使用不熟悉（熟悉）经验构建惯例的过程，补充和完善了 Eggers 和 Kaplan（2013）的模型。（2）细化并拓展了该模型。（3）详细探讨了情绪基础的作用机制，补充了对微观基础的研究（Eggers and Kaplan，2013；Hodgkinson and Healey，2011）。（4）充实了战略管理领域微观基础层面到宏观层面（战略选择）影响机制的研究。

（董昌娟）

【跨国技术战略联盟风险、合作障碍与稳定——跨案例研究】

杨震宁、赵红、徐俪菁（对外经济贸易大学国际商学院）

《经济管理》2017 年第 8 期
13.7 千字

该文通过对华为与摩托罗拉、中国第一汽车集团与德国大众汽车公司建立的两个跨国技术战略联盟进行跨案例比较研究和理论分析，建立了研究命题和理论框架。通过对案例的分析发现：

第一，高技术企业形成战略联盟往往会因为涉及巨大利益而导致联盟存在内部风险。联盟内机会主义行为的出现会引起联盟成员间的警惕和猜忌心理，使得联盟规范性和联盟企业绩效能力降低。联盟内企业因联盟关系系上纽带，企业间形成依赖性，这种依赖性风险对于稳定性影响存在一定的差异性。一方面，企业间的这种依赖性使得企业彼此间形成协同效应，促进企业绩效提升；另一方面，这种依赖性不管是单方面的还是双方面的，其对于联盟制度规范性建设产生消极影响，可能导致单方主导的联盟形式抑或是依赖型双方绕过联盟独立行径。

第二，高技术企业联盟中存在的隐性和显性障碍对于联盟稳定有一定的影响。由于联盟成员预期竞争对手组成战略联盟其本身目的不同，对联盟索求不同，其对于联盟的贡献以及自身获得的收益也不同。不同目标的企业会在联盟中有不同的行径，尤其是目的倾向于收购或兼并的企业，会降低战略联盟的稳定性。而联盟中的运作支持性障碍主要指联盟运作资金充裕性、政府支持性对于联盟的影响。但实证表明，联盟运作支持性障碍对于联盟成员绩效能力的影响并不清晰。

第三，资源共享型和资本分担型合作方式对于联盟稳定性的影响不相同。在使联盟成员间依赖性增强的资本分担型（股权式）合作方式中，合作也更加紧密，使得联盟成员间关系得到了积极调节，削弱了联盟成员间存在的内部风险和障碍对于联盟稳定性的影响。而在资源共享型是非股权式合作方式，强调的是技术、知识、人才的合作，以此种方式建立的联盟在运营上更加独立。而且这种合作方式比较灵活、松散，但当双方合作过程中缺乏信任、出现机会主义倾向时，容易导致联盟不稳定，对联盟成员的关系起到负向调节作用。

（董昌娟）

【网络个体创业者的战略导向与利润的关系——基于淘宝卖家的营销资源异质性分析】

陈转青、董晓舟（上海财经大学国际工商管理学院）

《经济管理》2017 年第 2 期
13.7 千字

该文以淘宝卖家为典型代表来研究网络个体创业者，通过收集 966 个有效淘宝卖家数据，实证研究网络个体创业者的战略导向对利润的影响。该文共检验了四个假设，四个假设均得到数据的支持。研究结论主要有两个：第一，无论是营销资源丰富的淘宝卖家或是营销资源缺乏的淘宝卖家，市场导向对其利润的影响都是正向影响。第二，创业导向对利润的影响会因网络个体创业者营销资源的多少而不同。营销资源缺乏的网络个体创业者的创业导向对利润的影响是正 U 型，但是，营销资源丰富的网络个体创业者的创业导向对利润的影响是倒 U 型。

该文对营销理论的意义：（1）在一定程度上丰富了个体创业者的战略导向文献。现有文献对战略导向的研究集中于企业及企业中的管理者层面，很少对个体层面的市场导向和创业导向进行联合研究，对网络经济环境下个体创业者的战略导向研究尤其缺乏。需要指出，在国家大力推进“大众创业、万众创新”发展战略环境下，对个体创业者包括战略导向的相关研究，较之以往也就显得更加必要与重要。（2）丰富了针对个体创业者战略导向的营销学研究方法。现有的营销研究很少解决内生性问题，该文着力解决以淘宝卖家为个体创业者的战略导向研究的内生性问题，这对至今较少关注个体创业者的战略导向主题下如何解决内生性这一重要问题，在一定程度上加强或补充了当下研究方法的不足。（3）该文充分考虑了个体创业者的异质性。该文采用 Kamakura 和 Russell（1989）提出的潜在类别分析法，成功地分离出两种不同类别的网络个体创业者，并得出不同类别网络创业者对待市场导向的态度上应该是一致的，但不同类别创业者在对待创业导向的态度上，必须有所差别，否则，就会给网络个体创业者带来灭顶之灾。

（董昌娟）

【资源约束框架下业绩反馈与战略调整方向研究——基于中国上市公司的数据分析】

文巧甜（上海财经大学国际工商管理学院），郭蓉（上海应用技术大学经济与管理学院、上海应用技术大学企业战略管理协同创新中心）

《经济管理》2017 年第 3 期
18.9 千字

资源调整是组织的重要战略决策行为，是企业适应不确定性环境获得可持续发展的重要前提。该文基于企业行为理论、委托代理理论等分析了在资源约束框架下的业绩期望差距与战略调整方向之间的关系，尤其探讨了组织治理结构特征，包括 CEO 权力和股权集中度，对两者关系的调节效应。该文利用 2007—2015 年 392 家沪深上市公司非平衡面板样本数据，通过理论分析和实证研究得出以下结论：

第一，业绩期望差距对企业的资源战略调整起到显著影响。当企业的实际业绩低于期望水平时，随着业绩期望落差的扩大，为解决经营困境，企业更愿意采用资源释放型资产剥离决策，而采用资源消耗型并购的可能性减少。

第二，CEO 权力对业绩期望差距与资源消耗型并购战略调整之间起显著调节作用。受管理者自利心理驱动，CEO 在企业面临业绩期望落差时，会通过权力影响使资源消耗型并购的实施动机增强，该结论进一步丰富和证实了“并购成功悖论”的有关研究。

第三，股权集中度对业绩期望差距与资源释放型资产剥离战略调整之间起显著调节作用，即随着企业陷入经营危机，股权集中度越高的企业，大股东在选择企业战略调整方向时表现出更高程度的管家意识，使得采用资产剥离方式改善经营的动机减弱。

该文论述了业绩反馈与公司治理机制对战略调整方向的影响作用，进一步丰富了企业战略选择研究成果，也为企业冒险性行为的驱动力研究提供了新的视角。

（董昌娟）

【可抵押资产、社会网络与商业信用】

唐松（上海财经大学会计学院）

《南开管理评论》2017 年第 3 期
18 千字

以我国 A 股非金融业上市公司 2004—2013 年的数据为样本，作者考察了可抵押资产、高管社会网络在商业信用交易中的作用及其交互影响。研究发现，企业可抵押资产价值的提升有助于商业信用的获取；而高管的社会网络可以起到替代有形抵押资产的作用，降低了商业信用交易中对可抵押资产的依赖程度。总之，研究表明，企业可抵押资产和高管社会网络关系在商业信用交易中具有治理的作用，有助于商业信用交易地顺利进行；有形的可抵押资产和无形的高管社会网络关系之间存在相互替代的关系。

研究结果具有一定的启示：（1）尽管研究表明企业可抵押资产和高管社会网络关系有助于商业信用交易的顺利进行，但需要注意的是，这是在我国现阶段市场经济体制还不够完善这一约束条件下的结果。今后随着市场化机制的逐步完善，通过建立较为完整、透明的企业征信系统，就可以大大降低商业信用交易过程中的交易成本，而不再需要依赖抵押资产或高管社会网络等这些成本较高的治理机制，从而降低企业的融资成本，提高企业的经济效率。（2）研究表明商业信用与银行信贷之间存在互补关系，企业正式融资能力有助于其获取非正式融资的能力。因此，我国需要进一步加深金融的市场化改革，积极改善企业的正式融资渠道，这样才能从根本上缓解企业的融资约束，使企业获得良好的发展。（3）研究表明企业房屋建筑物的市场价值对其正式融资和商业信用融资能力都有显著影响，因此，保持房地产市场的健康发展对于企业保持良好的融资能力有着非常重要的作用。

研究贡献主要体现在以下几个方面：（1）研究结果证实了有形的可抵押资产和无形的高管社会网络之间存在替代关系，拓展了现有研究；（2）间接验证了商业信用与银行信贷之间存在互补关系，揭示企业正式融资能力有助于非正式融资能力获取的背书逻辑，对 Giannetti 等的研究做出补充；（3）在研究设计上，借助房地产价格变化这一外生冲击来衡量企业可抵押资产价值的变化，并进而考察其对企业商业信用融资能力的影响，为宏观经济冲击影响微观企业经营行为的传导机制提供了新的视角和证据。

（郭文）

【制度逃离还是创新驱动？——制度约束与民营企业的对外直接投资】

李新春（中山大学管理学院），肖宵（中山大学中国家族企业研究中心）
《管理世界》2017 年第 10 期
18.2 千字

近年来，新兴经济体企业越来越多地进入发达经济体进行“逆向”投资，这一现象对主流国际商务理论提出了挑战。作者从制度逃离视角切入，研究中国这一全球最大的新兴经济体中的民营企业的对外直接投资（OFDI）行为。研究发现：（1）民营企业处于比较制度劣势和市场弱势地位，由于制度不完备和市场发育不成熟，正式制度和非正式制度约束都会给其本土经营带来相对较高的制度约束和制度成本，其中逃离制度约束是企业进行 OFDI 的重要动因；（2）在面临地区制度约束时，如果企业缺乏政治关联，则会因为企业在合法性和关键资源获取上处于弱势地位，更加倾向于制度逃离；（3）在面临地区制度约束时，企业创新能力是企业实现制度逃离的推动力，会强化地区制度约束对企业制度逃离的正向影响。该文的贡献主要体现在以下几个方面。

第一，验证了制度是影响企业 OFDI 的重要因素。从制度逃离视角出发，讨论中国制度环境对民营企业对外直接投资战略的影响。制度理论与国际商务研究结合得越来越紧密，尤其是在新兴经济体企业的国际化研究中，制度约束给企业带来的高额经营成本和制度压力成为企业进行国际化的重要动因。利用中国特有的制度环境和文化背景，作者验证了制度逃离理论的核心观点：企业的对外直接投资在一定程度上是为了逃避或规避母国不完备的制度约束下的比较制度劣势。

第二，拓展了中国情境下制度约束的维度。已有的制度逃离文献大多关注正式制度层面的约束，却常常忽视了非正式制度方面的约束。作者抓住中国情境下地区关系文化这一非正式制度因素，结合已有文献关注的正式制度约束，同时探究非正式制度约束对民营企业“走出去”的影响。研究结果验证了，不仅是正式制度约束，非正式制度约束也是导致企业进行 OFDI 的重要动因。这拓展了中国情境下的制度理论，同时深化了制度因素在企业国际化理论中的应用。

第三，从动因和动力双重视角考察企业的 OFDI。制度逃离理论聚焦于母国制度约束，分析企业如何因制度压力和制度成本的增加而产生逃离的动机。然而，当面临制度约束意欲逃离时，企业是否具备足够的动力保证其走得出去？现有研究对这一问题的探讨不够深入。作者借助制度逃离理论框架，将动因视角和动力视角整合到同一个分析框架之中，分析并验证了企业的对外直接投资不仅受到动因的影响，同时也需要足够的动力，其中创新能力则是企业进行制度逃离的重要动力之一。动力和能力双重视角的结合使对制度逃离问题的理解更加全面。

（郭文）

【关系嵌入的二元性及其对机会主义基础假设的调节机理研究】

李丹、杨建君（西安交通大学管理学院）
《南开管理评论》2017 年第 4 期
18.3 千字

社会网络与交易成本视角的相互独立，以及关系嵌入的同质性，使合作治理问题的研究遭遇瓶颈。作者明确了关系嵌入和信任在交易成本理论的基础假设“机会主义行为正向影响股权合作模式”中的调节地位，提出关系嵌入的二元性，分析不同类型的关系嵌入与不同类型信任的对应关系及其对基础假设的调节路径。通过收集全国多地378份问卷，采用有中介的调节效应的检验方法进行实证检验。结果表明，经济性关系嵌入部分通过基于威慑的信任强化机会主义行为与股权合作模式之间的关系；而社会性关系嵌入完全通过基于了解的信任弱化上述关系。该研究的主要理论贡献有：

第一，结合交易成本和社会网络视角，将关系嵌入和信任以调节的方式更恰当地引入基于防范成本的合作治理分析框架当中。既弥补了交易成本视角下合作治理分析框架的静态性和片面性，又把关系嵌入和信任对合作行为或者绩效的研究延伸到合作治理模式上，真正实现了新旧视角的融合，为后续构建包含交易特征和关系机制的整合模型提供了全新的思路。

第二，提出关系嵌入的二元性，推进了关系嵌入理论的相关研究。关系嵌入二元性的提出对关系嵌入的性质进行了重要补充。从嵌入性理论的发展来看，嵌入性最早被分为结构嵌入和关系嵌入，前者研究的是合作企业的网络分布和结构，即企业的网络配置问题，后者侧重于联结本身的研究。后来，有研究发现不同强度的联结具有不同的渠道价值，并通过不同类型的知识转移影响技术创新的类型。然而，作者结合交易成本和社会网络视角提出的关系嵌入二元性，将关系联结按照性质划分为经济性和社会性，不同性质的关系嵌入通过不同类型的关系机制尤其是信任机制影响合作治理模式的选择。

第三，由关系嵌入的二元性对应到信任的二元性，将关系嵌入的二元性与现有信任机制的相关理论联系起来，为后续关系嵌入产生的一系列关系机制及其影响力的研究提供了更多可拓展的空间。此外，还进一步探究不同类型的关系嵌入和信任对股权合作模式的作用路径，发现不同的关系嵌入通过不同类型的信任实现对合作模式的差异化调节作用。这一结论为Day等描述的信任发展悖论提供了可能解释。同时，在检验关系嵌入的二元性通过不同的信任对合作治理模式产生不同的作用效果和路径时，也检验了区别度较大且有较强对应关系的关系嵌入和信任的测量指标，成功的指标开发有助于研究的继续推进。

（郭文）

【后发企业如何从追赶到前沿？——双元性学习的视角】

彭新敏等（宁波大学商学院）

《南开管理评论》2017年第2期

18千字

中国企业正在从追赶到超越追赶，甚至走到创新前沿，面临从“追赶者”到“领导者”转型的挑战。双元性学习组合了探索与利用两种不同学习的优势，因而成为后发企业突破超越追赶困境的关键机制。作者通过海天集团1994—2015年技术追赶过程的纵向案例分析，发现后发企业由追赶到超越追赶再到创新前沿转型的过程中，双元性学习由“分隔型双元”向“过渡型双元”再向“自洽型双元”演化，同时技术体制多样性提供的技术方向、市场空间多层次性提供的需求支撑，以及企业能力累积性提供的平台基础共同驱动了这一演进过程。研究结论对技术追赶理论和双元性学习理论都具有一定的贡献。

第一，丰富了后发企业技术追赶的研究。首先，明确了后发企业从“追赶者”到“领导者”的转型机制。在由“追赶”到“超越追赶”再到“创新前沿”递进的两次转型过程中，后发企业双元性学习发挥了极为关键的作用。后发企业在两次转型过程中，双元学习模式由“分隔型双元”向“过渡型双元”再向“自洽型双元”模式演进。这一动态调整和转换的过程，使得企业能够成功跨越不同阶段的追赶陷阱，实现从追赶到前沿的持续转变。这一研究结论将后发企业向技术前沿追赶转型进程进一步深化，丰富了以创新能力为重点的超越追赶阶段的研究。其次，增强了双元性学习理论在后发追赶中的解释力。该研究进一步发现了双元性学习构建的不同模式，以更加长期的视野完整地揭示了后发追赶中双元性学习的动态演化规律。

第二，推进了对技术追赶过程中双元性演化动力机制的理解。立足于后发企业的追赶过程，整合外部环境因素和内部能力因素对双元性学习模式演进的驱动机制进行了考察。研究发现，双元性学习模式演化进程是企业基于技术体制变化提供的“技术方向”、市场空间变化提供的“需求支撑”以及能力累积提供的“平台基础”选择最优的双元性学习模式的过程。进一步地，从初始追赶阶段向超越追赶再到创新前沿阶段，多样化的技术体制、持续扩大的市场空间以及企业自身不断增加的能力累积共同驱动了双元性学习实现模式的演进。追赶情境中的内外部因素与双元性学习演进的有效联系，为双元性模式演进和驱动机制研究提供了新的证据。

第三，深化了双元性学习构建路径的研究。作者在后发企业技术追赶情境下识别出了三种不同的双元性学习模式，即追赶阶段基于联盟的“分隔型双元”，超越追赶阶段基于并购的“过渡型双元”，以及创新前沿阶段组织内部的“自洽型双元”。研究结论打破了以往双元性构建的静态研究限制，从动态演进视角剖析了后发企业在追赶情境中的双元性学习模式演变过程，为深化双元性研究提供了新的方向。

（郭文）

【国有还是非国有？——基于文化的合资伙伴选择】

赵龙凯、陈康（北京大学光华管理学院）
《管理世界》2017 年第 1 期
17.6 千字

作者以 2002—2007 年中国的合资企业为样本，研究合资伙伴的选择是否受到出资国文化特征的影响。研究发现出资国文化特征中的和谐主义与选择国有合资伙伴呈负相关关系，来自于和谐主义更高的国家的跨国企业更倾向于选择国有资本作为合资方，而和谐主义更低的国家的跨国企业则更倾向于选择非国有资本；同时，出资国文化特征对合资伙伴选择的影响受到地区市场化程度的负向影响，当地区的市场化程度较高时，文化特征对合资伙伴选择的作用减弱。进一步的研究发现，国有资本水平对考虑了文化特征的决策模型拟合的最优值的偏离会降低合资企业未来的业绩表现。这也证实了合资伙伴的选择是跨国公司基于一系列包括公司的特征、机构环境以及国家文化等特征的因素综合考量的结果，是公司的内生性选择。

该文的贡献主要体现在：第一，首次对外国公司在国内选择国有资本还是非国有资本作为合资伙伴进行研究。以往关于合资伙伴选择的研究往往是针对合资方的某些特征进行研究，忽略了这种选择往往也是内生决定的，作者着重研究文化特征在选择合资伙伴的某项特征即国有资本还是非国有资本时发挥的作用，一方面丰富了文化特征在跨国公司决策中的研究内容，另一方面也说明了企业在选择合资伙伴的时候决策具有内生性。第二，以中国的合资企业为样本，将所有的合资企业放在同一个制度环境里进行研究，解决了跨国公司研究中的国家个体特征问题。以往的关于文化特征的研究都选用跨国公司样本，因为各个国家除了文化特征之外，经营环境、制度背景也会有很大的不同，这时很难单独地剥离国家层面文化特征这一因素；而选择在中国注册的合资企业作为研究样本，考察文化特征在合资企业决策的影响可以避免不同制度环境的干扰而表现出国家文化特征的真正作用。

研究结论具有如下启示：跨国公司在中国选择当地合资伙伴时，除了需要考虑公司层面、行业层面的相关因素以外，也不能忽视机构特征和国家文化特征在其中的影响。不同文化背景的企业在面临选择国有资本合资还是非国有资本合资时，会有不同的选择。特别是在我国，国有企业和非国有企业是两类互有特点、不同文化的经济部门，跨国公司在中国投资时，不可避免地需要面临国企还是非国企的选择，此时文化特征就是一个需要考虑到的很重要的因素。与此同时，我国的企业要能更好地“走出去”，也需要结合当地的市场机制特征并充分地考虑不同国家间的文化特征差异，选择一个合适的本地合资伙伴对于企业未来的经营发展至关重要。

（郭文）

【中国企业跨国并购的组织合法性聚焦：内部，外部，还是内部+外部?】

程聪（浙江工业大学中国中小企业研究院），谢洪明（浙江工业大学经贸管理学院），池仁勇（浙江工业大学中小企业转型升级协同创新中心）

《管理世界》2017 年第 4 期
18.3 千字

为探讨跨国并购过程中中国后发企业如何响应内部和外部“双元”情境下的组织合法化问题，基于动态演化的视角通过对吉利并购沃尔沃的纵向单案例研究，作者构建了一个跨国并购过程中企业组织合法性聚焦、企业能力整合模式与组织惯例之间关系演变的统合性理论框架。研究表明：跨国并购过程中企业合法性聚焦主要经历了由内部组织情境导向过渡到关注外部组织情境，并最终发展到内外部组织情境并重的演变过程，是一种由“排他型”聚焦到“共生型”聚焦的转变。在这种组织合法性聚焦转变过程中，涌现出了低阶能力整合模式、中阶能力整合模式和高阶能力整合模式等 3 种企业动态能力运用模式。研究还发现，跨国并购过程中低阶能力整合模式更容易导致企业形成弱组织惯例，而高阶能力整合模式促进企业形成强组织惯例的可能性更高。

研究结论对企业国际化中的组织合法性相关研究作出了理论贡献。第一，首次从组织合法性聚焦转变的角度对企业跨国并购过程中行动策略进行探讨。一方面，引入跨国并购过程中企业自身组织合法性聚焦的概念，强调了企业内部合法性是企业达成并购目标的前提条件之一；另一方面，在企业跨国并购所面临的双重组织嵌入情境下，进一步强调了企业并购过程中组织合法性获取是一个“内部+外部”的二元聚焦范畴，并且详细阐述了这种企业组织合法性构建过程是一个由内部聚焦到外部聚焦再到内外部兼顾的合法性聚焦转变过程，这种由“排他型”组织合法性聚焦到“共生型”组织合法性聚焦的过程是企业在东道国实现并购目标的必然选择。该研究结论是对以往有关企业跨国并购过程中重视外部组织合法性研究的有效补充。

第二，回应了 Vaara 和 Monin（2010）有关并购过程中企业组织合法化的阶段性，及其与企业行动策略之间的递归性影响关系。一方面，明确了跨国并购不同阶段的企业组织合法化不仅仅只有内部情境和外部情境两种“对立”状态，还有内外兼顾的“求同存异”状态，并强调了这种内外兼顾型组织合法性聚焦对于企业并购后整合的重要促进作用。另一方面，在 Vaara 和 Monin（2010）的基础上，将并购过程中双方的知识、技术及人才等资源整合过程很好地纳入合法性框架当中，克服了

Vaara和Monin（2010）及Vaara和Tienari（2011）仅仅将这些资源作为支撑条件的研究不足；同时，通过全面分析企业能力整合模式、组织惯例形成与组织合法性聚焦之间的作用关系，进一步深化了Vaara和Monin（2010）关于企业跨国并购过程中组织合法化与企业行为之间作用机制的理论框架。

（郭文）

【企业避税行为与债券信用评级关系研究——基于避税风险观的中介效应视角】

幸丽霞（中央财经大学会计学院），陈冬、林晚发（武汉大学经济与管理学院）

《中国软科学》2017年第12期
7.7千字

资本市场在金融资源配置过程中发挥着关键作用，提高直接融资比重和建立多层次资本市场体系是落实当前供给侧改革的必然要求。推动资本市场健康发展离不开国家政策引导、中介机构培育和企业主体行为规范。作者从债券市场角度检验企业避税行为对债券信用评级的影响，并以2008—2015年上市公司发债数据为研究样本，考察企业避税行为对债券信用评级的影响。发现信用评级机构能够揭示企业避税行为风险，缓解债券市场信息不对称，促进资源优化配置。进一步对内在机制的探讨表明，信息风险在避税行为影响债权信用评级的过程中发挥了中介传导作用。

该文从债权市场角度研究企业避税的经济后果，丰富了企业避税风险观方面的文献，并可为政府部门制定政策完善资本市场功能，规范企业主体市场行为，增强金融服务实体经济能力提供依据。理论贡献归纳如下：（1）企业避税程度越大，债券信用评级越低，且这种关系在避税程度高的企业分组以及本土评级机构组中更为显著。（2）信息风险在企业避税影响债券评级的过程中发挥中介作用。（3）信用评级具有信息含量，且二级市场投资者会参考评级结果衡量债券风险，进而要求相应的风险溢价。

根据上述结论，该文提出如下政策建议：（1）企业避税行为在债券市场中主要体现为信息风险效应，金融监管部门应建立更加完善的信息披露机制，充分发挥债券市场利率机制的调节作用，促进债券融资规模增长和资金配置效率提升，增强债券融资服务实体经济发展的能力。（2）企业避税行为在某种程度上降低了投资者保护程度，财政、税收等部门应完善法律约束体系，提高税收执法力度，合理引导企业遵照税收政策要求规范纳税，以保障投资者利益。（3）深化金融体制改革和促进资本市场健康发展是一个系统工程，市场中介机构发挥着重要的信息传递和监督作用。应进一步加强中介机构培育，从国家和行业层面建立市场化的信用中介机制，以更为准确地反映企业经营情况和市场行为，提升资本市场信息透明度，引导金融资源流向国家政策鼓励的新兴产业和先进企业，促进供给侧结构性改革政策落地。

（赵璐）

【企业家微公益行为对其形象评价的作用机制研究】

黄静、颜垒、袁方（武汉大学经济与管理学院）

《中国软科学》2017年第4期
10.1千字

随着互联网的蓬勃发展和社交网络的兴起，实践中企业家已经不再局限于传统的线下慈善行为，而是借助微博等社交媒体进行线上的微公益慈善活动。该研究根据消费者在企业家发起的微公益活动中所起到的不同作用将微公益活动划分为“群策型捐款”和“群力型捐款”两种类型，并且探讨了这两种类型的企业家微公益行为影响消费者对其形象感知和评价的路径。

结果表明："群策型捐款"能让消费者对企业家有较高的亲和力评价，消费者对企业家社会距离的感知在"群策型捐款"对企业家亲和力评价的影响过程中起到中介作用；"群力型捐款"能让消费者对企业家有较高的能力评价，消费者对企业家高额捐款概率的感知在"群力型捐款"对企业家能力评价的影响过程中起到中介作用。

该文研究结论对企业家如何运用微博与消费者沟通、如何塑造自我形象以及如何提升自我品牌均具有较强的实践意义和应用价值，具体如下：

第一，企业家利用微公益活动有效地提升自我形象。研究表明，企业家发起的微公益活动对其形象评价具有重要的影响，"群策型捐款"侧重于对企业家亲和力评价产生影响，而"群力型捐款"则侧重于对企业家能力评价产生影响。因此，企业家在进行线上微公益活动时，应该结合自身形象塑造的需要，有选择、有意识地发起和传播不同类型的微公益项目，最终实现微公益活动总效用最大化的结果。

第二，企业家在微公益活动中应关注和重视消费者的心理距离感知。研究发现，消费者的心理距离感知（社会距离感知和概率距离感知）在企业家微公益行为对其形象评价的影响过程中起着重要的中介作用，是消费者形成企业家形象感知和评价的决定性因素，所以企业家可以采用适宜的方法来影响消费者心理感知进而影响他们对企业家的评价。企业家可以通过在微公益活动中与消费者的沟通和互动，对消费者进行适当的解释和提醒以及对微公益活动的精心安排和策划等方法对消费者心理距离感知产生一定的影响，便于达到自己预期的活动效果，并且产生与自我设定相吻合的形象评价。

（赵璐）

【破局"千园一面"的文创园区品牌化升级模式】

王兴全（上海社会科学院信息研究所），王慧敏（上海社会科学院部门经济研究所）

《中国软科学》2017 年第 5 期
13.2 千字

该文通过对上海 23 家文创园区管理者的调研，以多案例分析方法，将文创园区升级归纳为四个主要模式：文创园区会不断强化交易功能，部分或完全升级为休闲和旅游区；园区内的企业会借助政府关系平台，强化集群竞争力；企业也会借助园区文化形象强化自身市场定位和企业文化；园区管理者可以通过招商策略，设计产业结构并提升园区市场定位。该文在此基础上进一步提出了包含开发战略、招商战略和运营战略的品牌化升级模型。

鉴于上海在全国乃至全球文创园区发展中的关键角色，这些模式发现和模型构建既是对产业集聚理论的补充和新贡献，也是对文创产业、特别是中小型文创企业集群组织的理论探索：

第一，现实中复杂的园区利益相关方关系成为园区品牌构建过程中的瓶颈因素。一方面，如果园区被作为集团子公司加以管理和考核，这种导向会过于注重短期财务指标而制约对园区品牌的长期投资；另一方面，如果业主与经营者无关联，则两者之间往往是中短期租约的关系，所以经营者在不得不建设园区文化品牌、服务企业的同时，降低品牌建设的软硬件投入，抑或具有过度的品牌输出冲动，以规避不能续约的风险。

第二，园区核心竞争力不仅是产业平台与创意氛围，更是各种形式的品牌化。在品牌化升级过程中，文创园区的后台管理越发趋同于商务物业管理，以更高标准来服务客户，呈现物业专业化趋势，以市场转化、政府平台、品牌形象、产业设计四种模式，服务中小文创企业的市场进入、政府关系、文化形象、行业信息外包。

第三，政府在提供资助和帮助的同时，应避免过度关注和干预园区。文创园区多位于内城，是政府管理产业和空间的抓手之一。过度关注不仅体现在一些园区抱怨过多的参观和调研，更体现在随意干预文创园区内市场选择的网络关系，这可能会破坏园区的自然升级。文创园区内产业结构多样、复杂，很难满足整齐划一的视觉和心理要求，干预应谨慎行事。

第四，平庸的文创园区归为保安、保洁等最简单的物业模式，优质文创园区则在不同程度上发展了上述四种模式：便利企业接近消费者，从创意空间到文化地标再到商业地标的市场转化模式，产生经济资本；包含一站式服务、共同开发、政策平台等优势，帮助企业管理公共关系，特别是政府关系的模式，产生社会资本；发展专业物业、精品物业、规模物业，提升企业文化和形象的文化品牌模式，产生文化资本；受益于周边机构、明星企业、平台企业、龙头企业、产业联盟等的知识和信息集约使用模式，产生知识资本。面对文创园区的不断分化，进行分类管理，推出更符合新形势的园区政策和产业政策。

（赵璐）

【政府补贴下制造/再制造竞争机理研究】

夏西强（郑州大学商学院），朱庆华（上海交通大学安泰经济与管理学院），赵森林（上海海事大学经济管理学院）

《管理科学学报》2017 年第 4 期
8.3 千字

随着资源短缺、环境恶化等问题的日益突出，资源的可持续循环利用越来越成为各国政府、企业及社会公众关注的焦点。该文以政府“以旧换再”补贴为背景，建立了新产品生产企业与再制造产品生产企业的博弈模型，分别分析了政府不采取补贴、政府补贴再制造产品生产企业、政府补贴购买再制造产品消费者（一般通过销售商来实现）三种情景下博弈主体及消费者的收益。进一步，实例研究分析了政府不同补贴策略对市场主体的经济影响及对社会整体的环境影响，为政府制定相应补贴政策提供决策依据。主要得出如下研究结论和政策启示：

第一，相对折价影响新产品与再制造产品市场竞争。政府应加大再制造产品政府采购及宣传，提高消费者对再制造产品的购买意愿；此外，进一步增加对再制造产品或再制造企业的补贴，使再制造产业逐步实现规模化、产业化，确保再制造产品的质量，最终提高再制造产品的相对价值。

第二，当废旧产品回收量足够满足再制造产品市场需求时：针对新产品，政府选择补贴给消费者或选择补贴给再制造商，对新产品批发价格、零售价格、需求量及利润的影响一样且都小于不采取补贴政策；针对再制造产品，再制造产品单位批发价格在政府选择补贴给消费者时最大、政府不选择补贴政策时次之、政府选择补贴给再制造商时最小；政府选择补贴政策时不同补贴对象对零售价格、销售量及利润影响一样且都小于不采取政策时。

第三，当废旧产品回收量不能够满足再制造产品市场需求时：消费者选择购买新产品，政府采取补贴政策时，进一步使再制造产品的生产受到废旧产品回收量不足的限制，这时原始制造商会通过提高单位新产品的批发价格来转移政府的补贴，增加其利润。因此，政府应尽量减少政府补贴或不补贴。

第四，政府制定补贴政策时，应根据两种产品市场竞争的状况，制定差异化的补贴方式。在再制造产品满足市场需求时，政府虽然补贴给再制造商与补贴给购买再制造产品的消费者对两种产品单位零售价格、销售量及利润的影响效果一样，但是政府补贴给再制造商再制造产品的单位批发价格最小，这样有利于促进销售商销售再制造产品及再制造商从事再制造的积极性；当再制造产品的生产不能满足再制造产品的市场需求时，原始制造商会通过提高单位批发价值转移政府补贴，这不仅增加了新产品的销售量和销售利润，还增加了环境影响，这时，政府应减少补贴或不补贴的政策。

（赵璐）

【媒体关注的市场压力效应及其传导机制】

应千伟（四川大学商学院），呙昊婧（清华大学经济管理学院），邓可斌（华南理工大学经济与贸易学院）

《管理科学学报》2017 年第 4 期
11.5 千字

该文以2007—2011 年中国 A 股非金融类上市公司的数据作为样本，研究了媒体关注度对公司盈余管理的影响及其传导机制。研究发现，媒体关注度的提升一方面会通过提升个人投资者关注度产生市场压力效应并加剧公司盈余管理；另一方面则通过提升分析师关注度加强监督效应并抑制盈余管理。总体而言，市场压力效应占主导，使得媒体关注度加剧了公司对应计项目的盈余管理，且这种市场压力效应主要是通过个人投资者关注度这一中间渠道来实现的。

进一步，作者通过对国有企业和非国有企业的分组检验发现，媒体关注度对国有企业的盈余管理行为并没有显著影响，其市场压力作用及其传导机制主要体现在非国有企业中。造成这种差异的可能原因：其一，国有企业并非以盈利为唯一目标，它还承担着诸多社会责任，如社会稳定、就业等，并且国有企业高管的支持可以抵御部分市场压力，从而使得国有企业面临的市场压力和盈余管理的动机较弱。其二，与民营企业高管相比，国有企业高管出于自身利益进行盈余管理的动机较弱，因为国有企业高管的轮换与薪酬与企业市场绩效的关联度相对较低。其三，由于在 IPO、退市、再融资等方面国有企业会受到特殊照顾。因此国有企业出于市场监管动因而进行盈余管理的动机也相对要低，从而受市场关注度的影响也较弱。

另外，该文按照企业在近期是否有并购以及大股东减持行为进行分组，通过分组回归检验进一步分析了外界关注度市场压力的产生机制。结果发现当企业在近期有大股东减持或并购行为时，企业会更加在乎自己的资本市场表现，更有动机进行盈余管理，此时媒体关注度和个人投资者关注度的市场压力作用也更明显。

该文的研究结论有助于更深入地理解影响公司内部盈余管理的外部因素，以及国有企业和非国有企业在盈余管理动机及其影响机制上的差别。该文的研究结论还表明，媒体和个人投资者关注对公司盈余管理不但不能起到有效监督遏制的作用，而且还可能对其“推波助澜”。要充分发挥媒体的监督作用，有效抑制公司盈余管理，提高盈余信息质量，可能的措施如下：一是提高媒体的专业能力，从而可以更好地识别公司的盈余管理，从而当发现盈余异常时可以给投资者一定的提示。二是提高媒体的自由度和信息透明度，同时加强对媒体与企业串谋行为的惩罚力度使得媒体报道可以更为公正客观。三是要改善市场的投资者结构，适当提高机构投资者的比例，利用分析师和机构投资者的专业分析能力和对盈余管理更强的识别。

（赵璐）

【基于信息处理的复杂产品制造敏捷性研究：以沈飞公司为案例】

曾德麟等（北京航空航天大学经济管理学院）

《管理科学学报》2017 年第 6 期
11.5 千字

作者从信息处理理论视角，探讨复杂产品制造企业如何运用信息技术提升复杂产品制造敏捷性的课题。研究结果显示：基于动态的视角，识别出复杂产品制造中信息处理能力的重要性，发现信息处理能力包括信息分解、信息加速、信息共享三类能力。而信息技术能否促进企业敏捷性，取决于企业能否发展信息处理能力。同时，管控方式与信息处理网络的相互适配有利于提高信息处理能力。当网络中心度与网络层级较高时，企业适宜采用正式管控；当二者都较低时，企业会增加非正式管控；当网络中心度与网络层级一高一低时，企业适合采取正式管控与非正式管控相融合的方式。

上述结论的理论贡献分别体现在以下三个方面：（1）识别出复杂产品生产流程的计划、生产与考核三个阶段，企业需要分别培养信息分解、信息加速、信息共享三类能力。作者为研究信息处理能力提供了动态的研究视角，结合不确定性较高的复杂产品制造，发现依据信息处理的对象不同，企业需要不同的信息处理能力。（2）复杂产品比简单产品的信息处理需求更为复杂，沈飞公司首先识别复杂产品生产流程的不同阶段的信息处理需求，构建不同的信息处理网络结构，并结合正式或非正式的管控方式，发展了信息分解、信息加速与信息共享的三种信息处理能力。（3）研究发现产品制造的信息处理需求影响了信息处理网络结构的形成；为提高信息处理网络结构的效果，企业需要采用相应的管控方式，从而提升信息处理能力。该研究的发现也能解释那些导入信息技术却没有促进制造敏捷性的原因，这些企业虽然发展信息技术的基础设施与网络构建，但没有采取相适配的管理机制，从而导致信息处理能力不足，影响企业制造的敏捷性。

该文的管理启示主要体现在以下三点：（1）企业应根据产品生产特征，识别出不同生产流程中相应的信息处理需求。企业管理者要识别产品复杂性，各个部门生产流程中的互相依赖度，制造流程对信息交互的实时性要求等信息。（2）提高企业信息处理能力。企业运用信息技术，构建不同的 IT 信息处理网络，并结合相应的管控方式。一般来说，不同的 IT 信息处理网络结构需要相应的管控方式，而管控方式的实施又推动与完善 IT 信息处理网络结构。网络层级高的信息处理网络结构支持刚性的管控方式，而网络层级低的信息处理网络结构则支持柔性的管控方式。（3）关注信息处理需求与信息处理能力的匹配。这种匹配旨在保证整个生产流程中相关信息准确及时的交互，从而有助于企业快速有效地进行决策，实现企业敏捷性。

（赵璐）

【资源错配与效率损失：基于制造业行业层面的研究】

周新苗、钱欢欢（宁波大学商学院）

《中国软科学》2017 年第 1 期
7.4 千字

资源错配是影响生产效率提升的重要因素，也是现阶段我国制造业发展遭遇瓶颈的重要原因之一。该文通过中国工业企业数据库 1998—2013 年 30 个行业的 346 万条微观企业面板数据，采用 Olley-Pakes 的半参数三步估计法基于行业水平得到企业 TFP 水平值，进而测算出我国制造业分行业的 TFPP 变动情况；在此基础上，将资源错配的分析纳入到经济增长核算框架中，分析行业层面资源错配造成的效率损失，结果显示不同子行业的错配扭曲程度存在差异，但均有纠正空间；最后，构建起要素错配与 TFP 的关联机制。作者基于不同行业给出了纠正扭曲的相关建议，同时就整体制造业的分析发现现阶段对劳动要素错配的纠偏更为必要。

目前中国制造业的资源错配存在，如果有效管理范围内资源，实现自由流动，其产出效率和 TFP 会大幅度提升。该文的主要结论与政策建议如下：

第一，制造业总生产效率的提升主要源于各行业自身 TFP 的演进。我国制造业目前的增长方式仍是以资源投入的粗放型增长为主，TFP 增长拉动的作用并不显著。通过进一步对配置效应的分解来看，将制造业作为一个整体，增长的主要动力是各行业本身 TFP 的增进，而资源在行业间的配置对生产率提升的贡献极为有限，在部分年份甚至是负面作用，这说明制造行业内部确实存在严重的资源错配，阻碍了资源的充分利用和经济的更有效率发展。

第二，资源错配制约了制造行业生产效率的改进。要素价格扭曲引致的行业间资源错配，使制造业的实际产出偏离了有效产出；但同时也说明制造业发展潜力巨大，适当的纠偏即可改善生产效率。从要素投入角度来看，越是依靠廉价要素的投入来拉动经济增长的行业，要素价格扭曲越严重，且作用往往是负面的；劳动要素的扭曲是阻碍制造业发展的主因，因此，必须打破制度性障碍，调整制造业结构，推进劳动力市场改革，更好地发挥市场对资源的配置作用。

第三，矫正资本配置的扭曲可以提高 TFP 水平。要素错配对制造业 TFP 影响的实证分析结果表明，改善资本和劳动力配置均有助于生产率的提高，但纠正劳动错配更为迫切。我国劳动力水平低下，中国的劳动力构成急需调整优化，辅以相关政策解决“人口红利”逐渐消失的困境。同时，经济协调工作也应当注重资本，如发挥市场作用，升级资本禀赋结构，纠正资本市场的扭曲与完善企业治理结构并举等。

第四，不同细分行业的要素错配程度不同，优化配置过程中需区别对待。首先，对于低附加值的产业，相关部门应对低成本获取相关资源进行管制；其次，对于利润较高及具有一定垄断性质的行业，可适当降低市场准入，引入竞争；再次，对于劳动力日益稀缺且具有一定危险作业的行业，应对安全生产与保障充分重视，提高劳动力价格，并做好相应人力的储备及培养；最后，对于资本及规模经营较依赖的金融、冶炼等行业可适当引入鼓励资本投入政策。

（赵璐）

【集群企业创造共享价值的网络规制路径研究】

何中兵（哈尔滨工业大学经济管理学院），
谭力文（武汉大学经济与管理学院）
《中国软科学》2017 年第 10 期
8.2 千字

产业集群网络结构影响集群企业战略和绩效，而市场竞争和社会选择力量则影响产业集群结构和演进机制。该文用集群网络嵌入性测评产业集群网络环境结构特征，用产业竞争力和社会选择力评价约束集群企业价值导向的经济和社会力量，用创造共享价值来评估影响集群网络结构和演进的利益相关者的价值倾向，对利益相关者主导下的产业集群网络规制集群企业战略价值导向的路径特征进行了理论分析和实证研究。发现集群网络中的社会资本经由市场竞争和社会选择的中介作用，可以促使集群企业创造共享价值，这对于产业结构调整以及创新升级具有重要意义：

第一，产业结构调整与创新升级的重心在集群企业。促进产业结构调整与升级的政策目的在于确保集群企业共享产业聚合经济，提高持续竞争优势，同时通过集群企业创造共享价值维系并拓展共享经济时空优势。促进我国产业结构调整与升级的公共政策，不能仅仅停留在制定公共政策和公共政策执行效果的评估，而要重视公共政策对于企业行为的影响以及动态影响过程的治理机制。

第二，政府部门管理机构一方面需要致力于搭建平台，努力提高集群企业的社会资本，另一方面需要权衡市场竞争和社会选择两种机制的平衡作用。政府管理机构需要有效维系和强化市场机制，努力构建以中小企业为主的产业集群网络体系，降低进入产业聚合体系的门槛、鼓励竞争、制止垄断。此外，还需要通过人力资本投资，不断增加专业技术人才和管理人才的存量和增量，减少集群企业对产业集群内社会资本存量的依赖程度，使企业家精神成为支撑集群社会创业的内在动力。

第三，以创造共享价值为导向的社会选择机制可以引导集群创造共享价值，增强社会创业协同效应，提高共享网络经济效率，促进传统的经济型企业家职能向社会企业家转化，这些职能具有市场竞争不可替代的作用。调控社会选择机制可以作为政府管理部门的政策基础，通过社会选择优化产业集群网络结构，维系多元利益相关者的利益诉求，协调双边或多边关系，有效促进集群企业创造共享价值。

第四，政府制定的公共政策只有在有效优化产业集群结构，促进集群网络良性演进，平衡市场竞争和社会选择力量，确保集群网络必要的社会资本存量，并通过促进创造共享价值产生集群网络的社会资本增量时，才能够主导构建和维系集群企业创造共享价值的网络规制机制。在产业结构调整与升级理论范畴，论文在研究视角、方法上具有重要的创新价值。研究结论可以指导政府部门制定更为有效的产业结构调整和创新升级政策，因此也具有重要的实践意义。

（赵璐）

【基于多智能体的城市群政府合作建模与仿真——嵌入并反馈于一个异构性社会网络】

孟庆国（清华大学公共管理学院），罗杭（北京大学国际关系学院）

《管理科学学报》2017 年第 3 期
20.2 千字

该文以社会网络视域下的城市群政府合作过程中的多期进化博弈为例，通过概念模型、数学模型和计算机模型的完整建模过程，建立一个集成非对称进化博弈和异构性社会网络的多智能体模拟系统，并实现了微观互动（博弈行为）和宏观涌现（网络拓扑）之间的双向反馈和动态交互。在构建模拟系统的基础上，设计并运行一系列的实验方案，对仿真模型及模拟结果进行信度检验，并结合多次模拟实验构成的样本数据的统计分析，考察全局交互比例、局部连接概率等网络结构变量、合作收益、惩罚措施等博弈参数变量以及决策个性等主体属性变量对城市群政府博弈形势与收益演化的动态影响，是政治学与公共行政领域的计算模拟实验研究的一次创新尝试，得出了以下研究结论和政策启示：

第一，区域共同问题治理的收益维持在一个较高或恰当的水平，是促进城市群政府合作协同的一个基本保障和有效措施，只有使得参与协同治理的合作主体享有合理的治理收益或回报，才能激励更多的决策者选择合作策略，积极参与区域公共事务的治理与合作，此外，越是高合作水平和高收益状态下背叛行为越有动机和空间，应当维持合作收益相较于背叛收益的一定优势，以激励合作方保持合作策略。

第二，对群体互动博弈中的背叛方采

取惩罚措施能较有效地遏制背叛行为，在不同的递增阶段会呈现出不同的规律，强度较小时调控效果难以体现，而强度过大时又呈现边际效果递减效应。上层政府或协调机构所采取的惩罚措施应当拿捏合适的强度，既要发挥提升合作水平和收益的效果，又要避免强度过大，消耗行政成本，克减整体收益，且不利于决策群体形成自组织、自适应的良好互动秩序。

第三，在促进城市群协同合作的过程中，全局交互模式不仅成本高昂，且并不具备特别理想的协同促进效果。在特征各异、类型不同的所有主体完全互动状态下，更容易出现“盲目比较”和“胡乱参考”，产生“不当的诱导和剧烈的转变”；在局部交互状态下，不仅主体的交互范围具有较高的稳定性，因为特征相似、类型相同的主体之间更易建立交互沟通，且其博弈收益和成本分配更加接近，相互之间的参考和比较也更加合理。

第四，相比于惩罚措施等博弈参数的调控，局部交互状态下的信息交互水平和博弈互动范围的扩大对群体合作水平与收益的促进作用非常有限，应当更加理性地定位信息与网络技术在政府管理与协调治理中的效用，不能过度盲从和过高期望技术的进步和新技术的采纳对政府合作与区域协同的促进作用。

第五，在城市群多主体互动系统中，可以合理调整或搭配不同决策个性类型主体的构成比例，各类决策个性主体在群体博弈演化的过程中都扮演了一定的角色，发挥了特定的作用，策略选择更具稳定性和一贯性，有利于促进博弈形势更早趋于均衡。因此，合理调整决策个性构成，既提升城市群政府互动系统对动态环境演化的灵敏度和适应力，又保持一定的稳定性，降低收益的风险。

（赵璐）

【期望落差与企业创新的动态关系——冗余资源与竞争威胁的调节效应分析】

贺小刚等（上海财经大学国际工商管理学院）

《管理科学学报》2017 年第 5 期
15.7 千字

期望落差导致决策者倾向于冒险创新还是规避风险，创新是决策者的冒险动机与冒险能力共同作用的结果，并且这种作用还将受到企业内部冗余资源以及外部竞争威胁的制约。该文基于中国民营上市公司的数据检验结果基本上支持了理论假设，即在期望落差状态下，落差程度与企业创新之间表现为先升后降的倒 U 型关系；冗余资源提高了落差状态下的企业创新投入，而竞争威胁则降低了这些企业的创新投入。该文基于中国民营上市公司的数据检验的结果得到了以下结论：

第一，期望落差之所以影响到企业的创新行为主要是由于落差状态影响了决策者的冒险动机与可感知冒险能力。在临近期望水平的区间决策者具有强烈的冒险动机，随着落差程度的增加这种冒险动机将逐渐增强；但当落差已经远离参照点时价值函数将趋于线性变化，决策产出的主观价值将以递减的速度下降，于是决策者就趋于风险中性。另外，未实现期望业绩水平的落差状态还将降低决策者的可感知冒险能力，因为落差对决策者带来了竞争性的压力，过高的压力降低了决策者的认知能力与信息处理能力；并且随着落差的增加，累计的“失败”还将加速决策者可感知冒险能力的递减速度，即企业高管等决策者的可感知能力将随着落差的增加而表现出边际递增的变化趋势。期望落差状态下的冒险动机与冒险能力综合作用的结果导致落差状态下企业创新与落差程度之间存在先升后降的倒 U 型关系。

第二，期望落差与企业创新之间的倒 U 形关系受到企业现有的可使用资源或财富，即冗余资源的影响，以及竞争威胁，如行业竞争性的制约。冗余资源不仅提高了冒险的动机也提高了决策者的可感知冒险能力；而竞争威胁对于已经处于落差状态下的企业而言则会提高其刚性、降低其冒险动机，同时还会提高决策者所感受到的压力进而降低其可感知的冒险能力。所以对于处于期望落差状态下的企业而言，组织冗余具有提高企业创新投入水平的作用，而竞争威胁则降低了企业的创新投入。另外，该文的数据还表明，冗余资源与竞争威胁还影响到创新投入的曲率及斜率的变化。

（赵璐）

【碳交易机制下供应链渠道选择与减排策略】

杨磊、张琴、张智勇（华南理工大学经济与贸易学院）

《管理科学学报》2017 年第 11 期
9.6 千字

该文基于碳交易机制，针对由单制造商和单零售商组成的两级供应链，建立了四种不同渠道结构的供应链分销模型。采用逆向归纳法得到不同渠道结构下企业的最优定价决策、减排决策以及最优利润，并对模型的最优决策进行了对比分析。作者将碳交易机制纳入双渠道供应链层面考虑，以探讨碳减排决策对企业策略制定影响，研究表明新渠道的引入能够使得建立电子渠道的企业利润增加，但是对供应链另一成员的利润不一定造成损害。制造商作为 Stackelberg 博弈的主导者，应该主动建立电子渠道或者将电子渠道外包给第三方电商进行产品销售。数值算例为双渠道供应链的渠道模式选择和减排策略提供了更直观的理论贡献和管理启示：

第一，碳配额越大，越能激励制造商积极减排，这主要是因为企业通过减排可以把节约的碳排放权通过碳交易市场售出，从而获取利润，制造商也因此有了减排动力。作为核心企业的制造商不管在经济实力上还是技术掌握上，在节能减排方面都有非常大的优势，因此核心企业带头实施节能减排，推动低碳化，是国家实施低碳战略的关键所在。对政府来说，应该对供应链上的核心企业施加压力，同时，通过制定激励和优惠政策对高效的节能产品进行财政补贴以鼓励企业进行减排。目前国家也在发展合同能源管理产业，企业在进行节能技术改造遇到资金困难时，可以将签订的能源管理合同作为抵押，享受银行为其提供的优惠贷款。此外，政府还可以通过碳金融交易的市场模式积极引导和推动私人资本和金融资源向低碳方向调配。

第二，新渠道的引入能够增加控制电子渠道的厂商利润，且对另一方供应链成员的利益不一定造成损害。对企业来说，电子销售渠道是对传统零售渠道的补充。不论制造商还是零售商，单纯拥有传统销售渠道已经无法在竞争激烈的经济社会中生存，谁抢先一步开拓电子渠道谁就处于优势地位。当零售商开拓电子渠道但电子市场规模不足够大时，会对制造商的利润造成损害，此时制造商应当进行产品创新或市场创新等方式以提升自身竞争力。当制造商开拓电子渠道时，会与零售商的传统零售渠道形成竞争，此时零售商可以通过提升顾客的客户体验、改善售后服务、加大广告宣传、实施适当的促销活动等方式来扩大市场占有率以保持自己的盈利能力。

第三，分散式决策情形下，无论从企业本身还是消费者福利或是环境角度，制造商作为 Stackelberg 博弈的主导者，均应该积极主动地建立电子渠道。此外，当利润分成比例很高时，若制造商不想承担电子渠道的建设成本，将电商渠道外包给第三方电商也是不错的选择。

（赵璐）

【消费者对转基因食品的认知程度和接受意愿——以河南省为例】

辛鸣（河南大学）

《中国软科学》2017 年第 9 期
8.8 千字

该文基于 2016—2017 年的调查数据，分析了河南省消费者对于转基因食品的认知程度、取向和偏好程度，并探讨了认知程度与安全性判断、接受意愿之间的关系。根据上述调查内容，可以得到以下几条结论：（1）河南民众对转基因技术的了解整体水平有进步。调查显示，网络成为青壮年群体首要认知途径，比其他信息传递方式具有更多的影响力。（2）河南民众对转基因技术对人类的影响的认识，并不是十分积极。（3）河南消费者对食用转基因大米的态度分歧明显，消费者的购买意愿并不高，而不愿意购买的意愿则相对比较高。（4）关于消费者的知识与态度关系方面，可以看到河南消费者对转基因知识的掌握与其对安全性的判断有正相关性，但在本科以上学历这一群体中出现例外。对转基因知识的掌握与其购买意愿之间也存在正相关性。

作者基于以上研究结论进一步讨论：（1）调查显示，许多高学历消费者持谨慎态度，反而是一些科学知识相对不足的人，对转基因食品持乐观态度，其原因可能是低学历消费者基于自身社会经验对技术发展带来的便利性和经济价值有着深切体会，对技术的弊端考虑相对不足。并且因为知识相对不足，他们更倾向于接受专家和主流媒体的意见，因而对转基因食品没有较大的抵制态度。而高学历的人了解转基因技术不确定性这一事实，因而对转基因食品的市场化推广表示忧虑。另外，年轻人对转基因食品的认可与支持度也不高。原因一是年轻人易受网络上不同声音的影响；二是年轻人正处于生养孩子的关键阶段，对繁衍后代有顾虑，从孩子健康成长的角度考虑，比较关注转基因食品的长期而非短期效应。（2）我国民众对转基因食品的态度比较复杂，因此我国在制定转基因食品安全管理法规和转基因食品市场监管方面，不能照搬其他国家现成的条例，而应该充分考虑中国的实际情况，尤其是不同省市的消费者心理需求、消费水平、农业生产实际、知识水平等因素。（3）多数消费者认为了解更多的转基因食品安全性的知识是很有必要的，因此要灵活运用恰当的交流渠道，对特定的消费群体提供针对性的知识和信息。这样才能逐步提高对转基因生物产品的价值与风险的正确认识。（4）当前强化转基因技术公众交流的一个重要途径是强制采用转基因标示制度。需要在具体执行层面传播标示制度及其重要意义，而且要加强对那些含有转基因素材却并未标识情况的管理。

（赵璐）

【反腐败、企业家能力与企业创新】

王健忠、高明华（北京师范大学经济与工商管理学院）

《经济管理》2017 年第 6 期
18.8 千字

该文利用中国上市公司企业家能力指数（$CCEI^{BNU}$），探究企业家能力对企业创新的影响机理，结合当前反腐败的背景，深入研究反腐败对企业家能力与企业创新的影响，并进行实证检验，得出如下结论。

第一，企业家能力总指数（$CCEI^{BNU}$）、人力资本（EH）、关系网络能力（EN）和社会责任能力（ER）对企业创新有积极的作用，但是，企业家战略领导能力（ES）对企业创新的影响并不显著。

第二，按照不同的产权性质分样本分别验证发现，结论中所列关系在非国有控股企业中依然存在，而在国有控股企业中，只有企业家关系网络能力（EN）对创新有促进作用，其他关系并不显著，这说明，产权性质会影响企业家能力在创新中的作用。

第三，反腐败优化了企业外部经营环境，企业家能力会更多地配置到生产领域，并激发企业家创新的动力，因此，反腐败有助于增强企业家能力总指数（$CCEI^{BNU}$）、人力资本（EH）和社会责任能力（ER）对创新的促进作用，但是，企业家战略领导能力（ES）和企业家关系网络能力（EN）并不显著。通过进一步对企业分类研究发现，反腐败对非国有企业和国有企业的创新都具有积极的影响，并强化了非国有控股企业企业家能力（$CCEI^{BNU}$）、人力资本（EH）和社会责任能力（ER）与企业创新的正效应，对国有企业而言，反腐败使得企业家人力资本（EH）对企业创新的作用增强，而企业家关系网络能力（EN）不再对创新有显著的影响。稳健性检验进一步证明了以上结论。

（董昌娟）

【股权激励、高管创新动力与创新能力——企业文化的调节作用】

许婷、杨建君（西安交通大学管理学院）

《经济管理》2017 年第 4 期
15.4 千字

高管创新动力和高管创新能力影响并决定着企业的创新发展。该文运用高阶理论并结合公司治理理论，构建了股权激励影响高管创新能力的作用机制，即“股权激励—高管创新动力—高管创新能力”，并将企业文化分为创新型文化和官僚型文化两个维度，研究不同企业文化其对上述作用机制各部分的调节作用。通过实证检验，该文得到以下结论：（1）高管创新动力有利于高管创新能力的提升和发挥。（2）高管创新动力在股权激励与高管创新能力之间具有中介效应。（3）随着创新型文化的程度增加，股权激励对高管创新动力的促进作用会被加强；随着官僚型文化程度的增加，股权激励对高管创新动力的促进作用以及高管创新动力对高管创新能力的促进作用均会被减弱。

该文具有以下理论贡献：

第一，现有关于高管创新的研究大多探讨高管创新可能为企业创新绩效带来的影响，忽视了高管创新不同部分之间的作用，该文实证检验了高管创新动力对高管创新能力提升和发挥的促进作用，丰富了高管创新相关领域的研究成果，补充了国内现有研究的不足，并强调了高管创新动力到高管创新能力的作用路径。

第二，该文研究了股权激励对高管创新动力和高管创新能力的影响路径，并得出股权激励通过促进高管创新动力间接促进高管创新能力提升和发挥的结论。通过“股权激励—高管创新动力—高管创新能力”逻辑框架的构建，从高管的创新动力出发，挖掘股权激励与高管创新能力之间的内在影响机制，并验证了高管创新动力的完全中介效应，从一个方面揭示了其内在影响机理，深化了相关研究。

第三，该文将企业文化分为创新型文化和官僚型文化，并展开研究，进而获得了差异化的结果：两种类型的企业文化对股权激励与高管创新动力之间的关系以及高管创新动力与高管创新能力之间的关系具有不同的调节效应；揭示了不同企业文化的差异化影响效果；使研究问题和得到的结论更加深入、具体。

（董昌娟）

【CEO 变革导向领导行为与组织的探索性技术创新——创新氛围和组织学习的链式中介作用】

王晨曦、范雪灵、周禹（中国人民大学商学院）

《经济管理》2017 年第 7 期
13.7 千字

如何提高组织的探索性技术创新水平成为提升企业竞争力的关键因素。大量研究证明，领导者是促进探索性技术创新的重要因素。但是，这些研究多聚焦于中低层领导者，忽略了具有战略决策和文化引导作用的高层领导者。以此为出发点，该文关注高层领导对探索性技术创新的影响及其作用机制。通过对 120 个企业样本进行实证分析，结果发现，CEO 变革导向领导行为对探索性技术创新具有显著的正向影响，且该作用可以通过营造积极的创新氛围、提升成员的组织学习水平来实现。进一步，该文对上述理论假设进行整合，构建了 CEO 变革导向领导行为作用于探索性技术创新的链式中介模型，即 CEO 变革导向领导行为能够提高组织创新氛围，进而促进组织学习，最终提高组织的探索性技术创新。该文结论为如何提高组织的创新竞争力提供了整合的视角，并为战略领导影响组织创新的机制提供了理论支持。

该文的理论贡献主要体现在以下几个方面：

第一，该文对高层领导者与探索性技术创新之间关系的研究丰富和发展了领导力的研究，并且拓展了对领导者发挥其影响力的路径机制的认识，有力地增进了对领导力的理解。

第二，该文立足于组织层，从高层领导者的视角考察了组织氛围的重要来源，发现了 CEO 变革导向领导行为与组织创新氛围之间的紧密联系，深化了对创新氛围来源的研究。另外，该文将组织氛围聚焦化，专注于工作环境中与创新相关的创新氛围，并研究了其来源和影响。由此，细化和丰富了有关组织氛围的研究。

第三，该文落脚于组织创新管理，探讨了影响探索性技术创新的领导因素及其影响路径。该文整合了战略领导行为（CEO 变革导向领导行为）、组织氛围（创新氛围）和组织行为（组织学习）等多重影响因素，回答了高层领导者对探索性技术创新的影响这一问题。因此，该文不仅响应了研究高层对创新作用机制的提议，更是将不同的机制融合，得到了复杂的链式中介效应，是对创新影响机制的丰富和发展。

（董昌娟）

【制造企业知识搜寻对渐进式和突破式创新的作用机制】

王建平、吴晓云（南开大学商学院）
《经济管理》2017 年第 12 期
17.2 千字

制造企业的知识搜寻方式对其渐进式和突破式创新的选择具有重要影响，而企业自身的吸收能力和知识冗余程度则对以上关系具有不同的作用方式。该文以知识基础观和双元创新理论为理论基础，以 228 家制造类企业为样本，运用相关分析和多元线性回归对跨界知识搜寻和本地知识搜寻影响渐进式和突破式创新选择的作用机制进行实证分析，得出以下结论：

第一，本地知识搜寻不仅对企业的渐进式创新具有积极影响，而且与吸收能力的交互同样会对渐进式创新产生积极影响，吸收能力对本地知识搜寻与渐进式创新间的正向关系具有积极的强化作用。此外，本地知识搜寻对企业突破式创新没有显著影响，该结果在理论上符合对突破式创新的概念界定，由于突破式创新更多地需要对全新知识的吸收与整合，而本地知识搜寻所获取的知识以现有存量知识为主，因此，难以对突破式创新产生显著影响（Sarkees 等，2014）。同时，本地知识搜寻与知识冗余的交互对突破式创新和渐进式创新均没有显著影响。

第二，跨界知识搜寻对企业的突破式创新和渐进式创新均具有积极促进作用。但是，跨界知识搜寻与知识冗余的交互不利于企业的渐进式创新。该结论具有理论上的逻辑合理性，由于跨界知识搜寻获取的知识是存量知识与全新知识的混合，但跨界知识搜寻的性质决定了对于搜寻企业而言所获取的应该多为全新知识，因此，在促进企业创新行为和两种创新模式的采用方面具有显著推动作用（Lavie 等，2010）。但相比本地知识搜寻而言，跨界知识搜寻的成本更加高昂，然而渐进式创新更多需要现有存量知识的组合。

第三，跨界知识搜寻与吸收能力的交互不利于企业进行渐进式创新，但对于突破式创新具有重要推动作用，换言之，吸收能力强化了跨界知识搜寻与突破式创新间的正向关系。在企业吸收能力较强的情境下，由于渐进式创新本身的特点决定了其更加适合采用本地知识搜寻方式达成创新目标，创新过程中需要整合的知识资源多为已有的存量知识而非全新知识，因此，跨界知识搜寻推动企业渐进式创新过程中受到吸收能力的影响会明显减弱。同时，过多地吸收跨界知识会产生低质量的知识冗余，从而增加渐进式创新的成本，最终导致跨界知识搜寻与吸收能力的交互对渐进式创新没有显著影响的结果。同样，由于突破式创新对知识要素的要求和本身的特点，决定了跨界知识搜寻所获取的知识必须要求组织具备较强的吸收能力才能将这些全新的知识消化吸收、整合利用以推动突破式创新的产生，因此，跨界知识搜寻与吸收能力的交互可以有效促进企业突破式创新的形成和发展。

（董昌娟）

【创业企业如何实现商业模式内容创新？——基于“网络—学习”双重机制的跨案例研究】

云乐鑫（青岛理工大学商学院、天津大学管理与经济学部），杨俊、张玉利（南开大学商学院）

《管理世界》2017 年第 4 期
18.2 千字

商业模式创新已成为创业企业实现成长的重要途径，然而目前学术界对于技术型创业企业如何实现商业模式创新的研究较少。作者以企业网络理论为基础，从商业模式内容创新事件入手，横向比较与纵向分析相结合的归纳式跨案例研究方法探索上述问题。发现商业模式内容创新是一系列事件的递进式组合过程，在这一过程中，横向跨案例分析表明，创业企业所嵌入网络结构通过促进以知识获取为核心的获得性学习影响商业模式内容创新，而网络行为依赖以知识创造为核心的试验性学习作用于商业模式内容创新；纵向跨案例分析显示，网络结构和网络行为在商业模式连续性内容创新事件中存在着互动关系，在创业企业成长阶段，基于网络行为的知识创造机制是诱发商业模式内容创新的更重要途径。研究结论具有重要理论贡献和启示。

第一，研究表明技术型创业企业可以从两条路径实现商业模式内容创新。一是基于网络结构优势的获得性学习活动是获取新知识和信息进而实现商业模式内容创新；二是基于网络行为的试验性学习更有助于技术型创业企业创造新知识进而实现商业模式内容创新。该文的研究发现，创业者往往会主动利用网络结构和行为优势，同时借助学习机制来实现商业模式内容创新，进而实现新价值创造或新价值活动引入。该文认为，未来研究有必要重视整合网络理论和学习理论，利用大样本问卷调查的方式，采取演绎式逻辑来验证技术型创业企业所嵌入网络特征、学习方式与商业模式内容创新之间的作用机制。

第二，商业模式内容创新并不是一蹴而就，而是一系列创新事件组合而成的连续性过程。结合技术型创业企业不同成长阶段分析以及商业模式内容创新事件的连续性分析，发现了网络结构和网络行为对于商业模式内容创新的影响机制及其力度大小，对于已有研究文献是重要补充。更重要的是，与网络理论中强调的“结构—行为—绩效”逻辑不同的是，该文发现在商业模式内容创新情境下，网络结构和网络行为之间存在着互补关系，这可能是因为商业模式内容创新本质上是知识创造和利用过程，这一过程不仅依赖于基于网络结构的信息和资源机制的知识获取，而且还有赖于基于网络行为的知识创造机制的知识加工和创造。

第三，以纵向跨案例分析为基础，研究发现商业模式内容创新的网络结构机制和网络行为机制在技术型创业企业成长不同阶段的作用力度存在差异。具体而言，在技术型创业企业生存阶段，以网络结构为基础的知识获取是实现商业模式内容创新的重要途径，而在成长阶段，以网络行为为核心的知识创造是实现商业模式内容创新的关键所在。更重要的是，基于网络行为的商业模式内容创新在程度上可能高于基于网络结构的商业模式内容创新，这一发现具有重要的理论启发价值。

（郭文）

【风险投资与企业创新：影响和潜在机制】

陈思（中央财经大学财政税务学院），何文龙（对外经济贸易大学国际商学院），张然（北京大学光华管理学院）

《管理世界》2017 年第 1 期
18 千字

发挥资本市场对技术创新的支持作用，是国家实施创新驱动发展战略的重要要求。作者以 2006—2011 年深沪两市首次公开上市的 A 股公司为样本，运用双重差分模型，研究风险投资对企业创新的影响，并进一步探讨其作用机制。研究发现：风险投资的进入促进了被投企业创新，表现为专利申请数量的显著增长。外资背景的风险投资和多家风险投资联合投资对被投企业创新活动的促进作用更强；且风险投资期限越长，对创新的促进作用越强。进一步考察风险投资影响企业创新的潜在机制发现：一方面，风险投资的进入有利于被投企业引入研发人才，扩大研发团队；另一方面，风险投资的进入为被投企业提供了行业经验与行业资源，从而有利于企业创新能力的提高。

该研究可能的创新点如下：首先，以往有关风险投资的研究多关注企业 IPO 的首日表现和信息质量，以及公司治理等方面，主要考察风险投资对企业短期行为的影响。而作者以创新活动为焦点，考察风险投资的参与对被投企业提高长期竞争力的影响。其次，以往文献简单地比较了有风险投资参与和没有风险投资参与的企业在绩效和市场表现上的差异，忽略了两类企业在风险投资进入前可能存在的系统性差异，因而存在较大的内生性问题。作者采用双重差分模型，并结合倾向得分匹配方法，有效排除了其他因素干扰，从而验证了风险投资影响被投企业创新绩效这一因果关系。此外，该研究不仅检验了风险投资对企业创新的影响，更首次从研发人员、行业经验等角度对其影响机制进行了探讨，对以往研究进行了有益的补充。

该文研究结论的启示意义体现在以下方面：首先，以创新绩效为焦点，考察风险投资的参与对被投企业长期竞争力的影响，为风险投资的价值增值作用提供了新的证据。其次，研究结论为国家大力发展和扶持风险投资行业提供了政策支持。近年来，国家先后建立政府引导基金，在上海、北京等多个城市实施鼓励风险投资发展的优惠政策，旨在引导和带动社会资本对高科技创新企业的投资。而研究发现，风险投资的参与显著促进了被投企业的创新绩效，实现了国家鼓励风险投资的政策初衷。最后，投资期限长、经验丰富以及联合投资的风投机构在提升企业创新绩效中发挥了更大的作用，从而启示处于成长期的企业应当充分利用外部助力，因为引入合适的风险投资不仅能够为企业的飞速发展提供资金保障，更能够带来丰富的经验与行业资源，从技术、管理等多方面实现企业的价值增值。

（郭文）

【实体企业金融化促进还是抑制了企业创新——基于中国制造业上市公司的经验研究】

王红建等（暨南大学管理学院）

《南开管理评论》2017 年第 1 期

18.5 千字

基于我国金融资本超额回报率的事实，作者在市场套利分析框架下实证检验实体企业金融化是促进还是抑制企业创新。实证结果表明，整体上实体企业金融化与企业创新主要表现为显著负相关关系，对于融资约束程度不同的两类公司，两者之间关系并不存在显著性差异；套利动机越强的企业，实体企业金融化与企业创新负相关关系越显著，表明实体企业金融化的套利动机挤出了企业创新。进一步检验还发现，实体企业金融化挤出企业创新存在拐点，当实体金融化程度超过 23% 时，两者之间开始呈正相关关系，为一种促进效应。此外，从生产率来看，还发现实体企业金融化并没有显著提升全要素生产率，但从经济后果来看，实体企业金融化却提升了下一期经营业绩。综上说明，由于过去我国金融资本的超额利润率，实体企业通过对金融资产投资分享了金融业的高额利润，表现为一种市场套利行为，长期来看，实体企业金融化的套利动机会显著抑制其技术创新的动力。

该文的理论贡献主要表现为：第一，基于我国金融资本的超额回报率事实，以市场套利分析为框架，从微观层面实证检验实体企业金融化对其企业创新的影响，研究结论证实了实体企业金融化对企业创新的挤出效应，实体企业金融资产投资本质上是一种市场套利行为。研究结论不仅有助于澄清我国实体企业金融化的具体动机，证实了金融化的套利动机对企业创新的“挤出效应”，而且从市场套利视角解释了长期以来我国实体企业创新动力不足的制度诱因。第二，研究发现金融化与企业创新呈 U 型曲线关系，当金融化程度达到 23% 时，其对创新作用表现为促进效应，进一步深化并拓展了实体企业金融化与企业创新的非线性关系。第三，分别检验了实体企业金融化如何影响企业全要素生产率及经营绩效，在宋军等研究成果的基础之上进一步拓展并丰富了对实体企业金融化的经济后果研究。

研究结论的政策意义主要表现为：第一，突破金融等行业的垄断地位，放宽行业准入，鼓励行业间的竞争，促使行业间利润均衡，从而提升企业创新动力；第二，未来金融业改革必须面向市场化，改变金融行业垄断超额利润的现状，防止金融业对实体企业的过度掠夺，有效引导金融资本支持实体企业发展，是我国未来金融改革必须考虑的重要议题。

（郭文）

【金融发展影响绿色全要素生产率的理论和实证研究】

张帆（北京理工大学管理与经济学院）

《中国软科学》2017 年第 9 期

7.4 千字

在中国“一带一路”战略为统筹的全面对外开放国家战略和中国经济由投入型增长转向效率型增长转变的大背景下，金融将助推国家战略和经济转型升级的实现。全要素生产率增长是经济长期增长的重要源泉，而考虑了能源投入和污染等非期望产出的绿色全要素生产率则是转变中国经济增长方式、实现经济可持续增长的重要保障。该文构建了一个包含金融发展、污染产品与绿色创新产品的内生增长模型，考察了金融发展对 TFP 和 GTFP 的影响。理论研究表明，金融发展能够同时促进 TFP 和 GTFP 的增长，这种增长促进作用会随着金融发展水平的提高而呈递减趋势，同时金融发展提升相同幅度，TFP 提高幅度会高于 GTFP 的提高幅度。在理论分析的基础上，作者运用我国 31 个省市 2000—2013 年的数据考察了金融发展对 TFP 和 GTFP 的影响。

该文的政策含义主要包括如下几个方面：第一，更好地发挥金融发展在技术升级创新，特别是绿色技术创新中的重要作用，引导金融机构在分散风险和增加流动性供给方面缓解技术创新企业的融资约束问题。为此，金融资源要向绿色经济和创新经济倾斜，要加大对环境友好型企业、绿色技术创新型企业的支持，通过金融支持加快我国经济转型升级。第二，加大金融创新力度，形成金融创新和技术创新的良性互动发展，金融中介通过金融创新活动促进技术创新，企业的技术创新将提高金融创新的回报，并激励新一轮的金融创新，由此两者之间形成良性互动发展。这与 Michalopoulos、Laeven 和 Levine（2009）金融创新被内生化的结论相符，他们认为金融家通过金融创新活动来筛选更有创新能力的企业家，而企业家的技术创新又增加了金融创新活动的回报，于是在金融创新和技术创新之间良性的互动得以形成，从而金融发展在他们的模型中被真正地内生化了。第三，更加理性地看待经济发展和生产率提高，不能一味地走牺牲环境的粗放的经济发展老路，特别在评价经济增长的时候如果不考虑环境污染等非期望产出因素，会部分夸大金融发展对生产率提高的影响作用，让地方政府制定出一些效果一般甚至效果负面的政策。

（赵璐）

【新创企业创新困境突破：外部搜寻双元性及其与企业知识基础的匹配】

芮正云、罗瑾琏（统计大学经济与管理学院），甘静娴（南京理工大学知识产权学院）

《南开管理评论》2017 年第 5 期
18.2 千字

外部知识搜寻是新创企业突破创新困境的重要途径，然而其内在作用机理有待深入剖析，尤其对于双元搜寻“平衡性”与“组合性”的作用还有待进一步揭示。为此作者从外部搜寻双元性出发，引入知识基础的概念构建分析框架。实证结果发现：（1）新创企业的外部搜寻深度对其创新绩效具有倒 U 型影响，而外部搜寻广度对创新绩效具有正向影响，同时搜寻深度与搜寻广度之间存在替代效应，需要在二者间保持平衡。（2）企业知识基础宽度能够正向调节搜寻广度与创新绩效间的作用关系，知识基础深度能够正向调节搜寻深度与创新绩效间的作用关系，且在搜寻广度与创新绩效之间起到负向调节作用。（3）知识基础宽度与深度均能放大组合型搜寻的影响效应，而平衡型双元搜寻主要依靠知识基础宽度来发挥作用。

研究的理论贡献和实践启示如下：第一，以往外部搜寻研究文献的对象界定较为模糊，难以保证研究结论准确性和科学性，作者以新创企业作为分析对象，避免了对不同发展阶段企业的外部搜寻影响效应进行笼统分析，使结论具有较高的可靠性和适用性。此外，以往一些文献关注组织冗余资源对知识搜索与企业创新的影响，该研究立足于新创企业的实际，强调新创企业内部资源匮乏的特征，对我国新创企业外部创新搜寻行为具有重要参考价值。

第二，探讨外部搜寻双元性对新创企业创新绩效的作用关系，发现外部搜寻深度与广度的影响存在一定差异，尤其外部搜寻深度并非是简单的线性影响。这与

Laursen 等的研究结论既有相似之处，又存在一些不同。Laursen 等认为搜寻深度和广度均具有倒 U 型影响，而作者发现对于新创企业而言，搜寻深度确实会起到倒 U 型影响，但搜寻广度尚未达到“临界值”，该结论与以往研究结果的差别也印证了新创企业的特殊性。同时，通过对双元外部搜寻“平衡性”与“组合性”进行分析，突破了以往文献仅分析搜寻深度与广度对创新绩效“分离式”作用的不足。

第三，从组织内部视角引入知识基础的概念，将企业内、外两方面因素整合到一个框架中进行分析，深化了关于企业开放式创新内在机理的探讨。基于以往研究，作者进一步证实了知识基础宽度与知识基础深度的价值效应存在较大差异，通过识别两者的不同调节作用，发现只有与双元搜寻实现有效匹配，知识基础才能显著推动企业创新。新创企业面临严峻的资源和能力限制，指导新创企业在什么条件下可以更好实现双元搜寻效果很有必要。分析结果丰富了现有关于知识基础观的研究成果，提出新创企业通过与自身知识基础匹配来整合双元搜寻悖论，也为今后研究企业如何提高外部搜寻有效性扩展了方向。

（郭文）

【绩效衰退与企业创新行为——基于中国上市公司的实证分析】

刘建国（洛阳师范学院商学院）

《南开管理评论》2017 年第 4 期
18.2 千字

绩效衰退改变了企业战略参照点和风险态度，表现出不同于成长绩效的创新行为差异。作者基于企业行为理论和循环 CDM 模型，利用中国 A 股上市公司数据，检验绩效衰退对企业创新决策、创新投入和创新产出的影响。研究结果表明：（1）绩效衰退增加了企业创新动机，衰退程度越大企业越可能通过创新策略实现复苏；（2）衰退企业的创新驱动具有生存参照性，历史绩效衰退比行业绩效衰退更可能激发企业的创新动力；（3）制度逻辑的存在影响了企业的创新实施，绩效衰退时民营企业比国有企业、集中的权力结构比分散的权力结构更容易做出创新决策；（4）绩效衰退降低了创新效率损失，表现出更高的创新产出弹性。研究结论对理解转型期的绩效变动具有重要意义。

第一，如何正确地看待企业绩效衰退问题。随着近年来我国经济放缓趋势的出现，较多学者表达了对转型期企业绩效下滑的担心，认为绩效衰退将使企业紧缩财务进而收缩创新活动，并由此带来对转型期创新驱动的质疑。作者的研究表明，绩效衰退增加了企业的创新动力和创新效率，并能够通过创新实现复苏。因此，不必过度担心企业绩效衰退带来的转型问题：一方面，衰退是企业自然淘汰过程，是企业生命周期经历的必然阶段，表明过去的增长模式已经不适应市场发展规律；另一方面，绩效衰退也提供了创新转型的机会窗口，促使管理者启动“问题”搜寻程序，进而做出改变当前经营方式和资源配置模式的创新响应策略。因此，在转型经济背景下，应客观看待企业绩效下降现象，鼓励企业通过创新实现恢复，在政策制定上不仅要关注成长企业还应关注衰退企业。

第二，衰退促进创新的结论对如何评价企业绩效表现提供了启发。首先，股东、政府等投资者和机构对企业的业绩下降应做出客观评价，考虑减少或者不以企业是否实现短期绩效期望作为评价或考核管理者经营能力的标准，而应促使管理者从追逐业绩增长向创新改变上转移，鼓励并扶持衰退企业通过创新努力实现复苏；其次，集中的权力结构有利于创新决策，当出现绩效衰退时应鼓励企业通过权力重组优化决策机构和治理机制，增加管理者的决策权和控制权，减少多核心权力决策的政治行为和决策干扰。虽然国有企业和大型企业在研发投入上具有资源和能力优势，但在衰退时不如民营企业有更强的动力做出创新决策，在创新产出上也不如民营企业更有效率。制度化力量形成的大量研发投入带来较小的创新产出，造成了研发资源的浪费，因此，当前要进一步研究和改进国有企业创新机制和权力结构，改进国有企业的创新投入模式，提高国有企业、大型企业的创新效率，增加创新投入产出能力。

（郭文）

【宏观经济政策影响企业创新投资吗——基于融资约束与融资来源视角的分析】

钟凯等（中国人民大学商学院）

《南开管理评论》2017 年第 6 期

18 千字

基于我国上市公司样本，从融资约束与融资来源视角，作者探讨了货币政策与财政政策对企业创新投资的影响。研究发现，紧缩货币政策加剧了创新企业与创新投资的融资约束，并且财政补贴为企业创新投资提供了重要的融资支持，但未发现证据支持货币紧缩时期企业创新投资更依赖财政补贴，主要是由于货币紧缩的同时，企业获得的财政补贴下降所致。进一步研究中排除了产权性质、投资需求以及公司业绩等因素可能对研究结论产生的潜在干扰。相比于现有研究，该研究的补充性贡献主要体现在以下几点：

第一，深入探讨宏观货币政策与财政政策对企业创新投资的影响，进一步拓展了宏观经济政策与微观企业行为之间的互动关系研究范畴，阐释了宏观经济政策能否通过拓宽企业创新融资渠道优化产业结构、促进经济增长。一方面，研究发现货币紧缩加剧了创新企业与创新投资的融资约束，表明货币政策会通过影响创新企业与创新投资融资约束渠道而作用于宏观经济发展。另一方面，财政补贴作为财政政策的重要组成部分，为企业创新投资提供了重要的融资支持，表明财政政策在提高经济增长质量方面发挥着重要作用，同时为财政补贴与企业创新的相关研究提供了补充证据，进一步说明财政补贴对于企业创新投资具有激励效应，而非挤出效应。

第二，为已往关于企业创新投资与融资约束的有关研究提供了基于宏观经济政策视角的新证据。已往相关研究主要结合创新投资的异质性特征分析其引发融资约束的机理，以及哪些融资来源能够缓解创新投资面临的融资约束。作者基于宏观货币政策与财政政策视角，说明引发创新企业与创新投资融资约束的宏观因素，以及宏观经济政策的调整如何为创新投资提供融资来源，为如何应对创新投资面临的融资约束提供理论参考。

第三，基于我国这一新兴资本市场制度环境，为已往基于发达资本市场探讨企业创新投资融资约束与融资来源的研究做出了一定补充。基于美国等发达资本市场的研究主要认为，股权资金是支持企业创新投资的重要资金来源，而作者结合中国上市公司样本的分析，发现对于我国企业创新投资而言，政府财政补贴资金发挥着更重要的支持作用。表明与发达资本市场相比，新兴市场国家中企业创新投资面临着更高的不确定性融资环境，政府财政补贴是降低企业创新投资风险、强化企业创新投资动力的有效手段之一，对于新兴市场国家如何促进企业创新投资具有一定的借鉴意义。

（郭文）

【智能生产共享商业模式创新研究】

史竹琴（太原理工大学经济与管理学院），蔡瑞林（常州轻工职业技术学院），朱先奇（太原科技大学经济与管理学院）

《中国软科学》2017 年第 6 期

8.6 千字

智能制造是制造业转型升级的主攻方

向，智能生产共享商业模式的创新有助于更快、更好地推进智能制造。该文选择商业模式的价值视角，收集沈阳机床智能生产共享的运行数据，分析了其价值主张、价值洞察、价值创造、价值传递、价值获取及运行机制。

作者通过沈阳机床智能生产共享商业模式的案例分析，得出以下六点结论：(1) 客户价值主张是智能生产共享模式设计的出发点。沈阳机床借助 i5 智能生产共享平台，实现潜在客户价值主张触发，其本质是通过颠覆性创新实现商业模式的变革，实现从传统生产制造商向现代工业服务商的转型。(2) 智能生产共享商业模式的创新的直接原因在于价值洞察。沈阳机床正是感受到用户需要的不是机床产品，而是生产制造的全程解决方案；正是洞察到共享前期、共享中期、共享后期的价值，才能实现智能生产技术与其他客户共享使用。(3) 智能生产平台需要依靠技术支撑实现价值创造。智能生产平台不仅需要攻克底层关键技术，而且需要通过利用过剩优势产能、核心技术共享、多主体参与、协同创新四个途径实现价值创造。(4) 智能生产共享模式的价值传递呈现网络化演化的特点。由于共享商业模式的开放性，随着技术的革新，智能生产共享模式的价值传递将由 B2B 转向 B2C 模式，还将催生 C2C、C2B 模式的价值传递。(5) 智能生产共享主导企业通过可持续的工业制造服务实现价值获取。智能生产共享模式逐步建立起面向全生命周期的服务体系，共享主导企业通过向共享参与方收取工业制造服务费用实现可持续的价值获取。(6) 智能生产共享模式的价值体系需要有配套的运行机制，保证信息流、资金流和物流的交互有序流动，需要能够快速实现服务需求和提供的快速匹配，需要进行相应的组织变革，这些都离不开配套的运行机制。

根据研究结论，该文得出以下管理启示：(1) 类似沈阳机床企业主导的智能生产共享模式不同于智能生产协作型共享平台，必须攻克关键底层技术，同时把客户价值主张作为商业模式创新的出发点。(2) 在实践操作中，需要充分利用好平台的开放性，通过低成本方式让更多 B 端用户、C 端用户共享平台的使用权。(3) 价值逻辑不再遵循原有的链式结构，转而形成复杂动态的网络结构，需要借助过程集成、信息集成和管理变革建立配套运行机制。(4) 共享主导企业需要真正扮演好工业服务商角色，在智能生产共享的工业制造服务中实现可持续的价值获取。

（赵璐）

【中国宇航企业创新认知影响因素研究】

陈建军等（哈尔滨工业大学管理学院、中国空间技术研究院）

《中国软科学》2017 年第 5 期

9.1 千字

现阶段我国宇航企业面临着残酷的生存环境，国际市场竞争压力巨大，国内市场中新的竞争对手不断涌现出来，在复杂的竞争环境中探索技术创新和企业运营模式的创新势在必行。该文以宇航企业为研究对象，从权变理论的视角下，研究外部环境和组织内部的变化对于企业创新认知的影响，并通过调查问卷的实证研究得到以下理论贡献：(1) 在高强度的市场竞争压力下，对于企业的创新认知有积极的影响，即意味着企业更趋向选择技术创新。在动荡的技术环境下，企业的创新认知更强。(2) 组织集权和组织规范的存在，直接影响着企业的创新认知，在较低的创新认知下，企业的创新行为意愿往往较低。(3) 认知惯性在组织集权和组织规范与企业创新认知之间存在着中介效应。组织集权和组织规范形成了机械化的组织运作方式，导致认知惯性和行为的产生。而创新往往需要打破惯性思维才能实现，认知惯性的存在直接导致了企业创新认知的低下。

该文具有以下管理启示：（1）技术动荡和竞争强度深刻地影响着宇航企业的创新认知。在复杂的技术发展和激烈的竞争下，宇航企业需要更进一步的深化创新认知、创新理念和创新意识。一方面要认识到外部技术环境和竞争环境带来的消极影响，另一方面也要认识到它们所带给企业的积极影响。面对动荡的技术环境，宇航企业需要具备前瞻性的技术创新发展战略，从更宏观的角度审视宇航技术发展，积极进行技术布局和技术储备。（2）组织结构深刻地影响着企业的创新认知和创新行为。对于宇航企业而言，需要改变传统的企业组织结构，将企业组织结构逐渐从机械化的、集权化、过度规范化向扁平化、柔性化、有机化组织转型。由于组织集权不利于宇航企业创新认知，宇航企业需要进一步改变企业传统的决策机制，将部分决策权下放。（3）认知惯性在组织集权、组织规范和创新认知之间存在中介作用。这说明对于宇航企业而言，组织架构、组织管理方面的“软性”文化和制度有可能影响到企业的认知行为。对于宇航企业而言，要建立创新认知，必须破除惯性认知，在思维和理念上敢于打破惯性才能有效地推进技术创新和商业模式的创新，这就需要不断通过组织管理方式和组织结构调整来实现。（4）对不确定性的容忍度、开发和探索技术机会的能力以及对组织架构灵活性的倾向是创新认知的三个维度。这就需要宇航企业进一步提升企业的创新认知，需要宇航企业增强对技术创新失败的容忍度，增强对不确定环境的适应性以及不确定性技术的容忍度，同时在实践中不断提升技术敏感度和技术发展的前瞻性眼光，积极开发和挖掘技术机会，提升企业在动荡的技术环境下的技术发展定力。

（赵璐）

【产品市场竞争优势、资本结构与商业信用支持——基于中国上市公司的实证研究】

吴育辉等（厦门大学管理学院）

《管理科学学报》2017 年第 5 期

11.7 千字

该文以2005—2013 年所有 A 股上市公司为样本，运用主成分分析方法从市场份额、盈利能力、现金创造能力、资产回报能力和成长能力等五个维度构建了评价企业产品市场竞争优势的综合指标，并实证检验产品市场竞争优势对企业资本结构和商业信用支持的影响，以及分别从宏观、中观和微观三个角度研究不同地区经济发达程度、行业竞争强度和股权属性对产品市场竞争优势与负债水平和商业信用支持之间关系的调节作用。研究发现：（1）产品市场竞争优势有助于降低企业的负债水平，并刺激企业对上下游企业商业信用的支持力度。（2）地区经济发展程度会影响产品市场竞争优势对资本结构和商业信用支持的作用。地区经济发展程度越高，取得产品市场竞争优势的企业更倾向于降低负债水平，并对上下游企业提供更多的信用支持。（3）行业竞争强度会影响产品市场竞争优势对资本结构和商业信用支持的作用。随着行业竞争强度的加剧，产品市场竞争优势对企业负债水平的降低效果会受到影响，同时也会抑制产品市场竞争优势对企业商业信用政策的刺激效果。（4）股权属性也会影响产品市场竞争优势对资本结构和商业信用支持的作用。相比国有企业而言，取得产品市场竞争优势的非国有企业愿意保持更低的负债水平，同时给予上下游企业更多的商业信用支持。

该文提出以下几点政策性建议：（1）在我国政府推动企业降低杠杆率的过程中，积极引导和推动企业聚焦产品市场竞争优势的培养和建立。目前资本市场上存在部分上市公司着眼于短期利益和资本运作，必须打击资本市场的炒作行为，引导企业回归经营本质，加强产品研发和技术创新，并转化为企业的产品市场竞争优势，才能彻底避免高杠杆引发的债务危机。（2）应努力平衡各地区的经济金融发展水平，尤其要加快落后地区在金融环境、市场化建设方面的发展。这样有助于促进地区企业间的商业信用，促进企业供应链生态的和谐发展。（3）应采取措施防范和抑制行业过度竞争和恶性竞争。行业过度竞争或恶性竞争不仅造成了资源的浪费和无效配置，还会影响了企业绩效，加重企业的财务负担，而企业为了自身的生存发展也会尽量压榨上下游企业的利润，造成整个供应链的恶性循环。（4）应加大非国有企业的扶持力度，支持非国有企业进入一些开放的行业，培育和发展更多具有产品市场竞争优势的非国有企业。这不仅可以降低非国有企业自身的经营和财务风险，还有利于创造出良好的商业生态环境。

（赵璐）

【创业企业如何构建联结组合提升绩效？——基于“结构—资源”互动过程的案例研究】

韩炜等（西南政法大学管理学院）

《管理世界》2017 年第 10 期
18.2 千字

在资源约束条件下，构建适宜的联结组合能使创业者从关系组合带来的资源组合效应中获益并收获成长。作者基于资源依赖理论的联合依赖与非对称依赖的双重视角，建构联结组合“结构—资源—绩效”的影响机制。利用嵌入式单案例研究发现：为了克服初创期较弱的联合依赖和较高的非对称依赖，青春期创业企业建立追加式资源组合增强联合依赖，创业企业绩效较低。从青春期到成长期，创业企业建立互补式与追加式并举的资源组合以降低非对称依赖，创业企业绩效较高。从成长期到发展期，创业企业建立大范围的互补式资源组合替代追加式资源组合以降低两种依赖，创业企业绩效最高。

研究的理论贡献主要体现在以下三个方面：第一，着重探讨了具有资源不对等关系和高度不确定性的创业企业联结组合所产生的资源组合效应，提出多种类型的资源组合方式以呈现跨联结间的交互关联性。联结“组合”的本质在于跨联结间存在交互作用，而不是单条联结的简单加总，这意味着对于存在资源缺陷的创业企业而言，其投入维系联结组合构成的成本有限，因此需要借助跨联结间的交互作用最大限度地利用联结组合创造资源价值。由此所产生的资源组合则通过不同联结中资源间的匹配放大资源的“组合”价值，预示着创业企业的资源策略不在于内部资源的开发与积累，而在于超越企业边界的资源匹配性整合，这有助于丰富人们对创业企业外部成长路径的理解，以及对创业企业借助外部网络获取资源的动态把握。

第二，突破以往单纯从联结或主体的角度探讨联结组合的规模或构成结构，转而基于资源依赖理论，从联合依赖与非对称依赖的双重视角及其交互影响，解读联结组合的独特结构。已有研究对于主体或联结的数量、性质的关注强调了联结组合的点线结构，忽视了点线背后所蕴含的关系属性与质量。作者对联结组合依赖结构的深入挖掘，有助于从联结所蕴含的依赖嵌入关系、权力配置对抗的角度分析联结组合的运行机理，以利于揭示联结组合影响创业企业绩效的深层次原因。

第三，研究不仅仅以过程的视角描绘联结组合的演进，而是通过对要素互动的识别，剖析结构驱动资源组合变异再诱发结构变异，进而影响绩效的共演化机制。研究突破以往仅针对联结组合形成或演化的单线过程研究，即描述联结组合的自然演进过程，或识别过程中的一种行动或策略，而是通过揭示结构—资源—绩效的共演化过程，挖掘在资源组合的中间作用下结构与过程的互动机理，从而有助于回答创业企业如何借助资源组合机制调整联结组合的依赖结构而收获绩效。

（郭文）

【公司创业投资究竟怎样影响创业企业的IPO抑价——来自深圳创业板市场的证据】

乔明哲等（暨南大学管理学院）

《南开管理评论》2017年第1期

18.3千字

国外研究表明，公司创业投资能够降低创业企业IPO抑价水平，但未能考虑该影响机制的特殊性和复杂性。作者基于信息不对称理论，以深交所创业板市场2013年年底355家上市企业为研究对象，研究发现：（1）公司创业投资参与的企业IPO抑价水平显著低于其他企业；（2）公司创业投资参与的企业IPO抑价水平显著低于仅有一般独立VC参与的企业；（3）公司创业投资持股比例与企业IPO抑价之间存在类似“∽”型的非线性关系，且该非线性关系受到投资方和受资企业之间业务相关性的影响。该文从细分不同VC类型和揭示信息传递复杂性两个方面深化了VC对IPO抑价影响的研究，有助于全面、深入地认识不同类型VC对IPO抑价影响的差异，以及公司创业投资对IPO抑价影响机制的特殊性和复杂性。

该研究具有重要的理论价值，具体表现为以下两个方面：第一，以往国内相关研究主要关注IVC对受资企业IPO抑价的影响，并未关注CVC这一特殊类型的VC。国外学者们虽然开始探索CVC对创业企业IPO的影响，但发达国家CVC的历史较长、经验丰富，上述研究结论是否适合中国情境尚不清楚。该文发现，在中国情境下，由于依托于大企业且以战略目标为导向，年轻、缺乏创投经验的CVC并未像IVC那样表现出强烈的“逐名效应”，而是更多地体现出“认证”作用。一方面弥补了国内缺乏相关研究的不足，另一方面表明“逐名效应”假说成立的条件不仅取决于VC的经验和声誉，还取决于VC的类型及其追求的目标，有助于更加全面地理解“逐名效应”假说的适用条件。研究结果充分显示了CVC的特殊性，未来基于中国情境的IPO研究应当注意区分和关注其产生的重要影响。

第二，已有研究忽视了CVC可能给创业企业带来的负面影响，只简单考察了CVC在总体上是否降低了创业企业的IPO抑价水平，该文通过引入持股比例和业务相关性这两个重要影响因素，厘清对CVC这种特殊类型的VC而言“认证”“逐名效应”“天使”和“鲨鱼”等假说、观点成立的前提条件，提出并验证了CVC对创业企业IPO抑价的复杂影响机制，加深了有关CVC对创业企业IPO抑价影响机理的认识，同时表明不同的CVC持股比例和双方业务相关性向股票投资者传递了不同的信息，说明VC在多大程度上发挥“认证”作用取决于它们能够在多大程度上促进创业企业的发展，对于进一步理解“认证”假说具有一定的启示。

（郭文）

【独立董事地理距离对公司代理成本的影响】

罗进辉、黄泽悦、朱军（厦门大学管理学院）

《中国工业经济》2017年第8期

20.3千字

传统中国社会是建立在血缘和地缘关系上的乡土社会，尽管科技的发展淡化了时空距离的概念，但地理距离的影响仍然表现在社会生活的方方面面，在公司治理中也是如此。该文以2004年1月1日至

2013 年 12 月 31 日的 11301 个公司年度观察数据为研究样本，实证研究发现，独立董事距离任职公司太近或太远都会加大公司的代理成本——包括股东与管理层间的第一类代理成本和大股东与中小股东间的第二类代理成本，并且这种影响关系在国有企业和欠发达地区表现得更为明显。进一步的经验证据还表明，异地独立董事更可能因为地理距离较远而缺席董事会会议，这从侧面说明异地独立董事在一定程度上会被隔离在及时有效的信息网络之外，面临更严重的信息不对称问题，进而使其对任职公司的监督变弱，为该文的理论逻辑和研究结论提供了进一步的直接证据。

该文的研究结论具有重要的实践和政策启示：

第一，独立董事地理距离具有反映公司代理问题的信号作用，这为投资者提供了一种间接识别上市公司代理问题的方法。关注公司治理质量的投资者可以通过查阅公司独立董事的简历，了解独立董事常驻地与上市公司的地理区位，并将其作为判断投资标的治理质量的因素之一，帮助提高其决策效率。

第二，缓解上市公司的代理问题，保护中小投资者的利益，需要监管机构规范独立董事的遴选和聘任制度，从上市公司内部改善治理环境。因此，监管机构需要对代理冲突较严重、内部治理机制不健全的公司进行重点关注，在其聘任异地独立董事时重点考察拟聘任独立董事是否有足够的时间和精力跟进公司的动态以便有效履行其监督职能；同时，监管部门应该密切关注本地独立董事与上市公司关系的动态变化，重点关注独立董事的独立性问题。

第三，从政策层面帮助上市公司强化公司治理，需要加强正式制度建设，降低独立董事的监督成本。进一步加强正式制度建设，如完善上市公司信息披露制度，使公司的运作更加透明，能够帮助独立董事更加容易地了解任职公司，降低其收集信息的成本；也能够使外部利益相关者更准确地获取独立董事的履职信息，对独立董事做出更加客观公正的评价。

（董昌娟）

【中国上市公司应如何为独立董事制定薪酬激励合约】

郑志刚（中国人民大学财政金融学院、中国财政金融政策研究中心），梁昕雯（中国人民大学财政金融学院），黄继承（中国人民大学财政金融学院、中国财政金融政策研究中心）

《中国工业经济》2017 年第 2 期
15.6 千字

以往的公司治理研究更多关注经理人的薪酬制定问题，对为经理人制定薪酬的独立董事的薪酬制定问题并没有给予应有的重视。该文以 2003—2012 年中国沪深两市 A 股上市公司为样本，实证考察了独立董事薪酬水平、薪酬差异与企业绩效改善的关系，并进一步揭示了相应的影响路径和实现机制。研究发现：

第一，多年来中国上市公司已逐步建立并完善了独董制度，独董薪酬激励在上市公司中发挥着重要作用。虽然企业成本会因独董薪酬的提高而增加，但激励充分的独董将有助于改善企业绩效水平，进而提高股东收益。

第二，一些公司近年来针对独董参与公司经营活动所付出努力程度和风险承担的不同，推出与其付出相挂钩的薪酬激励计划，即差别化薪酬政策。相比较而言，独董差别化的薪酬政策存在一定作用条件，只有在独董平均薪酬水平较高，激励相对充分时，差别化薪酬才能发挥作用。因而作为基本薪酬的一个补充形式，采取差别化的薪酬政策只能起到“锦上添花”的作用。

第三，独董薪酬激励增强带来企业绩效改善的原因在于：（1）由于独董积极参与制定经理人的薪酬契约，通过制定与企业绩效联系更为紧密的薪酬合约以提高经理人的激励；（2）薪酬激励还能直接提高独董的参会次数，并且使其更愿意站在股东的角度，针对董事会议案发表否定意见。上述两种机制共同作用导致了企业绩效的改善。

该研究的开展有助于公司治理理论与实务界对中国上市公司独立董事未发挥预期作用的内在原因形成全新认识，同时为完善中国制度背景下独立董事薪酬设计相关制度提供政策建议。

（董昌娟）

【董事多重兼任对创业企业 IPO 绩效的影响——从提供合法性到缓解资源依赖】

王理想、姚小涛（西安交通大学管理学院）
《经济管理》2017 年第 8 期
20.6 千字

该文通过实证考察创业板 IPO 企业的董事多重兼任对发行抑价和上市后企业绩效的影响，研究了董事兼任的信号价值和实质价值。

结果表明：（1）独立董事的兼任能够发挥信号的作用，无论其在上市公司或非上市公司的兼任都有助于改善投资者对企业合法性的评价、降低发行抑价；而内部董事的兼任没有降低抑价的信号作用。（2）无论独立董事还是内部董事的兼任都具有实质价值，能给企业运营带来实质的资源和优势从而提高企业上市后的财务绩效，但是，这种积极作用仅限于在非上市公司的兼任。（3）由于蕴含的董事兼任资本不同，不同类型的董事兼任的价值有很大区别。合法性信号的外来性、兼任背后资源的可利用性会影响董事兼任资本转换为企业资本的有效性。（4）由于企业在不同情境和阶段下对董事会资本的需求不同，同一种类型的董事兼任在两种情境下所具有的信号价值和实质价值也并不完全一致。这种认知结果与实际情况的偏离和特定认知情境下信号接收方的认知水平和认知标准的局限性有关。

对此，该文提出以下政策建议：（1）创业型 IPO 企业要充分认识和重视董事的多重兼任对企业的价值，并根据自身的需求选聘董事会成员。（2）投资机构要认识到拥有知名独立董事背书的 IPO 企业会受到较多的青睐，发行定价会比较合理；但长期来看，企业的发展还是要依靠董事兼任积累的实务经验，要关注身兼数职的董事是否能真正地给企业带来可用的资源和优势。（3）对于监管机构来讲，首先，要注重人才的培养并选择有经验、有声誉的独立董事建立独立董事人才库，帮助企业能够聘请到优秀的独立董事。其次，要促进董事价值的发挥，既要建立董事的声誉机制和完善的激励措施，又要加强对董事尽责履职的规范引导、法律约束和社会监督。最后，监管机构要加强对 IPO 企业信息披露的规范和管理，缓解信息不对称，从而提高资本市场的融资效率，并努力让投资尽量回归经济效率和理性。

（董昌娟）

【家族管理影响中小家族企业价值的路径：基于行业竞争的代理理论和效率理论的研究】

陈志斌、吴敏（东南大学经济管理学院），
陈志红（南京大学海外教育学院）
《中国工业经济》2017 年第 5 期
23.5 千字

该文分别研究了家族管理对中小家族企业价值产生影响的代理成本、决策效率和执行效率三条路径，并引入行业竞争深入研究该外部变量对三条内部路径的调节效应。对 2012—2014 年创业板和中小企业板的 A 股中小家族企业面板数据进行检验，结果表明：对于中小家族企业而言，家族管理可以降低代理成本、提高执行效率，对企业价值产生正向影响；但也会降低决策效率，对企业价值产生负面影响。而行业竞争放大了家族管理对中小家族企业价值的正向影响，减弱了家族管理对中小家族企业价值的负面影响。在高竞争行业中，家族管理对降低代理成本，提升执行效率的促进作用更明显，对决策效率的阻碍作用更微弱，使得家族管理迹象越明显的中小家族企业，其价值相对越高。

该文具有以下理论贡献：

第一，家族管理仅为家族企业管理模式的一大特征，国内学者总结出中国家族企业管理模式呈现出所有权和经营权两权合一、家长式领导、差序化管理、依赖网络等普遍特征（胡军等，2002；储小平，2004），该文研究为后续从诸如差序化管理，依赖网络经营等管理模式要素特征视角或者加入实际控制人背景因素展开中小家族企业价值的影响因素研究打下基础。

第二，该文以中小家族企业为背景，分析了家族管理影响企业价值的三条路径，这为从其他内部路径或者将三个内部路径结合放在某一特定情境下研究家族管理对中小家族企业价值的影响拓宽了思路。

第三，将家族管理对中小家族企业价值的影响研究置于行业竞争这一外部环境中有助于充分了解该影响的路径变化，这为后续研究其影响后果，如何控制和管理这种影响等提供了参考，而且这种结合外部环境研究内部因素影响的研究思路为后续扩展分析地区市场成熟度、地区经济水平等其他外部环境的作用打下了基础。

（董昌娟）

【董事网络关系、信息桥与投资趋同】

陈运森（中央财经大学会计学院、中央财经大学中国管理会计研究与发展中心），郑登津（中央财经大学会计学院）

《南开管理评论》2017 年第 3 期

17. 8 千字

组织间的社会联系是趋同社会学习的重要渠道，作为经济体中的一分子，公司投资也必然嵌入其所在社会网络中，受到网络中其他成员的影响。然而，以往多数研究较少考虑这种网络关系带来的作用，这种社会网络对公司决策的具体交流和模仿渠道也并不清楚，从而可能导致董事的执行效果不清晰，形成所谓的“董事会之谜”。

鉴于此，结合董事直接连锁关系和间接连锁关系，利用对偶模型将所有公司进行两两配对，作者检验了董事连锁网络对公司间投资趋同的影响。结果发现，如果两个公司之间存在董事连锁网络关系，公司间的投资水平和投资变化都更加趋同，而且该趋同效应随着董事连锁网络的强度增加而加强；此外，公司的信息环境越差，对董事连锁网络关系这一非正式信息传递渠道的需求就越高，董事连锁网络关系对公司间投资趋同的作用越明显；进一步看，当两个公司处于同一行业时，董事连锁网络关系对公司间投资趋同的作用越明显；非独立董事连锁网络关系对公司间投资趋同的作用强于独立董事连锁网络关系。为控制潜在的内生性研究，作者还以董事死亡的外生事件作为自然实验进行了双重差分检验。结果显示，公司间的董事连锁网络成为政策制定信息的非正式获取渠道和重要信息桥梁，为“社会网络和公司财务”交叉研究提供了进一步的证据。

该文可能的创新点如下：（1）拓展了近年来兴起的“公司间效应”尤其是公司政策趋同效应的研究。研究发现，董事连锁网络关系是公司间政策趋同的一个不可忽视的重要渠道。而且相对同行业同地域、高管联结、校友等社会网络关系，董事兼任网络关系作为与公司决策性质相同的社会网络类型，则更适合用来检验社会网络关系与公司政策趋同。（2）扩展了对董事信息获取以及董事社会网络的相关文献。以往社会网络相关研究基本是单向“与公司 A 存在董事连锁网络关系—公司 B 行为”的研究，而且基本只检验直接连锁董事关系，作者结合直接和间接董事连锁网络关系，通过独特的对偶模型设计，同时考虑网络关系的存在性及强度，更加全面地衡量董事连锁网络关系。(3) 研究结论对上市公司实践和资本市场监管有一定启示作用：对于上市公司可以通过聘任具有董事连锁网络的董事，以获得更多的信息资源；对于监管机构在制定规则时应该重视董事网络关系带来的公司信息传递影响，并正确引导这种网络关系对公司的积极作用。

（郭文）

【国有企业高管跨体制联结与混合所有制改革——基于“国有企业向私营企业转让股权”的经验证据】

陈仕华、卢昌崇（东北财经大学工商管理学院）

《管理世界》2017 年第 5 期
18.2 千字

混合所有制改革的实质是打破国有企业与私营企业之间存在的体制障碍，加强国有企业与私营企业之间的相互融合。鉴于国有企业向私营企业转让股权是混合所有制改革的一条重要改革途径，作者结合我国国有企业改革的特殊制度背景（即由渐进式市场化改革导致的体制内和体制外相对分割的二元结构），基于国有上市公司 2004—2012 年转让的国有股权数据，考察国有企业高管跨体制联结对国有企业向私营企业转让股权的影响。研究发现：与国有企业高管没有跨体制联结关系的情况相比，当国有企业高管拥有跨体制联结关系时，国有企业向私营企业转让股权的可能性较大；当跨体制联结关系由非独立董事（不包括仅在一方公司担任独立董事的情况）形成，对于发生在管制性行业和不影响公司控制权变更的股权转让，高管跨体制联结对国有企业向私营企业转让股权的正向影响越强。进一步研究发现，国有企业高管跨体制联结主要通过传递交易信息和环境信息、缓解意识形态障碍等机制影响国有股权向私营企业转让。

研究结论不仅丰富了高管跨体制联结关系维度和混合所有制改革的现有研究文献；而且具有实践启示，即搭建国有企业高管与私营企业高管之间联系的桥梁和纽带，创造国有股权转让的公平交易环境，对助推国有企业混合所有制改革有重要意义。具体而言：由于高管跨体制联结可以通过传递信息（交易信息和环境信息）而促成国有股权向私营企业转让，因此可以利用高管跨体制联系的渠道去推进混合所有制改革。从实践情况来看，除高管兼任形式外，诸如校友关系（如华夏同学会等）、老乡关系（如山东商帮、苏南商帮、浙江商帮、闽南商帮、珠三角商帮等），以及各种类型的商业协会（如中国上市公司协会、中国互联网金融行业协会、全国女性高管协会等）和俱乐部（如中国企业家俱乐部、全球华人总裁 CEO 俱乐部等）等，都可能形成跨体制联结关系的渠道，因此，积极利用和深入挖掘这些联结关系的潜在效应，将会对推动国有企业混合所有制改革有重要意义。此外，将国有股权转让给私营企业存在意识形态障碍，高管跨体制联结虽然可以在一定程度上缓解这种意识形态障碍，但实际上相关部门更应该在混合所有制改革过程中为非公资本营造更为公正、公平、公开和充分尊重市场。

（郭文）

【经济政策不确定性影响了企业高管变更吗？】

饶品贵、徐子慧（暨南大学管理学院）

《管理世界》2017 年第 1 期
18.3 千字

一直以来，经济政策不确定性对政治体系、宏观经济运行以及企业行为造成了重大影响。以2000—2013年中国A股上市公司为样本，作者采用Baker、Bloom和Davis（2013）开发的“中国经济政策不确定性指数”，研究经济政策不确定性对高管变更的影响。研究结果表明，在外部不确定性高时，企业内部会采取风险对冲的策略，从而降低高管变更的概率，这一情况在风险承担能力弱的企业中更为明显；进一步分析发现，对于在经济政策不确定性高时发生了高管变更的企业，继任高管更可能从内部选聘。

研究的理论贡献在于扩展了经济政策不确定性和高管变更方面的研究。首先，现有文献主要从公司治理的角度讨论企业内部因素对高管变更的影响。这部分研究存在两个问题，一是很少考虑宏观环境因素对高管变更的影响；二是更多将高管变更决策作为一种对高管行为的约束，而忽视了高管变更本身也是一项影响企业未来战略和长期发展的经营决策。该文以宏观经济政策不确定性对企业风险的影响为视角，将企业高管变更决策作为企业应对外部风险的重要策略，通过分析经济政策不确定性对高管变更收益和风险的影响，发现经济政策不确定性是影响企业高管变更的重要因素，从而拓展了高管变更方面的文献。其次，在考察经济政策不确定性是否会影响到企业的高层人事变动的基础上，进一步推进了经济政策不确定性方面的研究，为经济政策不确定性与企业行为方面的研究提供了更加完整的证据。

此外，研究结论为经济政策如何更有效地发挥治理作用，以及企业如何增强自身应对外界风险的能力提供了政策启示。首先，经济政策不确定性对企业的影响主要来源于政策出台前对政策导向的不确定性和政策出台后对政策实施力度和实施后果的不确定性。因此，政府部门应该增强信息出台前后的信息披露水平，充分利用新闻媒介和自媒体的信息传播功能，并保持政策制定的一贯性、连续性和可比性，使市场尽可能充分了解政策的走向。其次，企业行为方面，面对不断攀升的宏观环境不确定性，企业要制定应急管理制度以增强自身应对外界风险的能力。以人力资源管理为例，企业要重视内部管理者的培养，避免过分倚重个别高管，争取让不同层级的管理者都可以在日常经营中得到锻炼。企业还要重视继任高管的应急管理工作，完善应急管理制度，做到高管发生突然变更时有人可选、有人可用。同时，企业要密切关注政府政策动向，可以通过培养政策分析人员、加强政企联系等方式更准确、有效地理解政策发展动向，降低外部不确定性可能带来的风险。

（郭文）

【目标兼容性、投资视野与家族控制：以研发资金配置为例】

吴炳德等（福州大学经济与管理学院）

《管理世界》2017年第2期

17.9千字

治理模式与投资视野的关系是一个重要但仍存争论的问题，以往以研发投资作为考察这个问题出发点的研究存在基本假设和研究情境两方面的缺陷。作者按回报周期将研发投资分成短期和长期两种类型，从SEW理论视角，以转型经济下民营企业研发行为为考察对象，建立一个从短期和长期角度比较主导联盟目标与企业目标是否兼容的理论模型，探讨新常态时期家族控制与投资视野的关系。基于全国工商联民营企业健康调研的大样本数据的实证研究显示，家族企业短期研发投资的力度低于非家族企业，长期研发投资的力度高于非家族企业，并且这种行为特点受两种相反力量的调节，充裕的内部研发资源放大了这种特性，动态的外部行业技术抑制了这种特性。研究揭示了在损失厌恶的决策模式下，目标兼容性在投资决策中的决定性作用，从时间维度揭示了家族企业投资视野的特点：家族企业兼具长期财务风险偏好和短期风险厌恶的研发投资特点，但这种特点受到企业内部研发资源、外部行业技术动态性因素的调节效应，这为全面认识家族企业的研发投资提供了一个较为全面的分析框架。

该文的研究结论对企业实践提供了一些启发：第一，为增强企业长期导向的自觉性，不管是家族企业还是非家族企业，更加重视以时间维度分析项目的损益表现是必要的；第二，为增强企业主导联盟与企业目标的兼容性，董事会在设计高管的激励制度时，可以增加股票期权等更能体现企业长远价值薪酬项目的比重，而且对高管的考核周期也应尽量延长，避免频繁考核造成的短视厌恶；第三，对于家族企业，为兼顾企业长期繁荣和短期经济绩效，克服对依赖家族外部力量的担忧、增加必要的短期研发项目投资是必要的，以避免出现短期经济绩效恶化影响长期生存繁荣；第四，企业在治理结构的安排上确保所有者利益的不缺位至关重要，这不仅事关所有者的利益，而且也事关各企业利益相关者的利益；第五，对于家族企业，如果主导家族想要企业充分体现家族的意志，那么选择那些技术变迁较为缓慢、技术发展趋势较为可测的行业是一个不错的选择。

（郭文）

【企业避税、债务融资与债务融资来源——基于所得税征管体制改革的断点回归分析】

刘行（东北财经大学会计学院、中国内部控制研究中心），赵健宇（北京大学光华管理学院），叶康涛（中国人民大学商学院）

《管理世界》2017 年第 10 期
18.3 千字

从理论与实证上解释企业的资本结构实践，一直以来都是公司金融学术界的主流研究命题。基于近年来企业避税问题日趋普遍且备受关注的现实背景，作者利用我国2002 年所得税征管体制改革这一“自然实验”，采用断点回归分析方法，考察企业避税程度变化如何影响其债务融资行为。研究发现，企业避税难度增加并未导致具有利息税盾效应的正规金融融资的增加，这一结果不支持企业避税行为的“非债务税盾效应”假说，也与 Graham 和 Tucker（2006）的开创性研究不符。进一步分析表明，企业避税难度增加会导致不具有利息税盾效应的商业信用负债的显著增加。这一效应在融资约束严重的企业、获取正规金融难度较大的企业和民营企业中更为明显，结果支持了企业避税行为的“现金流效应”假说。

该文研究的贡献在于：首先，基于中国的制度背景，从理论与实证上重新解释企业避税与债务融资的关系，对 Graham 和 Tucker（2006）的结论形成重要拓展。Graham 和 Tucker（2006）首次发现企业的避税活动会减少企业的债务融资规模。他们的债务融资指标为银行贷款和债券等方式，依据的理论基础为企业避税的“非债务税盾理论”。然而，“非债务税盾理论”并不能解释中国企业避税与债务融资的关系。基于此，作者提出企业避税对债务融资的“现金流效应”假说，并采用不具有“利息税盾效应”的商业信用负债融资行为进行实证验证，为理解企业避税与债务融资的关系提供了一个新的理论视角。

其次，自 Graham（2000）发现企业负债不足的现象以来，众多学者以 DeAngelo 和 Masulis（1980）的理论分析为基础，尝试从非债务税盾的视角解释“负债不足之谜”。然而，研究表明，对于类似于中国这样的新兴资本市场，由于企业获取正规金融融资的难度较大，导致“非债务税盾”理论的解释力相对不足。这表明在解释中国企业的债务融资时，可能需要谨慎使用“非债务税盾”理论，并努力探索其他更切合中国实践的资本结构理论。

最后，在实证方法上，采用断点回归的实证分析方法，具有以下优势：第一，可以使得研究结论较少受到遗漏变量、反向因果等内生性问题的困扰，有助于研究者更好识别出企业避税与债务融资之间的因果关系，因而研究结论具有更高的可信度。第二，利用企业成立时间不同所导致的税收征管机构不同的方法来识别企业避税难度，在一定程度上缓解了企业避税指标的度量误差问题。

（郭文）

【上市公司高管显性激励治理效应研究——基于“双向治理”研究视角的经验证据】

方政、徐向艺、陆淑婧（山东大学管理学院）
《南开管理评论》2017 年第 2 期
18 千字

由于实际控制人的存在，中国上市公司的高管激励研究需要将实际控制人的影响纳入高管激励研究中。基于此，作者引入“双向治理”研究视角，旨在将实际控制人在高管对于显性激励安排权衡取舍中的影响纳入研究框架，并以 2009—2013 年中国 A 股上市公司作为研究样本，研究结论如下：（1）高管货币化薪酬呈现积极的治理效应，能够显著降低代理成本，说明货币化薪酬在中国上市公司高管激励中发挥着积极作用，能够实现股东与高管的利益趋同；（2）高管持股诱发代理问题，导致更高的代理成本，并且弱化货币化薪酬的激励效果，证实该文关于高管持股的限制，以及资本市场不成熟的交互作用可能弱化高管持股治理作用的假设，同时为目前中国资本市场中高管持股比例普遍偏低提供解释；（3）高管期权激励主要体现在对于货币化薪酬与代理成本关系的调节效应中，并且主要见于民营企业和高科技行业中，而对于国有企业和传统行业公司并没有治理效应。一方面说明期权激励更多地扮演着货币化薪酬的补充，另一方面说明其适用性显著受到情境因素的影响。研究结论表明，由于资本市场特点、高管动机等因素的不同，中国 A 股上市公司的高管显性激励实践有别于西方资本市场，因此高管显性激励安排应该立足于高管动机、研究高管对于不同激励安排的接受程度。

结合以上研究结论，针对中国 A 股市场上高管显性激励有效性提升，作者提出如下政策建议：（1）货币化薪酬与期权激励的有机结合，即合理的货币化薪酬，辅以必要的期权激励。合理的货币化薪酬能够满足高管无约束用途的需求，而期权激励则可以实现股东与高管利益趋同化的长期性，二者的互补能够有效提升高管显性激励的有效性，约束高管的机会主义行为。（2）提升高管持股的货币化程度，并辅以“奖金银行”。为弱化高管持股的消极治理效应，上市公司可以考虑以影子股份替代实际授予高管股份，并缩短影子股份的兑现期限（如当年或者第二年），同时需要辅以“奖金银行”，确保高管影子股份兑现后的追索权，如果出现高管旨在利用影子股份变现的短期机会主义行为，公司有权追索相关的升值部分所得。（3）丰富期权行权条件，避免由于关注业绩或者市场估价而导致的激励效率损失。由于该文发现期权激励的有效性主要体现在目前中国民营企业或者高科技行业中，而在国有企业或者传统行业并没有发挥相应的激励效果，这就需要上市公司根据自身特点以及所处的市场环境，相应设置更加多元的行权条件，如国有企业的社会责任指标、传统行业的品牌满意度指标等，以优化期权激励在相关情境下的治理效果。

（郭文）

【双重监管、XBRL 实施与公司治理效应】

陈宋生、童晓晓（北京理工大学管理与经济学院）

《南开管理评论》2017 年第 6 期
18.2 千字

多重监管的共同目标是确保监管主体之间产生协同效应，以及弥补客体治理机制的不足、保持市场竞争力，现有研究过于关注前者而忽视后者。作者选取 1998—2013 年沪深两所上市公司，以 XBRL（可扩展商务报告语言）财务报告的报送被财政部和证监会双重监管事件为研究对象，观察其对公司治理效应的影响。研究发现，公司目标函数不变时，自 2008 年应证监会要求采用 XBRL 技术同步披露财务报告以来，公司应计盈余管理下降 1.5%，真实盈余管理水平上升 5.8%，公司会在两种操纵方法间权衡；2010 年财政部以部分上市公司为试点介入监管，由于两个部委颁布的 XBRL 分类标准不同，增加了公司的转换成本和学习成本，双重管制公司的真实盈余管理水平高于其他公司 4.0%，不具有资源优势的非国有公司真实盈余管理上升更显著（比国有公司高 6.9%），治理效应下降。多重监管只加强了政府的责任意识，并未改善公司治理。

结合上述研究结论，得出如下启示：第一，信息技术提高市场信息透明度，减少用户应计盈余管理程度，但是用户会转向更为隐蔽的真实盈余管理。使用 XBRL 目的在于向外界发出会计信息质量改善的信号，但是采用真实盈余管理方法会使得这种信号变得模糊。第二，为达到特定盈余基准而真实盈余管理是一种偏离正常经营活动的行为，有可能损害公司短期和长期利益。XBRL 实施过程中应辅以其他公司治理机制，限制管理层这种损害公司利益的不当行为。第三，财政部从 2010 年起颁布 XBRL 通用分类标准，与中国证监会的标准不同、实例文档不兼容，使得部分上市公司面临多头报送的问题，增加其实施成本和学习负担，降低政策执行效率。各监管部门需加强沟通交流，尽快统一 XBRL 分类标准，避免资源的浪费以及上市公司管理层的投机行为。第四，对某一项目实行严格监管、重复监管，强调被监管对象的责任意识模糊了公司保持和促进企业繁荣的需求。更多的监管只会带来更多被监管部门的“划勾选项”，采用复制粘贴方法，消除更多的灵活性，带来更多负面效果。未来需要权衡多重监管增强责任意识时所带来的收益与所付出的代价。

（郭文）

【异地独董、履职职能与公司过度投资】

曹春方、林雁（西南财经大学会计学院）

《南开管理评论》2017 年第 1 期
17.9 千字

异地独董对公司层面的整体效应尚未得到统一认识。基于过度投资这一较为全面的公司决策视角，以 2001—2013 年 A 股主板上市公司为样本，作者提出异地独董的“咨询有效”“咨询无效”和“监督无效”三种假说检验异地独董对公司整体投资的作用。研究发现：（1）异地独董导致了公司更严重的过度投资，该结论在考虑内生性及多种稳健性之后仍然成立，以此拒绝“咨询有效”假说；（2）从公司监督需求和咨询需求区分考察失效职能的结果表明，异地独董在公司整体层面主要表现为“监督无效”；（3）路径上，异地独董的履职失效源于更低的董事会出席率、公司更高的电话会议比例和公司面临的较差的信息环境。后果上，异地独董导致的过度投资降低了公司价值；而异地独董的差异也并非个体系统性偏差，相同独董的异地任职比本地任职导致了更严重的过度投资；忙碌、非职业背景、非学术背景和年龄较轻的异地独董对过度投资的影响更强。

研究拓展和丰富了异地独董和过度投资的相关文献。现有关于独董与过度投资的研究主要集中于探讨独董比例等特征对过度投资的影响，对独董地域、职能及履职失效途径等方面的考察有限。作者聚焦于独董地域特征，考察异地独董对公司过度投资的作用。除现有研究普遍关注的地域因素外，作者分析了异地独董履职过程的路径、经济后果、个体特征等因素的影响，有助于更为全面地认识差异化异地独董在公司治理中的作用。研究结论的实践意义表现在：其一，虽然部分研究表明异地独董能帮助公司异地经营，但作者证明异地独董会导致公司整体的过度投资，进而降低公司价值，公司聘请异地独董时需仔细权衡其公司治理作用；其二，考察异地独董相关个体特征后发现，导致过度投资程度加大的主要是忙碌、非职业、非学术和年龄较轻的异地独董，上市公司对这几类异地独董的聘任需更加谨慎。

（郭文）

【机构投资者对其持股公司绩效的影响研究——基于机构投资者自我保护的视角】

张涤新（南京大学经济学院、南京大学金融计量与风险管理研究中心），李忠海（南京大学金融计量与风险管理研究中心）

《管理科学学报》2017 年第 5 期
15.8 千字

作者从机构投资者自我保护的视角出发，通过构建公司内部人和机构投资者的博弈模型，揭示了机构投资者对其持股公司绩效影响的微观机制。在此基础上，实证研究我国沪深 A 股市场 2004—2012 年公司样本。研究结果表明：机构对其持股公司绩效的改善作用在 2004—2007 年和 2008—2012 年两个阶段存在结构性变动；从整体来看，在上述两个阶段，机构投资者对其持股公司绩效有显著改善作用，但第二阶段的改善作用明显减弱；基金有助于改善其持股公司绩效，而其他机构投资者缺乏这种改善作用。机构在第二阶段改善作用减弱的主要原因是，在样本期间，基金持股规模占比迅速衰减，其他机构投资者持股规模占比大幅提高抑制了整个机构对其持股公司绩效的改善作用。

研究结论肯定了机构投资者对改善我国公司绩效起到积极的促进作用，也为我国今后发展以基金为代表的机构投资者提供了如下理论贡献和政策启示：第一，规范上市公司决策机制，夯实机构投资者履行监督职能的基础。我国应加强对有关政策的落实，出台相应的法律法规，规范上市公司决策机制，确保机构投资者履行监督职能。第二，有效发挥行业协会的作用，借此增强机构投资者的“话语权”。建议在吸收其他类型机构投资者及扩大行业协会会员的同时，规范会员的行为标准，建立和完善行业协会与相关部门的沟通渠道，增强行业协会的话语权。第三，建立和完善对其他机构投资者市场监管和信息披露制度，提升其自我保护意识及竞争能力。我国有必要加强对其他机构投资者市场监管、推动其建立规范的信息披露制度，引导其积极参与公司治理，履行监督职能，增强自我保护能力，促进其持股公司的绩效改善。第四，大力发展证券投资基金，进一步提高机构投资者的自我保护能力，积极发挥它们对其持股公司的治理作用，改善我国上市公司的经营绩效。为提高机构整体的自我保护能力，发挥其对公司的监督作用，提高机构整体对公司绩效的改善作用，有必要进一步加大对基金行业的发展力度，促进我国机构投资者整体迈向良性发展的轨道。

（赵璐）

【职场欺凌对研发人员知识分享意愿的影响机制研究】

杜恒波、朱千林、许衍凤（山东工商学院工商管理学院）

《中国软科学》2017 年第 2 期
10.3 千字

在中国的组织情境下，职场冷暴力对知识分享意愿的作用机制还是一个需要深入探索的黑箱。该文基于 357 份来自企业研发人员的调查数据，构建了一个有调节的中介模型，证实了组织认同在职场欺凌与知识分享意愿之间负向关系的中介作用；引入大五人格理论，证明神经质可以调节以组织认同为中介的职场欺凌对研发人员知识分享意愿的负向影响。该研究填补了职场冷暴力和知识分享之间的理论间隙，进一步丰富了职场冷暴力理论。

该文主要结论如下：第一，在中国的企业背景下，研发人员遭受的职场欺凌越多，知识分享意愿越低。作为一种长期的、持续性的、带有敌意的负性行为，职场欺凌会破坏研发人员的人际关系、沟通氛围等组织氛围。第二，职场冷暴力会对个体的组织认同产生负面影响，而组织认同会对组织内部成员间的合作程度产生影响，可以推知作为组织内部合作行为的一种，团队成员间的知识分享意愿会受到组织认同的影响。第三，相对于低神经质水平的个体而言，具有高神经质水平的个体对职场欺凌更加敏感，在遭受职场欺凌时反应更加强烈，更加倾向于采取消极情绪和措施加以应对，而这些消极反应加剧了职场欺凌对组织认同的负面影响，进而加深了对研发人员的知识分享意愿的抑制作用。

该文的政策启示体现为以下四个方面：第一，职场欺凌作为一种长期的、持续性的、带有敌意的负性行为会破坏研发人员的人际关系、沟通氛围等组织氛围。团队和企业应当注重对组织氛围的构建和相关管理制度的制定。第二，研发团队中的职场欺凌与个体的知识分享意愿之间的负向关系是通过组织认同发挥作用的，可以通过提升研发人员的组织认同水平，从而降低职场欺凌对研发人员知识分享意愿的负面作用。第三，企业应重视对研发人员知识分享意愿的提升，设计激励机制鼓励团队合作，鼓励知识分享，营造良好的知识沟通氛围。

（赵璐）

【重新定义员工——从员工 1.0 到员工 4.0 的演进】

李海舰（中国社会科学院工业经济研究所），朱芳芳（中国社会科学院研究生院）

《中国工业经济》2017 年第 10 期
21.8 千字

员工变革一直是企业界和学术界关注的重要问题。从工业经济时代到知识经济时代、信息经济时代、智慧经济时代，员工时刻处在动态发展中。该文沿着历史主线，归纳和分析了工业经济时代以来的员工变革历程。在员工定位及其角色两方面，员工属性跟随着技术和人在时代中的持续演变而发生变化；以此为依据，该文对员工变革历程做了阶段划分，并详细分析了各个阶段员工定位及其角色的具体体现。

该文提炼出员工变革的四个阶段：（1）员工 1.0，员工定位于被管理者，其角色为工具人，体现在员工被物管理和被人管理；（2）员工 2.0，员工定位于自管理者，其角色为准主人，体现在员工成为“SBU”“经理”以及“总裁”；（3）员工 3.0，员工定位于自创业者，其角色为合伙人，体现在员工成为创客合伙人和动态合伙人；（4）员工 4.0，员工定位于自组织者，其角色为社会人，体现在个人帝国主义、员工在线发展以及员工全球共享。

纵观员工变革的各个阶段，发现它们之间并非孤立存在，而是紧密相连：（1）前一个阶段是后一个阶段出现的基础。在员工定位上，自管理者延续着被管理者单位人的身份；自创业者延续着自管理者自主经营的意识；自组织者延续着自创业者独立创造价值的能力。在员工角色上，以工具人为基础，员工2.0专注于提升其主人翁归属感，即成为准主人；以准主人为基础，员工3.0专注于推动其自主在企业内部开展创业活动，即成为合伙人；以合伙人为基础，员工4.0专注于在全社会发挥人力资本价值，即成为社会人。（2）后一个阶段是对前一个阶段的发展。在员工定位上，员工从被管理者转变为自管理者，实现了由服从管理到主动自治的跨越；员工从自管理者转变为自创业者，实现了由员工身份到创客身份的跨越；员工从自创业者转变为自组织者，实现了由内部创业到社会创业的跨越。在员工角色上，从工具人到准主人的变革，意味着员工开始有了自治意识，可独立承担风险；从准主人到合伙人的变革，意味着员工自治能力持续增强，可独立创办企业；从合伙人到社会人的变革，意味着员工自治范围逐渐扩大，不再局限于企业内部。未来，在员工4.0的基础之上，员工定位及其角色仍会沿着自主程度日趋增强的方向持续变革下去。

（董昌娟）

【高绩效HRM实践能否减少雇员的离职倾向？——基于新经济行业与传统行业的对比】

毛宇飞、曾湘泉（中国人民大学劳动人事学院）

《经济管理》2017年第10期
17.2千字

已有研究关于HRM实践与雇员离职之间的关系存在一定争议，并且这些研究多将企业中雇员作为同质性个体处理，缺少对不同行业类型、工作特征及企业类型HRM实践的异质性区分。不同于已有文献，该文的贡献在于结合经济转型期的现实背景，分析了高绩效HRM实践影响雇员离职行为的理论机制，并基于2012年和2013年的CMEELS数据，利用Probit模型检验了HRM系统、具体HRM实践对雇员离职行为的影响作用。在实证分析中，重点区分了全样本、新经济行业和传统行业样本的作用差异，还进一步探讨了HRM系统对不同工作特征和企业性质的雇员离职行为的异质性效果，并进行了稳健性检验。该文的研究结果显示：

第一，高绩效HRM系统对雇员离职行为有显著负向影响，表现为HRM系统增加一单位，将导致雇员离职行为的概率平均下降4.32个百分点，且新经济行业中HRM系统的边际效应（5.56个百分点）要高于传统行业（2.95个百分点）。

第二，具体的HRM实践对雇员离职行为的影响机制有所区别，晋升空间、职业发展、员工参与等通过“引导效应”减少了雇员的离职行为，而严格招聘和绩效管理分别通过“期望效应”和“淘汰效应”，增加了雇员的离职。

第三，具体的HRM实践的作用效果存在行业异质性，新经济行业中承诺导向型的HRM实践更有效，而传统行业中控制导向型的HRM实践更有效。

第四，HRM系统对不同职位级别、合同类型和企业所有制类型的雇员离职行为影响作用存在着异质性，对于职位层级为低层或中层，合同类型为无固定期限合同，所在企业所有制类型为国有/集体或外资企业的雇员离职行为更有效。

（董昌娟）

【中国情境下心理契约与离职倾向关系的元分析】

马丽（北京师范大学经济与工商管理学院、西北师范大学商学院）

《经济管理》2017年第10期
15.4千字

针对目前国内学术界对心理契约与离

职倾向间关系存在争议的现状，该文运用元分析技术，对中国情境下的心理契约与离职倾向关系做了定量综述。该文具有以下理论贡献：

第一，从研究方法来看，该文在前人丰富的研究成果基础上，采用目前国际上流行的文献定量荟萃分析技术——元分析，较详细地探讨了心理契约与离职倾向之间的关系。该文与前人同类研究相比较，以更多的研究样本为依据，对中国情境下的心理契约与离职倾向之间的关系做了深入的探讨，得出二者为高度负相关的元分析统计结果，一定程度上澄清了中国情境下该领域研究的意见分歧，弥补了以往研究的不足。

第二，该文通过综合众多实证文献结论，以社会交换理论和公平理论为依据建立相关假设，对实证数据进行分析检验，从整体上厘清了长期以来国内学术界一直有所争议的心理契约与离职倾向之间的关系，发现心理契约对员工离职倾向具有显著预测力，进一步丰富了该领域的相关理论，并为未来理论的深入探讨提供了相应参考依据。

第三，该文通过对相关实证文献的梳理，归纳出国内学者对中国情境下心理契约维度的共识，并以此为基础，运用元分析技术分别考察了三维度与离职倾向间的关系，得出三维度均与离职倾向呈负相关关系的结论，这为深入认识心理契约与离职倾向间关系提供了实证上的支持。同时，通过对三维度效应值大小进行比较，发现它们与离职倾向关系强度存在显著差异，使得心理契约与离职倾向之间内在隐含关系得以显现，为未来研究提供了一定的指导。

第四，该文根据文献编码结果，选取了员工受教育程度、区域发展水平、南北文化差异作为影响二者关系的调节因素，并利用元分析方法中的调节效应检验技术对其影响效应分别进行检验，发现三种影响因素对主效应均具有调节作用，这拓宽了该领域研究的视野，启示未来相关理论和实证的探索可以尝试从跨领域、跨文化、跨学科的角度展开。

（董昌娟）

【家长式领导对员工亲组织非伦理行为的影响：基于传统性的调节效应】

张永军（河南大学商学院人力资源研究所），张鹏程（华中科技大学管理学院），赵君（中南财经政法大学公共管理学院）
《南开管理评论》2017 年第 2 期
17. 8 千字

不同于私利性或报复性非伦理行为，亲组织非伦理行为是个体为组织利益而实施的非伦理行为。作者在中国文化背景下探讨家长式领导对个体亲组织非伦理行为的影响。实证分析结果表明，威权领导正向影响员工亲组织非伦理行为，德行领导与亲组织非伦理行为呈倒 U 型曲线关系，威权领导、仁慈领导分别与德行领导对员工亲组织非伦理行为具有显著的交互作用。威权领导对高传统性个体亲组织非伦理行为的正向影响更强烈。德行领导与亲组织非伦理行为的倒 U 型曲线关系受传统性的调节影响，即德行领导从低水平上升至中等水平过程中，对低传统性个体亲组织非伦理行为的影响更强烈，而从中等水平增至最高水平过程中，对高传统性个体亲组织非伦理行为的影响更强烈。研究结论对指导组织如何管理亲组织非伦理行为具有一定的启示作用，具体而言：

第一，警惕威权领导的潜在风险。虽然威权领导有助于提升组织绩效，但也可能导致个体实施非伦理行为。因此，威权领导在追求高绩效的同时还要注意方式方法，不能过分采取命令式、胁迫式，甚至辱虐式管理，暗示员工可以为达到目的不择手段，而应该向员工传递正确的伦理价值观和行为规范，鼓励员工通过正确的方法做正确的事。

第二，加强德行领导作风建设。德行是领导管理的根基。德行领导与亲组织非伦理行为呈倒U型关系，以及德行领导与威权领导、仁慈领导具有交互效应，深刻表明德行领导非常重要，是家长式领导三元结构的基础。领导无德，或既无德又威权，或既无德又仁慈，都可能诱导员工做坏事，而高德行领导为员工行为“保驾护航”。因此，管理者要不断加强自身的道德建设，制定严格、明确的道德准则，严惩不道德行为，并且抵制和消除各种非伦理行为的态度是一贯的、清晰的，哪怕是有利于组织的非伦理行为。

第三，领导对下属的管理方式要有所区分。不同传统性个体的行为模式不同，对领导的感知和反应也有所差别。对于高传统性个体，领导在充分利用其高责任感和忠诚度的同时，也需要加以正确引导，防止其因为“愚忠”而诱发不道德行为；对于低传统性个体，领导需要加强与其人际互动，建立高质量的交换关系，激发相应的积极行为。

（郭文）

【捆绑之下出“孝子”吗——基于职场偏差行为研究】

刘冰、齐蕾、徐璐（山东大学管理学院）

《南开管理评论》2017年第3期

18.5千字

基于社会学习理论和压力源—情绪理论，作者以6个城市的226名员工为样本，探究了家长式领导对员工职场偏差行为的影响机制，其中重点关注了威权领导的直接作用以及仁慈与德行领导的调节作用，并进一步分析了自利导向伦理氛围和规则导向伦理氛围在威权领导和职场偏差行为之间的中介作用。研究发现，领导者在组织中展现的威权程度越高，越容易刺激员工职场偏差行为的发生；自利导向伦理氛围和规则导向伦理氛围在二者之间发挥着中介作用；仁慈领导和德行领导与威权领导的交互作用，可以削弱自利导向伦理氛围的形成，而对规则导向伦理氛围并不产生影响。

该研究的理论意义主要体现为以下三点：第一，传统领导理论的研究多站在积极角度，甚少关注领导对组织和员工的消极作用。而探究领导行为有效性要从多角度出发，不仅要侧重领导行为的“正向性”，还要兼顾其“负向性”，才能展现管理的科学性和艺术性。作者基于中国本土企业员工样本数据，探究威权领导这一领导的“负向”风格和职场偏差行为这一员工的“负向”行为二者之间的关系，在一定程度上丰富了本土文化背景下该主题的研究。

第二，以往对于职场偏差行为中介机制的研究多是基于社会交换理论和互惠原则。而作者开展相关研究即梳理文献和实地调研时发现，在“霸道总裁”风格领导的强压之下，员工产生职场偏差行为多是出于功利主义和“泄愤”心理，助长了组织中自利导向伦理氛围，破坏了规则导向伦理氛围。研究揭示了威权型领导对员工职场偏差行为产生影响的“黑箱”。

第三，虽然已有研究证实，不同领导风格在同一人身上可不同程度地同时存在，但在理论上交互效应方面并未引起足够关注。该研究进一步验证了家长式领导三种领导因素不同组合发挥效能的情况。研究结果显示，恩威并施（低威权—高仁慈）和刚柔相济（低威权—高德行）之时，能够显著降低组织中自利导向伦理氛围的形成，二者相较而言，恩威并施要比刚柔相济的情况对组织功利主义的抑制作用更强。

（郭文）

【内部员工优势——来自企业人事数据的实证研究】

张红（暨南大学产业经济研究院），周黎安、梁建章（北京大学光华管理学院）

《管理世界》2017 年第 12 期
18.6 千字

作者探讨了职位空缺时公司在外部招聘与内部晋升之间的选择。研究发现在人才选聘过程中存在内部员工优势：同一职级上，与招聘的外部员工相比，晋升的内部员工通用人力资本偏少，且内部员工的工资和晋升概率也偏低；这意味着相比于同职级的内部员工，公司为外部员工设置的进入门槛更高。不仅如此，内部员工优势在不同工作类型与工作职级中均存在差异。进一步地，作者还探讨了此类内部员工优势背后的机制，论证了管理防御、专用人力资本、锦标赛竞争机制是会导致内部员工优势的原因，其中锦标赛竞争机制是主要原因。研究表明：职位的开放对现有员工努力程度有负向影响，且职位对外开放导致现有员工感受到晋升受阻更可能主动离职；而其他机制最多只能解释小部分内部员工优势。

该研究对于现有文献的贡献主要在于以下两点：首先，给出了内部员工优势在员工层面存在的严谨实证证据。研究发现，与同职级的外部员工相比，内部员工拥有更低的通用人力资本——更低的教育水平、更低的年龄甚至更短的工作经验。并且，控制其他因素的影响之后，内部员工的生产力依然显著性地低于同职级外部员工。可见，在员工层面，内部员工优势确实存在：进入同一职级的员工中，外部员工明显优于内部员工；即在选拔人才过程中公司有意地偏向了内部员工，为他们设置了更低的进入门槛。不仅如此，研究还发现内部员工优势会随员工工作职级和工作类型而有所变化。

其次，论证了锦标赛竞争机制是内部员工优势的主要原因。为达到论证目的，作者利用数据优势一一分析了“内部员工优势”多种可能的解释：事后表现差异、优秀员工离职、进入时间不同、不对称信息、管理防御、专用人力资本、离职潮和锦标赛，等等。不同于其他解释，锦标赛竞争机制强调的是将内部劳动市场对外开放这一事件对现有员工造成的负向影响。这一负向影响不仅会体现在员工的工作努力程度上，也会体现在员工的主动离职率中。不仅如此，锦标赛竞争背景下的内部员工优势是针对职级而非特定员工，从而在几乎毫无公司工作经验的内部员工中也看到了内部员工优势。

（郭文）

【技术进步对老年再就业产生了“补偿”还是“侵蚀”效应?】

龚红、罗岩、彭姗（武汉大学经济与管理学院）

《中国软科学》2017 年第 11 期
9.1 千字

近年来人口的快速老龄化已对我国经济与社会发展构成了严峻挑战，而长期以来技术进步被认为是影响就业的关键因素之一。该文利用中国近十年来 19 个行业的面板数据，在将技术进步细分为劳动节约型与资本节约型两种类型的基础之上，从技术进步类型的角度探讨技术进步与老年再就业的关系。研究结果显示，我国总的技术进步对老年再就业具有显著的积极影响：劳动节约型技术进步对老年再就业具有显著的“补偿效应”，而资本节约型技术进步对老年再就业具有显著的“侵蚀效应”；就产业层面来看，对服务业来说，技术进步对老年再就业具有显著的“补偿效应”，但对于制造、建筑等行业来说，技术进步与老年再就业则呈现显著的负相关关系。此外，就个体层面来看，技术进步对受教育水平较低的老年人的再就业具有显著的“补偿效应”，但对受教育水平较高的老年人的影响并不显著；劳动节约型技术进步对老年男性及女性再就业都产生了显著的“补偿效应”，但对老年女性的影响程度更大。

基于以上结论，作者提出以下对策建议：第一，在人口快速老龄化与技术变革日益加剧的环境下，为使我国老年人能够更积极地实践自我养老，实现“老有所为”，应结合我国劳动力资源丰富的要素禀赋结构，积极推进劳动节约型技术的发展，适度发展劳动密集型产业，为我国老年再就业提供更多的机会和空间。第二，老年人实现了再就业，创造了收入，不再是政府和家人的负担，甚至还能为我国GDP的增长贡献一份力量。而对于个体来说，技术进步对不同受教育水平以及不同性别的老年工作者的影响程度都不同。第三，尽管在短期内劳动节约型技术进步不会大量淘汰低技能的劳动者，但长期来看，随着产业升级的不断推进以及企业生产的集约化，高技能劳动力将会有更为广阔的就业和发展空间。因此，国家应积极鼓励企业对老年人口的在职培训，这对于延缓老年人口的人力资本贬值、增强老年人口的就业意愿及就业能力、增加老年人口未来再就业的自主性和灵活性都具有重要意义。

（赵璐）

【从“赋权”到“赋能”的企业组织结构演进——基于韩都衣舍案例的研究】

罗仲伟等（中国社会科学院工业经济研究所）

《中国工业经济》2017 年第 9 期
23.4 千字

该文从演进的视角探索当前时代背景下企业内部组织结构的发展趋势，试图揭示信息时代企业组织结构新的基本原理。该文以韩都衣舍的组织结构创新实践为案例，分析该企业以信息技术运用为基础，运用互联网快速学习、整合资源、创新迭代、自我裂变、不断进化，通过持续的组织试验逐步形成“以产品小组为核心的单品全程运营体系”的过程。论述其重构企业组织结构，以组织平台化支撑和小组自组织方式实现组织激励约束，从而通过案例实证证实赋能组织原理并检验其逻辑合理性。

该文具有以下理论贡献：

第一，揭示了以合作关系为前提、以人为本位的赋能组织原理，即信息时代在市场高度不确定性、组织信息优势下降和信息处理技术革命性进步等一系列经济技术条件下，组织围绕成员能力的全面提高创造必要的、适宜的组织环境并设计组织结构和协调机制，目的是全面提升自主决策的组织成员的能力，使其价值创造潜能最大限度地自动激发出来，进而确保高效、有序地实现由组织成员目标集合而成的组织目标。

第二，赋能组织构建需具备四个必要条件。（1）组织赋能的基本前提是平等与合作的企业内在关系。（2）组织赋能的实施保证是良好的制度和机制设计。（3）组织赋能的重要基础是强大的能力支持，尤其是对“独立经营主体”动态能力的有效供给。（4）组织赋能的主体条件：具有个人价值主张和创造精神的“创意精英”群体。

（董昌娟）

【激发人心效力：本土组织伦理系统提升员工绩效的新视角——基于浙江 ZX 公司的扎根研究】

李建玲（华南理工大学工商管理学院），刘善仕（贵州民族大学学工部）

《经济管理》2017 年第 9 期
18.9 千字

组织伦理是社会伦理道德规范在商业

情境下的微观体现，一直是管理学界关注的热点议题。然而，组织伦理是什么，在员工绩效提升中发挥着怎样的价值，现有研究并未阐释清晰。该文选取具有典型伦理文化的浙江 ZX 工业有限公司为案例企业，采用建构主义扎根理论方法，对中国本土组织伦理系统及其对员工绩效的影响机制进行了探讨和分析。

研究结果表明：(1) 中国本土企业的组织伦理系统是一个兼顾内、外部因素，包括情感导向和工具导向的四维整合概念，即注重员工关怀、强调伦理问责、鼓励价值创造和承担社会责任四个方面。(2) 组织伦理实践通过“个体内在驱动”和“社会网络影响”双重路径激发人心效力，提高员工绩效。在“个体内在驱动”路径下，“注重员工关怀”实践能有效激发员工的情感承诺，“鼓励价值创造”实践促使员工形成规范承诺，最终作用于员工绩效，这一机制体现了对员工内在动机的激活；在“社会网络影响”机制下，“强调伦理问责”和“承担社会责任”敦促员工行为符合组织规范和社会期望，从而表现出惩罚规避行为和社会赞许行为，最终影响员工绩效，这一机制体现了对员工外部动机的激活。

该文的研究意义在于：(1) 该文通过扎根理论研究得出的组织伦理系统不仅考虑到内部利益相关者，还加入了对外部利益相关者的考量，是对现有组织伦理理论的延伸。(2) 该文从个体内在驱动和社会网络影响的微观角度，揭示了组织伦理系统的动态作用机制，对组织伦理实践作用于员工绩效的过程进行了阐释，是对以往组织伦理静态研究的拓展。同时，社会网络影响视角拓展了员工绩效提升的途径，不再仅仅是个人内在驱动的结果，也可借助社会舆论对员工“施压”。(3) 该文分析了情感主义导向和工具主义导向这组矛盾性伦理实践如何共同作用于员工绩效，是对当前管理实务中伦理管理困境的有效破解。该文证实了组织伦理的“工具理性”作用，是对组织经营本质的有效补充而不是替代。对组织伦理系统的合理设计和理性运用，能有效促进员工绩效的提升。

（董昌娟）

【经营困境下的企业变革：“穷则思变”假说检验】

贺小刚等（上海财经大学国际工商管理学院）

《中国工业经济》2017 年第 1 期
18.5 千字

中国商人是善于变通的，这种“变通”的朴素哲学思想影响到生产与生活等各个领域的决策行为。但对于组织层面的穷困与变革之间的关系一直没有得到系统的研究。作者认为已有研究结论不一致的关键在于对穷困的理解存在较大的差异。为此，该文从财务困境、期望落差、组织下滑三个角度去衡量穷困产生的来源，认为不同的穷困来源、穷困的程度及持续性都将是影响变革投入的重要因素，并且企业的政治连带还在其间起到调节的效应。基于中国上市公司数据，得到以下结论：

第一，穷困状态会影响到组织的变革行为。如财务亚健康状态下的变革水平一般高于临近破产状态下的变革水平，低度期望落差状态下的变革水平往往高于高度期望落差状态下的变革水平，而低度组织下滑状态下的变革水平则往往不如高度组织下滑状态下的变革程度。

第二，穷困状态与组织变革之间并非简单的线性关系。在财务亚健康的状态下企业更趋向于采取变革活动，但临近破产时企业的变革动力将逐渐减弱；期望落差状态下的企业具有持续变革的可能性，规避风险的刚性行为虽然由于对生存问题的关注而逐渐增强，但这只在一定程度上削弱而不是完全替代了变革的作用，以至期望落差与变革投入之间存在一种边际递减的非线性关系；组织下滑降低了企业冒险变革的动力，但低度下滑状态下的边际变革的递减效应显著低于高度下滑状态下的变革递减效应。

第三，穷困状态与变革投入之间的关系还受到政治连带的制约，即在临近破产状态下政治连带提高了企业的变革投入水平，且在高度期望落差状态下政治连带加强了组织变革的动力。

该文的研究表明，“穷则思变”的古朴哲学思想是有理论依据与经验基础的，只不过人类在决策时可能会因所面对的穷困的类型、表现形式、严重程度及持续时间等的差异而采取不同的变革投入程度。该文的研究对于进一步深入理解中国企业变革的内生性机制也具有一定的现实意义。

（董昌娟）

【非正式制度的有限激励作用：基于地区信任环境对高管薪酬激励影响的实证研究】

贾凡胜（中山大学管理学院），张一林（西南财经大学金融学院），李广众（中山大学管理学院）

《南开管理评论》2017 年第 6 期
18.3 千字

作者以 2003—2014 年中国 A 股民营企业为样本，实证研究“信任”对高管薪酬激励的影响。研究发现，信任能够显著提升高管薪酬激励效果，即公司所在地区的信任环境越好，其高管薪酬与公司业绩的敏感性越强。特别地，当公司所在地区的法律制度尚不完善时，信任能够有效替代法律这种正式制度，发挥保障高管薪酬激励的重要作用。另外，信任对高管薪酬激励的积极影响仅局限于公司小规模经营阶段，随着公司规模不断扩大，信任的作用将不断减小，此时更加正式的公司治理机制和更加完善的法律制度成为提升高管薪酬激励的关键所在。研究结论从一定程度上证实非正式制度对于解释“中国经济增长之谜”的重要意义。

研究贡献具体表现在以下三个方面：第一，为高管薪酬激励的决定因素提供了新的视角和经验证据。高管薪酬激励是公司治理的核心内容，以往研究多从公司内部特征或正式制度等方面研究高管薪酬激励的决定因素，如政府法规、政府干预、股票回购、市场化进程、高管权力、内部人收入差距和党组织治理等。不同于现有文献，该文主要以信任环境为切入点考察非正式制度对高管薪酬激励的影响，发现公司所在地区的信任环境越好，高管薪酬与公司业绩的敏感性越强，表明除了公司特征和正式制度等因素之外，信任这种非正式制度也能够有效提高激励性薪酬契约的激励效果，促进公司治理。

第二，拓展并丰富了非正式制度与正式制度间关系的研究。作者从宏观、中观和微观三个层次考察不同正式制度情形下信任对高管薪酬激励的影响是否存在差异，结果发现信任对薪酬—业绩敏感性的影响仅在公司外部治理环境不完善或公司内部治理水平较低时才显著，表明信任这一重要的非正式制度可以从一定程度上替代法律等正式制度以及机构投资者监督等公司治理机制，发挥提升高管薪酬激励有效性的重要作用。

第三，对信任这种非正式制度有效性和发挥作用的前提条件进行系统考察，发现在公司小规模经营阶段，信任能够有效提升公司业绩与高管薪酬间的相关性。但同时也发现，随着公司发展，规模逐渐增大，信任对于高管薪酬激励的积极作用会逐渐降低，表明信任这种非正式制度作用发挥存在前提条件。当公司规模增大后，更加正式的公司治理机制和更加完善的法律制度成为维持高管薪酬激励效果的关键所在。

（郭文）

【CEO 如何促进高管团队的行为整合——基于结构化理论的解释】

成瑾（厦门大学管理学院），白海青（厦门大学新闻传播学院），刘丹（厦门大学管理学院）

《管理世界》2017 年第 2 期
18.8 千字

要有效应对复杂多变的环境，高管团队（TMT）作为知识、技能、信息、专长互补的决策单位成为企业的必然选择，但如何使 TMT 整合为一个共享、合作和集体决策的团队始终是理论界探讨的难题。作者以结构化理论为基础，采用多案例研究方法，从团队结构构建的视角研究 CEO 如何促进高管团队行为整合。通过对八个案例的配对研究发现，CEO 可以从资源、规则两方面构建良好的团队结构，促进 TMT 行为整合。

该文的主要结论和理论贡献在于：第一，从结构化理论视角解释了 CEO 对 TMT 行为整合的作用，即 CEO 通过构建 TMT 的团队结构主导 TMT 行为整合，拓展了 TMT 行为整合的研究。具体而言，CEO 主要采取六种策略来构建 TMT 行为整合的结构。其中，引导团队成员形成战略共识、激发 TMT 成员探索式学习意识、培育信任的团队氛围构建了团队结构的表意性规则；清晰地界定 TMT 成员的岗位职责构建了团队结构的规范性规则；授予胜任的 TMT 结构权力、设计公平的“事业型”薪酬体系是对团队结构中的“权威性资源”进行分配的方法。

第二，发展了领导力理论。作者认为 CEO 是通过构建结构来主导 TMT 的行为整合。基于结构化理论，强调 CEO“造钟而非报时”的团队结构构建功能，强调 TMT 成员在有效的团队结构体系（合理的规则和资源分配）作用下积极互动、贡献智力，最终贡献于组织绩效。即强调领导者构建结构的努力，并通过结构影响 TMT 的行为，而无论领导者具有何种特质。比如，即使 CEO 不善言辞，但如果其能为 TMT 设计公平的事业型薪酬体系，也会对 TMT 行为产生重要影响。

第三，研究结论对于 CEO 的研究更具重要意义。中、基层的领导者可以有结构构建的行为，但影响范围较小。CEO 作为企业中权力和资源的核心拥有者，具有中基层领导者无法比拟的结构构建的有利位置。CEO 致力于构建企业良好的结构体系，靠结构力量而不是个人特征影响企业，会给企业打下更坚实的基础，保障企业的可持续发展。

（郭文）

【平台企业网络自组织形成机理研究——以淘宝网为例】

白景坤、王健、张贞贞（东北财经大学工商管理学院）

《中国软科学》2017 年第 5 期
11.6 千字

该文基于自组织视角以淘宝网为例对平台企业网络自组织形成机理进行探究。通过案例分析发现：平台企业网络自组织形成过程中，其功能经历了从营销刺激、强势引导到基础服务和规则维护的转变，平台企业网络内中小企业间的关系经历了从无联系、初联系到自聚合和自重构的转变；相应的在各参与者的互动中平台企业网络的自组织顺次经历了自创生、自发展、自放大和自适应四个阶段。平台企业与中小企业的关系已取代科层组织中的总部与部门的关系而成为互联网背景下微观经济活动的主导方式，充分发挥这种新组织形态对经济增长的积极作用需要注意以下两个方面。

在政府的政策层面，平台企业网络作为组织形态的自组织过程离不开更大的环境的支持，政府应在这几方面有所作为：第一，为平台企业完善网络体系规范和净化网络环境提供技术和政策扶持。平台网络环境作为“组织域”，是制度环境的基础组成部分，有序的网络体系环境是网络内信任的来源，也是组织间合作的基础，国家对该方面的投资有利于提高整个社会制度环境的有序性。第二，提高平台企业的准入门槛，实施认证制度。平台企业网络的自组织需建立在对制度信任的基础之上。企业要成为平台企业，需具备有价值的平台资源，而且有能力进行平台秩序的构建和完善，并且有着良好的信誉记录。国家的平台企业准入和认证制度有助于解决这一问题。第三，为广大中小企业成为网商提供政策和资金支持。国家提出的“双创”战略为中、小、微企业的创立提供了良好的政策环境，“双创”与互联网平台建设的结合所形成的平台企业网络恰恰反映了互联网时代组织形态的演化趋势。

在企业对策层面，互联网下的平台企业网络兼具大企业的规模优势和小企业的速度优势，构建或加入平台企业网络应正视以下问题：第一，对于尝试构建平台网络的在位优势大企业而言，应掌握平台企业网络自组织的形成机理，在自组织形成的不同阶段适时进行功能转换，尤其是自组织形成的后期，要完善平台体系，强化网商的信誉管理，实施信誉估值，加强互信，以确保平台企业网络自组织的实现。第二，对于试图加入平台企业网络的在位中小企业而言，受自身资源有限的影响，必须改变传统的“单打独斗”认知，培养合作意识，努力提升自组织能力，尽快熟悉网络规则，主动寻求与其他企业建立网络关系。对于新创企业而言同样需应尽快熟悉网络规则，形成网络自组织能力，同时从一开始就应注重信誉，做合格的网商。

（赵璐）

【LMX差异化对创造力的影响：一项多层次研究】

潘静洲等（天津大学管理与经济学部）

《管理科学学报》2017年第2期

16.3千字

DLMX是指一个工作团队中，团队领导与不同成员的交换关系在质量上的差异性，团队成员与领导形成差异性的LMX关系势必也会影响到团队及个人创造力的发挥。领导—成员交换关系差异化文献和社会比较理论表明领导与不同下属交换质量的差异对团队及个人创造力的发挥具有重要意义。该研究采用社会比较的理论视角，同时从个体和团队两个层面考察领导—成员交换关系差异化对团队和个体创造力的影响，并进一步分析团队层面的差异化对个体层面效应的调节作用。通过对中国大陆80个知识型团队的367名个体的问卷调查，结果发现：在个体层面，相对的领导—成员交换关系（RLMX）对个体创造力有显著正向影响，团队自主支持感在这两者关系中起着中介作用；在团队层面，领导—成员交换关系差异和团队创造力之间呈U型关系，领导—成员交换关系差异对个体创造力有消极影响，但团队层面的关系差异化对RLMX和个体创造力关系的调节效应不显著。总体来看，该研究发现LMX差异化对个体层面和团队层面的影响是不一致的。

该研究的结论对于管理实践具有一定的启发意义：第一，管理者应谨慎处理与下属的关系，因为不仅与下属关系的质量，而且不同下属间LMX差异性也会对团队及员工个人产生重要的影响。LMX的差异化对团队创新的影响呈U型曲线。即人们经常说领导要“一碗水端平”。第二，管理者应至少从激发创新的角度来讲，在处理与下属关系时，并不是越平均越好。“一碗水端平”只是人们从道义和公平角度对理想状态的抒发。在现实的管理当中，不可能也没必要完全公平化，这样做反而会伤害团队的效能。第三，管理者可以适当地对个别核心员工给予一定的特殊对待，使其成为创新的主力和团队的核心。这样做既可以减少内耗，增加团队的一致性，对其他成员也会产生激励的作用，从而对整个团队的创新能力有积极的影响。但是，领导者一定不能将差异化作为一种政治手段来利用，试图对每个成员都给予不同程度的待遇，这样会造成团队内的冲突，是最不利于团队创新的差异化方式。第四，管理者不仅要关注 LMX 的绝对质量，还要特别重视比较的力量。个体会有意或无意地将 LMX 与其他成员进行对比。就个人而言，通过比较而感知到的特殊待遇可以通过提升其自主支持而激发其创新能力。因此，对于团队中的个体，特别是创新的主力军，领导应该让其感受到特殊的礼遇和支持，才能最大限度地激发其创造力。

（赵璐）

【LMX 对员工组织支持感知与情绪枯竭的影响——LMX 差异化的调节作用】

吴婷、张正堂（南京大学商学院）
《经济管理》2017 年第 8 期
13.7 千字

该文采用 120 个分店的 514 名员工的匹配数据，结合资源保存理论、社会交换理论和公平理论，探讨了领导—成员交换关系（LMX）对员工组织支持感知和情绪枯竭的影响，以及员工组织支持感知在领导—成员交换关系质量和员工情绪枯竭之间的中介作用，并重点探讨了领导—成员交换关系质量差异化对上述关系的调节作用。结果表明，领导—成员交换与员工组织支持感知总体上呈显著正向关系；领导—成员交换与情绪枯竭总体上呈显著负向关系，且员工组织支持感知在其中起到部分中介作用；领导—成员交换关系质量差异化分别对领导—成员交换关系与情绪枯竭和领导—成员交换关系与员工组织支持感知的关系起到调节作用。进一步地，领导—成员交换关系质量差异化会调节员工组织支持感知在领导—成员交换关系与情绪枯竭中的中介作用，即存在被调节的中介效应。

该文具有以下理论贡献：

第一，该文首要的理论贡献在于，从社会交换理论和资源保存理论的视角，验证了员工组织支持感知是领导—成员交换预测情绪枯竭的一个重要中介变量。从员工组织支持感知着眼来联结领导—成员交换关系质量与员工的情绪枯竭，不仅是对员工情绪枯竭相关研究的拓展，也加深了领导—成员交换关系与员工组织支持感知之间关系的理解，还丰富了资源保存理论在领导—成员交换关系中的具体运用方式，为后续相关研究提供了新的思路。

第二，根据公平理论对社会交换关系的影响，验证了领导—成员交换关系质量差异化是领导—成员交换关系对员工组织支持感知和情绪枯竭具有正面积极作用的边界条件。此外，也是员工组织支持感知发挥中介作用的边界条件。该文研究结果表明，领导对下属的差异化对待会抑制高质量的交换关系的积极效应，支持了这一研究提议，也验证了不同的领导行为的作用会互相中和。此外，领导—成员之间的社会交换关系的差异化，本质上是一种不公平。根据公平理论，组织中的不公平会导致一系列的负面影响。该文研究结果表明，公平会抑制社会交换关系作为一种资源所能发挥作用的大小程度，不仅丰富了关于领导—成员交换关系发挥作用以及组织支持感知中介作用的边界条件的研究，还对未来进一步将公平理论与其他类型的社会交换关系进行结合的研究具有重要的启示意义。

（董昌娟）

【培育世界一流企业：国际经验与中国情境】

黄群慧、余菁、王涛（中国社会科学院工业经济研究所）

《中国工业经济》2017 年第 11 期
25 千字

基于英荷壳牌公司（Shell）、日本丰田汽车公司（Toyota）、美国通用电气公司（GE）、国际商业机器公司（IBM）这 4 家具有代表性的世界一流企业的案例分析，该文归纳出从资源基础、动态能力、战略柔性和价值导向四维度分析描述一流企业成长的框架，并将世界一流企业成长历程划分为创业阶段、增长阶段、转型阶段和超越阶段，对四维度要素在不同阶段的互动与演化关系进行了相应解释：（1）在创业阶段，资源基础是主导企业能否走向成功的决定性因素。（2）在增长阶段，企业能力集中体现在公司治理、创新管理和集团管控这三个方面。此阶段可以看作基于能力构建的发展阶段。（3）在转型阶段，企业开始追寻和挖掘市场中新的发展机会。在此阶段，企业的经营活动将进一步趋于宽范围化和多层次化，并加速向国际化企业转型，直到完成全球资源配置与整合。在此阶段，企业需要以战略柔性来引领自身的业务架构。（4）一旦经历了转型阶段的重重考验之后，企业已经属于在国际市场具有一定影响力的跨国公司，这些成功者将以世界一流的状态进入超越阶段。在超越阶段，世界一流企业需要专注于自已的资源基础、动态能力与战略柔性，持续进行自我升华的提升活动。作为具有强大社会影响力的国际企业，世界一流企业要比一般企业承担更多的社会责任和经济责任，更积极致力于推动人与自然、社会的和谐与可持续发展。

该文认为世界一流企业具有以下 11 个方面的特征：（1）具有强大的企业家精神的企业。（2）组织文化重在以“文”化人。（3）通过追求长远价值和优秀品质获取著名品牌和良好声誉。（4）擅长以发展型战略应对复杂多变的环境。（5）业务架构转型是世界一流企业的发展常态。（6）具有全球化资源配置和管理能力。（7）公司治理结构可为企业可持续发展提供坚实的制度保障。（8）推行紧密化的集团管控。（9）管理创新活动能够实现把握重大机遇与克服组织惰性。（10）人力资源管理能激发员工的奉献精神与创造力。（11）推行战略型与价值型的财务管理。

针对中国情境下的企业发展，该文认为，虽然中国存在一批正在接近于世界一流企业的企业，但迄今为止中国还没有出现跻身世界一流企业之列的企业；以全面深化国有企业改革为前提，中国一批“新国企”具备通过市场竞争成为世界一流企业的条件；在新一轮全球化和工业革命的背景下，中国企业在走向世界一流企业的过程中也将向世界贡献中国特色的企业管理智慧与企业管理方式。

（董昌娟）

【集团成员企业的国际化战略：资源折价溢价效应的视角】

郭晨曦、吕萍（中国科学院大学经济与管理学院）

《中国工业经济》2017 年第 3 期
18.7 千字

该文以中国上市公司中独立企业和集团成员企业 2006—2015 年对外直接投资的数据作为样本，研究了中国的独立企业和企业集团成员企业的国际化战略选择的差异。该文提出企业集团成员企业的四种资源效应：非竞争性资源的溢价效应、竞争性资源的溢价效应、竞争性资源的弱折价效应和强折价效应。研究表明：

第一，独立企业与集团成员企业的国际化战略倾向具有显著差异。同时，集团成员企业更倾向于选择实施国际化战略，同时更加偏爱快速扩张的国际化战略。究其原因，集团成员企业的独立性弱于独立企业，集团成员企业以其部分独立性换取整个集团对其战略选择的背书。在成员企业的海外投资中，由于成员企业背靠集团这棵“大树”，能够在一定程度上获得集团的支持，降低投资约束。无论成员企业隶属于国有企业集团还是民营企业集团，集团在整体层面上都会帮助实施国际化战略的成员企业分散风险，降低成员企业在跨国投资中的交易成本。

第二，该文进一步研究了资源溢价折价效应对集团成员企业的国际化战略的影响。非竞争性资源和竞争性资源的溢价效应均有助于成员企业实施国际化战略，且有助于其实施激进的国际化战略。

第三，竞争性资源的弱折价效应有助于成员企业实施国际化战略，并且有助于限制成员企业的过度投资，促进其实施渐进的国际化战略。竞争性资源的强折价效应不利于成员企业实施国际化战略，但是当成员企业被迫听从集团指令实施国际化战略时，该强折价效应有助于其实施激进的国际化战略。

该文的研究检验了独立企业和集团成员企业国际化战略的差异，并检验了集团成员企业在不同资源效应下国际化战略的差异，揭示了集团内部资源效应对国际化战略的影响机制，对中国企业集团对成员企业的管理控制和推动中国企业“走出去”的战略实施均具有重要的启示意义。

（董昌娟）

【期望差距与企业国际化速度：来自中国制造业的证据】

宋铁波、钟熙、陈伟宏（华南理工大学工商管理学院）

《中国工业经济》2017 年第 6 期
21.8 千字

基于2012—2015 年 718 家中国制造业上市公司 4 年间共 2872 个平衡面板数据，该文实证探讨了期望差距对企业国际化速度的影响，以及高管国际经验与政治关联在其间的调节作用。

研究结果显示：（1）期望差距与企业国际化速度并非简单的线性关系，期望落差与企业国际化速度呈倒 U 型关系，而期望顺差与企业国际化速度呈 U 型关系。（2）在高管国际经验丰富的企业或具有政治关联的企业中，期望落差与期望顺差对企业国际化速度的影响都将减弱。（3）高管国际经验、政治关联对期望差距与企业国际化速度之间关系的削弱作用主要存在于非国有企业中，在国有企业中仅发现高管国际经验对期望落差与企业国际化速度之间关系的削弱作用。

该文的研究贡献主要表现在三个方面：（1）该文提出并检验了决策者快速国际化扩张意愿与期望差距之间的非线性关系，当期望落差或期望顺差超过某一阈值时，决策者快速国际化扩张意愿将会发生方向性逆转；而企业快速国际化扩张资源的充裕状况也要视企业所处期望差距区间而定，当期望落差较大或期望顺差较小时，企业可能会缺乏快速国际化扩张资源。（2）通过细致地划分期望差距区间，继而考察不同期望差距对企业国际化速度的影响，该文将企业行为理论拓展到企业实际绩效远低于（远高于）渴望水平的情形中，这进一步强化了企业行为理论的解释力与预测力，所得研究结论有助于整合前期研究关于期望差距与企业国际化速度之间关系的分歧，另外，该研究可能还有助于解释绩效反馈领域其他一些研究结论的冲突。（3）该文回应了近期学者的呼吁，即未来研究在预测决策者是否以及如何响应期望差距时，应强调组织情境因素的重要性（Xie 等，2016），同时也拓展了绩效反馈领域的情境机制研究。此外，由于非国有企业与国有企业构建政治关联的动机、培育政治关联的成本等方面均存在较大差异（贺小刚等，2013），该文在考察政治关联的调节作用后根据所有权性质进一步分组检验，明确了政治关联调节效应发挥作用的边界条件，丰富了绩效反馈领域考察政治关联影响效果的研究成果。

（董昌娟）

【海归背景董事能否促进企业国际化?】

周泽将（安徽大学商学院），刘中燕（安徽大学经济学院），伞子瑶（约克大学舒立克商学院）

《经济管理》2017 年第 7 期
17.2 千字

近些年来，海外归国人员（简称“海归”）数量日益增加，其如何作用于企业行为已引发学术界和实务界的广泛关注。该文手工搜集中国创业板上市公司 2009—2014 年董事是否具有海归背景的数据，针对海归背景董事如何影响企业国际化以及政治关联和地域因素等决策情境在其中所发挥的调节作用展开实证分析。

检验结果揭示：（1）海归背景董事显著促进了企业国际化水平的提升，符合“社会资本理论”的假设预期；（2）政治关联会显著弱化海归背景董事对企业国际化的促进作用；（3）沿海省份海归背景董事与企业国际化之间的正相关关系相对更强；（4）相对于海归背景非关键职位董事，海归背景关键职位（包括董事长和总经理）董事的上述效应更为明显。以上研究结论直接支持了中国政府长期以来鼓励海归回国创业政策在促进落实改革开放基本国策中的积极作用，同时，也在一定程度上说明了各级政府选派人员出国学习或进修政策的积极意义。

该文得出以下政策启示：（1）进一步加强外派留学人员的现行培养体系建设。政府及相关部门应进一步完善现行外派留学人员的人才培养体系，尤其需要注重构建科学的遴选机制、严格的考核机制和有效的激励机制，有效地促进外派留学人员完成人力资本和社会资本积累后选择回国发展，提升海归在经济建设中的积极作用。（2）重视海归的社会资本积累。政府应积极鼓励海归在学习科学技术知识的同时，注重积累国际社会资本，以便使得海归更好地服务于企业，适应国际化竞争。（3）减少政治关联对资源配置的干扰。基于维护公平市场竞争环境的需要，必须尽量减少政治关联对日常经营活动的消极作用，让企业集中精力发展生产，而非政治资源的抢夺，这也同减少政府干预经济的基本改革思想不谋而合。（4）加大非沿海地区的制度建设。非沿海地区应积极依靠西部大开发、中部崛起、东北老工业基地振兴等国家宏观政策，参考发达地区的先进经验和做法，以进一步加强立法、司法等配套制度建设，进而改善企业赖以生存的软环境质量，使得包括海归在内的大量优秀人才更好地发挥作用。

（董昌娟）

【企业特定优势、国际化动因与海外并购的股权选择——国有股权的调节作用】

吴先明（武汉大学经济与管理学院）

《经济管理》2017 年第 12 期
15.4 千字

中国企业的海外并购如何进行股权决策？现有的文献对这一重要问题还缺乏足够的研究。该文从探索/利用的视角，从企业特定优势和国际化动因两个方面探索中国企业海外并购的股权决策机制，同时考察了国有股权的调节效应。该文选取 2002—2013 年中国上市公司的 165 起海外并购事件进行实证检验，结果发现，以利用企业既有优势为特征的海外并购倾向于持有更高的股权比例，而以获取目标企业互补性资产来弥补自身劣势为特征的海外并购倾向于采取分享股权的方式。国有股权对企业上述的股权偏好表现出方向一致的调节作用，但涉及获取东道国的重要自然资源和创新资源时，其调节效应并不明显。

该文的研究具有重要的理论意义：

第一，该文以正在蓬勃兴起的中国企业的海外并购为研究对象，运用探索/利用分析框架，实证分析了仅仅具有局部竞争优势的中国企业海外并购的股权倾向，这是对现有研究的一个重要扩展。在研究中，该文发现，以利用已有的竞争优势开拓海外市场为特征的海外并购倾向于选择较高的股权比例，而以获取目标企业和东道国的互补性资产为特征的海外并购倾向于选择分享股权的模式。这些发现可以修正传统观点，对现有的文献是一个有益的补充。

第二，该文将探索/利用框架引入对中国企业特定优势的分析，详细解析了技术能力和营销能力的探索/利用特征，深化了学术界对于新兴市场跨国企业特定优势的理解。许多学者认为，新兴市场跨国企业缺乏企业特定优势，例如前沿技术和强大的品牌，因此，它们的未来是难以预期的（Rugman 等，2007；Rugman，2009）。该文运用探索/利用框架分析发现，中国企业已经拥有了某种形式的企业特定优势，这种优势构成了中国企业“走出去”的基础，并可采取探索/利用相结合的方式实现可持续的成长。

第三，现有的文献很少关注国有股权对海外并购股权选择的影响（Cantwell 等，2010；Cui & Jiang，2012；Liang 等，2015），该文通过考察国有股权的交互效应弥补了现有研究的不足。中国企业海外并购的一个重要特点就是国有企业占有举足轻重的地位，这为该文研究国有股权的影响机制提供了难得的机会。研究发现，国有股权的调节作用与企业加强和利用自身竞争优势的战略取向是高度匹配的，但在获取东道国的自然资源和战略资产方面，其调节作用不再明显。这些发现可以推进学术界对于国有企业海外并购行为的研究。

（董昌娟）

【新常态下创新与社会责任对中国产品海外形象的影响研究——基于全球 108 个国家海外消费者的问卷调查】

张思雪、林汉川（对外经济贸易大学国际商学院）

《中国软科学》2017 年第 2 期

9.8 千字

该文通过对全球 108 个国家 6701 个海外消费者的问卷调查，创建了涵盖主要传导要素的多重中介模型，探索提升中国产品海外形象的传导机制。研究结果显示：市场创新、技术创新与优良品质在提升中国产品海外形象方面同时起着至关重要的核心作用；与此同时，企业国际社会责任是新常态下提升中国产品海外形象战略设计中必须加入的新的关键要素。

该文的主要贡献在于：（1）至今没有学者用全球的研究数据说明中国产品在海外消费者心目中的具体形象和实际状况，该文的研究数据使用针对来自全球 108 个国家的 6701 位外国消费者进行的问卷调查，相比于国内消费者数据或地区级消费数据，得出的研究结论更加全面、真实、可靠。（2）在研究方法上，使用多重中介模型，综合考虑创新（包括技术创新和市场创新）、产品品质和社会责任（含消费者的绿色信任和感知的企业社会责任）的相互影响，考察特定间接效应的影响，而非给定中介变量对市场导向和产品海外形象的中介作用。（3）同时将创新、品质和创新责任三者纳入一个理论分析框架，考察三者的对比效应，探讨三者的重要性是否存在显著区别，进一步完善产品海外形象提升的理论框架，同时为有限资源企业的实践提供有借鉴作用的实际指导，使研究结论更具现实意义。

该文基于以上分析和研究结论，提出

以下政策建议：第一，从根本上提升中国产品海外形象不仅要注重可检验的物质化产品品质，还需要提升对各国消费者购物体验、售后服务、身份认同的归属感等感受性产品品质；同时，还需为海外消费者提供能产生惊喜、感动和启示的，具有高附加值的中国产品和服务。第二，通过技术创新、产品换代升级、开发未知海外市场、拓展新的各国市场渠道，这是提高中国产品的技术含量和高附加值，获取海外市场竞争优势的关键因素。第三，结合我国企业“走出去”的特点，构建与ISO26000接轨的中国“走出去”企业的社会责任框架体系。政府应推动和监督“走出去”企业审核机制与数据库管理、行业协会制定促进行业社会责任自律机制、持续改进社会责任实践等活动。第四，中国企业需要不断与海外相互了解、加强交流、协同配合；在差异中不断完善对不同社会和商业文化的认知；在加强节能环保技术、工艺、装备推广应用的同时，全面推行清洁生产，构建绿色制造体系，向海外展现中国的绿色商业价值观。第五，依据中国企业自身条件实施“因地制宜、重点突破，分类推进”战略措施。处于全球价值链高端的中国企业应高度重视应用ISO26000国际社会责任新标准体系来持续巩固其海外产品的优良形象；处于全球价值链中低端的中国企业，应采取对标管理战略；注重知识产权保护、海外维权体系和信用体系的建设；只有加快企业海外产品与品牌的升级，才能打造与形成在“一带一路”倡议中的新优势。

（赵璐）

【“惩恶扬善”与“隐恶扬善”——企业环境社会责任的真实作用】

王景峰、田虹（吉林大学商学院）

《经济管理》2017年第9期
18.9千字

企业环境社会责任可以为公司产生新的竞争性资源，该文以此理论为基础，通过从媒体报道中提取的260个中国上市公司环境事件样本进行实证研究，分析了环境事件对股票市场反应和企业价值的影响。研究得到以下结论：

第一，发生有利环境事件的公司，短期内获得市场的肯定，股价获得超额收益；而发生不利环境事件的公司股价降低。这个结论与主流研究结果相一致，该文发现的市场投资者对于环境事件“趋利避害”的行为特征，反映了中国公众有着良好的环保意识，企业环境社会责任发挥了积极作用。

第二，有利（不利）环境事件市场奖励（惩罚）的力度随着对于环境责任的外部压力大幅增加而增大。这个结论与Flammer（2013）的研究有所不同。Flammer（2013）在对1980—2009年美国公司环境事件市场反应研究中发现，随着外部压力增加，公司有利环境行为的股票市场正面反应减弱，而不利环境行为的股票市场负面反应加大。两个结论的差异，可能源于中国绿色制度化程度弱于发达国家。目前，中国尚在环保观念普及初期，企业环境社会责任水平整体不高，环境方面的努力容易取得良好成绩，受到市场关注。而发达国家企业环境社会责任水平整体较高，公司在环境改善方面的难度逐渐增加，但成果不明显。根据以上分析该文推测，社会中企业环境社会责任整体水平与有利环境事件市场反应之间可能存在倒U型曲线的关系。在环保观念普及初期，随着公众对环保主题了解加深，有利环境事件市场反应逐渐增强；当社会绿色制度化程度达到较高水平，有利环境事件市场反应逐渐减弱。是否确定存在这种关系，有待于未来更深入的研究。

第三，该文发现，2009—2015年，发生有利环境事件的公司，企业价值得到提升；而发生不利环境事件的公司，企业价值没有显著下降。短期市场反应“惩恶扬善”的结果表明，公众有着良好的环保意识，这种背景下，环境社会责任负向作用传导不顺畅，在复杂市场机制中产生了对环境事件“隐恶扬善”的结果。公众良好环保意识与环境社会责任作用不充分的矛盾，反映了中国市场机制在环境保护方面存在“市场失灵”。缺乏环境社会责任的公司得不到应有的惩罚，违法成本奇低，会导致环保落后的公司继续选择忽视环境保护的发展模式，同时，挫伤环境社会责任表现良好公司的积极性。

（董昌娟）

【私心的善意：基于台风中企业慈善捐赠行为的新证据】

潘越（厦门大学经济学院），翁若宇（厦门大学王亚南经济研究院），刘思义（厦门大学管理学院）

《中国工业经济》2017 年第 5 期
20.3 千字

台风灾害以其经济重要性和影响范围的地域性特征，成为研究企业灾后慈善捐赠行为的独特视角。该文基于风场模型计算的地区台风破坏力指数，以 2008—2015 年中国沪深上市企业为样本进行实证研究，考察了台风灾害与地区企业慈善捐赠行为之间的联系。研究结果表明：

第一，台风灾害确实会影响当地企业的慈善捐赠行为。具体表现为台风破坏力强度较大地区的企业进行了更多的慈善捐赠；并且，这种现象在沿海地区样本中以地级市范围计算台风强度时最为明显，而省级层面的台风破坏力未对企业慈善捐赠产生影响，从而证实了灾害对企业慈善捐赠影响的地域性特征。同时，该文采用 Placebo 检验和 PSM 检验验证了以上结论的稳健性，并采用工具变量法处理了可能存在的内生性问题。

第二，进一步研究分别从企业声誉和政府影响两个视角探讨企业因台风破坏而进行慈善捐赠的非利他动机。一方面，为了检验声誉动机，该文考察了媒体宣传和企业行业特征对企业慈善捐赠的影响。研究发现，媒体对台风的宣传力度越大，灾后当地企业捐款与台风破坏力大小的正相关关系越明显。并且，所处行业竞争激烈、产品与消费者直接接触以及行业领导者的企业，灾后慈善捐赠规模受台风灾害影响的程度更大。另一方面，在政治动机研究中，该文从地方政府财政状况和企业政治关联的角度探究政府在企业灾后慈善捐赠行为中所起的作用。结论是，在严重台风灾害发生时，财政压力较大地区的企业因台风灾害而参与捐款赈灾的现象更为明显。此外，受灾当地国有企业和具有政治关联的民营企业，其慈善捐赠对受灾程度的敏感度更高。这说明在台风这种频发、地域性较强的自然灾害中，当地企业慈善捐赠的政治动机更为突出，企业更多的是出于政府“摊派”压力和获取政府资源的政治因素考虑而依据灾害程度进行捐赠。

最后，在上述研究的基础上，该文还分析了这种灾后的慈善捐赠对企业的经济影响。结果表明，台风灾害年份企业越多的慈善捐赠能够为企业次年带来更多的政府补助、更好的行业声誉，从而促进企业融资能力与市场价值的提升。这也从捐赠的经济后果角度印证了台风灾害中这种“善意”行为的非利他动机。

（董昌娟）

【非正式制度、家乡认同与企业环境治理】

胡珺、宋献中、王红建（暨南大学管理学院）

《管理世界》2017 年第 3 期
18 千字

党的十八大从新的历史起点出发，提出“大力推进生态文明建设”的战略决策，在此背景下，如何治理日益严峻的环境污染问题已成为社会各界关注的重点话题。以往文献更多关注环境规制等正式制度对环境治理的影响，作者基于非正式制度的角度，以2000—2014年沪深非金融上市公司为样本，分析高管的家乡认同对企业环境绩效的治理作用。研究发现：当董事长和总经理在其家乡地任职工作时，企业的环境投资更多，说明高管的家乡认同对企业环境治理行为具有积极的推动作用。进一步发现，高管的个人特质和家乡特征对上述关系具有一定的调节作用；此外，上述关系在不同的法律制度环境下不存在显著性差异，说明作为一种非正式制度，家乡认同对企业环境的治理作用不受正式制度的影响。

作者从企业微观层面提供非正式制度（家乡认同）能够改善环境治理的积极证据，从而突破了以往过多基于正式制度的单一视角研究，丰富和拓展了环境治理的理论与途径。研究贡献具体体现在以下几个方面：第一，自党的十八大倡导生态文明建设的发展理念以来，如何协同经济发展中的环境污染问题引起了实务和理论界的广泛关注。通过手工收集和整理上市公司高管籍贯和环境资本支出等微观层面的数据，作者以董事长和总经理的家乡认同作为切入点，研究这一非正式制度对上市公司环境治理行为决策的影响，从而突破了以往过多基于正式制度和宏观框架的单一视角研究，丰富了环境治理的理论与途径，并拓展了环境治理领域的研究范畴。

第二，跨学科的交叉融合是近年来财务学领域关注和研究的热点，尽管以往文献基于非正式制度影响公司治理的基本逻辑框架，探讨了宗教、媒体、传统文化和老乡关系等对公司决策、内部控制、盈余质量及风险水平的影响，但家乡认同作为中华传统文化的重要组成部分，如何影响公司财务行为决策的研究还十分匮乏。作者以制度经济学、人文地理学和环境心理学的相关理论为基础，首次从上市公司高管的家乡认同这一全新视角，深入分析了家乡认同对公司财务决策的影响，进一步丰富和拓展了文化与财务等跨学科交叉领域的研究。

第三，以往文献大都将公司高管视为具有同质性特征，忽略了高管的异质信息对公司行为决策的影响。高层梯队理论提出以来，学者们为试图打开高管异质特征这一黑箱（black-box）进行了大量探索，并从性别、海外背景等方面展开系列研究，作者从公司高管的籍贯这一异质信息的视角，通过构建公司注册地与高管籍贯地是否一致的“人地关系”，研究这种关系对上市公司高管行为决策的影响，研究结论有助于进一步打开高管异质特征如何影响公司财务行为的黑箱。

（郭文）

【环境执法监督与企业环境绩效：来自环保约谈的准自然实验证据】

沈洪涛（暨南大学管理学院），周艳坤（中国人民大学商学院）

《南开管理评论》2017年第6期
17.8千字

中央对地方执行环境政策监督是中国环境治理至关重要的环节。环保部2014年下半年推出的环保约谈，为环境执法监督研究提供了难得的准自然实验场景。基于国家重点监测控制企业数据，作者采用倾向得分匹配法和倍差法，从企业环境绩效视角考察环境执法监督的微观效果。实证检验发现，环保约谈显著改善了被约谈地区企业的环境绩效，但环境绩效改善仅显著存在于国有企业，环境执法监督的压力并未在非国有企业得到显著体现。此外，进一步验证了企业面对环境执法监督压力时的行为反应，发现环保约谈一定程度上导致了被约谈地区企业的减产行为，但未能增加企业的环保投资。研究结果揭示了中央政府的执法监督在环境治理中能起到减排的效果，但要实现环境的长治久安，仍然有赖于制度化的执法监督机制。

研究结论具有重要的实践启示：第一，对于中央政府而言，不仅要制定环境政策，同时要监督地方政府做好环境治理工作，正确处理好与地方政府的关系。中央政府与地方政府在环境保护与环境治理中存在利益冲突，地方政府并没有主动开展环境保护与治理工作，但中央政府环境政策的执行又离不开地方政府的积极配合。在这样的制度背景下，中央政府的环境执法监督就显得非常关键和重要。虽然如环保约谈这样的环保执法监督短期监督效果明显，但要实现环境的长治久安还需要监督的常态化和制度化。因此，在新形势下，中央政府需要深化环境管理体制改革，在环保执法监督方面打破原有的属地管理模式，进行垂直管理制度改革，为统筹推动“五位一体”总体布局和协调推进“四个全面”战略布局提供制度保障。

第二，对于地方政府而言，地方政府依旧承担着环境治理的主体责任。因此，在执行环境政策过程中，不仅要加强执法力度，同时还要保持执法的持续性，避免“运动式”执法。同时在控制企业排污方面，不仅要采取加强执法的“大棒”政策，更要积极推进经济激励型的“胡萝卜”政策，通过环保补贴和环保奖励等方式引导企业增加环保投入和进行节能改造，从前端和源头解决污染问题，改善企业环境绩效，从而提高并保持地区环境质量。

第三，对于企业而言，政府狠抓环境污染，企业抱着侥幸心理采用应激减产措施以应付政府的环境执法，并不能从根本上解决污染排放的问题。按照“波特假说”，从长远发展考虑，企业应该从生产源头出发，加大环境治理力度，进行清洁生产，从而不断增强企业的竞争力和对抗风险的能力。

（郭文）

【企业社会责任、道德认同与员工组织公民行为关系研究】

刘凤军（中国人民大学商学院），李敬强（北京物资学院商学院），杨丽丹（中国农业发展集团有限公司）

《中国软科学》2017 年第 6 期
11.1 千字

作者采用服务型企业调查数据实证揭示了道德认同在企业承担与员工相关的社会责任影响组织公民行为机制中的作用。研究结果显示，女性无论是在内化还是表征道德认同，抑或整体上都比男性表现出高的道德认同倾向，但在年龄和受教育程度上没有显著差异；然而在普通员工和管理者分组比较中发现，两者在内化道德认同上尽管无显著差异，但在表征道德认同上，管理者显著地高于普通员工，在整体道德认同构建亦表现出同样的现象。

该文的理论贡献与管理启示如下：

第一，企业履行与员工相关的企业社会责任是服务型企业员工治理的重要战略投资。分析结果显示，与员工相关的企业社会责任不仅能激发员工指向个体的公民行为和指向企业的公民行为，而且可以唤醒员工表征道德认同，产生更积极向上的道德倾向，从而为企业创造更好的绩效，形成竞争对手无法复制的竞争优势。因此，服务型企业的人力资源管理者应该在履行好企业基本的硬责任同时，更应该调查研究、设计适合本企业员工需求的软责任和道德责任计划。

第二，员工道德认同在与员工相关的企业社会责任对组织公民行为的作用机制中发挥着复杂的作用。企业履行与员工相关的企业社会责任计划能否产生积极的员工组织公民行为，员工自身的道德水平具有重要的中介与调节效应。该研究结果表明：在构成道德认同的两个重要维度中，员工内化道德认同能显著地影响员工表征道德认同。因而，在管理实践中，服务型企业以德量才是非常必要的，无论是在人力资源管理的招聘环节还是培训环节，管理者都要努力发现并提高员工的道德认同，从而使与员工相关的企业社会责任计划能发挥更大的作用。

第三，不同性别和不同职位层级的员工之道德认同水平存在显著差异，而年龄较长员工表现出较多的组织公民行为。研究结果发现，女性员工的道德水平评价显著地高于男性员工，因而服务型企业雇佣女性员工似乎是一项不错的选择。而相对于基层普通员工，管理者的道德认同评价显著地较高，这说明在与员工相关的企业社会责任计划可能在管理者中间更能发挥其战略作用，但对于服务型企业而言，基层普通员工与顾客接触得最多，所以提高基层普通员工的道德认同水平应该是人力资源管理工作中的一项重要任务。与此同时，企业对新进企业的年轻职工应该给予更多的关注，特别是在与员工相关的企业社会责任计划上要有针对性设计一些满足这些员工实际需要的项目，充分激发年轻新进员工的道德认同水平以及更积极的组织公民行为。

（赵璐）

【企业承担社会责任对求职者会产生吸引力吗——一项基于实验的实证研究】

张麟等（中山大学岭南学院）

《南开管理评论》2017 年第 5 期

18.3 千字

在招聘新员工的活动中，越来越多的企业开始注重宣传其承担社会责任方面的信息。但是关于企业承担社会责任是否真的能够提升企业对求职者吸引力的问题，却鲜有研究深入探讨。基于社会认同理论的视角，作者构建一个被调节的中介模型，以探讨企业社会责任对于求职者产生的影响机制及其边界条件。通过三个模拟招聘的实验发现：企业社会责任显著地正向影响组织吸引力，求职者预期的自豪感对二者之间的关系起中介作用，而且这一中介作用受到企业规模的调节；此外，企业规模会影响求职者对企业承担社会责任动机的评价。研究拓展了有关企业社会责任与员工关系的理论研究，为企业开展企业社会责任活动和人力资源招聘实践提供了指导建议，具体而言：

第一，为企业承担社会责任与企业吸引新员工建构了一座联系的桥梁，丰富和拓展了企业社会责任与员工关系理论研究的内容。作者深入探讨了企业承担社会责任与企业对求职者的吸引力之间的作用机理和边界条件，研究结果表明，企业社会责任可以通过求职者预期的自豪感而影响企业对求职者的吸引力。此外，将社会认同的理论视角引入到研究模型之中，考察求职者预期自豪感的中介效应，打开了企业社会责任对求职者产生影响的黑箱，丰富了企业社会责任与人力资源管理领域的相关文献。

第二，企业规模可以调节企业社会责任对求职者产生的影响，只有当企业承担社会责任的水平与企业规模相匹配的时候，企业社会责任才能更好地帮助企业吸引人才。作者聚焦于企业潜在员工并提出企业规模能够影响求职者对企业社会责任活动的判断与反应，丰富了企业社会责任领域的文献。更重要的是，还探讨了企业规模能够起到调节作用的内在机理。研究发现企业规模可以通过求职者对企业社会责任行为的动机归因来调节企业社会责任对求职者产生的影响。此外，在社会认同理论的统一框架之中，揭示企业规模与求职者对企业承担社会责任动机归因之间的关系，进而探讨并检验了企业规模这一变量能够起到调节作用的内在机理，拓展了企业社会责任相关领域的研究。

第三，从企业承担社会责任的视角为企业如何吸引人才提供指导建议。一方面，企业在进行人力资源招聘时，可以更有针对性地向求职者传递有关企业承担社会责任方面的信息，能有效帮助企业吸引到更多的高素质求职者。另一方面，研究结论表明，只有当企业承担社会责任的水平与企业规模相匹配的时候，企业社会责任才能更好地帮助企业吸引人才。对于大规模企业而言，企业社会责任表现对求职者吸引力的影响更加明显。因此，大型企业在招聘过程中更有必要采取多种形式向求职者展示企业在承担社会责任方面的所作所为，以增强企业对求职者的吸引力；小规模企业则应当更加注重宣传企业特色、职业发展空间等因素的作用，而不应该浪费有限的资源去过分强调企业在承担社会责任方面的表现。

（郭文）

【社会网络、先前经验与创业风险识别】

杨隽萍等（浙江理工大学经济管理学院）

《管理科学学报》2017 年第 5 期

10. 1 千字

无法识别创业风险是导致创业失败的主要原因之一，如何有效识别并管理创业风险是新创企业健康成长的关键。社会网络能够弥补创业者在识别风险过程中的信息劣势，但既有研究极少探索社会网络是否以及如何影响创业风险识别。文章利用信息处理理论为研究框架，构建了创业风险识别模型。具体而言，结构洞和网络强度有利于创业者获取更多、高质量与风险相关的信息，进而识别更多的创业风险；获取信息的数量在网络强度与创业风险识别关系之间发挥完全中介作用；创业者的先前经验正向影响创业风险识别，并对结构洞与获取信息的数量之间关系起调节作用。该文的理论贡献如下：

第一，社会网络不仅有利于创业者获取数量多、质量高的信息，而且为创业者识别风险提供了风险决策确认、建议咨询等反馈，促使其识别出更多的创业风险。该文探索了创业者在信息处理过程中获取、分析、反馈和决策等各个环节的关键因素，诠释这些关键因素在风险识别过程中的功能和角色，对创业者识别创业风险有重要的启发，对创业风险等相关理论有一定贡献。

第二，网络强度有助于获取更多与风险相关的高质量信息，这和过往研究提出的“弱联结更有利于获得异质性信息，而这些异质性信息更有利于创业者获得成功”的结论形成对比。结论相左的一个原因是多数与风险相关的信息具有默会性特征。此外，持有此类信息的网络成员不愿向其他网络成员披露，除非网络成员之间有基于强关系形成的信任，否则此类信息难以获取，即便获取也难以理解。研究表明，创业者应在风险识别过程中更重视强关系的作用。结论相左的另一个原因可能是在不同文化中，网络强度对创业活动的作用不同，甚至相反。

第三，预判网络强度除了为创业者获取信息提供便利，还有助于创业者从其他网络成员学习如何识别创业风险的经验，但数据显示信息数量发挥完全中介作用，说明网络强度的作用仅限于为创业者获取信息提供便利。与网络强度不同，信息数量和信息质量在结构洞与风险识别之间关系都起部分中介的作用，说明创业者在社会网络中的优势位置是获取高质量信息、识别创业风险的决定因素。

第四，创业者的先前经验不仅直接影响创业风险识别，而且正向调节社会网络、信息获取与风险识别三要素之间的关系。前一个结论为奥地利经济理论在风险识别现象的解释上提供了新的证据，后一个结论为未来研究整合新古典经济理论和奥地利经济理论解释风险识别提供了新思路：在风险识别过程，创业者的先前经验与其社会网络性质可能存在互补关系，两者的有效匹配才能够提高创业风险识别概率。

（赵璐）

【品牌仪式如何形成？——基于扎根理论的探索性研究】

冉雅璇（中南财经政法大学工商管理学院），卫海英（暨南大学管理学院、暨南大学企业发展研究所）

《经济管理》2017 年第 12 期
15.4 千字

该文通过文献分析、深度访谈和基于扎根理论的质性分析，探讨了品牌仪式的形成路径模型。概念模型表明，品牌仪式的形成主路径涵盖了品牌基础意义、品牌仪式意义和互动方式这三个主范畴，其影响因素涉及了品牌因素、消费者因素、仪式因素和社会因素四个主范畴。其中，品牌仪式是品牌基础意义向品牌仪式意义的流动而形成，品牌基础意义是品牌仪式意义的前置变量，互动方式是代表意义“链”的驱动力。此外，品牌因素和仪式因素是品牌仪式的内部影响变量，消费者因素和社会因素是品牌仪式的外部情境变量，不同因素的影响效应各有不同。

该文具有以下理论贡献：

第一，品牌仪式的关键在于品牌基础意义与品牌仪式意义的融合，使之与单纯的宗教仪式区分开来。由此，该文探讨了品牌仪式的独特性，拓宽了学者们对于多文化、多市场背景下仪式类型的考虑范围，从而对仪式研究的现有成果形成了有益的补充，并启发未来更多研究（尤其是营销研究）在考察“品牌仪式对消费者影响效应”这一问题上，摆脱仅考虑仪式意义的桎梏（Brooks 等，2016；Norton 和 Gino，2014），将品牌意义和品牌因素作为重要的前因变量纳入理论框架的整体考虑中。

第二，首次提出了品牌仪式的形成，且符合意义迁移理论的内髓。基于意义迁移模型（McCracken，1986），仪式来源于符号意义的流动，其中，世界文化符号是根基，广告和时尚是反映体系，进而体现到消费物品上，再通过消费者的行为影响消费者心理。该文的“品牌仪式的形成路径模型”表明，品牌仪式形成的主路径是品牌基础意义向品牌仪式意义流动的结果，再一次证实了符号意义的流动过程。该文在意义迁移模型的基础上进行了如下拓展：（1）品牌仪式的形成是符号与符号之间的流动，是双向性过程。（2）互动方式（包括企业互动、消费者互动和员工互动）是意义迁移的助推器。

第三，推进了品牌仪式的研究，分析了品牌仪式形成的影响因素及其影响效用。在以往研究的基础上，该文不仅增进、归纳和分析了仪式因素、消费者因素、社会因素的调节效应，而且发现了品牌因素在品牌仪式形成中的关键作用。此外，尽管仪式议题近年来在国外展开了较为热烈的探讨，但国内有关仪式和品牌仪式的研究仍较为缺乏。该文首次探索了中国文化背景下的品牌仪式，引起国内学者对品牌仪式研究的关注和探索。

（董昌娟）

【原产地品牌塑造及治理博弈模型分析——公共品牌效应视角】

王兴元、朱强（山东大学管理学院）

《经济管理》2017 年第 8 期
15.4 千字

从公共品牌效应视角进行分析，可知原产地品牌通过区域认知趋同光环效应、区域规模经济效应及区域范围经济效应来提升区域内企业及企业品牌的核心竞争力。基于利益相关者理论，该文分析了不同类型的原产地品牌塑造模式；分析了原产地品牌维护过程中，利益相关者之间的博弈关系。具体来看，得出以下结论：

第一，原产地品牌具有区域认知趋同光环效应、区域规模经济效应以及区域范围经济效应。通过该文的分析可知，原产地品牌认知趋同光环效应能够给原产地品牌带来知名度与信任度。由于原产地品牌的拉力作用，促使企业品牌聚集，形成规模经济效应。同时，供应链上下游企业以及物流企业等也在原产地区域内聚集，形成范围经济效应。原产地品牌能够使得其他优势资源向该区域涌进，例如技术创新和人才资源，使得企业能够共享新技术，进而生产成本减少且产出边界扩展。而且原产地品牌的建设，能够带动产品的上下游企业在区域内集聚，进一步为原产地品牌及产品提供高效便捷的服务。

第二，基于利益相关者理论，可以将原产地品牌塑造模式分为四种类型，即企业自治型原产地品牌塑造模式、中心领导型原产地品牌塑造模式、政府主导型原产地品牌塑造模式和品牌协会主导型原产地品牌塑造模式。不同类型的原产地品牌塑造模式的品牌产权人和塑造主体不尽相同。同时，原产地品牌塑造模式的差异，也使得企业及企业品牌对原产地品牌的塑造和使用具有不同的竞合关系。

第三，以原产地品牌溢价效应为基础，原产地品牌与企业品牌之间存在博弈关系。在政府主导型原产地品牌塑造模式下，政府在塑造过程中发挥了主导作用，同时，政府也应对企业及企业品牌的原产地品牌使用行为进行监督，才能发挥原产地品牌效应，保持原产地品牌可持续发展；在企业自治型原产地品牌塑造模式下，区域内企业规模较小时，各个企业品牌会以很小的成本（甚至零成本）来利用原产地品牌进行营销活动，进而导致原产地品牌的滥用，最终原产地品牌信用度降低，给所有企业品牌带来较坏的品牌印象；在中心领导型原产地品牌塑造模式下，区域内若存在规模较大企业，该企业品牌会自发来建立和维护原产地品牌，因为此时原产地品牌能够给其带来利润丰厚的原产地品牌溢价效应。

（董昌娟）

【转型经济背景下本土品牌成长方式选择机理研究——以郁美净为例】

许晖（南开大学商学院），张娜（南开大学商学院、中国特色社会主义经济建设协同创新中心），冯永春（天津财经大学商学院）

《经济管理》2017 年第 4 期
17.2 千字

该文结合知识整合的相关理论，对我国本土品牌的成长方式选择机制进行研究，构建了具体的本土品牌成长方式选择机制模型。具体来说，该文的主要研究结论如下：（1）我国本土品牌成长方式的选择应取决于其所处的外部环境。在市场竞争激烈、技术环境相对动荡的环境下，应进行开发式市场创新与探索式技术创新，采取技术主导型的品牌成长方式；在市场环境相对动荡、技术竞争激烈的情况下，应进行探索式市场创新与开发式技术创新，采取市场主导型品牌成长方式；而在市场环境与技术环境都相对动荡且竞争激烈的情况下，应协调进行开发式和探索式技术创新以及开发式和探索式市场创新，采取管理主导型的品牌成长方式。（2）在各个成长阶段，技术创新和市场创新的不同形式决定着研发部门和营销部门的知识整合方式有所不同。实施开发式创新的部门，一般以程序交流的知识整合方式，实现开发式创新；实施探索式创新的部门，一般倾向于以人员交流的方式，实现探索式创新；而对于在研发部门和营销部门同时进行探索式与开发式创新，则需建立专门的组织机构和专门机制，以组织交流的知识整合方式实现研发部门和营销部门的探索式与开发式创新的同时进行。

该文的理论贡献主要有以下三个方面：（1）在以往品牌研究的基础上，综合考虑了我国本土品牌企业的知识短缺劣势，考虑了技术创新和市场创新的前置因素，以外部的知识整合实现技术创新和市场创新的协同，以此推动本土品牌的持续成长。（2）发现了品牌成长的三种方式，即技术主导型、市场主导型以及管理主导型，拓展了品牌成长方面的理论（王朝辉等，2013；杨晨等，2008；黄永春、佘海峰，2011）。（3）对以往单纯以技术创新推动品牌成长或单纯以市场创新推动品牌成长的理论进行了修正，发现企业不仅可以通过技术创新和市场创新的组合双元，促进品牌的健康成长，还可以通过外部知识整合，平衡企业在同一部门开展开发式创新与探索式创新所需知识类型不同的矛盾，最终以技术创新和市场创新的平衡双元实现品牌成长（Song 和 Thieme，2006；Lavied 等，2010；Park 和 Lee，2015）。

（董昌娟）

【基于动态能力的中国本土互联网企业成长路径研究】

张均强（电子科技大学经济与管理学院）
《中国软科学》2017 年第 11 期
8.7 千字

中国互联网企业经历了从小到大和由弱变强的成长历程，探索其过程的演变并揭示从过程到结果之间的路径规律是重要的理论问题。该文从百度公司所保留的“大事记”中获取 500 条事件数据，采用事件路径分析的研究方法，提炼事件维度与建立分类标准，分阶段剖析事件路径的趋势与特征。研究发现，自主性探索事件主导了百度公司成长的全过程，在其成长期经历了“独立探索—独立认可—合作探索”的演化路径，其中“合作探索”支撑了企业度过环境震荡期，“当期认可”与“探索释放”在成熟期趋于平衡。研究结果揭示出动态能力的逻辑多样性与动态均衡的潜能释放，并初步建构起了中国互联网企业成长的理论逻辑：（1）在萌芽阶段，企业独立性探索直接带来外部合作性认可。这一时期公司专注于独立探索，不断创新，并且逐渐带动一些企业进行合作，实现当前效应的实现。依靠自身力量，不断积淀积蓄发展后劲。（2）在成长阶段，互联网企业动态成长经历自主上由内到外，合作上由外到内的发展过程。从数据分析结果中可看出，各类活动开始活跃在整体发展历程的顺序分别是自主性的探索释放，从为合作性的追求当期认可到独立追求当期效应的当期认可，最后发展到合作性的长远探索。（3）在震荡期，互联网企业发展在矛盾突出的低谷时期，更倾向于借助外部合作。这样的活动既缓冲矛盾，也为企业低谷之后的发展积蓄力量。（4）在成熟期企业不断发展实现长远探索与当期认可均衡，保证稳定发展。无论是独立行为或者是合作行为达到的自身内在能量释放与当期认可效应趋于均衡。

作者对这些演化逻辑进行整合，并对中国本土互联网企业未来的发展提供具体的对策建议：首先，互联网企业应当保持持续的内在“自主性活跃”，充分培育和挖掘自己的核心业务，并通过内外部资源整合，建立核心业务的持续性竞争优势；注重内在积淀，赋予具有长远利益的创新性探索以重要的战略地位。其次，中国本土互联网企业的发展应该遵循从过程到结果的演化逻辑。企业的成长和发展难免遇到危机和低谷，企业在应对低谷和环境巨大冲击时，可借助与外部合作伙伴的合力共同承接外部的压力，有效地承接、转移并吸纳冲突。在这个过程中让企业暴露于外部不确定性的冲击，顺势承接矛盾，合力进行探索，释放出潜能，为下一轮的发展积蓄力量。再次，中国互联网企业在本土的成功，除了得益于它们更了解中国国情、更了解中国文化之外，更主要的还是得益于它们在不断地调整自己的战略方向，改进自己的产品和服务。最后，政府部门也应该秉持“开放+引导”“服务+创新”的思维和理念，为中国本土互联网企业更好、更深地融入“互联网+”发展战略的实施提供政策保障与社会资源。

（赵璐）

工商管理·会计学

【资本错配、资产专用性与公司价值——基于营业活动重新分类的视角】

王竹泉等（中国海洋大学管理学院）

《中国工业经济》2017 年第 3 期
19.8 千字

在新常态下，改善资本等要素的配置效率是实现经济增长方式转变的重要途径。随着经济社会的不断发展，投资活动和经营活动共同组成营业活动的观念正逐渐深入人心，在营业活动重新分类的背景下，对于资本配置的研究可以进一步深入企业的营业活动中去。随着中国市场经济的发展，企业的经营方式逐步趋于多元化，资本运营越来越成为企业运营中的重要方式。然而，受制于固有营业观念的影响，企业对营业活动的认识较为片面，缺乏对经营活动、投资活动两大营业活动效率的分析指标，导致企业的资本错配现象较为普遍，甚至出现严重的资本错配。

该文的研究表明：

第一，传统营业观念已不能满足指导企业合理配置资本的需求，中国上市公司资本错配现象严重，且严重损害了公司价值，阻碍了实体经济的发展，降低了社会资本整体的配置效率，如何促进企业营业观念的转变、减少营业活动间的资本错配，将直接影响公司价值，对中国进一步提升资本效率有着重要意义。

第二，基于营业活动重新分类视角下的资本配置指标作为一种事后评价指标，将其应用于实践中可以帮助企业发现以前年度资本配置中存在的问题，结合实际情况进一步发现自身具有竞争优势的营业活动，通过对未来营业活动的单位风险回报率的测算，将更多的资本投入未来单位风险回报率更高的活动中去，从而缓解企业资本错配程度，提升企业价值，具有较强的实际意义。

第三，资产专用性的适度降低将一定程度上缓解资本错配对会计绩效的负面效应，但投资于专用性较高的资产会缓解资本错配对市场绩效的损害，因此，在企业进行决策时，应考虑资产专用性通过资本错配对会计绩效和市场绩效产生的间接影响。

（邓斯月）

【IPO 保荐机构主动担责与投资者利益保护】

张晓东（东北财经大学会计学院）

《中国工业经济》2017 年第 2 期
17.4 千字

该文利用市场反应考察投资者对于“先行赔付”的认同程度，并比较了不同投资者类型和投资行为特征是否影响“先行赔付”的认同程度。研究表明，“先行赔付”从整体上得到了投资者的认同，但中小投资者对“先行赔付”表现出显著负面的反应，这与理论预期截然相反。进一步的研究表明，这主要是由于中小投资者对于风险的偏好与“先行赔付”降低风险的效应产生冲突所致。从投资行为特征看，长期持股的投资者对于“先行赔付”的认同程度更高。该文的研究结论表明，在中国投资者保护法律尚不完善的情况下，通过强化中介机构问责机制来提高投资者保护水平，能够得到投资者的认可。但是，现有投资者保护制度对于不同类型投资者的风险偏好判断可能存在偏差。为进一步发挥“先行赔付”的作用，监管方应在制度建设的同时，开展投资者教育，降低投资行为的非理性程度。

该文对如何强化保荐机构责任及完善投资者保护机制提出如下建议：

第一，在法制环境尚不健全的情况下，应将“先行赔付”制度化，以更好地保护投资者的利益。“先行赔付”制度充分发挥了保荐机构在投资者保护中的重要作用，缩短了赔偿时间，并同时提升了赔付的充足率。

第二，增强投资者风险教育，转变中小投资者风险偏好。中国资本市场建立初期的制度并不完善，使中小投资者形成了偏好风险的取向。这种类型的风险偏好阻碍了资本市场制度的建设和完善，同时也妨碍了各种制度作用的发挥。只有通过投资者教育改变中小投资者偏好风险的意识，才能确保投资者保护制度效果的发挥。

第三，突出基于价值的投资理念，避免基于噪音的频繁交易。该文的研究发现，基于基本面信息的长期投资者对于“先行赔付”更为认同。这表明，“先行赔付”作用的发挥，需要以投资者的理性投资决策作为先决条件。利用“先行赔付”的示范作用，引导投资者依据价值相关信息进行投资决策，将引导投资者与投资者保护政策的良性互动。

（邓斯月）

【利率工具、银行决策行为与信贷期限结构】

盛天翔（南京农业大学金融学院），王宇伟、范从来（南京大学经济学院）

《中国工业经济》2017 年第 12 期
17.1 千字

该文基于中国商业银行特殊的利率定价机制，从盈利动机的视角出发，构建两阶段的商业银行信贷决策模型，分析了贷款基准利率政策对信贷期限结构的影响机制。研究发现，贷款基准利率与商业银行贷款中的短期贷款比例呈正相关关系，但短期贷款和中长期贷款的基准期限利差水平会减弱这一正向关系，并且基准期限利差本身也会直接对短期贷款比例产生负向冲击。基于 2005—2016 年的宏观季度数据，该文通过 TVP－FAVAR 模型和时间序列线性回归模型的实证检验支持了上述结论，并且还进一步验证了从盈利动机视角分析传导机制的可信性。

中国的利率市场化在形式上已经基本完成，未来货币政策的价格型工具运用将越来越多，该文有以下四点启示：

第一，宏观调控要充分考虑商业银行的微观行为。中国人民银行公布的贷款基准利率长期以来作为最重要的货币政策工具之一，在利率“双轨”制问题尚未解决，货币市场利率没有能够充分传导至信贷市场时，依然要高度重视贷款基准利率的引导作用，充分考虑商业银行的决策行为在其中产生的影响。

第二，重视贷款利率收益率曲线对信贷资源配置的调控作用。该文研究表明，贷款利率收益率曲线（基准期限利差）变化能够引导商业银行调节贷款期限，改变信贷配置。

第三，充分运用市场化利率价格信号的预期管理。贷款基准利率通过该文提出的盈利动机传导机制发挥调节作用时，最重要的基础之一就是贷款基准利率处于持续调整的通道，商业银行从而可以对货币政策的利率方向形成较为明确的预期。

第四，综合使用利率工具和结构性货币政策工具。中国 2013 年开始陆续推出常备借贷便利、中期借贷便利、抵押补充贷款和定向降准等结构性货币政策工具，新的结构性货币政策工具大多具备利率引导功能。需要指出的是，在经典的货币政策理论框架中，一般认为货币政策属于常规的总量调控工具，对于经济结构、产业结构等的调整，主要还是依靠财政政策、产业政策等发挥作用，货币政策可以发挥一定的结构调节功能，但是也不宜作为主要手段。

（邓斯月）

【企业年金的“生产率效应”】

于新亮（山东财经大学保险学院），程远、胡秋阳（南开大学经济学院）

《中国工业经济》2017 年第 3 期
16.3 千字

企业年金的“生产率效应”研究对于深入认识企业年金的功能和作用，进而审视其在中国经济转型发展进程中的政策内涵具有较高的现实意义。该文首次以处于企业年金普及进程中的中国企业作为政策实验样本，利用 2010—2013 年上市企业年报数据，实证检验了企业年金是否具有“生产率效应”，并通过建立中介效应模型检验其产生机制，同时结合相关机制考察了这一效应的长期持续性。

该文的研究结果表明，企业年金不仅是对中国基本养老保险制度的补充，还具有提高企业生产率的现实好处，而连续地提供企业年金计划是充分利用这一效应的关键。但是，中国目前的研究、舆论和实践均过分强调甚至夸大了企业年金在合理避税和隐性福利方面的作用，恰恰忽视了企业年金作为一种激励机制，具有投资收益风险低、激励对象范围广、作用时效更持久等其他激励机制（如股权激励）所不具有的特性，并且具备有效提高企业生产率的功能。企业建立任何一种激励机制的目标是提高生产率，因此提高生产率才是企业积极建立年金计划的根本动力。认识到企业年金的“生产率效应”，建立企业年金水到渠成。对此，应着重加强宣传教育力度，提高企业对年金计划的认知水平。

（邓斯月）

【双重股权结构下的中小投资者利益保护——基于 Facebook 收购 WhatsApp 的案例研究】

李海英（天津财经大学商学院），李双海（四川大学商学院），毕晓方（天津财经大学商学院）

《中国工业经济》2017 年第 1 期
16.3 千字

该文以 Facebook 收购 WhatsApp 为研究案例，从股东异质性视角，采用案例研究方法探讨双重股权结构对创始人控制权保持和中小投资者利益保护的治理机理，及其产生中小投资者利益保护效应的作用路径。研究表明：创始人与外部股东在投资目的、资源基础，以及风险承担方面存在明显的差异，此时双重股权结构作为适应股东异质性现实的制度创新，能通过制度化控制权来源保持创始人控制权，并通过维持和保护独特的企业文化、贯彻企业长期战略、提升管理层抗压能力、提高管理层决策效率路径产生中小投资者利益保护效应。

从“Facebook 收购 WhatsApp”案例分析中不难发现，在一定条件下，双重股权结构能化解企业发展过程中“融资与创始人控制权保持”的矛盾，并产生中小投资者利益保护效应。具体结论如下：

第一，创始人与外部股东在投资目的、资源基础，以及风险承担方面存在明显差异的条件下，基于股东同质性假定的“一股一票”投票权制度将无法适应企业现实，而着眼于股东异质性的双重股权结构具有存在的合理性。在来源于财务资源的控制权随着融资不断被稀释的情况下，双重股权结构通过将来源于非财务资源的控制权契约化或法律化，保持创始人的控制权。

第二，双重股权结构对创始人控制权的稳定功能，弱化了传统内部治理机制以及外部控制权市场的监督和约束，但其基于心理所有权和资产专用性投入的创始人自我约束机制和激烈的产品市场竞争可以替代传统公司治理机制，约束创始人的控制行为，并通过维持和保护独特的企业文化、贯彻企业长期战略、提升管理层抗压能力、提高管理层决策效率路径提升企业价值，产生中小投资者利益保护效应。

（邓斯月）

【中国资本回报率嬗变之谜】

许捷、柏培文（厦门大学经济学院）

《中国工业经济》2017 年第 7 期

17.2 千字

该文旨在测算省际资本回报率和资本错配程度，以及考察资本错配程度对资本回报率的影响，进而判断中国经济是否长期可持续发展。在市场不完全的环境下，将资本回报率变动分解为资本深化速度、技术进步增长率、乘数效应和资本错配变动速度四个部分，构建了资本错配程度影响资本回报率的计量模型，结合资本回报率和错配指数的省际面板数据，对中国经济中资本错配影响资本回报率进行实证分析。

该文采用一个统一的资本回报率计算方法，使得到的资本回报率具备可比性，并且结合宏观数据对中国经济进行经验研究，最终得出以下三个主要结论：

第一，中国资本回报率总体呈现波动下降的态势，省际层面的变动更加复杂。1978 年改革开放开始至 2008 年金融危机爆发前夕，中国资本回报率下降态势不是十分明显，多数省份的资本回报率在此期间表现出逆势上行。2008 年金融危机作为省际资本回报率变动的拐点特征较为显著，在市场国际化、经济全球化的浪潮中，中国作为一个开放的国家无法不受到国际经济形势的冲击，也无法在金融危机中独善其身。

第二，在不完全竞争的市场条件下，资本回报率的增长率变动除了资本深化程度、技术进步和乘数外还受到资本错配程度变动的影响。资本错配程度、资本深化、技术进步和金融危机冲击的综合作用是中国资本回报率 1978—2013 年嬗变的原因。造成资本回报率上升的因素属于经济基本面的改善，而导致资本回报率下降的因素为外在冲击，所以有理由相信中国资本回报率上升是合理的，并且是可持续的。

第三，资本错配的变化程度作为影响资本回报率变动的重要因素不可被忽视。样本中的中国 30 个省份中将近一半的省份表现为资本相对劳动的配置过度，而且这种资本错配状态并没有随着时间的推移发生显著的动态转换，也没有因为地区的变化存在明显的空间特征，所以中国资本相对劳动力配置过度具有一般性和普遍性。中国资本错配程度每下降 1 个标准差会提高资本回报率 0.11 个标准差。资本错配对于资本回报率的影响存在地区异质性，同样也受到不同改革阶段的影响。

（邓斯月）

【定价基准日选择、市场择时与定向增发中的大股东利益输送】

黄叶苨、赵远榕、刘莉亚（上海财经大学金融学院）

《经济管理》2017 年第 8 期

18.1 千字

该文主要通过考察我国上市公司定向增发过程中定价基准日的选择与增发折价率的关系，研究定价基准日的选择对大股东利益输送行为产生的负面影响是否具有调节效应。研究发现，即使发行期首日为定价基准日的项目折价率相对更低，但利益输送行为依旧可行甚至负面影响更大，而且市场择时行为也难以在折价率上反映出来。若不针对性地加以约束，证监会将难以实现其市场化定价的初衷。

该文认为，要真正实现“市场化”定价，保护中小股东的利益，维护定向增发市场的有效性，靠简单地规定定价基准日是不够的。为此，该文提出以下几点建议：

第一，加强对上市公司的日常监管，建立定向增发市场的良好秩序。例如，针对上市公司在定向增发前的停牌申请应谨慎审批，杜绝人为超长停牌现象，对超长停牌项目复牌交易要规定一定天数后再重新确定基准日和底价；规定只有当股价相对平稳的时期才能设置基准日。

第二，借鉴香港等成熟市场上的“闪电配售”流程，缩短定向增发审核时间，简化定向增发的流程。在流程设计上杜绝大股东通过择时、停牌操控等手段进行利益输送的可能性，也避免由于等待过程过长、股市波动太大导致价格倒挂、增发失败的情况发生。

第三，完善会计准则及相关法律法规。提高上市公司财务报告质量与披露要求，使得投资者能获得充足的信息，判断本次定向增发对公司未来价值的影响。

第四，为定向增发过程中中小股东进行自我保护提供法律制度上的支持，促成有效的公司治理机制的建立。例如，可以加强股东大会上中小股东的表决权；或借鉴保加利亚的定向增发制度，当上市公司向大股东进行定向增发时，允许中小股东享有同样的新股购买权利，从而保证中小股东的利益不会因为缺乏认购权而受到大股东的稀释。

（邓斯月）

【股权激励会强化管理层的迎合动机吗？——来自上市公司 R&D 投资的证据】

徐寿福（上海财经大学金融学院）

《经济管理》2017 年第 6 期
17.5 千字

该文以股权分置改革后中国上市公司的 R&D 投资活动为研究对象，在验证了样本公司 R&D 迎合投资存在性的基础上，检验了管理层股权激励计划对上市公司 R&D 迎合投资的影响。

该文从三方面对文章进行了阐述：（1）在控制了股权融资渠道后，R&D 投资对股票错误定价仍然具有较强的敏感性，表明上市公司存在 R&D 迎合投资。（2）该文从定性和定量两个维度发现股权激励计划的实施增加了上市公司 R&D 投资—误定价敏感性，表明股权激励强化了上市公司 R&D 迎合投资。（3）分组检验的结果显示，股权激励对 R&D 迎合投资的强化在非国有上市公司中和股价高估时表现得更加显著；在控制了股权激励的内生性后发现，股权激励对 R&D 迎合投资的影响在高科技公司中更加显著。

该文的研究表明，股权激励通过股票错误定价的理性迎合渠道间接影响了公司投资决策，是不同于股权激励基于改变公司治理状况直接影响公司行为的另外一种途径。该文拓展了对管理层股权激励机制的研究，有助于从另一个视角理解股权激励与管理层动机和行为之间的关系。

该文研究结论具有一定的实践启示：（1）客观认识股票价格对公司决策行为的影响，是有效发挥股票市场资源配置功能的前提条件之一。（2）该文揭示的股权激励会强化管理层迎合动机的事实，为采用激励机制影响公司行为提供了依据。（3）该文的研究发现，产权性质、行业类别和市场态势等因素，都会导致股权激励对管理层迎合动机产生不同影响。因此，在考察股权激励效应时，应充分考虑不同条件下股权激励的异质影响。

（邓斯月）

【股权激励契约特征与企业创新】

李丹蒙（华东理工大学商学院），万华林（上海立信会计金融学院）

《经济管理》2017 年第 10 期
18.2 千字

大量的经济学与管理学文献研究表明，以企业为主体的创新是经济增长的关键驱动力，而企业管理层是创新活动的主要决策者，其激励对于公司的创新活动至关重要。该文尝试探讨股权激励方案的实施以及不同激励方案的契约特征对企业创新活动的影响。基于中国上市公司 2007—2014 年度的数据，该文采用双重差分（DID）的研究思路，实证检验了我国上市公司股权激励方案的实施对公司创新活动的影响。该文研究发现，与对照样本相比，在股权激励方案实施后，样本公司研发投入和专利授予量均显著增加。

该文在实践层面的意义在于：

第一，对公司内部的治理机构而言，在制定股权激励方案时，需要仔细设计和选择能够激励管理层实施创新的契约方案通过有效的激励契约将管理层的个人利益与股东利益协调一致，进而有助于企业提升创新效率，实现可持续增长。

第二，对监管层而言，通过制定和修正《上市公司股权激励管理办法》等制度规则，在很大程度上可以引导公司股权激励的实施，而在相应办法的修订过程中，需要仔细考察相关规则如何影响管理层激励，并进而影响企业创新能力和长期竞争力，该文也为此提供了可供参考的证据。

（邓斯月）

【管理会计工具的创新与整合研究——基于新兴际华集团的案例】

敖小波（中央财经大学会计学院），李晓慧（中央财经大学中国管理会计研究与发展中心），赵雅娜（中国人民大学商学院）

《经济管理》2017 年第 10 期
19.1 千字

该文发现，际华集团管理会计工具的创新与整合，既具有企业自身特征，又能根据环境不断地变迁。据此，可将该文所提及的管理会计的优势提炼成以下几方面：

第一，实现公司由传统的公司制向现代的公司制转变。在传统的公司制企业中，大规模的生产往往会带来工人偷懒、搭便车以及积极性不高的问题。管理会计工具创新与整合的运用，使企业实现向自我管理、自我激励、自我约束的现代公司制企业转变。

第二，实现公司由业务为主的导向向价值为主的导向转变。传统的企业都是以业务为导向进行公司内部的组织设计与流程安排。在创新性的管理会计工具实施下，公司通过流程再造后，内部的各板块、各子公司、各分厂、各职能部门以及各岗位等，都围绕价值为核心进行运转与作业，并清晰地划定权责利边界，从而实现向价值导向为主的生产经营管理转变。

第三，实现公司由传统盈利模式向创新性盈利模式的转变。传统企业遵循供、产、销的盈利模式，一方面是依靠压缩人工成本等取得盈利；另一方面是采用灰色成本扩大市场，盈利模式较为单一。在供给侧实现了产能不变以及土地人工等成本上升情况下，企业盈利能力不降反升，并能实现员工收入的较快增长，这种创新性盈利模式具有极高的借鉴价值。

第四，实现公司的管理由行政导向市场导向转变。公司通过管理会计工具的创新与整合，在公司内部实施内部模拟法人市场，让市场在公司内部也发挥其重要的分配与调节作用。

第五，实现公司的体制由集权管理向分权管理转变。随着市场环境的日益复杂以及企业规模的日益扩大，分权扁平化的企业组织逐渐成为了趋势。

第六，实现公司从管理的碎片化、孤岛化向整合化转换。在供给侧结构性改革的背景下，创新的管理会计工具整合与运用，为企业在“供给端”提供了强大的生产力，并有效地解决了公司管理的碎片化与孤岛化，使管理会计工具既能够独立发挥作用，又融合在企业业务中综合地发挥作用。最终，管理会计工具将企业的碎片化管理转变为整合化管理，为企业的价值创造发挥更大的作用。

（邓斯月）

【国家审计与社会审计定价：顺风车还是警示灯？——基于我国央企控股上市公司的经验证据】

李青原、马彬彬（武汉大学经济与管理学院）

《经济管理》2017 年第 7 期

12.5 千字

该文基于 2010—2015 年国家审计署发布的国家审计公告，以央企控股上市公司为研究对象，以社会审计投入为切入点，手工收集了 2010—2015 年国家审计公告中样本公司涉及财务收支部分的违规金额，探讨了国家审计如何影响社会审计定价，检验了国家审计功能的发挥对央企控股上市公司社会审计定价的影响。实证结果表明，国家审计功能的发挥对央企控股上市公司社会审计定价有提高作用，即警示效应处于主导地位；且政府涉及财务收支的处罚程度越严重，相关性越强。同时，研究发现，国家审计的警示效应主要存在于非“十大”审计的央企控股上市公司。该结果说明，国家审计会提高社会审计投入。结合我国制度背景和宏观、微观环境考虑两者关系，有利于构建一个自律与管制相结合的“免疫”系统，以促进我国国有资产的良好运行。

该文的研究结果发现：（1）国家审计对社会审计的警示效应大于溢出效应，即对央企控股上市公司社会审计定价有提高作用。（2）考虑会计师事务所规模的差异，国家审计的警示效应在“非十大”会计师事务所更强。（3）国家审计涉及财务收支的处罚严重程度越高，国家审计对社会审计定价的提高作用越强，佐证了国家审计警示效应的主导地位。

该文也分析了国家审计介入时机与社会审计定价的变化，发现国家审计介入当年社会审计定价出现显著上升。为了控制潜在的内生性，文章采用了倾向得分匹配法和双重差分模型，以配对得到的央企上市公司作为对照组，分析国家审计实验组对社会审计定价的影响，结论保持一致。此外，由于审计费用固有的随时间递增趋势，该文采用了安慰剂检验，以识别国家审计介入对社会审计定价变化的真实影响，保证了结果的稳健性。

（邓斯月）

【汇率沟通、实际干预对人民币汇率与汇率预期的影响】

黄宪、付英俊（武汉大学经济与管理学院）

《经济管理》2017 年第 2 期

17.5 千字

作者认为，在未来，随着我国央行逐步退出常态式外汇干预，汇率沟通在人民币汇率及汇率预期的管理中将发挥越来越重要的作用。并且在未来的实践中，央行需要不断关注人民币汇率预期的变化，加强预期引导，避免单边升值或贬值预期的形成及预期的自我强化。探索建立常态的汇率预期调查制度，掌握人民币汇率预期动态变化，深入了解人民币汇率预期的形成机制和其对人民币即期汇率的影响机制。加强汇率沟通在管理人民币汇率和稳定人民币汇率预期中的重要作用，使汇率沟通逐步成为一种主要的调节汇率和引导汇率预期的政策工具。注意沟通的及时性，对扰动外汇市场的传闻及时澄清，减少市场恐慌与波动。

该文分析了汇率沟通、实际干预对人民币汇率和汇率预期的影响，研究得出以下结论：

（1）央行书面汇率沟通对人民币汇率和汇率预期的水平变动和波动率无显著影响。央行口头汇率沟通、实际干预对人民币汇率和汇率预期的均值水平均产生有效但程度不同的影响，实际干预对汇率影响的效力强于口头汇率沟通，而口头汇率沟通对汇率预期影响的效力强于实际干预。（2）央行口头汇率沟通降低了人民币汇率和汇率预期的波动性，但是，实际干预加剧了人民币汇率和汇率预期的波动。（3）数量型货币政策和价格型货币政策操作均对人民币汇率和汇率预期有着显著影响。（4）人民币汇率的市场化程度对汇率沟通、实际干预的有效性有着显著影响，人民币汇率市场化程度越高，央行口头汇率沟通和实际干预的有效性越强。（5）人民币汇率单边预期会弱化汇率沟通、实际干预的效力，人民币汇率双向预期的形成更有利于增强汇率沟通、实际干预的有效性。（6）口头汇率沟通的时滞较实际干预短，作用持续时间较实际干预长。

（邓斯月）

【利率市场化改革进程下企业贷款成本与资本配置效率研究】

陈学胜、罗润东（山东大学商学院）

《经济管理》2017 年第 3 期

21.3 千字

该文基于企业融资约束和投资决策的视角，利用沪深两市 A 股上市公司 2007—2016 年的数据，对利率市场化改革进程下信贷市场的资源配置效率和企业内部的资本配置效率进行了估计和检验。研究发现，随着利率市场化改革的不断推进，信贷市场的资源配置效率明显改善，企业基本面的表现有效反映了企业间的融资成本差异和规模差异。

该文可概括为以下几个方面：

第一，企业微观个体的经营表现和风险等级只是影响商业银行进行信贷定价和额度分配的主要因素之一。商业银行自身因素、经济环境变化和货币政策调整等宏观因素也会发挥重要的影响作用。该文主要基于企业财务数据表现，从企业面临的融资约束程度和债务融资的规模与成本大小反观商业银行的信贷定价能力和资源配置效率。后续研究可以直接从商业银行信贷定价角度出发，构建合理的定价模型，更为全面地对商业银行的定价能力和信贷配置效率进行研究和检验。

第二，贷款的价格实际上是对应的某笔贷款的期限和利率。由于商业银行贷款数据难以获得，该文利用上市公司的债务融资成本作为信贷价格的一个替代性指标对相关假设进行了检验，也利用其他的一些替代性指标进行了稳健性检验。虽然研究结论与预期假设一致，但是，这毕竟不是真实的信贷价格。未来在数据可得性不受限制的条件下，可以继续从商业银行信贷价格的视角对信贷市场的资源配置效率做进一步的检验。

第三，外部资金的可得性和成本会影响企业的投资决策，也是宏观政策调控的主要传导路径。利率市场化改革的目标不仅包括建立由市场资金供求决定各种利率水平的市场利率体系，还包括建立以中央银行基准利率为核心的利率调控和管理体系。该文仅对利率价格、融资成本与企业边际产出的微观传导效果进行了检验，但是，对于宏观政策的成本传导机制和效果未进行进一步的研究。后续研究可以继续进行补充和完善，为利率市场化改革的继续深化和最终完成提供有益的支持和建议。

（邓斯月）

【人民币汇率的双向波动及失衡程度——基于行为均衡模型的协整研究】

魏荣桓（北京师范大学经济与工商管理学院）

《经济管理》2017 年第 11 期
18.7 千字

我国可贸易部门相对生产率、经常账户余额、贸易条件，货币相对供应量、政府支出、外商直接投资等变量，长期内是人民币实际均衡汇率的主要影响因素。根据误差修正模型，人民币汇率自身具备较强的反向修正机制，可以得出，外商直接投资在长短期内对于汇率的影响都是正向的，不存在滞后效应；贸易条件和货币相对供应量长期内将导致汇率贬值，但短期内，贸易条件改善和中美之间货币相对供应量增加对人民币汇率起到正向作用。

该文可概括为以下几个方面：

第一，人民币实际有效汇率协整方程证明，中国存在较为显著的 B-S 效应。贸易部门中的主要产业是制造业，中国正式加入世界贸易组织之后，“外向型”的发展策略以及贸易条件和开放程度的改善，让制造业的相对生产率提高成为推动人民币实际有效汇率均衡水平提升的主要原因。1998 年以来中国制造业的年均增长速度在 20% 左右，远高于同期服务业等非贸易产业的增速。

第二，政府的消费支出也是推动人民币汇率升值的重要原因之一。首先，需要关注我国政府的税收水平，近年来我国政府的税收已经出现了“超经济增长”的现象，因此，收入的增长支持了政府对于消费方面的增加。其次，目前我国政府消费的主要对象是基建和房地产等方面，促进了非贸易品价格的提升。

第三，外商直接投资和经常账户余额在长短期内对人民币汇率均呈现正向影响。国际资本的流动对于人民币汇率的影响日益增强，伴随着人民币国际化进程的进一步发展，以及我国金融市场的进一步开放，国际资本的流动会逐渐成为影响人民币均衡水平的主要因素。

第四，根据人民币汇率失衡程度的测算结果以及误差修正模型，我国每一次汇率制度改革放松对于人民币的管制，都会显著地减轻人民币汇率的失调程度。

（邓斯月）

【上市公司高管因股价崩盘风险受到惩罚了吗?】

于传荣、方军雄（复旦大学管理学院会计系），杨棉之（安徽大学商学院）

《经济管理》2017 年第 12 期
17.3 千字

股价崩盘风险会导致股东财富的巨大损失，甚至损害资本市场的效率，而且公司高管掩盖坏消息的机会主义行为是导致股价崩盘风险的重要因素。该文关心高管是否会因股价崩盘风险上升而受到惩罚，经研究发现，股价崩盘风险与高管薪酬显著负相关。该文在进行了内生性检验和一系列稳健性测试后，此结论依然存在。

该文选取了沪深两市 2000—2014 年共 15 年的 A 股上市公司，研究了股价崩盘风险对高管薪酬的影响。研究发现，股价崩盘风险与高管薪酬之间存在显著的负相关关系，而后的一系列稳健性检验包括内生性检验，更加佐证了该文的结论。上述结果表明，上市公司高管确实因为股价崩盘风险而受到了惩罚。这意味着，公司董事会在确定公司高管薪酬时，会充分利用各种可获得的有助于考量高管表现的信息。进一步研究发现，当高管权力较大时，股价崩盘风险的惩罚效应会削弱；而在不同公司性质、股权结构、机构投资者持股比例以及制度环境的公司中，股价崩盘风险的惩罚效应都存在。

该文的研究具有重要的理论贡献和管理实践意义：（1）理论上，该文视角独特，从股价崩盘风险经济后果探讨了股价崩盘风险与高管薪酬的相关关系，丰富了股价崩盘风险经济后果方面的文献，为现有股价崩盘风险的研究提供了新的研究方向。（2）在管理实践意义上，高管薪酬契约是解决委托代理问题的重要机制，该文为高管薪酬契约研究开拓了一个新的研究角度，将股价崩盘风险纳入高管薪酬契约的衡量指标中，有利于公司治理的改善以及资本市场的平稳健康发展。

（邓斯月）

【审计师行业专业能力能够提高社会责任信息可靠性吗？——基于债务融资成本视角的分析】

彭雯、张立民（北京交通大学经济管理学院），钟凯（中国人民大学商学院）
《经济管理》2017 年第 2 期
19.1 千字

该文基于债务融资成本视角，探讨审计师行业专业能力对社会责任信息可靠性的保障作用。研究发现，审计师行业专业能力较强时，履行社会责任能够显著降低债务融资成本，说明审计师行业专业能力能为社会责任等非财务信息提供增量信息，成为债权人等外部投资者判断企业社会责任信息可靠性的重要依据。在社会责任信息可靠性保障程度较高的情形下，高成长性企业履行社会责任对于降低债务融资成本具有更明显的作用。基于审计师声誉、财务信息质量等审计供给因素，以及机构投资者、产权性质、股权集中度等审计需求因素的分析，排除了相关内生性因素可能存在的潜在干扰。

该文研究表明：（1）逐步推广社会责任审计对于提升社会责任信息可靠性，发挥社会责任的积极效应具有重要参考价值。（2）明确提升非财务信息可靠性对于降低实体经济融资成本具有一定借鉴意义。

该文在一定程度上为已有研究关于企业社会责任是积极还是消极的争论提供了补充证据，说明审计师行业专业能力能够有效提升社会责任信息的可靠性，增强社会责任在降低债务融资成本中的积极效应，对于企业长期发展具有一定促进作用，尤其在我国供给侧结构性改革的背景下，如何通过加强审计师行业专业能力建设，对于提高社会责任等非财务信息在降低我国实体经济融资成本中的积极作用，支持实体经济发展具有重要借鉴意义。目前我国社会责任审计业务尚处于初步阶段，而审计师对于提高社会责任信息可靠性具有重要保障作用，因而逐步推广社会责任审计业务，提高社会责任审计服务质量，对于提升我国社会责任信息可靠性，降低融资成本，促进企业长期稳定发展具有重要的推动作用。

（邓斯月）

【审计质量度量方法的比较与选择——基于我国 A 股市场的实证检验】

赵艳秉（中南财经政法大学会计学院），张龙平（中南财经政法大学注册会计师行业发展研究中心）
《经济管理》2017 年第 5 期
21.7 千字

审计质量没有直接度量方法是现阶段实证研究中的重大困惑，在多个间接度量指标中，哪一个更适合我国 A 股市场，是需要深入思考和探索的问题。该文以 2001—2014 年我国深沪两市 A 股上市公司为样本，实证检验了审计质量度量方法在我国的适用性。

研究发现：（1）国际“四大”所审计、公司财务重述、“非标准”审计意见在我国 A 股市场均可用来度量审计质量；（2）针对我国 A 股市场国际“四大”审计和“非标准”审计意见份额较小的现状，在非“四大”审计和“标准”审计意见公司中，财务重述是度量审计质量的最佳补充指标；（3）审计费用、国内“十大”所审计和公司盈余管理在我国 A 股市场不能作为审计质量的替代变量。

该文的研究发现：

第一，输入型替代变量国际“四大”和输出型替代变量财务重述、“非标”审计意见适用于我国A股市场。联合使用输入型替代变量和输出型替代变量度量审计质量的效果优于单独使用任何一个替代变量的度量效果。

第二，基于我国A股上市公司中，经国际“四大”审计和被出具“非标”审计意见的公司份额较小，实证研究中以国际“四大”所审计和“非标准”审计意见作为度量审计高质量指标的同时，在“非四大”审计的公司和“标准”审计意见的公司中，以财务重述作为度量审计低质量的补充指标是最佳选择。

第三，我国A股市场，收费较低的小规模事务所的审计费用与审计质量负相关，收费较高的大规模事务所的审计费用与审计质量正相关，公司盈余管理在高审计质量组和低审计质量组中无差异，国内“十大”所审计与审计质量不具有相关性。所以，审计费用、国内“十大”所审计和公司盈余管理在我国A股市场不能作为审计质量的替代变量。

（邓斯月）

【税收规避、公司治理与债务契约定价】

王静（复旦大学管理学院），张天西（上海海事大学经济管理学院）

《经济管理》2017年第4期
19.2千字

该文以沪深两市A股上市公司为样本，从债权人评价角度考察公司税收规避对银行契约制定的影响，并结合信息披露透明度及差异化的税收监管环境对避税债务契约效果问题进行了剖析。研究结果表明：（1）债权银行对公司避税行为整体上予以负面评价，通过索取更高贷款利率及缩短贷款期限的方式将其纳入契约定价之中；（2）良好的信息透明度有助于降低银行评估的避税代理风险，故在一定程度上缓解了税收规避对信贷配给产生的不利影响；（3）在税收征管力度强的地区，信息透明度对税收规避与银行贷款契约之间关系的调节作用表现得不够突出，而随着地方税收监管的弱化，其调节作用更加显著，说明在抑制避税过程中管理者机会行为方面，税收征管与以信息透明度为代表的内部治理机制具有替代性效应。

该文的经验证据对理解转轨经济背景下公司避税经济后果、银行契约定价影响因素以及完善政府税收监管工作均有一定的启示意义。根据研究结论及发现，提出以下三点建议：

第一，纳税企业应树立正确的税收筹划战略观。税收筹划是企业特殊的价值创造活动，由此产生的节税收入往往被视为“第三种收益源泉”。但在交易昂贵的社会里，避税不仅仅意味着收益，而且还可能引发大量的成本。对纳税企业而言，应树立科学化、整体化的税收筹划观，不应一味地追求税负最小化，而需充分关注及审慎权衡执行该策略所招致的成本和风险，将避税活动控制在合理的边界范围内。

第二，完善微观层面公司治理机制。作为精明债权人的银行能够识别企业避税风险，并结合公司治理机制制定有差别的契约条件，表明提升公司治理水平有助于降低避税对信贷资源配置效率的不利影响。对此，需从多个维度不断完善公司治理的架构，促使其发挥应有的监督及风险管理功能。

第三，亟待强化政府税务机关的征收管理工作。该文从治理避税代理风险的角度提供了强化税收征管的正面证据，这加深了对政府税收监管职能的认识。相关部门应致力于将税收监管形成一种常态化、稳定化的机制设计，确保其不随经济周期波动、不受人为因素干扰，使之真正成为优化公司外部治理环境的中坚力量，促进内外部治理“双管齐下”共同完善我国的公司综合治理体系。

（邓斯月）

【投资者实地调研发挥了治理功能吗？——基于盈余管理视角的考察】

王珊（上海交通大学安泰经济与管理学院）

《经济管理》2017 年第 9 期
18.3 千字

该文利用深交所 A 股非金融类上市公司 2013—2015 年的实地调研数据，考察投资者实地调研对公司盈余管理行为的影响。研究发现：（1）投资者实地调研活动有效抑制了公司管理层的盈余管理水平。（2）实地调研对盈余管理的抑制作用在信息环境较差的公司以及调研活动有较高声誉的机构参加的公司中更明显。（3）实地调研对公司的真实盈余管理也产生了显著的负向影响。

已有研究关注到实地调研的重要作用，主要探讨了投资机构实地调研的市场反应、实地调研对分析师盈余预测准确性和乐观性的影响，该文则侧重于考察投资者实地调研活动对上市公司经营管理产生的影响，利用深交所上市公司的实地调研数据，实证检验了投资者实地调研对于公司盈余管理的影响。该文的研究发现，与没有实地调研的公司相比，投资者调研上市公司显著降低了其盈余管理水平；公司被调研次数越多、参与调研的机构数和人数越多，盈余管理的程度也越低。

该文的研究为理解实地调研的影响提供了经验证据。该文的研究表明，实地调研活动除了为调研活动的参与者（包括基金公司、证券公司、私募等）提供了信息，影响了他们的盈余预测和买入卖出决策外，它还对公司的行为产生了重要影响，约束了经理人的盈余管理行为。

（邓斯月）

【现金持有、公司治理与代理成本——基于产权的调节效应】

冯志华（武汉大学经济与管理学院）

《经济管理》2017 年第 8 期
19.1 千字

基于近几年证监会出台一系列鼓励上市公司现金分红的政策背景，该文以我国沪深两市 A 股上市公司为样本，研究现金持有对企业代理成本的影响，并分析产权和公司治理机制对二者关系的调节作用。该文将现金持有与企业代理成本结合起来，以我国 2007—2015 年沪深两市 A 股上市公司数据为样本，研究了企业现金持有对企业代理成本的影响。外部治理机制能够显著抑制国有企业的代理问题，内部治理机制在民营企业中更有效。稳健性检验中采用分位数回归、用在职消费替代管理费用、采用工具变量进行两阶段回归及采用 Change 模型都进一步证实了上述结论。

该文结论表明，国有企业的代理问题通过提高企业内部治理水平无法从根本上得到解决，还需从企业面临的外部环境入手，通过改革进一步提高市场化水平，提高产品市场、要素市场竞争程度，培育经理人市场，减少政府行政干预，将国有企业置身于市场的竞争环境中，倒逼其降低代理成本以增加国有企业的生存概率，这也为当前我国国有企业改革的方向和途径提供了参考。无论是国有企业还是民营企业，持有高额现金都会加剧企业代理问题。鼓励有条件有能力的上市公司实施现金分红，有助于降低企业现金持有，进而降低企业代理成本。

（邓斯月）

【我国上市公司资本结构“同群效应”研究】

陆蓉、王策、邓鸣茂（上海财经大学金融学院）

《经济管理》2017 年第 1 期
18.7 千字

“同群效应”指个体的决策会受到同类

人群的影响。近年来，我国上市公司负债率不断攀升和债务违约给实体经济带来了巨大风险。该文从我国上市公司资本结构的“同群效应”角度，为该类风险提供了一种解释。该文从国际上经济学和金融学前沿研究中出现的“同群效应”相关研究中寻找依据。该文的观点是，当同行业内某些公司（特别是龙头公司）增加负债水平时，会对同行业内其他公司的资本结构产生正的“溢出效应”，导致行业内公司竞相增加负债水平，增加行业债务违约的系统性风险。

可以从三方面对该文做系统性的总结：

第一，研究结论。我国上市公司资本结构不但受到自身特征的影响，还会显著受到同行公司资本结构和基本面特征的影响，即存在“同群效应”，当同行公司负债比率增加时，本公司的负债比率会同时增加。“同群效应”产生的机制之一是“管理者声誉考虑”，与此同时“同群效应”在不同行业中有不同的表现，竞争程度高、不确定性强和增长速度快的行业的资本结构“同群效应”更为明显。该文的研究结论能够解释近年来我国上市公司负债率不断攀升和债务扎堆违约的现状。

第二，监管启示。该文研究结论具有监管启示。

（1）资本结构“同群效应”表明，单个公司的资本结构选择对同行业其他公司的资本结构具有“溢出效应”，可能导致政策的效果在行业内被放大。因此，监管者在制定相关政策时，应该考虑同行业公司之间的这类“溢出效应”，以明确政策性后果。（2）该文从“管理者声誉考虑”角度研究“同群效应”的内在机制，发现年轻且受教育程度越高的CEO，其公司资本结构“同群效应”越显著，因此，监管者应该加强对这类公司财务运作的监管，降低系统性风险。（3）该文研究还发现，行业内的龙头企业对其他同行公司的影响最大，因此，监管者应密切关注行业龙头企业的财务状况，利用公司间互相影响的“同群效应”，加强监管效率，防止其过高负债产生的财务风险向行业内其他公司传染。

（邓斯月）

【个人所得税减免会增加劳动供给吗?】

叶菁菁等（西南财经大学经济与管理研究院）

《管理世界》2017年第12期

19.4千字

该文使用了中国家庭金融调查（CHFS）2011年及2013年的平衡面板数据，利用双重差分法（DID）及固定效应模型（FE）实证估计了2011年所得税改革对于我国劳动者的劳动参与率与劳动时间的影响。研究结果表明，本次税改总体使我国居民劳动参与率提高5.8%，对已经进入劳动市场的劳动者来说，劳动时间并没有显著增加。进一步研究显示，税改减免力度越大，对劳动参与的激励作用越强，每1%的税率减免可以提高0.9%的劳动参与率，而每百元的税额减免可以提升0.08%的劳动参与率。在女性和男性劳动供给效应上，女性的劳动供给弹性在是否受到税改影响方面要大于男性，男性对税率减免力度更为敏感。

该文的实证发现对于当前我国所得税制度设计具有重要的参考价值。受税改劳动供给效应影响最多的群体依然是税负减少最大的中高收入阶层，中高收入群体的劳动激励作用要高于低收入群体。作者认为，这样的激励设计既不利于从税额征收上直接平衡收入的高低差距，也不利于鼓励低收入群体提高劳动供给来间接缩小收入差距，可能导致本次税改促进收入再分配的初衷失效。

为促进国内居民收入的税收公平，作者提出如下的所得税制度改革建议：

第一，应注重调整累进税税率，提高对于高收入的适用税率，降低低收入的适用税率，而非统一提高费用扣除标准。提高费用扣除标准使得纳税对象减少，普遍降低了纳税人的边际税率，但由于所得税税率是累进的，实则对中高收入人群减负更为明显。

第二，可以参考推行美国与欧洲很多国家成功实践的收入所得税抵免（Earned Income Tax Credit）政策，对低收入群体采用负税率政策，把房贷利息、抚养孩子费用和赡养老人费用纳入所得税减免范围，以鼓励低收入人群提高劳动参与、提高劳动时间，从而间接缩小国内居民收入差距。

（邓斯月）

【控股股东股权质押与审计师风险应对】

翟胜宝等（安徽财经大学会计学院）

《管理世界》2017 年第 10 期

17.7 千字

该文以2003—2015 年我国 A 股上市公司为研究样本，考察了控股股东股权质押对审计师风险应对行为的影响。研究发现，对于存在控股股东股权质押的公司，审计师会增加审计投入、收取更多的审计费用且出具更多的非标准无保留审计意见。进一步的机制检验表明，控制股东股权质押增大了审计师面临的业务风险和审计风险，进而导致了审计师的上述风险应对行为。

该文经研究发现：（1）相对于非国有企业而言，审计师针对控股股东股权质押的风险应对行为在国有企业里显著弱化。（2）相对于非国际四大会计师事务所而言，国际四大会计师事务所针对控股股东股权质押的风险应对行为更加明显，但主要体现在增加审计投入和收取更多的审计费用两个方面。

该文丰富了控股股东股权质押经济后果和审计师风险应对行为领域的研究成果，有关结论对于上市公司和监管部门具有重要的参考价值。从现有研究来看，学者们多关注于控股股东股权质押对上市公司的影响，即研究对象多局限于上市公司本身。与现有研究不同，该文考察了控股股东股权质押对市场中介组织——审计师的风险应对行为的影响。

该文的研究结论表明：（1）控股股东股权质押通过影响审计师风险应对行为给公司带来了负面经济后果（如审计费用增加、被出具非标准无保留审计意见的概率增加），这可以视为控股股东股权质押影响公司价值的又一具体路径，需要引起上市公司和中小投资者的重视。（2）同时，该文的研究结论也有助于深入理解审计师的风险应对行为，并为监管部门制定有关政策提供参考。

（邓斯月）

【证券分析师跟踪与企业双重代理成本——基于中国 A 股上市公司的经验证据】

严若森（武汉大学经济与管理学院），叶云龙（浙江大学宁波理工学院）

《中国软科学》2017 年第 10 期

18.5 千字

该文以2003—2014 年中国 A 股上市公司为研究样本，就证券分析师跟踪对企业代理成本的影响进行了实证研究。研究表明：（1）证券分析师跟踪是一把“双刃剑”，其既会加剧股东与经理层之间的第一类代理成本，同时亦能降低大股东与中小股东之间的第二类代理成本。（2）证券分析师跟踪既能缓解企业融资约束，亦能降低关联并购行为中的第二类代理成本，但其会增加第一类代理成本。公司治理既需重视证券分析师跟踪的积极意义，亦需正视证券分析师跟踪的失效机制，并借此最大限度地降低企业双重代理成本。该文既提供了诠释企业代理问题的新视角，亦补充了中国情境下证券分析师跟踪之经济后果的经验证据。

根据该文的研究结论可知：（1）证券分析师跟踪对于改善企业融资及平抑公司大

小股东之间的利益冲突具有积极意义。（2）证券分析师跟踪在一定程度上亦会恶化股东与经理层之间的代理问题，即所谓证券分析师跟踪公司治理的某种失效机制。公司治理既需重视证券分析师跟踪的积极意义，亦需正视证券分析师跟踪的失效机制。

作者也提出了三点建议：（1）需强化证券分析师跟踪的治理功能而提升投资者认同，并借此赢得更多的融资支持。（2）需强调证券分析师跟踪对控股股东的关联交易及隧道行为等失范治理的抑制效应，并借此对减缓股东利益冲突及保护中小股东利益提供治理效应。（3）尚需加强证券分析师跟踪对经理层的非效率投资决策、隐形寻租及在职消费等机会主义行为的约束与监督，并借此最大限度地降低企业代理。

（邓斯月）

【审计委员会履职能力、召集人影响力与公司财务报告质量】

潘珺（武汉大学经济与管理学院），余玉苗（武汉大学经济与管理学院）

《南开管理评论》2017 年第 1 期

17.5 千字

2007 年中国证监会规定上市公司需披露审计委员会的履职情况，进一步强化了审计委员会的监督职能，但其履职效果如何还有待检验。该文利用创业板公司 2011—2013 年的数据实证考察了审计委员会的治理作用及其有效性的影响因素。研究发现，审计委员会独立性越强，即非执行董事比例越高，公司的应计盈余质量越高；审计委员会中具有会计审计实务经验的成员或行业专家成员越多，越能提升公司的应计盈余质量，存在更多熟悉会计准则成员时更有助于提高财务报表的可靠性。

该文利用创业板公司 2011—2013 年的数据，从审计委员会履职能力和召集人影响力两大方面对审计委员会的实际履职效果进行了实证考察。研究结果表明：（1）具备更高影响力的召集人，尤其是更高的相对影响力，能够遏制公司的应计及真实盈余管理行为，但如果财务总监兼任审计委员会成员，会削弱召集人的监督效力；非执行董事能够对应计盈余管理行为起到显著的治理作用。（2）审计委员会财务专家，尤其是独立的财务专家，能够显著提升应计盈余信息质量。（3）在独立的三类财务专家中，行业专家及会计审计实务类专家更有效地提升了应计盈余质量。（4）会计审计实务类以及会计信息使用专家有助于减少会计差错，但未发现审计委员会的独立性、召集人的影响力对会计差错的治理作用，这也反映出在管理层更多地利用盈余管理方式操纵财务报告的趋势下，时间、精力有限的审计委员会成员恰当地把握了监督重点。

该文的研究具有以下重要启示：（1）监管部门可通过提高审计委员会履职过程的可操作性及透明度，强化审计委员会的监督作用。（2）监管部门应禁止财务总监在审计委员会中任职，积极推动上市公司改善董事会结构、充实非执行董事成员，以及指导上市公司审计委员会优先选聘会计审计实务类专家或行业专家，以增强审计委员会的履职能力。（3）应进一步明确和严格对审计委员会召集人的资历要求，提升审计委员会履职的权威性。

（邓斯月）

【企业间高管联结与会计信息可比性——基于组织间模仿行为的实证研究】

周晓苏、王磊（南开大学商学院），陈沉（广东工业大学管理学院）

《南开管理评论》2017 年第 3 期

15.8 千字

在我国特殊转型经济环境下，社会关系网络成为企业生存发展的一种重要非正式机制。该文利用 2010—2014 年中国沪、深沪两市A股上市公司数据，采用线性回归模型，从组织间模仿视角考察了企业间高管联结对会计信息可比性的影响及其作用机制，并进一步研究了高管的兼任职位对企业间高管联结与会计信息可比性关系的调节作用。研究表明，企业会计政策选择存在组织间模仿行为，即存在高管联结关系的配对公司之间有更相似的会计政策选择，应计及盈余结构更加相似，会计信息可比性更高。当高管任职公司财务部门负责人时，这种影响更为显著。

该文的理论贡献有：

第一，从企业间网络关系视角出发，将组织模仿理论引入企业会计政策选择研究中，考察了其他组织的同一行为对企业决策的影响，弥补了现有关于管理者会计政策选择行为的研究仅关注管理者自然属性的不足。

第二，丰富了会计信息可比性影响因素的研究成果。除了现有文献发现的IFRS执行对会计信息可比性的影响外，其他影响因素的研究成果相对较少，该文将关注焦点投向企业层面管理者的行为，加深了对会计信息可比性影响因素的认识。

作者认为监管者需要意识到企业间这种非正式网络关系对会计准则执行效果的影响，因为除了正式的法规条文外，其他企业以往的行为也会对企业的决策过程产生影响，所以，应该注重对公司管理者尤其是财务部门负责人行为的规范和监督。企业在高管团队建设过程中也需要注意高管的职业经历，这些高管的职业经历可能会对企业生成的会计信息产生重要影响。

（邓斯月）

工商管理·技术经济及管理

【技术创新视角下环境规制对出口质量的影响研究——基于制造业动态面板数据的实证分析】

谢靖、廖涵（中南财经政法大学经济学院）

《中国软科学》2017年第8期
9.8千字

该文从质量竞争力的视角出发，利用2000—2011年中国27个制造业行业的动态面板数据，运用SYSGMM方法实证检验了环境规制对出口质量的影响机制。研究得出：（1）环境规制对制造业出口质量会产生先降低再提高的“U”型动态影响，在样本期间制造业的环境规制强度低于“拐点”值，不利于出口质量的提高。（2）环境规制对出口质量的“U”型动态影响主要体现于重度污染行业，而对于轻度污染行业并无显著影响；在环境规制约束下，技术引进能显著促进出口质量升级，而自主研发却起到抑制作用。

该文研究的政策启示在于：

第一，实施环境规制政策对于实现环境保护和贸易转型升级的双赢局面是切实可行的。政府应该加强环境规制政策的执行力度，倒逼企业进行清洁技术创新、改良生产工艺，提高产品质量，推动贸易转型升级；同时，政府应通过生产补贴、金融支持、知识产权保护等政策强化环境规制的“补偿效应”。

第二，政府应该针对不同污染程度的行业制定差异化的环境规制政策。对于重度污染行业，可以采取环境标准、排放限额等“控制型”的环境规制工具，充分发挥环境规制在贸易转型中的倒逼作用，加快产品替代、产业改造，转变传统的贸易增长方式，积极引导企业进行清洁技术研发，以满足国外消费者对出口产品的环保需求，打造出口竞争新优势。

第三，不能因为在环境规制约束下自主研发对出口质量升级的作用不显著，而忽视自主研发的重要性。政府应该加大对企业自主研发活动的激励措施，鼓励企业形成自主知识产权，提升中国制造业在全球价值链分工中的地位。

第四，政府应该加大人力资本投资，通过提高创新能力和创新绩效，尽可能地降低环境规制对出口质量升级的不利影响。政府应切实解决企业一般人力资本和专业化人力资本相互脱节的问题，保持创新型人力资本的持续供给，突破人力资本对我国技术创新的制约瓶颈。

第五，有选择地招商引资，优化外资参与的行业结构。政府要谨慎对待重度污染行业的外资参与，避免发达国家对中国的“生态倾销”；同时要鼓励和重点引进高质量的外资参与到以高技术产业为主体的轻度污染行业，利用外资企业的技术外溢，提升本土企业的国际竞争力。

（邓斯月）

【政府采购促进科技创新的政策作用机制及实证研究——以北京市为例】

刘云等（北京理工大学管理与经济学院）

《中国软科学》2017年第8期
8.8千字

在科技革命和产业变革迅猛发展的新

形势下，政府采购成为世界主要国家促进科技创新的有效手段。对于中国来说，在积极参与世界贸易组织《政府采购协议》谈判背景下，如何既遵照国际惯例，又能够有效地发挥政府采购促进科技创新的政策功能变得尤为重要。

该文首先对国内外政府采购相关政策和举措进行系统梳理，将我国政府采购促进科技创新的政策作用机制分为五个维度。并通过政策计量、实地调研、案例分析等方法，对北京市的政策作用机制及效果进行实证分析并与国内其他典型地区进行比较，发现了北京市存在的问题以及其他典型地区可借鉴的经验。通过研究，提出了北京市政府采购促进科技创新的政策改进建议，对国家层面及地方层面的政策改进也具有参考价值。

该文在实地调研中发现，北京市存在的部分问题（如不能有效支持创新型中小企业、支持国货力度不够等）在不同地区均有所体现，属于共性问题，因此针对这些问题的政策改进建议同样适用于其他地区。此外，北京市尤其是中关村作为我国的改革试点和创新高地，许多新举措如新技术新产品（服务）首购、订购及“首购首用”风险补偿等都在此进行试点实施，这些措施具有示范效应，因此在北京市试点实施中所出现的问题如不及时解决，同样会在今后推广实施的全国其他地区出现。

该文提出的政策建议是基于对国内典型地区的实地调研结果得出的，部分建议如制定关于环境标志产品及非强制节能产品的优先采购实施细则，规范政府采购进口产品论证程序和材料等，其实是针对国家层面政策措施提出的改进建议，若在国家层面进行政策改进则可以保证政策效果的更好发挥。

（邓斯月）

【区域产业融合与产业研发效率提升——基于SFA和中国30省市的实证研究】

王成东（哈尔滨理工大学经济与管理学院）

《中国软科学》2017年第10期
9.4千字

将产业融合因素引入区域产业研发效率评价体系之中，在揭示产业融合因素、内生投入因素和外生环境因素对产业研发效率影响机理的基础上，揭示产业融合因素对内生投入因素和外生环境因素的调节机理。基于实证研究结果，揭示了我国区域产业融合背景下的产业研发规律，并据此提出“促进产业融合发展，合理规划产业研发资源的投入规模和投入结构，提高研发从业人员素质和实现产业研发主体多元化”等提高区域产业研发效率的策略建议。

将产业融合因素引入区域产业研发效率的评价体系之中，通过理论分析与实证研究，主要取得了如下研究结论：

第一，区域产业融合水平均呈现东高西低态势，且区域产业融合水平与区域经济发展水平，以及融合产业发展均衡度之间呈现正相关关系。

第二，区域产业研发效率受内生投入因素和外生环境因素的影响，且内生投入因素对产业研发效率的影响高于外生环境因素的影响；内生投入因素中研发从业人员质量和研发资金对产业研发效率具有显著的正向影响，而研发从业人员数量的正向影响相对较小；外生环境因素中技术和经济环境对产业研发效率的影响较高，而政策环境则具有非显著的负向影响。

第三，区域产业融合因素对产业研发效率具有双重影响，一方面产业融合对产业研发效率具有直接而显著的正向影响；另一方面，产业融合还可以通过调节研发内生投入因素和外生环境因素对产业研发效率产生间接的二次影响。

第四，产业融合因素对研发内生投入因素和外生环境因素具有正向调节作用，可以显著加强内生投入因素和外生环境因素对产业研发效率的影响。

第五，通过“进一步加强产业融合发展”“增加区域产业研发资金投入”“提高研发从业人员素质”“合理规划区域产业研发资源投入规模及投入结构”“持续改善区域产业研发环境”和“实现区域产业研发主体多元化”等策略，可以有效提高区域产业研发效率。

（邓斯月）

【中国新能源装备智造化发展技术路线图研究】

孟凡生、李晓涵（哈尔滨工程大学经济管理学院）

《中国软科学》2017 年第 9 期

8.1 千字

中国正处于装备制造和能源革命迈向智能制造的交会点，未来新能源装备智造的发展必须有明确的技术路线图来指引。运用词频分析与 TOPSIS 相结合的分析方法确定新能源装备关键智造化技术，在此基础上，引入技术预见方法分析并构建新能源装备智造化指标体系。通过对指标数据进行分析发现，工业软件、工业物联网、工业机器人三项智造化技术对中国新能源装备制造面向智能制造转型具有重要作用，以技术路线图绘制三项智造化技术在智能制造进程中的发展脉络，为新能源装备制造领域未来工艺流程、产品服务以及运营管理的智能转型提供了参考与借鉴。

为适应智能制造转型对新能源装备制造业提出的跨越式发展要求，唯有不断提高产业内自动化与信息化能力。由三项智造化技术在智能制造进程中的发展脉络可知，其中，自动化主要指实现生产过程的柔性智能化和高度集成化，自动化的实现离不开生产控制类软件和工业机器人的深度应用；信息化主要指实现新能源装备设计、研发、工艺、销售服务等模块的数字化，通过运营管理、研发设计类软件以及工业物联网技术的深度应用，使企业内部的数据流顺畅运转。

该文可以作为新能源装备制造向智能制造发展路线图研究的基础，在今后的研究中将进一步分析向智能制造发展的行动路线图，内容涉及有关技术的应用方式，产业实时交换数据信息实现智能制造的组织路径等，继续为新能源装备制造业面向智能制造转型提供理论基础。

（邓斯月）

工商管理·管理科学与工程

【生产商规模不经济的双渠道供应链协调策略选择】

王先甲、周亚平（武汉大学经济与管理学院），钱桂生（香港城市大学系统工程与工程管理系）

《管理科学学报》2017 年第 1 期
16 千字

该文研究了一个生产商具有生产规模不经济的特性的双渠道供应链的协调策略选择问题。该文首先分析了集中决策双渠道的市场价格为供应链的整体利润，以此为基础和分析标杆，建立了分散决策下不同契约的数学模型，给出了不同契约设计和双渠道市场均衡价格的分析表达式；通过引入协调度概念，揭示了不同契约对双渠道供应链协调的实现程度，分析了不同契约的局限性。

该文主要研究结论有：（1）在集中决策下，双渠道供应链的最优零售价格与最优直销价格相等，渠道需求也相等；在分散决策下，如果在双渠道供应链中实施批发价契约，生产商最优的直销价格等于批发价格；通过对比集中决策下和分散决策下的供应链利润可得，分散决策会导致双重边际效应，从而导致供应链整体利润减少，即考虑生产不经济的双渠道供应链在分散决策下实施批发价契约不能达到协调。（2）如果在双渠道供应链中实施收益共享契约，研究表明该契约可实现供应链的整体利润（即实现供应链的协调），但相对于批发价契约，零售商和生产商的利润各有得失。这表明，虽然收益共享契约可实现供应链协调，但必须满足理性特性。（3）当双渠道供应链实施带固定补偿的收益共享契约时，在固定补偿满足一定的条件时，带有固定补偿的收益共享契约能够实现双渠道供应链的完美协调并满足理性特性，使生产商与零售商达到双赢的效果。（4）纳什讨价还价模型可以用来确定固定补偿的收益共享契约中固定补偿的值，根据纳什协商理论，这种补偿量满足一定的“公平性”与“合理性”原则；同时，研究表明，当生产商的讨价还价能力相对较大时，零售商需给生产商的补偿相对较多。（5）无论是集中决策还是分散决策，在考虑生产不经济的情况下，生产不经济的弹性系数与销售价格成正比、与供应链的整体利润成反比，并且不同渠道间的竞争越激烈，双渠道供应链的销售价格和需求反而越高，双渠道供应链的总利润也越高。（6）该文研究的带固定补偿的收益共享契约同样能够使线性成本下的双渠道供应链实现完美协调，只是随着边际成本的变化，固定补偿和收益共享的方向会有所不同。

（陈慧鸽）

【商品金融化背景下大宗商品指数收益机制转换】

韩立岩、郑擎擎（北京航空航天大学经济管理学院），尹力博（中央财经大学金融学院）

《管理科学学报》2017 年第 9 期
6 千字

该文基于 Markov 机制转换模型探寻大宗商品指数收益率机制转换出现的规律与

诱因，重点考察金融危机前后商品市场发展模式的主要差异，并探究这些差异出现的原因。研究发现：

第一，大宗商品指数收益率近十年表现为“中—高—中高—低—中”的阶段性波动态势，阶段转折点附近指数呈现“V”形走势。商品金融化背景下，大宗商品指数收益率机制转换的出现主要受到市场实际供需、实体经济、金融市场、投机因素、联动因素等多方面因素影响，商品指数收益率的波动特征发生转变归因于转折点附近某种或某些因素发生较大变化，致使原有规律被打破，继而进入下一个波动阶段。具体表现为：（1）2005—2008 年，大宗商品指数收益率处于“剧烈波动”状态的概率较高，这段时期新兴经济体快速增长、国际资本市场泡沫增大、美元贬值、通胀严重以及中东地区的不稳定局势使得大宗商品指数一路呈现快速上升的局面。（2）2008—2009 年，大宗商品指数收益率处于“剧烈波动”状态的概率达到最高，原因在于美国次贷危机引发全球性的金融危机爆发，致使世界经济大面积衰退，大宗商品指数急剧下跌。（3）随后经济状况开始好转，对大宗商品需求有所增加，同时美国实施量化宽松政策，使得 2009—2013 年大宗商品指数有所回升，波动性减弱。（4）2013—2014 年，大宗商品指数收益率处于“平稳波动”状态的概率明显增大，在此期间世界经济持续处于低迷状态，美国退出量化宽松政策，俄罗斯由于过度依赖石油导致经济快速下滑，卢布严重贬值，同时局部地区局势紧张，这些因素导致大宗商品指数微弱下跌，波动幅度减弱。（5）2015 年贸易和资本流动疲软，发达经济体政府债务高位累计，影响经济增长和金融稳定，世界经济复苏乏力且不平稳，诸多因素直接影响到大宗商品市场，商品指数波动再次加剧。

第二，金融危机后大宗商品指数收益率机制转换的频率下降，波动性减弱。从市场上讲，去杠杆化导致大宗商品市场泡沫能量释放，形成市场低位平稳的态势。从制度上讲，这与监管部门加强对商品市场和影子银行的监督管理有密切联系。金融法案改革以及交易制度标准化使得对商品期货交易风险的管理进一步加强，弱化负面冲击造成的剧烈波动，系统性风险得以降低，在一定程度上推进了商品期货市场的平稳有序发展。

（陈慧鸽）

【基于核心—边缘网络的中国银行风险传染】

杨海军、胡敏文（北京航空航天大学经济管理学院、复杂系统分析与管理决策教育部重点实验室）

《管理科学学报》2017 年第 10 期
9 千字

该文按照资产规模在数据完整的银行中选取 30 家银行作为研究样本，结合中国银行间市场的特点，采用核心—边缘网络刻画银行间市场的网络结构，并利用最小交叉熵方法从银行的同业往来资产负债信息算出邻接矩阵，用以表示银行间的债权债务关系，在此基础上构建相应的传染模型，从外界冲击致使单个银行倒闭和资产价格泡沫破灭两个层面模拟了银行间市场 2008—2014 年的风险传染过程。主要结论如下：

（1）各银行在网络结构中的重要性程度不同，中国银行倒闭引发的传染范围最为广泛，监管当局应注意提高中国银行的安全性。从单个银行的抗风险能力来看，在所有银行中，工商银行一旦倒闭造成的损失最大，中国银行倒闭影响的范围最广，且中小商业银行比四大行的抗风险能力弱；从银行系统来看，银行间市场的抗风险能力在这 7 年里不断增强，能够容忍的资产价格泡沫也更大。为了构建更为稳健的银行体系，通过研究，认为应该对中国银行等系统重要性银行重点关注，提高优质资产比例，增加分散风险的渠道，同时防控外国资本对中国市场的恶意冲击。

（2）银行系统发生传染的门槛较高，且抗风险能力不断增强；但是超过一定阈值后风险传染的速度很快，传染速度主要取决于违约损失率的大小。在违约损失率较低的情况下，风险传染程度较低，随着违约损失率提高，债权银行的损失不断增大，传染的后果也更为严重。保证债权安全可以控制风险传染的速度，需要得到相关部门的重视。此外，可以构建全面的银行系统安全网，密切监督市场变化，将市场风险控制在阈值之下，准备应急预案和应急资本，有效防范风险传染的发生。

（3）防范银行危机的关键在于将资产价格泡沫控制在合理范围内。在较小的资产价格泡沫程度上，单个银行的危机基本不会影响整个市场的正常运行。而在泡沫达到一定程度时，随着违约损失率增加，银行业损失和被传染银行数量不断增加。监管部门的重点应该放在资产价格泡沫的控制上，只要资产价格在合理范围内，银行业发生系统性危机的可能性很小；一旦发生危机，应该及时切断风险传染的重要节点，终止少数银行失败对整个系统的冲击。此外，相关部门应动态地看待银行间市场的网络结构变化以及银行的资产负债变动，采取有效措施预防危机方式、截断风险传播路径，确保银行系统的资金安全。

（陈慧鸽）

【异质发电商竞争下电力市场减排锦标博弈——结构与行为】

黄守军［中山大学岭南（大学）学院］，杨俊（重庆大学经济与工商管理学院）

《管理科学学报》2017年第12期
21千字

该文利用行为经济学理论研究了电力市场中异质发电商竞争下的减排锦标博弈问题，先后考察并比较了不同市场与奖金结构下均衡的边际获胜概率及其最优减排投入。从实验经济学角度对理论模型进行了实验检验，在此基础上将模型拓展到考虑发电商社会比较的减排锦标模型，并给出了模型的最优参数估计与均衡预测值。该文的结论综合如下：（1）在3人、4人减排锦标赛中，针对不同发电主体构成，增加胜利者奖励数量既不能驱动强者提高也不会迫使弱者降低各自的最优减排量；（2）无论初始调度禀赋如何，只要实验信息完全公开，所有发电商均存在过度减排投资行为，且在双强者单弱者参与情形下，强势发电商的减排水平与获胜者数量正相关关系与标准理论预测相悖；（3）对参数的约束条件显著降低行为经济学模型拟合度，其中广义模型均衡预测最契合检验实验的基本特征，而特定嵌套模型验证理论预测的可行性。

研究结果表明，在设计多人异质减排锦标奖金结构时，参与发电商的初始调度禀赋及其分配是电网公司需要考虑的重要因素。基于实施减排锦标的特定目的，例如最大化发电主体的总减排量、提高弱者减排努力程度等，电网公司可以预测如何增减大奖金数量以影响不同类型发电商的减排水平。一方面，当强势发电商为少数时，必须权衡增加获胜者奖励所带来的强者减排量减小和弱者减排量增加；但是如果弱势发电商的数量足够大，则电网公司可能更偏向于设置比强者人数多的大奖金。另一方面，当强势发电商是多数时，反而没有必要限制获胜者奖励数量。因为此时增加大奖金名额不仅会提高弱者的减排努力水平，而且强者的潜在理性反应也会更好，因为他们并不希望自己在减排竞争中输给弱者。诚然，作者承认在多人减排锦标赛中参与者的最优减排决策行为可能会发生异变。如在发电主体中强势发电商占比过大而胜利者奖励数量较小时，强者在其竞争失败时可能不会感到太大或者任何的负效用。此外，检验发现在标准理论模型中引入影响发电商减排行为的心理因素可以提高模型对实验数据的拟合度。考虑到上述心理参数可能是由构成减排锦标社会环境的制度与文化因素所决定，实践中电网公司设法模拟估计出它们的存在及其作用规律，并在此基础上确定赛事规模与奖金结构对这些因素的影响。

（陈慧鸲）

【工程项目组织中信任状态的发展与演进：中国管理情景下的探索性研究】

尹贻林（天津大学管理与经济学部、天津理工大学管理学院），徐志超（天津大学管理与经济学部）

《管理工程学报》2017 年第 2 期
18 千字

工程项目组织中承发包双方信任状态的判断对制订合理风险分担方案具有重要影响。准确地描述信任状态已成为工程项目管理理论发展中一个亟待解决的重要课题。该文基于行为主义心理学的研究逻辑，应用扎根理论研究方法，构建了工程项目组织中信任状态的发展与演进模型，通过研究得到如下结论：

（1）工程项目中信任主体所具备的市场规范要素及社会规范要素特征交织影响承发包双方间信任的形成与发展，且中国文化中内生的关系因子是社会规范要素中不可忽视的本土化内容。（2）项目基本面要素在工程项目中信任主体要素对承发包双方信任的影响中起到调节作用，符合信任形成的逻辑推论。（3）中国管理情境下工程项目组织中信任状态可划分为不信任、尝试型信任、认知型信任、关系型信任，且信任程度逐层递增。信任状态既可能逐层改变，也可能发生跳跃式变化。（4）工程项目中不同信任状态下承发包双方的信任将外显为具象的信任行为，且双方的信任行为表现出差异性特征。

与以往研究相比，该文以工程项目组织中信任状态的发展与演进为核心，向前拓展至刺激承发包双方信任形成与变化的影响要素分析，向后延伸至不同信任状态下承发包双方信任行为表现的具体描述。研究成果弥补了现有文献对工程项目中信任状态发展与演进规律及其外显化表现关注的不足，进一步打开了信任主体相关要素及项目基本面要素对承发包双方信任影响的黑箱，同时刻画出不同信任状态下承发包双方差异化的行为反应。研究结论丰富了信任研究的相关理论，推动了工程项目中信任动态化研究的发展。此外，该文研究扎根于中国工程项目组织中信任的研究案例，增添了不同于西方文化情境下的经验证据，使得研究结果更贴近现实，对本土文化下承发包双方信任的建立与发展具有指导意义。相关管理启示有利于构建工程项目中信任与风险平衡的和谐态势，推动承发包双方的互惠合作，最终达到改善项目管理绩效的目的。

（陈慧鸲）

农林经济管理

【粮食生产经营的适度规模：产出与效益二维视角】

罗丹、李文明（中央财经领导小组办公室、中央农村工作领导小组办公室），陈洁（农业部农村经济研究中心）

《管理世界》2017 年第 1 期
16 千字

在土地经营权可以正常流转的前提下，地形地貌、气候条件、生产对象特性、耕种模式、基础设施条件、装备水平、生产要素可及性、社会化服务、技术效率、产品价格、生产成本、经营风险等诸多因素都会影响效益和规模的适度水平。土地产出率和成本利润率是衡量经营效益的两个基本指标，因为这不仅决定着总收入，也决定了其相对收益和绝对收益水平。该文基于 3063 个种粮户问卷调查数据，采用 Translog 和 C-D 生产函数构建农户投入产出模型和农户生产利润模型，从产出和利润两个维度对我国粮食生产经营的规模效应进行了实证研究。该文基本结论为：

第一，农业过度分散的超小规模经营现阶段已经表现出显著的不适应性。粮食（水稻、小麦、玉米）生产在统计上均存在显著的规模报酬递增现象。单纯从规模报酬系数看，不同区域和品种规模报酬水平的排序依次为黄淮海区（小麦，1.0828）＞东北平原区（玉米，1.0402）＞总体粮食产区（粮食，1.0348）＞长江中下游区（水稻，1.0137）。其中，从土地的产出弹性来看，排序依次为黄淮海区（小麦，0.9360）＞长江中下游区（水稻，0.6126）＞总体粮食产区（粮食，0.7101）＞东北平原区（玉米，0.4648）；从劳动的产出弹性来看，排序依次为东北平原区（玉米，0.1793）＞长江中下游区（水稻，0.1515）＞总体粮食产区（粮食，0.0998）＞黄淮海区（小麦，0.0400）；从物质资本的产出弹性来看，排序依次为东北平原区（玉米，0.2876）＞长江中下游区（水稻，0.1521）＞总体粮食产区（粮食，0.1520）＞黄淮海区（小麦，0.0414）；从其他流动资本的产出弹性来看，排序依次为东北平原区（玉米，0.1086）＞长江中下游区（水稻，0.0975）＞总体粮食产区（粮食，0.0729）＞黄淮海区（小麦，0.0653）。

第二，现阶段我国粮食生产经营的适度规模区间为 100—200 亩。从粮食总体情况以及长江中下游区（水稻）、黄淮海区（小麦）的情况看，随着农户经营面积的扩大，当规模达到一定程度之后，农户粮食（水稻、小麦）单产水平会出现较为明显的下降趋势。我国不同地域的自然条件和经济社会发展水平存在较大的差异性，农业生产经营规模的“适度”范围也不尽相同，其中长江中下游区水稻和黄淮海区小麦在 100 亩左右，东北平原区玉米在 200 亩以上。从土地资源禀赋看，按照推进规模化经营的适宜程度排序，依次为东北平原区＞黄淮海区＞长江中下游区。

第三，粮食生产劳动力不足的问题开始显现。现阶段粮食生产劳动力经验丰富，能够维持粮食生产正常进行。但分析表明劳动投入的弹性为正，能否增加劳动力投入已经成为影响粮食生产发展的重要因素。粮食生产劳动力年龄已经偏高，要积极培养新型职业农民，不断强化政策扶持和技术培训，不断优化要素配置，发挥人力资本在现代农业发展中的重要作用。

（陈慧鸽）

【农地产权结构、生产要素效率与农业绩效】

李宁等（南京财经大学粮食安全与战略研究中心）

《管理世界》2017 年第 3 期
25 千字

农地产权排他性的变化影响着农业生产要素的经济效率，这一方面反映了地权结构优化所带来的农户生产性行为调整，另一方面也折射出国家逐步放松农地产权结构管制的改革历程，以及由此所带来的制度绩效。

为了在理论上揭示农地产权结构影响农业绩效的内在路径，该文将农业生产要素效率的变化作为农地产权结构影响农业绩效的中间环节，并利用我国 1978—2010 年省级面板数据进行了实证分析，由此得出了农业生产要素效率变化是农地产权结构影响农业绩效内在路径的重要结论。

第一，围绕产权排他性程度对界定产权边界的重要意义，该文按照“内容实质—主体干预—排他边界”依次递进的内在理论逻辑，对农户所拥有的农地产权结构程度进行了测度。结果显示，自改革开放以来，农户拥有的农地产权排他性程度均得到了有效增强，且在提升程度上按照农地收益权、农地使用权和农地处分权的次序依次递减，农地处分权提升幅度最小，与农地使用权均具有进一步提升的空间。因此，需要在今后的农地产权制度改革中继续加强产权保护，提高农户产权的排他性，尤其是要大力推动农地处分权的改革。

第二，在 1978—2010 年农业的发展过程中，农地产权结构排他性程度的增强，显著正向影响了土地要素和劳动力要素在农业生产中的经济效率。但由于生产要素效率变动的程度最终来源于生产效率和配置效率变化的双重叠加，所以在最终的呈现结果上，不同种类的农地权利束对农业生产要素效率影响的变动趋势存在差异。在农地使用权方面，随着农户自主决策经营农地行为的日益排他，农业生产中的土地要素和劳动力要素效率均受到了正向显著影响，但影响幅度在逐渐降低；在农地收益权方面，随着农户独享产出收益行为排他性的增强，土地要素效率受到了持续增强的正向显著影响，但劳动力要素效率受到了持续弱化的正向显著影响；在农地处分权方面，随着农户对自由处置农地行为排他性的增强，土地要素和劳动力要素效率均受到了持续增强的正向显著影响。这一发现对政策的启示在于，要想实现农地产权制度改革中的农业绩效目标，需要在保证农地产权结构对农业要素效率实现正向作用的同时，注重不同权利及政策之间的协调性，而这种协调性的程度则可以从农业生产中同一生产要素和不同生产要素之间效率变动的角度进行分析和把握。

（陈慧鸽）

【中国自然保护区给予周边社区了什么？——基于 1998—2014 年陕西、四川和甘肃三省农户调查数据】

王昌海（中国社会科学院农村发展研究所、农村改革发展协同创新中心）

《管理世界》2017 年第 3 期
15 千字

我国自然保护区建设与管理水平直接关乎生物多样性保护的效果。保护与发展这一主题一直以来是各国政府不能回避的问题，如何协调由于保护而给社区生计带来的一系列负面影响，是一个热点探讨的问题。该文选取了四川、陕西以及甘肃3个省份自然保护区周边社区为研究对象，在2个截面时点上（第一时间段和第二时间段），对社区农户的生计状况以及农户对自然保护区建设与管理的主观满意度进行了较为系统的分析，通过农户生计资本量化，揭示了不同收入水平群体生计资本状况在时间序列上的变化以及在不同情形模式（个人特征、家庭特征以及政策特征）下，自然资本、物质资本、人力资本、金融资本以及社会资本对农户满意度的影响程度。结论如下：

第一，总体上看五种生计资本变化不同步。自然资本标准化分数变化最大且显著性减少，但从自然资本减少的本质来看，自然保护区建设并不是其减少的主要因素，而城镇化背景下社会经济发展才是其根源。

第二，不同群体间（高收入组和低收入组）各类生计资本时间序列变化具有差异性，且具有同步性。自然资本、物质资本、金融资本以及社会资本在1%显著水平上变化。然而，人力资本经过15年的发展，却没有显著性变化，这也表明在我国自然保护区周边社区，劳动力数量不足以及医疗条件受限依然是不可回避的事实。需要说明的是社会资本中，户主参与村里活动次数这一指标变化最为显著，户主外出务工，不能及时回家也许是指标变化的主要原因。

第三，核心解释变量中，目前能显著影响农户满意度的资本是人力资本和物质资本，其他三类资本不能显著影响农户满意度。人力资本是一个家庭中最基础的资本，人力资本的提升，特别是家庭成年劳动力数量以及受教育程度的提升，能有助于其对周边环境保护收益的判断。物质资本是维持生活的基础，房屋和生产生活的设备价值越高，生活的幸福感和存在感越强烈，能显著影响对自然保护区建设的满意度。储蓄作为收入存量能显著影响农户满意度。

第四，控制变量中，受访者为非户主、受教育程度越高以及已婚状态能显著正向影响其对自然保护区建设与管理的满意度，与上述变量一样，收入来源以非农就业为主以及能获得经济补偿也具有同样的作用。

（陈慧鸽）

【农户耕地经营规模对粮食单产和生产成本的影响——基于跨时期和地区的实证研究】

唐轲（中国农业科学院农业经济与发展研究所），王建英（浙江财经大学经济学院），陈志钢（国际食物政策研究所）

《管理世界》2017年第5期
18千字

该文利用2003—2013年中国农业部全国农村固定观察点的农户微观调研数据，以黑龙江、江苏、浙江、江西、山东、湖北、四川和甘肃8个粮食主产省为研究对象，运用面板数据固定效应模型在全国层面和省级层面分析农户稻谷、小麦和玉米的耕地经营规模对各粮食作物单产和亩均生产成本的影响，以及这种影响在不同时期、不同地区的差异化表现，得到以下结论和政策启示：

第一，农户耕地经营规模扩大，并没有带来粮食单产的显著提高，但确实显著降低了农户粮食生产的亩均成本。农户耕地经营规模与单产的负相关关系结论和Rada等（2015）相一致，也符合以往传统农业中发现的土地生产率与农户经营规模之间负相关的一般结论。王建英等（2015）在地块层面的回归中证实了农户地块经营规模和土地生产率显著正相关，但没能在农户层面上证实两者存在显著正相关关系。这再次表明农户耕地经营规模增加，不同于地块层面规模增加。现实中，农户耕地经营规模的增加主要通过租种其他农户地块实现。通过这种方式增加农户耕地的经营规模，不会带来耕地地块面积的直接扩大，反而造成农户经营地块数目增多。地块细碎化对土地生产率的负面影响要远大于规模对土地生产率的影响（万广华、程恩江，1996）。因此，中央政府在今后的农地规模经营政策设计中，应把土地连片而非农户整体耕地经营规模的扩大作为一项紧迫的政策加以重视。

第二，随着时期的变化，农户耕地经营规模对粮食单产和亩均生产成本的负向影响都在减弱。这表明，随着国家后续政策的出台和农村要素市场的逐步完善，“增规不增产”的问题得以改善。与此同时，成本的规模经济优势却在减弱。减弱的原因在于随着农户耕地经营规模的增加，没能有效控制机械化服务价格和土地租赁价格的上涨。随着农业生产机械对劳动力的进一步替代，以及农地租赁市场的迅速发展，预计这两项成本还将持续增加。未来的现代农业生产，如何在规模增加的同时，同步实现其他投入要素的规模经济将是中国农业能否真正实现“节本增效”和走出国门的关键。因此，中央政府对家庭农场等现代化农业经营主体所开展的相关补贴，如粮食作物生产环节作业补贴、粮食作物规模种植农户补贴等，是完全有必要的。

第三，省级层面的分析显示，对于湖北、四川这样以丘陵山地为主、机械化程度滞后的农业区域，农户耕地经营规模对粮食单产的负向影响最大，农户粮食生产农业投入积极性不高。正如 Kevane（1996）所言，在发展中国家，大农户单位土地上倾向于使用更少投入，从而造成他们单位土地产出要低于小农户。因此，对于这类粮食作物生产区域，在促进农地承包经营权流转、扩大农户农业生产规模经营的过程中，中央政府应重点缓解这些地区的土地细碎化问题，扩大农户地块层面的经营规模，着力培育适宜的机械化服务供给市场，并同时创造条件完善其他投入要素市场，以提升农业生产竞争力。

（陈慧鸽）

【从地块层面看农业规模经营——基于流转租金与地块规模关系的讨论】

纪月清等（南京农业大学经济管理学院中国粮食安全研究中心）

《管理世界》2017 年第 7 期

14 千字

谈论农业经营规模时不能仅局限于讨论农户经营规模扩大的效率含义，也应该关注地块规模。该文从规模经济、范围经济及作物选择自由度三个层面研究讨论了小规模细碎化经营的有利和不利影响及其依据条件。基于租金的视角，该文利用 8 省调查数据评估了当前条件下地块规模扩大的综合影响及经济价值。实证分析显示，地块规模的增大会提高地块的经济价值和每亩租金。控制村固定效应发现，个别地块规模增加所能提高的租金较为有限；放在更广的区域内进行对比时，地块规模（村或县整体地块规模）扩大的经济意义更加显著。

该文的基本结论是农民偏爱大地块：愿意为面积大的，与家里地相连的地块支付更高租金水平。数据其他方面也显示了这种偏爱，例如很多转入地块是多户联合转出的、经过合并的地块。

由于存在地块之间的相互外部影响以及地块规模经济，土地资源在农业生产中表现出很强的“整片利用”的特征：如一些作物的统一布局、联合使用机械、集体建设灌溉设施等。正在推广的、“确地到户”的农村承包地确权登记颁证制度可能会固化土地细碎化状况，产生“细碎化权利”与“整片利用”之间的冲突。

该文的政策含义是：从提高经济效率的角度来看，鼓励、促进地块合并是有利的。土地合并最主要的三个途径包括：土地流转市场、政府土地整理项目，以及不再以好坏、远近搭配为原则的土地重新分配。强化农户的“细碎化产权”可能不利于村委组织少数服从多数的、能提高租金水平的连片流转，出现“钉子户”一票否决的现象；也可能不利于实施土地整理项目和集体土地再调整。评估确权颁证对土地合并等“整片利用”集体决策的影响，讨论后确权时代如何落实“统、分结合”经营体制中“统”的一面是有待进一步研究的课题。

（陈慧鸽）

【劳动力流动与农村社会治安：模型与实证】

刘彬彬等（上海交通大学安泰经济与管理学院）

《管理世界》2017 年第 9 期
17 千字

该文基于 1995—2013 年中国农村固定观察点的村级数据，考察了劳动力流动对农村社会治安的影响，其中农村社会治安由三个视角反映：民事纠纷、违反治安条例以及刑事案件。结果表明，劳动力流动对农村民事纠纷、违反治安条例及刑事案件发生率均有正向影响。在劳动力流动中，外来劳动力流动是引发民事纠纷、违反治安条例和刑事案件发生的主要原因，而劳动力流出本身则对农村社会治安影响不大；劳动力流动对沿海和内陆地区也存在显著的差异化影响。另外，贫困、劳动力受教育程度、劳动力闲置及基层干部状况是农村改革值得继续关注的话题。基于以上实证结果，该文给出了以下四种可能的解释：

第一，劳动力的流入会使农村内部环境发生改变。改革开放以来，很多作为家庭顶梁柱的成年农村男子为了获得更多的经济收益选择外出务工，出现了“留守老人”“留守妇女”和“留守儿童”等弱势群体，农村优质劳动力外出导致农村社会治安治理可控资源不断减少；同时，不同文化背景的外来劳动力不断流入，对农村固有的文化等方面产生了一定冲击，使得农村内部的凝聚力急剧下降，这些在客观上为农村社会治安问题的产生创造了条件。

第二，农村劳动力流动影响农村经济结构，进而加剧了农村内部不平等。农村劳动力流动打破了中国农村社会成员结构原有的均质同构性，导致了农民的经济分层（卢福营，2006），使中国农村从过去“去阶层化”的社会，变成了一个社会群体资源分配和享受差异化的社会（王芳，2013）。其中，农村内部贫困群体由于自身资本匮乏及获取外界资源能力不足，在城镇化和市场经济的冲击下，他们首先受到冲击，表现为收入低下，甚至无法维持正常生活，加之较弱的心理承受能力，使得这些被边缘于社会主导制度的弱势群体，易成为农村社会治安中的不稳定因素。

第三，农村内部“隐性”失业以及教育落后恶化农村治安。改革开放以来，能力或自身条件较好的青壮年选择外出务工，学历低下或能力较差的农民及弱势群体被迫留在村庄。现如今农业逐步机械化，而这部分留守群体除了农忙之余，变成村庄“闲”人，加之娱乐休闲方式少，精神生活的空虚、单调与贫乏不仅容易滋生是非纠纷，甚至引发一系列的违法犯罪行为。

第四，基层村干部占比在降低农村民事纠纷和违反治安条例中起到了积极作用，但并不是说只要农村基层村干部多了，村庄和谐程度就会改善，村干部是由村民来奉养的，其规模应与村民规模之间有一个平衡关系才对。这一结果的产生可能与选择变量的局限性有关，作者意向选择“村干部任职年限”这一变量代表村庄干部治理能力，但是由于观察样本中并没有涉及此类指标，故将作为进一步关注的对象。

（陈慧鸽）

【补贴减少了粮食生产效率损失吗？——基于动态资产贫困理论的分析】

高鸣、宋洪远（农业部农村经济研究中心），Michael Carter（美国加州大学戴维斯分校农业与资源经济系）

《管理世界》2017 年第 9 期
19 千字

该文基于动态资产贫困理论，以 2003—2014 年河南省全国农村固定观察点的 983 户农户为样本，使用 DEA 方法下的最新技术 EBM 效率评价模型、Heckman 样本选择模型，具体分析了 2009—2014 年河南省的小麦生产效率损失情况，并进一步分析了农业补贴对小麦生产效率损失的影响，然后，选用不同计量方法和不同工具变量对估计结果进行了稳健性检验，得出了以下结论：（1）2009—2014 年，河南省的小麦生产效率逐年提高，相应地，小麦生产效率损失在逐年递减。但是，河南省小麦生产效率损失情况依然严重。（2）基于动态资产贫困视角，农业补贴对降低小麦生产效率损失有显著影响，即农业补贴会促使受限于资产贫困的农户选择高生产效率的生产方式，从而减少粮食生产效率损失。（3）粮食直补政策对减少小麦生产效率损失有显著的影响，但是，（从估计系数来看）影响相对较小；良种补贴可以减少小麦生产效率的损失，即对优质粮种进行补贴可以促进粮食品种的优胜劣汰，还能减少粮食生产效率的损失；农资补贴对提高农户种植小麦积极性有显著作用，但是对减少小麦生产效率损失的影响不明显。（4）农业补贴对经营耕地面积大于 6 亩的农户影响更大更明显，尤其是粮食直补和农资补贴。而对于小规模农户来说，农业补贴对减少小麦生产效率损失有显著影响，但是影响较小。综上可见，基于动态资产贫困理论可知，农业补贴对粮食安全有着至关重要的作用，证明了农业补贴在粮食生产环节的重要性。

基于该文结论，得出以下启示：首先，创新和研发粮食生产技术，促进粮食生产技术的转型升级，优化粮食生产的要素投入结构，降低粮食生产效率损失。其次，加大脱钩类补贴力度，并将其纳入 WTO“绿箱”直接收入支付，着力提高粮食主产区的农资补贴和良种补贴强度，实现补贴与实际种植面积挂钩。另外，加大对贫困农户的补贴支持，引导农户选择粮食的前沿生产方式，提高农户的产粮积极性和农户居民收入水平。此外，调整农业补贴方式，加大对大规模农户的补贴力度，提高大规模农户的粮食生产技术，发挥大规模农户种粮的示范性。最后，通过农业补贴的方式降低农户的粮食生产成本，提高粮食生产效率和效益，提升其在市场上的竞争力。

（陈慧鸽）

【农业机械化的空间溢出效应及其分布规律——农机跨区服务的视角】

方师乐（浙江大学中国农村发展研究院、广东省农业科学院农业经济与农村发展研究所），卫龙宝（浙江大学中国农村发展研究院），伍骏骞（西南财经大学中国西部经济研究中心）

《管理世界》2017 年第 11 期
20 千字

该文首先从利用省级数据和全国数据所得出的矛盾性回归结果入手，认为之所以产生这种矛盾是因为大范围的农机跨省服务。在谷物生产中，因为种粮劳动力的流失和农业机械对劳动力的有效替代，从全国范围内看，农业机械化对谷物生产有着显著的积极影响。但是一省的农业机械化水平不仅对当地的谷物产出产生正向影响，而且可以辐射到周边地区，所以如果不考虑空间溢出性，利用省级数据无法观测到农业机械化对于谷物产出的显著性作用。针对这一矛盾性的结论，作者利用空间计量经济学的方法，研究这种空间溢出效应的显著性以及空间分布规律，得出以下主要结论：

第一，农业机械化水平对谷物产量有显著的空间溢出效应，即其他区域的农业机械发展水平对当地谷物产量有显著的正向影响。这种空间溢出效应是通过大中型农机的跨区服务产生的，小型农机不会产生空间溢出效应。这一结论证明我国大范围的农机跨省服务已经成为农业机械化的重要实现途径，以农机服务组织为代表的各类农业生产性服务主体正在重新定义我国农业生产方式，这是农业分工的表现形式。

第二，农机化的空间溢出效应随着地理范围的扩大而增强，经济距离半天之内的地区空间溢出效应占比为68.3%，一天之内的地区空间溢出效应占比为85.4%。这一结论说明我国的农机跨区服务辐射范围非常广，从而空间溢出效应的范围很大，并不会随着地理距离的扩大而迅速消逝，这是同我国实际发生的横跨南北的农机服务的现实相吻合的。

第三，从空间范围来看，农机化水平的空间溢出效应主要发生在纬度不同的区域，农业机械发展水平在同一纬度区域之间的溢出效应不显著，契合了中国农业机械跨纬度作业的现实情况。第四，从时间范围来看，2001—2014年，农机化水平的空间溢出效应呈现出逐年递增的趋势，其中2011—2014年空间溢出效应是2001—2005年的4.6倍，且显著性大幅增加。这契合了新世纪以来农机跨区服务规模不断壮大、组织化程度不断提高的发展趋势。

（陈慧鸽）

【粮食安全视角下的中国海外耕地投资保障体系研究】

韩璟、卢新海（华中师范大学公共管理学院）

《中国软科学》2017年第2期
19千字

最近几年，全球石化能源市场的波动、生物能源产业的发展对国际粮食市场产生了重要影响，也使得全球耕地资源与人口分布不均衡的矛盾更加尖锐。目前，部分国家已意识到投资他国耕地资源的战略属性，并将耕地视为与石油、矿产等资源同等重要的战略资源，鼓励本国企业在全球进行海外耕地投资布局。海外耕地投资作为当前国际政治、经济大背景下的新生事物，中国显然不能置身事外。该文采用文献资料法和归纳演绎法对国际上主要国家的海外耕地投资活动及其保障措施进行分析后认为，中国应当从国家战略、政府服务和市场服务三个方面构建三位一体的海外耕地投资保障体系：（1）将海外耕地投资作为保障粮食安全的补充措施纳入国家粮食安全战略设计中，并以此为牵引谋划中国海外耕地投资的战略规划和政策宣示策略；（2）从国际规则制定、国际合作机制建立和政策扶持三个方面进一步完善中国海外耕地投资的政府支持体系；（3）从金融支持、商业保险和中介服务三个方面建立中国海外耕地投资的市场化服务体系。

总而言之，海外耕地投资是当前国际上一些国家化解粮食安全威胁、破除能源危机，甚至是追逐金融利润的重要举措，其重要性理应引起中国政府的重视。面对严峻的粮食安全形势和大量企业对全球海外耕地投资活动的参与，中国政府必须对海外耕地投资保障体系建设未雨绸缪。中央一号文件已多次指出，要完善农业对外开放战略布局，提高统筹利用国际国内两个市场两种资源的能力，优化国内农业结构，缓解资源环境压力。中共中央十八届五中全会公报也明确指出，中国要顺应国家经济深度融入世界经济的趋势，发展更高层次的开放型经济，积极参与全球经济治理和公共产品供给，形成深度融合的互利合作格局。因此，在中国深入参与全球治理和深入推进农业“走出去”战略的时代背景下，面对耕地资源对中国粮食安全的硬性约束，借鉴他国经验构建针对本国海外耕地投资企业的保障体系，不仅是深化农业“走出去”战略、夯实国家粮食安全保障基础的客观要求，也是深入参与全球耕地资源配置的现实需要。

（陈慧鸽）

【基于物联网情景的蔬菜质量安全社会化监管机制研究】

张复宏等（山东农业大学经济管理学院）

《中国软科学》2017 年第 5 期

8 千字

该文借鉴国内外物联网技术在食品产业链质量监管的研究成果与成功案例，在研究分析现有的蔬菜质量安全监管问题及成因的基础上，探讨了蔬菜质量安全的社会化“多维”监管机制、管控运行机制，从蔬菜质量安全的视角剖析了蔬菜产业链的关键控制点及可能存在的质量安全隐患，设计了农业物联网运营环境下的蔬菜质量安全平台管控系统，为蔬菜质量安全问题的事前防范、实时跟踪、事后追根溯源提供了一条行之有效的路径。当然，农业物联网运营环境下的蔬菜质量安全管控机制设计不仅需要物理层和管理层的技术支持，还需要相关政策的顶层设计，该文为此提出如下政策建议：

第一，应抓紧制定专业领域统一的标准与规范。蔬菜质量安全监管体系的顺利构建需要产业部门、监管部门、销售部门、研究机构等组织的协同创新，在技术研发、售后服务、管理实践等众多方面密切协作，制定诸如“统一的认证标准、统一的编码规则、统一的传输格式、统一的工作流程”等专业领域的统一规范，并以此为依据不断优化产业链。

第二，要对现有监管部门的组织结构进行创新。政府质量监管部门要完善顶层设计，构建以批发市场和超市为中枢的平台控制中心，形成农产品质量安全监管和监测的市场准入制度体系，设立专门的组织机构，通过加强监管的协调和沟通，逐步从分段管理转变为全程管理。以物联网技术为纽带，建立跨区域联网的农产品质量安全信息监管平台，实现全产业链质量监管信息的互通共享，彻底消除产业链各利益主体的信息不对称问题，确保政府监管机制的有效实施及蔬菜质量安全监管体系的顺利运行。

第三，要积极推广农业物联网及质量安全追溯体系在蔬菜供应链领域中的应用。积极推进物联网技术在蔬菜供应链领域中的广泛应用至关重要，农业物联网的建设不仅需要中央和地方各级政府在人力、财力、物力上给予大力支持而且需要科研院所、社会公众的协同配合。应当效仿欧美国家在辖区内以政策制度的形式普遍推行农产品认证体系和质量安全追溯体系，培养社会公众食品安全监管意识，让广大消费者积极拿起消费维权的法律武器，帮助政府及有关部门充分发挥物联网快速反应、追本溯源的技术优势，彻底打破因信息不对称而出现的“逆向选择”和“道德风险”的市场怪圈，确保蔬菜质量安全。

（陈慧鸽）

【基于合成控制法的粮食主产区政策效果评估】

杜锐、毛学峰（中国人民大学农业与农村发展学院）

《中国软科学》2017 年第 6 期

7 千字

2004 年以来，国家“三农”发展的各项政策措施均向粮食主产区倾斜，农业发展项目优先安排给粮食主产区，资金投入重点用于粮食主产区。该文利用合成控制法评估面向粮食主产区的一揽子政策的施行效果。将陕西省作为对照组，利用 13 个粮食主产区合成陕西省（非主产区）作为“处理组”——“合成陕西”，模拟出如果陕西省实施了粮食主产区政策的状态，并与陕西省的实际粮食产量比较，以期得出面向粮食主产区的一揽子政策的效果。同时，利用山西省小麦产量开展稳健性检验，进一步验证结论的可靠性。研究表明，面向粮食主产区的一揽子政策对于小麦产量的提高有较为明显的促进作用，基本符合政策制定的初衷，进一步研究发现，政策有效地稳定了粮食播种面积，从而稳定了粮食产量。

基于以上研究结论，引申出以下政策启示：（1）为了保障粮食产量，应当继续巩固与加强粮食主产区政策支持。切实加大粮食主产区投入，各项农业发展项目和资金投入适当向粮食主产区倾斜，与此同时，制定有利于促进粮食主产区农产品加工业发展的税收政策，把小麦带、稻米带和玉米带形成真正的颇具竞争力的产业带。（2）尽管陕西、山西两省粮食产量本身不足够大，但是其小麦产量仍旧占有一定比重，面向小麦的政策支持应当把这两个省份纳入支持范围。（3）制定面向粮食主产县和种粮大户支持政策，进一步提高粮食政策瞄准性。对于超过一定规模的种粮大户给予专项支持，对于提供优质粮食的种粮大户给予补贴，真正实现“普惠制”向面向粮食种植大户的“专惠制”转变。（4）由于未来粮食播种面积增加有限，在生态、健康诉求强烈的背景下，部分耕地将来会面临休耕，粮食主产区农业现代化关键在科技进步，因此，面向粮食主产区扩大科技投入、加强研发、提高粮食产量与质量成为未来重要任务。（5）针对我国的高产田只占三分之一左右的现状，改造占耕地三分之二比重的中低产田提高单产仍旧有较大的改善空间，也显得格外重要。建议未来在“中低产田改造工程”“测土配方施肥”“新增千亿斤粮食产能规划”等工作基础上实施健康土壤，实施绿色发展，藏粮于地。

（陈慧鸽）

【资产专用性、谈判实力与农业产业化组织利益分配——基于农民合作社的多案例研究】

周振（中国宏观经济研究院、国家发展和改革委员会产业经济与技术经济研究所），孔祥智（中国人民大学农业与农村发展学院）

《中国软科学》2017 年第 7 期
14 千字

该文运用多案例比较分析方法，选择了 16 个有代表性的典型合作社，通过案例剖析揭示了资产专用性对农业产业化组织收益分配的影响以及作用机制。该文有如下研究结论：农业产业化组织收益分配方式是核心成员与普通成员谈判实力的最终体现。一方谈判实力越强，在组织中将获得越多的分配份额；谈判实力大小取决于谈判一方对另一方的依赖程度，这种依赖性来源于成员参与要素的资产专用性特征。若组织中核心成员资产专用性比普通成员高，核心成员对普通成员的参与具有较高的依赖性，在收益分配上表现为核心成员对普通成员让利或提供优质服务，即普通成员会分得更高的收益份额；若普通成员资产专用性较高，表现为普通成员对核心成员有着较强的依赖性，因此普通成员也就能容忍核心成员获得更多的收益。该文的研究结论较好地回答了如下两个问题：第一，为何有些农业产业化组织会选择让利成员，制定有利于普通成员的分配制度；第二，在核心成员侵占了组织大部分利润情况下，普通成员为何并没有选择“用脚投票”，依然与组织保持了相对稳定的合作关系。

该文的研究主要有如下两方面的理论贡献：

第一，对农业产业化组织收益分配内生机制研究的贡献。分配制度一直都是农业产业化组织研究的重点，但是已有的文献主要是围绕分配制度的重要性（冯开文，2006；郑丹，2011）、分配制度对组织绩效的影响（孙亚范，2008；孙亚范，余海鹏，2012；Bijman 等，2012）以及如何制定有效的分配制度（Cook，1995；夏冬泓、杨杰，2010），这些研究多是将分配制度视为一个“外生变量”，忽略了分配制度的形成机制与逻辑。事实上，农业产业化组织的分配制度是“内生变量”，是多方利益主体通过谈判和妥协达成的某种均衡。整体而言，现有文献对分配制度形成机制的研究还很薄弱，该文的研究为分析农业产业化组织分配制度的形成提供了一定的文献参考价值。

第二，揭示出了资产专用性对农业产业化组织利益分配的作用机制。目前，在公司理论研究中，已有不少文献探讨了资产专用性对公司投资、分配的影响（聂辉华，2008；李晓颖、张凤林，2010；方明月，2011）。但是少有文献从资产专用性的角度讨论农业产业化组织收益分配问题。该文从资产专用性的视角出发，通过谈判实力这一中介变量，提出了资产专用性影响农业产业化组织利益分配的分析框架，丰富了产业化组织分配机制研究成果。

（陈慧鸽）

【农产品入世“过渡期”结束后中国粮食贸易的演变】

马翠萍（中国社会科学院农村发展研究所）

《中国软科学》2017 年第 9 期

12 千字

该文研究显示，入世过渡期结束，我国由粮食净出口国逆转为粮食净进口国，粮食贸易赤字不断创历史新高。解构粮食贸易赤字发现，一方面我国粮食贸易赤字主要来自大豆净进口的贡献，其次是小麦；另一方面，“过渡期”后，小麦、玉米、大米的贸易净出口量同期大幅下降，这两方面因素共同作用拉升我国粮食净出口赤字，且贸易赤字呈现不断拉大趋势。

从进口市场来看，入世后粮食进口市场高度集中的风险并没有缓解，主要进口市场集中在南北美洲及东南亚。具体来看，入世前，小麦进口主要来自加拿大、美国，入世过渡期后，进口澳大利亚小麦占我国进口小麦总量的 50% 左右。目前来看，澳大利亚市场地位在短期内难以撼动。长期以来，美国、阿根廷、巴西几乎占据我国全部的大豆进口市场。但入世前，美国占主要地位，入世过渡期后，巴西与美国并列成为我国最主要大豆进口国，特别是 2013 年至今，巴西已成为我国第一大大豆进口国。大米进口市场主要集中在东亚地区，泰国是我国绝对的第一大大米进口国，入世“过渡期”后，我国扩大了从越南的大米进口，2012—2014 年越南取代泰国成为我国最大的大米进口市场。入世前，美国是我国大米稳定的进口市场；入世后，我国从美国进口所占比重波动非常大。

从我国粮食出口竞争力来看，入世前、“过渡期”、“过渡期”结束十年，我国玉米和大米国际竞争力都经历了较强竞争力——一般竞争力——很弱竞争力的过程，竞争力呈现“滑坡”趋势。小麦在三个阶段经历了很弱竞争力——一般竞争力——很弱竞争力。大豆长期以来处于弱竞争力水平。该文从生产成本的角度对我国粮食竞争力的分析显示，我国粮食生产总成本中物质和服务费用、人工成本占绝对比重，近年来两项成本例如化肥、农药、雇工成本都呈现很大的上升趋势，削弱了我国的竞争力。“过渡期”内的关税配额制度并没有形成像外界预期的对我国粮食贸易的保护。

（陈慧鸽）

【土地承包经营权流转、劳动力流动与农业生产】

陈媛媛（上海财经大学经济学院、数理经济学重点实验室），傅伟（美国里海大学经济系）

《中国软科学》2017年第11期
21千字

该文构建了一个农户就业决策的数理模型，引入家庭在农业生产与非农生产之间比较优势的概念，发现土地承包经营权市场发育程度越低（土地承包经营权流转成本越高），对农村家庭劳动力配置的扭曲作用越大，农户越不能将劳动力配置到其具有比较优势的生产部门。具体表现为，土地承包经营权流转成本越高，在农业生产上具有比较优势的家庭越可能会减少农业劳动力投入，增加本地非农就业或外出务工劳动力；在农业生产上不具有比较优势的家庭则越可能会增加在家庭务农劳动力，减少非农就业。

作者利用上海财经大学2013年“千村调查——农村劳动力城乡转移状态”数据，构建了度量当地土地承包经营权流转市场发育程度的土地承包经营权流转成本指数与土地承包经营权市场规模指数。经研究发现，土地承包经营权市场中流转成本越高，（1）越不利于农村劳动力流动，农村家庭外出务工人口数量越少；（2）女性劳动力外出务工的可能性越低，外出务工劳动力性别结构越趋向于男性化；（3）农业生产效率越低。具体而言，较高的土地承包经营权流转成本使得家庭农业生产劳动力结构呈现出女性化、老龄化趋势，减少了农业劳动力的人均耕地使用量，最终降低了家庭的农业人均产出。

作者认为，政府应该重视对农村土地承包经营权流转市场的培育。在成熟发展的土地承包经营权流转市场中，农户家庭能够按照自己的意愿在市场中以较低的交易成本进行土地租入、租出活动。在农业生产上具有比较优势的家庭，会在市场上租入土地，扩大生产规模；在非农生产上具有比较优势的家庭，会在市场上租出土地，将更多的劳动力投入到地非农就业或者外出务工中。一方面，土地从较低农业生产效率的家庭流向较高农业生产效率的家庭，能够促进农业生产，提高土地产出；另一方面，家庭可以根据自身的比较优势，合理的配置劳动力资源，而不受土地的束缚。劳动力资源得到合理的配置，不仅微观上表现个人可以发挥自身的比较优势，在务农、本地非农以及外出务工之间做出最优就业选择，在各个就业市场上也可以实现劳动力性别年龄结构的优化。

（陈慧鸽）

【不同模式下宅基地置换对农民福利的影响研究——以江苏省“万顷良田建设”为例】

上官彩霞（河南省农业科学院、南京农业大学）

《中国软科学》2017年第12期
11千字

该文在阿马蒂亚·森的可行能力理论框架下构建了农民福利指标体系，基于江苏省苏州、南通、宿迁三个地级市七个“万顷良田建设”项目区13个集中安置区236份农户问卷调研数据，利用结构方程模型分析软件SMARTPLS2.0考察了不同模式下宅基地置换对农民福利的影响。研究结果表明：

（1）三种模式下表征农地及房产置换状况的观察变量是有差异的。置换宅基地模式下表征农地及房产置换状况的观察变量是农地处置方式和是否自愿搬迁；置换小产权房模式下表征农地及房产置换状况的观察变量是农地处置方式和宅基地置换套数；置换商品房模式下表征农地及房产置换状况的观察变量是宅基地置换套数、是否用于出租或销售和是否支付额外资金。

（2）不同模式下宅基地置换对农民福利的影响存在差异。置换宅基地模式下部分农民仍然经营农地，对家庭经济状况的影响较小，但是超过一半的农民农地被迫流转造成对社会资本影响为负。另外，大部分农民自愿搬迁有助于提升农民各项福利；置换小产权房模式下的农地处置方式和置换房屋套数有助于提升农民各项福利，但是存在着流转到镇政府手中的农地大部分处于荒芜状态，不能按时支付农民租金的问题；置换商品房模式下虽然农地及房产置换状况较好，提高了农民各项福利，但是需要支付额外资金用于购买安置房又降低了家庭经济状况和居住面积状况两方面的福利。

（3）三种模式下宅基地置换实施过程中农民的知情权、参与权和谈判权均没有得到有效保障，也无法证明农民的家庭经济状况得到了改善，原因主要在于农民均需要支付大量额外资金用于自建或购买安置房。

基于以上结论，该文提出了三个方面政策建议：一是保障农民的知情权、参与权、谈判权等权利能够得到真正实现；二是按照完全市场化的价格对农民的房屋进行补偿，切实减少农民动迁成本；三是不同宅基地置换模式下应采取差别化的农地及房产置换工作。

（陈慧鸽）

公共管理

【政府效率、社会决策机制和再分配偏好——基于中国被试的实验经济学研究】

杨晓兰（上海外国语大学国际工商管理学院、浙江大学金融研究院），周业安（中国人民大学经济学院）

《管理世界》2017年第6期
16千字

微观个体的再分配偏好是再分配政策制定以及实施的核心环节。该文利用实验方法，参照我国社会居民收入分配的情况，设计了一个包含不同收入阶层的实验室社会，要求被试在未知和已知自身收入这两种情况下就社会税率水平进行表决。实验设定了不同的政府效率水平，引入了多数原则、随机选择社会决策者以及有中国背景的“民主集中制”这三种社会决策机制，检验其对再分配偏好的影响。根据实验结果得到以下主要结论：

第一，在个体未知自身收入水平和等级的情况下，个体的再分配偏好不符合罗尔斯的平等主义公平观，豪尔绍尼的功利主义公平观能在一定程度上解释被试的再分配偏好，也就是说随着政府效率的提高，税收带来社会净福利的增加，个体的再分配偏好随之提高。

第二，在个体已知自身收入的情况下，实验结论证实个体的再分配偏好强烈地依赖于其收入等级，体现出显著的自利动机。然而，作者也发现高收入的被试体现出不平等厌恶，低收入被试体现出对初始收入不平等的容忍。

第三，无论在已知还是未知自身收入的情况下，政府效率对再分配偏好有显著影响，然而当收入揭示之后，这样的影响存在非对称性，在控制个体收入和其他变量的情况下，高政府效率对税率选择具有正面效应，而低政府效率的负向影响并不显著。

第四，社会决策机制对个体的再分配偏好产生了显著的影响，在收入揭示之前，与民主政治常用的多数原则相比，随机选择社会决策者能诱发个体更高的再分配偏好；在收入揭示之后，社会决策机制对再分配偏好的影响取决于被试的相对收入，对高收入被试而言，在随机选择社会决策者和民主集中制的情况下有更低的再分配偏好，体现出更多的自利倾向；对低收入被试，随机选择社会决策者和民主集中制均能诱发更高水平再分配偏好。

第五，在收入未知的情形下，非学生被试更明显地将实验场景与真实社会场景相联系，他们较少选择100%的最高税率，对初始收入不平等容忍程度高于学生被试，因而具有较低的再分配偏好；在已知收入的情形下，非学生被试的再分配偏好与学生被试没有显著差异，收入越高的被试再分配偏好水平越低。

第六，在无知之幕下个体体现出来的初始公平观念与收入揭示之后的再分配偏好有显著的正向关系。

（陈慧鸽）

【政府支持型自组织构建——基于深圳食品安全社会共治的案例研究】

谢康等（中山大学管理学院）

《管理世界》2017 年第 8 期
23 千字

现有自组织构建研究强调外在权威不介入或尽量避免介入，但由于食品安全治理的复杂性，政府介入自组织构建不可避免，既有文献对政府介入下的自组织如何构建缺乏深入探讨。该文通过深圳食品安全监管部门、行业协会与会员企业从单一监管体制向社会共治模式转型的案例研究发现，外在权威介入下也可以成功构建自组织，构建过程包括获取社会资本、组织学习、规则谈判和干中学四个关键环节。政府介入表现为直接支持和间接支持，针对获取社会资本和干中学两个关键环节，政府需要“有所为”而进行直接支持；针对组织学习和规则谈判两个关键环节，政府则需要“有所不为”而进行间接支持。研究结果表明：治理意识和策略转型构成政府支持型自组织的构建前提，政府与自组织之间相互作用构成政府支持型自组织的构建逻辑。与政府不介入或尽量避免介入的自组织构建机制相比，政府支持型自组织是一种组织创新与风险管理平衡的构建机制。该文提出了一个介于 Ostrom 类型的自组织与他组织之间的新型自组织构建理论框架，表明无论权威是否介入，自组织的构建均有可能取得成功。

根据以上研究结论，该文的实践启示如下：

第一，中国情境下的食品安全治理除因信息非对称产生的行业性败德行为外（Ortega 等，2011；龚强等，2013；李新春、陈斌，2013；李想、石磊，2014），还存在两类困境，一是地方政府的政策性负担形成的规制俘获与最低质量标准的困惑（龚强、成酩，2014；龚强等，2015）；二是加大监管力度对生产经营者食品安全违规行为的影响具有两面性而产生的监管困局或社会系统失灵问题（谢康等，2016；谢康、肖静华，2017）。尽管两类研究分别给出了解决各自困境的思路或措施，但对解决思路或措施缺乏深入系统的讨论。该文提出的政府支持型自组织构建方式，为解决上述困境提供了一个被实践验证的解决思路，对中国其他城市提升食品安全社会共治的治理水平具有借鉴价值。

第二，该文根据案例研究发现并提出了政府支持型自组织构建，分析了政府介入下的公共服务领域自组织构建的过程和特征。结果表明，政府需要把握好与自组织互动过程中的度，做到“有所为”和“有所不为”，案例中具体体现为政府直接支持与间接支持两种支持形式。在组织学习与规则谈判阶段，政府必须要控制住“看得见的手”，通过行政手段上的“减法”换取食品安全治理创新的“乘法”，一方面给予自组织治理创新的空间，另一方面培育协会与企业的自组织构建能力，避免自组织演变为他组织。对于社会自组织构建者，需要恰当对待外在权威的支持，在自组织构建能力、规则谈判能力的培育上，要依靠而不能依赖外在权威的介入，否则将有可能削弱自组织构建的积极性（Vedeld，2000）。

（陈慧鸽）

【政府的合约性质及其经济治理——基于中国地方政府若干实践的交易费用考察】

周燕（中山大学中国公共管理研究中心、中山大学政治与公共事务管理学院）

《管理世界》2017 年第 8 期
27 千字

政府的性质与边界是一个跨越经济学、管理学、政治学等学科的社会科学重要研究领域。在传统上，学界将政府角色定位为“守夜人”与“裁判员”，然而在经济发展的具体实践中，中国政府常常突破这一界限，却取得了良好绩效。为了解释理论与现实的背离，该文摒弃传统经济学的“政府—市场”二分法以及“市场—企业”二分法，从微观的合约角度去连接“市场”“企业”与“政府”这三种组织形式。根据“交易费用—合约分析”，所有组织的本质均为合约，而合约的条款与形式由交易费用决定。因此，政府性质与企业性质一样，是为了降低交易费用的合约组合。市场、企业和政府在提供经济物品过程中的具体优势不同，常常需要相互配合，同时也存在着链接三方的合约组合，能够实现经济物品的高效提供。该文得出如下研究结论：

第一，从本质上看，“政府性质”与“企业性质”无异。使用市场是要付出成本与代价的（交易费用），当交易费用太高时就会有其他组织形式出现，取而代之，这就是企业与政府出现的原因。政府的本质与企业的本质一样，都是合约链条连接而成的组织，都可以降低市场的交易费用。何时采用何种合约形式与条款，是自利人在交易费用约束下的最优选择。

第二，因为交易费用的概念抽象，而且又只能够在边际上进行度量，无法像其他标准化计量研究那样进行分类统计，因此交易费用的研究就显得异常困难。该文并没有采用目前主流的定量研究方法，而是重新回归到交易费用的边际比较上，这需要了解真实世界中各种合约的细节。

第三，在企业产品由生产转入销售过程中，运输是非常关键的物流环节，它所产生的费用将直接影响企业的成本与收益。重庆渝新欧铁路建设案例告诉我们，运输费用不仅仅是一种物理费用，其中还有很高比例的交易费用。通过政府谈判，这些费用可以大幅下降。在降低运输费用中的交易费用方面，政府比市场的费用更低，效率更高。

第四，政府可以参与到投资领域，关键是看合约链条中哪一部分交给政府、哪一部分交给企业或市场。宽窄巷子与苏州工业园的案例，从边际上看，政府比市场在回收土地、统一设计与建设上的交易费用低。而市场则在“销售合约”环节，即商品买卖方面，具有更低的信息费用。政府与市场各司其职，大幅降低了项目投资的交易费用。

第五，在生产领域中，政府同样可以发挥作用。产业集群就是政府与企业“合资”的结果。其中涉及合资合约与市场竞争合约。政府本身具有合约性质，可以通过合约链条参与到企业的生产中，与企业的合约链接连接在一起，起到降低交易费用，甚至降低生产成本的效果。

（陈慧鸽）

【政府科技投入能否提高企业技术创新效率?】

陈庆江（山东财经大学工商管理学院）

《经济管理》2017 年第 2 期
15 千字

该文以中国沪深两市制造业上市公司数据为基础，利用 DEA—Tobit 两阶段模型考察政府科技投入、企业研发支出以及二者交互作用对企业技术创新效率的影响。研究发现：（1）政府科技投入提高了企业技术创新产出水平，但对企业技术创新效率的影响不显著；（2）企业研发支出对其技术创新效率有显著的正向影响；（3）政府科技投入负向调节了企业研发支出与技术创新效率之间的关系，导致企业自身研发资源投入的效率损失，这种负向调节作用主要存在于非国有企业中；（4）市场化改革能够从一定程度上降低政府科技投入与企业研发支出交互作用对企业技术创新效率的负向影响。

基于上述发现，为充分发挥政府科技投入对企业技术创新活动的引导和支持作用，同时尽可能减少公共科技资源错配引致的企业技术创新效率损失，该文提出如下政策建议：（1）进一步推进市场化改革，使市场内在的激励机制在包括政府公共科技投入在内的社会创新资源投入和配置中发挥更大作用。（2）尽快建立完善政府科技投入的约束机制，加强公共科技资源投入资金来源、投入方向和使用效益的监管力度。应进一步提高相关信息披露水平，积极引入和推广政府科技投入绩效的第三方评价机制和责任人问责制度；在条件成熟时，稳步推进政府科技投入相关立法工作，为我国科技投入财政监管和评价提供法律保障。（3）积极调整公共科技资源的投入和分配方式，尽快建立完善政府科技投入在不同创新主体间公平有效的分配机制。如应将政府科技投入更多用于改善科技创新公共服务平台等创新基础设施上，并进一步推动公共科技创新资源开发和共享。（4）针对不同的技术创新环节与领域，采取差异化的公共科技资源投入和管理方式。基础性研究、公益性研究和公共服务领域的政府科技投资，需在尊重市场和创新活动发展规律的前提下，充分发挥政府的主导性作用；应用开发、产业应用等环节和领域内，则应相应地收缩政府干预的边界，充分发挥市场机制在社会创新资源配置中的决定性作用。

（陈慧鸽）

【国际研发资本技术溢出对中国绿色创新效率的空间效应】

罗良文、梁圣蓉（中南财经政法大学经济学院）

《经济管理》2017 年第 3 期
13 千字

该文将空间交互效应引入线性结构的 C—H 模型，构建国际研发资本技术溢出的空间计量模型，分析跨国研发投入、跨国技术转移、FDI、OFDI、贸易进口等多渠道的国际研发资本技术溢出效应，测算国际研发资本的首次溢出和二次溢出效应。在此基础上，构建基于距离的空间权重矩阵和基于经济的空间权重矩阵，运用省级面板数据，实证分析国际研发资本的首次溢出、二次溢出对区域绿色技术创新效率的影响。实证结果表明：

第一，国际研发资本技术溢出模型存在显著的空间交互性效应，其空间效应不仅与被解释变量（绿色技术创新效率）相关，还与解释变量（各渠道的国际研发资本技术溢出）的空间关联效应相关。即区域绿色技术创新效率之间存在显著的空间交互作用，一个区域的绿色技术创新效率不仅受自身因素的影响，还与周边区域绿色技术创新水平相关，而忽略空间效应的线性 C—H 模型高估了国际研发资本技术溢出对绿色技术创新效率的作用。空间距离对绿色技术创新效率的影响比经济距离对其的影响要大，空间因素是影响区域绿色技术创新效率分布的重要因素。

第二，相比国内研发资本技术溢出对绿色技术创新效率的负效应，国际研发资本技术溢出更好地促进了中国绿色技术创新效率，除跨国技术转移和 OFDI 渠道外，其他渠道的国际研发资本技术溢出均促进了绿色技术创新效率，且存在显著的首次、二次溢出效应。具体表现为：（1）跨国研发投入、FDI 研发资本、贸易进口研发资本三个渠道的技术溢出不仅对所在区域的绿色技术创新效率产生了显著的首次溢出效应，而且也对所在区域以外的其他区域产生了显著的二次溢出效应，且二次溢出效应大于首次溢出效应，其中贸易进口研发资本技术溢出的总溢出效应排名第一，说明进口贸易研发资本技术溢出是促进中国绿色技术创新的重要途径。随着中国市场化程度的逐步提升，进口贸易的首次溢出和二次溢出产生了显著的空间聚集效应。而 FDI 研发资本技术溢出效应远远低于贸易进口研发资本和跨国研发投入两个渠道，主要原因是中国FDI承接了发达国家产业转移，大部分外资企业所属的产业污染严重。（2）跨国技术转移阻碍了绿色技术创新效率，首次溢出对本区域绿色技术效率产生了较为明显的促进作用，但阻碍了其他区域绿色技术创新效率的提升，说明受地理成本的制约，本土企业无法获得技术空间溢出带来的收益。（3）中国OFDI研发资本对国内投资产生了挤出效应，阻碍了绿色技术创新效率的提升，中国对外投资“示范效应”和“干中学”效应并没有发挥作用。（4）中国国内研发资本阻碍了绿色技术创新效率的提高，说明中国工业企业绿色技术产业处于调整期，产业技术投入存在结构失衡、效率不高等问题。

（陈慧鸰）

【“一带一路”中国主要节点城市旅游的经济联系——空间结构与合作格局】

邹永广（华侨大学旅游学院、中国旅游研究院旅游安全研究基地）

《经济管理》2017年第5期

15千字

充分发挥“一带一路”中国主要节点城市旅游资源优势和旅游经济作用，有助于引领沿线国家和地区旅游业发展和互动，也是推动“一带一路”倡议落地的有效路径。该文测度和分析了“一带一路”中国主要节点城市旅游经济联系度，采用社会网络分析方法，探讨了中国沿海节点城市和内陆节点城市旅游经济联系的网络空间结构，在此基础上，为更好实现主要节点城市旅游经济互动，提出了“一带一路”中国主要节点城市旅游合作空间格局，得到以下主要研究结论：

（1）2011年、2015年“一带一路”中国沿海节点城市和内陆节点城市旅游经济联系度不高，但呈现增长趋势，旅游经济关联较高的节点城市优势地位较为稳定，节点城市间的区位和空间距离很大程度上决定了旅游经济联系度。

（2）“一带一路”中国沿海节点城市旅游经济联系的网络密度在2011—2015年有所增强，关系愈加紧密。内陆节点城市旅游经济联系的网络集聚度也有所增强，内陆节点城市逐步融入“一带一路”倡议，旅游经济联系网络结构向区域协同、一体化方向演化。

（3）中国沿海节点城市和内陆节点城市旅游经济形成相互关联、错综复杂的网络。2015年，上海、深圳、厦门、重庆、武汉等节点城市点度中心度较高，中心地位稳定，具有重要的节点核心地位和核心控制能力。上海、深圳、天津、重庆、武汉、西安、成都等节点城市中心度较高，不受其他节点的控制。而2011年和2015年海口、三亚两个节点城市的接近中心度数值较靠后，在网络节点中处于被控制的劣势位置。2015年上海、宁波、天津、深圳、西安、重庆、成都、兰州等节点城市占据较高的结构洞，最具有控制能力。2015年上海、宁波、深圳、广州、湛江、兰州、重庆、西安等节点城市的中间中心度数值较高，处于核心位置，发挥中介作用。

（4）基于“一带一路”中国主要节点城市旅游合作网络中心性测度，以及“一带一路”中国主要节点城市旅游经济联系合作网络空间的演化，该文将“一带一路”中国主要节点城市旅游合作空间具体布局为：两板块、七圈发展格局。两板块为沿海节点城市板块、内陆节点城市板块。七个旅游圈：环渤海旅游圈、海峡西岸旅游圈、长三角旅游圈、珠三角旅游圈、西北内陆旅游圈、长江中游旅游圈、成渝旅游圈。

（陈慧鸰）

【政府干预、两化融合与产业结构变迁——基于2003—2014年省际面板数据的分析】

焦勇（山东大学经济学院），杨蕙馨（山东大学管理学院）

《经济管理》2017年第6期
15千字

鉴于两化融合理论研究范式、衡量方式以及两化融合对产业结构变迁相关研究的不足，该文根据两化融合所表现出的矢量特征，尝试将其分解为耦合程度和增值能力双重指标，并初步解释了两化融合对产业结构变迁的内在机理。通过运用2003—2014年中国大陆31个省际面板数据的OLS检验和2SLS检验，研究发现：（1）两化融合耦合程度、两化融合增值能力、政府干预显著促进产业结构合理化与产业结构高级化发展进程；（2）政府干预显著促进了两化融合耦合程度、两化融合增值能力对产业结构高级化和产业结构合理化的正向作用；（3）考察国际金融危机的影响，危机发生后，两化融合耦合程度和增值能力对产业结构高级化的影响力呈现下降趋势，可喜的是，两化融合的耦合程度和增值能力对产业结构合理化的正向影响力日趋增强；（4）东中西部地区回归结果显示，两化融合对产业结构高级化具有显著的异质性，而两化融合对产业结构合理化的正向影响在东中西部地区均得到验证。所以，该文认为，在产业结构变迁的相关研究中，应该充分考虑两化融合的影响，尤其是在政府干预背景下，根据不同发展时期和区域异质性，建立具有时效性和区域异质性的政策安排成为关键点。

政府大力推动信息化与工业化融合发展如何影响产业结构变迁模式，是推动产业结构优化升级亟待探究的重要问题。该文的研究突破了已有的分析思路和框架的两种误区：一是认为两化融合就是信息化和工业化沿着各自轨道发展的过程，在这一观点的影响下，两化融合水平评价分解为测度信息化发展和工业化进程的指标体系，最终获得不同区域两化融合水平和地区经济发展水平、工业化进程、信息化水平高度一致；二是认为两化融合就是单一维度的概念，信息化和工业化的协调能力成为两化融合的全部内涵。深化对两化融合双重性质的把握，辩证地看待两化融合、信息化、工业化之间的关系，两化融合的最终目标是促进信息化和工业化更快的发展，带来更高的融合效果。进一步从政府干预的视角揭示两化融合在产业结构变迁中的重要作用，扩展产业结构变迁相关研究的中国意义和内涵，揭示了两化融合对当代中国经济结构变迁的现实意义。

（陈慧鸽）

【市场距离、市场规模与中国企业对外直接投资的市场进入次序】

杨嬛、邓涛涛（上海财经大学城市与区域科学学院）

《经济管理》2017年第9期
15千字

该文从动态的视角出发，将同一企业的多次OFDI行为视为连续性事件，运用中国商务部《境外投资企业（机构）名录》（1983—2015年）的微观企业数据，通过从地理距离、文化距离和制度距离三个维度对代表市场进入成本的市场距离进行定义，并引入市场规模的度量，分析了在市场成本和利益的共同作用下，中国企业的市场进入次序问题。此外，为了更好地理解企业连续多次海外扩张行为，该文还分析了随着投资经验的变化，市场规模和市场距离对市场进入次序影响的变化。最后，为了诠释中国企业在国际市场上的多元化利益诉求，该文用自然资源和战略资源对市场规模进行了拓展，并分析了在不同的利益诉求下，市场距离与三种不同的市场利益之间的交互作用对市场进入次序的影响，以及这种影响作用随时间的转变，主要得出以下结论：

（1）市场距离和市场规模都对中国企业OFDI的市场进入次序产生了重要的影响作用。其中，市场规模对市场进入产生显著的负向影响作用，即中国企业倾向于先进入市场规模较大的东道国。而市场距离中的地理距离和制度距离作为“折扣”因素，降低了企业在国际市场进入次序的选择上对市场规模的敏感性。但在考虑经验的影响作用后，发现随着企业投资经验的增加，制度距离对市场规模与进入次序之间的调节作用不再显著；而地理距离对市场规模与进入次序之间的调节作用则从不显著变为显著，表明投资经验的积累降低了制度距离给企业带来的风险，但是，却使企业对地理距离所带来的成本因素更加敏感。

（2）除市场规模以外，自然资源和战略资源也是影响中国企业OFDI进入次序的重要利益因素，但是，这种影响随时间产生了显著的变化。首先，自然资源对中国企业OFDI进入次序的影响从2007年之前的显著为负转变为2007年后的显著为正，表明中国企业从选择先进入自然资源丰富国家转变为避免先进入自然资源丰富国家，自然资源寻求已经不是中国企业OFDI的首要目标。其次，2007年之后战略资源对中国OFDI进入次序的影响显著增强，表明战略资源已经成为新时期中国企业OFDI的重要目标。最后，2007年之后，市场距离的调节作用更加稳健，地理距离和制度距离都显著降低了市场规模和战略资源对市场优先进入次序的影响力，并进一步增强了企业的自然资源规避效应。表明中国企业在市场进入次序的选择方面开始越来越多地考虑成本的因素，其海外市场进入的战略是基于成本和收益综合考量的理性决策。

（陈慧鸽）

【从逆向工程到正向设计——中国高铁对装备制造业技术追赶与自主创新的启示】

吕铁、江鸿（中国社会科学院工业经济研究所）

《经济管理》2017年第10期
17千字

该文整合技术追赶的传统理论观点，构造出基于技术学习的后发国家产业技术追赶分析框架，并运用这一框架分析来自中国高铁装备产业的第一手调研数据，考察中国高铁装备研发由逆向工程转为正向设计的全过程，得出了如下结论：（1）从战略导向看，扭转既往以探索实验和产品示范为主的研发导向，将批量生产自主研发、性能成熟的商业产品作为根本宗旨，是该产业形成正向设计能力的前提。（2）从资源配置看，数十年传承有序的人力资源积累和协调有效的长期合作机制，是该产业形成正向设计能力的基础。（3）从活动系统看，根据科研与工程需要持续完善的试验体系，特别是同步提升的试验理念和组织水平，是该产业形成正向设计能力的重要支撑。（4）从学习机制看，同时引进多国技术促成的“试验中学”“干中学”“用中学”等高强度并行学习，是该产业形成正向设计能力的主要途径。

高铁装备产业的借鉴意义，在于明确四类关键因素的作用以及如何营造具备这些促进因素的制度与产业环境，而不在于对政府主导型技术追赶模式的简单复制。尽管“统一招标、单头对外、指定承接方和转让方”的顶层设计被视为中国高铁装备产业避开引进依赖陷阱的关键制度安排，但只有在同时满足市场规模、引进来源、技术周期、吸收能力等多种条件的前提下，这类安排才可能达成目标。（1）中国是高铁装备的最大市场，具有整合国内需求、提高买方谈判能力的天然优势。相比之下，石油装备、大飞机等产品的国际买家数量多、份额大，中国无法通过掌控最终市场附加技术转让条款。（2）拥有高铁装备技术的国际供应商较多，愿为争取订单接受技术转让要求。而很多装备制造部门或是面临长期、严格的国外技术封锁（如航空发动机），绝无技术引进的可能性；或是国内需求逼近国际技术前沿面（如特高压成套设备），缺少可供借鉴的成熟技术。（3）高铁装备是产品架构相对稳定的长生命周期产品，引进当代或前代产品可为国内企业赢得技术追赶必要（尽管依旧紧迫）的窗口时间。大规模集成电路等短生命周期产品部门则很难寻觅到类似机会，如没有持续稳定的大规模产业投资，难以通过技术引进在产品换代前完成从逆向工程到正向设计的转变。（4）高铁装备技术引进的成功离不开已有的知识基础。20 世纪 80 年代原铁道部也曾两次组织机车技术引进，但当时铁路系统整体“技术水平还比较低下，要将引进技术大面积国产化的难度极大”（赵小刚，2014）。若没有 20 世纪 90 年代的知识积累，高速动车组研发人员不可能将嵌入在引进装备中的缄默知识迅速内化为正向设计能力。

（陈慧鸽）

【开征环保税能有效治理空气污染吗】

叶金珍（南开大学经济学院、日本爱知大学），安虎森（南开大学经济学院）

《中国工业经济》2017 年第 5 期
22 千字

面对 2018 年初即将施行的中国第一部《环境保护税法》，该文从理论和实证两方面展开研究，基本肯定了环保税在治理空气污染上的积极作用。在理论上，建立包含空气污染变量的动态均衡模型，模拟环保税的政策效果，结果显示：（1）市场化合理税率的环保税将推动“绿色增长”。统一性环保税的长期污染治理效果更佳，但污染型企业离开北部的激励下降，短时间内北部仍是污染重灾区；区域差异化环保税将激励污染行业转移到“污染天堂”，北部的空气污染问题得到暂时缓解，区域间空气污染的差异化程度暂时变小，但在较高的差别税率刺激下，大量的北部污染型企业转移到南部，南部成为新的污染区，区域间空气污染的差异化程度再次扩大。（2）单纯依靠行政手段不能从根本上解决空气污染问题，不合理的行政干预往往会降低环保税政策效果，行政干预只能作为市场化环保税的辅助工具。

在实证方面，该文运用 GQR 方法进一步验证环保税对空气质量的影响，结果显示：（1）碳税具有异质性处理效应，在三项污染指标（NO 排量、NO_2 浓度和 PM2.5 浓度）都特别高的国家，开征碳税将显著改善空气质量。（2）汽车运输环保税的影响也是异质的，在空气质量较差的国家，汽车运输环保税与污染物排量成正方向变化，在空气质量特别好的国家，提高汽车运输环保税一定程度有利于污染物减排。值得一提的是，实证结果还从侧面反映，在空气污染特别严重的国家，汽车尾气排放不是空气污染的主因，工业上的大量化石燃料消耗才是空气污染的“罪魁祸首”。

（陈慧鸽）

【税负转嫁能力对“营改增”政策效应的影响——基于现金—现金流敏感性视角的检验】

乔睿蕾、陈良华（东南大学经济管理学院）

《中国工业经济》2017 年第 6 期
15 千字

该文以 2011—2015 年沪深两市 A 股非金融行业上市公司为研究对象，从交易费用理论视角阐述了“营改增”对现金—现金流敏感性影响的理论机制，并基于现金来源与运用约束，运用系统方程分析了

"营改增"对企业现金—现金流敏感性的影响。由于增值税易转嫁，该文进一步分析了税负转嫁能力对"营改增"政策效应的影响，并按照产权性质和行业类型对所有样本企业分类，分析以上两个问题在不同类型企业之间的差异。具体研究结论如下：

（1）"营改增"能有效降低企业的现金—现金流敏感性。运用系统回归方程，研究发现"营改增"主要通过固定资产进项抵扣、原材料采购进项抵扣和销售收入销项税额剥离影响企业的经营现金流量，经营现金流量的变化与税负相反，而大多数企业在"营改增"之后税负明显下降，这使企业内部资金变得充裕，改善了企业现金持有行为，有效降低了企业的现金—现金流敏感性。

（2）企业在"营改增"过程中需匹配现金来源与运用中各项目之间关系才能增强经营现金流的有效性。系统方程分析结果表明，虽然抵扣效应相当于增加了企业的经营现金流，但为了获得抵扣效应而进行的投资又会减少可使用的自由现金流，因此，"营改增"对经营现金流量的影响并不是单方面的，对现金持有量的影响也是复杂的，企业在进行与现金流相关的财务决策时，应该统筹考虑现金来源与运用中各项目之间的匹配关系。

（3）税负转嫁能力会改变"营改增"对企业现金—现金流敏感性的政策效应。由于增值税易转嫁，企业能够在多大程度上获得"营改增"带来的政策红利就会受到其自身税负转嫁能力的影响，税负转嫁能力越强，"营改增"对企业现金—现金流敏感性的政策效应就越大，税负转嫁能力越弱，"营改增"对企业现金—现金流敏感性的政策效应就越小甚至没有影响。

（4）国有企业对"营改增"政策不敏感，政策效应也较少受到企业税负转嫁能力的影响。"营改增"对非国有企业现金—现金流敏感性的缓解作用显著大于对国有企业，且税负转嫁能力对"营改增"政策效应的改变作用在非国有企业中更显著。交通运输物流辅助业由于税率上升幅度大，可抵扣项目不足，固定资产规模庞大等原因而显现出对"营改增"政策不敏感，且政策效应也较少受到企业税负转嫁能力的影响。"营改增"对其他现代服务业企业现金—现金流敏感性的缓解作用显著大于对交通运输物流辅助业现金—现金流敏感性的缓解作用，且税负转嫁能力对"营改增"政策效应的改变作用在其他现代服务业企业中更显著。

（陈慧鸽）

【政府补贴驱动工业转型升级的作用机理】

王昀、孙晓华（大连理工大学管理与经济学部）

《中国工业经济》2017 年第 10 期

20 千字

生产性补贴是政府实施宏观调控和产业政策的重要手段，理论上有弥补市场失灵、提高出口竞争力和获得规模经济效应的功能，但是其对工业转型升级的影响机理缺乏相关研究和充分的解释。与现有研究不同，该文根据中国工业化进程中不断涌现的制造低端化、高能耗和高污染问题，对产业转型升级的内涵加以深化，提出提升工业附加值、降低能源消耗和减少污染排放三方面任务，并且选择以绿色生产率衡量工业转型升级的水平。进而，构建联立方程模型从中观层面考察了政府补贴的产业升级效应，并利用广义倾向得分匹配法从微观层面检验了补贴对企业研发、出口和生产规模的影响。基于工业行业层面数据的实证结果显示：（1）政府补贴激励了行业研发投资，但没有起到提高绿色生产率的效果，只有当研发投资达到一定水平才能形成对行业转型升级的推动作用；（2）虽然出口规模扩张对工业转型升级具有重要作用，然而政府补贴不以鼓励扩大出口为导向；（3）尽管行业集中度的上升有利于工业转型升级，但政府补贴并没有带来集约化生产。来自微观层面的经验证据表明：政府补贴的确起到了激励研发投资和抑制工业企业出口的作用，但在促进小规模企业扩大生产规模的同时，却导致行业集中度的降低。

根据上述结论，得到以下政策启示：（1）以政府补贴的形式进一步鼓励工业企业开展技术创新活动、加大企业研发投资，不断增强企业自主创新能力，集中资金重点支持关键技术和产业共性技术的突破，利用高新技术带动传统产业的转型。设立企业研发补贴的专项资金，通过改变研发补贴的发放形式，如以“科技创新券”等形式重点对已取得的科研成果进行事后补贴，以提高政府补贴的效率效果。（2）鼓励高技术、高附加值工业品的出口，适度提升对技术含量高的工业制成品的出口退税率，限制低附加值的加工贸易产品与生产过程高能耗高污染的产品出口，以避免中国成为其他国家的“加工厂”和“代工厂”。通过补贴导向传递政策信号倒逼工业企业实现转型，适应国际市场的需求变化，不断调整和优化出口产品结构。（3）以多种形式鼓励重点工业企业扩大生产规模，促进跨地区跨所有制的兼并重组，避免同行业企业间的恶性竞争，通过产业组织结构的调整优化推进工业规模化和集约化生产。全面深化体制改革，加快推进垄断性行业和国有企业改革，发挥市场机制作用。（4）进一步加大环境规制的力度，将部分政府补贴定向用于购置或升级减排和生产设备，鼓励工业企业开展有助于节能减排的工艺创新活动，对工业企业的污染排放进行有效监管，减少工业生产过程中的能耗与“三废”排放，促进中国工业在全方位转型升级下实现绿色增长。

（陈慧鸽）

【财政激励、环境偏好与垂直式环境管理——纳税大户议价能力的视角】

席鹏辉（中国社会科学院财经战略研究院）

《中国工业经济》2017 年第 11 期
18 千字

2016 年中央环保督察取得了较大进展，垂直式环境管理体制改革也已开始试点，环境管理体制改革向前迈进了一步。为了论证这一转变的必要性，该文从纳税大户的角度出发，揭示了财政激励在已有的“块块式”环境管理体制中的重要作用。由于财源的建设和维护是地方政府财政激励的基本体现，其中纳税大户是重要保护对象，这些纳税大户可能在地方环境治理中拥有着强大的议价能力。实证结果表明，污染密集型企业中纳税大户占比越高的地区，其污染增长率更大。这一结果在改变纳税大户的划定标准后仍然具有稳健性。同时，作者发现纳税大户显著地制约了环境治理政策的效果，且纳税大户的税收征管率远低于其他企业，这意味着地方政府允许纳税大户企业存在环境治理投入不足，以及给予这些企业相当部分的隐性税收优惠，以应对环境治理政策。

在对地方财政激励强弱分样本回归中，作者发现在增值税分成比例高的地区，由于地方政府在增值税收入中能够获得更大的财政收益，其纳税大户的污染效应更强；而在营业税分成比例较高的地区中，由于地方政府更加关注于第三产业的发展，工业企业纳税大户的污染效应更弱。在环保模范城市和省会及副省级城市中，由于地区对环境质量偏好更高，可以发现纳税大户拥有更小的议价能力，表现出的污染效应也更弱。这意味着降低纳税大户对地方政府形成的财政激励，以及提高地方政府环保工作考核，均是环境治理有效的解决办法。这为环境保护垂直式管理体制改革和中央环保督察提供了支持性证据。

该文为中国财政激励效应添加了新的微观实证证据。在未来的环境治理中，亟须关注财政激励在其中的作用，减少其对环境规制政策的扭曲效应。从短期看，可以考虑适当给予地方政府尤其是基层政府一定的财权，以形成“一级事权、一级财权”的地方财政局面。

该文为中国环境管理体制改革方向提供了新的论据。尽管地方稳定的财力是环境治理的必要条件，但这仍可能无法根除纳税大户对地方政府的议价能力。在政府财政激励对环境治理干扰的事实下，中国环境管理体制改革迫在眉睫。切断“块块式”监管体制中地方财政激励对环保部门的干扰极其困难，而推行垂直式管理体制改革的目标和意义正在于此。削弱环保部门对当地政府的依赖和影响，加快推进垂直环境管理体制改革，注重上级环保部门对下级环保部门的领导，完善中央环保督察制度，推进中央环保督察相关法制法规制定，将其纳入法制化、规范化和常态化的轨道，提高地方政府部门的绿色发展意识和环境保护责任，对于中国环境的改善，加快生态文明体制改革，建设美丽中国，具有重要意义。

（陈慧鸽）

【基于医疗保障差异的健康冲击与劳动力供给——以中国2011—2013年劳动力市场为对象】

张利庠（中国人民大学农业与农村发展学院），王录安（山西财经大学经济学院），刘晓鸥（中国人民大学农业与农村发展学院）

《中国软科学》2017年第7期
11千字

该文通过构建健康冲击对异质性劳动者劳动力供给决策的动态规划模型，从健康资本的角度，讨论了健康冲击对劳动力市场的影响，并使用CHARLS数据库数据对理论模型进行了实证检验。实证结果表明，如果将劳动者按照所享受的医疗保险进行分类，不同类型的劳动者对健康冲击的反应不同。当劳动者预计面临较为严重的健康冲击时，随着医疗费用的上升，享受公费医疗保险的劳动者和享受城镇居民、新农合医疗保险的劳动者均会减少劳动时间；而享受城镇职工医疗保险的劳动者，其劳动力供给决策相对稳定；享受城镇居民、新农合医疗保险的劳动者较之享受公费医疗保险的劳动者，其劳动时间减少更为剧烈。当劳动者预计所面临的健康冲击较为缓和时，所有劳动者的劳动时间都会随着医疗费用的上升有所下降，但是下降幅度较为平缓。

在面临负面健康冲击时，异质性劳动者的劳动力供给决策确有不同。例如，享受城镇居民、新农合医疗保险的劳动者通常会选择大幅度降低劳动时间，导致这部分低收入人群的收入进一步降低。而中国现行的医疗保险体制存在结构性分割，享受不同医疗保险的劳动者面临着较大的医疗服务价差，这就导致分属于不同群体的劳动者，其收入差距进一步扩大。由于中国医疗保险制度壁垒是根据户籍和职业特点而设定的，劳动者通过参加工作或者增加劳动时间的途径，并不能帮助他们在不同的医疗保险之间进行转移，所以他们并不寄希望于通过增加劳动时间的方式改变现有状况，而只能寻求更好的医疗保险，以购买医疗服务的方式进行健康资本的生产。

基于以上分析，作者认为为了解决这些问题，可以从以下三个方面入手：（1）政策制定部门应当意识到健康资本与劳动力市场之间的关系。目前，中国正面临着慢性病井喷式发展和人口老龄化不断加重的双重压力，将改善和提高居民健康状况作为一项国策意义十分重大。（2）努力缩小公共医疗保障体系在不同人群之间的资源配置差异，缓解劳动者在遭受疾病冲击时，由于医疗保障制度隔离而造成的收入差距扩大化。事实上，从2014年国务院明确提出要取消农业户口与非农业户口的区分开始，公共医疗保障制度的并轨就已经开始提上了日程，很多地区已经初步实现了城镇居民、新农合医疗保险制度的整合，公费医疗保险和城镇职工医疗保险的并轨也已经启动。（3）为商业医疗保险的发展创造了良好的机会。商业医疗保险作为公共医疗保障制度的有效补充，通过市场化运营模式可以有效满足不同劳动者对医疗保险的需求，从而减少疾病对劳动力供给的冲击。

（陈慧鸽）

【人口老龄化、养老保险与居民储蓄率】

赵昕东、王昊、刘婷（华侨大学统计学院）

《中国软科学》2017年第8期
12千字

该文构建了人口老龄化条件下包含中国现收现付模式与个人账户模式相结合的社会保险制度OLG模型，并利用2001—2014年的省级面板数据进行实证研究。研究表明，人口老龄化和养老保险对居民储蓄的影响是显著的。随着我国老龄化程度的加剧，老年人口比例上升，将导致储蓄率的下降。为了解决老龄化带来的资本积累速度下降，人均资本增长缓慢，劳动生产率难以提高的问题，延迟退休是短期即可见效的政策。我国目前的退休年龄基本沿用20世纪50年代的规定，然而现阶段，随着老龄化的加剧，人均寿命的延长，现行的退休年龄规定已经不适应当前经济社会发展的需要，是对人力资源的浪费。我国可以首先尝试弹性退休制度，弹性退休制度允许劳动者在退休年龄、退休方式和退休后收入等方面有某种弹性，是一种较为灵活的退休制度。这种退休制度可以兼顾各群体的利益，给予他们一定自主选择的空间，避免一刀切的退休年龄政策造成的代代之间、职业之间和性别之间的不公。

该文的研究还表明，社会统筹模式的养老保险将较大限度地挤占消费，原因是当前我国的养老保险还不够健全，并不能提供很好的保障，人们即使缴纳了养老保险仍然缺少安全感。消费反映的是消费者实际获得福利，也是拉动需求的重要部分，因此应尽快根据我国基本国情和地域特点建立成熟完善的社会保障体系，例如在发展城镇社会保险的同时也要发展农村养老保险，扩大社会保险覆盖率使得更多居民享有养老保险。此外还可以逐步提高社会保险的统筹层次、做实个人账户，等等，这样才能使居民无后顾之忧，更好地面对风险，使养老保险真正解决人们的后顾之忧。

对于个人账户模式的养老金，是通过挤占储蓄得到的，对于这部分资金要保证保值增值。但在以往的相关政策规定中，个人账户基金只能存银行和购买国债，银行存款和国债无法提供较好的收益率，个人账户资金应改变投资模式，效仿企业年金的运作方式，委托专业机构进行资产管理，资金投资工具将适当拓宽，债券市场和股票市场可以成为新的投资渠道。

（陈慧鸽）

【雾霾感知风险与公众应对行为的实证分析】

徐戈等（湖南商学院、湖南省移动电子商务协同创新中心）

《管理科学学报》2017年第9期
8.7千字

雾霾污染是目前政府和公众最关注的环境问题之一。该文采用结构方程模型的分析方法，研究了雾霾感知风险与公众应对行为、环境满意度之间的关系。通过在雾霾严重时期收集的大规模问卷调查数据，建立了雾霾感知风险等因素与应对行为之间关系的结构方程模型。分析显示，对环境信息越敏感、雾霾感知风险越大、对雾霾知识了解越多、雾霾感知可控性越大的公众会采取更多的防护与应对措施，他们对相关防护产品的购买意愿也越强。特别是，感知风险在环境信息与应对行为以及环境满意度之间起着重要的中介变量作用，即当雾霾污染引起人们的感知风险时，会促使他们采取更多的应对行为，并且对环境满意度评价产生负面影响。另外，雾霾感知可控性在雾霾知识熟悉度与应对行为以及环境满意度之间起着部分中介变量的作用。

公众普遍认为，政府应当承担环境管理工作的主要责任。对公众感知风险及雾霾应对行为方面的探讨，有助于政府和相关组织更好地了解目前公众对于雾霾风险的认知状况及其变化规律，提高政府和社会应对雾霾灾害的能力。对此，该文提出以下政策建议：

第一，增强环境危机的应对能力，提升政府满意度。雾霾污染已成为全国性的环境危机问题。理性的环境风险感知能有效帮助公众保持一定的敏感性，降低自身暴露性，提高应对能力，从而更好地规避雾霾风险。近年来，政府部门对京津冀及周边地区重污染天气过程进行了准确的预测和预警，从而可以及时启动应急方案。这些工作增加了民众对雾霾可控性的感受，有利于防护的心理准备，从而减少雾霾对人们的感知威胁。

第二，与公众有效沟通，掌控雾霾信息传播渠道。由于环境信息来源多元化且存在多种测量手段，各方发布的信息与政府部门公布的信息存在一定出入，从而造成了公众的疑虑。信息是公众面对公共危机事件决策判断的主要依据。因此，应尽快完善政府权威信息发布制度及传播渠道建设，保证公众获取雾霾信息的权利。另外，要着力推动雾霾知识普及，使公众全面了解雾霾的本质、产生原因、潜在危害及防治手段等相关知识，培养公众良好的环境行为，提升公众的应对能力。

第三，建立雾霾治理公众参与制度，提升公众环境责任意识。雾霾的治理需要政府、非政府组织、企业以及公众共同参与和协同治理。特别是，公众既是雾霾治理成果的需求者，也是雾霾治理过程的推动者。树立公众积极参与雾霾治理的主体意识，对激发公众采取实质性行动保护环境，改变生活方式开展低碳生活具有重要意义。

（赵璐）

旅游管理

【负面报道对旅游目的地的影响及信任修复研究】

关新华（广东财经大学地理与旅游学院），谢礼珊（中山大学管理学院、中山大学服务性企业管理研究中心），皮平凡（广东财经大学地理与旅游学院）

《经济管理》2017 年第 8 期

15.4 千字

采用 Pullig 等（2006）对负面报道的分类，该文将旅游目的地负面报道划分为绩效型和价值观型，基于 SOR 理论，构建了负面报道类型 X 信任修复措施—目的地信任—目的地形象的理论模型。采用两次情景模拟实验，分析了负面报道对目的地形象的不良影响，负面报道类型对目的地形象和目的地信任的不同影响，以及内在过程机制；并探讨了在绩效型和价值观型负面报道情景下，何种补救策略最有利于目的地信任的修复。实验结果表明，负面报道会对旅游目的地形象产生显著的消极影响；与绩效型负面报道相比，价值观型负面报道对目的地形象和目的地信任的消极影响更大，且目的地信任在负面报道类型和目的地形象的关系中起中介作用。负面报道发生后，针对绩效型负面报道，赔偿具有比道歉更好的目的地信任修复效果；针对价值观型负面报道，道歉对目的地信任的修复作用更好。

该文具有以下理论贡献：（1）揭示了不同类型负面报道对目的地的不同影响，是对营销领域负面报道研究的进一步发展。现有对负面报道的研究，多聚焦于营销、品牌管理（张梦等，2014），该文将负面报道的问题拓展到旅游目的地，关注负面报道前后目的地形象的差异，以及绩效型和价值观型负面报道对目的地形象和信任的不同影响，拓展了负面报道在旅游管理领域的研究。（2）将目的地信任纳入研究模型，挖掘负面报道影响目的地形象的内在机制。该文将信任纳入模型中，将其视为游客在接触负面报道（刺激）后的一种内部过程和干预结构（有机体），探究其在外部刺激和个体最终反应（对目的地整体印象做出负面判断）之间的中介作用，在一定程度上揭示了负面报道影响目的地形象的内在过程。（3）比较不同信任修复策略的作用，丰富旅游目的地信任的相关研究。信任在管理学领域，长期以来都是重要的研究课题。然而，旅游领域对信任的研究主要聚焦于旅游企业，游客是信任的主体，旅游企业是被信任的对象（客体）（龚金红等，2014），很少有研究关注游客对目的地的信任。类似的，学者们对信任修复的研究，也聚焦于企业采取何种措施，少有研究关注目的地应该做什么和如何做。该文选取道歉（情感修复策略中的代表）和赔偿（功能修复策略的典型方法）这两种具体明确的方法，探究其在不同类型负面报道情境下的信任修复作用，弥补了现有旅游目的地信任破坏和修复研究的不足。

（董昌娟）

【国际友城的入境游效应——来自中国38个客源国的经验证据】

王亚辉（上海财经大学国际工商管理学院、湖南文理学院资源环境与旅游学院），全华（上海财经大学国际工商管理学院），尹玉芳（上海师范大学旅游学院）

《经济管理》2017年第3期
17.2千字

国际友好城市（简称国际友城）活动是国与国之间一种重要的民间外交形式，亦是一种重要的国际旅游活动形式。该文首先分析了国际友城对入境游的作用机理，以及二者的时间耦合特征，其次利用1997—2014年中国38个主要客源国的面板数据，运用“固定效应回归”和“分位点回归”，分别探讨了国际友城对中国入境旅游的平均效应和分位点效应。主要结论如下：

第一，国际友城活动主要通过以经贸、文化等交流为主要内容的国际友好城市交流大会或国际友好城市市长论坛促进入境游客的增加，同时，也通过国家或相邻城市之间的空间溢出或示范效应促进入境旅游流的增加。

第二，国际友城分布呈现明显的“2311”空间集聚特征。所谓“2”指亚洲的日本（与中国缔结250对国际友城）和韩国（与中国缔结170对国际友城）；“3”指欧洲的德国（与中国缔结91对国际友城）、法国（与中国缔结91对国际友城）和俄罗斯（与中国缔结120对国际友城）；“1”指美洲的美国（与中国缔结258对国际友城）；“1”指大洋洲的澳大利亚（与中国缔结99对国际友城）。上述国家与中国缔结的国际友城累计数（1079对）占中国国际友城总量（2315对）的46.61%，具有相当高的空间集中度。

第三，国际友城对中国入境游的平均效应为0.38%。中国的国际友城缔结活动在时间上略早于有规模的入境旅游的发展。二者时间趋势的基本一致性表明，整体上随着国际友城数的增加，入境外国游客也相应增加。国际友城累计数每增加1%，入境中国的外国游客平均增加0.38个百分点。

第四，国际友城活动对中国入境游的效应存在分位点差异，呈倒“U”型特征。国际友城活动对中国入境游促进最大的是25%分位点（对应的国际友城数和入境外国游客数分别为6对和3.6万人次），其次沿着10%、50%、75%和90%分位点方向依次减弱，到达90%分位点处，促进作用变为负数。

（董昌娟）

【国家目的地形象和出境旅游意向】

杨一翁（北方工业大学经济管理学院），孙国辉（中央财经大学商学院），陶晓波（北方工业大学经济管理学院）

《经济管理》2017年第4期
15.4千字

由于众所周知的原因，很多中国人对日本怀有负面情感，但中国游客赴日旅游却屡创新高。为什么出现这种矛盾现象？该文推测，日本卓越的目的地形象与国家形象使中国消费者对日本心生正面情感，其影响力超过负面情感。消费者对某个旅游目的地的情感是如何形成的？基于ABC态度模型，该文构建国家形象、目的地形象和游客敌意对出境旅游意向的影响模型。使用问卷调查法收集数据，运用结构方程模型、中介效应分析和调节效应分析处理数据，该文发现：第一，认知目的地形象与认知国家形象均通过中介变量情感目的地形象间接影响出境旅游意向；第二，情感目的地形象对出境旅游意向的正向影响强于游客敌意对出境旅游意向的负向影响。

该文具有以下理论贡献：（1）基于ABC态度模型（Solomon，2015），该文探索了国家目的地形象和出境旅游意向之间的关系，发现：认知目的地形象与认知国家形象均通过中介变量情感目的地形象间接影响出境旅游意向。该文结论进一步扩展了 ABC 态度模型在国家形象与目的地形象交叉研究领域的应用，进一步厘清了情感目的地形象的形成机理。(2) 该文探索了情感目的地形象与消费者敌意对出境旅游意向的共同影响，并发现，情感目的地形象对出境旅游意向的正向影响强于游客敌意对出境旅游意向的负向影响。但游客敌意对情感目的地形象与出境旅游意向之间关系的负向调节作用不显著。Reich 和 Zautra（2002）指出，当个体处于高压力状态下，或当正面情感与负面情感均处于高唤醒水平下，且两者都非常强烈时——正面情感与负面情感才是反向联系的。据《职场年轻人出境旅游方式调查报告》，在中国，68%的职场年轻人首选旅游作为减轻压力的方式。可见，出境旅游决策并非一种给中国消费者带来巨大压力的消费决策。此外，据美国福克斯新闻网 2016 年 9 月报道，中日近期未发生重大冲突，两国关系有望回到正常发展轨道。可见，现阶段中国消费者对日本的敌意未被完全唤醒，也并非特别强烈。以上原因可能导致游客敌意与情感目的地形象对出境旅游意向的交互效应不显著。上述结论进一步丰富了国际旅游营销研究，并能为现实中的矛盾现象提供良好的理论解释（大部分中国人对日本怀有负面情感，但中国游客赴日旅游却屡创新高）。

（董昌娟）

【旅游目的地形象的群体差异研究——本地人、已游客和未游客的比较】

吴晋峰、王阿敏、王君怡（陕西师范大学旅游与环境学院）

《经济管理》2017 年第 5 期
17.2 千字

对比研究本地人、已游客和未游客三个群体心目中的旅游目的地形象，不仅能丰富和深化旅游目的地形象群体差异的研究内容，而且可为旅游市场细分和精准营销提供理论依据。该文基于一手数据，以西安为例，采用内容分析法、对应分析法和因子分析法等方法，借鉴景观生态学有关指数，分别对比研究本地人、已游客和未游客三个群体的刻板形象和认知形象。主要结论如下：

第一，本地人、已游客和未游客三个群体的刻板形象具有一致性，但刻板化程度不同。刻板形象的刻板化程度本地人最低，未游客最高，已游客介于二者之间。本地人除了旅游吸引物维度外，还通过旅游环境维度和地方氛围维度建构刻板形象，其刻板形象最全面细致；已游客以旅游吸引物维度中的著名景点和地方美食为主建构刻板形象，其刻板形象较未游客更具体；未游客以目的地知名度更高的事物为主建构刻板形象，其刻板形象最单一。

第二，本地人、已游客和未游客三个群体的认知形象维度结构不尽相同，其中，已游客与未游客的认知形象维度结构相同，已游客和未游客与本地人的认知形象维度结构都不同。三个群体共有的认知形象维度是核心吸引物、一般吸引物和旅游环境，不同的是本地人的维度结构中还包含休闲娱乐维度。总的来看，旅游吸引物维度是不同群体认识目的地的基础维度，旅游环境维度是不同群体认识目的地的重要维度。三个群体各个维度内部因子的数量不同。国外学者对群体目的地认知形象维度差异研究仅停留在对维度进行显著性检验，很少有学者对认知形象维度结构进行研究。该文认为，认知形象的维度结构更能深刻地揭示不同群体目的地形象的差异，值得深入研究。

第三，本地人、已游客和未游客三个群体持有的西安旅游刻板形象和旅游认知形象均是积极正面的，且刻板形象的刻板化程度均较高，对西安认知形象的评价本地人最好，未游客最差，已游客介于二者之间。

（董昌娟）

【我国城镇化与旅游化的动态关系、作用机制与区域差异——基于省级面板数据的 PVAR 模型分析】

张广海、赵韦舒（中国海洋大学管理学院）

《经济管理》2017 年第 11 期
18.9 千字

该文基于我国 2005—2015 年的省级面板数据，构建我国城镇化与旅游化水平的评价指标体系，分别测度我国城镇化与旅游化水平的动态变化趋势与空间演化特征，并运用面板向量自回归（PVAR）模型，对城镇化与旅游化的动态关系、相互作用机制及其区域差异进行实证分析。得出如下研究结论：

第一，从 PVAR 模型估计结果可知，我国城镇化和旅游化均存在依赖自身惯性发展的现象，但城镇化的发展惯性大于旅游化的发展惯性；从各地区来看，三大地区均存在城镇化依赖自身惯性发展的现象，东部及中部地区为旅游化依赖自身惯性发展的现象较为显著，而西部地区旅游化依赖城镇化发展的现象较为显著。

第二，从脉冲响应分析结果可知：（1）从城镇化对自身的冲击作用来看，我国城镇化存在依赖自身惯性发展的现象，东部及西部地区为城镇化的惯性发展区，中部地区为城镇化的惰性状态区。（2）从旅游化对自身的冲击作用来看，我国旅游化也存在依赖自身惯性发展的现象，东部及西部地区是旅游化的惯性发展区，中部地区是旅游化的惰性状态区。（3）从旅游化对城镇化的冲击作用来看，全国及三大地区，旅游化对城镇化进程均表现为一定的负向影响。（4）从城镇化对旅游化的冲击作用来看，全国及三大地区，城镇化对旅游化存在持续的正向影响，且该影响存在滞后效应。

第三，从方差分解分析结果可知：（1）从全国范围来看，我国城镇化和旅游化的发展主要依赖自身惯性发展，城镇化对旅游化的影响大于旅游化对城镇化的影响。（2）从三大地区来看，西部地区城镇化对旅游化的影响最大，东部地区影响最小；中部地区旅游化对城镇化的影响最大，东部地区影响最小。（3）在三大地区，旅游化对城镇化的影响均大于城镇化对旅游化的影响。

（董昌娟）

【旅游 App 用户粘性与购买意向：互动性视角】

张初兵等（南开大学商学院）

《旅游学刊》2017 年第 5 期
12 千字

旅游 App 间的激烈竞争不断升级。如何提高旅游 App 用户粘性与购买意向是企业亟须解决的重要问题。作者以“信念→态度→行为”为框架，综合运用互动性理论与流体验理论，构建旅游 App 互动性影响用户粘性与购买意向的路径模型。采用问卷调查法，收集 211 份有效样本，执行偏最小二乘估计法，研究发现：预期互动性会正向影响感知互动性，但对用户满意没有直接影响；感知互动性不仅会直接影响而且还会通过流体验间接作用于用户满意；流体验和用户满意不仅会直接影响而且还会通过用户粘性间接影响购买意向；感知互动性和流体验对用户粘性与购买意向影响的总效应都很强。在理论上，该研究发展了旅游 App 使用行为理论，丰富了互动性理论的应用范围。具体而言：

第一，使用互动性理论研究旅游 App 使用行为。以往互动性研究多关注网站互动性，但却较少探究旅游 App 等新媒体的互动性。另外，学者们对旅游 App 使用行为研究依然不够，已有文献主要是基于计划行为理论与技术接受模型来建构理论解释，但并未剖析旅游 App 特征（如互动性）对其使用行为的影响。为此，作者以预期/感知互动性为起点以揭示其对旅游 App 用户粘性与购买意向的影响，有助于拓展互动性理论的应用范围，也为解释旅游 App 使用行为提供新的视角。

第二，检验预期与感知互动性的关系及其影响。虽然有关感知互动性的研究成果十分丰富，也有学者提及预期互动性会影响感知互动性，但是对于二者关系及其影响的实证研究却非常少见。该研究发现预期互动性确实会提高感知互动性，但二者对后续评价的影响却存在差异，如预期互动性只会通过感知互动性间接作用于满意度。这不同于 Sohn 等提出的观点。他们认为预期互动性属于蓄意预期，它对评价的影响适用于一致性原则，即预期互动性会提高满意度。该研究中二者的直接关系不显著，即期望不一致与一致性原则两种对立机制同时存在且强度相当，丰富了互动性理论。

第三，选取用户粘性与购买意向为行为变量。现有旅游 App 研究者只停留于探究用户的下载使用意愿的形成机制，而并未剖析用户粘性与购买意向的形成机制。其实，后者研究结论对用户保留及流量变现的指导意义会更大。作者在区分预期与感知互动性的基础上，提取出流体验和用户满意两个中间变量，检验它们对用户粘性与购买意向的影响。研究发现除预期与感知互动性之间的路径关系不显著之外，其他变量之间的路径关系均得到验证。同时，还发现感知互动性与流体验在提高用户满意、粘性与购买意向上发挥着重要作用。这些结论有力推动了旅游 App 使用行为理论的发展。

（郭文）

【中国旅游业发展导致了资源诅咒效应吗?】

曹翔（暨南大学经济学院），郭立萍（北京师范大学环境学院、海南热带海洋学院研究生处）

《旅游学刊》2017 年第 5 期
11.5 千字

旅游发展与经济增长是旅游经济学领域最为经典、但颇具争论的话题。以往文献往往忽视旅游产业发展的阶段性而单独探讨旅游发展对经济增长的影响。鉴于此，作者基于 Bulter 旅游地生命周期理论，将“资源诅咒”和“资源福祉”纳入统一的研究框架，利用 2003—2013 年 188 个优秀旅游城市的面板数据动态地考察了旅游发展对我国经济增长的影响及其影响机制，最后将这些城市分为旅游起飞城市、旅游福祉城市、旅游诅咒城市 3 类。结果发现（1）旅游发展对经济增长的影响并非简单的正向和负向关系，而是在多个传导机制的共同作用下呈倒“N”型关系；（2）旅游发展通过抑制技术进步、市场化水平对经济增长带来负向中介效应，而通过提高物质资本、人力资本以及对外开放水平来对经济增长产生正向中介效应；（3）科技投入、政府干预负向调节着旅游发展与经济增长的关系；（4）“旅游地荷兰病”现象在中国并不存在；（5）旅游资源福祉效应占据主导地位，但也有少数城市存在旅游资源诅咒现象。

基于上述研究结论，作者得到以下几点启示：（1）由于旅游福祉效应在我国大多数优秀旅游城市占据主导地位，因此可以从旅游业的产业关联效应入手大力发展旅游业及其相关配套产业。这些产业都可以视为新的经济增长点。（2）应该充分利用旅游发展对经济增长的正向间接作用，规避其负向间接影响。一方面，应当采取有力措施提升固定资本形成率、人力资本水平、扩大对外开放以促进经济增长；另一方面，还应当提高科技投入、市场化水平、促进技术进步以及减少政府干预以抵消旅游发展通过这些变量对经济增长所产生的负面影响。（3）对于那些已经出现或者即将面临旅游资源诅咒的少数城市应该着手对现有的旅游产业进行改造升级，力争早日进入新的更高水平的短生命周期。只有这样，这些少数城市才能有效规避旅游资源诅咒风险，甚至摆脱旅游资源诅咒。

与以往文献相比，该研究可能的创新之处在于：（1）研究视角上，作者从旅游产业发展的阶段性出发将“资源诅咒”和“资源福祉”纳入统一的框架；（2）理论机制方面，提出了旅游发展与经济增长的倒“N”型作用机制；（3）研究方法上，采用了动态面板模型，利用系统 GMM 方法对内生性问题进行了有效处理，并且利用中介效应和调节效应分析方法较为具体地检验了旅游发展如何通过各传导变量来影响经济增长。

（郭文）

【中国区域旅游经济空间关联结构及其效应研究】

王俊、徐金海（中国社会科学院研究生院），夏杰长（中国社会科学院财经战略研究院）

《旅游学刊》2017 年第 7 期
11.3 千字

作者基于 2000—2015 年中国省域旅游经济发展数据，结合修正的万有引力模型和社会网络分析方法（SNA），实证分析中国省际旅游经济发展的空间关联网络结构特征及其效应。结果表明：在样本考察期内，中国旅游经济发展空间网络结构特征明显，省际关联关系数总体在波动中呈上升趋势；中国省域旅游经济关联网络等级度较高，整体网络优化空间大；北京、天津、上海、浙江、广东、江苏等经济发达地区在网络中的中心度更强，作用更大；经济发展水平高的地区旅游经济发展水平越高，接受来自其他地区的旅游经济溢出越多，马太效应明显；从整体网络指标回归看，网络密度的提高、网络等级度的降低、网络效率的降低能显著缩小省际旅游经济发展的相对差异，有效提升整体旅游产业专业化水平；从个体关联网络指标回归结果看，个体点度中心度、中介中心度和接近中心度的提高能有效提升各省（市）旅游产业专业化水平。基于以上研究结论，作者提出如下政策建议：

第一，旅游发展政策应考量中国省际旅游经济发展的空间网络结构指标和特征，创新旅游发展思路。充分利用部级联席会的平台，结合旅游经济发展的空间网络结构特征，给予跨区域、跨部门旅游合作更多的支持，以增加省域间旅游经济发展空间关联关系，为区域旅游经济发展空间互补创造条件，实现旅游协调发展。此外，实施旅游经济发展“一对一帮扶计划”，促进旅游经济发展要素的协调利用。鼓励旅游经济发展空间关联网络中中心性强的省份与中西部省份开展旅游经济发展一对一帮扶与合作，将旅游经济发展水平高省份的资金和旅游客流带到中西部旅游资源特色明显的省份以提高网络关联数、提升网络密度，优化网络结构，缩小省份之间旅游经济发展的相对差异。

第二，制定综合型跨省份旅游线路专项规划，全面提升省际旅游合作水平。旅游经济发展应结合供给侧改革的指导思想，从宏观层面规划和设计跨省份跨区域的综合性旅游线路，将东中西部省的旅游经济发展串联起来，在降低旅游经济空间网络等级度的同时实现优势互补，培育区域旅游经济协调发展的土壤，让更多的省份从中获益。同时，借力“互联网+”，创新省际旅游经济合作模式。“互联网+时代”、大数据的充分运用，尤其是移动互联网的迅速升级为旅游者带来了海量的旅游信息，使得消费者成为旅游市场的主导力量。充分发挥“互联网+”的融合功能，在政策上支持发展一批省际旅游互联网合作与交易平台，通过信息技术联结各省之间的旅游经济合作，优化旅游经济网络结构效率，减少无效连线，提升个体省份与整体旅游产业专业化水平。

（郭文）

【游客视角的旅游企业诚信评价体系研究】

姚延波、侯平平（南开大学旅游与服务学院）

《旅游学刊》2017 年第 12 期
11.2 千字

旅游企业诚信缺失问题已成为广受社会关注的焦点问题，如何构建一个科学的旅游企业诚信评价体系，成为学界与业界亟须解决的重要问题。作者从游客视角出发，在系统分析已有定性研究成果的基础上，提炼出游客视角的旅游企业诚信测量指标，通过两轮共 908 份一手调查问卷，采用信度分析、探索性因子分析和二阶验证性因子分析对评价指标体系进行了优化调整与实证检验，进而形成了基于游客视角的旅游企业诚信评价体系。研究结果表明，所构建的旅游企业诚信评价体系包含员工诚信、信息宣传合规、品牌信用 3 个维度，并通过了实证数据的检验。

该研究的理论启示在于：首先，为未来的旅游企业诚信评价研究提供了新的研究视角和研究工具。研究所构建的旅游企业诚信评价维度，揭示了游客视角的旅游企业诚信结构，为深入研究旅游企业诚信的影响因素和旅游企业客户关系管理奠定了基础。其次，国内关于旅游企业诚信评价体系的研究多属描述性质，应用性差，缺乏规范实证研究，尤其是基于定性和定量相结合的方法对旅游企业诚信评价的研究较为罕见。研究开发的基于游客视角的旅游企业诚信评价体系量表，为后续的实证研究提供了可靠的测量工具，有助于旅游企业诚信和客户关系管理开展深入、定量的应用研究和理论研究。最后，旅游企业诚信评价体系测量量表为旅游企业和相关管理部门提供了测量与管理工具。

此外，该研究还具有重要的管理启示。旅游企业可以从员工诚信、信息宣传合规、品牌信用等方面履行企业对游客的诚信责任与义务。在员工诚信方面，旅游企业可以制定员工诚信守则、做好员工管理与培训，通过培训等交流平台将旅游企业诚信内容、诚信服务宗旨及时传达给企业内部员工，同时要细化诚信规范并将其制度化，使员工行为有规矩可遵循，实现旅游企业对游客的诚信。在信息宣传合规方面，旅游企业在宣传旅游产品与服务时要遵守法律法规，向游客提供真实的产品信息，明确产品所包含的项目与服务内容，说明游客需要的自费项目等。在品牌信用方面，旅游企业提供的旅游产品与服务要定价合理、不欺诈游客，在为游客提供服务时要尽到安全提醒的职责、关心游客利益，使游客满意并信任企业的产品与服务，最终树立良好的旅游企业诚信品牌。相关管理部门可以从员工诚信、企业信息宣传和品牌信用等方面对旅游企业开展诚信调查和诚信追踪，并可以对整个旅游行业的诚信开展动态监测。

（郭文）

【市场力量对战略导向与企业绩效的影响研究——旅行社营销能力的调节作用】

鱼文英、李京勋（延边大学经济管理学院）

《旅游学刊》2017 年第 12 期
11.6 千字

长期以来企业战略导向的研究未受到应有的重视，市场导向和服务导向有各自发展的倾向。作者基于环境—战略—绩效分析框架，通过对 127 家旅行社的问卷调查，探讨了市场力量、战略导向、营销能力和企业绩效的结构性关系。研究结果表明，市场导向和服务导向对企业绩效有显著的正向影响；需求不确定性和竞争强度对营销能力有显著的正向影响，同时营销能力对企业绩效也有显著作用；营销能力对服务导向和企业绩效之间的关系产生显著的正向调节作用，但对市场导向与企业绩效之间关系的调节作用不显著。

该研究的理论创新和贡献在于：在传统的环境—战略—绩效分析框架上引入企业资源观，构建从环境、战略导向、营销能力到企业绩效的逻辑链条，加强了战略管理研究与旅游营销理论相结合的紧密度。同时，立足于权变理论，检验了不同战略导向与营销能力的结合对企业绩效的影响，增强了战略导向研究的强度和深度，在一定程度上解开了战略导向影响企业绩效的机制。

同时，该研究结果具有重要的管理启示。第一，旅行社管理人员应兼顾战略导向文化建设和营销能力的提升工作。一方面，市场导向和服务导向这两种有所差别的企业文化和价值观分别从不同角度影响企业绩效，因而旅行社管理人员应从战略高度审视企业文化的建设，不断深化两种战略导向的内涵的挖掘和提取，积极鼓励员工树立以消费者为主的市场导向和服务导向意识；另一方面，营销能力直接或间接地对企业绩效发挥关键作用，因而旅行社必须强化与营销相关的各种能力，获取市场竞争优势，与其他企业的较量中脱颖而出。

第二，旅行社管理人员应关注外部环境的变化，根据不同的环境因素，选择不同的战略导向，并注重不同战略导向和营销能力之间的协调匹配。首先，需求不确定性对市场导向和服务导向有正向影响，但竞争强度只对市场导向有显著影响。旅行社管理人员应仔细分析企业面临的环境威胁，在需求不确定环境下选择市场导向或服务导向战略，在高竞争强度环境下优先选择市场导向战略。其次，营销能力在服务导向和企业绩效的关系中有显著调节作用，但在市场导向和企业绩效的关系中没有调节作用。当需求不确定性较高，旅行社选择服务导向战略时，应注重服务导向和营销能力相匹配，使服务导向战略发挥更大的效应；而当市场竞争强度较高，旅行社选择市场导向战略时，应注重市场导向和营销能力的独立作用。

（郭文）

【基于能力结构关系模型的泛珠三角旅游合作创新研究】

江金波、李欢、蒋婷婷（华南理工大学经济与贸易学院）

《旅游学刊》2017 年第 10 期
10.1 千字

面临日趋激烈的国际竞争环境，加速我国由世界旅游大国向旅游强国迈进，必须进一步增强区域之间的旅游合作创新。作者选取泛珠三角九省区为研究对象，依据 2015 年的样本数据，引入能力结构关系模型，开展旅游创新能力结构、能力结构耦合度及其利益分配的测度，深入分析综合创新能力结果基础上，探讨合作创新耦合度以及合作创新获益分配格局形成的原因。研究结果发现：（1）泛珠三角区域旅游业创新能力存在较大差异，空间发展极不均衡，创新要素跨区域流动存在阻碍，区域内合作创新范围和效率不高。（2）广东省和其他省区合作创新的耦合度偏低，属低程度耦合，而广西、海南与其他省区合作创新的耦合度偏高，合作创新的可能性大。两省区之间旅游合作创新的可能性受创新能力相似性与地理邻近因素影响。（3）广东省与其他省区旅游合作创新的总获益值最高，但合作较不稳定，江西、贵州、广西这些综合能力比较相似的省区间获益比较接近 1，进行旅游合作创新最稳定。

基于以上结论，提出推动泛珠三角区域旅游合作的三点对策建议：（1）鉴于创新能力相似性的客观影响，创新能力较差的省区必须大力提高其综合创新能力，以夯实区域旅游业合作基础。同时借助四川、广东等邻近省份的创新辐射，深化与重点省区合作，力争在各项创新能力领域有所突破，缩小各省区之间的创新能力差异，增强区域间合作创新的稳定性，促进区域旅游合作创新发展。（2）充分考虑地理邻近性，减少区域间互动时间及空间成本，加快区域间旅游合作创新步伐。广西与海南两省区要充分发挥其地理位置及旅游资源禀赋的优势，放大与广东省的创新扩散作用，同时增强吸收能力，加速对广东省更包括香港和澳门创新成果转化扩散的承接。西南三省中，排名综合创新能力首位的四川省可进一步提高对贵州、云南的辐射作用，形成与贵州、云南优势互补、错位发展的战略格局，提高区域旅游合作创新整体水平，争取建立更加稳定的旅游业合作创新格局。湖南、福建、江西三省的能力结构相似，应充分发挥旅游合作中相对平等的主体地位，采取措施规范市场秩序，保障企业在创新利益驱动下根据市场经济规律开展跨地区的旅游合作创新，提升合作创新绩效。（3）积极探索区域合作创新模式，保证区域旅游合作的稳定性和长效性。泛珠三角九省区资源差异大、发展不平衡造成合作各方利益目标的多元化，如何协调各方利益，使其旅游合作创新达到最优状态是保证持续合作及稳定创新的重要难题，这就需要九省区在今后合作中积极探索适合彼此的合作模式，不断完善区域利益协调机制，推动区域旅游合作创新的持续发展。

（赵璐）

【旅游网站创意对旅游者行为意向的影响——基于效果层次模式】

蔡礼彬、吴楠（中国海洋大学管理学院）

《旅游学刊》2017 年第 8 期
10.5 千字

信息化时代，越来越多的旅游者通过旅游网站进行信息搜寻进一步做出旅游决策，具有说服力的营销路径对于网络营销十分重要。该研究创新之处在于尝试利用广告传播中的效果层次模型，结合心理学的沟通理论，构建了旅游网站创意影响下在线旅游者的行为意向模型，探究了目的地创意旅游网站对旅游者的说服过程。作者通过模型验证和实证分析得出以下结论：（1）网站创意是影响旅游者出游意向的重要因素，旅游网站的创意越强，旅游者最终做出旅游决策的可能性越大。（2）将效果层次模型用于旅游网站的营销路径分析，研究结果表明效果层次模型可以解释旅游网站创意对旅游者行为的影响，即旅游者受到旅游网站创意元素的刺激后，形成对旅游网站和旅游目的地的察觉，进一步形成对旅游网站和旅游目的地的态度，最终形成去往该旅游目的地的行为意向。（3）在旅游者形成网站察觉后，网站创意可以通过两条路径促使旅游者形成行为意向：一条是经由旅游网站对旅游者制造的愉快的情绪体验，形成对旅游网站积极的态度，最终选择该旅游网站推荐的旅游目的地；另一条是通过网络口碑和与其他旅游者的在线交流形成目的地察觉，随着对目的地的不断了解，形成对目的地的积极态度，最终做出去往该目的地的旅游决策。

研究结果表明，旅游网站的创意透过旅游网站的察觉最终能够激发旅游者的旅游意向。因此，作者提出以下对策建议：（1）网站建设应重视创意元素的运用。旅游者对网站的有用性和易用性感知强烈，这也是目前旅游网站建设中普遍注重的方面。研究中旅游网站提供了目的地真实、详尽的旅游资讯，网站设计简洁，功能容易使用和操作，给旅游者留下了深刻的印象，但网站建设时需注意信息分类清楚，不要过于繁杂，给旅游者造成浏览负担。(2) 为了增加网站的功能性和美观性，网站应给旅游者提供站内检索功能，提高信息获取效率，还应根据信息分类和旅游者的主次需求设置精准的信息导航系统，注意更新网站的功能，不断满足旅游者新的需求。(3) 网站需要为旅游者提供良好的视听感受，应注意色彩的搭配和多媒体的使用，比如播放目的地宣传片、提供360度全景体验等，激发其对网站的喜爱。(4) 网站创意不会直接形成目的地察觉，必须经由网站察觉才能形成对目的地的察觉。为了增强旅游者对目的地的察觉，需要再强化旅游网站的互动性和新奇性。加强旅游社区的建设和运营，鼓励旅游者开展目的地评价、游记分享、在线交友等活动，同时针对旅游者的需求提供个性化的服务，大数据时代下，可以根据旅游者的访问路径了解其信息需求和选择偏好，有针对性地为其推荐旅游目的地等产品。

（赵璐）

【旅游供应链协同创新的治理困境：契约还是关系？】

陈阁芝（广东金融学院），刘静艳（中山大学管理学院），王雅君（华南农业大学）
《旅游学刊》2017 年第 8 期
9.8 千字

旅游供应链协同创新能够获得单个创新主体无法企及的整体创新效果。然而，旅游供应商的机会主义行为是旅游供应链协同创新的障碍。旅游运营商对供应商进行有效治理，是旅游供应链协同创新的关键。文章分析了旅游运营商对供应商实施正式治理和非正式治理，即签订合法契约引入外部强制性的法律约束，与构建关系规范实现群体内自主性约束这两种机制的治理效果。研究发现，合法契约、关系规范均能够显著减少旅游供应商机会主义行为，促进旅游供应链协同创新。但旅游运营商自身的可替代性会影响治理机制产生的治理效果。随着旅游运营商可替代性程度的提高，关系规范对机会主义行为的约束作用显著增强，彰显出关系规范对供应链成员的保健效果；而关系规范对旅游供应链协同创新的促进作用减弱，表明旅游运营商的可替代性会削弱关系规范的激励效果。文章能够在理论方面对旅游供应链治理与协同创新研究进行补充；同时在实践方面也有利于指导旅游运营商有针对性地运用治理机制对旅游供应链进行治理，保障旅游供应链协同创新的实现。

该文的研究为旅游运营商进行旅游供应链的治理，实现旅游供应链协同创新提供了以下启示：第一，旅游运营商应与旅游供应链上的成员企业签订合法契约，明确界定各方的角色、权利义务和行为。通过引入法律的约束力量实现旅游供应链的治理，减少旅游企业的机会主义行为，促进旅游供应链的协同创新。第二，旅游运营商应与旅游供应链上的成员企业构建共同分享的关系规范。关系规范能够在成员企业之间发挥自执行性作用，使成员企业自觉减少机会主义行为，并实现旅游供应链的协同创新。第三，旅游运营商应意识到自身可替代性程度对治理机制与治理效果之间关系的影响。对旅游运营商来说，自身规模越小，可替代性程度越高，越需要重视与供应链上的成员企业构建关系规范。关系规范可通过自我约束作用减少机会主义行为的发生，从而为弱势群体提供基本的保障。旅游运营商自身的可替代性程度会削弱关系规范对旅游供应链协同创新的激励效果。因而，对致力于旅游供应链协同创新的旅游运营商来说，在与供应链成员构建关系规范的同时，还应通过差异化等途径构建核心竞争优势，降低自身在旅游供应链上的可替代性。

（赵璐）

【“一带一路”背景下陕西省旅游业的发展研究】

梁志华、毛程连（对外经济贸易大学国际经济贸易学院）

《中国软科学》2017 年第 12 期
7.9 千字

陕西省是古丝绸之路的起点，在“丝绸之路经济带”上发挥着不可忽视的重要作用，随着“一带一路”倡议的提出，陕西省旅游业蓬勃发展。该文基于旅游业自身属性分析，重点研究了在“一带一路”背景下陕西省旅游业的发展及其外溢效应，包括旅游业对财政的直接贡献、间接贡献，对国民经济的贡献，以及对住宿业、餐饮业、资源保护的外部效应分析；同时国家政策也进一步促进了陕西省旅游业的发展，包括财政支出、固定资产投资对旅游业的影响。陕西省旅游业的快速发展与国家的战略政策有很大关系，从之前的西部大开发到现在的“一带一路”倡议，因此当地政府有必要采取政策措施进一步促进旅游业的发展，迎接“一带一路”倡议给陕西带来的前所未有的历史机遇，使陕西旅游不断走向世界。该文提出以下政策启示：

第一，加大资金投入，优化资源配置。一方面，加大财政资金投入，提高资金使用效益，确立科学的旅游资金绩效评价体系。明确资金支持重点，优化配置旅游资金，可加大旅游基础设施建设，提升各旅游区的交通设施、功能设施、人文设施等，优化旅游环境；加快建设精品旅游项目，打造具有陕西特色的旅游，使游客不仅是简单的游览，更重要的是被其中深厚的文化底蕴和典故所吸引；积极响应习近平总书记“绿水青山就是金山银山”的重要理念，扶持乡村旅游、生态旅游等。

第二，可以采取税费限制政策与税费优惠政策相结合的举措，以减少环境污染，加强资源保护，促进旅游业发展方式转变。如在旅游资源开发方面，通过完善资源税来保护旅游资源，强化保护生态环境，促进自然资源的可持续发展；推进节能环保，实施旅游节能节水减排工程，积极发展循环经济，创建绿色环保企业；鼓励和支持旅游企业的宣传促销，可采取相应的税收优惠政策。

第三，丝绸之路经济带的建设和发展主要从两个方面连通丝路周边国家和地区，即经济和文化。因各国、各地区文化、政治背景、宗教信仰等的不同，经济发展必须以文化沟通、交融为基础。而从旅游业来看，只有用文化旅游打通丝路，才能实现东西方文化的交流和认知，从而带动相关产业的发展。

第四，结合智慧旅游概念，展示智慧旅游发展的新趋势和新成果，加大度假圈产品的开发建设，补齐生态旅游景区的短板，增加景区、温泉小镇、乡村旅游等丰富的旅游产品体系，满足不同国际市场、国内市场的需求。这将对提升整个陕西旅游的服务水平意义重大。

第五，鉴于陕西省位于中部和西部的中间位置，中西部省区间山水相连，文脉相通，陕西政府可借此天然优势扩大与周边省区的旅游合作，签署合作协议，加深省区间的旅游推介和客源互动交流，共同促进中西部旅游发展，实现丝路旅游的繁荣昌盛。

（赵璐）

【基于 Tobit 模型的“一带一路”旅游产业效率投资影响因素及策略研究】

王虹、胡胜德（东北农业大学经济管理学院）

《中国软科学》2017 年第 12 期
9.6 千字

作者以国家政策为依据，构建了“一

带一路”省区旅游产业效率评价的投入产出指标体系，并运用数据包络分析方法测算了2011—2016年“一带一路”省区的旅游产业效率，同时运用Tobit模型对“一带一路”旅游产业效率投资影响因素进行了探究。从拟合结果上看，产业比较利益、产业区位熵、产业静态集聚指数、地方产品创新投入等几个因素对于“一带一路”区域旅游产业的效率均有显著的影响。

研究结果表明：（1）“一带一路”省区旅游产业随着产业规模的盲目扩张，整体的产业效率不再随着产业规模的增加而增加，反而出现较为明显的边际效率递减。（2）技术进步层面的相对滞后已经成为“一带一路”省区旅游产业效率降低的重要原因，而产品创新水平对产业的增效具有显著的正向影响，这些省区旅游产业的效率可以通过产业技术的进步得到提高。（3）“一带一路”省区旅游产业的区位熵对于产业效率促进作用明显，区位熵作为衡量地区产业专业化水平的指标，其影响的显著性也表明旅游产业专业化水平较高的省区可以通过更进一步加深其专业化程度来提高产业效率。（4）旅游产业的静态集聚指数能够显著正向地影响“一带一路”省区旅游产业的效率，产业集群化发展有利于将产业资源的整合，而聚集程度较高的旅游资源能够使游客减少在各个旅游目的地之间周转所花费的时间和经济成本，也有利于让游客在旅游资源密集区域更长时间的逗留、游览及消费，从而带动更多的经济产出。

基于上述研究结论，该文提出如下研究建议：（1）各省区应当在旅游产业发展规划中减少盲目跟风、低效率的规模扩张，不仅仅着眼于产业规模的提升，还应当因地制宜、探索最适合自身的旅游发展模式，在量扩大的同时注重质的提升，这样才能发挥产业资源的最大效益。（2）在“一带一路”省区发展旅游产业的过程当中，应当大力推动产业在技术层面的革新，从而有利于根据市场需求创新旅游产品，也有利于对适合自身的旅游产业发展模式进行积极摸索。（3）提高旅游产业的区域专业化水平“一带一路”省区旅游产业的区位熵对于产业效率促进作用明显。区位熵作为衡量地区产业专业化水平的指标，其影响的显著性也表明旅游产业专业化水平较高的省区可以通过更进一步加深其专业化程度来提高产业效率。（4）通过集群化策略在集群区域内将旅游资源进行整合，使得旅游资源更为集中，而经整合的旅游景点、配套设施、人力资源不仅能够节约游客的游览时间和游览成本，也将会让游客享受资源密集化带来的便利，有利于游客在区域内更长时间的停留、游览及周转，从而带来更多的旅游消费，提高产业资源利用率。

（赵璐）

第五篇

著作选介

【创新驱动下企业开放式创新模式应用研究】

陈红花（赣南师范大学）

中国社会科学出版社 2017 年版

276 千字

随着互联网在全球的快速普及，以互联网络为平台的开放式创新已成为企业创新的发展新范式，并在中国企业中应用越来越广泛。然而，开放式创新模式给企业带来较高创新绩效的同时也给企业带来困扰，如开放不当导致创新资源分散、技术泄密风险及过度依赖外部技术等。因此，如何应用开放式创新模式帮助企业获得竞争优势，且避免因开放不当带来负面影响是学者与企业家们共同关注的命题。

该书从创新开放度的角度，以国内外应用开放式创新模式的成功企业为案例，如宝洁、特斯拉、华为科技、中国中车及海尔集团等案例，在对案例企业进行详细介绍及剖析的基础上，利用开放式创新相关理论、社会资源理论及资源基础理论等，构建了“企业技术创新开放度影响因素”的理论框架模型。创新之处主要体现在以下三个方面。（1）视角较为新颖。以技术创新开放度的影响因素为切入点进行研究，探讨了最佳创新开放度的动态性特征，充实了开放创新理论。（2）从互联网的角度指出“网络参与者是企业的创新者”的观点是对用户创新观点的拓展。（3）构建技术创新开放度的影响因素理论模型并进行实证验证，为中国本土企业开放创新提供实践上的指导。（4）研究方法比较科学。既有企业案例的质性研究又有大样本数据的定量分析，研究结论更具普适性。

（阳镇）

【科技型中小微企业创新转型路径与对策研究】

余菲菲（河海大学）

科学出版社 2017 年版

250 千字

科技型中小企业是我国自主创新的主力军。然而，近期在江苏和浙江相继出现中小企业“扎堆倒闭”的现象。究其根本原因，我国科技型中小企业单一选择或过度陷入开发性创新，过分关注既有技术领域，造成了开发性创新与探索性创新之间失衡，削弱了其抵抗恶劣环境的能力。近年来，国务院、科学技术部高度重视这一问题，在 2009 年、2011 年先后发布了促进科技型中小企业创新发展的意见。因而，如何帮助我国科技型中小企业摆脱窘境，促使其向探索性创新转型，是实现我国创新型国家目标的重大问题。

目前，国外学者大多从组织设计的角度切入，认为组织的灵活性可以平衡探索与开发的关系。而对过度陷入开发性创新且组织本身就具有灵活性的科技型中小企业来说，如何促使其向探索性创新转型，就迫切需要组织视角之外的思考。该书的理论意义在于：第一，从组织之外的视角，探究开发性创新向探索性创新转型路径，推动了当前尚处于起步阶段探索与开发之间平衡的研究，促进该前沿问题的发展；第二，从产业、企业与资源三个层面挖掘文化与技术融合的内涵及过程，丰富当前文化产业与技术创新之间关系的研究。其应用意义在于：第一，有利于促进技术与文化融合，加快文化产业的发展；第二，可以解决科技型中小企业过度陷入开发性创新的问题，引导其转变固有的技术创新路径，切实提高其技术创新能力，以抵抗复杂动荡的环境。

（阳镇）

【科学技术与创新政策】

陈劲（清华大学）

科学出版社 2017 年版

544 千字

中国正走在通过自主创新提升国际竞争力的道路上，致力于在“2020 年成为创新型国家，2050 年成为世界科技强国”。

要实现这一目标，提升科学与技术创新能力是基石。改革开放以来，中国的科研能力迅速提升，在某些科学领域（如纳米科学）已经成为全球的引领者。然而，国家强大的研究能力与产业偏弱的创新能力形成了鲜明对比，在许多基础性行业（如集成电路、发动机、液晶面板、基础软件等），核心技术仍然依靠国外。因而在过去中国习惯被称为“创新学习者”。近年来，中国着力科技体制改革，力图为自主创新营造良好的宏观环境，2012 年的全国科技创新大会提出进一步推动发展更多依靠创新驱动，将国家发展的指导方针从“科技推动经济发展方式转变”转向“创新驱动发展”。党的十八大也指出要“实施创新驱动发展战略”，“科技创新是提高社会生产力和综合国力的战略支撑，必须摆在国家发展全局的核心位置”。

因此，该书结合中国实施自主创新战略以及建设创新型国家对推进科学、技术及创新发展的现实需求，分别阐述和总结科学政策、技术政策及创新政策的内涵、理论基础、历史演变、主要内容、政策工具，分别介绍、归纳和总结了美国、日本、韩国、欧盟、中国在支持科学研究、技术开发和商业化、产业创新等方面的主要政策措施，以翔实的数据对中外科技创新政策发展的历史演变、最新趋势和动向进行了系统分析。该书对明确中国科技创新方向具有重要作用。

（阳镇）

【高技术企业集群创新集成能力生态整合构建研究——以高新区为例】

欧光军（武汉科技大学）

科学出版社 2017 年版

280 千字

伴随“创新驱动”战略的实施，作为高技术企业集聚地的高新区，是区域经济增长的领头羊，也是我国战略新兴产业发展的重要阵地，其创新型集群建设是新时期国家和地方经济发展的重点与核心。但目前我国多数区域高技术集群正面临被“锁定”在全球价值链与生产链分工体系中的低端状态，可能固化于高技术产业低端化的“双低产业技术轨道”的发展态势。其原因在于创新难以持续，动态适应性不足。该书围绕建设集群创新生态系统目标，综合运用生态学、系统论、演化观、集成思想等理论，运用 SPSS、DEA 和 SEM 等定量分析工具对高技术企业集群创新集成能力生态整合构建问题展开深度研究。

首先，提出并分析问题。剖析目前高技术企业集群创新研究现状，解析目前的研究内容、思路与方法，明确问题所在。同时对我国高新区集群创新发展现状做分析，通过数据包络分析法分析集群创新系统的运行效率，并采用因子分析法对国家高技术企业集群创新集成能力进行综合评价，揭示出绝大多数高新区集群创新效率不高、集群创新集成能力不强这一现实。其次，构建出高技术企业集群创新集成能力生态整合理论。从生态位的角度出发，根据博弈论的思想建立高技术企业集群创新集成能力知识生态位整合创新机理模型，并结合湖北东湖高新区的案例研究分别剖析产业链不同环节间、产业链同环节内企业知识生态位叠加创新机理；从知识共同体是实现集群创新集成的天然载体的必然性出发，对知识共同体的内在结构从知识管理和主体构成双重层面做虚实结合设计，并对创新过程顺利实现的治理机制做设计。再次，搭建出高技术企业集群创新集成能力生态演化升级理论。从宏观与微观两个层面解析集群创新集成能力生态演化升级机理。并通过案例调研，从集群企业层面解析出制约高技术企业集群创新集成能力发展的八个生态因素与影响强度，并综合搭建出集群创新集成能力升级过程的机理模型。最后，通过对湖北省主要的 17 个高新区的实地调研，探究出导致问题的十大主要原因。针对湖北省各高新区问题设计针对性强的集群创新集成体系共性与差异化结合的整合优化建设对策，尤其从湖北省区域层面提出圈层一体化联动建设战略构想，以加快湖北省高新区创新生态系统打造进程。

（阳镇）

【行业特征、知识外部性与企业自主创新——基于市场结构因素与行业内专利竞赛的实证研究】

周茜（中国药科大学）

科学出版社 2017 年版

180 千字

企业的自主创新对其生存与发展至关重要，然而中国企业普遍存在研究与开发（research and development，R&D）投资不足的现状。创新的外部性导致知识外溢，从而造成创新收益的损失，这是中国企业R&D 投资不足的重要原因之一。而创新外部性的大小、企业 R&D 投资行为及专利行为，都存在显著的行业差异。因此，该书结合外部性理论、产业组织理论、专利竞赛理论，从市场结构因素的差异及同一行业内不同企业之间的策略互动的角度，分行业之间和行业内部两个研究层面，对企业 R&D 投资行为及专利行为的影响因素进行理论分析与实证研究部分。该书以2007—2010 年披露 R&D 投资的上市公司作为研究对象，在理论分析的基础上，基于行业特征中的市场结构因素，构建行业知识产权风险体系，并用实证检验行业知识产权风险对企业 R&D 投资和企业专利行为的影响。研究表明，知识产权风险具有显著的行业差异，行业知识产权风险对企业 R&D 投资具有显著的负面影响；中国上市公司的专利行为也存在显著的行业差异，企业应采取不同类型的专利申请行为应对不同类别的行业知识产权风险。从行业内部的研究层面，该书在分行业描述性统计的基础上，判断不同行业的专利竞赛类型，测算并建立竞争距离权重矩阵，运用空间滞后模型，实证检验在五大制造产业与信息技术产业中，不同竞争地位的企业之间 R&D 投资和专利行为的策略互动性及影响效果。研究表明，中国上市公司所处行业中，存在三类典型的专利竞赛的格局，体现出绝对先占权型、e－先占权型和无领导型专利竞赛的不同特征。该书的创新之处在于，从行业间的研究层面，结合知识外部性理论分析影响企业 R&D 投资的市场结构因素，并构建行业知识产权风险体系；从行业内部的研究层面，结合企业专利竞赛中的策略互动性，分析行业内部竞争企业及领导企业的 R&D 投资行为、专利申请行为对企业自身 R&D 投资的影响，并首次运用新的变量衡量体系与空间计量方法开展相应的实证研究。

（阳镇）

【战略领导力：探索·评估·绩效】

任嵘嵘、邢钢（东北大学）

科学出版社 2017 年版

205 千字

在 21 世纪全球经济的大背景下，增加公司的价值和竞争优势是一项复杂的、具有挑战性的、知识密集型的任务，它包括动态的环境，创新与灵活的组织系统以及战略领导力。其中，战略领导能力可以对前两个因素进行调节。因此，战略领导能力因素的探究变得十分重要。团队战略领导能力在注重高管团队个体能力的基础上，更注重高管团队成员间的差异性、互补性、灵活性与整体性。该书研究了企业高层管理者的战略领导能力及团队战略领导能力，通过对战略领导能力的探求，进一步厘清了战略领导能力与绩效之间的影响机理，进而有助于打造优势互补的高效团队，以促进企业的成功。

该书由四部分组成。第一部分是该书的基础，包括第一章和第二章。对战略领导能力的概念和理论基础进行界定与梳理。第二部分是科学可视化分析，包括第三章和第四章。在研究的过程中，采用文献计量学的方法对国外领导力领域的研究成果加以系统的分析，利用 CiteSpace 软件绘制知识图谱，以期清晰地描述国内外领导力发展的演进路径与前沿热点。第三部分是战略领导能力的探求，包括第五章和第六章。第五章采用了文本挖掘的方法，从企业需求的视角，探讨了中国背景下企业高层管理者的战略领导能力。以 103 家企业高层管理者招聘广告为样本，采用文本挖掘技术，从基本要求和战略要求两个方面探讨企业高层管理者战略领导能力的构成因素。第六章针对高管团队战略领导能力进行探求，从团队战略领导能力的角度入手，构建关于团队战略领导能力的测量量表，对 229 份有效样本的 24 个项目数据进行探索性因子分析。第四部分是战略领导能力的纵深分析，包括第七章和第八章。其中，第七章以文献分析及问卷调查相结合的方法，探测企业高层管理者战略领导能力的不同维度，并据此进一步研究了企业高层管理者战略领导能力与企业绩效之间的关系。第八章基于区间直觉模糊集的高管团队成员选择模型研究，采用区间直觉模糊熵来确定决策者权重，以对候选者的战略领导能力进行评价；同时引入区间直觉模糊集的模糊交叉熵，来计算候选者与完全匹配候选人和完全不匹配候选人之间的距离，对高管团队战略领导能力的匹配进行合理的界定。

（阳镇）

【中国企业集团创新网络研究】

黄海昕（大连理工大学）

科学出版社 2017 年版

310 千字

随着实践不断发展，企业集团的网络化运营与创新趋势使基于委托—代理理论和结构环境理论的层级控制观在分析时越显不足。随着对外开放的政策放开，市场经济的大步发展，全球进入知识经济时代，创新成为中国企业集团成长发展并赢得全球化竞争的重要前提。在快速发展的网络化运营与创新实践中，为实现集团对环境的适应和快速反应，原本由集团母公司担任的创新主角角色已逐渐被优秀的子公司所取代。这些优秀子公司基于资源的积累以及自身成长的内在要求，具有很强的自主创新动机，并通过积极表现自身资源、能力等方面的优势，甚至通过成功地实施创新行为来取得集团认可，并进而获取集团对其进一步的资源投入和特权授予。这个由子公司推动的创新过程促进了集团网络化创新结构体系的形成，子公司的角色也因此从早期的被动接受者开始向积极探索者甚至主导创新者进行转变。子公司创新行为也因此成为提升企业集团整体网络竞争优势，实现成长的关键要素。

该书的写作目的是对中国企业集团嵌入的本土情境进行深入分析，试图揭示中国企业集团创新网络形成的内在逻辑机理，构建创新网络的过程演化模型。在理论层面，一是需要突破企业集团研究领域对集团网络的解释和扩展的初级探索阶段，深入集团内部的认知层面，对企业集团网络化创新模式演变的内在机理进行探索；二是要基于已有制度情境的研究，进一步验证市场环境对企业集团创新的调节作用，并扩展情境的分析维度，抽象为国家制度逻辑和社会逻辑，从多元制度情境的维度解释在企业集团内部的创新逻辑的演化，探索集团创新网络结构中如创新参与主体、过程和行动等要素究竟如何受到基于多元制度情境的包括集团创新文化、创新目标和创新基模在内的内隐创新逻辑的内在驱动机理。现有研究尽管也涉及企业集团创新内在机理的探讨，但更多地强调创新外显的正式结构和行为，该书则从逻辑层面深入挖掘，构建了集团网络创新研究“情境—认知—逻辑—行为”的整合框架。

（阳镇）

【迭代创新过程中的企业—用户互动研究】

朱晓红（齐鲁工业大学）

中国社会科学出版社 2017 年版

343 千字

迭代创新是互联网时代一个新兴的话题，是应对环境变化和不确定性的重要措施。虽然已被证明是有价值的，但很少有理论研究来探索其内在机制。该书研究了迭代创新过程中企业—用户交互的发展和演化机制，以促进这种现象的概念化和理论化。该书阐述了五个主体的迭代创新过程，确定了 23 个交互事件，提取了企业—用户交互的特征、驱动力和作用机制。该书从静态和动态的角度分析了迭代创新过程中企业—用户交互的特征。静态视图描述了互动的构成和角色扮演，动态视图探讨了创新过程不同阶段的动态演化特征。基于这 23 个交互事件，该书提炼和总结了迭代创新过程中的两个特征：多样性和动态性。

通过对交互事件的编码和分析，从企业和用户两个方面探讨了企业与用户交互的驱动因素，以形成具有情境价值的研究视角。企业—用户交互会影响迭代模式的选择和企业—用户交互学习的实现，通过对 23 个交互事件的分析和总结，找出了两个重要的影响因素。第一个途径是企业用户互动可以促进新产品的创新和市场的速度。这种路径形成的逻辑是，企业与用户交互的发展促使企业采用更加灵活和动态的迭代方式，并通过迅速的行动和不断的改进，促进了创新速度的提高和创新新奇。第二个途径是企业—用户互动，通过相互学习，促进新产品创新和市场速度。这种路径的形成逻辑是，企业用户交互的实施促进了组织学习和用户学习的实现，而企业用户交互学习的实现促进了创新速度的提高和创新的实现。在理论上，该书作出了三方面贡献。首先，对于迭代创新研究，从企业—用户交互的角度分析了交互对迭代创新绩效的影响机制。其次，在创新研究方面，探索了网络时代创新的新模式，促进了创新研究的演进。最后，在用户交互研究方面，强调了网络时代用户交互的意义，探讨了用户交互的机制，有助于用户交互研究的扩展。

（阳镇）

【基于创新生态视角的大企业突破性创新管理】

柳卸林、陈健、王曦（中国科学院大学）

科学出版社 2018 年版

350 千字

党的十八大报告提出，“要坚持走中国特色自主创新道路，以全球视野谋划和推动创新，提高原始创新、集成创新和引进消化吸收再创新能力，更加注重协同创新”。近年来，习近平总书记多次强调创新是引领发展的第一动力，抓创新就是抓发展，谋创新就是谋未来，并将创新摆在五大发展理念的首位。创新领域中的突破性创新是创新管理与战略管理研究中一个长期关注的研究问题。早在 20 世纪 80 年代，许多国际知名学者就提出，突破性创新是一种全新的产品、技术或者工艺，往往是一种革命性创新或高度非连续性创新，需要强大的知识基础和科技资源作为支撑，企业更需要不断开展突破性技术创新才能实现持续增长。尽管学者做了大量相关的研究，但是由于突破性创新的复杂性及对国家情境的依赖性，突破性创新的形成机制及演化研究仍需要不断发展，新的产业技术所产生的破坏性也呼唤新的突破性理论。

该书力图从创新生态系统的视角出发，通过综合考虑企业自身能力、市场需求、技术供给、规制等因素及这些因素彼此之间的交互作用来分析研究突破性创新的形成机理和演化路径，弥补当前学术界多围绕单一维度对突破性创新进行研究，缺乏一个系统的视角和框架对突破性创新形成和演化的影响进行研究的不足。同时在突破性创新形成和演化机制的基础上，提供与时俱进的管理实践理论，为企业提升突破性创新能力并获得竞争优势提供更系统的思路和借鉴，使中国拥有一批世界级创新型企业，成为真正的创新型国家，助推“中国梦”的实现。

（阳镇）

【创新领跑者：两化融合驱动的新模式新业态】

中国企业联合会

清华大学出版社 2017 年版

177 千字

随着《中国制造 2025》和《国务院关于深化制造业与互联网融合发展的指导意见》的加快推进，新一代信息技术与制造技术正在加速渗透融合，网络经济、信息经济、知识经济、分享经济等新经济不断涌现，不断催生出新技术、新产品、新服务和新业态，两化融合促进企业创新呈现出新特征，一批领域跨界、业态创新、国际领先的企业脱颖而出，成为行业“领跑者”。为此，我们一方面要更加重视两化融合的理论研究，为产业界推进两化融合提供理论指导；另一方面，企业界也要主动拥抱两化融合，积极开展创新实践，切实提高我国两化融合水平，将两化融合的战略机遇真正转换为国家、产业和企业未来发展的竞争优势。

该书聚焦中国信息化与工业化深度融合在促进企业创新方面的最新方向和最新实践。主要包括网络协同研发模式、分享经济新模式、O2O 新零售、服务型制造转型、流程企业的定制化生产、物流业的集约化智能化发展、智能产品开发与产业化、企业物流的智能化改造和智能电网发展等领域，涉及中航一飞院、滴滴出行、苏宁易购、大疆创新、唐山钢铁等行业领先企业。观点分析结合企业真实案例，对企业两化融合与创新发展有很好的借鉴意义。

（阳镇）

【知识管理视角下的组织适应能力】

卢彬彬（北京建筑大学）

经济管理出版社 2018 年版

136 千字

企业组织对外部环境的适应能力和应对能力，是战略管理理论的核心问题。与信息时代之前的任何一个产业时代相比，现代产业组织所处的环境呈现出前所未有的复杂性和不确定性。不确定性对组织行为、结构与过程的影响是全方位的。对外部知识的检测、获取关系到组织战略的制定和实施，而组织资源能力的重新配置决定了组织应对外部环境变化的方式和效果。因此，对“外部环境不确定性的管理”这一问题的研究，必然走向组织对外部新知识的管理，新知识向组织内部的转移，在知识消化、知识转移基础上进行的组织资源和能力的重构，以及资源和能力的动态适应性的培育。

“企业是知识的集合”“知识是企业竞争优势的重要来源”，这些论断的基本假设之一，是特定企业的知识有其独特性、难以模仿性。从“不对称信息”“有限理性”的观点出发，组织是特定知识的集合。作为知识的存储库，企业的组织知识就存储于企业的日常程序之中，这种知识和程序上的差异就是不同企业间差异的根本来源，与选择机制一道，共同推进了企业组织的演化。在同样的外部环境中，为什么不同企业组织对环境信息的解读会产生巨大的差异？或者，为什么即使对环境的理解相同，但不同的企业采取了完全不同的战略措施？该书着眼于对这些问题的解答，从三个层面展开研究：第一，信息与知识的差异性；第二，信息向知识转化的过程机制；第三，知识对组织战略演化的作用机制。

（阳镇）

【共享节约契约下的网购供应链库存与运输整合优化研究】

李富昌、胡晓辉、卢玮（云南师范大学）
科学出版社 2017 年版
220 千字

随着电子商务的日渐成熟，网购已成为人们日常消费的重要渠道。网购供应链是由制造商、网店运营商、快递服务商、顾客构成的销售并配送产品的供应链，包括制造商供货、顾客网上订购、电子支付、快递物流运输、签收、确认收货、评价反馈等环节。库存与运输成本是网购供应链总成本的重要组成部分，占 80% 以上，但是二者之间存在典型的"效益背反"现象。在共享节约合同中，参与方按照一定的比例分享成本节约所带来的利润增量，各方均能从运输成本和库存成本的节约中获利，因此，共享节约合同是解决"效益背反"现象的一种有效方法。将共享节约合同和库存与运输整合优化相结合，探讨二者的融合机制，分析共享节约合同对网购供应链库存与运输整合优化的促进效应，具有重要的理论价值和现实意义。对共享节约合同和网购供应链库存运输协调优化的探讨可以拓展到不同情形下，为收益分配、网购供应链和协调优化理论研究提供了有益的补充。该书研究思路、研究方法和研究结论对电子商务、物流管理和网购供应链管理领域的理论研究学者和实业界人士有一定借鉴意义。

（阳镇）

【企业家驱动型管理创新过程研究】

李召敏（南京财经大学）
南京大学出版社 2017 年版
227 千字

该书围绕"企业家驱动型管理创新成果是如何产生的"这个问题，从理性视角，选取典型的企业家驱动型管理创新事件作为研究对象，采用案例研究方法，综合应用相关理论，力图针对性和系统性地研究企业家驱动型管理创新过程，旨在丰富管理创新的过程理论和为企业家的管理创新实践提供参考。该书的主要内容包括四大部分：第一，探析企业家驱动型管理创新创造、选择和实施三阶段的关键影响因素及其作用情况；第二，搭建企业家驱动型管理创新过程关键影响因素的结构关系框架，并实证检验该结构关系框架；第三，运用单案例探索性研究，构建企业家驱动型管理创新过程 CSI-D 二维度模型，并基于多案例分析进一步阐释 CSI-D 二维度模型；第四，构建企业家驱动型管理创新决策四层面—三维度整合理论模型，探查和检验企业家、组织内外部环境以及管理创新方案层面的关键因素对企业家驱动型管理创新决策的理性、直觉和行政行为三维度的影响作用。

该书基于企业家驱动型管理创新过程的探讨在理论和实践两层面上都有着重要的意义，围绕"企业家驱动型管理创新成果是如何产生的"这个问题，从理性视角，选取典型的企业家驱动型管理创新事件作为研究对象，采用案例研究方法，综合应用相关理论，力图针对性和系统性地研究企业家驱动型管理创新过程，旨在丰富管理创新的过程理论和为企业家的管理创新实践提供参考。

（阳镇）

【基于资源异质性的中小型农业企业综合绩效影响机制研究】

李立群（西北农林科技大学）

社会科学文献出版社 2017 年版

219 千字

社会经济的发展变迁改变企业生存环境，不断挑战企业的经营管理能力。如何在复杂多变的经济环境下应对风险、提升绩效，不仅是企业管理者关注的永恒主题，也是企业利益相关者进行决策分析的焦点问题。受制于农业产业及发展规模的双重弱质性，中小型农业企业在提升绩效方面的难度更大。而资源基础理论认为，企业间的绩效差异本质上是由资源的异质性所导致。那么，中小型农业企业资源的异质性体现在哪些方面？它们是否会对企业综合绩效产生影响？影响的作用机理又是如何？对上述问题的思考构成了研究的出发点，希望对突破中小型农业企业绩效瓶颈有所助益。

该书在大量文献支撑下，构建了“制度体系—资源异质性—企业绩效”的分析框架。以对生产经营中投入资源的异质性分析为切入点，探究处于企业制度体系背景下的各资源异质性对中小型农业企业综合绩效的影响。分析发现，财物资源异质性是对样本企业综合绩效影响效果最为显著的因素；知识资源异质性、关系资源异质性对样本企业综合绩效的影响作用并没有理论预期那样显著。这说明样本企业的综合绩效改善仍主要依赖传统的财物资源异质性；新兴资源的异质性特征还没有得到广泛认同，其绩效影响的作用还没有得以充分发挥。该书回答了中小型农业企业资源的异质性体现在哪些方面，它们是否会对企业综合绩效产生影响，影响的作用机理又是如何等问题。

（阳镇）

【供应链弹性管理：应对与修复】

王新平、赵林度（南京大学；东南大学）

科学出版社 2017 年版

200 千字

随着科学技术的飞速发展和全球一体化的快速推进，供应链在全世界范围内延伸，逐步演化成一个遍布全球的复杂网络系统。以精益生产（lean production）、全球采购及业务外包等为核心的传统供应链管理理念注重正常运营状态下成本效率的提高，却使得复杂的供应链网络在当今越来越不确定的运营环境中更加容易遭受中断风险的冲击。近年来发生的一系列严重影响供应链的中断事件，迫使企业界和学术界都开始重视供应链安全运营管理问题。供应链弹性（supply chain resilience）的概念正是在这样的背景下进入公众视野，并得到越来越多的关注。供应链弹性管理研究的目的在于增强供应链抵御中断事件影响，并快速从中断事件中恢复到正常运作状态的能力。

该书以供应中断事件影响下的供应链为对象，以提高应对供应中断事件的供应链弹性为目标，从事后应对与修复的视角介绍供应链弹性管理策略。该书从需求管理的角度分别介绍垄断和竞争两种情形下基于价格调整的弹性管理策略。正常运营状态下，供应链的供应与需求相匹配，当供应中断导致产品供不应求时，除了从供应本身出发尽量恢复供应，也可以从需求角度出发，考虑通过一定的策略调节市场需求，重新实现需求与供应的匹配，间接弥补供应中断带来的损失。考虑到市场情形的多样化，这两章内容分别为完全垄断和寡头竞争类型的供应链提供了从需求角度应对中断事件的决策依据。最后该书介绍了供应链的自修复机制，并在弹性能力与弹性构建成本相权衡的框架下，分析中断事件发生后供应链在恢复过程中的最优决策机制，为指导供应链弹性管理决策提供理论基础。

（阳镇）

【基于控股股东特质的我国上市公司并购绩效研究】

李田香（广西民族大学）
中国社会科学出版社 2017 年版
201 千字

该书以所有者财务理论和股东特质理论为基础，结合并购理论，按股东特质理论中的控股股东性质概念，将并购上市公司分为国有和民营两大类。采用财务研究法，利用 SPSS 及 EXCEL 等软件进行主成分分析、多元回归分析，对两类公司的并购绩效进行对比研究。同时采用 Tobin`s Q 值法，进一步验证了实证研究的结果。该书基于控股股东特质理论中的控股股东行为能力概念，对上述实证结论进行深入的原因分析，分别从“决策的自主性程度”、“内部人控制”程度、并购动机、并购模式以及控股股东的并购风险偏好等方面的差异来分析不同控股股东的并购行为差异，从而分析产生并购绩效差异的原因。

（阳镇）

【企业扩张与融资】

毛振华（中国人民大学）
中国人民大学出版社 2017 年版
287 千字

该书从企业成长理论和企业扩张分析出发，分析和归纳了企业从初创到成熟这一过程的机理和特征，并按照其特征将企业扩张划分为三个阶段。在分析每个阶段企业的风险特征的基础上，结合实际，为企业寻找到合适的融资方式以配合其扩张行为。这些融资方式按照大类分为股权方式和债权方式，这些各异的股权或债权融资方式和企业发展的不同阶段在实践操作中具有相对稳定的对应关系。该书的后半部分则按照前述理论和匹配关系，具体指明在企业成长的不同阶段应该使用何种融资方式。该书的分析和归纳能够在很大程度上成为企业融资的指南，或为企业寻找恰当的融资方式提供更加便捷的指引，提高企业融资的成功率，帮助企业成长。不过，企业最终能否在市场中找到投资人，则是企业家能力、市场环境以及宏观经济约束等众多因素共同决定的。

（阳镇）

【风险投资财务治理研究】

王宗萍（河北大学）
科学出版社 2017 年版
250 千字

风险投资（venture capital，VC）是指初始投资者（venture investor）把资金交给风险投资机构，委托风险投资家（venture capitalist）经营和管理并获得相应的收益回馈；风险投资家经过仔细筛选、决策后，将资金、自己的专业知识和管理经验投资于风险投资企业；通过风险投资企业的经营和发展，风险资本得到价值增值，再流至风险投资机构的过程。这个过程形成了一条有别于其他投资方式的双重甚至多重委托代理链。正因为该代理链的存在，财务组织结构、资本结构、财务权力结构、财务契约安排、相关激励约束机制等在风险投资中体现的财务治理内涵与其在一般独立的投融资项目中所体现的财务治理内涵有很大的区别。已有的研究既缺乏对区别于一般公司财务治理的风险投资委托代理下财务治理特殊性的探讨，也鲜有涉及对风险投资委托代理链上几个结点财务关系的剖析及其产生的在财务契约、融资安排、财权配置、收益分配、激励约束等多个方面的联动制约与耦合的研究，因而没有一个能系统解读风险投资中双重委托代理风险下的财务治理特性及体系的理论。

该书试图对此进行探索。该书首先采用实地调研、专家访谈等方式，对我国风险投资领域的财务治理实践状况进行考察。结合典型案例，剖析我国风险投资中财务治理环境、财务治理结构、财务治理模式和风险投资各方财务契约的设计等，对我国现有风险投资机构和企业的财务治理结构和治理机制现状进行总结。其次，在此基础上，从组织结构、资本结构、财务权力结构、阶段投资、相机治理等多方面深入分析风险投资中双重委托代理风险下财务治理区别于一般企业财务治理的特性，并提出在双重甚至多重委托代理关系中风险投资财务治理具有联动的特性，需要建立联动治理机制。最后，分别就风险投资中双重委托代理关系的两个核心载体——风险投资机构和风险投资企业，从治理的主客体、治理中心、治理手段与工具、治理目标体系等角度，在充分考虑其联动特性的前提下，采用实证研究与规范研究相结合的方式，对风险投资机构和风险投资企业在组织结构、资本结构、财务契约、财权配置和激励约束机制等方面建立财务治理体系提出了思考。为了检验该体系建立思想的科学性，该书以农业领域的风险投资财务治理典型案例进行验证研究。该书以我国创业板为主要研究对象，从风险投资双重委托代理关系视角系统地对财务治理理论进行总结提炼，历时近十年，其间数次对研究结论进行修正和完善。

（阳镇）

【机构投资者对上市公司自由现金流量控制的研究——基于代理问题角度】

梁勇（四川师范大学）

科学出版社 2017 年版

277 千字

自从 Jensen 提出“自由现金流量”这一重要的财务概念之后，自由现金流量与公司委托代理问题结下了不解之缘。就自由现金流量本身来讲，仅仅作为一个财务指标，代表公司在预计未来投资项目净现值大于零所需资金之后所剩余的那部分现金流量。然而，该部分现金流所牵涉的财务关系、利益关系、所有权关系、公司治理关系等是非常复杂的，由此引发了公司管理层与股东、大股东与中小股东、股东与债权人之间的自由现金流量、存量和增量之争。

该书的研究重点为机构投资者对公司自由现金流量代理问题的影响和控制，总体研究思路为：先分析机构投资者股东积极主义的各种体现、自由现金流量的代理问题表现，然后结合自由现金流量内涵、特征及持有重要性，找到机构投资者与自由现金流量的契合点。在此基础上，基于自由现金流量代理成本的随意性支出、随意性资本支出等划分方式，梳理了自由现金流量在使用与管理、审计监督等环节的代理问题，并实证研究了机构投资者对自由现金流量存在于这些环节的代理问题的影响作用及控制情况，同时也延伸到不同类型的机构投资者对自由现金流量的影响体现。结合实证研究结果，该书提出如何改善资本市场投资环境和政策环境，完善机构投资者市场监督机制，壮大机构投资者队伍，增强机构投资者责任意识，促使机构投资者积极参与公司治理，充分发挥机构投资者股东积极主义，切实承担起保护中小股东利益的重任。

（阳镇）

【内部控制、公司治理与非效率投资】

张横峰（南昌大学）

社会科学文献出版社 2017 年版

165 千字

投资管理一直是学术界与业界研究的三大主题之一，实践中如何确定最优投资规模，从而提高投资效率，众多学者从不同视角进行了研究。企业投资主流财务理论是由 Tobin 开创的，认为从有效市场与信息对称的假设前提下企业投资与融资及内部管理没有关系，取决于市场需求。理论上，良好的企业内部管理制度、高质量的内部控制能够降低经理层的道德风险并且帮助投资者和管理者筛选更优的投资项目，消除企业内外部各种因素的不利影响，从而提升企业投资效率。2008 年财政部等有关部门颁布了《内部控制基本规范》及相关配套指引，要求执行规范的上市公司，对其内部控制的有效性进行评价，并经相关机构对其内部控制有效性进行审计，希望通过企业的内部控制建设，提升投资者信心，维护资本市场的健康稳定发展。在此背景下，学术界对内部控制进行了大量研究，包括内部控制与企业投资效率关系的研究，但对于内部控制对企业投资效率的作用机制及实证检验方面仍然不够深入，存在较大的继续研究空间。

该书以此为契机，在已有文献的基础上，对内部控制制度建设能否影响管理者与投资者的决策并最终影响公司的投资效率进行理论推导与实证检验。因为内部控制与信息披露越来越难以满足利益相关者的需求，同时，我国上市公司股权比较集中，众多上市公司实际形成了“内部人控制”的现象，造成大量的非效率投资。为此，该书实证检验了内部控制、公司治理与非效率投资的关系，从而为经济新常态背景下政府决策提供理论依据。

（阳镇）

【管理者特征、公司治理与财务决策】

姜付秀（中国人民大学）

北京大学出版社 2018 年版

282 千字

该书基于高阶梯队理论和公司治理理论，同时，密切结合中国特定制度背景，从管理者特征和相关的公司治理视角，研究公司财务行为。该书分为两个部分，即管理者背景篇和公司治理篇。就管理者背景篇而言，该书从 CEO 的工作经历（财务工作经历和公司外部工作经历两个方面）以及企业家信仰方面，研究了高管背景特征对公司财务行为的影响。相关研究发现对于丰富高阶梯队理论和相关公司财务理论具有重要意义，同时，对现实中公司的高管任命决策和财务决策也具有重要启示意义。就公司治理视角而言，该书首先关注了股权分置改革这一重要事件对中国公司治理中的突出问题——控股股东的代理问题是否产生了影响进行了相应的研究；其次，从经理激励视角，研究了国有企业经理薪酬契约的有效性，以及经理激励对企业价值的影响与负债之间的关系；最后，从代理成本和信息披露两个视角，研究了公司内部治理和外部治理机制之一的产品市场竞争之间的关系，相关研究发现对于丰富公司治理理论具有重要意义。

（阳镇）

【并购与估值：精选案例分析】

陈玉罡（中山大学）

东北财经大学出版社 2017 年版

210 千字

中国的企业并购大致可分为四个阶段：第一个阶段，1993 年以前的国有企业重组阶段。这一时期主要以行政干预为主，缺乏市场化的并购。第二个阶段，1993—1997 年的上市公司并购萌芽阶段。随着资本市场的建立，作为资本运作手段之一的并购应运而生。第三个阶段，1998—2007 年的经济飞速发展和资本市场日渐完善带动并购交易快速发展阶段。这一阶段仍受制于股权分置和《上市公司收购管理办法》中“全面要约”制度的制约，大部分收购是以协议收购的方式完成的，市场化并购机制尚未真正建立。第四阶段，2007 年之后，随着股权分置改革的完成（收购方可以在公开市场上收购上市公司的股权从而成为大股东）和《上市公司收购管理办法》的修订（将“全面要约”制度修改为“部分要约”制度），并购市场得到了激活。

该书厘清了基于控制权的收益分析的

理论基础，基于万宝之争的现实案例分析了控制权博弈的主体之间的博弈以及并购的动因差异，其次基于惠而浦收购合肥三洋的案例分析了并购的动因与绩效，重点基于事件分析法、会计分析法分析了并购绩效的系统评价；最后基于宜华木业的案例分析了价值评估的基本模型，以及估值方法，这些分析不仅适合学习、从事并购和资本运作的读者阅读，也适合投资或股票分析领域的读者阅读。

（阳镇）

【公司治理与公司决策】

杨菁菁（广东外语外贸大学）

中国社会科学出版社 2017 年版

164 千字

公司治理是一门构建于企业所有权层次上的横跨管理学和金融学的子学科。公司治理涵盖的范畴非常广，包括企业所有权的结构和层次、内部管理和监督人员的特征、内部监督和审查机制的设定、外部的监管机制的效率、资本市场的完善程度等。一个良好的公司治理体系的构成，需要满足企业内、外部各项治理机制都能充分发挥其治理效果的条件。该书中涉及的内部治理机制包括股权结构、监事与独立董事、董事会的选聘和董事会的运行、董事会及管理层的多样性、董事长和总经理两职的设立、高层管理者的薪酬和激励、内部审计机制；外部治理机制则包括机构投资者、债权人、会计师事务所、控制权市场、政府监督、证券分析师。由于部分公司治理机制都只针对上市公司而非上市公司，在独立董事等方面并没有强制性要求，并且也缺乏普通个人投资者和机构投资者的积极参与，因此，该书关于公司治理的内容大部分都着重描述治理机制针对上市公司的设定情况及其发挥的作用。良好的治理机制能有效地帮助提升企业价值和保障投资者合法权益，这种效果更直观地体现在对企业各项重要决策方面进行约束和监督，从而使企业的决策与企业各相关方的利益最大化之目标相吻合。

该书系统地阐述了公司治理与决策方面的相关内容，并使用了大量最新的数据和真实的案例对相关理论进行佐证。我国A股市场成立至今已有20余年，虽然与发达资本市场相比，仍处于较为“年轻”的阶段，但市场已经孕育了大量投资者，截至2016年1月，A股投资者开户数量已经突破1亿，总数量为10038.85万，其中，自然人和非自然人的数量分别是10010.12万人和28.73万人。虽然投资者数量庞大，但是，从我国国情来看，大多数投资者（尤其是散户投资者）对于公司治理与决策方面的相关专业知识都有所欠缺，这对投资者自身的利益保障和市场整体的稳步发展都会产生一定的负面影响。因此，该书也希望帮助正在或有意投资于A股市场的读者更多地了解上市公司的治理与决策方面的基础知识。此外，该书阐述了公司治理问题，第一章至第八章研究公司各项重要决策行为，以及公司治理在其中发挥的作用。第九章对全书进行总结并提出展望。

（阳镇）

【外部董事、董事会治理与企业创新绩效】

段海艳（河南科技大学）

中国社会科学出版社 2017 年版

162 千字

近二十年来，全球范围内公司治理丑闻的频繁出现使各个国家和地区不得不进行公司治理改革，改革的重要举措之一就是美国“外部董事占主导”治理模式在各个国家与地区的全面推行与积极推进。那么，外部董事如何影响董事会治理效率与企业技术创新，其作用机理和发挥作用的条件是什么？不同发展阶段、不同性质的企业对外部董事的需求有何不同？有哪些因素影响外部董事积极作用的发挥？基于以上考虑，该书在对外部董事治理最新文献进行梳理的基础上，指出已有研究的不足，并延伸出该书的研究思路。以“外部董事—董事会治理效率—企业创新绩效”为主线，就外部董事对董事会治理效率的影响，在对企业创新绩效的影响进行理论分析与实证研究的基础上，就外部董事对企业创新绩效的直接作用和间接作用进行探讨，期望为促进企业技术创新提供新的思路和实证依据。

该书的主要内容与创新包括两部分内容：一是外部董事对董事会治理效率的影响研究；二是外部董事对企业创新绩效的影响研究。第一，从外部董事治理效果、不同类型外部董事治理作用和外部董事履职的影响因素三方面对西方“外部董事”已有研究进行梳理，总结已有研究的不足与局限，并提出未来的研究展望。第二，监督与咨询是董事会两大主要职能，外部董事对企业专有信息的获取水平决定了董事会监督与咨询效率。该书以外部董事任期为解释变量，以CEO超额薪酬所代表的董事会监督效率和以企业非效率投资水平所代表的董事会咨询效率为被解释变量，提出相关假设并进行实证检验。该书的研究结果表明：首先，外部董事任期与董事会监督效率负相关。虽然从信息获取的角度看，任期延长有助于外部董事对企业专有信息的获取，进而为董事会监督职能的行使提供便利条件。但是，外部董事监督职能的履行效果不但受到信息获取的影响，同时还受到外部董事监督主观意愿和客观条件等各种因素的制约。总之，该书就外部董事资本、董事会治理效率与企业创新绩效的关系进行探讨，揭示外部董事的功能定位的同时，也可以为董事会治理效率的提升与企业技术创新绩效的改善提供新的思路与参考。

（阳镇）

【制度背景下中小企业治理结构研究】

李先军（中国社会科学院工业经济研究所）

经济管理出版社2017年版

210千字

李先军的《制度背景下中小企业治理结构研究》在传统公司治理理论的基础上，将中小企业纳入治理结构的研究体系内，并从一般意义上界定了企业治理结构。企业作为资本和劳动合作的产物，不同的所有者在合作过程中必然面临对不同资本产权的保护以及对不同资本所有者的激励和约束问题。这些问题构成了企业治理结构的主要内容。对于中小企业来说，通过设立正式的治理结构来解决治理问题是不必要的和不经济的，应结合中小企业的实际选择适合中小企业自身的治理结构及解决方式。制度环境对中小企业治理结构的形成有显著的影响，且不同的制度环境要素的影响机制不同，不同的制度环境共同作用于中小企业的治理结构并表现出不同的作用机制，而现实中中小企业治理结构的调整是对制度环境适应和选择的结果。要改善中小企业治理结构，必须关注制度环境变化，尤其是从供给的角度为中小企业治理结构的改善创造良好的制度环境。

（阳镇）

【企业社会责任与高管胜任力关系实证研究】

张雯（西安财经学院）

中国社会科学出版社2017年版

207千字

近年来，企业社会责任备受关注。实践证明：当经济进入一个成熟的发展阶段，社会资源的分配更应呈现多元化的效应，这就要求企业应更加全面地关注并解决利益相关者的发展需求。目前，对于企业社会责任的研究大多集中在宏观层面的机制探讨，对于微观层面的企业研究并不多见。企业如何切合实际从战略层面考虑社会责任问题，将其融入经营管理之中，从而有效地提升社会责任的履行，以满足多方位利益群体的期望，这将是我国企业在未来一段时间内不可回避的实际问题。该书将高管胜任力与企业社会责任作为研究对象，探讨高管胜任力对企业社会责任的作用机理。在借鉴前人研究成果的基础上，该书就高管胜任力对企业社会责任的作用机理进行深入的理论探讨和实证研究。

该书首先以系统论作为方法论基础，以利益相关者理论、资源基础理论、企业伦理理论、企业公民理论、人—职匹配理论以及隐性知识理论等经典理论作为理论依据，总结出研究概念模型——“EC→CSR”模型；并提出研究假设——“思想→结果”路径、“思想→行为”路径和“行为→结果”路径。然后，进行实证研究准备。通过科学、规范的问卷设计与严格的数据收集，获得了实证研究的样本数据，并进行统计分析，为后续的实证分析做好准备。最后，实证研究。在对样本数据进行描述性统计和量表的信度、效度检验的基础上，运用AMOS 17.0软件分析了实证模型的拟合指标，采用结构方程模型进行实证检验，并结合案例进一步论证了高管胜任力的完善有助于提升企业社会责任的履行这一研究假设。在理论阐述和实证检验的基础上，对完善高管胜任力来提升企业社会责任这一主题，该书从微观的企业角度和宏观的政府角度提出了各自的策略和政策建议，以期更好地提升我国企业社会责任的履行。同时，对研究做了进一步展望，如应扩大高管胜任力对企业社会责任的研究范畴，增强研究模型的应用性，以及如何使高管胜任力与不同发展阶段的企业相匹配，从而有效地提升企业社会责任的履行等。

（阳镇）

【供给侧改革视角下的企业社会责任研究：理论与实践】

谢春玲、季泽军（青岛大学）

中国社会科学出版社2017年版

250千字

推动供给侧改革，从微观看，主要是作为市场主体的企业应承担起相应的社会责任，尤其是履行消费者社会责任，以提高供给体系的质量和效率。国际环境压力下我国企业社会责任认知水平偏低、国家制度环境总体松懈、来自社会环境的外在压力不足、微观市场环境易诱发企业失责等，是我国企业社会责任指数偏低且增幅呈进一步下降趋势的主要外部环境原因。国际环境的转变、国家制度的日趋规范化、社会公众的觉醒和参与意识的提高、日趋成熟的消费者等方面的趋势性变化，导致我国企业社会责任的外部环境趋紧。企业应顺应外部环境的变化，承担起应有的社会责任，以实现企业和社会的可持续发展。供给侧结构性改革的根本目标是提高供给体系的质量和效率，其作用对象主要是生产者和销售者，即企业。从微观角度看，供给侧结构性改革的当务之急是引导企业承担起应有的经济、社会和环境责任。该书围绕企业社会责任的依据、主要内容、主要标准、我国企业社会责任的现状及解决对策等理论和实践问题展开研究，以期为推动我国企业社会责任运动和供给侧结构性改革提供一定的借鉴和参考。

（阳镇）

【企业社会责任价值创造机理研究】

易开刚（浙江工商大学）

中国社会科学出版社2017年版

343千字

经过改革开放30多年的发展，我国经济水平得到显著提升，社会转型进入质变时代，经济发展也全面进入了“新常态”。中国想要继续创造经济发展的奇迹，就必须有众多企业作支撑。然而现阶段我国企业的社会责任推进工作仍然存在着认识不清、行动不力等问题。该书以企业社会责任的价值创造为研究起点和主线，力求解答以下问题：企业社会责任承担能否创造价值？企业社会责任承担如何创造价值？企业社会责任承担创造什么价值？

该书认为承担社会责任已经成为当今企业的共同认知和理性选择，但在具体实践中，企业履行社会责任尚存在众多约束条件，导致企业社会责任缺失行为频发。该书认为，企业社会责任是企业“经济利益与社会利益”“短期利益与长期利益”“自身利益与相关者利益”“企业价值观与社会价值观”“自身能力与社会要求”之间的多重价值博弈均衡解。企业社会责任治理是公司治理视角下企业社会责任得以机制化、体系化、长效化的必然选择。

（阳镇）

【企业社会责任最新文献导读（2014—2015）】

肖红军、李伟阳、郑若娟（中国社会科学院工业经济研究所；厦门大学）
经济管理出版社 2017 年版
688 千字

企业社会责任思想演进历经百年，时至今日，无论在理论研究还是实践领域依然生机勃勃。西方学界对于企业社会责任的研究集中于探索澄清企业社会责任的认知理念、企业社会责任的影响因素与企业社会责任的影响效应。为了持续跟踪企业社会责任理论发展的最新进展，该书收集了 16 篇在 2014—2015 年发表于国际顶级学术期刊的企业社会责任领域的学术论文，按照企业社会责任的认知与理解、企业社会责任的影响因素、企业社会责任的影响效应三个部分进行分类、翻译并加以导读。在企业社会责任认知与理解部分，该书选择了六篇较为代表性的文献，展现了当今学界对企业社会责任的不同认知和理解，主要包括：哲学方法上对企业社会责任的定义重新做出解释、社会契约论解决关于商业参与者责任的问题、企业可持续的认知框架、社会价值创造效应的衡量比较和利益相关方的不同管理策略厘清层次等。

在企业社会责任的影响因素部分，社会责任的影响效应历来是学界争议的焦点。道德动机、工具型动机和压力型动力均是传统的观点，而最新研究从不同角度对企业履行社会责任的动机做出了最新的理解。该书选取了五篇文献对企业社会责任的影响因素进行了跟踪：第一篇文献研究了基于伦理决策的双流程模型；第二篇文献研究了基于共鸣进行的企业慈善决策；第三篇文献研究了领导的道德行为会对组织追随者的行为产生重要的影响；第四篇文献提出社会印记是组织实现社会使命的重要因素，而经济生产率是工作整合型社会企业社会绩效的重要驱动力；最后一篇文献则认为贸易自由化带来的产品市场竞争是驱动企业履行社会责任的外在因素。最后该书选取了五篇对企业履行社会责任的影响效应的最新研究成果，分别探讨了企业社会责任对企业价值、财务估值以及组织人力资源的微观影响。总之，该书为学界和业界系统了解企业社会责任的研究进展提供了代表性的文献，有助于企业社会责任理论与实践在中国的学界与业界得到进一步重视。

（阳镇）

【企业社会绩效的多维度治理：基于上市公司社会责任的分析】

谢文武（浙江大学城市学院）
中国社会科学出版社 2017 年版
252 千字

该书基于企业社会责任研究中存在的两个问题，一是企业实施社会责任的责任主体问题，二是企业社会责任的功利化倾向，对企业社会责任研究框架的演进进行深入的研究。该书分析了公司治理机制及其相关因素对企业社会责任的影响和传导途径，并站在公司治理角度，阐述在不同治理环境的约束下，公司的治理机制如何影响公司决策，在公司治理的经济目标与企业的社会目标之间进行取舍。该书重点从公司内部治理结构与外部环境的角度，探索企业社会责任的内在驱动力，分析国内企业治理结构和整体环境的特点，同时结合资本市场理论，分析企业社会责任影响财务绩效的程度，并以上市公司负面事件为研究对象，借助事件研究法等新的实证方法进行了验证。

（阳镇）

【企业社会责任议题管理：理论构建与实践探索】

肖红军（中国社会科学院工业经济研究所）
经济管理出版社 2017 年版
317 千字

企业是兼具经济属性与社会属性的主体，落实社会责任议题也必然涉及经济利益与社会利益的双重考量。正如德鲁克指出的，在市场经济体制下，企业利益与社会利益之间并不存在根本的冲突，但也并不能像新古典经济学者所想象的那样能够自动地实现，而是要依靠管理。也就是说，企业落实社会责任议题要最大限度地增进社会福利，其实现机制归根结蒂只能是管理，即开展有效的企业社会责任议题管理。然而令人遗憾的是，与企业社会责任领域普遍存在有效知识供给不足相一致，企业社会责任议题管理的理论研究、方法探寻和工具开发都相当匮乏，基本上处于空白，这无疑会使企业开展社会责任议题管理的实践探索缺乏理论指引、方法指导和工具运用。鉴于此，该书首次尝试对企业社会责任议题管理进行理论建构，力图从理论上回答企业社会责任议题管理的基本问题，同时对企业开展社会责任议题管理的实践构造方法、探索范式、寻找对策，以便为企业成功开展社会责任议题管理和有效落实社会责任议题提供有益指导。

该书沿着“提出问题—解释问题—解决问题”的脉络，对企业社会责任议题管理的概念、价值、理念、方法和误区进行了系统研究。一、该书提出了企业社会责任议题管理的四类功能。二、该书对企业社会责任议题管理的收集与识别、优先级评估、分类管理策略、策划与实施、绩效评价与改进等全过程以及企业社会责任议题管理的日常工作机制进行了详细分析。三、该书对外部视野、守法合规、社会与环境风险防范、综合价值创造、透明运营、利益相关方参与和合作、社会资源整合与优化配置、健康生态圈和可持续性等九大理念的含义及其在社会责任议题管理中的应用进行了详细阐述。四、该书重点阐述了责任边界管理、战略融合、全生命周期管理、跨界合作、平台化履责、“互联网”、社会化沟通、品牌化运作八种方法。五、该书对企业社会责任议题管理中可能出现的 20 种认知误区和 20 种行为误区进行了识别与分析，以正本清源，防止企业社会责任议题管理落入相应的陷阱。

（阳镇）

【服务参与中的顾客社会化：策略、机制与后果】

徐岚、崔楠（武汉大学）
科学出版社 2017 年版
250 千字

服务营销文献对顾客的传统角色提出了新的界定：顾客不再是“被动的听众”，而是“积极的生产者”。这是因为服务本身的特性决定了服务产出需要由服务组织与顾客合作完成。由于绝大多数的服务具有生产和消费同时发生的性质，所以顾客必须参与服务的生产和传递过程。该书试图在现有为数不多的顾客社会化研究文献的基础上，借鉴和吸收来自任务管理、群体影响和组织社会化等理论的丰富观点和相关概念，以拓宽顾客社会化研究的理论基础，构建一个相对系统的理论框架。

第一，该书在系统回顾当前顾客社会化文献的基础上，利用扎根研究方法建立顾客社会化的概念模型。该书研究既为顾客社会化建立一个相对完整的概念框架，同时，也为进一步深入研究顾客社会化识别具体的研究方向。第二，该书聚焦知识密集型服务情境下顾客的任务参与行为，首次将归类学习理论应用到顾客社会化研究领域，从归类学习视角将顾客任务社会化策略分为基于规则的社会化策略和基于情境的社会化策略，并探讨两种策略对顾客任务学习效果及任务参与意愿的影响作用。该研究一方面结合知识密集型服务的情境特点，扩展顾客社会化策略的研究视角；另一方面将知识管理与顾客学习结合起来，探讨根据知识类型分类学习对顾客学习质量的影响，拓展知识管理理论的应用。第三，该书以消费者参与企业创造性活动为情境，考察顾客之间的群体互动如何对顾客创造性产生影响。该书一方面为顾客示范这一社会化策略对创造性的影响作用提供实证支持，丰富顾客社会化的研究成果；另一方面，也从问题界定（问题领域识别）和问题解决（远距离类比思维产生）的视角，为服务参与在某些条件下的抑制作用提供进一步的解释。第四，该书探索服务接触过程中服务人员的关系投资这一顾客社会化策略是如何影响顾客在社会化活动中理解和接受关系的。第五，该书以上游供应商与下游组织顾客之间的合作开发项目为研究对象，检查上游供应商与下游组织顾客之间组成的合作开发项目团队中的社会化过程。

总之，基于来自相关的理论和文献研究，该书建立顾客社会化的概念模型，并在此基础上通过多个实证研究分别探索和检查具体顾客任务社会化、群体社会化和组织社会化策略对社会化后果的影响作用，进而探索这些影响作用的机制。研究丰富了现有的服务营销和顾客社会化文献，为企业合理采用社会化策略引导顾客参与服务过程，以形成积极的绩效后果提供管理建议和指南。

（阳镇）

【互联网商务模式】

胡广伟（南京大学）

南京大学出版社 2017 年版

460 千字

互联网商业模式就是指以互联网为媒介，整合传统商业类型，联结各种商业渠道，具有高创新、高价值、高盈利、高风险的全新商业运作和组织构架模式，包括传统的移动互联网商业模式和新型互联网商业模式。全书共十一章，对互联网商务模式的基本内涵、主要类型、战略框架、组成部分、动力机制等进行了比较细致的介绍，互联网商业模式就是指以互联网为媒介，整合传统商业类型，联结各种商业渠道，具有高创新、高价值、高盈利、高风险的全新商业运作和组织构架模式，其中包括传统的移动互联网商业模式和新型互联网商业模式。并附有多个相关案例分析，以帮助读者更好地理解互联网商务模式的运行。

（阳镇）

【电子服务价值共创：基于人机交互的视角】

李雷（桂林理工大学）

科学出版社 2017 年版

250 千字

在物理服务背景下，服务科学领域的众多学者对人际交互型服务接触进行了研究，其理论体系已经相当成熟。与此同时，物理服务背景下的服务质量、服务价值及其与顾客忠诚度的关系也被学者们深入探讨，综合这些研究可以发现：服务质量增加服务价值，服务价值对顾客忠诚度也有正向影响。在这一研究的基础上，学者们关注了物理服务背景下人际交互型服务接触对“质量—价值—忠诚链”的影响，结果表明：人际交互型服务接触中所涉及的元素与“质量—价值—忠诚链”中涵盖的变量具有显著的相关性。可以说，当今学术界对物理服务背景下服务接触、服务质量与服务价值的关系已经有较为深入的研究。

与此同时，也有学者开始思考：已经被学术界在物理服务背景下充分证明的“质量—价值—忠诚链”在电子服务背景下是否适用。他们用电子服务质量（electronic service quality）、电子服务价值（electronic service value）取代了传统的服务质量与服务价值，并选取在线购物为对象进行了实证研究，研究结论给出了肯定的答案。然而，电子服务的形式多种多样，在不同类型的电子服务中，“质量—价值—忠诚链”所涉及变量的维度、测量指标等存在显著差异，“质量—价值—忠诚链”对于除在线购物以外的其他电子服务类型是否适用需要进一步证实。立足上述背景，该书紧紧围绕“人机交互型服务接触如何驱动电子服务价值共创”这一主题，在前人研究的基础上，依据服务科学、管理信息系统（management information system，MIS）、心理学等领域的理论，开展实证研究，力求为学术界完善理论积累、实业界开展实操活动提供指导和借鉴。

（阳镇）

【商业模式冰山理论：方法与案例】

汪寿阳等（中国科学院大学）

科学出版社 2017 年版

250 千字

到目前为止，商业模式没有公认的定义和理论体系框架，更没有公认的方法体系框架，商业模式不仅是世界各国企业创新的主要源泉，更是国际学术界在工商管理领域、创新管理领域，尤其是战略管理领域的一个十分前沿的重要方向。例如，*Academy of Management Journal*（*AMJ*）、*Management Science*（*MS*），甚至 *American Economic Review*（*AER*）等国际顶级学术期刊上，关于商业模式的研究工作不断涌现，呈逐年上升趋势。可喜的是，中国在这个领域奋力创新，包括阿里巴巴、海尔等中国企业在商业模式创新上，取得了举世瞩目的成就，吸引了国际同行的极大关注；目前，研究商业模式较为常见的方法有 Osterwalder 和 Pigneur 提出的“商业模式画布”，该分析法包含九个可以展示企业创造收入逻辑的、相互关联的元素，这九个元素通过分别覆盖客户、产品或服务、基础设施和财务生存能力四个方面，对组织的商业模式进行较为全面的分析；魏炜和朱武祥教授提出的“魏朱六要素”模型，强调利益相关者的交易结构可以为描述、调整和设计商业模式提供全方位的视角。但是，在全球化背景下，企业面临的外部环境越来越复杂，商业模式受外部环境的影响也会随之发生变化。作为发展中国家，中国企业的经营和发展环境与发达国家不同，如果忽略地域文化等因素，直接借鉴国外学者的研究框架，难以得出清晰明确的结论。

该书认为商业模式是一个复杂系统，包含易于分析的显性知识和难以分析的隐性知识，需采用系统集成的方法对其进行分析，因而，该书作者提出了“商业模式冰山理论”，解释了“为什么成功的商业模式不能被复制”这一管理学难题；提出用于分析商业模式隐性知识的 CET@I 方法论，通过将商业模式的隐性知识分解为行业类别（Category）、地域环境（Environment）和科技水平（Technology）三个维度，之后将分析结果与显性商业模式的分析结果进行合成（@ Integration），从而得到更为完整的商业模式。基于商业模式冰山理论以及 CET@ I 方法论，该书对制造业、文化业、能源业、金融业、服务业以及房地产业六大产业的 17 个企业的商业模式展开了分析，希望能为广大企业家、创业者提供商业模式设计的借鉴和思路，也希望能为高校经济管理学科以及相关学科的师生提供一些新的分析商业模式的视角。

（阳镇）

【上级关照与员工信任：三种归因理论分析】

江新会（云南财经大学）
社会科学文献出版社 2017 年版
145 千字

上下级“关系”是中国组织行为中的一种特殊而重要的现象，深刻影响组织管理效率和员工福祉。该书依据质性调查材料、田野样本以及剧情实验等数据进行研究，首先概念性地提出上级关照是上下级间“关系”的关键指示器。然后基于归因理论发展出了一个探索上级关照与下级对上级信任之间的中介调节过程的理论模型。研究鉴别了三种对上级关照的归因：认可性归因，情感性归因以及交易性归因。并假定认可性归因中介上级关照与下级对上级能力和正直可信性之间的关系，而情感性归因则中介上级关照与上级仁善可信性之间的关系。特别地，交易性归因被假定能够对上级关照和上级正直可信性之间的积极关系起到负向的调节作用。此外，依据自我服务偏向的理论原理，预测了在受关照和不受关照的下级之间在认可性归因和交易性归因上存在归因偏向，该书对这些理论进行了实证研究的检验。

（阳镇）

【高承诺人力资源管理、员工多焦点嵌入和行为研究——资源保存理论视角】

李燕萍、刘宗华（武汉大学；三峡大学）
科学出版社 2017 年版
250 千字

该书首次考察了高承诺人力资源管理系统与员工多焦点嵌入的关系，以及高承诺人力资源管理系统发挥作用的边界条件。结果表明，高承诺人力资源管理系统对工作嵌入、组织嵌入、职业嵌入均有显著的正向影响，而且它们之间的关系还受到主管支持水平的影响；不仅填补了现有研究的空白，而且丰富了人力资源管理理论与员工嵌入理论；首次将工作嵌入、组织嵌入和职业嵌入整合在一个框架内，考察了它们对创新行为和反生产行为的作用路径，揭示了工作嵌入、组织嵌入和职业嵌入对创新行为和反生产行为的不同作用机制；首次引入调节变量和中介变量，探讨了多焦点嵌入的作用机理，拓展了已有的研究视角。

与现有的著作相比，该书有以下特点：（1）从员工嵌入多个对象的客观现象，基于资源保存理论构建了一个整合模型，将工作嵌入、组织嵌入、职业嵌入同时纳入一个研究框架，探讨了它们的前因及影响结果；（2）引入了创新行为和反生产行为，不仅丰富了工作嵌入的结果变量，还探讨了组织嵌入、职业嵌入与创新行为和反生产行为的关系；（3）从多视角首次探讨了工作嵌入、组织嵌入、职业嵌入的共同前因变量（高承诺人力资源管理系统）；（4）采用配对样本数据，考察了多焦点嵌入对创新行为、反生产行为的作用机制，研究结论显示，多焦点嵌入对创新行为、反生产行为的影响路径显著不同，部分打开了多焦点嵌入作用机制的“黑箱”。

（阳镇）

【政治技能与工作压力：领导—成员交换的作用机制】

孙灵希（东北财经大学）

科学出版社 2017 年版

250 千字

受中国浓厚传统文化影响，政治行为对中国组织带来的挑战尤为强烈，中国人历来重视人际关系，“办公室政治”问题常常会使员工困扰，同时也成为引发员工工作压力的重要原因。鉴于此，该书将理论研究热点与社会关注焦点联系起来，以社会交换理论为基础，研究企业内员工政治技能对工作压力的影响问题。在微观逻辑框架下予以分析和探索，进一步解释工作压力的影响变量，并在此基础上提出组织创建和谐办公室政治的对策。在中国情境下，员工政治技能的情况如何？基于员工个体差异因素来说，每位员工的政治技能是否也不尽相同？它们对工作压力的影响机制是什么？其中是否存在中介因素和调节变量？而政治技能能否通过某种培训或学习进行改善、提高呢？对上述问题的回答和检验，无疑都具有极其重要的理论意义和指导实践价值。

鉴于此，该书旨在探讨企业员工政治技能对工作压力的影响机制问题。该书采用实证研究方法，基于分布于北京、沈阳、成都、宁波、大连等多个城市的 17 家企业的 531 份员工调查问卷，由于员工所处地域、工作经验、从事领域和规模各不相同，所以确保了该书不会由于地域、行业、规模、职务级别等变量过于相似而造成偏差。该书应用结构方程模型和多层回归分析等方法，探讨了领导—成员交换分别作为中介、调节变量的员工政治技能对工作压力的影响情况，并讨论了政治技能学习作为政治技能的影响因素对政治技能的改善效果。

（阳镇）

【人力资源多样化和包容性管理】

唐宁玉、陈驰茵、黄秋风（上海交通大学）

科学出版社 2017 年版

260 千字

随着人口结构变化、价值观变化、工作方式变化、公平就业状况变化和劳动力的全球化，不同文化背景、种族、民族、性别、价值观等的群体将在组织中共存，多样化已经成为未来组织中不可阻挡的趋势。多样化就像一把双刃剑，使组织在多样化的工作环境中有机会利用更多的知识、技术和人才，同时工作场所中的多样化还有助于增加创造力，这些可以为组织带来竞争优势。但是，如果不能有效管理多样化，会导致冲突发生、沟通成本增加、员工满意度下降，从而降低组织有效性。在组织中进行多样化管理的主要目标，就是要消除对个体的歧视，促进组织整体和员工个体的有效性。

该书汇集了自 20 世纪 90 年代以来西方对多样化的研究成果，主要包括关注多样化的内容，多样化对团队和组织产生的影响及如何管理多样化等，基于包容性的多层次研究，等等。该书第二章对人力资源多样化进行概要论述；第三章则从全球角度对西方和中国背景下的人力资源多样化进行介绍，并提出多样化的多层次模型；第四章对多样化管理的研究进行回顾，对多样化管理的理论基础、作用机制和效果进行深入探讨；第五章将视角从多样化管理转到包容性管理，对包容、包容性管理的概念及理论框架进行介绍和分析；第六章呈现中国背景下人们对包容性和包容性管理的理解、中国文化对包容性领导的影响，以及中国背景下包容性管理、包容性领导所具有的“包”和“容”的双重特点；第七章介绍提升多样化管理和包容性管理的措施；第八章介绍人力资源多样化管理案例。

（阳镇）

【国有企业分类改革的逻辑、路径与实施】

杨瑞龙（中国人民大学）
中国社会科学出版社 2017 年版
175 千字

自我国开启市场化改革以来，尽管国有企业改革一直是经济体制改革的关键性环节，但是关于国企改革的目标与路径一直存在争议，人们对于国有企业在整个国民经济中的地位和贡献依然不能十分清楚地判断。尤其是，对于国有企业这样一个背负了国家政策性负担和社会性负担的多目标的微观主体而言，其性质、功能、目标究竟是什么，如何评价其在整个国民经济中的贡献，一直缺乏客观有效的共识性的指标。因此，从逻辑上讨论清楚国有企业在社会主义市场经济中的地位与作用就非常重要。

在国有制的框架内推进国有企业改革，由于难以解决政企分开与所有权的可转让性问题而步履艰难。该书主张从产品性质及行业特性两个维度来客观制定功能导向的分类方法，实施国有企业的分类改革，即提供公共产品的国有企业宜选择国有国营模式，自然垄断性国有企业宜选择国有国控模式，竞争性国有企业一部分宜进行产权多元化的股份制改造，另一部分宜实行民营化；在分类改革原则下推进国有企业的混合所有制改革与国有资产管理体制改革，同时在利益相关者合作逻辑下，分类分层推进国有企业治理结构的创新，分类构建国有企业经营者的激励机制。

（阳镇）

【国有企业资本投资管控机制研究】

刘媛媛（东北财经大学）
中国社会科学出版社 2017 年版
185 千字

在我国经济增长乏力和欧美经济衰退的内外大背景下，中国企业面临着治理转型。对此，该书所要关注的问题是：影响国有企业资本投资效率的因素究竟是什么？分别是如何影响的？治理转型经济中如何提高国有企业资本投资的效率，促进国有企业增强价值创造能力、风险控制能力和实现可持续增长？该书的主要观点是：(1) 由于国有企业特有的契约因素导致的资本投资效率低下是实现国有资本保值增值目标的“瓶颈”，构建战略性的财务控制系统是使国有企业“突出主业，以利于提高核心竞争能力和可持续发展”的关键所在。(2) 根据宏微观视角划分的控制主体为处于国有资本配置过程中的相关者界定了权责利益导向。(3) 资本投资控制具有战略性、平衡性与全程性的特点，必须从财务绩效、价值创造和公司战略的路径出发。(4) 战略性财务控制模式应包括制度控制（属于规则控制）、预算控制（属于过程控制）、评价控制（属于目标控制）和激励控制（属于利益控制）。(5) 为构建国有企业资本投资的战略性财务控制系统，必须站在战略的高度，将战略转化为系统的流程，并落实到资本投资项目实施的每一个环节（预算控制——属于过程控制），根据财务绩效考评（评价控制——属于目标控制，缺少过程控制）进行激励与约束（激励控制——属于利益控制）。(6) 构建国有企业资本投资的战略性财务控制系统，应立足于中国国情，不能盲目照搬他国经验，并应建立系统的政策体系以确保其运作效率。

总之，该书结合我国治理转型的制度背景，在全面和深入地把握国有企业非效率投资的干预因素、集团化的国有企业特征、契约内涵和管理缺陷的基础上，为资本投资效率提供一个完备的、科学合理的解释框架。从我国的现实情况来看，从长远角度出发，无论是解决国有资产的宏观配置效率问题，还是解决国有企业资源的微观配置效率问题，都需要结合我国治理转型的制度背景，运用制度理论和战略管理理论统揽国有企业资本投资控制整个全局，并深入探究国有企业资本投资的战略性管理控制系统的构成及运行机制。因此，该书不仅提供了学界理论上的证据，也希望为业界提供实务上的指导。

（阳镇）

【中国国有企业跨国并购战略研究】

张欣（中国大连高级经理学院）
清华大学出版社 2017 年版
171 千字

近年来，中国企业跨国并购风生水起，为不景气的全球经济平添了一道亮丽的风景。根据商务部发布的数据，2016 年全年中国企业共实施海外并购项目 742 个，这意味着平均每天有 2 起以上并购发生，实际交易金额达到 1.13 万亿元人民币，同比增长 44.1%，增速是 2015 年的 3 倍。这一数据不仅意味着我国跨国并购的总额再创新高，而且使我国在全球并购交易额中的占比提升到了 30%，首次超过美国成为全球跨国并购最大收购国。中国企业开展海外并购的动因从根本上讲，是供给侧结构性改革的要求。近年来，我国跨国并购热点领域的转移，折射了中国经济由出口导向向内需为主方向的重大转型。可以预计，随着“一带一路”倡议的推进，中国企业“走出去”的步伐也必将加快。国有企业在中国企业的跨国并购热潮中一直扮演着重要的角色。

正是基于这样的理念，该书在研究不同跨国并购战略时，主要采用了案例研究的方法。通过选取市场渗透战略、市场开发战略、产品开发战略和多元化战略的典型案例，分析不同并购战略的运作要点，以便为其他企业提供借鉴。同时在第六章中对国企并购行为中存在的晋升锦标赛现象进行分析的时候，则运用了计量分析，同样，第七章的并购绩效评价也是基于大样本数据的结果，以便于从整体上对国有企业的跨国并购绩效进行评价。

（阳镇）

【混合所有制企业员工持股制度研究】

许英杰、石颖（中国社会科学院财经战略研究院；国家发改委宏观经济研究院）
经济管理出版社 2017 年版
236 千字

推进混合所有制企业员工持股制度是中共十八届三中全会做出的重大战略部署，也是党和国家当前和今后一段时期全面深化改革和全面深化国有企业改革的工作重点之一。为给党和国家制定科学的混合所有制企业员工持股制度政策提供理论支撑，从而推动我国混合所有制企业员工持股制度实践，该书就混合所有制企业员工持股制度问题进行了全面深入的研究，以期构建符合我国国情的混合所有制企业员工持股制度体系。为此，该书对混合所有制企业员工持股制度概念、发展历程、现状、政府政策、发达国家经验、我国典型实践以及制度体系构建进行了全面、深入的研究。

在混合所有制企业员工持股制度体系方面，该书基于相关研究，提出了包括前置部分、主体部分以及后置部分三个层面的混合所有制企业员工持股制度框架。其中，前置部分是指混合所有制企业员工持股制度的基本目标和基本原则，它标识了混合所有制企业员工持股制度设计所致力实现的基本目标与基本原则；主体部分标识了我国推进混合所有制企业员工持股制度的基本内容，包括实施范围界定、资金来源、股份来源、期限以及规模、股权管理等内容；后置部分标识了混合所有制企业员工持股制度的组织程序。同时，该书选取了东部地区的典型企业山东黄金、中部地区的典型企业海螺水泥、西部地区的典型企业西宁特钢以及东北地区的典型企业东北制药的混合所有制企业员工持股的制度实践进行研究，该书发现，我国员工持股制度设计同质化有余，探索性不足。该书最后从企业层面、政府政策层面以及学术研究层面为推进混合所有制企业员工持股的制度提出了若干建议。

（阳镇）

第六篇

研究课题

表 1　　2015 年度国家社科基金重大项目立项一览表（应用经济学与管理学）

序号	课题名称	首席专家	责任单位
1	近代以来中国经济学构建的探索与实践研究	程霖	上海财经大学
2	1950—1956 年中国农村经济调查资料收集、整理与研究	常明明	贵州财经大学
3	中国经济走势的马克思主义政治经济学研究	简新华	武汉大学
4	经济发展新常态下中国金融开放、金融安全与全球金融风险研究	卞志村	南京财经大学
5	供给侧结构性改革、异质性消费者行为与经济增长内生动力研究	臧旭恒	山东大学
6	“多规合一”视角下的土地供给侧结构性改革研究	严金明	中国人民大学
7	“一带一路”国家金融生态多样性对中国海外投资效率的影响研究	綦建红	山东大学
8	“一带一路”国家劳动与雇佣管制研究	杨伟国	中国人民大学
9	“一带一路”与澜湄国家命运共同体构建研究	卢光盛	云南大学
10	丝绸之路经济带沿线国家文化产业合作共赢模式及路径研究	向勇	北京大学
		蔡尚伟	四川大学
11	环孟加拉湾沿岸国家安全格局对我实施“一带一路”战略的影响研究	戴永红	四川大学
12	共生理论视角下中国与“一带一路”国家间产业转移模式与路径研究	刘友金	湖南科技大学
		胡军	暨南大学
13	推动中国经济中高速可持续增长的突破性改革：地方政府治理体系改革	贾俊雪	中国人民大学
14	长寿风险的宏观经济效应及对策研究	汪伟	上海财经大学
15	“互联网 +”促进制造业创新驱动发展及其政策研究	魏江	浙江大学
		杨德林	清华大学
16	“互联网 +”背景下的税收征管模式研究	李万甫	国家税务总局税收科学研究所
		王敏	云南财经大学
17	互联网融合产业经济理论与政策研究	李晓钟	杭州电子科技大学
18	中国产业集群地图系统（CCM）建设与应用研究	沈体雁	北京大学
19	中国服务业发展政策的演变及有效性协同性研究	李朝鲜	北京工商大学
20	创新驱动下中国企业人力资源管理多模式比较及策略选择研究	顾琴轩	上海交通大学

续表

序号	课题名称	首席专家	责任单位
21	长江经济带发展中的生态安全与环境健康风险管理及防控体系研究	高峻	上海师范大学
22	基于区域治理的京津冀协同发展重大理论与实践问题研究	叶堂林	首都经济贸易大学
23	振兴东北老工业基地重大体制机制问题及对策研究	和军	辽宁大学
24	大数据背景下我国大型城市资源环境承载力评价与政策研究	黄贤金	南京大学
		申立银	重庆大学
25	中国大气环境污染区域协同治理研究	郑石明	华南理工大学
26	跨境水资源确权与分配方法及保障体系研究	吴凤平	河海大学
27	微电网提高可再生能源利用的机制创新与顶层设计	龙勇	重庆大学
28	全面建成小康社会背景下新型城乡关系研究	高帆	复旦大学
		邓宏图	南开大学
29	中国城市生产、生活、生态空间优化研究	孙斌栋	华东师范大学
		江曼琦	南开大学
30	我国城市群连绵带的层级体系及协同发展研究	陈建军	浙江大学
31	中国特色社会主义金融学的理论创新和实践探索	田利辉	南开大学
32	金融服务养老的理论框架、国际经验、中国路径研究	江世银	南京审计大学
33	基于结构性数据分析的我国系统性金融风险防范体系研究	杨子晖	中山大学
		范小云	南开大学
34	农民获得更多土地财产权益的体制机制创新研究	陶然	中国人民大学
		吴群	南京农业大学
35	联合国可持续发展议程评估体系建设及实现路径研究	薛澜	清华大学
36	超特大城市脆弱人群健康管理社会支持体系研究	吕军	复旦大学
37	预防为主的大健康格局与健康中国建设研究	毛瑛	西安交通大学
		申曙光	中山大学
38	交通污染排放的社会外部性及其对公共健康的影响研究	罗能生	湖南大学
39	建设世界科技创新强国的战略比较与实现路径研究	陈劲	清华大学
40	基于市场导向的重大科技项目成果转化的生态环境和制度优化	郭菊娥	西安交通大学
41	中国高铁经济理论解析框架及演化路径研究	林晓言	北京交通大学
42	太阳能光伏扶贫运行机制的系统性评价与政策创新研究	帅传敏	中国地质大学（武汉）

续表

序号	课题名称	首席专家	责任单位
43	国有企业监督制度改革与创新研究	辛宇	中山大学
		权小锋	苏州大学
44	大数据背景下中小微企业征信体系的理论与方法	池仁勇	浙江工业大学
45	分享经济核算理论、方法与应用研究	向书坚	中南财经政法大学
46	基于保险精算的精准扶贫研究	黄薇	对外经济贸易大学
47	大数据背景下健康保险的精算统计模型与风险监管研究	汪荣明	华东师范大学
48	大数据时代雾霾污染经济损失评估及防治对策研究	王桂芝	南京信息工程大学

资料来源：国家社科基金项目数据库（http：//fz. people. com. cn/skygb/sk/）

表 2 2017 年度国家社科基金重点项目、一般项目、青年项目、西部项目立项一览表（管理学）

序号	项目类别	课题名称	负责人
1	重点项目	新工业革命背景下市场主导制定标准的形成机制研究	周立军
2	重点项目	中国经济转型期质量强国战略研究	支树平
3	重点项目	共享经济现象的 CHS 理论建构与实证研究	沈超红
4	重点项目	中国绿色变轨型高技术新产品市场启动战略的颠覆性创新路径研究	肖海林
5	重点项目	供需两侧政策协同下我国传统制造企业绿色转型的引导机制研究	吴利华
6	重点项目	网络时代企业转型升级的机理、路径和对策研究	张文松
7	重点项目	新工业革命背景下我国制造业企业战略调整研究	蔡继荣
8	重点项目	基于产权共享的众创空间运行机制与实施路径研究	尹国俊
9	重点项目	新兴科技环境下提升我国创新政策供给能力研究	黄鲁成
10	重点项目	小微企业融资再担保体系风险形成、演化及防范研究	马国建
11	重点项目	“营改增” 对企业的财务效应与应对策略研究	曹越
12	重点项目	民营科技企业融资结构对创新效率的影响机理及优化对策研究	王卫星
13	重点项目	供给侧结构性改革背景下企业并购的特征、经济效应与相关政策研究	周中胜
14	重点项目	领导排斥行为影响因素的毒性三角模型及其作用机制研究	陈志霞
15	重点项目	“中国制造 2025” 背景下新生代农民工工匠精神提升策略研究	李群
16	重点项目	覆盖供应链全过程的我国食品安全社会共治机制研究	王可山
17	重点项目	全球粮食格局演变与我国粮食主权保障战略研究	岳佐华
18	重点项目	农业企业社会责任缺失与农产品质量安全研究	汪凤桂
19	重点项目	企业漂绿的模仿—扩散效应与治理机制研究	黄溶冰
20	重点项目	技能精准扶贫的模式构建、机制创新与效益监测研究	陈衍
21	重点项目	PPP 项目监管平台构建及运行机制研究	柯洪
22	重点项目	我国省级政府效率损失及规避机制研究	唐天伟
23	重点项目	西部地区公共人力资本投资的效益及对策研究	周均旭
24	重点项目	健康资源跨期配置优化路径与政策选择研究	吴传俭
25	重点项目	“互联网 +” 战略背景下美国研究型大学慕课可持续商业模式的借鉴研究	钱小龙
26	重点项目	企业自营及合作网络商城的消费者偏好、选择机理及发展策略研究	闫强
27	重点项目	区域服务贸易与生态环境协调发展机制研究	李虹
28	一般项目	基于网络治理、知识转移与组织学习协同的分享技术创新研究	李守伟
29	一般项目	基于资源拼凑的社会创业企业成长机制研究	彭伟
30	一般项目	中央地方财政事权与支出责任划分研究	蔡红英

续表

序号	项目类别	课题名称	负责人
31	一般项目	国家治理视角下政府会计监管的绩效动态评价与持续优化研究	武辉
32	一般项目	金融支持军民科技协同创新研究	姜鲁鸣
33	一般项目	临近空间军民融合发展研究	程建
34	一般项目	传统制造业企业转型升级的战略定位、路径及支撑体系研究	杨水利
35	一般项目	大数据环境下国家经济安全风险评估和预警研究	卢晓勇
36	一般项目	基于云制造模式的供应链环境协同治理研究	曾珍香
37	一般项目	“一带一路”电力投资项目安全成本形成机理及对策研究	杨太华
38	一般项目	“一带一路”战略实施中的物流瓶颈及解决方案研究	刘崇献
39	一般项目	全球价值链视角下中国高铁标准“走出去”的知识转移机制、路径与对策研究	金水英
40	一般项目	网购商品质量非对称性网络治理机制研究	陈原
41	一般项目	我国能源价格市场化改革问题研究	孙仁金
42	一般项目	新常态时期运力过剩背景下中国海运业供给侧创新驱动模式研究	蒋元涛
43	一般项目	供给侧结构性改革背景下制造企业产业链治理的模式匹配和机制优化研究	许强
44	一般项目	品牌价值链视角下食品安全社会共治创新体系研究	慕静
45	一般项目	新时期我国新兴产业创新生态圈的构建及协同创新机制研究	周全
46	一般项目	政府创新支持、开放式创新模式与制造企业创新绩效的关系研究	蒋樟生
47	一般项目	价值网格视角下代工企业通过跨国并购突破技术锁定的有效路径研究	王宛秋
48	一般项目	转型经济、企业家社会资本与企业危机管理研究	刘林
49	一般项目	GPA 参加方国有企业出价开放度和采购规模研究	杨斌
50	一般项目	全球价值链重构下的中国制造业企业海外投资风险预警定位研究	闵剑
51	一般项目	中国企业国际化过程中非市场战略与市场战略互动及整合研究	谢佩洪
52	一般项目	创业孵化内外部网络协同及跨层次治理研究	吴文清
53	一般项目	基于创业生态系统的新创企业商业模式及其动态演化研究	李晶
54	一般项目	基于新型社群网络嵌入的互联网众创平台价值共创机制研究	赵宏霞
55	一般项目	生命周期视角下众创空间创业生态系统演化机理与运行绩效研究	田剑
56	一般项目	西部欠发达地区创业创新公共服务平台建设促进机制研究	冯旭
57	一般项目	转型经济中创业者异质性经验、创业警觉与商业模式结构创新研究	刘刚
58	一般项目	“基于科学的创新”驱动新兴技术生成的机理及其促进政策研究	侯剑华
59	一般项目	发明者流动对我国技术创新绩效的影响研究	刘树林

续表

序号	项目类别	课题名称	负责人
60	一般项目	供给侧结构性改革背景下双元创新驱动的制造业服务化问题研究	肖德云
61	一般项目	共享经济下的产业价值网络创新机制与路径研究	袁青燕
62	一般项目	基于文本挖掘的问答社区知识传播机制与影响因素研究	胡平
63	一般项目	平台型组织创新研究	吴正刚
64	一般项目	新经济企业商业模式创新空间研究	王炳成
65	一般项目	制造业集群创新网络的共生演化机制研究	王斌
66	一般项目	“技术—市场”双元性组合视角下科技型小微企业的破坏性创新模式	薛捷
67	一般项目	产业互联网背景下中小企业专利协同管理机制与路径研究	王宪云
68	一般项目	高管团队断裂带对民营企业成长绩效的影响研究	李武威
69	一般项目	后发情境下本土代工企业颠覆性创新机理与路径研究	杨桂菊
70	一般项目	后发情境下新创企业颠覆性创新及网络化成长研究	余维臻
71	一般项目	面向智能制造的传统企业创新能力提升机制与路径研究	任宗强
72	一般项目	制度逻辑与联盟认知融合视角下创业企业“联盟组合”影响创新绩效的机理研究	邓渝
73	一般项目	中国企业创新网络权力配置效率及其提升路径研究	吉迎东
74	一般项目	大数据背景下国家审计的模式变更和效率提升研究	石向荣
75	一般项目	地方政府 PPP 引导基金风险控制研究	马桑
76	一般项目	国有资本收益分配研究	何玉润
77	一般项目	互联网保险财务风险预警与化解研究	侯旭华
78	一般项目	绿色税收体系国际比较及经济后果研究	何平林
79	一般项目	我国政府创新创业投资引导基金投资运行机制研究	黄晓霞
80	一般项目	西南民族地区新型城镇化建设中多元化融资体系构建与完善路径研究	曾繁荣
81	一般项目	中国税收不确定性的决定因素及其宏观效应研究	杨武
82	一般项目	基于超网络的互联网金融系统风险控制模式及监管策略研究	米传民
83	一般项目	基于信息操纵的合谋型内幕交易及监管创新研究	姜华东
84	一般项目	基于信息挖掘的互联网金融信用风险评估与防范研究	陈为民
85	一般项目	违约相关性的混合控制与贷款组合信用风险管理研究	沈传河
86	一般项目	中国股票市场投资者保护政策失真的多重条件并发因果分析及对策研究	刘鹏
87	一般项目	放权改革、控制权配置与企业并购中 CEO 腐败的治理理论与实证研究	张洽

续表

序号	项目类别	课题名称	负责人
88	一般项目	环境嬗变下柴达木循环经济区资源型企业财务数据质量测度体系与智能评价研究	姚维玲
89	一般项目	货币政策波动与企业投资结构再平衡研究	于博
90	一般项目	碳税和碳交易协同视角下企业碳减排行为、效率及机制创新研究	刘惠萍
91	一般项目	我国传统制造业企业成本效率测度及提升机制研究	王茂超
92	一般项目	盈余信息质量对企业技术创新的影响机理与经济后果研究	徐良果
93	一般项目	政企合谋、规制俘获对企业环保投资的影响机理及对策研究	谢东明
94	一般项目	财务报告目标、会计信息功能与资本市场适应性研究	陈旻
95	一般项目	会计信息披露的文本可读性测度及应用研究	丘心颖
96	一般项目	基于环境会计的三江源生态资产价值评估与核算研究	荣凤芝
97	一般项目	构建基于绿色发展理念的企业环境管理控制系统研究	王玉红
98	一般项目	经济新常态下中国管理会计人才评价体系构建研究	熊焰韧
99	一般项目	风险投资异质性对企业创新的影响及可持续性发展机制研究	李西文
100	一般项目	混合所有制企业员工持股问题追踪研究	达捷
101	一般项目	基于混合所有制改革动因的竞争性国企股权重组有效性研究	周绍妮
102	一般项目	信贷政策、企业投资及其转型升级研究	冉渝
103	一般项目	中国股票市场的融资融券交易对盈余管理的影响研究	顾明
104	一般项目	“互联网＋”背景下企业能力、商业模式创新与社会企业绩效研究	吴剑琳
105	一般项目	公司治理、管理层权力与薪酬差距激励效应研究	佟爱琴
106	一般项目	“僵尸企业”的供应链溢出效应与其控制策略研究	许江波
107	一般项目	民营企业董事会多元化的治理有效性研究	魏锋
108	一般项目	女性参与治理行为与家族企业成长研究	郭萍
109	一般项目	网络时代制造业企业跨界转型的路径与对策研究	冯文娜
110	一般项目	大数据驱动下的众筹产品设计、定价与优化研究	屈绍建
111	一般项目	供应链视角下装备制造企业快速响应的影响因素研究	薄洪光
112	一般项目	小农户稳定融入的农产品供应链扶贫机理与运作模式研究	冯春
113	一般项目	新工业革命背景下面向商业生态系统的制造与服务融合机制研究	张卫
114	一般项目	基层共享医疗运营模式研究	吴晓丹
115	一般项目	基于关系变速视角的渠道动态学习多 AGENT 仿真研究	詹志方
116	一般项目	基于执行意向的网购行为关联演化模型与个性化推荐策略研究	王林
117	一般项目	价值共创视角下顾客参与的质量贡献机制研究	魏想明

续表

序号	项目类别	课题名称	负责人
118	一般项目	认知锁定情境下消费者网购决策的调节匹配效应研究	张敏
119	一般项目	中国老字号时尚化的机理、路径及对策研究	田超杰
120	一般项目	“中国智造”背景下工匠精神的发展及其对创新的影响机制研究	邓玉林
121	一般项目	传统中庸文化驱动新生代员工创新行为的应用研究	魏江茹
122	一般项目	创新型领导对员工职场创新行为的跨层影响机制研究	刘晓琴
123	一般项目	多主体参与服务创新过程中的价值共创机理与演进路径研究	张培
124	一般项目	新常态下东部地区创业团队的社会资本与新创企业行为研究	李成彦
125	一般项目	科技创新型企业文化三元属性对企业创新和绩效的整合效应及调节机制研究	陈卫旗
126	一般项目	知识产权风险视角下企业研发联盟稳定性双契约治理机制研究	甄杰
127	一般项目	中国情境下人格测验的参照框架研究	王强
128	一般项目	共享经济背景下平台型企业劳动关系的特征及风险治理问题研究	陈微波
129	一般项目	共享经济场域中员工—企业关系演化逻辑与治理机制研究	张捷
130	一般项目	我国高端制造强国战略下技能人才匹配策略与发展路径研究	杜学文
131	一般项目	我国自由贸易区人力资本集聚及优化配置中交易成本作用机制研究	杨凤岐
132	一般项目	新工业革命背景下的卓越工程人才培养路径与保障机制研究	石红波
133	一般项目	新经济产业员工和企业关系多元模式实证比较与优化对策研究	陈万思
134	一般项目	中国企业外派蒙古、俄罗斯员工工作稳定性问题研究	冯利伟
135	一般项目	工作重塑视角下生涯晚期工作中成功老龄化研究	王忠军
136	一般项目	新经济背景下我国企业内部个别协议及其作用机制的多层次研究	王红芳
137	一般项目	新生代员工资质过剩感对创造力影响的追踪研究	王朝晖
138	一般项目	新型雇佣关系对员工敬业度和组织人力资本竞争优势的影响研究	郭文臣
139	一般项目	中国现代企业 CEO 遴选机制研究	刘鑫
140	一般项目	大数据时代构建我国智慧旅游供应链协同机制研究	谌贻庆
141	一般项目	海峡西岸城市群旅游经济网络的演化、驱动及影响机制研究	李勇泉
142	一般项目	基于景观生态系统的我国世界文化景观遗产适应性管理研究	龚志强
143	一般项目	基于企业视角的旅游自然资源可持续发展治理研究	王彩萍
144	一般项目	全域旅游视域下海南医疗旅游产业发展动力机制及创新模式研究	耿松涛
145	一般项目	我国旅游业用地政策系统评估和优化研究	宋子千
146	一般项目	西南地区国家级文化生态保护区建设动力机制研究	李刚
147	一般项目	乡村旅游实践中人文发展之自组织与他组织的复合作用机理研究	焦彦

续表

序号	项目类别	课题名称	负责人
148	一般项目	产业互联网背景下的旅行服务企业战略转型研究	姚延波
149	一般项目	国家公园管理中的公众参与机制研究	张玉钧
150	一般项目	旅游类特色小镇社会生态系统脆弱性及恢复力建设研究	黄泰
151	一般项目	社会责任视角下乡村旅游小企业参与旅游精准扶贫机制研究	文彤
152	一般项目	国家重点生态功能区森林生态安全与林木生物质能产业风险的协同调控机制研究	刘轩
153	一般项目	面向突发事件的粮食安全情景构建及物流保障研究	李凤廷
154	一般项目	碳排放权交易下我国企业森林碳汇会计制度设计及运行机制研究	刘梅娟
155	一般项目	“减量增长”视角下衰落型村庄发展与更新的路径与模式研究	周滔
156	一般项目	国家农村金融综合改革试验区的农地金融风险形成、测度及控制研究	范静
157	一般项目	农村集体经营性建设用地入市改革的资源配置效应及共享发展机制研究	杜雪君
158	一般项目	贫困农户生计资产配置效应与可持续脱贫策略研究	李学婷
159	一般项目	网络嵌入视角下农民合作社的成长机制研究	罗建利
160	一般项目	基于农民现代化视角的我国新型职业农民培育途径与政策创设研究	朱奇彪
161	一般项目	城市化背景下北方岩溶区土地利用的生态风险及管理研究	齐善忠
162	一般项目	供给侧结构性改革视域下的自然资源核算及管理创新研究	李玉文
163	一般项目	能源互联网下以控制污染物排放为目标的多种能源发电协同发展研究	郭晓鹏
164	一般项目	山地丘陵农产品主产区种养关联的县域农业碳源/汇效应及调控机制研究	罗怀良
165	一般项目	中国省域能源消费碳强度空间依赖的量化估计、格局演变与碳强度目标减排路径研究	刘贤赵
166	一般项目	电器电子废弃物源头治理的多元激励问题研究	任鸣鸣
167	一般项目	互联网 + 回收积分制度下电子产品闭环供应链决策研究	钟华
168	一般项目	基于公众健康的长三角雾霾协同治理动力机制与责任成本分配研究	李惠娟
169	一般项目	基于数据包络分析的灰霾排放管控优化研究	郭际
170	一般项目	可持续发展视角下的绿色建筑作业成本计量及成本效益评价研究	陈琳
171	一般项目	收入不均与雾霾防治的相互影响机理及应对策略研究	刘辛
172	一般项目	雾霾治理中政府环境责任审计的实现机制研究	吴勋
173	一般项目	新常态下中国产业全碳足迹关联复杂网络及协同减排研究	杨传明
174	一般项目	支撑绿色发展的再生资源产业生态体系构建与保障策略研究	王敏晰

续表

序号	项目类别	课题名称	负责人
175	一般项目	产业转型升级背景下新疆少数民族就业结构的演变与优化研究	欧阳金琼
176	一般项目	代际分工视角下延迟退休对青年就业及薪酬的影响与对策研究	康书隆
177	一般项目	分享经济背景下模糊劳动关系治理机制创新研究	李攀艺
178	一般项目	我国机构养老服务的定价机制研究	沈勤
179	一般项目	新经济背景下劳动力就业形态演进与就业质量提升研究	孙丽丽
180	一般项目	新生代农民工市民化进程中职业能力动态演进及支持政策研究	郑爱翔
181	一般项目	政策网络视域下城市失独家庭养老保障体系构建研究	刘波
182	一般项目	中国养老服务业PPP融资模式及风险防控研究	陈华
183	一般项目	工程建设市场主体社会化监管机制研究	李明
184	一般项目	基于大数据的精准扶贫与贫困治理研究	许欢
185	一般项目	经济发达地区建设用地系统减量化绩效（PCLSD）的理论、实证和政策建议研究	刘红梅
186	一般项目	社会热点事件网络舆论反转的演变机理与治理研究	汪明艳
187	一般项目	中国社会组织参与“一带一路”建设的战略与对策研究	辛传海
188	一般项目	“河长制”下地方政府流域治理跨部门协同的绩效评估及优化路径研究	刘小泉
189	一般项目	“GMS便利运输协定”实施中我国政府跨部门协同管理机制研究	张正华
190	一般项目	社会公正视角下公众对政府的合作行为研究	方学梅
191	一般项目	生态环境协作治理中的府际关系及政府与民众关系研究	崔晶
192	一般项目	战略性新兴产业政策实施过程中的央地协调机制研究	丁魁礼
193	一般项目	“后补贴时代”我国新能源汽车推广应用政策研究	叶瑞克
194	一般项目	基于居民自治单元下沉的城市社区治理改革研究	冷向明
195	一般项目	社会共治视角下农村儿童食品安全治理体系研究	李佳洁
196	一般项目	社会质量视角下农业转移人口就近市民化的促进机制研究	卢小君
197	一般项目	我国医院行业市场机制有效性的实证研究	付明卫
198	一般项目	公立高等教育问责运行机制研究	刘淑华
199	一般项目	国家创新驱动发展战略下“大学—企业”人才流动机制研究	李雪飞
200	一般项目	我国创建世界一流大学的公共决策与资源配置模式研究	周继良
201	一般项目	我国革命老区贫困家庭大学生就业质量异质性测度与精准脱贫防返贫研究	季俊杰
202	一般项目	大数据背景下个人隐私整合治理机制研究	陈超

续表

序号	项目类别	课题名称	负责人
203	一般项目	京津冀一体的自然灾害综合防御分区策略研究	白鹏飞
204	一般项目	我国关键信息基础设施的网络空间供应链安全风险评估及应对研究	张子健
205	一般项目	大数据时代城市公共危机跨部门协同治理研究	周芳检
206	一般项目	大数据资源共享及多主体协同治理下的跨界突发水污染事件态势演变及应急策略研究	杨海东
207	一般项目	突发公共事件非理性网络舆论扩散的阻断机制研究	李晚莲
208	一般项目	系统论视角下自然灾害应急救助的公众有序参与机制研究	陈迎欣
209	一般项目	重大灾害设施失效机理分析与区域应急准备决策研究	俞武扬
210	一般项目	“将健康融入所有政策”的实现路径研究	杨金侠
211	一般项目	大数据环境下分级诊疗服务模式研究	胡红濮
212	一般项目	分级诊疗导向的纵向整合医疗服务体系研究	张录法
213	一般项目	基于多目标群体利益的公立医院技术服务及医事服务费定价决策及对策研究	李亚斌
214	一般项目	健康文化视角下新疆少数民族地区健康促进策略研究	姚华
215	一般项目	健全上下联动、衔接互补的医疗服务体系研究	魏来
216	一般项目	网络化治理视野中的慢性病分级管理体系研究	张敏
217	一般项目	以社区健康管理为核心的医联体政府管制研究	胡汝为
218	一般项目	基于三方动态博弈的政府购买社会组织公共服务绩效优化研究	陈岳堂
219	一般项目	养老服务 PPP 模式的社会资本投资回报机制研究	章萍
220	一般项目	中国基本公共服务供给侧结构性改革研究	郭小聪
221	一般项目	财务共享服务中心的功能定位与实现路径研究	程平
222	一般项目	产业互联网环境下中小制造企业绩效合同式服务研究	张志颖
223	一般项目	电子商务中基于隐私信息经济性的隐私信息保护和应用策略研究	梅姝娥
224	一般项目	顾客跨渠道行为驱动的新零售商业模式与渠道管理研究	陈远高
225	一般项目	价值共创视角下云计算生态系统的构建与演化机制研究	张戈
226	一般项目	民族地区社会安全服务移动政务采纳研究	朱丽平
227	一般项目	平台生态系统视角下中小企业的数字平台选择研究	万兴
228	一般项目	移动互联网环境下基于场景营销的 O2O 商务用户采纳研究	李普聪
229	一般项目	“互联网＋”对京津冀传统产业价值链的破坏性重构作用机理研究	董志良
230	一般项目	长江上游地区碳排放达峰协同实现路径研究	唐敏
231	一般项目	东北老工业基地制造业结构转型动因、阻滞与突破路径研究	李婉红

续表

序号	项目类别	课题名称	负责人
232	一般项目	基于空间逆选择效应的中国制造业国际分工地位提升研究	刘霞
233	一般项目	基于知识溢出的区域协同创新路径与机制研究	王雅洁
234	一般项目	区域合作治理网络及其协同演化机制研究	徐贵宏
235	一般项目	新疆农村人居环境治理调查研究	高雪静
236	一般项目	长江中游城市群制造业低端锁定困境与创新突破路径研究	牟仁艳
237	一般项目	城市排水系统脆弱性诊断及“数据治理”模式研究	陈伟珂
238	一般项目	技术惯域视角下城市群协同创新效应测度及可持续优化研究	刘爱君
239	一般项目	我国城市群发展与环境共治体系创新研究	马捷
240	一般项目	丝绸之路陕甘川毗邻区非物质文化遗产旅游开发及其生态保护研究	刘吉平
241	一般项目	新型城镇化背景下我国农村公共文化空间机制设计研究	陈波
242	一般项目	大数据时代互联网涉毒违法犯罪风险预警与防控机制研究	王玮
243	一般项目	国防科技资源配置中政府与市场的关系协调研究	张远军
244	一般项目	军队后勤供应保障标准制订机制研究	付义清
245	一般项目	习近平总书记关于实战化军事训练思想研究	李宗成
246	一般项目	作战体系评价研究	董树军
247	一般项目	城市水供需的动态优化与仿真研究	李可柏
248	一般项目	基于多粒度粗糙集的风险偏好型排序决策理论与方法	张海云
249	一般项目	时变提前期下非线性供应链鲁棒运作策略研究	张松涛
250	一般项目	政策工具视角下的古代政府治理思想及其当代价值研究	方宝璋
251	一般项目	新一代信息技术标准国际赶超战略及推进机制研究	詹爱岚
252	一般项目	“互联网+”背景下制造业创新生态系统运行机制研究	吴辉凡
253	一般项目	基于用能权的产业升级研究	罗晓梅
254	一般项目	“一带一路”建设背景下大型石油企业对中亚五国直接投资的动机与行为研究	努尔兰别克·哈巴斯
255	一般项目	喀斯特生态脆弱地区小微企业生态竞争力研究	曾春花
256	一般项目	习得性乐观视角下创业企业家创业失败的情绪修复研究	王鉴忠
257	一般项目	面向产学研用协同创新的四链融合机理研究	陈云
258	一般项目	智能投资组合理论与投资策略研究	潘和平
259	一般项目	大数据下预测和识别我国大型国有企业财务危机的路径及实时风险预警研究	谭青
260	一般项目	企业财务特征、治理环境对其退出产融结合的影响研究	王秀丽

续表

序号	项目类别	课题名称	负责人
261	一般项目	融资约束下供应链网络对公司投资效率的影响研究	史金艳
262	一般项目	我国上市公司社会责任报告中隐藏负面信息的形成机理及治理机制研究	李正
263	一般项目	产出随机的供应商融资模式优化与调控政策研究	彭红军
264	一般项目	能耗感知云工作流资源配置和任务调度协同优化研究	谢毅
265	一般项目	我国制造业实现“低碳与减霾”运行的软性途径研究	殷旅江
266	一般项目	不同时间距离广告对消费者广告态度的影响机制研究	望海军
267	一般项目	民族情结属性影响少数民族消费者异质性品牌选择行为的机理研究	陈刚
268	一般项目	外源性产业平台品牌的形成机制与发展策略研究	胡旺盛
269	一般项目	反生产行为的具身性影响因素及其作用机制研究	皇甫刚
270	一般项目	健康中国视域下农民工过度劳动与规制的跨层次研究	石建忠
271	一般项目	薪酬外部公平性对高管行为选择的影响研究	孙世敏
272	一般项目	政府限薪对国企高管整体薪酬的影响及人才流失的风险防范机制研究	陈胜军
273	一般项目	基于权利再分配的旅游精准扶贫机制研究	何莽
274	一般项目	基于条件价值评估法的群岛旅游资源非使用价值评估嵌入效应问题研究	肖建红
275	一般项目	天然林全面商业禁伐背景下中国木材安全风险及其防范研究	赵荣
276	一般项目	我国中西部地区新一轮集体林权改革的成效评价及制度完善研究	郭斌
277	一般项目	以生态安全和粮食安全并重为导向的粮食补贴政策研究	何蒲明
278	一般项目	异质性环境生产技术下中国城市全要素能源效率测度及解构研究	范丽伟
279	一般项目	多情景模拟下统一碳交易对我国出口竞争力的传导效应评估与政策研究	武群丽
280	一般项目	产业转型背景下技能形成与区域协同创新研究	杨钋
281	一般项目	大数据对公共政策影响的界定和应用研究	马海韵
282	一般项目	公共租赁住房再分配机制优化的理论与实验研究	邓红平
283	一般项目	农村土地流转对土地利用变化影响的多智能体动态模型及模拟	田光进
284	一般项目	中国工业用地配置特征、配置冲突和配置效率提升机制研究	屠帆
285	一般项目	城镇化背景下我国义务教育教师编制供需矛盾与编制制度改革研究	杨卫安
286	一般项目	基于量化风险评估的内河水上交通安全体系设计研究	尹静波
287	一般项目	脆弱性影响的复杂工程项目风险评价与管理体系重构研究	秦旋
288	一般项目	企业社会责任负面事件网络舆情演化规律及政企合作机制研究	齐丽云

续表

序号	项目类别	课题名称	负责人
289	一般项目	新媒体环境下农村中年居民健康信息获取障碍研究	王辅之
290	一般项目	大数据驱动的公共服务跨层级联动创新研究	张会平
291	一般项目	中国城市财政透明度对公共服务满意度的影响研究	郑浩生
292	一般项目	分享经济中的信任机制研究	李立威
293	一般项目	基于创新能力适配的区域创新体系演化发展研究	潘雄锋
294	一般项目	京津冀地区大气污染治理利基项目间学习研究	王江
295	一般项目	国有文化企业公司治理及评价研究	张娜
296	一般项目	我经略海洋可能遭遇的海上军事危机预测及管控对策研究	刘君然
297	一般项目	信息物理融合趋势下的空天信息装备体系建设研究	李飞
298	青年项目	国家实验室资源协同供给模式研究	聂继凯
299	青年项目	我国绿色发展的产业支撑问题研究	渠慎宁
300	青年项目	我国天然气进口风险防范机制设计与政策创新研究	邢文婷
301	青年项目	新工业革命背景下后发企业价值网络重构、结构跃迁与升级路径研究	魏旭光
302	青年项目	平台型组织创新研究	陈光华
303	青年项目	新经济下基于社会化媒体的消费者协同创新机制及演化研究	贾微微
304	青年项目	高技术企业开放式知识产权管理绩效对创新效率的作用机理及政策体系研究	康鑫
305	青年项目	平台企业主导型特色小镇的治理机制及政策研究	王节祥
306	青年项目	政府补贴机制调整与中国战略性新兴产业绩效提升研究	马永军
307	青年项目	中国货币政策国际联动量化决策方法与模型研究	李原
308	青年项目	金融科技创新驱动下数字货币信用创造及风险监管研究	庄雷
309	青年项目	四省藏区微型金融精准扶贫机制及政策研究	臧敦刚
310	青年项目	并购视角下企业杠杆率动态调整的理论与实证研究	李井林
311	青年项目	企业社会责任投入动态调整与优化对策研究	邹萍
312	青年项目	外部市场冲击与企业债务脆弱性研究	汪金祥
313	青年项目	创始人社会资本、控制权配置与家族企业成长问题研究	安维东
314	青年项目	内部控制视角下促进企业绿色环保投资主动行为的实证与对策研究	杨柳
315	青年项目	“时空异步”传导下自动化码头多级作业柔性困境及应对策略研究	许波桅
316	青年项目	强制性标准下企业信息安全外包与保险决策的协同机制和风险控制研究	董坤祥

续表

序号	项目类别	课题名称	负责人
317	青年项目	质量强国战略下无边界制造企业质量特异性免疫适应进化机理及影响路径研究	刘强
318	青年项目	非欺骗性仿冒品消费行为的动机、应对策略和影响后果研究	单娟
319	青年项目	价值共创视角下顾客参与网络服务补救的机制研究	陈欣欣
320	青年项目	创客“二元型工作狂”对其创造力影响的混合效应研究	王成城
321	青年项目	全域旅游背景下草原旅游地人地系统脆弱性及其适应演化机制研究	李文龙
322	青年项目	自然保护区旅游资源对人类活动的生态风险响应机理和评价研究	耿玉环
323	青年项目	“一带一路”战略下丝绸之路旅游品牌共享机制构建研究	韩慧林
324	青年项目	多维视角下西部贫困地区返乡农民工旅游创业研究	白雪
325	青年项目	供给侧结构性改革下南疆棉农生产性服务供给路径研究	李先东
326	青年项目	新型农业经营主体对农地产权演化的影响机制研究	周敏
327	青年项目	农村老年多维贫困与精准扶贫机制研究	王瑜
328	青年项目	政策性农业融资担保有效运行模式研究	冯林
329	青年项目	基于水账户的丝绸之路经济带典型荒漠绿洲区域水资源效益评估及治理制度研究	朱前涛
330	青年项目	“一带一路”背景下环境评价政策实施在跨组织（跨国）层面的合作机制研究	张杰
331	青年项目	国际比较视野下中国企业职业福利供给结构失衡问题研究	丁学娜
332	青年项目	基于医保赔付数据的不合理医疗支出构成及约束机制研究	高秋明
333	青年项目	社会保险费率下调对企业生产力的影响研究	邓悦
334	青年项目	城市公用事业中政府与社会资本合作的契约治理与规制政策研究	付金存
335	青年项目	城市垃圾危机视域下环境治理政社协同的场域、机制与路径研究	谭爽
336	青年项目	心理资本视角下志愿行为可持续性发展机制研究	徐礼平
337	青年项目	政策扩散视域下的中国网络舆情治理研究	马静
338	青年项目	地方政府职能转变绩效的影响因素及驱动机制研究	张电电
339	青年项目	京津冀协同发展中政府间合作的激励约束机制与耦合路径研究	杨志云
340	青年项目	环境政策执行的激励结构及影响机制研究	陈佳
341	青年项目	基于社会共治视角的可追溯食品消费政策研究	侯博
342	青年项目	普惠性企业创新支持的税收激励政策研究	孙莹
343	青年项目	风险感知视角下公众雾霾应对行为机理与调控策略研究	朱苇苇

续表

序号	项目类别	课题名称	负责人
344	青年项目	基于智能体和大数据驱动的超大规模社会性突发事件建模与应急仿真推演研究	张明新
345	青年项目	面向环境污染事故灾害的多元主体应急协调能力测度及提升策略研究	杨巧云
346	青年项目	嵌入增强现实和人工智能的公共安全“国家、省、市、县”联动应急响应复杂机理研究	段在鹏
347	青年项目	精神卫生防治体系反应性评估研究	周蔚
348	青年项目	中国城乡居民医保整合下的不公平测度及影响机制研究	周钦
349	青年项目	省直管县改革对县级政府基本公共服务供给绩效的政策效应研究	叶杰
350	青年项目	我国公共服务供给的公私合作制度研究	蔡长昆
351	青年项目	国有文化企业转型社会企业的战略与对策研究	潘娜
352	青年项目	长江经济带军民结合产业基地协同发展研究	乔玉婷
353	青年项目	惩罚机制下公共品自愿供给的组合性均衡评价及其实验研究	廖玉玲
354	青年项目	供给侧结构性改革背景下中国科技投入与经济发展互动关系测度研究	王子晨
355	青年项目	基于中智集理论的热带风暴灾害评估机制研究	谭睿璞
356	青年项目	基于联盟组合的后发企业逆向创新实施路径研究	李薇
357	青年项目	国有僵尸企业的银行借款及其对股东利益的影响研究	张栋
358	青年项目	上市公司内部控制缺陷认定标准的影响因素研究	杨婧
359	青年项目	国有企业集团内部资本市场配置效率研究	王惠庆
360	青年项目	互联网环境下基于顾客价值的实体零售商业模式重塑研究	王勇
361	青年项目	“一带一路”背景下云南茶文化旅游的资源空间结构、地域类型及发展模式研究	时雨晴
362	青年项目	旅游目的地失范性消费空间的成因、影响机制和引导政策研究	罗佳琦
363	青年项目	美学经济视角下的休闲农业体验化研究	邱晔
364	青年项目	产业精准扶贫价值链构建及其管理研究	翟军亮
365	青年项目	人大主导的我国财政收入—支出绩效评价机制研究	卢扬帆
366	青年项目	五年规划体制下环境目标设置的环境效应与作用路径研究	张攀
367	青年项目	博士生教育质量关联机理、生成机制及提升策略研究	高耀
368	青年项目	地方高校学科—专业—产业链的协同建设与治理机制研究	郭雷振
369	青年项目	政策成本视角下的高中招生指标到校执行研究	王世岳
370	青年项目	特大城市公共交通系统脆弱性评价与防控机制研究	袁朋伟
371	青年项目	面向网络突发公共事件的政务微博“微能力”研究	姜景

续表

序号	项目类别	课题名称	负责人
372	青年项目	功能疏解背景下超大城市常住外来人口的迁留行为研究	胡磊
373	青年项目	军民融合战略布局问题研究	李亮
374	青年项目	我国警民信任危机的生成、跨层“感染”及修复策略研究	李辉
375	西部项目	低空空域与通航飞行管理体制机制研究	余付平
376	西部项目	“全球公域”与“全球公域治理”	付小兰
377	西部项目	武陵山片区乡村旅游精准扶贫效益测度及益贫机制研究	黄炜
378	西部项目	武陵山片区农村公共文化产品供给绩效评价与优化对策研究	李长友
379	西部项目	中越边境反走私综合治理研究	叶栋梁
380	西部项目	供给侧改革下珠江—西江经济带协同创新体系研究	杨西春
381	西部项目	社会公众自主品牌消费意识形成的驱动机理及培养机制研究	曾得国
382	西部项目	基于消费者选择行为的新能源汽车研发财政资助政策研究	黄波
383	西部项目	社交网络信息对城市交通出行决策行为的影响研究	陈坚
384	西部项目	土地股份合作社“三权分置”视角下农民土地权益保护研究	肖端
385	西部项目	“两票制”对药品流通行业的供应链结构及效率的影响研究	冯毅
386	西部项目	我国出境游对境内游的替代效应研究	李志勇
387	西部项目	西南地区城市物流空间演化特征、机理与优化策略研究	付江月
388	西部项目	组织合法性对“走出去”的中国企业形象的影响研究	常玉
389	西部项目	“共享价值”理念下民族地区全域旅游发展动力创新研究	张亮晶
390	西部项目	基于大数据思维的药品安全治理研究	张文学
391	西部项目	全球化视域下新疆社会稳定风险与安全治理规律性研究	曹李海
392	西部项目	维稳视角下新疆少数民族农牧区民生保障问题研究	武晓雯

资料来源：国家社科基金项目数据库（http：//fz. people. com. cn/skygb/sk/）

第七篇

学界动态

“一带一路”与中国企业管理国际化学术研讨会暨中国企业管理研究会2017年年会

2017年8月25日，“一带一路”与中国企业管理国际化学术研讨会暨中国企业管理研究会2017年年会在新疆石河子大学召开。此次会议由中国企业管理研究会、石河子大学、蒋一苇企业改革与发展学术基金联合主办，石河子大学经济与管理学院、《中国工业经济》杂志社、《经济管理》杂志社、石河子大学公司治理与管理创新研究中心、中国社会科学院管理科学与创新发展研究中心、中国社会科学院西部发展研究中心联合承办。

来自全国各高校、研究机构、企业、社会机构、杂志社、出版媒体等74家单位的200多位与会代表以及石河子大学经济与管理学院的部分师生参加了会议。大会开幕式由中国社会科学院工业经济研究所所长、中国企业管理研究会理事长黄群慧研究员主持。黄群慧在开幕式中介绍了参加了此次会议的嘉宾和会员单位，并代表中国企业管理研究会对石河子大学表示衷心的感谢。

石河子大学校长代斌教授代表石河子大学致欢迎词，他向与会专家学者简要介绍了石河子大学校史与管理学科的发展情况，感谢此次会议为石河子大学工商管理学科发展提供平台和机遇。

中国企业管理研究会会长黄速建研究员致辞，对中国企业管理国际化的目的、前提、关键、重点、难点和支撑等内容展开了论述。最后，他希望与会代表围绕大会主题展开深入研讨，充分交流思想、广泛分享观点、全面展示成果、深入探讨方向，希望此次研讨会能够成为中国企业管理国际化学术思想的饕餮盛宴。

会议内容分主题报告和分组讨论两部分。在主题报告环节，中国社会科学院工业经济研究所黄群慧研究员、河北经贸大学纪良纲教授、上海国家会计学院李扣庆教授、山东大学徐向艺教授、西安理工大学党兴华教授、石河子大学杨兴全教授、重庆工商大学梅洪常教授、中国社会科学院工业经济研究所李海舰研究员、中央财经大学崔新健教授、山西财经大学杨俊青教授、北京工业大学黄鲁成教授、河南大学魏成龙教授、石河子大学刘追教授等13位学者依次作了大会主题发言。

分论坛分别围绕“一带一路”倡议与企业“走出去”、“一带一路”背景下的改革创新以及“一带一路”背景下的管理变革三个议题展开研讨，分别由湖南省社会科学院朱有志研究员、辽宁大学张广胜教授和景德镇陶瓷大学李良智教授主持，与会代表围绕各自主题展开了热烈的讨论，点评专家也给出了中肯的建议。

中国社会科学院文学国教授主持了此次大会的闭幕式。此次年会共收到会议论文69篇，经过专家评审甄选出5篇论文，作为中国企业管理研究会2017年度优秀论文。安徽财经大学陈忠卫教授与中国社会科学院工业经济研究所张其仔研究员为获奖者颁奖。最后，石河子大学经济与管理学院院长杨兴全教授作大会总结发言。至此，“一带一路”与中国企业管理国际化学术研讨会暨中国企业管理研究会2017年年会圆满闭幕。

（李先军，中国企业管理研究会，摘自 http：//gjs. cssn. cn/xwzx/201708/t20170831_3626717. shtml）

《中国工业经济》高端前沿论坛(2017·春季)暨"'逆全球化'与实体经济转型升级"研讨会

2017年5月26—28日，由《中国工业经济》杂志社和经济管理出版社联合主办的《中国工业经济》高端前沿论坛（2017·春季）暨"'逆全球化'与实体经济转型升级"研讨会在北京成功举办。来自中国社会科学院、北京大学、南京大学、武汉大学、中山大学、香港科技大学、中国人民大学、中南大学、南开大学、安徽大学、中央财经大学、西南财经大学、中南财经政法大学、南京财经大学、暨南大学、大连理工大学、华东理工大学、对外经济贸易大学、上海对外经贸大学、广东外语外贸大学、南京审计大学等科研院校的专家学者，以及《中国社会科学报》《经济参考报》等媒体代表共130余人参加此次论坛。中国社会科学院工业经济研究所所长黄群慧研究员、经济管理出版社总编辑杨世伟研究员致辞；9位嘉宾出席论坛并作主题演讲；学术研讨分6个分论坛，从近百篇会议投稿中遴选出20篇论文作会议报告。

嘉宾演讲环节，中国社会科学院学部委员金碚研究员、中国社会科学院工业经济研究所所长黄群慧研究员、南京大学刘志彪教授围绕"逆全球化"与实体经济转型升级作主题演讲；中国社会科学院亚太与全球战略研究院院长李向阳研究员、南开大学副校长佟家栋教授、武汉大学经济与管理学院/香港科技大学谢丹阳教授、南开大学包群教授围绕全球化与"逆全球化"作主题演讲；北京大学国家发展研究院副院长余淼杰教授、中国人民大学王孝松副教授围绕中美经贸关系作主题演讲。

学术研讨环节，学者们围绕以下主题进行了讨论：（1）国际贸易与国际投资。上海对外经贸大学汪建新教授、中国社会科学院亚太与全球战略研究院沈铭辉研究员分别以"汇率波动幅度与贸易：兼论人民币国际化""国际投资协定中可持续发展条款对双边投资的影响"为题作报告。（2）全球价值链。南京大学郑江淮教授、武汉大学黄永明教授、中国社会科学杂志社林跃勤研究员、西南财经大学蒋为副教授、北京工业大学张鹏杨讲师分别从"本土市场引致全球价值链竞争的影响效应""美国再工业化对我国制造业在全球价值链国际分工地位的影响""产业创新与金砖国家全球价值链提升""全球生产分工的演进、分布与成因""FDI、全球价值链位置与出口国内附加值"等不同视角作阐述。（3）工业转型升级。华东理工大学伏玉林教授、大连理工大学孙晓华教授、中山大学李世刚副教授、中山大学郭凯明副教授、广州大学贾帅帅助理研究员分别就"基于产品空间视角的中国制造业产业升级""政府补贴推动了工业转型升级吗""收入分配与产品质量分布""中国的投资和结构转型""钢铁倒U型曲线、跨国异质性与国际产能合作"等问题作报告。（4）工业发展。南京审计大学徐礼伯教授、中南财经政法大学石军伟教授、中国社会科学院数量经济与技术经济研究所郑世林研究员、南京大学耿强教授、西南财经大学孙楚仁教授、对外经济贸易大学李明副教授、对外经济贸易大学周末副教授、中国社会科学院工业经济研究所时杰助理研究员等分别以“美国后工业化阶段的发展逻辑与‘再工业化’战略”“工业发展与出口质量”“互联网与中国工业经济增长”“中国工业贸易的资源环境效应再检验”“贸易自由化与企业内部雇佣技能结构调整”“中国出口国内附加值演变的人力资本解释”“压低工业地价真的能促进本地工业企业绩效提高吗”“逆全球化与破解中国工业发展成本困局”为题开展学术交流和探讨。

（《中国工业经济》编辑部）

“管理学在中国”2017年会暨第一届中国管理50人论坛

2017年9月30日上午的“管理学在中国”学术报告会上，来自管理学领域的学界大咖们齐齐分享了自己近年来对中国管理的研究报告，这些报告提炼了本土管理学多年研究成果，将本土抽象概念模型化、理论化，以古鉴今，与时俱进，致力于推动本土管理的健康发展。

席西民校长首先发表演讲“时代的挑战与机遇：中国及其管理”，通过分享自己创办西交利物浦大学的经历来探讨多元文化情景下的管理问题。随后，来自管理学领域的学界大咖们齐齐分享自己近年来对中国管理的研究报告。

清华大学社会学系教授罗家德以“用大数据衡量中国人的关系圈子”为题进行报告，重点探讨圈子这个完全本土的概念如何用数学和模型加以表达。他强调：“好的本土化一定是全球化的，多元包容、兼容并蓄才是王道。”

南开大学商学院企业管理系教授任兵围绕本土企业解围转型期战略管理困境的摇摆行为模式进行探讨，以“打开黑箱回归常识：本土管理理论构建的新范式”为题发表主题演讲，她指出了企业家“好战略”和“坏战略”的区别：好战略涵盖了企业家暂时的判断机制与过程中的柔性支持机制，坏战略是企业家仅仅依赖自己暂时的或者局部的判断机制来试图掌控全局，而缺失服务于过程的柔性支持机制。

会上，南京大学人力资源管理战略研究所所长赵曙明、西交利物浦大学西浦国际商学院院长陈靖涵分别就中国企业人力资源管理和商业教育的影响力发表了自己的观点。

下午的圆桌辩论与之前的学企演讲环环相扣，精彩纷呈。圆桌辩论第一个环节关注本土管理的现状与发展，第二个环节则围绕“管理学研究在中国：问题、机会和挑战”话题进行深入的讨论。

作为“管理学在中国”年会的重磅环节，“中国管理50人”于29日正式成立，同时发布了中国管理50人《金鸡湖告白》，汇聚专业学者对中国管理实践、研究及教育的反思，传递出努力打造中国管理研究领域的良性生态的有力声音。

中国管理50人是本土管理领域的非营利性、开放式的创新组织，由管理学生态圈的企业、学者等重要社会影响力的人士组成。

（付雅琪、吴炎子、田丽萍、张玮倩、许恬甜，西交利物浦大学，摘自 http：//www.gx211. com/news/20171010/n15076052881020_2. html）

第十届中国战略管理学者论坛

2017 年 11 月 25 日，由中国管理科学学会战略管理专业委员会和中国战略管理学者论坛组委会主办，南京理工大学经济管理学院、创业教育学院、安徽财经大学工商管理学院和江苏省科技厅科技人才思想库联合承办的第十届中国战略管理学者论坛（以下简称“论坛”）在南京理工大学举行。该届论坛以“智能互联网下的战略管理”为主题，积极响应了党的十九大会议的精神，深入探索“智能互联网 +”时代下的战略管理，旨在推动互联网、大数据、人工智能和实体经济深度融合。来自清华大学、北京大学、复旦大学、南京大学、中国人民大学、西安交通大学等 70 所国内高校及研究机构的 150 多位专家学者参加了论坛的活动。

11 月 25 日上午，论坛在科技会堂举行。论坛开幕式由南京大学商学院陈传明教授主持。

经济管理学院院长恢光平致欢迎词。恢光平院长指出此次大会的主题是智能互联时代的战略管理，就是要探讨新技术、新模式不断涌现的现在和未来中企业战略管理的新理论、新工具、新方法。大会主题和党的十九大精神契合，无疑是非常重要的一次大会。同时恢院长就与会专家对南京理工大学经济管理学院的指导与帮助表达了感谢，预祝会议圆满成功！

南京理工大学副校长廖文和指出，我们已经进入智能互联时代，物联网、大数据、云计算、人工智能等技术的发展，对我们的社会结构、思维观念、商业模式、管理方法等都产生了颠覆性影响。此次论坛以“智能互联时代的战略管理”为研究交流主题，无疑是一次适时的、重要的、有影响力的会议。通过全体与会专家的共同努力，此次论坛必将成为一个权威观点的发布平台，一个理论与实践合作对话的桥梁，一次增进学术交流、活跃学术思想、推动学科发展的年度盛会。

围绕“互联网时代商业模式的颠覆与创新”的主题，西交利物浦大学的席酉民教授首先介绍了商业模式的定义，指出商业模式存在诸多冲突有矛盾的界定，这与其发展与演化的历史密不可分。席教授认为，一个新的商业术语的形成，一定有其背景与独特的内容含义，是为了描述和解决已有商业术语不能完全解决的现象与问题。商业模式一定与价值创造有关，研究商业模式可以为我们提供一种整体性的观察社会、企业发展的途径。过去的研究中，多种理论视角可以用来探讨商业模式，包括制度理论、社会网络、资源基础管等。而当下随着技术与社会的发展，使得我们必须以颠覆性的方式重新定义“资源”与“交易”，这正是“商业模式”这一概念的使命与本质。

围绕“智能互联时代的企业战略思考”，北京大学光华管理学院的武常岐教授开篇回顾了战略管理领域的经典理论，并高屋建瓴回溯了战略管理领域的重要问题：企业成功的原因是什么，成功企业的特质有哪些，战略管理研究能够为企业实践作出怎样的贡献。他认为智能互联网时代下，技术联系了市场的供给侧和需求侧，信息通信技术、互联网、物联网和万物互联技术、人工智能技术和数据技术对企业战略布局产生了重大的影响。从历史角度来看，技术发展深刻影响了经济全球化，世界经济正在跨入智能互联的时代，作为中国的战略管理学者需要回答的四大问题是：成功的企业是时代的企业意味着什么？智能互联对于中国和中国企业意味着什么？智能互联时代对战略分析框架有什么影响？智能互联时代创新创业对于商学教育有什么影响？

开幕式结束后，对外经济贸易大学公共管理学院院长、国际商学院教授范黎波主持了论坛二“智能互联时代的战略机遇与挑战”。论坛上，南京大学商学院的张骁教授围绕“互联网+”能为“智能制造”做什么作了汇报分享，东南大学经济管理学院的杜运周教授探讨了组织思维与协同优势构建的思考；华南理工大学工商管理学院的叶广宇教授探讨了技术进步和智能制造条件下的企业战略转型问题；中山大学商学院的符正平教授分享了他对战略性新兴产业集聚格局及演化趋势的思考；复旦大学管理学院的宁钟教授探讨了制造业企业商业模式创新——转型升级的八种模式；南京理工大学创业教育学院周小虎教授分享了他对互联网下半场的企业社群战略的思考；中国人民大学商学院的宋华教授阐述了产业企业主导的供应链金融如何助力中小企业融资；东北财经大学工商管理学院的韵江教授分享了他对平台组织构建与战略转型的思考；南京财经大学工商管理学院院长杨林教授探讨了“互联网+”背景下传统制造企业商业模式创新与跨界成长；北京石油化工学院经济管理学院系主任张小红教授分享了智能互联时代的管理学体系重构研究。

此次论坛内容丰富，会议积极贯彻党的十九大精神，围绕主题展开了热烈的讨论，在高端学术思想的激荡中推动新时代背景下企业的转型、升级新理论的研讨，促进了学术研究的风潮与水平，为智能互联网时代背景下企业的转型、变革和创新提供有益的借鉴！

（陈莹，南京理工大学经济管理学院，摘自 http：//zs. njust. edu. cn/78/fb/c4621a162043/page. htm）

中国公共管理学术年会(2017)暨第三届公共管理青年学者论坛

2017年10月13—14日，中国公共管理学术年会（2017）暨第三届公共管理青年学者论坛在上海交通大学成功召开。此次会议由中国管理现代化研究会公共管理专业委员会和中国管理现代化研究会青年工作委员会主办，上海交通大学国际与公共事务学院和中国城市治理研究院承办。此次大会的主题是“全面深化改革背景下的公共管理：致力于打造一个更包容的社会”。来自清华大学、北京大学、中国人民大学、上海交通大学、浙江大学、复旦大学、中山大学、南京大学、西安交通大学、北京航空航天大学、厦门大学、武汉大学、四川大学以及香港中文大学、美国斯坦福大学等70余所高校的200余位专家学者参加会议。

上海交通大学党委副书记胡近教授，清华大学公共管理学院副院长朱旭峰教授和上海交通大学国际与公共事务学院院长钟杨教授在会议开幕式上分别致辞。会议邀请了北京大学政府管理学院院长俞可平教授和美国公共行政学会前会长、中佛罗里达大学公共行政系主任刘国材教授分别作了题为“公共管理的帕累托最优”和“公共服务价值”的主题报告。在会议超级论坛阶段，南京大学政府管理学院院长孔繁斌教授、清华大学朱旭峰教授、中山大学何艳玲教授、北京航空航天大学杨立华教授和复旦大学敬乂嘉教授围绕会议主题分别进行了演讲。

大会设以下平行分论坛：公共财政、干预和预算；治理理论与包容性发展；创新创业与人才政策；城市化、公众参与和城市治理；公共价值与绩效；公共政策与创新；公共部门人力资本与领导力；老龄化与社会保障和慈善、非营利与第三部门管理。与会专家学者就这些议题展开20场分组讨论。

作为此次会议的预备会议，大会专门邀请公共管理领域知名期刊的主编、编委等同与会者开展“期刊主编面对面”交流活动。闭幕式上，大会举行了优秀论文颁奖和下一届会议举办权交接。据悉，下一届年会将由兰州大学管理学院承办。

（沈崴奕，上海交通大学，摘自《中国行政管理》2017年第11期）

第十三届中国科技政策与管理学术年会

2017年10月28—29日，由中国科学学与科技政策研究会主办，福州大学承办，福建省中青年经济发展研究会、福建省技术经济与管理现代化研究会、《科学学研究》《科研管理》《科学学与科学技术管理》编辑部联合协办的“第十三届中国科技政策与管理学术年会暨中国科学学与科技政策研究会理事会”在福州大学召开。来自中国大陆高校、科研院所、产业界，中国台湾各大学，美国伯克利大学，加拿大劳瑞尔大学等单位的800余位专家学者参加此次会议。

28日上午，大会举行开幕式，中国科学学与科技政策研究会李光副理事长主持开幕式，福州大学党委书记陈永正研究员、大会主席方新研究员先后致辞。方新研究员在致辞中对福州大学校方的支持、参会同人对研究会的厚爱表示了感谢，她回顾了研究会35年发展历程，号召研究会全体会员和同行抓住党的十九大及新时代发展带来的机遇，争取再立新功。

此次年会还颁发了首届中国科学学与科技政策研究会奖，分别授予罗伟、吴明瑜终身成就奖，刘则渊、陈劲杰出贡献奖，张赤东、李万优秀青年奖。大会邀请方新研究员作特邀报告，她对加强科技法治融合推动社会公平正义的问题进行了深入解读，其他特邀报告还有张碧晖教授“中国科学学的回顾与反思”、胡志坚研究员“企业家精神 or 工匠精神——融资模式视角下的对比分析”、李廉水教授“大数据融合提升灾害防御能力政策思考”、黄志刚教授“财富创造与国家战略”、蔡莉教授“开拓型企业对跟随型新企业机会利用的影响研究”、魏江教授“知识资产治理的合法性机制”、穆荣平理事长“强化新动力增添新动能：关于建设社会主义现代化强国的若干思考”等。

28日下午及29日上午，大会共分24个分会场就相关主题开展了深入讨论与交流，其中，各专业委员会设立了“赵红州科学学学术思想研讨会及科学学与科技管理学科建设”等16个分会场。29日下午，中国科学院科技战略咨询研究院樊春良研究员、上海市科学学研究所所长骆大进、中山大学常务副校长孙冬柏教、中国科技大学徐飞教授、北京科学学研究中心主任张士运研究员围绕“创新型国家和世界科技强国建设”进行了专题对话，并与现场观众深入互动交流。此次年会收到论文近400篇，最终组委会评出优秀论文16篇，穆荣平理事长向优秀论文作者颁发了荣誉证书，优秀论文将刊载于《科学学研究》《科研管理》《科学学与科学技术管理》等期刊。

（福州大学经济与管理学院，摘自《科学学研究》2017年第11期）

新发展理念下会计理论创新与实践
——中国会计学会 2017 年学术年会

2017 年 7 月 1—2 日，中国会计学会 2017 年学术年会在山东工商学院召开，此次年会以“新发展理念下会计理论创新与实践”为主题，由中国会计学会会计教育分会主办，山东工商学院承办。出席此次年会的有财政部会计司、中国会计学会、山东省财政厅的领导和中国会计学会会计教育分会的常务理事，以及来自中国人民大学、南开大学、中山大学、西安交通大学、中南财经政法大学、东北财经大学、中央财经大学、西南财经大学、澳门大学、国家会计学院等 149 所高校、科研单位、宣传媒体和会计实务界的 300 多位代表。

7 月 1 日上午年会在山东烟台东方海天三楼多功能厅开幕。大会开幕式由中国会计学会会计教育分会现任会长、武汉大学王永海教授主持，出席开幕式的领导和嘉宾有中国会计学会常务副会长杨敏、中国会计学会秘书长王鹏、山东工商学院院长谭秀森教授、中国人民大学戴德明教授、西安交通大学张俊瑞教授、北京国家会计学院于长春教授、山东省财政厅巡视员文新三、山东工商学院会计学院院长桂良军教授，出席此次会议的嘉宾还有中国会计学会学术部喻灵主任、厦门大学曲晓辉教授、西南财经大学蔡春教授、重庆大学辛清泉教授、江西财经大学章卫东教授、对外经贸大学陈汉文教授、远光软件股份有限公司李美平高级工程师等。

山东工商学院院长谭秀森教授首先致欢迎词，并向与会嘉宾介绍了山东工商学院及会计学院的基本情况，并希望各位会计领域的专家、学者对学校的发展，尤其是会计学科的发展给予一如既往的关心、指导和支持。随后，山东省财政厅巡视员文新山致辞，文新三巡视员代表山东省财政厅对年会的顺利开幕表示热烈的祝贺，同时向出席会议的各位专家、学者表示热烈的欢迎。他向与会嘉宾介绍了山东省会计行业的发展情况以及山东省会计管理机制体制的演变和创新。最后，中国会计学会常务副会长杨敏女士致辞，杨会长首先代表中国会计学会向莅临此次会议的各位嘉宾表示欢迎和感谢。杨会长指出学术界和实务界应结合《会计改革与发展“十三五”规划纲要》，用新发展理念引领会计事业的发展，并从三个方面提出期望：（1）新发展理念应立足于“创新、协调、绿色、开放、共享”五大发展理念，坚持创新引领、坚持强化法治、坚持服务发展、坚持文化传承、坚持开放合作；（2）深入理解新发展理念，并将新发展理念贯彻到会计理论、会计实践发展的始终；（3）立足新发展理念进行会计理论创新与实践需要中国会计学会更多地参与，以便更好发挥学会的桥梁和纽带作用。

开幕式结束后，大会进入主题报告阶段。主题报告上半场由中国会计学会会计教育分会现任会长、武汉大学王永海教授主持。首先中国会计学会王鹏秘书长以“加快构建中国特色会计理论体系”为题作了主题报告。随后，对外经贸大学陈汉文教授、山东工商学院吴树畅教授、南开大学刘志远教授，远光软件股份有限公司高级工程师李美平分别围绕着“中国上市公司内部控制指数：逻辑、构建与经验”“会计人员何去何从？财务共享服务推动会计变革与人才培养模式转型”“企业风险承担研究的若干思考”“互联网技术给企业财务带来的冲击”作了主题报告。大会主题报告精彩生动，得到了参会代表的一致好评。

7月1日下午和7月2日上午，代表们又分专题进行了学术研讨。此次学术年会共设财务会计专题、资本市场专题、公司治理专题、公司投融资专题、审计理论专题、管理会计专题、内部控制专题和人才培养与政府会计专题八个分会场，共有77篇论文进行了小组交流，并由相关专家、学者对交流论文进行点评，各位与会代表积极参与，踊跃交流，气氛活跃。

7月2日上午，分论坛结束后，大会进入主题报告环节。主题报告由西安交通大学张俊瑞教授主持，来自北京国家会计学院于长春教授、西南财经大学蔡春教授、重庆大学辛清泉教授、江西财经大学章卫东教授分别围绕“工业4.0条件下无形资产营运管理”“关于审计思维与审计人才培养的思考”“会计数字在中国的用途和准则执行含义：初步思考”“大股东控制、定向增发与利益输送”作了主题报告。

主题报告结束后，北京国家会计学院于长春教授主持了此次年会的闭幕式。中国会计学会会计教育分会秘书长储一昀教授进行大会总结发言。他对年会的投稿、录稿的基本情况进行了说明，对会议的历程进行了回顾和总结；对各位领导专家对中国会计学会教育分会的关怀和指导表示感谢，对山东工商学院会计学院承担会务工作的教师及会议志愿者表示感谢，对年会的举办给予了高度评价。最后，山东工商学院会计学院院长桂良军教授热情致辞并与下届年会的承办单位安徽财经大学会计学院高利芳副院长交接了会旗，并由高利芳副院长发言，她诚挚邀请各位专家学者积极参会，并对承办好中国会计学会2018年学术年会充满信心。

（山东工商学院会计学院）

中国工商管理研究年度高端论坛(2017)成功举办

2017年3月25—26日，由中国社会科学院《经济管理》杂志社主办，北京邮电大学经济管理学院承办的中国工商管理研究年度高端论坛（2017）在北京邮电大学成功召开。中国工商管理研究年度高端论坛是由《经济管理》杂志社主办的高层次、小规模、求实效的工商管理研究高端学术论坛，2008年1月12日首次在北京举办。这届论坛的主题为“近年来中国工商管理研究中存在的问题梳理”，围绕这一主题，来自中国社会科学院、北京大学、中国人民大学、南开大学、中山大学、山东大学、南京大学、吉林大学、湖南大学、郑州大学、安徽大学以及北京邮电大学、北京师范大学、北京交通大学、中央财经大学、中央民族大学、首都经贸大学等全国多所高校的百余位专家、学者展开了热烈的讨论，共同探讨新的经济发展环境下，中国管理学研究中的存在的问题以及未来管理理论研究的创新发展之路。

开幕式上，中国社会科学院工业经济研究所所长、中国企业管理研究会理事长、《经济管理》杂志主编黄群慧研究员代表主办单位致辞。黄群慧所长指出，随着后工业化时代的到来，物联网与人工智能等技术的飞速发展，工商管理实践近些年面临很多变革，这为工商管理研究提出了新的问题与挑战。基于此，《经济管理》杂志社举办此次论坛，旨在通过梳理近年来工商管理研究中存在的问题，同与会学者共同探讨并形成有益学科发展的共识，以推动中国工商管理学科的发展。

北京邮电大学副校长、国家自然科学基金学科评委成员郭军教授代表承办方向与会嘉宾致辞。郭校长介绍了北京邮电大学的文化传统、学科优势、战略规划，以及北京邮电大学工商管理学科的发展情况。北京邮电大学经济管理学院院长王欢教授介绍了北京邮电大学经济管理学院的概况，以及近年来在互联网与信息技术等研究领域取得的进展。国家自然科学基金管理学部的有关领导应用统计数据介绍了近年来我国工商管理学科发表论文以及世界排名情况，并指出了当前我国工商管理研究面临的问题与挑战。

开幕式后，中国人民大学副校长、商学院教授伊志宏女士，长江学者、南开大学商学院院长张玉利教授，中山大学教授、广州大学校长魏明海先生分别作了主题报告。伊志宏教授作了题为“商学院定位、教师角色与管理研究的困惑”的主题报告。伊教授首先从组织结构、财务来源、学生教学、科学研究四个方面比较了美国、欧洲与我国商学院的发展情况。其次，从教学、科研、实践三个方面指出了商学院教师的素质要求。最后，指出了当前我国工商管理学研究中存在的过度科学化、论文评价、学术GDP、智库热等问题，并为青年学者如何进行研究提出了建议。

25日下午，与会学者围绕战略管理与市场营销、旅游管理、会计与财务、人力资源、办优期刊五个研究领域展开了分论坛讨论。在战略管理与市场营销分论坛，各位学者们就近期各自研究的领域进行了交流，包括中国文化思想在组织文化与组织管理中的实践，通过自然生态学思想研究企业群体的生存、发展与死亡过程，以及企业经济安全等问题，代表们还讨论了当今企业经营中遇到的诸多问题以及战略管理研究面临的挑战。

26 日上午，北京大学经济与管理学部主任、光华管理学院张国有教授作了题为“对战略管理问题研究的某些思考”的主题报告。报告中，张教授介绍了战略与战略管理的概念，并指出，战略是在不确定条件下，对某个问题的长远的构思与意图，而战略管理是针对这个问题从构思意图，试验检验，效果甄选，规划、计划，到锲入、运行、循环的完整过程。张教授还指出了高科技与网络时代所呈现的挑战、计划的可行性和计算机大数据模拟等战略管理问题研究值得关注的问题。报告之后，各分论坛向全体分享了代表前一天各自讨论取得的成果。

随后，与会学者们就如何发表高质量论文，促进中国管理学研究发展与《经济管理》杂志社编辑、审稿专家进行了交流。北京邮电大学经济管理学院副院长杨学成教授为大家作总结发言，杨教授指出这届论坛的讨论是开阔的、深入的、热烈而又严谨的。论坛的最后，《经济管理》杂志社向与会学者介绍了经济管理的信息化建设，中国工商管理研究网启动的喜讯。

最后，张国有教授致辞，宣布本次高端论坛圆满结束。此次论坛就近年来我国工商管理研究领域的问题与热点进行了开阔的、深入的、热烈而又严谨的探讨，取得了丰富的成果。中国工商管理研究年度高端论坛于每年三月最后一个周六举行，旨在继续推动学者间深入交流，助力中国工商管理研究向前发展。

（北京邮电大学经济管理学院）

第四届中国管理科学论坛

2017 年 10 月 21—22 日，第四届“中国管理科学论坛”在杭州举行。此次论坛由教育部科技委管理学部、杭州电子科技大学主办，杭州电子科技大学创新与发展研究院、杭州电子科技大学管理学院、《科技创新与品牌》杂志社承办，并且得到了浙江省科学技术协会的大力支持。论坛以主题报告、论文介绍、专题讨论会的形式展开。国内多位知名专家学者、国际期刊编审、商业领袖齐聚一堂，共同就“创新驱动竞争力”主题下的企业运营与战略管理、环境保护与治理和教育国际化等各界普遍关心的宏观和微观管理议题，开展跨学科、跨行业、跨区域的学术研讨。杭州电子科技大学副校长吕金海主持大会开幕式。

该届大会主席、中国工程院院士、杭州电子科技大学创新与发展研究院院长刘人怀，在致辞中分析了当前国际经济形势和国家通过“供给侧改革”去落后产能，通过“一带一路”让先进产能走出去，通过“互联网＋”开启大众创业、万众创新之路，通过“京津冀协同发展”“长江经济带”等推动区域协调发展，通过“中国制造 2025”将中国从中国制造向中国创造转变等议题，对中国管理科学目前遇到的重大问题作了深刻阐述。

杭州电子科技大学校长朱泽飞，着重介绍了该校近年改革发展情况与取得的成绩。他说，在刘人怀院士带领下，该校创新与发展研究院利用多学科交叉的综合优势，聚焦战略与创新、互联网与产业发展、工程管理领域，努力打造国内一流、国际知名的管理创新与工程研发相结合的研究机构和智库。

在为期两天的大会论坛主题报告中，原铁道部副部长、中国铁路总公司原副总经理卢春房以青藏铁路和京沪高铁等重大铁路干线建设为例就高铁技术标准化体系构建和大规模、高标准铁路建设组织管理难题进行了深度剖析。海军工程大学教授朱石坚，介绍了他亲手创建的技术责任型保障模式和四位一体的新型保障系统，该系统成功变革了舰船等级修理模式，大幅提高了海军舰船装备保障能力，实现舰船装备保障管理的科学化和规范化。国家粮食局原党组成员、副局长吴子丹就粮食仓储管理、粮源数量短期监测与预警研究、全球变化背景下粮源供应数量和价格的中长期预测技术研究展开了深入研讨。中国工程院院士杨善林通过对一流学科建设解读、学科内涵的深刻变革和管理学者的历史责任三个方面谈了他对于中国高校双一流建设的思考。

此外，第三世界科学院院士、中国科学院大学管理学院常务副院长汪寿阳，北京交通大学轨道交通控制与安全国家重点实验室主任、俄罗斯自然科学院外籍院士高自友，暨南大学特聘一级教授、管理科学与工程研究所所长孙东川，杭州电子科技大学创新与发展研究院执行院长、中德先进制造与管理研究中心主任王核成，以及杭州电子科技大学管理学院院长周青分别作了精彩纷呈的论坛主题报告。

近 400 位专家和学者听取了学术报告，大家聚焦于战略与创新、互联网与产业发展、工程管理领域等当今管理学领域的热点问题进行了深入的交流。

主题报告结束后，各位专家学者分为三个分论坛，就新常态下的创新理论与实践、管理与治理现代化、创新驱动竞争力等议题展开了热烈且积极的学术研讨，取得了丰硕的讨论成果。“Research on the Obstacles to the Development of Chinas Intelligent Automobile Manufacturing Industry”、《风险偏好对零售商双渠道最优决策的影响研究》《政府补贴对企业创新能力调节作用研究》《知识流动视角下协同创新的演化路径与模式研究》《珠三角生活垃圾治理战略研究》《供应链合作关系中的信任研究》《开放式创新经营模式研究评价及展望》等一系列会议论文结合中国发展中的实际问题从管理需求和现状出发，结合关键工程应用技术，解决目前新情景下的中国管理问题。并且通过分析企业数据，考察“互联网+”生态下企业创新实践过程，倡导和扶持“互联网+”创新，为浙江省乃至全国的大众创新谋求新思路。有助于剖析了解创新在企业发展过程中所起到的作用，考察企业生命周期和行业特征对创新作用的影响，为中国本土企业的成长与发展献计献策。

参加会议的还有中国工程院院士许庆瑞、大连理工大学研究生院常务副院长胡祥培、浙江省院士专家服务中心主任郭寄良、杭州电子科技大学副校长胡华等。

（杭州电子科技大学管理学院）

第十二届(2017)中国管理学年会

由天津财经大学承办的第十二届（2017）中国管理学年会于2017年10月27—29日在天津社会山国际会议中心隆重举行。千余位国内外与会嘉宾、学者围绕“创新驱动·绿色治理与管理变革”这一主题，从深化创新驱动理念和绿色治理与管理变革等相关问题开展跨学科、跨行业、跨地区的学术研讨。

继北京大学、南京大学、中国科学院研究生院等高校成功举办中国管理学年会后，第十二届（2017）中国管理学年会于2017年10月27—29日在天津举行，由天津财经大学承办，是中国管理学领域规模最大、层次最高的综合性学术会议，旨在加强中国管理学界的合作与交流，推动中国管理科学研究的发展，提升中国管理实践的水平。

此届年会以“创新驱动·绿色治理与管理变革”为主题。中国特色社会主义进入新时代，将统筹推进“五位一体”总体布局和协调推进“四个全面”战略布局。深化创新驱动，推动新旧动能转换和结构优化升级，树立和贯彻落实新发展理念，特别是面对生态问题的不断凸显，要实现人与自然的包容性发展，需要形成新的“天人合一”的绿色治理观，推进绿色治理，实现和谐发展与生态文明，以新技术、新业态、新模式，推动管理理论与实践的变革。与此同时，为了实现治理准则与国内外法律的接轨，保证我国公司治理准则内容的与时俱进，并且反映国际公司治理的新趋势，南开大学和天津财经大学相关研究团队在现行《上市公司治理准则》的基础上，还草拟了《上市公司治理准则（修订案报告)》(征求意见稿)，为实现中国公司治理从“零敲碎打”到“通盘考虑”、从“临时喊话”到“依规问责”、从“引领中国”到“服务世界”做出了新的尝试。此届年会诚邀学术界、产业界及社会各界的专家学者参加，以创新驱动为引领，对绿色治理与管理变革等相关问题开展跨学科、跨行业、跨地区的学术研讨，为推动管理理论与实践的发展作出新的贡献。

此届中国管理学年会由中国管理现代化研究会与复旦管理学奖励基金会联合主办，天津财经大学承办，南开大学中国公司治理研究院等协办。大会得到了国家自然科学基金委、复旦管理学奖励基金会等相关部门领导的支持，来自北京大学、清华大学、中国科学院、中国社会科学院等知名高校与研究机构的专家学者到津参加了此次会议。

此届大会邀请了6位专家作主旨报告。其中薛澜教授作了题为《公共管理视野下的全球治理与中国战略》的报告，李垣教授作了题为《企业家制度突破才能、创新与企业发展》的报告，严厚民教授作了题为《一带一路：香港商学二界的机遇及挑战》的报告，李维安教授作了题为《绿色治理：治理发展新趋势》的报告，陈国权教授作了题为《领导和管理的时空理论》的报告，瑞典皇家科学院院士Timo Teräsvirta教授作了题为“Modelling volatility：Advances in Risk Investment”的报告。

此届管理学年会共有1200多人进行会议注册，参会代表1000余人，参会单位有200

余家，包括清华大学、北京大学、浙江大学等高校 211 所，中国科学院、中国社会科学院等研究机构 7 家，收到 720 位学者投稿 280 余篇。会议邀请 6 位嘉宾作特邀主旨报告，举办“院长论坛”“企业家论坛”“女管理学家论坛”“管理期刊论坛”4 个平行论坛，同时进行组织与战略、会计与财务、组织行为与人力资源管理、公司治理等 34 个专题论坛，大会还将全程提供高层次人才招聘会。年会所搭建的这一平台旨在加强管理理论和实务界的沟通和了解，旨在加强管理理论和实务界的沟通和了解，共同探讨新常态下管理的变革与创新。大会同时举行了中国管理学青年奖颁奖和年会优秀论文颁奖活动。

（周亮，天津财经大学，摘自《湖南财政经济学院学报》2017 年第 6 期）

第四届中国管理学学术期刊年会暨管理创新研讨会

2017年3月18—19日，由中国管理现代化研究会期刊工作委员会主办，西南财经大学会计学院、工商管理学院承办的第四届中国管理学学术期刊年会暨管理创新研讨会在成都峨眉雪芽大酒店成功召开。此次共有50余家中国管理学学术期刊及出版单位、200余位来自全国各地的学术代表会聚成都，规模为历届年会之最，共同探讨新的实践和学术环境下，中国管理学期刊及中国管理理论研究的发展之道。会议研讨环节包括中国管理类期刊的发展与创新，管理类期刊的办刊经验交流，期刊工作委员会的联盟建设，期刊资深编辑奖、优秀编辑奖颁奖仪式，期刊编辑与学者交流恳谈等。

18日上午开幕式上，西南财经大学校长张宗益教授代表承办单位致欢迎词，并介绍了该校的学科优势、未来战略、学术期刊等情况。之后，中国管理现代化研究会联职理事长、天津财经大学校长、《南开管理评论》主编李维安教授，国家教育部社科司出版处田敬诚处长致辞。最后，南开管理评论常务副主编程新生教授代表主办单位致辞。开幕式由西南财经大学会计学院院长马永强教授主持。

开幕式后，李维安教授、电子科技大学周涛教授、蒋东生教授进行了主题报告。李维安教授围绕“绿色治理的有关问题”的主题，结合绿色治理理念提出的背景，从多个角度阐述了绿色治理如何融入企业、政府、社会以及生活。国内大数据行业领军人物、电子科技大学周涛教授发表了题为“大数据创新实践”的主题发言。周涛教授用身边的例子和直白的表述，拨开大数据的神秘面纱，描述了一个可触摸的数字化时代。蒋东生教授带来了“管理学研究与管理期刊建设的漫谈”，以生产函数模型的变迁为切入点，阐释了管理研究与管理实践的关系，提出管理实践、管理研究与管理期刊建设的良性互动关系。主题演讲由西南财经大学工商管理学院院长寇纲教授主持。

18日下午，继开幕式和主题演讲之后，与会期刊代表围绕“中国管理学期刊的发展与创新”“管理类期刊办刊经验交流”“期刊工作委员会的联盟建设与发展”等专题展开了深入的探索和讨论。与会管理学期刊代表普遍认为：中国管理学理论研究必须立足于中国管理实践；管理期刊需借助新媒体等数字信息技术积极探索新的办刊方式和传播途径；管理学期刊联盟在评选中国优秀管理研究成果、推动研究成果转化、向世界介绍中国管理思想等方面大有可为。

期刊专题研讨会之后，中国管理现代化研究会期刊工作委员会理事长、副理事长单位还召开了联席会议，就优秀编辑评选、下届年会、组织结构、联盟发展等重要议题进行了深入讨论。

19日上午，中国管理学期刊资深编辑、优秀编辑颁奖仪式举行。该年度共评出资深、优秀编辑各3名，其中资深编辑奖获得者为《管理学报》原主编蔡玉麟、《管理世界》副总编辑尚增健、《管理科学》常务主编蓝华，优秀编辑奖获得者为《外国经济与管理》编辑部宋澄宇、《财经问题研究》编辑部徐雅雯、《中南财经政法大学学报》编辑部胡浩志。

颁奖仪式之后，与会学者与期刊代表进行了一场深入而热烈的“编读恳谈会”。会上，各期刊依次介绍了办刊历史、专业特色、审稿流程等基本情况，编辑们与参会教师就管理学研究的理论与方法创新、优秀青年学者培育、学术论文规范、期刊特色栏目设置及审稿流程优化等问题进行了深入交流。

此次会议由中国管理现代化研究会期刊工作委员会主办，西南财经大学会计学院、工商管理学院承办，旨在进一步提高国内管理学期刊的专业化水准和国际竞争力，加强与国内外重点学术机构与专家的联系，打造国内高端管理学术协同创新平台，为中国管理学术事业和管理实践的发展服务。

（西南财经大学）

2017(第四届)中国电力行业企业公众透明度论坛

2017年11月24日，2017（第四届）中国电力行业企业公众透明度论坛在北京召开。此次论坛由中国企业管理研究会社会责任专业委员会和北京融智企业社会责任研究院共同主办，由国网北京市电力公司和国网北京海淀供电公司承办。来自中国电力企业联合会、中国工业企业社会责任研究智库、北京师范大学等协会和高校代表，以及来自国家电网、中国南方电网、中国大唐集团、中国华电集团、中国电力建设集团、中国广核集团等电力行业企业的代表百余人参加了论坛。

论坛分围绕“价值 透明 认同”的主题，研讨党的十九大之后电力行业的社会责任发展方向，探讨和分享行业透明度建设的新实践。上午，国家电网公司、中国华电集团、中国广核集团分别分享了各自企业的公众透明度建设创新实践，北京融智企业社会责任研究院院长王晓光作了“新时代背景下的企业公众透明度”主题演讲，随后与会代表参观了国网北京海淀供电公司电力调度控制中心（配电运营指挥中心）。

下午，论坛开展了“责任电力，为电代言”的主题演讲互动。主办方特意选择了社会责任工作涉及的中层管理人员、一线执行人员、媒体、受益方等不同群体进行分享，并邀请专家就演讲内容进行提问，发掘个例中的共性问题，引发与会代表进一步思考。国网河南洛阳供电公司党委书记、副总经理刘志贺，国网辽宁朝阳供电公司纪委书记兼工会主席李大爽、广州供电局有限责任公司新闻中心周冠诚，国网浙江嘉善县供电公司总经理、党委副书记陈大农，国网四川绵阳供电公司媒体业务中心主任刘颖，国网江苏泰兴供电公司滨江供电所所长李新华，北京市海淀区青少年活动管理中心办公室主任李守颖，《亮报》编辑王远等代表依次进行了演讲。

北京融智企业社会责任研究院常务副院长王海龙在论坛上发布了《2017年度中国省级电网公司公众透明度监测报告》。报告认为，2017年中国省级电网公司在公众透明度建设方面表现出四大亮点和四大不足。四大亮点分别为：一是省级电网公司的公众透明度整体水平稳步提升，较上一年提升19.5%；二是信息需求识别普遍较精准，其中在信息披露对象和回应性方面，表现尤为突出；三是传播对象覆盖率有所提高；四是部分省级电网公司已经初步探索信息闭环管理。四大不足分别是：公众透明度水平仍需提高、信息编码有效性表现欠佳、信息披露时效性略有差异、信息二次传播率差距较大。

“中国电力行业企业公众透明度论坛”由中国企业管理研究会社会责任专业委员会和北京融智企业社会责任研究院联合发起举办，论坛始终围绕“价值 透明 认同”的主题，探索电力行业企业创造综合价值的新实践、提升透明度管理的新方法、获得社会认同的新路径，助力电力行业健康持续发展。

（北京融智企业社会责任研究院）

财务共享、供应链管理与业财融合——中国会计学会管理会计专业委员会 2017 年度专题研讨会

互联网经济与全球化竞争时代的来临不仅加剧了企业间的竞争强度，更对企业的商业模式产生了巨大冲击，由此传统财务管理体系的转型升级变得日益迫切。借助信息技术、大数据与管理会计的深度融合，构建财务共享服务中心，已经成为企业利用信息整合优势提高竞争力、实现价值增值的重要手段。同时，以供应链管理为代表的管理边界外延既是企业应对激烈竞争的必然选择，也是管理会计发展的客观要求。技术革命带来的新业务与新商业模式的涌现对企业的财务工作创新提出了新的挑战，进一步地深化业财融合、促进财务共享与供应链管理的落实成为企业面临的新课题。因此，依托财务共享、供应链协同管理及业财融合，推进新时期管理会计作用的发挥，不但回应了企业的实践需求，而且代表了学术研究的前沿热点。在此背景下，2017 年 8 月 25 日中国会计学会管理会计专业委员会在大连召开 2017 年度专题研讨会，围绕“财务共享、供应链管理与业财融合”的主题展开了深入研讨。研讨会包括 3 场业界报告、3 场学界报告和 1 场产学研论坛，共计 91 位代表参加了此次研讨会。

伴随着信息技术和人工智能的迅猛发展，新产品新业务以及新的商业模式如雨后春笋般不断涌现，由此造成了传统的财务体系难以有效支撑新兴业务的发展需要，促进企业财务体系的转型升级以实现业务和财务的深度融合成为企业所必须补齐的一大“短板”，而财务工作能否与业务结合则关乎财务工作的发展。航空工业沈阳飞机工业（集团）有限公司副总经理孙继忠先生在会议中以“大力推进业财融合，促进企业财务转型”为题目进行了报告，分享了集团积极跟进国家管理会计发展要求，不断推进业务和财务的有机融合、促进财务转型，为公司发展作出了重要贡献。东南大学陈良华教授在随后的点评中充分肯定了沈飞集团的管理会计实践，认为集团应当不断提高管理会计实践的广度和深度，同时加强管理会计的宣传与培训工作，努力总结出独具特色的管理会计模式。此外，顾惠忠先生也针对业财融合发表了见解，认为会计如果脱离了企业业务就成了“无源之水、无本之木”，充分肯定了业财融合的重要性。

此次会议共邀请 7 位业界与学界代表参与产学研论坛，论坛由清华大学于增彪教授主持。学界代表南开大学刘志远教授认为，管理会计有助于企业的创造价值，其价值创造效应可能受到价值链生态环境的影响。南京大学杨雄胜教授和中山大学刘运国教授均提出了管理会计在计量上面临的主要问题，强调了落实价值链各个节点管理会计应用的必要性。参与探讨的实务界代表、中国交通建设股份有限公司金融管理总经理房小兵先生明确提出管理会计工具的选择标准在于解决企业的实际问题、提升企业价值，而财务共享也是由现实问题所驱动催生的。大庆油田有限责任公司副处长徐庆红女士提出，在企业的实践经营活动中项目决策彰显了管理会计的具体作用。美国管理会计师协会亚太区总监白俊江先生

和北京蓝鼎在线教育科技有限公司总经理韩伟华先生一致强调了将管理会计理论应用到企业实践中的重要性与迫切性。此次研讨会充分讨论了管理会计理论研究与具体实践的关系，最后得出一致结论：理论研究与实务探索“两手都要抓，两手都要硬”。只有在理论指导实务，实务丰富理论的基础上，才能更好地实现管理会计的理论与实践结合。

（徐晨阳、王满、沙秀娟、马影、于增彪，东北财经大学会计学院/中国内部控制研究中心/清华大学经济管理学院，摘自《会计研究》2017 年第 11 期）

中国人民银行成都分行成功举办四川省金融学会会计专业委员会第三届学术论坛

2017 年 11 月 2 日，中国人民银行成都分行成功举办四川省金融学会会计专业委员会第三届学术论坛。中国人民银行成都分行副行长廖凤华同志、四川省金融学会秘书长梁涛同志、四川大学干胜道教授出席此次论坛，成都分行四川辖区分支机构的会计部门分管行领导、部门负责人、省级银行机构、财务公司会计部门负责人等 100 余人参加论坛。

论坛上，光大银行成都分行、招商银行成都分行分别以“商业银行理财产品”“商业银行成本精细化管理”为主题开展业务交流。此次论坛共评选出《我国商业银行表外风险管控探析》《新金融工具会计准则实施对我国商业银行的影响及应对》《财务可持续性视角下的金融扶贫研究——以农发行四川省分行为例》等六篇优秀课题。获得一等奖和二等奖的课题作者在论坛上对其研究成果进行了精彩展示；同时，四川大学干胜道教授现场对展示的课题一一进行点评，并就如何做好金融会计课题研究提出了中肯的建议。

廖凤华副行长充分肯定了会计专业委员会成立以来所取得的成绩，并指出新时期的金融会计工作要有大局观，要以党的十九大和全国金融工作会议精神为引领，准确把握会计专业委员会工作的新形势和新要求，找准方向、突出重点、补齐短板；通过强化组织领导、落实牵头管理、加强人才队伍建设等方式，促进会计专业委员会工作迈上新台阶。四川省金融学会秘书长梁涛同志指出未来要继续对金融会计领域的热点与难点问题进行深入研究，加大高层次学术活动举办力度，提升会计专业委员会的社会影响力。

通过此次论坛，参会人员更深刻地认识到会计在金融发展与风险防范中的重要地位，也更明确金融会计工作人员所肩负的使命。依托会计专业委员会搭建的平台，金融机构通过业务交流学习，吸收同行的先进经验，有助于弥补自身短板；从金融会计课题展示与点评中，更能学到科学的研究思路与研究方法，从而提高研究能力，为实务工作提供理论指导。此次论坛的成功举办，强化了辖区内金融会计工作的沟通交流，更为促进金融会计事业发展、谱写金融会计工作新篇章奠定了坚实的基础。

（中国人民银行成都分行，摘自《金融会计》2017 年第 12 期）

金融会计理论探索与制度创新——中国会计学会金融会计专业委员会2017年学术年会综述

2017年11月11日，中国会计学会金融会计专业委员会2017年学术年会在暨南大学召开。会议开幕式由暨南大学财务处长丁友刚教授主持，宋献中教授和黎文靖教授分别代表学校和会计学系致辞。中国会计学会副会长、金融会计专业委员会主任委员、中国人民大学戴德明教授代表金融会计专业委员会致辞。会议安排了四位专家作主题演讲，对六篇论文进行了深入研讨。参会专家学者表示，金融实践中的快速发展，迫切需要进一步扩大金融会计研究的队伍、进一步加强学术界与实务界的紧密联系。会议决定，金融会计专业委员会2018年学术年会在西南财经大学召开。

厦门大学刘峰教授发表题为“研究的意义”的演讲，呼吁财务、会计领域的学术研究能够真正从制度、社会现象、问题等出发，探究纷繁复杂社会现象背后的规律，逐步提炼形成与中国制度环境特征相适应的财务、会计理论，而不是从现有的论文或既定的理论——“成见”——出发，选择性地采用中国数据，验证一个来自“彼岸”的理论。研究应该是基于好奇而去探究、发现纷繁现象背后的规律，而不是基于猎奇的态度去用“偏见”或“成见”来裁剪现实。好的研究能够帮助我们更好地认识这个世界。目前教科书里的财务、会计理论，主要形成于20世纪80年代的美国，相应的制度环境与今天完全不同，教科书上的财务、会计理论是否因此就变成“成见”或“偏见”，需要严谨的学术研究来回答。进一步，我国资本市场的制度环境与美国相比又差异甚远，理论变成“成见”的可能性大大增加。因此，需要学者们基于好奇、不带“成见”地去研究，敢于做出理论上的突破，而不是用美国的理论来寻找“有趣”的中国现象。刘峰教授倡议，大家一起努力，切实把会计往前推进一步。

安永华明会计师事务所合伙人范勋先生作题为“变与不变，同与不同——从哲学角度探讨金融会计的发展变化”的演讲。范先生借用我国传统文化中的阴阳学说，简要介绍了资产负债表观和利润表观在金融会计中的对立和统一，系统阐述了政治经济形势变化、人类思想观念演进对金融会计的影响和驱动，着重点评了IFRS9下金融资产的分类和减值等规则的变化及其成因。他认为，较之以往，IFRS9更加注重企业的业务和风险管理模式对会计核算方法的影响，努力消除或缓解了金融资产分类随意性和减值拨备滞后性等问题，在更大范围、更大程度上确认和计量了金融资产的信用风险和市场风险敞口，有力地回应了全球金融危机以来国际社会对建立一套高质量金融会计体系的请求；另外，原本复杂的会计核算方法虽得以简化，但IFRS9仍属于综合了不同会计理念的混合计量模式，体现了资产负债表观和利润表观两大阵营在金融会计领域内进行战略再平衡的过程。考虑到混合计量模式内部不同理念之间的对立统一性可能产生的复杂性，IFRS9在解决了现有矛盾的同时，也提出新的问题、新的挑战，因此需要客观、理性、辩证地看待其影响。从这个意义上说，新一代金融会计核算方法“简化而不简单”，值得学术界和实务界投入更多的时间和精力进行学习研究，以便充分发挥出会计在防控系统性金融风险方面的作用，更好地为实体经济服务。

中国保监会财务会计部（偿付能力监管部）副主任郭菁博士作题为“保险合同会计准则相关问题研究”的演讲。他指出，“国际财务报告准则第 17 号”虽然说是“20 年磨一剑”，可这剑不见得是保险行业想要的剑。总体来看，国际准则试图取得形式上的一致，但是实际的效果可能并不一定是最佳的。国际会计准则理事会（IASB）试图建立适用于所有保险合同的单一会计模型，而不再是基于产品类型的不同会计模型。但一些技术难点仍然存在不同的观点和意见。例如，对于负债方的保单负债（保险责任准备金）的计量一直是难点，计量属性的选择、现金流的测算方法、收益率曲线的确定、风险边际和剩余边际的测算等等问题，存在多种不同的见解和做法。又如，国际准则所称的收入项均为模型输出结果，而非实际财务会计科目的金额，其关于收入“不含储蓄部分”的要求将使得保险企业的收入大幅下降，且对信息系统提出较高要求。总体来看，国际准则是否体现了有用性与复杂性的权衡，这还是值得怀疑的问题。如何与国际会计准则趋同？保险合同准则与金融工具准则如何协调？长期合同究竟应当如何计量？会计准则与金融监管规则如何协调？这些问题都值得业界予以重视。与会者惊讶地发现，国内学界保险会计领域的研究者为数寥寥，相关理论积累亟待加强。在这样的历史条件下，面对越跑越偏的国际准则，推迟引入保险会计国际准则可能是一个明智的选择。

桂林理工大学总会计师曾繁荣教授主持此次学术年会的闭幕式。戴德明教授代表专业委员会对暨南大学师生为此次会议成功召开作出的卓越贡献表示感谢，对上午的主题演讲以及下午的论文汇报点评给予了高度肯定。他认为，主题演讲和汇报点评内容充实，质量很高，会计学术领军班二期学员的点评和研讨非常专业和精彩，深受大家的好评。他表示，金融会计相关领域的研究任重而道远，希望大家继续探索，进一步推动金融会计理论和实务的发展。中国会计学会田志心副秘书长作总结发言。田秘书长对这次学术年会给予高度评价，她认为，会议做到了学术与实务的结合，对于研究金融会计领域的老师同学们有显著的帮助，同时表示期待明年的金融会计学术年会能够进一步扩大影响力，让更多人参与进来，共同交流，共同进步。

（丁友刚、秦国胜、周华、杨澄，暨南大学管理学院/中国人民大学商学院，摘自《会计研究》2018 年第 3 期）

中国会计学会第十六届全国会计信息化年会

2017 年 7 月 6—7 日，中国会计学会第十六届全国会计信息化年会在上海财经大学举办，大会围绕“智能化驱动下的会计发展与变革”主题，分为主题报告、纪念杨纪琬先生百年诞辰学术沙龙和分论坛报告等环节，200 余名学者、实务界专家参与年会，共同促进会计信息化理论和实务的发展。

此次年会由中国会计学会会计信息化专业委员会主办，上海财经大学会计学院、上海财经大学会计信息化研究中心和国家自然科学基金重点项目共同承办。金蝶软件（中国）有限公司、浪潮通用软件有限公司、普联软件股份有限公司、ACCA（Shanghai）Consulting、Arbutus（中国）、安徽经邦软件技术有限公司、上海汉得信息技术股份有限公司、北京元年科技股份有限公司、广州致仪计算机软件科技有限公司、上海信言信息科技有限公司共同协办。

近年来，社会主义市场经济不断完善，云计算、大数据、智能化和移动互联等信息技术应用日益广泛，国家信息化战略逐步推进，会计信息化是国家信息化战略的重要组成部分之一。随着人工智能技术、智能云在会计领域应用逐渐推进，财务智能化成为趋势，引起会计实务和会计教育的变革和发展。2017 年年会主题为“智能化驱动下的会计发展与变革”，该主题很好地适应了实务应用的发展。

会议开幕式由上海财经大学会计学院副院长靳庆鲁教授主持，刘兰娟副校长致欢迎词。在开幕式上，财政部会计司副司长舒惠好先生发表讲话，强调了会计信息化在大数据潮流下对企事业单位会计工作的重要性，并由此提出了会计信息化进程中重点做好的五项工作。上海市财政局巡视员袁白薇女士介绍了上海会计信息化工作当前发展和未来建设的方向。会计信息化专业委员会委员、上海国家会计学院副院长刘勤教授向大会汇报了一年来专业委员会的工作，并发布了“2017 影响会计从业人员十大信息技术”评选结果。

此次年会的两场主题报告分别邀请了澳大利亚悉尼大学的 Stewart Jones 教授、密歇根州立大学的 William McCarthy 教授、上海财经大学会计学院的李增泉教授、德勤财务机器人项目副总监陈剑峰先生、IBM 中国实验室大数据与分析业务拓展总经理顾世山先生、金蝶国际助理总裁尚惠红女士、浪潮国际产品总监刘成明先生等多位国内外著名学者和实务专家作为演讲嘉宾，主题报告围绕着大数据和人工智能对会计审计的挑战和影响、信息技术发展与会计有用性、财务智能机器人、区块链与会计发展、财务创新和价值创造、大数据应用与管理会计发展等方面进行了探讨。

杨纪琬先生诞辰 100 周年纪念活动除了播放纪念视频回顾杨先生生前事迹外，还设置了学术沙龙，由杨周南教授、王世定教授、徐少春先生、王先臣先生、陈虎先生一起，进一步向参会嘉宾分享了杨纪琬先生的事迹、学术观点以及其为会计信息化所作出的贡献，表示将传承杨纪琬先生的精神，继往开来，薪火相传，共同致力于推动中国会计事业发展。

分论坛学术报告在7月7日上午独立进行，具体分了“智能化应用与会计学科各领域交叉问题”“财务会计与管理会计信息化”“政府、内控和XBRL”和“会计信息化教学和人才培养”四个分论坛进行交流。每个分论坛的现场交流讨论都非常热烈，报告人和评论人进行了充分积极的讨论。

闭幕式上，此届承办方和下届承办方中央财经大学进行了会徽和徽标的交接，大会圆满结束。此次会计信息化年会为参会学者、专家提供了会计信息化领域交流的平台，是一场会计信息化领域产学研商联合的盛会。

（饶艳超，上海财经大学会计学院，摘自 http://news.sufe.edu.cn/18/9d/c192a71837/page.htm）

国家治理视角下的政府会计发展：理论、实践与人才培养——第八届“政府会计改革理论与实务研讨会”综述

为贯彻落实国务院批准发布的《权责发生制政府综合财务报告制度改革方案》，有序推进政府会计改革，财政部在已发布《政府会计准则——基本准则》的基础上，正在加快制定政府会计具体准则及应用指南和政府会计制度，建立健全政府会计准则制度体系。在此背景下，由中国会计学会政府及非营利组织会计专业委员会主办、南京审计大学会计学院/国家治理与政府会计研究中心承办的第六届“公共管理、公共财政与政府会计跨学科研究论坛”暨第八届“政府会计改革理论与实务研讨会”于2017年5月13—14日在南京隆重召开。与会者在政府会计理论研究、实践发展与人才培养等方面达成了诸多共识。

在主旨演讲和主题报告阶段，财政部会计司应唯巡视员指出“十三五”时期政府及非营利组织会计改革任务艰巨，建立政府会计准则制度体系、编制权责发生制政府财务报告、完善信息化建设等相关配套措施是加快推进改革的重要目标，加强政府会计研究和人才培养是助力政府会计准则制度建设与实施的关键所在。厦门大学李建发教授提出政府会计改革需拓宽研究视野，切实发挥政府会计在国家治理体系和现代财政制度建设中的基础性作用。中山大学倪星教授从邀功到避责的转变这一视角探索绩效治理型塑官员行为，南开大学马蔡琛教授提出中国绩效预算改革应该实行“两步走”策略，中国人民大学荆新教授解析了政府会计体系的演变、解构与整合，南京审计大学郑石桥教授阐述了公共部门外部审计制度建构的思路，以上报告充分体现了政府会计研究的跨学科特征，展现了公共管理、公共财政、政府会计与政府审计领域的协同与融合。东南大学陈志斌教授阐明了政府会计规制的演化，并从行政决策、资源配置、评价监督的角度构建了政府会计分析框架，上海立信会计金融学院邵瑞庆教授解析了PPP项目的资产产权与会计问题，西南财经大学李江涛教授统计分析了会计审计与公共管理领域国家自然科学基金申请与资助的发展态势，中南财经政法大学潘晓波副教授剖析了我国政府成本费用核算与披露的进展，这些报告既有对政府会计理论与实务热点问题的探析，又有对研究主题及课题申报的学术分享。在论文报告与讨论阶段，参会代表从政府会计准则制度体系建设与实施、政府会计教育与人才培养、政府财务报告编制与政府会计信息化、政府会计与政府审计协同、PPP会计与地方债治理等角度进行了深入讨论与广泛交流。在学术工作坊与圆桌论坛阶段，参会代表就政府会计研究视角以及研究方法等展开交流讨论，期刊编辑为青年学者和博硕士生们就研究选题及成果发表做了解析，中南财经政法大学张琦教授指出政府会计领域的学术研究可拓展至广义的政府会计范畴，注重研究主

题多元化和研究范式规范化；学者发言、专家点评和自由讨论相结合，对政府会计研究的创新发展起到了重要的推动作用。

（周达勇、耿烨、徐颖、徐捍军，南京审计大学会计学院/国家治理与政府会计研究中心/江苏大学财经学院，摘自《会计研究》2017年第9期）

中国农业技术经济学会 2017 年学术研讨会

2017 年 8 月 22—23 日，由中国农业技术经济学会主办，中国农业科学院农业经济与发展研究所和东北农业大学经济管理学院共同承办的以“推进供给侧结构性改革，加快现代农业发展”为主题的 2017 年中国农业技术经济学会学术研讨会在哈尔滨太阳岛花园酒店召开，来自全国各地的相关专家学者近 400 人参加了此次会议。

中国农业技术经济学会副会长兼秘书长吴敬学研究员主持开幕式，中国农业技术经济学会常务副会长王济民研究员致开幕词，东北农业大学校长包军教授致欢迎词。中国人民大学刘守英教授、北京大学黄季焜教授、南京农业大学周应恒教授、辽宁大学张广胜教授等专家分别以“中国集体地权的结构与变迁”“农业供给侧结构性改革：市场作用和政府职能”“中国农业发展的新动能：空间潜力与模式路径”及“农民工的心理健康及其自我平抑机制”为题作了大会主题报告。

为进一步增强研讨会学术氛围，为年轻学者提供学术交流机会，会议还集中围绕“农业科技创新与农业可持续发展”“产业结构优化与农村三产融合发展”“适度规模经营与新型经营主体培育”“农村土地产权与农村金融制度改革”“农产品质量提升、资源环境保护与绿色发展”及“农村公共服务供给侧改革与农业农村发展”等六大专题进行了讨论，共有近 40 位学者进行了汇报交流。

此外，此次会议还增补了 10 名常务理事，分别为傅新红、万俊毅、赵帮宏、曹建民、匡远配、张利国、杨为民、赵予新、潘云光、毕洪文。同时会议还审议通过了新的《中国农业技术经济学会章程》。

作为中国农业技术经济领域内的高峰论坛，与会代表通过主题报告、专题讨论、论文交流等形式，不仅就我国现代农业的发展，市场经济条件下推进供给侧结构性改革等问题进行了深入研讨和交流，并且对黑龙江省的农业发展情况做了实地考察。

在闭幕式上东北农业大学经济管理学院院长李翠霞教授高度总结了此次研讨会。此次会议参会代表发言踊跃，讨论激烈，收获丰富，学术氛围浓厚，学术水平较高，是历届研讨会中规模最大、层次最高、学术研讨交流最充分的一次，必将使中国农业技术经济领域的研究登上一个新台阶。

（东北农业大学经济管理学院）

第十一届中国林业技术经济理论与实践论坛举行

2017年4月22—23日，第十一届中国林业技术经济理论与实践论坛于广西南宁顺利召开。此次会议由中国林业经济学会技术经济专业委员会、中国技术经济学会林业技术经济专业委员会、中国林牧渔业经济学会林业经济专业委员会联合主办，广西人工林种植行业协会承办。此次论坛的主题为“对话桉树：经营环境、制度创新与实践”。

来自北京林业大学、东北林业大学、中南林业科技大学、西南林业大学、福建农林大学、浙江农林大学、内蒙古农业大学、华中农业大学、北京农学院、江西环境工程职业学院等高等农林院校及北京大学、中国人民大学、广西玉林师范学院等高等院校，国家林业局经济发展研究中心、中国林业科学研究院林业科技信息研究所等科研院所，《中国绿色时报》、中国林业出版社、《林业经济问题》编辑部、《中国林业经济》杂志社等新闻出版单位，以及斯道拉恩索（广西）林业有限公司、广西金桂林业有限公司、广西理文林业科技发展有限公司、广西绿拓林业科技有限公司、广州丰绿林业科技有限公司等人工林种植企业单位，共20多家单位的50多位专家、学者、企业家出席此次论坛。

论坛由北京林业大学经济管理学院院长陈建成教授和广西人工林种植行业协会兰樟仁秘书长共同主持。广西壮族自治区林业厅陆志星副厅长介绍了广西桉树产业发展概况，高度肯定了桉树在广西林业发展中的重要地位。广西近十多年来新增桉树林面积133.33万hm^2，大量长期无林的荒山得到了绿化，2016年全区森林覆盖率达62.28%，比2000年的41.3%提高了21个百分点，居全国第三位、西部地区第一位，为减少水土流失、遏制石漠化、改善生态环境作出了重大贡献。2016年广西木材产量达2995万m^3，是2000年的10倍，占全国木材产量的2/5，这得益于广西桉树的发展，其中桉树木材产量达2000多万m^3。广西桉树以占全国0.57%的林地面积，生产出占全国1/4的木材；以占全区14%的林地面积，生产出占全区70%的木材，为维护国家木材安全作出了重大贡献，保护了全区533.33万hm^2公益林免遭商业性采伐，266.67万hm^2松树、杉树用材林免遭过度采伐。陆副厅长也明确指出了广西桉树发展存在的主要问题，概括为“五过”，即过北、过高、过陡、过纯以及过快，应该合理调整、科学发展、可持续经营。北京大学国家发展研究院副院长徐晋涛教授认为，桉树是林业绿色增长、绿色革命的先锋树种，发展桉树有利于减少木材进口、避免林业部门在国民经济部门中被边缘化，是林业长远发展的重大战略问题，应将桉树发展列入国家减排战略中。福建农林大学经济学院刘伟平教授从对广西桉树人工林的快速发展的认识方面谈起，认为我国人工林发展已经到了一个新阶段，应深入实际开展理论、技术、经济、社会、环境等多方面的课题研究，对广西人工林种植行业协会作为民间自发的行业组织高度评价，认为对国家治理机制有重大贡献。企业家们主要就国家惠林政策如何惠及非国有林业经营者、政策性成本如何降低、社会环境问题如何破解、企业应该有哪些社会责任和环保责任、人工林行业如何自律、林业机械装备如何实现现代化以及病虫害防治如何统防统治等与政府、专家展开对话。在对话和讨论过程中，在改善人工林经营环境、实现资源共享互利、资源安全和生态惠民共赢等方面形成诸多共识。国家林业局发展规划与资金管理司巡视员、中国林业经济学会王前进秘书长指出，桉树强大的生产力带来强烈的冲击力，林业需要重新进行科学定位，本次对话桉树是一个新的思维，是一个很好的开端，要聚焦桉树，进行系列化研讨。中国林业经济学会技术经济专业委员会暨中国技术经济学会林业技术经济专业委员会主任、中国林牧渔业经济学会林业经济专业委员会理事长陈建成教授在大会总结发言中，认为此次论坛打破了以往学者间学术性交流的模式，深入林业生产第一线，倾听企业家的呼声，实现了政府、学者、企业家的沟通互动，统筹智慧，共同发展。

（田明华，摘自《林业经济》2017 年第 5 期）

2017 年战略管理国际会议

2017 年 10 月 13—14 日，由四川大学商学院主办，四川大学战略与发展研究中心承办，主题为“战略新思维：绿色、创新与共享”的 2017 年战略管理国际会议在成都举行。大会主席、四川大学校长助理、商学院院长徐玖平教授，大会学术委员会主席、汕头大学商学院院长徐二明教授出席开幕式并致辞，会议合作期刊代表——*Journal of Global Scholars of Marketing Science* 主编 Arch Woodside 通过视频向大会表达祝贺。来自中国、美国、澳大利亚、新西兰、比利时、越南、巴基斯坦、斯里兰卡等国高校与科研机构的 146 位相关领域知名专家与部分青年学者出席了会议。

徐玖平教授在致辞中代表主办方对出席会议的专家学者表示热烈欢迎，并希望通过此次会议搭建平台，促进相关领域的研究和探索，加强相关领域学者间的合作与交流，推动学科大繁荣大发展。徐二明教授对大会的顺利召开表达了祝贺，并倡导将绿色和创新相结合以推动中国战略管理领域教育事业进步和学科建设发展。

围绕大会主题，会议开设了“创新、创业与战略”“中小企业发展与管理策略”“可持续旅游与产业绿色发展”三大分会场，北京大学周长辉教授、浙江大学吴晓波教授、南开大学张玉利教授、汕头大学吕源教授、奥克兰理工大学 Roger Marshall 教授、美利坚大学 John Thomas 教授等四十余位相关领域的专家学者，从不同的视角切入，围绕相关主题展开了深入探讨。

会议在促进国内外战略管理学术界深入交流的同时，也进一步推动了战略管理及相关学科的研究和发展，加快战略的传统思维向具有时代意义的绿色、创新与共享的新思维转换的进程。会议既有严谨的理论研究、深入浅出的方法论述，也有生动的案例分享和积极创新的探索，以其国际性、权威性、互动性等特点，推进了全球管理科学，特别是战略管理领域学科、学者与学术的深度交流、深入探讨与深刻思考。

（四川大学商学院）

中国商业会计学会2017年学术年会

2017年6月24—25日，中国商业会计学会2017年学术年会在哈尔滨商业大学召开，此次会议由中国商业会计学会主办、哈尔滨商业大学会计学院承办，立信会计师事务所北京分所和正保远程教育协办，年会的主题是“供给侧改革背景下会计与财务管理创新”。来自全国46所高校的专家学者，企业、会计师事务所实务界人士，以及《商业会计》杂志社等6家期刊及出版社参会。

年会开幕式由中国商业会计学会常务副会长、北京工商大学杨有红教授主持，哈尔滨商业大学校长辛宝忠教授和中国商业会计学会会长谢志华教授分别向大会致辞。哈尔滨商业大学会计学院院长张林教授、中国商业会计学会副会长田昆儒教授及广东外语外贸大学会计学院院长刘中华教授主持了主题报告。北京工商大学副校长谢志华教授报告的是“国家审计的学科属性辨析”，《会计研究》编辑部刘国强主任报告的是“《会计研究》选题及投稿要求”，南京大学朱元午教授报告的是“会计研究中值得思考的三个问题”，南京财经大学副校长王开田教授报告的是“‘一带一路’与国际会计中国化研究”，哈尔滨商业大学李唯滨副教授报告的是“汽车及零配件行业拟IPO上市企业财务质量评价”，北京工商大学杨有红教授报告的是“对管理会计工具运用的几点看法”，安徽财经大学程昔武教授报告的是“风险投资参与影响创业板IPO公司盈余管理吗”，广东工业大学黄灿博士报告的是“基于股东关系网络的视角下社会网络与企业创新活动”。会议还进行了小组讨论，分别由铜陵学院校长倪国爱教授、哈尔滨商业大学会计学院副院长张劲松教授和贺州学院院长马文成副教授主持。

闭幕式由张劲松教授主持，并公布了该届年会参会论文的评选结果。杨有红教授代表中国商业会计学会对年会作了总结，并向哈尔滨商业大学会计学院颁发了荣誉证书。此次会议为专家学者提供了研讨学术、交流思想的机会，也为商业会计人才提供了相互沟通的平台，会议对商业会计理论与实务的发展意义重大。哈尔滨商业大学高水平的会议组织能力和志愿者细致周到的服务受到了主办方和与会专家的一致好评。

（哈尔滨商业大学会计学院，摘自《商业会计》2017年第7期）

第十届中国青年会计学者学术研讨会

2017 年 7 月 10—14 日，第十届中国青年会计学者学术研讨会暨会计与公司财务全国研究生暑期学校在北京大学光华管理学院顺利举行。英国伦敦政治经济学院 Wim A. Van der Stede 教授出席学术研讨会，并作主题演讲。来自全国各地高校的近百位青年会计学者与博士生参加了此次活动。

北京大学光华管理学院会计系罗炜教授主持开幕仪式，北京大学光华管理学院会计系主任李怡宗教授致辞，他对各位老师以及同学不辞辛苦，从全国各地赶来北大光华参加会议表示感谢，并希望通过此次会议加深青年会计学者之间的学术交流，也希望大家可以在光华度过愉快时光。

Wim A. Van der Stede 教授发表了主题演讲“研究影响与相关性”。他根据自己多年的研究经验向与会的师生们分享了关于学术研究的观点，包括：随时记录自己发现的问题；多了解在会计领域以外的知识；阅读在实务工作中的材料；可以把研究集中于微观的问题上，但同时要联系宏观；不要进行夸大的描述；没有一个观点或理论可以涵盖所有的目标；研究不是从技术手段出发，而是从问题出发。

经过对将近 150 篇投稿的筛选，复旦大学朱晓琦、南京理工大学邢秋航、湖南大学高开娟、西北工业大学姚晨雨、英国布里斯托大学陆天慧、武汉大学余思明、暨南大学/广东技术师范学院王金老师的文章进入第十届青年会计学者学术研讨会进行报告。北京大学光华管理学院会计系张晓君教授、肖潇教授，金融系卢瑞昌教授，对外经济贸易大学刘慧龙教授，光华管理学院会计系麻志明教授、陈磊教授、罗炜教授先后为学术报告进行了精彩点评。

11 日下午，光华管理学院罗炜教授主持了特邀专题讲座，《经济研究》编辑部的谢谦老师、《会计研究》编辑部的刘国强老师、《金融研究》的王鹏老师以及《中国会计评论》的王立彦老师分别向大家介绍了近年来各个期刊文章发表的概况以及注意事项，让大家有了更加深刻的了解。

11 日下午，第十届会计与公司财务暑期学校举行开学典礼，北京大学光华管理学院罗炜教授为开学典礼致辞。

12—14 日，北京大学光华管理学院组织与战略管理系任润教授、商务统计与经济计量系宋晓军教授、会计系陈磊教授、肖潇教授、麻志明教授与李怡宗教授先后为来自全国各地 68 名会计与财务领域研究生带来精彩的课程。课程内容包括问卷设计与实验设计、计量分析、学术研究与社会影响、财务会计研究、审计研究等公司治理与公司财务等。14 日下午，李怡宗教授主持了第十届会计与公司财务暑期学校的结业典礼，并向学生颁发结业证书。

（北京大学光华管理学院）

会计转型与经济发展：机遇与挑战——中国会计学会高等工科院校分会第24届学术年会

2017年11月4—5日，由中国会计学会高等工科院校分会主办、重庆工商大学承办的“中国会计学会高等工科院校分会第24届学术年会（2017）”在重庆工商大学召开。来自全国60余所高校的专家学者、企业的财务总监、会计领军人才以及出版社、杂志社的代表200余人参加了此次会议。

4日上午，此次学术年会的开幕式在重庆工商大学博智楼7200学术报告厅举行。中国工程院院士杨善林教授，中国会计学会秘书处、《会计研究》编辑部主任刘国强博士，重庆市财政局总会计师彭涌先生，北京国家会计学院党委书记、院长秦荣生教授，西南财经大学中国政府审计研究中心主任蔡春教授，中国会计学会高等工科院校分会名誉会长赵惠芳教授、会长王泽霞教授，重庆工商大学校长孙芳城教授等出席会议。开幕式由重庆工商大学副校长、会计学院院长宋豫教授主持。

开幕式上，孙芳城校长代表重庆工商大学向与会的专家、学者表示欢迎，对学校的基本情况及学校会计学科的发展状况向与会嘉宾进行了简要介绍，他表示本次年会的召开将为与会代表们提供一个交流、学习的平台，专家学者们在交流中碰撞出智慧的火花，将共同推进会计的转型升级，相信年会的成功举办将促进我校会计学科更好更快地发展。中国会计学会秘书处刘国强博士代表中国会计学会致辞，强调了会计学界要掀起学习贯彻党的十九大精神的高潮，并将十九大精神落实到学习研究和教学科研工作中。重庆市财政局总会计师彭涌先生介绍了重庆市会计事业的发展概况。中国会计学会高等工科院校分会会长王泽霞教授介绍了会议的筹备情况及具体安排。

开幕式后，中国工程院院士杨善林院士，北京国家会计学院党委书记、院长秦荣生教授，西南财经大学中国政府审计研究中心主任教授，四川长虹电子控股集团有限公司副总经理、总会计师胡嘉，重庆工商大学校长孙芳城教授分别就“关于‘双一流’建设的思考”“数字经济时代的财务转型”“如何构思与描绘一个会计研究项目”“审计思维培养与审计理论创新”“会计这些年——长虹财务云发展经历”“区域‘一体化’内控体系建设的实践探索与理论思考”做主题报告。在会计信息与资本市场、财务管理与管理会计、内部控制与审计治理、会计信息化与会计教育四个分会场中，来自中央财经大学、西南财经大学、东南大学等知名学府的会计专家学者分别就成本粘贴和分析师盈利预测相关性实证研究、上市公司海外并购的媒体治理效应研究、基于数据挖掘方法的国有企业纪检压力分析、大数据环境下的持续审计模式研究等论题展开热烈的讨论。

此次会议的圆桌论坛邀请了《会计研究》编辑部主任刘国强博士、四川大学商学院教授干胜道、上海交通大学安泰经济与管理学院教授夏立军、中南财经政法大学会计学院教授施先旺以及重庆理工大学会计学院教授程平围绕“会计转型与经济发展：机遇与挑战”的主题进行深入的探讨，将会场的学术氛围推向高潮。

5 日上午，年会闭幕式在我校博智楼 7200 学术报告厅召开，由哈尔滨工业大学管理学院王福胜教授主持。中国会计学会高等工科院校分会秘书长朱卫东教授宣布论文获奖名单并介绍论文评奖情况，会场嘉宾给获奖人员颁奖。经分论坛召集人、学会常务理事共同评议，授予重庆工商大学会计学院黄辉老师、郭敏老师 2017 年度年会工作杰出贡献奖。中国会计学会高等工科院校分会名誉会长赵惠芳教授对此届年会进行了总结，她表示此届会计年会的顺利完成离不开承办方的精心准备以及与会嘉宾的鼎力支持，并就此次年会的质量、学会组织建设与办年会单位的选择作了讲话。合肥工业大学姚禄仕教授对学会组织建设的发展情况以及此届年会组织情况作了具体介绍，他说经过多年努力，学会会员增多，与会单位也从工科院校发展到综合性大学。重庆工商大学代表与西安理工大学李秉祥教授交接了会旗，现任会长王泽霞教授与下任会长张兆国教授进行工作交接。张兆国教授在新任会长讲话中表示，他坚信在党的十九大精神指导下，在学会理事会同志的共同管理下，大家会不忘初心，牢记使命，努力工作，不断创新，为学会的发展做更多的贡献，把学会建成中国会计学界学术交流、共享资源、结交朋友的平台，促进中国会计学界学术研究以及会计事业的蓬勃发展。

（丁江霞、刘玉婷，重庆工商大学，摘自 http：//news2014. ctbu. edu. cn/info/1002/1021865. htm）

中国农业经济学会2017年年会暨学术研讨会

2017年12月15—17日，中国农业经济学会2017年年会暨学术研讨会在浙江杭州顺利召开。此次会议由中国农业经济学会主办，中国农业科学院农业经济与发展研究所、浙江大学中国农村发展研究院共同承办，浙江省农业经济学会、浙江大学公共管理学院协办。来自农业部，中国农业科学院、中国人民大学、中国农业大学、西北农林科技大学、华中农业大学、东北农业大学等科研院校，各省市农经实践部门以及我校农经学科的共计400余名专家学者参加了此届年会。

12月16日上午举行年会开幕式，农业部原常务副部长万宝瑞，浙江省人大常委会副主任程渭山，中国农业科学院党组书记陈萌山，国家林业局原局长李育才，浙江大学校长吴朝晖，中国农业大学原校长柯炳生，农业部政策法规司司长、中国农业学会副会长张天佐等出席会议并致辞，开幕式由中国农业经济学会会长尹成杰主持。

首先，农业部政策法规司司长张天佐同志宣读农业部副部长叶贞琴同志的批示，并代表农经学会的主管部门农业部致辞。张天佐以“坚持农业农村优先发展，加快推进农业农村现代化”为主题，提出坚持农业农村优先发展是建设社会主义现代化强国、建设现代化经济体系、建设美丽中国、坚持以人民为中心发展思想以及顺应发展规律的必然要求。当前和今后一个时期要重点围绕着力提升农业供给体系的质量和效率、加快推进农业绿色发展、着力推动乡村产业发展和农民增收、全面深化农村改革四个方面推动政策的创新和制度的完善。

浙江省人大常委会副主任程渭山同志代表浙江省人民政府致辞。程渭山概括了浙江历史悠久、人杰地灵，环境优美、生态良好，市场发达、开放度高，经济活跃、充满活力四大特点，总结了浙江以占全国1.3%的耕地创造了约占全国1.3%的农业增加值，农民收入连续32年居全国省区第一位的“三农”成绩，提出了实施“乡村振兴战略”需要把握“五个更加突出”，即更加突出产业兴旺、更加突出城乡重合、更加突出深化改革、更加突出乡村治理、更加重视“三农”队伍建设。

浙江大学校长吴朝晖同志发表讲话。吴朝晖从“三农”问题出发，指出在实施好“乡村振兴战略”历史进程中，高校也将迎来服务社会、服务“三农”的重要机遇。浙江大学始终以兼济天下为己任，坚定的服务于“三农”，在农经学科建设、农村发展研究、农业技术推广等方面形成了一系列有价值、有影响的研究成果，培养了一大批有担当、有作为的同业人才。面向未来，浙江大学将以农经学科入选“双一流”建设学科为契机，进一步完善“三农”服务体系，推动乡村振兴发展战略，贡献浙大更大的力量和智慧。

中国农业科学院党组书记陈萌山同志代表中国农科院致辞。陈萌山谈到，建设农业智库，充分发挥农业智库促进国家发展的作用，不仅要高度重视智库作为政府科学决策的重要支撑作用，还要充分体现鲜明的中国特色。他指出，中国农科院作为农业科研国家队，高度重视农业政策与农业科技发展战略方面的研究，许多重要研究成果为国家宏观战略研究政策提供了战略支撑。最后，陈萌山对农经学会进一步做好下一步的工作提出了殷切期待：不忘初心，牢记使命，系统地对四十年来我国农业农村改革发展历程进行梳理分析，总结提炼发展规律，丰富完善我国“三农”理论体系。

此次年会以大力实施“乡村振兴战略”，深入推进新时代“三农”工作为主题，16日下午，大会根据安排分为四个平行论坛分别从以下四个方面进行深入研讨交流：一是“实施乡村振兴战略，深化农村综合改革”，该论坛由国务院参事、中国农业大学图书馆馆长何秀荣主持；二是“实行农业农村优先发展，大力培育农业新产业、新业态、新动能”，该论坛由学会副会长，安徽省人民政府原副秘书长刘奇主持；三是健全自治、法治、德治相结合的乡村治理体系，该论坛由浙江大学公共管理学院副院长、中国农村发展研究院副院长钱文荣主持；四是青年（工作）委员会专场，由学会副会长兼青工委主任委员，中国人民大学党委委员，发展规划处处长朱信凯主持。各个分论坛围绕不同专题汇集特色，共40位专家学者、教师学生进行论文汇报。青年（工作）委员会专场特设评论人与论文作者进行互动交流，并于报告后举行青工委全体委员会议，青工委全体委员及特邀代表参加了此次会议。

开幕式后，年会举行主题报告专场，报告会由张天佐主持。万宝瑞、尹成杰、李育才、柯炳生、叶兴庆等专家依次作了主题报告。

17日上午，学会年会还邀请了国家粮食储备局原局长高铁生，学会副会长、农业部经管司司长张红宇，学会副会长、国家发改委宏观研究院副院长马晓河，学会副会长、安徽省人民政府原副秘书长刘奇，浙江大学中国农村发展研究院院长黄祖辉，北京农林科学院院长李成贵，中国人民大学农业与农村发展学院院长唐忠，农业部农村经济研究中心副主任王忠海等8位学界知名专家进行大会报告，报告会由朱信凯主持。

CARD黄祖辉教授在会上作了题为“践行‘两山’理念，推进‘两山’发展——浙江的实践与发展思路”的主旨演讲。专家们精彩纷呈的报告受到了与会者好评。

大会最后，由学会副会长兼秘书长袁龙江主持了闭幕环节，中国农经学会会长尹成杰对为期两天的年会作了详细总结，罗列了会议所取得的相关成果，并对农经学会发展提出了新的希望，他鼓励广大农经学者要深入认真学习十九大精神，深入学习习近平新时代中国特色社会主义思想，不断地提高农经工作的水平，要不忘初心，牢记使命，担当起农经工作者的使命和责任，开创新时代农经时代研究的责任，加大农经研究的理论深度，深入实际调查研究，争取出更多的科研成果，为国家三农发展战略和各地政府的决策提供有力的咨询服务。

（浙江大学公共管理学院）

中国会计学会会计信息化专业委员会2017年度教学实践联合研讨会

2017年4月26日，中国会计学会会计信息化专业委员会2017年度第一次走进企业学术调研活动和教学实践联合研讨会在南京理工大学举行。此次会议由中国会计学会会计信息化专业委员会主办，南京理工大学、江苏管理会计研究中心、江苏农垦集团共同承办，上海经邦济世大数据技术有限公司协办。

教学研讨会议由专业委员会副主任胡仁昱教授主持。上海国家会计学院副院长、中国会计学会会计信息化专业委员会主任委员刘勤教授，副主任委员胡仁昱教授、朱卫东教授、吴沁红副教授、韩向东总裁，以及部分委员，南京理工大学经济管理学院院长恢光平教授，副院长温素彬教授等20余人参加了此次会议。

恢光平院长对各位参会专家表示欢迎，对各位专家在南京理工大学会计学科发展过程中给予的帮助和支持表示感谢；然后，对南京理工大学以及经济管理学院的发展历程和现状进行了简要介绍，概括了南京理工大学的三好：出身好、环境好、成果好，因此，常被称为“三好学校”；此外，也诚恳希望各位专家今后更加帮助和支持南京理工大学的发展，向该校推荐优秀人才；最后，祝大家工作愉快、生活安康。

刘勤主任对会计信息化专业委员会近年来的工作思路、工作特色、工作重点，尤其是对走近企业和高校，促进会计信息化实践落地的主要活动进行了概括和阶段性总结。刘主任指出专业委员会是一个有理想、谋发展、办实事的委员会。其主要成员不仅包括了大学教授，更有一批在应用方面做得好的实践专家，专业委员会积极开展各种学术和应用推广活动，取得了较好的效果。

温素彬教授向与会专家作了“管理会计人才培养的思考与实践”的报告，重点汇报了南京理工大学管理会计人才培养的思路和具体做法。温教授简要介绍了南京理工大学发展管理会计的天然优势和改革历程，详细展示了南京理工大学在管理会计方面的平台建设，特别是，感谢江苏省财政厅的信任和支持，2015年江苏省会计学会与南京理工大学联合成立了“江苏管理会计研究中心”，感谢工信部财务司、工业文化发展中心的信任和支持，与南京理工大学联合发起成立“工业和通信业业财融合推广应用联盟”，感谢南京理工大学教务处对管理会计教学改革和考试模式改革给予的大力支持，这些对管理会计的人才培养和实践应用，起到了极大的推动作用。进而，从师资培养、课程教学改革、教材建设、案例开发、考核模式等方面总结了该校管理会计“四位一体”的立体化教学模式，并介绍了经济管理学院近年来一直开展的“企业家走进经管课堂”系列活动和即将开展的“教授、博士走进企业”系列活动。

在此基础上，专家们针对管理会计教学实践以及管理会计信息化建设进行了热烈的交流和讨论。专家们高度肯定了南京理工大学在管理会计人才培养方面的改革探索和取得的成果，并指出这样的教学与实践接轨，更加符合教学规律和要求，是真正意义上的课程教学。同时，专家们结合所在单位的各自情况进行了进一步分析和讨论，提出了一系列的改革设想和宝贵建议。最后，胡仁昱教授进行了简要的会议总结。

（唐婉虹，南京理工大学经济管理学院，摘自 http：//zs. njust. edu. cn/32/20/c4621a143904/page. htm）

惟改革创新者胜——2017 国企管理年会

2017 年 12 月 9 日，以“新时代、新气象、新作为”为主题的 2017 国企管理年会在京举行。国务院国有重点大型企业监事会原主席季晓南出席会议并讲话。

此次会议由《国企管理》杂志、中国企业管理研究会、中国财政科学研究院和《创新世界周刊》共同主办。来自财政部、国务院国资委、国家税务总局、中国社会科学院等有关部门和清华大学、中央财经大学等大专院校、研究机构的专家、学者和各省市国资国企监管部门、中央企业、地方国企的 200 多名代表参加了会议。

中国企业管理研究会副理事长、《国企管理》杂志总编辑、《创新世界周刊》总编辑孙明华、中国财政科学研究院党委委员、研究生部主任傅志华先后致欢迎辞，中国企业管理研究会会长黄速建致开幕辞。

孙明华在致辞中指出，党的十九大报告提出“建设现代化经济体系”，这赋予了国有企业新的历史使命。举办此次会议的目的，就是为践行国企改革发展新使命汇集对策、凝聚共识。围绕“为新使命贡献智慧”，孙明华提出三个要点：一是把握当前新形势；二是担起历史新使命；三是汇聚国企正能量。

傅志华在欢迎辞中对此次会议成果表达了期待：“要紧扣新时代的脉搏，把握新常态下国有企业发展的趋势，分享业界同人的思想与荣耀，更好地推动国有企业转变发展理念，创新商业模式和经济结构的转型升级。”

国务院国有重点大型企业监事会原主席季晓南在讲话中指出，学习贯彻党的十九大精神，开创国企改革新局面要把握三个问题：一是要明确新时代深化国有企业改革的新使命新要求；二是要把握深化国有企业改革的目标任务和逻辑关系；三是要扎实做好新时代国有企业改革各项重点工作。

季晓南强调，十九大提出了建设现代化经济体系，要坚持一个原则，就是必须坚持质量第一、效益优先；坚持一条主线，就是以供给侧结构性改革为主线；把握一个重点，就是要提高全要素生产率；推进三样改革，就是推动经济发展质量变革、效率变革、动力变革。

围绕“国有企业步入公司制时代”这一主题，中国社会科学院工业经济研究所所长黄群慧，国务院国资委研究中心党委委员彭建国，中国轻工业出版社党委书记、社长才大颖先后作主题报告。

黄群慧总结了世界一流企业具有的 11 条管理规律，即具有强大的企业家精神、优秀的公司治理结构为企业可持续发展提供坚实的制度保障、组织文化重在以“文”化人、通过追求长远价值和优秀品质获取著名品牌和良好声誉、擅长以发展型战略应对复杂多变的环境、业务架构转型是发展常态、具有全球化资源配置和管理能力、推行紧密化集团管控、管理创新活动能够实现把握重大机遇与克服组织惰性、人力资源管理激发员工奉献精神与创造力、推行战略型与价值型的财务管理。

彭建国认为，国有企业步入公司制时代，核心就是要建立现代企业制度。首要前提是使企业成为真正的企业，成为真正的市场主体。建设现代企业制度的基础是产权结构，重点是法人治理结构，一个关键就是转换企业经营机制。

才大颖表示，品牌正在成为全球经济竞争中的重要利器。在培育具有全球竞争力的世界一流企业中，一是要抓住全球经济进入“复苏换挡”时间窗口，把握“一带一路”发展契机，推动国有企业引领中国经济由产品走出去带动实现品牌走出去；二是要抓住新兴市场换挡提速时间窗口，推动国有企业从以自主品牌建设为主进入自主品牌建设和全球品牌并购同步发展的全新时代；三是要把握全球经济供给侧转化的机遇，推动品牌增长的结构性调整。

围绕“下一个增长点在哪里”这一主题，中国财政科学研究院公共资产研究中心主任文宗瑜，中国企业研究院执行院长、首席研究员李锦，中国国际税收研究会副秘书长靳东升分别从不同侧重点进行预测。

文宗瑜指出，发达国家和经济体的新增长会拉动中国出口增长。在全球金融危机后，发达国家和经济体的消费模式与消费结构发生了根本性转变，需要的是新进口，中国应当以供给侧结构性改革与科技创新来“靶标”经济发达体的新出口。

李锦对2018年新时期国企走势作出预测：“高质量发展”可能成为主题词。他从“五次主题变换及2018年的主题”“国有企业发展进入新周期的八大特征”“2018年经济与国企的十大趋势”“正在与中国竞争的美国观点与趋势”等角度展开具体论述。李锦认为，2017年以来，经济界关于中国经济新周期的讨论，绝非一些专家眼中经济增速反弹的周期，而是在中国经济基本面发生巨大变化的情况下，中国国企及产业风口已经悄然转换的全新周期。

靳东升表示，党的十九大提出“深化税收制度改革，完善地方税体系”为今后的税制改革指明了方向。他分别介绍了我国环境保护税法、耕地占用税法、简并增值税税率、烟叶税法、废除营业税、车辆购置税法、船舶吨税法、资源税法等方面的税制改革进程，与小型微利企业所得税优惠政策、支持和促进重点群体创业就业、冬奥会和冬残奥会税收政策等新的税收政策。

此次会议还围绕不同主题开展了三场高峰对话。

在第一场以“新国企需要怎样的企业领袖”为主题的高峰对话中，“引领、有进有出、核心、市场化、专注、资源+资本、创新、数字化”成为对话关键词。财政部《财政科学》《财政研究》副主编邢丽与清华大学经管学院教授杨德林应邀作为现场主持人，与中车株洲电力机车研究所有限公司战略发展部长王卫安、上海飞机制造有限公司部长庞建哲、招金矿业股份有限公司副总裁董鑫、西藏华泰龙矿业开发有限公司总经理助理杨桦四位嘉宾展开了激烈讨论。

在以“共享时代的财务管理变革与价值创造”为主题的高峰对话中，中国社会科学院工经所财务与会计研究室主任张金昌、中央财经大学教授祁怀锦与上海飞机客户服务有限公司总会计师陈林、晋能集团有限公司副总会计师刘月升、内蒙古第一机械集团有限公司部长张毅、大庆油田第二采油厂总会计师闫树军认为：财务会计转向管理会计是一个重要转型，业财融合首先是时效的融合，财务共享中心建设已取得一定成绩，科技进步效率提升带来的失业压力非常巨大。

在第三场以“国有企业如何做好形象构建”为主题的高峰对话中，中国社会科学院管理科学研究中心副主任杜莹芬、中国财政科学研究院财务与会计研究中心主任徐玉德担任主持，他们与航空工业昌河飞机工业（集团）有限责任公司党委副书记胡世伟，中亚管道有限公司副总经理金庆国，中国电建集团海外投资有限公司党委副书记，纪委书记赵新华，国投新疆罗布泊钾盐有限责任公司党委副书记高志勇，中车株洲电力机车有限公司投资与规划部部长李林进行了深入交流。嘉宾认为，党的建设、产品形象、员工形象、特质文化是构建国企形象的重要方面；对于海外企业来说，合作共赢、输出标准、履行企业社会责任、做好宣传是提升企业软实力与美誉度的主要抓手。

会议还举办了“2017 全国国企管理创新成果与优秀论文”与“2017 全国国有企业财务管理创新成果与优秀论文”发布仪式。

（《国企管理》杂志社）

中国制度背景下公司财务问题研究
——中国会计学会财务管理专业委员会2017学术年会会议综述

2017年12月2—3日，中国会计学会财务管理专业委员会2017学术年会在中山大学南方学院隆重召开。此次会议由中国会计学会财务管理专业委员会主办、中山大学南方学院会计学院和中山大学现代会计与财务研究中心承办、广州中博教育股份有限公司协办，主题为“中国制度背景下公司财务问题研究”，56所高校和13家实务单位的专家、学者共148人参加了会议。大会分为主题演讲、大会报告和平行论坛三个阶段。现将会议内容综述如下：

广州大学校长、中山大学教授魏明海作了题为“如何构思与描绘一个研究项目”的报告。魏明海教授从全国证券虚假陈述责任纠纷案引入，通过图表展示了对虚假陈述这个议题的发散思考，进而引出此次演讲的主题。魏教授指出一个研究项目的设计主要包含两个方面：一是构思，即如何思考；二是描绘，即如何呈现。在整个讲解与分享的过程中，魏教授使用了盈余公告前漂移形成的机理研究的例子帮助参会嘉宾理解与运用。第一，在构思方面，可以通过找出问题卖点、逻辑，画图分解问题、说明问题等方式，从具体问题中凝练出科学问题，探寻现象背后的理论机理；第二，在描绘方面，可按照研究内容逻辑框架图设计、研究内容概括、研究文献整理、研究内容图分解、专题研究内容说明、研究目标与关键问题提炼到研究方案制定的顺序逐步开展，从而清晰呈现问题研究的过程。

《会计研究》编辑部刘国强主任发表了关于“新时代会计理论研究”的主题演讲。刘国强结合学习习近平总书记“7·26”重要讲话和十九大精神心得体会，阐释了“新时代”的内涵和意义，指出新时代会计理论研究面临的新形式和新要求，提出会计理论研究应立足新时代中国特色社会主义建设的伟大实践，从实践中找选题、用实践作为评价研究成果的重要标准，努力构建中国自己的学术成果评价体系、中国特色会计理论和方法体系。刘国强主任还对《会计研究》审稿和学术成果评价中，处理好科学性、规范性与思想性、原创新之间的关系进行了反思，介绍了《会计研究》关注的会计基本理论、会计改革重点任务、经济社会发展重大问题等几个方面选题。

中国煤炭科工集团有限公司总会计师蒋占华作了题为“央企国际化经营的财务管控”的演讲。蒋占华从央企国际化经营的发展现状、机遇与挑战、财务风险与管控三个部分进行阐述。他指出，改革开放三十多年来，央企国际化经营取得了飞速发展和显著成就，随着我国“一带一路”倡议的推进，央企国际化经营面临着重大的发展机遇。但目前央企国际化经营仍存在发展不平衡的问题，在公路、铁路、能源等基础设施领域的央企数量较多，在高科技领域的较少。此外，我国GDP增速回落、世界经济复苏缓慢，这都给央企国际化带来了不同程度的挑战。在央企“走出去”的过程中，加强对财务风险的认识与管控是一个重要议题。优化央企国际化经营的财务管控，需完善体系、统一规划、提高效率、建立企业内部防范风险机制。

财政部财政科学研究所研究员徐玉德作了题为“实体经济企业‘降成本’调研与反思——基于2017的调查分析”的演讲。他阐释了“降成本”的内涵及其政策要义，分享了研究团队对近年实体经济企业：“降成本”的调研总体情况。他们的研究团队通过问卷调查、座谈、实地调查等方式，发现2014—2016年企业融资成本总体下降，指出我国营商环境有待完善，制度性交易成本仍是各地企业持续永续发展的壁垒，减税降费力度逐渐加大但企业获得感或感受不强且存在地区差别。针对存在的问题，他们提出了实体经济企业“降成本”的建议：营造良好的营商环境，构建降低制度性交易成本的长效机制；加强内部管理，提升企业自主创新能力；及时评估现行降成本效率，适时出台或调整相关政策。

北京师范大学崔学刚介绍了“股利税与会计稳健性”的会计研究课题，文章利用2013年股利税改革作为准自然实验背景，考察了股利税改革前后中国上市公司会计稳健性的变化情况。该研究丰富了会计稳健性的研究文献，为我国的税收政策改革和企业会计准则修订提供了政策参考。

西南财经大学唐雪松分享了“委托理财与债务融资成本”。文章以2010—2016年沪深两市A股非金融业上市公司为研究对象，考察了委托理财与企业债务融资成本之间的关系。研究结果有助于建立和维护银企关系，从而减少债务融资成本的预期相一致。

中山大学张俊生作了题为“CEO Creativity and Fraudulent Financial Reporting”的报告。研究发现，拥有艺术创造力的CEO会导致更大的欺骗性财务报告，而拥有科学创造力的CEO能够抑制欺骗性的财务报告。暨南大学朱滔报告的主题是“社会信任、经营复杂性与高管薪酬安排——基于国有上市公司的理论与经验证据”。朱教授结合国企的制度背景，在多任务框架下构建了一个高管薪酬激励的游说模型，在高管薪酬安排中创新性引入了社会信任，拓展了高管薪酬领域的视角，为国企薪酬安排提供了新的经验证据。

广州大学张荣武作了“风险投资为何不退出？——基于三方合谋掏空视角”的主题报告。报告探讨了风险投资是否因参与了合谋掏空而长时间留在上市公司。研究为风险投资长期留在上市公司提供了新的解释，弥补了风险投资与高管间关系研究的不足，补充了合谋掏空的相关文献，为监管机构提供决策参考。

中山大学南方学院胡光华报告的主题是“CPA firm’s cloud auditing provider evaluation and improvement planning based hybrid MADM model”，报告提出了一种评价和改进规划模型，为注册会计师事务所选择最优的云审计提供者，并通过实证案例研究来说明该模型的应用。在大会论文报告过程中，报告人紧密围绕“会计”“风险”“股利”“创造”“改革”等关键词，结合中国现阶段的制度背景和市场状况，分别就“股利税”“委托理财”“财务造假”“高管薪酬”“风险投资”以及“云审计”等问题进行了阐述，并与参会代表就报告的内容进行了互动与交流。代表们提问踊跃，场面热烈。

（董成杰、唐丹妮、张俊生，中山大学南方学院，摘自《会计研究》2018年第2期）